# 才子牡丹亭

(明)湯顯祖　原著
(清)吳震生　程瓊　批評
華瑋　江巨榮　點校

臺灣學生書局印行

## 內容簡介

《才子牡丹亭》是清康熙、雍正間，吳震生、程瓊夫婦為湯顯祖的戲劇名作《牡丹亭還魂記》所作的一部箋釋、詮講和評點的專著；是一部帶著強烈的個性色彩來解釋《牡丹亭》的用詞用語，評點人物思想的戲劇評論。批者淹通書史，廣徵博引，舉凡子史百家、佛道文獻、詩詞曲集、稗官小說，無不為我所用，是一部具有豐富的知識內涵和鮮明的以史料文獻論曲為特點的文學評點之作。批者在理論上張揚人性，肯定人的情色慾望，無情地批判「昔氏賢文」，尤其是宋明理學的禁慾主義，對男女性意識的自覺提出了許多重要和超前的觀點，是一部以情色論為基礎來闡述《牡丹亭》的創作思想的大膽奇異之作，在《牡丹亭》的評點史上絕無僅有，獨一無二。此書海內外罕見，具有很高的文獻價值。

## 華瑋

美國柏克萊加州大學比較文學博士。曾任中央研究院中國文哲研究所研究員、香港中文大學中國語言及文學系教授，二〇二一年退休。著有《清代戲曲中的明史再現》、《海內外中國戲劇史家自選集・華瑋卷》、《走近湯顯祖》、《明清戲曲中的女性聲音與歷史記憶》、《明清婦女之戲曲創作與批評》；編輯點校《明清婦女戲曲集》，合作點校《才子牡丹亭》，合作主編《明清戲曲國際研討會論文集》，並主編《香港中文大學崑曲研究推廣計劃叢書》等。

## 江巨榮

復旦大學教授，一九九八年退休。著有《古代戲曲思想藝術論》、《劇史考論》、《明清戲曲：劇目、文本與演出研究》、《湯顯祖研究論集》、《詩人視野中的明清戲曲》、《枝葉集：戲曲研究及其他》；校注《琵琶記》，選編《古劇精華》《元明清散文選講》，合著《中國戲劇史論集》，合注《閒情偶寄》，合作點校《六十種曲》、《才子牡丹亭》、《十二樓》、《禪真逸史》等。

批才子牡丹亭序
湯撫州序批所批西廂記云余守痴家園傲骨日峭朝語官箴輙嗽松風[illegible]
韵士忧開竹戸迎來兼葛禮文艶史時時游戲眼前或剪或裁或聯或合[illegible]小
說而未暇歐公之後又有作五代史者于五史所無者千餘卷皆編入鳩聚散逸聯
綴殘宋除其冗長掇其精華以廣異聞纖謂詳盡亦未易哉兹崔張一傳微之造棠
于前實甫續業于後人靡不信其事爲實事余人信亦信讀之評之好事者輙以旦
暮不能自必之語眞欲公行海內寃哉毒哉陌余以無間罪獄也嗟乎事之所無安
知非情之所有其作還魂記有自掐擅痕教小妹通仙鉄笛海雲孤假餽殘煞時人
意不是王維舊雪圖㘞閣捏金燭珍珠泣繡窗如何傷此曲偏只在婁江何自爲情
死悲傷必有神一時文字業天下有心人向自言王相國書來云吾一老人近頗爲
此曲惆悵又俞二娘者酷嗜之蠅頭細字批註其側幽思苦韵有過于本詞者年十
七死族先輩吳越石家伶妖麗極吳越之選其演此劇獨先以名士訓義次以名工
正韵後以名優協律武封夫子觀其所訓始知玉茗筆端直欲戲弄造化往往向余
道諸故老所談說余喜其儁妙輙付柔毫亦南粱王筠少好觀書雖遇見嘗觀皆即
疏記後重省覧歡與彌深陳眘公意覩則登不拘代次迹同斯筆罔問雅俗意旣爲
搜俯之助又作庭樞子歸依笙夜一折分五色書之不止昔人滿卷胭脂字也灯昏
據案神悴欲眠則已郎多拾簡攘遺要由睛觧神悟方知箱情寫物自有幽思顯詞
雖爲玉茗才人取諸國土莊嚴此土信筆所至可成自書豈止不必盡與作者廬貌相
屬然幻珍變錯在此書涵潔爲無則爲至多在俞娘輩郎約獲博則爲至少紗窗綠
洞猿香秋賞知此相守亦復何恨耶惟浩所云閨人篋中物益閨人必有石榴新
樣郎無不用一書爲夾袋者剪樣之餘郎無不願看牡丹亭者閨人恨聰不經妙明
不遇奇看牡丹亭郎無不欲淹通書史觀詩詞樂府者然知識甚欲其廣簽帙又必
甚與其多郎無不欲得縮地術將旦古以來有意趣事有思路語聚于盈寸一編者
我請借牡丹亭上方合中國所有之子史百家詩詞小說爲糜以餉之凡人著書必

刻才子牡丹亭序
唐詩云知音知便了俗流那得知錢虞山云
拍肩群囂競文章詞壇無復臨川畏才子牡
丹亭者刻牡丹亭即刻批語方知其爲才子
之書刻牡丹亭不刻此批便等視爲戲房之
書也有此批而後知牡丹亭之作於才子則
世間他本皆不得謂之才子牡丹亭也臨川
列篤既得此批繕寫裝潢適有名班過撫生
旦皆女因新玉茗堂而設祭焉陳此批几筵

1. 柏克萊藏《才子牡丹亭》雍正年間刻本首頁書影

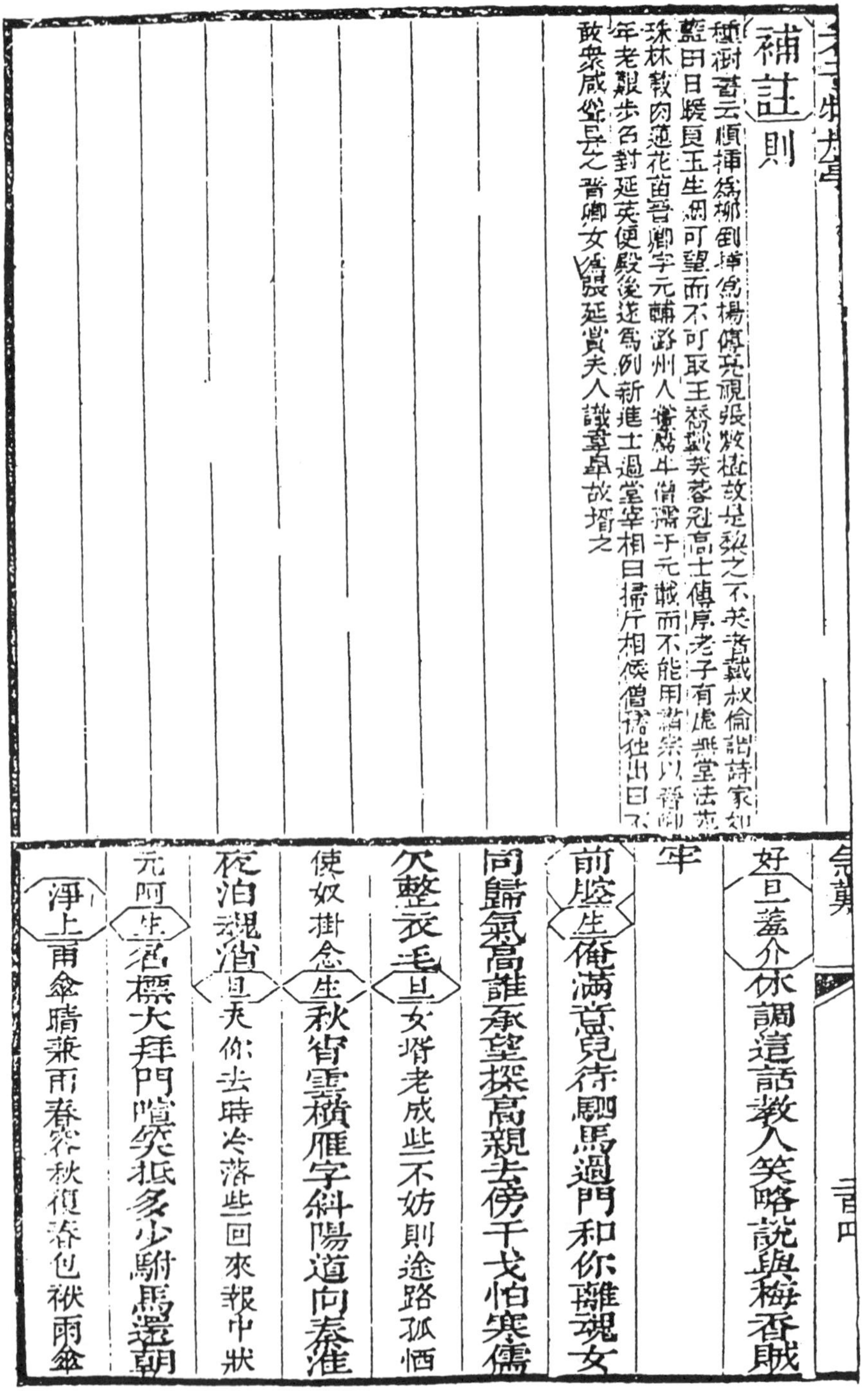

補註 則

種樹書云順插爲楊倒插爲柳楊傳芫覩張牧楊故是柳之不芙者載叔倫詩家知

藍田日暖良玉生烟可望而不可取王粲錄芙蓉冠高士傳序老子有虎無堂法苑

珠林教內蓮花茵晉卿字元輔潞州人嘗爲牛僧孺于元載而不能用皆棄以晉卿

年老艱步名對延英便殿後遂爲例新進士過堂宰相日揖斤相候僧孺独出曰不

敢衆咸嘆異之晉卿女嫁張延賞夫人識韋皐故撂之

好（旦）（蓋介）休調這話教人笑略說與梅香賊

牢

（前腔）（生）俺滿意兒待驅馬過門和你離魂女

同歸氣高誰承望採高親去傍干戈怕寒儒

欠整衣毛（旦）女婿老成些不妨則途路孤恓

使奴掛念（生）秋宵雲横雁字斜陽道向春灌

夜泊魂消（旦）夫你去時冷落些回來報中狀

元呵（生）酒標大拜門喧笑抵多少駙馬還朝

（淨上）雨傘晴兼雨春容秋復春包袱雨傘

2. 柏克萊藏《才子牡丹亭》雍正年間刻本〈補註〉書影

乾隆壬午年鐫

箋注牡丹亭

本衙藏板

3. 北圖藏《才子牡丹亭》乾隆壬午刻本扉頁（題《箋注牡丹亭》）書影

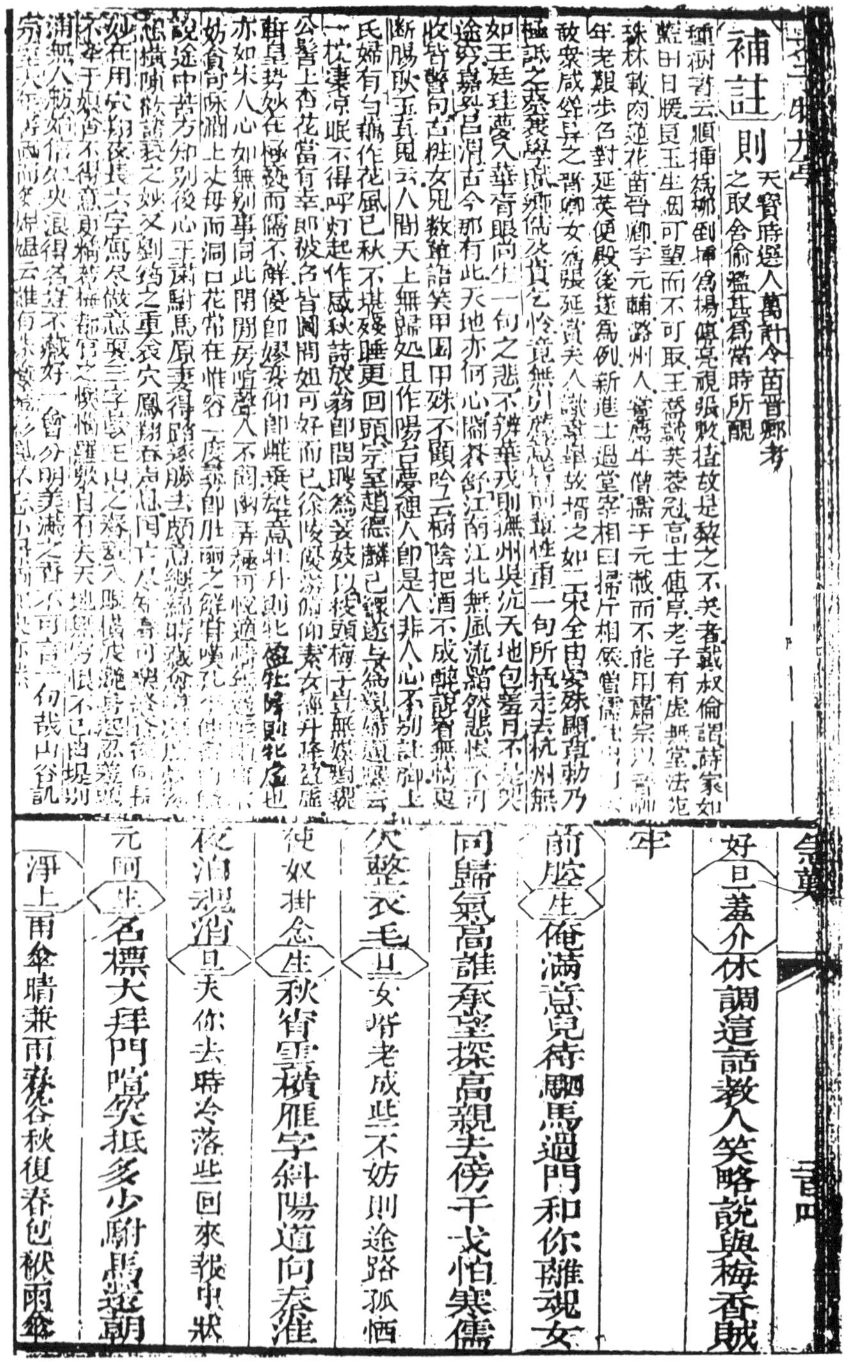

好旦蓋介休調這話教人笑略說與梅香賊

前腔生俺滿意兒待驟馬過門和你離魂女同歸氣高誰承望探高親去傍干戈怕寒儒欠整衣毛旦女婿老成些不妨則途路孤恓使奴掛念生秋宵雲積雁字斜陽道向春灌枕泪濕泪旦天你去時冷落些回來報中狀元呵生名標天拜門喧奕抵多少駙馬還朝

淨上雨傘晴兼雨藥箱秋復春包袱雨傘

4. 北圖藏《才子牡丹亭》乾隆壬午刻本（《箋注牡丹亭》）〈補註〉書影

嘉慶戊辰年秋鐫

錢塘袁枚子才氏評

牡丹亭傳奇

小倉山房藏板

5. 社科院藏《才子牡丹亭》嘉慶戊辰刻本扉頁（題《牡丹亭傳奇》）書影

特附　嘗獲讀江右中丞所頒訓俗書中採蘭溪唐君語深恨今之彈詞小說悉將才子佳人私覯密約極意描寫而且說此等人必得艷妻不一二足而且後必爲卿爲相使無知男女背後看得心醉魂飛多病喪德因罪西廂之作偏乃知牡丹亭之言情獨付之入夢回生令下愚亦知爲烏有子虛之妙後在白門書攤又見抄本顧大愚東遊記則將世人妄想一切情欲之事以及宋文帝令何尚之立玄素學諸異政盡託諸海外之国嘉其意同繪夢然猶未知其本內典思惟大海積無量水思惟大海常受種種大身衆生廣大殊特更無能過及以思惟爲婇女之旨也讀及引首始得全解雖全書千頁未易印行然不忍不先將此引刊附牡丹亭批本後俾仝好者知世間竟有用心深妙甚奇希有一

至于徹悟之人同發何曾覺悟萬緣虛賺殺高明
幾架書盡世才名沸若雷颷然一病化寒灰之嘆

其悟頭詩之前有引首曰佛不于彈指頃起我我所想不着身不着法不着願不着三昧不着觀察不着寂定不着教行回向如來然佛見羅剎女于中執取將其永入魔意稠林于所貪愛深生染着不能于身而生厭想轉更增長機關苦事不能乾竭愛欲大海故佛之說及一切世間工巧事業所有方便一切皆是心想建立非是顛倒亦非虛誑依于一

6. 社科院藏《才子牡丹亭》嘉慶戊辰刻本（《牡丹亭傳奇》）〈特附〉書影

# 才子牡丹亭

## 目錄

# 導 言

江巨榮 華瑋

## 一、獨特而罕見的《牡丹亭》評本

《才子牡丹亭》是清康熙、雍正間，吳震生、程瓊夫婦為湯顯祖的戲劇名作《牡丹亭還魂記》所作的一部箋釋、詮講和評點的專著。全文三十餘萬言，按全劇五十五齣的順序，逐齣逐句地就劇作的語源語義、曲詞內涵、人物思想作了極其詳盡的箋釋和評點，是一部帶著強烈的個性色彩來解釋《牡丹亭》的用詞用語、評點人物思想的戲劇評論。批者淹通書史，廣徵博引，舉凡子史百家、佛道文獻、詩詞曲集、稗官小說，無不「為我所用」，是一部具有豐富的知識內涵和鮮明的以史料文獻論曲為特點的文學評點之作。批者在理論上張揚人性，肯定人的情色欲望，無情地批判「昔氏賢文」，尤其是宋明理學的禁欲主義，對男女性意識的自覺提出了許多重要和超前的觀點，是一部以情色論為基礎來闡述《牡丹亭》創作思想的大膽奇異之作。在《牡丹亭》的評點史上絕無僅有，獨一無二，很值得予以關注。

我們知道，《牡丹亭》自問世之日起，不僅劇壇長歌，家傳戶誦，同時也引起戲劇理論家和批評家廣泛的重視。王驥德、潘之恒、李漁、毛先舒等人，或在他們的理論雜著裏，或在題詞序跋裏，發表了各自的意見，表達了對《牡丹亭》的一些整體評價。茅元儀、茅暎兄弟、王思任、沈際飛、臧懋循、馮夢龍、陳繼儒、袁宏道、吳吳山與其三婦、楊葆光等人則在一些最重要的刊本裏，或以總批，或以眉批、行批，甚至以圈點抹號的方式，就劇中人物、結構、曲詞、韻律諸方面發表過許多重要的見解，形成了皇華的《牡丹亭》評點系列。❶這許多著名人士，那些著名的批本，在前代和現代的文獻版本學家的相關著作中都已詳作著錄；許多戲劇理論批評史、文學理論批評史的著作還作過系統的研究，然而唯獨這部三十餘萬言的《才子牡丹亭》專論，卻既沒有著錄，又沒有研究，長期沒有進入人們的視野，甚至連有這麼一部書也不知道了。直到現代曲學興起，吳梅才在讀曲記中提及它是「禁書」，並稱：「博覽群籍，並書名亦有未知者，可云秘本。」❷到一九五九年，傅惜華編《明代傳奇全目》，才在戲曲目錄中首次著錄了《才子牡丹亭》的雍正刊本，同時指該書「在乾隆時曾被禁毀」。至八十年代，毛效同編《湯顯祖研究資料彙編》，蔡毅編《中國古典戲曲序跋彙編》，始錄阿傍〈批才子牡丹亭序〉和笠閣漁翁〈刻才子牡丹亭序〉，在瞭解這個評點本的面貌上雖云可以嘗鼎一臠，卻遠不能窺測全豹，讀者對全書評點內容仍然幾乎無知。直到目前為止，許多清代「禁書」已不斷開禁，不少「淫詞小說」也大行其道，惟獨這部大型的《牡丹亭》評本，卻一面因它時涉穢褻，一面也因它奇詭艱深，仍然被束之高閣，無人問津；不僅一般讀者無緣讀到，連《牡丹亭》的研究者，戲曲理論批評家和文學理論批評家，也極少有緣接觸。現在我們把它點校後奉獻於讀者面前，希望能引起不少讀者閱讀和研究的興趣。

## 二、批者吳震生與程瓊夫婦生平

這部《牡丹亭》的評點者是吳震生和程瓊。吳震生（一六九五—一七六九），徽州歙縣人，字長公、祚榮，號可堂、武封、南村、笠閣漁翁、玉勾詞客。他出身詩書世家，曾祖是國子監生，祖父為縣諸生，父為貢生。明末著名的家庭戲班班主吳越石是他的族祖，著名的清代詞人、戲曲家吳綺（薗次）是他的從叔祖。家境富於文學和戲劇氛圍。吳震生才氣坌湧，弱冠時即被當時督學舉為科試第一，但五次參加舉人考試均落榜。後捐資為刑部貴州司主事，又因與獄吏不協，很快告別官場。由於仕途失意，家境中落，加之夫人逝世，他即移居海昌（今浙江海寗），與詩人查嗣瑮、陳元龍等相唱和。乾隆初，他曾與史震林、曹學詩等詩文家遊於北京。晚年移居杭州，與厲鶚、丁敬、杭世駿等人為文章性命之友。吳氏學識廣博，友人史震林謂其深明濂、洛、盱、姚之學，諸子之書，讀盡漢魏以來，唐宋金元之詩及諸家古文，精讀二十一史，熟悉佛老典籍。也能詩歌，所作不下千餘篇。擅長南北曲，存有劇作《太平樂府》十三種、曲目〈笠閣批評舊戲目〉一種（見《才子牡丹亭》附錄）。別有《笠閣叢書》，收《無譜曲》、《擬摘入藏南華經》與《老子附證》，今存。另有《葬書或問》、《摘莊》、《大藏摘髓》等雜著十餘種。《才子牡丹亭》之雜引諸子、佛道、性理諸書，史學、詩文詞曲諸集，以及醫卜喪葬之說，都與此相關。❸

夫人程瓊，同郡休寧人。字飛仙，號安定君、轉華夫人、瓊飛仙侶、無涯居士。批《才子牡丹亭》時自署「阿傍」。休甯程家，是當地名門望族。她自小就受到深厚的文化熏陶。她的生年應與丈夫相當，或稍晚。但她壽年不永；因子早夭，哀痛成疾，尋亦病卒，大約在雍正間辭世，享年三十餘歲。程瓊天資聰穎，博聞強識，耽於吟詠。她熟悉史書和諸子書，曾將諸子百家所論「師眾通微、得情制術」等十大問題，分門別類，又各附以史實例證，編為《雜流必讀》一書，作為兒子的啓蒙讀物。她曾與丈夫邀集當時詞客名流，取正史已載、世多未聞的喜詫豔絕事，編為新曲數十種。❹這樣的文化素養和戲劇氛圍為她批點《牡丹亭》提供了有利條件。

吳程夫婦極端喜歡《牡丹亭》，他們時時挑燈夜讀，而歡興彌深。每有所見，也不管史料時代前後，就分條記錄下來。據程瓊自序，這些批語中有吳越石家班演出當時名士、名工對《牡丹亭》所作的文義解釋，有吳震生對湯顯祖劇作「直欲戲弄造化」的領悟，更有程瓊對《牡丹亭》「暗意寓言」的理解在內。程瓊知道許多婦女作女紅的時候，常在花樣下壓著一本《牡丹亭》，空暇時無不偷偷摸摸地閱讀。她也知道許多婦女不懂劇

❶ 參見朱萬曙：《明代戲曲評點研究》（合肥：安徽教育出版社，二〇〇二年），頁二五九—二七六。毛效同：《湯顯祖研究資料彙編》（上海：上海古籍出版社，一九八六年），頁八四五—八六〇。

❷ 吳梅：《瞿庵讀曲記》，轉引自徐扶明《牡丹亭研究資料考釋》（上海：上海古籍出版社，一九八七年），頁七三。

❸ 關於吳程夫婦生平事略，見華瑋：〈《才子牡丹亭》作者考述——兼及《笠閣批評舊戲目》的作者問題〉，《中國文哲研究集刊》一三期（一九九八年九月），頁一—三六。

❹ 史震林：《西青散記》（臺北：廣文書局，一九八二年），卷一，頁四一。

作的詞意，也不能體會劇本的奇妙，所以取元好問詩：「鴛鴦繡出從君看，又把金針度予人」之意，要「繡」出自己心目中的《牡丹亭》，讓天下女子瞭解其書之妙，其文之奇，於是取中國之子史、百家、詩詞、小說，批註其間。書初名《繡牡丹》，未刊，也可能未完成。程瓊逝世後，吳震生改名《才子牡丹亭》刊刻問世。後又改題《箋注牡丹亭》於乾隆二十七年（一七六二）再次刊出。吳氏辭世後之嘉慶十三年（一八〇八），同一書版又題為袁枚評《牡丹亭傳奇》出版，內容比前增加了最後討論佛教義理的「特附」。這其間幾次的改易增補文字可能都是吳震生所為，它也遠超出閨人的閱讀圈了。

## 三、《才子牡丹亭》之箋註特點：引據文史

《牡丹亭》問世之後雖不斷得到名家的好評，茅氏評本、王思任清暉閣評本、沈際飛及吳氏三婦評本，包括臧、馮評改本，也都有不少真知灼見，在讀者中有過較大的影響。但整體而言，這些評本都不對劇詞作系統的批評，批語又都非常簡略，少的只有幾則，多的不過數十則。每則文字也不過數字或數十字。而吳程的評本則從湯顯祖的序，批到《牡丹亭》的每一齣，幾乎直到每一齣的每個詞、字、句，因而是第一個也是唯一一個系統全面，容量最大的評點本。其次，其他評本的評語，大多數是表達批評家的即興感想，或好或劣，或雅或俗，點到為止，不作論證，更不作資料引用的論證。吳程評本卻主重論證，尤側重於引用儒佛道典籍、歷史文獻、詩詞戲曲作品，從正面、側面或反面來論證詞語和典故的含義，並藉以表達批評者的思想，使它具有學術性評點的性質。這在文學評點中極為少見。

《牡丹亭》是一部思想新銳，內容豐富，語言文字既能融鑄百家又極富個性的劇作。湯顯祖深通歷史、文學，精於南北曲和南北方言，於曲詞文字力主獨創，反對迂執，不受束縛。精美凝煉之外，有時旖旎嫵媚，有時典雅古奧，有時諧趣橫生，有時又奇崛險怪。他還大量採用土語方言，生僻典故，讀來晦澀難解、似懂非懂的地方很多。然而在吳震生、程瓊夫婦之前，儘管各種批本出了幾種，但還沒有那個批本，注意到文字疏通和

字義、典故的解釋。吳程夫婦既立意要把「金針」度與人，自然要把疏通文字障礙，解釋歷史典故作為最初步的工作。作為《箋注牡丹亭》，自少不了對劇中難解難懂的字句作出解釋，作一些文字的疏導。如註「『說一浪』猶說一串」；「沒揣猶云不意」；「捱猶生受」；「嬌羞融洽，曰『恰恰』，意所欲然，容態悉爾，曰『恰恰』。凡人各有所愛，皆獨覺其『嬌恰恰』。」這就是一般註釋的直解，供讀者直接瞭解詞義。這是箋註的基礎工作。不過批者無意作這類簡單直註，所以這類箋註的文字並不多。❺

吳程夫婦批註的重要特點是，重箋疏而輕註釋，重聯想發揮而不重直註，所以他們的批語一般不作文字的詮講，而是引證子史百家、詩詞戲曲資料，讓讀者在閱讀資料中理解曲詞和賓白。如引詩「君自將身博凍餒，毛穎可憐彼何罪」釋「科場苦禁」。這裏不註何為『科場』，何為『苦禁』，因為當時讀者對此毫無困難；而引用這兩句詩，就把舊時讀書人為博取功名在考場挨餓受凍的苦情表達出來了，確是「科場苦禁」。又如引「重門公子應相笑，四壁風霜老讀書」註「蹉跎直恁」，形容許多士子，白首窮經，功名無望，枉費光陰，蹉跎一生，可謂入木三分，也把「蹉跎」的情狀描寫得很生動。這樣的例子很多，不多列舉。經常引用的，有李白、李商隱、白居易、韓偓、杜牧、盧仝、溫庭筠、蘇軾、李清照、姜夔以及同代人龔鼎孳、王士禎、彭遹孫、王彥泓、董以甯、鄒祗謨、陳元龍等人的詩詞。元人的戲曲與散曲也多被引用。批者能引用恰當的成句，準確地說明詞義、句義，展示了批者的詩文素養，使批語充滿詩情，值得玩味。但引用過多過深，卻又近於晦澀，使人費解。這又是其中一弊。

這種情形在史料的引證上同樣可見。如第三齣〈訓女〉有「腐儒」一詞，批者不去直接解釋它的主要含義，如：指「迂腐的書生」或「拘泥陳規、不能通變的儒生」之類，而是先引《隋書．儒林傳》，言：漢魏碩學清通，近世巨儒鄙俗。後引簡文帝蕭綱致湘東王蕭繹書，言：當時京師，儒鈍異常。吟詠性情，乃模《內則》，

❺ 批註中的褻語都取直註方式，但都無據，不在此例。見下文。

操筆寫志，翻學《歸藏》。指儒生已變得沒有一點見識真情，專以剿襲古訓為能事。然後發表議論道：「腐者庸謬之謂。或至吝而不庸，或小汰而已謬。或似傲而非謬，或似謹而極庸。或過厚過薄卻非謬庸，或少厚少薄已為庸謬。」這是在引用史料後，加以己見，闡明詞意。說明腐儒之腐，在於見識的庸謬，而不在吝嗇、驕奢，傲慢、拘謹等外表的小支小節。這雖不夠直捷、簡明，卻給「腐儒」作了一個自我的界定，顯出了批者對腐儒認識之深度。

更複雜一點的，是大段的文獻摘錄引證，意在借前人的見解和以往的史實來闡述劇中的詞語。如第二齣〈言懷〉柳夢梅的獨白，有「偷天妙手繡文章」一句，箋註者不去註明，它指極富才華的文人，有偷天手段，才寫出錦繡文章。卻引用前人的詩文評論和歷史文獻，從孟浩然學不儒務，掇菁藻，匠心獨妙。陸機學不常師，心鏡群籍。謝靈運如初日芙蓉，自然可愛。蕭子顯其文自來，不以力構。張融神明洞徹，文無常體。王僧朗學解深拔，文情鴻麗。以及陸遊「等閒言語變瑰奇」，蘇東坡「乞取千篇看俊逸」等為例證，論證古代文學及史學名家的才華、學識、風格，論其詩文之妙，之「繡」。以為只有這樣的高手，才能「偷天」，才有錦繡文章。反之，如果不本性靈，空齋苦思，或鋪錦列繡，雕績滿紙，則如腐魚敗肉，催人嘔吐，是不知「繡」為何物。這段批語，洋洋千餘言，信筆所之，不分代次，讀者如不瞭解這些人物的性情，才華，及其中的故實，就很難把握住批語的主旨。但如果結合這些名家的文學背景和成就來理解，這段批語不僅把偷天妙手、錦繡文章的內涵，發揮得淋漓酣暢，而且也反映出批者的文學見解。這樣的例子說明，兩位批評者的興趣與其說是為讀者客觀地詮釋詞語，疏通文字障礙，還不如說是從自我出發，借助於箋註，著重闡述乃至發揮他們自己的觀點。

批語雖含有較強的主觀色彩，箋註的詳略深淺也一無準則，但他們確是憑藉著廣博的文史知識，註出了一些詞語的語源，考查了一些比較專門的歷史典故和名物制度，便於讀者對所涉及的歷史典故作深入瞭解或作多方面理解。如第二齣〈言懷〉，註「查梨」，謂出梁武帝戲張邵、張敷父子事。（按：係見《宋書·張邵傳》）第二十二齣〈旅寄〉，註「天柱」，謂始於北魏爾朱榮傳。（按：係見《魏書》、《北史》爾朱榮傳。）第二十三齣〈冥判〉，註「咍」字，謂出《北史·齊後主記》。第五十五齣〈圓駕〉，註「風流罪過」，謂出《北史》。（按：係見《北史·郎基傳》）這是探尋語源之例。如此之類，時有舉證。這些雖說不上是什麼重大的發現，但也可見他們熟悉歷史，以至一詞一語都可以舉出它的來源，而且大致確鑿無誤，其史學與語學修養已非常人所能及了。

有的詞句，字面上沒有障礙，原不用作文字的解釋，但批註者卻也引錄史料來闡釋文詞的內涵，點明文句的背景，若干史事內涵的變遷，註出了劇作涉及到的一些歷史制度和掌故。如第五齣〈延師〉，有麗娘拜師的科範，然而究竟如何拜？未經註明，我們和一般讀者一樣並不清楚。批語引于慎行《筆塵》謂：「立拜起於武后。明朝命婦入朝，贊行四拜，皆下手立拜，唯謝賜時一跪叩頭耳。拜師傅下手足矣。」這已把麗娘拜師的姿態及其淵源說得十分明確。《筆塵》即《穀山筆塵》，是于慎行的一部雜著，已不易見。❻有此註解，讀來自覺便捷。同齣，曲詞中有「女秘書」一詞，今人對女秘書自沒有文字障礙，但對古時之女秘書及杜寶之希望麗娘之成為女秘書的含義並不一定清楚。批語舉「隋許善心之母，梁范孝才女，博學有高節，文帝召入宮，侍皇后講讀。魏漁陽太守陽尼妻高氏，孝文敕令入後宮。幽后表啓，悉其詞也。」為例，說明「女秘書由來不乏。」這裏所說的「范氏」，附見《隋書·許善心傳》，「高氏」入《魏書·列女傳》。兩位女性都以才識文章、相夫教子著稱，一人成了皇后的講讀老師，一人成了後宮表啓一類文字的代筆，都成了皇家的女秘書。杜寶希望其女將來作這樣的女秘書，說明他個性的古板迂執。他們所言，是否符合曲詞的本意姑且不論，但卻可以讓今人知道，古今「女秘書」的概念原有同異。又如第八齣〈勸農〉有「鄉約保甲，義倉社學，無不舉行」的賓白，這四種地方經濟、法制、行政，讀者一般也知其大概，簡單註出它們各自的含義本無不可。批語則謂：「鄉約依呂氏，保甲依新建，義倉社學依朱子。既皆舉行，地方更何事不得清樂？馬周曰：隋倉洛口，而李密因之。煬帝末，所在倉庫猶大充牣，而吏不敢賑。及唐師入長安，發永豐倉，民始蘇息。太宗置義倉，高宗即假義倉

❻ 于慎行《穀山筆塵》，今有《續修四庫全書》本。見冊一一二八。

以給他費。然在太守行之自佳。顧不兼保甲，則倉無衛。兼保甲矣不更兼鄉約，則保甲昧義。兼保甲鄉約不再兼社學，則鄉約之意彼不解也」。批語所說的呂氏，即宋人呂大防，新建即新建伯王陽明，朱子即朱熹。他們在建立地方鄉約、保甲、義倉社學的措施中都起過關鍵作用，是明代以後這幾類地方教育、行政的由來。這就是溯源。所引唐名臣馬周的言論，見《舊唐書》卷七四。馬周指出：義倉在隋唐時有許多弊病，所以主張太守負責，四者並舉，綜合治理。這就把《勸農》所說「鄉約保甲、義倉社學」的淵源，及批者對它們的看法，都註出來了。其他例子還很多，這裏不再列舉。這些箋註不僅可以豐富我們的歷史知識，加深對《牡丹亭》詞語背景的瞭解，也可以看到批評者的觀點，是一種借客觀箋釋而著重主觀發揮的批評方法。可惜這些真知灼見都夾雜在大量的文獻引錄中，使人不易辨識而被淹沒了。

吳程夫婦熟悉歷史，擅長史學，每遇《牡丹亭》中與史實相關的人物、情節，都要作一些歷史的考證，如：為說明第十九齣〈牝賊〉「世擾膻風，家傳雜種，刀兵動」十一字，批語舉漢以後至元明，中原漢族與邊境少數民族通婚遷徙移民相雜，以及與近鄰高麗、琉球交往頻繁，人種混雜的許多史例，證明湯顯祖胸有全史。又評曲詞用「膻」字大非，表明批者對民族關係的一種通達的觀點。為釋〈耽試〉中「戰、和、守」三策試題，他們引證宋代陳橐、王質、張慮、王濬諸人的議論，稱：「玉茗雖戲拈一題，已該南宋全史」，是對南宋妥協投降的路線表示非議。為考證第十五齣〈虜諜〉寫完顏亮命李全夫婦騷擾淮揚，第四十七齣〈圍釋〉李全夫婦出海做賊這兩大情節，批者據《元史》指出，楊姑姑在淮揚，已是金章宗（完顏璟）逃到汴京，李全投降元人，並成了元的行省長官之後，劇說杜寶與李全之戰發生在完顏亮時代，與史不符。元太宗三年，李全攻揚州，敗死，楊妙真絕淮而去，逃竄山東，數年而死。只有李全的養子李璮，在元太宗至憲宗年間還專制山東淮南一帶。濟南破日，璮投大明湖被誅，劇本說李全、楊氏混海為賊，也與史不符。批者認為，這不是湯顯祖不知歷史，而是「博者明知而暗改」，或作者故意「戲論世界」，無異於肯定它是劇作的虛構。這對弄清楚劇作的史實也不無裨益。

通閱《箋註牡丹亭》，可以看出批者雖也解釋詞語，但無意作一般詞語的詮解。雖也考索語源，但著力也不多。批者的興趣，主要在用詩文詞曲、史料文獻，來闡明劇詞的歷史背景、歷史故實，表達自己的見解。文獻採錄中，尤以引用正史文獻為多，以史註曲的意識較強，形成了比較明顯的史論、史證相結合的「以史論曲」方法。為其他各種文學、戲曲評點所罕見，因而顯具特色。但引用過多、過深，卻又近於晦澀，反倒給讀者增加了難度，與箋註的本意背道而馳。加之部分引錄，往往割裂原文，取捨隨意，串合無序，缺乏邏輯聯繫，讀來令人如墜五里霧中，就更會使讀者不耐其煩了。

## 四、《才子牡丹亭》之中心思想：「色情難壞」

這個批評本最引人關注的是它的批評思想。我們關心的重點，也是批評者怎樣把握並闡釋《牡丹亭》的情愛觀和性愛觀？批評者對劇作描寫的主人公的內心世界作了怎樣的揭示？對其情愛內涵以及性意識作了怎樣的評說？這是我們衡量批評者是否把握住了劇作精神實質的主要依據，也是他們能否「金針度人」的關鍵。我們知道，自《牡丹亭》問世以後，一些可見的著名評本，如茅評本、王評本，雖已對劇本描寫的「至情」有所論及，但都極為簡略。但《才子牡丹亭》則從批點《題詞》開始，直到作品的每齣、每句，批評者都突出強調劇作表現的「情不知所起，一往而深」的男女至情。如自〈原序批語〉開始，他們就指出：「若士復念庵：師言性，弟子言情。玉茗之心，全在一序，此即其斷腸句，此即其難訴情也。」❼把湯顯祖的劇作直指為言情之作。這不足為奇。他們又接著說：「天下理不覺得為，情必欲得為」，把「情」的需求看作超過「理」的需求。又說：「佛教全在去妄，而若士（湯顯祖）獨言色情是真」；因色生情，因情見色，如天公開花，自然而然，名教不能禁，閻羅不能罰：

❼ 念庵為羅洪先之號，但洪先年歲與顯祖相距較大，故應有誤。據陳繼儒《牡丹亭題詞》，當是復學師張位之語。

> 生可以死，則格令無如彼何矣。死可以生，則閻君不能理勝矣。此書大指，大概言：色情一事，若非陽間謂辱，則陰譴亦不必及，而歸其罪於天公開花。天公既開花，則其不罪若輩可知。如外國之俗，嫁娶各別，不聞陰間有罰也。

這樣把男女青年，如麗娘、夢梅的愛情，說成是因色而生情，因情而見色，有如天公開花，出於自然，這顯係用自然的人性論、情愛論來詮釋劇作的「至情」論的合理性。既然情色出於自然，法令禁不了，名教限不了，連閻羅判官也罰不了。他們提出，明智的做法是像胡判官那樣不罰他們，或像外國風俗那樣，各行婚嫁，不加禁止，就不會產生「死」的悲劇。這在傳統的倫理道德規範中就屬於出格，越矩了。但批者接著指出，中國歷代聖賢，卻編寫了許多限制情愛的文章，當政者又制定了許多嚴酷的律令，這如批者所謂，「賢文」禁之，並執以為「理」，其實只禁其形骸，不能禁其夢，也不能禁其情。實際上，「夢中之恣肆盡情，故百倍於形骸。」既然如此，這樣的禁令又有什麼意義呢？他們還認為，只有薄情、假情，才會一遇「身被刀鋸，魂見閻羅」，心就迷亂，必不能復生。若是至情，則「一靈咬住，斷無退悔」，「雖經萬劫，猶雙雙獸」（按：《山海經》中的神獸），聯體合一，永不分離。所以他們肯定劇作所表現的「生者可以死，死者可以生」的愛情是「洩發巧思，孤情絕照」的至情。面對這樣的「至情」，則賢文幾於無用。聖賢之術，於是乎窮矣。他們明確指出：「自此序一出，玉茗一軍，遂與賢文永作敵國。」這等於為湯顯祖創作思想發一宣言。這些議論表明，批者對《牡丹亭》的至情論不僅十分贊同，而且清楚看到「至情」與「理」、與「賢文」的對立，彼此之間不能調和，因而用自然的人性論予以肯定和發揮「至情」觀，批判抑情、禁情觀，確實抓住了作品的主旨，把握了湯顯祖〈題詞〉的精髓，這就是批者對劇作整體思想的張揚。

批者認為：「玉茗之心，全在一序」，而其中三昧，卻在各齣。所以他們在各齣人物、情節和曲詞的評述中，始終圍繞人物的情感和行為作深入的分析，揭示曲詞的思想行為意義，並突出發揮湯顯祖的至情論。如以

〈驚夢〉為例。他們在批點「裊晴絲」時就說：

> 「裊晴絲」亦是天公示人以當有癡情之證。「裊」甚細也，「搖」則漸粗矣；「絲」甚纖也，「線」則漸巨矣。凡事由微漸著，以至不可收拾。情芽一甲，爛漫穹壤。遊絲只織恨綺愁羅，但見彌天壞情絲飛縱耳。

批者指出這時的杜麗娘情芽已生，芽殼已開，心中先自有「絲」（古代文學中經常借用的諧音詞「思」），故一舉目而即見晴絲也。日後由微至著，爛漫飛縱，必不可免。目前的細、纖，就已顯示麗娘必當有癡情之證。這段批語揭示了麗娘此時的情懷和後文如〈尋夢〉、〈寫真〉等齣的「恨綺愁羅」「情絲飛縱」的內在聯繫，頗具慧眼。「吹開人不識，一一是心華（花）」。批者用這兩句詩，很好地表現了杜麗娘遊園前的內心世界，又可以看作對其文詞的讚美。

〈驚夢〉中的【山坡羊】，是杜麗娘遊園之後，從幽怨而趨於憤激的自白。如何把握這段曲詞，對理解主人公的心理十分重要。批語的箋釋是：

> 情脈念痕，不知所起，曰「忽慕春情」。惺惺不昧，了了常知，曰「沒亂裏」。先言春情難遣，後言驀地懷人，絲毫不苟。杜麗娘意中，有一個「遺春情」之人，而今空有所懷，其人未見，紛紛幽夢，誠不知誰邊，吾父卻欲揀名門耳。彼之所揀，非我所懷，真乃南轅北轍，終無日到，即雙文（指崔鶯鶯）所云：「不知他那一答兒發付我也。」因而因循、遷延。使其忽然有命，我豈能依古遂行？唯有不語而送殘生耳。而今情歸何處竟茫然不知，安得不問天耶？甚良緣之一「甚」字，對「神仙眷」譬如一唾，而「潑殘生，除問天」則全是怨恨。

這些批語，把杜麗娘青春覺醒，激發出愛情的渴望，由「空有所懷」而對父母「揀名門」包辦婚姻的不滿，分析得十分透徹，從這樣的分析中，我們可以感受到麗娘情感的力量，劇詞描寫的力量。

湯顯祖讚美男女至情也表現在情節的構思，特別是夢境的描寫上。夢，表現了杜麗娘對愛情的追求和嚮往，她的大膽和熱情，她的隱密和無奈。所以，「夢」是該劇經典的情節，也是貫穿前後文的樞紐。批者緊扣人物心理，對劇本之寫夢讚不絕口。其中比較集中的一段寫道：

寫麗娘訂婚以夢，真乃作者千載苦心。言此以遣春情、見睡情之一大事。而在絕頂聰明女子，使其不問何人，但有父母之命，媒妁之言，便可藉手登車，絕無此理。使其苟得所欲，即將鑽穴相窺，踰牆相從，如世稗官所載，又絕無是理。若是，則唯有死耳，絕無身名兩美之日也。故放手寫出「潑殘生」三字，蓋直以麗娘為有死之心，無生之氣者也。於是乎施天手眼，用佛慈悲，謂我說為天下才子，則安忍其如此也？乃幻出此一夢。夫夢中之人，何可得真？仍歸於死耳。而夢中之人，既為世間現有之人，則雖死復生可也。吾乃今知作者於麗娘所謂置之死地而後生者也。

因夢而一往情深歸於死，又因夢中之人為「現有之人」而復生，說明湯顯祖「生者可以死，死可以生」的構想既不流於踰牆鑽穴之輕浮，又不依父母之命、媒妁之言式的迂執。作者塑造的是一位「身名兩美」的女性。這就在以往的戲曲中，成為滿懷真情、至情的名門閨秀的典型而散發異彩。

不僅如此，到〈尋夢〉中，批者又從杜麗娘對幽夢的懷想、追念，分析她的心理時指出：「夢好卻如真，事往翻如夢。」在杜麗娘的真境與夢境裏，唯有真情可以一尋耳。批者稱讚這一構想，為「千古奇文」。從批者看來，麗娘此時，已如元曲所言：「口兒裏念，心兒裏愛，天若知道，和天也害。」如此情真意切，她的尋夢也就是真情的重溫了。當她想到「生就個書生」，與之幽會時，批語寫道：

睡既有情，則其可憎可愛相別，真不可以道里計。今我自設想之睡情，真欲擅古今所未有，但不知可有

> 知音者見否？知音，彼亦古今難得之人；不知音，則彼全不懂我，豈不枉哉！

這裏已把麗娘空有所懷之人，直指為古今難得之「知音」。是知音，則可愛。非知音，則可憎，其間的差別，自不可以道里計。批者把女主人公心目中的至情，已歸之於對古今未有的「知音」的渴望了。

通過遊園、驚夢、尋夢幾個片段，幾句唱詞的評點，已可以看到，兩位批者無時不注目於麗娘，無不力求透過對她的一言一行的分析，肯定青年女性追求愛情和幸福之真切美好，揭示並同情她們內心的無奈和幽怨，如此把人物分析和劇作表達的真情、至情主題相結合的《牡丹亭》批評，在吳程夫婦之前還沒有過。這一評本在《牡丹亭》研究史上的重要已不言而喻。

## 五、《才子牡丹亭》對禁欲的批判

《才子牡丹亭》的獨特之處，還不在一般意義上的批點劇本主題、人物，使主題和人物形象更鮮明；這裏更常見而又特殊的是，他們借助批點，重在獨抒己見，著力闡述他們的自然人性論和情色論，強烈地批判禁欲主義，批判僞道學，使其評點既具有理論性，又有鮮明的批判色彩。

如批語在闡述杜麗娘「一生兒愛好是天然」的句子時，批者不單指明：「好」為才貌端正、標致。「天然」即生來愛好，天生使然。杜麗娘此時對鏡梳妝，自歎自憐，批者謂：「自識因自憐，含情相對眄」，是「生來愛好天然」之註。這本已把這句曲詞的一般詞義及主人公當時的心理作了闡釋。但批者同時指出，愛好是人獸關，獸無靈心以辨好否。獸之所為都是隨所感觸，任意速發。至於合禮非禮，不但不得已，亦且不自知。人則不同。人是「皆因癡愛，發生此世界。以此愛根，而芽諸欲。由有諸欲，助發愛性。愛欲為因，愛命為果。眾生愛命，還因欲本。」這裏借用佛家之說，從「愛好是天然」，生發為：愛欲係生命的基礎，生成世界的動力。有了愛欲，就生出其他欲念。有了其他欲念，更又助長了愛欲。所以人類往往「愛形」，即愛貌、愛美。而獸類只是隨其感覺，任性速發，無所顧及。❽這是通過人與獸的比較，用天然或自然「人性」，解釋人類性愛、生命和世界關係的一種自然主義觀點。

然而「欲」又是怎樣生發愛情，助長愛情的呢？他們認為，首先是因為「愛欲是心之本體」，每個人都有「愛根」，愛情乃發於自然。青年男女，一旦萌發了愛的意識，即所謂一旦「鑿破混沌」以後，外在的美，佛家所謂的色，就與對方固有的情，形成對應關係，相互作用，相互吸引，於是生成並發展了愛情。他們描述說：「色者，物之善攻。情者，心之善取也。但使混沌之心不鑿，皆可勉其所未至。無奈色者，鑿彼混沌者也。」就是說，混沌鑿破，色、情即相生相長，其情形就如所引元曲曲詞：「怎做的內心不敬色」了。為此他們斷然說：「有色即有欲。總而論之，空而又空者，理。空而不空者，欲。隨地閃爍翻弄，只無理有欲四字，總括殆盡。更無處躲閃，無處馳騁矣。」可見「理」是人為的，「欲」是天生的。「理」是空洞的，「欲」是實有的。既然人間世界充斥著色與情，情與欲的關係，不僅杜麗娘的愛情追求是天生合理的，所有被壓抑、被禁錮的愛情也是天然合理的。這可看作他們對「色、情、欲」三者關係的一種理論概括。

從愛欲是生命的本能出發，他們進一步闡述道：

> 人趣之異於諸界者，惟牝牡。異於眾生者，惟肉色。而禁攣偏多。惟有情之天下，人多欣遂之事，相耽於欣遂之境。既有無形之投契，斯有不盡之流連。「賢文」牙間餘臭，豈能易仙樹甜桃哉！元曲：「你不拘箝我倒不想，你把我越間阻越思量。」

在他們的筆下，人間的情愛是如此歡愉美好，無怪他們要把禮教「賢文」視為牙間餘臭。結合杜麗娘的身份和情感，批語又說：

> 麗娘生遇，斷不私奔。若強婦人，不思愛好，必將褻辱。吾身之事，不問誰何，隨其所值，付之心最厭

惡之人，則先王制禮、父母不情之過，致開其干冒不韙之端也。

這就是說，作為千金小姐，杜麗娘不會有私奔的舉動，但要強迫她不思不想，不有所愛，就會遭到褻辱。如果父母不管什麼人就隨便把她嫁出去，以至嫁給她心裏最厭惡的人，給她造成悲劇，那都是先王制禮、父母不情之過，也是造成許多婦女甘冒背禮逾矩惡名的原因。可見這種生命本能，原具有反抗性。理性應該順乎人情，錯誤則是先王制禮、父母不情之過。這種主張把幾千年的婚姻觀念都顛倒了。如此讚美情色，斥責「賢文」，非常罕見。

既然愛欲是與生俱來，天生自然的情感和本能，因而也就無法禁止。他們說：「愛欲是心之本體，順之則喜，逆之則怒，失之則哀，得之則樂，反之則惡。識有區域，知無方所，苟能轉識成知，嗜欲無非天機。」這無非要把人們將「欲」局部的「識」，即人人都知道的順、逆、得、失的感受，轉化為通達的認知。倘能如此，就會把人的嗜欲，看作造化的奧秘（天機），一點也不值得大驚小怪了。他們打比方說，人身的愛欲就像任何人有時都會「痛癢」一樣。痛易忍，癢則難忍，這不是他自己要癢，而是天公叫他癢。癢難道要路人來搔？快樂難道要聖人來禁？他們說：「聖人能禁人悖理，王法不能使人熬癢。」又說：「天者人之所不得制也。地偶成天功，樸而冥愚，力發於畜氣之滿。既有身根，自然貪受諸觸。豈有須人抓癢而謂之淫乎？」大意說，人是天地的創造，既有了人，自然有貪愛，有愛觸，直至肉體之觸，這是平常得像抓癢那樣，不能按上犯淫的罪名。這就為《牡丹亭》描寫的情與欲，爭得了天生的合理性。

情愛、情欲既然是人類一種天然的感情，是肉身之軀的自然屬性，因而在他們看來，一切律令、禮法、輿論對它都是禁絕不了，限制不住的。他們舉《禮記》之語，說：「大饗廢夫人之禮，以此坊民，民猶淫泆而亂

❽ 據生物觀察，許多毛角動物，也重擇偶，但不可與人類混為一談。

於族。」這段話見於《禮記》卷五一，但省略頗多。原文大意說，教民追孝事君，民猶有忘親而與君為敵的。教民不爭利，民也有忘利爭利而亡身的。按照禮制，不在祭祀的時候，男女不可以互相敬酒，借此預防不測，但還是發生了陽侯因見繆侯夫人之美，殺了繆侯，奪其夫人的事。後來就在大饗的宴會上不讓夫人出場了。孔子接著強調：君子遠色，男女授受不親，姑姐妹女子已嫁而返，男子不能再跟她們同席而坐，寡婦不夜哭，婦女生病，不可多問她的病症，如此等等。靠這樣嚴格的規定來預防百姓，民間還是發生許多淫亂的事。可見無論如何「防微杜漸」，到處設防，孔子及那些「禮」的制定者也知道，僅僅依賴禮法來禁止情感欲念，仍然「淫佚亂於族」，那都是禁絕不了的。所以批書者的看法是：「無論應得相思與不應得，皆不可禁。禁愈多，止愈少。」「今之理學，似隔衣裘，以拳撩癢。」「賢文只能禁人之外樂，不能禁內情。」用隔靴搔癢的「理」，來禁內在的「愛」，自然是無用的。他們主張：「天有意造之，則不必一概禁殺。」這倒不失為比較清醒的認識。是在嚴密的禁錮中為無勢者及所謂「鄉閭不識字男女」爭得愛的權力。

## 六、《才子牡丹亭》對禮教的反詰

程瓊與吳震生把杜麗娘追求的世界看作是「有情之天下」，把男女之事看作「欣遂之事」，然而杜麗娘以及無數青年男女果欲嘗此「仙樹甜桃」，卻受到古聖先賢所制訂之禮法、名教、律令、閨範、閨訓等「昔氏賢文」的禁錮和束縛。為使有情男女都能得到愛的滿足，享此愉悅，嘗此禁臠，批者花了大量的筆墨，對以所謂「賢文」為代表的這些封建教條作了大膽、激烈的批判。

他們首先著力揭露標榜聖賢，宣揚名教，禁欲禁色的虛僞，開宗明義並毫不留情地指出：「聖賢之號，足以文奸。學問之途，易於增僞。」大有李卓吾、袁宏道蔑視聖賢，鄙棄禮法的勇氣。他們引漢時貢禹之論，說：早在漢代，已是「處奸而得利者為壯士，居官而致富者為雄傑。行雖犬豕，家勢富足，目指氣使，是為『賢』耳。」基於此，他們把所謂賢者與鳥獸作比較，不無憤激地議論說：

人識鳥獸，不知鳥獸饑則相噬，人則其機無已，其欲無厭，事事不如鳥獸，皆不能禁。天位之重，而或藏其私恨。天命有德，而或濫於私與。天討有罪，而或制於私情。集議盈庭，而施行決於私見。諸賢在列，而密計定於私門。顧專於執「賢文」以禁色，亦何益於大計。況教條之頒，徒為虛設，只可行於窮鄉下邑不識字之女兒。

如此痛罵官僚雄傑，嘲弄「賢文」，真是一針見血，錚錚有聲。

他們針對宋代理學和道學名家及所謂文章之士，鼓吹天理，禁絕人欲，竊取名義的情形，說：「自宋以後，華士檢點形跡，持循格套，趨避毀譽，以為『賢文』。漸染成俗。假託、貪黠、奔競俱不恥，而獨於談色者，欲以虛聲嚇之。」這對宋之假道學的本質可謂擊中要害。他們還借用王陽明的弟子王龍溪之語，對這些貌似聖賢的人加以嘲諷，說他們

將道學著為典要，跡是情非，是為壞道鄉愿。全體精神，盡從外面照管，只學取皮毛支節，趨避行跡，免於非刺。只在世情上揀的一個好題目做，只管學成殼套，不如行不掩者，其心事光明超脫。泥於格套名義，揀擇假借，單尋好題目做，縱使要討世間便宜，鬼神會得算帳。

這些言論對聖賢、道學的虛僞面目揭露之深刻，態度之激憤，都是晚明反理學思潮的繼續和發展。

他們不僅在理論上揭露統治者的虛僞，還從歷史上列舉歷代帝王、后妃、文武大臣及各式各樣權勢者，蔑棄禮儀，好色縱欲的種種醜行來揭露他們行動上的虛僞。如指周文王「則百斯男」是漁色亦多，媾精亦勤。舉宋襄夫人私通孫子鮑，晉文公娶侄媳為妻，齊襄公卑聖侮士卻唯女是崇等事，說：「禮至周而始密，而越禮事唯其子孫最甚。」這對鼓吹禮法的衛道之士無異當頭一棒。後世統治者又如何呢？他們指出，至漢，自高祖幃薄不修，孝文衽席無辨開始，以至靈帝起裸遊館。諸王子弟，如齊厲王劉次昌，燕王劉定國，思王劉終古，代

孝王劉年，無不是變亂人倫，行同禽獸的代表。正如仲長統所言：漢興，分王子弟魚肉百姓以盈其欲，烝報骨肉以快其情。他們「出於禮制之防，放於嗜欲之域久矣。」這在一個獨尊儒術，大興三綱五常的時代，是一個莫大的諷刺。

後世的統治者繼承了這樣的衣缽。批者前後舉到的例子就有：後趙石虎之淫亂，北周李遷哲妾媵之眾，北魏李神俊官侍中並篤好文雅，而從學士子，皆被褻狎。陳始興王陳叔陵見民間少妻處女微有色貌者，即被逼納。隋文太子楊勇急於色，痛恨阿娘不給一好婦女，指皇后侍兒說：「她們將來都是我囊中之物。」唐中宗賜浴，皆狎猥佻佞。后妃淫縱也不乏其例。如：北魏文成帝文明皇后馮氏，行為不正，有內寵多人，出入皇后臥內。北齊後宮多招幼童婦女而行猥褻。這些都是史實，它們分別見於《左傳》、《漢書》、《南北史》、《隋書》、新舊《唐書》等等，舉不勝舉。他們一直舉至明代，稱明「宗室莫不廣收婦女，妾媵無紀。甚至上烝下淫，互相容隱。有司懼謂挾私欺侮，又恐史冊書之，不敢奏。中冓之言，不可道也。」在大量的史實面前，他們的結論是：「不奸不雄，不雄不奸，彼用賢文，塗民（蒙蔽、降災於百姓）而已。」這可以說是對統治者的僞善而言的。又說：「富貴男女，多犯『風姿惹邪，情腸害劣』八字，包世間無限事。」是對包括統治者在內的富貴男女的行為而言的。一句話：「後世都是得為即為，賢文徒禁勢不得為者。」或換句話說：賢文禁與不禁，「唯論貴賤」。在他們看來，「賢文」不禁，也無法禁止那些有權有勢的統治者去貪色，去縱欲，卻偏偏去禁止那些無權無勢的男子和不識字的鄉間女兒去爭得愛的權力。許多女子，被權勢者所奪，所汙，一面是「好魚輸獺祭」，一面卻是「白鷺鎮長饑」耳。這就是批者對「昔氏賢文，把人禁殺」的歷史本質的揭露。

理學賢文既然是歷代儒生的傑作，吳程夫婦在批語中對前代之儒和後世儒士、儒生在色欲上的態度也作了認真的審視。他們說：

> 孔子之言色獨寬，知色情之難壞者，莫如夫子。曰：血氣未定，戒之在色。曰：賢賢易色，方可謂賢。

則明以色與賢並峙，知其為至深貪著，而作媿語相商，如云人亦何樂不賢賢？但恐有時奪於色。能以此相易，則真賢賢矣。未遽視為輕末，欲以一二方板語奪之也。

說明孔子把色看作人們貪戀「至深」的事，不用迂腐刻板言語加以否定。孟子更說過：「好色人之所欲。知好色則慕少艾，有妻子則慕妻子。」批者說，孟子「出言措語，尤其不遠人情。」可見早期「賢文」於情色觀念比較寬容。

但兩漢以及宋明以後，文網越來越密，律令越來越細，禁錮越來越多，以至持循格套，漸染成俗，專執賢文以禁色，連做夢也有罪。用批者的話說，這樣「把人禁殺，是欲其開口無笑時也」。結果是「今入世者，嗔喜笑罵，總屬不真。只禁此真情相屬之相思，是不禁人假而禁人真也。」這便造成了情感的虛僞。所以漢代以下，虛僞的儒士和儒士的虛僞非常多。批者從中舉出了歷史上一些典型的例子：如後漢黃允，一時俊才，為當時名儒郭林宗所賞識。但他喜新厭舊，欲鑽營為太傅袁隗女婿，不惜離異原妻。允妻夏侯氏知道後，乃集賓客三百餘人，歷數其穢惡事十五件，使他從此見不得人。批者隨後諷刺道：「儒流最會笑人，其怕人『數』之事亦多矣。」可見不只黃允如此，儒流中不乏如此穢惡之人，不乏怕人揭穿的穢惡之事。又如南齊王僧孺，原以忠孝得名，仕齊為太常博士。一次武帝問他，家裏有多少妻妾，他沒有正面回答有多少，卻說，臣在家裏對她們連斜視也不敢。儼然正人君子。但在南徐州時，有朋友暫把小妾寄在他那裏，等到這位朋友辦完事情回來，小妾卻已經懷孕了。事情經人告發，他終於被免官。這自然也是一個僞君子。宋代著名的理學家張栻（南軒），是與朱熹、呂祖謙齊名的東南三「賢」之一。平生鼓吹靜心寡欲不遺餘力。批語卻揭露他「晚得奇疾，虛陽不秘，每歎曰：『養心莫善乎寡欲，吾生平理會何事，而心失所養。』竟莫能治。臟府透明而卒。亦太奇事。」這真是莫大的諷刺。

針對歷史上許多僞君子，儒流中的許多僞道學，批者借春香反問陳最良：「窈窕淑女，君子為甚要好好求她？」而作辛辣的回答：「此問真正聰明。造端夫婦，即此『甚的』。道學先生日日與人同做『甚的』，口中斷斷不肯說出『甚的』。甚至入內之時，告訴虛空曰：『某非為私欲也。為天地衍蒼生，為朝廷添丁口也，為祖宗綿血食也。』」這可以說是虛僞之極了。於是他們憤而指出：「標題則人人忠孝節義，演義則事事風化綱常……而名炳汗青，大半欺天；老猾竄身德行才猷之徑，而夢寐不可以語人。此為妖氣暗文，惜無神鏡以照之也。」忠孝節義、風化綱常被吳程夫婦所不齒，「昔氏賢文」到了他們的筆下成了「妖氣暗文」，真是斗膽包天，鋒芒畢露。他們惋惜以前沒有照妖神鏡照出它們的原形，他們的批註也稱得上是一面照妖神鏡了。

## 七、《才子牡丹亭》的其他社會關懷

《牡丹亭》不是一部單純表現愛情婚姻的戲劇，它圍繞主人公為爭取婚姻自主，愛情自由的權力而展開的情節主線，鋪敍了許多相關的人物和情節，涉及到社會生活的許多方面。比較突出的，如科舉和人才，宋金間的戰爭和人民的苦難，婦女的情感和婚姻權利等等。這些情節有的源自話本《杜麗娘慕色還魂》，有的出自湯顯祖的虛構，它們與湯顯祖思想的關係是複雜而曲折的。批者時而用豐富的歷史知識、文學知識去揭示它的歷史內容，時而在這種揭示中表達自己的態度和見解，通過這些評註進一步充實並闡明了劇作的社會意義。

先看劇中的男主人公。柳夢梅的懷才不遇、應考，以及考後的曲折，是《牡丹亭》描寫劇中男主人公的主要情節，表現柳夢梅性格的重要段落。批者在相關的場次和曲詞中，不時以史料來充實劇中人物的性格內涵，或直接進行人物性格的社會分析，給讀者描繪出一個自己心目中的柳夢梅。如，柳夢梅自述「河東舊族，柳氏名門最」的時候，我們自然理解他出身名門，看重郡望，但看重到何等程度，他追溯到多遠，卻無從捉摸。批者據《北史》卷六四柳氏人物傳記，列舉後趙河東郡守的柳恭，到劉宋時的柳僧習，再傳至柳帶韋、柳述、柳謇之，指出從十六國到周隋，河東柳氏文采風流人物，代代相繼。批語註出其中的譜牒，不單落實了「高門世葉」的歷史內容，還可以看到柳生對文采風流的的家族是多麼自詡。這樣以史註詞，更突顯了書生的性格。

接著，柳夢梅又感歎「貧薄把人灰，且養就浩然之氣」，這兩句詞，我們也很容易以為是書生習氣而輕輕看過。批語則引魏文帝之論，說：貧賤則懾於饑寒，富貴則流於佚樂。營目前之務，遺千載之功，斯亦志士之大痛也。一下就把柳生放到「志士」的境遇上來看待，並深切的表示同情。故而說：灰與不灰，存乎其人。對柳生寄予期望。柳夢梅此時沒有灰心喪氣，倒反而要養浩然之氣，批者也接著指出：「志不強者智不達。文章有能有不能。不能者囚氣鎖詞，能者肉食虎狼，則氣尚焉。工文而不遇，或者氣不振也。氣足則其光燁矣，斯養尚焉。」對他的尚氣表示贊許、鼓勵，指出：有志則有智，無志則無智。果能尚志養氣，連文章都有光彩。批語接著說：「看他發端既遒，又逢壯采，竟有『山為墨兮磨海水，天與筆兮書大地』，才能略展狂生意氣。」批語把柳夢梅看作不灰心，不墮志，並有些「狂生意氣」的人物，這對剛上場的柳生性格是比較深入的揭示。

第二十二齣〈旅寄〉，柳生沖風冒雪到南安，不提防滑了一交，被陳最良看見，腐儒嘲笑他「甚城南破瓦窯，閃下個精寒料」。「精寒料」就是窮光蛋，沒有疑問。但批者不把他看作一個普通的窮光蛋，卻說他是「胸中曉盡世間事，命裏不如天下人」的精寒料。並舉例說：「管子嘗謀事而大窮困，鮑子不以為愚，知時有利不利也。《荀子》：士無立錐之地而能使四海若一家。其窮也，俗儒笑之，嵬瑣侮之。其通也，英傑化之，眾人愧之，即此『料』也。」自然，柳生當不起批評者這樣的類比，或者說，其間沒有可比性，但我們如果解得批語對柳生性格內涵的詮講，就會適當提升柳生的性格水準，不會輕易地說他是一個與杜麗娘不相稱的形象。

然而柳生不能免俗。他求功名，奔仕途，甚至撞府穿州，不依本分，干謁上司。這是兩位批點者深惡痛絕的。他們一面無奈地指出，這樣做，是「澡身濁井泉，沫髮渾水溝。本欲求光澤，翻貽七尺羞」。「蓋亦風氣使然」。其不滿在於風氣之壞。一面借批點柳夢梅這類行為和曲文，極盡嘲諷和批判，一點也不寬容。如當柳夢梅說什麼「必須砍得蟾宮桂」時，批語說：「制舉非惟不足以成天下之才，又從而困苦毀壞之。所謂垂蝸蜓之餌，冀吞舟之魚。象山謂，決去世俗科名之習，如棄穢惡，則此心靈，自仁自智自勇。」這對柳生以及許多士子的功名之心，都是當頭棒喝。

同齣，當柳夢梅說到香火秀才韓子才時，批語說：「所教非所用，所用非所教。太學不過聲利招徠，子衿不過記誦帖括。是以擾攘之國，剛明之君，視學校若敝屣斷綆。即唐太宗輩，亦不過鋪張顯設，以為美觀。士之能自異者，乃反不願於學。」接著舉李德裕不喜與諸生同試，歐陽修不願為制舉業為例，證明真有才幹的人，已不願走制舉之路。雖是香火秀才，也是措大多於鯽魚。這把以追求功名利祿為目的的學校的黑暗作了揭示，奉勸儒生以真才而自立於世。

他們還借評論陳最良之機，指東家子孫〔按：古時曾以「東家丘」稱孔子，此即指孔門子孫，後世儒生〕，「甫入塾即以給青紫、大門風為第一頭」，「惟富與貴橫據腎胃。」這無異直刺東家之徒的腎胃肚腸。

他們的筆幾乎隨著書生的行跡隨時予以嘲諷。如云：

> 七寸毛錐，驚散九天風雨。三場文字，博來幾代榮華。一生氣力，總為「姻緣之份，發跡之期」八字所使，思之一笑。
>
> 老泉曰：人固有才智而不能為章句名數之學者。茍一之以進士，是使奇才絕智，有時而窮也。
>
> 南漢狀頭進士，皆下蠶室，方得進用。而有自宮求進者。人好功名，一至此乎？
>
> 東坡云：名為經術取士，其實占畢〔按：指只知死背，不知書義〕進耳。既以小技定其優劣，而又惟誦舊策，多抄義條，竊取剽盜，積薄流淺，全無由衷真的之見，直可笑也！
>
> 以時義取士，萃天下人精神為一的，猶閉之一室，而責其通諸四海，其餘書史，付之度外，謂非己事。其學誠專，其識日陋，其才日下。

如此等等，都可以看出兩位「箋註」者對科舉、功名，禁錮思想、摧殘人才的深刻認識和批判。其思想意義已超過人物形象的分析。

其次應該注意批本對現實的批點。由於《牡丹亭》描寫到官府、刑罰、戰爭等社會現實的畫面，兩位原批者也不放過劇本的一場一景，一曲一詞而加以生發，在評述中也做了很多文章。如〈延師〉，杜寶有「山色好，訟庭稀」之句，標榜政績。批語卻引唐陸贄之語，大略謂：今人才積衰，郡縣積弊。上司遊揚其文，具僞貌之事；胥吏變亂事實以逞私欲。治簿書的但欲多事以招賄謝，治錢谷的則毀契匿籍與豪家相表裏。被害者皆儒弱不能自達。所以批語說：訟庭稀三字，談何容易。這可以看作衙門現實的披露。

〈勸農〉有稱頌太守「弊絕風清」、「務農宣化」、「有腳陽春」許多美詞，批者也大不以為然。他們直接指出，「一有公差，便不清樂。一有捕快，便是一弊。」「將公差與賊盜匹對，妙極。二者有一，不清樂矣，況有其二乎？」同時還引證歷史，說：縣令、太守，「強者貪如豺狼，弱者略不類物，實狗而冠耳。」「若今來縣令，加朱紱，便是生靈血染成，即無春風滿馬之致。」視地方大小官吏都為民害。他們還引《南史·蕭昌傳》，〈傳〉記他任衡州刺史，好酒而徑入人家，每趁醉殺人。因評曰：「雖亦有腳陽春，百姓有些疑畏。」這就讓讀者對「有腳陽春」的太守望而生畏了。至於「務農宣化」，借勸農宣傳教化，批者則舉隋時江南牧守為例。這些官員為改晉以後禮法鬆弛的狀況，命令百姓，無論老幼，一律都要背誦五教（按：指父子、夫婦、兄弟間的道德倫理），百姓十分厭惡。不久江南百姓造反，他們竟生臠縣令，啖其肉。執長吏，抽其腸，曰：「更使儂誦五教！」其諷刺宣傳教化的意味何等強烈。

批者對百姓懷有深切的同情，因而十分關切百姓的苦難，民眾所受戰爭的痛苦。他們曾指出：「民雖匹夫，中有豪傑、有奸雄、有義勇，是以聖人不敢以匹夫待民。」《牡丹亭》偶爾有涉及百姓、眾生、人民的詞句，都充分利用，反復批註，借題發揮。第二十三齣〈冥判〉，胡判官上場白，說到宋金戰爭，有「損折眾生，人民稀少」的話。批語即先引《隋書》卷六五李景傳，形容戰爭為不祥之物，它的出現就是來食人血的。並舉仁壽中，漢王楊諒作亂，李景與戰，死者數萬。說明戰爭的殘酷。又舉隋煬帝對裴蘊之諭說：「益知天下，人不欲多。多則相聚為盜，不峻殺（按：《隋書》《北史》皆作「不盡加誅」）後無以勸。」這是為滅內亂，煬帝竟以峻殺、盡殺為戰爭手段。所殺自是民眾。接著用宋孟珙所記金、元事，謂「金人每歲必剿，謂之滅丁。金末之守蔡也，驅老幼熬為油。聽城中老弱互食。又往往斬敗軍全隊，拘其肉以食，故欲降者眾。」孟珙入問守者所在，遂分其骨。可見杜寶所面對的金兵兇殘的一面。批者並不以為這種兇殘為金人所特有，而是在古今戰爭所常見。它舉曹操糧盡東阿時，程昱曾以人肉為脯，以解軍饑。前秦苻登，每戰殺賊，名為熟食。謂軍人曰：汝等朝戰暮便飽肉，何憂於饑？士眾從之，啖死人肉輒飽。又舉南北朝時，北魏高祖以人肉食人，高洋殺降，多令支解。梁簡文帝時，侯景下廣陵，蕭綱逃西州，自春迄夏，人相食，都下尤甚。梁武破郢州，男女十萬，疫死七八，積屍床下。隋末朱粲，眾十萬渡淮，屠竟陵、沔陽，轉剽襄陽，擄略婦人及少年男子，分別儲存而烹之。後降李淵，唐使者段確等數十人全被「甕食」。這便是「損折眾生」的實錄。在史實的引述中，批者特引陶宗儀《輟耕錄》所記「兩腳羊」、「想肉」、「菜人」的典故。據陶氏所述，金元以來，天下兵甲方殷，而淮右之軍嗜食人，以小兒為上，婦女次之。或坐兩缸間，外逼以火。或於鐵架上生炙，或巨鍋中活煮。酷毒萬狀，不可俱言。總名曰「想肉」，以為食之而使人想。《雞肋篇》通目為「兩腳羊」。是雖人類而無人性者矣。這就是古代戰爭帶給民眾的災難。批語引詩稱：「太武南征似卷蓬，徐揚蔡兗殺教空。從來吊伐寧如此，千里無煙血水紅。」這裏說到的太武，自然不單指北魏之托跋燾，而是概括了歷代戰爭「殺教空」「血水紅」的真實。批者借這些史實感歎道：于嗟乎，眾生！並發議論道：「夫『人民』乃作熬油、箸骨、代糧之用，何必迂談道之大原出於天，天地有好生之德哉！」這些批語全不在詮釋劇中的詞語，而是為「眾生」、「人民」所受戰亂之苦作控訴了。

同理，批評者對判官唱詞：「剉、燒、舂、磨」一類陰間刑罰也作了歷史的，同樣也是現實的詮釋。他們舉北魏世宗時，公孫軌取罵者之母，從下倒劈，分磔四肢於山樹。事見《北史》卷二七。漢董卓獲山東兵，以豬膏塗布十餘匹，用纏其身，然後燒之。先從足起。事見《三國志》卷八所引《獻帝紀》。素稱有豺狼之聲的侯景，能食人，也為人所食。史載，侯景好殺成性，常以手刃殺人為戲。飲食時，斷人手足，割舌劓鼻，而言笑自若。其據石頭城，曾置大臼碓，有忤其意者即擣殺之。又為大剉，寸寸斬之。他的結局也慘。叛齊時，高澄命人剝侯景妻子面皮，然後用大鐵鑊盛油煎殺之。景既敗，百姓爭食其屍，以至屠膾羹食皆盡。事見《南史》卷八〇、《梁書》卷五六。他們還指出，這類酷刑，不僅中國有，外國也有。批語舉永樂初，日本使臣在寧波將明朝擒獲的倭寇二十餘人，置於甑而蒸殺之。事見《明史》卷三二二。這樣的慘事，可謂舉不勝舉，但看了這幾宗典型的史例，足可令人膽戰心驚，毛髮倒豎。這樣多的酷刑，就像一座人間地獄。所以批者總結說：「剉燒舂磨，固從人間學去耳！」是人間的殘酷，才化為陰間的刑罰。批語把〈冥判〉所寫的陰間世界看成現實的折射，表現了批者對歷史和現狀的批判，也表現了他們對《牡丹亭》所寫內容的深入理解。

第三，我們還值得關注批者所表現的女性意識和婦女觀。《牡丹亭》是一部通過杜麗娘的生死愛情，表現青年女性追求愛情自由，婚姻自主的愛情戲，所以它的女性意識較多的表現在對女性情感、欲念的肯定上。他們認為「男女同性」，「男女同色，色同情」，所以婦女理應同男子一樣有愛的權力，愛的生活。批者為女性爭取這樣的權力，不遺餘力地批判理學賢文對婦女的禁錮，聲稱與賢文永作敵國。他們主張，婦女不單可以婚姻自由，在極端的情況下，還可以情色自主，表現著對女性的感情和幸福的關懷。他們非常讚賞謝道蘊。道蘊雖嫁了王凝之，稱得上是名門神仙眷，但她卻鄙薄丈夫，說：天壤間竟有這樣的王郎！在大人物謝安面前，公開表示自己的不滿。他們指出，嬌慧女郎，心中無不有一個極想的人，要防止所嫁不是心中極想之人，應該仿效我國西南某些少數民族（如溪、峒）的婚嫁方法：「令其自擇也。其法令女擇男，無令男擇女。先聚貴男與一切女，令自擇之。其棄餘者，方與一切男女通為一聚，復令女擇。」儘管這種「以女擇男」的婚姻在封建制度最頑固、最嚴密的中國沒有現實的可行性，但這一設想無疑飽含了對無數女性婚姻、愛情之苦的同情，及極力尋求掙脫痛苦方法的努力。這種設想是十分大膽和超前的。

婦女不單在婚姻上受到沉重的壓迫，在現實生活中，在社會動亂的年代，統治者從不把婦女當作人而隨意掠奪、侮辱、屠殺，婦女經受的苦難比男性要多得多。兩位《牡丹亭》的批註者的眼光，也就從自然人的女性轉向社會中苦難的女性。他們每借歷史予以披露，並從而表達憤激之情。僅批註第十九齣〈牝賊〉「擄的婦人」一句，他們即舉梁元帝時，江陵火燒數千家，以為失在婦女，盡斬首於市東；魏破江陵，選男女萬餘口，分為奴婢；王鎮惡從劉毅破姚興，收斂子女不可勝計。其註第三十八齣〈淮警〉，又舉盜蹠橫行侵暴，取人婦女；晉王浚討成都王，一次沈婦女於易水就有八千人；爾朱榮的從弟鎮大梁，諸將婦有美色者莫不被其淫亂；史思明縱其部將淫奪等等。無不是古代婦女命運的明證。批者在史實之外，還引錄了不少詩作。如引《食婦哀》云：「芙蓉肌理烹生香，乳作餛飩人爭嘗。兩髀先斷挂屠店，徐割股腴持作湯。不教命絕要鮮肉，片片看入饑人腸。」還舉詩曰：「生女逢亂世，不如痤荊棘。……欲死不可得，欲生辱勝殺。」如此生割活剝，忍辱偷生，令人慘不忍睹。然而卻是當時婦女真實生活的寫照。故批者謂：讀詩至「白骨馬蹄下，誰言皆有家？聞道西涼州，家家婦人哭。」每為嗚咽。批者對婦女的不幸遭遇的深切同情無不表露於字裏行間。

我們想特別指出，兩位批評者不僅僅看到婦女軟弱、不幸的一面，他們也充分認識到婦女具有的能力、才華及反抗的一面。他們列舉古時不少婦女精通經史，善於屬文，富於見識的例子，如南齊之韓蘭英，北魏之封氏、李氏，唐之長孫氏、林氏，或為博士教六宮書學，或教子弟經書以成進士，或成王公的諮詢顧問，都成為堂堂正正的男子師；他們讚美古時許多女性，赴國難，報家仇，大義凜然，巾幗不讓鬚眉。他們舉出，五代后妃多雄傑，如梁太祖張皇后，精明強悍，太祖每以外事詢之，后言多中。後唐太祖正室劉氏，常從征討，明敏習兵機，嘗教侍妾騎射，以佐太祖。後唐廢帝劉后，為人強悍。石敬瑭后，為人強敏。劉智遠之李后，有遠識。周世宗苻后，為人明果，危難中能以智自全，斥亂軍不敢犯。這些女性的才能膽識都在五代國君之上。他們舉出唐之李希烈妻（竇良之女）以聰明才智破逆賊之謀，明之秦良玉代夫征討，對於這樣果決而有才智的女性，他們認為「可以托六尺之孤，可以付千里之事，可以敵數世之仇，可以昌後代之業。」直將她們比作可以擔當經國大業的棟梁。他們還說，如唐時之武則天，外國之波斯、扶南、倭國，女性可以為一國之主，自坐「當中」。以此為例，聲稱龍椅寶座不必定付無能之男，公然以女權挑戰皇權。這一系列言論，是對女性固有才幹、能力的肯定，也是對根深蒂固的以男子為中心的宗法權力制度和觀念的挑戰。可謂為女性揚眉吐氣。

他們對身逢離亂，忍辱偷生的下層婦女給予了更多的關心。他們不僅深切同情她們的苦難，還探究了防止不斷製造這些苦難的措施。批語在引錄了兩首描寫女性不幸命運的詩篇後，說道：「嗚呼匹婦！彼豈知受辱則為所輕，愛死仍言可殺。生不可必，而死又無名也。然使當太平之時，惟士流婦女及應試男子許習兵事，餘皆厲禁。使〈小戎〉『板屋』之風，化行天下，則馬上相見，烈性誰無？猶得揮彼長刀，以斫賊死。」可見在他們看來，被擄婦女，生死兩難。受辱被人所輕，受死仍被說成可殺，真是求生不能，求死無地。這都是制度嚴禁女性習武之過。如果平時允許她們學習兵事，像《詩經》秦風〈小戎〉中那位婦女一樣，強悍勇敢，熟知車馬器械，以備戰伐。一到危難，她們拿起長刀，騎上戰馬，也足以殺賊。烈性決不在男子之下。這種主張充分肯定了婦女的反抗能力，表現了一種積極、陽剛、自主的婦女觀。這也是他們認識上的一個亮點。

## 八、《才子牡丹亭》的評價問題

《才子牡丹亭》獨到之見，驚人之論不少，但它的污言穢語，奇談怪論也相當多。最觸目，最大量，而又最不可理解的，是他們主觀地把《牡丹亭》的曲詞、說白，把其中幾乎所有天文地理、社會政事、人事動植、文學成語等名詞概念，都看作男女二根，都當作男女性事。並連篇累牘、不厭其煩地把它們標舉在每齣戲的開端，一一加以直註。且舉第二齣批註中的幾個例子：如說「雨打」喻女根於男，「風吹」喻男根於女，「炎方」喻女根，「楊柳」似男根，「桂」喻男根，「斧」喻女根，「孤單」又喻男根。如此之類，不一而足。如果把它們集中起來，林林總總，幾乎可以組成一部性學辭典。這在一切文學或戲曲的評點中絕無僅有，見所未見。

我國古代文學，甚至古代歷史中，出現並採用過一些隱語，如以「魚」比配偶，比性事，以「雲」、「雨」或「雲雨」、「巫山」等等比喻男女之事。在巫術、道術和民歌、戲曲科諢中有不少性事借喻語彙。在史書中也曾用「食」、「朝食」、「對食」等詞語比喻情欲、逐欲等事。但所有這些，都在《易經》《詩經》《楚辭》、南北朝民歌及史料中可以找到許多例證加以證實。它們有歷史的連續性和較廣泛的認同基礎。因而是可信的。湯顯祖寫杜、柳的愛情，他們的歡會、幽媾，也用了像「巫山神女」、「日下胭脂」一些通用的隱語。但湯顯祖寫至情就是至情，寫幽會就是幽會，在審美接受的範圍內，毫不躲躲閃閃，故意隱藏。吳程夫婦卻認定劇中用語都是比喻，所謂「言言取譬」，「句句是謔」，而且都是「褻豔語」，所以他們的語義批註就像傾力揭開謎底一樣，要「將褻喻一一註明」，自始至終做著猜謎遊戲。結果就如吳梅、吳曉鈴所說的：「所有曲文，皆作男女褻事解」，「其評語極奇，皆聯繫二根。」❾以至把「廣州」說成「嘲男根」，「夢梅」指為「夢泄」，劇中「春心玉液、笑眼生花、雨絲風片、幽窗冷雨」等等劇詞都指喻為女根。造成性器、性事隱語的大泛濫。這樣的「箋註」，一味憑空想像，穿鑿附會，連中文辭彙都沒有了明確的語義。這些奇談怪論，曲解了湯顯祖的本意，破壞了《牡丹亭》的語言美和藝術美。

吳程批註突出了劇作的至情說，強調了青年男女愛情的天然合理性，並以才情和相互「知音」建立愛情的基礎，這些自然是可取的；但他們卻似乎過份突出了肌膚之愛，強調男女之間的性開放與性滿足。揀兩處還算文雅的例子來看：如批到「人中美玉」，便說「人間天上，豈復有逾此美物乎？世間有欲事，只為有人玉耳。」批至「怎便把全身現」，便說「猶言此僅連衣看耳。若可受用，身全體呈露，更不知如何妙也。」如是之類，多不勝舉。他們自稱：「多才難自持，有情寧不極。」又引佛家之說，稱：「無色界天雖意根猶在，不如色界天。色界天無觸法，又不如欲界天之有觸有法多矣。」直是要在欲界盡享肌體相觸之樂。因而每遇男女之體貌，多賦以情色的闡釋。每涉性事，多予露骨張揚。這樣的議論在當時不失為對理學禁錮的蔑視與反撥，但確有貪色戀肉、放縱情色的傾向。這些批語，有放言好奇，舛謬傷雅之過。

批語大量採用史料詮講曲詞、曲意，借歷史闡述見解，以史論曲，以史證曲，給批註帶來了歷史深度，也形成了這一批本的顯著特色。如此看重史料的詮解作用，在文學評點中，恐怕也是只見有一，不見有二的。但他們卻由此走向絕對化。認為湯顯祖淹通書史，許多詞語、事物，都是從淹通青史得來，因而竟認作者是「全用史法作傳奇」。作者「因兼史學，故是名筆」。這就不符合湯顯祖以話本小說及文言小說為原型而進行藝術虛構的基本事實和他創作的基本原則。帶著這種觀念，他們常著力尋找人物、情節、文詞的歷史依據，結果卻不免白費心力，無功而返。如他們考《魏書·胡叟傳》，說此人善為典雅之詞，復工鄙俗之句，「是玉茗此書來歷。」考杜麗娘的名字，謂「從陰麗華之名觸得」。柳夢梅之字春卿，謂原於宋人「吳育，字春卿。」說：玉茗之寫陳最良，實用《南唐書·彭利用傳》。如是之類甚多。這些「考證」，有的屬於捕風捉影，有的則是牽強附會，都不足取信。個別考證，如陳最良與《南唐書》彭利用的關係，彭之迂腐、鄙俚、好摘裂章句，而不曉道理，不過是腐儒中的一個典型而已。彭利用不過供我們看到南唐時一個真實的典型，卻不能說湯顯祖就以他為原型。劇本人物陳最良的行為和性格內涵比《彭利用傳》要豐富許多。若說《牡丹亭》的人物、劇情及相關詩句文詞的依據，自是話本《杜麗娘慕色還魂》及李仲文、馮少將兒女事等傳說。話本和李馮傳說原是虛構作品，劇作何來「歷史」依據呢？不能考出話本與傳說用史法，怎麼能證明劇本用史法？批者似乎沒有讀到杜麗娘話本，所以批語一無涉及。在此情況下，卻要證實劇本的人物、情節、曲詞都直接源於史書，也就如同建起空中樓閣，無疑也是一種誤導。此外，在史料的引錄上，或堆垛成弊，連接無序；或掐頭去尾，不成文句；或誤記誤刻，時有所見。這些都不但造成了閱讀的困難，也成了它比較明顯的缺陷。

總括而言，《才子牡丹亭》的內容很複雜。它既表現為晚明思潮的繼承和發展，又表現出這種思潮的極端化。它既發揚了《牡丹亭》的思想光彩，又對作品作了許多曲解和傷害。它既有不少深刻見解，真知灼見，又有許多奇談怪論，胡言亂語。可說是精蕪雜陳，良莠互見。但無論是精華，是糟粕；是優長，是局限、缺陷，它終是一部規模最大，評點最系統，資料最豐富，方法最特別的《牡丹亭》評點之作，是古代戲曲的第一奇評。它不僅對湯顯祖與《牡丹亭》研究，而且對清代思想文化的研究都不無裨益。

---

❾ 吳梅、吳曉鈴語，亦轉引自徐扶明《牡丹亭研究資料考釋》。

# 點校述例

一、本書題名《才子牡丹亭》，又名《箋注牡丹亭》，屬《牡丹亭還魂記》的評點本，清雍正、乾隆中刊刻。今據美國柏克萊大學藏本，錄《牡丹亭》原劇及批註序文、批語、附錄文字，刊行面世。缺頁及殘缺文字則據上海圖書館乾隆本校補。原劇曲文部分據徐朔方、楊笑梅校注《牡丹亭》（臺北：里仁書局，一九九九年）（簡稱「徐本」），以及徐朔方箋校《湯顯祖全集・牡丹亭》（北京：北京古籍出版社，一九九九年）（簡稱「全集本」）核校。

二、原書分上下兩欄，下欄刻劇，上欄刻批，上下分別聯綴，不能對應。為閱讀方便，今以齣目為序，前列劇詞，後列批語，批語分段相隔，以求醒目。

三、本書刊印不久，即遭禁燬，未能通行於世，且歷來未經標校整理。為方便閱讀，今以通行標點符號加以點校。句逗一依常例，專書則冠以書名號，單篇作品用篇名號。佛道、雜著之泛稱者則略之。書中部分引號為批者引錄原劇文字詞語所加，今照錄，惟遇錯訛，則酌情改正。

四、本書字跡漫漶甚多，又缺別本校補，往往不能辨認，故句讀為難。點校時除據史書、詩文集校補部分文字外，餘則一仍其舊，以闕號示之，祈讀者鑒諒。

五、書中異體字、俗寫字，如菴之與庵、寔之與實、襍之與雜、夗央之與鴛鴦、楊州之與揚州，前者皆已少用，現皆改為通行字，不加注明。

六、書中錯字、別字、誤刻亦多，如少作小、免作勉、洎作泊、摹作暮、簸蕩作欺蕩、雜劇人作劇雜人；人名如齊己作齊巳、鮑照作鮑昭、徐悱作徐緋、王僧辯作王僧辨等，今統為改正，不加注明。偶加案語，以窺一斑。凡衍字則以括號存之或刪之。

七、本書作於康熙、雍正間，刊於雍正、乾隆間，故避康、雍、乾三朝諱。其中玄作元，弘作宏，胤字皆缺末筆，今逕改之。

八、作者舉證史料，全憑記憶，故引述多有省略顛倒、錯亂、失實處，如所引《左傳》宋襄夫人殺昭公事，多有省略，意不相屬，應據文公十六年原文補之。所引《周禮》小行人職掌事，亦因省文，難以卒讀，應據原書卷三七補之。所引前人和同時人詩詞，間有字句錯亂，並竄入它作者；引《唐書・柳宗元傳》、《唐書・后妃傳序》等，皆多錯訛隨意，所引《牡丹亭》原句，亦有錯簡。為存原貌，暫不改正，亦不加注。日後作箋註時，再行考定補正。

九、書中所引史料，凡涉及基本史實錯誤而易於造成誤讀者，如言張景仁妻姓可，據《北史》卷八一，當為姓「奇」。房琯子「孺」，據《新唐書》卷一三九、《舊唐書》卷一一一，孺當為「孺復」。魏北海王祥，據《魏書》卷二一本傳應為「詳」。戛黠斯，據《唐書》應作黠戛斯。阮孝緒出繼胤之，遺財百萬，盡以歸胤女，據《南史》卷七六「胤女」當為「胤姊」。諸如此類，多據史改正，未加註明。然本書引證史料極夥，且未明出處，故暫未逐條校出，讀者諒之。

十、所引元劇及散曲，亦多散亂重組，自成段落。如所引《陶學士醉寫風光好》、《陳季卿誤上竹葉舟》諸劇文字，大多摘錄各折曲詞，不分曲、白，自行組合而成，文字與通行本亦有歧異。劇目亦有誤植者，為存原貌，今亦不改，未及註明。讀者察之。

十一、附錄《南柯夢》、《四聲猿》、《西廂》、《水滸》批語旁證及《笠閣批評舊戲目》、《南都要曲秦炙賤》，為原本所附，今亦點校錄之。特附北京圖書館藏乾隆《箋注牡丹亭》本增刻部分，為「增刻一」；另附顧東愚《東游記》評，取於北京圖書館藏托名袁子才評的嘉慶戊辰本《牡丹亭傳奇》為「增刻二」，以供讀者參考。

十二、水平所限，標校錯誤、疏漏定不能免，敬請讀者方家不吝賜正。

# 刻才子牡丹亭序

笠閣漁翁

唐詩云：「知音知便了，俗流那得知。」錢虞山云：「拍肩群聱說文章，詞壇無復臨川叟。」《才子牡丹亭》者，刻《牡丹亭》，即刻批語，方知為才子之書；刻《牡丹亭》不刻此批，便等視為戲房之書也。有此批而後知《牡丹亭》之作於才子，則世間他本皆不得謂之「才子牡丹亭」也。臨川別駕，既得此批，繕寫裝潢，適有名班過撫，生旦皆女，因新「玉茗堂」而設祭焉。陳此批几筵之上，令優唱演。我一貧士，則何為而刻之也？起於憤乎世之無知改作者。嘗見有妄男子，將《玉茗四夢》盡行刪改，以便演唱，齣齣批註其上，覺原本頗多贅言，且于調有出入，又精繡其版，以悅眾目，遂使普天下耳食庸人，只知刪本，而不復問原本。豈知爾於《四夢》，一字不解其意，故敢如此爾。果小有聰明，何不另自成書，而必妄改古人耶？夫《四夢》，才子之書，非優師作也。才子則豈以曲調之小誤論也！吾於書攤得此破碎抄本，既代古人轉恨為快，安敢以吝阿堵故，不急刻之。即如聖嘆《西廂》，亦有刪改其〈慟哭〉二篇者，以為語多重疊。汝知聖嘆之筆，得自《華嚴》，其妙正在重疊乎？亦是精板廣印，以誤庸人，致令原本漸就湮滅。閻浮世間，可惱之事，寧復有過于此者！不止如升庵之跋新刻《水經》與《世說》矣。故并著之。聖嘆所批，已屬共賞，孰知金批之外，又有此等批法，不但于才色之事入微，復用芥子納須彌法，特寓大言于小言之中，使偶觀經史欠伸思睡者，即俳諧而詣勝地。挾曲一部，腹已果然。用作詩文，總非凡料。又奚翅《夷堅志》中，飲食藥餌，恣口所需而已！識者賞之，亦可以知世間妙人妙事妙理妙文，真不可測度，無有窮盡也。湯卿謀夜坐閱《牡丹亭》，因憶比來所傳，世上演《牡丹亭》一本，若士在地下受苦一日，頗為不平。其婦丁從旁語曰：「當是遇着陳、杜作判耳！」使見此批，又不知云何。

# 批才子牡丹亭序

湯撫州序其所批《西廂記》云：「余守病家園，傲骨日峭。朝語官箴，輒嗽松風吹去。高人韻士，忙開竹戶迎來。兼喜穠文艷史，時時游戲眼前。或剪或裁，或聯或合，欲演為小說而未暇。歐公之後，又有作《五代史》者，于五史所無者，千餘卷皆編入，鳩聚散逸，聯綴改定，除其冗長，掇其精華，以廣異聞。竊謂詳盡，亦未易哉。茲崔張一傳，微之造業于前，實甫續業于後，人靡不信其事為實事。余人信亦信，讀之評之，好事者輒以旦暮不能自必之語，直欲公行海內，冤哉！毒哉！陷余以無間罪獄也。」嗟乎！事之所無，安知非情之所有！其作《還魂記》，有「自掐檀痕教小妹，通仙鐵笛海雲孤。假饒改就時人意，不是王維舊雪圖。」「畫閣搖金燭，珍珠泣繡窗，如何傷此曲，偏只在婁江！」「何自為情死，悲傷必有神，一時文字業，天下有心人」句。自言王相國書來云：「吾一老人，近頗為此曲惆悵。」又俞二娘者，酷嗜之，蠅頭細字，批註其側，幽思苦韻，有過于本詞者，年十七死。族先輩吳越石家伶，妖麗極吳越之選。其演此劇，獨先以名士訓義，次以名工正韻，後以名優協律。武封夫子觀其所訓，始知玉茗筆端，直欲戲弄造化，往往向余道諸故老所談說。余喜其俊妙，輒付柔毫。亦南梁王筠，少好觀書，雖遇見瞥觀，皆即疏記，後重省覽，歡興彌深。陳眉公意親則登，不拘代次，迹同斯筆，罔問雅俗。意既為搜僻之助，又作痴種子歸依。率夜一折，分五色書之，不止昔人滿卷胭脂字也。燈昏據案，神悴欲眠則已。即多拾瀋攘遺，要由暗解神悟，方知窮情寫物，自有幽思顯詞。雖為玉茗才人，取諸國土莊嚴此土，信筆所至，可成自書，正不必盡與作者膚貌相屬。然幻珍變錯在此書。溷潔為蕪，則為至多，在俞娘輩，即約獲博，則為至少。紗窗綠洞，焚香矜賞，如此相守，亦復何恨耶！崔浩所云：閨人筐篋中物。蓋閨人必有石榴新樣，即無不用一書為夾袋者，剪樣之餘，即無不願看《牡丹亭》者。閨人恨聰不經妙，明不逮奇，看《牡丹亭》，即無不欲淹通書史，觀詩詞樂府者。然知識甚欲其廣，卷帙又必甚畏其多，即無不欲得縮地術，將亙古以來有意趣事、有思路語，聚於盈寸一編者。我請借《牡丹亭》上方，合中國所有之子、史、百家、詩詞、小說，為糜以餉之。凡人著書，必有本願。文都憲之孫女曰良卿，以姑韓氏喜讀書，為撰《北齊演義》。我恨形壽易盡，不能與後來閨秀少作周旋，願得為洒翰事姑之媚媳，以娛之。彭繡衣女，性嗜酒，嘗結女社，談經濟，我又請得為揮觥鼓掌之豪伴，以悅之。莫謂不似丹唇皓腕中拈出，嫌為嚼飯之餧也。辛稼軒詞：「如十三女兒學繡，一枝枝不教花瘦。」作者當年「鴛鴦繡出從君看」，批者今日「又把金針度與人」矣。其本非通人，以理相格者無論，即或心有同然矣，思及翻刻之費，不肯捐金百數，為前人傳名，則故加駁削，移為己有。不知暗銷神秘，則心精湮沒，含靈其悲，載筆君子，惡傷其類，多生以來，與彼何仇，必欲摧之。比于武事，亦秉心之不淑云。或曰：爾依諸人所訓，將爇喻一一註明，使好名男女，從此以後，不敢說《牡丹亭》做得好，豈非反禍作者耶？答曰：渠若竟因好名，忍說《牡丹亭》做得不好，則其人之尚僞，亦復何足與談！使猶稍存本心，畢竟說《牡丹亭》原做得好，是我批得舛謬。必又有好事者，欲存此批，使後人無復如是之舛謬。則批雖舛謬，可無廢矣。阿傍識。

# 批才子牡丹亭序後

（案：此標題為點校者所加，原無。因與前序斷開，且自成一段落，故名。）

笠閣漁翁曰：余觀《西遊記》內有正陽門、後宰門、謹身殿、光祿寺、司禮太監、錦衣校尉、五城兵馬等字，則知亦明人所作。觀《牡丹亭》喻意，一一由此觸發，又知作於萬曆以前。《西遊》欲壞色情，玉茗特言色情難壞。乃知秀心之人，自有變蛇神為仙骨，變板重為輕新，變迂腐為超異，變死煞為空靈之法，出藍勝藍。如花果山水簾洞，爛桃山蟠桃宴，三界坎源山，如意筋箍棒，齊天大聖，托塔天王，毛團獃根，金罡套緊箍兒。眼看喜，耳聽樂，鼻嗅愛，舌嘗思。青罐白缽，草窠小路，藤蘿蒿棘，細皮白肉的和尚，一個定魂樁，一片白玉板。碗子山，波月洞，寶象國，百花羞，喜事掛，紅葉底，偷桃戲水，氣隱妖雲，毒魔狠怪。風和尚，平頂山，蓮花洞，擎天柱，架海梁，入爐發昏，吃肉抛水，池裡醃了下酒。鬚眉山壓蛾眉山、壓太山，壓頂之法。販醃臢的客人，紫筋紅葫蘆，羊脂玉淨瓶，念個急急就化為膿。凹裡霞光焰焰，是妖魔的寶貝。精細鬼，伶利蟲，一塌腳便下海。老奶奶帶了挽筋繩，只他自己會使。烏林裡兩扇門，半開半掩。純罡銼銼斷圈，不論真假都裝進入。全然烏黑，那頂得動塞門甚緊，撒抛尿搖得响，雌雄雌雄都莫論，裝得便是好寶貝。平白地扇出火來，使個身外身法，毛收上身，撞入洞裡，急抽身往外走。兩扇來一棒去，山後有個壓龍洞，母舅要雪姐家仇衣名一裹窮，門外一條漢，渾身水淋淋，做了井裡鬼，入井盜屍，偷寶就要。悟空道我只圖名，皮笊篱一撈罄盡，只與你打鬥，不與你認親。如意皮袋，如意勾子，急如火，快如風，養家看瓶的夯貨，山河地理乾坤裙，破爛漿糊一口鐘。滾油鍋裡洗澡，嬉人字粉牆垣。倒垂簾門屋，一堆骸骨，錦繡衣裳。兜筋洞，白玉圈，空著手，敗了陣，兩眼淚撲簌簌，無主杖怎施功。諸火器都套去，水一灌反冒出核桃兒大，勉強纏帳，左右抹粉搽胭，個個狼餐虎嚥，燒死大半得勝回來。這賊使機關，不知我本事，魔頭巍巍冷笑，重新整頓房廊，要你老子不來，除非服降陪禮。和尚已被我洗淨，適纔響了一聲，丹砂就不見了。一道山河，柳陰垂碧，咿咿啞啞撐出隻船，毒敵山邊琵琶漏，蓬頭女子坐花亭。面前一盤人肉包，背後亦有素饅首。沒頭沒臉又將來，口內生煙鼻出火，便是如來也怕奴。兩個毛人到那裡，毒樁扎扎大聖頭，悟空叫聲利害，也不腫不破卻作痒，把門打碎也無益。秀麗芭蕉洞，惡狠鐵扇精，結束整齊縱身出，你不怕我又尋死。渴了渴了急呼茶，老孫都是實本事。招了玉面公主，因此拋了髮妻，王母靈芝潭內養。金鐃丟下合在中，左拱右撞不能出，思想將身變得高，鐃隨身長全無縫，悶煞我也。打著響順著你物緊噙住，拚死命纔帶出來，好男子不可遠走高飛。裝了去一條白布搭膊，後有一條稀柿洞，此路要豬拱開，鮎魚在腿襠裡亂鑽，毒藥是積下百鳥糞。白雪神仙府又名黃花觀，更有千花洞，坐落紫雲山。別有陰陽二氣瓶，一年不動一年陰，纔動火蛇便亂咬，物長瓶也變得長，鑽破便難裝人，只好也拿屙屎，在人肚裡做勾當，後門裡走豈長進。蓋著籠悶氣蒸，開著籠出氣蒸。救便脫根救，莫又復籠蒸。持齋素甚屬苦惱，吃人肉受用無窮。錦香亭鐵櫃裡，國號比邱，動擬孔聖。鵝籠赤子，倒是黑心柳枝坡，清華洞兩手齊捫，左右分擘，鮮血冒出，便失樹身。光明霞采，化作寒風。黑松林奇花異，其實可人情意。彼美婦藤綁樹上，半截埋在土裡，原來是想吃人肉的法鬼，反叫放著活人性命不救。那門東倒西歪，拚讓強人安歇。左右弓鞋，亦可代身。陷空山下，有無底洞。伏在洞邊，仔細往下一看，叫八戒去，先看多少淺深，進去的路都忘了。這洞古怪不好，走進時要打上頭，往下鑽出時要打底下，往上鑽不但拖碎他肝腸，還要搗破他皮袋，不容咬破就進肚。罷了罷了，奴死也，千方百計要鑽進肚，略鬆一鬆，回過氣來，俺肚裡有了人也，腌腌臢臢做什麼。黑角落上另有一個小洞，也鑽進去，忽聞一陣香風，太鹹了吃不多，任怎鹹我越喜。竹節山九曲盤桓洞，獅子吼，卻戀緊雲窩。真個是鐵甕金城，空留下搗藥短杵。即欲為臨川諱，謂《還魂》《南柯》喻意，非從《西遊記》學去，千載以下之慧人，其信我乎？

# 原序

天下女子有情，有❶如杜麗娘者乎！夢其人即病，病即彌連，至手畫形容，傳于世而後死。死三年矣，復能冥漠中求得其所夢者而生。如麗娘者，乃可謂之有情人耳。情不知所起，一往而深，生者可以死，死者可以生。❷生而不可與死，死而不可復生，❸非❹情之至也。夢中之情，何必非真？天下豈少夢中之人邪！必因薦枕而成親，待挂冠而為密者，皆形骸之論也。傳杜太守事者，彷彿晉武都守李仲文、廣州守馮孝將兒女事。予稍為更而演之。至于杜守收考❺柳生，亦如漢睢陽王收考譚❻生也。嗟夫！人世之事，非人世所可盡。自非通人，恒以理相格耳！第云理之所必無，安知情之所必有邪！

萬曆戊子賜進士第尚書禮部郎江西撫州府臨川湯顯祖題❼

【校記】

❶徐本作「甯有」。❷徐本作「死可以生」。❸徐本作「死而不可復生者」。❹徐本作「皆非」。
❺徐本作「拷」。❻徐本作「談」。❼徐本作「萬曆戊戌秋清遠道人題」。

# 原序批語

秖一序已含蘊無窮，毫無瘢痕，便示人以放重筆用輕筆之法。世尊三昧，迦葉不知；迦葉三昧，阿難不知；狸奴白牯三昧，諸佛不知；玉茗三昧，今此忽知，則一奇也。

昔氏禁，故情難訴。情難訴，故有腸斷句。玉茗之心，全在一序。此即其腸斷句也，此即其難訴情也，此即彼先以「死」處其身，但思不負之定計也。若士既復念庵以「師言性，弟子言情」，自此序一出，玉茗一軍，遂與賢文，永作敵國。如阿修羅之戰天，猶云山河器界，原是眾生妄情自造，倘必以「理格」之，除是已歸無餘寂滅，豈躬與婚觸者所造之文，所能禁其無所不至耶！中行所說：天而未厭二妃于舜，淚斑湘竹，何熙皞之象，勳華之業，不因之有滅也。文人則皆禁之，執以為理。殊不知僅禁其「形骸」，不能禁其「夢」。李白之詠陽臺洛水也，曰：「好色傷大雅」。「夢中」之恣肆盡情，固百倍于「形骸」。自名教立，而遍天下理不覺得為，情必欲得為者，皆作「夢中」人矣。甚至夜夜身作夢中人，日日口繩諸百姓，內省豈不失笑乎！然此等「夢中不少」之人，猶畏「死」者耳。若情深「可以死」，則文人之權，于是乎窮矣。身被刀鋸，魂見閻羅，遂爾迷亂者，是必不能「復生」也。若一靈咬住，斷無退悔，則刀鋸雖終「無情」，閻羅必恕輕罪，雖經萬劫，猶雙雙獸，三生有路，豈相誑哉！

情為好色，而不全起于色。情為得欲，而不全起于欲。「情不知所起，一往而深。」甚乎哉！天若識情由，怕不和天瘦。即如來先須以欲勾牽，而賢文幾于無用。蓋有夙世業因焉。拘男女相及差別智者，亦「形骸之論」耳。才人皆交以心，惟蠢類乃交以骸。知心交者，骸交不足數也。但骸交者，雖交，猶不交耳。

只「死而不可復生者，非情之至」一語，便令閻羅奪權，如來變法。生可以死，則格令無如彼何矣；死可以生，則閻君不能理勝矣。此書大指，大概言：色情一事，若非陽法謂辱，則陰譴亦不必及，而歸其罪於天公開花。天公既開花，則其不罪若輩可知。如外國之俗，嫁娶各別，不聞陰間有罰也。但無色可好，無情可感，而蠢動如畜，以辱人名者，則有譴耳。色至十分，未有淺情者。色情難壞一句，亦要合離看。因色生情，因情見色，其難壞一也。無奇色，而深解情味，則情遂代色，真如睟面盎背，施於四體，而不可名言者，亦難壞一也。若有五分色，而不解一點情，并其色亦變木偶，即壞之易易矣。佛教全在去妄，而若士獨言色情是真，即西方亦必引人以妙好也。世間好話佛說盡，佛慧不過文士業，天下之言，只勘理極當，即百靈依隨。原造物借一人之心，以宣其意也。若士以開花歸天公，亦天借其口耳。至人無夢，而生人之大幸，尚賴有夢。文人能禁「形骸」，不能禁夢想；使并夢想禁之，則色界「情」人不能徑遂者，益將抑鬱無聊而不欲生矣。聰明人多靠想度日，「夢中之情，何必非真？」意中之事，何必不實？眼中、意中、夢中，寧有異耶！

「人世之事，非人世所可盡」，猶言非人間舊制所能盡云。情之所必有，有非人世所盡之事也。「第云理之所必無，安知情之所必有」，二語妙極！孤「情」絕照，託寄一編，「理」遂不能強敵。故道理難講四字，是若士此一書之骨，誠至精之所想遘也。須知娑婆之書，等是專門曲說，悖者以不悖為悖，何時爭辨得清？

文人筆墨之間，皆今古業因所寓。董思白謂山谷雖偏師取奇，皆超出情量。玉茗序言，超出情量。或且謂其敗常亂俗，用文錦覆陷阱，是濬發于巧思，而受嗤于拙目也，故有「自非通人」一語。

# 第一齣　標目

【蝶戀花】（末上）忙處拋人閒處住。百計思量，沒個為歡處。白日消磨腸斷句，世間只有情難訴。玉茗堂前朝復暮，紅燭迎人，俊得江山助。但是相思莫相負，牡丹亭上三生路。

〈漢宮春〉杜寶黃堂，生麗娘小姐，愛踏春陽。感夢書生折柳，竟為情傷。寫真留記，葬梅花道院淒涼。三年上，有夢梅柳子，於此賦❶高唐。　果爾回生定配。赴臨安取試，寇起淮揚。正把杜公圍困，小姐驚惶。教柳郎行探，反遭疑激惱平章。風流況，施行正苦，報中狀元郎。

杜小姐❷夢寫丹青記。　陳教授說下梨花槍。

柳秀才偷載回生女。　杜平章刁打狀元郎。

【校記】

❶徐本作「赴」。　❷徐本「小姐」作「麗娘」。

# 第一齣〈標目〉批語

《還魂記》者，譏婦人于此一事，為死去還魂之事也。又喻事過便如夢境，而彼痴想至死，死魂如復遇此，彼又即想回生，為不可思議業力。業因緣結聚此境，可為痛哭，又可為大笑也。杜麗娘是有眼物，故題曰「標目」。又言標出作意，如贈人以目。然域中大矣，卒無人解，何病翳者之多也。

「忙處拋人」喻其事，又似指世間不知情趣卻得淫媾者。「白日」即後忒煞通明、玉暖生煙、日下胭脂意。「玉茗」猶瓊漿。「紅燭迎人」，作者自喻其男根，與末折下場詩「春腸遙斷」相應。女根亦呼「坐腳」，故曰「踏春」，曰生性獨行。「梅花院」即梨花鎗意，把杜圍困，鎗巨則肚裂也。「夢寫丹青」猶言二根如畫。「教授」二字妙極，勝似媽媽。「狀元」以代「撞圓」。

陳眉公文訣曰：「歡喜」。而若士云：「百計思量，沒個為歡處」。蓋玉茗嘗自謂「無涯浪士」、「有憶情生」。情有所必窮，想有所必至。「無涯」、「有憶」即理所必無、情所必有之指也。惟胸中有「腸斷句」，所以百計無歡，而句之斷腸，又由于情之難訴。文長云：「今人語之以所合者，則欣然，語之以所不合者，則訕且怒耳。」眾共之情，有何難訴，情而易訴，何足云情，三句作一串解始得。

「萬古風騷路，荒涼人莫遊」，是「腸斷句」。「曩為世人誤，遂負平生愛」，是誤「相負」。如呂后所云「人生如白駒過隙，何自苦如此」，亦腸斷句也。腸斷句，即「情難訴」之句，總而言之，「導欲增悲」四字耳。然聽古樂而思臥，正以眾生業識深重，致此四字有不可思議權力。「情難訴」，情也。有「腸斷句」，則才為之也。才、情合，而「相思」切矣。「句」堪「腸斷」，卻不可使聞于人，則不如將古來已有之腸斷句

「消磨」白日也。「但思莫負」，一「但」字及「情腸害劣」，「偶然心譴」，皆不可訓。言「但」則無所不包也。夫色情既劣，而譴多偶然，則「相思」豈能擇地而發，擇物而施，使皆「莫相負」也！豈不另成一世界耶？開以「三生」一語，則今世之相愛夫妻，安知非前生之「但是相思不相負」者。掘塚雖不可為，而彈指有何難待耶！使「但是相思」俱「莫相負」，吾知世間遍一切界無一反目夫妻矣。若本不是鴛鴦一派，休認做「相思」一概，則須一陣黑剛風火輪下抽身快，單單別別清涼界耳。

從教筆墨宛轉，註不明斷腸圖式。此「腸斷句」須與卷尾詩合解「春腸遙斷」之句也。若《明河篇》，則冬郎所謂「坐來雖近遠于天」者，雖近斷如遙斷矣。人腸易斷，全為多情識趣。嘗謂徒慾不足以死人，有情之慾始足以死。經過有情之慾者，覺徒慾之絕無味也。春紅秋白，無情豔豈少也哉！

「難訴」者，能言不能言之口，可解不可解之心。故就事譜詩，不若因「情」轉深，隨其賓曲，一往惆悵。古今綺語，先後英詞，六合以外，方寸以內，蓋有才之所不能盡者。文字從「情」根種出，千古不磨。如《世說》麋得獅不乳一滴，才子之脈相嬗于無窮，以其中「有情」也。有一、二句能為人所欲言、不能言者，則必傳，以訴所「難訴」也。

李卓吾曰：「曲易婉，《西廂》之曲能直。《西廂》曲文如喉中褪出來一般，不見斧鑿痕、筆墨跡也。讀別樣文字，精神尚在文字裡，讀至《西廂》曲，便只見精神，不見文字。」異矣哉！嘗讀短文字卻厭其多，讀《西廂》曲，反反覆覆、重重疊疊，又嫌其少，何也？然語天才，則《還魂》誠遜《西廂》一籌；論喻意，則《西廂》又讓《還魂》獨步。以王實甫者，無因無依，隨筆所蕩，吹氣所至，皆化樓臺。目無俗物，手信天機，時得好詞，自吟自賞，題目不是「世間只有情難訴」七字耳。

黃山谷〈白山茶賦〉：歲寒知松柏之後凋，麗紫妖紅爭春而取寵，然後知山茶之韻勝也。此木產于臨川之崔嵬，仙聖所廬，金堂瓊榭。故是花也，稟金天之正氣，乃得骨于崑閬。造化之手，執丹青而無所用，析薪之斤，雖睥睨而幸見赦。高潔皓白，清修閒暇，蓋不從刻畫。嫦娥藩飾姑射，故徐熙、趙昌舐筆和鉛，而不敢畫。雖瓊花明后土之祠，白蓮若遠公之社，皆聲名籍甚，其俗態不舍狹脂粉之氣，而蘊蘭麝，與君周旋，其避三舍。若士之筆似之，故取以名「堂」也。萬曆時，金壇王次回情深之至，詩過冬郎。其〈白山茶詩〉云：『玉茗先生迥出塵，語言無處不清新。瓊花風度釵頭見，更覺堂名絕可人。第一人簪第一花，風吹花葉霧鬟斜。看來姿韻超天下，當得臨川一嘆嗟。』似曾在「玉茗堂前朝復暮」者。

錢受之云：千載沈理國史傳，院本彈詞萬人羨，從來百戰青燐血，不博三條『紅燭』詞。惟玉茗堂燭，倍饒彩焰。然「血痕嘔出盡成灰」之嘆，亦所不免。

杜牧序李賀：「水之迢迢不足為其情，春之盎盎不足為其氣，時花美女不足為其色」。舉似此曲，庶幾不愧。

李商隱云：「何事荊南百萬家，惟教宋玉擅才華。」若新書開卷處，造物竭精靈，僅僅歸美「江山」，殆非篤論。臨川近濂溪、象山，而玉茗獨引以「助」己之「俊」。昔人謂飛卿詞嬌語異，似此玉唾珠涎，無非寶思。謂非清淑秀潤之氣，貫徹骨髓，亦不可得。惟文長「此牛有萬夫之稟」語，許附知音。故若士亦謂《四聲猿》為詞壇飛將也。祝枝山云：夫絺章繪句，業儒以為文者，何代無之？而與時湮沒，不可勝紀。掩宇宙而獨出難矣。或謂閨情綺語，數見不鮮者，彼其淺畏，不知此中有無盡藏。故祝集學極宏深，而又有《琴心》、《金縷》等集媟甚。薩揭、呂玉繩、馮猶龍，皆有《牡丹亭》改本，亦不俊矣。

艷須帶「俊」，以情是秀情，方成麗致也。老杜云：「近有風流作，纖毫欲自矜。」北齊封孝琰，文筆不高，但以風流自主。《晉書》贊：特搆新情，豈常均之所企。此書高步當年，騰華終古，殘脂剩粉，群婢爭芳，脫臨川之手，麗多人之目，而其自加題品，只一「俊」字盡之。蓋無篇、無意、無句、無字不「俊」。鍾惺云：此道無必求其至之理，各自成思致，恥為古人隸而已。蓋詩文從靈源中溢出，了不與世匠相似。評若士時文者，亦謂清玄絕世，如積雪成狀，殊詭隨成，化之仍是一泓清水，又不但眉公詩筆如白瓊淡月而已。淡墨妙于濃繡，真為取「俊」秘訣。王季重謂《牡丹亭》「筆筆風來，層層空到」，濃繡中有淡墨之說也。又謂《西廂》末段勉強說道理，便腐便俗，深得此「俊」字之解。只今對此側理，宛如女兒膚上窺粧也。彼論詩以枯淡為宗者，又另是一種人。

作字、作文，須會古融今，爽爽自運。《牡丹亭》之「俊」，人固皆信之，而其所以能如是「俊」者，實內集神智之綆，于古人中，各各抽繹，而運以千秋卓犖之筆，則人未必知也。若士詩：「每念中郎思欲飛，佳人遲暮難重會」。又云：讀拘儒之腐臭，則谷神死。眉公舌根之蓮，靡不分香，幸賜一序，作花信風吹海內。雖余撰述之奇，致使蝕字之蠹欲淫，更見譴于名教，然寥廓之字，差足粉飾，與其結血成碧，不若嘔心為字，亦以非「俊」物不知「俊」物，故亟亟求也歟？

西域人養羊既肥，繫狼時一怖之，羊得怖，漫脂消盡，則肉益美。北人得良馬，緊其御勒，使不得水草，旬月浮膔悉去，脊背自強。漫脂浮膔未除，雖欲「俊」，烏可得哉！持正論而涉迂，氣多窒而詞蔓，則不當與俊人之文同論矣。

治者，鎔鑄之器。人於其中，有不骨化形銷，魂魄俱盡者乎？袁小修謂：才人必有治性，以丈夫心力強盛時，無所施設，不得已，大暢其情于簪裙之間。業緣在前，異今未能盡卻，必居山中方得掃除。龔芝翁又謂：「古今來英雄兒女都為情物」。皆「俊」意也。不「俊」則健狗豪豬，亦何足羨？

《南華》奔放而飄飛，是一博暢才人之作。《離騷》孤沈而深往，千古幽怨之文。此曲「俊」處，幾兼有之。八家以篇為文，讀竟見妙。莊、馬以句為文，每句極工而意足。《左傳》以字為文，雖一字必工而甚妙。此曲「俊」處，殆于兼之。坡公：「月下無人更清淑」一句，謂從造化窟中奪來。其鼓鑄鎔瀉，殆不用世間橐籥。此曲「俊」處，不用世間橐籥，全從造化窟中奪來。不博古者，雖檢得一二事兢兢用之，有何佳？真博古者，即明知而暗改，何傷乎？隋于仲文詩「景差方入楚」，豈不知景氏故楚舊族也。郭璞〈江賦〉：「總括淮泗」，豈不知二水不入江也。陸機〈漢功臣頌〉：「皇媼來歸」，豈不知帝母兵起時死也。此曲「俊」處，改古入妙。支道林云：北人看書，如顯處視月，南人看書，如牖中窺日。余批此書，未審何似？起臨川而問之，詞客有靈，應識我耳。文忠云：天之產奇怪，希世不可常，或落在四裔，或藏在深山，待彼謗焰息，放此光芒懸。百年後來者，憎愛不相緣。讒誣不須辨，亦只百年間。然乎？

義山云：當時自謂宗師妙善說法者，盡未來子孫骨髓裡莫不敲取無遺。「但是相思莫相負」二語，極研閱以窮照，關險路于情田。有博教深求，甃徑開畦，樹規標的意。且翻「怜君未必君知道，攪得無端痴淚落，多少深情知不盡，相思無路莫相負」之案。情瀾才海，傳寫為之手馥，管教此曲完成後，萬戶千門掩袖啼矣。天地間之景，與慧人才子之情，歷千百年來，互竭其力之所至，以呈工角巧意其無餘矣。獻奇貢艷何未已也。語云，識法者懼。每以多拘束，故天趣不得泛溢。惟傳奇不然。此客詞甚高，不顧天下笑，世間從爾後，應覺致名難。批者亦不過于縫開處著楔，換人眼目耳。

有有情之天下，有有法之天下，安能皆不「相負」。韓冬郎云：情緒牽人不自由，光陰負我難相偶。「相思相負」者多矣。「但是相思」則只須才貌相同，不必問其近在邇室，遠在海外也。有「三生路」，則今生有礙，他生可合。且國士沙數，不必定生賢文禁殺處矣。即非鴉是鳳，何必暗隨耶。人謂玉茗「莫相負」三字有導欲之罪，不知繼以「三生路」三字，有止欲之功。序所云：「生而不可與死，死而不可生者，皆非情之至。」正此兩句註腳。序所云：「天下豈少夢中之人耶！夢中之情，何必非真？必待成親者，形骸之論」，又為欲「莫相負」而未得「三生路」者，開一捷徑。蓋轉生難料，則姑以夢代之可也。眾生皆是夢魂，凡人意中妻多矣，豈能禁其應否。「但是相思莫相負」，猶言但以為意中妻，勿斷念即同真妻，況夢中果能認定，豈有來生尋不著者耶！〈冥判〉折：「有甚麼饒不過這嬌滴滴女孩家」（案：語見〈圓駕〉），除是天公再不開花。又時時開導愚蒙，言只要夢中不忘，來生斷可相遇，不必愁冥中亦有管束。才色相膠之事，冥間所不禁也。若相思而輕相負，則為薄情，無足道矣。若今生便欲不負，勢且大犯不韙，斷斷乎其不可也。序所云：「人世之事，非人世所可盡，第云理之所必無，安知情之所必有」，則又為禁不相負而并欲禁相思者指破沈迷，猶云無論應得相思與不應得，皆不可禁，禁愈多，止愈少，惟有開以三生一路，使有期望，否則破藩決籬，群歸咎于天公之開花，而天公亦無詞以相折也。因想《水滸傳》，家屬謂之「窩伴」之妙，所思謂之「影射」尤妙，世間多少婦女被所親影射，蓋形雖不能射，而心實射之。平心思之，豈有序中特用如許未經人道語與標目六句相發明，只為西蜀嶺南理許姻對之一男一女設者哉！昔有杭女見《牡丹亭》一心欲嫁若士，及見其老，乃已，則不知有三生路，終于竟相負者。

「杜麗娘夢寫丹青記」，喻畫出女根，又「人間無樂事，直擬到華胥」，也要知萬事皆虛夢獨真。自高唐一謊，繡汗青之筆，人爭膾炙，之後得麗娘而兩。一男夢女，一女夢男，盡矣。王阮亭謂：見近人〈高唐〉詩：「夢留千古憶，賦竭一生才」，嘆其佳絕，總不如若士此劇，遙遙接武顧玉山詩：「西署郎官面如玉，新聲瀉出春風情」，移以贈之恰合。

# 第二齣　言懷

【真珠簾】（生上）河東舊族，柳氏名門最。論星宿，連張帶鬼。幾葉到寒儒，受雨打風吹。漫說書中能富貴，顏如玉，和黃金那里？貧薄把人灰，且養就這浩然之氣。

〈鷓鴣天〉「刮盡鯨鼇背上霜，寒儒偏喜住炎方。憑依造化三分福，紹接詩書一脈香。能鑿壁，會懸梁，偷天妙手繡文章。必須研❶得蟾宮桂，始信人間玉斧長。」小生姓柳，名夢梅，表字春卿。原係唐朝柳州司馬柳宗元之後，留家嶺南。父親朝散之職，母親縣君之封。（嘆介）所恨俺自小孤單，生事微渺。喜的是今日成人長大，二十過頭，智❷慧聰明，三場得手。只恨未遭時勢，不免饑寒。賴有始祖柳州公，帶下郭槖駝，柳州衙舍，栽接花果。槖駝遺下一個駝孫，也跟隨俺廣州種樹，相依過活。雖然如此，不是男兒結果之場。每日情思昏昏，忽然半月之前，做下一夢。夢到一園，梅花樹下，立著個美人，不長不短，如送如迎。說道：「柳生，柳生，遇俺方有姻緣之分，發跡之期。」因此改名夢梅，春卿為字。正是「夢短夢長俱是夢，年來年去是何年！」

【九迴腸】❸雖則俺改名換字，俏魂兒未卜先知？定佳期盼煞蟾宮桂，柳夢梅不賣查梨，還則怕嫦娥妒色花頹氣，等的俺梅子酸心柳皺眉，渾如醉。❹無螢鑿遍了鄰家壁，甚東牆不許人窺！有一日春光暗度黃金柳，雪意衝開了白玉梅。❺那時節走馬在章臺內，絲兒翠、籠定個百花魁。

雖然這般說，有個朋友韓子才，是韓昌黎之後，寄居趙佗王臺。他雖是香火秀才，卻有些談吐，不免隨喜一會。

門前梅柳爛春暉，張窈窕　夢見君王覺後疑。王昌齡

心似百花開未得，曹松　托身須上萬年枝。韓偓

【校記】

❶徐本作「砍」。❷徐本作「志」。❸徐本此處有「【解三酲】」。❹徐本此處有「【三學士】」。

❺徐本此處有「【急三槍】」。

# 第二齣〈言懷〉批語

北魏胡叟，既善為典雅之詞，復工為鄙俗之句。侵賦韋杜，未及鄙黷，世傳誦之，以為笑狎，是玉茗此書來歷。評家甚多，惟山陰季重尚書「提動髑髏之根塵，拽開傀儡之面孔」二語，似知其解。自有此書，世間無一褻艷語，不可入詩詞者。然玉茗固從元人「錦衚衕鶯招燕請，玉交枝柳送花迎。安樂行窩，風流花磨一點紅香錦胡洞。真箇是眠花臥柳，紅灼灼花明翠牖，翠絲絲柳拂青樓，旋窩兒粉香都是春。誰跳出迷魂寨，麵糊盆。」等句悟出，真元人所謂「才華壓盡香奩句」，字字清殊也。

是書之名《牡丹亭》，從飛卿「雨後牡丹春睡濃，高低深淺一欄紅，把火殷勤照露叢。希逸近來成嬾病，不能容易向春風」一首悟來。其名此生以「柳」，從浩然「春情多艷逸，春意倍相思。愁心極楊柳，一動亂如絲」得來。楊「柳」倒看乃似男根，出陶穀《清異錄》。柳頗似比邱頭，俗名漏春和尚。「星」喻垂星；「鬼」喻獰狀；「幾葉」喻人皆從葉中出也；「雨打」喻女根于男；「風吹」喻男根于女。有人在樓下，論男根，或曰筋，或曰氣。王陽明在樓上曰「氣」，的是。是此「養氣」二字出處。又元人有「養三寸元陽氣」語。浩然之氣，元曲已見。「背霜」喻男根垢，「炎方」喻女根也，「三分」同意。「天」喻高處，「蟾」喻女根，「桂」喻男根，「斧」喻女根，「孤單」又喻男根，「微眇」嘲不嫪輩。「三場」之喻與三分同。「橐」喻腎囊，「駝」喻男根不振，「廣州」則嘲女根，「美人」指女根言，「不長不短」二句，女根妙贊。「短長」「來去」俱喻男根。「眉」以喻豪，「黃金」之金代筋，「夢梅」猶言夢泄，「梅子」將喻莖端，「雪梅」喻精，「走馬」喻動。「香」喻一枝，「火」喻熱性，「趙佗」猶橐駝意。趙者翹也。「托身」喻雌乘雄，「年枝」仍喻男根。

柳杜姓俱從木，一片春消息也。潘岳清穎絕世，秀出人表。「柳」郎固須穎超千古，秀握萬方。

北魏太祖見王憲，曰：「此王猛孫也。」《魏書》：劉聰以漢有天下世長，乃推尊劉禪以從民望。《北史》論曰：「魏收魏史，意存實錄，好詆陰私，失在親故之家，一無所說。」崔綽為郡功曹，乃為傳首。楊愔亦是收親，謂收曰：『但恨論及諸家枝葉親姻，過為繁碎，與舊史體例不同耳！』收曰：『中原喪亂，譜牒略盡，是以具書。』開口一句『河東舊族』，便是胸有全史人，他作者都不爾。何以見其用史法？如唐相王徽，羆十世孫。王鐸，播姪。盧攜、鄭畋並李翺甥之類，不一而足。按解人「柳」恭以秦趙亂，徙居汝穎間，四世孫習據州歸魏。姪帶韋，身長八尺三寸，姪孫逑繼，尚隋蘭陵公主，數于文帝前面折楊素。逑從弟謇之，身長七尺，兒時周齊王憲遇之于途，異而與語，又善飲謔，由是每陳使至，輒令接待。侍送隋宗女于吐谷渾，又送一宗女降突厥。隋煬于襄陽柳誓，猶恨不能夜召，至為偶人，月下與之酬酢。

「論星宿」精氣在天也，既青史書名之族，亦瑤天著籍之宗。幾葉切「柳」，雨打風吹亦切「柳」。幾葉到寒儒，受雨打風吹，則雨巾風帽，四海誰知道，非方干所云「高門世葉有公卿」比矣。

玩子雲之書，勝于居千石之官。挾君山之冊，勝于積猗頓之財。豈知今日斂手口收淺目者，一日之直，未有如文字一途沒溺人之甚者，故曰：「漫說書中能富貴」。

和凝「不是當年扳桂樹，爭能月裡索嫦娥」，是書中有女「顏如玉」。玉果出于此中，則亦烏可已也。「黃金」吾何愛焉，亦以相此玉質，似不可廢也。

魏文帝云：「『貧』賤則懾于飢寒，富貴則流于佚樂，遂營目前之務，而遺千載之功，斯亦志士之大痛也。」「是貧」富雖殊，其「灰」一矣。《潛夫論》：匡衡自鬻于保徒者，家貧也。「貧」既若彼而能勤精若此者，秀士也。景君明不出戶庭，得銳精其學而昭顯其業者，家富也。富佚若彼進學若此者，才子也。乃知「灰」不「灰」，存乎其人，若必窮而後工，則孟德父子幾為傖父矣。

陸子靜云：「幸無科舉之累，資業又足以自養。」蓋講求之，況有此累，又貧薄乎！「貧薄把人灰」，老蘇所謂夫士習為貧賤之所摧抑，仰望貴人之輝光，則為之顛倒而失措。一為世之所棄，則以為不若一命士之貴，而況以與三公爭哉。誰能音吐傲然，若無所睹？北齊刺史李元忠夢持火入父墓，占曰：殆將光照先人也，而「灰」者十九矣。

志不強者智不達，文章有能有不能。不能者囚氣鎖詞，能者肉視虎狼，則「氣」尚焉。工文而不遇，或者氣不振也，氣足則其光燁矣，斯「養」尚焉。「汝學為文莫纖麗，須是渾渾有古氣，本源要在養諸中，不然恐汝為時輩」，亦別一說。

看他發端既遒，又逢壯采，竟有「山為墨兮磨海水，天與筆兮書大地」，纔能略展狂生意氣象儼。楊陳所云：「絕世超倫，大位未躋」。退之所云：「磊落軒天地」。子瞻所云：「其絕人甚遠，將必顯于世者」，示深情一往，不必皆痴迷夭折，一等往生。

「寒儒偏世住炎方」，為普天下熱人寫照。

「鑿壁懸梁」苦思振奇，不屑為苟同，泛求優孟之形似也。

孟浩然學不為儒務，掇菁藻，文不按古，匠心獨「妙」。《北史》：薛道衡弟瑜不為大文，陸機學不常師，心鏡群籍。理不啟問，情照諸密，何必大哉！乃兄之「空齋踏壁苦沉思」，今竟未見其「妙」處。錦繡詩篇照天地，非獻出鳳凰五色髓不可。「偷天妙手繡文章」，便有鄭谷「自愛篇章古不如」意，非僅新音百變巧如鶯也。昌黎文起八代，于駢偶不屑為，而其〈滕王閣記〉自謂名列三王之次，有餘耀焉。貞淑之女，固不厭于容華，衛莊姜、班婕妤何嘗不丹華而靡曼，是「繡」之說耳。文章匿彩，亂世之徵，「繡」之亦烏可已也。惟明時性學尤通顯，卻悔從初業小詩，則鷹隼乏采，翰飛戾天，若不知「繡」為何物也。《南史》文學傳論：文章者，性情之風標，游心內運，放言落紙，莫不本以性靈，因乎愛嗜，賞悟紛雜。机見殊門，下筆殊形，出言異句。《北史》文苑序：瀰淪百代，歷選前英。魏世律調頗殊，曲調遂改，辭罕泉源，言多胸臆。溫子昇輩綜采繁縟，興屬清華。大抵河朔清剛重乎氣質，簡文、湘東啟其淫放，徐陵、庾信，文匿而彩。論曰：位下人微，居常何能自達？而千載之下，貴賤一焉，非此道也，曷云能致？或「妙」非「繡」，或「繡」而未「妙」。戴復古謂放翁「等閒言語變瑰奇」，坡云「數詩往往相感發，汲新除舊寒光開」，又「好詩衝口誰能擇？俗子凝人未遺聞。乞取千篇看俊逸，不教輕比鮑參軍」。「妙」矣，未是「偷天」。《南史》彈瑯琊顏延之者曰：心智薄劣，而高自比擬。容氣虛張，呼曰顏彪。嘗問鮑照，「謝靈運詩與我優劣？」曰：「謝如初日芙蓉，自然可愛，君亦鋪錦列繡，雕繢滿眼」，徒「繡」固無妙處。南齊高祖孫子顯，身長八尺，為梁侍中，作著書製作，皆其自來，不以力搆。吳郡張融，神解過人，曰：「吾文體英變，由神明洞徹。文無常體，以有體為常」。又曰：「恨我不見古人，又恨古人不見我」。齊高帝曰：「卿書恨無二王法」，曰「亦恨二王無臣法」。此「手」可許「偷天」。宋順陽范曄曰：「吾爾來文轉為心化，為文當以傳意為主，則其旨必見，亦由無意于文名故也。吾〈漢書贊〉殆無一字空設，諸細意甚多，自古体大而思精未有此也。世人貴古賤今，不能盡之。」史家以曄自序并實故存之。河東裴子野仕南齊，五鼓敕撰元乂書，五鼓便成。曰：「人皆成于手，我獨成于心」，此「手」亦許「偷天」。鳳洲謂堯夫亦有會心處，而沓拖種種，如薦江瑤柱，佐葡萄酒，而餒魚敗肉，臭羹蛙炙，雜然而前進，將掩鼻抉喉嘔噦之不暇。又「繡」又「妙」又解「偷天」，豈易言哉！宋王僧朗學解深拔，文情鴻麗解「妙」，宜乎文「繡」。梁剡人王僧辯，為文多用新事，亦易于「繡妙」之一法。

坡詩：「當時謫仙人，逸韻謝封畛，餘波尚涓滴，乞與居易稹」。李白送仲弟序：「嘗目吾曰，兄心肝五藏皆錦「繡」耶，不然何出口成文也？」人猶謂甫不能絕句，白不能律詩，使果「偷天妙手」則亦何往不「繡」

耶。夫所使之事易知，所運之巧相似，不睹空靈，鮮能殊創，何以故？非「妙手」故。故究其琢句之長，先審其造情之本。庾子山學擅多聞，思心委折。事必遠徵令切，景必刻寫成奇，無言不警，迥殊常格，絕非矜容飾貌者所能擬似。理窟談叢之內，菁華益鮮，遂操狂簡之筆，較之山谷謂「王晉卿詩為番『錦』」，固當有間。

制舉非惟不足以成天下之才，又從而困苦毀壞之，所謂垂蝸蛭之餌，冀吞舟之魚。象山謂：決去世俗科名之習，如棄穢惡，則此心靈，自仁自智自勇。咸通中，賊殺進士，曰：亂我謀者，此青虫也。而魚玄机：「翻恨羅衣掩詩句，舉頭空羨榜中名」，亦以「必須蟾宮人間始信」為可嘆耳。《河圖．稽耀鉤》以及第為折月桂，代人語也。貫休：「直須『桂』子落墳上，生得一枝兔始消」，司空圖「春風漫折一『桂』，炳閣英雄笑殺人」，未知孰是。

王元美云：「且管生前身後，浮萍最可憐」。然昔人又云，「『柳』把一春都占盡，似與東君別有因」，不及「楊花落還起，闌入香房裡」矣。「撩亂春情最是君」，以人比「柳」，不如以「柳」比人之妙。「小生姓柳」所謂張緒當年，亦襲芝麓先生「今生願作當門「柳」，睡損粧台左右」意邪？

《宋史》：吳育，「字春卿」。《唐書．柳宗元傳》宗元言：「僕昔進速，安免世之求進者怪怒，宜今益詈僕以自迷援引之路，豈令孫復欲家置一喙，以自稱道耶！」有與京兆尹許書，自言：「得姓以來二千五百年，代為家嗣未有子息，荒陬中少士人女子，無與為婚，使得少北就婚求嗣，則冥然長辭，如得甘寢。」得志時年三十三，卒年四十七，未聞其有後也。柳人以男女質錢，子本均則沒為奴婢，宗元設法贖之，及卒懷之。託言「降于州之堂，人有慢者輒死。」又言「神志荒耗，前後遺忘，終不能成章。」「讀古人一傳，數紙則再三伸卷。復觀姓氏，旋又廢矣。然不得志于今，必取貴于後。」古之著書者是已。宗元實欲務此，宜玉茗託其子孫以著書乎？

嵇叔夜云：「智士鉗口，雄人蓄氣，湮銷丘里，豈一人哉！五霸與我齊智，我曾無閭里之聞。」「未遭時勢」，可怜乃爾。

「十八年來墮世間，多情情寄阿誰邊」，所以「每日昏昏」。

北魏寇讚夜「夢」陰毛拂踝，占曰「豪盛」。于齊下大業時，扶風桑門海明為幻術，人有歸心，輒獲吉「夢」。「長江不見魚書至，為遣相思『夢』入秦」。「惟有『夢』中相近分，卻持殘『夢』到他家」，「抵死尋春不自怜，『夢』中猶上暗門船」，「惟有蛾眉消得死，等閒『夢』著也成歡」。安得造化勞我以覺者，娛我以「夢」乎。

七寸毛錐，驚散九天風雨。三場文字，博來幾代榮華。一生氣力，總為「姻緣之分，發跡之期」八字所使，思之一笑。

「改名換字」，古多奇事。《南史》：宋文帝喜王僧朗子彧風貌，遂以彧名明帝，而為明帝娶其妹。武帝第五女新安公主，先適太原王景深，離絕遂以配彧。《北史》：周徐州總管梁士彥子名操，字孟德。南齊姓皇者名太子，齊高改為犬子。宋文帝后姪袁粲慕荀奉倩，遂改名粲，字景倩。桓彝生子，溫嶠試其啼聲，遂名為溫。劉豫父名翹，韓延之乃名子為翹。某惡張邦昌，以邦昌名婢。

齊景公曰：「寡人有千歲之食，而無百歲之壽，姑樂乎！」隋盧思道云：「人生百年，脆促已甚。奔駒流電不可為詞。悠悠遠古，斯患已積。而有識者少，無識者多。」朱文公會鵝湖曰：「只愁說到無言處，不信人間有古今。」「夢短夢長俱是夢，年來年去是何年」二句，即《大藏經》所謂：無有時定處定，眾生情妄戲論。世界無有長之相。嗚呼！人生一世間，貴與所願俱。憑將無益事，娛此有涯生。「姻緣」、「發跡」，率此意耳。羲之〈蘭亭記〉：「當其欣于所遇，暫得于己，快然自足，不知老之將至，而終期于盡，豈不痛哉！固知一死生為虛誕，齊彭殤為妄作。」則固歸佛而非莊矣。

《梁史》：張敷名「樝」，父邵名「梨」，蓋吳人事。梁武戲曰：「『樝』何如梨？」曰：「梨百果宗，樝何敢比？」其實樝，梨出。方朔《神異經》：其子徑三尺，剖之少瓤者也。

唐詩：「桂花詞意苦丁寧，唱到嫦娥醉便醒。此是世間腸斷曲，莫教不得意人聽。」是「等得眉皺」者所為。康海云：「窮通細夫事，安可訾老莊。」「顙氣皺眉」，原不足觀。老泉曰：「人固有才智而不能為章句名數之學者，苟一之以進士，是使奇才絕智，有時而窮也。」易于舒眉，反讓樝梨一輩。

「領受『嫦娥』一笑恩」，亦色情語耳。稼軒詞：「把酒問『嫦娥』，被白髮欺人奈何」，似素恃嫦娥之愛，故為爾語。「還則怕嫦娥妒色花頹氣」，巧思七曲，花謂所夢之人，若嫦娥因妒夢中之人，而遂遷禍于夢中人所屬意之人，則我雖被欺，彼亦不管矣。

「可憐白髮早相尋，隔『墻』人笑聲」。「甚東墻」甚字，從「鑿徧鄰壁」來言，段成式雖云「東鄰墻短未曾窺」，我則疑汝有甚可窺？「不許人窺」，既已鑿壁遍窺，皆是尋常稔色耳。與《西廂》「顛不剌的見了萬千」同意。與尋常稔色誰沾籍，只欺我不分外的書生，欺別個相應。棠村詞：「隔『墻』笑語，卻疑春色都在『鄰家』」，自是未曾鑿壁者。宋玉為溫柔之祖，而曰「天下之美，無如臣里，臣里無如東家之子。」何其隘也。劉文叔陰麗華亦嫌近取，幾與阿大中郎，封、胡、遏、末，同受心淺易悅之譏。

石屏詩：「楊柳門墻易得春」。既有承受「春光」之具，正不愁不「暗度」也。惟慮蒲質早秋則亂，柳蕭蕭難去耳。「無花不受春風醉，獨思『籠定百花魁』」，度量相去，豈不遠乎？

鳳洲謂退之于六經之學甚淺，而于佛氏之書尤鹵莽，他彈射亦不能皆中的。然柳氏通家莫如韓矣。

東坡七歲，程太夫人親授以書，十歲，老蘇令擬歐公〈謝賜帶馬表〉。送晁美叔詩：「我生二十無朋儔，當時四海一子由」，「莫道無相識，了非心所親。交遊盡縫掖，無可憑心期。」兄弟之佳者，方可當「朋友」，朋友二字固不輕與。

《唐書·杜正倫傳》曰：所教非所用，所用非所教，而太學不過聲利招徠，子衿不過記誦帖括。是以擾攘之國，剛明之君，視學校若敝屣斷梗。即唐太宗輩，亦不過鋪張顯設，以為美觀。士之能自異者，乃反不願于學。晁無咎曰：「士生斯世，亦自為才而已矣。」又曰：「夫人才豈有流品之異哉！」李德裕本宰相子，不喜與諸生同試，有司以蔭補校書郎。歐陽公子，不願為制舉業。「雖是香火秀才」，便有措大多于鯽魚之惱。

陳後主使張譏豎義時，索麈尾未至，即取松枝屬之，南齊彭顯達謂子曰：「麈尾是王謝家物，汝不須捉。」客問王氏兄弟優劣，謝安曰：「小者佳，以其言少，故知之。」謂獻之也。袁小修云：「不飲而酣適，不歌舞而暢快，乃真朋友之樂，然非淡與奇相值不能爾。」故與其讀書，必心千秋而不迂者，冥心而不妄解者。是以賈誼云：「見教一高言，若飢十日而得太牢焉。」視竊儒冠而目瞶瞶然者去之。「有此談吐」，固為難得。

嘗謂阮籍、孫登，「商略終古」，終字妙甚。不曰千古而曰終古，必後來人理應有多少新奇變換至奇至平之事也。「我懷如痞，君懷幾許。登堂直視，無心可舉」，亦正以終古難商略耳。

《三國志》陽翟趙儼與杜襲、繁欽，通財同計，合為一家。魏陸奢，自謂官職不足以勞國士，不仕。崔浩家事必咨奢取定。趙郡李士謙與博陵崔廓友，謙妻范陽盧氏寡居，每有家事，輒令人咨廓取定。宋徐州韓億、李若谷未第時，每更為僕，李先登第，授主簿，赴官自控妻驢，韓為負一箱，將至縣，篋中止有錢二百文，以其半遺韓，相持大哭而別。後仕皆至參政，婚姻不絕焉。人生不可無此「朋友」。劉琨、祖逖雖至好，而逖勝琨萬倍，名為朋友，非朋友也。若劉宋向柳與顏竣友，竣貴猶不推先之。曰：「我與士遜心期久矣」，及涉事誅，竣竟不救之，則與唐實君所云：「伸喙餘三尺，臨文無半解，奪利腦競監，爭鬥臂各搤」。盧思道所云：「美言諂笑，助彼愉樂。詐泣佞哀，恤其喪紀。阿黨比周，掃地俱盡。輕薄之儔，滅影竄跡。」李德裕所云：「良士者，以澹水相成，虛舟相值。一遇患難，便託明哲，則孰若劇孟、朱亥者？其不可與交「談」均矣。」王導參軍聞喜郭璞性好色，曰：「吾所受有本限，用之惟恐不盡」，素與桓溫父彝友善，桓每造之，或值郭在婦間，便入。璞曰：「卿來，他處自可徑前，但不可廁上相尋耳。」若「談吐」鄙俗一輩，豈堪令至婦間，僅可相尋廁上。

「心似百花」，作者自喻其艷想無邊無量「開未得」。艷想既叢穰如此，不似君王安得舒展此心之目耶！

# 第三齣　訓　女

【滿庭芳】（外上❶）西蜀名儒，南安太守，幾番廊廟江湖。紫袍金帶，功業未全無。華髮不堪回首。意抽簪萬里橋西，還只怕君恩未許，五馬欲踟躕。

「一生名宦守南安，莫作尋常太守看。到來只飲官中水，歸去惟看屋外山。」自家南安太守杜寶，表字子充，乃唐朝杜子美之後。流落巴蜀，年過五旬。想廿歲登科，三年出守，清名惠政，播在人間。內有夫人甄氏，乃魏朝甄皇后嫡派。此家峨嵋山，見世出賢德。夫人單生小女，才貌端研❷，喚名麗娘，未議婚配。看起自來淑女，無不知書。今日政有餘閒，不免請出夫人，商議此事。正是：「中郎學富單傳女，伯道官貧更少兒。」

【遶地❸遊】（老旦上）甄妃洛浦，嫡派來西蜀，封太❹郡南安杜母。

（見介）（外）「老拜名邦無甚德，（老旦）妾沾封誥有何功！（外）春來閨閣閒多少？（老旦）也長向花陰課女工。」

（外）女工一事，想女兒精巧過人。看來古今賢淑，多曉詩書。他日嫁一書生，不枉了談吐相稱。你意下如何？

（老旦）但憑尊意。

【前腔】（貼持酒臺，隨旦上）嬌鶯欲語，眼見春如許。寸草心，怎報的春光一二！

（見介）爹娘萬福。（外）孩兒，後面捧著酒肴，是何主意？（旦❺）今日春光明媚，爹娘寬坐後堂，女孩兒敢進春觴，以祝眉壽。❻（外笑介）生受你。

【玉山頹】（旦送❼酒介）爹娘萬福，女孩兒無限歡娛。坐高❽堂百歲春光，進美酒一家天祿。祝萱花椿樹，雖則是子生遲暮，守得見這蟠桃熟。（合）且提壺，花間竹下長引著鳳凰雛。

（外）春香，酌小姐一杯。

【前腔】吾家杜甫，為漂❾零老愧妻孥。（淚介）夫人，我比子美公公更可憐也。他還有念老夫詩句男兒，俺則有學母氏畫眉嬌女。（老旦）相公休焦，倘然招得好女婿，與兒子一般❿。（外笑介）可一般呢！（老旦）「做門楣」古語，為甚的這叨叨絮絮，纔到的⓫中年路。（合前）

（外）女孩兒，把臺盞收去。（旦下介）（外）叫春香。俺問你小姐終日繡房，有何生活？（貼）繡房中則是繡。（外）繡的許多？（貼）繡了打綿⓬。（外）甚麼綿⓭？（貼）睡眠。（外）好哩。⓮夫人，你纔說「長向花陰課女工」，卻縱容女孩兒閒眠，是何家教？叫女孩兒。（旦上）爹爹有何分付？（外）適問春香，你白日睡眠，是何道理？假如刺繡餘閒，有架上圖書，可以寓目。他日到人家，知書知禮，父母光輝。這都是你娘親失教也。

【玉胞肚】宦囊清苦，也不曾詩書誤儒。你好些時做客為兒，有一日把家當戶。是為爹的疏散不兒拘，道的個為娘是女模。

【前腔】（老旦）眼前兒女，俺為娘心蘇體劬。嬌養他掌上明珠，出落的人中美玉。兒呵，爹三分說話你自心模，難道八字梳頭做目呼。

【前腔】（旦）黃堂父母，倚嬌癡慣習如愚。剛打的鞦韆畫圖，閒榻著鴛鴦繡譜。從今後茶餘飯飽破工夫，玉鏡臺前插架書。

（老旦）雖然如此，要個女先生講解纔好。（外）不能勾。

【前腔】後堂公所，請先生則是黌門腐儒。（老旦）女兒阿，怎讀⓯遍的孔子詩書，但略識周公禮數。（合）不枉了銀娘玉姐只做個紡磚兒，謝女班姬女校書。

（外）請先生不難，則要好生館⓰待。

【尾聲】說與你夫人愛女休禽犢，館明師茶飯須清楚。你看俺治國齊家、也則是數卷書。

往年何事乞西賓？ 柳宗元　主領春風只在君。 王建
伯道暮年無嗣子， 苗發　女中誰是衛夫人？ 劉禹錫

【校記】

❶徐本此句為「外扮杜太守上」。全集本作「外杜太守上」。❷徐本作「姸」。❸徐本作「池」。❹徐

本作「大」。❺徐本作「旦跪介」。❻徐本此句作「女孩兒敢進三爵之觴，少效千春之祝」。❼徐本作「進」。❽徐本作「黃」。❾徐本作「飄」。全集本作「漂」。❿徐本此句作「與獨生子一般」。全集本作「與兒子一般」。⓫徐本無「的」字。全集本有「的」字。⓬徐本作「棉」。全集本作「綿」。⓭徐本作「棉」。全集本作「綿」。⓮徐本作「好哩！好哩！」。⓯徐本作「念」。⓰徐本作「管」。

# 第三齣〈訓女〉批語

「西蜀」川也，即三分門戶之物也。「廊」喻兩邊。「廟」喻深宇。長而瀉水曰「江」，圓而蓄水曰「湖」。金帶之「金」代筋，本《輟耕錄》。嘉興俞俊占籍松江，娶也先普化女。化長兄死，妻長嫂，次兄死，又妻嫂。俊祭聯云：「清夢斷柳營風月，菲儀表梓里葭莩」。柳營暗藏亞夫二字，菲儀謂菲人，表梓謂表子，葭莩代皆夫法。「紫袍」易明。「華髮」喻二毛。「抽簪」喻男事。「君恩未許」喻男欲罷而女不能。「安」字為女穴二字，女穴無不面「南」者。「莫作尋常太守看」，欲人知其喻意也。「飲官中水」非謔而何。「充」實則有光輝，「充」實而有光輝之謂大，則能隨處「充」滿，豈非女人肚中之「寶」乎？此「子充」即養就浩然之氣意。「子美」妙，充實之謂美。「此家蛾眉山見」，即〈寫真〉折春色在眉灣之眉，喻臍下豪。「端妍」妙，或高或下或偏皆為不端，簾兒不瑩，邊欄不小，皆為不妍。「洛浦」喻水窪也。「大郡」譏嘲婦道。「封」字俱妙，宋人有夫人生三子，寬定宕之。笑「閨閣」二字亦喻女根。花上有覆毛故曰「花陰」。女人專供御幸，故喻此事以女工。「精切過人」一笑，即漢武宮中挾婦人媚術者甚眾之說。世間確有終日習其事，而終年不知其術者。「官語」即溜的圓意。「眼見」喻花在眼，又言此物若不以眼見，不能辨其妍媸。「寸草」喻毛。「怎報的春光一二」為古今男子萬古抱歉。「進美酒」喻邈入其中。「萱花」喻女根。「椿樹」喻男根。「提壺」喻腎囊。「竹」亦直幹，即椿樹意。「臺盞」即《南柯》「人樣的蓮花肉作臺」意。「娘是女模」為此物，一笑，故有嫁女偏增阿母羞之句。「家戶」字亦喻女根。「拘」字亦謔。「眼前」指女根言，則心蘇句可一笑。「掌珠」喻男莖端。「出落」字同。「爹三分說話」告人以無數說話皆喻三分門戶處也。「自心」喻花心。「八字梳頭做目呼」即眉月雙高意。「倚嬌癡慣習如愚」喻女根不能動，又天下女雖更急，曾不求男。慚愧鞋兒謎是「秋千畫圖」。「鴛鴦繡譜」喻女根兩半。「玉鏡」喻女根合時。「女先生講解」喻意謔絕，又欲人解其所喻也。「後堂」喻後庭。「公所」喻前陰。「黃門腐儒」喻男根。「清楚」二字又喻女根之妙全在此。

《北史》巴蜀好道，尤尚老子之言，又風俗豪侈，所好尚奇偉譎怪。成都一方之會，風俗舛錯。乃今自謂「名儒」，到底要走徽國熟路，借他鼻孔出氣，方纔于閭里間有語話分。聖智貴潛行，無使大盜假。象山謂仁義等是杜撰名目，使之持循。鳳洲謂老子絕仁棄義，民復孝慈，是絕其名復其實。又謂惟東坡似不曾食宋粟者，自謂「名儒」，正象山所謂，凡有血氣，皆有勝心。方其蔽時，雖甚不足道，猶將挾以傲人。把做一事張大虛聲，「名」過于實，起人不平之心，是以被人深排力詆。自縫掖其衣者，以經文自藩飾，闒冗委瑣朋比，以致尊顯莫知紀極。聃周之徒，恣睢其間，摹寫其短，以靳病周孔，躪藉詩禮，亦其勢然也。一種無知庸人，難于鑱鑿，事楊朱則鈍置楊朱，不知其為師者，亦誠冤也。蓋智慮淺短，精神昏昧，重以聞見之狹陋，漸習之庸鄙故耳。又謂氣庸質腐，膠于庸猥之說，利害之來，心茫無據，疲神勞思。求通經學古，而內無益于身，外無益于世，所謂學問者，乃轉為浮文緣飾之具。聲光舊塞天壞破者，豈皆實有功業？「功業未全無」，要歛衽向楊四姊之類耳。

杜牧之「清時有味是無能，閒愛孤雲靜愛僧，待把一麾江海去，樂遊原上望昭陵」，有怨望之意。元曲：「赤緊的好難尋『紫袍金帶』」，此「一生名宦」云云，是自滿之言。

「杜甫」忤嚴武，武鷙狠人也，便執戮之，親出行刑，太夫人奔救乃免。甫後至青陽令，餉以酒脯甚厚，大醉一夕，腹脹卒，與賈島食牛肉死，同一可怪。自託為後，亦與託李壽李勢者齊智。「綿綿芳籍至今聞，眷眷通宗有數君」，調侃世人不淺。南北朝時沿晉餘習，專重姓望，非漢魏以來世有公卿者不尚，以通婚雜戶為恥，及其虜辱于戎卒也，得賜勳豪為妾媵，猶屬幸事。執相敘族，亦蛙見也。

夫人「甄氏」由來，杜甫念山妻矣。梁武謂薛懷景，「『此家』在北，富貴極不可言」。北齊楊愔曰：「河東京官不少，惟此家全無鄉音」。阮亭題女繡洛神「欲寫陳王舊時恨」，羨門「腸斷東阿，才子一賦，千秋悲愴」，陳王賦「峨峨高髻，轉目流睛，華容穠艷，令我忘餐。」王衍美貌，山濤見之曰「何物老嫗生寧馨兒」？田成子選民間女七尺以上者數十人入閨內。晉武帝博選良家，先下詔禁天下嫁娶，使其后華陰楊艷揀擇，后惟取潔白長大。其端正美麗者並不見留，人謂是妒，不知稔知帝意也。觀帝欲為太子納魏瑾女，曰衛家「種賢而多子，美而長白」可知。且如衛玠異稟所由。煬帝亦取長白女子牽舟。魏郡馮勤，祖長不滿七尺，乃為子沆娶長妻，生勤長八尺二寸，仕光武至司徒。勤母年八十，每會見，詔勿拜，令御者扶上殿。勤子順，尚明帝女平陽長公主，順子復尚章帝女安平公主。魏陸琇母赫連氏身長七尺五寸，甚有婦德。齊陸彰妻藍田公主，魏咸陽王禧女，莊帝親之，略同諸娣，高明婦人也。出子卭等六人，邴邵謂是藍田生玉。司馬懿兄朗，年十二，試童子郎，監試者見甚身體壯大，疑匿年，朗曰：「朗之內外，累世長大」。古男女排名者，趙郡李希宗男祖勳、祖昇、祖欽，女高洋后祖娥。宗父子容貌瑰麗，其後諸房子女，多有才貌。王渾妻鍾，魏太傅繇孫也，生武子，後為帝婿。渾欣然曰：「生子如此，足快人心」。而鍾笑曰：「使新婦得配參軍，生兒固不啻如此」，世乃稱鍾夫人。禮何也？凡婦女以帝族后族為貴，故周重姬姜。太真姊妹四人，皆豐碩修整。羅隱云「長大妍麗豐足，殊不似下賤物」。楊慎謂「艷為豐色，必出于膏腴甲族。」蓋女富溢，尤「娶妻須娶陰麗華」。陰實巨富，輿馬僕隸，比于邦君也。人說高樓惟居西比，豈徒粗比階公人奉魁然之號哉！「杜」實出于陝，「柳」實出于晉，非以比地土平氣均不生怪異之物，故寧作蜀廣人。王金壇揚州買妾詩：「尊萱真是美人圖，但問卿卿似母無」。晉南康長公主見蜀李勢妹曰，「我見猶怜」。勢身長八尺，腰十四圍，妹亦壽子，必非么麼小醜可知也。烏三寫而成焉，狗類玃，玃類猴，猴類人，人之于狗則遠矣。英特者之後，貌漸猥寢，其易面以漸而不自知者，率由未擇母氏之骨相也。

「杜麗娘」三字，從陰麗華之名觸得，即花娘也。肚中有花，豈不「麗」乎！又肚裡娘也，知好色則慕肚裡花，甚于慕其母，豈非肚裡娘乎。肚麗娘婢，即名春香，文心尤其妙絕。蓋男女之事，知觸法味者有之，知色聲香者甚少。名曰麗娘，能用目矣，繼以春香，鼻襯隨成，合溜笙歌等句觀之，即此一名，非真正知音才子，不能下。不如是解，則杜柳二人，只是恒沙世界中一男一女，既如是解，則杜柳二人，乃合百千萬億身而為一身，舉天地之大，古今之遠，史冊所集，記載之外一切風情公案，無不捺入此一傳中。其言驚夢，喻所遇雖極謬，戀事過便難憶，特只是一夢境耳。其言尋夢，則喻世人于此一事，至再至三，殊未肯已者，無非欲尋前此之樂境。其言回生，喻思之不得，形萎心灰，宛然是一死人。然形骸固未嘗壞，二根豈能廢之。較作只為才子佳人打合解者，其意趣之深淺，寧復可以道里計也。又肚裡花屬肝魂事，故為土中之木。

「母甄氏」雖取甄陶兩瓦之意，然曹家父子兄弟所同愛也。唐回紇可汗既婚肅宗幼女寧國公主，復為其子求婚，乃以僕固懷恩女嫁之。後嗣位，冊為光親麗華可敦，亦妙。《宋史》回回沒孤公主，「寶」物公主，各遺貢寶物之名亦奇。

盧照鄰：鄴中新體，共許蕭散風流，江左諸人，咸好瑰姿艷發，是以貌之「麗」喻才之「麗」一証。又穠華惟用美王姬，唐太宗后弟長孫太尉，嘲歐陽率更：「聳膊成山字，埋肩畏出頭，誰言麟閣上，畫此一獼猴」。詢酬之曰：「索頭連背煖，漫襠畏肚寒，惟其心混混，聽以面團團」。帝聞之曰：「詢此嘲不畏皇后耶？」則知昭陵亦豐勝者。讀人中美玉一句，悟選色法，蓋玉方數天（？）方為至寶。讀《素問》脂人膏人兩段，方知有肥醜人，無瘦美人。佛經云，如一端嚴婬女，妙極。呂竇馮武，決不似市頭門側，托腮咬脂之態，惟梁湘東《金樓子》則爾，故其國旋亡也。穆姜云，棄位麗姣姣，字亦妙。欲人盡歡，則不得不作態媚人也。

顧況：「卻向人間求好花，頭面端正能言語」，「端」也。秀色似堪餐，穠華如可掬，乃為「妍」也。齊王謂無鹽曰：「寡人左右皆治麗靚雅，膚如玉雪。」寶媛箋妙莊嚴之美女。「麗」之一字，必須玉雪而兼冶，靚雅莊嚴而兼妙，惟樂天「穠姿貴采信奇絕，美人一雙閒且都」，差可形容。人傳飛燕瘦，豈聳膊成山者？不過體輕腰弱，善行步進退，體豐而不覺耳。昭儀「弱骨豐肌，尤工笑語」亦豈漫襠連背者。狎客詠麗華「壁月夜夜滿」曼碩也，「瓊樹朝朝新」修目也，二者缺一，皆非極「妍」。

既已獨立無雙，又必橫陳第一。《天問》：「平瓊曼膚」，《七啟》：「肥豢膿肌」，《國策》：「長姣美人」，《詩經》：「孔曼且碩」，「碩大且儼」，「洵美且都」，佛經：妙色身如來，廣博身如來，勝福資識則相大，劣福資識則相微。〈月令〉六月養壯佼。魏沈陵姿質妍偉，王維姿儀鮮偉。鮮妍兼偉，方為奇「麗」，亦非聱論也。「才貌端妍」四字，更非玉茗不能創出，端妍二字用有才上，尤麗絕人矣。人貌如花，而解語勝花，真花貌也，真解語才也。故宋之問云：「閨門之秀才咸集。」無才則像生之花，非惟語之不解，並情態韻致，俱無所從出矣。

《南史》：太康王廙曾孫裕之，桓玄妹婿。以不應玄召，歷宋尚書。年八十，左右常使二老婦人，著青紋褲，飾以朱彩，于兒孫歲不過一再見，未嘗教以學問，使接權貴。曰丹朱未應乏教，甯戚不聞被捶。唐宣宗詔選士人尚公主，于琮初擬尚永福公主，主食帝前，以事折七箸，帝知其不可妻士夫。更詔尚廣德公主，歷節度同中書，黃巢入京害之。「知書」之說，亦成套語。

樂天詩「倚得身名便慵嬾」，更將「封誥」看重。

「談吐」不「稱」，人生第一苦惱。謝安謂：兄女道韞有雅人深致，為夫弟獻之中己，屈之，論客不能勝。既嫠居，會稽太守劉柳請與談，先及家事，慷慨流連。柳退而歎曰：瞻察言氣，使人心形俱服。韞亦謂，聽其所問，殊開人胸。真令我相思于千載之下也。

「常向春光開萬戶，春風賀喜無言語」，得「嬌鶯欲語」四字，陡然畫出。

「眼見春如許」，則非憐春情性未分明者。幾多紅艷淺深開，「春如許」也。所「眼見」者，此日家家有新態。所「欲語」者，誰道春風多氣力，瓊花依舊不曾開。

唐高宗太子納妃，太平公主出降詩：「艷日濃粧影」以寫「明媚春光」，最妙。玉茗壽大母云：「底復清齋晝王母，我家原有魏夫人」。云生民不可忘本，幼時惟以大母腹為藉，補博士弟子猶臥其肘以是，夜惟夢大母，私心不急于宦達以是，斯為「無限歡娛」，一家天祿也。

「女孩兒無限歡娛」，想見一枝瓊樹上，紅氍瓊花開處，照春風之象，在乃父則「以彼無盡景，寓我有限年，春消不得處，只有鬢邊霜」。覺坡老「把酒惜花都是夢」之語，不予欺矣。

在文章有反擊，在人事有不料。周武謂楊素曰：「但自勉，無憂不富貴」。素曰：「臣恐富貴來逼人，臣無心求富貴。」又賜以策曰：「方欲大相驅策，豈知驅策富貴，皆不關公也。」可畏可畏。

「坐黃堂百歲春光，進美酒一家天祿」，所謂傀儡場中四并也。石湖詩「鶴髮鬖鬖堂上坐，兒孫稱觴婦供果，世間此樂幾人同，看我風前孤淚墮」，彼「兒女」者，方且自娛其桃，安知父所墮淚。

「蟠桃」虐謔，痛恨女兒之喜男，而歸罪天公，正是一部之骨。本是樹所生，再合不相著，故以之喻出嫁女，最妙。山谷詠荔「紅裳剝盡看香肌」，「蟠桃熟」時更不可想，女兒只認擘桃者，與後〈硬拷〉折「陽氣攻」等相映成笑，為不知蜜為誰甜者，一噱。又與末折「你得便宜人偏會撒科」，應為無男單女人一笑，又為一哭也。做女兒者，只心乎討便宜人，待他推愛到那「守」蟠桃的，真是強弩之末了。況世有出狡儈陰陽之才，先施之其父其夫者。殊俗異聞：富貴家女皆二十而嫁，嫁十三四之婿，再嫁亦然。將聘必先與妻父同寢，驗其能為人否。貧家女踰十歲即嫁，嫁與壯夫，再嫁則為人妾，妻母令媒試婿，從隔壁窺之。「守蟠桃」者之為桃計，則殊辛苦矣。

英雄視命為輕，視王霸為重，只是圖他人兒女，任我受用。其欲有子，亦是姑為衰惱備，所不知之人，後來亦被屠滅，原不計也。而或不爾，則是昧其本。應若佛家但取嗣法，我輩只是被造化用了，替他做個生育之具，成他境界。果然「雛是鳳凰」，雌者亦復不厭。

主人是花娘，丫頭自然是「春香」。春香是花娘表字，名以春香，亦搜春摘花卉者所不饒也。武定府有溫泉，至春則香，男女同浴。翁山云：「春來春不見，春只在香中。春與香無別，氤氳滿碧空。香外更無春，春是香所為。一夕春風動，花開自不知。未開香已出，靜者以心聞。吹開人不識，一一是心花。香中無所有，心忽以香生。一點為香母，氤氳不可名。」「春香」二字，雖口頭語，而實攝一部書。悟時是臭，迷時謂香，蓋作者用意深深而嘗故掩其跡也。若淺露者，發一語惟恐人不知矣。

「我更可憐」其實是石湖「及時一笑有誰供」意。「相公休焦」，更有「耳邊情話少，笑口若為開」之悵。

郭暖子銛尚西河公主，主初降沈氏，生一子。銛無子，以沈子為嗣，豈郭氏無人可襲爵耶。諸葛亮關公子皆尚主，而安漢將軍必寇封，何也？梁武自謂聰明博達，復子齊宮所孕。「女婿與兒一般」，妒婦盡如此說。「可一般呢」惟恐觸惱做客為兒，這人故爾吞聲半語。司馬懿夫人張氏生七子，往省懿疾，時懿寵趙王倫母柏氏，曰：「老物可憎，何煩出也」。張恚不食，二子亦不食，懿驚而致謝曰：「慮困我好兒耳」。若謂「女婿一般」，正不如隋宇文述呼富商大賈為兒。雲定興為製袨服奇物，人皆學之，曰許公式也。

毛大可「從來三婦成艷章」。王次回「甘言妒女難憑恃」。南齊永明中制，諸王年未三十，不得蓄妾。齊明帝性惡婦人妒，沛郡劉休妻妒，帝賜休二妾，敕與王氏二十杖。君王縱有情，不奈陳皇后，妒之一字終不好。「早知君愛歇，本自無庸妒。誰使恩情深，今來反相誤。惟有夢中魂，猶言意如故。將心託明月，流影入君懷」，遲矣。

《南史》：齊新安太守河東柳惔為梁僕射，甚重其婦，頗成畏憚。自「絮叨」則不覺，人「絮叨」即著惱，婦人常態。「橫陳每虛設，吉夢竟何成」，而以為「絮叨」。楊鐵崖：「生憎寶帶橋頭水，半入吳江半入湖」，描寫婦人心刻酷，正為此輩。

徐昭華壽周母：「光碧堂開錦帨張，教兒英妙過周郎，卸粧猶見濃花合，掃黛還飛遠岫長」。月過十五精神少，人到中年萬事休，惟婦人受觸貪心，則中年殊尚未休。「纔到中年」一句，夫人淫極，便有「帳裡春風盪，昔歡常飄忽，方悅羅衿解，誰念髮成絲」意，不但「卻念容顏非昔好，畫眉猶自待君來」也。唐朔方兵馬使御史大夫三原孟媼，事郭汾陽，夫死續夫，七十二歲仍生二子，無怪矣。《續本事詩》：趙子昂調管夫人：「豈不聞王學士有桃葉桃根，蘇學士有朝雲暮雲，你年紀已過四旬，只管占住了玉堂春」。是「纔到中年」一証。

先王于老者亦賜之行役以婦人，溫州呂蒙正微時多內寵，「西蜀杜太守」宦後並無侍兒，苦哉！

棠村：「好天良夜莫問蕭蕭髮」，是無人嫌甚「絮叨」者。四皓當年「似爾無朱顏，鶴髮擁羅敷。」「風流定得浮丘術，九十猶能有鳳雛」，則如夫人說「猶可」。曹爾堪詞：「樂事貧家竟不貪，單衫消受嫩涼甘，好花頒與侍兒簪，暗將私語賭宜男。」有此「夫人」，樂可忘死。

薛逢〈貧女吟〉：「南鄰送女初鳴珮，北里迎妻已夢蘭，惟有深閨憔悴質，年年長憑繡床看」。若「繡是鴛鴦，尤堪淚下。

坐久暗生惆悵事，「家教」所以必須。

隋李孝貞年五十後，不復留意于文筆，曰：「鬢髮垂素，筋力已衰，宦意文情，一時盡矣。」坡：「詩書與我為麥蘖，醞釀老夫成搢紳，質非文是終難久，脫冠還作扶犁叟」。「也不曾詩書誤儒」，令人憶劉裕弟道憐，舉止多諸鄙拙。孫韞，人才凡鄙，為刺史，圖其出行鹵簿，常自披玩者。

後漢馬后，父兄死，十歲即幹理家事，制敕僮御，自撰明帝起居注。鄧后幼好經書，自入宮掖，從曹大家受書。為太后，臨朝政，博選諸儒于東觀，校讎傳記，徵諸王及鄧氏子弟各數十人，並學經書，躬自監試。司馬昭妻，東海王肅女，其于文義，目所一見，必貫于心。年十歲，父母令攝家事，必盡其理。《北史》恒農李洪之以與獻文親母結為兄弟，遂棄宗專附，號獻文親舅。為秦益刺史，威制諸羌，至其里閭，撫其妻子。妻張氏，亦聰強婦人，自貧賤至富貴，多所補益。後得劉芳從姊，遂疏張氏，亦多所產育，為兩宅別居，後以受納鎖赴京。「知書」又能「把家」，真乃光輝二姓，牛應貞不得獨步也。

鄒程村：「天若少情，應禁天孫年年歡會」，余云：「天若多情，應聽牛郎長隨織女」。此「不兒拘」只為「把家當戶」計，尚未悟及情竇。

《隋史》傳序：末世雎鳩之法，千載寂寥，牡雞之晨，殊邦接響。「娘是女模」，但休落他便作河東吼。此兒類父全類母耳。為姑偏忌諸嫂良，作婦翻嫌婿眾惡者，必「娘模」不好。故屈翁山「阿娘『珠』在腹，每覺媚生姿」，故掌中有此佳兒，便將光照一世。

楊炯一子「玉」為人。武元衡：「蟬翼羅衣白『玉』人」，薛濤上王尚書：「碧玉雙幢白『玉』郎」，施肩吾：「『玉』色郎君美影行，賺煞唱歌樓上妾」，《唐書》：爨西有樸子蠻人，多長大婦人，食自將肥白。凡物皆欲其肉好起肥，何況于人。「玉」氣化為婦人，則玉氣所化之男，正是男中美婦也。玉不撓而折，「玉」之精為美女。作玉漿法，乃取零碎好玉，為屑一升，用地榆草一升，稻米一升，取白露二升，銅器中煮米熟餃汁，玉屑化為水名曰玉液。將死服五斤，三年尸色不變。大業四年藍田令王曇得一「玉人」，長三尺四寸，當特重「人玉」之時，故應氣而至耳。湖南使回謂，南唐元宗「粹若琢玉，東方無間人皆以為『玉』魄」。嵇叔夜「朗朗如『玉』山照映」，人應從暑月觀之，乃得如此形容。治容者渾如鑄就，先有模範，故相好具足也，又令人見之，為所銷融也。「出落」二字又妙，不但玉筍長過母，母最喜事，「頎其碩人，爛其韓姑，齊從如雲，庶姜孽孽」，皆「出落」得好也。樂天詩「粧嫫徒費黛，磨甋豈成璋」。而《武林志》：「貧家生女，則珍惜如寶，餌以細食，以備士夫來擇。」只此「出落的人中美玉」七字，正醫經所謂「年質壯大，血氣充盈，膚革堅固。至于視之，盈目若月舒光」，便令齊襄公不得不卑聖侮士，惟女是崇。七段瓊酥，蟠桃既熟，其妙真乃可想。蟠桃既色味俱佳，又生于瓊樹下，垂中了人間天上，豈復有踰此美物者乎。世間有欲事，只為有「人玉」耳。「美玉」者，白也，潔也，腴也，實也，滑也，有光彩也。潔白至於有光彩之物，必無濁液也。故雖千昌不韙強汗，貞正偎戴仇異，皆必欲遂之，不必其五官殊絕于人也。彼善持容範，則深相賞味，雖性好偏奇，理外之嗜，要必為「人玉」矣。婚禮取夫人之詞曰：「請君之『玉』女與寡人共有敝邑」，若反此者，世間可無慾事。山陰黃逋詠浴詩：「白玉盈盈白晝沉，雕盤水淺坐來深，還擎未脫雙銜鳳，難洗相思一寸心」，令人有「何年瓊樹一枝移，沓華連璋魚貫籠」之想，忘卻「黃金難鑄百年身」也。鄒秪謨「鸞帳『玉』人起」與一梭兒「玉」、一窩雲雨不可無，自有妻妾之別。人只知作者「珠玉」綴錯，清冷自飄，豈知「人中美玉」四字，古人多有其意，至玉茗才人，方始顯然拈出。

離合其字常見史書。「八字梳頭做目呼」，相公二字。今豪富家多依次第數目呼女以相公者，如趙郡李氏之子名祖勳，女名祖娥，非〈曲禮〉男女異長之法矣。然魯隱公名息姑，晉趙王倫名白女，則八字梳頭做目呼亦無不可。如畢眾敬每呼其子為使君，今多呼子以其官者，未全無本。廣西猺寨呼老男為婆，老婦為公，公婆亦可顛倒。今妻謂夫為老公，初本王允後王軌捋周武帝鬚曰：「如此好老公，可惜後嗣弱」。

元人詩：「裹頭保母性溫存，不敢移身出後門，尋得描金龍鳳紙，學摹國字教皇孫」。《南史》：吳郡婦人韓蘭英，宋孝武時獻《中興賦》被賞入宮，明帝時用為宮中職僚，及齊武以為博士，教六宮書學，呼為韓公。《唐書》楊收，楊素之裔，母長孫授經，第進士至同中書。魏中書侍郎清河崔覽妻封氏，散騎常侍封愷女，多所究知，時李敷等雖已貴重，近世故事有所不達者，皆就而諮請焉。衛國李彪與李沖乖〈曲禮〉，有公庭不言婦女之文，而彪嘗自稱其女聰慧，彪死後魏高祖遂召為婕妤，教帝妹書，時沖女先為帝夫人也。柳播河中人，伯母林通經史，善屬文，躬授諸子姪經，故開元天寶間，播兄弟七人皆擢進士。「女先生」固有可為男子講解者，何止念偏「孔子書」耶。柳僧習其先解人，徙居汝穎二州，歸魏為穎川郡守，謂諸子曰：「權貴請托，吾並不用，其使欲還皆須有答，汝等各以意為吾作書。」子慶所為獨可用。北齊李僧未入學，俟伯姊筆讀之間輒竊用，使但識「周公禮數」，恐亦如「銀娘玉姊」之無用矣。

隋〈儒林傳序〉：爰自漢魏，碩學俱清通，逮乎近古，巨儒必鄙俗。及時方喪亂，方領矩步之徒，亦多轉死溝壑。梁簡文〈與湘東書〉：「比見京師文體，儒鈍異常，吟詠性情，乃模內則，操筆寫志，翻學《歸藏》。歷萬古之才人，觀其遣詞用筆，了不相似，文章未絕，必有英絕領袖之者，何取文能遵義而已？」。腐者謬庸之謂，或至吝而不庸，或小汰而已謬，或似傲而非謬，或似謹而極庸，或過厚過薄卻非謬庸，或少薄少厚已為庸謬。故僻中有謬，寧僻無庸。惡中有謬，寧惡無謬。

同出「釁（案：原作紅）門」卻偏有「腐儒」，一種奇絕。北魏詔：自今祭孔廟，不聽女巫、妖覡、婦女合雜以祈非望。今求麗師，偏要腐儒，不知仲夫子許否。

楊堅為隋公時，令京兆李圓通監廚，惟世子乳母侍寵輕之，賓客未供，母有子請或輒持去，通竟撾之。北魏薛懷吉善于延納，曲盡物情，指授先期，饌餽自望。東平畢元宗自宋歸魏，歷北齊，累世為本州刺史，家門穢雜，雄狐見譏，而家世善營食膳。崔清〈食經序〉：「余自少間見諸母諸姑，先母慮久廢忘，後生無知見，乃占授為九篇。」唐相段文昌自為《食經》五十卷。「館待」腐儒亦要好，則杜公惺惺惜惺惺之處。

坡：「仍須履素手，自點葉家白。」「一觴一飯能留客，知是君家內子賢」，茶飯清楚者，必無閨門暗猥惡習。

無刑賞以動其心，而一年三百六十日，各終聽事未嘗失。佛前一炷香，也有不約束而齊如此者，又暇數數言平「治」哉。余嘗作書館聯云：「仁義大捷徑，詩書一旅亭」。《南史·孝義傳》論：「自榮非行立，人倫毀薄。」齊明帝舅濟陽江祐薦明山賓，帝曰「聞山賓讀書不輟，何堪官耶？」王守仁謂胡世寧曰「公人傑也，但少講學」。曰「某何敢望公，但恨公多講學耳」。象山謂，志于聲色利達是小，勦模人言語的與他一般是小。「治國齊家也則是幾卷書」，再添上「你看俺」二字，覺得醜甚。沈約云：「羲軒邈矣，古今殊事」。張敞云：「不必相襲，各由時務」。大蘇云：「使桓文如宋襄，求亡不暇，無使兩失焉，為天下笑也。」淮南子曰：「顏闔不為魯相，使遇申商，刑及三族」。非其世而用，儒道則為之禽矣。又隱士善內養，飢虎殺而食之，知天而不知人，則無以與俗交。故北魏太祖問李先，天下何「書」最善，可以益人神智。

# 第四齣 腐嘆

【雙勸酒】（末扮老儒上）燈窗苦吟，寒酸撒捂❶。科場苦禁，蹉跎直恁！可憐辜負看書心。吼兒病年來迸侵。

「咳嗽病多疏酒盞，村童俸薄減廚煙。爭知天上無人住，弔下春愁鶴髮仙。」自家南安府儒學生員陳最良，表字伯粹。祖父行醫。小子自幼習儒。十二歲進學，超增補廩。觀場一十五次。不幸前任宗師，考居劣等停廩。兼且兩年失館，衣食單薄。這些後生都順口叫我「陳絕糧」。因我醫、卜、地理，所事皆知，又改我表字做「百雜碎」❷。明年是第六個旬頭，也不想甚的了。有個祖父藥店，依然開張在此。「儒變醫，菜變虀」，這都不在話下。昨日聽見本府杜太守，有個小姐，要請先生。好些奔競的鑽去。他可為甚的？鄉邦好說話，一也；通關節，二也；撞太歲，三也；穿他門子管家，改竄文卷，四也；別處吹噓進身，五也；下頭官兒怕他，六也；家裏騙人，七也。為此七事，沒了頭要去。他們❸都不知官衙可是好踏的！況且女學生一發難教，輕不得，重不得。倘然間體面有些不臻，啼不得，哭❹不得。似我老人家罷了。「正是有書遮老眼，不妨無藥散閒愁。」（丑扮老門子上❺）「天下秀才窮到底，學中門子老成精。」（見介）陳齋長報喜。（末）何喜？（丑）杜太爺要請個先生教小姐，❻我去掌教老爹處稟上了你，太爺有請帖在此。（末）「人之患在好為人師」。（丑）是❼人之飯，有得你喫哩。（末）這等便行。（行介）

【洞仙歌】（末）咱頭巾破了修，靴頭綻了兜。（丑）你坐老齋頭，衫襟沒了後頭。（合）硯水漱淨口，去承官飯溲，剔牙杖敢黃虀臭。

【前腔】（丑）咱們❽兒尋事頭，你齋長干罷休？（末）要我謝酬，知那里留不留？（合）不論端陽九，但逢出府遊，則捻著衫兒袖。

（丑）望見府門了。

世間榮落❾本逡巡，李商隱　誰採❿髭鬚白似銀？曹唐

風流太守容閒坐，朱慶餘　便有無邊求福人。韓愈

## 【校記】

❶全集本作「呑」。❷徐本此句作「又改我表字伯粹做百雜碎」。❸徐本作「們」。❹徐本作「笑」。全集本作「哭」。❺徐本作「丑扮府學門子上」。全集本作「丑府學老門子上」。❻徐本此處增有「掌教老爺開了十數名去都不中，說要老成的。」❼徐本無「是」字。❽徐本作「門」。❾徐本作「樂」。❿徐本作「睬」。

# 第四齣〈腐嘆〉批語

「腐」字喻男根。「燈窗」四句，俱喻男根之不振者。「書心」喻女根形。「看」字妙，看時恨不如何而無奈力不從心也。「迸侵」句，嘲女根水。「撒」吞之不及也。「村童」喻男根。「廚煙」喻女根氣。「天上」喻女根深處。「鶴髮」喻毫。「超增」喻日增益。「補」布漿硬也，觀「單薄」可知。「百雜碎」同此意。「鄉邦」七句卻喻男根，觀「沒頭」句更明。「輕不得重不得」嘲初破瓜。「巾破」喻男根。「靴頭」則肖其狀。「齊頭」喻女根，女「坐」其上，則男根不見「衣皮」矣。「牙杖」亦喻男根。「干罷」代乾罷。「出府」則「衫」仍合而可捻，譬喻細甚。「風流太」三字讀斷，謂女人也。「福」字以代腹字。

坡〈贈孔姓君先魯〉：「東家門戶照千古」，末法之為東家徒者，惟富與貴橫據腎腸，并功名亦不道。梁冀惡「儒」士，召為令史以辱之。光武幸太學，令諸生雅吹擊磬，盡日乃罷。《北史·儒林傳》序：「『儒』者，蠹生人之耳目。」而北齊經生皆差遣充數，豪家俱不從調。瞿曇氏雖不皆好，然未嘗純染而不淨，純自利而不利他。惟東家子孫，不知何故，甫入塾即以給青紫、大門風為第一頭，雖未矢諸其口，而其影子則已早落其父師子弟八識田矣。蓋純自利而不利他，純應赴而無禪律論，或有毅然出群者，皆其多生善根力，奮然蹶起，非入塾持有以是詔之者。苟其父師于入塾時即以是詔之，既長且出，而見舉國中無一人為是者，必且以其父其師為迂闊腐爛。賈山涉獵書記，不能為醇儒。馬援讀書意，不守章句。王充從學班彪，好博覽而不守章句，遂博百家，著《論衡》。始若詭異，終有理實。後漢末穎川孫淑博學而不好章句，多為俗儒所非。諸葛與人讀書，同學務于精熟，亮獨觀其大略；賈逵為諸生，略覽大義，取其可用，而卒為曹氏能臣；晉潘岳妹夫阮咸子瞻，讀書不甚研求，而嘿識其要。《宋史》：掌禹錫好儲書而迂漫，不能達其要，過閭巷人指以為戲。孫權謂汝南呂蒙，宜學問以自開益，曰：「在軍中豈容復讀書？」權曰：「孤豈欲卿治經為博士耶，但當涉獵是往事耳。然卿等受性朗悟學必得之，孟德尚自謂老而好學，卿何獨不自勉勗耶？」〈趙咨傳〉魏丕問吳主頗知學乎？曰：歷史傳采奇異，（案：《三國志》四十七引裴注，謂：博覽書傳歷史，藉採奇異。）不效諸生尋章摘句而已。熊檗庵云：觀經解如百千萬億語，欲語語條分而縷析，何異算沙。予性弗慧，則厚喜淩獵。百千萬億步，恨不一步過，故自稚至老，于《學》《庸》《語》《孟》註，總不能卒讀，皆由過去生中習為懈怠，于差別智門不求深入，安得妙書？楮不逾菽，而義亙沙河，一字不複，一字不雜。其部分若十百千萬，各有束伍，不誓誥而步騎奇正無相亂。其分明若層臺永巷，照以夜光，不日月而登降，屈伸無愆。度其貫穿若十洲三島，並有津梁，不舟楫而璧含珠聯可循次得也。稍有羅縠之隔，遂如一髮不理，舉體為之不適。

《淮南子》曰：「夫內不開于中而強學問者，猶聾者之歌，效人為之，而無以自樂。」是「燈窗」之「苦吟」也。梁元帝不自執卷，置讀書左右，五人嘗眠熟大鼾，或偷卷度紙，必驚覺下楚，差強人意。沈約撰四聲，謂昔詞人累千載而不悟。致能謂虛已曰，子詩詞雖工而聲韻猶啞。孟浩然乃以疽發背死，亦「苦吟」之故耶。

〈中論〉曰：學者不患才之不贍，而患志之不立。鄙儒之博學也，詳于器數，矜於訓詁，故廢日月而無成，是「寒酸」之「撒吞」也。晉河東王接，尊十世孫，備覽眾書，多出異義，庶異乎「撒吞」一輩。

「君自將身博凍餒，毛穎可憐彼何罪」，是「科場苦禁」也。隋平原王孝籍《奏記》牛弘曰：終無薦引，永同埋殯。徒欲汙窮愁之簡，通心乎來哲。

「重門公子應相笑，四壁風霜老讀書」，是「蹉跎直恁」也。坡有「蟾蜍爬沙不肯行，坐令青衫垂白鬚」句。黨附昔氏張學究之幟，苟以譁眾取寵，是「看書心」也。若坡詩「天公怪汝勾物情，使汝未老華髮生」。

齊范陽李廣早朝假寐，忽謂其妻曰：「吾似睡非睡，忽見一人出吾身中云：『君用「心」過苦，非精神所堪，今辭君去。』」非最良輩所謂「心」矣。

荀子曰：尊賢畏法而不能通知之，類齊法之教，偲然若終身之虜，呼先王以求衣食，是俗儒也。是「可怜辜負看書心」也。《北史》文苑序：鄴都之下，煙霏霧集，後主令取輕艷諸詩，以充圖畫，猶依霸朝，謂之館客。雖當時操筆之徒，搜求略盡，而修《御覽》時亦有文學膚淺，附會親識，妄相推薦者。「看書」知用「心」，曾有幾人。

「飢火燒心曲，愁霜侵鬢根」，是「吼兒病年來迸侵」也。剡人何遜曰：「頃觀文人，質則過儒，麗則傷俗，終沉抑而卒。」遜祖承天，晚為著作佐郎，餘皆年少，荀伯子譏為嬭母。幸猶未有「吼病」。讀此曲往往不怡，令人欲學河朔大俠作噉人狀以解之。固不若寒山所云：「滿卷才子詩，溢壺聖人酒，此時吸兩甌，且吟五百首」之快矣。然袁中郎有言：「如今貴人不讀書，腹中猶如酒食店」，又不如楊萬里：「說與廚人稀作粥，老夫留腹要盛『書』」也。

白玉蟾詩：「病中況更緣詩苦，夜去可堪無『酒』休」，寧減「廚煙」，難疏「酒盞」。

「自家南安府」，坡所云「俗儉真堪著腐儒」。

漢「陳」元方著書曰，「陳」子例以閉關頌酒之章，可謂哇鵝咽李之裔。一部書人人皆有姓望，全用史法作傳奇。石姑則史所謂據其自云。小姑詔淑，即借韶陽為本郡。「陳」生仲子之後，不言可知。

許慈胡潛并入蜀為博士，更相克伐，書籍不相通借。劉先主憫其若斯，于大會時使倡家假為二子之容，倣其鬥鬩之狀，何怪玉茗描摹「最良」。

晉韓豫章遺范宣絹，不受，裂二丈與之曰：「人豈可使婦無褌耶」？《袁小修集》：余等每索族兄酒，飲將盡，入謀之婦。忽聞笑語聲，頓足曰，又狂笑矣。蓋慮多笑則飲之愈豪也。嗟乎兄貧，皆善寫「衣食單薄」之苦。

突厥降唐後，其族人骨咄祿嘯聚亡散，自立為可汗，武后怒，改其名曰不卒祿。弟嘿啜嗣，請擊契丹自效，又遣使請為后子，後將十萬騎破蔚州，后怒，更名曰斬啜。貞觀契丹孫敖曹來降，賜氏李，後其孫萬榮、曾孫盡忠反，后使便宜擊之，更名榮曰萬斬，忠曰盡滅。「改人名字」，由來已久。

坡「故教窮到骨，欲使壽無涯」。隋煬即位，高年加以版授。「第六個旬頭」，若生北魏高祖時，便在版假郡守之列，正不須飾老隱年也。

隋河間劉炫為縣，責賦役自陳于內史，送吏部，問其所能。自為狀曰：「子史文集咸誦于心，至于公私文翰，未嘗假手。」還除殿內將軍。北魏成霄所著，率多鄙俗，知音所笑，而閭巷淺識，諷誦成群，乃至大行于世。讀書多，則見古今事變不狃狹劣見聞。近日書畫極衰，緣業此者，以代力穡，成空疏荒謬之習，皮毛見珍，命脈斷之久矣，正「百雜碎」之類。袁中郎云：十三經解苦無全部，然得一二老書生集而卒業，亦非難事。施耐庵王實甫正復難得。僕嗜楊之髓而竊佛之膚，腐莊之唇而鑿儒之目。至于詩文，尤以名家為鈍賊，格式為涕唾。卻與最良恰恰相反。

宋泉州蘇仲知河陽，為醫所誤，猶力疾笞之，「醫」亦慎勿輕「變」哉。然宋德州平原人趙自化，贊有「自古名醫顯秩」。傳以平賦，爵關內侯，綜練醫術，年八十一。第五倫京兆人，固築營壁，銅馬赤眉之屬，前後數十輩，皆不能下，建武二年舉孝廉，補淮陽國醫工長，顯宗時為蜀郡守。蜀地饒，椽史家貲皆至十萬，倫更選孤貧志行之人。入為司空，言竇憲志美而無志之徒，轉相販賣，雲集其門。吳興姚僧垣仕梁，周大將干謹滅梁得之，周文帝求之不遺，曰：「吾年衰暮，疾症嬰沉，今得此人，望與偕老。」後周武東征，至河朔口不能言，一足短縮，垣治愈之。宣帝曰：「先帝呼爾姚公，朕當使公建國承家為子孫業。」乃封平壽縣公，年八十五，隋開皇三年卒。名聞邊服，諸番外戚咸請託之。館陶李備略嘗在禁內，文明太后時有不豫，針藥輒效，車服第宅，極為鮮麗，卒贈青州刺史。慕容白曜平東陽，獲丹陽徐謇，文明太后時問經方，承問不得其意，雖貴為王公，不為措療，年垂八十而鬢髮不白，卒贈將軍，齊州刺史。謇孫之才戲謔滑稽，言無不至，于是大被文宣狎昵。療婁太后應手便癒，言武成大虛，療輒暫癒，其于和士開、陸令萱，曲盡卑狎。二家苦疾，救護百端，由是遷尚書令，封西陽郡王，歷事諸帝，以戲狎得寵。魏廣陽王妹寡，之才從文襄求得為妻，和士開知之，乃淫其妻，才遇見而避之曰「妨少年人戲樂」，年八十卒，子襲爵。唐畢瑊知太醫李玄伯帝所喜，以錢七十萬聘之，夫婦日自進食。高宗曰：王繼先朕之司命。秦檜夫人結為兄妹，將弁多請為義子，以海舟為業，名所居曰快樂仙宮。「蔖」亦未可概論。

杜子云：「鄉里兒童項領成」，陸子云：「附高煒煒笑凌霄」，不平于時輩之崢嶸也。若唐初岑文木，江陵人，為文檄，六七人泚筆待分口占授，非動非舊，無汗馬勞，以文墨位宰相，比北齊孫搴尤勝，決非「鑽去一輩。漢文翁為蜀郡，選學官童子，使傳教令出入閨閤，吏民以為榮，富人至出錢以求之，至今巴蜀好文雅，文翁之化也。豈容「通關節竄文卷」耶？唐中宗時南陽韓琬言：「夫巧者知忠孝為立身之階，仁義為百行之本，託以求進，口是而心非，言同而意乖，陛下安能盡察哉。」「鑽杜」者亦須用此一法。梁武從舅子范陽張纘，年十七，尚梁武女，身長七尺四寸，面目疏朗，神彩煥發，大同三年為吏部尚書，曰「吾不能對何敬容殘客。」纘時所遇，正復有幸不幸。

《唐書》：祝欽明，京兆人，體肥，極論后有祭天地之理，中宗遂以后為亞獻。其人于五經為該淹，嘗于中宗前舞。侍郎盧藏用曰：「五經掃地矣」。贊曰：「以經授中宗，而引艷妻見上帝。」「教女學生」亦有何

「難」。陳自強閩人，淳熙進士，自以嘗為侂胄童子師，欲見之，適僦居主人出入胄家為言於胄。一日召自強，比至則從官畢集，胄向自強再拜曰：「陳先生，老儒汩沒，可念明日交」。薦其才，除博士，遷秘書郎。半載擢中丞，未踰月登樞府，嘉泰三年，拜右丞相，歷封秦國公。縱子弟親戚關通貨賄，創國用司自為使，嘗語人曰：「自強惟一死以報師王。」妻稱胄為恩王、恩父。而呼堂吏史達祖為兄，蘇師旦為叔。胄敗，貶廬州（案：當是廣州）死。固是「最良」盛族，若「女學生」，雖貴恐未能然。

「人之飯有得你吃」，豈能待向仁祖乞食耶？

「從小讀書希聖賢，自謂躬行已得半，他人肥馬與輕裘，我能敝之而無恨」，則「頭巾破了」不須修矣。易曰：「解而拇朋至斯孚。」《禮》云：燕則有跣以盡歡也，婦人去舄承歡尊前。古者臣見君解襪，晉賀邵坐，嘗暑襪，希見其足。則漢魏之世不襪而見足者多矣。「靴頭綻了兜」，只當倣古贅筆。

〈焚筆硯〉詞：「君負余乎？余負君乎？奠以牢騷淚一杯。細聽得祝融又說，誰召君來？」「坐老齋頭」，人人淚宿於睫而自負，筆研則不知也。

南齊文惠太子集孔雀毛為裘，光采金翠，使見「衫衿沒後頭」者，必自覺其俗矣。陸龜蒙「無端織得愁成段，堪作騷人酒病衣」，庶乎不腐。

陳國何曾，當曹爽時，亦謝病，爽誅遂起。面質阮籍于司馬昭曰：「今忠賢執政，綜覈名實，如卿之徒，不可長也。」遂以為晉國丞相。及受禪，以司徒務煩，不可久勞耆艾。驕就第，帷帳車服，窮極侈麗，廚膳滋味，過于王者，年八十卒。博士秦秀請謚繆醜，不從。曾嘗謂子孫曰：「國家當受禪，吾每宴見未聞經國遠圖，惟說平生常事，非貽厥之兆也。」子劭與晉武有總角好，亦為司徒。三王交爭而劭遊其間，無怨之者。然驕奢簡貴，盡有父風。鄉閭共疾何氏，永嘉之末，滅亡無遺焉。魏明帝婿樂安任愷為晉侍中，吏部尚書，惡賈充為人，充等浸潤謂愷豪侈，遂免，乃極滋味以自奉養，竟以憂卒，年六十六。陸機從弟納，以尚書郎，出為守，過辭桓溫，問曰：「公致醉可飲幾酒？食肉多少？」溫曰：「年大來飲二升便醉，白肉不過十臠。」曰：「方守遠郡，欲與公一醉以展下情。」溫欣然納之。時王坦之在坐，及受禮惟酒一斗，鹿肉一柈，共嘆其率素，更敕中廚設精饌，酣飲極歡。及為尚書，謝安欲詣之，納毫無供辦，其姪俶不敢問之，乃密為之具。安既至，納所設惟茶果而已，俶遂陳盛饌珍羞畢具，客去，納謂穢其素業，杖之四十。晉明帝婿劉真長為丹陽令，許恂過宿，床帳新麗，飲食豐甘，曰：「若此保全，殊勝東山。」劉曰：「若知吉凶由人，吾安得保。」王羲之在坐曰：「令巢許遇稷契，當無此言。」元魏夏侯道遷喜言宴務口實，畢義遠善營食膳，器物豐華。五代孫晟密州人，少居廬山簡寂宮，嘗懸賈島像于壁，朝夕事之，道士以為妖，杖驅出之，乃遊吳。李昇方篡楊氏，使為教令，嘉其文詞，遂以僕射事昇父子二十餘年。每令伎人各持一器侍，號肉臺盤，一時人爭效之。宋太宗尹京開封王元德專主庖膳，即位授御廚正使，賜宅。知華州，著《司膳錄》。錢王俶婿慎從吉仕宋，善為饌具，兼工醫術，宋名臣王旦家人，未嘗見其怒，飲食不精潔，但不食而已。處州胡紘嘗謁朱子于建安，朱侍友惟脫粟，遇紘不能異也，紘語人曰：「此非人情，隻雞尊酒，山中未為乏也」，遂亡去。及侂胄擢為御史，劾趙汝愚，且詆其引用朱子為偽學罪首。《宋史》膚抽佩刀貫大臠以啖客。元莊聖后語憲宗世祖曰：「自明里事太祖，烹庖之精，百倍平日，汝兄弟當報之。」蓋遼人世典內膳也。若「剔牙杖黃虀臭，硯水漱淨口，又承官飯溲」，真乃人間苦趣。

自古狠毒殘殺者，其人類能攻苦食淡，堅忍無華。若「腐儒粗糲」，第不見可欲耳。

束修食物俱在「袖」中，故須「揜」之，「黃虀臭」見元曲，「衫兒袖」亦見元曲。

# 第五齣　延師

【浣紗❶溪】（外引貼扮門子，丑扮皂隸上）山色好，訟庭稀。朝看飛鳥暮飛回。印床花落簾垂地。

「杜母高風不可攀，甘棠遊憩在南安。雖然為政多陰德，尚少階前玉樹蘭。」我杜寶與夫人商議，要尋個老儒教訓女孩兒。❷昨日府學開送一名廩生陳最良。年可六旬，從來飽學。一來可以教授小女，二來可以陪伴老夫。今日放了衙參，分付安排禮酒，叫門子伺候。（眾應介）

【前腔】（末儒巾藍衫上）須抖擻，要拳奇。衣冠欠整老而衰。養浩然分庭還抗禮。

（丑稟介）陳齋長到門。（外）就請衙內相見。（丑唱門介）南安府學生員進。（末進見介❸）生員陳最良稟拜。（拜介）（末）講學開書院，（外）崇儒引席珍。（末）獻酬樽俎列，（外）賓主位班陳。叫左右，陳齋長在此清敘，著門役散回，家丁伺候。（眾應下）（淨扮家童上）（外）久聞先生飽學。敢問尊年有幾，祖上可也習儒？（末）容稟。

【鎖南枝】將耳順，望古稀，儒冠誤人霜鬢絲。（外）近來？（末）君子要知醫，懸壺舊家世。（外）原來世醫。還有他長？（末）凡雜作，可試為；但諸家，略通的。

（外）這等一發有用。

【前腔】聞名久，識面初，果然大邦生大儒。（末）不敢。（外）有女頗知書，先生長訓詁。（末）當得。則怕做不得小姐之師。（外）那女學士，你做的班大姑。今日選良辰，教他拜師傅。

（外）院子，敲雲板，請小姐出來。

【前腔】（旦引貼上）添眉翠，搖佩珠，繡屏中生成士女圖。蓮步鯉庭趨，儒門舊家數。

（貼）先生來了怎好？（旦）少不得去❹。丫頭，那賢達女，都是些古鏡模。你便略知書，也做好奴僕。

（淨報介）小姐到。（見介）（外）我兒過來。「玉不琢，不成器；人不學，不知道。」今日吉辰，來拜了先生。❺（旦拜介❻）學生自愧❼蒲柳之姿，敢煩桃李之教。（末）愚老恭承捧珠之愛，謬加琢玉之功。（外）春香丫頭，向陳師父叩頭。著他伴讀。（貼叩頭介）（末）敢問小姐所讀何書？（外）男、女《四書》，他都成誦了。則看些經旨罷。《易》以道陰陽，義理深奧；《書》以道政事，與婦女沒相干；《春秋》、《禮記》，又是孤經；則《毛詩❽》開首便是后妃之德，四個字兒順口，且是學生家傳，習《詩經❾》罷。其餘書史儘有，則可惜他是個女兒。

【前腔】我年過❿半，性喜書，牙籤插架三萬餘。（嘆介）伯道恐無兒⓫，中郎有誰付？先生，他要看的書儘看。有不臻的所在，打這⓬丫頭。（貼）哎喲！（外）冠兒下，他做個女秘書。小梅香，要防護。

（末）謹領。（外）春香伴小姐進衙，我陪先生酒去。（旦⓭）「酒是先生饌，女為君子儒。」（下）（外）請先生後花園飲酒。

門館無私白日閒，薛能　百年粗糲腐儒餐。杜甫
在⓭家弄玉惟嬌女，柳宗元　花裡尋師到杏壇。錢起

【校記】

❶徐本作「沙」。❷徐本此句作「我杜寶出守此間，只有夫人一女，尋個老儒教訓他。」」。❸徐本此句為「（下）（末跪，起，揖又跪介）」。全集本作「（末跪，起揖，又跪介）」。❹徐本此句為「那少不得去」。全集本作「少不得去」。❺徐本此處有「（內鼓吹介）」。❻徐本無「介」字。全集本有「介」字。❼徐本作「媿」字。全集本作「愧」。❽徐本「毛詩」作「詩經」。❾徐本無「經」字。全集本有「經」字。❿徐本作「將」。⓫徐本此句為「我伯道恐無兒」。⓬徐本無「這」字。⓭徐本作「旦拜介」。⓮徐本作「左」。全集本作「在」。

# 第五齣〈延師〉批語

「山」喻人身，「山色」猶玉山意，「訟」字以代銃字，「鳥」喻男根，「印床」女根貼床則有一跡也。「簾」喻毫毛，「高風」喻女根深處。「甘棠」喻男根，「玉樹」同。「飽學」，喻男根積脹，以「衣冠欠整」說男根之「老衰」真正確切，彼固以「拳奇」為衣冠整，拳奇則值得「抖擻」，不拳奇側值不得抖擻矣。觀拳奇及「懸壺」字，則知衣冠欠整老而衰，養浩然分庭還抗禮。南安府學生員進，就請衙內相見。「門役家丁」、霜鬢絲、「諸家略通」等語，亦喻男根。「眉翠、珮珠」皆喻女根。「捧珠琢玉」皆喻玩弄。「古鏡模冠兒下」無非謔詞，「門無私」則「白日閒」，一笑。「清敘」喻女根水，「班大姑」班字代扳，「書院」書字肖形，「席珍」席字亦謔，「雲板」俱喻女根，「繡屏」以代秀平，「鯉」字以狀女根。「蓮」足也，足行則女根亦行，句法妙絕。「琢器」喻陰器妙麗猶如琢就。「蒲」喻毫，「柳」喻男根，「桃李」女根，「珠」喻挺末，「捧珠之」愛嘲女道不淺。「丫頭」男根之狀，「經旨」之經代筋，不但喻經水也。「順口」亦謂女根，「牙架」俱謂女根，「籤」喻男根，「三萬」喻其數，「伯道」猶迫道，「秘書」喻女根未破連下小字，「梅」喻男精。

高歡后弟婁昭為定州刺史，事委寮屬，總大綱而已，似有「花落簾垂」氣象。蓋望重則綱得而總，非他人所能效也。

《潛夫論》：凡敢為奸者，必有異於眾而能自媚于上者也。散誕得之財，奉諂諛之詞，善人君子被侵怨而能詣闕自明者，萬無數人。縣排之郡亦坐之。以齊民之輕，與縣郡為訟，其理豈得申乎？張九齡曰：「始造簿書備遺忘耳，今反求精于案牘而忽于人才，所謂設巧于末也。」陸撫州曰：「今人才積衰，郡縣積弊，和氣積傷。郡邑吏方用吾君禁非懲惡之具，以逞私濟欲。上司游揚其文，具偽貌之事，以掩其惡跡，百里之宰，乃轉為豺狼，蝎蟲之區。官人問事于吏，吏效其說，必非其實。然必為實形，欲為實形，亦必稍假于實。官人或能自得事實，吏必多方以亂之，縱不能盡亂之，亦必稍亂之，故官人得事實為難。胥吏但欲多事，緣以招賄謝耳。簿書不理，吏胥因為紊亂，與奸民為市。仗長吏無所窺尋，所當深思精考，識其本末，求其要領，則奸民懼而弊事理。治錢穀防毀契匿籍，猾吏豪家相為表裡，被害者皆懦愿柔弱不能自達。質之淳黠，本非對偶，吏宿于側，以閒劇勞逸，嘗官之喜愠，以日月淹速，嘗官之忘憶，為之先後緩急。貳吾之心，疑吾之見，變亂其事實。雖得真情，彼尚或能為之牽制，以格吾之施行。一墮其計，奸惡失所畏，善良失所恃矣。善習消而惡習長，則為亂國。以上之神明焦勞而事實之在天下者，皆不能如上之志。」其知荊門也，事不拘早晚，接受立遣之。民以相保相愛，有窮快活之說。「訟庭稀」三字，談何容易。

玉茗「陳最良」，實用《南唐書》彭利用傳也。武帝時始重儒士，然漢實不甚重之。應劭曰：「故太山太守北面稱弟子，何如？」鄭玄曰：「游賜之徒，不通官閥。」何武以所舉方正見時盤辟雅拜，為詭眾虛偽，左遷。朱勃詣馬援兄況，矩步雅言，況曰：「勃小智速成，智盡此耳。」「抖擻拳奇」描摹刻酷。漢杜陵朱博，伉俠好交，為瑯琊太守，齊俗新二千石至，椽史皆移病，遣吏存問致意乃就職，博抵几曰：「齊兒欲以此為俗耶？」乃召見諸書佐，視其可用者出教置之。頃之，門椽貢（案：據《漢書》貢作贛）遂耆老大儒教授數百人，拜起舒遲，博出教：貢老生不習吏禮，主簿且教拜起。閑習乃止。又敕功曹官屬，多褒衣大裾，不中節度，自今皆令去地三寸。博尤不愛諸生，文學儒吏時有奏記，博曰：「如太守漢吏奉三尺以從事耳，亡奈生所言聖人道何也，且持此道歸堯舜君。」出為陳說之。視事數年，大改其俗。椽史禮節如楚趙吏，其武譎而不可欺，以材能知名當世如此。雖翟方進劾其皆內有不仁之性，而外有俊材，過絕于人，勇猛果敢，處事不疑，然亦快人也。《北史·儒林傳》：長樂宗道暉好着高翅帽，大屐，州將初臨，服以謁見。齊任城王湝，鞭之出，謂人曰：「我受鞭不漢體」，復着屐而去。下邽田式拜襄州總管，每視事輒盛氣待之，官屬股慄，莫敢仰視。隋初華州燕榮為幽州總管，有威容，長吏見者，莫不惶懼自失。范陽盧氏，世為著姓，榮皆署為吏卒以屈辱之。其長史元弘嗣每鞫囚，或椓弋其下竅，莫敢隱情。劉宋彭城王義康，性好史職，無術學，待文藝者甚薄，有俗才用乃為所知。吳興沈慶之以奉明帝功，為荊州刺史，曉達史事，上佐以下忤意，輒面加詈辱，或鞭士大夫。杜老本屬同類，故有「抗禮」之樂。

慕容儼為太守，見刺史長揖而已，曰：「吾狀貌如此，行望人拜，豈能拜人」，雖較「也無閒手揖公卿者」稍遜，猶有「浩然之氣」。若隋郭衍事上奸諂，臨下甚倨，則龜蒙詩云：「人間所謂好男子，我見奴顏婢膝皆乞丐」者。

高澄子紹信為青州刺史，過漁陽，與富人鍾長命同床坐，太守鄭道益來謁，長命欲起，信不聽，曰：「此何物小人，主人公為起？」乃與鍾結為義兄弟，妃與其妻結姊妹，責其闔家俱有贈。鍾因此遂貧，彼固以為勝于「崇儒引席珍」多矣。

袁中郎云：「山人得禮貌勝于得金，于兄無損而可以少一家之哭，亦菩薩行也。」說得「分庭抗禮」，是善寫薦書人。李于鱗云：「親知猶向隅，有錢徒充囊，仇家猶戴天，有客徒滿堂。」則又令人沉嘆。

《唐書》：李邕，揚州人，父善，淹貫而不能屬詞，號書簏。聞崔灝名，召之，上詩首篇曰：「十五嫁王昌」，叱曰：「小兒無禮」，不與接而去。則不解屬辭，尚有父風。年七十為汲郡太守，林甫傳以罪詔，就郡杖殺之，亦「儒冠」之誤矣。

《唐書》：惟誦習傳授無他事業者，次為儒學篇。顏師古，之推孫，太宗時官散騎常侍。其註書多引後生與讎校，抑素流而商賈巨室子亦竄選中。視行輩傲然，罕所推接，或巾褐裙帔，放情蕭散，為林墟之適。所撰《匡謬正俗》八篇。孔穎達所撰經義，包貫諸家，為詳博，然不能無謬冗，以繁穰也。陳老「雜作」，只堪學孔而不能學顏可知。

邢邵云：「江南任昉，文體本疏，魏收非直模擬，亦大偷竊」。收聞乃曰：「伊嘗于沈約集中作賊」。「試為」二字，大都初學作賊耳。

中山杜弼子，高歡直付空紙，即令宣教。孫臺卿為隋尚書左丞（案：據《北史》《隋書》，臺卿系杜弼次子），省中以其耳聾，多戲弄之，下詞不得理者，乃至大罵，令史又故不曉諭。臺卿見其口動，謂為自陳，祖孫不相若如此。「大邦生大儒」之說，尤其不經。

劉獻云：「雖晁董之倫，注疏未能盡記。」王安國講說，一以注疏為主，無他發明，世或傳以為笑。鳳洲于《學》《庸》別為章句，謂幼所讀支離割強。升庵曰：「陳白沙語錄外，胸中毫無古今，宜其懵然。」以「長訓詁」為大邦大儒，固與陳老同類語。

于慎行《筆麈》：「立拜起于武后。明朝命婦入朝，贊行四拜，皆下手立拜，惟謝賜時一跪叩頭耳。」「拜師傅」下手足矣。

《齊書》文宣嘗言：太子得毋漢家性，質不似我，欲廢之。「儒門舊家數」，殆朱文公娶劉氏，三子五女七孫，皆凜遵家禮之說。

《北史》傳序，列女圖象丹青，而王公大人之妃，偶肆情于淫僻之行，不沾青史之筆，良由未「達」以致不「賢」，非關盡不知「書」，往往鏡模認錯。

晉褚后臨朝，殷浩與褒書曰：「足下今之太上皇也」，靈太后曰：「卿所諫者，忠臣之義，朕所行者，孝子之心，願勿苦相奪也。」如意大足，免并州人二稅。終周世會命婦于內殿，宴親族鄰里于朝堂，盡封其姑姊妹為長公主，堂姊妹皆為郡主，「女兒」亦有不「可惜」時。

隋許善心母，梁范孝才女也，博學有高節，文帝召入宮，侍皇后。魏漁陽太守陽尼妻高氏，孝文敕令入侍後宮，幽后表啟，悉其詞也。「女秘書」古來不乏。

「百年粗糲」，笑腐儒僅知有一醜婦也。

「左家弄玉惟嬌女」，妙句，所弄者人中美玉也。「花裡尋師」亦妙。

# 第六齣 帳 眺

【番卜算】（丑上❶）家世大唐年，寄籍潮陽縣。越王臺上海連天，可是鵬程便？

「榕樹梢頭放❷古臺，下看甲子海門開。越王歌舞今何在？時有鷓鴣飛去來。」自家韓子才。俺公公唐朝韓退之，為上了〈破佛骨表〉，貶落潮州。一出門藍關雪阻，馬不能前。先祖心裡暗暗道，第一程采頭罷了。正苦中間，忽然有個湘子侄兒，乃下八洞神仙，藍縷相見。俺退之公公一發心裡不快。呵融凍筆，題一首詩在藍關草驛之上。末二句單指著湘子說道：「知汝遠來應有意，好收吾骨瘴江邊。」湘子袖了這詩，長笑一聲，騰空而去。後來退之公公果然瘴死潮州❸。那湘子恰在雲端看見，想起前詩，按下雲頭，收其骨殖。到得衙中，四顧無人，單單則有湘子原妻一個在衙。四目相視，把湘子一點凡心頓起。當時生下一支，留在水潮，傳了宗祀。小生乃其滴❹派苗裔也。因亂流來廣城。官府念是先賢之後，表請敕封小生為昌黎祠香火秀才。寄居趙佗王臺上❺。正是：「雖然乞相寒儒，卻是仙風道骨。」呀，早一位朋友來也❻。

【前腔】（生上）經史腹便便，書夢人還倦。欲尋高聳看雲煙，海色光平面。

（見介❼）（丑）是柳春卿，甚風兒吹的老兄來？（生）偶爾孤遊上此臺。（丑）這臺上風光儘可矣。（生）則無奈登臨不快哉。（丑）小弟此間受用也。（生）小弟想起來，到是不讀書的人受用。（丑）誰？（生）趙佗王便是。

**【鎖寒窗】祖龍飛、鹿走中原，尉佗呵，他倚定著摩崖半壁天。稱孤道寡，是他英雄本然。白占了江山，猛起些宮殿。**似吾儕讀盡萬卷書，可有半塊土麼？**那半部上山河不見。**（合）**由天，那攀今弔古也徒然，荒臺古樹寒煙。**

（丑）小弟看兄氣象言談，似有無聊之嘆。先祖昌黎公有云：「不患有司之不明，只患文章之不精；不患有司之不公，只患經書之不通。」老兄，還只怕工夫有不到處。（生）這話休題。比如我公公柳宗元，與你公公韓退之，他都是飽學才子，卻也時運不濟。你公公錯題了〈佛骨表〉，貶職潮陽。我公公則為在朝陽殿與王叔文丞相下碁子，驚了聖駕，直貶做柳州司馬。都是邊海煙瘴地方。那時兩公一路而來，旅舍之中，挑燈細論❽。你公公說道：「宗元，❾我和你兩人文章，三六九比勢：我有〈王泥水傳〉，你便有〈梓人傳〉；我有〈毛中書傳〉，你便有〈郭駝子傳〉；我有〈祭鱷魚文〉，你便有〈捕蛇者說〉。這也罷了。則我進〈平淮西碑〉，取奉朝廷❿，你卻又進個〈平淮西的雅〉。一篇一篇，你都放俺不過。恰如今貶竄煙方，也合著一處。豈非時乎，運乎，命乎！」韓兄，這長遠的事休提了。假如俺和你論如常，難道便應這等寒落。因何俺公公造下一篇〈乞巧文〉，到俺二十八代玄⓫孫，再不曾乞得一些巧來？便是你公公立意做下〈送窮文〉，到老兄二十幾輩了，還不曾送的個窮去。算來都則為時運二字所虧。（丑）是也。春卿兄，

**【前腔】你費家資製買書田，怎知他賣向明時不直錢。**雖然如此，你看趙佗王當時，也有⓬個秀才陸賈，拜為奉使中大夫到此。趙佗王多少尊重他。**他歸朝燕，黃金累千。**那時漢高皇厭見讀書之人，但有個帶儒巾的，都拿來溺尿。這陸賈秀才，端然帶了四方巾，深衣大擺，去見漢高皇。高皇望見，便迎著罵道：⓭「你老子用馬上得天下，何用詩書？」那陸生有趣，不多應他，只回他一句：「陛下馬上取天下，能以

馬上治之乎？」高皇聽了，呀⑭然一笑，說道：「便依你說。不管什麼文字，念與寡人聽之。」陸生⑮不慌不忙，袖裡取出一卷文字，恰是平日燈窗下纂集的《新語》一十三篇，高聲奏上。那高皇纔聽了一篇，龍顏大喜。後來一篇一篇，都喝采稱善。立封他做個關內侯。那一日好不氣象！休道漢高皇，便是那兩班文武，見者皆呼萬歲。**一言擲地，萬歲喧天。**（生歎介）**則俺連篇累牘無人見。**（合前）

（丑）再問春卿，在家何以為生？（生）寄食園公。（丑）依小弟說，不如干謁些須，可圖前進。（生）你不知，今人少趣哩。（丑）老兄可知？有個欽差識寶中郎苗老先生，到是個知趣人兒⑯。今秋任滿，例于香山嶴多寶寺中賽寶。那時一往何如？（生）領教。

**應念愁中恨索居，**段成式　**青雲器業我⑰全疏。**李商隱
**越王自指高臺笑，**皮日休　**劉項原來不讀書。**章碣

## 【校記】

❶徐本此句作「丑扮韓秀才上」。全集本此句作「丑韓秀才上」。❷徐本作「訪」。❸徐本此句為「果然後來退之公公潮州瘴死，舉目無親」。❹徐本作「嫡」。❺徐本此句為「寄居趙佗王臺子之上」。❻徐本此句為「早一位朋友上來。誰也？」❼徐本作「相見介」。❽徐本此句為「兩個挑燈細論」。❾徐本此句為「宗元，宗元，」。❿徐本此句為「取奉取奉朝廷」。⓫徐本作「元」。全集本作「玄」。⓬徐本作「是」。全集本作「有」。⓭徐本此句為「那高皇望見，這又是個掉尿鱉子的來了。便迎著陸賈罵道：」。⓮徐本作「啞」。全集本作「呀」。⓯徐本「陸生」作「陸大夫」。⓰徐本無「兒」字。全集本有「兒」字。⓱徐本作「俺」。

# 第六齣〈悵眺〉批語

「潮陽」喻女根，「海連天」喻腎通心，「鵬程」鳥路也。「榕」喻男根，「甲子」喻髑殼，「雪」字喻精，「下八洞」八字尤妙。「藍縷、凍筆」俱喻男根，「藍關草驛」喻女根極麗。「吾骨」以喻交骨，「袖」喻女根邊闌，「騰空」喻入深處，「退之」喻退，「瘴死」以代脹死，「雲端」以喻女根，「按下雲頭」尤與玉門貼切。「四目」妙絕，男女二根，各有兩眼也。「廣城」註過，「香火」又喻男根，「趙佗」註過，「高聳」喻男根，「平面」喻女根，「磨崖宮殿」同。「荒臺」喻女，「古樹」喻男，「不到處這休題」俱喻其事，「宗元」猶乎中圓。「棋子」裂眼，亦喻男根，「泥水」喻女根也。「鱷」喻女根，「蛇」喻男根，不然作者豈肯作一贅語乎。「平淮」同意。「長遠」尤妙。「賣向明時」喻娼家，「中大夫」喻男根，「黃金」之金代筋，「溺尿」喻意尤明，「四方巾大擺」俱喻女根，「深衣」又喻男根。「袖」與「燈窗」註過，「關內侯」又是男根表字。「兩班」喻豪，非但喻外，「干謁」之干代乾，即乾荷葉之意。

楚詞：「怊『帳』兮私自憐，私自憐兮何極，往者余不及見兮，來者余不及聞」，是古今「悵眺」之祖。大塊不噫氣，萬物鬱生理，壯士不悲歌，氣結填膺死。才與不才，只在「悵」與「不悵」上分別。自有生民以來，并無不「悵」之才子，阮亭云：「干卿何事」！梁陳故跡銷魂死。黃逋詩：「才子情多幻，秋天氣易悲，洲前鸚鵡問，君可弔斜暉。」又送遊晉：「封疆三戰國，行旅一書生，歸覺奚囊重，詩添萬古情。」懵者則以為如何代洒前朝淚矣。

晉〈庾翼傳〉，時東土多賦役，大抵傴僂豪強，法施寒劣，百姓多從海道歸廣州。李陵後乃在匈奴，隨魏入華，復歸汧隴。周後亦多入北狄，詭姬為嵇，「家世寄籍」豈有常耶。

九點齊州，兩丸明鏡，倚天長劍，拓地雙弓，即「越王臺」亦有壯觀，還須好句誇意。坡：「擾擾萬生同大塊，槍榆不羨培風背。」「方且雲鵬，今悔不畢飛」，而香火秀才，輒及「鵬程」，可笑矣。然劉元海云：「奈何斂首就役，奄過百年廣平」。馮道根年十三，有召為主簿者，曰：「吾當封侯廟食，豈能為儒吏耶。」梁武兵起，請為軍鋒，仕至豫州刺史，則「鵬程」固非一路。亦有笑語酣縱疏于籌略者，則不足與語此。

王導與諸葛恢爭族姓，曰「人言王葛，不言葛王。」恢曰：「人言驢馬，不言馬驢也。」王導後宋明帝婿偸，年二十八，領齊吏部，有譚生詣求官，曰：「齊桓滅譚，那得有君？」曰：「譚子奔莒，所以有僕。」河東裴松之，晉殿中將軍，沈約撰《宋書》，稱松之以後無聞焉。松之孫員外郎子野更撰《宋略》曰：「戮淮南太守沈璞，以其不從義師也。」約懼，請兩釋焉。「俺公公韓退之」，嘲世亦有所本，退之扶世有功，而憲章騷雅，橫行百世，子厚一人而已，故不用韓而用柳。惟老子著書，不用古今一人名姓耳。

退之謗「佛」，還是不悟，觀其信仙可知。

韓湘娶學士林聖女，世界初成光音，天人飛下，因「起」机「心」，身重光滅，不復飛起，遂分男女，行不淨行。「四目相視，凡心頓起」，言夫婦為人世最劇諸緣，而身從染心所生，故雖仙人亦染心未盡也。蟲魚廣于孳乳，而絕無聯屬，人則喜說「一支」。然南人妄以宗元為羅池神，退之即撰碑以實之。湘子「留下一支」，有何不可。

《唐書》：李絳見淮陰李玨曰：「日角珠庭，非庸人相。明經碌碌，非子所宜。」聊為「香火」亦太寒乞。

南齊高祖孫爍，性理偏詖，遇其賞勝，則留連彌日，情有所廢，則兄弟不通。《宋史》洺州李沆，人譏為無口匏。沆曰：「李宗諤輩，時之英秀，與之談，仍不能啟吾意，自餘通籍之子，坐起拜揖，尚周章失次而與之接語哉。」晉《載記》魏郡王猛，不屑細務，不參其神契，不與交通，人皆輕之，悠然自得。及相苻秦，流放尸素，無才不任，無罪不刑，剛明清肅，睚眥必報。賀方回長七尺，宋太祖后之族孫，嘗言吾筆端驅使，庭筠、商隱皆奔走不暇。時江淮間有米芾，母事宣仁后，衣冠效唐人，所至人聚觀之，以魁岸奇譎知名，方回以氣俠雄爽，每相遇，瞋目抵掌，各不能屈。宋普州劉儀鳳，不樂與庸輩接，故平生多蹭蹬，是「早一位朋友來誰也」神理。

晉巴西閻贊言：「觀諸王文學，皆豪族力能得者，實不讀書，但共好馬縱酒。」「經史便便」還讓貧士，便便必兼「史」字，故是名筆。韓魏公之孫肖極，論史為興亡之鑒，惟安石使學者不讀史。溫公云：「自吾為《通鑑》，多欲求觀，讀未一紙，多久伸思睡，能閱之終篇者，惟一王勝之耳。」陳眉公言：「後世子弟不教看史，宜其有鑽眉仇書之苦，今日算得此帳，明日方管得此帳。」

晉陳郡王隱言：「遭時則以功達其道，不遇則以言達其才」，然文體混漫，蕪舛不倫，則「便便」非難，達才難耳。坡文亦只是辨達，蓋非此不足以酬物而盡變。

「晝夢人還倦」，即知他何處夢兒多之夢。「欲尋高聳」，畫出一幼而翹秀之人。步盼高上，只愁一片關山，賺盡登高淚耳。

李後主：「浩浪浸愁光蕩漾，亂山凝恨色高低，到如今英雄已盡，怒浪都空設」，阮亭謂比浪淘盡更狠。「海色光平」，自是嘉萬時語，聊吟東坡「江山清空我塵土」之句。

「登臨不快」，故曰悵眺。一片荒荒草場，豈知曾有無窮之事，千千萬萬之人，敗成哭笑于其間，始悟世事前往後來，直是各不相顧，皆是細看此處，并非寄懷某人也。疾驅如此，前去渺然，乃其密跡，我不與相知，故有「江山一幅掛清愁」之句，又不但羅隱所云「舉目縱然非我有」矣。元人曲「回首時，今來古往傷心處，物事人非，登高怨落暉，添幾點青衫淚。」水雲詞：「古時事，今時淚；前人喜，後人哀。滿地風埃。豪華蕩盡，只有青山在。」雖欲「快」，可得乎？

「生男墮地要膂力，鄉里小兒狐白裘，自古聖賢多薄命，奸雄惡少封公侯」。《三國志》：二十二年，鄴中疫盛，幹、瑒、琳、楨，一時俱卒。「讀書人」且有遭瘟時。劉裕善長刀，劉毅等推舉義師，胡藩曰：「劉毅服公大度，然涉獵書傳，自許雄豪，不肯為公下也，宜早圖之。」卒為裕害。臨淮王敬則以善跳刀，領宋宿衛，連與弒廢，為齊領軍大司馬。雅不識「書」，而性甚警黠，用吳人張思祖為謀主。曰：「若解『書』，不過作尚書郎令史耳。」周韋孝寬既老，令學士「讀」而聽之。餘姚虞世基，隋之寵臣，而齊亡之後，怏怏庸書。鮑亨善屬文，殷冑工草隸，並江南士人。楊素因平高智慧，盡沒為家奴。素雖「讀書」而其「受用」乃不關讀書。博陵李德林仕齊，與顏之推同判文林館事，累儀同。周武平齊，遣使就宅宣旨，從至長安。及用山東人物，一以委之，曰：「常見德林為齊朝作書檄，將謂是天上人。」隋文初受顧命，令人謂曰：「朝廷賜令，總文武事，今欲與公共成」。林曰：「願以死奉公」。及三方搆亂，羽檄日踰百數，或机速競發，口授數人，文意百端，不加治點。受禪時詔冊箋表皆林詞。牛宏父，魏侍中，宏入隋，拜散騎常侍。表開獻書路曰：「孔子以大聖之才，開素王之業，永嘉之後，寇竊競興，其建國立家，雖傳名號，而憲章禮樂，寂滅無聞。劉裕平姚，收其圖籍，皆赤軸青紙，今比梁時，只有其半，醫方圖譜，彌復為少。」進爵奇章公，修撰五禮，勒成百卷。楊素恃才矜貴，賤侮朝臣，其擊突厥曰：「大將出征，故來敘別，何相送之近也。」宏遂揖而退。素大笑曰：「奇章公可謂其智可及，其愚不可及。」從祀恒嶽，煬帝嘗召入帳，賜以同席食，則「讀書人」雖無大「受用」，亦有小「受用」處。《唐書》李石曰：「德宗多猜，仕進之途塞，兩河諸侯競引，豪英士之利者爭趨之，用為謀主，故藩日横。」元和間彼疆宇甲兵如故，而抵催順屈者，士不之助也。然朱三輩出，自不須士，市魁乘意氣凌出衣冠上，士夫傔退者，漸不為閭巷所尊禮。李白：「余為楚壯士，不是魯諸生。」王維：「當令外國懼，不敢事和親。」「豈學書生輩，終年窮一經」，玉茗所以云然耳。

「飛鹿走佗」則不遇其時。湮銷丘里，可勝道哉！下文「由天」兩字根于此。

試觀「半壁摩崖」，所謂穹劖鉅劇，說到「道寡稱孤」，可謂俊遊超想。

「是他英雄本然」便有「彼丈夫也，庶不虛生。生有知識，固當如此」意。覺花箋繡章，已落第二義。三槐九棘，皆書生下流事耳。持以傲人，作泰山壓卵狀者，皆不值一唾也。與後立下個草朝忒快活，血脈相應。草朝能立，尚且暢遂于公孤，何況「倚定半壁」耶。惟草朝而無才，則所快活者非快活耳。一切院本不過歆艷祿仕，玉茗作慕色之書，獨念及此，亦措大，焉能好色風流須讓侯王？意但出于他手，則必粗豪顯露，不可使聞于人，正復成何說話。此則只用筆尖一味輕俊，含意高深，讀去全然不覺，故為千古無兩。

所取乎「稱孤道寡」者，為能以己意創制，載之史冊，傳後世耳。其次以所欲無不得，固不惟「占江山起宮壁」而已。元曲：「則為我眼中不見意中人，包藏著四海三江悶」，使所欲有不得，雖占山起殿酬不了「英雄」願也。

尉佗自稱南粵武帝，東粵曾侵漢，有吞漢將軍之官。而《唐書》：馮盎，高州人，寶之後，為本郡守三世矣，隋末請上南越王號，曰：「吾為牧五世，子女玉帛，吾有也，何自王哉」！以地降唐，封越國公，亦英雄之見机者。姚興墓曰偶陵，妙甚，雖曰「本然」，亦偶然耳。

「聲吞勢奪虛勞力，萬貴千奢已寂寥，有國有家俱是夢，為龍為虎亦成空」。然無奈滿肚皮欲施設，非「半塊土」不能何！

許朝聘「白眼看今古，何況說王侯。」元曲：「我心頭暗藏著三十三天，雪飄飄鐘鼎無緣，卻做了不思凡風月神仙，笑殺那忘生舍死將軍也，利名牽攪，日月熬煎。」然木華梨建九斿而出，威容凜然，河山帶礪，固勝于《論語》「半部」也。

元黃溍：「讀書莫吊古，『吊古』多悲酸」。一云「失意人勉強豪放，愈覺無聊」。然既華而殞，靡靡同盡，心傷其事，目悅其文，故有「昔人已懷古，況復後千年，荊榛與流水，想像舊房櫳」之句。「金闕銀臺如夢中，秦皇漢武空相待，前朝竹帛事皆空，往事幾多書不記。豈知昔日舊王侯，吹作行人面上土」。「弔」之而不能救其變滅，一「徒然」也。「舊人若使長能舊，新人何處相容受？雖催前代英雄死，還促後來賢聖生。人生得意且如此，何用強知元化心。」古爽鳩氏之樂，今亦有之，且不必「吊」，但「扳」之可矣。然馬駕車輅，貴不我有，終非英雄，本然更「徒然」也。雖然「文鋒幹破造化窟，心刃掘出興亡根」，苟非「扳今吊古」，連篇累牘何來。

「荒臺古樹寒煙」，即「功成力盡人漸亡，代遠年移樹空有」意。問季龍宮苑銷沉何處？令人憶其臨軒品第為職九等。時慕容德乘高遠矚，言「昔人俯仰，丘陵生韻，而今『荒草頹墳』，不知白日」，若「不落紅塵應更深」二句，更為俊妙。

宋〈王懿傳〉：「北土重同姓，有遠來相投者，莫不極力營贍，若有一人不至者，以為不義。懿聞王愉在江南貴盛，是太原人，乃遠投愉，愉待之甚薄。」雖「一路來者」，既到南方，還說什麼世誼。

鳳洲謂柳子才秀于韓，文峭拔緊潔，以搖尾掊擊，終墮神趣。「乞巧送窮」皆搖尾之根，非所以貽厥也。陳時，梁新安太守剡人徐摛，長子陵，為吏部尚書，宣示干戈未息，故以官階代賞。致令員外常侍，路出比肩，咨議參軍，市中無數。亦此輩「時運」來耶？

阮籍或閉戶視書，累月不出。宋何法盛見郗紹《中興書》曰：「卿不須俟此延譽，我寒士，無聞于時，宜以為惠。」不與，遂竊之，並不須「費家資」。

徵之「管兒不作供奉兒，拋在京都雙鬢絲，逢人便請試彈看，著盡工夫人不知。我聞此曲深賞可，賞看奇處驚管兒，管兒為我雙淚垂，自彈此曲長自悲」。況于「書田」之事，賣向明時「不直錢」。「明」字作者特用，玉茗自傷其本朝人不知己也。若〈儲說〉始出，〈子虛〉初成，秦皇漢武，恨不同時，故曰「千秋無漢武，司馬一庸才」。北齊時，《何遜集》初入洛，魏昭成帝六世孫元文遙一覽成誦。唐德宗時，貢藝者多親覽，乖謬者濃筆抹之，稱旨則翹足朗吟，詫宰相「此朕門生。」宣宗弔白傅：「綴玉聯珠四十年」。《宋史》：高麗王運每賈客市書至，輒焚香對之。信乎好文之國。「明時顧不值錢」亦隋潘徽所謂：今人多加脂粉，各施鳴吠耳。伯敬則云：「邇來文章一道，不加重亦不加妒，若世界中原無此一事者。風尚所薄，造化亦將收之，漸就衰歇。」《隋史》論：「天之所與者聰明，其不與者貴仕。其位可得而卑，其名不可湮沒。獨得文苑，必使立傳」之意。坡云「火急著書千古事」，又云「文章何足云」。見華州李方叔，拊其背曰：「子之才，萬人敵也，抗之以高節，莫能禦矣。」蓋亦以「賣」此為恥矣。「年年麗製，濕北里之羅裙，夜夜香詞，洒東鄰之粉壁」，豈不勝「賣與明時」萬萬哉。吳帝末「賣」關內侯，假金印紫綬傳世。南宋明帝時，令入粟七百石者，除郡。減此各有差。然郡守令長，一缺十除。南齊南昌鄧琬奏子勛反，父子賣官，使婢僕出市道販賣，則烏肯以「值錢」之官，與「不直錢」之士耶？

陸賈說尉佗歸漢，呂后時病死，謂好畤田地，善往家焉。有五男，出越中金分之，令為生產，乘安車。每過一子，十日而更。陳平憂諸呂，賈說其交歡周勃，平乃以奴婢百人，車馬五十乘，錢五百萬遺賈，為飲食費。竟以壽終，信妙人也。宋范杲自言才比東方朔，太宗壯之。老泉〈遠慮篇〉：聖人之任腹心臣也，執手入臥內，知無不言，言無不盡。然如宋神宗之謂彭城劉庠，奈何不與大臣協濟？曰：「臣子于君父，各伸其志」則可，若蔡襄所言，諫官多擇其無所忤者時一發焉，猶或不行，則退而曰：「吾嘗論其事矣」。或小負罪，僅絲髮掠以塞責。「兩班文武」，誠何足道。

王吉夜夢蟛蜞，翌日長卿至，曰：「此人文章當橫行一世」。張籍「新詩纔上卷，已得滿城傳。」戴叔倫：「閉戶不曾出，詩名滿世間。」楊誠齋：「先生誦詩舌起雷，一字不自人間來。東坡先生如龍鸞，世人疑其欲飛蟠。」皆有「擲地喧天」之致。若「閔周章句滿朝吟，但把令狐宰相詩」，則薛能有「相知莫話詩心苦，未似前賢取得名」之嘆矣。

御寇之書，氣偉采奇。鄒子之說，心奢詞壯，越世高談，自開戶牖。標心于千古之上，而逆懷于千載之下。金石靡矣，聲其銷乎？方為「擲地喧天」之作。若鳳洲所評：莊子于老子，皆實與而文不與，陽擠而陰助之，蓋苦禮樂之拘纍。我謂孔實言之，于老子則深入而探其髓，多至十餘萬言，而其旨不過數百言而已。是以雜而不可竟複而使人厭。則秦觀強志盛氣，溢于文詞，且嫌膚淺，歿身于藻綴，燥吻于吟咿者，真乃蒼蠅細響，君且休耳。

隋孫萬壽〈詠懷詩〉，好事者多書壁而玩之。白居易太原人，徙居鞏昌下邽，父別駕耳。易未冠，謁顧況。況吳人，恃才，少所推可，「見」其文自失。會昌初以刑部尚書致仕，最工詩。及其多更下偶俗好，雞林行賈售其國相，率篇易一金。甚偽者，相輒能辨之。然其寄元九猶云：「君寫我詩盈寺壁，我題君句滿屏風」，亦無非大欲「人見」耳。王安石動筆如飛，議論高寄。館閣之命，屢下屢辭。士夫謂其無意于世，恨不識其面。神宗在藩，由是想見其人。則深欲「人見」而故作不欲「人見」之狀。太原孫盛作《晉陽秋》，諸子畏桓溫，乃寫定本寄慕容俊，務「人見」而後已。《唐書》張介升曰：「列戟京師，不為鄉人知，願得列戟本鄉。」玄宗許之。本鄉列戟，自介升始。棨戟則願本鄉「見」，文章則欲世人「見」，而今連篇累牘並「無人見」，則奈何。劉晝曰「人不著作則才智腐于心胸，神明不發。」劉安曰：「美人者，不必西施之種，通士者，不必孔墨之類。曉然意有所通于物，故作書以喻意。有不為古今易意者，攄以示之，雖闔棺不恨矣。」「連篇累牘」則雖平生五車書，未吐二三策，固非貧女理粧，隨分而已之比。

無數冷面粗心，只須評以「少趣」，真擢筋洞髓之筆。自知著肚著膊，猶是「趣」人。惟章惇見一門下士，看《易略》，問其說，其人舉性命之言。子厚曰：「何得對吾亂道」，亟呼左右取杖，哀鳴乃釋，反覺有「趣」。

# 第七齣 閨塾

（末上）「吟餘改抹前春句，飯後尋思午晌茶。蟻上案頭沿硯水，蜂穿窗眼咂瓶花。」我陳最良杜衙設帳，杜小姐家傳《毛詩》。極承老夫人館❶待。今日早膳已過，我且把註❷潛玩一遍。（念介）「關關雎鳩，在河之洲。窈窕淑女，君子好逑。」好者好也，逑者逑❸也。（看介）這早晚了，還不見女學生進館。卻也嬌養的緊❹。待我敲三聲雲板。（敲雲板介）春香，請小姐上❺書。

【遶地❻遊】（旦引貼捧書上）素粧纔罷，緩步書堂下。對淨几明窗瀟灑。（貼）《昔氏賢文》，把人禁殺，恁時節則好教鸚哥喚茶。

（見介）（旦）先生萬福，（貼）先生少怪。（末）凡為女子，雞初鳴，咸盥、漱、櫛、笄，問安于父母。日出之後，各供其事。如今女學生以讀書為事，須要早起。（旦）以後不敢了。（貼）知道了。今夜不睡，三更時分，請先生上書。（末）昨日上的《毛詩》，可溫習？（旦）溫習了。則待講解。（末）你念來。（旦念書介）「關關雎鳩，在河之洲。窈窕淑女，君子好逑。」（末）聽講。「關關雎鳩」，雎鳩是個鳥，關關鳥聲也。（貼）怎樣聲兒？（末作鳩聲）（貼學鳩聲諢介）（末）此鳥性喜幽靜，在河之洲。（貼）是了。不是昨日是前日，不是今年是去年，俺衙內關著個斑鳩兒，被小姐放去，一去去在何知州家。（末）胡說，這是興。（貼）興個甚的那？（末）興者起也。起那下頭窈窕淑女，是幽閒女子，有那等君子好好的來逑❼他。（貼）為甚好好的求他？（末）多嘴哩。（旦）師父，依註❽解書，學生自會。但把《詩經》大意，教❾演一番。

【掉角兒】（末）論《六經》，《詩經》最葩，閨門內許多風雅：有指證，姜嫄產哇；不嫉妒，后妃賢達。更有那詠雞鳴，傷燕羽，泣江皐，思漢廣，洗淨鉛華。有風有化，宜室宜家。（旦）這經文偌多？（末）《詩》三百，一言以蔽之，沒多些，只「無邪」兩字，付與兒家。

（末）書講了。春香取文房四寶來模字。（貼下取上）紙、墨、筆、硯在此。（末）這甚麼墨？（旦）丫頭錯拿了，這是螺子黛，畫眉的。（末）這甚麼筆？（旦作笑介）這便是畫眉細筆。（末）俺從不曾見。拿去，拿去！這是甚麼紙？（旦）薛濤箋。（末）也拿去。只拿那蔡倫造的來。這是甚麼硯？是一個是兩個？（旦）鴛鴦硯。（末）許多眼？（旦）淚眼。（末）哭什麼子？一發換了來。（貼背介）好個標老兒！待換去。（下換上）這可好？（末看介）著。（旦）學生自會臨書。春香還勞把筆。（末）看你臨。（旦寫字介）（末看驚介）我從不曾見這樣好字。這甚麼格？（旦）是衛夫人傳下美女簪花之格。（貼）待我❿寫個奴婢學夫人。（旦）還早哩。（貼）先生，學生領出恭牌。（下）（旦）敢問師母尊年？（末）目下平頭六十。（旦）學生待繡對鞋兒上壽，請個樣兒。（末）生受了。依《孟子》上樣兒，做個「不知足而為屨」罷了。（旦）還不見春香來。（末）要喚他麼？（末叫三度介）（貼上）害淋的。（旦作惱介）劣丫頭那里來？（貼笑介）溺尿去來。原來有座大花園。花明柳綠，好耍子哩。（末）哎也，不攻書，花園去。待俺取荊條來。（貼）荊條個⓫甚麼？

【前腔】女郎行那里應文科判衙？止不過識字兒書塗嫩鴉。（起介）（末）古人讀書，有囊螢的，趁月亮的。（貼）待映月，耀蟾蜍眼花；待囊螢，把蟲蟻兒活支殺。（末）懸梁、刺股呢？（貼）

比似你懸了梁，損頭髮，刺了股，添疤納⑫。有甚光華！（內叫賣花介）（貼）小姐，你聽一聲聲賣花，把讀書聲差。（末）又引逗小姐哩。待俺當真打一下。（末做打介）（貼閃介）你待打、打這哇哇，桃李門牆，嶮把負荊人諕煞。

（貼搶荊條投地介）（旦）死丫頭，唐突了師父，快跪下。（貼跪介）（旦）師父看他初犯，容學生責認一遭兒。

【前腔】手不許把鞦韆索拿，腳不許把花園路踏。（貼）則瞧罷。（旦）還嘴，這招風嘴，把香頭來綽疤；招花眼，把繡緘兒簽瞎。（貼）瞎了中甚用？（旦）則要你守硯臺，跟書案，伴「詩云」，陪「子曰」，沒的爭差。（貼）爭差些罷。（旦撏貼髮介）則問你幾絲兒頭髮，幾條背花？敢也怕些些夫人堂上那些家法。

（貼）再不敢了。（旦）可知道？（末）也罷，鬆⑬這一遭兒，起來。（貼起介）（末）

【尾聲】女弟子則爭個不求聞達，和男學生一般兒教法。你們工課完了，方可回衙。咱和公相陪話去。（合）怎孤⑭負的這一弄明窗新絳紗。

（末下）（貼作從⑮背後指末罵介）村老牛，癡老狗，一些趣也不知。（旦作扯介）死丫頭，「一日為師，終身為父」，他打不的你？俺且問你那花園在那里？（貼做不說）（旦笑問介⑯）（貼指介）兀那不是！（旦）可有什麼景致？（貼）景致麼，有亭臺六七座，鞦韆一兩架。遶的流觴曲水，面著太湖山石。名花異草，委實華麗。（旦）原來有這等一個所在，且回衙去。

也曾飛絮謝家庭，李山甫　欲化西園蝶未成。張泌
無限春愁莫相問，趙嘏　綠陰終借暫時行。張祜

【校記】

❶徐本作「管」。❷徐本作「毛註」。❸徐本作「求」。❹徐本作「凶」。❺徐本作「解」。全集本作「上」。❻徐本作「池」。❼徐本作「求」。❽徐本作「注」。全集本作「註」。❾徐本作「敷」。❿徐本作「俺」。⓫徐本作「做」。⓬徐本作「疕」。⓭徐本作「饒」。全集本作「鬆」。⓮徐本作「辜」。⓯徐本無「從」字。全集本有「從」字。⓰徐本此句為「旦做笑問介」。全集本作「旦笑問介」。

# 第七齣〈閨塾〉批語

「毛詩」故取毛字，與肚麗娘相映成笑。「睢」代錐，「鳩」代勾，自古了字必屈上，作男子之勢也。「沿硯水穿窗眼咂瓶花敲雲板」俱喻女根。「素粧」喻女根，妙在一白。「書堂」喻掀分兩頁之狀。「緩步」者，足卻在其「下」也。「淨几」喻髀。「興者起也」，謔詞更明。「葩經」喻花娘行經。「雞」喻女囊合尖處。「羽」喻豪，「有風」喻其事，「有化」喻男事銷歇，「無邪」猶無斜，「濤」與「淚」皆喻陰水，「鴛鴦硯」喻女根兩半合一，「簪花」又喻其事。「溺」下接「園」，俱見謔喻之妙。「柳綠」喻豪，「荊條」之荊代筋，「蜍」喻女根形，「蟲蟻」喻其痒，「懸梁」即秋千意，喻吊直兩脛也。「招風嘴」女根切喻，「香頭」喻男根，「招花眼」亦喻男根，「頭髮背花」男根則爾，「夫人家法」喻女根甚妙。「鬆」字俱謔。「窗」不綠紗而「絳紗」，故知喻女根也。觀「新」字不但善謔，而意亦極是。「委實華麗」方是絕妙女根。西字臉短而潤，推謔喻之意，并「西」字俱成妙絕，並非空設。妙在使人不覺。他人為之，則顯露可厭。

「素粧」二字與「山西女兒帕勒頭，猩紅衫子葡萄紬，面上堆粉鬢堆油，笑問南粧如此否」恰對。北魏時，涼州緋色天下之最，而劉禹錫云：「『素』女不紅『粧』」，遂覺「容華本南國，粧束學西京。」「錦繡堆中臥初起，芙蓉面上粉猶殘」，尚有紅意。李先主昪云，「素」姿好把芳姿掩。「素粧緩步」，雅合「金翠映瓊腴，雪肌凝白肪」之句，所謂「雪面淡眉天上女」也。加之所對「淨几明窗」，真覺其人淡冶如肥梅耳。

聖賢之號，足以文奸，學問之途，易于增偽。麗娘肯輕輕吐出「賢文禁殺」四字，還是好人，若浪女兒十人，十人謂「昔氏」極是，動輒罵人禽獸。

老子不尚「賢」，使民不爭。史公曰：「儒者之道，使人檢而善失真」。《禮記》：大饗廢夫人之禮，以此坊民，民猶淫佚而亂于族。王子敬曰：「羊叔子清德，故自佳，然亦何與人事，正自不如銅雀妓也。」「文」者所不便飾而便之也。「把人禁殺」，是若士借麗娘口，自道其心語，單指理所必無，情所必有而言。與後〈回生〉折，「人間天上，道理都難講」（案：應為詗藥折），「一點色情難壞」（如杭折）等句，為通部之樞紐。故意用教「鸝」三字遮掩之，令人不覺，亦猶將思量泉壤，遮掩道理難講之意，則玉茗為千古法之處。不然，只云：把人磨殺自可，何必特用「禁」字。

「禁」之者，將以防其心之忽一動也，不「禁」將難冀其心之得一動也。「昔氏」便是只知理之所必無，安知情之所必有者。南泉師指牡丹曰：時人看此花，如夢相似。時人看書亦然。要知《牡丹亭》之空前絕後，厥旨實在嘲淫。復一片純是游戲，一片純是白淨，一片純是開悟，故為妙絕。

孔門是古今來第一「賢文」，其于色情，初不用「禁殺」，語以禁愈強則止愈少也。王龍溪云：君子處世，貴于有容，不可太生揀擇。地有險易，物有虎狼，只為一身清濁並蘊。若洗腸滌胃，盡去濁穢，便非生理。學者覺也，大人之學無三教可分，無三界可出，學至是處，無暇辨三教之異同。離軀殼不離軀殼，皆有真我。好名好貨好色為三大欲覺，名之為欲，其機甚微，其害更大，一切假借包藏，種種欺妄，未有不從名根而生者也。若妍媸黑白之跡，滯而不化，鏡體反為所蔽矣。外假名義，內藏机險，勢以相軋，利以相圖，忿以相爭，智以相競，黨同伐異，尚以為公，是非使氣縱性，與蠻何異！徒欲以斗筲流俗之心，妄意希天之學，譬如入夢清都，自身未離廁溷，只益虛妄而已。良知是貫徹天地萬物之靈氣，是非亦是分別相不起分別之意。鑒而不納方是真是真非，天地聖人也不做他，求自得而已。如此方是出世間大豪傑，方是享用大世界，方不落小家子相，纔有典要即著方體。今人為乞播穿窬之習，密制其命，浮「文」相熒，不能探本入微，徒欲號召名義，以氣勝之，自己落意見而欲勘破人意見，如泥裡洗土塊，纔有些子伎倆，光明便為所蔽。況復相妒矜，將道學著為典要，跡似情非，是為壞道鄉愿。全體精神，盡從外面照管，只管學取皮毛支節，趨避形跡免于非刺。只在世情上揀得一件好題目做，只管學成殼套。不如行不掩者，其心事光明超脫，不作些子蓋藏回護，便是做人真面目，便是入聖真種子。泥于格套名義，揀擇假借，單尋好題目做，縱使要討世間便宜，鬼神會得算帳。過甚之詞，皆後「賢」增上者耳。一理學云：「動乎惻隱，是謂愛而仁矣。動乎辭讓，是謂欲而禮矣」。人間此事而欲其禮讓行之。

人趣之異於諸界者，惟牝牡。異於眾生者，惟肉色。而禁臠偏多。惟有情之天下，人多欣逐之事，相耽於欣逐之境。既有無形之投契，斯有不盡之流連。賢文牙間餘臭，豈能易仙樹、甜桃哉！元曲「你不拘箝我可倒不想，你把我越間阻越思量」。如禁臠，一旦得食，初甚甘也，及其厭飽，亦覺甚苦。與他橫陳一樣蠟味，彼權得自由者，皆用其剛明，不為「文」紿。強禁之法，誠不如使自厭倦。

北魏高祖詔：「夏殷不嫌一族之婚，周氏始禁同姓之娶，斯皆教隨時設，治因事改者。皇運初基，中原未混，未遑釐改，朕思易質舊。」顧前朴日隆，後「文」漸衰。《宋史》闍婆國煮海為鹽，室宇壯麗，雜犯皆贖，惟盜殺之（案：原作否，據《宋史》改）。貢宋珍珠衫帽各一，珠一萬一千一百兩。（案：據《宋史》，此為注輦國事）高麗性不屠宰，國多賢主而尚文，然必循舊俗，不嫁臣庶，貴臣亦然。元末大斡耳朵儒學教授鄭咺建言，蒙古乃國家本族，而猶循末俗，恐貽笑後世，必宜改革。「賢文」有至後世加密而可異者。唐虞夏商周，皆黃帝後，黃帝所師素女，人必謂訛傳；堯降二女，後世必以一妻為是。降二女安知非並欲其極貴？如新羅之骨而後世必曰附遠。溫太真鍾情姑女，不失為名臣，後乃並在『禁』例。歐公不歸，安知不以甥事畏其親族誣語？奸憑女口，安知非淫婦恨其不救而誣之？當時不究極是。新婦配參軍，則有封胡遏末，晉人之奇，在敢於顯。如是言卻未必真思作此事，後人未必無此心，卻斷不肯為是語矣。

干寶論晉人先時而昏，任情而動，父兄不之罪也，天下莫之非也，猶水積而決隄。《晉史》列女贊：晉室罕樹風檢，虧閑爽操，相趨成俗，脫蕩名教，頹縱忘反，于斯為極。振高情于獨步，則魯冊飛華矣。曹魏尚書郎仲長統云：「漢興，分王子弟，于是魚肉百姓以盈其欲，烝報骨肉以快其情，稍稍割奪，卒至于坐食。」不知自高祖帷薄不修，孝文衽席無辨開之，蓋不雄不奸、不奸不雄。彼用「賢文」塗民而已。論曰：「純朴已去，智慧已來，出于禮制之防，放于嗜欲之域久矣。」作詩曰：「寄愁天上，埋憂地下，叛散五經，滅棄風雅，敖翔太清，恣意容冶」，是即「禁殺」之註，不須公孫朝穆一大篇也。

戰國以前，管仲之功不小，而齊桓室有不嫁。晉文辰嬴，不譏舅犯，且曰：子于子圉，道路人也，將奪之國，又況妻乎？晉悼四姬，更無足異。三代而後一統，莫盛于漢唐，而或則淫致嫚書，或則一代祖母，不能概「禁」也。人天俱在欲界中，不幸生于人界，笑彼破藩決籬，直追上古朴俗耳。唐人工于用情，而薄于約性。非工于用情者，不知「想有所必窮，情有所必至」之言。

「人道海水深，不抵單思半，海深尚有涯，單思渺無畔」。最難言處最難忘，是理所必無，情所必有。伯虎當落花時，大叫痛哭，以錦囊收葬。如此情深，安能見美色而不怨耶！今入世者嗔喜笑罵，總屬不真，只「禁」此真情相屬之相思，是不「禁」人假而「禁」人真也。後世都是得為即為，賢文徒禁勢不得為者而已。龍溪謂：好色而以是非羞惡之心為節文，即為好色之良知。不知色不誠好則已，好則斷不能爾也。不如袁中郎云：不好好色者，其人心不惡惡臭。好色不真，是為誠意開一偽榜樣。

《宋史》京城民劉元吉，父死，繼母有奸狀，恨吉告之，憂悸成疾，遂誣吉。吉妻張氏擊登聞，太宗臨軒，名張顧問。元則罕見此獄。

宋張洞言：國家繁衍，不論親疏。婢妾無多寡之限，致蔑禮義，極嗜欲。宗室緣是怨之。明臣亦言，宗室莫不廣收婦女，妾媵無紀，甚至上烝下淫，互相容隱，有司懼謂挾私欺侮，又恐史冊書之，不敢奏，中冓之言不可道也。猶云屋漏，何所不有，但不以彼為異而道之，彼將幸吾不知耳。若以隱處被人見為恥，則恥莫如多女之人，而「賢文」且不得不聽其屢醮，惟論貴賤可矣。

救飢以珠，不如以粟。明珠彈雀，不及泥丸。瓊艘瑤楫，無涉川用。美不常珍，惡不終廢也。桓子云：「胡俗嫚禮篤信，略文敏事」。《准南》：帝顓頊之法，婦不避男者拂之。今之國都，男女切踦于俗一也。貨章甫者，不入閩越。魯用儒術，地削名卑。時有淳澆，俗有華戎，不可以一禮齊也。《劉子》：管仲至，公執爵，夫人執尊，觴三行。桓管不能無纖瑕，而馳光于千載者，小不掩大也。崇山廓澤，不辭污穢。佐世良才，不拘細行。陳仲子雖餓死，安能寧其人，解其患，存亡繼絕，蹈白刃而達功名乎？

李訓起流人，一歲至宰相。文宗謂訓，「稟五常性，服人倫，教不如公等，然天下奇才，公等未及也。」唐李泌可謂奇矣，然其子繁，才警無行。泌與梁肅善，故繁師事肅，及卒烝其室，士議言醜。為亳州刺史，有机略，悉知劇賊淵藪。正人多闇于机事，世間欲立功名，不得不用小人。然盲人未嘗忘視，古今以一事不能為善人，因而一切不為善人者多矣。老泉所謂，「生于不勝，人不自勝。其憤然後忍棄其身。」故禮之權窮于強人也。顧于真「賢」之其天定者，自無礙。

貢禹曰：今史書而仕宦，財多而光榮，處奸而得利者為壯士，居官而致富者為雄桀。行雖犬家，家富勢足，目指氣使，是為『賢』耳。人譏鳥獸，不知鳥獸飢則相噬，人則其机無已，其欲無厭，事事不如鳥獸，皆不能「禁」。天位之重，而或藏其私恨。天命有德，而或濫于私與。天討有罪，而或制于私情。集議盈庭，而施行決于私見。諸賢在列，而密計定于私門。顧專欲執「賢文」以禁色，亦何益於大計。況教條之頒，徒為虛設，只可行於窮鄉下邑不識字之女兒。況荒時賣人，謂之菜人，爭占江山時殺人無算，甚至楚人。秦宣后言，初事先王曰，先王以其髀加妾之身，妾困不支也，已而盡舉其身妾之上，妾不重也，以其少有利焉。復用此故智，與戎王生二子，因殺戎王，滅其國瑕，為天下賤人愛護，此但知利欲并輕情昵，口中勉依，心裡實欲，愈侵愈欲，侵暴不畏之雌竅乎？

名教者，名家者流所為，故老子尚實而左名。蓋「禁」則不犯者，名不犯耳；不「禁」則不犯者，實不犯也。自宋以後，華士檢點形跡，持循格套，趨避毀譽，以為「賢文」，漸染成俗。假託、貪黠、奔競俱不恥，而獨於談色者，欲以虛聲嚇之。續因名教、名義、名理不足以制軼蕩非常之人，勝楊子之說，故又取佛家無妄二字為主。佛家全在去妄，故做夢亦有罪也。若不能「禁」人夢及色目行淫，亦不能「禁」人見色聞聲，有所取著。與夫厲色公庭，溺情幽隱，亦秖拙敗巧逃，入罟一而漏網三耳！

京師平，唐德宗欲召渾瑊訪奔亡內人，結裝使赴行在。陸贄言：內人當離潰之後，或為將士所私。昔人絕纓，良有以也。天下固多褻人，何必此！唐文宗時，宗室李本孝（案：當作孝本）以罪誅，二女沒入宮，魏徵五世孫謩言：陛下初不好色，今莊宅收市，亹亹有聞，又取孝本女納之後宮，宗姓不育，寵幸為累。帝曰：「恤宗女之幼，不為漁取，然疑似之間不可戶曉。」鄭仁基女美而才，皇后請立為充華，然已許聘，魏徵諫曰：「陛下處臺榭，則欲民有棟宇；食膏粱，則欲民得飽適。顧嬪御獨不欲民樂室家乎？」帝幸九成宮，僕射李靖、侍中王珪後至，吏改舍宮人以舍之，帝怒曰：「何輕我宮人！」徵曰：「大臣出，官吏諮朝廷法式，歸則陛下問人間疾苦，宮人如是耶？」又曰：「昔孫伏伽諫事賜以蘭陵公主園，直百萬。今皇甫德參上書，俗尚高髻，宮中所化也。」陛下恚曰：「使宮人無髮，乃稱其意。」又諫作飛山宮曰：「彼煬帝者，為天下笑，今其姬姜淑媛盡侍側矣，當思其所以得。」馬周諫太宗：「今京師諸處營造，諸妃主服飾皆過靡麗。」張玄素，蒲州人，諫太宗曰：「東都始焚，太上欲焚宮，陛下謂瓦木可用，請賜貧人是也。」性不勝情，勿以惡小。京兆柳公權為翰林，與文宗夜語，每至燭盡，常命為詩，宮人迫之。權言郭旼為節度，人頗有言，帝曰：「旼尚父從子，太后季父。」曰：「然人謂獻二女乃有是除。」帝曰：「女自參承太后，豈獻哉？」曰：「嫌疑不可戶曉。」是日，帝命中宮自南內送女還攺第。宋仁宗性寬仁，言事者競為激訐，至污人以帷薄不可明之事。范祖禹聞哲宗覓乳媼，以帝年十四，非近女色之時，宣仁高太后諭以外議皆虛傳。太后崩，言者摭其諫乳媼事，安置永州。不知古來人主，即英賢者必極封崇其乳母，皆貴者必有之色情也。唐太宗欲觀起居注，蘇州朱會昌曰：「陛下視無嫌，然以此開史官之禍，可懼也。」史官畏禍，則悠悠千載，尚有聞乎？後世「賢文」之病，直使弊必至此。

單于嫚書戲呂后，願以所有易所無。后欲斬使，季布言其利害，報書單于：「不忘敝邑，賜之以書，敝邑恐懼，退而自圖，年老氣衰，行步失度，單于過聽不足以自汙，宜在見赦。」《唐書・四裔傳》：班固謂其來慕，義則接以禮讓，大誤也。夫禮讓以接君子，何禮讓之接哉？〈藩鎮傳〉：肅代後使人行猶羌狄。如溫台經方國珍竊據之後，全乖人道，然逆息虜亂皇子嬪之，至令諸侯侈心益昌。唐僖宗走漢中，以襄陽陳夫人賜克用，又平盧節度通嫂逐兄，然為人破，將其嫂獻克用為嬖夫人。田蚡曰：「臣所好，田宅婦女」。諸葛亮曰：法孝直使主公不可復制，豈可使不得行其意乎？唐侯君集隨李靖征吐谷渾俘男女七千人，又私娶婦女，岑文本諫曰「當其有功也，雖貪財縱欲，猶蒙爵邑。其無功也，雖勤功潔己，不免斧鉞，故智者樂立其功，勇者好行其志。」薛萬鈞與高昌女子亂，魏徵曰：「若實，罪且輕。」劉蘭以世亂介賊，破其鄉取子女。宋州盛彥師之討王世充也，殺平生所惡者數十家。高祖謂秦瓊曰：「卿不惜妻子來歸我，又有功，使朕肉可食，當割以啖汝，況子女玉帛乎。」陳宣帝子叔達以郡聽命禪代時，書冊詔誥皆其筆。貞觀以帷薄汙漫為有司露劾，帝以名臣為護掩。御史蔣之奇糾歐陽公，挽廬陵彭思永自助，永以帷薄之私，非人所知。宋末臨安趙景暐知台州，首取陳述古誘俗文書示諸邑，上言專天下之同欲則人不悅纔是。宋祖謂功臣曰：「黃袍加汝身，欲不為得乎？人生如白駒過隙耳，不如多積金市田宅以貽子孫，歌兒舞女以終天年。」謝曰：「陛下念及此，死生骨肉。」皆以散官就第。

唐史思明兵所向，從其下淫奪人妻女，以是士最奮。其將田承嗣降，仍授節度。恣功臣以色而人無不貪，猶飼馬以芻而馬無不往。使天下皆有分肉之心，則香餌之下必有懸魚。矢往湍奔，長鯨入網，可盡天下智勇于功名之路也。古給侍史而後禁奚奸，豈知功名之人，志趣奇詭。「文」固是非之正耳，至于是非雖明，而其人若不可已，即「禁」之固不能絕，徒使殺孽嬰無限耳。

英雄發狠，只要剿除奸詐，殄滅愚頑。并頑要除者，頑則必為詐所用也，何況聽此愚頑供勳貴戲乎。宋陳同父曰：「我祖宗以公恕厚斯民之生，未嘗折困天下之富商巨室。于格律之外，有以容獎天下之英偉奇傑，皆所以助立國之勢而為不虞之備也。」按察邀功，而廟堂輕矣。即或有合而大要已非，卒為金人侵侮之資。

「恁時節」謂素粧緩步明窗淨几之時。俞君宣：「我只為消殘渴，忍不住將瓊漿借。」「喚茶」，解湯之謂也。

袁淑，宋文帝后弟，始興王文帝庶子，嘗送錢三萬餉舅，一宿復遣人追取，謂為使人謬誤欲以戲舅，亦如「那樣聲兒」之戲師，非作者杜撰，豪家如此者多矣。

袁中郎：「楚姬不解調吳肉，硬字乾音信口哦」，字出柔口無不脆，何必吳也。

以「哇哇」喻男根，加「你待打」字，為剛大傳神。「興個甚的」、「那為甚的好好求他」、「瞎了中甚用」、「則瞧罷」、「爭差些罷」與〈訓女〉折「繡房中則是繡」、「繡了打眠」數語，演者俱要高聲朗字以傳。「嚦嚦鶯聲」正《西廂》所云「女孩兒家恁響喉嚨也」，活畫出畫閣裡嬌養。春香鶻伶碌老，目無師長。「待打這哇哇」妙，百般嬌妧可怜，渠此等是也。「爭差些罷」，尤為妙語。

漢有游女，韓嬰曲為之解曰：「孔子南行至楚之阿曲，見女子浣，使子貢挑之不得。」是宣文甚于馬融。

宋閩夾漈鄭樵有云：「興者所見在此，所得在彼，不可以事類推，不可以義理求也。詩取斷章，斷之于此，而無損于彼，此無所與而彼取之。」說詩者屢遷屢變而詩不知。寒山曰：「昨過王秀才，笑我詩多失，云不識蜂腰，仍不會鶴膝。我笑你作詩，如盲徒詠日。有人笑我詩，我謂知音寡。不煩鄭氏箋，豈用毛公解？忽遇明眼人，即日流天下。」正非「陳」夫子所得解也。

「為甚的好好求他」，此問真正聰明。造端夫婦，即此「甚的」。道學先生日日與人同做「甚的」，口中斷斷不肯說出「甚的」，甚至入內之時，告訴虛空曰：某非為私欲也，為天地衍蒼生也，為朝廷添丁口也，為祖宗綿血食也。

晉出帝，敬瑭姪。初，博士王震教以《禮記》，久之，不通，謂震曰：「此非我家事也。」唐明宗子重榮好詩，明宗曰：「爾，將家子，非素習必不能工，傳于人口，徒取笑也。」然欲易于通曉，仍是「葩經」。老蘇云：「今吾告人，曰必無好色，彼將遂從吾言，而忘其中心所自有之情。而彼既已不能，將遂大棄吾法，無所隔限。故聖人之道，嚴于禮而寬于詩，嚴以待天下之賢人，寬以待天下之中人」。或增數字曰：「嚴以待天下之賢而貴、愚而賤者，寬以待天下之秀而傑、中而貴者」，其義更圓。即此「論六經《詩經》最葩」一句，亦見作者腴詞麗旨，創意造端，才子之文，無不一線穿就者也。

王金壇句：「《楞嚴》初讀面生紅，為寫摩登技忒工，還是國風多蘊藉，房融端不及周公。」不脫「閨門」，卻稱「風雅」，葩之所以為葩也。隋趙郡李諤曰：文取明動談理，自魏之三祖，競逞文華，遂成風俗。轉復尋密逐微，遺理存異，以緣情為動績，遞相師祖，流遍華壤，彼固以為欲稱「風雅」，必向「閨門」耳。漢〈房中樂〉，唐山夫人所作。隋文帝龍潛時，倚琵琶作歌二首，名曰「地厚天高」，託言夫婦之義，後即取之為房內曲。職在宮內，命婦人教習，為上壽之用。而詩餘一物，遂為名公鉅卿流連閨房之物矣。王導後劭，隋時佞臣，撰《隋書》八十卷，多稱口敕，文采迂怪。不經之語及委巷之言，以類相從，為其題目。詞義繁雜，無足稱者。復為《齊書》，文詞鄙野，或不軌不物，駭人觀聽，是為今之稗祖，可惜不傳。史臣譏其尚委巷之談，文詞鄙穢，體統繁雜，徒煩翰墨，不足觀采，殆以說「閨門」欠「風雅」耳。

「有指証」，聖人不能禁履武也。伏夢嫁意。葩字，以「閨門產哇」得稱，已暗藏〈冥判〉數花一段矣。

宋女宗曰：「婦人以專一為貞，以善從為順，豈以專夫室之愛為美哉。」惟「達」故「賢」。達也者，「達」于人生。各各有所欲愛，非一人所能專也。「疾妒」以至生疏，真乃自苦，不知人趣風味者方爾。朱註：宴私之意，不形于動靜，情欲之感，無介乎儀容。佛經所謂，婦人自審欲態，不得大言現其欲。彼方知其家飲微不甚。尤以恐涉「疾妒」之嫌，所以如此。其「不疾妒」者，其「賢」也。其「賢」者，其「達」也，即「后妃賢達」，亦是多情。粉鏡三千，必多我見猶怜之景，青蛾三千奉一人，班女不以色事君，果能「賢達不嫉」，覺無鉛華更媚。

近吳中孝子儒，有將〈關雎〉解作「后妃」所自作，其淑女乃所博求以事文王，用廣胤嗣者，比解作刺康后之宴起者勝。〈螽斯〉有嫚寢之意，嘗讀則百斯男句，笑文王之漁色亦眾矣，其嬪精亦勤矣。「后妃」作兩人看，只兩「不嫉妒」，則「家」無不「宜」，猶火增膏，而子女稟性亦無不佳者。李克用二妃與其子明宗，二妃皆可取。若劉宋諸公主相聚講論，惟以防制夫婿為事，或云野敗去，或云人笑我，則難乎其「宜」矣。

歸震澤〈節婦銘〉：「自初有民，男女貞行，聖人固之，秩為典恒。王道凌遲，關雎刺興。鄭衛靡靡，禮俗以傾。會齊于禚，天宇晦冥。孰知千載，是心猶明。懿矣婉淑，居然性靈。爭芬昧谷，競節高旻。有嚇彤管，於昭汗青。左史之後，靡幽不呈。誰謂隱微，後世無聞」。裴頠〈崇有論〉曰：「賤有則必外形，外形則必遺制。兆庶之情，信于所習。業服則謂之理，故人君必慎所教，使忽然忘異，莫有遷志」，是「無邪兩字付與兒家」之註。

「曷不肅雍」，刺王姬也。武周制禮，不能使其孫女不嫁齊襄，不為宋襄夫人。禮至周始密，而越禮事惟其子孫最甚，固不若葩經之不厭「閨門」，只戒「無邪」耳。然國風好色而不淫，或者讀之而疑焉，夫好色而不淫，是必其未嘗好色者也。曰吾大畏乎禮而不敢淫，是必其不敢好色者也。自古至今，有韻之文，十七皆兒女此事，亦以為非此一事，則文必不能妙也。佛以老婆為千劫繫驢樁，然同此男女，或能為妙事焉，或不能為妙事焉。于何知之？于其文知之。若其文，既為必能為妙事之文矣，而欲其亦被禁殺，除是天下真有不淫好色一法。教以葩經，而「付與無邪」，亦不濟事。

漢鄧后使閹人「蔡倫造紙」，且監諸儒于東觀。平常一句賓白，腹無書史者亦不得有。「莫言涓滴潤，深染古今情」，唐人題「研」句也。若作雙「鴛」鳳履之形，則陳王著意看羅襪，溫尉關心到錦鞋矣。

東西南北皆垂「淚」，卻是楊朱真本師。「淚眼」二字莫滑看，為後許多哭字伏案，即痲姑所云「世間何事不潸然」。如來所謂「多生骸骨，積如丘山，眷屬哭『淚』如四大海水」也。「疑此長江水，盡是兒女『淚』」，「人添『淚』一泓，何愁不成海」，「滄溟倘未涸，妾『淚』終不乾」，「看取薄情人，羅衣無此痕」，「一片春城化劫灰，哭聲未了笑聲催」，而「如何千萬家休戚，只在嗚嗚咽咽中，西家還有望夫伴，一種『淚』痕兒最多」，「今朝卻得君王顧，重入淑房拭『淚』痕」，「愁心和雨到昭陽，『淚』痕不學君恩斷」，「分明知是湘妃化，何忍將身臥『淚』痕」，皆天公開花以至此。若斷眷屬哭「淚」，除非人不「鴛鴦」。

字有側媚之態，腐儒便云「從不曾見這樣好」，何其他處處參活句，語語帶戲謔，總不欲香艷曲情，墮入陳腐耳。可知王逸少不及「衛夫人」。傳自婦人尤易見「好」，況夫人即衛玠祖姑，晉武帝所謂衛家種賢而多子，美而長白者乎？

曹操于江陵得履數萬，令宮人著，蓋乃更製。婦人好蓄鞋，其俗久矣。王導孫宏行劉裕命，諷晉加九錫，以僕射為刺史，人有忤意輒加詈辱。令左右為陶潛遺履，潛便于坐中伸腳令度。「不知足而為履罷了」實未嘗敢伸令度也。北齊遷鄴之始，千門百戲俱使上黨李建興參古發今，折中定制。刑子才云，爾婦病癲，或問實耶，興曰：「爾太痴。但道此人疑者半，信者半，誰檢看？」最良之才，雖不能定制，亦知婦足無人檢看，不告以實。

唐高祖竇后，周公主女，事姑疾，淹月不得衣履。工文，有雅體書與高祖書相雜，人不辨也。太宗長孫后，當太宗兄弟釁隙已搆，謹承諸妃消釋猜嫌。及授甲宮中，后親慰勉。嘗為論，言馬后使外家與政，乃戒其侈。此謂開源惜末。賈充原妻李氏，以父豐誅坐徙，充另娶城陽太守郭配女，後李赦還，晉武特詔充置左右夫人。郭曰：「刊定律令為佐命之功，我有其分，李何得與我並！」「女郎行，那裡應文科判衙」，亦後世則然。

周文族子神舉子度曰：「書足記姓名而已，安能為腐儒業乎？」高崇文為節度，不解書獻案牘批判，以為煩，而嘗有功。北魏世祖初造新「字」千餘，江式曰：「魏承百王之季，文字改變，俗學鄙習，復加虛造，炫惑于時，難以釐改。」則知今「字」實繁，皆由逐漸，亦多事矣。坡詩：「詛書雖可讀，『字』法嗟久換」。魯國賢文所以不能至跋提河者，以聲音之道不通也。外國各文，屢譯方達。秦文漢隸，今亦迥別，則安知後之「字」猶今之「字」歟？區區好奇「字」，辛苦學楊雄，又不如樂天所云：「人各有一僻，我僻在詩句，恐為世所嗤，吟向無人處」矣。

北魏太武后慕容氏，令比眾經文字，義類相從，曰：「眾文經隋潘徽撰萬字文，止不過識字兒」，自古已另有書。

「應文科判衙卻字兒不識」者，古亦不少。北齊高歡姪婿，代人庫狄干，署名為千字，連上畫之。又有將王周，署名則先為吉，而後成其外。宋衛將軍劉道隆，聞帝稱謝靈運孫有鳳毛，不知其父名鳳，輒至超宗處索鳳毛。何敬容身長八尺，尚齊武女長城公主，白皙矜莊，衣冠鮮明，梁時為吏部尚書，無賄則略不交語，而拙于書，其署敬字，則大作苟小為文。范石湖使金，詠館伴耶律侍郎書，「人問無事無奇對，伏臘今成兩侍郎。」譬之生而盲聾者，于山川之夷險通塞，且未嘗大夢，況其微細區分。于字畫之多寡縱橫，且未嘗試面，況其幽深義理。

劉宋蕭思話孫引善書，出手翩翩，似鳥欲飛，是「塗鴉」二字好故實。吳梅村「嫩塗吟紙墨欹傾，慣猜閒事為聰明」，實即用玉茗意。元世祖于管夫人曰，「使知我朝有善書婦人」。然婦人書多婉弱，即仲姬日與魏公熏炙，亦不免此。獻之嘗書壁為方丈大字，父羲之甚以為能，觀者數百人，而唐太宗曰：獻之書箋點翰，頗有媚趣，然行行若縈春蚓，無丈夫之氣。試誦坡公「顛張醉素兩禿翁，追逐世好稱書工。何曾夢見王與鍾，妄自粉飾欺盲聾。謝家夫人淡丰容，蕭然自有林下風」，則畫虎俗子誠不若「塗鴉嫩字」也。

「把蟲蟻兒活支煞」，自指人而言。言「青螢一點光，曾誤幾人老」，殆如蟻之多也。

高歡第五子湝，母魏后爾朱氏，答師曰：「凡人惟論才具，豈在勤勤筆跡？博士當今能者，何以尚為博士？」第七子渙謂左右曰：「凡人不可無學，但要不為博士耳。」北魏名將仇池氏楊大眼，遣人讀書，坐而聽之。北周西河郡公李賢，一門極富貴，九歲從師，略觀大指而已。曰：「賢豈能領徒授業？」正由怕「損頭髮添疤納」矣。周宣帝時詔尚書字誤者，即科其罪，樂廣八世孫運曰：「假有忠讜之人，義無假手，更加鉗戮，能無緘口？」亦通。梁武軍鋒新野曹景宗軍，皆桀黠無賴，掠人子女不能禁。事平，為郢州刺史，開衛列門，為宅數里。性好內，妾侍數百，窮極錦繡，不耐靜，或往人家乞食以為戲，而部下因弄人婦女。書字有不解，不以問人，皆以意造。庫狄伏連，代人，事爾朱榮為直閣將軍，歸高歡為鄭州刺史，不識士流，開府參軍，多衣冠士族，皆加捶撻。性吝，積物別庫，遣一婢，專掌鎖鑰。朔州斛律金，司馬子如教署金字，作屋況之，其字乃成。然以贊成高歡大謀，每會議，常獨後，言之輒合理。一門二太子妃，一皇后，三公主。高洋太后皇后幸金宅，六宮皆從，年八十有子如光，猶曰「明月豐樂，用弓不及我，諸孫又不及父，世衰矣。」斛律光初為侯景部將，潘樂謂高敖曹曰：「斛律家小兒，行奪人名」。云大『光華』，不須螢雪。

或薦樂安孫搴于高歡，會西征，引入帳，自為吹火，援筆橛就，即署相府主簿。又能通鮮卑語，兼宣傳號令，賜妻韋氏，士門兼貌，時人榮之。高澄初欲之鄴，掌朝政，歡以年少未許，搴為致言，乃果行。邢邵謂曰：「須更讀書」。曰：「我精騎數千，足敵君羸卒數萬。」以醉死，命求好替，司馬子如舉魏收，歡曰：「收作文書都不稱我意」，乃言廣宗陳元康，即授丞相功曹。馬上號令，盡能記憶，作軍書，俄頃滿紙。歡嘗怒澄，親加毆踏。元康伏地泣，歡謂人曰「元康必與我兒相抱死」。左衛將軍郭瓊以罪死，婦范陽盧道虛女，沒官，澄啟賜之。康地寒時，人以為殊賞。歡崩，澄將之鄴，令康預作歡條教數十紙，留付段韶等在後行之。侯景反，澄欲殺崔暹以謝之，康薦慕容紹宗可敵之，恐召不至，康曰：「宗知康蒙顧，新使人來餉金，欲安其意，故受之，保無異也。」宗果破景，賜康金五十斤。晉陽唐邕為高歡外兵曹，高澄被弒，邕部分將校，造次便了。專掌兵机，承受敏速，文宣主親執其手，引至婁太后前坐之。丞相斛律金上白胡太后，邕手作文書，口且處分，耳又聽受。嘗責侍臣：卿等不中與唐邕作奴。累侍中，封王，文宣段昭儀竟嫁之。為徵官錢違限，杖參軍從事等。齊朝宰相，未有撾撻朝士，至是大駭。論曰：「若不愛惜才子，何以成夫王業?」小「光華」矣，未嘗「懸梁刺股」也。若魏樂安徐紇，初自書生諂附趙修，尋飾貌事元。又鄭儼累黃門侍郎，總攝中書門下事，軍國詔命，莫不由之。時有急速，令數吏執筆，或行或臥，人別占之。王遵彥等並稱文學，亦不免為執筆，承其指授。時豪勝己，必相凌駕，書生貧士，矯意禮之，高歡至，乃奔梁，雖「光華」不足道。鉅鹿魏收，益州刺史子建子，幼好騎射，長善胡舞，談有朕理，筆有奇鋒，高歡召為長史，雖嘗箠之，高澄亦云：「魏收恃才，須出其短」。然嘗曰：「吾或意有所懷，忘而不語，語而不盡者，見草皆已周悉」。聘梁時，梁君臣咸加敬異。部下有置吳婢者，喚取遍行奸穢。還，為侍中。魏太常劉芳孫女，中書郎崔肇師女，夫家坐事，高洋並以賜收為妻，時比賈充，置左右夫人。文宣陵謚，皆其所定。武成于閣上晝收，亦頗「光華」。溫嶠後，恭之避難，歸魏家于濟陰。孫子昇，年二十，為廣陽王賤客，在馬坊教諸奴子書。孝莊立，令修起居注，曾一日不直，上黨王元天穆錄尚書事，將加捶撻。預謀爾朱榮作詔書，梁武見其文筆，曰：「曹植陸機復生于北土。」使吐谷渾者，見渾主床頭有書數卷，乃其文也。外恬靜內深險，事故之際，好與其間。齊文襄疑之，餓諸晉陽，沒其家口，不「光華」矣。庾信長八尺，帶十圍，容止頹然，在江陵聘西魏，遂被留。及陳氏通好，求信等還，周文愛而不遣，至于趙滕諸王周旋款至，有若布衣交。臨沂顏之推，多任縱，不修邊幅。侯景陷郢，頻欲殺之，將妻子奔齊，侍從文宣，頗蒙顧盼。為祖珽所重。後主時，進〈奔陳策〉。齊亡入周，隋時疾終，作《家訓》二十篇。河東柳誓世仕江南，居襄陽。煬帝為文，初學庾信，及見誓，體遂變。誓言雜誹諧，帝每招入臥內，與之宴謔。與后對酒，輒命之，至同榻共席，恩比友朋。撰《鑾駕北巡記》，《幸江都道里記》，《洛陽古今記》，可謂「光華」。《北史》儒林信都劉焯，每于國子，論古今滯義。令事蜀王，非其好也。久之不往，王大怒，令人枷送于蜀，使執仗為門衛，不「光華」之尤者。惟濟北張景仁，高洋引為賓客，教紹德，累散騎常侍。胡人何洪珍有寵于后主，欲得通婚朝士，遂為其子取景仁女，仁遂拜開府加侍中，則最良輩亦有「光華」時。

「花」者，色也。孟郊：「千艷萬艷開，傾盡眼中力。矜新猶恨少，將故復嫌萎。莫教虛過眼，無處不相宜」，總不過好德不能如好色之意。

「夜月幾曾無夢處，春風只管送愁來。看取秦坑煙焰裡，是非同作一抔灰。牙籤錦軸忽在眼，『書』中宇宙三千年。不知『讀』此尚何用，凡幾變滅隨飛煙」。「把讀書聲差」自可。

宇文護母閻沒齊，與護書曰：「共汝在壽陽任時，博士姓成，為人嚴惡，汝與元寶菩提及姑兒賀蘭盛洛謀，欲加害，我共汝叔母聞知，各執其兒打之。」似此「哇哇」亦難制伏。《唐書》宋之問弟之懃，為連州參軍，刺史聞其善歌，使教婢，亦不得不「當真打一下」。偶憶元載夫人當沒入宮，曰：「二十年節度使女，十六年宰相妻，豈能復為長信昭陽之事？」因付京兆杖之。比之「打哇哇」者，更覺焚琴煮鶴，俗不可醫。豈高秋亦有花，不及當春草耶？

魏叔子謂：「作古文須並逆賊、巨猾、嬌奴、寵婢之情狀，熟悉胸中」。如「搶荊條投地」之類亦是。北魏尉地干尤善嘲笑，世祖見其效人舉措，忻悅不能自勝。我見春香此等舉措，亦忻悅不能自勝也。

阮亭云：「侍兒偏感路旁人」，善寫美人者，要從這偏旁處寫照。掃鏡青衣亦自妍，則主人之麗加倍。「爭差些罷」畫乖丫頭入神，即「理所必無，情所必有」註解。史遷載景帝諸王，深僻事纖悉畢備，或疑君子知禮，何庸觀此？小人肆情，適長其非。先儒謂，與孔子刪詩同意。方秋崖曰：「〈墻茨〉諸詩，父不敢以授子，孔子刪之決矣。亡者不可復，姑取其熟于口耳者以足之。漢儒之罪也。」皆近迂可笑。所以為授色知心好侍兒者，春香于小姐，皆不從其令，從其意。你情中，我意中，此之謂歟？

「手拿秋千」，所謂兩腳梢空欲弄春也。

「夫人那些家法」，妙，想是連老爺亦怕者。自夫人有法，而「覆額青絲白雪身，卻恨春風破瓜早」，春香可免矣。

魚玄機：「舉頭空羨榜中名」，是「女子」不能宦「達」之恨。然南齊婁逞變男子服，仕至揚州從事；北魏公主多為女侍中，元乂妻為女侍中，其姊胡后加女侍中，貂蟬。高岳母山氏，身長七尺六寸，為齊女侍中；

代人山強母赫連氏，身長八尺，亦為齊女侍中；漢陽陸令萱聲震天下，齊太后與結為姊妹。女人亦有不藉夫子自「求聞達」者，第不關學耳。

君不見煌煌燁燁機中錦，「教男學生」尚做不來。

孟郊云：「傾妍來坐隅」，試看小姐春香，低徊几側，已如滿坐韶華，可謂不「辜負明窗新綠紗」矣！楊用修聞鄒魯女洙泗太板重，惟毛大可女弟子徐昭華，有「坐對西河才子句，渾如秋月照澄潭」詩，和之以「那知閨閣有陳思」，于「一弄明窗」恰宜。

「村牛痴狗」譬交媾時不解聞思，真是蠢人。又玉茗自借春香口，罵不解此書之妙者。李涉送妻入道，而有「若逢城邑人相問，為道花時也不閒」之句。令狐楚所謂「下馬貪趨廣運門」者，恐是「一些趣也不知」耳。《唐書·袁朗傳》，高宗欲大會群臣命婦，合宴宣政殿，此必武后媚夫之設想也。樂利貞諫止，亦「村老牛」。又蘇允恭，荊州人，美姿容，為隋起居舍人。煬帝每年所賦，必令諷誦。遺教宮人，允恭恥之。亦不似美姿容人。

「也曾飛絮謝家庭，欲化西園蝶未成」，喻男趣足時，且有欲暫化女之想。

# 第八齣　勸農

【夜遊朝】（外引淨扮皂隸，貼扮門子上）何處行春開五馬？采郊風物候濃❶華。竹宇聞鳩，朱轓引鹿。且留憩甘棠之下。

〈古調笑〉「時節時節，過了春三二月。乍晴膏雨煙濃，太守春深勸農。農重農重，緩理征徭詞訟。」俺南安府在江廣之間，春事頗早。想俺為太守的，深居府堂，那遠鄉僻塢，有拋荒遊懶的，何由得知？昨已分付該縣置買花酒，待本府親自勸農。想已齊備。（丑扮縣吏上）「承行無令史，帶辦有農民。」稟爺爺，勸農花酒，俱已齊備。（外）分付起行。近鄉之處，不許多人囉唣。（眾應，喝道起行介）（外）正是：「為乘陽氣行春令，不是閒遊玩物華。」（眾❷下）

【前腔】（生、末扮父老上）白髮年來公事寡。聽兒童笑語喧嘩。太守巡遊，春風滿馬。敢借著這務農宣化？

俺等乃是南安府清樂鄉中父老。恭喜本府杜太爺，管治三年，慈祥端正，弊絕風清。凡各村鄉約保甲，義倉社學，無不舉行。極是地方有福。現今親自各鄉勸農，不免官亭伺候。那祗候們扛擡花酒到來也。

【普賢歌】（丑、老旦扮公人，扛酒提花上）俺天生的快手賊無過。衙舍裡消消沒的睃，扛酒去前坡。（做跌介）幾乎破了哥，摔破了花花你賴不的我。

（生、末）列位祗候哥到來。（老旦、丑）便是這酒埕子漏了，則怕酒少，煩老官兒遮蓋些。（生、末）不妨。且擡過一邊，村務裡嗑酒去。（老旦、丑下）（生、末）地方端正坐椅，太爺到來。（虛下）

【排歌】（外引眾上）紅杏深花，菖蒲淺芽。春疇漸煖❸年華。竹籬茅舍酒旗兒叉。雨過炊煙一縷斜。（生、末接介）（合）提壺叫，布穀喳。行看幾日免排衙。休頭踏，省眾嘩，怕驚他林外野人家。

（皂稟介）稟爺，到官亭。（生、末見介）（外）眾父老，此為何鄉何都？（生、末）南安縣第一都清樂鄉。（外）待我一觀。（望介）（外）美哉此鄉，真個清而可樂也。〈長相思〉你看山也清，水也清，人在山陰道上行。春雲處處生。（生、末）正是。官也清，吏也清，村民無事到公庭。農歌三兩聲。（外）父老，知我春遊之意乎？

【八聲甘州】平原麥灑，翠波搖翦翦，綠疇如畫。如酥嫩雨，遶塍❹春色蘢苴。趁江南土疏田脈佳。怕人戶們拋荒力不加。還怕，有那無頭官事，誤了你好生涯。

（父老）以前晝有公差，夜有盜警。老爺到後呵，

【前腔】千村轉歲華。愚父老香盆，兒童竹馬。陽春有腳，經過百姓人家。月明無犬吠黃花，雨過有人耕綠野。真個，村村雨露桑麻。

（內歌《泥滑喇》介）（外）前村田歌可聽。

【孝白歌】（淨扮田夫上）泥滑喇，腳支沙，短耙長犁滑律的拿。夜雨撒菰麻，天晴出糞渣，香風餣鮓。（外）歌的好。「夜雨撒菰麻，天晴出糞渣，香風餣鮓」，是說那糞臭。父老呵，他卻不知這糞是香的。有詩為證：「焚香列鼎奉君王，饌玉炊金飽即妨。直到饑時聞飯過，龍涎不及糞渣香。」與他插花賞酒。（淨插花飲❺酒，笑介）好老爺，好酒。（合）官裡醉流霞，風前笑插花，把農夫們俊煞。（下）

（門子稟介）一個小廝唱的來也。

【前腔】（丑扮牧童拿笛上）春鞭打，笛兒吵，倒牛背斜陽閃暮鴉。（笛指門子介）他一樣小腰㧐，一般雙髻，能騎大馬。（外）歌的好。怎生指著門子唱「一樣小腰㧐，一般雙髻鬌，能騎大馬」？父老，他怎知騎牛的到穩。有詩為證：「常羨人間萬戶侯，只知騎馬勝騎牛。今朝馬上看山色，爭似騎牛得自由。」賞他酒，插花去。（丑插花飲酒介）（合）官裡醉流霞，風前笑插花，村童們俊煞。（下）

（門子稟介）一對婦人歌的來也。

【前腔】（旦、老旦採桑上）那桑陰下，柳簍兒搓，順手腰身剪一丫。呀，甚麼官員在此？俺羅敷自有家，便秋胡怎認他，提金下馬？（外）歌的好。說與他，不是魯國秋胡，不是秦家使君，是本府太爺勸農。見此勤渠❻採桑，可敬也。有詩為證：「一般桃李聽笙歌，此地桑陰十畝多。不比世間閒草木，絲絲葉葉是綾羅。」領酒，插花去。（二旦背插花，飲酒介）（合）官裡醉流霞，風前笑插花，採桑人俊煞。（下）

（門子稟介）又一對婦人唱的來也。

【前腔】（淨、丑持筐採❼茶上）乘穀雨，採新茶，一旗半槍金縷芽。呀，什麼官員在此？學士雪炊他，書生困想他，竹煙新瓦。（外）歌的好。說與他，不是郵亭學士，不是陽羨書生，是本府太爺勸農。看你婦女們採桑採茶，勝如採花。有詩為證：「只因天上少茶星，地下先開百草精。閒煞女郎貪鬥草，風光不似鬥茶清。」領了酒，插花去。（淨、丑插花，飲酒介）（合）官裡醉流霞，風前笑插花，採茶人俊煞。（下）

（生、末跪介）稟老爺，眾父老茶飯伺候。（外）不消。餘花餘酒，父老們領去，給散小鄉村，也見官府勸農之意。叫祗候們起馬。（生、末做扳❽留不許介）（起叫介）村中男婦領了花賞了酒的，都來送太爺。

【清江引】（前各眾插花上）黃堂春遊韻瀟灑，身騎五花馬。村務裡有光華，花酒藏風雅。男女們請了，你德政碑隨路打。

閭閻繚繞接山巔，杜甫　春草青青萬頃田。長❾繼
日暮不辭停五馬，羊士諤　桃花紅近竹林邊。薛能

【校記】

❶徐本作「穠」。❷徐本無「眾」字。❸徐本作「暖」。❹徐本無「塍」字。全集本作「塍」。❺徐本作「賞」。全集本作「飲」。❻徐本作「劭」。❼徐本作「采」。全集本作「採」。❽徐本作「攀」。❾徐本作「張」。

# 第八齣〈勸農〉批語

「五馬」喻以指左右，「物候濃華」喻女根當肥白時，「竹」喻男根，「朱幡」喻女根形，「甘棠」喻身樹而並及其味。「江廣」二句，嘲女道不淺，「僻塢抛荒」更復憫之。「為乘陽氣」二句，作謔喻看，方覺妙絕。愚者專為「乘陽氣」，而智者半為「玩物華」也。「白髮」句喻臍下豪，謔且近虐。「兒童」喻男挺末，方更覺「喧譁」一喻之妙。「馬」喻騎物，「農」喻種物，「化」喻化育言。「清樂鄉」則枯瘺腌臢之輩，適致下疳等疾，毫無樂地，可知「約甲」等字，亦俱謔喻。「快」喻男事，「沒的睃」喻女根深處看不見，「酒」喻精液，「捽破了花顛不得我」皆謔之已甚。「酒埕漏了則怕酒少」是二根的確語，「蓋老老官」皆藁砧別號。「抬過一邊」喻女腿脚，「端坐」之喻同意。「紅杏深花菖蒲淺芽」即翠蝶意，并毛俱喻在內，女根雅譬。「竹茅」喻毫，「旗」喻兩扉，「煙」喻氣出，「提盞」喻囊，「布谷」脫褲也。「幾日免」亦嘲女道，「頭」喻龜腸之屬，「頭踏」喻雌乘雄法。「待我一觀」四字作謔喻看，方覺其妙，彼蠢不解觀，則不能辨其「清」濁也。「雲」喻花頭，「農歌」猶噥歌，「綠」喻毫，「剪剪如畫」喻女根雅極，即明如剪意。「江南」喻女南向，「人戶門抛荒力不加」，為發一笑。「無頭」喻指與趾，「愚父老」視此，不啻「香盤」形容的確。「兒童」仍挺末意。「月」喻女根，「桑麻」以代雙麻，「泥滑刺腳支沙」喻此事貼切之極。「犁耙」男根，「滑律的拿」嘲女頗酷，「麻」則精水出，故曰撒麻。「晴」喻乾荷葉事，「醃酢」猶言羶臭，形氣俱妙。「飢時龍涎不及」作謔喻看，方妙。「焚香」喻男根，「列鼎」喻女根，「玉金」以代玉筋，「流霞」喻女根血，「風前花笑」喻女根，「笛」喻男根有眼，「牛背」亦喻男根，「一鴉」喻女根內肉，「髻」喻毫，「大馬」喻男根，「桑陰」猶雙陰，喻分兩片也。「柳筵」喻男根毫，「順手」嘲女于男，「剪」喻女根，「丫」喻男根，「提金」之金代筋，「十畝」猶《水滸》十字坡意。「旗」喻女扉，「鎗金縷」猶鎗筋縷，喻男根。「芽」又喻女，「雪」喻精，「瓦」喻女根，「門草」喻毫，「鬥茶」則《水滸》寬煎葉兒茶意。「五花」喻女根，「萬頃田」喻婦女之多，「竹」仍喻豪，始知袁高貢茶詩：「選納無晝夜，搗聲昏繼晨」，十字有意比興。

馬周諫太宗：「貞觀初，率土荒儉而天下帖然者，百姓知陛下愛憐之，積貯固有國之常，豈人勞而強斂之以資寇耶？」商子曰：「夫重取民而間賑其飢，則民不畜于上，徒有糜費而恩不感物，尤為可痛」。管子以田稅者謂之禁耕，以戶稅者謂之驅游。于慎行謂管子之法，大要不求之于租稅，使民皆取足于上，而上無所求于民，故能以天財地利，立功成名于天下。《淮南子》曰：「天有明，不憂民之暗也，地有財，不憂民之貧也。」舅犯曰：「分熟不如分腥」，尤在以土與民，而與以生財之柄。《隋志》云：「善為人者，愛其力而成其財。」桓譚上書光武：「今富商大賈，收稅與封君比入，中家子弟，為之趨走，若臣僕，宜令歸功田畝，則谷入多而地利盡矣。」曹尚書郎仲長統論曰：「秦政放虎狼心，屠裂天下。井田之變，豪人貨殖奴婢千群，徒附萬計。舡車賈販，周于四方，同為編戶。齊民而以財力相君長者，世無數焉。使弱力少智之子，寃枉窮困，不知後世聖人，救此之道，將用何也？」光武外祖樊重族曾孫準，以父產數百萬讓兄子，因荒上書鄧太后，悉留富人守其舊土，轉徙貧者就食熟郡。若夫賑給，有名無實，拜鉅鹿太守，督課農桑，廣施方略。〈酷吏傳〉：「自民不務本，而禮義不足以拘君子，刑戮不足以威小人，以財力相君長。平陵石氏賈巴蜀，舉所致之半賄曲陽侯，依其權力，人莫敢負。擅鹽井之利，所得自倍。」酷吏周由所居郡，必夷其豪，中猾皆伏，有勢者為游聲譽以免其見彈。政酷則民飄藏他土，投托強豪，避寒歸煖，順意取適。事移俗變，存者無幾，何必仍舊，每事循古？魏氏給公卿客戶，自後小人憚役，多樂為之。太原諸部，亦以匈奴為田客，多者數千。北魏初，民多廕附，雖無官役，而豪強徵斂，倍于官賦。自晉歷陳，凡買奴婢田宅者，輸文券錢入官，又不樂編戶者，謂之浮浪人，多為貴家佃客典計，皆注家籍。宋人書「富人以錢委人，權其子而取其半，為之行錢，視之如部曲也。或過其家，特位置酒，婦女出勸主人，皆立侍，強之坐，乃敢坐」。然自農官之無術也，民至厭于力食，而務以其力食人，豈知樊重善農稼，贍宗族，其後貴盛無比。溫公云：「民之貧富由勤惰有不同，惰者常乏，故必資于人。若法使富者亦貧，則天下不可問矣。」介甫小丈夫也，故深疾富民，歲惡民移。運使朱壽隆諭大姓富室，畜為田僕，舉貸立息，官為立籍索之。貧富交利，不得不摶攘以為生由。污萊極目，偏聚不均，邊地不墾之處亦多矣。官經營之，則弊百出而無成，付之勢家，聽擅其利，則群起為之，蓋勢家散而小民不能耕，借豪右之力，以廣小民之利，宜優異之。使爭先畢舉，固非執良不役良而用國家之膏，以填流民之壑者所喻也。宋石介云：「今之所禁多有，而男去耕女去織則不禁。」陸贄云：「挾輕資者脫傜稅，敦本業者困斂求，此教之為奸也。」惟有連書大有，可以長治萬年。〈勸農〉一折，是作者小言寓大，牢籠天下者，在舒卷人心。先須誘令戀家懷土，庶作亂者，不能革天下之心耳。鄧艾曰：「夫農戰勝之本也。上有設爵之勸，則下有財畜之功。今使戰勝之賞，施于積粟富民，則浮華之源塞矣。」後漢仇覽，為蒲亭長，勸人生業，其剽掠游恣者，皆役以田桑，嚴設科罰；樊曄為揚州牧，教民耕田種樹理家之術。漢〈循吏傳〉：「黃霸大谷補侍郎，謁者以免罪復入谷為吏，至穎川太守。為修教置京師，勸民植財種樹畜養之道，後位至丞相。」張敞言其偽聲軼于京師，非細事也。請令二千石，無得擅為教條，不過妒口耳。要當如龔遂所對，皆聖天子之德也。又召信臣為零陵太守，務在富之，常出入止鄉亭，希有安居。時為民作均水約束，刻石立于田畔，吏家子弟不以田作為事，輒斥罷之。

唐馬周言：「縣令既眾，不可皆賢，但州得良刺史可矣。」隋裴翼云：「今考課惟准量人數，半破半成」。漢元帝詔：「丞相悉聰明察，守相郡牧非其人者，無令久賊民。」宋太祖世于守令問以政事，然後遣行。隋李文博曰：「清其流者，必潔其源，若治源混亂，雖日易十貪郡守，亦何益。」隋文往往潛令賂遺令吏，受者無貸。王吉上書漢宣曰：「詔書每下，可謂至恩，未可謂本務也。令俗吏不通古今，其務在于期會簿書斷獄聽訟而已。以聚斂整辦為賢能，非太平之基也。」孔融言：「末世政撓其俗，法害其人，豈可繩以古法？郡縣之政，類多因循而不甚治者，臣知其由也。上下牽制，不得盡其才故也。郡縣吏寧違天子之詔，而不敢違按察之命，其禍有緩急也。願精選監司，必以清望，莫患乎賢者戴不肖于上，而愚者役智者于下，安得如漢文所云：令各率其意以導民焉。」

分裂之時，以未入版圖之郡為版，假官職則可。魏縣令多選舊令史為之，齊因魏例，縣宰多用廝濫。魏昭成帝六世孫文遙為僕射，令搜貴游用之，召集神武門，令趙郡王睿宣旨唱名，不令披訴。強者貪如豺狼，弱者略不類物，實狗而冠也。欲得「弊絕風清」，只須「慈祥端正」。作者用字，真乃極有斟酌。

「邠風」正是好色愛妃，與民同樂之上乘。陸魯望云：「世路澆險，淳風蕩除，彼農家流，猶存厥初」。生平最嘉農庄書，謂是人間真福。邠風之「物候濃華」，方為真濃華也。

若王導曾孫宋郡公弘之次子僧達，臨川王義廣婿。為宣城守，受詞辨訟，多在獵所，半不得死。宋太宗時，石保吉姿貌瑰碩，尚太祖女，家多財，所在有邸舍別墅，所至峻暴好殺，待屬吏不以禮。其鎮大名也，葉齊查道皆名士，掌械以運糧，有貸錢者，質其女。好獵，畜鷙禽獸數百。在陳州，盛飾廨舍以邀貴主，則異乎「甘棠之下」矣。

李特與蜀民約法三章，苻健與長安民亦約法三章，平世雖不能行，亦須女中堯舜快活條貫。《隋史》論：「善化人者，撫之使靜，非有長蛇封豕，不須摧拉凶邪。」「白髮年來公事寡」，蓋太平之世，無有嚴符切勒，政可優緩。豈宜如陳同甫所云，胥吏坐行條令，而下司充位人才，日以冗闒也。北齊初亡，衣冠多遷關內，惟技巧商販及樂戶之家，移實州郭，訴訟官人，萬端千變。隋時安定劉彥遠為相州刺史，百姓呼為戴帽餳，遽免。請復為之，民莫不嗤，而發伏如神。使竟無發伏才，則「公事」亦難寡也。若隋〈蘇威傳〉，江表自晉以來，刑法疏縱，平陳之後，牧人者盡改變之，無長幼，悉使誦五教。時又誑言，欲待入關，饒州吳世華生臠縣令，啖其肉，于是舊陳率土皆反，執長吏，抽其腸曰：「更使儂誦五教也」！則徒事文具之可笑矣。

皮日休曰：「古之官人，以天下為己累，故己憂之。後之官人，以己為天下累，故人憂之。」漢宣帝謂：「二千石數易，則民不安業」。章帝曰：「夫俗吏矯飾外貌，似是而非，朕甚厭之。」公孫弘曰：「使邪吏行弊政，用倦令治薄民不可得也」。王嘉謂：「無譴訶細微增加成罪，宣明申敕使昭然知本朝之要務，奈何以移風易俗為虛語，使國家仁不足以及物，義不足以正非」，極是。若今來縣令加朱紱，便是生靈血染成，即無「春風滿馬」之致。

《周禮》：小行人掌五物。和親康「樂」為一書（案：此處節略難通，可參閱《周禮》卷三十七），反命于王，以周知天下之故。隋志諺云：「魏郡清河，天公無奈何」，言其輕狡也。「南安府」乃有「清樂鄉」，蓋民之康由于樂，和由于親，其和親因勸化所致。「樂」由于官之「清」，久矣。後漢〈孔奮傳〉：「時天下未定，士多不修節操」。隋〈循吏傳〉序：「夫禁貪猶或為之，賞廉猶或不為，況上賞其好，下得其欲乎？」趙從槖壽賈似道，即詠其秋壑二字之義：「一『清』透徹渾無底，秋水也無流處，天詎取，此老平生，可白青天語」，千古笑柄。不如盧江樊子蓋對煬帝曰：「臣安敢言『清』，只是小心不敢納賄耳。」詔謂其臨人以簡。然後漢朱牧作〈崇源論〉，言「俗敦厚，則小人守正，俗否薄，則君子為邪。」時有侮辱人父者，其子殺之，和帝貰其死，後遂定其比為輕侮法。尚書張敏言：「不能使不相輕侮，而更開相殺之漸，且何以處夫弱不能殺者，願廣令平議。」則簡字亦難矣。唐陳子昂言：「使須仁智剛明，今巡按天下，使未出，道路之人皆以指笑，不見其益也。」知難得則不如少出。又言機靜則有福，機動則有禍，百姓安則「樂」生，不安則輕生。賢人未嘗不思效用，顧無其類則難進。北魏高宗詔曰：「頃每因發調，逼民假貸，上下通同，分以潤屋，豪富之家，日有兼積，雖屢詔守宰，不如法旨。聽民詣闕告言之」。然民得舉告牧守，則專求牧守之失，以取豪于鄉閭。齊蘇瓊為太守，富家多將財物寄置界內，以避盜，冀州之富人成氏被盜，曰：「我物已寄蘇公矣」，遂去。道人研每以出息求徵，瓊見輒與談玄，遂出曰：「府君將我入青雲間，何由得論地上事」，頗有致。後漢〈卓茂傳〉：

「人有言都亭長受其遺者，曰『竊聞賢明之君，使人不畏吏，今我畏吏，是以遺之耳』，茂曰：『遺善吏，禮也，律何故禁之』？茂曰：『律設大法，禮順人情，今我以禮治汝，汝無怨惡，以律治汝，汝何所措其手足乎？』」王渾姪孫述，坦之父也，為宛陵令，頗受贈遺，尤修家具，為州司所檢，有一千三百條。王導使謂曰：「名家子不患無祿，此甚不宜。」述曰：「足當自止」，後屢居州郡，「清」潔絕倫。北魏苻寬誘接豪右，大有受取，而與者無恨，則又不容受枉法贓者藉口。

仲長統亦言：「君子為士民之長，固宜重肉四馬，今反謂藿食者為『清』，既失天地之性，又開虛偽之名。夫祿不足以供養，安得不少營私門乎？從而罪之，是設機阱以待天下之士也。」又謂：「人遠則難綏，事遠則難理，今州縣嘗更制其境界，遠者不過二百里。益君長以興政理，急農桑以豐委積，抑末作以一本業，操之有常，課之有限，安寧勿懈隋，有事不迫遽。」顧亭林曰：「古時『鄉』亦有城，故封國之制，有『鄉』侯。」秦時十里一亭，亭必有城，今閩粵凡巡司皆有城，民聚于「鄉」而治，聚于城而亂。聚于鄉，則土地闢，田野治，欲民之無恒心，不可得也。聚于城，則徭役繁，獄訟興，欲民有恒心，不可得也。自古及今，小官多者，其世盛，大官多者，其世衰。去「鄉」官，猶操密網而布之堂也。守令到任，自莫若令自書其所能，至考課日驗之。

「鄉約」依呂氏，「保甲」依新建，「義倉社學」依朱子。既皆「舉行」，地方更有何事不得「清樂」？馬周曰：隋倉洛口，而李密因之。煬帝末，所在倉庫猶大充牣，而吏不敢賑。及唐師入長安，發永豐倉，民始蘇息。太宗置義倉，高宗即假義倉以給他費。然在太守行之自佳。顧不兼保甲，則倉無衛。兼保甲矣不更兼鄉約，則保甲昧義。兼保甲鄉約矣，不再兼社學，則鄉約之意彼不解也。

「快手賊無過」，開口便畫一弊。「酒埕子漏」，小人有小人能處。

「野塘漫水可迴舟，春畦交錯似回環」，添上「澌煖」二字，更覺此景如睹。

「竹旗（案：劇中原作籬）茅舍酒旗叉」，所謂野人之所安，野人之所美也。盛世耆老嬉怡如小兒。功名立後，思返閭巷之樂，如獲異味，安得妙手描寫殆盡。

幾世傳高隱，全家在竹『林』，何必蓬萊同占作家山耶。昔有田家閨怨，則亦當有田家閨樂。

鏡水浮山不肯深浚，水乃橫流平地。發之即泉出，滂之則決田入海。「山陰道上」加以不「到公庭」，則除卻「芙蓉肌肉綠雲鬟，聳畫樓臺青黛山。千樹桃花萬年藥，陡令仙人憶此間」矣。

放翁：「清伊照碧嵩」，壯闊矣，猶不若昌穀：「城外多麗『山』，城邊富鮮『水』」之雋冶。「綠疇」上加「剪剪」，真是畫手。

將「公差」與「賊盜」匹對，妙極。二者有一，不「清樂」矣，況有其二乎？實行鄉約可無設公差，實行保甲故無復盜警。

「以前」已過，所慮以後。「十分積聚盈堤水，六月驕陽奈爾何」，而賢愚迭任，工拙異勢，則非民自所能操，可一嘆也。

齊河間公孫景茂為太守，好單騎處「人家」至戶入。閱歷周隋，年八十七。梁武從弟昌，位為衡州刺史，好徑入「人家」，雖亦「有腳陽春」，百姓有些疑畏。

「一爐龍麝錦帷旁，龍射熏多骨亦『香』」，「路旁凡草榮遭遇，曾得七『香』車輾來」，皆「香」國中頌語。今云「不及糞渣」，看吃米肉時方知不謬，信斯言也。「滿身蘭射醉如泥，『香』輪莫輾青破」矣。

若論喻意，則是嘲沈約一輩，所謂味有可意味，聲亦有可意聲。即香亦約「情說隨自識，變稱己心願」，方名好香是也。

晉束晳作〈勸農賦〉，文頗鄙俗，時人薄之，故用無數「俊煞」字。玉茗自言其文，異于晳所作耳。若士情生也，而又愛邪風，真是「俊」物。

誠齋「每遊一家添一人，南溪裏在『千花』裡，熏滿千村萬落香」，將農家獨擅之樂，三句寫盡。「官」令醉插，笑口更張。

魏晉尚書郎，五日一美食，下天子一等。每入直，給男女侍史各二人，皆選端正妙麗者，真誘人求仕之上策。梁法，郡縣有武吏有書童，唐有帳內官妓，即女侍史之遺意。「門子」即書僮，帳內之遺意，則群吏其求一美點之少艾，用以餂官者也。

「騎牛勝騎馬」固矣，老嫗騎牛吹笛圖，或題為西涯相業，則騎馬似騎牛，固亦有法。郭震詩：「卻笑野田禾與黍，不聞絃管過青春」，意謂花不如稻。似此「笑插」「風醉」，何妨並妙。觀樂天朱陳「村」詩，真畫「村」居之樂。坡詠朱陳村，有「不將門戶賈崔盧」句，則孩「童」又何羨于王謝乎。

「蚕妾畏桑萎，扳高腕欲疲，看金怯舉意，求心自可知」。「便秋胡怎認他」，好在便認二字。「粉色全無飢色加，豈知人世有繁華，已聞鄉里催織作，去與何人身上著」？「金繡羅衫軟稱身，明日從頭一遍新，若教解愛繁華事，凍殺黃金屋裡人」。雖曰「葉葉羅衫」秪供錦姝繡妾，亦殊不平。惟吟「蓬門未識綺羅香」「豔骨已成蘭射土」之句，即「館陶園外雨初晴，繡轂香車入鳳城，八尺家僮三尺笠，何知高祖要蒼生」者，亦不足深羨矣。

一部「插花」書，故借此折點出題字。山谷句「貧家春到也騷騷」，不論寬鄉狹鄉，一床半床，皆令「笑插花」而「醉流霞」，豈非好色與百姓同之？採桑人之逞「俊」，僅賴此矣。

槍乃茶之始芽者。揀「茶」詞云：「看雲鬟影動，幽意引奇芬初洩」，實屬妙句。「貧女銀釵惜于玉，失卻尋來數日哭」，乃知田家春，不入五侯宅。惟瓊州采香者，錦帕金環，差為富麗耳。然玉茗嘗有「嫩粧宜面出村家」之句矣，似此即景直寫，亦是竹枝遺調。或云「花胡不向金谷開，卻弄春光向茅屋，並無高燭照紅粧，但有短垣遮粉肉」，或云「棘籬茅屋藏花裡，也有秋千出短墻，旋開小塢藏春色，更製新聲寫土風」。元人曲：「一個庄家，萬福道勝常時」。遇「俊煞」者，何嘗不興野色浩無主之嘆。

後漢餘姚黃昌為陳相，縣人彭氏舊豪縱，高樓臨道，昌每出行縣，彭氏婦人輒升樓而觀。昌不喜，遂敕收付獄案殺之。豈嫌其不俊耶？抑昌之不俊也？但與「笑插花」，使「醉流霞」，固勝于殺。

「黃堂春遊韻瀟洒」，亦非浪贊杜公，乃玉茗自評此折之曲白也。「花酒藏風雅」，言藏著風騷之意，卻又字字典雅，使人不覺。即批者所謂一部插花書，故借此折點出題字。不論寬鄉狹鄉，皆令笑插花而醉流霞也。但聞好色之人，死為旱魃，恐于農家不利。「閭閻繚繞接山巔」，畫出此鄉。

# 第九齣　肅苑

【一江風】（貼上）小春香，一種在人奴上，畫閣裡從嬌養。侍娘行，弄粉調朱，貼翠拈花，慣向粧臺傍。陪他理繡床，陪他燒夜香。小苗條喫的是夫人杖。

「花面丫頭十三四，春來綽約省人事。終須等著個助情花，處處相隨步步覷。」俺春香日夜跟隨小姐。看他名為國色，實守家聲。嫩臉嬌羞，老成尊重。只因老爺延師教授，讀❶《毛詩》第一章：「窈窕淑女，君子好逑。」悄然廢書而嘆曰：「聖人之情，盡見于此矣。今古同懷，豈不然乎？」春香因而進言：「小姐讀書困悶，怎生消遣則個？」小姐一會沉吟，逡巡而起。便問道：「春香，你教我怎生消遣那？」俺便應道：「小姐，也沒個甚法兒，後花園走走罷。」小姐說：「死丫頭，老爺聞知怎好？」春香應說：「老爺下鄉，有幾日了。」小姐低徊❷不語者久之，方纔取過曆書選看，說明日不佳，後日欠好，除大後日，是個小遊神吉期。預喚花郎，掃清花逕❸。我一時應了，則怕老夫人知道。卻也由他。且自叫那小花郎分付去。呀，迴廊那廂，陳師父來了。正是：「年光到處皆堪賞，說與癡翁總不知。」

【前腔】（末上）老書堂，暫借扶風帳。日煖鉤簾蕩。呀，那迴廊，小立雙鬟，似語無言，近看如何相？是春香，問你恩官在那廂？夫人在那廂？女書生怎不把書來上？

（貼）原來是陳師父。俺小姐這幾日沒工夫上書。（末）為甚？（貼）聽呵，

【前腔】甚年光！忒煞通明相，所事關情況。（末）有甚麼情得❹？（貼）老師父還不知，老爺怪你呵❺。（末）何事？（貼）說你講《毛詩》，毛的忒精了。俺❻小姐呵，為詩章，講動情腸。（末）則講了個「關關雎鳩」。（貼）故此了。小姐說，關了的雎鳩，尚然有洲渚之興，可以人而不如鳥乎！書要埋頭，那景致則擡頭望。如今分付，明後日遊後花園。（末）為甚去遊？（貼）他平白地為春傷。因春去的忙，後花園要把春愁漾。

（末）一發不該了。

【前腔】論娘行，出入人觀望，步起須屏障。春香，你師父靠天也六十來歲，從不曉得傷個春，從不曾遊個花園。（貼）為甚？（末）你不知。聖人千言萬語，則要「收其放心」。❼但如常，著甚春傷？要甚春遊？你放春歸，怎把心兒放？小姐既不上書，我且告歸幾日。春香呵，你尋常到講堂，時常向瑣窗，怕燕泥香點涴在琴書上。我去了。「繡戶女郎閒鬥草，下帷老子不窺園。」（下）（貼弔場）且喜陳師父去了。叫花郎在麼？（叫介）花郎！

【普賢歌】（丑扮小花郎醉上）一生花裏小隨衙，偷去街頭學賣花。令史們將我　，祗候們將我搭，狠燒刀、險把我嫩盤腸生灌殺。

（見介）春姐在此。（貼）好打。私出衙前騙酒，這幾日菜也不送。（丑）有菜夫。（貼）水也不挑❽。（丑）有水夫。（貼）花也不送。（丑）每早送花，夫人一分，小姐一分。（貼）還有一分哩？（丑）這該打。（貼）你叫什麼名字？（丑）花郎。（貼）你把花郎的意思，謅❾個曲兒俺聽，謅的好，饒打。（丑）使得。

【梨花兒】小花郎看盡了花成浪，則春姐花沁的水洸浪。和你這日高頭偷眼眼，嗏，好花枝乾鼈了作麼朗！

（貼）待俺還你也哥。

【前腔】小花郎做盡花兒浪，小郎當夾細的大當郎？（丑）哎喲，（貼）俺待到老爺回時說一浪，（採❿丑髮介）嗏，敢幾個小榔頭把你分的朗。

（丑倒介）罷了，姐姐為甚事光降小園？（貼）小姐大後日來瞧花園，好些掃除花逕。（丑）知道了。

東郊風物正薰馨，崔日用　應喜家山接女星。陳陶
莫遣兒童觸紅粉，韋應物　便教鶯語太丁寧。杜甫

【校記】

❶徐本此處為「讀到」。❷徐本作「回」。❸徐本作「徑」。全集本作「逕」。❹徐本作「況」。❺徐本作「哩」。❻徐本無「俺」字。全集本有「俺」字。❼徐本此句為「你不知。孟夫子說的好，聖人千言萬語，則要人收其放心。」全集本作「你不知。孟夫子說得好：聖人千言萬語，則要人收其放心。」❽徐本作「梘」。❾徐本作「搊」。❿徐本作「采」。全集本作「揪」。

## 第九齣〈肅苑〉批語

「翠」喻豪，「繡」字同，俱喻女根。「香」喻男根，「杖」字同，「夫人」夫字讀斷，猶為夫之人。「花面」喻女根，「丫頭」喻男根，雖「老成尊重」者，亦「嬌臉嬌羞」，真是女根妙贊。「風帳」喻女根，「暖勾」喻男根，「簾」並喻豪，「雙鬟」同意。「近看」猶〈勸農〉折待我一觀意，一部書所由來。「恩官」二字嘲女道，「夫人」註過，「通明」喻女根，「甚年」喻年長方該如此。「書」喻女根形，「景致」即穠華意，「埋頭抬頭」俱喻男根，「平白地」又喻女根，「去的忙」喻男事，「後花園」喻後庭，妙絕。「出入」同意。「心兒」易知，「瑣窗」亦然，「繡草」俱喻臍豪，「老子」喻男根，「下帷」行事，則不見通明相也。以男學女，曰「學賣花」。其「燒刀」喻精，「酒」字同，「大當」喻男根，「小榔頭」同。「星」喻男挺末，「兒童」意同。「通明相」三字喻女根，尤盡其妙。

「父母家貧留不得，君王恩重死難忘」，仕客漁利，多為豢僮媵而然。元詩「朱門細婢金條脫」，「一種在人奴上」也；「花到朱門分外紅」，「畫閣裡從嬌養」也。王金壇「瓊枝何必問根芽」，「嬌養在人奴上」也。又「見人佯不隱紅鞋」，又「感卿覺我欲來前，特地兜鞋碧檻邊」，此種尤甚。又「意外逢歡笑臉圓，半羞半喜依依處」，亦善寫此「一種」。又「抽來書傳情都淺，鏡側閒看婢掃眉」，寫得他雖「侍娘行弄粉調朱」，別自含情畜思，與「貧家燈昏，鏡暗粧無樣」心緒迥別。又「可能髻擺釵梁後，還向迷藏舊處行」，不知代人「貼翠拈花」時，殊有髻安釵梁之望？又「小玉添香瑟瑟衾，此味近來同嚼蠟」，若只「陪他理繡床」，益覺難乎為情也。

俞南史：「蘭房春暖調鸚鵡，簾外百花香映戶，花面丫鬟當十五，主人驕『養』正相依」。暮雨朝雲總不辭「薔薇帶刺扳應懶，菡萏生泥玩亦難，爭及此花簷戶下，任人採弄儘人看。」王金壇：「花落春暄日影移，侍兒出幔罷矜持，燈前側立渾難定，細唾柔嘶慢視時」，皆因其慣向「粧台傍」耳。

宋王銍《侍兒小名錄》有日春「條」。姜白石〈詠情〉：「娉娉嫋嫋，恰近十三餘。春未透，花枝瘦，尋芳載酒，肯落誰人後」，最得「小苗條」之趣。教向旁邊自在開，顧不美耶？若次回「津頭狂暴毀粧風」，則「夫人杖」之說也。武進董文友：「閒伴夫人同鬥草，沉思未敢摘宜男。」顧俠君〈詠荔支〉：「侍兒爭奪還相笑，尤物原來盡側生」，一怕「吃杖」，一不怕「吃杖」。

忽憶《唐書》，「張守珪欲斬之，見其偉皙，乃釋之。」珪醜其肥，由是不敢飽，晚益肥，腹緩及膝，奮兩肩自若輓牽者，乃能行。太真何故欲之，豈欲玩其偉皙耶？山被戮時，年已五十，子凡十一，妃尚何愛焉？因念婦人中亦有腰大如許者。元曲云：「似這般胖呵，便烏龍白虎青獅豹，也被你壓折腰」，亦殊難服事矣。

王次回愛族婢阿姚甚，後卒娶之，詩云：「拾翠南湘有二姚，風情天付眼眉腰，合德可須分月彩，玉環那更惜風飄」。又：「芳姿舊喜擎團扇，合德何勞帶異香」，則腰身雖好，已不「苗條」。

「休教翡翠隨雞走，學綰雙鬟年紀小，見時行待惡恰伊，心只嬌痴空解笑」，是未「省人事」者。「一日三摩挲，劇于十五女」，只摩挲未曾開半點么荷耳，乃未摩挲已省么荷是摩挲物，奇甚。

真臘、女真皆十歲嫁，朝雲十二事坡公，有這些個千生萬生，只在尋一首好詩，要書裙帶，及「傷心一念償前債，彈指三生斷後緣」句。《南史》張麗華十歲，後主幸之，遂有孕，置淫祠宮中，後主置之膝上決事，一一能記。肯薦諸宮女，後宮德之，何況已十三四。

「溫熱低心軟性，今番情定」，是解事主人語。「終須等著個」，個字讀斷，謂等著個解事家主也。「助情花」連下「處處相隨」四字，讀「助情花處處相隨」，則個人「步步覷」也。助情花真乃梅香妙號，即天公開花之花。文友詠新來稚妾：「暗欲窺人趁月遊，忽驚語笑卻回頭，原來姊妹偏相惹，說起兒郎滿面羞」。春香顧欲作「助情花」耶？王次回：「情深豈怨橫陳晚」，是春香「終須等著」。又「侍兒挑逵語含嘲」，正是喜作助情花者。又「誰云婢價輸奴價，自認柔鄉作婿鄉」，亦等得大有主意。又「並床難耐半宵閒」，故不如遣作「助情花」也。毛大可〈采蓮詩〉：「分房故覺花心苦」，若令作「助情花」，則兩俱不苦也。又「愛閒不蓄雙鬟婢」，止嫌其處處相隨，不覷即不悅耳。

專等小姐有姐夫，「處處相隨步步覷」，此其情中意中六字所由來。「日夜跟隨」，蓋不待橫陳，情已深矣。沈憲副長女宛君初婢名隨春，晚婢名尋春，獨得此解。

齊陸大姬取媚百端，纔能三問方下床答。武后詭變不窮，太宗賜號武媚。上官昭容性韶警，楊妃智算警穎，迎意輒悟，婉孌萬態，以中上意。肅宗張后慧中而辨。徒為花娘而全無意智者，皆非「助情」物也。

郭妃淑麗獨孤姝艷，是「嬌臉嬌羞」。浮生若寄，惟德可論。艷女皆妒色，靜女獨檢蹤。懿德好書添女，誠「素容堪畫上銀屏」，是「老成尊重」。

安樂公主姝秀敏辨，及嫁，光艷動天下。嘗作詔御前，請帝署可，帝笑從之。請為皇太女，魏元忠諫，主曰：「山東木強何所知」。再嫁日被翠服出，向帝再拜，南面拜公卿，公卿皆伏地稽首。前夫武崇訓，子方數歲，拜國公。趙履溫諂事主，褫朝服以項輓車，所謂嬌臉不羞，因不「老成」，失其「尊重」也。

「聖人之情，盡見此矣，今古同懷，豈不然乎」，竟言聖人亦是匿情飾貌，賢文益發錯會聖意。「今古同懷」，所謂口可折而使易詞，心不可折而使易欲。「豈不然乎」，猶言賢文皆以為不然，豈不然乎？

好花枝莫教虛過眼，「年光到處皆堪賞」，即無涯浪士之說。「說與痴翁總不知」，自註出不解此書之妙者，皆「痴翁」耳。

「天地如文人，菁華不可刊」，是「甚年光」。宋人詞：「重門深院晝羅衣，要此兒晴日照，暖風吹」。又云「秋使神明爽，春將笑語和」，讀「忒煞通明」一句，益覺「黑雲噴雨凍難消」，及「輕暖輕寒相鑱，剁作不雨不晴情緒。」天布重陰，渾似要「花如薄命不逢辰」之可恨矣。

「相」字出內典。「春情不可狀，艷艷令人醉」，全以其「通明」。且「通明相」三字大妙，如日下脂、玉生煙，其相皆以通明而妙也。「所事」即此通明相之事，故曰春光能自媚云。

嵇宗孟：「殘臘卸年華」，翻譜「通明」猶陽焰。「甚年光、所事關」云云，猶云人之明相亦如此春，春之通明，更助人相。然則值此艷陽之天，作此艷陽之人，可不大為艷陽之事乎？「情腸」即通明陽艷之腸，「詩篇」亦通明陽艷之意，「景致」以可抬望相勝，男事亦以「抬望」故樂也。然則好色而于夜衾者，真不知通明相三字之妙，豈極有情腸者哉！艷陽之年，若不「忙去」，猶可稍緩「關情」，姑遲「抬望」。無奈其「忙」如此，雖時得「抬望」，猶要傷情，況不得「抬望」者乎。唐明皇驪山宮萬戶千門，內外命婦，熠燿景從，浴日餘波，賜以湯沐，春風靈液，澹蕩其間，景從如此之多，決不能逐人遲浴可知矣。迄今想之，真千古以來第一「通明情況」，有「景致」事也。

契丹一切禮，必帝后同拜日，以一切承日光成立，而夫婦實始造端，漸至享此富貴，不知無明正由此日與夫婦也。「光」者，氣之靈也。人曰：「賴三光以生以成以長」，而忘其所以然，猶魚曰藉水以生以成以長，而忘其所以然也。無色界之妙，正以其不「通明相」耳。使亦「通明」，如此照耀，得男女色身種種分明，亦要「關情況」矣。

文友：「起看雜樹已花交，不禁蓮瓣一輕敲」，寫「關情況」意深微刻酷。

坡：「小兒得『詩』如得蜜，蜜中有藥治百疾」。姜白石贈友侍兒讀書：「誰教郎主能多事，乞與冥冥萬古愁」，使非「講動情腸」之詩書，恐不至此。

「情腸」二字妙，此是用情之具，助色之丹，色情兼此，故更難壞。元稹十五擢明經，累拾遺，言「古者太子目不閱淫艷，以人之情，莫不耀所能，黨所近。苟得志，必快其所蘊，故使素習道德也。」條上十事，二出宮女，三嫁宗女，然其詩，妃主皆誦之，宮中呼為元才子。或以奏御，帝大悅，問「稹今安在？」「耀所能」三字妙絕，即玩花柳女郎能之能。麗娘睡情誰見，亦只苦苦要耀所能耳。杜牧言「近有元白創格，吾若在位必誅之，纖艷不逞，非雅人莊士所為，流傳人間，子父母女交口教授，淫言媟語，入人肌骨」，亦以其「講動情腸」耳。然牧在吳興，令太守為水嬉，致其婦女而觀之，豈是無「情腸」者？而矯語如此。若李公為為齊散騎常侍，武成每令說外間世事可笑樂者，皇后或亦見之。高澄時陽休之弟綝之，作六言歌，淫蕩而拙，寫而賣之，在市不絕。魏收族弟澹，仕隋，太子勇深禮之，令撰《笑苑》，則煬帝在晉陽宮，徵集淫媼，朝夕共肆醜言，深問婦女，責以慢對之類耳。

「春恩不禁花聳尖，煖風十里麗人天」，是「景致」之處。袁中郎：「澹紅香白一群群，春色染山還染水」。

坡：「眸子漲春妍」，則「抬頭」俯首一一盪胸矣。

于鱗「朱顏驕自持」，繼之以「燕婉當及時」，實「平白地為春傷」神解。蓋富貴之人，以欲驕故，則無不自持者。而念及「當及時」三字，又必忽然傷情。

黃逋「春果欲歸何井邑，花如不謝或蓬萊」，陳子龍「雨外黃昏花外曉，催得流年有限何時了」，殊盡「春去的忙」之意。即「留取穠紅伴醉吟」，亦不可得，況其他乎。

「輕風入裙春可遊」，是玉茗「漾」字之解。

李于鱗詩：「炎天五六月，挈枕逐陰涼，絺服不掩體，喚女及寒漿」。朱夏之時，青春雖去，猶有「通明相」可喜耳。「心如欲火畏紅榴」，亦「甚年忒煞」意。

五代時人物華艷，風俗侈靡，足為文人之祟，正因其「相通明」然。《唐書》靺鞨居最北，武后封為震國王，交突厥，地方五千里，盡得扶餘、沃阻、弁韓、朝鮮、海北諸國，數遣諸生詣太學，習識古今制度。《明史》天方古靺鞨，乃西海盡處，萬曆中使至，請遊中國。四時皆春，田稻沃饒，士女偉麗。嘿得那地接天方回回祖國，田園市肆，大類江淮，方為「忒煞通明」。若我土四時不能皆春，士女不盡偉麗，其「通明」未為「忒煞」也。

「當時近前宰相嗔」，是「娘行出入人觀望」。想女根藏于衣內，而人即于其外，必欲觀之，正以那「景致關情況」耳。最奇是用涓人，世有覷其女婦者，必加罵詈，將以其有淫具乎？則形勢所格，無能為也。將怒其心目行淫乎？則長秋、長信，豈可使椓奴在前？有閹詩云：「露點能多少，聊謀眼裡歡，穠華常在目，形腐卻心甘」，當盡用石女為是。

物一而觀物者自殊，「但」看得「如常」，便可以為聖賢，為節烈，然無奈聰明人便以為村人痴狗也。

世間除最良輩，決非飲食名位所能收拾，欲不遊春不傷春，除為空王弟子耳。蓋儒教明明說造端乎夫婦，而又欲人不好色，夫亦安能作糜骸腐胔觀，當不能。而「求放心」三字，能乎？

鴨一雌必數雄乃生雛，獨有鴿雌乘雄，龜腸屬于頭，兔一尻有九孔。羿獲一兔，大如驢，無筋，曰豚。豚，腯也。日本最尚男寵，真臘多二形人，新羅國擇貴人子弟之美者，傅粉粧飾之，名「步郎」，國人皆爭事之。晉太康之末，士夫莫不尚之，天下相倣傚。宋東都盛時，少年賴此以圖衣食。尚門第，重姿容，互稱伉儷，鮮以為恥，父兄不罪，國人莫非，是晉人痴絕事。陶穀云：「四方指南海為煙月作坊，言風俗羞貧不羞淫，今京師鬻色戶將及萬計，至于男子，舉體自貸，進退恬然，遽成蜂窠巷陌，又不止煙月作坊也。」楊慎：「今士夫稟心房之精，從婉孌之習」，心有同然，法為無用。

女人名花娘，男人之兼有女樂者，名「花郎」，一定不可易矣。搊出花郎，以對春香蕊女，一部花書，并用花郎，妙甚。「花郎」，無花而有花者也。駱丞所謂男有女好，蓋竅皆樂滑，姑于宦官用石女，遂群養子，以樂其竅，謂使人竭其精氣于我，為妙觀察善思惟云。元曲「我為『令史』只圖醉，還要他人老婆睡」，甚矣，其玩法也。

張宗之云：「天下便宜，無有如使人竭其精氣于我者，蓋以有限納無窮也。」外聞顧友之以有限供無窮，識趣獨讓某輩耳。「燒刀生灌」喻弄茜春者尤確。又男子之精少如膏雨，壯如露雱，老大如霜雪，使紅顏萎黃凋謝耳。惟雄男幼女，則又有「燒刀」之譬，然欲睹狀聞音以意飽適，幼女必得雄男，雄男必得幼女，方盡人道之趣。

此「花」之為人間第一花，以是「水沁」之花。此水之為妙香水，以是「沁花」之水。所謂合之則動人情，離之則滅物趣者也。只「花沁的水洸浪」六字，將天下「春姐」表裡畫出。而其使人悅目快心，興不能遏處，亦無不盡，非才子乎？幼婦養血，故彼家必時用婦陰浸養，否則陽反孤敗，惟老婦如枯枝吸水，彼益我損，不宜相近。

「浪」，濫淫也。北語「哴」與浪同，「日高頭」仍用通明相義諦。

程村：「豆蔻花中春已老，斷腸多少」。不得外「水灌」溉，徒令內水瀝枯，自然憔悴「乾癟」。「待俺還你也哥」，此一還，真天造地設，斷不可少。

「小花郎做盡花兒浪」，言其深相賞味，淫態有甚于女者，不止謔此一僮也。又大小腸主津液，竅得歡皆有水，是「花兒浪」。進表魏文者云：「伏惟聖體，兼愛好奇。」嘗謂人之異于畜者，正以人知賞色畜不知，人知賞音畜又不知，人知小郎可當花畜更不知，人知做花兒浪心灌小花郎更好，弄小郎當與夾大檔郎俱妙，畜益不知。推之老富媼多吸幼男，長門法女為男淫，對食家使狐狸舌，皆然。陳留邊讓忽曹操被殺，蔡邕稱其初涉諸經章句，不能逮其意。〈章華賦〉云：「展中情之燕婉，盡生人之秘玩，爾乃妍媚遽進，巧弄相加，雖復柳惠，能不咨嗟」。夫生人秘玩，全在巧弄，必一男一女，又年相若者，讓輩則然耳。

「小郎檔夾細了大檔郎」，妙語。李白「十四為君婦，羞顏未嘗開。低頭向暗壁，千喚不一回。十五始展眉，願同塵與灰」，亦此意。

「說一浪」，猶說一串。「分的朗」，即好一會分明美滿不可言也。

# 第十齣　驚夢

【遶地遊】（旦上）夢回鶯轉，亂煞年光遍。人立小庭深院。（貼）炷盡沉煙，拋殘繡線，恁今春關情似去年？

〈烏夜啼〉「（旦）曉來望斷梅關，宿粧殘。（貼）你側著宜春髻子恰憑闌。（旦）剪不斷，理還亂，悶無端。（貼）已分付催花鶯燕借春看。」（旦）春香，可曾叫人掃除花逕❶？（貼）分付了。（旦）取鏡臺衣服來。（貼取鏡臺衣服上）「雲髻罷梳還對鏡，羅衣欲換更添香。」鏡臺衣服在此。

【步步嬌】（旦）裊晴絲吹來閒庭院，搖漾春如線。停半晌、整花鈿。沒揣菱花，偷人半面，迤逗的彩雲偏。（行介）步香閨怎便把全身現！

（貼）今日穿插的好。

【醉扶歸】（旦）你道翠生生出落的裙衫兒茜，豔晶晶花簪八寶填，可知我常一生兒愛好是天然。恰三春好處無人見。不隄❷防沉魚落雁鳥驚諠❸，則怕的羞花閉月花愁顫。

（貼）早茶時了，請行。（行介）你看：「畫廊金粉半零星，池館蒼苔一片青。踏草怕泥新繡襪，惜花疼煞小金鈴。」（旦）不到園林，怎知春色如許！

【皂羅袍】原來姹紫嫣紅開遍，似這般都付與斷井頹垣。良辰美景奈何天，賞心樂事誰家院！恁般景致，我老爺和奶奶再不提起。（合）朝飛暮卷❹，雲霞翠軒；雨絲風片，煙波畫船——錦屏人忒看的這韶光賤！

（貼）是花都放了，那牡丹還早。

【好姐姐】（旦）遍青山啼紅了杜鵑，荼䕷❺外煙絲醉軟。春香呵，牡丹雖好，他春歸怎占的先！（貼）成對兒鶯燕呵。（合）閒凝眄，生生燕語明如剪，嚦嚦鶯歌溜的圓。

（旦）去罷。（貼）這園子委是觀之不足也。（旦）提他怎的！（行介）

【隔尾】觀之不足由他繾，便賞遍了十二亭臺是惘然。到不如興盡回家閒過遣。

（作到介）（貼）「開我西閣門，展我東閣床。瓶插映山紫，鑪添沉水香。」小姐，你歇息片時，俺瞧老夫人去也。（下）（旦嘆介）「默地遊春轉，小試宜春面。」春呵，得和你兩留連，春去如何遣？咳，恁般天氣，好困人也。春香那里？（作左右瞧介）（又低首沉吟介）天呵，春色惱人，信有之乎！常觀詩詞樂府，古之女子，因春感情，遇秋成恨，誠不謬矣。吾今年已二八，未逢折桂之夫；忽慕春情，怎得蟾宮之客？❻（長嘆介）生於宦族❼，長在名門。年已及笄，不得早成佳配，誠為虛度青春，光陰如過隙耳。（淚介）可惜妾身顏色如花，豈料命如一葉乎！

【山坡羊】沒亂裏春情難遣，驀地裡懷人幽怨。則為俺生小嬋娟，揀名門一例裡神仙眷❽。甚良緣，把青春拋的遠！俺的睡情誰見？則索因循靦腆。想幽夢誰邊，和春光暗流轉？遷延，這衷懷那處言！淹煎，潑殘生，除問天！

身子困乏了，且自隱几而眠。（睡介）（夢生介）（生持柳枝上）「鶯逢日煖歌聲滑，人遇風情笑口開。一徑落花隨水入，今朝阮肇到天臺。」小生順路兒跟著杜小姐回來，怎生不見？（回看介）呀，小姐，小姐！（旦作驚起介）（相見介）（生）小生那一處不尋訪小姐來，卻在這里！（旦作斜視不語介）（生）恰好花園內，折取垂柳半枝。姐姐，你既淹通書史，可作詩以賞此柳枝乎？（旦作驚喜，欲言又止介）（背云❾）這生素昧平生，何因到此？（生笑介）小姐，咱愛殺你哩！

【山桃紅】則為你如花美眷，似水流年，是答兒閒尋遍。在幽閨自憐。小姐，和你那答兒講話去。（旦作含笑不行）（生作牽衣介）（旦低問）秀才❿，那邊去？（生）轉過這芍藥欄前，緊靠著湖山石邊。（旦低問）秀才，去怎的？（生低答）和你把領扣鬆，衣帶寬，袖梢兒搵著牙兒苫也，則待你忍耐溫存一餉⓫眠。（旦作羞）（生前抱）（旦推介）（合）是那處曾相見，相看儼然，早難道這好處相逢無一言？

（生強抱旦下）（末扮花神束髮冠，紅衣插花上）「催花御史惜花天，檢點春工又一年。蘸客傷心紅雨下，勾人懸夢綵雲邊。」吾乃掌管南安府後花園花神是也。因杜知府小姐麗娘，與柳夢梅秀才，後日有姻緣之分。杜小姐遊春感傷，致使柳秀才入夢。咱花神專掌惜玉憐香，竟來保護他，要他雲雨十分歡幸也。

【鮑老催】單則是混陽蒸變，看他似蟲兒般蠢動把風情搧。一般兒嬌凝翠綻魂兒顫。這是景上緣，想內成，因中見。呀，淫邪展汙了花臺殿。咱待拈片落花兒驚醒他。（向鬼門丟花介）他夢酣春透了怎留連？拈花閃碎的紅如片。

秀才纔到的半夢兒，夢畢之時，好送杜小姐仍歸香閣。吾神去也。（下）

【山桃紅】（生、旦攜手上）這一霎天留人便，草藉花眠。小姐可好？（旦低頭介）（生）則把雲鬟點，紅鬆翠偏。小姐休忘了呵，見了你緊相偎，慢廝連，恨不得肉兒般團成片也，逗的個日下胭脂雨上鮮。（旦）秀才，你可去呵？（合前）⑫

（生）姐姐，你身子乏了，將息，將息。（送旦依前作睡介⑬輕拍旦介）姐姐，俺去了。（作回顧介）姐姐，你好⑭十分將息，我再來瞧你那。「行來春色三分雨，睡去巫山一片雲。」（下）（旦作驚醒，低叫介）秀才，秀才，你去了也？（又睡介⑮）（老旦上）「夫婿坐黃堂，嬌娃立繡窗。怪他裙衩上，花鳥繡雙雙。」孩兒，孩兒，你為甚瞌睡在此？（旦作醒，叫秀才介）咳也。（老旦）孩兒怎的來？（旦作驚起介）奶奶到此！（老旦）我兒，何不做些鍼指，或觀玩書史，舒展情懷？因何晝寢于此？（旦）兒⑯適花園中閒玩，忽值春暄惱人，故此回房。無可消遣，不覺困倦少息。有失迎接，望母親恕兒之罪。（老旦）孩兒，這後花園中冷靜，少去閒行。（旦）領母親嚴命。（老旦）孩兒，學堂看書去。（旦）先生不在，且自消停。（老嘆介）女孩家⑰長成，自有許多情態，且自由他。正是：「宛轉隨兒女，辛勤做老娘。」（下）（旦長嘆介）（看老下介⑱）哎也，天那，今日杜麗娘有些僥倖也。偶到園中，百花開遍，睹景傷情。沒興而回，晝眠香閣。忽見一生，年可弱冠，丰姿俊妍。于園內折垂柳一枝⑲，笑對奴家說：「姐姐既淹通書史，何不將柳枝題賞一篇？」那時待要應他一聲，心中自忖，素昧平生，不知名姓，何得輕與交言。正如此想間，只見那生向前說了幾句傷心話兒，將奴摟抱去牡丹亭畔，芍藥闌邊，共成雲雨之歡。兩情和合，真個是千般愛惜，萬種溫存。歡畢之時，又送我睡眠，幾聲「將息」。正待自送那生出門，忽值母親來到，喚醒將來。我一身冷汗，乃是南柯一夢。忙身參禮母親，又被母親絮了許多閒話。奴家口雖無言荅應，心內思想夢中之事，何曾放懷。行坐不寧，自覺如有所失。娘呵，你叫我學堂看書去，知他看那一種書消悶也（作掩淚介）

【綿搭絮】雨香雲片，纔到夢兒邊。無奈高堂，喚醒紗窗睡不便。潑新鮮冷汗粘煎，閃的俺心悠步嚲，意軟鬟偏。不爭多費盡神情，坐起誰忺？則待去眠。

（貼上）「晚粧銷粉印，春潤費香篝。」小姐，熏了被窩睡罷。

【尾聲】（旦）困春心遊賞倦，也不索香熏繡被眠。天呵，有心情那夢兒還去不遠。

春望逍遙出畫堂，張說　間梅遮柳不勝芳。羅隱
可知劉阮逢人處？許渾　牽引⑳東風一斷腸。韋莊

## 【校記】

❶徐本作「徑」。❷徐本作「提」。全集本作「隄」。❸徐本作「喧」。全集本作「諠」。❹徐本作「捲」。
❺徐本作「蘼」。❻徐本此處有「昔日韓夫人得遇于郎，張生偶遇崔氏，曾有題紅記、崔徽傳二書。此佳人才子，前以密約偷期，後皆得成秦晉。」一段。❼徐本此句為「吾生於宦族」。❽徐本此句為「揀名門一例、一例裏神仙眷」。❾徐本作「想」。全集本作「云」。❿徐本無「秀才」二字。⓫徐本作「昫」。

⓬徐本此句為「（合）是那處曾相見，相看儼然，早難道這好處相逢無一言。」全集本作「（合前）」。⓭徐本無「即」字。全集本作「介」。⓮徐本作「可」。⓯徐本此句為「又作癡睡介」。⓰徐本作「孩兒」。全集本作「兒」。⓱徐本無「家」字。全集本有「家」字。⓲徐本此句為「看老旦下介」。⓳徐本此句為「于園中折得垂柳一枝」。全集本作「于園中折得柳絲一枝」。⓴徐本作「回首」。

# 第十齣〈驚夢〉批語

「人立」則女根似「小庭深院」，喻意巧甚。又「人立」二字再喻男根。「沉煙」喻男根。「繡線」喻毫。「抛」喻相拍。「梅」喻挺末，方見「關」字之妙。「闌」喻女扉。「恰憑闌」喻毫僅至扉也。「剪不斷理還亂」俱指毫言。「悶無端」則喻女根合時。「鏡」喻女兩輔。「衣」喻女兩扉。「髻罷梳」是毫也。「裊晴絲」喻毫末著水時。「春如線」喻嫁孔。「花鈿」即花簪意。「停半晌」喻其艱澀。「沒揣」以手揣之則陷指也。「菱花」喻女根形。「半面」喻揣則分開。「彩雲」喻花頭。「拖逗的偏」喻男子側身行事。「全身」指女根言。「香閨」同言行步時香閨不得見全身，惟整花鈿之際則見之耳。「翠」仍喻毫。「裙衫」喻女根兩扉。「花簪」喻男根。「八寶」喻女根八字處乃如寶也。「八寶填」言以鈿簪填入八寶耳。「艷晶晶」三字喻男挺末極切。「沉魚」之魚狀男根。「鳥」同。「月」喻女根。「金粉」之金代筋，喻男莖垢。「畫廊」喻女兩扉。「池館」似池之館，喻女根甚妙。「蒼苔」喻毫。「襪」喻男根，猶靴頭綻兜意。「金鈴」之金代筋，喻腎子也。「頹垣」喻女兩扉。「斷井」斷為兩半，則形如井也。「美景」指女根耳。「誰家院」猶誰陰戶。「提起」亦是謔詞。「朝飛」之飛即「軒」字意，喻兩扉也。「翠」仍喻毫。「雲霞」喻花頭并邊欄之色，因既以麗名此物，遂欲極天下之麗語以寫之，竟可以成古典。「雨絲」喻露滴。「風片」喻邊闌拖動，不意至艷褻物，可著此奇麗清妙之句。「波」喻淫液。「畫船」喻女根形。「錦屏」以代緊瓶。「錦屏人」喻未肯狼籍之婦，作能使瓶緊之人解亦可。「韶光」喻男莖端，而句意妙絕矣。「青山」以喻毛際。「啼」喻淚滴。「杜鵑」花頭之當花門者。「煙絲」喻毫。「明如剪、溜的圓」將行事時女根形聲一並畫出。「纜」喻勾牽。十字之處分前後陰，故曰「十二亭臺」。「瓶插、爐添」易明。「宜春面」指女根言，方有味。「二八」喻女根形。「桂」喻男根。「折」猶扳倒意。「蟾」喻女根。「一葉」喻女根扉。「沒亂裡」喻男根在內時。「驀地」喻其奔撞。

「懷人」猶言囊，「青」仍喻豪。「拋的遠」喻男事。「睡」指女根形。「光」喻挺末即晶晶意。「煎」喻水如油，熱如火也。「那處言」謔絕巧絕。「天」喻深處。「几」喻兩髀側眠，則女根著髀也。既為肚麗作傳，自當現女根身而說法耳。「風」喻拖動。「笑口」喻女根也。「落花」喻其內物。「阮」代軟。肇代翹。「天台」喻高處。「那一處不尋」，妙。不論何地何人也。女老，則雖流，不能似水，故曰「似水流年」。芍「藥」喻花頭。「闌」喻兩扉。「湖」喻圓而蓄水。「石」喻交骨。又「湖石」是有洞者，故以喻之。「領」，喻廷孔端。「袖梢」喻兩扉下際。「相見相看」俱指二根。「無一言」更切矣。「蘸客」喻女根。「勾人」喻男根。「蟲兒般」嘲女根癢。「搧」喻兩扉。「風」喻癢則搧動也。「翠」仍喻豪。黑夜御內者曾不知「景上緣」三句之解，故與馬牛無異。「草藉花」喻女根并豪。「雲鬟」喻有鬟之雲，猶草藉花。「輕抬」亦指二根事後往往有此。「十分將息」言十字處已分開，須將息也。「黃堂」喻大孔，「繡窗」喻毛髓。「春喧」喻其熱性。「如有所失」刻酷切當。「雲片」諭女根并扉。「紗窗」喻同。「睡不便」即如有失，嘲譏甚矣。「步彈意軟」背著女根解之，方見意趣。「粉印」喻兩輔。「篝」籠也，又可代溝。「香熏」仍喻男根。「繡被」喻女根也。「柳」入花叢則看不見，故曰「遮」。惟于譬喻穢褻之處，仍舊別有至情至理，悉成綺語藻思，故為天仙化人之筆，若使他手效顰，則俗不可耐矣。

驚字，是寫柳生所謂蕩地「驚」天一俊才也，非徒「驚」。夫黃花女兒「夢」中嫁耳。又本張衡〈思玄賦〉「女子懷春，精魂回移」意。

「驚夢」驚字奇絕，尋夢尋字又更奇絕！解尋而「床上故書前世夢」，無限好夢皆可尋矣。

此齣，木人石腸，閱之心折；歌家學士，擊節同聲。而竟無一人，能名其感，均頑艷之故者。兒以四句括之曰：「花」雖一瓣香，幻結春情重，「夢」是意中影，總在痴田種。徒謂字字軟溫，著其氣息即醉；一片柔情痴想，出沒紙上，將人耳目性情，俱攝入溫柔香艷不得出，猶隔搔也。

暖天如「夢」，故第一字即用之，非真才子爭解及此！不但以零星斷「夢」挑一片整「夢」而已。

〈訓女〉折開口即是嬌鶯欲語，此折開口又是夢回鶯囀，以鶯即美人之化身也。鶯語不能譯則已，譯之必勸人及時賞色，勿辜天意，莫泥賢文也。「人間一夜啼『鶯』老，驚起仙人萼綠華」，則作「鶯囀夢回」解亦可。

「綠窗朱戶，只有春知處」，是「年光遍」。簾櫳開處，照眼動心，便是一片精魂，故曰「亂煞」。

劉禹錫：「長安白日照春空，發色流芳繡戶中」，是「亂煞年光遍」。岑參：「春風日日閉長門，搖蕩春心自夢魂」，是「人立小庭深院」。雲定興得其女太子勇妃明珠絡帷，貽宇文述，可謂悅目之至侈。若「小庭深院年光遍」時，雖明珠絡帷不與易。

石湖云：「此時天地皆忻合」，所以「關情」。俞君宣：「惺惺不似糊塗好，幾時春到，莫與儂知道」。春到而不知則已，知則豈能不關情耶！

「恁今春關情似去年」，補出去年已懂此事，遂將兒女孩心，寫作艷事。筆墨濃至獨見情來，例以「十四為君婦，十五始展眉」之說，則去年之「關情」，只是知癢不知痛之故。

「剪不斷理還亂悶無端」，心中先自有「絲」，故一舉目而即見晴絲，也謂之觸緒。「年來事事皆無緒，愁見游空百丈『絲』」，「落紅片片煩相繫，不使風吹作錦泥」，元美「春逐曉痕來」，正以此「絲」。「伯溫無計網春暉」，又覺此「絲」無用，要之吹開人不識，一一是心華。「裊晴絲」亦是天公示人以當有痴情之証。「裊」甚細也，「搖」則漸粗矣，「絲」甚纖也，「線」則漸巨矣。凡事皆由微至著，以至不可收拾。情芽一甲，爛熳穹壤，游「絲」只織恨綺愁羅，但見彌天壤情「絲」飛縱耳。故余最愛文同〈正女吟〉「人心如『絲』亂，妾心如珠圓」之句，以此圓珠即智珠也。

唐太宗「『絲』雨織空羅，橫『絲』正網天」。雍裕之：「游『絲』何所似，應最似春心，一向風前亂，千條不可尋」。陳子龍賦游「絲」：「人太無情君太戀，一番惆悵一番遲，春心不斷繞天涯」。卓人月：「情『絲』繡出春光，難道春光兩處不相當，怎閨中解使佳人怨，閫外難迴遊子腸。恰似時常在眼，忽念幾時相別，屈指堪傷，正是去年今日理行裝。」游「絲」伴汝飄香陌，倩舊燕招君入畫堂。則越娘一一嬌鶯似，生長游「絲」落絮中，惟恨游「絲」不絆東君住矣。

「停半晌整花鈿」比羨門「收寶鏡，炷沉煙，低頭繡纆」更妙！彼是粧罷而足有痛處，此是甫粧而面忽惹觀也。「停半晌」者，非惟面玉同釵玉，分得儂身作一雙，不覺驚愛之極。麗娘此時方將自化為男子，急急抱持鏡中人也。其年詞「圓冰半啟怯梳頭，最是碧澄澄地費凝眸。」又「菱花瑩，玉容清，分付一江紅淚點春冰。」麗娘之心纔，由于看花而慕色，根于照鏡。宜葉瓊章以「晚鏡偷窺眉曲曲」為犯淫矣。如曰色難，鏡中現有。天下大矣，豈無東方無閭，容若處子，人皆以為玉魄，堪配新婦者乎！

時人「鏡」詞：無語人知無語事，檀郎須記，要數佳人他第二。阮亭云：妙絕文心。我見佳「面」，輒欲「偷」之，無奈是物皆可「偷」，獨此不能，直欲將身作鏡耳。《雞肋集》：范覺民作相，年三十二，肥白如冠玉，日日覽鏡，號三照相公。「青娥不識中書令，將謂誰家美少年」，固是千古艷心之句，何況女子哉！

美人對鏡，名為看自，實是看他。袁中郎「皓腕生來白藕長，回身慢約青鸞尾，不道別人看斷腸，鏡前每自消魂死」，可與「沒揣菱花，偷人半面，拖逗的彩雲偏」三句相發。毛大可「徙倚玉抛撇，盼睞珠瑩煌」，亦得步而顧鏡之意。玉抛撇者，王趾立不定也。

「沒揣」猶云不意。讀「暫過宣和幾春色，龍章鳳刻，是如何兒女消得」之句，則沒揣無鹽驚破鏡者，亦復不少，豈容盡以孟光「非取鏡中容」為解乎！

「古來容光人所羨，頭為明鏡分嬌面」，此「偷半面」更得分字之意。

「彩雲」二字分開，彩，肉彩；雲，鬢雲也。「拖逗」二字，寫鏡光吸物，甚切。「逗」字貼彩。「拖」字貼雲，于明鏡中流照側面，故曰「彩雲偏」。接上「步香閨」一句，是既看側面，而復看正面也。

劉孝儀「回履裙香散」，劉孝威「揚履自開裙，艷彩裙邊出」，皆于「香閨」蓮「步」時時著眼者。卓特出以無匹，呈才好其莫當。總眾美于修嫮，「步」無遽而不莊，即王勃所云「偉貞芳之玉『步』也」。唐寅「行搴裳而履高墻」，而則于莊字稍減。

「怎便把全身現」，猶言此僅連衣看耳。若可受用身，全體呈露，更不知如何妙也。亦即睡情誰見。意猶言穿戴家居，人只好見吾面耳。若遍身形好，怎得相示也。楊芝田「掩映湘簾，斜顧湘裙幅」。聰明女婦自看時，未有不內視此處者，即怎便把全身現一句所由來。全身不美非真美，因知《國策》長姣美人四字下得狠好。麗娘之言，猶云：世間有幾個全身俱美如我之人也。美人不為知音現全身，即是至不滿志之事。「全身」之好，不出《大藏》總相別相。《般若經》「如來：足趺高滿與身相稱如來，肩項圓滿殊妙如來，膊腋悉皆充實如來，身相修廣端妍如來，齒相密而齊平白如珂雪如來，手足圓滿如意如來，筋脈盤結堅固深隱不現如來，兩踝俱隱不現如來，支節漸次圓妙如來，膝輪堅固圓滿如來，諸竅圓妙殊勝如來，諸相眾所樂觀殊無厭足如來。」顏容常少不老，勝鬘女人說大乘法。女相不改，即知悟是智變，非關相異。雖知來舉身相為順世間情，恐人生斷見，權且立虛名。有身非覺體，無相乃真形。然既有「身」，即欲其好之明証也。如來相海微塵數，大人相只是黃帝《素問》「脂者緊而滿，膏者澤而大」意。〈碩人〉詩亦然。但總以凝脂一句，未細寫下體耳。要知蝶扉脂鮮，非氣血凝膩者，亦不能。優陁廷王將諸宮人詣鬱陂陁，除卻男子，純與女人五樂自娛，裸形撲舞，牽挽戲笑。爾時五百仙人虛空經過，眼見色，耳聞聲，鼻嗅香，便失神足，如無翼鳥，墮彼林中，不待遍體捫循也。女人縛諸天，將入諸惡道，端在「現全身時」能觀察身諸處別相，是無始來身見所迷。橫陳如蠟，必非相海所載者。

金海陵「待細看嫦娥體態」，最是解人。體態者「全身」態也，非面上態也。人身不同，如其面，面態既無一似者，則體態亦無一同者。連衣看有妙處，裸身觀更有妙處也。體字從骨從豐，而態字從能從心。其心或羞或畏，或逞狂或獻媚，其能事必變幻萬端也。春香識稍淺，故先言「穿插」。然《國語》有云：「貌者，情之華，服者，心之文。」彼上車畏不妍，顧盼更斜，轉大恨。畫眉長，猶言顏色淺者，雖「穿插」亦不「好」，況燕姬倩粧巧笑便辟耶。陸凝云：「粧淡春濃不奈行」，則任禮恥任粧者，終有春光不上冷釵梁之嘆。和凝：「秦姝越艷入深宮，儉素皆持馬后風，盡道君王修聖德，爭師辭輦與當熊。」不若張籍「一叢高鬢綠雲光，宮樣衫兒淡淡黃，為看九天宮主貴，外邊爭學內家粧。」宋若昭姊妹鄙熏澤靚粧，不知縞衣綦中，亦聊可與娛耳。

《宋書》：元嘉以後，淫粧怪飾，變炫無窮，漢魏曾不能概其萬一。梁宗室蕭思話姪女為殷孝祖妻，以多悉婦人儀飾故事，入北魏為閹人張宗之婦。楊妃家蒲州，智算警穎，奇服秘玩，變化若神。太平公主嫗監千人，三國夫人入謁，侍姆百餘騎，靚粧盈里，不施帷障。阿史那社爾破龜茲還，唐太宗喜曰：朕嘗言之，戰無前敵，將帥樂也；土城竹馬，兒童樂也；飾珠翠羅紈，婦人樂也。其各處所造妃主衣服，皆過靡麗。四方尚高髻，宮中所化也，婦人之智，先視其粧也久矣。

「裙衫翠茜」，得近衣香魂已消。「艷填八寶」，艷粉芳脂映寶鈿。綃紈既妍媚，脂粉亦香新，是「生生出落的」。鸞鏡與花枝，此情誰得知？花枝消得受，儂插傍花鈿，是「艷晶晶花簪」。要皆玉茗之清文花麗，思泉寶飾耳。若「嚴粧纔罷怨春風，薄幸歸來只夢中，百花如繡照深閨，怊悵粧成君不見」，則不如不粧矣。

「愛」鳥獸金石非仁也，人皆有惻隱，而見鳥獸死必尤怜之。如艷婦人但無鼻，人皆醜之，故佛亦「好」相具備而加殊特。「愛好天然」，因己「好」故。論佛法固無好醜之相，然天公不生好者，則隨便相付俱可，既生好且極好，無所不極好者矣，而欲其忍而付之不好者，得不淚從枕上滴乎！有智略豪邁之色尤好，亦天使然。

「愛好」是人獸關。「愛好天然」則只要才貌能標致，不得復問其為誰。仙佛若不「好」，也不「愛」做他。經云：皆因痴愛發生此世界，以此愛根，而芽諸欲，由有諸欲，助發愛性。愛欲為因，愛命為果，眾生愛命，還因欲本。因自「好」，故欲他人「好」，又必欲「好」人見我「好」。人之貪生，只為愛形，使皆枯槁猿豕之形，亦棄之不惜。若諸天仙佛，有氣無形，無怪眾生之不願為。不知彼聚氣成形在天，趣者視之亦有覺。西士謂天神了無花色者，恐不然。西儒謂：不信天堂佛國者，如囚婦懷胎產子暗獄，只以大燭為日，小燭為月，以獄內人物為固然，則不覺獄中之苦。若其母語以日月之光輝，貴顯之妝飾，方始日夜圖脫其囹圄之窄穢，而出尋親戚朋友矣。不知婆娑之難脫，實以有「好」可愛，不可如是譬。試問如來相「好」，非即此相好乎？言不「好」者，如乍遇疾變，以甜為苦耳。情欲使非由「愛好」，則人面而獸情者，幾欲轉生為獸，恣無恥而無譏訶，亦以狀醜嗷汙，故畏輪迴耳。獸無靈心以辨「好」否，隨所感觸，任意速發，其所為是禮非禮，不但不得已，亦且不自知。

《四十二章經》曰：色之為欲，其大無外，賴有一矣。若使二同，普天之人無能為道者矣。由阿難惑於摩登伽之見，即愛如來相「好」之見，則此間教體莫良于耳，而莫賊于目。阮亭「鏡中各自照蛾眉」，言「好」處自喻，不必吾面如君面也。人不得食，顏色憔悴。智者能施，則為施色，其施色者世世端正，人見歡喜。臨鸞鏡粉容相並，試問誰端正，則有增上我慢之意。要以袁昂書評，如嬪嬙對鏡，端正自「然」為準。正以「好是天然」，方為真好。

「含笑問青銅，我堪對汝否？欲結百年歡，但恐逢輕薄。不有青銅鏡，何緣自識面？自識因自怜，含情相對盼」，是我生來好是「天然」，又「生來愛好天然」之註。蓋已將鏡中之人，作為匹偶觀矣。此方是盧仝所云：「白玉璞裡琢出相思心，黃金礦裡鑄出相思骨」也。吾故言，真好色者，即兩婦亦可對食。其必求男事者，終是欲念甚于色情。中郎云：顛之愛石，非愛石也，公愛公也。我之愛美人才子，非愛美人才子也，自愛自也。「回頭看年少，不減妾容輝」。「好」矣，是我之所「愛」矣。我烏知其是妾是年少耶！我亦見「好」，即愛耳。因欲他人之「愛」我之「好」，亦如彼之自「愛」其好焉。麗娘「愛好」，惟自身好故，欲以供養他，又欲以他好供養己，若自身不好，己且憎之，非如世間醜女，亦思美夫也。「愛好」之極，故怕老之極，又昔物不至今之感。

李白：「撫己忽自笑，沈吟為誰故？」以「餘人誰能顧明鏡，對影自相憐，為女莫逞容，騁容多自傷」合之，是「好處無人見」之解。人即懷而幽怨之，「人」非謂鹿豕等輩也。

花則艷艷，玉則英英，實惟「三春」則然。年華與粧面，共作一芳春，必屋裡新粧不讓花，乃為「三春好處」。花態繁于綺，閨情軟似綿，若憔悴容華怯對春，便減卻「三春好處」。日長無事可思量，其不思量「三春好處無人見」者寡矣。

「遙見疑花發，聞香知異春，道旁徒屬目，不見正橫陳」，人方恨不見其最「好處」，誰知彼亦恨「人不見」之。

一「我」字便大錯。經典所云：滯殼迷封作諸縛著也。夫人豈真痛哉！皆千萬劫認取為「我」之根，純熟親切不可思議業力。故「我」為痛因，痛即「我」果，既已執「好」為「我」，則欲以此「好我」作諸鄭重，至于不免呻吟啼哭。既已執「好」為「我」，則于彼其餘無量非我之「好」，生諸慕悅不可思議。

「笑開一面紅粉粧，東鄰幾樹桃『花』死」，是「羞花」名句。及見「香嚴粉紅，『花底』看人面」句，因想「鮮景染冰顏」與「爛紀深雪裡」同妙，則知花特紅多于白，而人特白勝于紅也。

鄭德璘妻韋氏「月鮮珠彩」是「閉月」名句。羞花兼紅而言，「閉月」蓋專主白。《法華·多寶品》：治故塔者生白身天，其身鮮白。羨門有「憶佳人難得，更名士風流，傾城顏色。候日衣輕，打疊受他怜惜。為雨為雲時候，非霧非花，蹤跡分明，似瓊樹交枝，瑤禽連翼。人間天上，往事依稀堪憶。前生是蓬山伴侶，玉清儔匹」。瓊樹瑤禽，皆言白也。

「沉魚落雁，羞花閉月」二句，須為分別。上句指男人「見」者，下句指女人「見」者，八字雖用熟，其實是絕頂才人之語，寫出美人之極致。「魚」竟魂消，雁欲下視，無情者「見」而有情也。「花」愁奪艷，「月」忽喪精，絕色者「見」而失色也。舊有「艷粉驚飛蝶」句，亦佳。

唐詩「鴉黃粉白車中出，含嬌含態情非一，歲歲年年恣遊宴，出門滿路光輝遍」，則雖裙簡釵梁自一軍，恐未能遽驚「雁魚」，況于壓倒「花月」耶！

暄淑妍華，物本同類，心目繁媚，合而適妙，故曰：暖風十里麗人天。

燒「林」繡野，芳景如屏，無「林」之園，其趣便減。

「春情不可狀，艷艷令人醉」，是「怎知如許」之神。蓋無意相遭，春光已到銷魂處矣。

春雨有五色，洒來花便成。「姹」字「嫣」字俱從女者：「紫」如女唇人掌之紫；「紅」如女頰鮮膚之紅，將比兒門，尤其妙絕。蕊女玉戶，其色嫣紅，及其長也，其色「姹紫」。造物于色不為無意。假如綠的藍的，決無人愛也。白玉無人自冷香，奈渠「姹紫嫣紅」之處何！

棠村「誰打疊春光成片」是「姹紫嫣紅開遍」，「可怜零碎春光」是「付與斷井頹垣」，「一枝紅是一枝空」即非「斷井頹垣」，已有開遍之感。「數枝花照數堆塵」，「付與斷井頹垣」，即長開不如不開也。

李白：「桃紅未吐時，好個春消息」，初春春事苦無多，春意最端的，春早不知春，晚又還無味。開遍已覺可惜，況「都付與井垣」乎！

「何物不為狼籍境，桃花和雨更霏霏，只解春來幻作花，不解花飛沒春路」，是「原來似這般都」之解。

倪雲林：「美人天遠無家別，逐客春深盡族行」，是「這般都付」。韋莊〈落花詩〉：「西子去時遺笑臉，謝娘行處落金鈿」，稍為「這般都付」解嘲。「吹來紅片，染一園朝雨，好留造葬美人香土」，語妙而情更痛。人之有死，造物亦視腐胔如落花耳。更造新者，較舊尤妍。然人特有知，則不勝其怖壞矣。意恐花亦有知，同此傷感。

「良辰美景奈何天」，猶言天生此美景，而文乃禁之。「賞心樂事誰家院」，殆專指此事為樂事耳。奈何天如言如此好天，而無樂事，真惟有嘆奈何也。「良辰美景」，天所為也，而「賞心樂事」惟「誰家院」得為之，我不能于誰家院為之。院即作院君解亦可。「天」不能順情盈欲，故曰「奈何天」。東坡作字留紙，待五百年後人作跋，玉茗亦不意留此兩句，至今日而竟得解人。「老爺奶奶再不提起」者，蛤蜊須與知味者道，彼固不知此「景」之可「賞」矣。

「韶光」專指幼子女，「錦屏人忒看的這韶光賤」是「黃金白璧人痴守」註解。遺山「芳苞一破不再合，對花不飲花應嗔」，羨門「豆蔻花中春已老，斷腸多少」，豪家以妓當花錦屏，猶云妓衣。「錦屏人」即誰家院中之人，則儘可以為樂事者，卻又因聚之多，得之易，侍姆嫗監動輒千人，粗疏過卻一生，未曾多方取「樂」，故曰：「忒看得這韶光賤」。若春采蘭英朝采菊，從來好色一騷「人」，不傍「錦屏」，所采能几？只如山谷所云：「貧家春到也騷騷」耳。樂天：「提攜社酒攜村妓，擅入朱門莫怪無」，殆君有而「賤」視之，不如我無而縱賞之也。又「錦屏」之為緊瓶，惟彭羨門〈情外詞〉「一曲後庭花，前身張麗華，懊惱錦屏空，胭脂滿地紅」，是解此者。

「二十便封侯，名居第一流，綠鬢深小『院』，那識有春愁。」歡場故尚穠縟，而幾家都尉幾通侯，錦簇花團喧笑語，終難語于「賞心」。天縱豪華剗鄙吝，春教妖艷毒豪奢，「樂事」有之，「心賞」此樂事則未必。

「因知海上神仙窟，只似人間富貴家，轂擊肩摩錦繡帷，錦地繡天春不散」，是「錦屏人」。「君莫笑荒亡，黃泉人笑汝，任道驕奢必敗亡，且將繁盛悅嬪嬙」，勸莫「看賤」。

惟張良辟穀，呂后德其諫易太子曰：「人生一世，如白駒過隙，何自苦如此。」是身為「錦屏人」而解「賞心樂事」于「誰家院奈何天」，而天不能奈何者。龔芝翁「閒倚錦屏腰，看鬢雲送懶，羅襪藏嬌」，又「朱袞畫幔緊圍定，夢憨心軟趁好春，安頓心情，莫遣少年空去。」，庶几不「賤韶光」。看「羅襪藏嬌」尤妙。作看其所藏，看其藏之解，俱得。

李白〈宮怨〉：「淫樂意何極，樓臺與天通。恩疏寵不及，桃李傷春風」。「閒客不須燒破眼，好花皆屬富家郎，而今莫與金錢鬥，買盡春風是此花」，不知「潛銷暗爍知何處，萬指豪家自不知」，富貴家多不御之妾，正合「錦屏」一句。如制律過于苛細，皆作「賤韶光」之輩。

石湖云：「以此有盡姿，玩彼無窮妍，受用能幾何，而復羞酒錢」，真乃說得明白，不但宮中養女為子孫謀他日上塚之計。百年薄命，刻刻秋風，一片閒心，時時春夢。有唐以降，率土之濱，家家香徑，春風寧尋越艷；處處紅樓，夜月自鎖嫦娥。惟當令誦「公子王孫且相伴，與君俱得幾時榮」之句耳。吾友云：「古人搜不盡，吾子得何精」，遂舉山谷「憑誰說與謝元暉，休道澄江淨如練」之句。

「美景」專指女根，秦少游「等閒簾幙碧闌干，衣未解，心先快，別是人間閒世界」，是此「良辰美景賞心樂事」。若不取通明相，不知點勘花者，雖知樂事，不識賞心。

「豪家月色少于燈，入夜誰家燭最紅？」霜何曾傍繡簾寒，雖復「樂事」，不及「良辰」。「花到朱門分外紅，鶯在侯家語更嬌，水入宮門纔一尺，便分天上與人間」，使不于「良辰」晝景，盡生人之秘玩巧弄，則天上人間有何分別。余有〈賦得已涼天氣未寒時〉句云：「褥軟簾垂景可思，香奩吟斷興難持，花衣粉版開甜口，蝶戶桃扉照雪枝。德曜未來宜小玉，鸞臺恰在勝芳姿，翻憐此際長門怨，辜負冬郎代畫詩。」

唐太宗：閱賞誠多美，于茲乃忘倦。無勞上懸圃，即此是神仙。無復昔時人，芳春共誰遣？惟應雜羅綺，相與媚房櫳。「紅杏枝頭春意鬧，浮生常恨歡娛少」，安陸宋子京所以為才子。顧唐彥謙又云：「青帝于君事分偏，濃堆浮艷倚朱門，雖然占得笙歌地，將甚酬他雨露恩」，則「世情多少濃華眼，一對秋山色界寒」。「看得他賤」，只為此說。

「雲霞」譬變換，「風雨」譬敗壞，則與「韶光」句，亦無不貫。

龔孝升「城外畫圖城裡屋」，恰是此四句意。「翠軒」是園中高處，「畫船」是園外遠處，故憑翠軒可見畫船，坐畫船亦得見翠軒也。

「嫩雲扶日做花時，微『風』細『雨』徹心肝」，言微「雨」亦驚花也。闌外「雨絲絲」，和恨和愁都織，況加以「風片」乎！一「片」痴情，幾欲隨「風」化作瀟瀟「雨」矣。

周璞謂：《花間》一集，只有「『絲雨』濕流光五字，語意俱妙。」阮亭言宗梅岑「細『雨』亭臺，畫眉啼過催春去，綠沉芳樹，半濕斜陽暮」，亦復不減。小姐于晴時並想到「雨」景，真善遊眺人也。

煙花、煙月、煙波、煙墨，皆以「煙」妙。雨絲風片，流波所以如「煙」。「春水碧于天，『畫船』聽雨眠」已佳，此八字更佳數倍。久在北途，益想此妙也。吾每于門外觀「雨」後春溪，泱泱活活，鮮碧瀰漫，愛之至，常入夢。此八字亦可謂形容得出。

「是花都放了」，膚理彩澤，人理成也。「那牡丹還早」，從來不自開，必待東君力也。後固云「點勘這東風第一花」。即《西廂》「露滴牡丹開」也。只消一句，傷盡天下摽梅人。女子經將至，則「花開」，有十二、三經來者，則「花開」之遲早大不同矣。

王金壇「裙釵花深，狂詩送抱」，是此「牡丹」。《采蘭雜志》：遜頓國有淫樹，花如「牡丹」而香，去根尺餘有男女陰形，以別雌雄，必二種兼種，乃花。二形晝開夜合，殆玉茗此句來歷。徐凝「何人不愛牡丹花」，僧可止詠牡丹：「除卻解禪心不動，算應狂殺五陵兒。東君擘出牡丹來，遂中天下作花魁。」欲催之連夜發，只為欲趁其嬌恰恰耳。春香一言，小姐已聲入心通也。

顧況：「若教恨魄皆能化，何樹何山著子規？」過宮人斜者，至今聞紅愁綠慘之聲，悉化為花，則不愁無著。「解道海棠因淚化，莫教沾洒又生花」。「啼紅了杜鵑」，鳥魂而花貌矣。彼鳥亦代花啼耳。將者鴿來合者，蛤是謂鴿合蛤。詩家三昧，亦與〈冥判〉折「『杜鵑』花魂魄洒」遙遙暗應。杜鵑牡丹，兩名而一物也。穀氣之實陰吹而正喧，誰謂肚鵑花不解啼耶！

羅鄴：「汝身哀怨猶如此，我淚縱橫豈偶然，爭得蒼蒼知有恨，汝身成雀我成仙。」謂鳥「啼」而花不「啼」，亦形骸之論耳。

元詩「青春著樹卻成『紅』」，妙舌也。此將「青山」青字渲染「啼紅」紅字，八字一句，遂成千古麗語。「也在江南樹上栖，漫將口血染春堤，人太無情君太怨，五更夢裡盡情『啼』」，程村謂詠物至此，令人閣筆，余覺不及此句。

親見荼蘼，方知「外」字與「醉軟」字之妙。「豆蔻花紅滿眼春，小簾帖燕雨如塵」與此等句，庶几可以類從。

「牡丹雖好，他春歸怎占的先」，猶言容華已老，女根徒在也。春香亦有牡丹者，故特與說，並「春香呵」三字，遂下得極有斟酌。李咸用「夭桃變態求新悅，牡丹露泣長門月，惆悵東風未解狂，爭教此物芳菲歇」，亦以牡丹為此物，巧不自玉茗始矣。此物歇在後雖已有春歸之恨，然仍不妨于狂，若並不解狂，而使後歇者，亦空歇，則長門之恨所以為恨之尤也。楊妃事明皇時，年十七，明皇已五十三，仍為夫婦二十一年。長壽臨朝已六十三，復在位十九年，雖「牡丹歸遲」，終不代其十四事太宗，開早之趣也。要之，「梅花既白恨紅淒，牡丹亦漚珠槿艷」耳。

「成對兒呵」四個字與「春香呵」三字机鋒緊接，言無論春歸未歸，但得「成對」，牡丹園便好凝盼，便觀之不足。將「明如剪溜的圓」六字從「成對」字中來，以為一笑。吾嘗謂劉采春「不知細葉誰描出，二月春風是『剪』刀」，可詠兒門，猶不及「燕語鶯歌」二句之聲音形狀，一併寫出。

「園子」者，牡丹之外廓也，「這園子」猶言此物。「提他怎的」提與抽同，〈診祟〉所謂抽一抽就好也。將身作瓊樹觀，將人門作艷花觀，將花園作肚裡觀，自玉茗始，便成萬古詠花詠人，一定之比擬、不易之典章。

「燕語」牝音也，「鶯歌」牡響也，牝語之時其狀如「剪」，牡動之時，其音亦「圓」，故不曰閒聽而曰「凝盼」也。王阮亭〈賀納雙姬〉：「誰先郎似荷珠到處『圓』」得此解矣。諺云：妻房原是消「閒」物，若不「凝盼」，此閒猶未足消也。「閒凝盼」三字即點勘第一花，愛觀雨上鮮之意，非才子不能知，非才子不能下。自有牝牡以來，不意繪水繪聲，逢此妙手也。昔人比楊鐵崖于狐狸，謂淫詞怪語，能反名實。若狐狸之狡獪以幻化也，如是等解，真非狐狸不辦。「但取當時能託意，不論何代有知音」，今日與之盡行批出，亦玉茗所不料也。奉以為祖，世間當平添無限妙語。聲色並稱，不必笙歌，即此一事，色聲俱有。不觀胭脂雨上鮮，是不知賞色者也，不觀「明如剪溜的圓」是不知賞音者也。賞色而不知賞音猶為欠事，況並不知賞色，如畜蠢動者乎！要之，知賞色，則自知賞音矣。

人妙于花，以解語花妙于解語，以通人事達性情，此蛟蟲之所以見寵也。況八音之外，又有此牝牡肉音，直可以澤顏色延壽命。然必牝細牡鉅或牝鉅而牡尤甚，厥音方奇。或以為八音相宣，無此音之美也。寫「燕語鶯歌」，從無如此之妙者，美人嬌音亦只此六字耳。

「看遊女金搖玉照，只消受落花無數」，固宜曰：「提他怎的」。此則有園子雖可觀，既未成對，無可「凝盼」意。佛云：馬腹驢胎，如遊園觀。道云：內守銀房，外觀上苑。將人門作花園觀，固非玉茗杜撰也。

「縋」者，「他」使我不得不愛之詞。「是惘然」猶言「十二亭台」皆無與牡丹事也。又「到不如」三字已有「解桃愁，分杏怨」意，視之茫茫而心骨沸熱，人命危淺，正坐此耳。

朱淑真：「朝來不忍倚樹立，倚樹恐搖枝上紅」，意望實『賞』。誠齋：「繞樹重重履跡多，生怕幽芳怨孤寂」，惟恐不『遍』。武元衡：「莫愁紅艷風前散，自有青蛾鏡裡人」，「回家」庶可「過遣」也。

「樹有百度花，人無一定顏，花送人老盡，人悲花自閒」，亦「惘然」之正解，男子所更傷。

持合德足則暴起，對無鹽面則漸萎，故「面」有宜春不宜春之異。「宜春面」三字，亦非才子不能撰出。有官官端正而人棄，有偏長小陷而人趨，一宜春，一不宜春耳。王思任「十萬『春』光到越州，真『春』一點落樓頭，若說真春春斷是，只疑一瞥是初秋」，言「春面」也。「見花憶郎面，常願花色新，為郎容貌好，難有相似人」，郎「面」且春，妾面若不宜「春」，則妾面羞郎面矣。樂天「醉貌如霜葉，雖紅不是春」，不是「宜春面」也。山谷「春將國艷熏花骨」，是「宜春面」。「細看玉人粧面，春工不在花枝」，還要問花強妾貌強耳。

痛春者，惜好物之要壞，雖復新新不已，然迭處迭去，仍極可惜，此真愛好貪色戀肉之極致真髓也。《牡丹亭》言情，大概言至雖佛理亦不能解而後已。賢文其粗之又粗者矣！元曲：「對如此良辰美景，可知道動騷人風調才情，訴著你飄零」，亦「春日自長心自短」之指耳。

阮亭「人玉照穠春，春穠照玉人，扭結香生」；「得和你兩留連」，蓋欲人賞己之心，即自賞自己之心也。朱晦庵「長恨送年芳，芳年送恨長，醒似醉多情，情多醉似醒」，名為道學，亦深解人間意者。「春呵」三句，以詠秘戲，勝千萬言矣。

「春光」能自媚，未必待人「留連」，花應也愛人，一「留連」亦不可少。及讀義山「春風自共何人笑」句，則知人欲「留連春」，而春不「留連」彼者，亦眾矣。人「留連春」，安知春不欲「留連」人，「留連」不久，春亦無奈耳。「芳心只願常依舊，春風更吐年年艷」，人欲「留連春」也。「年年媚景歸何處，常作紅兒面上春」，春欲留連人也。畢缽羅花，婦人觸之方開；杏褂裙則盛，芫荽說褻語則繁，則花之愛婦、婦之愛花，固一而二、二而一者也。獨婦盡愛花，而鮮愛如花之同類，為人間世一大恨事。「聞說砂存肉，因將糖餞花」，亦「留連」之餘法。陳子龍：「強將此恨問花枝，我淚未彈花淚滴」，阮亭云：此句何處得來？不知從玉茗春亦欲「留連」人得來。嘗見「多情煙樹戀迷樓」句，嘆其寫盡隋煬，是解人。人戀境，境亦戀人也。唐寅「萬點花俱是恨，一霎悲歡」，因色相既華而殞，靡靡同盡。我觀古今代謝何速，無端兩行淚，長只對花流者，只因色相壞耳。「三伏何時過，許儂紅粉粧」，所恃作偽，猶不足道，必言：「三伏雖多汗，洗露儂天姿」方是。

元詩：「此間不是高寒地，安得春紅入夏中」，欲「春去」而吾猶可「遣」，必心境教稍高寒，始得寄興。「煙霞層巒，老樹參差碧。自在幽閒，久與風塵隔。陰陰靜綠意從容，鬚眉俱碧。」佳山翁則真「春去」有遺者，故曰：「惜花不是道人心」。故曰：「東風吹草木，亦吹我病根，空餘微妙心，欲與靜者論。」

「左右瞧」者，目不給賞，可繼者尚不止一色也。「誰道春光真不好，我看恐不似人看。無情紅艷年年盛，不恨凋零卻恨開。把酒對花花亦哭，開時那似飛時速？酬花几點夜深淚，卻向花前痛哭歸」。色相雖佳，非春自為。與其易落，何如不生！故「春呵」之後，繼之以「天呵」。

毒娛情之寡方，怨感目之多顏；因感目之多顏，更毒娛情之寡方，是「春色惱人」註解。「繁華自古無消歇，役使詞人為斷魂」耳。「十分春易盡，一點情難改」，參入賢文禁殺一句，「惱」字方加一倍。

「花老枝相棄，棄成樹下泥，明春枝上發，別是一新姿」，已可「惱」；因娛情之寡方，卻令空成樹泥，尤可「惱」。明春別一姿，我無復見，可惱；即得復見，仍娛情之寡方，惱豈復可言喻乎！

凡男女必取有才者，以情從「看詩詞樂府」來。深知賢文之為愚人設，深知此事別有一種理解義趣，是根深源長之情。

人在世間本無甚趣，細思之，即牝牡亦無甚趣。難得人弄出一種情才來，遂有許多享人趣者，不然愈覺有生之苦矣。一悟才情是自己等輩弄出，偏背眾生，權享人趣的事，卻一轉歸真矣。諸天能爾，亦盡成佛。若無情眾生不知此理，隨夢所值，欲生極樂，還隔一層。

楊誠齋：「『詩』星入腸肝肺裂，吐作春風百種花」，如小花郎之花，亦是「詩」人肝肺中裂出之一種。姜宸英：「一春省得閒惆悵，卻被冬郎懊惱人」，抽兒女之狎衷，涉歡必笑。唐詩：風情月思今何在，零落人間策子中。齊己：篇章老欲齊高手，風月閒思到極精。不是憑騷雅，相思寫亦難。則有「詩詞」。宋玉自成名，荒淫歸楚襄，峨峨十二峰，永作妖鬼鄉，則有「樂府」。以文人錦心繡腸，寫宮閨粉愁香恨，不惟艷詞與理競，亦覺覽古情淒涼矣。茅鹿門曰：秦人詩書同禍而已，放之鄭聲，乃反獲存，蓋雅奧難識，淫俚易傳。大抵詩之謔者，為里巷所布，易傳而難滅，固有不能遍搜而火熄之者。亦先民本人情而有作，人情不亡，詞不患不明耳。若士謂：大概本原色觸，工于用情而薄于約性。聖嘆謂：有韻之文，非兒女此事不佳。魏文謂：宋玉之徒，淫文放發。蕭統謂：煙墨不言，受其驅染。劉勰謂：爰洎中葉，飾詞者以淫麗為宗。徐陵謂：咸有緣情之作，非無累德之詞。大都中晚以情役思，極情放意。彼其刳心掃智，鏤朴雕頑，少年睹記，遂如雷開蟄事，吟到人間詩盡年不知世界何似，亦可畏也。

曹魏尚書郎仲長統以名不長存，人生易滅，優游偃仰，可以自娛，作〈樂志論〉：溝池環匝，作木圍布。

場圃築前，果園樹後。良朋萃止，陳酒烹羔。躊躇畦苑，安神閨房。又謂純樸已去，智慧已來，欲敖翔太清，恣意容冶。因有賢文，直欲求三生路於欲界天。

王阮亭曰：王次回艷情詩數百篇，刻畫聲影，有致光、義山所未到者。蓋次回喜作艷詩而工，見者沁入肝脾，里俗為之一變。公齗嘗問西樵，不墮冬郎雲霧否？其年「低鬟偷諷傷心作」；文友「儂心何事惱，姊姊欺儂小。偷看合歡書，憎儂問起居。好從花下避，怕見書中字。匿笑不回頭，回頭替姊羞」。古之才人，皆能抉其臆而顯攄之，未有情不至而文至者。否則不及，情之頑鈍而已。明勳證理之外，固宜有此嬉春弄物一種，不然，天地產衣食生民之物足矣，彼怡悅人者，則何益而並育之。蓋人不得衣食不生，不得怡悅，則生亦枉。

周子民之盛也，欲動情勝不止，則賊滅無倫焉。古「樂」平心，今以助慾，政刑苛紊，代變新聲，妖淫愁怨，導慾增悲，故有輕生敗倫，不可禁止者矣。色情至重，而聲至與並稱，蓋人之嗜聲，非好絲竹也，實嗜其詞語之可嗜。又因其愁怨妖淫，增悲導欲，所以愁怨者，非別有怨，正為人命至促，青春更短。以妖淫之至樂，千萬年尚無厭者，乃僅與三五十年，甚至三數十年者，十人中纔一二人，安得不悲？悲則安得不急？急為歡以晝作夜，故愛聽增悲之聲，正以其聲之即聽以導欲也。不識字人多全恃耳受，故樂府出焉。識字人之于聲，則嘗以目代耳，故詩詞貴焉。《騷》多言色，故南人以浪為騷。

《漢書．藝文志》有隱書八篇，大抵皆歡謔幽隱之語，此又以男女隱曲為義也。枚乘子皋，武帝時特拜為郎，其為賦嫚戲曲隨其事，以故得媟黷貴幸。其尤嫚戲不可讀者，尚數十篇。〈蔡邕傳〉：中常侍多召無行之徒，待詔鴻都門下，喜陳風俗閭里小事，帝甚悅之，待以不次之位。邕言其連偶俗語，有類俳優，乃置鴻都門學，有侍中封侯者。曹植嘗誦俳優小說數千言，即此類。鄭虎臣毊似道者，然性豪侈，著有《閨燈實錄》一卷，庶几可正「傷春感秋」之「謬」。

「因春感情」者，嘆不能長春，正戀春之至也。「遇秋成恨」者，悲人事之易愁，正畏秋之至也。徐昭華「從無長命縷，織作斷腸詞」。使人皆長命，則不得于前者，或得于後，斷腸可稍少矣。

季文博見虞世基子盛飾衣服，問其年，曰「十八」。曰：「賈生當此年，議論何事？」女子無事可論，則惟有思「佳配」耳。春時天地皆忻合，故合歡謂之春情。「忽慕春情」一句，中有無限想像生受。

「眼看拾翠同年人，今又堂堂作人母」，唐人「曉日新粧意便嗔」，皎然「誰遣花開只笑妾」，皆為「不得早成佳配」者傳神。陳思云：「人命若朝霜，願得展燕婉」。晁采云：「寄語閨中娘，顏色不常好，含笑對棘實，歡娛須及早」。南人語橄欖回味，北人曰我棗兒已甜了半日。雖坡有「南北嗜好知誰賢」之詩，終不掩顧況「八十老婆拍手笑，妒他織女嫁牽牛」句也。

王季重尚書幼女端淑，有《紅吟集》，覺其詩情致昵人。嫁貢士某，或題詩，有「從來謝道韞，天壤恨王郎」句，牧齋為題其像，深致羨慕。宦族不足言，「名門」亦復難「佳配」，尤其代為嘆惋。

魏郡侯白，好為俳諧雜說，所至觀者如市，楊素甚狎之。嘗與牛弘退朝，白曰：日之夕矣，素曰：牛羊下來耶！文帝召之，月餘，死，人皆傷其薄命。薄命者早成佳配，更易短折，況李漁有云：見人與「花」似者，當即以「花」魂目之，以其去形體不久也。

情脈念痕，不知所起，曰「忽慕春情」。惺惺不昧，了了常知，曰「沒亂裡」。先言春情難遣，後言驀地懷人，蓋先思惟觀想其事，後方思惟觀想其人也。一定次第，絲毫不苟。

「沒亂裡」以下共十四句，只是賢文禁殺之註，又即天壤王郎一句。獨於古往今來之中，寫出聰明男女急色實情。夫為父之心，想到蟠桃養熟，竟恣他人饕殄，豈不極惱、極羞，況未經大熟，可即供其蹂躪！無如女兒之心，則恨不得即早領略，蓋花蕊將開不自由之血氣如此耳。親見數歲童子大有聰明者，偎依諸婦膝邊，恨不己物立時長大，倍其丈夫，盡力事之。足見色情只分蠢慧，不容以年論也。又全是寫自己忒好，不意竟有生就之人神理，非摽梅意也。

楚王幕中，融如陽「春」，此事謂之春者，壽暖所為，又得寓目者，無不悅氤氳而宣暢也。又羞又欲，又欲又羞，欲秘不能，真非春字不能比擬。「春情」者，凡慧男女必妙思。惟妙思惟，必至無量無邊不思議處。非專取觸，尤取此事前後中際之微細相狀也。蠢夫婦則無之。推而廣之，則女之玩女，亦春情也，不必謂已受觸，思惟中既有如許相狀，則「難遣」矣。非孤身所能遣，則須覓人遣之，故驀地懷之也。所「懷」之「人」，不必專指兒夫，凡可以與吾助諸相狀，共遣此情，互遣此情者，皆是「驀地」者。忽覺一「人」之可，或在天涯，或在目前，俱不可知，而想像者固屬渺茫。目前者，亦不可即，則怨矣。義山云：「故須留半焰，回照下幃羞」，只為欲見「睡情」，知此事有相狀理，非「人見」不能「遣」，因不能「遣」，故必欲「人見」。或曰「沒亂裡春情難遣，驀地裡懷人幽怨」，婦人常有之，未嘗滋味者，更覺火燒祆廟耳。一身受用，二他受用，以分別心，生奇特想，自他相見之相，萬種千般。以他受用為自受用，皆無始以來，自他身見所迷，是以無慚無愧，恒思欲事。他人萬言不盡者，竟被玉茗接連數句，一直道破。

陳臥子吊朱淑真：「那堪孤向玉山行」，時人「有情無『怨』玉人稀」，恐人不玉，只因己玉為祟。五德智為「幽」，幽思窅映，鮮不成「怨」。

馬融女適袁隗，曰：「處姊未嫁，先行可乎？」曰：「妾姊高行殊邈，未遭良匹，不似鄙薄，苟然而已。」隗乃紹祖世世三公者，而馬不令占高，遂為婦人世法世則。

「莫訝眼前多俗物，天孫亦只嫁牽牛」，是「一例仙眷」。盧仝所以有「女媧不肯歸婿家」之句。人讀「這衷懷那處言，潑殘生除問天」，不得其解，謂雖蟠桃已熟，么荷欲開，而蝶門尚合，芍欄未朽，何至急遽至此！不知杜麗娘意中，言待以「遺春情見睡情」者，所謂從一之「人」，不可有二者也。而今空有所懷，其人未見，則以吾父欲「揀名門」耳。然彼之所揀，附遠厚別，一例仙眷耳。愛熊而食之鹽，愛獺而飲之酒，雖欲養之，非其道。彼之所謂「良緣」，即天壤王郎一輩，我之所謂「甚良緣」也，智不蓋世，貌不入格，材不善狎，心不解情，皆非良緣。豈平日所懷乎！使其所揀，即我之所懷，則「青春」雖「抛」，尚或未遠。惟其所揀，非我所懷，真乃南轅北轍，終無日到，即雙文所云：「不知他那一答兒發付我者也」。使其忽然有命，我豈能依古遂行，惟有不語而送「殘生」耳。故成「幽」怨而至呼「天」也。使橫人盡夫也之見于胸中，則父一而已，其誰敢怨耶！觀此數句，則此書之為曇陽子而作，不盡訛傳也。其「怨」之意，猶言及今求之天上地下，尚恐非吾意中，何況全然不提，只欲「一例發遣」乎？新羅國縱三千里，王族為第一骨，不娶第二骨女，雖娶，常為妾媵。唐玄宗時獻二女，帝曰：「違本俗別所親，朕不忍聞。」〈高儉傳〉：初，太宗以山東人尚閥閱，崔盧後雖衰，子孫猶負世望賣婚。今謀士勞臣，以忠孝學藝，從我定天下，何容納貨舊門，向聲背實，買婚為榮耶！命儉等為氏族志，進忠賢，退悖惡，右膏粱，左寒畯，後衰宗落譜，俱稱禁婚。家益自貴，潛相嫁娶。贊曰：自群醜亂華，百宗蕩析，冠蓋皂隸，混為一區。及風教又薄，言李悉出隴西，言劉悉由彭城。「一例名門」之中，又可以觀世變。

古左右媵皆有姪娣，以一君不止一女，而一國只有一君，既不欲以貴嫁賤，又不欲其「抛遠青春」，故設為此法耳。陳子龍「佳期難道等來生」，是「抛的遠」之意。青春抛遠，便非良緣，觀「略識君王鬢已斑，老盡名花春不管」語，覺李煜賜宮人詩：「風情漸老見春羞」，猶算知人痛癢。唐李濤弟澣，娶竇尚書女，年甲尚出濤上。濤望塵拜曰：「將謂是親家母」，雖賠奩晚嫁亦光輝，而滿面羞紅難問矣。

李白：「幸遇聖明主，俱承雲雨恩」。劉憲：「承恩常若此，微賤幸昇平」。青春雖免遠抛，其實「飛作君王掌上身」，猶夫「一例神仙眷」耳。「世上風流詞賦久，俗遊春夢不多時」，何取乎為一例神仙眷哉。

「羞共千花一樣春」，是「俺的睡情」。太真百媚，軒轅萬方，皆是物也。李白「女伴莫話孤眠」，沈謙「總然端正又風流，好處無人看」，「睡情」無人見，則婉意柔情孰與伸？故非小事。但君從何處聽得此無人語耶？經云：女人不得作佛。及轉輪王，梵天王，天帝，釋魔天王無有淨行，故為女人冠子蟲，有傷無補。

「睡情誰見」，即鶯鶯「便把麝蘭薰盡，我不自解溫存」意。猶云：「自家玩弄，不得自家」耳。王敬美「粧殘後，不道更驚郎目」。既曰：好處無人見，又曰：睡情誰見，何其忍俊不禁耶。劉子曰：人情抒其所欲則喜，不抒其所能則怨。賈誼曰：好人之狀，則人歸之。俺的睡情，蓋不同人之睡情，所謂世間萬事，隨智淺深成法高下耳。「抬鏡仍嫌重，更衣又覺寒，宵分未歸帳，半睡待郎看」，是引其「見」怜者。「反覆華簟上，羅帳了不施，郎君未可前，待妾整容儀」，是恐其「見」慣者。今之女子，大都儘教人看，郤佯羞矣。「誰見」猶言是如何兒女消得也，豈慮無人見，但不知是「誰」耳。「他年何處操箕帚，苦樂參差不可言」。一字人，則畫眉窗裡，身極分明，織錦梭邊，情歸繫屬，竟茫然不知誰付，安得不問天耶！

程村：「人為愁嬌渾無語，算只有雙星私照」，是「因循靦腆」。閨人最重此事，而終于莫或自主者，皆由睡情誰見是靦腆事，此真如何好置懷抱也。因其「靦腆」，則索「因循」，又以晚嫁為恥，令多「靦腆」，正由「因循」。若一了當，便不靦腆矣。「鬥草誰行，早嫁一霎，小鬟贏著，揉翠喃喃罵」，則几老羞成怒。

「想幽夢誰邊」，是全書眼句。聰明人必靠「想」度日，想中幻設，必有一等世界，一等部署，一等眷屬。事過與「想」過，其迅疾變滅，曾無少異。玉茗曰：「吾聞情多想少，流入非類。吾情多矣，『想』亦不少，非蓮社莫吾與歸矣。」佛謂道家以妄心存「想」，亦以無常非「想」不悟。事既「因循」不得已而問夢，覺則形所接，夢則神所交也。想時恨不作夢，夢時又恐不愜，所想夢時不愜，只是想時不真耳。「風吹荷葉動，無夜不遙憐」者，亦多矣。紛紛「幽夢」，吾誠不知其「誰邊」也。《花蕊詞》：「御衣熏盡徹更闌，一枕西風夢裡寒」，則「誰邊」且未得到。朱陳村自是美俗，自生一種蹺蹊，男女便欲決然破壞風習，而黃泉碧落求之者。

劉媛：「學畫蛾眉獨出群，當時人道便承恩，經年不見君王面，花落黃昏空掩門」，方為「和春光暗流轉」者。

「遷延」二字，有「不及閒花草，翻承雨露恩」意。「誰能懷春日，獨入羅帳眠」。石闕生「口上含悲不得『言』」，異類而無以告，苦乎哉！和凝云：「跪拜君王粉面低，要對君王說幽意，我心移得在君心，方知人恨深心語」，何可令人見，故曰：「這衷懷那處言」。定是謂：思惟中多相狀，不是謂一觸字也。若蠢女子，初無思惟，即思惟，無多相狀，固不難「遣」，亦不必「人見」矣。

元人詩：「三十六宮恩怨盡，更無花鳥訴秋風」。北魏高祖遺詔：三夫人以下，悉歸家人，稱其開獨悟之明，亦以知此等人心中有「潑殘生，除問天」二句耳。纔成人理，即謂之「殘」，真有「晴須連夜賞」意，為後「從今後把牡丹亭夢影雙描畫」，直弄得「花殘柳敗休一笑」。經云：女人自審欲態，當知其家欲微不甚，不得大語現其欲。彼「潑殘生除問天」是自審不微，又欲大語而不得之神。但恐女人縛諸「天」，將入諸惡道。「天」聞此「問」，遽墮樹林耳。

甚良緣，「甚」字一段机軸。父母因其「嬋娟」，必「揀一例名門」，以為昊天罔極之恩至矣、盡矣、無以加矣！乃以一「甚」字比之一唾，猶言若果是真正「良緣」，真正「神仙眷」，便稍過時，猶或可待，究之亦不過與他家擇婿「一例」也。似此「一例」之人，父母雖許，只成空談，我寧可老作處女，斷不願適。是所「拋」之「遠」，料其殆無邊際，轉更計念，「青春」則又至短，至促，不能復再之時，即近「拋」猶尚不可，故遂有「潑殘生」三字，神理從此爆出。緊接曰：「睡情誰見」，非謂無有人見，自遂著急。言「紅絲一繫死生休，羅敷已嫁應難傍。」「俺的睡情」真乃無價之寶，如爹娘意殆不知，付與某子甲見矣，然此等意思即告人，有誰能喻察見怜，故曰：「那處言」，亦非謂羞言男女事也。「天」既令解知此等意思，或當能照察見怜，故須「問」之。

「想幽夢誰邊」，言想人無其人，自今只好想夢耳。其前十餘年未嘗一日想夢，可知後所謂忽忽花間起夢，情起于此句也。暗「流轉」，「暗」字亦除我無人能解，言我所想出之睡情，人間罕有能遂，亦徒持此想與春秋代序而已。身在誰邊，是和春光明流轉，想夢誰邊，是和春光暗流轉耳。同遺春情法，而明暗則終胡可同年語也。這衷懷那處言，蓋其所想之誰邊，近遠不計，名理難拘，直有不可告人者，方為偶然心繾之情，方為真正痴種。潑殘生除問天，全是怨恨。昔氏文之「多事」，令人枉過此生，無限痴情都歸虛想也。又潑殘生二句，為〈驚夢〉一篇之髓。蓋人皆畏死，而怕老之一念次之。惟好色人，則羞老之念與畏死同而更甚。年老簪花不自羞，其實羞之至也。以此事必得人愛我方樂，故少年時初不知羞，雖越理忘分，覺趣愈妙者。今不惟羞，且因羞而自傷其決不可為矣，此指男子而言，婦人則自加倍耳。

經有粗分染法，細分染法。隨智淺深，法成高下，皆因觸有味，因味知法。觀「睡情」數句，麗娘是先有觸想，而得受報。如村愚女不省人道，及嫁乃起，後亦憶持是緣愛觸引起想也。「睡情」不一，嬌女遇壯夫，則如飛鳥依人，壯婦遇兒夫，則如孀母抱子。文友「無可消閒不愁，那得光陰過綠窗」，賡和：「佯說愁城大，強得愁來愁也來。何暮曾經麼？和衣獨臥，今夜愁真個」。又「一片心情眼底柔，倦容疏態越風流，未經惆悵不知愁。」此寫早得佳配，不虛「睡情」者，可謂入神，當以此對看。又此段全是寫麗娘宿因帶來深解色觸兩字之趣，蓋男子亦必須姝好有色，方為良配。天上人間第一妙事，而觸者受者，全在女子十三至十八之五年，過此皆為壞形之花。「想」至此，真覺無色界天雖意根猶在，不如色界天。色界天無觸法，又不如慾界天之有觸有法多矣。即如十五美男膩肥粉後，正應供養色界天王，為色界一定當有之理。若棄而不賞，猶棄嫩紅不看，聽其倏成老綠，遇筍芽不食，俱教長作篔簹也。

自愛才艷極于輕蕩，謂之「風情」。信如柳之飄縱，身不到處意亦到也。「風情」以對水性，風字之妙，人著其風即熏染成習也。儒釋所以俱不能奪者，以人道獨有風情耳。自婦女不禁對食，而人道中平添無限「風情」。蓋婦人修容者多，更易相悅耳。兩寡尤宜，未有婦女執著薪箍火炙之物而不「理所必無，情所必有」者，是謂「風情」。理所必無，情所必有者，正取「風情」勝于正色。「『風情』多少愁多少，百結愁腸說與誰？若為多羅年少死，始甘人道有『風情』」。人遇「風情」笑口開，惟慧人則然。即道學先生死亦不能緘嘿。而把人禁殺，是欲其無開口笑時也。則亦安能心悅而誠服耶！或謂若士造此曲，已可穢，君又解不畏人笑耶？曰：會祖謂端祖曰：毆（案：通驅）儺者愛人笑。子畏人笑，輸伊一籌矣。言情者道火而口不燒，轉勝言性者抱橋柱而澡浴耳。

〈冥判〉折「甜口兒咋著」，此云「笑口開」，皆極歡媾時孔穴之相狀。造物本來無物，有物還應自造。一切眾生與一切筆墨，等是隨業架出，隨業抹倒之事，湯義仍偶念劉禹錫「柳」花似多情，千家萬家去，即造一「柳」人持「柳」枝，何必二十一史上人名是真，而此一人是假乎？「柔條一交結，春意已酥融，天與多情絲，一把一相思」，作一垂絲皆詠柳佳句。

觀奇字之盈幅，疑美人之滿堂。「通書」而不「淹史」，則少所見多所怪，見橐駝言馬腫背矣。既通書又淹史，而才情暗結于內，則世上風流苦盡諳，窗前時節羞虛擲矣。彼順聖文明亦皆吃盡諳之苦耳。熊孺登詩句：「能生世界春。」孟郊詩：「人命屬花枝，花聞哭聲死」。聖嘆批唐詩「回頭反望柳絲絲」，所謂學道人，必世間真正情種也。才無情則不精，情無才則不深。

花柳皆士女精魂，雖顏色無常，終歸寂寞，而芳菲能惜，始是風流。唐詩（時）張燕公說評文閻朝隱如麗服靚粧，許景光如豐肌膩理。才子之文，獨可愛，亦以有似女色耳。阮亭云：「眾香國中，溫柔鄉裡，不許門外人道隻字」。要之「通書」而不「淹史」者，雖欲不為門外人不得。

待奴兜上鞋兒，「欲言又止」，畫盡女流。「驚喜欲言又止」，更揶揄盡女流。文友：「若個粉郎，嬌豔當面。多事一凝眸，恰逢小妹乍回頭，羞麼？羞羞麼？」羞雖羞，仍復「背想」。

佳人秦笑語，公子晉衣冠，「素昧平生」，不妨一見如故。宋詞：文鴛得侶，舞鳳姑分。懊惱深遮，牽情半露，不覺微尖點拍頻。是足可傳情也。而手語尤易于足挑，古詩：「君手無由搦，敢言侍帷幄」。王維：「氣味當共知，那能不攜手」。劉商：「言語傳情不如手」。「咱愛殺你」，是「含情一把手，對面欲交頤」之候。

「如花似水」二語，亦復印定芳心。段成式云：「鶯裡花前選孟光」。夫婦非血屬之親，譬之風虎雲龍，騰嘯相感。惜乎有心人，少不肯遍尋。「是答兒閒尋遍」尚恐不遇，或遇而不遇，況無「閒」不「尋」乎！

「卻在這裡」，固是有酷嗜者必有奇獲。凡正「在自憐」者，遇知「憐」己人，不覺心死。

元曲「月宵花晝，誰解春衫紐兒扣？浴起忙將裙護體，俏東風有心兒輕揭起」。有「領」難免人「鬆」，有「帶」難免人「寬」，是女人業。「羅裙易飄颺，小立罵東風，愛惜加窮褲，防閑托守宮。」未可與有「領」則欲人「鬆」，有「帶」則欲人「寬」者而論。

「春林花多媚，春鳥復多哀，春風復多情，吹我羅裳開」，則似乎以「鬆寬」為悅者。「高堂不作壁，換取四面風，吹妾羅裳開，動郎含笑容」，又似乎將以「鬆寬」悅人者。「忍耐」作一句，「袖稍兒」一句，即忍耐二字倒註。「牙兒苫」者，噤齒則似乎減痛也。

掘作九洲池，盡在大宅裡，處處種芙蓉，婉轉得蓮子。是曰：「溫存」。

早知有此關身事，故「作羞」，初相逢一面兒喜□。「那處曾相見」煉不灰可喜心腸，只待掌兒上奇擎看一個飽。記不真詠不到，是「儼然」到。關情秋波玉溜，分明枕上覷著。孜孜地是「相看儼然」。則知除卻此人，皆神有所不予也。

「好處」緊對愛好，惟有相看無二語，人間天上消魂處，是不言之情狀，更勝于「言」。讀「早難道好處無一言」八字，令人想息嬀也，不知楚文王曾一問之否？阮亭：私語「好」誰聞，嫦娥應羨人。字典：咬，淫聲。煬帝于秦晉、燕代、洛陽、江都遊幸，靡定居所，至招迎姥媪，朝夕共肆醜「言」。唐玄宗有武妃女咸宜公主婿楊泗，伺太子短譁為醜「言」。妃訴于帝，且泣。只因「早難道好處無一言」一句開出。發口鄙穢一輩，說不可盡。然細思之此時真無他「言」可說。宇文化及對李密，所謂共汝論廝殺事，乃作經傳雅語耶！「好處」始應有「言」，則「臣窺鏡誠不如徐公，而妻妾皆言美于徐公」者，亦道三個「好」喜歡緣耳。說几句知心話，道蓬萊都是假。「無一言」何如佞以媾歡。

造物付以生育之具，曰為造物辦其事，豈非「春工」？

文友「滿地胭脂，疑是『花神』淚，待與落花馳檄，同問春風罪」。「專掌惜玉憐香」，迴與賢文相反，則知花落非渠意也。

寫麗娘訂婚以「夢」，真乃作者千載苦心，言此以遺春情見睡情之一大事。而在絕頂聰明女子，使其不問何人，但有父母之命，媒妁之言，便可藉手登車，決無此理。使其苟得所欲，即將鑽穴相窺，踰墻相從，如世稗官所載，又決無是理。若是則惟有死耳，決無身名兩美之日也。故放手寫出「潑殘生」三字，蓋直以麗娘為有死之心，無生之氣者也。于是乎施天手眼，用佛慈悲，謂我說為天下才子，則安忍其如此也。幻出此一「夢」。夫夢中之人，何可真得，仍歸于死耳。而「夢」中之人，既為世間現有之人，則雖死復生也可。吾乃今知作者于麗娘所謂置之死地而後生者也。

二氣均，方能為雨。氤氳交，結為雲。譬之于炊，必水火均敵，方能生氣。動靜相摩，所以化火。燥濕相烝，所以化水。「雲雨」只是暖法，氣為「雲」，汗液為「雨」，言此乃男女氣血壯盛之事也。交合時必身熱燥，如天興雲六通。《般若經》謂：身生煙焰，體注眾流也。「雲雨十分歡幸」，妙。「雲」者，陰精之氣，「雨」者，陽氣之精，未有雲霧不濃，而雨雪能大泄極暢者，故以比「歡幸」莫如此二字。惟人當陽極欲泄之時，值天公陽極欲泄之會，則此事之「歡幸」尤為十分，一寫必孕。漢《禮儀志》（案：《漢書》無禮儀志，見後漢《志》）仲舒奏江都王，四時庚子日，令吏民夫婦皆偶處，則求「雨」有功。

「混」者屬陰，「烝」字屬陽，儒者所謂混然烝出，必亂性。巇禮而後生，豈非「混陽」？混陽二字賦春甚妙。陰氣本靜，一切世間淫亂，皆「混陽烝變」四字所使。此時憲徒制絞決，而玉茗獨歸罪天公也。

情稱「風情」，以能「搧」耳，搧字註出情上加風之故。「魂顫」而「翠綻」，則信宜謂之風情。

眉與毛俱散為「翠綻」，是驗室女法。

聲顫覷人「嬌」，其狀令人欲死。「嬌凝翠綻魂兒顫」與次回「細唾柔嘶慢視時」同妙，君從何處看得此無人態耶？

用修：人在『景』中悕，日永景上緣，是心不能殺境，而境攝心。蓋他以我為「景」，我以他為「景」。識得破一切皆幻，墮相續法曰緣，因和合有，故名為「緣」。生相似果，故名為「因」。如生盲人，亦夢白婦，此是內識多生所熏。

「想內成」，西銘所謂，戲言出于思也，戲動作于謀也。淫欲同「想」成愛，亦有不同「想」而更妙者。

假借之四大，暫熏樂業「因緣」之八識，長墮苦輪矣。

想蘊謂取象奔馳世間，福俱與心量相稱，此生終不能滿。自已多生願，是心作因，是心成果。心空境空，佛鏡照力。三教無別法，但是一心作。念若不生，境本無體。是以但了一心，自然萬境如幻。若能了境，便識心萬法皆如闥婆影。真心以詬知寂照為心，不空無住為體，實相為相。妄心以六塵緣影為心，無性為體，扳緣思慮為相。故全心是境，全境是心，隨境有無，各無自相。若出世法，如電裡穿針，無用心處。

雖禪家六行，其一思惟，不思則不能洞微。惠能曰：不思善，不思惡，卻又不斷百思「想」。然心忘念慮即超欲界，心忘境緣即超色界，心不著空住玄，即超無色界。無色界天是妄分別意根，無「想」天惟是外道修無想。定以生其中，受五百劫無心之報。外道不達，謂之涅槃。必起邪見，仍墮地獄。蓋無「想」則無鼻舌身意色聲香味觸法矣。無眼界乃至無意識界，惟非「想」、非非「想」處，依識滅識，庶乎其可耳。

身為業鬼借宅，變幻沓來，惟「果」位上聖人重得輕受自餘。「因」地中人一日未證聖，尚有不可知（不可知）不可忍（不可忍）。一切業障皆須閱歷。言「因中見」則非一世之緣也，所以佛貴于言下發著多生種子。魏叔子云：生平無淫事，而生平難斷淫念，又最能鑿空作淫「想」。想過與事過，其空一也，則何不以想代之？然即成為「因」矣。

衛玠與晉成都王穎，俱樂廣婿。玠總角時嘗問廣夢，廣曰：「因」也。玠思之經日，不得，遂以成疾。廣命駕為剖析之，玠病即愈。然不如「想內成景上緣」一句，未足盡夢之理。雖做夢，是閉眼見鬼，見鬼是開眼做夢。然不是「因中見」即是「想內成」，不是想內成亦是「景上緣」矣。王龍溪云：一為應跡所纏，則魂滯于魄。能終日酬應萬變，而此念寂然，不為「緣」轉，是謂通乎晝夜之道。而知凡有所夢，即是先兆，亦妙。知夢為「景上緣」，則色即空空即色之說，益信也。知色即空，無受想行識矣。

花臺殿即牡丹亭。

「春透」根忍耐二字來。交情通，體心和諧，歡情溢出。芙蓉面見「春透」，其不「透」者可恨矣。孟郊「歡去收不得」，李端「事去思猶在」，時人「因羞強正釵，雲收雨歇易傷神」，齊魯姬姜顏色變，是「怎留連」三字之解。几家憶事臨粧笑，猶是「留連」之餘。

自把人禁殺之後，「人便」必要「天留」，即天留亦不過「一霎」。

滕白：「日高鄰女笑相逢，慢束羅裙半露胸，莫問秋池照綠水，參差羞殺白芙蓉」，草藉花眠之「花」，指人而言。

多才難自持，有情寧不極。送柔抱于花叢者，大欲以此致其尊親，遂其恩仇，甚至習演揲法，服慎恤膠，無非圖問「可好」兩字。此處特為寫出，以見密意滿橫，眸深情出，艷語之極致。

男子之竭力盡技，只為欲「好」。其欲好又惟恐其「忘」，只「小姐可好」，「小姐休忘」二句，亦為此輩傳神，真才子也。

《楞嚴》：一者婬習交接，發于相磨。二者貪習交計，發于相吸。「慢廝連」即嫪戀之法，廝連又慢，非慢于廝連也。古詩「儂贈綠絲衣，郎贈玉勾子，郎欲挖儂心，儂思著郎體」。又「碧玉搗衣砧，七寶金蓮杵，高舉徐徐下，輕擣只為汝」。故身則取其「緊相偎」，事則必于「慢廝連」。慢廝連即「好一會分明」五字也。男愈「慢」，女愈「緊」矣，不慢則雖滿不分明，便滿又未美矣。阮亭謂：清遠道人善于繪夢。其句云：「憶共錦衾無半縫，郎似桐花妾似桐花鳳。往事迢迢徒入夢，銀箏斷絕連珠弄」，似為「緊相偎慢廝連」六字補註。

棠村有「膚光欺雪」句，其年有「翠衾酥透」句，皆頌「肉」也。谷《詠扇》「六月火雲烝『肉』山，持贈小君聊一笑」。白香山不惟忘「肉」味，兼擬滅風情。姜宸英「歡是情所為，抱郎莫著衣。」〈合德傳〉：以輔屬體，無所不靡，人人貪色，以柔靡耳。王金壇：弱體柔肌屬體時，相偎難許半衾離，如何買得春休至，只有寒宵與意宜。玉膩綿香細骨軀，暖相偎處恰愁吁，嬌痴怕到春風換，不似寒宵酷念奴。欲嘗一臠美，不惜百金買，惟宵衾慣擁昉者知之。少游「寶釵落枕，知何日唐人得近。」「衣香魂已消」，皆恨不得「肉」者。「薄綃纖縷紅酥露」，終隔一層。漢靈起裸遊館，宮人皆解其衣。石虎為四時浴室，共良婦女官媟戲，蓋色情之動物，全在裳解履遺之際。「恨不得團成片」六字，刻出「雙情共一娛」五字意思。氏族之學，謂之「肉譜」。「百物皆毛人獨肉」，正天公偏厚裸蟲，使其易于「成片」處。「憶昔君前嬌笑語，兩情宛轉如縈素」，是「團成一片」法。「麗質徒相比，鮮彩兩難同」，即「團成片」亦可分別看，殊不可負卻造物此意。佛許比丘以肯毀形好也，而弓足者且更造作形好，色情難壞，尤以「肉」。如來百種相好，不出圓滿等字。圓滿之所以好者，「肉」也。如來體貴修廣，亦以「肉」狀。愈加暢觀。使木石骨角為之，亦何取圓滿修廣哉。芙蓉肌「肉」綠雲鬟，正恐蓬山所少者，此耳。萬物皆能住世，惟「肉」不能，曾不如筋角骨革。高齊慕容紹宗，守郢州，人死火別分食。張巡醃尸為糧。北人好食牛羊，則合眾「肉」而為一「肉」，其行為萬騎風敗為一川。「肉」亦不足惜，魏以仇儒之「肉」食趙準。劉禹錫詩：「臨刑與酒杯，未覆仇家白。」官先請肉，則崇「肉」飼豸之報。

曹爾堪詞：「養娘新配淺深粧，紅處思量，白處思量」，是「肉兒」兩句意。雪膚鮮俊，遲日融麗，分段締玩，不甘一死乎！玉茗此書，只是特闡色情之難壞，又以此處「肉」字為主，見得人間既以「肉」為勝事，則天上若使非「肉」，亦不願生西方。既然非「肉」亦不願往，寧可輪迴受此好「肉」耳。或曰，《契經》：住滅定者，藏識持身而壽，不滅亦不離，暖根無變壞，識不離身。若全無識，應如瓦礫，豈得名為住滅定者？諸天相視成陰陽，須解得妙相。近者「團肉成片」，相視者交媾時互視褻處也。身身相視尤妙。不是一夫一妻也，曼持天地猶若生酥，況于天身，豈無「肉」象？如來隨眾生机，亦必幻出廣博好「肉」。其然，則蠢肉痴皮有如豕彘者，亦可以息淫机矣。

「雨」字讀作去聲，阮亭「『日』痕紅曙一欄花」，可與此句相發。「日下胭脂」畫出乾坤兩般艷物，尤以女根之新嫩也。「雨上」雨落上也，「日下」字，則從《秘辛》奉著「日」光來。乃知《秘辛》于「一溝渥丹，火齊欲吐」上加「捧著『日』光」四字，真才子也。遍大地人衣繡夜行，實實皆是懵漢。阮亭云：「情思泥人何處去，碧桐陰裡簾櫳」，猶未知此句之妙。古詩「開春未盡歡，秋冬更增悽，共戲炎暑月，方得兩情諧」，亦圖看此「日下胭脂」耳。蓋在「日下」，則月鮮雪膩更無匿彩。聖嘆云：「一見絕世佳人，即促其解衣上床，殊覺可惜」，必如夢梅之「日下」細玩，庶乎可耳。觀「日下」二字，則知媾歡一事，艷思欲其盡展，尤因嗜興非徒嗜甘也。或諫魏高祖，「太子恂，年十三，不宜于正晝之時，舍書御內。」迂矣。

「脂」若不以日照，雖著「雨」不見其「鮮」，雖「日下」亦不鮮也。「鮮」字乃日雨二者三合而成。日字妙矣，雨字尤妙。「衫薄偏憎日，裙輕更畏風」，恐人偷見日下「胭脂」也。「風裙隨意開，粉汗無庸拭」，欲人偷覷「日下胭脂」也。

或曰劉夢得云：「汗餘衫更馥」，「雨」喻汗，「脂」喻肉，直寫得一身好肉，一身好汗。「鮮」滴欲沐，玩一「逗」字卻不然耳。肉只玉生煙一句，形容已盡，千古才人，自〈碩人〉一章後，於形肉鮮有能刻畫者。

「玉生煙」、「脂著雨」，寫肉鮮奇，自若士始。「蝴蝶門」、「牡丹亭」、「軟煙絲」、「熟蟠桃」、「花衣」、「粉版」、「么荷」、「甜口」、「明如剪」、「溜的圓」，寫形巧麗，亦自若士始。至今不嗣，是為恨焉。「困來模樣不禁怜，旋移針線小姑前」，千古妙舌。蓋小姑前乃萬不能相逼之處，又被你惡怜人是乞了意，連聲「將息」，故非去也不教知，怕人留戀伊者。

楊衡「仙娥初侍紫皇君，金縷鴛鴦滿絳裙」，何況凡間女子。沈宛君〈課女繡詩〉：「不解春惱人，惟譜花含蔻」，今夫人云「怪他裙衩上，花鳥繡雙雙」，各妙。元曲則云：「被面繡鴛鴦」，是几等兒眠思夢想也。

「僥倖」二字，從後折「分明美滿」來。都元振：「竹葉壞水色，郎亦壞人心」。宋詞：「幾曲屏山，都是舊看承人處。任不寒喧半語，背人處猶自怜他」。元曲：「問娘行，這段姻親卻緣何心便肯」。唐詩：「夢中無限風流事，夫婿多情亦未知，當時心比金石堅，今日為君堅不得」。世間「有些僥倖」者，殆不止一麗娘矣。

貫休：「舉世皆趨世，如君始愛君」。予嘗謂女郎兒夫四字最妙。兒夫則少「俊」可知，女郎則清揚可想。「年可弱冠，丰姿俊妍」八字，如見綵筆文人、紅顏公子、苕英翹秀，立我目前。想其遇形觸物，無不朗然映照。一有鬅鬅，即乏趣矣。蓋風韻韶靡者，必情味不淺，情味不淺者必性理偏奇，于色欲間喜立勝事。我既善持容範，彼必深相賞好，是以懷而幽怨，睡情願彼見之。天下除是蠢才無意中人，餘則眼底必有；眼底即無，胸中亦有。

漢李固以元老而傅粉。操命邯鄲淳詣植，植澡訖，傅粉拍袒，誦俳優小說數千言。訖，問淳何如耶，然後評說混元造化之端，品物區別之意。及命廚宰，酒炙交至。淳出，謂之天人。《北史》稱江東天子，傅粉宮中，則未髭可知，然終不能「俊妍」也。何至今做戲，不做生傅粉？一遺漏事。武母私賀蘭，只因「弱冠妍俊」。

易之兄弟俱傅朱粉，亦「俊」欲加「妍」耳。

晉元帝引見庾亮，風清都雅，遂聘其妹為太子妃。亮年五十薨，何充猶曰：埋玉土中，使人情何能已！杜預孫乂成帝后父，膚若凝脂，目如點漆，桓彝曰：「乂形清，玠神清」。晉王渾婿裴楷俊爽，時人謂之玉人，言近之照映人也。晉武時中牟潘岳，挾彈出洛陽道，婦人皆連手縈繞，投之以果。晉哀帝后父王濛，臨鏡自照曰：「王文開生如此兒」，入肆買帽，嫗愛其容，遺以新者；梁簡文雙眉翠色，手玉不辨；謝晦與從叔琨俱在宋武前，帝曰：「一時頓有兩玉人」。宋劉湛曰：「我見謝道兒未嘗足」；謝莊孫覽，尚齊錢唐公主，梁武入，長揖而已，仍被賞味曰：「此生芳蘭竟體」；魏文明太后徵兄馮熙，尚長公主，主生子誕、修，皆姿質妍麗，文明俱引入禁中。陳文帝衛將軍，山陰陳子高亦狀似婦人。唐太宗文德皇后父高儉，齊宗室，狀貌若畫，知太宗非常，以女歸，儉卒陪葬昭陵；明葉天寥，美如衛玠，皆「手姿俊妍」舊樣。采蓮詩：「貪看年少信船流」，要知女之貪男色，較男看女尤甚。何也？以男子有色者尤少也。

吳梅村在雲間為會，連遣覓女郎倩扶不得。夜分，則張刺史來赴，投刺後，吳命以己車迎入。使者傳復須一車，及至，則挾一衣冠少年，光艷暗射，人各卻步，且不敢詢姓名，及細燭之，即倩扶也。「俊」或讓男，「妍」必讓女，合之故極佳矣。王于一晚客湖上，狎一妓甚粗，或嘲之曰：「近代美人尚肥」，則只圖「肉」段耳。

女人貴能「題賞」者，以聰明夫婦，何事不有。不能詩詞，不能寫出情狀耳。男人代寫，不如受樂者之自寫，令人讀之可以忘死也。

王修微「只合喚他如『夢』」，真絕頂聰明語，是玉茗以此事為「夢中之事」來歷。

「漢苑深宮，往事如『春夢』」，思想「夢中之事，何曾放懷」，《經》所謂：而我以心，推求尋逐，恒審思惟，連持不絕，心心相續，惟見妙好。皆由無始貪嗔，痴從心語，意之所生。

王彥泓「笑問檀郎詞內意，芳心透出眉尖喜」。昔人謂《夷堅志》中，有藥餌飲食，豐賤恣口所需。「消悶」之「書」，自有一「種」，須以內典眼照之，則雖看盡情詞，亦成無量壽佛，否則雖「數卷殘書續命膠，亦恐他生還識字」矣。

「甘意搖骨髓，艷詞洞魂識」，「來生只願嫁冬郎，知得閨人意思詳」。《文心雕龍》：至魏文因俳說以著《笑書》，弄思衒詞，詆嫚媟黷。《論衡》曰：「好筆墨者，增益實事，為美盛之語；用才能者，造生空文，為虛妄之傳。聽者以為真然，說而不捨；覽者以為實事，傳而不絕。至或典城南面，讀虛妄之書。」晉〈范寧傳〉：何晏神懷超絕，王弼妙思通微，而蔑棄興文波藝。後生飾華言以亂實，騁繁文以惑世。昭明上召，能使崩城之婦，嫣然微笑，願横施以自昵。韓偓詩，皆脂粉裙裾語，宋李端叔喜之，誦其序云：「咽三危之瑞露，美動七情」。唐溫彥博孫庭筠詞多側艷。褒公曾孫宰相文昌子段成式，多記奇篇秘籍，有「應願將身作錦鞋」句。坡「畫地為餅未必美，要令痴兒出涎水」。山谷詩「或得野狐書，有字不可讀，狐涎著其心，字義皆炳然。卻來觀六經，全是顛倒想。」謂晏叔原嬉弄「樂府」，可謂狹邪之大雅，豪士之鼓吹，乃使少年俊士，近知酒色之娛。清節臞儒，晚識裙裾之樂。圓通秀禪師又呵山谷：「丈夫翰墨之妙，甘施于此乎」？其「纔入新婦磯，又入女兒港」云云，坡亦謂：「此漁父太瀾浪」。王阮亭云：費無學《轉情集》中多有佳句。次梗劇手，極其昵致。柳屯田小詞，傳播旗亭北里間，終不解作香奩繡閣中語也。其撰《倚聲集》，推羡門為近今詞人第一，與兄西樵好作香奩詩。云：「情至之語，風雅掃地，然不過使我宣尼廡下，俎豆無分耳。自欲『消悶』，又以『消』人之悶。」讀香山「老思閒語話，『悶』憶好詩篇」，令人有「好書到眼愁將盡，媚句勾腸嬾再吟」之嘆。

陳子龍「未經惆悵不知愁」，豈料一經惆悵便「掩淚」。

「縷金衣透雪肌香」，要知「雲片雨香」必竟自「雪肌」出。凡求「雨」男女，欲和而樂。東坡「且圖的氤氳久」六字，可解「雲雨」之義。「記得多嬌多少『雨』情『雲』緒，把閨中遺事都付與落花飛絮」。「纔到夢邊」者，「無窮此心興，乞夢願更長」也。後既云「好一會分明美滿不可言」，此偏云「雨香雲片，纔到夢兒邊」，畫出無饜足之道。

龔芝翁「兩好心情難罷，願一世小年為夜」。文友「推郎先起」，阮亭謂與「小玉上床鋪夜衾」同妙。「怕高堂嘆」，亦惟兩好者則爾。

瑜珈論十八變者，謂從身上發焰，身下注水，于其地起水勝解，即令成水火。風亦然。于山谷中往來無礙，又能往彼同其色類。夫人為欲火所煎，尚腋下「汗」出，五衰相現。山崖牆壁，直過如空者，尚有氣有「汗」，而況人乎。

「心悠步嚲意軟鬟偏」八字，摹情過褻，即醫書：「溶溶不能自收持」七字。「悠」者思味不已，所謂「困迷無語思猶濃」。「軟」者，不勝嬌困，轉羞人問，鬢亂釵橫，無力縱猖狂矣。做事不費神情，方免得「心悠」二句。

「沒亂」處見元曲。又元人云：他不嫌，俺正恰。不顧傷廉，何曾記點。君似不消魂，魂消不似君。「費盡神情」，可參。即前所謂誰見之睡情，偶于夢中一用也。夫地者，偶成天之功力者也，朴而實愚，惟地能之，故方發于蓄極之滿。「費盡神情」四字，用在女人身上，尤妙。蓋惟慧女子為然，而蠢者即皆不爾。知「費盡神情」，則能于此法中無法不悟矣。以此愛根，而芽諸欲，有諸欲境，助發愛性，如後之「款款通陰程迸」，皆「費盡神情」之故。「誰家年少足風流，妾擬將身嫁與，一生休。縱被無情棄，不能羞」，非貪其「費盡神情」，何至于此。「若為多羅年少死，始甘人道有風情」。「神情費盡」自是人理，乃多有不「費神情」，只由氣血者，何異木石交、鹿豕遊乎！惟器不從心，「神情」無可「費」之地者，決由前業。

鄒柢謨：「一種嬌慵如夢」，徐士俊「擁著半床懶」，阮亭云，春與人有何恩怨，索解不得。要只是極歡之事，奈何不教久也？使未「嘗」夢，決不至「倦」矣。

「不索香熏繡被眠」，與「傷情兩炬緋羅燭」相類，即《西廂》「縱把射蘭『熏』盡，我不自解溫存」意。鮑照妹令暉所以有「芳華豈矜貌，霜露不怜人，是時君不歸，春風徒笑妾」句也。身既人間旖旎「香」，益覺熏骨真「香」無處覓矣。韋莊雖云「日暮飲歸何處客，滿身蘭射醉如泥」，而荀郎「『熏』透玉嬋娟，人間能得几個」，正非醉客所能也。莊又云「恩重嬌多情易傷」，「不索香熏繡被」，作「滿身猶帶令公『香』」解亦得。若使夜夜得抱荀郎，即磨吸臭味，反是普香世界。

白：「夜衾『香』有思，秋簟冷無情」，「也不索熏」，言即「香」亦無思也。曹爾堪詠「香」：「熏盡孤眠，誰更知他好」，程村謂當以此補「香」嚴三昧。「鳳帳鴛被徒『熏』，寂寞花鎖千門，競把黃金買賦，為我將上明君」，則真「不索」復熏。

盧仝「何處堪惆悵，情親不得親」，毛大可「前事每經思」，真是神味相酬，方有「几番思『夢』下床遲」之侶。

薛能「思惟不是夢，此會勝高唐」，固是。

韋莊「舊歡如『夢』裡，想像舊房櫳」，則「去不遠」而實遠者，豈惟夢哉。阮亭「正羅帷『夢』覺，紅裮湘勾，『夢』裡事尋憶難休」。夢裡蓮裮，夢中足動可知。芝麓有「膩玉輕勾，玄雲濃繞，芳『夢』粘人難起。鴛裯鳳被，端值消魂一死」句。阮亭謂「讀毛詩時，最喜『甘與子同夢』句，以為古人言情，非後人可及，今讀芝翁此詞，覺其妙不止于此，以共枕各枕，無之不甘也。」王金壇〈花燭詞〉「四月春蠶已剝綿，困人風日嫁人天，不知織就鴛鴦錦，費卻如花幾夜『眠』」。織綿者，想出房中百千情狀也，較「不索香熏繡被眠」又高興多矣。

# 第十一齣　慈　戒

（老旦上）「昨日勝今日，今年老去年。可憐小兒女，長自繡窗前。」幾日不到女孩兒房中，午餉❶去瞧他，只見情思無聊，獨眠香閣。問知他在後花園回，身子困倦。他年幼不知：凡少年女子，最不宜豔粧戲遊空冷無人之處。這都是春香賤才逗引他。春香那里？（貼上）「閨中圖一睡，堂上有千呼。」奶奶，怎夜分時節，還未安寢？（老旦）小姐在那里？（貼）陪過夫人到香閣中，自言自語，淹淹春睡去了。敢在做夢也。（老旦）你這賤才，引逗小姐後花園去。倘有疏虞，怎生是了！（貼）以後再不敢了。（老旦）聽俺分付：

【征胡兵】女孩兒只合香閨坐，拈花剪朵。問繡窗鍼指如何？逗工夫一線多。更晝長閒不過，琴書外自有好騰那。去花園怎麼？

（貼）花園好景。（老旦）丫頭，不說你不知：

【前腔】後花園窣靜無邊闊，亭臺半倒落。便我中年人要去時節，尚兀自裏打個磨陀。女兒家甚做作？星辰高猶自可。（貼）不高怎的？（老旦）廝撞著，有甚不著科，教娘怎麼？

小姐不曾晚餐，早飯要早。你說與他。

風雨林中有鬼神，蘇廣文　寂寥未是采花人。鄭谷
素娥畢竟難防備，段成式　似有微詞動絳脣。唐彥謙

【校記】

❶徐本作「眴」。

# 第十一齣〈慈戒〉批語

「香閨香閨」，或「眠」或「坐」，俱喻女根。「艷粧」及空冷處，意同「拈花」，喻以指探。「剪朵」喻以指左右之，故曰「針指」，而問「如何」繡。「窗」亦喻女根，「一線多」喻以指探，而未破瓜不過如此耳。「琴書」具肖其形于外。「騰那」喻不能深探，卻可于外用工。「那」者以指左右，「騰」者挪之使上也。「磨陀」意同。「星辰」喻男挺末，「高」喻其長，「微詞」喻其聲。

「昨日勝今日，今年老去年」，夫人亦有因春感情，過秋成恨之意，但深淺懸殊耳。

徐昭華〈虎邱詩〉有：「搴裙一上生公石」句，文心妙絕千古。使「只坐香閨」，安得有此佳詩流傳人口。

杜牧：「才子風流詠曉霞，倚樓吟住日初斜，驚殺東鄰繡床女，錯將黃暈壓檀『花』」。施肩吾：「皎潔西樓月未斜，笛聲寥亮入東家，卻令燈下裁衣婦，誤剪同心一半『花』」。又「清詞再發郢人家，字字新移錦上『花』，能令龍宮賣綃女，低徊不敢織輕霞」。更莫「問繡窗針指如何」矣。

王金壇：「一隊明粧擁碧油，羅衣風影照溪流，謝女捉將團扇出，潘郎扶得板輿遊」，「中年人」若去亦復入人妄想。

葉硯孫：「學新歡兒童調笑，譜舊夢老輩胡盧」，是「女兒家甚做作」之意。

王金壇〈即事〉句：「最是北堂無意緒，匆匆時節話偏長」，亦未知「有甚不著科教娘怎麼」者。

「素娥畢竟難防備」，是女人業。翁山：「我言素女即丹砂」。經云：如此之時，同名近女，蓋女而不「素」則已，「素」則不論何人，但與相近，未有不為影射者。

# 第十二齣 尋 夢

【夜遊宮】（貼上）膩臉朝雲罷盥，倒犀簪斜插雙鬟。侍香閨起早，睡意闌珊：衣桁前，粧閣畔，畫屏間。

伏侍千金小姐，丫鬟一位春香。請過貓兒師父，不許老鼠放光。僥倖《毛詩》感動，小姐吉日時良。拖帶春香遣悶，從花園裏遊芳。誰知小姐磕睡，恰遇著夫人問當。絮了小姐一會，要與春香一場。春香無言知罪，以後勸止娘行。夫人還是不放，少不得發咒禁當。（內❶）春香姐，發個甚咒來？（貼）敢再跟娘胡撞，教春香即世裏不見兒郎。雖然一時抵對，烏鴉管的鳳凰？一夜小姐焦燥，起來促水朝粧。由他自言自語，日高花影紗窗。

（內❷）快請小姐早饍❸。（貼）「報道官廚飯熟，且去傳遞茶湯。」（下）

【月兒高】（旦上）幾曲屏山展，殘眉黛深淺。為甚衾兒裏不住的柔腸轉？這憔悴非關愛月眠遲倦，可為惜花，朝起庭院？

「忽忽花間起夢情，女兒心性未分明。無眠一夜燈明滅，怪❹煞梅香喚不醒。」昨日偶爾春遊，何人見夢。綢繆顧盼，如遇平生。獨坐思量，情殊悵況。真個可憐人也。（悶介）（貼捧茶食上）「香飯盛來鸚鵡粒，清茶擎出鷓鴣斑。」小姐早饍哩。（旦）咱有甚心情也！

【前腔】梳洗了纔勻面，照臺兒未收展。睡起無滋味，茶飯怎生咽？（貼）夫人分付，早飯要早。（旦）你猛說夫人，則待把饑人勸。你說為人在世，怎生叫做喫飯？（貼）一日三餐。（旦）咳，甚甌兒氣力與擎拳！生生的了前件。

你自拿去喫便了。（貼）「受用餘杯冷炙，勝如賸粉殘膏。」（下）（旦）春香已去。天呵，昨日所夢，池亭儼然。只圖舊夢重來，其奈新愁一段。尋思展轉，竟夜無眠。咱待乘此空閒，背卻春香，悄向花園尋看。（悲介）哎也，似咱這般，正是：「夢無綵鳳雙飛翼，心有靈犀一點通。」（行介）一逕❺行來，喜的園門洞開，守花的都不在。則這殘紅滿地呵！

【懶畫眉】最撩人春色是今年。少甚麼低就高來粉畫垣，元來春心無處不飛懸。（絆介）哎，睡荼蘼抓住裙衩線，恰便是花似人心好處牽。

這一灣流水呵！

【前腔】為甚呵，玉真重遡❻武陵源？也則為水點花飛在眼前。是天公不費買花錢，則咱人心上有題❼紅怨。咳，孤❽負了春三二月天。

（貼上）喫飯去，不見了小姐，則得一逕❾尋來。呀，小姐，你在這裏！

【不是路】何意嬋娟，小立在垂垂花樹邊。纔朝饍❿，個人無伴怎遊園？（旦）畫廊前，深深驀見銜泥燕，隨步名園是偶然。（貼）娘回轉，幽閨窣地教人見，那些兒閒串？⓫

【前腔】（旦作惱介）哇，偶爾來前，道的咱偷閒學少年。（貼）咳，不偷閒，偷淡。（旦）欺奴善，把護春臺都猜做謊桃源。（貼）敢胡言，這是夫人命，道春多刺繡宜添線，潤逼罏香好膩箋。（旦）還說甚來？（貼）這荒園塹，怕花妖木客尋常見。去小庭深院！⑫

（旦）知道了。你好生答應夫人去，俺隨後便來。（貼）「閒花傍砌如依主，嬌鳥嫌籠會罵人。」（下）（旦）丫頭去了，正好尋夢哩⑬。

【忒忒令】那一答可是湖山石邊，這一答似牡丹亭畔。嵌雕闌芍藥芽兒淺，一絲絲垂楊線，一丟丟榆莢錢。線兒春甚金錢弔轉！

吁⑭，昨日那書生將柳枝要我題詠⑮，強我歡會之時。好不話長！

【嘉慶子】是誰家少俊來近遠，敢迤逗這香閨去沁園？話到其間靦腆。他捏這眼，奈煩也天；咱噷這口，待酧⑯言。

那書生可意呵，

【尹令】咱不是前生愛眷，又素乏平生半面。則道來生出現，怎⑰便今生夢見。生就個書生，恰恰生生抱咱去眠。

那些好不動人春意也。

【品令】他倚太湖石，立著咱玉嬋娟。待把俺玉山推倒，便日煖⓲玉生煙。捱過雕闌，轉過鞦韆，揹著裙花展。敢席著地，怕天瞧見。好一會分明，美滿幽香不可言。

夢到正好時節，甚花片兒弔下來也！

【豆葉黃】他興心兒緊嚥嚥，嗚著咱香肩。俺可也慢掂掂做意兒周旋。等閒間把一個照人兒昏善，那般形現，那般軟綿。忑一片撒花心的紅葉⓳兒弔將來半天。敢是咱夢魂兒厮纏？

咳，尋來尋去，都不見了。牡丹亭，芍藥闌，怎生這般凄涼冷落，杳無人跡？好不傷心也！（淚介）

【玉交枝】是這等荒涼地面，沒多半亭臺靠邊，好是咱瞇睽色眼尋難見。明放著白日青天，猛教人抓不到魂夢前。霎時間有如活現，打方旋再得俄延，呀，是這答兒壓黃金釧匾。

要再見那書生呵，

【月上海棠】怎賺騙，依稀想像人兒見。那來時荏苒，去也遷延。非遠，那雨跡雲蹤纔一轉，敢依花傍柳還重現。昨日今朝，眼下心前，陽臺一座登時變。

再消停一番。（望介）呀，無人之處，忽然大梅樹一株，梅子磊磊可愛。

【二犯么令】偏則他暗香清遠，傘兒般蓋的周全。他趁這，春三月紅綻雨肥天，葉兒青。偏迸著苦仁兒裏撒圓。愛殺這晝陰便，再得到羅浮夢邊。

罷了，這梅樹依依可人，我杜麗娘若死後得葬于此，幸矣。

【江兒水】偶然間心似繾，梅樹邊。這般花花草草由人戀，生生死死隨人願，便酸酸楚楚無人怨。待打并⑳香魂一片，陰雨梅天，守的個梅根相見。

（倦坐介）（貼上）「佳人拾翠春亭遠，侍女添香午院清。」咳，小姐走乏了，梅樹下睡㉑。

【川撥掉㉒】你遊花苑，怎靠著梅樹偃？（旦）一時間望，一時間望眼連天，忽忽地傷心自憐。（淚介）（合）知怎生情悵然，知怎生淚暗懸？

（貼）小姐甚意兒？

【前腔】（旦）春歸人面，整相看無一言，我待要折，我待要折的那柳枝兒問天，我如今悔，我如今悔不與題箋。（貼）這一句猜頭兒是怎言？（合前）

（貼）去罷。（旦作行又住介）

【前腔】為我慢歸休，緩留連。（內鳥啼介）聽，聽這不如歸春暮天，難道我再，難道我

再到這亭園，則掙的個長眠和短眠！（合前）

（貼）到了，和小姐瞧奶奶去。（旦）罷了。

【意不盡】軟咍咍剛扶到畫闌偏，報堂上夫人穩便。咱杜麗娘呵，少不得樓上花枝也則是照獨眠。

武陵何處訪仙郎？　釋皎然
只怪遊人思易忘。　韋莊
從此時時春夢裡，　白居易
一生遺恨繫心腸。　張祜

【校記】

❶徐本作「內介」。❷徐本作「內介」。❸徐本作「膳」。❹徐本作「分」。❺徐本作「徑」。全集本作「逕」。❻徐本作「溯」。全集本作「遡」。❼徐本作「啼」。全集本作「題」。❽徐本作「辜」。全集本作「孤」。❾徐本作「徑」。全集本作「逕」。❿徐本作「膳」。⓫徐本此句為「那些兒閒串？那些兒閒串？」。⓬徐本此句為「去小庭深院！去小庭深院！」。⓭徐本無「哩」字。⓮徐本作「呀」。⓯徐本作「泳」。全集本作「詠」。⓰徐本作「酬」。⓱徐本作「乍」。⓲徐本作「暖」。⓳徐本作「影」。⓴徐本作「併」。㉑徐本作「盹」。㉒徐本作「棹」。

# 第十二齣〈尋夢〉批語

「膩臉」喻兩輔，「朝雲」喻花頭，「倒」字妙，扳倒「犀簪」方得「插」也。「鬟」喻豪，「衣桁」喻男根，「粧閣」喻女根，「畫屏」喻身，又屏可代瓶也。「拖帶」二字無非謔喻，「胡撞」意同，「抵對」字謔喻更顯，「焦燥」二字不問可知。「花影紗窗」四字，女根雅號。「几曲屏山」喻胸至陰凡幾疊。「眉黛」喻豪，「衾」喻腹裡，「腸」喻男根，「愛月惜花」喻行事，「庭院」俱喻女根，「未分明」喻瓜未破，「梅香」喻精，「鸚鵡鷓鴣」俱喻花片，「匀面」喻以手摩，「照臺」喻女兩輔，「甌」喻女根，「拳」喻男搥未收仍展，為「未收展」一段，又喻男根。「展轉」即用指騰那意，「空閒」謔得刻毒，「鳳」喻簷際，「翼」喻兩扉，「高低」喻女根相狀非一。「粉面垣」喻兩輔，凡物吐出可見，即謂之飛。「少什麼無處不」言天下婦人皆「懸」此「春心」也。「荼蘼」喻男根豪，「裙釵線」喻女根豪，「抓住」猶言二毛相結，「牽」即廝連有帶勾不放意。「玉真」之真代筋，「眼前」字妙，非喻女根而何？「題」須以筆，「紅」喻男根，「三二月」言一月形分二三摺。「天」喻深處，「垂垂花」喻女根，「垂垂樹」喻男根，「畫廊」仍喻兩輔，「銜泥燕」肖女根形，「窣地」猶言深處。「那些兒」指男根，「花妖」喻女根，「木客」喻男根，「荒園」喻已破之瓜，「小庭」喻未破之瓜。「砌」喻兩輔，「籠」喻女囊，「鳥」喻男根邊闌不麗，其「籠」便可「嫌」矣。「楊線」喻豪，「榆筴」喻女根幼小時，「線兒」即出甑饅頭切一刀之說。「金錢」以代筋全，「話長」指男根言，「近遠」以喻抽送，「沁」喻水出，「眼口」俱喻女根，「半面」喻女根已分開，「恰恰生生」喻初破瓜時也。「抱咱」猶言咱抱，「眠」指男根，「石」喻交骨，「嬋娟」喻女根長，「玉山」喻身，「目」喻女根，「秋千」喻兩足樹起，「裙花」喻女兩扉，又欲展其裙，則不得不先樹其足意。「捱過雕欄」喻兩手持脛，身挨膀開，擘分子戶也。「香肩」喻女根毬簷兩畔，「嗚」喻深埋不動，另是法中一法。「形現」喻男根起時，

「軟綿」喻其歇後事畢之後。「葉」將花掩，「紅葉」喻女兩扉，「半天」喻分兩開，「眯奚色眼」女根妙號，同一物也。分開便見兩邊「亭臺」，粘合便似「沒」了，但成眯奚一眼。「尋之不見」多半耳，「活現」喻男根復振，「方旋」于內打車也。「黃金」之金代筋，喻男根，「釧」喻女根，「形圓」男根甚巨，則女根變圓成匾矣，出奇之筆。「人兒」仍喻男根，「照人兒」喻挺末之光，喻得艷巧之極。「眼下」喻溺孔下。「陽台一座登時變」喻行事與畢罷時，女根相狀各別。「梅子」喻男莖端，觀「傘兒般」三字，益信「紅綻雨肥」喻女根也。「葉兒」喻豪，男迸則女「苦」，而彼不顧也，只將「仁兒」在「裡撒圓」耳。垂星在表似「傘」半開，在半表半裡似「傘」半收，直「迸」入裡則似「傘撒圓」也。「書陰」書視女陰也，「草」仍喻豪，「打併一片」喻女根復合，更須稍用手法。「梅天」喻精留處，「香」喻男根，「翠」仍喻豪，「遠」喻其深，女根「眼望」不料被男根「傷」卻花「心」，故自「怜」。「淚」喻餘液，「甚意兒」問看官解我所喻否。「春歸人面整」作一句讀，喻了事時女根仍合也。「無言」易明矣，「待折」喻扳倒也，「猜頭」喻看官不解其意，女根未破時，可喻以「短眠」，既破則「長眠」矣。「留連」字妙，「軟咍咍」喻男根已痿，「樓上」喻女根深處，「遊人思易忘」所以不解其喻，「從此」言自此以後無人不知玩其如此相狀，而從前未知，為「一生遺恨」也。人謂晚唐猥薄，不知效尤既久，几于人人自厭，不得不別開生面，作者亦欲特開生面耳。

「尋夢」二字，千古奇文。羨門「揚州一場花月『夢』」。夢好卻如真，事往翻如夢，蓋歡娛似夢尋難得，惟床上故書前世「夢」可以一「尋」耳。若士之喜濃文艷史，無非尋夢之意。

只一「膩」字，寫春香亦一美人。「睡意闌珊」，猶有「丫鬟喚起倒穿鞋」之意。小步紅尖刺碧苔，「衣桁前」亦復入畫，與元人「攏釵燕鞁繡鸞，卷朱簾綠陰庭院」同妙。

「即世裡不見兒郎」，似云世間第一狠「咒」。所謂不學俱欲之物，非「盲兒問乳色，不識身從何處來」

者，足見認一日三餐為吃飯，亦是搗鬼，與時人「來生左太沖」，「來生教作無鹽」兩咒同妙。

「袞兒裡不住的柔腸轉」，所想若再相逢，還有多少的睡情教見也。

「忽忽花間起夢情」，蓋麗娘此時已將「花」園作生門觀矣，非麗娘解爾，實玉茗代之。世間俗夢不從此處起，故「夢」尸得官，「夢」糞得財耳。

雖自審欲態，不得大言現其欲，彼故曰「未分明」。

王建：「殘『燈』未滅還吹著，少年宮人不睡時」，恰好與春香「一夜燈明喚不醒」對看。

情一片，幻出人天姻眷。諸天且因情幻出，何況於人。「何人見夢」已謂天下有之，「獨坐思量」四字，為害不淺。男女同性，而男人欲情有間者，以事多則其萎，且名利所分也。若女人既無經營進取之事，得暇則自撫玩，又無不可用之時，故入土方休。惟不撥動則已，一撥動則安心受侮，渴不擇漿。

卓人月：「驀相逢治郎，真可換服移粧，辨不出雌雄他我」。阮亭云：「此等處是蕊淵才情獨絕，人不易及，使辨得出其『可憐人』，猶算不得『真個』」。滬上玉煙校書典酒政，能令意之所屬不至苦飲。嘗欲得一少年如衛玠以配。遲暮佳人雖多，見「可憐人」矣，不得一「真個」者不止也。

龜蒙〈大堤〉詩：「請君留上客，容妾薦雕胡」，此「飯」雙關。富貴家聰明子弟，頗有無一好臉在前不能「吃飯」者。欲餐秀色，麗娘亦常情耳。身以細滑為食，意以法為食，此則柔以剛為食，剛以柔為食，塞以吞為食，吞以塞為食，寸以吐為食，吐以寸為食，光以潤為食，潤以光為食。總而言之，氣為水母，光致潤，潤浴光。實水以氣為食，氣以水為食，水得氣成泡而胎結焉耳。前所云渴不擇飲者，真有以此當飯之事。〈內則〉：年未滿五十必御，體人情哉。中行說法，正免健幹之婦，因要「吃飯」而之他，或陽避骨肉，而陰就奴外也。觀此益覺山谷「一醉解語花，萬事若畫餅」二句之妙。

雲收雨散不重來，是「生生的了前件」。憶元人「一言半句恩情，三次兩次丁寧，萬劫千生誓盟，柳衰花謝春風，何處鶯鶯？」為之一笑。

「沉吟想幽夢，閨思深不說」，理所必無，情所必有，故深思此「一段」，故不說。

「園門洞開，殘紅滿地」，如觀已狼籍之女根而悟及自身也。

園門洞開，故最撩人。「最撩人春色是今年」，與〈驚夢〉折「恁今關情似去年」對節而生。開則未洞開矣。女多憂思，則戶開不閉，乃至胎墜，不得小便，竟可用油塗手，入內托正，斯洞之開極矣。惟此一「開」字，非我出力與之批出，再過一萬年，誰知若士巧至于此。

楚詞「魂要渺以淫放」，張衡賦「願得結精遠遊以自娛，飄飄神舉逞所欲，獲我所求夫何思」，真欲使上古並于當今，遐方亦為近地。「春心」即牡丹心，「無處不飛懸」者。深深院落芳「心」小，狂情十里「飛」相燒。一片芳『心』千萬緒，人間沒個安排處。即前想夢之誰邊，不可情有理無計也。

「吳蚕若有風流分，抽出新絲織繡『裙』」，「東鄰女伴真嬌劣，偷解『裙』腰竟不知」。裙之關人，徒以衩耳。

觀「好處牽」語，則雖不肯失德，而尚德不尚容之語，非彼所敢知矣。

其所以「重溯」不已者，只為「觀之不足」耳，與賞遍亭臺也惘然緊緊呼應，雖欲「回家閒過遣」而不能也。

陳舒：「活水春塘行遍了，虛綠搖魂天杳杳」，程村云：「似《轉情集》中語」。蓋使人觸目感心者，花之外即是「水」，以此中曾照古人影也。此「水」既屬謔喻，為誦杜牧「當時樓下『水』，今日到何處」，盧仝「此『水』有盡時，此恨不終極」四句可以一笑。安得人意常同春水「滿」乎？貫休：「千場『花』下醉，一片夢中遊，游絲不綰芳魂，晚風又催弱絮」，是「水點花飛」意。

紅粧帶臉春，「買」取歸天上，何嘗「費錢」。天公年年開「花」，所以不惜「不費買花錢」，猶云自家會造之物，故不看得珍重耳。

誦「天便有情人漸老，由來真宰不宰我」句，則私自憐兮何極，「心上有怨」。

「題紅」是御溝題葉故事，無非急于欲嫁之意。徐悱〈花〉詩：「方鮮『類』紅粉，比素若鉛華，佳麗復隨『花』，鮮『紅』同映水」。人只一度「紅」，心安得而不「怨」？不費買花錢，故聽牡丹遲開早敗。「心有題紅怨」，故欲催夜發，已且點勘也。時有「落花點點人天癸，去多來少是紅年」句，亦切。

「何意嬋娟小立在」，不減「閒倚雕闌，自賞娉婷影。女伴潛呼渾未省，橫睇回波，纔訝紅粧並」之妙。

山妻原是消「閒」物，即謂此事為「閒串」，未嘗不切。

時人詞：「不用支開小婢」，是不怕「道咱偷閒學少年」者。

「把護春臺都猜做謊桃源」，乃認真之至語，一句掀翻大藏。

姜白石：「萬古感心事，惆悵『垂楊』灣」，不但註出夢梅姓柳之意，即論交情，亦與元人「繡簾踏殘紅杏雨，絳裙拂散綠『楊』煙」同麗。

射蘭熏，胭脂搶，俊的是容光，煉不灰可喜心腸，愛的是臉兒紅那般模樣。是「誰家少俊」？當年邢尹分男女，便合雙魂化一魂。為「誰家少俊」一笑。近耶「遠」耶「來」何遲，當年兩小無嫌猜，恨不相遇。

元曲「則見他舉止處堂堂『俊』雅，我在空便裡孜孜覷罷，他背影裡斜將眼梢抹，俺家裡酒色春無價。從來秀才每色膽天來大，險把俺小膽兒文君嚇殺，你將王侯宅眷作鶯花寨。」「少俊」真乃可惡。「那一個我見他側坐著虎熊腰」，則必有好一會分明美滿之具，而「香閨」初未知也。

水殿燈皆獨自承恩，「其間」初不「靦腆」，「今朝別有承恩處，遙被人知半日羞」，豈自「話到」亦靦腆耶。「靦腆」全因好一會分明美滿，否則不然。娑婆國土，何獨以此又「靦腆」又必為、又必為又難「話」之事，而成世界，誠難索解。單于過聽不足以自汙，雖不得不「話到其間」，猶有分毫「靦腆」。所至徵集老媼，共肆醜言，則以「話到其間」不「靦腆」為當矣。

二句總下兩段。「捏這眼」寫從心求味，眯奚涎臉，又樂極閉目，知察個中也。「奈煩」者聚氣滿爐，取勝無厭也。又施逞千般，做意兒耍也。加一「天」字，妙，此味實出天賜耳。「噉口」寫受樂肺腎相連，欲言而爐中受其橐籥氣，下不得上屬，惟有張口也。「酬言」者，要知彼雖捏眼，卻有無限問好艷語也。「待酬言」心得所欲，口常欲笑，氣不上屬，則酬不出也。又情極處卻無語，「待酬言」而其詞甚羞，欲吐終茹也。幸未全被侍兒知相狀，更嗔側耳要聆聲耳。

嚴維：「眾音含笑戲，誰不點頤冷」，有「噉這口待酬言」意。阮亭：「私語好誰聞，嫦娥應羨人。」謂寫昵事不入褻語，是唐人風味。不知李白〈自代內贈〉：「妾似井底桃，開花向君笑。安得秦吉了，為人道寸心」，已開玉茗「肚麗娘」三字之意。則「酬言」時多，而不「酬言」時寡矣。「猶記當時叫合歡」，好處多「言」也，而今獨覆相思塊肉不成片也。

今「生」所尊親，或多「生」之「愛眷」，今「生」之「愛眷」，或多「生」所尊親，故知賢文皆形骸之論。

「則道來生出現」，比「擬君古人乃並世」更妙。天生間世風情種，自有連枝比翼。一個俊梁鴻，肯付區區賣菜傭？蓋真正聰明男女，無不虛空觀想，有一意中人者。設其人而遇之睹面，則無論男女遠近，無理有理，未有不作念一生，冀合「來生」者也，故曰「則道來生出現」。

「怎便今生夢見」，猶言但夢已足，不必定真也。

初嫁之夜，全須彼此領略「生生」二字之趣。少女歸少年，光華自相得，既然「恰恰」，那管「生生」乎！

玉茗詩：「何世無仙才」，天生一代一雙人，偏教兩處消魂，天為誰春？是「恰恰生生」四字。反畫龍章風姿自可，而閨秀偏愛「少俊」，姝好形狀如己者，纔起親附愛。方謂之生就天生絕世佳人，力已竭矣，又生一絕美才子以配之，力固有所不足也。余曰：不然。天下未有無對者，但偏不相遇耳。有多少佳期難再，新歡無味。阿大、中郎、封胡遏末之恨正以此。「抱咱去」是最要緊事，最鄭重事，最不可思議事，奈何竟非「生就」之人也。公瑾公年近于「生就」，五官將去抑又次之。

「生就個書生，抱咱去眠」，妙。既已為女，則自知要被人「抱眠」之物矣。既知則無不設想一可「抱」會「眠」意中之人，方與之「抱」者。無奈意雖如此，天未必為我「生就」，今既生就，則其安問遠近，安計密疏哉！想到「生就」之妙，真令「少俊」男子俱恨不化女人身，而受其「抱眠」矣。「生就」內並「好一會分明美滿」七字，亦有王修微「偏是薄情郎，夢也如真個」為妙絕之句，非以其能暗藏「分明美滿」四字乎？況向夢兒裡咒，其何為分明美滿，一至于是令我不得不思也。亦猶睡情誰見之妙。既為女子，則自知要被人睡矣，睡而無情，亦何樂乎睡哉。睡既有情，則其可憎可愛相別真不可以道里計。今我自設想之睡情，真欲擅古今所未有，但不知可有知音者見否。知音，彼亦古今所難得之人；不知音，則彼全不懂我，豈不枉哉！

「他貌融和，言談出眾，只待要乘鸞跨鳳，便是鐵石人見了也感嘆嗟呀，休道是俏心腸所事兒通達」，是「那些好不動人春意也」註解，論喻意則固指陽道之拳奇也。

「他倚」非他倚，「倚立咱」于石也。「推倒」句便可解，只半「倒」靠「石」耳。如此則「天」須斜視，故曰「敢帶著地怕天」也。「捱過轉過」秖是喻側湊時，「立」看既佳，則不得不「推倒」矣。先「立」而端詳之，是真正解人語，與只「推倒」未嘗「立」看者，胸次霄壤也。

「玉生煙」火烝水象，是愛極境。又大動時，女根相狀如此，大有笑他雲雨暗高唐之音。幼安「碧樹水簟午風涼，都是好風光，說著後教人話長」。王金壇「晝視如花更灼然，那堪惟向暗中怜」。「日暖玉生煙」，作者蓋教人以暄暖無風之日，在「日」下行事，庶几得此相狀。若以怕天瞧見，坐失此趣，亦復不必。何也？此事原是天教人做的，況蠅交蟻合，天瞧見何嘗怒之，天之視眾生，寧異蠅蟻耶。夏日彰微遠勝燭，一刻千年猶不足，盡眼凝滑無瑕疵，卻願天日恒炎曦。「試看天曲軟灣香，直欲萬世忘感傷，端嚴廣博映斷長」，天尤賴「日」天子力得妙觀察。以佛觀婬慾如蚊蚋交感，譬如兩木人，設機能搖動，追尋了無得，淨淫無差別。「天」豈異于是。

「郎笑上高樓，誇道日頭好，儂欲下樓去，郎道今還早。風透輕羅白『玉』涼，羞暈知多少」，「怕天」

耶？卻愛熏香小鴨美，他長在屏帷，「天」安知不欲瞧耶？節閔太子時姚班諫曰：「內作坊或言語內出，或事狀外通」。唐河間王孝恭以平江南，輔公祏賜奴婢七百。性奢豪，年五十，子晦嗣立，第起觀閣臨市區，人候日庶民禮所不及。然室家之私，不欲人窺。自肇至梧，婦人四月即入水浴，不避客舟。日本風俗，男女雜沓。安南風浴，洗浴便溺，往來坐立，男女裸體不相迴避。臺灣土番暑月男女對坐。裸體淫欲之事，父母子女略不羞避。觀元魏末北人欲安舊習，足見寄心于習，寄口于群，六根所常執為道理。〈曲禮〉：「君子居他國，不求變俗」，禹適裸國，解衣而入，因之也。江魚入海，則惑失其所。常心能轉物，物物歸心，若隨物轉，即是眾生。〈衛風〉（案：當為鄘風）：「胡然而天，胡然而帝」。伯敬謂，刺宣姜淫于其子，想其棄位而姣之時，其狀猥甚。胡以儼然以小君臨人，如天如帝，如此之盛美哉？豈「天亦不瞧見」耶？乃知為貴者諱，以其文華足以相飾也。王變裸妻于子女之前，又「瞧見」亦不妨者。

讀此「秋千」等句，益憶楊升庵「顫巍巍一對玉弓兒，把芳心生拽」之妙，蓋顫巍巍則高鴇可知，玉弓兒則去衣可知，心生拽則一對玉弓極力拉開，相距相遠可知。又升庵有「雪皺雲鬆倩郎整，羅帳燈昏蓮瓣瞑，掌中無力裊瓊枝，渴思半消殘酒醒」四句，亦妙絕。言雲鬆則足紈擦散可知，言雪皺則足紈白色可知，蓮瓣瞑則齒痕難分可知，掌中則被握可知，無力裊則女癢欲止而被握甚力可知，「渴消」則嘴含可知，酒醒則鼻吸可知。如歐陽承旨舞姬脫鞋吟之妙。「天天曲曲玉灣卷」，天曲盡其弓狀，灣卷畫其橫圓。翠鳥飛去天欲軟，則春酥見欲消，自然柔膩絕無矯揉之跡可知。

李白「含笑引素手」，山谷詠荔「紅裳剝盡見香肌」，皆「揹著裙花展」意。「揹」勒限也，引其自手展裙，不教引裙遮戶也。其實「裙花」之展，由于麗娘股開鞋兒謎，所以慚愧也。王修微「暗忖歡情，慚愧鞋兒謎」，艷極趣極，蓋自己不覺股亦大展，足已朝天也。

女「香」草，男人置衣則臭，女子置履則「香」，故曰：欲知女子強，轉臭得成「香」。坡有「味難名，只自知」，阮亭：「不辨何名，但聞薌澤，那堪謝氏堂前，見一段清『香』染郗郎，但恐麝臍無主任春風耳。」李于鱗：「單衫婀娜春風『香』，語『香』時透郎懷抱」。盧綸：「自拈裙帶結同心，煖處應知『香』氣深，愛捉兒夫問閒事，不知歌舞用黃金」。杜巫山詩〈贈薛判官新娶寡婦〉「千秋一拭淚，夢覺有餘『馨』」，人生相感動，金石兩青熒」，皆謂此「幽香」也。羨門：「晚粧初覺蜂黃褪，蜂黃褪，『幽香』一滴，露珠新搵」。阮亭謂彭九是艷情專家，實用玉茗此意。一滴謂雄精回出耳，「幽」即深也，「香」即臭也，寫「分明美滿」而不及其氣味，但見相狀，猶未盡此事之妙。「好一會分明美滿，幽香不可言」十二字合成一句，真非才子不能爾也。又夾入「幽香」二字，使人不覺其褻，自唐人「滴博雲間戍，蓬婆雪外城」得來。

《大藏》：蛹有熱滑軟劣粘悶痛，味有可意味以稱情，故聲亦有可意聲。情所樂，欲即香。亦約情說：隨自識變，稱己心願，方名好香，是玉茗來處。此事謂之色，而惟此一事，聲色臭味備焉，故可好胭脂雨暖玉煙，色也。「美滿不可言」，相也。「幽香不可言」，臭也。「好一會不可言」，味也，又鼻得臭而味入口也。「分明不可言」，聲也。此一事之聲色臭味，任天下無量好聲色臭味，不與易也，況于更有謔浪之聲，舌戰之味乎？不形之形，亦有蛹趣，其識所見耳。

李白「人生飄泊百年內，直須酣暢萬古情」，欲其「滿」也。用修「琴心慵理，多病負年華」，元美「酒腸新窄，羞見意中人」，皆不「滿」之詞。夢中謂「滿」算不得，若是境正難當耳。最難言處最難忘，是「滿」。女多憂思，則戶不閉，轉胞者，竟可以油塗手入內托正，天之生是使難「滿」也，實為產人之故，而人遂不得不嫪薛之尊崇。「分明美滿」是婦道魂消處。所謂「齊心同所願，含意俱莫申」者也。千豪萬艷，事秘難書，犯古今之不韙，無非貪此「滿」字。盡古今之道術，無非助此「滿」字。極稗官家之模寫，無非描此「滿」字。欲「滿」者人之所同，或「滿」或不「滿」者，物之各異，不能隨處充「滿」，何足獻酬群心。雖昏實善，「滿」

之謂歟？「不可言」三字，雖由豆蔻全含，心淺易悅，真為檀口無言。慧心密印，經所謂初中後皆受樂者。包小說萬千言，滿則美，不滿則不美。分則明，不分則不明。滿美則分明，不滿美則不分明。滿美分明，必好一會，不滿美分明，必不好一會也。好一會滿美分明，則香不可言。不好一會滿美分明，則不香不可言矣。創巨痛深，名香實臭，言之須醜，故不可言。天中大繫縛，無過于女色，女人縛諸天，將入諸惡道。若無「好一會分明美滿」七字，雖欲縛之，恐亦不能，元人是以有「夢中難尋可意種」之句也。

「興心」即捻眼奈煩。蓋此事全視「興」，將女根看平常物，即無「興」，看作至寶，即有興。故女根困醜者，不入鑒。「緊嘶嘶」有根不吞嚼意，實兩臂架踠，兩掌扳肩也，不然便與下文「形現」二字不合，「形現」指男女根方妙。

李白「風流自簸蕩，謔浪偏相宜」，是「掂掂」。呂洪：「時情正誇淫，匠意方雕巧」，是「做意」。柔亦不茹，剛亦不吐，為「做意兒周旋」，一笑。「俺可也」等語，所謂心語，何可令人見也，遮莫風流心，原薄倖，故意賺情則奈何。

「照人」者，昭昭靈靈，理明如鏡也。棄位而姣，是「照人兒昏善」的解。稼軒詞「此樂誠然不可支」，殆謂是歟？「昏善」妙，餘外「昏」境，皆不「善」也。

「等閒間」便如此，亦可為閨英闈彥爽操虧閒者少恕矣。

「提起來羞，這相思何日休」，只是「那般形現」。阮亭謂卓珂月刺淫諸詞傷雅，只是「那般形現」，相看儼然，猶是照人那般形現，是註出相看儼然，聰明男女行事，方兼圖此一句也。

《無盡意經》：入至四禪天，身得輕「軟」。心腸拽，模樣兜，美恩情萬種難學，不由師授，方為「那般軟綿」，不但因昏善而然耳。

「撒花心的紅葉兒」，畫出女根。一心注想此處之「善」，故「昏」時見「半天」中弔下此物也。又此物生于身半以上，故以「半天」喻之。

徐士俊記醉鄉之俗大同，睡鄉之土平夷廣大，其人安恬舒適，不車不舟，不絲不穀，潤而不洪，其山膩滑不可上。其間氣侯雖寒暑各擅勝境，大約四時早暮，皆類春三月時。其重門疊閣，皆以葳蕤鎖鎖之，雖懷金竊窺，終不可得。簇簇擁護，如堆落花，正此鄉深奧處也。芳香酷烈殊甚，但覺人間惡路岐幾被此中蓋盡。鄰雞四號，曉月欲落，此鄉遂震動。但微視銀缸，絳帷希微，黯淡而已。得老是鄉者，惟軒轅錢鏗張蒼數人，其他雖帝王將相，終不能久據也。解人晝遊，尤目盡其勝。別有一鄉在後，大致相似而稍不同焉，蓋從玉茗此書得來。

太白：「念此杳如夢，淒然傷我情」，東坡：「一歡如覆水」，又「一歡難把玩，回首了『無』在」，任爾豪雲艷雨、靈雲秀雨、昵雲嬌雨，美滿十分，香疤雖炙，收歇時皆是「這般淒涼冷落，杳無痕跡」，故曰「好不傷心」也。元才子艷詞嬌傳，空賣雕虫，高唐『夢』水流花謝，『寂寞』遺蹤，豈徒為此地而言哉。

「沒多半亭臺靠邊」，便有鶴髮雞皮之懼。

袁中郎：「遠夢老難成」，況于『白日』。葉硯孫：「好夢須從天外去」，除卻「青天」。若元詩所云：「蝴蝶夢滿東西家，萬古春歸夢不歸，眼前片片飛蝴蝶」，則誰道「青天白日」不是「夢魂」耶。「霎時間有如活現」，試作夢中觀，想也事勝趣彌濃。好色者亦只因事過之後，胸中常如「活現」，所以死而後已，其實此事不「得俄延」。

元人詠妓睡「東墻下秀英壓的黃金釧碎，陷人坑上，被兒裡直挺著塊望夫石」，可為頑鈍如石不知痛癢物一笑。坡「夜來春睡濃于酒，壓損佳人纏臂金」。三婦陳批：與《西廂》「檀口搵香腮」，俱別有神解。謂嗆妃唇甘如飴而不得，只得且搵香腮也。想及秦宣太后對尚子，為之噴飯。

「怎賺騙」之後，所以咒夢。羊車去矣，几見君王解得相思。阮亭謂，夢見君王覺後疑，註疑，亦「怎賺騙」也。鄒程村「從別後，長自低巾掩袖，懊惱多情」，雖自家夫婿，亦為「賺騙」耳。杜句：「伏枕思瓊樹，之子白玉溫」，「依稀想像人兒見」，則如何瓊樹枝，夢裡看不足也？

「從此萬重青嶂，合無因，更得重回頭去」，亦「荏苒」望鄉休向晚，山影更參差。徒爾「遷延一轉」，勝說一度由緩至急，急而復緩，緩而復急，以至于如搶生命之急，是曰「一轉」。「仙路無程醉是因」，又「數重雲外樹，不隔眼中人」，「敢依花傍柳還重現」，亦理所有。

「眼下」二字，妙，包無限聰明。方好色者，惟其獨知「眼下心前」之趣。

坡公詞惟〈楊花〉一闋，雄奇幽艷。徐野君「好似郎蹤，猶疑妾『夢』」亦佳。「陽一座登時變」，殆將洒淚和苔碧矣。推麗娘之心，直欲無晝無夜，雙描此畫，歷億萬年曾不變易。王修微「未卜此時真個」，亦連持心不忘受耳。戴石屏「有『梅』花處惜無酒，三嗅『清香』當一杯」。董張〈代寄修微〉：水仙祠畔那人逢，剛認做「梅花一樹」。阮亭謂，寫草衣孤冷閒靚，可誦傳神。

「若見江魚須痛哭，腹中曾有屈原墳」。麗娘「死後葬此幸矣」，亦復如是，勝莊宗樂器焚身少許。

「天下夢緣隨處妄，世間幽恨幾人開」，龔芝麓：「繫夢管簫新殿腳，惱人風露舊宣華」，元曲：「口兒裡念，心兒裡愛，天若知道，和天也害。」「拜你個嫦娥不妒色」，情之所致，不擇人，擇人情豈天真出？任格子森嚴，文人啾唧，星火初生，誰暇及待？轉語商量，換個人兒親暱，則是真情已去，假情已來，說不得可還是當初此物。「偶然間心似繾」，所謂能言不能言之口，可解不可解之心，情不能禁，必欲遂之，意馬偏韁，殊不可訓，路昭、劉晟、高潤、蕭綜，亦不過受此害耳。羅願云：「淫由小人不勝血氣，有不能勝則易夢為戀」。人皆有情，未嘗不善，至于害物以得之，則制度者之未密也。

經論三結：一色愛、二無色愛、三無明心。不了色界愛，不必論無色愛。如文宣褻瀆之好，遍于宗戚。魏明帝或納士妻，觸情恣欲，及惡所仇異，愛所尊親，欲淫法所不得，勢所不得者皆是。世間確有此一種，亦非好色，亦非好淫，五根中屬意根也，然未有不由「偶然間」之一「繾」者。元曲「花花草草煞曾經」，「花花草草由人戀，生生死死由人願」，還出偶然間心似繾註腳，即老泉彼先以「死」自處其身之說。妾所以不如婢者，以非「偶然似繾」之人，又姿意中應當之欲，非觸情恣欲之謂也。加入「便酸酸楚楚也無人怨」一句，則雖與同受罪，亦所甘心，況身為王朝無人得制之者乎？隋煬之「死」揚州，亦此二句。「櫻桃血寫天公疏，私乞風光續小年」，正為有「花草」耳。李白云：積此萬古恨，春『草』不復生。但看春草向春生，几見情人為情『死』，豈其然。

「酸酸楚楚」不但蕊女遇壯夫，瀝枯虛人，腹酸肢痛悉在。大同俗以淫死者為樂死，眾共祭之，亦因其無「怨」耶？謂之「香魂」，則與腥毛臭骨皆塵土者，猶稍有別。「歲華翻手又淒涼，世味令人鬢得霜」，「守」之不亦難乎。「擬架小層樓，望得伊家見始休」，麗娘既「望眼連天」，柳生即報以思量泉壤，聰明人于此事，真將上古遐方等諸當今近地耳。

「能知此意是，甘取眾人非」，故曰「自憐」。以其人終望不至，故自憐。至于以其人終望不至，故自憐至于「傷心」。李清照：誰令妃子天上來，虢國韓國皆天才。蓋皆能「忽忽地傷心自憐」者。

「知怎生」，不是不知，正是言得味深，「知」故「悵」且「淚」耳。又為徒然設想，而「悵」且「淚」也，「暗懸」尤其酸楚。

「『春意盡歸』無語處，年華多似未開時」，是「春歸人面」無一言之解。「春歸人面」即「交情通體心和諧，歡情溢出芙蓉面」之謂。「整相看無一言」，似月舊臨紅粉面矣。

商隱「花情羞脈脈，『柳』意悵微微，莫嘆佳期晚，佳期自古稀」。薛能詠「柳」：「自多情態竟誰憐」？「柳」也者，天地之柔情也。縱遠飄空，千根萬緒。化為飛絮，尚偏房櫳。凡好色至極之人，無不帶女人情性，是女人轉世者。〈題箋〉直須論此耳。恒嗔綠『柳』，難繫青春，此時且不必道，「惟有詩魂消不得」，故欲「題箋」。「知我意，感君憐，此情須『問天』」，故欲「問天」。不與題者，彼或以我不知音，故不復入吾夢也。又「問天」者，問其何以造留如此妙事，我若「題箋」，直欲以數萬言寫出其形味也，肯以「欲說春心無所似」塞責耶？「猜頭」句自淫。

「如能在公掌，的不負明眸」，尚未是悔不與題「猜頭」。

薛能：「就中難說是詩情，同有詩情自合親」。賈島：「一種春心無處托，欲寫寫殘三四遭」，又「值得吟成病，終難狀此心」，又「詩緣見徹語常新」，又「千年外始吟」。坡：「與物寡情憐我老，遺春無恨賴君詩」，又「詩從肺腑出，出輒愁肺腑，有如黃河魚，出膏以自煮」。雖相憶事，縱鸞「箋」萬疊，難寫微茫，然只將詩意思，自與夢商量。則夢中一題亦無不可。

棠村：「造物如何，把香天粉井，劫塵埋了？料相思此際，濃似飛紅萬點」，皆「為我慢歸休緩留連」意。

賈島：「共君今夜不須睡，未到曉鐘猶是『春』」，即慢緩亦有限矣。「賴有秋千堪送日，不然愁殺暮春天」，又不如「昨日穠華在何處，收卻餘春入卷中」也。

「子規夜半猶啼血，不信春風喚不回」，「已是七分春去了，何須鳥語苦相催」，是「這不如歸春暮天」，聽者猶云已老不如死也。王岱：「無情事，多情惱，『天』自傷心『天』不語，春惟有恨春難好」，又豈惟子規乎？

「惜春雖似影橫斜，到底如看夢裡花，但得冰肌親玉骨，莫將修短問韶華」。「緩歸」二句，言此事信可晝夜不厭。「觀之不足賞遍亦惘」，移嘲男子之力不從心者，尤覺可傷。「不再到」者，徒觀尚未慊意，況未能無刻不觀，只有做夢不醒，心求此味耳。「難道我再」言情歷亂，寄意重複，有「是我送春春送我，何人意緒還相似」意。

「漢武秦皇亦可憐，只今『眠』卻几千年」，是「長眠」也。「嬌寒痴暖，只是戀衾窩」，是「短眠」也。則「掙的個」，言短眠猶謂不足，直欲繼以長眠也。世間人皆是醒好似睡，惟所願難償，所愛已死者，暄涼同寡趣，朗晦俱無理。四威儀都無是處，生人味半點無干，反是睡時稍得安適。未罹其酷者，真信不及也。

「春風分外尖」，故「軟咍咍」。孤衾引思緒，故「報夫人穩便」。

王維：「高『樓』望所思，目極情未畢，枕上見千里，窗中窺萬室」，即窺見亦無益于「獨眠」。

王建：「『花』亦不知春去處，『樓上』鏡，長帶一『枝花』影。「惟有洞房深處客，一枝夢裡四時紅，勝置好『花』安四壁，不教人道是春歸」也。

「古瓶斜插數『枝』春，此即君家勸酒人，移取堂前雙蠟燭，花邊『照』出玉精神」。若「獨眠」則精神憔悴，不足相「照」。

棠村：「隻影修人燈暗了」，「獨眠」無「照」，豈不更苦？文友：「低枝防壓鬢，還折怕移蓮。分送鄰家姊妹，怕他短命紅顏。但留一枝並蒂，自供屏前。」「照獨眠」者，是並蒂應更傷心。

李白：「春風不相識，何事入羅幃」，「豈無嬋娟子，結念羅帳中」。「花枝照獨眠」，真令人念「晚粧人倦嬌相向」也。文友：「和郎坐，閒坐說東家。小鴨漫燒宮裡餅，香濤滾潑雨前茶，春去且由他」。「和郎坐，粧卸玉簪斜，戲譜新詩題冊葉，輕移小盞護燈花，遲遲入帳紗」。反觀乃見「獨眠」之苦。

「只怪遊人思易忘」，笑其不知好色無連持心。「一生遺恨繫心腸」，恨所作事，多未盡興也。自得「夢」可代事之法，凡情之所必窮，想所必至者，從此皆「時時」于「夢裡」與盡「春」情耳。雖一落臺詩，悉玉茗自寓其心，蓋與他作迴別。

# 第十三齣　訣　謁

【杏花天】（生上）雖然是飽學名儒，腹中饑，崢嶸脹氣。夢魂中紫閣丹墀，猛抬❶頭、破屋半間而已。

「蛟龍失水硯池枯，狡兔騰天筆勢孤。百事不成真畫虎，一枝難穩❷又驚烏。」我柳夢梅在廣州學裏，也是個數一數二的秀才，捱了些數伏數九的日子。於今藏身荒圃，寄口髯奴。思之，思之，惶愧，惶愧。想起韓友之談，不如外縣傍州，尋覓活計。正是：「家徒四壁求楊意，樹少千頭愧木奴。」老園公那里？

【字字雙】（淨扮郭駝上）前山低窕❸後山堆，駝背；牽弓射弩做人兒，把勢；一連十個偌來回，漏地；有時跌做繡毬❹兒，滾氣。

自家種樹的郭駝子是也。祖公郭橐駝，從唐朝柳員外來柳州。我因兵亂，跟隨他二十八代玄孫柳夢梅秀才的父親，流轉到廣，又是若干年矣。賣果子回來，看秀才去。（見介）秀才，讀書辛苦。（生）園公，正待商量一事。我讀書過了廿歲，並無發跡之期。思想起來，前路多長，豈能鬱鬱居此。搬柴運水，多有勞累。園中果樹，都判與伊。聽我道來：

【桂花鎖南枝】俺有身如寄，無人似你。俺喫盡了黃淡酸甜，費你老人家澆培接植。你道俺像甚的來？鎮日裏似醉漢扶頭。甚日的和老駝伸背？自株守，教怨誰？讓荒園，你存濟。

【前腔】（淨）俺橐駝風味，種園家世。（揖介）不能勾展腳伸腰，也和你鞠躬盡力。秀才，你貼了俺果園那里去？（生）坐食三餐，不如走空一棍。（淨）怎生叫做一棍？（生）混名打秋風呢！（淨）咳，你費工夫去撞府穿州，不如依本分登科及第。（生）你說打秋風不好？「茂陵劉郎秋風客」，到大來做了皇帝。（淨）秀才，不要攀今弔古的。你待秋風誰？道你❺滕王閣，風順隨；則咱❻魯顏碑，響雷碎。

（生）俺干謁之興甚濃，休的阻擋。（淨）也整理些衣服去。

【尾聲】把破衫衿徹骨槌挑洗。（生）學干謁黃門一布衣。（淨）秀才，則要你衣錦還鄉俺還見的你。

此身飄泊苦西東，杜甫　笑指生涯樹樹紅。陸龜蒙
欲盡出遊那可得？武元衡　秋風還不及春風。王建

【校記】

❶徐本作「撞」。❷徐本作「隱」。全集本作「穩」。❸徐本作「坬」。❹徐本作「球」。全集本作「毬」。
❺徐本作「你道」。❻徐本作「怕」。

# 第十三齣〈訣謁〉批語

「崢嶸脹氣」喻男根，「紫閣丹墀」喻女根，「破屋」喻褲亦得。「硯池」喻女根，「蛟龍筆勢」喻男根，「數一數二」四字又喻其事，真乃妙絕。「荒圃」猶破屋意，「髯奴」喻豪，「楊」字代陽，「樹少千頭」即放翁「何方可化身千億」之恨。「前山低坬」非男根而何？「弓弩」喻男根能作伸屈之勢，屢伸屈而不「漏」，則挺末如「毬」矣。「果子」即青梅意，「前路」喻女根，「伸皆」喻男根。「株守」株字猶木客意，「園」喻女根，「展腳伸腰」須陽壯時，否則「鞠躬盡力」亦無益也。「走空一棍」男根妙號，取譬真有神助，然元人已有「新油來的紅悶棍，恰掘下陷人坑」句。「秋風」之秋代湫，「風順」喻女事，「響碎」嘲女道，「阻當」亦然，「破衫衿」喻男根皮，「布衣」同「錦」代緊，「鄉」代香，「苦西東」嘲男根小而女根大，「欲遊那得」同意。

「雖然是飽學名儒腹中飢」，所謂「飢」人難療以錦繡也。張球獻許公：「近日廚中乏短供，兒童啼哭飯籮空，內人低語向兒道，爺有新詩謁相公」，卻不道「主人被酒渾忘卻，客裡誰知忍餓難」。齊武弟阿五名後堂山曰：「首陽蓋怨貧薄也」。道脫衣與乞兒曰：「我與若亦何異？」南齊廢帝見錢曰：「昔思汝一個不得，今日得用汝未？」「名儒」他日惟有痛喫飯耳。濟陽江淹素能飲啖，十三採樵得貂蟬，將鬻之，其母曰：「汝才如此，豈長貧賤，可留待為侍中時著之。」齊明帝時，果為侍中，入梁封侯，此并飲啖俱艱，益覺可嘆。宋衛將軍謝莊父密繼與叔父晉駙馬混，累世資重，聞兄臧否人物，每亂以他語。居身不華，而飲食盡其豐美，上每就之求食。彼何人斯？若高氏漸強，北魏諸王莫復圖全，惟恣飲啖，三日一羊，五日一犢，則飽不如飢也。惟北齊崔㥄子瞻在臺使宅，送食備極珍羞。裴御史者，伺攜箸往，飲啖恣情。瞻曰：「遂能不拘小節，君定是名士」，頗有致。宋劉裕佐命，劉穆之性奢豪，食必方丈，內外諮稟盈階滿室，亦可作「脹氣名儒」羯鼓。

「妙語嚼芳鮮」，「飢」亦小事，何至「氣脹」。

白：「未會悠悠上天意，惜將富貴與何人？高車大馬滿長安，舉目那能不惆悵」。智可以摧天下者，名不出一家，是「崢嶸脹氣」。脹且「崢嶸」，則非逐無聲之臭而飽無味之膻者所能望其項背矣。

南齊武帝第八子子隆，素充肥，服蘆菔以自消損，猶無益，若「名儒脹氣」更不對症。東坡年譜：廿二得第，三十四徐州還朝，為王詵寫《蓮花經》，三十七通判杭州，三十八監試科場，三十九納朝雲，四十一作表忠觀碑，四十七在黃州始號東坡，遊赤壁，四十九除起居舍人，五十四除龍圖閣學士，五十六除翰林承旨，五十七知揚州，以兵部尚書召。五十八任端明殿侍讀學士，貶寧邊州節度副使惠州安置。六十二責瑤州別駕，遇老饁婦曰：「內翰昔日富貴，一場春『夢』」，遂呼為春夢婆。六十六徽宗元年大赦，始歸，次年卒于常州。《唐書》王伾，杭州人，寢陋無大志，初為太子侍書，山陰王叔文得伾至翰林院，尤通天下賂謝。為大櫃，竅以受珍，使不可出，則寢其上，資以餡妻子，順宗時貶死。「夢魂」中可占其志。枝山雖坐紫薇花底，只似黃粱「夢」裡言，從來天上遊俱「夢」也。于慎行《筆塵》：悟性者陽「魂」之精，記性者陰魄之精。邵康節子伯溫嘗「夢」至殿廷，望殿上女主也，明年唱名，乃宣仁曹太后垂簾，是「夢魂紫閣」實處。袁中郎「甕中呼小玉，『夢』裡拜荊卿」。文友作〈天上宮詞〉曰：「新寓人間，故鄉天上，我『夢』恰纔歸去。多慮多慮，天上修文，除我更無佳句」。心情又別。惟刺史大福而為廁死大腹之應者，驚戒世人「夢魂」不淺。「猛抬頭」，如夢忽醒之意。

「寂寞空字中，了無一可說」，「破屋半間而已」，只堪空壁掃秋蛇耳。「寂寂寥寥揚子居，年年歲歲一床書」，猶勝于是。幼安：「若有人來，只教童道者，屋主人今自居。休羨彼有搖金寶轡，織翠紫裾」。若「半間而已」，居大不易，讀至此句，令人憶眉州陳希亮子慥，隱光黃間，用財如糞土，妻子奴婢皆有自得之意也。

王金壇：「染鬢者女窺鄰艷，露肘儒酸炫族公，終是貴人能解事，白樓亭院換青紅」，蓋「紫閣丹墀」久橫胸中耳。其嘗取「若非天上神仙宅，定是人間將相家」為富民堂聯，以易我「破屋半間，卻又不與」。惟「青山青草裡，一笛一簑衣」者，并「破屋半間」不要，勝漢末汝南陳蕃庭宇蕪穢，曰「丈夫當掃除天下，安事一室」，智短心長者十倍。

《夷堅志》：「乾道初，內侍陳源居在秘書省東，有閩士獻書曰『宅西正是三館，措大羨人富貴，于心常以弗堪，或能害我』」，正畏其「猛抬頭」耳。如漢劉馥在京，居中常侍王忠故宅，曰「吾有先人敝廬，何為于此」，則是矣。齊中書令高澄長子少瑜與武成同年，體至肥大，十行俱下，嘗于第中作水堂，貴賤慕學，處處營造，則學者可笑也。謝晦為領軍，宋武使其弟瞻居晉南郡公主故第，謝莊子朏詣梁武帝曰：「子陵遂能屈志以為侍中尚書令」，固辭不許，敕材官起府于舊宅，梁南陽守汝陰賀革以買主第為宅，免遇各不同。博陵李德林以書檄佐隋文帝，令自選一好宅并莊房。隋取陳，以高熲為元助長史， 陳平進齊國公，後賜行宮一所為莊舍。張衡隋煬晉邸臣，幸榆林，還至太原曰：「朕欲至公宅，可為朕作主人也」，衡馳還，與宗族設牛酒。帝上太行，開直道九十里，抵其宅，賜以宅傍田三十頃。後為楊玄感所劾，鎖詣江都卒，反不如「破屋而已」。時惟安康李遷哲，世為山南豪族，父仕梁周，將徇山南，哲降封縣伯，周文以其信著本州，除本州刺史。天和初鎮襄陽，厚自奉養，妾媵至有百數，男女六十九人。緣漢千餘里，第宅相次，姬媵有子者，分主之。各有僮僕侍婢閽人守護，鳴笳導從，往來其間，歡讌盡生平之樂，爵安康郡公，古今無有其偶，較之蔡瑁更勝。宋劉昶子業，時奔魏尚主，後為齊寡命鎮彭城，還處故居，亦佳。

後漢〈李通傳〉：「世以貨殖著姓，且居家富逸，為閭里雄，以此不樂為吏」。屋佳者，雖「紫閣丹墀」

不「夢」。而梁中書令剡人徐勉曰：「此逆旅耳，何事須華」。惟釋氏之教，以財為外命。既已營之，宜使成立，但勿學石崇為荊州刺史劫商致富可矣。

王衍妻郭，賈后母黨，衍疾郭之貪鄙，口不言義，郭令婢以錢遶床，衍起見之，曰「舉卻阿堵物」。衍弟澄，年十四，諫郭貪鄙，郭曰「夫人以小郎屬新婦，不以新婦屬小郎」，捉衣裾與杖。澄固勇力絕人，為敦所忌，後為青州刺史者，總因未喻「腹中飢破屋半間而已」之苦故。又元曲：「鏡中兩鬢皤然矣，心頭一點愁而已。」

漢末激揚名教，互相題拂，品覈公卿，裁量執政。太學生三萬人，郭林宗、賈偉節為之冠，更相褒重。後雖禁錮，而海內希風之流，遂共相標榜，指天下名士，為之署號。陳留高氏蔡氏，并皆富殖，群人畏而事之，惟夏馥比門不與交通，由是聲名為中官所憚，捕為黨魁，賴變姓名以免。獨郭林宗命並不應，而不為危言覈論，故宦官不能傷，然年僅四十二。其論曰：「墻高基下，雖得必失」。林宗始入京時，人莫識，李膺弟子符融，一見嘆服，介于李膺。膺時為河南尹，于是林宗名震京師。漢中晉文經梁國黃子艾，並恃其才智，炫燿上京，臥托養疾，無所通接。洛中士大夫好事者，承其聲名，坐門問疾，猶不得見。融察非其真，請膺察之，二人遂逃去。雖住「破屋」，幸而不「飢」，遂作「狡兔騰天」計。終于「失水硯池枯」，適為蔘兒洼混江「龍」輩所笑。柳生超然，何至于此。

齊領軍彭城劉悛，閨房賓客供費奢廣，作金浴甕，妹女皆王妃。《宋史》：蒲宗閔州人，與東坡交，性侈汰，每夜然燭三百，有小濯足大濯足，每用婢子數人。唐相段文昌，以金盤濯足，曰「聊以酬平生不足耳」。如此則「數九」也好，「數伏」也好。

北齊後主，以鄴清風園賜穆提婆，租賃之，于是官遂無菜，賒買于人。北魏甄深論鹽池不常禁，文甚佳。

免官後專事產業，躬親農圃，時以鷹犬馳逐自娛。陳留裴知略身長九尺，自齊奔周，為隋司農，凡所種植，別有條制，出人意表。性頗豪侈，食前方丈，荒園中亦可見經濟，不必飢腹乃始「寄身」。東晉刁氏三世刺史，兄弟子姪并以貨殖為務，有田萬頃，奴婢數千人，劉裕時乃滅。周處次子禮，在會稽，貪財好色，惟以業產為務，則可鄙。尚書令郗嶠家產豐富，擬于王者，反吝于數，李武子恃帝婿，乘其入直，率人往斫之，亦一快。

《唐書》拂菻國，家資億萬者，為上官。新羅宰相家，僮奴三千人。嘗讀《晉史·陶侃傳》，最快意，謂晉代惟祖逖與侃兩人。侃極貴後，媵妾數十，家僮千人，有男十七，似此才命雙全，不枉人生一世。北魏平文后廣寧王建祖姑，生昭成帝，故建尚公主，從破衛辰，賜僮隸五千戶。然魏時貴種，黜為門卒者，甚多窮，討赫連昌時，奚斤糧竭馬死，使負酒食，從駕還京以辱之。然宋州平，賜僮隸七千戶，斤有數十婦。宋彭城王義康私置僮六千餘人，高歡后弟婁昭家僮千人，姪叡縱情財色。洛陽房漢為高歡丞相長史，賜其奴婢，多免放，歡後賜生口多黥面為「房」字而付之。宇文周時，安定梁睿以功臣子養宮中，後平蜀功賜奴婢一千口。突厥破賀金城，虜渾王妻子，遺周將建康史寧奴婢百口，子雄尚周文女。孝閔時，寧刺荊州，頗自奢縱。于謹平梁江陵，周文賞奴婢千口。隋北海段文振平越巂蠻，賜奴婢千口。新野來護兒從楊素平浙賊高智慧，賜奴婢百人。後從宇文述破楊玄感，復賜奴婢百人。廬江樊子蓋以平玄感，賜女樂五十人。汝南周法尚仕周為岷州刺史，司馬消難圍之棄城走，消難虜其家三百歸。隋文幸洛，召之，賜奴婢三百口，給鼓吹一部。楊愔族子素入隋，特獻平陳策，諸子無汗馬勞，皆柱國。家僮數千，宅擬宮禁，邸店水碓遍諸方。京兆王韶為隋晉王行臺僕射，陳平，賜奴婢三百口，後卒，文帝命為起宅，泣曰：「子相在，言甚多，吾每披尋未嘗釋手，寵章未極，舍我而死乎。往者何用宅為，但以表我深心耳」。「思之思之，惶愧惶愧」，蓋以胸中曾有諸人耳。

會稽夏統市藥于洛，會上巳，王公並至，士女駢填。賈充將耀以文武鹵薄，遂令建朱旗舉幡校，分羽騎為隊，軍伍肅然。須臾鼓吹亂作，胡笳長鳴，又使妓女之徒，服袿襹，炫金翠，繞其舡三匝，統危坐如故。充等各散曰：「此吳兒是木人石心也」。「思之惶愧」，殊復不是。

《南史·隱逸傳》曰：「夫獨往之人，皆稟偏性，不能借譽姻遊」。若「時」來逢見信之主，豈其放于江海？不得已而然故也。

晉安定皇甫謐曰：田里之中，亦可以樂，何必崇接世利，鞅掌管事，然後為名哉。人之所至惜者，命也。道之所必全者，形也。況吾之弱疾乎？散意于樂妙之門，人謂書淫。晉武詔曰：「男子皇甫謐其以補司隸校尉不應，令我景仰」。嵇康謂神仙不可學，導養得理，則彭祖之倫可及。〈與山濤書〉言：「聞道于遺言，意甚信之，一行作吏，此事便廢，安能舍其所樂而從其所懼耶。今但欲守陋巷，時時與親友敘闊，志意畢矣。」然康實與魏宗室婚，或以避嫌。嘗擬上古以來高士，為之傳贊，欲友其人于千載也。若只「破屋半間」亦不能然。潘岳從子尼著《安身論》，言：「求者，利病之機也，行者，安危之決也。定其交而後求，篤其志而後行，定交而不求益，故交立而益厚。行則由乎不爭之途，貌若無能，志若不及，慮退所以能進，不求重于人而人敬焉。有欲者，天下共爭之，無欲者，天下共推之。然棄本要末之徒，知進忘退之士，莫不飾才銳智，抽鋒擢穎，傾倒乎勢利之交，馳騁乎當途之務焉。」杜預父恕言：「用不盡其人，雖才且無益。」又言「先意承旨，以求容美，率皆天下淺薄無行誼者。」而陳留阮武謂恕，器能可以至大官，而求之不順。韓友之談，不知曾及此否。

放翁：「平生謾乎王公貴，俯仰鄉鄰更可憐。」吳興沈約高祖警，謝安命為參軍，以內足于財，無仕進意，謝病歸娛。約為梁侍中僕射尚書令，于政得失，唯唯而已。又宗人沈預，家甚強富，志相陷滅，後劉裕至吳興，其孫田子隨之去同義師，功還執仇，無男女少長，悉屠之。即後佐義真鎮關中，計誅王猛子鎮惡者。九泉相逢，誰當「惶愧」。

「樹可千頭」可與「兔尻九孔」對看。梁武云：北方高涼四十強仕，南方卑濕三十已衰。曹州李勣家富多僮僕，年十七往說翟讓。魏州郭震為尉，掠賣部中口千人以餉賓客。武后召詰，竟以〈古劍篇〉受知，驟任涼州都督。然宋中書令王僧達孫融嘗路擋車壁曰：「車前豈可無八騶？」中丞沈約彈其揚眉闊步，被罪，詔有「謂己才流，無所推下」語。「發跡」固不可期，況柳生既無僮僕推餉賓客者乎。

高適：「君不見富家翁，昔時貧賤誰比數？一朝金多結豪貴，百事勝人健于虎。子孫成行滿眼前，妻有珍珠妾能舞。自矜一身忽如此，卻笑旁人獨愁苦。」元曲：「投托呵運未來，枉了狂圖，我左右來無一個去處。天也，則索閣落裡韞櫝藏諸」，「這壁廂攔住賢路，那壁廂擋住仕途，枉了短檠三尺挑殘雨，好不值錢者也之乎」，「這廝蠢則蠢家豪富，他腆著胸脯」，皆「讀書辛苦」人所作。

彭城劉彥之，以劉裕鄉里與義師功，其孫捣資籍豪富，厚自奉養。與齊武同從宋明出郊，渴倦，得早青瓜，對剖食之。齊武常遊捣家，懷其舊德。未「發跡」時一絲存注，皆所感念，不但「搬柴運水」也。

晉僕射劉毅曰：「今之中正，歸正于所不服，天下安得不解德行而銳人事。凡官不同事，各得其能斯可矣。」梁武時詔置州望群宗鄉豪各一人，專掌搜薦，「鬱鬱居此」者，或減一二。

高適：「門外列車騎，談笑正得意，豈論草澤中，有此枯槁士。市魁乘意氣，凌出衣冠上。」士夫嗛退者，不為閭巷所尊禮，讀「有身如寄」一句，神梢意孤，頓有酸風吹扉，淡日照林之象。只此悲涼，已足頓送性命。「無人似你」尤可怜。人生難得是相知相守，牝則有未必知我而終守我。如蒼頭青衣，彼于主人，則豈解其眼光看何處，心頭抱何事者。「喫盡了黃淡」，猶勝似當家尊嫂，恧恩養劣兄嚴一輩。

《唐書》楊牧自謂：「素後既同中書，遂為奢侈」。同時路岩年三十六，相懿宗，亦奢肆不法，為「醉駝伸背」一笑。

魏州魏徵棄家產不營，通貫書術，隋亂，詭為道士。嘗為人作書與李密，密見稱善，促召之。嘗謂密曰：「今驍將銳士，死傷略盡，又府無現財，戰勝不賞，此二者不可以戰。」況柳僮「讓荒園」，天下偏是林邊樹下，人心眼中，有坐致太平之全策。然吾廬何在，數間茅屋，雞豚落日不脫田家趣。客來茶罷，自挑野菜同煮。多少邯鄲新夢，破零落珠歌翠舞，得似袁翁籬下長作溪山主，則「荒園存濟」頗有「几世傳高臥，全家在一林」之趣。「讓」之則「主人貪貴達，清境屬鄰家」矣。

坡翁、放翁能取眼前人物，自成勝寄，玉茗亦爾。「不能自展腳伸腰，也和你鞠躬盡力」，取譬稗官，亦復確當。卻裝清卷謁清賢固妙，然坡門尚有高述、潘岐，以其人品平平，不得與秦、黃、晁、張同稱。今人不能自樹，徒知扳附勝流，竟何益耶。等名「走空一棍」而已。

嘗聞之，揣情者必以其甚喜之時，往而極其欲也；必以其極懼之時，往而極其惡也。因其疑以變之，因其見以然之，有就之不用而去之。反求者挑其事，非吾不任，與之疑非吾不決，則彼之從我，若針之于磁，應是「走空一棍」祖師。顧既出于機心之發，則不難如《論衡》所云「譽而危之，厚而害之」矣。

葛仙曰：「洪尤疾馳逐苟達，或慕非義之奸利，內以誇妻妾，外以炫交遊」者，亦漢貢禹之意。「費工夫不依本分」，蓋亦風氣使然。

元時，衍聖公子與其族爭求襲爵，訟于藩邸，世祖曰：「第往力學，我則與之」。夫力學，固孔氏之「本分」也。惟是晉張載言：「世亂則奇用」，及其無事，牛驥共牢，利鈍齊列，則「危邦自謂多麟鳳，肯把王綱取釣翁」。譬如傾國人，埋沒在鄉縣。頓覺諸暨阮，僕從皆受位。捉車中郎將，把馬員外郎，一洗「依本分登科及第」之鬱矣。

抱朴：「且人之未易知也，雖父兄不必盡子弟也。」劉子：「淺美揚露，則以為異，深明沉漠，則以為虛。名由眾退，而實從事彰，故良材萬不一遇也。中材之人，見贍者求可稱而譽之，見援者闡小美而大之。彼欲施而無財，欲援而無勢者，遂不得行成名立。」詩云：「澡身濁井泉，沐髮渾水溝，本欲求光澤，翻貽七尺羞，所以濯足者，須乘萬里流。」「費工夫撞府穿州」，誠為無濟。

陳留阮籍將開模以範俗，若良運未協，則騰精抗世，邈世高超。抱扑：「鸞鳳競粒于庭場，則受褻于雞鶩。龍麟雜廁于芻豢，則見黷于六牲。珠不為莫求而虧其質，以苟且于賤賣。鼎不為委淪而輕其體，以見舉于侏儒。藏智以待天年之盡，名不出戶，不能憂也。安能遍于仕類，俯仰于其所，不喜修飾，于其所棄遺哉。」義山特不得識其面，恐不得讀其書，然後乃出。「依本分」極相應，「登科第」亦徒爾。

盧仝：「低頭雖有地，仰面卻無天」。「不要扳今」極是。冷煙衰草，前朝宮闕，長安道上，行人依舊。名深利切，「不要吊古」卻非。

《玄觀手抄》謂，霜回有靈檀，几隨意所欲，文字輒形。故道經云：「世有靈檀，則百事可圖」，不然即「風順」都不知之。

魏昭成五世孫元景安歸高齊，請姓高氏。曰：「丈夫寧可玉『碎』，不能瓦全。」替他「碎」得可怜。

明明壯年，反決意自廢，逮年華垂老，又漫爾出遊，高才人以身世為兒戲，真有如是之事，無處不迸眼淚也。柳生二十，「興濃」猶是時調，元人曲「做不的孟嘗君一隻腳」。盧思道《勞生論》：「撝謙之風，縉紳不嗣」。「若以鳴為德，鸞鳳不及雞。順風激靡草，富貴者稱賢。侯門豈無酒，王門豈無肉，主人貴且驕，待客意不足。擊石易山火，叩人難動心。今日朱門者，曾恨朱門深。朱門只見朱門事，獨把孤寒向阿誰？早知世事衰如此，自是孤寒不合來。秦中豪寵爭出群，渭上釣人何足云。只今市駿憑毛色，騄駬驊騮笑殺人。風塵之士深可親，心如雞犬能依人。貴人之意不可測，等閒桃李成荊棘。」所親則飾其短，所疏則削其長。憐才如春風，拂面便消，忌才如嚴霜，一寒透骨。尤可痛者，陰用其策，而陽棄其身。如高歡妻長姊次子段孝言，以侍中監作城北，部下典作者，悉膝行跪伏稱觴。為僕射，富商大賈，多被銓擢。將作丞崔成曰：「天下尚書，豈段家尚書也！」孝言無辭對，惟厲色遣下。然賓館多留草萊名士，良辰美景，未嘗虛棄，尤好女色，與諸淫嫗密邇。較《唐書》杜佑，節度嶺南，為開大衢，疏析廛閈。所言今藩鎮如田悅輩，惟軍士是恤，遇士人如奴，能差几許！豈復有羊叔子云：「使知勝臣多而未達者不少也。」「干謁興濃」，得無坡翁所云：「為世間高人長者所笑」。

晉尚書郎夏侯湛與潘岳，號連璧。母羊氏有五妹，性頗豪侈，侯「服」玉食。爾朱榮子文略既以妹魏后，寵于高歡，遺令恕十死。高洋時，嘗邀齊諸王至宅，諸王共假聚寶物以邀之，文略弊衣至，從奴五十人，皆駿馬「侯」服。平秦王有七百里馬，略敵以好婢，賭得之，乃世間又有秀才所整之「衣服」。太和八年，進士多貧者，有乞兒還，有「大通年三十，三人碗枚全」語，「整理」殺亦不凶。

王次回句：「謝娘衵服經三浣，一味濃芬似舊時」，若「破衣衿」即「徹骨揎洗」，終是酸汗氣。北魏肅宗時，王忠者，性好衣服，著紅羅襦繡作領，帝曰：「朝廷服有常式，為何著百戲衣？」曰：「臣少來所好，情在綺羅。」帝曰：「人之無良，一至此乎」！「破衫衿」中，亦復無良頗有。

《析津日記》：「燕人少思慮，多輕薄。」元詩：「天涯奔走成何事，輸與寒窗抱膝吟，人間那有延年術，只羨田廬自在身。」青衫已是人遲暮，還禁得「學干謁釁門一布衣」耶！

「丈人立身貴不朽，陟要階華亦何有」，不過圖「還鄉時一衣錦」耳。王季重擬于津口作二亭，一曰「錦旋」，一曰「生還」，蓋警之也。然李賢與李遠並周信臣，周文以賢子為平高太守，遠子為平高州令，並加鼓吹，牧宰鄉里。宇文護謂令狐整曰：「朝廷藉公委任，然公一門之內，應有『衣錦』之榮」，乃以其弟為本州太守。周蘇綽從兄亮為岐州刺史，本州也，特給鼓吹，光還其宅。並給騎士三千，列羽儀，遊鄉黨，經過故人，歡飲旬日，然後入州。如此「還鄉」，差亦不惡。韋孝寬子為隋京兆尹，帝戲曰：「卿當不以富貴威福鄉里耶？」曰：「陛下擢臣非分，竊謂已鑒愚誠，今奉嚴旨，便似未照丹赤。」帝大笑。古多為本州者，只須論其人耳。北魏衛國董徵教孝武書，累安州刺史，人稱仗節還家，尤其僥倖。

「欲盡出遊」者，欲將此春腸，遍置前千古、後萬年、橫四海之《牡丹亭》，一一借姓與青山也。然東坡有云：「青山有何好？」又：「腳力盡時山更好，莫將有限趁無窮」，以贈好色人尤當。

# 第十四齣　寫真

【破齊陣】（旦上）徑曲夢迴人杳，閨深珮冷魂銷。似霧濛花，如雲漏月，一點幽情動早。（貼上）怕待尋芳迷翠蝶，倦起臨妝聽伯勞。春歸紅袖招。

〈醉桃源〉「（旦）不經人事意相關，牡丹亭夢殘。（貼）斷腸春色在眉彎，倩誰臨遠山？（旦）排恨疊，怯衣單，花枝紅淚彈。（合）蜀妝晴雨畫來難，高唐雲影間。」（貼）小姐，你自花園遊後，寢食悠悠，敢為春傷，頓成消瘦？春香愚不諫賢，那花園以後再不可行走了。（旦）你怎知就里？這是：「春夢暗隨三月景，曉寒瘦減一分花。」

【刷子序犯】春歸恁寒峭❶，都來幾日意懶心喬，竟妝成熏香獨坐無聊。逍遙，怎剗盡助愁芳草，甚法兒點活心苗！真情強笑為誰嬌？淚花兒打迸著夢魂飄。

【朱奴兒犯】（貼）小姐，你熱性兒怎不冰著，冷淚兒幾曾乾燥？這兩度春遊忒分曉，是禁不的燕抄鶯鬧。你自窨約，敢夫人見焦。再愁煩，十分容貌怕不上九分瞧。

（旦作驚介）咳，聽春香言語，俺麗娘瘦到九分九了。俺且鏡前一照，委是如何？（照鏡悲介❷）哎也，俺往日艷冶輕盈，奈何一瘦至此！若不趁此時自行描畫，流在人間，一旦無常，誰知西蜀杜麗娘有如此之美貌乎！春香，取素絹、丹青，待❸我描畫。（貼下取絹、筆上）「三分春色描來易，一段傷心畫出難。」絹幅、丹青，俱已齊備。

（旦泣介）杜麗娘二八春容，怎生便是杜麗娘自手生描也呵！

【普天樂】這些時把少年人如花貌，不多時憔悴了。不因他福分難消❹，可甚的紅顏易老？論人間絕色偏不少，等把風光丟抹早。打滅起離魂舍欲火三焦，擺列著昭容閣文房四寶，待畫出西子湖眉月雙高。

【雁過聲】（照鏡嘆介）輕綃，把鏡兒擘掠。筆花尖淡掃輕描。影兒呵，和你細評度：你腮斗兒恁喜謔，則待注櫻桃，染柳條，渲雲鬟煙靄飄蕭；眉梢青未了，個中人全在秋波妙，可可的淡春山鈿翠小。

【傾杯序】（貼）宜笑，淡東風立細腰，又似被春愁著。（旦）謝半點江山，三分門戶，一種人才，小小行樂，撚青梅閒廝調。倚湖山夢曉，對垂楊風裊。忒苗條，斜添他幾葉翠芭蕉。

春香，嶝起來，可廝像也？

【玉芙蓉】（貼）丹青女易描，真色人難學。似空花水月，影兒相照。（旦喜介）畫的來可愛人也。咳，情知畫到中間好，再有似生成別樣嬌。（貼）只少個姐夫在身傍。若是姻緣早，把風流婿招，少什麼美夫妻圖畫在碧雲高！

（旦）春香，咱不瞞你，花園遊玩之時，咱也有個人兒。（貼驚介）小姐，怎的有這等方便呵？（旦）夢哩！

【山桃犯】有一個曾同笑，待想像生描著，再消詳邈入其中妙，則女孩家怕漏泄風情稿。這春容呵，似孤秋片月離雲嶠，甚蟾宮貴客傍的雲霄？

春香，記起來了。那夢裏書生，曾折柳一枝贈我。此莫非他日所適之夫姓柳乎？故有此先兆❺耳。偶成一詩，暗藏春色，題於幀首之上何如？（貼）卻好。（旦題吟介）「近睹分明似儼然，遠觀自在若飛仙。他年得傍蟾宮客，不是❻梅邊是❼柳邊。」（放筆嘆介）春香，也有古今美女，早嫁了丈夫相愛，替他描模畫樣；也有美人自家寫照，寄與情人。似我杜麗娘寄誰呵！

【尾犯序】心喜轉心焦。喜的明妝儼雅，仙珮飄颻。則怕呵，把俺年深色淺，當了個金屋藏嬌。虛勞，寄春容教誰淚落，做真真無人喚叫。（淚介）堪愁夭，精神出現留與後人標。

春香，悄悄喚那花郎分付他。（貼叫介）（丑扮花郎上）「秦宮一生花裏活，崔徽不似卷中人。」小姐有何分付？（旦）這一幅行樂圖，向行家裱去。叫人家收拾好些。

【鮑老催】這本色人兒妙，助美的誰家裱？要練花綃簾兒瑩、邊闌小，教他有人問著休胡嘌。日炙風吹懸襯的好，怕好物不堅牢。把咱巧丹青休涴了。

（丑）小姐，裱完了，安奉在那里？

【尾聲】（旦）儘香閨賞玩無人到，（貼）這形模則合掛巫山廟。（合）又怕為雨為雲飛去了。

眼前珠翠與心違，崔道融　卻向花前痛哭歸。韋莊
好寫妖嬈與教看，羅虬　令人評跋❽畫楊妃。韓偓

【校記】

❶徐本作「悄」。❷徐本作「照介，悲介」。全集本作「照，悲介」。❸徐本作「看」。❹徐本作「銷」。
❺徐本「先兆」作「警報」。❻徐本作「在」。❼徐本作「在」。❽徐本作「消」。

# 第十四齣〈寫真〉批語

「徑曲」確是女根，「珮」喻內中花片，「冷」因事畢之故。「月」喻女根外貌，「雲」喻內花，「月漏」則雲見也，二句麗絕。「一點」喻水，「翠蝶」并豪喻之，尤麗絕。「伯勞」作入聲字讀，取音不取義。「春歸」喻男根出，「紅袖」喻女根邊闌，「相關」喻兩扉相搭，「眉」亦喻毫。「斷腸」句，喻男根已出，則見翠豪也。「疊」喻女根兩扉之皮，「衣單」喻兩扉單薄不肥，則怯受拳奇之物也。「花」喻女根，「紅」喻女根血，「蜀粧」川字，三分處也。「晴雨」猶乾濕，言三分易畫所難畫者，分乾與濕耳。「高唐」喻深處，「雲影」言深處之雲僅得窺其影也。「春傷頓瘦」又嘲女根，「春歸寒峭」反襯行事時之熱鬧。「芳草」喻豪，見其漸長而花未得開，則益愁矣，故曰「助愁」，而欲「剗」之。「真情強笑」喻情動則扉張，「熱性」易知，「冷淚」是不行事時爾。「燕抄鶯鬧」喻其形音，「窨約」喻言夾住，「十分」即《水滸》十字坡意。「趁此時畫」，喻女根老瘦則難看也。「一旦無常誰知如此」為普天下老瘦女根太息，亦為萬古以來老瘦女根吐氣。「三分」喻女根，「一段」喻男根，「一段傷心畫出難」言二根已合，則其狀不可得畫也。「自手生描」喻以指摸，看此批本《牡丹亭》，豈不勝看仇唐名手所畫春圖耶？女根老瘦，卻謂因由男根「無福」，亦極有理。「風」喻其動，「光」喻挺末，「抹」者「丟」去，男根則須「抹」淨。「離魂」喻其兩扉，「四寶」即八寶意，一邊兩層則為四寶也。男根既入，則女根狀如西字，故曰「西子湖」。月喻女根，「眉」喻豪，此物以稍「高」為入格，又高乃墳起之意。「鐘」喻女根合時，「擘掠」二字妙甚，「筆花尖」喻男根，「腮斗」喻兩輔壯美。「柳條」喻男根，「渲雲鬟」喻毛上滲水，「個中人」喻男根在內，「秋波」作湫波解，毛「翠」以淡為妙，極是。「三分門戶」前已註明，「一人才」種字讀作去聲，此物只有種人之一能，故曰一種人才。「小小行樂」言愈小愈可為行樂之具也。「青梅」喻男挺末，「撚閒廝調」妙甚，頗可把玩，不必遽用也。又以指撚湊，令其易進也。「垂楊」喻未舉時，「忒苗條」嘲嫌男根之小也。「芭蕉」喻女根兩扉，又寸心長得展意。「翠」仍喻豪，「真色人難學」言看肉比看畫固迥勝。「空花水月」四字，女根妙贊。「中間好」，妙。外雖極好而中更好也。讀「再有似」句，令人作驢兒馬子決驟。「美夫妻圖在」即春圖也。「碧」字喻毫，又「碧」以代逼，作逼「雲高」解亦得。「邈入其中」喻男精，「片月離雲」喻已破之女根甚為切當。圓看成「月」，側成「片」也。「蟾」喻女根外狀，「宮」及「雲霄」喻其深處且嘲之也。「飛」喻兩扉，「替他描模畫樣」，臨川若士是也。「心喜轉心焦」，喻事後轉乾。「年深色淺」，二根確然。「真真」之第一真字，亦以代筋言。「無人」知我此喻，能遂「喚叫」其名也。少時女根不瘦，亦「精神出現」耳，四字真正才子方能道破。「卷」喻女根形，「本色人兒妙」言與其畫崔徽全身，不如但畫此也。「練花綃」喻兩輔之白，「簾兒」喻豪，「瑩」乃根根見肉之謂。見過邊闌惡者，方知「邊闌小」之妙。「日炙」則見胭脂之鮮，喻全取乎畫視也。「懸」喻其生就時高下端正，「襯」喻兩輔及眉豪，合「懸襯」二字解，又喻通身妍醜。「不堅牢」非女根而何？「巧丹青」自喻其非寫人也，寫物也。「珠」喻莖端，「翠」喻豪，「與心違」喻兩不得湊，「痛哭」喻泄，無非形容女根麗絕千古，作祖開後之句。批出此書，為千古麗情第一書，固才子矣。然禪家作文，其妙尤在隨手掃卻。知老瘦黯淡女根，為世間第一可憎可惡之物，又曉得不多時憔悴了二句，作者已將千古麗情第一書，掃滅無餘，不留影響，庶几絕世無雙之才子哉。

讀〈寫真〉數曲，吾欲以一篇淡墨磨情淚評之。或曰，君評亦復「千行殘墨磨情淚」也。

唐寅：「『月』下几多『花』意思，花間多少月精神，月思花情共一家，花月世間成二美」。詩家成法，但遇兩好之物，即捉成骨肉眷寵，要知全以色合耳。

易安：「獨抱濃愁無好『夢』」，猶勝「夢回人杳更逼魂消」。以劉青田而有「休臨鏡，頗畏菱花『冷』」

句，「珮冷」何獨不然？中郎：「燈孤與電爭」，又「分月蕩舟邏」，皆有「人杳魂消」之意。

葉硯孫：「憶昨宵怯暑不成眠，情如霧」，此「似霧如雲」云云，作夢中受觸終非真味解亦可，或作楊妃入「月」痕之月解，非是。「倦起」較「几家憶事臨粧笑」更淫。

元曲：「子規聲教人恨他，他只待『送春歸』几樹鉛華」，若倩得張郎畫眉嫵，任子規淒楚，則「聽」如勿「聽」矣。

一女問父物，母曰「肚腸」。及嫁回，曰「只得肚腸還好」。「斷腸春色」即欲遙遙斷取寄與《牡丹亭》之春腸。此處自若士以前，不曾有人描畫至此，故曰「倩誰臨遠山」。

永叔：「人心應不似伊心，若解歸時歸合早」，正為有「斷腸春色在眉灣」一句存心耳。

幼安：「熏梅染柳，更沒些閒，閒時又來鏡裡，轉變朱顏。春自繁穠，人自『消瘦』」，尤其可「傷」。一年「減一分」，十年便減十分也。

輕煖軟寒相饞，剁做不癢不疼情緒。一顧春風一斷腸，尤為恁「寒悄」起也。

「強笑為誰嬌，淚花兒迸飄」二句，為未嫁女傳神，與陳子龍「人自傷心花自笑」，恰恰相反。「此淚若灌情田裡，看取常流盡不如」矣。

「鏡照『愁』成水，『愁』容鏡亦怜」，何況「夫人見焦」。「東君何以莫教開，直到如今都不管，惟有深閨憔悴質，不堪端坐細思量」。愈「愁煩愈難瞧」，愈難「瞧」愈「愁煩」矣。「十分容貌不上九分瞧」，所謂病過的殘春也。雲鬢未秋私自惜，況瘦到「九分九」乎？「看盡了漢宮人淚」，是詠鏡佳句。「趁此時描畫」，當由可憐面偏與「鏡」相宜矣。王金壇：「窗楞映日滿樓明，雪艷初臨寶鏡清，良夜自看還獨笑，不妨身畔立卿卿」，亦佳。

「青銅不自照，只擬老他人。今春競時發，猶是昔年枝。惟有長『憔悴』，對鏡不能窺」。六句只抵此處「憔悴了」一「了」字。

展成：「猶向藥煙影裡問殘『花』」，因「如花憔悴」而念及「花憔悴」也。「莫愁紅艷風前散，自有青蛾鏡裡人」，則「花」落信無關己事矣。「如何鑄入青銅內，不遣秋霜換蛾翠」，「不多時」之懼甚矣哉。介甫：「寶鏡慵拈，強整雙鸞結」，又「一段心情空自愛，風流那得時常在」，為「不多時憔悴了」輩傳神，覺其語妙絕世。

坡：「賦詩必此詩，定知非詩人。詩畫本一律，天公與清新。誰知一點『紅』，解寄無邊春」，是玉茗言言取譬之意。

葉硯孫：「秋風斜逼春容削」，乃知妻之「易老」，皆因夫之「難消」耳。獨西魏河南王子和，棄妻子納一寡婦曹氏為妃，攜男女五人。又高祖兄北海王詳，與母高太妃並逼虐細民，及定罪，曰：「今不願富貴，但願母子相保，與汝掃市作活」。又以烝安定王燮妃高氏，拘之別館，母杖詈之曰：「汝自有妻妾侍婢，少盛如花，何忽共許老物奸通，我得老婢，當噉其肉」。又杖其妃劉氏數十，曰：「新婦大家女，門戶匹敵，何所畏也。而不檢校夫婿，婦人皆妒，獨不妒也？」長孫稚棄妻子，與羅氏私通而娶之，羅年大稚子十餘歲，生三子。前夫女呂氏，宇文靜帝母。朱氏楚人也，長于宣帝十餘歲。北齊祖珽文甚典，解鮮卑語，四夷語，長醫術相法，嘗云「丈夫一生不負身」，而與寡婦王氏通，裴讓之嘲其奸。耳順則紅顏雖去，福分反深。

「一抔黃土埋艷春」，求「老」多不可得。然在「絕色」之人，固以為與其「憔悴老」，不如「丟抹早」矣。

「論人間絕色偏不少」，自淹通書史中來。太真、合德，簇漢堆唐，雖淑類博傳，而無言共盡。吾是以有「閒來開卷認前身，領取當年百萬魂」之意。「千年與昨日，一種並成塵。定知今世上，猶是昔時人。焉能取他骨，還持埋我身。」吾是以有「願將彼骨釋成土，持葬兒今屢轉身」之詩。

少游：「怎得東君作主，把綠鬢朱顏，一齊留住」。留住而不一齊，尚非好色者之所願。升庵：「青雲頭上髻，明月眼中瞳，峨峨多不久，自古恨常濃」。辨才：「眾美仍羅列，群英已古今。也知生死分，那得不傷心。」在好色人則今日之有，且不能代昔者之無。陸務觀：「此身行作稽山土，猶吊遺蹤一泫然」，但作「古『人』若不死，吾亦何所悲」解，猶淺矣。錢穀：「昔時紅粉今時夢」，臥子：「無數美『人』天上落」，只添了數抔黃土。皆「古全埋國艷，今尚鬥家奚。青苔竟埋骨，紅粉自傷神。千年光景東西漢，一把春風大小喬。昔人心賞已成空，花膚雪艷不復見。不是世間常在物，後二千年更斷腸」意。

「鉛華久御向人間，欲別鉛華更慘顏」，甄皇后千載痴魂，青燐吟嘯，輕輕縮卻數百年，茫茫據此一頃刻。但覺古人跡已泯，古人意未消耳。若「人間」索性無「絕色」，則任其迅矣交滅，如蛇虫狗彘，全不足念。顧「偏」而有之，而皆「早抹」。其「去遲」者，反在蛇虫狗彘，則誠同類者之大痛也。惟永嘉陳傳良斥楊鐵崖「夢裡繆」為兒女語，又有「花顏國色草上塵，朽骨何堪拄唇齒，生女常如夏侯女，千年穢跡吾欲洗」句，彼始未見「絕色」，不足相怪。俗謂洩漏元氣為「丟抹」者，女嫁則母命之施巾結帨。注曰：「帨者，婦人拭物之巾，常以自潔之用也」。「一抹」則事畢矣，不然，玉茗下字無一落空，何字不可下而下此兩字耶？

坡〈題虢國圖〉：「明眸皓齒誰復見，只有丹青餘淚痕」，此則「待」並淚痕「畫出」。

「淡掃輕描」，玉茗自註其取譬之輕巧。

時人〈詠鏡〉：「檀郎須記，要數佳人他第二」，阮亭云「絕妙文心。」妾顏不如誰？是與「影兒評度」，真吾悅吾苟自悅也已。

一切端嚴淫女，暗地莫不「喜謔」，笑咖咖吟哈哈，皆賴此微微美懷耳。若不喜謔，反不如不端麗矣。

解道「綠雲鬟下送橫『波』」，牽我心靈入秋水」，方是「個中妙人」。否則雖驚人全瀉滿腔愁，橫「波」秀剪，有「清矑曼臉為誰妍」之嘆。

其年：「梅花初著輕輕雪，梨花更帶娟娟月」，雪月與花枝，依然遜可兒。所謂可兒，全以「宜笑」在一白耳。為孫夫人雪胸鸞鏡裡好容光，且須「行樂」，休辜負鏡中人老，是自知其「宜笑」者。阮亭最喜玉茗「真色人難學」一句，謂詩文皆然，西子、梅精外不多見。王金壇「個人真與梅花似，一片幽香冷處濃」，亦謂冰雪心腸冰雪貌，方為「真色」也。此處曲意，則言女色遍身皆是，而「真色」全在女根，「花水月」亦非以觀音比也。

「縱有才難詠，寧無畫逼真」，一篇全喻女根，故曰「畫將來可愛人也別樣嬌」。言真宰當時造此形好，真乃如人意所欲出也。今日即欲另造一好相，猶不能也。

須知得婿非難，得「風流婿」難，虢國之所以不再醮也。

今見青天如許大，又思天上畫蛾眉。思入「碧雲」時，真有此意。主人起樓何太「高」，欲誇富力壓群豪，應笑樓前騎馬客，腰帶金章頭已白。彼自謂已據「碧雲」而實未也。前呼蒼頭後叱婢，借問因何得如此，婿作鹽商十五年，不屬縣官屬天子。「美」而不「高」。魏穆壽尚樂陵公主，遇諸父兄弟，有如僕隸，「高」矣「美」矣，未堪在「碧雲」也。

坡：「勳名將相今何限，往寫褒公與鄂公」，又「每摹市井作公卿，畫手懸知是徒隸」。倪黃片紙出，則鐵崖輩攢而題之，亦是當時打鬨習氣。「圖畫」中「碧雲」手當如鵬搏獅驟，決不藉人扶掖。

《華嚴》云：「心如工畫師，造種種五陰一切世間中無法」，而不造「風情稿」，即徐陵所謂孟光同隱極素女之經文也。漢廣川王畫屋為男女裸交狀，請諸姊妹飲。齊鬱林王子潘妃諸閤壁，皆圖婦女私褻之狀，蓋繚綾嘗鸚之類。宋劉瑱畫鄱陽王與寵姬欲偶交狀，以寄其妹。明孝宗賜江夏吳休章曰「畫狀元」。「古來畫師非俗士，骨可朽爛心難窮」。若寫意中之人面，終以「風情稿」為上藝，只有清歡畫亦難耳。

王金壇：「流品自知應第一，不須尋見尹夫人」，石湖：「玉京只在珠簾底」，皆「雲霄」意。若鑒裁凡近者，未可與深語也。「暗藏春色」，又自注出：一篇全是喻意。直應天授與詩情，又復君才幸自清如水，其玉茗之謂乎？

徐龍：「黛眉欲鬥春山巧，笑倩郎『描』，回就郎身抱」。丈夫代畫時，是此一就消魂。子昂曾作仲姬玩花烹茶二圖，惜未爾爾。

每讀王鐐「謝安團扇上，為畫敬亭雲。」韋莊「欲將張翰秋江雨，畫作屏風『寄』鮑照」，輒嘆唐賢造語之工。濠梁南楚材遊陳、穎，妻薛媛寫真寄之曰：「恐君渾忘卻，時展畫圖看」，遂歸。二語可謂自誇其美矣。人嘲之曰：「不是送丹青，空房應獨守」。若所畫寄是三分春色，二八春容，歸應更速。「似我寄誰」，言斯世恐無可兒，非謂天下少妄一男子也。

「金屋藏嬌」猶云羅敷已嫁。溫尉詠楊妃：「今來看畫猶如此，何況新逢絕世人」，亦几「淚」落。

會昌時，有題三鄉者：余家若耶，每貪幽閒之境。洎隨良人入關，不意良人已矣，邈焉無依。今復東邁，雖殘骸尚存，而「精」爽都失。命筆聊題，痛哭而去。給事中王祝和云：「佳人留恨此中題，不知雲雨歸何處，定使王孫見欲迷」。精神已逝，他人猶欲淚落，況「精神」出現者乎？後主見楊堅畫像，曰：「此人吾不欲見之」。宋仁宗見元昊畫像，驚得疾，亦「精神出現」使然。

「留與後人標」，如東坡作字，必留紙待五百年人作跋，欲後人與之批出。顧虎頭畫謝安，以為有蒼生來未之有也，玉茗此畫亦有蒼生來未之有矣。又作此物精神鍾于子女之身，毓為「後人」之秀解亦得。嗟乎！「由來境與畫，一種空花颺，從來畫看勝栽看，免見朝開暮落時」，然歟？否歟？

牧齋題《韓偓集》：「定有千年蠹，能分紙上香」，與「且將粧鏡樣，留取在人間」，異事同情。《法苑》云：「帝釋化老人，來遊豐草間。狐獻一鮮鯉，猿聚多柴火。兔以卑劣求難遂，願以微窮供一餐」，此老子者，遂復天身。手指此兔謂狐狸云，「吾感其心不滅，其跡寄之月輪，傳乎後世。」人之望「後」，豈不甚哉。

曾見棕結書套，入水不濡，頻嘆人心之巧。觀「懸襯」句，則顧愷之四體妍媸，本無關于妙處之說，吾不謂然。

明大慈仁寺磁觀音，相好美異，得諸窯變，非人工也。若士之巧，無異窯變。北魏時薊人平鑒之與慕容儼為騎射友，夜則胡畫以供衣食者，不可與此曲等而觀之也。雖寫人兒實喻本色，故云「咱巧丹青」。「涴」者，胡嘌謬解，即同著糞也。又言：我此數曲雖復全喻女根，仍舊純是一片白淨，一片妙悟，莫因「胡嘌」道破，便與穢褻齊觀也。「儘香閨賞玩無人到」，喻外托聖賢，內慚屋漏，深院重門何所不有，所思雲雨外，何處寄馨香？故曰「則合掛巫山廟」。讀至此句，每想合德楊妃，有艷態千秋隔之嘆。

「眼前珠翠與心違」，喻珠翠只可粧面首，不能照花心。便成身外之物，不足憶念。「好寫妖嬈」二句，言若將世間此物一一「寫看」，則懸襯之處，妍媸迥殊，或頌或譏，大有「評泊」，非徒有畫便算楊妃也。

京兆宋弘讌見光武，新屏圖畫列女，帝數顧視之，弘正容曰：「未見好德如好色」。朝陽門外東嶽廟後，設帝妃行宮，宮中乳保侍者以百數，皆捨身塑像者。元魯國大長公主，捐金搆後寢，象帝與妃夫人裸寺之容。成宗時卜魯罕后創建萬壽寺，塑秘密佛像，后以手帕蒙覆其面，褻狀醜怪。嘉靖十年中允廖道南始請毀北寺內歡喜佛。明英華殿以供西番佛像，元寢宮旁有秘密堂，彩闌翠閣內有浴室，玻璃為宮苑，若在水交，為窟穴，皆極明透。天啟時令宮女習禳醮，擇軀體豐碩者一人，飾為天神，背合，名「巫山廟」耳。

北魏高宗時為佛石像，令如帝身，有肖帝后。開壁鑿山建佛像，雕飾奇偉，又為保太后密氏立廟于本鄉，悉令其族人主祀事。元紹之逆，太宗姊華陽公主有保護功，故立其「像」于太祖「廟」壇。後馬周死，唐太宗思之甚，假方士術求見其形。張知謇，幽州人，兄弟五人，皆明經高第。武后奇其貌，召工圖之，稱其兄弟容而才，謂之兩絕，數寵賜，兩人封郡公。知謇年八十，知嘿與來俊臣等掌詔獄。玄宗在蜀時，舊宮為道士祠，冶金作帝像，畫繪乘輿侍衛。天寶時，常鏤玉為玄宗肅宗像于太清宮，復琢林甫、希烈像，侍左右。代宗時有詔瘞之。文宗時太原王播平章弟起為太常，詔畫像便殿，號當世仲尼。歷節度平章，年八十八。錢鏐之先為董昌執刺史，自領州。僖就加節度同中書郡王。自立生祠，刳香為軀，而妻媵侍別帳。元太祖與其后塑像侍立大士前，南齊南陽隱士宗測眷戀松雲，侍中王秀之慕之，令畫其形，與己相對。像「巧」百出，悉無及「這形模」者。惟題張仙像者所云「堪笑吃虛魂，影目看妻為。」彼勇宜男，則真不欲勞畫也。

王西樵《然脂集》，攬擷古今閨秀文章，至百六十卷。又撰閨中遺事，為《朱鳥逸史》，六十餘卷，難說不為「這形模」起見。

# 第十五齣　虜諜

【一枝花】（淨扮番王引眾上）天心起滅了遼，世界平分了趙。淨❶鞭兒替了胡笳哨。擂鼓❷鳴鐘，看文武班齊到。骨碌碌南人笑，則個鼻凹兒蹻，臉皮兒皰，毛梢兒魋。

「萬里江山萬里塵。一朝天子一朝臣。俺北地怎禁沙日月，南人偏占錦乾坤。」自家大金皇帝完顏亮是也。身為夷虜，性愛風騷。俺祖公阿骨多❸，搶了南朝天下，趙康王走去杭州，今又二十餘年矣。聽得他粧點杭州，勝似汴梁風景。一座西湖，朝歡暮樂。有個曲兒，說他「三秋桂子，十里荷花。」便待起兵百萬，吞取何難？兵法虛虛實實，俺待用個南人，為我鄉導。喜他淮揚賊漢李全，有萬夫不當之勇。他心順溜於俺，俺先封他為溜金王之職。限他三年內招兵買馬，騷擾淮揚地方。相機見❹行，以開征進之路。哎喲，俺巴不到西湖上散悶兒也！

【北❺二犯江兒水】平分天道，雖則是平分天道，高頭偏俺照。俺司天臺標著那南朝，標著他那答兒好。（眾）那答里好？（淨笑介）你說西子怎嬌嬈，向西湖上笑倚著蘭橈。（眾）西湖有俺這南海子、北海子大麼？（淨）周圍三百里。波上花搖，雲外香飄。無明夜、錦笙歌圍醉遶。（眾）萬歲爺，借他來耍耍。（淨）已潛遣畫工，偷將他全景來了。那湖上有吳山第一峰，畫俺立馬其上。俺好不狠也！吳山最高，俺立馬在吳山最高。江南低小，也看見了江南低小。

（舞介）俺怕不占場兒砌一個《錦西湖上馬嬌》。

（眾）奏萬歲爺，怕急不能勾到西湖，何方駐駕？

【北尾】（淨）呀，急切要畫圖中匹馬把西湖哨，且迤逦的看花向洛陽道。我呵，少不的把趙康王剩水殘山都占了。

線大長江扇大天，郯❻峭　旌旗遙拂雁行偏。司空曙

可勝飲盡江南酒？張祜　交割山川直到燕。王建

【校記】

❶徐本作「靜」。❷徐本作「鼓」。❸徐本作「阿骨都」。❹徐本作「而」。❺徐本無「北」字。

❻徐本作「譚」。

# 第十五齣〈虜諜〉批語

「遼、趙」俱喻男根。女根「心起」得臍而「滅」，女根「界平」得翹而分。「靜鞭」男根，「笳哨」女根。「文武」兩腎，「骨」堅相。「碌碌」，光相濕相。「骨碌碌笑」男根暴興之貌。男人背南向北，故曰「南人」，謂女向南，故以彼為「南人」。男根骨碌碌興，則女根女口一齊「笑」開也。「鼻凹」即前山低窊意，「黲」急脹黑貌，即後山堆之說，想見粗翹猛起眼似愁胡。「日月」肖女根形，錦乾坤以錦代緊。「大金」大筋也，「十里」猶《水滸》十字坡意。「虛虛實實」喻其事，「他心」喻女根心。「有萬夫之勇」，女根不可「當」方能使髓「心順溜於俺」，形狀確然，不但嘲女道之禁得，男事之少勝也。「溜金王」即艷晶晶花簪意。「南海北海」喻女二陰，「平分」以喻女根，「高頭」以喻男根，「笙歌」喻其聲，「錦」以代緊，非緊則其聲雖有，不若「笙歌」之可聽矣。「吳山」喻跨據西湖，「立馬」喻男根筆樹，「砌」字喻塞滿之狀，甚為刻酷。「上馬嬌」喻雌乘雄，非砌緊則上馬之時，不能致其嬌畏也。「洛陽」以代樂陽，「線」喻女根，「扇」喻兩股，「旌」喻兩扉，「飲盡」喻彼家法，「割」字有分裂意。

《北史》論：「天」道人事自有代終。佛郎機人長七尺，相害則交捫「心」。金「起」甚速，人皆為「遼、趙」怨天，而不知其各有不可捫「心」處也。《見只編》：宋人《嘗后圖》：棄雪拚香，無處著這面孔，那將軍是報粘罕的孟珙。直至蔡州城奚人為相，「天心」稍復。

「多少清『笳』明月夜，『胡』人心喜漢人悲」，固由性情強弱不同耳。明掘塚者得耶律楚材頭顱，加凡人几倍，可免將軍空恃紫髯多之誚。迤北人謂京師為黃裡，正以「沙」漸少也。既已句句是謔，又句句俱有正義，所謂雙管齊下也。使作肚麗傳而有一句不謔，即為鈍置之人；使第以謔為能而正意淺薄，又為寡學俗筆。

絳樹一聲能歌兩曲，其即玉茗先生之謂乎？「萬里江山萬里塵」，說煞北朝，令人想「春水碧于天，畫船聽雨眠」之樂，欲吟駱漿肉飯「南」邊有，不記龍「沙」是故鄉兩句。明明修日朗月，忽然風起，沙滿半空，使人意興頓敗，未至黃河以北者不知也。嘗嘆「邊日照人如月色，野風吹草作泉聲」，善狀北景。此「萬里江山萬里塵」，非才子不能道破，「沙日月」三字，亦非才子不能道破。

北魏太史令王亮，因華陰公主等言讖書，國當遷鄴。崔浩言東州人嘗謂國家居廣漠，如牛毛之眾，今若參居郡縣，處榛林之間，情見事露，啟輕侮之意。屈丐蠕蠕必來雲中，今輕騎南去，誰知多少望塵震服，是國家威制諸夏之長策也。劉裕伐姚興，浩請鬥兩虎而收其利，豈顧婚姻酬一女子之惠哉。秦地戎夷混并，裕得亦不能守，風俗不同，人情難變，欲行荊揚之化于三秦，不可得也。終為國有。又言攻城不克，挫損軍勢，不如掠地，城之反在軍北者，即是囿中之物。議伐蠕蠕，浩曰：以為荒外無用之物，舊說常談漠北高涼，不生蚊蚋，夏則北遷田牧，其地非不可耕而食也。今年不摧蠕蠕，則後無以御南賊。自國家併西國已來，南人恐懼，今試與之河南之人，自量不能守，是以不必來。蠕蠕恃其遠，夏則散種放畜，秋則背寒向溫，南來寇抄，今出其慮表，暫勞永逸，但恐諸將瑣瑣使不全舉耳。及往果莫相收攝，若復前行，則盡滅之矣。或請先發南伐，浩曰：「我破蠕蠕，馬力有餘，今因西北守將從破西北，多獲美女，南鎮聞而心羨，亦欲南抄耳。」劉義隆與赫連定、馮跋等虛相倡和，兩相觀望，有似連雞不得俱飛。世祖謂諸人曰：「卿輩常勝之家，始皆自謂踰人遠矣，至于歸，終乃不能及」。將伐牧犍，浩難諸臣曰：「汝曹謂軍至彼地，必渴乏，漢人終不于無水草之地立郡也。」咸曰：「不如吾曹目見」。浩曰：「汝曹受人金錢，欲為之詞耳。」「沙日月」反有勝于「錦乾坤」處，不謂狀似婦人之崔浩反知之，勝完顏亮遠矣。

蘇峻之亂，溫嶠欲遷都豫章，三吳之豪請都會稽，惟王導言金陵便。桓溫欲都洛，孫綽曰：「今作勝談，自當任道。而遺險校力，量分不得。不保小以固存，豈不以反舊之樂賒而趨死之憂促哉？植根江外，久遼適習亂鄉乎？」「錦乾坤」但要能占，亦是一說。《唐書》：著作郎襄陽朱朴上書曰：「關中隋家所都，我實因之，凡三百年文物資貨，奢侈僭偽皆極焉，廣明巨盜陷宮闕，里閈市肆所存十二。比幸華陰，十二之中，又亡八九。江南土薄水淺，人心澆浮輕巧，河北土厚水深，人心輕愎狠戾，皆不可都，惟襄鄧夷陵有險可四拒，運天下之財，可使大集，建都之極選也」，則欲崇飾其本鄉之見。

群花歸一人，方知天子尊。花世界憑誰統？人生得意須豪縱，真使不著酸儒面孔也。

今日特為花娘作傳，豈可蜂王不到！一部色情書，故寫當色魔王時，豈特地請出他來證明色情之難壞。謂即如此人媟嫥大化，縱心大倫，棄禮急情，悉皆憑「天」作孽，益信前責天公造出花樣之不謬耶！按楊姑姑在淮，乃金章宗竄汴後，元兵已破中都，全嘗習元衣冠為元行省矣。使楊婆塗咐者，以色湊色，且以楊名妙真，見世事之妙，實屬「天」真。此後欲不開花，殊復不能不開花也。《莊子》：孔子與柳季為友。季僖時人，孔襄時人，大千如幻，何有時定處定。不博者，檢得一二事，競競用之，有何佳？博者明知而暗改，何傷乎？

觀金主亮初封陳王平章政事時，詠驛竹曰：「孤驛蕭蕭竹一叢，不同凡卉媚春風，我心正與君心似，只待雲梢便拂空」。書壁云：「蛟龍潛匿隱滄波，且與蝦蟆作混和，等待一朝頭角就，撼搖霹靂震山河」。中秋待月詞曰：「停杯不舉，停歌不發，等候銀蟾出海。不知何處片雲來，做許大通天障礙？把虬髯撚斷，星眸睜裂，惟恨劍鋒不快。一揮截斷紫雲腰，待細看嫦娥體態」。題畫圖曰：「萬里車書盡混同，江南豈有別疆封，提兵百萬西湖上，立馬吳山第一峰」。明年南征詞曰：「旌旆初舉，正駃騠力健，嘶風江渚。射虎將軍，落鵰都尉，繡帽錦袍翹楚。怒磔戟髯爭奮，捲地一聲鼙鼓，笑談頃指長江齊楚。六師飛渡，此去無自墮金印如斗。獨在功名，取斷鎖機謀，垂鞭方略，人事本無今古。試展臥龍韜韞，畢竟成功，旦暮問江左，想雲霓望切，玄黃迎路。」調〈喜遷鶯〉，以賜諸將。知玉茗比以男根，皆本其所自云。合觀諸作，固一博暢才人也。彼其所遇，想俱得配參軍之王渾妻，則有封胡之謝道韞耳。世間好色只有三種：一者純陽為龍，無所不交。《醫經》所謂太陽之人。色欲無度，如朱溫等，不止一人。二者美慧相似，多情共喻，願與同死，不能擇地矣。三者世無消愁解悶之物，或勘幼女，有奇樂，陽不用陰浸養，則孤敗是也。除此三者，即一妻尚覺有真精送與臭皮囊之嘆，況多人乎！世間多有一等渾沌罔兩，愈魍魎愈見渾沌，若寫精與之，殊更可惜。古云：心有靈犀一點通，施與此輩，心不相通，何益之有？又不如豪閹之法，使人毀形，而竭精氣于其身矣。

宋太宗孫仁宗母宸妃已是杭人，高宗母又是杭人，生而浙臉，則知「志在杭州」亦天心也。「汴」人稱臨安為地上仙宮，徽廟在北，所以索邢后拭淚帕付李勳致上耳。

神武曰：「天下濁亂習俗已久，今督將家屬，多在關西，黑獺常相招誘，人情去留未定，我若急作法網，恐督將盡投黑獺，士子競奔蕭衍，何以為國！」故《北史・宇文神舉傳》云「并州既齊氏別都，多有奸猾。」人言南宋終以荒亡，不知其亡稍緩者，正以知與臣民同此「歡樂」，天下甚欲其存耳。

竹山詞：「淡柳湖山，濃花巷陌，惟說錢塘而已」，「粧點杭州」也。「東風吹燼劫灰盡，卻說江都夢又真」，「勝似汴梁風景」也。「明月有情應記得，西風不見舊長安」，「走去杭州又三十年」也。「長安少年更翾薄，一餉飛蚊自云樂」，「一座西湖朝歡暮樂」也。坡云：「前生我已到杭州，到處長如到舊遊，遊遍錢塘湖上山，歸來文字帶芳鮮。吳儂生長湖山曲，呼吸湖光飲山綠。不論世外隱君子，傭奴販婦皆冰玉」。誠以「佛寺乘舡入，人家枕水居。」「展得綠波寬似海，水心樓殿勝蓬萊。門前碧浪家家海，萬井中心一朵山。」「西湖」之外，無有兩也。

「西湖」杭人無時而不遊，凡締姻、賽社、會親、送葬、經會、獻神、以至密約幽期，經營囑托，無不在此湖中。元宵燈夕，公子王孫，紗籠喝道，帶佳人美女，遍地遊賞，有喬虔婆、喬師娘、喬宅眷等名。裝宅眷者，珠翠盛飾，呵殿而來，卒然遇之，不辨真偽。市井舞隊，有粗姊細姐等名，以供豪家幕次之玩。嬪妃宣喚，皆有賞賜，有一夕致富者。《雲麓漫鈔》：「凡元正、冬至、寒食三節，京尹出榜放三日，或以金帛、女人為一擲，不似元魏末運，翻禁人元夕偷相戲也。南齊廢帝時，都下放女人觀秋，何足異。巨室爭出采春尋芳，討勝遨遊，攜艷妓，粧束學男兒，諸庫綵畫歡門，皆有官名角妓，設法賣酒，才子欲買一笑，則徑往庫內，點花牌，惟意所擇。花茶坊樓上專安妓女。酒樓皆設私妓數十輩，登樓則以名牌點喚私妓，謂之賣客，如蠻王二姐，一丈白，楊三媽，舊司馬二娘，裱褙陳三媽，浴堂徐六媽，黑媽媽，蕭婆婆，高節婦，徐媳婦輩，蓋北宋黃山谷已羨其坊曲之勝矣。民間不重生男，凡生女則愛護如捧璧擎珠，教以藝業，因備士夫採賃，有所謂貼身、橫床、本事人、供過人、針線人、堂前人、雜劇人、拆洗人。」陶穀所云：「今汴京鬻色戶以萬計，至于男人舉體自售，風俗羞貧不羞淫，不是過也。」《周禮》：太宰以九職任萬民，八曰臣妾聚斂疏材，九曰閒民無常職，轉移職事貨殖。傳江南之民，玩巧事末，富者設財役貧，恣欲自快，飾婦女以遊媚富貴，末業貧者資也。彭越云：「貧賤不能辱身，非人也，況微賤之人，禮所不及，其所知能正如羊豕乎？」勝朝六院，客雄則以劍進，客清則以麈進，客浪達則以酒，客幽閒則以香，客沉則以詩字取妍，客爽則以歌舞合韻，猶惜其不如北妓，兼能轉移執事耳。荀子曰：「君以至美之道導民，民以至美之物養君。」慎子曰：「故用人之自為，不用人之為我」。賈子曰：「使歡然皆自安其處，惟恐有變」。老子曰：「既以與人，己愈多」。《淮南子》曰：「好沒者不求沐浴，已具足其中矣。」民不能得其所欲于君，君亦不能得其所欲于民。黃石子曰：「聖人以樂降人之心」，謂人樂其家，謂人樂其都邑。聖則以樂樂人，愚則以樂樂身。樂人者久而長，樂身者不久而亡。使景既蕭條，政又刻急，則人何樂？蕞爾益當畏弛而背馳矣。

宋姜白石詞：盧溝曾駐，見說「金」人，也學綸巾欹羽，都下聞書。總管述其風土云：「契丹家住雲沙中，有車如水馬如龍，春來草色一萬里，芍藥牡丹相對紅」，較之十里荷花固須遠遜。隋煬幸榆林，汝南周法尚曰：

「兵亙千里，腹心之事，首尾不知，請為方陣四面外拒，六宮與百官家口並在其中，車為壁壘。」從之。「起兵百萬」，亮殆不信。曹操苻堅皆以多敗，而其祖其叔入汴時，騎僅數千，日紿宋以俟天晴校射畢，即送伊主還宮耳。

元諧少與隋文同受業于周子召，及平陳乃奏曰：「臣嘗言當使叔寶為令史，今可用臣言」，上曰「本以除逆，非欲誇誕，公之所奏，殊非朕心。」「巴不得到」出于誇誕，宜為白面書生吳允文海鰍舡數千兵所敗耳。

秦檜和金，令子熹作表曰：「上穹悔禍，副生靈願治之心。大國行仁，遂子道事親之孝。可謂非常之盛事，敢忘莫報之深恩」，是「高頭偏照」。然《北史》論：高氏藉四胡之勢，跨有山東，周文承二將之餘，創基關右。雖弘農沙苑，齊卒先奔，而河橋北芒，周師撓敗。齊謂兼并有餘，周則自守不足。而〈斛律光傳〉：高洋時，周人嘗懼齊兵之西度，令椎河冰，至武成時，齊人椎冰懼周之逼。唐太宗時，高昌言冬風裂肌，夏風如焚，安能致大兵？而侯君集竟平之，曰「賊不進，阻山谷，天贊我也」。則知不惟「高頭」之恃，而在操心之危。「平分天道，雖則是平分天道，高頭偏俺照」三句括盡一部廿一史。自呂氏復書，冀其見赦，已見「高頭」在彼矣。把人禁殺何益于低小哉。《唐書》：岐公杜佑次子牧，嘗作〈罪言〉：生人常苦兵。兵祖于山東。禹畫土曰「冀州」，舜以其分太大，離為幽并，程其水土，與河南等。常重十三，冀州以恃強不循理，冀其必破。弱既破，冀必強大也，并州力足以并吞也。幽州，幽陰慘殺也。隋文非宋武敵也，而宋武不能使一人渡河以窺胡。天寶末，李郭兵五十萬不能過鄴尺寸，後生所見，言語舉止，無非叛也。以為事理正當如此，沉酣入骨髓，無以為非者。至有困急食盡啖尸以戰，以此為俗，豈可與決一勝一負哉。不審地勢，為浪戰，最下策也。使亮治其地百年，民皆謂亮所為正當如此矣。

昔人題二劉妃圖，有「秋風落盡故宮槐，江上芙蓉並蒂開，留得君王不歸去，鳳凰山下起樓臺」，蓋金亮嘗曰「梁琉為余言，宋有二劉貴妃，資質艷美，西施所不及也」，令高師姑潔衾以待。經曰：「西域水土剛強，故其人華色而肌肥，北人汗漯，故腸內肉少。」宋徽宗時，禁中有怪，上亦避之。中夜或往諸妃榻中睡，以手撫之，亦溫暖，或云朱溫之厲所化。西北多佳人，平生性所欲，亮殆倦覿于其所已饜，欣得于其所難致也。此處「你說」之你，正亮向琉言，并無著字。祿山上前應對，貴妃嘗在坐，詔令楊氏三夫人，約為兄弟，由是祿山心動，聞馬嵬事，數日嘆惋，雖林甫養育之，國忠激怒之，然其他腸有所自也。噫！紅顏一代有危機，雄心已飽雞頭肉。安得可汗秉禮義之心，如李德裕云云乎？按高宗徽第九子禪位，太祖之裔，極意妃妾之娛，意在保形壽之緩盡，竊浮生之至歡而已。賊檜之言，安得不中聽哉。其憲聖吳后，開封人，即侂胄母之姊，十四歲入邸，每戎裝侍側。觀音高五丈，製金縷衣以賜之，御書六經稍倦，后即續書，至今皆莫能辨。年八十三，逮見四世，加號隆慈備福。劉妃，工畫人物。其外更有趙藺王郭陳孫蔡張李諸夫人御批，其內，夫人代書，太子食榜，俱司膳內人所寫。又御前應制，多是女流、演史、說經、彈棋、隊戲，每日輸尼姑道姑各一，導帝燒香。王尚之為郎，乞減宮嬪之冗，上曰：「卿何由知我宮中事？臺臣論知閤鄭藻說甚事，不是說他娶嫂麼？不看執柯者誰，朕也。」大臣家賜與帝后衣，謂之御退衣服，其風流超詣，即取王子安「別是一家春」句以名亭，不愧也。

酒澆歌舞地，粉飾太平年。滿目綺羅珠翠，一片揭天鼓吹。六代只遺兒女事，正以「那一荅好」也。朱淑真：一片笑聲連，鼓吹人氣煖，吹幾陣紅香影。〈竹枝〉：最是「笑」聲不須買，湖裡無時不是情。謂之不「好」固不可得。俞彥：愁「月」愁「花」愁欲死，是誰題作莫愁湖？武平一：參差畫舸結樓臺，忽驚水上光華滿。使無「花搖」，即萬井樓臺，疑繡畫燈舡高與畫樓齊，何用？羨門云，阮亭詩「年來腸斷秣陵舟，夢繞秦淮水上樓」，何其移情至此？不知難忘者，捲起朱簾人面素耳。「花」壓闌干春草碧，誰念沙場刀箭疲？四方澒動煙塵起，猶在「濃香」夢魂裡。「花」之妙又在有「香」。「六代精靈在月中，繁華自古送英雄」，故尤宜「夜」。

「人意似知今日事，急催絃管送繁華」，是以「無明夜」。「邊郡今無事，珍珠犬馬馱，蒙恬城下骨，夜夜聽『笙歌』」。「月華如水浸宮殿，有酒不『醉』真痴人。『歌』舞未終樂未闋，晉王劍上粘腥血。君臣猶在『醉』鄉中，一面已無陳日月。」嗚呼！

陳子龍：「笙歌如夢倚，無愁長江水」，謂明末餘事，實假王子南來，日弄幼女為事者，不如此處「無明夜緊笙歌」六字深切。

潼關一敗，胡兒喜簇「馬」，驪「山」看御湯，只成東坡：「辛苦驪山山下土，阿房纔廢又華清」，石湖：「三十六書都莫恨，煩將歌舞過揚州」之感。

就窩會得「笑」歸來，方是「狠」手，吾獨無如「漢家一片當時土，肯為奸雄載歌舞」，何也？

湖上山一重，一掩翠雲襟，湖上草綠似裙腰，一道斜西子湖山，只辦得逢人便嫁。突兀石存今古史，霏微煙寫興亡畫。便「借來耍耍」何妨。

崔灝：「一朝太子升至尊，宮中人事如掌翻」，非「萬歲」不能「借耍」。

太州宮友鹿詩：「銅雀春深二喬鎖，忖量老瞞心亦頗」，余謂二喬之父，老瞞車過腹痛之人也，取之之心雖有，斷不與冗散等視。有句云「瞞若得喬焉忍鎖，頂『戴』奇擎報乃公」，「耍」則腹痛不止矣。北魏道武孫均為朝陽戍主，有南戍主妻遊沔濱，輒遣略取，不「借耍耍」亦是痴人。惟元伯顏破江州，宋兵部尚書呂師夔置酒庾公樓，取宋宗室二女盛粧以獻，伯顏曰：「問罪于宋，豈以女色移吾志乎？」斥遣之，是不以「耍」為先務者。

裴矩仕隋，西域諸番至張掖交市，令掌其事，誘令言其國俗，作《西域記》。兼并誅討，互有興亡。或土地交錯，封疆移改，或空有邱墟，不可記識。彼或人戶數千，即為國主，謂中國為神仙，臣依其服飾，丹青圖寫，後卒為突厥吐谷分領。和士開事齊，武成言詞容止極諸鄙褻，言自古帝王盡為灰土，故帝坐朝止書數字而已，固不如「遣工偷景」稍占勝致。

劉秉忠吊宋：「南史床頭堆一角，六朝如夢雨茫茫」。晉司馬楚之如魏，尚宣武妹華陽公主，坐通西魏，賜死。周文拜其妻為襄城公主，楚之父子相繼鎮雲中，朔土服之，雖亦「低小」，猶勝梁武侄秪奔齊為高澄監「畫」工矣。有此錦繡心肝，應占金粉福地，解造「砌一個緊西湖馬上嬌」，尤可免「玄宗侍女舞煙絲，『西』子無因更得知，可惜當時好風景，吳王卻不解吟詩」之誚。「世上英雄本無主，爭教紅粉不成灰！」但吟「隋煬棄中國，龍舟行海涯。春風廣陵死，不見秦宮花」可耳。

晉元帝云，今之會稽，昔之關中。宋人詞「且消受『殘山剩水』」，是彼國實錄。「都占了」則有「天意忽將南作北，一片湖山是塞沙，留得娟娟亡國月，一片斜陽猶是漢」之戚。惟王渾至建鄴曰：「諸君得無戚乎？」宜興周處曰：「魏滅于前，吳亡于後，亡國之戚，豈惟一人！」渾有愧色。入晉為吏，梁王違法，處深文案之，大是妙人。

北魏高祖弟裕，婢妾千數，日業鹽鐵，遍于遠近，臣吏僮僕，相繼經營。及與諸姊公主等訣，言及一二愛妾，主哭且罵曰：「正坐多取婢輩，畏罪作反，此酒可勝飲盡耶。」

宋姜白石《堯章詩》：「洞庭西北角，雲邊更無邊。後有白河沌，渺漭有數千。豈惟大盜窟，神龍所盤旋。白湖辛巳歲，忽墮死蜿蜒。一鱗大如箕，一髯大如椽。白身青著髡，兩角上梢天。官使覆其體，數里聞腥膻。一夕雷雨過，此物忽已遷。遁跡陷成川，中可行大舡。是年虜亮至，送死江之壖。」或云祖龍識詭異非偶然。

足見龍最好淫，亮非常物。又見佛經：大身眾生，多在海中，而阿修羅等長數十由旬，不謊也。

# 第十六齣　詰　病

【三登樂】（老旦上）今生怎生？偏則是紅顏薄命，眼見的孤苦伶仃❶。（泣介）掌上珍，心頭肉，淚珠兒暗傾。天呵，偏人家七子團圓，一個女孩兒廝病。

〈清平樂〉「如花嬌怯，合得天饒借。風雨于花生分劣，作意十分淩藉。止堪深閣重簾，誰教月榭風簷。我髮短迴腸寸斷，眼昏眵淚雙淹。」老身年將半百，單生一女麗娘。因何一病，起倒半年？看他舉止容談，不似風寒暑溼。中間緣故，春香必知，則問他便了。春香那里❷？（貼上）有哩。我「眼裡不逢乖小使，掌中擎著個病多嬌。得知堂上夫人召，賸酒殘脂要咱消」。春香叩頭。（老旦）小姐閒常好好的，纔著你賤才伏侍他，不上二年❸，偏是病害。可惱，可惱！且問近日茶飯多少？

【駐馬聽】（貼）他茶飯何曾，所事兒休提、叫懶應。看他嬌啼隱忍，笑譫迷廝，睡眼懵憕。（老旦）早早稟請太醫了。（貼）則除是八法針針斷軟綿情。怕九還丹丹不的腌臢證。（老旦）是什麼病？（貼）春香不知。他❹一枕秋清，怎生❺還害的是春前病。

（老旦嘆介❻）怎生了！

【前腔】他一搦身形，瘦的龐兒沒了四星。都是小奴才逗他。大古是煙花惹事，鶯燕成招，雲月知情。賤才還不跪！取家法來。（貼跪介）春香實不知。（老旦）因何瘦壞了玉娉婷，你怎生觸損了他嬌情性？（貼）小姐好好的拈花弄柳，不知因甚病了。（老旦惱，打貼介）打你這牢承，嘴骨稜的胡遮映。

（貼）夫人休閃了手。容春香訴來。便是那一日遊花園回來，夫人撞到時節，說個秀才手裡拈❼的柳枝兒，要小姐題詩。小姐說這秀才素昧平生，也不和他題了。（老旦）不題罷了。後來？（貼）後來那、那、那秀才就一拍手把小姐端端正正抱在牡丹亭上去了。（老旦）去怎的？（貼）春香怎得知？小姐做夢哩。（老旦驚介）是夢麼？（貼）是夢。（老旦）這等著鬼了。快請老爺商議。（貼請介）老爺有請。（外上）「肘後印嫌金帶重，掌中珠怕玉盤輕。」夫人，女兒病體若何❽？（老旦泣介）❾

【前腔】說起心疼，這病知他是怎生！看他長眠短起，似笑如啼，有影無形。原來女兒到後花園遊了。夢見一人手執柳枝，閃了他去。（作嘆介）怕腰身觸污了柳精靈，虛囂側犯了花神聖。老爺阿，急與禳星，怕流星趕月相刑迸。

（外）卻還來。我請陳齋長教書，要他拘束身心。你為母親的，到❿縱他閒遊。（笑介）則是些日炙風吹，傷寒流轉。便要禳解，不用師巫，則叫紫陽宮石道婆誦些經卷可矣。古語云：「信巫不信醫，一不治也。」我已請過陳齋長看他脈息去了。（老旦）看甚脈息。若早有了人家，敢沒這病。（外）咳，古者男子三十而娶，女子二十而嫁。女兒點點年紀，知道個甚麼呢？

【前腔】忒恁憨生，一個哇兒甚七情？止⓫不過往來潮熱，大小傷寒，急慢風驚。則是你為母的呵，真珠不放在掌中擎，因此嬌花不奈這心頭病。（老旦泣介）（合）兩口丁零，告天天，半邊兒是咱全家命。

（丑扮院公上）「人來大庾嶺，船去鬱孤臺。」稟老爺，有使客到。

【尾聲】（外）俺為官公事有期程。夫人，好看惜女兒身命，少不的人向秋風病骨輕。

柳起東風惹病身，李紳　舉家相對卻沾巾。劉長卿
遍依仙法多求藥，張籍　會見蓬山不死人。項斯

（外、丑下）（老旦、貼弔場⓬）（老旦）「無官一身輕，有子萬事足。」我看老相公則為往來使客，把女兒病都不瞧。好傷懷也。（泣介）想起來一邊叫石道婆禳解，一邊教陳教授下藥。知他效驗如何？正是：「世間只有娘憐女，天下能無卜與醫！」（貼隨下⓭）

【校記】

❶徐本作「竹儂」。❷徐本此句作「春香賤才那裏」。❸徐本作「半年」。❹徐本作「道他」。❺徐本作「卻怎生」。❻徐本作「哭介」。❼徐本作「折」。全集本作「拈」。❽徐本作「因何」。❾徐本此處有「老爺聽講」一句。❿徐本作「倒」。⓫徐本作「則」。⓬徐本作「弔場介」。⓭徐本無「貼隨」二字。

# 第十六齣〈詰病〉批語

「紅顏薄」喻兩扉，「眼見」二字，其喻女根更明。「掌上珍心頭肉淚珠兒暗傾」，十四字喻女根確切至矣。「風雨」以喻行事，「十分」十字處分也，「重簾」喻豪，「月」喻女根，「風簷」二字更妙，《葬經》所謂蝦鬚蟹眼須看合尖也。「髮」亦喻豪，「迴腸寸斷」喻男根徐退，「雙淹」似并溺孔言之。「乖小使」喻男根，「乖」者如人意也。「病多嬌」喻女根小，使不乖即能致「病」，確極毒極。「眼裡不逢」非喻女根而何？「掌中擎著」喻更妙矣，無遇只得掌擎，摹寫閨情酷刻。「賸酒殘脂」雖喻男事，亦有使人以口代陳者。「所事兒休題」言其事已畢，不復抽提之後。「笑譫迷」三字，几于畫出女根。「睡」而有「眼」非女根而何哉？「八法鍼」妙絕，鍼入則成八字也。「丹」喻勢槌上處，「九還」喻其進出狀。「秋清」之秋代湫，以喻事後物淨名，思男子合為「春前病」，確。而且惟「一搦身形」即掌上珍意，與龐兒四星，皆女根妙喻。「燕鶯」，即明如剪溜的圓意。「煙花雲月」即霧濛花、雲漏月之解，觀「觸損」二字益知吾解之不謬。「嘴骨稜胡遮映」，即女根之瘦了龐兒裱不助美者，大可發笑。「印」喻腎囊，「金帶」之金代筋，「掌中珠」喻男挺末，「怕玉盤輕」喻女根瘦，「心疼」指花心言，「眠」時似稍「長」，起時似稍「短」，喻女根入微，故繼以「似笑如啼」。其「有影」句自釋上句，言其笑啼似耳，非真「虛囂」不緊也。「側犯」尤妙，因不緊所以側。「星」喻勢槌上處，「月」喻女根圓形，「流星趕月」喻二根相遇處，確切無以加矣。「相煎迸」更妙，男有似欲近傷之意，終為女所「刑」剉，「拘束身心」四字亦切女根。「哇」字從口，「往來潮熱」亦喻其事，熱而且潮，意詳到甚。「大小」又喻男根大則「傷」，小則「寒」，復寓微理。「急慢風驚」四字更切，「真珠」之真代筋，喻男莖端，「不放掌中」則入「心頭」矣，入細入妙。「兩口」喻前後陰，「半邊」與「全家」同意，無不確。「大庾」梅花多處，以喻男精。「船去」亦喻女根，「鬱孤」嘲女道也。「女兒身命」四字，可作女根別號。「秋風」之秋代湫，「柳起」即舉字，意舉喻男根，「家」喻女根，「仙法」即容成法，「藥」乃慎恤類，「蓬」喻豪，「不死人」喻不痿陽。

袁小修云：「我或豐于多生而嗇于一生」，故曰「今生怎生」。

楊升庵王孺人亦年二十一于歸，不逮事其姑，因子耕耕殤成疾，沉滯遂不離床閾，後竟不能復出一聲，張頻揚指而已。沈蓮池張碩人因子祖植殤，成疾，死戰掉憒亂不能復言，年僅二十八。而蓮師以為漫爾一期之報，猶浮漚起滅于滄海也。「偏則是」猶言毋「命」已「薄」汝更薄，吾本「薄命」今更薄也。

北魏侍中李神俊，四方才子咸宗之，而少年之徒，皆被褻狎。見崔倰子瞻，曰：「我遂無此物，令人傷懷」。看人兒女大酸心之甚，正以自覺伶仃也。

魏莊帝之尊其父母，蓋逼諸妹之請也，賈充前妻李豐女事亦然。《魏書》晉褚后臨朝，殷浩遺褚裒書曰：「足下今之太上皇也」。此方是「掌上珍心頭肉」。

高洋為安德王納后，弟李祖欽女妃母薦石榴于前，魏收曰：「房中多子之兆」。漢哀牢沙壹一產十子兆。魏高祖時，太原秀容郡婦人一產四男，四產十六男。漢景帝子中山靖王勝，為人樂酒好內，有子百二十餘人。慕容廆庶兄吐谷渾子六十人。魏文明太后兄熙尚主，男女四十餘人。周襄陽李遷哲男女六十九人。梁王第十恢男女百人，男封侯者三十九人，女主三十八。唐明皇子四十餘，宋徽宗三十四女三十一子。「七子團圓」何足詫。

人之少有老態，不耐寒暑，不勝勞役，皆因氣血方長，而勞心虧損其心者。調其榮衛，以胃者，衛之源，脾者，榮之本，故不能飲食，難于「子」息。乳母命門火衰，兒飲其乳，必脾胃虛寒。張氏云：「嘗觀梟猾輩，苗裔恒發祥。兒孫繁美者，必自祖父強。家傳好身手，兼并肆鋒鋩。驕奢意氣盛，肥白眉宇揚。亦有本分人，硜硜守門墻，固無為惡才，方寸欲誰傷。晚得伶仃兒，顒陋多羸尫，甚至艱嗣育，數乳輒數殤。行必亂所為，弱草偏遭霜。善類日以寡，善書日以詳。著書勸世者，請先勸玉皇。歷觀史冊几，鄉豪魁傑將。」乘機赴會，鬱為鉅族，未有不子女早生，多而且健者。其父母之氣血俱強，好合易孕，殆即天使之也。然楊收自謂素後，梁闇自謂坡子，郭暖子銛尚西河公主，初嫁沈氏，生一子，銛無子，以沈子為嗣。來俊臣，京兆人，父操博徒也，里人蔡本負博不能償，操因納其妻，而生俊臣。北魏代人陸馥，妻赫連氏，身長七尺五寸，甚有婦德，為相州刺史，簡諸縣。強門百餘人為假子，令為耳目。元海非劉而亡晉者劉，李克用非李而亡梁者李也。理學名儒云：理也者，天意之大者也。數也者，天事之小者也。天道如弈，非勝敗之數盡，則不知其技之精也。若血脈之屬，長留人間，不能保其無倡優盜賊供人淫殺者，固不如和靖、太初不為凡間度子孫，而精神長在天，芳名長在世，于理為受美報也。

《唐書》：周曾本李希烈將，密得烈計，以告李勉，為烈殺，德宗贈太尉。貞元中，女及曾侄豐爭襲封，上曰：「令各封五十戶」。為一個女孩兒垂念，極是。凡把人禁殺，使古今天下無限閨人，「花」不暢開。或遇弱男，或守少寡，皆「作意淩藉」者也。

王金壇：「腰肢未許同行擬，性格還從夫婿猜，阿母錯疑教不嫁，几回偷看畫圖來」，又「說嫁驚心盡日痴，當初忍笑畫鴛鴦，真個如今擬鳳凰」。文友：「欲與歡言礙小姑，捏郎臂上問寒無。交膝語歡言，低處便模糊。小姑卻做痴呆態，故把歡言細問奴」，皆為「其間緣故」四字作許綺語。

阮亭云「沈宛君與瓊章論和凝〈春思〉，翻教阿母疑句，此何須疑？直當信耳。」語甚妙，此「春香必知」語亦妙。

惟如意、太平真乃母女同喻其味，若「則問他便了」，誠恐人到中年怕作關情句矣。

「茫茫天地間，萬物各有親，人生知此味，獨恨少因緣」，是「命裡不逢乖小使」詳解。

東坡云：「情愛著人如黐膠，油膩急于解」，雪尚為沾染，況又反覆尋繹乎？「茶飯懶應」，心自與身仇耳。

元美：「一燈清，炯炯淚珠痕」，即「嬌啼隱忍」之意。

「此歡竟與遂，不知狂與羞」，是「笑譫迷」。

《唐書》柳公綽：「太醫箴智實誘情，誰教天付與聰明？只合『懵騰』過此生。」若「眼懵騰」，則正為聰明所誤。

「吾人少儔侶，住坐無儔匹，心期不會面，懷之成骨疾」，此則疾在「軟綿」處。

「入我相思門，知我相思苦」，為「八法鍼」，一笑。元曲「除非是俏泛兒勾牽，轆軸兒盤旋，鋼鑽兒鑽研」。真臘婦女最淫，產一二日即與夫合，宜矣。

摩登伽貪愛阿難，如來指示不淨，使之厭離。《坊記》：婦人疾，問之，不問其疾，蓋恐是「腌臢症」也。項斯羞病難為藥，若「丹的」時，正恐藥殺元氣，天不覺耳。

《魏書》沮渠牧犍時，有罽賓沙門東入鄯善，自云能使鬼治病，使人多子，所用固「八法鍼九還丹」耳。宰相楊再思言，昌宗治「丹」藥有大功，不知輸骨髓以助雞皮亦大功也。《唐書》：王勃絳州人，卒年十九，通之孫也。嘗謂人子不可不知醫。時長安曹元有秘術，勃從之遊，盡得其要，其父福疇有譽兒癖然如此，兒真可譽也。白帶出于胞宮，精之餘也。淫濁出于二腸，水之濁也。婦人蒂下病多致不孕，故扁雀（鵲）過邯鄲，自鳴帶下醫以治之。女人肝脈弦出魚際乃血盛無偶之症。有清慾湯，四物湯五錢，加油菜子二撮，經行後空心服即斷孕。經來起居則內滲而為淋瀝，乘外邪而合陰陽則瘕生，有起居所使，小便出血者，百陰冷重墜者，熟艾熱裹入陰中，交接違理，出血作痛，亦治肝脾。又以亂髮青布燒為末滲之，止婦人交接他物所傷。雞冠血塗赤石脂滲，婦人傷于丈夫而頭痛，補中六味主之。小戶嫁痛，甘草生薑各五分，白芍四分，桂心二分，酒煎三四沸服。小麥甘草煎湯洗，女人合多則瀝枯虛人，補弱男宜壯脾節色補羸。女宜及時嫁，婦居幽閫，類多血氣不調，或胎創未愈而遽合，或登廁風入其陰戶，皆成痼疾。有瘕生于子門，入子藏則絕產，入胞絡則經閉。白凡治陰梗出痔漏。有穿腎穿陰者，俱屬肝脾腎症，子宮留穢觸之，則成下疳，生于莖端，初如粟粒，膿後作白，久不癒，必成楊梅。有生于玉門內者，但不痛為異。足跟為督脈發源之所，婦人跟痛乃肝脾腎血虛，婦人起居忍小便，水氣上逆而轉胞，亂髮燒灰米醋湯調下。蜡油調滑石，塗入產門為滑胎藥。或多交合使精血聚于胞中，以致產難。胞聚漿先下，急服大料，四物濃煎，蔥湯熏洗，用油燭塗戶內。小兒目睛緩視，大便臭穢，乃飲交感時乳所致。臍為精根，風入關元則絕嗣。幼年手淫，無精可出，欲泄不泄，化為膿血。傷寒男從臍受，女從陰受。疫症男從口過，女從陰過。又受風邪，及內寒，俱令陰中腫痛。「腌臢症」雖略臚列，而幽陰不遂之生病，非藥之所能療，軒農後起，必為另設一法。

后者厚也，通用。若「龐兒沒有四星」，則后而不厚，無足取矣。姜宸英「一自閒情無著處，北堂萱草最關心」，「玉娉婷」者念之哉。

王金壇：「魘語夢回嫌婢喚，惡愁懷抱恐兒知」，玩「是夢麼」三字，老夫人視夢為渾閒事也。

飛卿：「更能何事銷芳念」。《筆麈》：以事勞心者，事受之。以理勞心者，理受之。惟以心勞心者，其心必傷，故曰「說起心疼」。

《北史》巴俗好「道」，尤習老子之言，「只叫石道婆」殆沿鄉習。元百種曲《魯莊公》劇云：「俺娘阿，我只道過中年人老朱顏改，那知他撲郎君虎瘦雄心在。又早愁看鬢蕭蕭生白髮，俺把那少年心瞥罷」（案：元劇無《魯莊公》，曲詞出《青衫泪》）。李白：「壯年不行樂，老大徒傷心，持此道密意，無令曠佳期」。「宛轉蛾眉能幾時，須臾白髮亂如絲」。夫人說，若「早有人家，敢沒這病」，真乃知音。明世宗父在安陸藩，與致仕尚書鄭厚，欲聘其女為世子妃，辭以臣女不欲令婚王室。及上即位，鄭不敢嫁其女，遂病死。其父畏事不嫁其女，固為不慈，世宗不取入宮，亦不知情字之趣。干令寶（案：當為干令升寶）《晉紀總論》：「先時而婚，任情而動，父兄不罪，天下莫非」。魏高允曰：「今皇子娶妻多出宮禁，諸王年十五便賜妻別居，然所配或少長差舛，或罪入掖廷」。楊椿有曾孫，為之早娶，遂見玄孫，率多學，尚南齊文惠太子。武帝未弱冠時所生石虎，破鄴獲劉曜女，年十二，納而嬖之，生子世，遂立為后。曜子胤美姿貌，年十歲，身長七尺五寸。北魏穆紹年十二，尚瑯琊長公主。東坡三十九納朝雲，雲年十二。董偃年十三，通漢武妹館陶公主。陳王納麗華，華年十一，旋即生子。高澄尚靜帝妹，時年十二。知真臘指法之淺，則「秦蛾年十五，昨夜事公卿」，已非「學佩宜男，偷丸益母，欲語羞年小」之時，何必吟「雙眉畫未成，那能就郎抱，破顏君莫怪，嬌小不禁羞」矣。文友：「羅敷雖未有夫，還應念使君有婦，況妾未經十五，豆蔻心兒難吐。語劉郎桃花雖好，天台深處，多少香雲護」可不必作。惟鳳洲〈嘉靖宮詞〉：「靈犀一點未曾通，憔悴春風雨露中」，則男老精微之害。

《笑林》：「姑問嫂何事嫁？曰『周公禮耳』。及還，曰『我罵你者說謊的』」。「父母行事，給子往隔壁王媽媽家，俄頃還，曰『王媽媽家也在彼如此動』」。云「古者」自是宋人習氣，然程伊川亦言，十五六苦于慾，反能不動，後則否。又言，始則云豈可以父母遺體作配下賤耳。

鄭谷：「一夜嬌啼緣底事，為嫌衣少縷金花」，商堯藩：「霍家有女字成君，年少教人著繡裙」，則真「點點年紀知道甚麼」。

「初入長門宮，謂言君戲妾」，似「知道什麼」語，與劉得仁「白髮宮娃不解悲，滿頭猶自插花枝，曾緣玉貌君王寵，準擬人看似舊時」略同。

「自從鑾殿別，長門幾度春。不知金屋裡，更貯若為人」，「長信多秋色，昭陽借月華，那堪閉永巷，聞道選良家」，則已「知道什麼」矣。

坡：「秦王十八已能飛」，唐人：賈生十八言何事？漢明帝馬后，扶風人，身長八尺，十歲即能御僮婢。陳宣帝柳后，河東人，長七尺二寸，九歲即能幹理家事。孫策年十五，美姿容，好笑語，故士民見者無不盡心。北齊高洋于兄澄第五子紹義，年十二，猶騎置腹上，令溺己臍中。然瑯琊王儼為中丞，坐殿視事，悉依魏典，諸父王公皆拜，後矯詔誅和士開，死年十四，後主謚為楚恭哀帝，以慰太后。妃文宣李后侄女，進為楚帝后，有遺腹四男。魏陸琇曰：「苟非鬥力，何患童稚」？周武平齊還，謂韋孝寬曰：「人言老人多智，然朕惟共少年一舉平賊」。秦王年十六，羅士信年十四，李勣年十五，杜伏威年十六，徐世勣年十七，乃至渾瑊年十二，而以邊功拜太師，封王。覺今人動輒以「哇兒」視其子，子亦以哇兒自居之，不學無術。

經云：「若男魂來，于母起愛，于父起恚，作如是念。若彼丈夫離此處者，我當與此女人交合。作是念已顛倒，想生見彼丈夫遠離此處，尋自見與女人和合。父母交合，精血出時，爾時父母貪愛俱極，便謂父精是所自有，見已生喜，而便迷悶，以迷悶，故中有粗重，既粗重已，便入母胎。自見己身在母腹內，向腹蹲坐。女魂于父起愛，亦爾魂入陰殼，猶火麗薪，幼認字義，長無以異，是以千劫為繫驢樁。」一個哇兒甚七情，誠乃腐儒夢話。

余有〈十索〉詩云：「兒已及娘眉，娘猶貪膝上。終日繡鴛鴦，從娘索多樣。姑望子成名，教郎住書館。乘醉昵姑床，從姑索酣暖」。又有〈小星十索〉：「不應蓮底汗，長遣妾嗚咽，佯魘伸儂足，從伊索鼻尖」，俱艷絕。

《中郎集》：聞之王母，王父隱而豪者也。王母撫余姊弟五人，余兄弟得俊，曰「天高地遠以有今日。」病時望兒輩，余妹冠進賢，拜床下曰「兒歸矣」。此「珠」真堪掌上擎。

元曲：「孩兒是娘的腳後跟」，「半邊兒是全家命」，所謂恩身者，仇心也。

「慘碧愁黃堆几尺」，「病」焉得「輕」。

韋曼子世康，尚周文女襄樂公主，刺史絳州，與諸弟書云：「況孃春秋已高」。隋廢太子曰：「孃竟不與我一好婦女，亦是可恨」。指皇后侍兒曰「皆我物」。「世間只有娘憐女」，宜《河圖》挺佐輔有「百歲之後，地高天下，人知其母，不知其父」之讖矣。商子曰：「民知母不知父，其道愛私」。齊邱子曰：「禽獸之性，隨母而不隨父，戎羯之禮，事母而不事父」。人有疾痛，呼母而不呼父，是以趙嬈王聖亦極尊榮。逮于魏之常竇，遂稱為保太后，大疑大政，令群臣于前評議。史臣謂，雖事乖典禮，而觀過知仁。誦孫綽〈感昔有恃〉「望是遲顏，婉孌懷袖，極願盡歡」句，畫出嬌痴猶向娘懷倒意。恨不能如鮫之為魚，其子既有驚，必歸母，還入其腹耳。繼子得食，肥而不澤。獨魏高祖于文明，既非所出，又嘗欲廢之，至單衣閉室，杖之數十，顧纏綿哀慕山陵，尚擬相從，雖恭已無為。賴慈英亦「娘憐」異于父愛耳。獨是母如欒盈，母女如盧蒲姜者，世頗有之。益欲誦坡公「斜日照孤隙，方知空有塵。微風動眾竅，誰信我忘身。一笑問兒子，與汝定何親」之詩。

# 第十七齣 道覡

【風入松】（淨扮老道姑上）人間嫁娶苦奔忙，只為有陰陽。問天天從來不具人身相，只得來道扮男粧，屈指有四旬之上。當人生，夢一場。

〈集唐〉「紫府空歌碧落寒李群玉，竹石如山不敢安杜甫。長恨人心不如石劉禹錫，每逢佳處便開看韓愈」。貧道紫陽宮石仙姑❶是也。俗家原不姓石，則因生為石女，為人所棄，故號「石姑」。思想起來：要還俗，《百家姓》上有俺一家：論出身，《千字文》中有俺數句。天呵，非是俺「求古尋論」，恰正是「史魚秉直」。俺因何住在這「樓觀飛驚」，打并❷的「勞謙謹勅」？看修行似「福緣善慶」，論因果是「禍因惡積」。有甚麼「榮業所基」？幾輩兒「林皋幸即」。生下俺「形端表正」，那些「性靜情逸」。大便孔似「園莽抽條」，小淨處也「渠荷滴瀝」。只那些兒正好叉著口，「鉅野洞庭」；偏和你滅了縫，「昆池碣石」。雖則石路上可以「路俠槐卿」，石田中怎生「我藝黍稷」？難道嫁人家「空谷傳聲」？則好守娘家「孝當竭力」。可奈不由人「諸姑伯叔」，聒噪俺「入奉母儀」。母親說你內才兒雖然「守真志滿」，外像兒「毛施淑姿」，是人家有個「上和下睦」，偏你石二姐沒個「夫唱婦隨」？便請了個有口齒的媒人，「信使可復❸」。許了個大鼻子的女婿「器欲難量」。則見不多時，那人家下定了。說道選擇了一年上「日月盈昃」，配定了八字兒「辰宿列張」。他過的禮，「金生麗水」，俺上了轎，「玉出昆岡」。遮臉的「紈扇圓潔」，引路的「銀燭煒煌」。那新郎好不打扮的頭直上「高冠陪輦」。咱新人一般排比了腰兒下「束帶矜莊」。請了些「親戚故舊」，半路上「接杯舉觴」。請新人「升階納陛」，叫女伴們「侍巾帷房」。合巹的「弦歌酒讌」，撒帳的「詩讚❹羔羊」。把俺做新人嘴臉兒一寸寸「鑒貌辨色」，將俺那寶粧奩一件件都「寓目囊箱」。早是二更時分，新郎緊上來了。替俺說，俺兩口兒活像「鳴鳳在竹」，一時間就要「白駒食場」。則見被窩兒「蓋此身髮」，燈影裡褪盡了這幾件「乃服衣裳」。天呵，瞧了他那「驢騾犢特」；教俺好一會「悚懼恐惶」。那新郎見我害怕，說道：新人，你年紀不少了，「閏餘成歲」。俺可也不使狠，和你慢慢的「律呂調陽」。俺聽了口不應，心兒裡笑著。新郎，新郎，任你「矯手頓足」，你可也「靡恃己長」。三更四更了，他則待陽臺上「雲騰致雨」，怎生巫峽內「露結為霜」？他一時摸不出路數兒，道是怎的？快取亮來。側著腦要「右通廣內」，唔❺著眼在「藍筍象床」。那時節俺口不說，心下好不冷笑。新郎，新郎，俺這件東西，則許你「徘徊瞻眺」，怎許你「適口充腸」。如此者幾度了，惱得他氣不分的嘴勞刀「俊乂密勿」，累的他鑿不竅皮混沌的「天地玄黃」。和他整夜價則是「寸陰是兢」。待講起，醜煞那「屬耳垣牆」。幾番待懸梁，待投河，「免其指斥」。若還用刀鑽，用線藥，「豈敢毀傷」？便挤做趔了交「索居閑處」，甚法兒取他意「悅豫且康」？有了，有了。他沒奈何央及煞後庭花「背邙面洛」，俺也則得且隨順乾荷葉，和他「秋收冬藏」。哎喲，對面兒做個❻「女慕貞潔」，轉腰兒到做了「男效才良」。雖則暫時間「釋紛利俗」，畢竟情意兒「四大五常」。要留俺怕誤了他「嫡後嗣續」，要嫁了俺怕人笑「饑厭糟糠」。這時節俺也索勸他了：官人，官人，少不得請一房「妾御績紡」，省你氣那「烏官人皇」。俺情愿「推位讓國」，則要你「得能莫忘」。後來當真討一個了。沒多時做小的「寵增抗極」，反撚去俺為正的「率賓歸王」。不怨他，只「省躬譏誡」。出了家罷，俺則「垂拱平章」。若論這道院裏，昔年也不甚「宮殿盤鬱」；到老身，纔開闢了「宇宙洪荒」。畫真武「劍號巨闕」，步北斗「珠稱夜光」。奉香供「果珍李柰」，把齋素也是「菜重芥薑」。世間味識得破「海鹹河淡」，人中網逃得出「鱗潛羽翔」。俺這出了家呵，把那幾年前做新郎的臭粘涎「骸垢想浴」，將俺即世裡做老婆的乾柴火「執熱願涼」。則可惜做觀主「遊鵾獨運」，也要知觀的「顧荅審詳」。赴會的都要「具膳餐飯」，行腳的也要「老少異糧」。怎生觀中再沒個人兒？也都則是「沉默寂寥」，全不會「牋牒簡要」。俺老將來「年矢每催」，鏡兒裡「晦魄環照」。硬配不上仕女圖「馳譽丹青」，也要接的著仙真傳「堅持雅操」。懶雲遊「東西二京」，端一味「坐朝問道」。女冠子有幾個「同氣連枝」，騷道士不與他「工顰妍笑」。怕了他暗地虎「布射遼丸」，則守著寒水魚「鉤❼巧任釣」。使喚的只一個「猶子比兒」，叫做癩頭黿「愚蒙等誚」。（內）姑娘罵俺哩。俺是個妙人兒。（淨）好不羞。「殆辱近恥」，到誇獎你「並皆佳妙」。（內）杜太爺皂隸拿姑娘哩。（淨）為甚麼？（內）說你是個賊道。（淨）咳，便道那府牌來「杜稾鍾隸」，把俺做女妖看「誅斬賊盜」。俺可也「散慮逍遙」，不用你這般「虛輝朗耀」。（丑扮府差上）「承差府堂上，提名仙觀中。」（見介）（淨）府牌哥為何而來？

【大迓鼓】（丑）府主坐黃堂，夫人傳示，衙內敲梆。知他小姐年多長，染一疾，半年光。（淨）俺不是女科。（丑）請你修齋，一會祈禳。

【前腔】（淨）俺仙家有禁方。小小靈符，帶在身傍。教他刻下人無恙。（丑）有這等靈符！快行動些。（行介）（淨）叫童兒。（內應介）（淨）好看守，臥雲房。殿上無人，仔細燈香。（內）知道了。

紫微宮女夜焚香，　王建　　古觀雲根路已荒。　釋皎然

猶有真妃長命縷，　司空圖　　九天無事莫推忙。　曹唐

【校記】

❶徐本作「道姑」。全集本作「仙姑」。❷徐本作「併」。❸徐本作「覆」。全集本作「復」。❹徐本作「贊」。全集本作「讚」。❺徐本作「踣」。❻徐本作「做的個」字。❼徐本作「鈞」。

# 第十七齣〈道覡〉批語

「紫府」喻女根色，「碧落」喻豪，「竹」喻男根。以女根為「紫陽宮」，切極，元人已有「一腳騰空上紫雲」語。「魚直」亦似女根，「飛驚」喻女兩扉喻男挺末。「形端表正」指女根言。「納扇」喻女兩輔，「銀燭」及「直上高冠」俱喻男根。「半路」喻身半以下，「杯觴」亦喻女根。「合巹」喻兩扉合，「撒帳」喻兩扉開。「弦歌」字妙。「被窩」乃喻女根，「身髮」喻毫，「黿」喻男根，故有自稱妙人之語。「虛輝朗耀」仍喻男根。「乾荷葉」脆柳枝，亦見元曲。「府主」喻男根，「衙內敲梆」喻其事。「刻下」猶言刻畫下身，「臥雲房」喻女根又極妙麗。「燈」喻女根，「香」喻男根，「雲根」喻女花頭，「真一」之真代筋，「妃」可代飛，「縷」喻合之可為一束也。「天」喻深處，「無事」猶言不至傷損，「莫推」女手莫推也。

雷次宗《豫章古今記》：「石姑宮」在上遼。婦以圖帛作裙，一日誤燒，問婢損何處，曰「正燒著火雲寺門」，是紫陽宮等來處。

「古人已冥冥，今人又營營」，皆自「嫁娶」貽之禍。

「陽」施正氣，萬物化生。「陰」為之主，群形乃立。「陽」用其精，陰用其形。府「陽」浮行于表，藏陰沉寒主裡。諸「陽」俱在于面，而五藏之「陰」其俞在背。彼家之法，每夜必令人擁背，女擁又不如幼男云。

坡贈辨才：「羨師游戲浮漚間，笑我榮枯彈指內」。唐梁鍠〈傀儡詩〉：「須臾弄罷寂無事，還似『人生夢一場』」。彈指榮枯浮漚遊，恰似「嫁娶奔忙」，而須臾弄罷，則觀之不足，賞遍亦惘，回家興在，閒難過遣矣。「夢」之所不如真者，以石姑亦不禁其做「夢」也。若弄罷即寂，「夢」亦何減于真。李後主「『夢』

裡不知身是客」。後半「場」尤墮惡趣。

「苦薏與甘菊，芳馨共為伍，同是歲寒花，其中有甘苦」。「夢一場」稍甘，「當夢一場」更苦，須知化「石」心難定，卻是為雲分易甘，坡所謂幽處得小展也。故言女不傷春，除非使之盡石。

漢惠帝時，京洛有人兼男女體，兩用人道。《晉史》：惠懷之世，京師有人兼男女體，亦能兩用人道。《七修類稿》載，杭友蘇民詞娶一妾，下半月女形，上半月則陰戶出陽勢矣。《玉曆通志》載，心房二宿，具男女二形，婦人感之而孕，男女亦具二形也。粵西玀佳元謀，善變幻，上半月為男，下半月為女，好事者俱演為劇。《大般若經》：有五種黃門，為人中惡趣，陽根不滿名扇，褫半擇遊。《醫經》：有子門不端，及五種無花之婦，不堪世用。螺者牝戶斜紐如螺，直刺不入。紋者花頭僅容小管，鼓者花頭綳緊，無路可刺，角者花頭尖小如角，兩兩相較，何物之不齊也。余皇《日疏》：海中所產多類人，玄羅類人足，戚車類男陰，淡菜類女陰。誠齋《雜記》：海人魚眉目鼻手足悉如美女，皮肉白如玉，灌少酒便如桃花，髮如馬尾，長五六尺，陰形與男女無異，臨海鰥寡多取養池沿，藥染其髮，交合之際，小不異人，殆黃門「石女」怨氣所化歟？

元人詩「東鄰女伴真驕劣，偷解裙腰竟不知」，寫被人「開看」，蘊藉可畫。宋人詞「日長無事可思量，坐來惟覺情無極」，又「問君終日怎安排」？心眼「開看」，自不容已，然每便「開看」則無明無夜只自形相矣。經典浴便溺時，不得下視僻處，隱而窺之，能無面赭？蓋婦人除卻窮忙，無暇「開看」則已。若白日無時自看，無有不思春者。如麗娘等聰明女兒，至十四五歲，必無不暗地捫看者，時捫看矣，得不思春？

遺山：「守宮一著死生休，狗走雞飛莫為女」。唐時女士被選入宮，即試以《守宮論》。論曰：「甚矣，秦之無道也，宮何必守哉？」「暮夜持香臂，佯羞謝皎重，歸來花月畔，淚漬守宮紅」。齊俗長女不嫁，為家守祠，綠窗青閨之彥，亦迫于世之毀譽而不易其操耳。況亦知江南與江北，紅樓無處無傾國，妾身為「石」良不惜，君心如「石」那可得？「開看」之時，應有恨甚于此姑者。

因事改「姓」，固作書化板為活之法，亦自淹通青史中得來。人以玉茗為戲，不知姓譜皆戲耳，所自來豈皆實乎？不但夷夏之裔久混一區，亦鰻生螟育，何可紀極！古者異德為異氣，異氣者異姓。石勒指石為姓，石崇姪孫樸沒于石勒，以與同姓，引為宗室，位至司徒。苻秦初因池中有蒲，謂之蒲家，遂以為姓。劉淵以遠祖是漢甥，姓母姓。隋〈高構傳〉：有啞女之野，為人所犯，生男不知姓，于是申省，構判曰「母不能言，窮究理絕，按《風俗通》，姓有九種，此兒生于武鄉，可以武為姓。」梁武侄正德以奸掠人妻，賜姓悖氏。又德妹長樂主，適陳郡謝禧，德有之，呼柳夫人，生二子焉，二子何姓？北魏世祖謂禿髮傉檀曰：「卿與朕源同，因事分姓，今可為源氏」。《南史》東昏潘妃，本姓俞，王敬則處奪求者，其父亦從改姓焉。南唐既復姓李，群臣以信王妃父南平王亦姓李，請停婚，詔曰：「太尉國之元老，婚不可停，信王妃可氏南平」。突厥既人與牝狼所生，其祖泥師都既別稟異氣，妻一孕四男，至都亦有十妻，所生子皆以母姓。阿史那，其一也。《晉書》呼延氏、蘭氏、喬氏，皆五部胡也。唐安寧遠，元魏時破洛河，天寶時帝以外家姓，賜其王姓竇。突厥攝圖可汗妻，周趙王招女也，隋禪日請改姓，乞為帝女。韋孝寬世為三輔著姓，而與族弟瑱，並賜姓宇文。韋鼎入隋，文帝曰：「韋世康于公遠近？」對曰：「南北分派，未嘗訪聞」，乃令與康還杜陵，遂考校昭穆，為韋氏譜。高熲父賓，棄齊官奔西魏，獨孤信引為僚佐，賜姓獨孤氏。隋后以賓父之故，使常往事其家。獨孤楷本姓別，齊敗沙苑，為信所擒，給使信家，因賜姓焉。為宇文護執刀，賜為縣公。人臣亦得賜姓，尤奇。隋周搖初妃普，乃與魏同源，及居洛陽，改為周氏。楊義臣本代人，姓尉遲。父征突厥死，故養于宮中，編之屬籍，為王從孫。王世充本西域胡支頹耨，徙居新豐，死，妻與儀同王粲野合，生子曰瓊粲，遂納為小妻。充父收隨母，因姓王氏。魏昭成五世孫元景安，隨孝武入關，臨陣東歸，上疏宗議，請姓高氏，知欲誅諸元也，後家屬徙彭城，遂姓高氏。洛陽高隆之為姑婿，高氏所養，因從其姓。高歡命弟領大宗正，昭成六世孫元文遙隱林慮山，高澄徵為功曹，宣傳文武號令。武成時為僕射侍中，多令宣敕，聲韻高朗，然探測上旨，時有委巷之言，賜姓高氏，籍屬宗正。子弟依例，歲時入廟。周文帝時，武帝與齊王不利居宮中，令于河西郡公李賢家處之，六載乃還。因賜賢妻吳姓，宇文氏養為侄女。又以十一王達，令賢弟遠子之。隋高第二弟瓚，美姿容，妻周武帝妹，數不平，禪後鬱鬱，陰有咒詛，宇文氏竟絕屬籍，瓚從幸西園（案：《隋書》作栗園，下句四十四為四十二）遇酖，卒年四十四。平齊之役，諸王咸從，留瓚居守。兄整從平齊，力戰死，娶尉遲綱女，與獨孤后不相諧。開皇中，子智積請葬尉遲太妃，帝曰：「昔几殺我，我有同生二弟，並倚婦家勢，常憎疾我，我向笑之云：爾既嗔我，不可與爾爭嗔。時有醫師逐勢，言我百日後當病顛，二弟私喜，以告父母，父母泣謂我曰『爾二弟太劇，不能愛兄』，我因言一旦有天下，當改其姓為悖，父母許我此言。父母亡後，二弟及婦又譏于晉公，于時每還，如見獄門，常不喜入，托以患氣，常鎖閤靜坐，每聞云『復未耶？』當時實不可耐，羨人無兄弟。」世間兄弟相爭者，由爭名利故也。又隋文從弟弘父母在鄴，懼為齊誅，因假外家姓為郭氏。司馬懿子亮、孫宋，過江為宗正，謀反，庾亮收殺之，貶其族為馬氏。武后改王后姓為蟒，蕭妃姓為梟，異母兄子姓為蝮，唐氏諸王姓為虺。永樂時，蒙古人入貢，賜以吳姓、柴姓、楊姓，亦奇至。也先又賜名金忠。

情根枯斷幻雲空，仍舊「渠荷滴瀝」，則石之業。

「減縫」各有不同。幽閉之法，用槌擊婦腹，即有一物墜蔽其戶。今患陰癩者，亦有物蔽之，甚而露出于外。

海者天之積虛，故為之天牝。「正好叉口」及「廣內」字，與細腰挨遙映成笑。非造物故使其廣，以致美滿者稀，實因為男女生育之位也。

《晉書》志，大宛國婚姻，以三婢試之，不男者絕昏。明選駙馬，錦衣視其隱處，少陰老陽即舉不堅不能搖動，必令女目盲。女欲而男未能，及能女興已過，必傷其心。今經不調一婢，尚不可信，況徒據「天鼻」耶。

後漢末，魏郡欒巴為閹人，素有道術，能役鬼神。後陽氣通暢，白上乞退，復仕至太守，尚書，子賀亦為太守。「偏沒唱隨」，安得盡然？漢之權閹，嬙孃侍兒充備綺室。後《魏書》閹人張宗之，始納南來殷孝祖妻蕭氏，多悉婦人儀飾故事。《北史·宦者傳序》：親由褻狎，魏世多矣，齊末又甚焉，乃自書契以來未之有也。其宦者之徒，醜聲穢跡，千端萬緒，事缺而不書，略存其姓名云。閹劉騰妻魏氏，靈后恒引其妻入內，又頗役嬪御，公然受納。崔亮托妻劉氏傾身事之，故位顯赫，神獸門外有朝貴憩息所，此輩就階升騎，飛鞭競走，至驕貴如唐趲韓駱，皆隱廳趨避。《五代史·宦者傳》：唐末方鎮僭擬，悉以宦官給事，而吳越最多，莊宗立詔，故唐宦者悉送京師。明宗又詔天下悉捕宦者殺之，多亡竄山谷，削髮為浮屠。《豪異秘錄》：齊末中官，自文宣令彭城王婦服以為嬪御，之後多召取幼童，托言皆二儀子，率家三百人，令弓足為女裝，味其精，日三十人，十日而復。年過十六，即資遣歸娶，或以餉富人，既廣妻娶，則以此輩平其怨曠。又男為女淫，使弓足者，以男事供養已裸，拜祀狐家，置裸室于浴堂，奪來婦女意不順者，裸鑰其中。令嫗監亦裸而守之，聞召則裸扛至前，以其足竅獻着己鼻。每宴同類，使婦裸舞。又一壯婦，裸體持一裸婦，代械戲舞勸賓，就婦乳飲，喧嘩違格者，罰飲婦人濯足酒。又各家于浴堂為裸會，互相比視稱量記頌，有私乳、展足、四狀元作□，刑有剃毛、淋溺、舔了、嘴蝶、飲溺、吮足、戴鞋、做馬、打肉丁、趯響、定肉、夾棍、足綃牽頸、畫髒着口等目。《唐書》力士傳，河間呂元晤官京師，力士娶其女，國姝，遂擢晤至少卿。肅宗為李輔國娶元擢女為妻，以故擢弟兄皆位臺省。「偏沒唱隨」，偏要唱隨。使不為厥配，置弓足面首，則呂元諸氏雖欲如石姑之背邙亦不能矣。又北魏時，瑤光寺尼工奪婿。明于慎行《筆塵》：漢時宮中有對食，釋其字義，當是以竅對竅，互吸精氣也。人間既有善巧方便之法，則石姑取多男而背邙亦可，取多婦而對食亦可。

北俗婚夕，男女不相避嫌。《抱朴子》有戲婦之法，脫履而規其足，問以醜言，責以慢對。北齊婦人為戲女婿法，風俗遷訛，豈一事耶？

《唐書》：夜郎爨不育女自以姓高，不可以嫁人，因其「悚懼恐惶」，不令見「驢騾犢特」，極是。其俗女歸夫家，夫慚澀避之，旬日乃出，豈不「驢騾犢特」故反「悚懼恐惶」耶？東女國乃羌別種，有八十城。為君王，有侍女數百，或姑死婦繼，無篡奪。俗輕男子，但令耕戰，女貴者，咸有侍童。子從母姓，舐足為禮，風俗太抵與天竺同。武后時來請官號，冊為將軍，賜瑞錦服天授閣王。及子再來朝，詔與宰相宴曲江。自失河瀧，悉為吐番羈屬，則雖「驢騾犢特」，見慣渾間事矣。南平獠，女多男少，婚法女先以貨求男。驃國西有裸蠻，男少女多，或十或五共養一男。即中國九州，亦有其民。五男三女，三男五女之處，顧不得「悚懼恐惶」，正要那驢騾犢特也。

「雪垂白肉，風蹙蘭筋」，杜工部之詠馬也。阮亭則有「肉怒垂星圓，筋暴陰虹直」，並可移以贈「驢」也。曲家悟此，當知世無褻語不可文言。姑能捉麈而談，當微吟髯仙「腰間玉具高柱頤」之句。《南史》孝武子廢帝，嘗目叔褘為「驢」，孝武以其言類，遂封為廬陵王。廢帝又呼叔明帝為豬，土盛以籠。後謝靈運孫超宗為齊南郡王司馬，曰「既是驢府，正應為司『驢』」。使外「驢」而內不「驢」，並婦人不懼矣。

王金壇：「古者石交人，定交杵與臼」。屠緯真云，今持文柄者，率愛少妻而賤老成。魏張彫武，中山北平人，故護軍長史元則停其宅，武以美貌，故偏被教。「世間欲斷鍾情路，男女分開住。掘條深塹在中間，使他終身不度」。是非開自有「乾荷葉」，而此塹亦無庸矣。沈約曰「上古淳民未漓，情嗜疏寡。」繁欽曰：「伏惟聖體，兼愛好奇，自極意櫻桃，忘情豆蔻，丹穴與黃庭，遂有迭擅之運」。觀《鶯聽錄》所載，《黃庭經》萬餘言，幾於不顧地獄。論理自是不該，論情則生可死，死可生，男可女，女可男，局於死生男女之說者，皆形骸之論也。可行情事之處，皆為樂窟，身歷方知男女雖殊，情只一解，但無才者，無情耳。大腸主津，小腸主液，「乾荷葉」之說亦不然，惟開元中歲遣使採擢天下姝好，納之後宮，可怜「乾荷葉」也無分。

羨門：「情外花梢，豆蔻含春色。風狂雨驟相狼籍。懊惱錦屏空，胭脂滿地紅。諸姨偷覷著，調笑多輕薄。一曲後庭花，前身張麗華」。王金壇：「愛郎珍惜只儂知，難忘霞侵月滿時，可記鬢邊花落下，半身暖日靠闌干」，皆「背邙面落」意。吾尤賞其「含春色」三字，更顯出花梢二字之妙。《蜀主本紀》：武都丈夫化為女子，蜀王納以為妃。「石」姑有「背」，反勝貞女化為石，終古孤身雙不得，正不必化為丈夫也。

唐詩：「鄂君香破事難窮，繡被難分事可怜」，遂為人間萬不能廢之法。宣和時，都城賣青果男子孕而誕子，女人生子，有從大孔出者。又交腸病，糞出于前。男女皆有子宮，即氣海，即血室，即命門。皆上連心下連腎，前旁光後肛腸。賣青果者，應是肛腸偶然居側耳。男若泄精，女取舐之，欲心而飲，即便懷胎。「背邙而樂」即不誤人「嗣續」可耳。

「宮中養女為子孫，歲歲年年作寒食」。東坡知空信忘身一笑，問子汝何。蒲州裴寂為晉陽宮監，唐祖父子舊與結好。及兵起，進宮女五百，米千萬斛。後每朝，必引寂坐，入閤則延臥內。詔三貴妃齎王食宴其家，又聘其女為趙王妃，子律師嗣，尚臨海公主，史臣論其專以串昵顯此一閹也。雖獻宮女是其無用物，然不害其女妃男主。高力士女頗能言禁中事，年狀差似代宗沈后。閹官既有女，石姑何妨有兒耶？

王武俱并州人，故武后得自在引納後宮，以撓蕭淑妃。寵而下詞，降體以事主。后柔屈不恥，以就大事，帝謂能奉己伺后。所薄必款結之，后顧不知其險，而毀短之。「省躬知誡」極是。

「仙妻難再得，后羿只長嘆」，「出了家」難說「罷」。

北魏有尼寺，視宮內如掌中，臨京師若家庭，得往觀者，以為天堂。不遊「東西二京」，焉知「宮殿盤鬱」？

梁武太清元年，海中有浮鵠山，去餘姚岸可千餘里，上有女人，年三百歲，有女官道士四五百人，年皆出百。北魏時，至皇太后出俗為尼，高祖馮后因姊昭儀爭寵為尼，世宗明高太后欲害胡后，胡立而高為尼，稱尼太后。武成鞭嫂，李后載送妙勝寺為尼。陳後主沈后，唐時猶在武進為尼。明皇妹表玄宗曰：「妾于天下不為賤，何必名繫主號然後為貴？請入數百家之產，延十年之命。」上知主意，乃許之，寶應時薨。其姊金山公主及明皇女萬安公主，俱為女道士。明皇女楚國公主，嫁吳澄，興元時請為道士，詔可。代宗女華陽公主，韶悟過人，大曆七年丐為道士，號瓊花真人。德宗女文安公主，丐為道士，憲宗女永嘉公主、永安公主，穆宗女義興公主、安康公主俱為道士。趙普妻太祖呼為嫂，女亦加郡主之號，而普妻女同請為尼。真宗時，太宗孫允良夫人錢氏以與夫不協，度為洞真道士。仁宗郭后與楊尚忿爭，誤批上頰，廢為玉京沖妙仙師。明京師皇姑寺尼姑道姑並處。《宋史》有熙寧修女道士給賜式一卷。知玉茗雖用一姑，亦嘗論世也。司空圖「世間不為蛾眉誤，海上方應鹿背吟」。王右丞：「一生几許傷心事，不向空門何處消？」「出了家呵」，只恨不能往浮鵠山耳。惟武攸止女惠妃生壽王，養于寧王邸，王妃元氏親乳主。及帝別為王納韋昭訓女，使楊氏自請為道士。楊時十七，帝五十三，則「殆欲近恥」也。

「執熱」二字，深嘲女道，即堅持雅操者，執彼熱根復「願涼」。《南史》梁王蕭詧畏見婦人，相見數步遙聞其臭。經御婦人之衣，不復更著。臭者，心之所志。「臭粘涎」，經所謂摩觸出不淨。石姑「想浴」，浴黃庭可也。若太宗玄宗之年年幸溫湯，如意大足，且幸汝洲溫湯，則妃主雜糅，靈液澹蕩，心入目鑰，交窺互賞，正恐垢愈濯而愈熾矣。

北齊文宣，令諸術士合九轉丹成，曰：「我貪人間樂，不能飛上天，待臨死時取服。」《漢書》文志有房中八家，百八十六卷。言房中者，性情之極迷者，弗顧則生疾隕命。《枹朴子》：天地得交接之道，故無終竟之限，人失交接之道，故有傷殘之期。以六經訓俗士，以方術授知者。雖曰房中，而房中之法十餘家，房中之術近有百餘事。我命從來本自然，果然由我不由天，誠守銀房觀上苑，紅蓮花發是天魂。須將死戶為生戶，莫把生門當死門。元有上陽子，以意傅會采陰術，李日華謂此術縱有，必源于老狐，非人類所當言。漢武時有神君儀君。孟昶母，唐明宗女瓊花公主，好房中法。甘始、東郭、延年、封君達、冷壽光之類，皆方士能容成術者，操皆錄問行之。李德裕好修房中之術。嚴分宜等，終日講房中之術，以媚上而已，謂之肉灶燒丹，借魔修養。王鳳洲《嘉靖宮詞》：「梨園子弟鬢始霜，十部龜茲九部荒，妒殺女冠諸侍者，大羅天上奏霓裳」。王維：無有一法真，無有一法「詬」。照鄰：我有壺中要，題為物外篇。翁山：君欲輕身成大藥，莫辭多嚙女唇丹，我言素女即丹砂，有金且買東方妾。謂既不離真，亦不含妄，縱横游戲，具大神通。能使元神出入二竅，正凶暴而淫毒，則成羅剎，抱欲而修行，則成魔道。狄梁公所謂，身自納妻謂無彼我，皆托佛法詿誤生人者妄云。到無為處無不為，借問青天我是誰？豈知東主西母各居天，不聞夜夜連床臥耶？漢《禮儀志》，仲舒上江都王求雨。方今詣巫母，大小皆相聚。丈夫無能相從飲食，令吏妻往視，極是。

《葉林實語》云：「真觀寶高才博學，性托夷簡，不視邪色，要其心固有所待。一日遇僧如公，相之曰，『君相淡泊，取菩薩位如拾芥耳，第淫根未斷，奈何』？曰『師言知我，若素志一遂，天下浮華不足棄也』，僧即偈曰『世有男女相，此人自分別。以佛視淫欲，如蚊蚋交感。譬如兩木机，無增亦無減。汝若發菩提，往事如空花。天女本來淨，煢登往第一。今各成正果，嬌淨無分別。誠使取淨淫，追尋了無得。如何空花相，轉展謂真實。此是眾生心，汝何固執著？淨淫無差別，即汝妙明心。』」然其所以異于機木，而罪在天公開花者，正以遍界人物由此事生育耳。

充塞世間，並屍堆糞壤耳。叨利天人與此界中同一地居，而下詣半空輒云「臭」穢，非虛語也。吾輩凡夫，乃至一身之內，及諸眷屬，朝昏重盥，液汗不流則香。小嬰病苦，肌毛孔罅間雪諸不淨，則「臭」。獨以業識障，不信他國土有蓮花。父母逼處娑婆界內，累千萬劫，以染為淨，以苦為樂，真大痛也。即有口念彌陀者，而身與心所耽，並是彼佛世界，烏有之人，烏有之事。石頭曰：「我此法門不論禪空解脫，惟達佛之知見。大象不遊兔徑，長鯨不入鯢網，非有揀擇去取也，彼淺與小，安放廣大身不下，自不容不別行耳。否則雖生為國王，索頭總在別人手裡，一旦牽向不可知處，蓋乞而食則得，不得悉防外緣。而所得食，又實實破吝者之慳，起達人之信，故一缽于家，是衲僧勝事。奈何今之尼僧，盡昧其旨？若覺得國王宰官家，千萬劬勞，尚有少分可愛，樂放不落處，則此苦直至劫終，或劫終而苦不終。畢竟軟煖易于孤危，娑婆世界中，人易發心者此耳。使世間好處，一向固若南山，雖至窮劫，寧復有一人向冷灰裡着腳乎？即開門七事相煎，亦債主怨家相似。出世之苦，必竟是樂。世間之樂，畢竟是苦。」閻浮界四洲，惟北俱盧人壽並千歲，服食妙好，隨心立至，視化樂天。而有志之士，誓不往生，謂其人沒溺利風，不具一念，求見聖人，諸大聖人亦遂不生其國。嗟乎，彈指頓超無量劫，殷勤肯奉百年身。擬煎白石平明吃，不擬教人哭此身。學取大羅些子法，免教松下作孤墳。離床而蠅營，就床而鴛鸞，游魂一去，曙天不來。乍喜衾溫，漸催骨冷。女色繫縛，百千萬劫，諦察深思，難可附近。當生厭患，常若遠離，況有臥房同幻蜃耶？大雄門中全是巧鎔惡見，不見惡相，事到無可奈何，皆是催人作祖。無奈眾生到極處，又不肯發出世大心。

《晉史》：梁末荊州女越姥，法服不嫁，常隨陸法和往來，私好十有餘年。法和離後，別更他淫。有司考驗並實，因遂改嫁，生子數人。武后時河內老尼，亦畜弟子數百人。女冠耿先生，玉貌，能黃白術，入南唐宮，得幸于元宗，而有孕，大欲了不異人。《朝野遺記》，婕妤曹氏姊妹，通籍禁中，皆為女冠。賜號虛無先生者，左右街都道錄者，皆厚于佗胄，或謂亦與之狎，皆「工顰妍笑」之尤者，不獨魚玄機「自吟半醉起梳頭」矣。

漢武時，女巫楚服與陳皇后寢宮相愛，又有長陵徐氏等號神君儀君，貴人公主慕其術。東晉會稽王為相時，尼姑妯母，尤所喜愛。南齊東昏時，師巫尼媼，出入紛紜。宋南郡王義宣後房千餘，尼媼數百，男女三百。魏初祭天神，皆女巫行事，后率六官肅拜。祭孔子廟，亦有妖覡。隋太常所隸有女巫八人，文帝祀家廟，亦用女巫，如生人禮。南宋女巫嚴道育夫為劫，坐沒入奚官，元凶姊東陽公主，與劭並惑信之，號曰天師，與謀逆。齊孝武弟竟陵王誕疏上，禕往巫鄭師怜家咒詛。南齊廢帝嘗令女巫楊氏速求天位，父死謂是楊力，號曰楊婆。齊少帝問蕭坦之：「聞人欲廢我，有諸？」曰：「何至是，當是諸尼師母言耳。」臨淮王敬則以手弒宋帝，為齊領軍大司馬，母為女巫。陳後主張麗華，聚請女巫于宮中。樂浪王誼，周文帝母之侄孫也，為襄州總管，以平尉遲迴，黨隋文，以第五女妻其子奉孝，即蘭陵王也。隋文將幸岐州，曰：「陛下初臨萬國，人情未洽，何用此行？」帝曰：「吾昔與公位望齊等，一旦屈節為臣，或當恥愧。是行也，振揚威武，欲以服公心耳。」後與杜國元諧俱失意，言論醜惡，帝責其巫覡盈門，年四十六賜死。《明史》琉球重巫，洪武二十五年，入貢有女師。生姑、魯妹二人亦來。煬帝祀恒岳，有道士女官數十人，于讉中設醮。《唐書》：王璵，方慶六世孫，玄宗好神仙，以為祠祭，使漢以來，喪葬皆有瘞錢，後世里俗，稍以紙寓錢為鬼事，至是璵乃用之。肅宗時又以祠禱見寵，為節度同中書。帝嘗不豫，璵遣女巫乘傳分禱天下。巫皆盛服，中人護領，所至干托州縣。時一巫美而蠱，以惡少年數十自隨，尤憸佞不法。璵托鬼神致將相，時左道紛紛出焉。至宣宗時，諸觀女冠猶濃粧盛服。宋徽宗時，賈岩上言：女冠請謁，未聞有所屏絕。端平時，尚書李心侍郎上言潛邸：女冠聲焰滋熾，則女謁盛矣。抱朴子仙也，非儒也，乃極言禳解之非，然其人「並皆佳妙」，猶勝賊騷道士耳。

# 第十八齣　診　祟

【一江風】（貼扶病旦上）（旦）病迷廝。為甚輕憔悴？打不破愁魂謎。夢初回，燕尾翻風，亂颯起湘簾翠。春去若多時❶，花容只顧衰。井梧聲刮的我心兒碎。

〈行香子〉（旦）春香呵，我「楚楚精神，葉葉腰身，能禁多病逡巡！（貼）你星星措與，種種生成，有許多嬌，許多韻，許多情。（旦）咳！咽這弄梅心事❷，那折柳情人，夢淹漸暗老殘春。（貼）正好簟鑪煙香午，枕扇風清。知為誰顰，為誰瘦，為誰疼？」（旦）春香，我自春遊一夢，臥病如今。不癢不疼，如癡如醉。知他怎生？（貼）小姐，夢兒裏事，想他則甚！（旦）你教我怎生不想呵！

【金落索】貪他半晌癡，賺了多情泥。待不思量，怎不思量得？就里暗銷肌，怕人知。嗽腔腔嫩喘微。哎喲，我這慣淹煎的樣子誰憐惜？自噤窄的春心怎的支？心兒悔，悔當初一覺留春睡。（貼）老夫人替小姐沖喜。（旦）信他沖的個甚喜？到的年時，敢犯殺花園內？

【前腔】（貼）看他春歸何處歸，春睡何曾睡？氣絲兒怎度的長天日？把心兒捧湊眉，病西施。小姐，夢去知他實實誰？病來只送的個虛虛的你。做行雲先渴倒在巫陽會。全無謂，把單相思害得忒明昧。又不是困人天氣，中酒心期，魆魆地常如醉。

（末上）「日下曬書嫌鳥跡，月中搗藥要蟾酥。」我陳最良承公相命，來診視小姐脈息。到此後堂，不免打叫一聲。春香賢弟有麼？（貼見介）是陳師父。小姐睡哩。（末）免驚動他。我自進去。（見介）小姐。（旦作驚介）誰？（貼）陳師父哩。（旦起扶介❸）（旦）師父，學生❹患病，久失敬了。（末）學生，古書有云：「學精于勤，荒于嬉。」你因為後花園湯風冒日，感下這疾，荒廢書工。我為師的在外，寢食不安。幸喜老公相請來看病。也不料你清減至此。似這般樣，幾時能勾❺起來讀書？早則端陽節哩。（貼）師父，端節有你的。（末）我說端陽，難道要你粽子？小姐，望聞問切，我且問你病症因何？（貼）師父問什麼！只因你講《毛詩》，這病便是「君子好求❻」上來的。（末）是那一位君子？（貼）知他是那一位君子。（末）這般說，《毛詩》病用《毛詩》去醫。那頭一卷就有女科聖惠方在裏。（貼）師父，可記的《毛詩》上方兒？（末）便依他處方。小姐害了「君子」的病，用的史君子。《毛詩》：「既見君子，云胡不瘳？」這病有了君子一抽，就抽好了。（旦羞介）哎也！（貼）還有甚藥？（末）酸梅十個。《詩》云：「標❼有梅，其實七兮」，又說：「其實三兮。」三個打七個，是十個。此方單醫男女過時思酸之病。（旦嘆介）（貼）還有呢？（末）天南星三個。（貼）可少？（末）再添些。《詩》云：「三星在天。」專醫男女及時之病。（貼）還有呢？（末）俺看小姐一肚子火，你可抹淨一個大馬桶，待我用梔子仁、當歸，瀉下他火來。這也是依方：「之子于歸，言秣其馬。」（貼）師父，這馬不同那「其馬」。（末）一樣髀鞦窟洞下。（旦）好個傷風切藥陳先生。（貼）做的按月通經陳媽媽。（旦）師父不可執方，還是診脈為穩。（末錯按❽旦手背介）（貼）師父，討個轉手。（末）女人反此背看之，正是王叔和《脈訣》。也罷，順手看是。（診脈介）呀，小姐脈息，到這個分際了。

【金索掛梧桐】他人才忒整齊，脈息恁微細。小小香閨，有甚傷焦瘁❾？（起介）春香呵，似他這傷春怯夏肌，好扶持。病煩人容易傷秋意。小姐，我去咀藥來。（旦嘆介）師父，少不得情栽了竅髓針難入，病躲在煙花你藥怎知？（泣介）承尊覷，何時何日來看這女顏回？

（合）病中身怕的是驚疑。且將息，休煩絮。

（旦）師父且自在。送不得你了。可曾把俺八字推算麼？（末）算來要過中秋好。「當生止有八個字，起死曾無三世醫。」（下）（貼）一個道姑走來了。（淨上）「不聞弄玉吹簫去，又見嫦娥竊藥來。」⑩（見貼介）（貼）姑姑為何而至⑪？（淨）吾乃紫陽宮石道姑。承夫人命，替小姐禳解。不知害的甚病？（貼）尷尬病。（淨）為誰來？（貼）後花園耍來？（淨舉三指，貼搖頭介）（淨舉五指，貼又搖頭介）（淨）咳，你說是三是五，與他做主。（貼）你自問他去。（淨見旦介）小姐⑫，道姑稽首那。（旦作驚介）那里道姑？（淨）紫陽宮石道姑。夫人有召，替小姐保禳。聞說小姐在後花園著魅，我不信。

【前腔】你星星⑬的怎著迷？設設的渾如魅。（旦作魘語介）我的人那。（淨背介⑭）你聽他唸唸呢呢，作的風風勢。是了，身邊帶有個小符兒。（取旦釵掛小符，作咒介）「赫赫揚揚，日出東方。此符屏卻惡夢，辟除不祥。急急如律令敕。」（插釵介）這釵頭小篆符，眠坐莫教離。把閒神野夢都迴避。

（旦醒介）咳，這符敢不中？我那人呵，須不是依花附木廉纖鬼，咱做的弄影團風抹媚痴。（淨）再痴時，請個五雷打他。（旦）些兒意，正待攜雲握雨，你卻用掌心雷。（合前）

（淨）還分明說與，起個三丈高咒旛兒。（旦）待說個甚麼子好？

【尾聲】依稀則記的個柳和梅。姑姑，你也不索打符樁掛竹枝，則待我冷思量，一星星

咒向夢兒裡。⓯

綠慘雙蛾不自持，非煙⓰　道家粧束厭禳時。薛能
如今不在花紅處，僧懷春　為報東風且莫吹。李涉

## 【校記】

❶徐本作「春去偌多時，春去偌多時」。❷徐本作「咱弄梅心事」。❸徐本作「旦扶起介」。全集本作「旦起扶介」。❹徐本作「我學生」。❺徐本作「夠」。❻徐本作「逑」。❼徐本作「摽」。❽徐本作「末看脈錯按」。❾徐本此句為「為甚傷憔悴」。❿徐本此處多「自家紫陽宮石道姑便是。承杜老夫人呼喚，替小姐禳解」。⓫徐本作「來」。⓬徐本作「小姐，小姐」。⓭徐本作「惺惺」。⓮徐本作「淨、貼背介」。⓯徐本此處有「扶旦下」。全集本有「貼扶旦下」。⓰徐本作「步飛煙」。

# 第十八齣〈診祟〉批語

「迷廝憔悴」四字，喻病時女根如畫。「打」字尤謔。「燕尾」喻兩扉，「翠簾」喻毛際，「井」喻女根，「梧」喻男根，「心」指花心，「刮的碎」謔且虐矣。「葉葉」亦喻兩扉，葉葉分明，即女根之楚楚處，其不楚楚者不然也。「星星」喻勢挫上處，「種種」喻胎孕，「嬌」以形言，「韻」以聲言，「情」以戀言，「梅」喻勢挫上處，「折」喻扳倒麈尾，「簞」喻女身，「爐」喻女根，「香」喻男根，「扇」喻兩扉，「風」喻行事，「誰」喻男根之暴者，「臥病」喻女根眠。「不癢不疼」四字為女根一笑，「如痴如醉」又一笑。「知他怎生」，猶云天如何生此疼癢痴醉之物，又作生育之生解亦得。「就裡」指女根言，「樣子」同「淹」喻水，「煎」喻熱也，「自噤窄」三字嘲殺女根。「怎的支」，女根欲噤而男根使不得噤也。「留春睡」喻男根雖不復動女仍留睡于內，「何曾睡」喻痿後雖欲睡內不動亦不可得。「氣絲兒」喻已萎之陽，「長天」喻女根之深，「日」喻其形，「眉」喻毛際，「把心兒捧湊眉」喻不奈何時以手揉之也，几于令人笑死。「實實」二字喻男根之狠，「虛虛」二字喻女根之空，即長天怎度意。「行」時如「雲」，又喻花頭，「又不是困人天」猶言不是正行事時。「我自進去」亦喻男根，「冒日」猶言以日下冒，「端陽節」猶言端正陽事伺候。「粽子」之粽代種，「天南星」亦梅實意。南者男也，「媽」字取義固由北地馬群，眾牝隨一牡，亦因其字從馬，言其如馬在胯也。「陳媽媽」句是倒註出先生所以姓陳名最良之意。花娘必須之物，既是陳媽媽，花娘所請之師，除卻陳姓更有何姓？陳媽媽既有最良之功，安得不用最良為名，不然此書名姓，無一不與肚麗關照，即韓子才亦是閒子猜之意，豈最良名姓獨無着落耶？陳媽媽三字取義極通，怜其被蹂躪出不淨而不避污穢，身為收拾，非媽媽愛女之心，能如是乎。「小小香閨有甚傷」，喻未破瓜之物。「傷」之謔絕，「八字」女根之狀，「中秋」之秋代湫，然「中秋」者，圓也，不溜不圓。「吹蕭」喻淫具之相遇，「花園耍」喻媾歡，「三指」喻探，「五指」喻□，「星星」喻勢搥上，「設設」軟也，二字足傳女根之神，「唸唸尼尼」又為其聲傳神。自星星起，連下「風風勢」並媾歡時聲容情狀一併寫出矣。「赫赫揚揚」仍喻男根，亦今想像如見，無非入神之筆。「急急」二字亦復妙，「叉頭」喻男根形，「眠坐莫離」言眠着坐着俱可行事也。又雌乘雄為「坐」，坐字兩意，謔得更虐。「木」指男根，「纖」嘲小物，「團風抹媚」俱喻女根，而「團風」二字尤刻酷矣。「攜雲握雨」妙極，譬言捻住濕髓。「五雷」即五指，「掌」打之謔，亦女根所難當也，又「掌心雷」仍是喻男根，掌心托之，知善擊物，豈非掌心雷乎？「一星星」猶言一下下，「竹枝」易明，「花紅」喻女根可見處。

唐武宗曰：「吾情慮耗盡」，亦「輕憔悴」一証。

「豆蔻花紅滿眼春，小『簾燕』帖雨如塵」。眼字簾字，與玉茗此意相似。

「只畫春風不畫秋」，正以「春去花衰」耳。

「夢兒裡事，想他則甚」，八字是一《大藏經》之旨。「怎不思量得」，觀之不足，又好一會分明香滿不可言也。宋徵輿：「此事關心，輸卻雙釵股」，阮亭云「直得雙釵」。

「貪痴」妙。此痴字、貪字，即佛所戒也。經云「『痴』燈所害，愛繭自纏，思惟彼我，哽痛自他。積滯着之情塵，結相續之識浪。『貪痴』愛水，滋潤苦芽。以分別故，『痴』愛隨起。因『痴』愛故，我所病生。既有此執，其苦無量。」而無奈可『貪』者，正是此『痴』，不覺得為而為者，尤「痴」矣。無奈尤「痴」則尤可「貪」，當「半晌」之時，不但憲網不懼，即菩薩耳提不知矣。

《寶積經》因嗔犯者，為過粗重，易可舍離。因「貪」犯者，為過微細，難可舍離。因「痴」犯者，為過深重，連持不絕。故若為女人，染心所觸，及因相顧而生愛着，或歡喜遊戲，不覺不知于諸欲染，「貪」着堅固。「貪他半晌痴，賺了多情眤，待不思量，怎不思量得！」并偶然間心似繾六字，俱真正個中人纔道得出。偶然間心似繾，即「痴」種子也。喚畫雖「痴」，非是蠢情之所至，真難忍作白骨觀。即不「痴」也，天下多美婦人，何必是又不「痴」也。不以身殉教，不以名殉情，皆不「痴」也。惟「痴」則偶然心繾而半晌之間，直視我為無價也。直盡力畢命而不惜，而或可或否，有不能計，即美甚與否，亦非所論者。多情亦是「痴」種，故為所賺。「怎不思量得」正寫其「半晌」之貪愛，盡力畢命、敗名喪節而不惜也。偶然間心似繾與「貪他半晌痴」，遂攝盡古來多少理所必無，誰知情所必有之事！如孝文袵席是也。又「貪他半晌痴」，其解甚深。欲心與情迴別者，欲只取其事，心存人盡夫也之心，雖有古今情至之詩詞文章，彼亦不解，雖有極聰明解事之人當其前，彼亦不辨。若情，則視不知情而但知欲之人如狗彘，必聰明付與聰明手矣，無他分於「痴」與不「痴」耳。有情者以「痴」故妙，但有慾者，以不「痴」故不妙也。然此「痴」非真「痴」，在幻世間稍可借以度日者，惟此知情識趣，又才又美之幼男女耳。欣看母女同名，近婦無分輕重，等為痴字所攝。然使謂之「痴」，則可在妒詐爭名者，亦謂之「痴」，渠之品地較此還隔萬里也。世間有一等他利名心極齷齪，卻不肯招尤袵席者，正因其心不「痴」，謂他婦女亦是一樣，得萬物與得一物，亦是一樣。此其人但知男女之樂在觸耳，不知在形貌情狀諸處別相其至明。不「痴」正是極蠢無慧處，不如一切光明但有兒女痴情者遠矣。

魏元禮〈春去〉詩：「可怜全學薄情郎，與易闌珊留不住」，是玉茗此句的解。文友：「儂處『春歸』，郎處『春歸』否？」程村：「『春』歸百計尋『春』補」，意亦同妙。

千古氣崩空多少英雄，亦各尋度「日」法耳。宋徵輿「懨懨倚枕，看人開鏡奩」。程村謂摹寫病中追魂瀝魄之筆，彼豈知人在「氣」中，如魚在水之樂也。王金壇「陵谷滄桑終百事，不堪長作意中人」，與「氣絲兒怎的長天日」似相反而實相成。天下偏是蠢人氣充血盛，恣欲不傷。偏是慧想無窮人「氣絲度日」，可謂恨事，亦天妒使然也。「簪約」已見元曲。

「美景向空盡，歡言隨事銷。親愛暫平生，形骸終委滅。天長地自久，人道有虧盈。榮枯各有分，天地本無情。今春蘭蕙草，來春復吐芳」。悲哉！人道異，一謝永銷亡，安得光陰遲，不為憂傷促今古，管不得人間作麼來？為「只送的個虛虛的你」致痛也，「夢去知他實實誰」，即憐再來，可留得在？一切深經之旨。誰言此書導淫？即此一句，點醒英靈無限。

文友：「痴想只教魂夢浪，閒情空對景流連」，亦恐其「先渴倒」也。又「暗憶舊歡都不似」，則「忒明昧」之意。

程村〈寄文友〉：「他生撇不下鴛鴦被，今生躦不上鮫盤淚」，殊不知「全無謂」。武太后「從來誇有龍泉劍，試割相思得斷無」？王修微：「疊盡雲箋情有限，除非做本相思傳」。舊詩：「天下無心人，不識相思字，天下有心人，盡解相思死」，皆指不得互出于口，互入于耳而言。若必有「謂」，便無「坐來雖近遠于天」之恨矣，不過鶴由自丁棠姜出自桓之類耳。

嬌苦欲為之無生，則白晝似宵，驕陽疑月，是「魆魆地常如醉」。如此方寫得時時刻刻想其分明香滿，而又不得真實到手試之再三神理出。陳子龍「驀地一團愁到了，怎生圖個不眉顰，冷清清地奈何人」，與「魆魆地常如醉」相類。天羽云「元美豈終日無事，將精神于情艷上體貼料理，參微入竅耶？」爾時精神所極，几化為婦人女子，心語何可令人見？玉茗之妙譬無窮，亦然。

石榴花發便相思，「端陽節」如何得好。

嘗思古法異今，皆因理勢，非無謂也。古之嫁女，以娣姪為媵者，誠以一國只一君，而一君不止一女。若以國君女嫁陪臣，又不如使從其姑姊，且數人之中，必有一人得君者，必有一生子繼君位者，則皆我之自出也。

然則今之家多女，而得一豪家又佳婿者，仍當用此法，庶少「過時思酸」之病矣。

廣漢郭玉為太醫丞，和帝令嬖臣美手腕者，與女子雜處幃中，使玉各胗一手，玉曰「左陰右陽，脈有男女」。譙人華陀，博能，厭事曹操，廉知詐疾，收付獄訊，考驗服。此等「錯看手背」者，正當收訊考驗。同昌公主降韋保衡，薨，懿宗欲盡誅醫，未為過也。《說鈴》：有醫術不用藥者，郡守召治病，則批其頰，治夫人，則鮮其足紈，摩弄三時，守怒命收之，徐曰：須用被蓋。如其言，發汗而愈。此或獨精趺陽之脈耶？《智度論》：不順藥法，是名橫死。今之醫者，使人在活不活之間，以貽他醫，以為其人雖死，而不出我之為。嗚呼！此張禹之所以亡漢，林甫之所以亡唐歟！

「人才整齊」，不徒脂膏者，往往「脈息微細」，推豐茲嗇。彼之故，非天地之不仁，乃造化之無力耳。雖然植松腐壤，未期必蠹，藏雪深山，屢年不消。土陶為瓦則久齊二儀，須知違其性則堅者脆，順其理則促者長耳。「情栽竅髓」，《倉公傳》所謂病得之欲男子而不可得也。混沌重來，情根不死，虛空粉碎，恨種難消，則奈何。

《淮南子》：顏淵伯牛之夭，皆情心鬱殪，故莫能終其天年，何況于「女」。「半窗月在猶『煎』藥，几夜燈閒不照書」，在「女顏回」更覺可憫耳。

胃虛則惡寒，胃氣下陷則寒熱交作，脾胃虧損內生「風」，余嘗恨佛國無「梅」花，不知即彼土杜魯。

王金壇：「卻是昨宵添病處，恨無禪慧與消除」，比「打符棒」自然稍勝。

好夢被人偷換，故「思量」。珠淚未乾常帶笑，少人知，是冷思量，是熱事偏附「冷思」，故奇。

王昌齡：「『夢』見君王覺後疑」，惜乎「夢」中未曾得「咒」。坡：「春『夢』又被燈花哄」，于鱗：「與郎十期九不果，郎有他人休誤我」，次回：「前世剛修半面緣，佳期難道等來生」，皆「咒」意也。「一星星」者，為甚捏著眼耐煩等語，「咒」者，「咒」其「拆了丁香結，不碎丁香節」也。《彩筆情詞》云：無半點餘濫情懷，弄精神百事有。叮囑道是必多情耐久，常想著歡娛時侯。時時禱告，只願得襄王雲雨萬年稠。

# 第十九齣　牝　賊

【北點絳唇】（淨扮李全引眾上）世擾羶風，家傳雜種。刀兵動，這賊英雄，比不的穿牆洞。

「野馬千蹄合一群，眼看江海盡風塵。漢兒學得胡兒語，又替胡兒罵漢人。」自家李全是也。本貫楚州人氏。身有萬夫不當之勇。南朝不用，去而為盜。以五百人出沒江淮之間，正無歸著。所幸大金皇帝，遙封我❶為溜金王。央我騷擾淮揚，看機進兵。奈我多勇少謀。所喜妻子楊氏娘娘，能使一條梨花鎗，萬人無敵。夫妻上陣，大有威風。則是娘娘有些喫醋，但是擄的婦人，都要送他帳下。便是軍士們，都只畏懼他。正是：「山妻獨霸蛛❷吞象，海賊封王蛇❸變龍。」

【番卜算】（丑扮楊婆持鎗上）百戰惹雌雄，血映燕支重。（舞介）一枝鎗灑落花風，點點梨花弄。

（見舉手介）大王千歲。奴家介胄在身，不拜了。（淨）娘娘，你可知大金皇帝，封我❹做溜金王？（丑）怎麼叫做溜金王？（淨）溜者順也。（丑）封你何事？（淨）央我❺騷擾淮揚三年。待我❻兵糧齊集，一舉渡江，滅了趙宋。那時還封我為帝哩！（丑）有這等事！恭喜了。借此號令，買馬招軍。

【六么令】如雷喧鬨，緊轅門畫鼓鼕鼕。哨尖兒飛過海雲東。（合）好男女，坐當中，淮揚草木都驚動。

【前腔】聚糧收衆。選高蹄戰馬青驄。閃盔纓斜簇玉釵紅。（合前）

群雄競起向前朝，杜甫　折戟沉戈鐵未銷。杜牧

平原好牧無人放，曹唐　白草連天野火燒。王維

【校記】

❶徐本作「俺」。❷徐本作「蛇」。❸徐本作「魚」。❹徐本作「俺」。❺徐本作「俺」。❻徐本作「俺」。

# 第十九齣〈牝賊〉批語

「刀」喻女扉，「墻洞」易明。「野馬」句喻其勢之猛，「江海」固喻女根，「塵」喻男根之垢，「出沒江淮」喻男根進退，「騷擾」騷字妙甚。「梨花」以喻男精，惟徐文長木蘭劇有梨花館句，已先得若士之心。「梨花鎗」卻要「娘娘會使」，詎極確極，亦非才子不解其理。蓋手弄之者，女也，能弄使勁則為會使。天下多任「鎗」作主者，此人會使，故于肚麗傳中特特請他出來。「帳」喻女扉，「血映胭脂」喻二根之色，「重」字指男根言，「介」喻女囊皮殼，「胄」喻合尖之處，「趙宋」以代翹送，「帝」猶蒂也，「緊」方聲亮，其理甚確。「畫鼓」喻女根形，「哨尖」喻男根形，「坐當中」喻雌乘雄。「草木」喻豪，「青驄」同意，「盔纓」亦然。「玉叉」喻男根也，「折」喻扳倒，「沉」喻埋沒，「鐵」喻其堅，「平原」喻未毛之女，「白草」喻已老之婦也。

字典：牡為棠，牝為杜。視牝如貝，實有戎心，「牝」之為「賊」久矣。

隋煬廣琉球男女數千而還，則是中國有琉球「種」也。唐太宗破高昌，徙高昌豪傑于中國。高宗總章二年，李勣討徙高麗民三萬于江淮，則是江淮有高麗「種」也。自杞伯來朝，已用夷禮，狄謂晉曰：「我諸戎飲食衣服言語，不與華同，雖不列會，亦無恥焉。」晉傅玄言：鄧艾取一時之利，使鮮卑數萬，散居人間。魏毛修之，滎陽人，能為南人飲食，有寵。而晉代士夫又好為羌煮貊炙，逮劉石亂華，百宗蕩析，夸夏之裔，混為一區。綦連猛其先姬姓，避難出塞北，魏常討徙叛胡，出配郡縣，遷雜夷數萬，以實燕京，北填六鎮。魏世祖擊魯陽蠻，徙萬餘戶于幽并諸州。爾朱榮欲出三荊，悉驅生蠻，徙諸種雜人五千餘家于北邊，徙青徐民萬餘家實河北。洪武二十年，馮勝出征元，哈出以二十萬人降，封海西侯，散其眾居閩廣雲南諸處。二十一年藍玉北征，獲順帝次孫地保奴，安置琉球，玉私其母妃。高歡六世祖，晉玄菟太守。既累世北邊，故習其俗，高洋至謂太子得漢家性質，欲廢之。彼雖擾雜華風，而法俗詭異，志態不與華同。李翺故云戎風混華，異學魁橫，民無常心，以習熟者為常。即金元之有宋，非金元之能，石晉氏之罪也。幽州賂契丹，其民日夜安其教而習其長技，用之以搗我固易易。「世擾羶風家傳雜種刀兵動」雖十一字，具見全史在胸，感嘆已舊。且有漢兒女嫁奚兒父，奚兒盡是漢兒爺之嘆。

《後漢·郭伋傳》：漁陽彭寵之後，民多猾惡。周〈韋孝寬傳〉：時汾州之北，悉是生胡，抄掠居人，阻斷河路。《北史》白蘭山又有可蘭國，體輕工走，逐不可得。孟威以明解北人語，敕在著作，孫搴以能通鮮卑語，宣傳號令，祖珽以能解鮮卑語，免罪復參相府，劉世清以能通四蕃語為當時第一。北魏時代人漢姓而為北部大人，世領部落者甚多。魏玄祖將議革變舊風，大臣並有難色，多言北人何用知書。以吳人之好鼓，嗤北人之好芥，同乎我者遽是乎？異乎我者遽非乎？觀武后時，關內父老請改國號，則知僭于上者治于下。后所言：朕不愛身，而知愛人，于天下無負，若輩知之乎？信也。享其利者為有德，覺「膻」字之大非矣。

北齊時南汾州接西魏，土人多受其官，為之守。自房謨攝州事，遂自相糾合，擊破西人。魏孝莊時，京兆王羆為南秦州，召其魁帥為腹心，擊捕反者略盡，乃曰「汝黨皆死盡，何用生為？」以次斬之。

隋漢王諒遣余公理自太行下河內，史祥曰：「河北人多不習兵，所謂驅市人而戰」。遂擊敗之，皆可証此數句。

「這賊」二字作一句。高歡從人議，欲仍節閔為帝，崔㥄曰：「如此王師何名義？」舉太守石愷，請其子弟曰「諸郎輩莫作『賊』」，太守打殺人，㥄曰：「何不答下官家作『賊』，只捉天子上殿，不作偷驢摸犢『賊』」。徐勣自言「十二三為無賴『賊』，逢人則殺，十四五為難當『賊』，有所不愜則殺之，十七八為佳『賊』，臨陣乃殺」。漢陸子曰「末世智巧橫出，用意各殊」，劉劭曰「徒『英』而不雄，則雄材不服也。徒『雄』而不英，則智者不歸也」。「英雄」之「賊」，何若捉推上殿狗腳之志性凡劣驢號之王？惟北魏甄深，陰結豪貴，劫害為業者，是「穿墻洞」一類。若北齊祖珽，好以貨漁色，高歡宴僚屬失金叵羅，竇太令皆脫帽，于珽髻上得之，高洋每呼為「賊」，而愛其多技。武成崩，遺陸媼書，得為侍中。謂人曰：「大姬雖婦人，實是雄傑，女媧以來無有也。」陸媼自往案行，為築第宅，稱以國師。後頗乖異欲罪，及媼聞，百方排毀之。偷杯正其舞智自晦之處。《隋史》論：群盜雖無謀，豪傑因其机以動之，乘其勢而用之。

亂殺平人不怕天，郡侯逐出渾閒事。平日咬文嚼字，一旦肩披股裂，登于匹夫之俎。高歡實因山東諸高以成伯業。高昂字敖曹，魏司徒允之五世姪孫也，姿體雄異，數為劫掠，鄉閭莫近，酷好為詩，求婚不許，劫而野合，馬槊絕世，處信都。神武至信，使澄以子孫禮見之。從破爾朱兆于廣阿，好著小帽，嘗祭河曰：「河伯水中之神，高敖曹地上之虎，行經君所，故相決酹」。時鮮卑輕中華，朝士惟憚昂，神武申令三軍，每為鮮卑言，昂若在列，則為華言。後敗，為西魏追斬。「賊」但劫女，又好為詩，亦妙。

趙郡李顯集諸李數千家于殷州，方五六十里居之。子元忠因母病，專心醫藥，遂善方技。孝莊時盜賊蜂起，西氏五百還經趙郡，以路梗共投元忠，元忠遣奴為導，曰：「若逢『賊』，但道李元忠遣」。及高歡東出，遂載箏詣門，未及見之，乃下車獨坐，酌酒擘脯食之，曰：「其人可知，勿復通也」。及見，曰：「天下形勢可見」。又問高昂兄弟來未？歡曰：「從叔輩粗，何肯來？」曰：「雖粗，并解事。」破殷州，刺史爾朱羽生即以行殷州事。後至晉陽，曰：「昔建義轟轟大樂，比來寂寥」，將神武鬚大笑。彭城劉世叔世仕齊，藏亡匿死，吏不敢過從。平陳為南海太守。朱全忠畏張濬出，使全義遣牙將為盜者，夜圍其署，屠其家百餘人于玉珂，則令入覲，遣人賊之于華州。盧州刺史鄭啟收捕得楊行密，曰：「爾且富貴，何事作『賊』？」豈知「賊」有「賊」樂。

作「賊」直須英雄，足見胸無千卷書，身無千斤力，在世皆為憨生。「萬夫不當之勇」如晉彭城劉裕，善長刀。劉宋之世壯勇，能跳五丈澗。麥鐵杖能行五百里，陳末結聚為盜。廣州刺史俘之以獻，配執御繖（案：原作撒，據《北史》麥傳改）。罷朝後行百餘里，至南徐州行劫還，及牙時仍又執繖。陳亡後江東反，楊素遣頭戴草束，夜浮渡江，覘賊中消息。敘功未及，素馳馹還京，麥步追之，每夜則同宿，素見而悟，奏授儀同。吳興沈光，陳亡後家長安，初建禪定寺，其幡高十餘丈，光上繫繩，手足皆放透空而下，號肉飛仙。伐遼東，徵驍士同類數萬人，皆出其下，衝梯竿十五丈，光升其端，與賊戰。化及以光驍勇，使總禁臺，殺帝夜，化及黨將兵至四面圍合，光大呼，斬數十人，復遣騎翼而射之，年二十八。麾下人皆鬥死，無一降者。河橋之戰，周文驚不得寐，見其將高平蔡務至，曰：「承先此來，吾無憂矣。」齊人見其重印，曰「此鐵猛獸也」。

北魏時以私馬仗從戎者優階。北魏靜帝美容儀，能挾石獅子以踰墻，而被高澄打三拳。代人薛孤延從高歡西征，還為後殿，一日斫折十五刀。沙苑之役，侯萬歛西魏力人，持大棒守河橋。

唐建中間，吐番常以南詔為前鋒，操倍尋之戟。漢末隴西鮮卑紇千年，十歲彎弓五百斤，眾推為乞伏可汗。南宋劉裕將檀道濟，高平人，世居京口，目光如炬，北魏圖之以禳鬼。蔡裔聲若雷震，嘗有二偷人入室，裔拊床一呼，兩盜俱隕，殷浩用為軍鋒。齊襄陽太守太原祁人王茂，身長八尺，姿表瑰麗，潔白美容，少有驍名，梁武兵起，以為前驅，單刀直前。外甥韋欣慶，以鐵纏槊翼茂進，事平為侍中領軍，以東昏余妃賜之。可備將材者，亦可為「賊」料。

陸贄：含靈之類，固必難誣。雖曰蝱蝱，而上之得失靡不辨，上之好惡靡不知，故馭之以智，必嗤而不從。民雖匹夫，中有豪傑有奸雄有義勇，是以聖人不敢以匹夫待民。如使進不能陳其謀，退不能安其身，是以祿餌為斧鉞，組紱為鉗鈇。與「去而為盜」者之寄命于人，且圖脅富一矣。隋文既平陳，詔人間甲仗悉除毀，武力之士，皆可學文，河以東不得乘馬，亦何益耶。

大儒釋經，「牝」只是承筍能受的物事，玄「牝」謂是至妙之「牝」，不是那一樣的「牝」。

司馬公欲自成一家，變《尚書》《論語》文字。惟意此一部色情書，故特用完顏亮色魔王，而猶以為未足也。須于中間再加一夫號鐵槍之牝賊。只取其心喜鐵槍，不失妙真之性，顧不得時代不同矣。古今經傳，何必堅持哉！若依史遷所聞，則有虞妻二祖姑，唐特禪于其婿，武且以十四世祖奪其姪孫之國。況贋托之書，如《家語》等類，子華子之屠岸賈甚多矣。奪族等事既皆起于三代，則今之同族相鬥者，真乃其風已古，不待舅犯言之，尚欲為名教宗耶？聖賢論此亦以為理當必無耳。夫理當必無四字，則不足以服黠者之心也。我以傳實之事為必無而禁，彼不以贋造之事為必有耶？善乎佛氏之言，曰：戲論世界。

盧曹于海島得長人骨，以兩脛為雙鎗，遺其一于神武，使供四姐之弄，則長人目瞑矣。夫妻上陣大有威「風」，比「心許凌煙名不滅，年年錦字傷離別。杜天動業緣何事？詞客偷名入卷中」較勝矣。如王莽時瑯琊呂母，子為縣吏（案：後三字重複，已刪）所冤殺，母散家財以酤酒買兵弩，陰厚貧窮少年，得百餘人，攻海曲縣，殺其宰，以祭子墓。引兵入海，其兵浸多，呂母病死，眾入赤眉。時平原女子遲昭平，善說經，亦聚眾數千在河陰中。闒人王慎祖所蒙遜足，遜妻孟氏擒殺之。楊子引商壯女為一軍。《舊唐書》：藩鎮用兵日久，女子皆可為孫吳種。世衡為鄜州，婦人亦令習射。瑯琊王歆，導之後，太原王恭起兵討太原王國寶，歆起兵應之，以女為貞烈將軍，用女人為官屬，多所殺戮。梓潼太守苟金龍妻，廷尉劉叔宗女也，梁人來攻，龍病不能部分，妻督登城拒戰，百有餘日，死傷過半。以副高景有陰圖，劉與城人斬景及其黨數十人，梁人還後，賞其子為平昌縣子。《唐書·高麗傳》：岑牟反，詔燕山道李景行討之，行留妻劉代守城，虜來攻，劉擐甲勒兵守，賊引去，帝嘉之，封燕郡夫人。劉遐為石季龍所圍，遐妻邵續女驍猛，將數騎出遐于萬眾中。杜伏威為隋將所窘，西門君儀妻負威走。朱溫妻張精悍，兵事多從咨決，足不及履。克用妻劉，教侍妾騎射佐戰。義陽朱序鎮襄陽，苻堅遣丕圍之，序母韓領百餘婢並城中女丁，自登城當一面。王君㚟河西瓜州人，開元時破吐番，玄宗宴㚟及妻夏于廣達樓，夏自以戰功封武威郡夫人。遼法子為帝，太后則居官城領部屬。兀朮破蕪，見遼卒龐太保妻耶律氏明眸修頷而納之，權略過男子，兀朮驚畏之。工部侍郎龐顯宗其在龐氏時所生也，孫昌玉杖殺夫仇。竇桂娘殺李希烈并妻子，苻登毛后手殺數百人。金時沙里質聚兵守土，元時阿魯直守拒萬奴，豈惟繡旗女將？劉節使女與李全戰于東平而已。北魏楊大眼氏人，難當孫也，世據仇池，嘗獻伎，李沖曰：「吾自此舉終不復與諸君齊列矣。」除直閤將軍，巡撫軍士，呼為兒子。三子皆潘所生，每逢戰獵，必戎裝出，齊驅並坐，對諸寮言笑自得，楊嘗指謂之曰「此吾潘將軍也。」大眼徙營州，潘在洛陽，頗有失行，大眼側生婿言之大眼，致潘死，更娶元氏。大眼子殺此婿，奔梁武。謝朓，宋文帝女之子，啟齊明王敬則謀反，朓妻則女也，嘗懷刀欲報朓，朓不敢相見。周將王世積容貌魁岸，隋封郡公，以相者言其妻當為皇后，竟配防桂州。南詔一千家有治人官，擇鄉兵戰，走險如飛，男女勇捷，不鞍而騎。此等「威風」，亦殊為孱女吐氣。

「擄的婦人送他帳下」，是婦人所願否？徐陵與楊愔書，以清河公主之貴，餘姚書佐之家，莫限高卑皆被驅掠。謝道韞遭孫恩亂，夫被害，方命婢肩輿，抽刀出門，手殺數人。梁元帝時，江陵城內火燒數千家，以為失在婦人，盡于市東。魏破元帝于江陵，兵至僅二十八日，選男女數萬口，分為奴婢。宋元凶時，義師起，劭厚撫王羅漢委兵事，多賜美色。齊明帝欲篡廢帝而慮王敬則，梁武曰：「敬則志安江東，窮其富貴，宜選美女以娛其心。」魏靜帝詔曰：「頃舊京淪覆，宗室子女為雜戶濫門所拘辱者，悉聽離絕。」金末崔立之變，驅士夫妻女于省中閱之。高歡在晉陽，請置晉陽宮以處配沒之口。高洋為帝，在城東射，敕京師婦女赴觀，不赴者罪以軍法。又徵集淫嫗，悉去衣裳，分付從官，朝夕臨視。然洋殺元氏三千男，洋子廢帝詔諸元良口配沒宮內，及賜人者並放免。隋煬帝幸晉陽，汾陰遼東涿郡悉以陳後主沈后從所在招迎老嫗，朝夕共肆醜言。趙元楷隨化及至河北，遇盜，僅以身免，妻崔被拘。謂妻曰「可死不可為賊婦」。乃去其衣，形體盡露，縛于床簀之上，崔紿曰「今力已屈，當聽處分，但請解縛，不敢相違。」（案：崔氏事省略過當，可參閱《隋書》卷八十。）范陽盧氏盛年寡居，親教授其子。後子以曾仕逆亮，慈州刺史上官政，簿籍其家，帨而逼之，盧以死誓，政以燭燒其身。隋和州刺史韓擒虎以五百人，宵濟采石取金陵，賀若弼至夕始扣北掖門，以有司劾其縱士卒淫污陳宮，不得封公。突厥使至，隋文帝引至韓前，曰「此是執得陳國天子者」，惶恐不敢仰視。高聰被徙為兵戶，族祖允薦之，求于王肅，以為偏稗所經淫掠無禮，豈允正人所料？王猛孫鎮惡連為前鋒，從劉毅破姚興以待劉裕，然收斂子女不可勝計。北魏鄭伯猷尚安豐王延明女，為青州刺史，專主聚斂，誣民謀叛，配沒婦女。惟北齊將亡，高澄第四子延宗至并州，籍沒內參千餘家賜將士，兒童婦女亦為棄屋投磚，是一快。南詔攻成都時，蜀中婦孺悉入成都，閭里皆滿，戶所占地，不過一床。讀詩至「白骨馬蹄下，誰言皆有家，聞道西涼州，家家婦人哭。寄言丈夫雄，苦樂身自當。」「訣別徐陵淚如雨，鏡鸞分後屬何人？主將淚洗鞭頭血，扶妾遺升堂上床。幸無白刃驅向前，何忍將身自棄捐。」每為嗚咽。安得如周之破齊，兵馬不入人村也。

杜洛周僭竊時，市令驛帥咸以為王，有市王、驛王，何況「海賊封王封俺為帝」？用〈劉豫傳〉：「人呼我為賊，我自做王帝，雖然不多時，一日勝一世。」劉豫竟得善終。墓曰皇庄，至今尚存，尤屬不平。劉豫父名翹，而韓延之以名其兒。邦昌僭逆，而徐師川以名其婢。賊既可「封」為「帝」，帝亦可名婢矣。若懷義而亦封梁公鄂公，則甚為狄公羞也。

南齊武帝時，蠕蠕獻獅子皮褲褶，取飾戎裝。楊妙真令「婦人先送帳下」，正當以獅子皮飾之。

李陵曰：「吾鼓不起，軍中豈有女子乎？」搜之，則關東群盜妻女徙邊者，隨軍為卒婦，匿車中。盡斬之，然其軍反敗。

止而悅，男下女。凡男之遇女必歡言而遜語，女之遇男必佯倨而顯驕，遂為今古不易之常。《北史》吐谷渾號其妻為母尊，正無怪也。齊桓曰：「我先君卑聖侮士，惟女是崇。」頃公帷婦人觀諸國使，亦崇婦之風。陳時元會宮人皆隔綺疏觀。

「好男女坐當中」，古來多有。〈循吏傳序〉曰：「漢興，凡事簡易，禁網疏闊，故雖高后女主，不出房闥，而天下宴然，民務稼穡，衣食滋殖。」觀呂后以術誅越信，以諸呂為諸王臣，又劫張良使諫易太子，高祖曰「呂氏真而主矣。」言其實實能。又側耳東廂，跪謝周昌，諫易太子，俱能極人夢者。謂真而主之言，因太子能致四皓，愚矣。高祖常避吏，吏繫呂后，遇之不謹，則時有不利耳。即武后有親子，而欲立武氏，亦不過以此愚。武使姑極力相助，與李相持，非實然也。漢順帝陽嘉二年，蒲陰狼殺女子九十七人，豈累世母后秉政之故耶？《三國志・呂布傳》：「謂劉備曰『我與君同邊地人也』。請備于帳中，『坐』婦床上，令婦向拜，稱為弟。備見布語無常，外然之而已。布好占諸將妻，故郝萌夜攻其閤，閤堅未入，布不知誰，直舉婦袒衣科頭，從溷入，排壁出，詣都督高順營，排順門入」。後關公力向操請布妻，操又必不與而自納，豈亦以為「好」耶？後漢末零陵蠻反，巴郡劉緄以車騎將軍，出定荊州監軍，宦者奏緄，將傳婢二人戎服自隨，議謂無正法不合糾。公孫瓚鐵門固守，婦人傳宣，袁術使婦人大聲出令。隋韋孝寬擊尉遲迥，安臥帳中，使婦人傳宣教令。北魏時，代人古弼征馮弘，使婦人被甲居中。契丹將軍白頭鴉侍夫數百人。單于母欲殺李陵，單于匿之，大閼氏死，乃妻以女。蘇武至，陵不欲自賜武，乃令妻賜武牛羊數千頭。馮嫽持漢節使諸國。

梁武初，苻堅使其子暉拒慕容沖于蒲阪，沖乃令婦人督厲其眾，竟破暉。楊敞夫人參語許諾，惲其子也。張安世夫人家僮七百人，皆有伎作，內治產業，累積纖微，是以能殖其貨，且免于霍氏之難。高岳歡從弟，居洛，歡每以事至，必居岳舍。岳母山氏，代人，山強貌美，而身八尺五，守者之孫也，見歡室中有異，遂款結之。韓陵之戰，中軍已敗，岳如右軍，大呼橫衝，以功封公，山氏授女侍中，入侍皇后。陸琇母赫連氏，身長八尺五寸，甚有婦德，為女侍中。北魏時，代人陸忻之，尚顯祖女常山公主，神龜初與穆氏頓丘長公主并為侍中。世宗崩，高太后欲害胡后，于忠藏胡別室中。後妻中山王尼須女，胡太后引為女侍中。宋顧琛以意迎孝武義師，得吳郡守，母孔氏年百餘歲，嘗為王廞女司馬，胡后加女侍中貂蟬。任城王澄諫曰：「婦人而服男子之服，衰亂妖妄，請依常儀。」盧瓊仙、王瓊芝，南漢女侍中。石虎有信任女尚書，元魏多列女職，使任事。《唐書》：回紇匈奴後，世臣突厥，自菩薩之母烏羅渾能決了部事，遂攻突厥，聲震北方。北魏桓帝魁岸，馬不能勝，臥則乳垂至席，其后臨朝，與石勒通和，時人謂之女國使。齊後主緯曰：父輔之以中宮嬭嫗將合牝牡，必說廬帳親觀。其時婢嫗擅回天之力，宇文宣帝以大輅載婦人而自步從。集百官內外命婦，令京城少年為婦人服飾，舞而入殿。劉裕將建義與孟昶定謀，昶知妻非常婦人，曰：「人毀我于桓公，決當作賊，卿幸可早爾離絕，脫富貴，相迎不晚也。」妻曰：「事不成當于奚官中奉事大家，義無歸志」。又曰：「觀君舉措，非謀及婦人者，不過欲得財耳。」周明帝獨孤后妹為隋文后，百官請曰：「周禮百官之妻，命于王后，宜依古制。」后曰：「婦人與政，不可開其源。」《北史》論曰：「殷肇王基，不藉董氏為佐。周成王業，未聞姒氏為輔。而隋文潛耀之初，獻后便相推轂。煬帝大橫方兆，蕭妃密勿經綸。是以恩禮綢繆，始終不易。然朝權莫豫，故市朝遷貿，俱得保全。今或不隕，舊基更隆，先構焉虐？」高祖母獨孤后從姊太宗長孫后，本魏拓拔氏公主，又嫁長孫沖。后善事，諧妯娌，及行事，親戒諸將。或「坐當中」，或坐旁邊，無非「好男女」也。

武后初立，命群臣及四夷酋長朝后肅義門，內外命婦入謁朝皇后，自此始。晚患風疾，遂使后與太子享太廟。洛州李君羨惡王充而率眾歸唐，時太史占當有女武王者。會有內宴，為酒令，各言小字，羨自陳曰「五娘子」，帝愕然曰「何物女子，乃此健耶？」卒以忌誅。武后時家屬訴冤，后亦欲自詫，復官爵，以禮改葬。肅宗張后詔內外命婦悉朝后光順門，親蚕。時群命婦相禮儀物甚盛，不獨漢后出蚕。大將軍妻、參乘太僕妻、御五營校尉司隸校尉河南尹妻皆乘，其夫宮車導從。晉有女尚書，著貂蟬，陪從取列侯妻六人為蚕母，北齊亦然也。張巡姊軍中號陸家姑，元太祖女號藍田公主，趙氏時林妙玉應試中式為女進士。齊東陽女子婁逞變服為丈夫，遍選公卿，粗知圍棋，仕至揚州從事。事發，明帝驅令還東，曰如此技，還作老嫗，豈不惜哉？肅宗女和政公主，自軍興以貿易取奇贏千萬贍軍，能彀強弓，吐番犯邊，主避南奔遇賊，喻以禍福，皆稽顙為奴。《唐書》：史思明之叛，衛州女子侯，滑州女子唐，青州女子王，相與歃血赴行營討賊。滑濮節度許叔翼表其忠，皆補官。勝梁武弟宏，身長八尺，與呂僧珍征魏，而全無經略，畏怯過甚。魏將氐人楊大眼曰：「不畏蕭娘與呂姥。」宏惟知好內，通梁武女侍妾千人，積錢貨，關鑰甚嚴，質人田宅，期訖便驅券主，豫章王悰作《錢愚論》以譏之。呂范陽人，世居廣陵，長七尺七寸，周師至，并齊段孝先持重，不與戰，自晉陽被掠，無遺類。斛律光自三堆還，曰「段婆善為送女客。」後主以遭大寇，抱光頭哭。隋段達身長八尺，稱段姥遠矣。故韓世忠宴將士，怯戰者俾婦人粧以愧之。光武十八年，遣馬援擊交趾女賊徵側斬之。《唐書》戛黠斯在焉耆北，即古堅昆。人皆長大，男少女多。新羅漢樂浪地，俗皆婦女貿販，異姓女雖娶，常為妾媵。貞觀五年，貞平死，帝伐高麗，善德使兵五萬入高麗南都以披其勢，立女善德為王，帝遣使冊其襲父封國，人號聖祖皇姑。二十八年善德死，贈光祿大夫，妹真德襲，請改章服從中國製，內出珍服賜之。真德織錦為頌以獻，五年死，帝為舉哀。隋末突厥殘波斯殺其王薩和，國人立和女為王。又詞陵在海中，上元間國人推女子為王，威令整肅。《南史》：海南有扶南國，俗多褻露，以女人為王，壯健似男子，晉太康時入貢。《北史》倭國在大海中，魏時譯通中國，自云太伯之後，光武時遣使入朝。靈帝時有女子卑彌呼為王，侍女千人，尤能以鬼道惑眾，呼死人復立。其宗女台為王，出聽政，跏趺坐，大業時來貢，曰「聞海西菩薩天子重興佛法，故遣來學。」《唐書》四夷志亦言，其女多男少，後稍習夏音，更號日本。仲哀死，以開化曾孫女神功為王，隋開皇末歆明之孫女推古立，貞觀五年遣使來朝，長安元年遣其臣真人來朝，披紫袍進止有容，武后宴之麟德殿。開皇初王死，女孝明立，上元中王死，以聖武女高野雞為王。然則男為主者常，而或妃或女，但能即主之，亦不必定付之無能之男，使「坐當中」也。穹壤之間，無事不隨時遷變，如昔之女國，今或轉為男，猶之既可變為漢劉，亦可變為元。

武后之世，特中國「男」君變「女」之一時耳。

《五代史》友珪妻張與友文妻王專房，侍翁疾，王尤寵，將傳位，友珪夫婦相對泣。及弒溫，外甥袁象先以禁兵入宮，珪與妻趨北垣樓下，將踰城走，不果，使人進刃其妻及己。唐莊宗時，叔克寧妻孟氏尤剛悍，莊弟存灝等各遣其妻入說孟氏，孟氏數迫克寧，謀泄被誅。莊宗子繼岌有破蜀功，劉后作教使殺之，使至，岌徘徊泣下，令乳母縊己。明宗病甚，子河南尹重榮聞哭聲謂已崩，擁兵入，侍衛以反聞，率騎兵出，榮于門隙中見，走歸府，夫婦匿床下，王淑妃養子重益殺之，則不成「好男女」。使友珪不先與妻刃，其不為唐莊宗有者鮮矣。李嗣昭本姓韓，汾州人，克用養為子，嘗決圍救出莊宗，後卒。子繼韜以罪奔梁為平章，居數月，梁滅，因隨其母朝京師。其母楊善畜財，平生居積行販，至資百萬，厚賂宦官，得免罪。後居晉陽，石敬瑭起兵太原，契丹求賂，敬瑭貸於楊氏以取足，亦算不得「好男女」。

# 第二十齣　悼殤❶

【金瓏璁】（貼上）連宵風雨重，多嬌多病愁中。仙少效，藥無功。

「顰有為顰，笑有為笑。不顰不笑，哀哉年少。」春香侍奉小姐，傷春病到深秋。今夕中秋佳節，風雨蕭條。小姐病轉沉吟，待我扶他消遣。正是：「從來雨打中秋月，更值風搖長命燈。」（下）

【鵲橋仙】（貼扶病旦上）拜月堂空，行雲徑擁。骨冷怕成秋夢。世間何物似情濃？整一片斷魂心痛。

（旦）「枕函敲破漏聲殘，似醉如呆死不難。一段暗香迷夜雨，十分清瘦怯秋寒。」春香，病境沉沉，不知今夕何夕？（貼）八月半了。（旦）哎也，是中秋佳節哩。老爺，奶奶，都為我愁煩，不曾玩賞了？（貼）這都不在話下了。（旦）聽的❷陳師父替我推命，要過中秋。看看病勢轉沉，今宵欠好。你為我開軒一望，月色如何？（貼開窗，旦望介）

【集賢賓】海天悠、問冰蟾何處湧？玉杵秋空，憑誰竊藥把嫦娥奉？甚西風吹夢無蹤！人去難逢，須不是神挑鬼弄。在眉峰，心坎裏別是一般疼痛。

（悶介❸）

【前腔】（貼）甚春歸無端廝和哄，霧和煙雨❹不玲瓏。算來人命關天重，會消詳、直恁匆匆！為著誰儂，俏樣子等閒拋送？待我謊他。姐姐，月上了。月輪空，敢蘸破你一床幽夢。

（旦望嘆介）「輪時盼節想中秋，人到中秋不自由。奴命不中孤月照，殘生今夜雨中休。」

【前腔】你便好中秋月兒誰受用？剪西風淚雨梧桐。楞生瘦骨加沉重。趲程期是那天外哀鴻。草際寒蛩，撒剌剌紙條窗縫。（旦驚作昏介）冷鬆鬆，軟兀剌四梢難動。

（貼驚介）小姐冷厥了。夫人有請。（老旦上）「百歲少憂夫主貴，一生多病女兒嬌。」我的兒，病體怎生了？（貼）奶奶，小姐欠好。❺（老旦）可怎了！

【前腔】不隄防你後花園閒夢銃，不分明再不惺忪，睡臨侵打不起頭梢重。（泣介）恨不呵早早乘龍。夜夜孤鴻，活害殺俺翠娟娟雛鳳。一場空，是這答裏把娘兒命送。

【轉❻林鶯】（旦醒介）甚飛絲繾的陽神動，弄悠揚風馬丁冬❼。（泣介）娘，拜謝你了❽。（拜跌介）從小來覷的千金重，不孝女孝順無終。娘呵，此乃天之數也。當今生花開一紅，願來生把萱椿再奉。（眾泣介）（合）恨西風，一霎無端碎綠摧紅。

【前腔】（老旦）並無兒、蕩得個嬌香種，繞娘前笑眼歡容。但成人索把俺高堂送。恨天涯老運孤窮。兒呵，暫時間月直年空，好❾將息你這心煩意冗。（合前）

（旦）娘，你女兒不幸，作何處置？（老旦）奔你回去也。兒！

【玉鶯兒】（旦泣介）旅襯夢魂中，盼家山千萬重。（老旦）便遠也去。（旦）是不是聽女孩兒一言。這後花園❿中一株梅樹，兒心所愛。但葬我梅樹之下可矣。（老旦）這是怎的來？（旦）做不的病嬋娟桂窟裏長生，則分的粉骷髏向梅花古洞。（老旦泣介）看他強扶頭淚濛，冷淋心汗傾，不如我先他一命無常用。（合）恨蒼穹，妬花風雨，偏在月明中。

（老旦）還去與爹講，廣做道場也。兒，「銀蟾謾搗君臣藥，紙馬重燒子母錢。」（下）（旦）春香，咱可有回生之日否？

【前腔】（嘆介）你生小事依從，我情中你意中。春香，你小心奉事老爹⓫奶奶。（貼）這是當的了。（旦）春香，我記起一事來。我那春容，題詩在上，外觀不雅。葬我之後，盛著紫檀匣兒，藏在太湖石底。（貼）這是主何意兒？（旦）有心靈翰墨春容，倘⓬直那人知重。（貼）姐姐寬心。你如今不幸，孤墳獨影。肯將息起來，稟過老爺，但是姓梅姓柳秀才，招選一個，同生同死，可不美哉！（旦）怕等不得了。哎喲，哎喲！（貼）這病根兒怎攻，心上醫怎逢？（旦）春香，我死⓭後，你常向靈位前叫喚我一聲兒。（貼哭介）他一星星說向咱傷情重。（合前）

（旦昏介）（貼）不好了，不好了，老爹奶奶快來！

【憶鶯兒】（外，老旦上）鼓三鼕，愁萬重。冷雨幽窗燈不紅。聽侍兒傳言女病凶。（貼泣介）我的小姐，小姐！（外、老旦同泣介）我的兒呵，你捨的命終，抛的我途窮。當初只望把爹娘送。（合）恨匆匆，萍蹤浪影，風剪了玉芙蓉。

（旦作醒介）（外）快蘇醒！兒，爹在此。（旦作看外介）哎喲，爹爹扶我中堂去罷。（外）扶你也，兒。（扶介）

【尾聲】（旦）怕樹頭樹底不到的五更風，和俺小墳邊立斷腸碑一統。爹，今夜是中秋。（外）是中秋也，兒。（旦）禁了這一夜雨。（嘆介）怎能勾月落重生燈再紅！（並下）

（貼哭上）我的小姐[14]！「天有不測之風雲，人有無常之禍福。」我小姐一病傷春竟[15]死了。看官們，怎了也！[16]待我哭他一會。

【紅衲[17]襖】小姐，再不叫咱把領頭香心字燒，再不叫咱把剔花燈紅淚繳，再不叫咱拈花側眼調歌鳥，再不叫咱轉鏡移肩和你點絳桃。想著你夜深深放剪刀，曉清清臨畫稿[18]。提起那春容，被老爺看見了，怕奶奶傷情，分付殉了葬罷。俺想小姐臨終之言，依舊向湖山石兒靠也，怕等得個拾翠人來把畫粉銷。

老姑姑也來了[19]。（淨上）你哭的好，我來幫你。

【前腔】春香姐，再不教你煖朱唇學弄簫。（貼）為此。（淨）再不和你蕩湘裙閒鬥草。（貼）便是。（淨）小姐不在，春香姐也鬆泛多少。（貼）怎見得？（淨）再不要你冷溫存熱絮叨，再不要得你夜眠遲、朝起的早。（貼）這也慣了。（淨）還有省氣的所在。雞眼睛不用你做嘴兒挑，馬子兒不用你隨鼻兒倒。（貼）啐[20]！（淨）還一件，小姐青春有了，沒時間做出些兒也，那老夫人呵，少不的把你後花園打折腰。

（貼）休胡說！老夫人來也。（老旦哭介）我的親兒，

【前腔】每日遶娘身有百十遭，並不見你向人前輕一笑。他背熟的班姬《四戒》從頭學，不要得孟母三遷把氣淘。也愁他軟苗條忒恁嬌，誰料他病淹煎真不好。（哭介）從今後誰把親娘叫也，一寸肝腸做了百寸焦。

（老旦悶倒，貼驚叫介）老爺，痛殺了奶奶也。快來，快來！（外哭上）我的兒也，呀，原來夫人悶倒在此。

【前腔】夫人，不是你坐孤辰把子宿囂。則是我坐公堂冤業報。較不似老倉公多女好。撞不著賽盧醫他一病喬[21]。天，天，似俺頭白中年呵，便做了大家緣何處消？見放著小門楣生折倒！夫人，你且自保重。便作你寸腸千斷了也，則怕女兒呵，他望帝魂歸不可招。

（丑扮院公上）「人間舊恨驚鴉去，天上新恩喜鵲來。」稟老爺，朝報高陞。（外看報介）吏部一本，奉聖旨：「金寇南窺，南安知府杜寶，可陞安撫使，鎮守淮揚。即日起程，不得違誤。欽此。」（嘆介）夫人，朝旨催人北往，

女喪不便西歸。院子，請陳齋長講話。（丑）陳相公有請。（末上）「彭殤真一壑，慶弔每同堂。」（見介）（外）陳先生，小女長謝你了。（末哭介）正是。苦傷小姐仙逝，陳最良四顧無門。所喜老公相喬遷，陳最良一發失所。（做㉒哭介）（外）陳先生有事商量。學生奉旨，不得久停。因小女遺言，就葬後園梅樹之下，又恐不便後官居住，已分付割取後園，改作㉓「梅花庵觀」，安置小女神位。就著這石道姑焚修看守。那道姑可承應的來？（淨跪介）老道姑㉔添香換水。但往來看顧，還得一人。（老旦）就煩陳齋長為便。（末）老夫人有命，情願效勞。（老旦）老爺，須置些祭田纔好。（外）有漏澤院二頃虛田，撥資香火。（末）這漏澤院田，就漏在生員身上。（淨）咱號道姑，堪收稻穀，你是陳絕糧，漏不到你㉕。（外）不消爭，陳先生收給。陳先生，我在此數年，優待學校。（末）都知道。便是老公相高陞，舊規有諸生遺愛記、生祠碑文，到京伴禮送人為妙。（淨）陳絕糧，遺愛記是老爺遺下與令愛作表記麼？（末）是老公祖政跡歌謠。什麼「令愛」！（淨）怎麼叫做生祠？（末）大祠宇塑老爺像供養，門上寫著「杜公之祠」。（淨）這等不如就塑小姐在傍，我普同供養。（外惱介）胡說！但是舊規，我通不用了。

【意不盡】陳先生，老道姑，咱女墳兒三尺暮雲高，老夫妻一言相靠。不敢望時時看守，則清明寒食一碗飯兒澆。

魂歸冥漠魄歸泉，朱褒　使汝悠悠十八年。曹唐
一叫一回腸一斷，李白　如今重說恨綿綿。張籍

【校記】

❶徐本作「鬧殤」。❷徐本作「聽見」。❸徐本作「旦悶介」。全集本作「悶介」。❹徐本作「雨」。

❺徐本作「奶奶，欠好，欠好」。❻徐本作「囀」。❼徐本作「叮咚」。全集本作「丁冬」。❽徐本作「兒拜謝你了」。❾徐本作「返」。❿徐本作「後園」。全集本作「後花園」。⓫徐本作「老爺」。⓬徐本作「儻」。⓭徐本作「亡」。⓮徐本作「我的小姐！我的小姐」。⓯徐本無「竟」字。⓰徐本此句作「痛殺了我家老爺、我家奶奶。列位看官們，怎了也！」⓱徐本作「衲」。⓲徐本作「藁」。⓳徐本作「老姑姑，你也來了」。⓴徐本作「（貼啐介）」。㉑徐本作「蹻」。㉒徐本作「眾」。㉓徐本作「起座」。㉔徐本作「道婆」。㉕徐本此處多「（末）秀才口喫十一方，你是姑姑，我還是孤老，偏不該我收糧？」。

## 第二十齣〈鬧殤〉批語

「連宵風雨」喻其事，「重」字與「愁中」應惟其重，故愁彼在中也。「顰笑」喻女根，「雨打風搖」喻男，「燈月」喻女。「拜月」二句，喻女根拜下則似月而中「空」，行去則「雲」懸而「徑」合，妙絕之談。「整一片」而中「新」，喻女根甚確。「斷」則瓜分故曰「心痛」，「枕」喻男根，「函」喻女根，「似醉」七字嘲月道，「一段香」喻男根，「十分清」喻女根十字處分開也。「瘦怯淋寒」又是虐謔，「八字」女根之形，「月」分兩「半」意同，「軒」喻合尖之處，「海天」喻其寬深，「冰」喻冷，「白蟾」喻其形，「涌」者帶水上湊之意，「玉杵」喻男根也。「眉峰」喻豪，「別是一般疼痛」嘲女，令女欲罵，「悶介」亦不悶不至于痛耳。「春」喻男根，「煙霧」喻氣，「不玲瓏」喻女根中有男根，切妙之至。「人命關天」即恐不難意，「俏樣」喻女根，「拋送」喻男根之迸，「月輪空」喻男根已出，「床」喻女根，「破」字謔甚，「輪」喻女根，「節」喻男根，「中秋」月形圓也，「不自由」謔極切極，女不自由轉是好事，男不自由則有易萎之恨。「雨中休」亦即恐不難耳。「剪」喻女根形，「西」字亦然，「梧桐」以喻直幹，「楞生瘦骨加沉重」妙極，女根瘦而少肉，尤覺男力之重也。「撒刺刺」喻其沉重之聲，「窗縫」喻女根也，「冷鬆鬆」喻男事不熱，則內覺鬆鬆也，又喻事後內中尤其確切。「銃」喻男根，「不分明」喻男根不健之事，頭梢重則男根健矣。「翠」仍喻豪，妓號「鳳」窠群女，「雛鳳」喻女根形，又鳳可代縫，何其意百出而不窮也。「娘」喻女根，「兒」喻男根，「飛絲」喻豪，「風馬」喻囊，「綠」仍喻豪，「蕩」字喻女根寬，「笑眼歡容」二根俱可為喻，「成人」喻孕，「高堂」喻深處，不能入深不成孕也。「月直」而「空」，喻中空門外直女根間時形狀。「心煩意冗」喻正行事之時，「襯」字亦喻女根，「遠」字又嘲其深，「桂」喻男根，「長」喻二根之形，「骷髏」喻男挺末，「梅花」喻精，「扶頭」之頭亦喻男根。「不如我先他」，恨剛之不勝反以柔之勝為罪，文心曲折之至。「紙馬」即陳媽媽意，「紫匣」又喻女根，「湖石」有洞之石也。「翰」字喻毫，「知重」以喻男事，嘲殺女流，蓋不知重即非所思也。「根兒」即謂男根，「心上」喻女深處，「傷」由「重」故，語意妙絕，「鼓雨窗燈」無非妙譬，「抛」字喻男根迸，「途窮」喻女根盡處，「樹」喻男根，「不到五更」又即「恨匆匆」意，嫌其不能久也。「腸碑」俱喻男根，故曰立。「領頭」喻女根合尖處，「頭香」仍喻男根，「歌鳥」卻喻女根，「鏡」喻女根，「挑」喻男槌即喻磨蛤亦可。「剪刀」喻女兩扉，「簫」喻男根，「草」喻豪，「鬆泛」二字又喻其事。「紅淚」喻經期，「幫哭」喻看人如此亦有水出，「雞眼」乃喻女根，「後花園」窟臀妙號。「不見向人笑」喻女根甚切，「軟苗條」似喻男根，「痛殺了奶奶也」五字作喻意解便可大噱。痛殺之下，仍舊繼以「快來」，虐謔更不可當。「悶倒」即由痛殺。「辰」字喻男垂星，「坐」喻地天泰卦。「楣」喻男根，「寸腸千斷」仍喻男事，即數一數二意。「鴉鵲」俱喻男根，「高升」亦喻入深之意，「無門失所」皆含謔意，「焚」喻男根之熱，「漏澤虛田」非喻女根而何？「陳先生收」方切陳姥。「三尺」喻身之半，「一叫一回腸一斷」喻行事時謔絕，即觀音皇后所謂「猶記當時叫合歡」也。「綿綿」喻男根萎。

王金壇：「天公也似人哀怨，每到斜陽一淚零」，與「何人夜吹笛，『風』急『雨』冥冥」，又「別有事時偏『風雨』」，更令人欲死也。

「但指今宵是新『月』，不知曾照古人來」，已覺傷情，況中秋佳節，風雨「蕭條」乎。

「美人情易傷，暗上紅樓立，欲言無處言，但向姮娥泣」。麗娘之病，始于「花」，終于「月」，是一部眼目。中郎云：「酒澆濃苦月，詩慰寂寥花，令我長相思，明月是何物，常將「花月」恨，并作可憐人」。「朝花夜月動春心，誰忍相思不相見？」誠以「花月」俱關色情也。少陵亦云「春花工送淚，秋『月』解傷神」，麗娘固本其祖宗之意，讀此而尚謂花鳥怡情，吾不信也。

坡：「臨風有客吟秋扇，『拜月』無人見曉粧」，拜月堂空者，月窗花院好風光，愛怜光景在于何處也？行雲徑擁者，風月但牽魂夢苦，貪觸之心，被人禁殺也。脾神好樂，精氣并于心則喜。食以飽餒，氣以飫神，服氣無餒，服神無寒，不知此術而神傷氣耗，則「骨冷」矣。凡福澤事皆春夢也，凡衰惱事皆秋夢也。春夢喧妍，彼不知「怕」。樂天云：「秋簟冷無情」，誠以冰損相思無夢處，故彼「怕」之。

「不逢春雨偏濃艷」，海棠亦以多「情」耳。孤幃悄悄，寒「魂」影小，齊己所以有「深宮鎖斷魂」之句。忍教「魂夢」兩茫茫，是此處「心痛」注腳。吾讀至此，且覺吟魂不在身矣。

「整一片斷魂」，猶生龜解殼也。魂猶心痛，別知魂不關骨肉事。東坡「我今心似一圓月」，心月皎皎常孤圓，多情明月邀君共，皆得「海天悠、冰蟾湧」之妙，與誠齋「乾坤鎔入冰壺裡，萬象都無只有光，一年月色只臘裡，寧汙楷磨霜冰洗，更約梅花作渠伴，中秋不是欠此段」，汪水雲：「聽說古時月，皎潔勝今時。今人但見今月，也道似琉璃。君看少年眸子，那比嬰兒神彩，投老更堪悲」自別。

嫦娥之說，始于《淮南》。用修：「七夕有嫦娥，妒眼便西沉」句，天羽謂：要文章好，不顧有地獄。若玉茗者為更甚矣！人道是露水，儂道嫦娥「淚」。無人「奉藥」，安得不「淚」？妾若做嫦娥，常圓不教缺。無人「奉藥」，安得常圓？嫦娥既老不嫁人，吳公持斧何時歇。徒有無情桂樹香，不見多生連理結。月姊亦是可怜人也。後「病嬋娟桂窟裡長生」，特應此句。古遠天高事渺茫，安知靈媛不淒涼？自掩明光不見人，嫦娥想妒人間樂。雖萬古難消一片冰，亦為有嫦娥，月易沉耳。

沈約「明月雖外照，寧知『心』內傷」。元曲：「門半掩，悄冥冥，斷腸人和淚夢初醒，看了他容貌兒實是撐，衣冠兒『別樣整』，兀的不坑了人性命，引了人魂靈。我死呵，兀的不寂寞了菱花粧鏡，自覷了自害心疼。」皆與此「別是一般疼痛」相發。

運生會歸盡，終古謂之然。形骸久已化，心在復何言？則不必云「人命關天」也。得長多几何？得短未足怜。畢竟共虛空，何須誇歲月。則不必云「直恁匆匆」也。

天與多情不與長相守，將愁不去將人去。「俏樣子等閒抛送」，是鬼妒天嗔教薄命。若非「俏樣」者，大豬見殺，得為津伯，反覿豬身，污穢可憎，感其殺身，銜珠相報矣。

「明月本為珠作命，明珠原以肉為胎」，宜羨門有「算只有廣寒人知我傷心處」之句。世間何地是「月」徘徊處，故此夢惟應「月破」耳。

多情「月」，偷雲出照無情別。及「月」明羞對夢中圓，皆「便好誰受用」意。海棠詞「只消受幽情寒思」，阮亭句「枉怨他西風寒急」，是「雨梧桐」。

寶蓮香比丘尼妄言，行婬非殺非偷，無有業報。即于女根生大猛火，節節燒，然非真燒，然即慾火由肝灼肺，虛勞咳嗽，「瘦骨楞生」之謂。若呂洞賓之把酒對花神鬼哭，則雖作蓮香語何妨。若儀君或知之，瓊花公主解此否？

水雲詞：「人間只留春住，不管秋光歸去，一陣西窗風雨，秋也歸何處？」則「趲程期是這撒刺刺紙條窗縫」之說也。

秋蟲詞：「又喚醒荷花夢，纔成好句」，淒絕不堪。重誦「論從前，宋子班姬和伊都是悲秋種」，文友「已曾貫滿半間堂，又來叫破邯鄲枕」，羨門「怪滿耳『蛩』聲淒淒切切，叫得雄心都盡」，殆人心異于曩時，豈蟲響悲于前聽，其實只為此「趲程期」三字耳。小青固云，恨促欣淹，無非乃達。

脾脈起于足大指，手足指寒者，屬胃氣寒，手足指熱者，屬胃氣熱。手屬于胃，足屬于脾。足乃至陰之處，血氣罕到，足大指咂之則引動其氣血。唐太醫署有按摩博士一人，按摩師四人，皆從八品，皆為「四梢」計也。

唐昭宗云：「春風一點少年心，紅玉衣裳白玉人，未甘虛老負平生。有時覷著同心結，萬恨千愁無處歇」，皆「恨不早早」之解。如痴如夢，欲笑啼痕先落。二十年前，不忍思量，若「早早」猶有回想之恨，況于「不早早」乎。「寒鶯冷蝶知何處，惟有蜂王不待春」，誠大曉事。

《南史》論：宣化悠遠，生不再來，是「一紅」之說。殊令人想諸天之上壽長身長也。雖周瑜年三十六，曰修短命矣，誠不足惜。唐長孫后亦年三十六，曰死生有命，非人力所支，勝宋都督謝晦年三十七以罪死，作〈悲人道〉以自哀。而一朝艷質化塵土，可恨可怜。千萬古則，古今一致也。

骨秀而細，肉滑而柔，為「嬌香種」。少女之妙，全在手足汗多，此津液有餘而氣足，所謂香澤是已。以嬌柔多汗之手折柳，柳無不起。以嬌柔多汗之汁之足入握入鼻，何須諾龍耶。論喻意則是臭花娘三字而已。高允諫曰：「今已葬之魂直求貌類者，事之如父母，宴好如夫妻，瀆敗風化，瀆亂情禮，上未禁之，下不改絕」。若所求者，非父非夫，或亦「一場空」。後無聊極思，正恐「歡容笑眼」殊復各別耳。

「老」去苦無歡事，況于「孤窮」。

晉穎川庾峻子顥賦曰：「有壽之與夭兮，或者情橫多戀」，「心煩意冗」有尚不能憂罷下身，如何更計人間事之笑。楊王孫漢武時人，學黃老術，厚自奉養，生無所不致，死囑裸葬。謂屍豈有知，不損財于無謂。人死猶思「處置」，只是生前我相。齊邱子曰「爪髮可截而無害，榮衛不至也」，是我本無痛，而血肉為之害，不知皆千百劫認取之根，純熟親切。故我為痛因，痛即我果也。將死多言，我去則此時自然而然不復執形為我。

「阿誰拖你死屍來」一句，正好速參。

魏制：南人入國者，俱葬桑干。陸機云：「雖號吳民，將為傖鬼。」韋鼎當陳末謂友人曰：「吾與爾當葬長安，期運將及。」梁鴻後漢初時人，後卒，囑葬于吳，妻子歸扶風。《唐書》盧照鄰范陽人，流寓潁水，嘗預為墓，寢臥其中。「咸陽原上土，埋骨不埋名，趙骨化魏土，殆亦不足計。」而操蒼舒死（案：曹沖，字倉舒），年十三，為聘甄氏亡女與合葬。曹叡女淑卒，為立廟，取母后甄氏從孫黃與合葬，追封黃列侯，以郭后從弟德為之後，承甄氏姓，襲公主爵。北魏孝文時，始平公主薨，乃追贈早卒之穆平城為駙馬，與主冥婚。唐肅宗子倓死，以崇德公主女張為恭順皇后冥配焉。則夫人便「遠也去」之心，即我釋迦，又何嘗非以善巧方便法，姑除一切哀惱相耶？

盼家山千重萬重，覺「死處懸鄉月」一句之妙。

唐詩：「塚頭莫種石花樹，春色不歸泉下人。」又詠端正樹云：「馬嵬去此無多地，只合楊妃塚上生。」「梅樹一株」，則有「留客一杯清苦蜜，蜂房知是近梅花」之妙。

卓人月：「賤妾聊生路促，此土偏能修福。」單葬芙蓉肉，若年年今日，耆卿塚上踏滿弓鞋，應勝似三牲供養也。唐太宗時征百濟，俘酋長五十人送京師，其王義慈痛死，詔葬孫皓、陳叔寶墓左，頗合。惟唐平章李訓謀誅宦官不克，被士良等反噬，十餘族悉繫左右軍，誅後棄屍郊外，男女雜廁淹旬，方許京兆尹葬道左，則有樹千「株」難蔽恥矣。

侍兒嬌小，心事多般，卻與誰論？武后好問外間可笑事，齊武成亦令人說人間事可笑樂者。《北史》：齊樂安蔣少游善委巷之語，至可玩笑，位濟南郡守。邢邵好新異書，蓋有情意人大抵同也。「生小事依從」則不但不召自來，聞叱不去，飛鳥依人，人自憐之矣。「海枯終見底，人死不知心」，「你情中我意中」只是共喻，人間惟色勝妙性情慆巧不信餘文耳。女人之「你情中我意中」者，乃至可以同夫不妒，出奇無窮，互娛互顯互月互風。其不能然者，非真能「你情中我意中」者也。見了同心心不滅，亦是如睡情誰見，欲得你情中我意中者見也。夢想誰邊，想在你情中我意中者邊也。春香足當此語，亦復粉意香情，珠歡玉謔，濃懷致語，艷溢芳融矣。

中品欲者，若離境界不恒生心。下品欲者，但共言笑，欲情即歇。皆不足為「你情我意」。上品欲者，無慚無愧，恒思欲境，心心相續，惟見妙好。而我以心推窮尋逐，微細揣摹，晝夜專念，心著難捨，連持不絕，庶幾「你意我情」。我謂：但是相思莫相負。你亦謂：但是相思莫相負也。我謂：世間只有情難訴。你亦謂：世間只有情難訴也。我言：當思古人，你亦云。我欲為法後人，你亦云。我謂男根似柳，你亦云。我謂：女根似蝶，你亦云。我欲將女伴權當兒郎，你亦云。我欲兒郎亦為女飾，你亦云。方是你情中我意中耳。

鍾嶸云：「使窮賤易安，幽居靡悶，莫尚于詩矣。」王次回云：「檀郎開出巧心靈。」方寸巧心通萬造物理，與靈心熏習傳變代開代謝之物，萬無守常之理。玉茗云：「若天下十人中一三『靈』性能為伎巧文章，而天地古今人理物情之變几盡。」古汴鍾嗣成《錄鬼簿》序：「登甲第隱巖壑者，世多有之，但于學問之餘，事務之暇，『心』机『靈』變世法通疏，而以文意為戲玩者，絕無而僅有。」貫休：「詩老全拋格」，齊己：「詩格玄（？）來不傍人」。坡曰：「『心』空飽新得，妙語時見顧。口耳固多偽，識真要在『心』。欲令詩語妙，無厭空且靜。靜固了群動，空故納萬境。『心』閒手自適，寄此無窮音。」又曰：「清詩為洗『心』源濁，世間好句几人共？」山谷云：「為文須觀世間萬緣，如蚊納聚散。韻少者非學不專，皆渠儂胸次之罪。」異哉，樊子怪可吁心欲，獨出無古初。然天下大川皆源自蠻夷荒忽遼絕之域。唐太宗：「川谷猶舊途，郡國開新意」，固勝老白贊元「寸截余為字，雙雕玉作聯」少許也。龐然標一先生之言，而不惜為象物象人之似耳。論「目食借面迷，頭淚沒回淵」，徘徊岐路，本無言外之意，又不能淫意中之言，非「心靈翰墨」也。唐人為詩，悉不在字，悉復離字，別有其詩，故雖堆金砌碧，皆如清空，首尾無不相透。隨政教流俗之遷改，山川雲物之變幻，為言無意，為文而神情興會，多所標舉，是「心靈翰墨」也。深淺之分量不同，同歸可喜。才短而裝嬌作俊，則墮地便非，窺天已謬矣。若一言增損，而彼此異編，觀者曾無絲髮之殊，而作者自謂手口之弊，豈不悲乎！《唐書》：崔融撰《武后哀冊》，最高麗。絕筆而死，時謂思苦神竭。王元美謂古之深刻于文者，往往不盡其本壽。「心靈翰墨」，但懼此耳。

坡：「知是何『人』舊詩句，已應知我此時情。」施肩吾：「峴山自高水自綠，後輩詞『人』心眼俗。」賈島：「吟來體似諸家少，改定人移一字難。」而繁芿采擷昔由章句，豎儒孟浪品題，近出屠沽俗子。言「儻直那人」，則不直那人之數多矣。

江淹云：「貴遠賤近，人之常情，重耳輕目，世之恒蔽」，豈所謂通方廣恕，好遠兼愛者哉？血痕嘔出盡成灰，自古已然矣。然文有披猖不軌而訖不敢廢者，類皆震于其才，動魄悅魂，欲與之同貌而共氣，亦才之驅「人」使然。因為意見所轉也。樂天晚年酷愛義山詩，曰「我死得為爾子足矣」。義山生子，遂以白老為名。李洞王孫也，鑄賈島像事之。橋玄睢陽人，為漢陽太守，上邽姜岐守道隱居，玄召為吏，敕督郵，岐若不至，趣嫁其母，此敕大可。而其約曹操云：徂沒之後，路有徑由，不以斗酒隻雞過相沃酹，車過三步，腹痛勿怨，可謂「知重」也已。

鍾嶸：庸音雜體，俊賞疾其淆亂。范榮期見孫興公賦，輒曰「應是我輩語。」元姚云：「余見今之為古文者，雖不敢輕非于口，而亦不敢輕是于心也。」歐陽子云：「人生一世中，長短無百年。無窮在其後，萬年在其先。讒誣不須辨，亦只百年間。百年後來者，憎愛不相緣。或落于四裔，或藏在深山。待彼謗焰熄，放此光芒懸。」退之云：「誰不欲居高于萬物，而力蹙勢窮，為文而欲一世之人好，吾悲其為文。」「知重」之「人」只好「倘直」耳。補之謂坡：「獨閣下之文，千變萬態，不可殫極，故獨求出于閣下之門。」坡謂補之：「觀其筆勢俯仰，亦足以粗得足下為人之一二，至其品目，決非一夫所能抑揚。」庶几乎稱「那人」哉。使非玉茗「心靈」至此，世安知「春容」可如此極寫耶？

袁中郎生平愛便宜為樂，曾不倦《西廂》開錦繡，《水滸》藏雷電，何「心靈」之相感歟？詩者天地間之秀氣也，古人有詩而後有題。因香所起，以香為界，用目觀詩，不若以鼻取之。果能毛孔皆香，自足剔凡辟惡。自非「那人」，則似香而臭，似臭而香，莫之辨矣。

每讀王氏臨終詩：「河漢已傾斜，神魂欲超越，願郎更回抱，終天從此訣」。又「昔時懷後會，今別便終天，新悲與舊恨，千古閉窮泉。」淚下如雨，正以不能「同生同死」矣！

夏侯道遷子夬與游聚相會，曰：「人生局促，何殊朝露，坐上相看，先後之間耳。脫有先亡者，當于良辰美景，靈前飲宴，倘或有知，庶其歆享。」夬亡，上巳，眾果如約，時天陰微晴，咸見夬執杯獻酬，但無語耳。又能附家客，發父諸妾陰私，則西陵臺上，欲人「叫喚」者情也。但「陰境忽現前，瞥爾隨他去，百劫與千生，沒個人依怙。」縱然聒破周孔耳，安能叫回堯舜天？則亡後央人「叫喚」，又不如生前自念彌陀。

執相循名，妄見生死。大怖之來，愁憂恐怯。戚聚難持，含悲向盡。都為他玩，非復我親。「捨的命終」，談何容易。惟自殺者不受情殺，不罹境殺。何謂自殺？已生割生，未死學死是也。彼境變糾纏，至前求割，鋒亦鈍矣。又樂事奢者，病時過不得，生趣濃者，死時過不得。若原少人聞況，都無身後愴，則「夜台應自好，何必戀閻浮」哉。

人生苦樂，父子不相代，眼光一閃，又彼此不相識。讀「拋的途窮」之句，因知骨肉間乃是憂悲聚而已，然骨肉之情未全枯竭，要須償以眼淚。

臥病人至後半夜，燈盡月落，悄然無眠，已是無限劇苦，況雨窗臨訣耶。「冷雨幽窗燈不紅」與「一燈紅夜午已別」，視「熒熒廷燎待天明」何如？舊詩「索索風搜客，沈沈『雨』洗年」。其年：「自古淒涼一派，只有寒『燈』解讀」，此句千古詞，無不魂消心死。

天地生我尚如此，陌上他人何足論。若「爹娘」則嘗望「近」，故與天地不同。

北魏王肅死，世宗令葬杜預、李沖之間，使之神遊相得也。東晉陸機從弟玩，以佐命勳，特置興平伯，官屬以衛墓守塚七十家。唐高祖女平陽昭公主，竇后所生，募眾應父，勒兵七萬，威震關中，引精兵萬人，與秦王會渭北。武德年薨，葬用鼓吹。或曰古婦人無，上曰「主身參佐命，古豈有耶？」李靖妻卒，詔墳制如衛霍故事。唐懿宗女同昌公主早卒，與乳保同葬。「小墳邊」三字傷情，彼虎帳貂裘，封犁殉馬，吉凶之義，舉夷夏之物，備高班厚祿已極于生前，列鼓鳴簫，復光于身後者，何等耳目口鼻耶。

李勣死，囑賓器惟用五六寓馬。姚崇曾孫勗，歷刺史，自為壽藏于萬安山，署兆曰「寂居」，穴墳曰「復真堂」，中剌土為台，曰「化台」，而刻石告後世。燕公張說自為父碑，明皇為書額曰「嗚呼積善之墓」。梁南郡太守江陵劉之遴，子三達年十八卒，遴題墓曰「梁妙士」。麗娘自署曰「斷腸碑」，不但白石橫煙幼婦眠，直應「群仙飛空欲下讀，常借海月清光來」矣。庸陋鄙猥苟賤是謂不人，齒卑無子早世，是謂不夭。于不人者減禮從略，以有主如無主也。于不夭者加矜重吊，以無後猶有後也。

「請將濯足渾泥水，往漫安家沒字『碑』」，若「斷腸碑」直當以女媧皇帝浴水洗之，遍宇宙名媛十香紅汗塗之，此「碑」堪與墮淚碑並傳千古，勝貴家婦人縱復棄位而姣，必有一篇絕好文章，送歸泉下。隋文子俊年十二，領關東兵，遷秦州總管，頗好內而崇信佛道，請為沙門，不許。伐陳之役，總水陸十餘萬，屯漢口，尋遷揚州總管，鎮廣陵，轉并州總管，出錢求息。工巧之器，親運斤斧。帝曰：「惟求財貨，市井之業也。」開皇二十年薨，帝后哭之，數聲而已，曰：「晉王送我一鹿，我今作脯，擬賜秦王，今可置靈座前。既已許之，不可虧信。」僚屬請立「碑」，帝曰：「欲求名，史書一卷足矣。若子孫不能保守，『碑』徒與人作鎮石耳。」極是。

「几點兒淚痕滴響，休要醒時聽」，況于臨死「禁」這一夜。

金器壞不甚惜，玉器則惜，以一破不復完也。「月落重生」一句，在傳奇為伏案，在永訣為痛辭。石湖所云：「留下可憐將不去」，似為此設。「樹頭樹底」，亦見元曲。

「長哀發華屋，四座莫悲傷，哀哉人道促，痛矣嗟埋玉。」隋高士李謙死，趙郡士女聞之莫不流涕，曰「我曹不死，而令李參軍死乎！」宋山陽王婿何戢之叔點，家世信佛，哀樂過人，行逢葬，曰：「此哭者之懷，豈可思耶！」悲痛不禁。李白「富貴非所願，為人駐顏光。」死雖極大驚痛，大班齊散，或猶駭愕，今是零星抽出，悄然轉換，暫時尚在之人，遂更不曾以之為意也。使知田地人潛換，「看」人者，不一時而見「看」于人，則心念無常，不能為樂矣。嗟乎！「我無金丹術，萬萬隨化遷」，是人世分明知有死矣。惟一日之內，萬死萬生，天日自長，吾日自短，行即此路，邊分後先，古人所以必撫必踊。不然私門之故，豈可以戚我執事也。齊己所云：「眼濁心昏，信生死者，無論或且幸災樂禍，直待奄忽而至，始喚可憐。」做「看官」時，殊甚自在。

唐懿宗寵優人李可及，能自度曲，徘徊淒斷。同昌主卒，及為帝造曲曰「喚百年」，教舞者數百，皆珠翠。帝以為天下之至悲，授衛將軍，是古來第一善于「幫興」而大獲其利。與義山「何因攜庾信，同去『哭』徐陵。

『哭』上咸陽北原上，可能隨例作灰塵。」突厥俗，至親及受恩者，必以刀子剺面，使血淚交流，固勝盧思道《勞生論》詐「哭」佞哀恤其喪紀也。「幫哭」何如我不能作孝員外郎者。呂后心畏大臣「哭」不止，胡后召乂夫婦，泣而責之。婦人之「哭」，尤不足道。「幫哭」二字之無情，更令亡者欲「哭」。但人何暇「幫哭」？正恐前後之間，大略相似矣。

有勞褻之事，有勞辱之事。為后前驅，掌王之陰事褻器，掌王及后之服屨，辨內外命婦之命屨，雖褻猶未為勞也。馬明生遇上真夫人，親運履舄之勞，要不如杜牧之：「筍拳纖玉軟，蓮襯朵頤豐」兩語之工于賞鑒。袁小修云：「斗太夫人城，城中搖燕麥，只應泐石街，曾印香勾跡。」中郎云：「千載而下，猶斷腸虛無之畫屧，傷心寂寞之香趺。」王金壇：「陳王著眼看羅襪，溫尉關心到錦鞋」，阮亭絕愛賞之。又「無端屑麝襯鞋池，問道攜來與阿誰，笑殺冶城遊冶客，平生不見十香詞」，又「雨餘路軟，有女郎一隊前行，腳蹤可玩」。有「知是同家是各家，羅襪只教曹植見」句，「挑雞眼」者真有幸哉。「路旁凡草榮遭遇，曾得七香車輾來」，則是欲「挑雞眼」而不得人語。元曲有「幾多說不盡，人不會的偏僻風流」，其此類乎？

李義山云：「浣花箋紙桃花色，好好題詩詠玉勾。」陶淵明云「願在絲而為履，附素足以周旋。」歐陽玄云：「舞姬脫鞋天欲軟，天天曲曲玉灣卷。」楊用修云：「羅帳燈昏蓮瓣暝，渴思半消殘酒醒。」吳梅村：「歸來路滑，醉把雙纏微笑脫。撥醒檀郎，眼底端相白似霜。」龔芝麓：「鐵石消磨未盡，算只有風情痴絕，儘取頭廳重印，肯換卻纖纖霞襪？甘心署錦隊鉗奴，央他埋骨。」羨門云：「腸斷錦鞋一賦。」阮亭云：「應願將身作錦鞋」，作者得無意乎？又云：「真英雄實非下愚不及情可比」。余嘗謂王建詠宮人走雨，有「雙雙抬起隱金裙」句，詩意淫極，言雙雙則非一雙可知，其魂已在雙雙抬起間矣。元女子鄭凡端亦不必云「可笑狂生楊鐵笛，風流何用飲鞋杯」也。

唐后鹵簿有香蹬一，因是香尖合受香供也。宋謝太后母毛氏有孕，為嫡濯足曰：「昨夢龍繞我身。」嫡以足踏其頂曰：「當生皇后。」後果如言，傳為千古佳話。香山云：「一物苟可適，萬緣皆若遺。」吹噓漸覺馨香出，良由色荒，見物皆成媚耳。窮鄙極褻以結情款，雖曰非理愛好，尤勝「太尉足何香，舐痔甜不嘔」者。《智度論》：鬱陁仙人飛到王宮，夫人接足而禮，即失神通。若接夫人之足，通應全失。《北史》：靺鞨即古肅慎後，朱里真俗，以人溺洗手面免凍血也。隋煬用征高麗，渠帥從幸江都。《唐書》：天竺即漢身毒，俗以舐足摩踵為禮。《南史》：積習生常便謂法，應須爾金為釵釧。溲瓶即為辱，金不入丹鼎，似乎太過。南齊沛郡劉瓛四十始婚，又因妻掛履壁上落母床而出之，為己蠢也。

張京兆云：「臣聞閨房之內，夫婦之私，有不止于畫眉者。」劉孝綽雖云：「空持渝皓齒，非但污丹唇」。而七情之內，無境不生，則六合之間，何所不有。如上官昭容開舍于外，邪人穢士爭進，以求要官，其吮癰舐痔想已極致，豈僅「挑雞眼」哉。又趙履溫諂事安樂公主，嘗褫朝服以項挽車。宋之問汾州人，偉儀貌，詩以音韻相婉附，約句准篇如錦繡成，武后令與楊炯分直習藝館，轉左奉宸內供奉。易之所賦諸篇，盡之問、朝隱所為。則其〈明河〉一念，固自總角時始，懷之數十年。其為易之奉溺器，蓋目睹易之之肉，即心存明河之津。推愛明河之心，以及明河所潤之肉也。景龍中諂事太平公主，復為考功員外。及安樂公主權盛，復往諧結，故太平深疾之。蓋〈明河〉之餘，想也使得「做嘴兒挑」，其較為易之執虎，歡幸勇往，豈不十倍耶。然其父令文有力絕人，能援牛角。弟之悌，歷劍南節度，身長八尺，以憍勇聞，之問當亦有力健兒也。何明河求全于口過乎！閻朝隱則趙州人，與兄鏡几、弟仙舟連中進士，屬詞奇詭，為武后所賞。累遷帳內供奉，代禱少室，伏俎為犧，大見褒賜，使明河知之問為所幸執虎，當亦在褒賜之列。龜茲迎羅什諸公，皆羅跪令什踐而登焉。王黼雖為相，事主極褻，上踰垣，黼以肩承帝趾。手之用過于足，而諛足者多，豈以在下體歟？然手抓之不癢，而足則癢，宜其喜諛特甚也。要之，人喜人為我屈辱耳。

「冷溫存熱絮叨」，是亡後最係人思處。韋蘇州〈傷逝詩〉：「沉沉積素抱，婉婉屬之子，暄涼同寡趣，晨夕俱無理。」高允云：「昔之忻境，今為戚途，夕無寄心之所，朝無改顏之處。」

高澄第四子延宗，養于叔洋。年十二，猶騎置腹上，令溺己臍中。及長，于樓上便，使人在下張口承之。然齊將亡，猶據并州，几擒周武，何英能也。雖才不才，各言其子，然人值父子兄弟夫婦之死亡，恒于情狀之好者，尤繫思焉。

「遶娘前笑眼歡容」與「每日遶娘身有百十遭」，玉茗真才子也！蓋有男女之樂，全在此二句。而有才貌好男女之樂，尤在此二句也，否則與無男女者何異。

盧仝：「我有嬌臉待君『笑』」，石湖：「及時一笑有誰供」，東坡：「『笑』漸不聞聲漸杳，多情卻被無情惱」。「古劍歌呈，鬱輪袍進，心死櫻桃微綻」，皆言「笑」之不可「輕」得也。體貌妍長曰「軟苗條」。

讀「一寸肝腸」句，頗覺恨血盈篇，鬼聲震冊。王金壇悼妻詩：「最是舌根強短後，戶外遙聞也刺心，我已自知生趣短，暫停相待卻如何？」淒涼欲就魂筵醉，頗有「一寸肝腸百寸焦」意。袁珂雪云：「聞除書則進取之念愈熾，睹廣柳則謀生之意少衰，乃知心隨境變。是以修行之人，常處逝多林中，借此無常之水，以消馳逐奔騰之火，常取古今閔生傷逝之語，都為一集，命曰《苦海翼》。廣其傳以救眾生之熱惱。」然不如親與骨肉永訣之令人駭悟。或言長孫無忌外戚權重，太宗曰：「夫緣后昵愛，厚以子女玉帛，何不可？以其兼文武兩器，故朕相之」。復曰：「我欲立晉王」，無忌曰「謹奉教」，帝顧之曰「舅許汝矣，宜即謝」。帝疾甚，召入臥內，手捫無忌，顧無忌叔。順德喪息女，感疾甚，帝薄之，謂玄齡曰：「德無剛氣，以兒女牽愛至大病，何足惜。」奇甚。

「人生無此恨，鬢色不成絲」，你子宿囂，我「冤業報」，以一枝妙筆，寫兩副傷心。張良子去其死十年而絕，〈陳平傳〉：國至曾孫以罪絕，「坐公堂」之業亦輕矣。寇準或爾，商輅因何？王金壇〈悼妻〉：「返魂續命亦人謀，蹭蹬終令誤死休，蔆苓價迥多難繼，一心應向妙蓮修」。楊升庵、湯若士皆先死子，後死妻。世無盧醫，誤卻恒沙人命。然一味心頭草，「盧醫」有時無處尋。

元曲「你與我壘座磚臺，鐫面碑牌，寫的明白，等過往人來覷了傷懷，都道是開元寺散家財的劉員外。」人有年不盡事，同苦而不得共甘。明知逝者無知，不如獨享而食不下咽者，真有家緣無處消之恨。則舉而散之可乎？乃人心澆漓，于我不淑，傷其無可致厚，亦留有餘以還造化而已。名還造化，實資他人，然我不能主而主自天，即造化矣。

「遍看原上纍纍塚，盡是城中汲汲人」，為「朝旨催人」一笑。

唐玄宗冶金自為像，州率置「祠」。更賊亂，悉毀以為資，獨真定者藩鎮不毀，故見寵異。據真定叛，藩王武俊以敗朱滔，得建廟京師。箇失密北距勃律五百里，環地以千里，山四繚之，他國無能攻。不風。開元初遣貢，言大可汗兵至勃律，雖二十萬，能輸糧以助，又請為大可汗營「祠」。突厥特勒死，詔二廟像四壐圖戰陣狀，詔高手六人往繪寫精肖。吐番山多柏，墓旁作屋，赭塗之，繪白虎，皆虜貴人。黃巢同時大賊孫儒敗死，其將馬殷有湖南，曰：「公嘗有志廟食」，特為立廟，要終之學莊嚴祠像，雖近可笑，亦文飾衰惱巧鎔惡見之一法也。「德政碑」則金石刻成，名已腐矣。

《夏言集》議葬禮之正，宜有附從。且為詩曰：「人生喜聚悲離散，存沒同情豈異諸？」惟聖達天通，至理幽明之故，莫教殊。帥臣趙師羿且塑己像，及韓侂胄之蒙師陳自強于湧金門柳洲祠為龍王，便「塑小姐像于旁」，有何不可？

「此處送君還，茫茫似夢間」。「一言相靠」，四字可痛。楊子曰：生相憐，死相捐。謂古人用情于有用之處，不用情于無用之處。余獨不然其說，無能為斯倍之矣。生相憐，庸知非偽？死不捐，乃見其真。

「千里思家歸不得，惆悵又逢『寒食』天」，曾聞客鬼借筆題窗矣。明奄寺墓碑皆宰輔所製，羊虎馬駝林列，高墳大院擬王侯，假借佛宮，以垂不朽，皆圖此「一碗飯」耳。

「把親娘叫」，固嘲男子情極時。「令愛」表記，亦于天公開花有惡，怪作者斷不肯浪下此奇語，猶「桂窟長生」喻後園無思少病意，俱極幽。

# 第二十一齣　謁遇

【光光乍】（老旦扮僧上）一領破袈裟，香山嶴裡巴。多生多寶多菩薩，多多照證光光乍。

小僧廣州府香山嶴多寶寺一個住持。這寺原是番鬼們建造，以便迎接收寶官員。茲有欽差苗爺任滿，祭賽于多寶菩薩位前，不免迎接。

【掛真兒】（淨扮苗舜賓，末扮通事，外、貼扮皂、卒，丑扮番鬼上）半壁天南開海汊，向真珠窟裏排衙。

（僧接介）（合）廣利神王，善財、天女，聽梵放海潮音下。

（淨）「銅柱珠崖道路難，伏波橫海舊登壇。越人自貢珊瑚樹，漢使何勞獬豸冠？」自家欽差識寶使臣苗舜賓便是。三年任滿，例當祭賽多寶菩薩。通事那里？（末見介）（丑見介）伽喇喇。（老旦見介）（淨）叫通事，分付番回獻寶。（末）俱已陳設。（淨起看寶介）奇哉寶也。真乃磊落山川，精熒日月。多寶寺不虛名矣！看香。（內鳴鐘，淨禮拜介）

【亭前柳】三寶唱三多，七寶妙無過。莊嚴成世界，光彩遍娑婆。甚多，功德無邊闊。

（合）領拜南無，多得寶，寶多羅❶。

（淨）和尚，替番回海商，祝贊一番。

【前腔】（老旦）大海寶藏多，船舫遇風波。商人持重寶，險路怕經過。剎那，念彼觀音脫。（合前）

【掛真兒】（生上）望長安西日下，偏吾生海角天涯。愛寶的喇嘛，抽珠的佛法，滑琉璃兩下難拿。

自笑柳夢梅，一貧無賴，棄家而遊。幸遇欽差寺中祭寶，托詞進見。倘言語中間，可以打動，得其振❷援，亦未可知。（見外介）（生）煩大哥通報一聲。廣州府學生員柳夢梅，來求看寶。（報介）（淨）朝廷禁物，那許人觀。既係斯文，權請相見。（見介）（生）「南海開珠殿。（淨）西方掩玉門。（生）剖懷俟知已。（淨）照乘接賢人。」敢問秀才以何至此？（生）小生貧苦無聊。聞得老大人在此賽寶，願求一觀，以開懷抱。（淨笑介）即逢南土之珍，何惜西崑之秘。請試一觀。（引生看寶介❸）（生）明珠美玉，小生見而知之。其間數種，未委何名？煩老大人一一指教。

【駐雲飛】（淨）這是星漢神砂，這是煮海金丹和鐵樹花。少什麼貓眼精光射，母碌通明差。嗏，這是靺鞨柳金芽，這是溫涼玉斝，這是吸月的蟾蜍，和陽燧冰盤化。（生）我廣南有明月珠，珊瑚樹。（淨）徑寸明珠等讓他，便是徑❹尺珊瑚碎了他。

（生）小生不遊大方之門，何因睹此！

【前腔】天地精華，偏出在番回到帝子家。稟問老大人，這寶來路多遠？（淨）有遠三萬里的，至少也有一萬多程。（生）這般遠，可是飛來，走來？（淨笑介）那有飛走而至之理。都因朝廷重價購求，自來貢獻。（生嘆介）老大人，這寶物蠢爾無知，三萬里之外，尚然無足而至；生員柳夢梅，滿胸奇異，到長安三千里之近，到無人購取❺，有腳不能飛！他重價高懸下，那市舶能奸❻詐，嗏，浪把寶船摢。（淨）疑惑這寶物欠真麼？（生）老大人，便是真，饑不可食，寒不可衣，看他似虛舟飄瓦。（淨）依秀才說，何為真寶？（生）不欺，小生到是個真正獻世寶。我若載寶而朝，世上應無價。（淨笑介）則怕朝廷之上，這樣獻世寶也多著。（生）但獻寶龍宮笑殺他，便鬥寶臨潼也賽得他。

（淨）這等便好獻與聖天子了。（生）寒儒薄相，要伺候官府，尚不能勾❼。怎見的聖天子？（淨）你不知到是聖天子好見。（生）則三千里路資難處。（淨）一發不難。古人黃金贈壯士，我將衙門常例銀兩，助君遠行。（生）果爾，小生無父母妻子之累，就此拜辭。（淨）左右，取書儀，看酒。（丑上）「廣南愛吃荔枝酒，直北偏飛榆莢錢。」酒到，書儀在此。（淨）路費先生收下。（生）謝了。（淨送酒介）

【三學士】你帶微醺走出這香山鏬❽，向長安有路榮華。（生）無過獻寶當今駕，撒去收來再似他。（合）驟金鞭及早把荷衣掛，望歸來錦上花。

【前腔】（生）則怕呵，重瞳有眼蒼天瞎，似波斯賞鑒無差。（淨）由來寶色無真假，只在淘金的會揀沙。（合前）

（生）告行了。

【尾聲】你贈壯士黃金氣色佳。（淨）一杯酒酸寒奮發，則願的你呵，寶氣沖天海上槎。

烏紗巾上是青天，空圖❾　俊骨英才氣儼然。劉禹錫

聞道金門堪濟世，張南史　臨行贈汝繞朝鞭。李白

## 【校記】

❶徐本作「寶多羅，多羅」。❷徐本作「賑」。❸徐本作「淨引生看寶介」。❹徐本作「幾」。❺徐本作「倒無一人購取」。全集本作「倒無人購取」。❻徐本作「姦」。全集本作「奸」。❼徐本作「夠」。❽徐本作「鋝」。❾徐本作「司空圖」。

# 第二十一齣〈謁遇〉批語

「一領破袈裟」喻男根，「香山嶼」喻女根。「多生」之生喻生育，「多生」喻所生中必有寶物，「多菩薩」所謂天下至多之物也。「光光乍」喻男根，「番鬼」同，「半壁」喻女根分兩半，「天南」喻其生在身前。「海」為積虛之處，故曰天牝。筋珠男根，「真珠窟」又喻女根，「海潮音」同意。「銅柱」喻男根，「珠」喻垂星，「崖」喻女根，「橫海」喻男根在內時女根形狀，猶西字意。「伏波」及「珊瑚樹」俱喻男根，「山」喻身，「川」喻女戶，「鳴鐘」喻聲，「莊嚴成世界」言世界無此不妙。可作女根頌表。河山象服，皆以崇報其功德耳。「光彩遍裟婆」喻男根光彩滿女根內，又言生無數光彩人物。莊嚴斯世，皆只由此二物造出。我即以無數英詞妙語，代作象贊，豈為辱乎。「甚多」乃闊，則嘲女人不淺。「天海」喻女根內象，「船舫」喻女根外形，「險路」又嘲女道，「剎那脫」並嘲男道，「長安」以喻女根，「西日」喻男根在內時彼狀如此，「喇嘛」之喇代辣，「滑琉璃兩下難拿」喻男根已浸女液，明顯極矣。「兩下」字妙絕確絕。「朝廷禁物」即賢文禁殺意。「珠殿玉門」俱喻女根，「剖懷」二字同意，「神砂」喻其色，「海」喻女根，「金丹」之金代筋，「丹」喻其色，「鐵樹」亦喻男根，「金芽玉尋」喻女根，作筋芽解喻男亦可。「蟾蜍」喻女根，「冰盤」同，「明珠」喻莖端，「珊瑚徑尺」喻男根之長。「碎了他」嘲女道，「大方」又是嘲女，「天地精華」贊男女根，「番回」喻男根，「帝子家」之帝代蒂，喻女根也。「懸下」喻腎囊，「市舶」喻女事，「寶船」及「虛舟飄瓦」皆同一意。「荔支」喻腎囊，「酒」喻精液，「榆莢錢」喻女根，「微醺走出」喻男根初出女根時，可謂神情酷肖矣。「有路榮華」亦確切之極，男根既入女內則色倍光鮮也。「撒去收來」喻二根皆得。「金鞭」喻男根，「荷衣」喻女根，「錦字」代緊字，「重瞳」亦喻二根，「金」字以代筋字，「淘」字則喻女液，「槎」字仍喻男根，「烏紗」喻女根，「金門」以代筋門，「繞朝鞭」又喻男根。

元吳萊《古蹟記》：南海有「廣利王」廟，又見東坡之夢。

謁遇二字妙，見「謁」而不「遇」者多矣。後村《詩話》：「一老謂客曰，『來見者吾皆倒屣，外議何如？』曰：『自公大用，外間盛唱燭影搖紅之句。』問何故？曰：『几回見了，見了還休，爭如不見。』」按澳門城中有西洋官。《元史》：金追張世傑于香山島。自萬曆九年，有浮提國人至江西，能為飛車，從風遠行，號飛仙，其經讀畢，則字飛，而頗游戲于陽臺楚館。至萬曆三十年，利瑪竇遂至澳，路遠十萬，浮海九年，其法視天星而辨海路。為長舟似蜈蚣，左右各容數百人撐駕，恃銅銃為利器，初出千里鏡，自鳴鐘，舉重算法諸事件，較大明國賢愚萬倍。又出歐邏巴州輿地圖，大明國僅掌中一紋，于是留都。臺省駭極喜極，口贊力勸，心皈意愛，咨送燕京。意廣地外之地，心包天外之天，奉其教者，閩俗甚熾，惟日本人仇之。西洋番彝舟聚于澳，澳僧稱曰「法王」。其俗以女娶男，亦有買粵省人為夫者。婦人泆蕩，莫之誰何，而男子犯奸即告之法王，加以捶殺。法王立而誦經則合。澳婦女披猩罽羅跪其前，法王所幸，謂之天種。有詩云：「寶瓊口蠻娘，番官號法王，香火歸天主，錢刀在女流。山頭銅鏡大，海畔鐵牆高。一日番商據，千年漢將勞。」如漢時上郡有龜茲縣，乃俘外國人置之內地。開元七年，吐火羅獻天文人，伏乞天恩，問諸教法。請置一法堂，依本教供養散回回于華而不變其本俗，李德裕上尊號文，所謂挾邪作蠱，侵淫宇內也。

《南史》：中天竺方三萬里，即漢身毒。又漢桓几年（案：《後漢書・桓帝記》作九年），大秦國遣使來。孫權五年，有大秦國來交州，送詣權。齊永元時，扶桑國沙門來，言其國養鹿，以乳為酪。又去扶桑東有女國，容貌端正潔白，生百日能行，三四歲成人矣，亦此之類。

袁六休詩：「醒來偶讀〈錢神論〉，始信人情今益古。古時孔方稱呵兄，今日呵兄稱呵父」。「多生多寶多菩薩」，乃為錢僕上尊號。「多多照証光光乍」財色雙關，並施髑菩薩在內。俗語嫌少不怕多也。夫僧非一類，有英靈男子，有出世丈夫，有肉身菩薩，有空門度生，有光頭百姓。空門度生，拾得所云「不能有衣食，頭鑽入于寺」也。似此「光光乍」，則口稱貧道，有錢放債。量責十下，牒出東界可也。

高歡從侄元海，初頗居山，修釋典。志不能同，自啟求便。縱酒恣情，廣納姬侍。文宣末年信佛法，由海也。此「光光乍」，又不足怪矣。王導曾孫宋僕射弘之子僧達，臨川王婿也，為吳郡太守，遣主簿劫沙門竺法瑤，得數百萬，可謂「多」矣。

《隋史》：蔥嶺山有順天神，儀制極華，以金為屋，銀為地。《南史》：波斯城高四丈。《晉書》志：大秦國在西海之西，其地東西南北各數千里，屋宇皆以珊瑚為棁栭，琉璃為墻壁。其人長大，貌類中國人，又能刺金縷繡，太康中遣貢。《北史》：大秦國從條支西渡海曲一萬里，去代四萬里，地方六千里，居兩海之間。人居星布，端正長大，東南通交趾，又水道通益州永昌郡。《唐書》：拂箖，古大秦也，居西海上，去京師四萬里，南接波斯，地方萬里，十里一亭。東門高二十丈，宮皆飾異寶，家資億萬者為上官，多幻人，能發火于顏。貞觀十一年，獻赤玻璃，至大足再朝獻。其東南有狼揭羅地，大數千里，引水為田。又大食本波斯地，大業中有一波斯民，劫南旅保西鄙自王，遂滅波斯。破拂箖，侵婆羅門，地廣萬里。其婦人白皙而麗，永徽、至德皆遣貢，代宗取其兵平京師。貞元中興，吐番相攻。而《明史》云，宋元豐、寶祐時數至，洪武四年遣其國故民捏古倫，敕諭之，尋遣使朝貢。其國地寒，土屋無瓦，鄰國小有釁，但以文字往來諮問云。前史所載多不經，反謂天方古靺鞨即大食，士女偉麗，謂今西洋人自古不通中國，即佛郎机歐邏巴也，自號大西洋云。又永樂五年，遣鄭和封古里國，去中國十萬里，算法用手足指，分毫不差，豈「真珠窟」大有變遷歟？

「精瑩日月」在不愛「財利」者，但見其照見今來古往絲粟無限愁耳。

「七寶妙無過」宣揚提唱，不負錢神法乳轉世。何須教飛，人不假翎。舉世皆兄，汝何嘗肯弟？入得此千祥集，離君萬事休。磨穿千里骨，日盡萬人頭，皆廟聯佳句。要不若「莊嚴成世界」五字作額，使阿兄嘆服知音。

李德林善作檄，既隨文帝在路，帝以馬鞭南指曰，「平陳之後，會以『七寶莊嚴』公」。余有詩曰：「人身重白玉，佛相取黃金。煖玉擊能壞，寒金煉愈禁。金能買玉色，玉罕有金心。受用者都往，堅牢性到今。」蓋深愛佛法之取諸國土，「莊嚴」此土也。

《唐書》：康國，元魏所謂悉萬斤，善商賈。丈夫年二十去旁國，利所在無不至。其王屈木支娶突厥女。其國大城四十，小堡千餘，是「商人」之「持重寶」不「怕險路」者。

王儉見齊中書令張緒，曰：「過江所未有，北士可求之耳。」帝欲用為僕射，儉曰：「南士由來少居此職。」彥回曰：「陸玩、顧和。」儉曰：「晉氏衰政，不可為法。」「海角天涯」益無望矣。豈知晉陳國陳頵曰：「河北士平氣均，故少人士。」又言：「金日磾豈藉華宗之族，見齒于奔競之倫乎！」陶侃察孝廉，至洛，數詣張華，以遠人，不甚接。遇郎中楊晫，與同乘，僚友溫雅曰：「奈何與小人共載？」晫曰：「此人非凡器也。」華為人如此，宜其及矣。及為羊弘參軍，羊謂其後當居身處。侃既平蘇峻，庾亮懼見討，用溫嶠策詣侃謝，侃曰：「庾元規乃拜陶士行耶」？王導自奔所還，令取故節，侃笑曰：「蘇武節似不如是。」侃微時，所荷一食咸報，既平峻，王導即奏侃、嶠錄尚書，並辭不受，真妙人也。汝南周光，年十一見王敦，敦曰：「貴郡誰可為將？」曰：「竊謂無復見勝。」遂以為尋陽太守。及敦舉兵，將千人赴之，曰「我來而不見，王公其死乎？」是夕眾散，遂捕錢鳳詣闕，亦復不惡。

循循刀筆間，固足為公卿。而吳張紘曰：「有國者，咸願修政而闇于政體，人情憚難而趨易，好同而惡異，人君甘易同之歡，忠臣挾難進之術。」大蘇曰：「夫賢人之欲有所樹立，以不朽于後世者，甚于人君。君不信其臣，臣不測其君而已矣。可成之功嘗難形，不可成之狀嘗易見，上之人方且眩瞀而不自信，吾君能忘己而任我乎？能無以人間我乎？」勉強砥礪，奮于功名，輒有虛名實禍之患，此之謂「兩下難拿」，又滑出律。怎生「拿」，已見元曲。

晉譙國桓彝拔才取士，咸得之懷抱，況「一貧無賴」乎？公儀伯曰：「智摧天下者，名不出家。」一貧無賴，安知不萃其精神，閉之戶牖，連諸天地？魏無知薦陳平，或言其盜嫂，無知曰「臣之所言者能也，陛下所問者行也，今有尾生、孝己之行，而無益于勝敗之數，陛下何暇用之乎！」

「說話之間，可以打動」，張元吳昊所以曳石悲歌也。彭義見龐統，本非故人，徑上統床臥，皆英雄倉卒自達處，但在平世，則無所施。

晉濟陽太守蜀人文立，表以命士有贄為煩，請絕其禮幣。武帝從之，歷代之制遂革。使果革得，恐欲其權請相見益難矣。

齊己：「精華銷地底，『珠玉』聚侯門」。「小生見而知之」，所謂非堯之知舜，眾人之知舜也。若積素行乃托政，則甯戚不顯于齊矣。若貴宿名而委在，則良平不錄于漢矣。魏文帝曰：「選舉莫取有名，名猶畫地作餅，不可啖也。」

《唐書》：李白涼武昭王孫，隋末其家以罪徙西域，神龍初遁還，是「天地精華偏出番回」一証。宜麗娘之思君，目極無天處耳。

宋劉穆之曾孫祥，遇驅驢者曰：「汝好為之，如汝人才皆已令僕。」南齊太守濟陰卞彬著《禽獸決錄》，豬性卑而率，狗性險而出，皆有所指。「蠢爾無知」四字，掃滅卻許多強作解事人。人各有知，非吾之所謂知也。

法正曰：「智調藏于『胸』懷，權略應時而發，此之有無，焉可預設也。」「滿胸奇異」，自是作者自喻。《抱朴子》云：「拘繫之徒，輕『奇』賤『異』，謂為不急。」又云「世俗率是古昔而賤同時，雖有連城之珍，猶謂不及古人之所泣，雖有蓋世之書，猶謂不及前代之遺文。不知廄馬千駟而騏驥有邈群之價，美人萬計而威施有超世之容。」正謂此也。

兩頭蛇，南陽臥龍。五眼雞，岐山鳴鳳。三腳貓，渭水飛熊。胡致堂曰：「夫虛名者，邪臣所以聾瞽君上之術也。實掊克也，名曰檢制」云云。「那市舶能奸詐」一句，求寶人須大著眼。元稹詩：「留斬泓下蛟，莫試街中狗，況逢多士朝，賢俊若布棋」，正為此「奸詐」輩發耶。嚴秋水〈託興詞〉云：「昭陽一夜思傾國，家家鸞鏡新粧色。狼籍畫雙蛾，手繁宮樣多。不須矜艷冶，明日承恩者。淡掃便朝天，路人知可憐。君恩自古如流水，梨園又選良家子。都作六宮愁，傳言放杜秋。傾城爭一顧，那用論縑素。幾個定橫陳，丹青不誤人。唾華零落昏殘繡，只將疋帛誇長袖。舞罷泣春風，歸來自洗紅。一時齊望幸，白髮偏多恨。雲雨吊荒臺，猶將夢裡來。金釵鈿盒知何許，綠章紅淚詞偏苦。豈必夷重知，傳看出眾時。可怜心獨矢，自衒誰家子？齲齒復啼粧，折腰伊太狂。」亦目繫「浪把寶舡划」者。「筆花尖無一個」，掃滅多少著作。「浪把寶舡划」一句，掃滅多少名公。

庸才計極則披靡于勢門，金玉運窮則朝宗于寶海。文人自昔巧相蒙，題品還誰位置公。逌然別有蘇門嘯，未許箏琶俗耳共。在日堂堂譽望崇，支頤杜頤盡趨風。驚飆捲篁潦歸壑，依舊流傳只數公。「看他似虛舟飄瓦」，固非增上慢說。天隨子云：「無情是金玉，不報主人恩」，幸無以士之所羞者驕士哉。

蘇子曰：「君子者，無若是之多也。小人者，亦無若是之眾也。凡才智之士，銳于功名，嗜于進取者，惟所用之耳」，此一時之「獻世寶」。《淮南》：若非而是，若是而非，孰通其微？《呂覽》：相似之物理，人所加慮也。北魏李沖曰：「置官豈為膏粱兒地。」高祖曰：「苟有殊人之伎，不患不知，曠代一兩人耳」。蓋言「真正獻世寶」之少也。陸賈：萬世之術，藏于心而身不用于世，據四海之大，持百姓之命，而功不在于身，可惜也。管子習揖讓，「臣不如隰朋敢犯顏」，「臣不如東郭欲伯王」，則夷吾在此，是「真正獻世寶」。薛仁貴欲立功，乃著白衣自標顯，郭震詩：「處暗若教同眾類，世間爭得有人知」，後果功名表著。故直曰：「小生到是」。

「芻少可能供驥子，草多誰復訪蘭蓀」，「這樣獻世寶也多著」八個字最可嘆。王勃云「天地之所『寶』者，才也，今之群公，並受奇彩，豈造化之力倍乎？」張儀請伐齊，皆以為利，惠子曰「是何智者之眾也。」「我若載寶而朝，世上應無價」，正恐諸市舶，齊吟司空圖「高價應難敵，微官偶勝君」之句。〈申屠剛傳〉：光武時，法理嚴察，職事過苦，尚書近臣，至乃捶朴牽曳于前。韋彪上言：「尚書天下樞要，而間者多從郎官超升此位，雖曉習文法，長于應對，然察察小慧，類無大能。」《南史》：宋文帝時，江夏王義恭以政事為本，刀筆幹練者多被遇，曰「王球之屬，竟何所堪施！」王子安云：「時師百年之學，旬日兼之。昔人千載之機，立談可見。縱沖襟于俗表，留逸氣于人間，君侯亦知天下有遺俊乎！」「笑殺他賽得他」，他固不信。

「笑殺他」者，紲芻狗而責盧鵲之效，緝雞鶩而崇鷹揚之功。狸不可使搏牛，猶虎不可使捕鼠也。「賽得他」者，不可以釣緡致者，必虯螭。不可以機阱誘者，必麟鳳。千鈞之鼎，非賁獲不能抱也。光夜之珍，非陶猗不能市也。

劉得仁：「外家雖是帝，當路且無親。」白贈元：「卻待文星天上去，少分光景照沉淪。」不能伺候官府，

「聖天子」如何得見？

「自持衡鑑採幽沉，此事曾聞曠古今。洪爐烹煉人性命，扳龍附鳳損精神。未肯殷勤謁要津，不如竟作罷官人。」「伺候官府不能勾」，縱使東巡也無值。君王自領美人來，每一顧而掩涕，嘆君門之九重，怎見得「聖天子」。

隋房謙〈與薛道衡〉書：「周齊之時，民庶呼嗟，終閉塞于視聽。公卿虛譽，日敷陳于左右。外同內忌，即才堪幹持，輒加擯壓。于我有益，遽蒙薦舉。以此求賢，從何而至？」晉廣陵華譚言：「中材之君，所資者偏，物以類感，必于其黨。雖有求賢之名，而無知才之實，言雖當以為迂，策雖奇以為妄，豈故為哉？淺明不見深理，近才不睹遠體也。」故白起言：「非得賢難，用之難。非用之難，信之難。」廷尉劉頌曰：「不悟鄉里，乃有如此才也。」博士王濟曰：「亡國之餘，有何秀異？曰秀異固產于方外，是以珠貝同生于江濱」。「到是聖天子好見」，古亦未然。

《唐書》：張嘉貞，家蒲州。御史張循憲使河東，事有未決，問吏曰，若頗知有佳客乎？以貞對。貞至，條析理分，試命草奏，皆意所未及。武后以為能，憲對皆貞所為，請以官讓。后曰：「朕寧無一官自進賢耶？」召見內殿，以簾自障，貞儀止秀偉，曰「天威咫尺，若隔雲霧，恐君臣之道有未盡」。后曰「善」，詔上簾引拜監察御史，梁陳二州都督。政以嚴辦。可謂「酸寒奮發」之極致。玄宗善其政，許以相，貞曰：「昔馬周起徒步，太宗用之，未五十而歿。陛下不以臣不肖，要及其時，後衰無能為也。」及宋璟罷，遷中書令，敏于裁遺。秘書監張皎得罪，貞希權幸意，請加詔杖，張說曰：「宰相時來則為非可長保，若貴臣盡杖，恐吾輩及之。」會宴中書省，貞銜說，于坐慢罵，則直一幹才耳。

蘇綽著有《佛性論》，初為周文行臺郎，所行公文，綽為之條。武帝與僕射周慧達議事，達請出外議之，入呈稱善，則以綽對。周文與公卿往金明池觀漁，行至城西漢故倉地，顧問左右，莫有知者，乃召綽問，具以狀對。因問天地造化之始，歷代興亡之跡，並馬至池，竟不設網而還。還留綽至夜，臥而聽之，綽于是指陳帝王之道，兼述申韓之要。周文乃起，整衣危坐，語遂達曙，即拜行臺左丞。始制文案程式，朱書墨入。高歡三道入寇，諸將咸欲分兵禦之，獨綽意同帝，遂併力拒竇泰。周文方欲革易時政，弘強國富人之道，綽言人者冥也，智不自周。又言試吏須問志行，門資乃先世之殘炙，若門資而得愚瞽，則木牛流馬，形似而用。敏幹乃身外之末才，若角才藝而以「奸」偽為本者，將因其官而亂也。三者得兼，則金相玉質，實為人「玉」矣。善官人者，必先省其官，而閭里之職則必得一鄉之選，以相監統。年四十九卒。周文與群公，皆步送同州郭外，酹酒半後舉聲痛哭，不覺巵墜于手。子威五歲喪父，襲爵為公，差可人意。

後漢袁安為河南尹，政嚴明而不輕鞫人贓罪，曰：「是學仕者，高則望宰相，下則希牧守，錮人于『聖』世，所不忍為也。」後與第五倫等爭叱于朝堂，司隸舉劾，帝曰「誾誾衎衎是也。若寢嘿抑心，更非朝廷之福。」竇憲傾險負勢，言詞驕訐，安猶與爭。四世五公，其不忍使人無「路榮華」之報乎？白少傅云：「今我尚貧賤，徒為爾知音」，雖徒已自可感。

陸魯望「自古『黃金』貴，猶沽駿與才，近來簪珥重，無可上金臺」，是卑聖侮士、惟女是崇之說。然不購取奇才，而以公之蠢爾，又不若齊襄識貨矣。「書生說太苦，客路常在目，縱使富貴回，親交幾墳綠。若言賈客樂，賈客多無墓。煢獨不為苦，求名始酸辛。力盡得一名，他喜我且輕。九月風到面，羞汗成冰片。求名俟公道，名與公道遠。」「走向長安」，殊未必得。

《唐書·楊嗣復傳》：請省官，帝曰「無滯才乎？」曰：「才者自異。猶去糠秕，精華自見。」「揀沙」之說也。劉子：「明白之士，達動之機而暗于玄慮。玄慮之人，識靜之原而困于速捷。」「淘金」之說也。「沙」

不去則「金」胡可得「淘」？

韓非：選賢非選其心，之所謂賢也，世莫不言，舉賢舉賢，非同乎己者也。如隨色牟尼，訖無定相，而世間七寶，以青黃赤白驕之。「蒼天瞎」，妙。高位之「瞎」不足咎，咎在「蒼天」先「瞎」耳。

不是不能拚酩酊，卻是前路「酒」醒時，不「奮發」也。和君詩句吟聲大，虫豸聞之謂蟄雷，稍「奮發」矣。羅隱云：「孤寒無命，只係鴻鈞」。晁補之云：「陳編窺竊無補諸生華袞，□榮敢煩一字。」「若無一片鏡，妙麗若不昌。丈夫無恩仇，不如一牢豕。心頭感恩血，一滴染天地」，與杜甫「王生哀我未平復，喚婦出房親自餞，故人情味晚誰似，令我手腳輕欲旋」自別。

王金壇：「親過一盞休辭滿，照見如花素影寒」，若是漂母賜「酒」，尤堪「奮發」。宋劉改之謁辛稼軒，賜「酒」手戰流于懷。高歡時，晉陽都會之所，霸朝人事，咸務于宴集。南北通好，務以俊乂相矜。梁客徐陵在坐，賓司一言制勝。澄為拊臺，非霸朝反，不然大將軍鄧騭無所下借。以陳留李充高節，問曰：「幕府初開，欲辟天下奇偉？」充為陳隱居之士，頗不合，欲絕其說。以肉啖之，充抵于地曰：「說士猶甘于肉。」肉固不如『酒』耶？元曲有「那等『酸』也波『寒』，可著我怎掛眼？哎，你便枉將人一例看。」周武謂楊愔族弟素曰：「卿勿憂不富貴」。曰：「但恐富貴來逼臣，臣無心求富貴也」，庶可為「酸寒奮發」一輩一解其穢。雋不疑為郡文學，繡衣暴勝之使吏請見，不疑大劍盛服謁，遂薦之。既任至京兆尹，霍光欲以女妻之，固辭不敢當。次之。京口劉穆之聞義師，見劉裕，裕曰「我須一軍吏甚急，誰堪其選？」曰「無見踰者」，遂署主簿。大處分皆倉卒立定，多布耳目，朝野視聽，無不必知。後，裕嘗曰：「穆之死，人輕易我」。又次之。武帝即位，舉賢良方正文學才力之士，人皆上書言得失，獨東方朔上書曰：「臣朔少失父母，長養兄嫂，年十二學書，三冬文史足用，十五學擊劍，十六學詩書，誦二十萬言，十九學孫吳兵法，戰陣之具、鉦鼓之教，亦誦二千（案：

當作十）萬言，凡臣已誦四十萬言。年二十二，長九尺三寸，目若懸珠，齒若編貝，通若孟賁，捷若慶忌，廉若鮑叔，信若尾生，若此可以為天子大臣矣。」又次之。梁侍中朱异，錢塘人，人稱其金山萬丈，玉海千尋，觸響成鏗，遇采便發，而貪財冒賄，欺罔視聽，極滋味聲色之娛，嘗曰「諸貴皆持枯骨見輕，得幸居權三十餘年，太子亦不能平。」竟用其言納侯景，斯為下矣。

# 第二十二齣　旅寄

【搗練子】（生傘、袱、病容上）人出路，鳥離巢。（內風聲介）攪天風雪夢牢騷。這幾日精神寒凍倒。

「香山嶴裏打包來，三水船兒到岸開。要寄鄉心值寒歲，嶺南南上半枝梅。」我柳夢梅。秋風拜別中路❶，因循親友辭餞。離船過嶺，早是暮冬。不隄防嶺北風嚴，感了寒疾，又無掃興而回之理。一天風雪，望見南安。好苦也！

【山坡羊】樹槎牙餓鳶驚叫，嶺迢遙病魂孤吊。破頭巾雹打風篩，透衣單傘做張兒哨。路斜抄，急沒個店兒捎。雪兒呵，偏則把白面書生奚落。怎生冰凌斷橋，步高低蹬著。好了。有一株柳，酬將過去。方便處柳駝❷腰。（扶柳過介）虛囂，儘枯楊命一條。蹊蹺，滑喇沙跌一交。

（跌介）

【步步嬌】（末上）俺是個臥雪先生沒煩惱。背上驢兒笑，心知第五橋。那里開年有齋村學！（生作哎呀介）（末）怎生來人怨語聲高？（看介）呀，甚城南破瓦窯，閃下個精寒料。

（生）救人，救人！（末）我陳最良，為求館衝寒到此。彩頭兒恰遇著弔水之人，且由他去。（生又叫介）救人！

（末）聽說救人，那里不是積福處。俺試問他。（問介）你是何等之人，失腳在此？（生）俺是讀書之人。（末）委是讀書之人，待俺扶起你來。（末扶生介❸）（末）請問何方至此？

【風入松】（生）五羊城一葉過南韶，柳夢梅來獻寶。（末）有何寶貨？（生）我孤身取試長安道，犯嚴寒少衾單病了。沒揣的逗著斷橋溪道，險跌折柳郎腰。

（末）你自揣高中的，方可去受這等辛苦。（生）不瞞說，小生是個擎天柱，架海梁。（末笑介）卻怎生凍折了擎天柱，撲倒了架海梁？這也罷了，老夫頗諳醫理。邊近有座❹梅花觀，權將息度歲而行。

【前腔】尾生般抱柱正題橋，做倒地文星佳兆。論草包似俺堪調藥，暫將息梅花觀好。

（生）此去多遠？（末指介）看一樹雪垂垂如笑，牆直上繡旛飄。

（生）這等望先生引進。

三十無家作路人，薛據　與君相見即相親。王維

華陽洞裏仙壇上，白居易　似近東風別有因。羅隱

【校記】

❶徐本作「中郎」。❷徐本作「跎」。❸徐本作「末扶生，相跌，諢介」。❹徐本無「座」字。

# 第二十二齣〈旅寄〉批語

「人」喻男根，「路」喻女根，「鳥巢」同意。「天」喻女根深處，「雪」喻精，「牢」喻緊，「寒凍」則男根，「倒」喻復的確。「包」喻腎囊，「三水船兒到岸開」非女根而何？「中路因循」亦是男根常事，「掃興而回」則由本領不濟矣。「槎牙餓鳶」俱喻男根，「破衣巾」及「傘」皆是物也，本成式謔，飛卿著稍頭之意。「斷橋」喻女根中分，「駝腰」喻扳倒使人。「一條」，字妙。「滑喇砂」意更顯，「臥雪」之雪代洩，「瓦窯」喻女根形，「精寒」指男根言，以精寒故因循中路，掃興而回，欲叫「救人」，實其心事，故意寫作，一笑。「弔水」亦喻男根，「五羊」喻手摸也，「葉」喻女扉，「衾」喻女囊，「險折腰」形容女根之滑耳。「自揣高中方可去」又嘲其深，而笑男之多短。其「辛苦」為枉費也，「擎天柱」長也，「架海梁」壯大也，「尾」字喻豪，「尾生般」即柳枝意，「星」喻莖端，「草包」實喻女根，喻囊亦可。「樹雪」之雪代洩，「擎天柱架海梁」已見元曲。

皎然：「何年有此路，幾客共沾巾」，即「出路離巢」之感。敗窗『風』咽客思『寒』，于『雪』不復見曉色化為水之趣。潘紫岩〈雪〉詩：「鋪勻世界能平等，補住梅花得十分」，與「天帝太玄心，示人太素理」同妙。阮亭謂：「讀時人關山如換，霓裳皓腕，一色光相亂，覺玉樓銀海，真是笨伯」，良然。姜白石：「吸此清光傾肺腑，洗我明珠千斛。」又「何以贈君濯炎熱？」「雪」即是詩，詩是「雪」，亦復不惡。

「馬上吟詩卷已成，苦多吟有徹雲聲」，似雖凍而未「倒」者。虛垂異鄉淚，不滴別人心，故曰「孤吊」。

雨「巾」風帽，四海誰知道？征衫著「破」，著衫人可知矣。令人憶義山「憐我總角稱才華，面如白玉軟烏紗」句，愈加不樂。

如「西風不管扁舟客，吹下樓頭笑語聲。已是客懷如絮亂，畫樓人更回頭看。」方是「奚落」。

「只知斷送豪家酒，不解安排旅客情」，故曰「單則把」。若「飛觴莫慶明年瑞，幾處空閨添暮寒，無端惹看潘郎鬢，驚殺綠窗紅粉人」，則奚落書生猶自可矣。

「臥雪先生沒煩惱」，只是一個飄零身世，十分冷淡心腸。元曲云：「看別人去霧裡飛騰，少甚麼無才無藝一跳身，平步登臺省。」

「黃茅舍裡曉雞啼，錦帳佳人不知曙」，豈知茅舍之外，又有「破窯」。

「胸中曉盡世間事，命裡不如天下人」，是「精寒料」。管子嘗謀事而大窮困，鮑子不以為愚，知時有利不利也。荀子：士無立錐地，而能使四海若一家。其窮也，俗儒笑之，嵬瑣侮之。其通也，英傑化之，眾人愧之。即此「料」耳。

《魏書》：時貴喞杯躍馬，志逸氣浮。唐祖子江安王元祥，庸迷而魁大，韓、虢、魏亦宏偉，然不及也。比「精寒料」何如？

每讀「故人田舍即吾家，兄前勸酒嫂勸餐」之句，不啻「吊水」得「救」。

「委是讀書之人，待俺扶你」，有東坡「顧我已為都眊矂，憐君欲鬥小嬋娟」意。惠子墜水，舡人「救」之，曰：「微我則子死矣。」惠子曰：「舟楫間則吾不如子。」「扶起來」，勿相驕可也。

《南史》：劉毅在京口，嘗邀鄉曲往東堂射，既至，而庾亮曾孫悅邀僚佐亦至。毅曰：「身並貧躓，營一遊甚難，君如意人，何處不可為適？」悅素豪，徑前不答，眾並避，惟毅獨留射。悅廚饌甚盛，不以及毅，毅又曰：「身今年未食子鵝，豈肯以殘炙見惠？」又不答。師入建鄴，毅深相挫辱，悅發背卒。不「扶」人者可鑒也。

江總：「情幽豈狥物，志遠易驚群」，唐人：「不論賢與愚，只論官與職，如何貧書生，只『獻』安邊策」，是「柳夢梅來獻寶」。

劉珂赴選，一肆閃寂，偉人倚劍立門，珂因留宿。昏時共被，乃婦人也。彼一取試者，偎異暖；此一取試者，「犯嚴寒」。不平之事。

「衾單」致病，士子一症，故宋太學生有影妻椅妾之言。唐賢羈窮自喜，大虧詩句有情。北魏嘗出宮女以賜貧民，何如捐所棄以賑此輩？

「你自揣方可去」，則非采飛虫之善音，贊跛蹩之偶步者。然「但是糠秕微細物，等閒拍舉到青雲，寄語同飛諸燕雀，好來相近莫相疑」，正復不必「自揣」耳。李群玉美譽芳聲，有數車來年燒殺杏園花，「自揣」現有若輩也。陸龜蒙：「古態日漸薄，新粧應更勞，城中皆一天，非妾髻鬟高」，彼「揣」而我亦「揣」之矣。杜荀鶴：「承恩不在貌，教妾若為容」，又從何處「揣」起？元人墨謎：「身軀無四兩，消磨禁幾場。一片黑心腸，都在功名上。敢糊塗了紙半張！」為不「自揣」者寫照，頗趣。

「暫憑開物手，未展濟時方。太平匡濟策，流落在人間。」是「擎天柱架海梁」。天柱始于爾朱榮，唐人因有「閥閱山東柱破天」之句。《隋史》論曰：「帝王之規，非一士之略。大廈之構，非一木之枝。長短殊用，大小異宜。」隋房翼云：「夫賢才者，非尚膂力，豈繫文華？惟須正身不動，譬棟之處屋，如骨之在身。」隋蘇頌嘗言：「江南人有學業者，多不習世務。習世務者，又無學業。皆非此器也。」光武外祖樊重孫儵上言郡學：孝廉率取年少能報恩者，則望其「擎天架海」難矣。餘姚虞世基貌沈審，徐陵召之不往，後見奇之，以弟女妻焉。河東柳顧言見而嘆曰：「『海』內當共推此人，非吾儕所及也。」其人究竟不足重，事主巧于附會。繼室孫氏，攜前夫子入基舍，鬻爵賈官，基惑之不禁。弟世南貧，未嘗有所賑，則「梁柱」之偽者耳。

許渾云：「心孤易感恩」，春腰玉減一尺圍，何可不「暫將息」。

「溪道梅庵」，暗用施肩吾「越山花去剡藤新，才子風流不厭春，第一暮尋溪畔路，可怜仙女愛迷人」詩意。

# 第二十三齣　冥　判

【北點絳唇】（淨扮判官，丑扮鬼持筆、簿上）十地宣差，一天封拜。閻浮界，陽世栽埋，又把俺這裏門程邁。

自家十地閻羅王殿下一個胡判官是也。原有十位殿下，因陽世趙大郎家，和金達子爭占江山，損折眾生，十停去了一停，因此玉皇上帝，照見人民稀少，欽奉裁減事例。九州九個殿下，單減了俺十殿下之位，印無歸著。玉帝可憐見下官正直聰明，著權管十地獄印信。今日走馬到任，鬼卒夜叉，兩傍刀劍，非同容易也。（丑捧筆介）新官到任，都要這筆判刑名，押花字。請新官喝采他一番。（淨看筆介）鬼使，捧了這筆，好不干係也。

【混江龍】這筆架在❶落迦山外，肉蓮花高聳案前排。捧的是功曹令史，識字當該。（丑）筆管兒？（淨）筆管兒是手想骨、腳想骨，竹筒般剉的圓滴溜。（丑）筆毫？（淨）筆毫呵，是牛頭鬚、夜叉髮，鐵絲兒揉定赤支毸。（丑）判爺上的選哩？（淨）這筆頭公，是遮須國選的人才。（丑）有甚名號？（淨）這管城子，在夜郎城受了封拜。（丑）判爺興哩？（淨作笑舞介）嘯一聲，支兀另漢鍾馗其冠不正。舞一回，疏喇沙斗河魁近墨者黑。（丑）喜哩？（淨）喜時節，奈河橋題筆兒耍去。（丑）悶呵？（淨）悶時節，鬼門關投筆歸來。（丑）判爺可上榜來？（淨）俺也曾考神祇，朔望旦名題天榜。（丑）可會書來？（淨）攝星辰，井鬼宿，俺可也文會書齋。（丑）判爺高才。（淨）做弗迭鬼仙才，白玉樓摩空作賦；陪得過風月主，芙蓉城遇晚書懷。便寫不盡四大洲轉輪日月，也差的著五瘟使號令風雷。（丑）判爺見有地分？（淨）有地分，則合北斗司、閻浮殿，立俺邊傍；沒衙門，卻怎生東岳❷觀、城隍廟，也塑人左側。（丑）讓誰？（淨）便百里城高捧手，讓大菩薩好相莊嚴乘坐位。（丑）惱誰？（淨）怎三尺土，低分氣，對小鬼卒清奇古怪立基階。（丑）紗帽古氣些。（淨）但站腳，一管筆、一本簿，塵泥軒冕。（丑）筆乾了。（淨）要潤筆，十錠金、十貫鈔，紙陌錢財。（丑）點鬼簿在此。（淨）則見沒掂三展花分魚尾冊，無賞一掛日子虎頭牌。真乃是鬼董狐落了款，《春秋傳》某年某月某日下，崩薨葬卒大注腳。假如他支祈獸上了樣，把禹王鼎各山各水各路上，魍魎魑魅細分腮。（丑）待俺磨墨。（淨）看他子時硯，忔忔察察，烏龍蘸眼顯精神。（丑）雞唱了。（淨）聽丁字牌，冬冬登登，金雞剪❸夢追魂魄。（丑）稟爺點卷。（淨）但點上格子眼，串出四萬八千三界，有漏人名，烏星砲粲。怎按下筆尖頭，插入一百四十二重無間地獄，鐵樹花開。（丑）大押花。（淨）哎也，押花字，止不過發落簿，剉、燒、舂、磨一靈兒。（丑）少一個請字。（淨）登請書，左則是那虛無堂，癱、癆、蠱、膈四正客。（丑）弔起稱竿來。（眾卒應介）（淨）髮稱竿，看業重身輕，衡石程書秦獄吏。（內叫「哎喲，饒也，苦也」介❹）（丑）隔壁九殿下拷鬼。（淨）肉鼓吹，聽神啼鬼哭，毛鉗刀筆漢喬才。這時節呵，你便是沒關節包待制、「人厭其笑」。(內哭介)恁風景，誰聽的無棺槨顏修文、「子哭之哀」！(丑)判爺害怕哩。(淨惱介)哎，《樓炭經》，是俺六科五判。刀花樹，是俺九棘三槐。臉婁搜風髯赳赳。眉剔豎電目崖崖。少不得中書鬼考，錄事神差。比著陽世那金州判、銀府判、銅司判、鐵院判，白虎臨官，一樣價打貼刑名催五❺作；實則俺陰府裡注濕生，牒化生，准胎生，照卵生，青蠅報赦，十分的磊齊功德轉三階。威凜凜人間掌命，顫巍巍天上消災。

叫掌案的，這簿上開除都也明白。還有幾種❻人犯，應該發落了？(貼扮吏上)「人間勾令史，地下列功曹。」稟爺，因缺了殿下，地獄空虛三年。則有枉死城中輕罪男子四名，趙大、錢十五、孫心、李猴兒；女子❼一名，杜麗娘：未經發落。(淨)先取男犯四名(生、末、外、老旦扮四犯，丑押上)(丑)男犯帶到。(淨點名介)趙大有何罪業，脫在枉死城？(生)鬼犯沒甚罪。生前喜歌唱些。(淨)一邊去。叫錢十五。(末)鬼犯無罪。則是做了一個小小房兒，沉香泥壁。(淨)一邊去。叫孫心。(老旦)鬼犯些小年紀，好使些花粉錢。(淨)叫李猴兒。(外)鬼犯是有些罪，好男風。(丑)是真。便在地獄裏，還勾上這小孫兒。(淨惱介)誰叫你插嘴！起去伺候。(做寫簿介)叫鬼犯聽發落。(四犯同跪介)(淨)俺初權印，且不用刑。赦你們卵生去罷。(外)鬼犯們稟問恩爺，這個虜是甚麼虜？若是回回虜❽，又生在邊方去了。(淨)哇，還想人身？向彈❾殼裡走去。(四犯泣介)哎。被人宰了！(淨)也罷，不教陽間宰喫你。趙大喜歌唱，貶做黃鶯兒。(生)好了。做鶯鶯小姐去。(淨)錢十五住香泥房子。也罷，准你去燕巢裏受用，做個小小燕兒。(末)恰好做飛燕娘娘哩。(淨)孫心使花粉錢，做個蝴蝶兒。(外)鬼犯便和孫心同做蝴蝶去。(淨)你是那好男風的李猴，著你做蜜蜂兒去，屁窟裏長拖一個針。(外)哎喲，叫俺釘誰去？(淨)四個蟲兒聽分付：

【油葫蘆】蝴蝶呵，你粉版花衣勝剪裁；蜂兒呵，你忒利害，甜口兒咋著細腰捱；燕兒呵，斬香泥弄影鈎簾內；鶯兒呵，溜笙歌驚夢紗窗外：恰好個花間四友無拘礙。則陽世裏孩子們輕薄，怕彈珠兒打的呆，扇梢兒撲的壞，不枉了你宜題入畫高人愛，則教你翅㨍⑩兒展將春色鬧場來。

（外）俺做蜂兒的不來，再來釘腫你個判官腦。（淨）討打。（外）可憐見小性命。（淨）罷了。順風兒⑪放去，快走快走。（淨噀氣介）（四人做各色飛下）（淨做向鬼門噓氣吷聲介）（丑帶旦介⑫）「天臺有路難逢我⑬，地獄無情欲恨誰？」女鬼見。（淨抬頭背介）這女鬼到有幾分顏色！

【天下樂】猛見了蕩地驚天女俊才，哈也麼哈，來俺里來。（旦叫苦介）（淨）血盆中叫苦觀自在。（丑耳語介）判爺權收做個後房夫人。（淨）哇，有天條，擅用囚婦者斬。則你那小鬼頭胡亂篩，俺判官頭何處買？（旦叫哎介）（淨回身）是不曾見他粉油頭忒弄色。

叫那女鬼上來。

【那吒令】瞧了你潤風風粉腮，到花臺、酒臺？溜些些短釵，過歌臺、舞臺？笑微微美懷，住秦臺、楚臺？因甚的病患來？是誰家嫡支派？這顏色不像似在泉臺。

（旦）女鬼不曾過人家，也不曾飲酒，是這般顏色。則因⑭在南安府後花園梅樹之下，夢見一秀才，折取柳枝⑮，要奴題詠。留連婉轉，甚是多情。夢醒來沉吟，題詩一首：「他年得傍蟾宮客，不是梅邊是柳邊。」為此感傷，壞了一命。（淨）謊也。那⓰有一夢而亡之理？

【鵲踏枝】一溜溜女嬰孩，夢兒裏能寧耐！誰曾掛⓱圓夢招牌，誰和你拆字道白？哈也麼哈，那秀才何在？夢魂中曾見誰來？

（旦）不曾見誰。則見朵花兒閃下來，好一驚。（淨）喚取南安府後花園花神勘問。（丑叫介）（末扮花神上）「紅雨數番春落魄，山香一曲女消魂。」老判大人請了。（舉手介）（淨）花神，這女鬼說是後花園一夢，為花飛驚閃而亡。可是？（末）是也。他與秀才夢的纏綿⓲，偶爾落花驚醒。這女子慕色而亡。（淨）敢便是你花神假充秀才，迷誤人家女子？（末）你說俺著甚迷他來？（淨）你說俺陰司裏不知道呵！

【後庭花滾】但尋常春自在，您⓳司花忒弄乖。眨⓴眼兒偷元氣豔樓臺。克性子費春工淹酒債。恰好九分態，你要做十分顏色。數著你那胡弄的花色兒來。（末）便數來。碧桃花。（淨）他惹天台。（末）紅梨花。（淨）扇妖怪。（末）金錢花。（淨）下的財。（末）繡絨花。（淨）結得綵。（末）芍藥花。（淨）心事諧。（末）木筆花。（淨）寫明白。（末）水菱花。（淨）宜鏡臺。（末）玉簪花。（淨）堪插戴。（末）薔薇花。（淨）露渲腮。（末）臘梅花。（淨）春點額。（末）剪春花。（淨）羅袂裁。（末）水仙花。（淨）把綾襪踹。（末）燈籠花。（淨）紅影篩。（末）酴醾花。（淨）春醉態。（末）金盞花。（淨）做合巹杯。（末）錦帶花。（淨）做裙褶帶。（末）合歡花。（淨）頭懶擡。（末）楊柳花。（淨）腰恁擺。（末）淩霄花。（淨）陽壯的咍。（末）辣椒花。（淨）把陰熱窄。（末）含笑花。（淨）情要來。（末）紅葵花。（淨）日得他愛。（末）女蘿花。（淨）纏的歪。（末）紫薇花。（淨）癢的怪。（末）宜男花。（淨）人美懷。（末）丁香花。（淨）結半躧。（末）荳蔻花。（淨）含著胎。（末）奶子花。（淨）摸著奶。（末）梔子花。（淨）知趣乖。（末）柰子花。（淨）恣情奈。（末）枳殼花。（淨）好處揩。（末）海棠花。（淨）春困怠。（末）孩兒花。（淨）呆笑孩。（末）姊妹花。（淨）偏妬色。（末）水紅花。（淨）了不開。（末）瑞香花。（淨）誰要採。（末）旱蓮花。（淨）憐再來。（末）石榴花。（淨）可留得在？幾椿兒你自猜。哎，把天公無計策。你道為甚麼流動了女裙釵，劃地裡牡丹亭又把他杜鵑花魂魄灑？

（末）這花色花樣，都是天公定下來的。小神不過遵奉欽依，豈有故意勾人之理？且看多少女色，那有玩花而亡。

（淨）你說自來女色，沒有玩花而亡，數你聽著。

【寄生草】花把青春賣，花生錦繡災。有一個夜舒蓮扯不住留仙帶；一個海棠絲剪不斷香囊怪；一個瑞香風趕不上非煙在。你道花容那個玩花亡？可不道你這花神罪業隨花敗。

（末）花神知罪，今後再不開花了。（淨）花神，俺這里已發落過花間四友，付你收管。這女囚慕色而亡，也貶在燕鶯隊裡去罷。（末）稟老判，此女犯乃夢中之罪，如曉風殘月。且他父親為官清正，單生一女，可以耽饒。（淨）父親是何人？（旦）父親杜寶知府，今陞淮揚總制之職。（淨）千金小姐哩。也罷，杜老先生分上，當奏過天庭，再行議處。（旦）就煩恩官替女犯查查。怎生有此傷感之事？（淨）這事情註在斷腸簿上。（旦）勞再查女犯的丈夫，還是姓柳姓梅？（淨）取鴛鴦簿查來。（作背查介）是有個柳夢梅，乃新科狀元也。妻杜麗娘，前係幽歡，後成明配。相會在紅梅觀中。不可泄漏。（回介）有此人和你因㉑緣之分。我今放你出了枉死城，隨風遊戲，跟尋此人。（末）杜小姐，拜了老判。（旦叩頭介）拜謝恩官，重生父母。則俺那爹娘在揚州，可能勾一見？（淨）使得。

【么篇】他陽祿還長在，陰司數未該。噤㉒煙花一種春無賴，近柳梅一處情無外。望椿萱一帶天無礙。則這水玻璃，堆起望鄉臺，可哨見紙銅錢，夜市揚州界？花神，可引他望鄉臺隨意觀玩。（旦隨末登臺，望哭介㉓）那是揚州，俺爹爹奶奶呵，待飛將去。（末扯住介）還不是你去的時節。（淨）下來聽分付㉔。功曹給一紙遊魂路引去，花神休壞了他的肉身也。（旦）謝恩官。

【賺尾】（淨）欲火近乾柴，且留的青山在，不可被雨打風吹日晒。則許你傍月依星將天地拜，一任你魂魄來回。脫了獄省的勾牌，接著活免的投胎。那花間四友你差排，教鶯窺燕猜，倩蜂媒蝶採，敢守的㉕破棺星圓夢那人來。

（淨下）（末）小姐回後花園去來。

醉斜烏帽髮如絲，許渾　盡日靈風不滿旗。李商隱
年年檢點人間事，羅鄴　為待蕭何作判司。元稹

【校記】

❶徐本作「在那」。❷徐本作「嶽」。❸徐本作「翦」。❹徐本作「內作『哎哟』，叫『饒也，苦也』」

介」。❺徐本作「伍」。❻徐本作「宗」。❼徐本作「囚」。❽徐本作「這個卵是甚麼卵？若是回回卵」。❾徐本作「蛋」。全集本作「彈」。❿徐本作「膀」。全集本作「挷」。⓫徐本作「順風」。全集本作「順風兒」。⓬徐本作「丑帶旦上」。⓭徐本作「俺」。⓮徐本作「則為」。⓯徐本作「折柳一枝」。⓰徐本作「世」。⓱徐本作「挂」。全集本作「掛」。⓲徐本作「綿纏」。全集本作「纏綿」。⓳徐本作「恁」。⓴徐本作「眨」。㉑徐本作「姻」。㉒徐本作「禁」。㉓徐本作「望揚州哭介」。㉔徐本作「吩咐」。全集本作「分付」。㉕徐本此處多「那」字。

# 第二十三齣〈冥判〉批語

「十地」即《水滸》十字坡意，喻女根也。「浮界」二字亦然，肉浮而有界縫也。「栽埋」二字喻男根，「陽」字讀斷，「世世」于此栽埋也。「門桯」仍喻女根，「邁」字北語，「胡」字即古鬍字，用鬍「判官」特取以喻男根耳，不然內典有云，王皆有妹，內府必尊，必作閻老朝天，妹代發落矣。「趙」者翹也，「金」者筋也，「正直」二字以喻二根俱可，「鬼卒夜叉」喻男根頭，「兩旁刀劍」喻女兩扉，「捧筆喝采」喻男根之意益顯。女人有陰茄症，故曰「落迦」。苦蓮花「高聳」，喻女根甚明。「案」喻身髀，「筆毫」喻毛，「牛頭」亦喻男槌，「遮須」即古鬚字，與筆毫同意。「管」喻男根，「城」喻女根，「其冠」喻男根槌，「黑」喻男根色，「奈何鬼門」俱喻女根。「榜」字意同，以左右齊展也。「星辰」喻男垂星，「井」喻女根，「鬼」喻男根，「書」字之喻與榜同意。「白玉樓芙蓉城」俱喻女根。「摩空」字妙，「轉輪日月」喻女根有邊闌，「五使」喻手指壁，「高捧手」喻手捧男根，「大菩薩」喻女身，「低分氣」喻位居身半，「紗帽」猶傘兒意，「一本簿」喻女根，「一管筆」喻男根，「塵泥」喻垢，「軒」喻女根，「冕」喻男根槌，「錠」喻女根形，「貫」喻男根形，「紙」喻陳姥，「錢」喻嫖錢也。「鬼」喻男根，「簿」喻女根，「魚冊、日字」俱喻女根，「虎頭牌」卻喻男根，「細分腮」又喻女根，「忔察冬登」喻其聲，「十字牌」喻男根，「烏龍」喻男根，「雞剪」喻女根，「格眼」喻女根，「三界」字尤妙，「四」字「八」字意亦相同。「有漏」通喻男女根，「星砲」喻男根槌，「筆頭鐵樹」亦易知矣，「剉燒舂磨」喻其事有此四法，「虛無堂」喻女根，「痰癆蠱膈」喻男根，「髮稱竿」喻男根並毛，「饒也苦也」嘲女乎？嘲男乎？「肉鼓吹」喻其聲，「鉗刀」喻女根，「筆」喻男根，「節」喻男根，「沒關」即包字，「包待制」又喻女根，「棺槨刀花」俱喻女根，「樹」喻男根，「婁搜」男根，「電目」女根，「人間掌命」四字，可以一笑。「威凜凜顫巍巍」俱喻男根，「天上」女根深處，「錢」

搏也，「趙」掘也，「孫」酸也，「李」裡也，「趙大哥唱小房」俱喻女根，「插嘴」喻其事，「彈」喻男根，「殼」喻女根，「小燕」喻女根形，「蝴蝶」喻女根，即蝴蝶門意。「粉版」喻金陵髀，「甜口兒」喻女根尤顯，「香泥」喻女根，「鉤」喻男槌，「簾」喻豪，「溜笙歌」喻其聲，「高人」喻男根壯者，自家不壯者不必甚愛彼家也。「翅梆兒」喻女扉兩輔，「血盆」喻其色，又女根雖「叫苦」矣，而「睹」之其形「自在」，嘲女道。「咍也麼咍」摹寫男根酷肖。「小鬼頭」亦喻男根，「篩」搖擺之意，「粉腮」喻兩輔，「短釵」喻男根，「美懷」又喻女根，「泉」喻淫液，「飲酒」喻邈入其中，「一溜溜」喻女根初破時，「圓與拆」俱破瓜意。「掛牌」似喻男根，「山香」喻男根，「一曲女消魂」真正解人方有此語。「落花」喻女根，貶「眼」意同，「直性子」嘲其耐觸也，「酒債」喻精水，「芍藥」事諧用《詩經》意，「簪插點額」仍喻男根，「渲腮篩影」仍喻女根，「情要來」泄也，「纏的歪」為行事時女根傳神。「結半躧」開也，「呆笑孩」喻男根，「了不開」事了女根仍閉。「花色花樣」四字指女根言，好色者非為觸，固因此四字也。「錦繡」以代緊秀，「夜舒蓮」喻女根，「留仙帶」喻男根，「剪」喻女根，「海棠絲」喻男根筋，「香囊怪」喻腎囊，謂喻女囊尤妙。「斷腸簿」之腸喻男根，即春腸遙斷意。「鴛鴦簿」尤肖女根，「紅」喻女根內物，「梅」仍喻精，「隨風遊戲」亦喻其事，「依星」之星，喻男根垂星。「帽」喻女根，「旗」喻兩扉。

一天，對諸天言。

「無故敗他卻成此，蘇張終作多言鬼。不應常是西家哭，至竟終須合天理。君取他人既如此，今朝亦是尋常事。」「爭占江山」，誠乃何苦。

〈食婦哀〉云「芙蓉肌理烹生香，乳作餛飩人爭嘗。兩髀先斷掛屠店，徐割股腴持作湯。不教命絕要鮮肉，片片看入飢人腹。男肉腥臊不可餐，女膚凝脂少汗粟。」吁嗟乎「眾生」！

晉武帝時見長人。隋李景將拒漢王，城下先見長人跡，長四尺五寸，巫者曰：「此不祥之物，來食人血耳。」至戰，死者數萬。《魏書》序：「吾觀北方之民，多被遷徙，蓋蕃其種類，以煩芟治也。」楊元感敗，煬帝謂裴蘊曰：「益知天下人不欲多，多則相聚為盜耳，不峻殺後無以勸。」孟珙備錄蒙古法，每一騎兵必使掠十人，金人每歲必勦，謂之滅丁。廿年前山東河北，誰家不買蒙人為奴？皆金人掠來者。金未之守蔡也，驅老幼熬為油，聽城中老弱互食，又往往斬敗軍全隊，拘其肉以食，故欲降者眾。宋孟珙入問守者所在，遂分其骨。元攻金，既破汴京，阿朮魯攻歸德，即睢陽，議欲殺俘虜，烹其油以灌城。夫「人民」乃作熬油箸骨代糧之用，何必迂談道之大原出于天，天地有好生之德哉！「太武南征似捲蓬，徐揚蔡兗殺教空，從來吊伐寧如此，千里無煙血水紅。」《輟耕錄》所謂兩腳羊，又名想肉，又名菜人，皆是物也。曹操糧盡東阿，程昱掠其本縣，供三日糧，頗雜以人脯。苻堅敗歸長安時，飢人相食。慕容沖將高蓋攻長安，李辨等斬其千二百級，分其尸而食之。後苻登每戰殺賊，名為熟食。《魏書》：孫恩，鹽縣令，食其妻子，不從者支解之。慕容超在廣固，以張綱為裕造攻具，懸其母而支解之。北魏仇儒推趙准為主，及被擒，高祖詔以儒肉食准。宋張超為劭弑文帝，孝武至，諸將臠其肉生噉之。宋前廢帝斷拆叔祖義恭支體。齊明帝攻襄陽，魏軍食盡，啖死人肉。高洋殺害多令支解。梁武六子綸，所行邪僻，府丞何智通白之綸，遣趙智英等刺通，刃出于背，帝使收英等，將出新亭，割炙之，智通子設鹽蒜，百姓食一臠者，賞錢一千，徒黨並臠遂盡，綸鎖在第。梁武從母舅范陽張弘策為衛尉，東昏舊黨孫文，以燒神獸門，弘策踰垣，被害捕得，曰「張氏親黨，臠食之。」侯景下廣陵，梁簡文幸西州時，自春迄夏，人相食，都下尤甚。梁武破郢返京兆，韋叡行府事，初郢之拒守，男女十萬，疫死七八，積尸床下，韋始為管理之。梁武侄正德為南兗州，廣陵遂為之荒，至人相食噉。梁元帝司徒陸法和以郢州附齊，齊使慕容儼鎮之，侯景黨任約等來攻，人死即火別分食，惟留骸骨，猶死守。元帝擒弟武陵王紀父子，並于獄絕食，啖臂死。斛斯椿子政通，楊玄感高麗通和，送之京師，隋煬命百僚臠其肉噉之。朱粲亳州人，從軍長白山，亡命為盜，眾十萬渡淮，屠竟陵沔陽，轉剽襄陽，略婦人少男，分儲烹之。隋著作陸從典、通事顏愍楚謫南陽，粲初引為賓客，已而盡食兩家，後為人敗乞降。唐高祖使段確勞之，確醉戲曰：「君噉人多矣，若為味？」曰：「噉嗜酒人，正似糟豚。」確曰：「狂賊歸朝，乃一奴耳，復得噬人乎？」粲懼，遂收確于坐，並從者數十人，悉饔食之，以餉左右。奔世充，充敗，與單雄信俱被秦王執斬。張巡守睢陽，凡食老弱三萬口。《唐書》：李錡為鎮海節度，憲宗召還，署判官，王澹為留後。澹及中使趨錡入朝，錡使眾殺澹食之。監軍使遣牙將赴錡慰喻，又食之。黃巢之復入京師也，縱擊殺，八萬人血流于路，可涉也。時都民柵山谷自保，有執柵民鬻賊以為糧，及敗逃也，掠鄧許徐兗數十州俘人以食，日數千。秦宗權節度薛能將，能敗降巢，巢敗權陷襄陽，寇淮淝，遣將掠江南，亂岳鄂，兵出未始持糧，指曰：「啖其人可飽。」官軍追躡，獲鹽尸數十車。及還蔡，為愛將由叢所囚，折一足以待命，全忠獲之，並其妻趙同斬。《北史》：琉球俗收取鬥死者，聚食之。猥人死者，邑里共食之。真臘奉佛法，祭用囚肉。前大辟多裸斬，魏高祖謂其男女媟見也，止之。爾朱時，強盜殺人者，首從皆斬，妻子配為樂戶，崔浩恃家世魏晉公卿，世祖置浴檻中，使數十人溲之，猶善政矣。三代下民，禍重而福輕，宜戴石屏有「豪傑不生機可息」之句。

元僧圓至云：「儒佛之鬥，古無有其禍，始于韓歐之好名，然競于外而事其末，故諍止于教而不及道。伊洛學出，始竊吾意，以飾堯舜孔子之言。其建號立名，又二子之智所不及。」既竊之，則諱之絕之，是亦「手想骨」所為也。

宋祁〈唐書贊〉曰：「佛者，善推不驗無實之事，以鬼神死生，貫為一條，以耳目不際為奇，以或然為畏，特盛于晉宋，實清談餘旨也。」北魏齊梁間，華人之譎誕者，以說佐其高，層累架騰，直出其表，亦猶晉人增飾子書之意。宰相王縉佐代宗，始作內作場，晝夜梵吹，憲懿精爽奪迷，興哀無知之場，丐庇百解之胔，則已「牛頭鬚纏定」矣。

元伊世珍《瑯嬛記》：「張華入瑯嬛洞，陳書滿架，其人曰，『此萬國志也。』」便有「寫盡四洲」意。《楞嚴》：盡佛境界，名歡喜地。《阿含經》：小千千倍為一大千，一世界中有一「日月」，一「四洲」，一須彌，合大千界為一佛剎。《毗沙論》有上方風輪，有下方色究竟天，乃至無邊須彌山，上有香水海，有大竹林。《華嚴》：無數妙光香水海，妙寶燄世界，因何得隱顯自在？以性空智，故依佛神力，住如幻師作幻。以幻力故分明可見，若隨法性，萬象都無，隨願智力，眾相齊現，隱顯隨緣，都無作者。

是心作因，是心成果，是心標名，是心立「位」。黃逋詩云：「漢後天多佛，城門接梵天。鶯花浮世界，金帛買輪回。若不投天竺，乾坤那得開？蕭梁如可憫，掃地救魂還。」寫「捧手讓」意俱妙。

鄴城有石虎廟，人奉祀之。北魏王楨求雨不應，鞭像一百，便疽發背薨。若非「大菩薩」，則取精多而用物宏之淫鬼，便為至尊之神，任情血食矣。

竇泰，高歡妻妹婿也，將出征時，夜三更吏卒見朱衣人數十入臺，穿數屋云：「收竇中尉。」俄頃而去，門鑰如故，方知非人。惜哉，「剪夢」已久而自不覺也。「格子眼」即法界譜。

「怎按下筆尖頭」云云者，言我此書，直欲與地獄言情也。何以言之？言花色、花樣，俱自天公造下，如何地獄一概怪人耶！

北魏世宗謂崔浩曰：「公孫軌在北，丁零渠帥乘山罵之，軌取罵者之母，以矛刺其陰曰，『何以生此逆子』，是可忍歟？」董卓得關東，義兵悉裹毯倒立以膏灌殺之。侯景即南奔，魏相高澄先命剝景妻子面皮，後以大鑊盛油煎殺之。景長不滿七尺，低顧聲散，于石頭置大碓，有忤意者舂殺之。又為大剉，寸寸斬之。後既敗，百姓爭取其尸，屠膾羹食皆盡。其所幸簡文女溧陽主亦在食例。景謀主穎川王偉、彭俊亦生破腹，抽出其肝臟，俱猶不死，北魏於某以大刀剉殺之。永樂時，日本使來倭寇蘇揚，即付使者治之，縛置甑中蒸死。「剉燒舂磨」，固從人間學去耳。閻王朝登寶殿，則侍衛森羅，夕呑鐵丸，則肌體糜爛，惟帶福帶業者為之，故《華嚴》以閻王列餓鬼下。

「髮稱竿」者，人身自造之業，猶言以至輕之物為衡，而能知至重之業，絲毫不爽也。經云：「能觀諸法同為虛空，是人假作，極重惡業。思惟觀察，能令輕微。如恒河中投一升鹽，富者負人無能繫縛，若愚痴者，卜罪大報。譬如燒鐵，兩人俱取，然不知者其手大爛。修行持戒而不達上乘者，猶福德者執礫成金，合貧者變金成礫，礫非金而金現，金非礫而礫生。金生但是心生，礫現惟從心現。彼將金變礫者，只好登無想天，久仍墮獄，亦與生魔天者等耳。」非用此「竿」，烏能辨析及此？

特將「李猴兒」等用上「輕罪」二字，足見世間將作重罪者，殊多事耳。太平公主見姨子宗楚客書齋曰：「看他行坐處，我輩虛生浪死。」北魏欒良王忠曰：「歌衣舞服，是臣所願。」君門一入無由出，只有官「鶯」得見人。妒他「燕燕」家家到，金屋茅檐盡許棲。「鬼犯便與孫心同去」，所謂「人生一世間，貴與所願俱」也。

賈誼曰：「千變萬化，忽然為人。佛道未來，賢者已知矣。」《北史》邢卲曰：「設教當由勸獎，故聊□以有來。」杜弼曰：「則為益之大，莫極于斯，此即真教，何謂非實？」人但知王喬之履化鳧，鮑靚之履化燕，鬼谷之履化犬，不知楊鐵笛《續夷堅》（案：疑誤。元好問有《續夷堅志》四卷）之後，又有續本，載呂雉履化玄羅，武曌履化戚車，魏文明履化淡菜也。

「捱」猶生受。本欲寫出合歡之勝，以明麗娘者，無怪其然。又恐大褻，借四虫道出，便不覺。即一事而色、聲、香、味具。蓋天下之聲，無有過于此聲者。玉茗比之「笙歌」，真乃古今第一解人。王金壇云：「感郎珍重不能羞，紅酣嘗濕雨中鳩。更有銷魂人不見，斷雲零雨數聲中。」亦俱妙句。

「恰好」一句妙極，猶云女子固有花矣，然使外不見「甜口」，甜口兩畔無「粉版」，粉版不襯以「花衣」，甜口粉版不各有聲，有聲不在日「影」中，皆因有「拘礙」而不暢。此事必須「無拘礙」，如此方更見其妙也。箸謎：「捻著『腰』兒腳便開」，王修微暗忖歡情慚愧。鞋兒謎：「擔閣鴛鴦被」，皆「翅膀展將」之說，即蝴蝶門兒意也。大戰之地，非「鬧場」乎？睜眼看乾坤覆載一幅大春宮，非春色鬧場乎？

「釘判腦」，用唐詩「定來頭上咬楊鸞」意。〈詠蚤〉詩云：「深潛艷異處，嘗飲鮮芳血，得死名媛手，心醉神愉悅」，勝「釘判官」多矣。

王金壇：「踏月天街艷步狂」，許敬宗：「飄飄羅襪光天步」。武后時謠：「紅綠複裙長，千萬里猶香。大足年十四，母哭送之日。」見天子庸知非福，而作兒女悲乎？政歸房帷，天子拱手，旋則操奩具坐重幃而國命移。公等才過朕，早為之，不然謹以事朕，蓋欲嘗「蕩地驚天女俊才」七字，不但如和熹荐祭而已。或謂美人除盛德外，必貴兼「才」者。有「才」則解情趣。或能擇可而私，猶異錯結狂且，遺人識破。才，則識見可辦家事，禦外侮。與徒貌者，夐乎霄壤。其然，豈其然乎？

「哈」字出《北史·齊後主紀》。「哈也麼哈」，有東坡「忽逢絕艷照衰朽」意。

元曲「繡襖兒齊腰撒跨，一似現世的菩薩。」「自在」二字對「無生」。人以為寂滅，不知其「自在」也。又，凡夫為物所轉，「觀」即不「自在」。聲聞為法酒所醉，「自在」即不「觀」。

知夜夢，則知「色」有異于空乎？空有異于色乎？色原非有，空原非無。今有詩云：「卻笑人生不如馬，佳人騎背困無科」，以馬無心于其色也。元曲「粉頭你道是接貪官有大財，卻怎的見龍圖無嬌態？」龍圖亦為

「頭」計耳，非皆有聖賢心也。

陳武帝不為虛費，其充房幃者，衣不重采，飾無金翠，是不欲其「忒弄色」者。李固傅粉，何晏好著婦人衣，則于「粉油頭」何尤。

「潤風風」三字畫出好女，畫出梅花。經云「粗色細色」，此細色也。「笑微微美懷」五字畫出佳婦，多有女人五官悉正，而面無意智，便令減愛。慧心妡狀天然淡，俊秀情麗致濃嫵。澄解皆在「這顏色」中矣。

經云：「見獄卒者，皆惡熏心。今心變異，猶如狂人。」無中妄見麗娘，心不在「泉」，故像亦爾。無聊日月經虞夏，多事乾坤有漢唐。世間誰非「一夢而亡」？誰不「秀才何在」？麗娘之夢猶分明美滿，值得一死也。

「一溜溜女嬰孩」，年紀未多，猶怯在也。「夢兒裡能寧耐」，為睡情誰見數句一笑，又與好一會分明美滿，應嘲笑普天下閨女之詞。

夢陰毛拂踝為齊下豪人，是「拆字道白」。

司空圖云：「由來叔寶不宜多。」「慕色而亡」四字，似乎誘民孔易，壞盡天下萬世人德行。然正是作者療□築壘，一段防杜深心。亙古以來，有幾個衛玠？即二張之足亦肥白如熊肪，使女之求男，必因絕「色」，則光天化日之間，當省卻無限污于人耳，逆于人鼻，可恨、可惱、可割、可殺之事，如恒河沙不可記數矣。或曰男人之「色」在文，譬如妖韶女老，自有餘態。然才可假托，兼貌即難偽造，非可以苟使承乏也。聖人曰：爾好好色，不可為也。才子曰：不惡惡臭，更可恥也。等閒不欲開醜者，多不悅此書之謂。如何古人心，難向今人說，只因天上人，見我雙眼明耳。

徐凝善造瑣細事，參以滑稽，目為花判。既以花神領牡丹衙署，則他花皆其餘事剩想耳。他書必飾以愛才，《牡丹亭》則直言「慕色」。蓋女子之愛才，實因其才解為歡，解作錐心情語。而身居人上，特餘念也。

造物本來無物，有物還應自造，是「偷元氣」。所謂世人種得西施花，千古春風開不盡也。

「九分態要做十分顏色」，天后善自修飾，人不覺其衰。韓林兒母楊氏年六十，性淫，善為嬌態，使人忘其老之類是也。

「寫明白」批庚也，未曾經過，「腰」已自扭，極言天使之然。「陽壯」加一「哈」字，藏多少對看說話。《醫經》：「世有胖婦，縱鼓勇而戰，不能得」云云。「哈」字妙，非「壯的哈」，難使「陰熱窄」也。壯把他窄熱來他情，故「日得他愛」。痛易忍，「癢」難忍，此事等諸「痒」疴耳。未聞人病「痒」，必覓路人搔之，彼非無故好「纏」，亦由天公叫他「痒」耳。況壯哈日得其愛乎？佛經以不受樂為未受淫，然此事之奇，正在難信其不受樂耳。聖人能禁人悖理，王法不能使人熬「痒」。詞云：「此時還恨薄情無，只記歡娛不記冤」，只為「痒的怪」而已。元曲「入君家恰似風流陣，花胡衕，人生此會應相重，一個個笑臉擎著」，真道盡「人美懷」之妙也。「丁香」花出蕊上者，繫破解為兩向。范石湖《桂海志》「豆寇」解籜，見花一穗數十蕊，淡紅鮮妍，蕊重則下垂如火齊剪彩之狀。每蕊心有兩瓣相並稽含。」《草木狀》：「豆寇花微紅，穗頭深色，嫩葉卷之，葉漸舒花漸出。」故託興于婦女，有「如今還是花間蕊，頃刻翻成葉底花」之句，與李撫州「羈客夢頻回午夜，閨人愁已結丁香」同妙。婦雖「含胎」，郎仍「摸孏」，女以其摸之「知趣」也。腹雖含胎，仍聽為事，故曰「恣情」。曲云「越淋漓越生香氣」，「好處」二字著眼，自認此處為好，天下從此多事矣。然使世間并此「好處」亦無，人猶不習胎息，學長生，真更愚矣。好事可惜「困怠」，使又好又不「困怠」，則真妙矣。「偏妒」要由自無厭足，不肯分人。「偏妒色」者，猶云男則恨不使齊現全身，女則「偏」欲一人獨見。

以兩俱好，而事得成，亦以兩俱好而情不暢也。使不偏妒，則聚諸「好」于一「處」，更見其處處好矣。花世界中只恨此一事耳。親姊妹且相妒，如飛燕太真，北魏兩馮之類，惟長壽不然，則以舞智之故。「誰要睬」暫時心歆，「憐再來」深嘲其好。在此一句，夢中意中眼中寧有異耶？而人不避鈇鉞，必欲訖事者，誠以婦人全身相狀各別，夢中意中只得總相耳。然各各別狀俱入，吾自如此勝事，真是消魂。無奈事過之後，亦復不記，故「可留得在」四字，是貫頂海音。「幾椿自猜」，言「痒奈來再」，何故要爾。又，既已令樂觸受，則斅後嘗鸚，合蛤嗅蓮，以及恣情巇理之類，皆不能禁。所謂「把天公無計策」也。天無策而佛出矣。

田穀《清異錄》：偽閩呼天為艷陽根。《唐書》：太宗初問陝西李淳風以「女武代王」之讖，曰：「已在宮中」。「殺之何如？」曰：「殺之更生壯者，陛下子孫無種矣。」則知婦人之享淫福者，亦天妄縱之。以齊桓之能，而閫中無可嫁者，以天后之才智，而必不容已于此，真「天公開花」之罪。彼且以為生乎？「天」者人之所不得制也，地偶成天功，朴而冥愚，力發于畜氣之滿，既有身根，自然貪受諸觸，豈有須人抓「痒」而謂之淫者乎？登州婦人嫌夫寢陋，以刀斷之，傷而不死，王荊公辨減焉，亦寓此意。不愛身而知愛人，已于天下無負，愛身之事，則誠不心和，苛也。

長壽于昌宗母臧，詔尚書李迥秀私侍之。推己及物耶？拖人下水耶？迥秀母少賤婢也，后愛迥秀，亦迎置宮中，二張當亦得酬矣。「天公無計策」，至于二劉而極，真乃不欲「開花」。然拙敗巧逃，網一漏三，何日不有也。況「欲不開花」，抑不但此，乃至詈人，發口鄙穢。子胥報怨，亦且班宮。婦人一物，又為世間作過之叢，泄怨之窟，而雌穀之所受，真有非意料所及，待蓋棺而始定者。蓋不獨「天公」之過，亦由文人愈禁，則人愈視為作過之地耳。

要知才子「把天公無計策」一句，一直管到爭占江山上，讀此篇有兩感。王者坊民為肉，惜花也。顧爭戰時食人肉者不可數，不但踩其「花」矣。爭威制以騁嗜欲，遂為亂臣賊子積劫之芽種，真乃使「天公無計策」也。《唐書·柳宗元傳》：夫飢渴牝牡之欲敺其內，而力大者搏，齒利者嚙，膏流節離之禍作。人不克尸其肌膚，孰使凡其可欲不謁而獲，必戕賊夫人子而後得逞，則賊人矣。不必戕賊夫人子而後得逞，則不賊人矣。飢渴牝牡四字當連讀。夫苦苦戰爭或數年數十年，而子孫反受誅夷，盡于刀劍，人豈不知，賭甚好漢！不如席上杯酒乎？多半為牝牡之欲，不啻飢渴。必如此而後得肆。故前人事後人悲，終必為之。《孔叢子》：欲多者，其所得用亦多。裴度平蔡後，多所蠲除。殆知智勇辨力四者，皆天民之秀傑。招撫以信，俾在議貴之列，使以金贖為文其詞，則彼計即復如彼，亦終不過如此。庶不肯舍本分可獲之欲，而以性命子孫博意外難致之歡歟？

山河大地榮光繁艷，安知非天地之情種所積想而成者？所謂從眾生不可思議業因緣出是也。「花色花樣，俱是天公定下」一語，便將眾生情妄結為根塵之說，尋出一分謗共主。使「天」真不欲此，何難令天下肉身之物，皆有鱗介芒刺，則他之肉身無可近己之肉身，又可憎男女從此無罪矣。使「天」真不欲此，何難不分男女，使吸日精，從脅而生，乃必如此方育，又不與羽毛，而與裸膩，使極顯其褻狀。似有偏私於人，正恐人無所貪，不復為彼作生育之具耶？

「玩花」與每自開看同一意智。賞「花」女子無不自「玩」其杜鵑者，恨男子縱欲而亡，卻實未知「玩花」耳。

「花把青春賣」，猶言若不開花，則春可常住也。觀修養家便知此解。燕女十三而嫁，三十即憔悴矣，不為發「花」，豈肯將少年好景，供人玩弄，致醫立小戶嫁痛之方乎？

「花生錦繡災」猶言錦心繡口，人多為「花」想殺，為「花」喪名，為「花」敗理，為「花」犯罪也。「亡國亡家為顏色，美人猶自怨東風」，噫。

「人事已云古，風流動至今」，是「扯不住、剪不斷、趕不上」意。

卓人月：要之虞也幾曾亡，試看情條意蕊萬年香。花開花落興亡譜，說個不知有漢重敬舞。可曾邀汝作「花」王？趁此月明風細說興亡。若教呂竇變，只作韭畦「花」。則知「花」意無限，各各不同耳。

肝屬木，主酸痒，臟魂，主疏泄。「花神」即肝魂也，故曰「隨花敗」。為事者「花」，而酷好者「神」矣。坡詩：「安得道人殷七七，不論時節遣花開。」欲免「罪業」，除是石姑。為石姑者，應把「天」恩謝矣。而《大般若經》以男根不滿者為人中惡趣，況石姑尚有背邙，則又奈何。

欲「今後再不開花」者，佛是也。然諸佛世尊，原有方便。妄語如逐鹿過佛前，獵人問見否？答云不見。乃至殺盜淫等，但可以攝受人降服人利益人，皆一切行之。寧以此身為人物受「罪」而終不得罪。經不許人邪命自活，若活人雖邪命亦得。珠之隨色，必無定色。為師而欲以死語死法教人，所見可知矣。

「曉風殘月」喻輕微也，不變犬豕而變蜂蝶，亦作者避重筆用輕筆之處。

龔芝翁句：「夜夜名香熏繡佛，乞懺除花罪從輕。」與「一種春」便是「無外」情，若解花三昧，「春」萬法者，何止千般事乎。

《般若經》：「一，神境通，能起種種神變，震動十方，變一為多，變多為一，或隱或顯，迅速無礙，山崖墻壁，直過如空，凌虛往來，猶如飛鳥。二，天耳通，情非情類，種種音聲，大小悉聞，無障無礙。三，他心通，謂通知他聚心散心。四，宿住通，百千萬劫，死此生彼，人宿住事，皆能悉知。五，天眼通，情非情類，種種色像，妙色粗色，若勝若劣，皆能悉知。」誠以三界都是空花，人天同歸一幻，反真歸元，遂能如是。不但天乘宮殿，即大力鬼亦空行如風。業力勝，故麗娘則僅恃「天無礙」耳。經云：「貪色為罪，遇風成形，名為魅鬼」，當不為女嬰孩言之也。

「水玻璃」幻泡也，以一句色一句財總結。言「揚州」引市，如「紙錢」之幻耳。

心能「壞」一切，一切不能「壞」，天魔外道不能自壞其身，必不能壞佛法。南齊時謝靈運孫超宗積輕慢賜死，詔勿傷其形骸。僧行有六，曰戒、曰定、曰精進、曰慧、曰施、曰忍。有一焉則舍利為之不驗，不必備也。今儒之教，髮膚不敢毀，然無法以神之。「身」，特臭腐之聚耳。死不浹旬而糜骸潰齒，雖子孫猶不欲視，況能以是為天下後世愛敬哉！五金置水銀上則浮，陽金也。見唾則痴，陽遇陰也。以至陽勾至陰，故有不「壞肉身」之力。「且留青山」點醒好色男女，言欲究所欲者，先須滅思慮以養花身。濫淫者，是一朵牡丹「被雨打風吹日晒」也。若妒色鬥氣而壞「青山」，尤可惜耳。

「一任你」，嘲此事原是「魂魄來回」事。

「差排」，即花衣粉版，甜口咋人，弄影簾中，溜音紗外之謂。

葬者，反天地之氣入骨，以蔭所生。取天地無窮之氣，以接吾身有限之氣。故修養之人，不須藉先骨蔭彼家之法，恰合「脫了勾牌」數句，猶言若不七情六氣，雖日日為之，亦不死。不過死去還魂，仍然「接活」在世也。男愈戰愈傷氣，而彼家反借以自調其息，自養其氣，自還其丹，而吸受他人之氣，尚在其次。換形之法甚好，借尸還魂亦好。金聖嘆母，夢則天入胎而生聖嘆，又更奇矣。

石湖云：「劫火不能侵願力。」昔有女死，焚之，心不化。切之片片，現所念事佛。如根下一刀，則全身放倒。儒似枝葉上剪樹，身益高。有心怜無計，奈兩下憮憮，一種虛恩愛，尤以為世間一種欲為而不合為者言之。俗言入土方休，此言入土不休。若要婦人「夢圓」，除有人將「棺破」也。卻不道起死手即送終湯，可發一笑。

謝混以劉毅事誅，詔其妻晉陵公主，改適王練。主受命而不行，宋受禪乃聽還。主葬，混墓自開。「守」之一字，亦有力也。

葉硯孫詞：「潘岳年華過矣，聊作歡場解事。」「醉斜烏帽髮如絲」，欲不年年檢點人間事，得乎？

# 第二十四齣　拾畫

【金瓏璁】（生上）驚春誰似我？客途中都不問其他。風吹綻蒲桃褐，雨淋殷杏子羅。今日晴和，晒衾單元❶自有殘雲涴。「脈脈梨花春院香，一年愁事費商量。不知柳思能多少？打迭腰肢鬥沈郎。」小生臥病梅花觀中，喜得陳友知醫，調理痊可。則這幾日間春懷鬱悶，何處忘憂？早是老姑姑到也。

【一落索】（淨上）無奈女冠何，識的書生破。知他何處夢兒多？每日價欠伸千個。

秀才安穩！（生）日來病患較些，悶坐不過。偌大梅花觀，少甚園亭消遣。（淨）此後有花園一座，雖然亭榭荒蕪，頗有寒❷花點綴。則留散悶，不許傷心。（生）怎的得傷心也！（淨作嘆介）是這般說。你自去遊便了。從西廊轉畫墻而去，百步之外，便是籬門。三里之遙，都為池館。你盡情玩賞，竟日消停，不索老身陪去也。「名園隨客到，幽恨少人知。」（下）（生）既有後花園，就此迤逗而去。（行介）這是西廊下了。（行介）好個蔥翠的籬門，倒了半架。（嘆介）〈集唐〉「憑闌仍是玉闌干王初，四面牆垣不忍看張隱。想得當時好風月韋莊，萬條煙罩一時乾李甫❸。」（到介）呀，偌大一個園子也。

【好事近】則見風月暗消磨，畫牆西正南側左。（跌介）蒼苔滑擦，倚逗著斷垣低垛，因何蝴蝶門兒落合？原來以前遊客頗盛，題名在竹林之上。客來過，年月偏多，刻畫盡琅玕千個。咳，早則是閒❹花遶砌，荒草成窠。

怪哉，一個梅花觀，女冠之流，怎起的這座大園子？好疑惑也。便是這灣流水呵！

【錦纏道】門兒鎖，放著這武陵源一座。恁好處教頹墮！斷煙中見水閣摧殘，畫船拋躲，冷鞦韆尚掛下裙拖。又不是曾經兵火，似這般狼籍呵，敢斷腸人遠、傷心事多？待不關情麼，恰湖山石畔留著你打磨陀。

好一座山子哩。（窺介）呀，就裏一個小匣兒。待把左側一峰靠著，看是何物？（作石倒介）呀，是個檀香匣兒。（開匣看畫介）呀，一幅觀世音喜相。善哉，善哉！待小生捧到書館，頂禮供養，強如埋在此中。（捧合❺回介）

【千秋歲】小嵯峨，壓的旃檀合，便做了好相觀音俏樓閣。片石峰前，那片石峰前，多則是飛來石，三生因果。請將去鑪煙上過，頭納地，添燈火，照的他慈悲我。俺這裡盡情供養，他於意云何？

（到介）到了觀中，且安置閣兒上，擇日展禮。（淨上）柳相公多早了！

【尾聲】（生）姑姑，一生為客恨情多，過冷澹園林日午矬。老姑姑，你道不許傷心，你為俺再尋一個定不傷心何處可。

僻居雖愛近林泉，伍喬　早是傷春夢雨天。韋莊
何處邈將歸畫府？譚用之　三峰花畔碧堂懸。錢起

## 【校記】

❶徐本作「兀」。❷徐本作「閒」。❸徐本作「李山甫」。❹徐本作「寒」。❺徐本作「匣」。全集本作「畫」。

# 第二十四齣〈拾畫〉批語

「驚春誰似我」，喻男根也。「蒲桃褐」，喻二根色。「衾」喻女囊，「雲」喻精，「梨花」亦然。「柳」喻男根，「能多少」喻欲其長大也，「打迭腰支」嘲殺女人。「梅花」猶梨花意，「春懷」喻女根，「鬱悶」喻男根在內。「女冠」喻合尖處，「書」喻女扉兩展，「欠伸」仍喻男根，「安穩」二字出女口，妙。「散悶傷心」俱嘲女根。「寒花」喻女根久閒則不熱也。「籬門」喻豪，「池館」可知，「盡情玩賞」實喻其事，「竟目消停」方為能手。「幽恨」喻女深處，「墻垣不忍看」喻女根已破壞者，「風」喻抽動，「月」喻圓形，「玉闌煙幕」無非喻意，「蒼苔」喻豪，女根中分，故曰「斷垣」，「蝴蝶門」竟可作此物古典，路程途上固有老婆肚，媳婦背，桃花套等矣。「閒花」猶云閒著，「竹林琅玕」卻喻男根，「荒草」喻豪，「水閣」猶池館意，「畫船」又狀其形。「秋千」云者，修微所謂鞋兒謎也。「斷腸」喻男根，「傷心」嘲女道，「山子」喻交骨，「磨陀」喻男根槌，「山子」喻身，「山子」不好，匣好亦何取耶？「小匣」易知，「頂」喻男根，「納地添燈」同意。「于意云何」嘲殺女道，「展」喻女扉，「不傷心處」除是背邙，「畫府」女根好贊，「碧堂」喻豪。

「驚春誰似我」，誰似我但見諸花即作色觀也。阮亭：「無計避消魂」，陳子龍：「天涯何處消魂少」，王金壇：「賣賦惟儲瞷浴金」，又「裙飄屧響到階墀，便遣蕭郎不自持」，皆「誰似」意。其云：「里中可語人偏少，世上無情事卻忙」，是不識「驚春」者。其云：「但有玉人長照眼，更無他務暫經心」，是最解「驚春」者。我欲為吟李遠「願君千萬歲，無處不逢『春』」之句耳。

「不問其他」，猶云窮都不知，只想此事也。「戶內春濃不識寒，若非魂夢到應難，相如多病稱才子，每到簾前欲斷魂」。「大宅滿六街，此身入誰門，安能學公子，走馬逐香車」，正恐「繁華不醉飄零客，更有繁華笑客愁，側帽吟生避鈿車，領略孤衾一段秋」而已。「如今主聖更臣賢，豈致人間一物冤，自嗟辜負平生眼，不識『春光』三十年」，所以最「驚」。「去歲『春』風上苑行，爛窺紅紫厭平生，如今眼底無姚魏，浪蕊浮花懶『問』名」，始不輕「問」。

俗謂斑漬曰「雲」，只有林君復孫太初：被上無此「涴」耳。

「一年愁事費商量」，只有豪家不信愁也。

「有時自患多情病，莫是前生宋玉身」，所謂「春懷鬱悶」。

「多少重門閉合歡，偏他夜夜驚殘夢」，心如夢故「夢兒多」。老杜又云：「淇上健兒歸莫懶，城南思婦愁多夢」，「無奈」二句，揶揄女冠不淺。

「知他何處夢兒多」，猶云不可思議。若士自號「無涯浪士」、「有憶情生」，所以云：「夢中之情，何必非真！」不必泥形骸之論也。痴想只教魂夢浪閒情，空對影留連。人雖對面重山，固可以意飽適也。宋之問：「我心松石煙霞裡，弄此幽絃不能已。明河可望不可親，願得乘槎一問津。」王阮亭：「記得昨宵曾入夢，香雨香雲曾記。嚙丹唇似喜還嗔，醒來惆悵隔仙津」，皆行紀添新夢意，故丹唇三字，須作別解。几許風情隨分用，而「多夢」則不須隨分也。

「每日欠伸」，則有室無侍婢，猶嫌病意。歐陽鉉所云：「一雙醉眼，半床幽夢」，便是行春處亦可怜矣。

「盡情玩賞竟日消停」，可謂言而世為天下法矣。「幽恨」者，恨人不能盡情竟日也。

姜白石云：「野花只作晉時紅」，則見「風月暗消磨」七字，自為無數爽鳩氏而發。「豈知今日長生殿，獨閉空山月影寒，不堪轉入舊宮來，此水貴妃曾照影」，吟之輒覺神傷耳。

《五代史》：喬子作詩喜用僻事，號狐穴。王介甫〈金陵懷古〉，平平耳，東坡嘆為野狐精。如玉茗之「蝴蝶門」乃真狐穴狐精耳。惆悵謝家池閣，蓋于「蝴蝶門」尤不能忘情焉。「刻畫盡琅玕」，所謂贏殘娘子軍也。麗娘既以花園作生門，觀柳生自宜亦爾，然驢胎馬腹，如遊園觀根于此矣。

庾蘭成云：「春園柳路，變入禪林，蚕月桑津，回成定水。」北魏爾朱之禍，死家多舍第宅以施僧尼，有罪者令為寺戶，供役輸粟。「這座大園」何須疑惑。魏馮太后幸臣王叡，宅搆廳事極高壯，後爾朱榮居之。惟虢國宅後為郭暖第，可謂異代，應教庾信居耳。周武帝母弟直以宇文護執政，遂貳帝昵護，護誅，令自擇所居，歷觀府署無稱意者，至廢陟圮佛寺，遂欲居之。帝幸雲陽，直在京反，并子十人伏誅，則終迷未悟矣。信都馮熙以文明太后兄尚景穆女，子孫又尚主，生子女數十，三女皆配帝，然信佛法，營佛圖精舍于高山秀阜，凡七十六處。胡太后父安定胡國珍年八十六，敬佛法，后與元乂妻為造一寺，名雙女寺，皆以「好處必頹」，故思及此教也。

辛詞：「夜月樓臺，秋香院宇，笑吟吟地人來去，叢嬌亂立以推進」，是「秋千」佳句。「掛下裙拖」，有全家遠去無遺屣之感，令人憶太平公主入朝，韓虢三家從幸時，侍姆嫗監墮舄滿道，一肚皮憐墜履、拾遺簪心事。

「明朝此池館，不是石崇家。」「四鄰池館吞將盡，當日堆金為買花。朱板素泥光未滅，今歲官收別賜人。」

「偃月堂中狎客來，輾然一笑一家灰，此是驕奢貴人屋，不應長是東家哭」，「這般狼籍」，亦有先彼而「傷心」者矣。

文塚不妨隨意築，讓他兒輩占名山，則「小嵯峨」亦佳。

維摩入定亦愛畫曼陀，無非以「好相」耳。《北史》齊武成帝酒色過度，初見空中有五色，稍近變成一美婦人，食頃變為「觀世音」。《華嚴》大悲為勇猛丈夫，而唐蔣穎叔云，妙莊王第三女。「吾以自性不思議力，現眾生所喜見身」，聯之至明矣。

愛「好相」而「頭納地」，顧歡所謂：今中國嗜慾之物，皆以禮申耶。

《南史》吳興顧歡〈玄妙內篇〉云：「老子之天竺，王夫人名淨妙，老子因其晝寢，入妙口中，遂生佛。」梁昭明太子母丁氏，體素壯，腰帶十圍，偏覽眾經，自立三諦法義，小字維摩。爾朱榮子名菩提，齊魏收小字佛助，宇文護兄導小字菩薩，隋外孫宇文晶小字婆羅門，周文帝婿代人若干惠子鳳，小字達摩。梁東莞劉勰撰《文心雕龍》，負而候沈約于車前，若賣書者，約取讀，重之。勰為文長于佛理，梁武敕于定林寺撰經，沈約亦好撰內典。錢塘杜之偉有長識俊才，梁武舍身敕撰儀注，後陳武亦捨身。穎川鍾嶸、瑯琊顏之推，皆同時人，陳尚書剡人，徐陵父子信釋教，經論多所增益，其文頗變舊體，固常言偕隱，亦有孟光畫軒皇之圖勢者。梁末王僧辯父深通內典，北周文帝令臣等兼學佛義，隋姚思廉父察與陵善，曾讀一藏經。禪家欲空其欲，又欲空其理，併欲空其空，以此為第一乘，為善知識，為大解脫，為大自在。空者無理也，而彼以為頑空勝。頑空者無理盡也，彼所謂不為理障，不為教縛者也。真空者無無理盡也，彼所謂有無不立，脫縛雙遣者也。然其權語則曰蓮花，曰相好，曰七寶，究竟要借空中之色。有色即有欲，總而論之，空而又空者理，空而不空者欲也。隨地閃爍翻弄，只無理有欲四字，總括殆盡，更無處躲閃，無處馳騁矣。殊不若莊子絕仁棄義，各有不可八字也。玉茗即以「觀音」為戲，亦復何尤。「園林日午」，便有「夕陽閒放一堆愁」意。

有「怎得傷心」句，即有「定不傷心何處可」句。九折愁波，千迴哀徑，悲有萬族，淚惟兩行。人間「傷心」事多由非意所料，而竟已如斯也。自傷「情多」，古今一謝靈運。

# 第二十五齣　憶　女

【玩仙燈】（貼上）睹物懷人，人去物華銷盡。道的個「仙果難成，名花易隕」。（嘆介）恨蘭昌殉葬無因，收拾起燭灰香燼。

自家杜府春香是也。跟隨公相夫人到揚州。小姐去世，將次三年。俺看老夫人那一日不作念，那一日不悲啼。縱然老公相暫時寬解，怎散真愁？莫說老夫人，便是俺春香想起小姐平常恩養，病裏言詞，好不傷心也。今乃小姐生忌之辰，老夫人分付香燈，遙望南安燒❶奠。早已安排。夫人，有請。

【前腔】（老旦上）地老天昏，沒處把老娘安頓。思量起舉目無親，招魂有盡。（哭介）我的麗娘兒也！在天涯老命難存，割斷的肝腸寸寸。

〈蘇幕遮〉「嶺雲沉，關樹杳。（貼）春思無憑，斷送人年少。（老旦）子母千迴腸斷繞。繡夾書囊，尚帶餘香裊。（貼）瑞煙清，銀燭皎。（老旦）繡佛靈辰，血淚風前禱。（哭介）（合）萬里招魂魂可到？則願的人天淨處超生早。」（老旦）春香，自從小姐亡過，俺皮骨空存，肝腸痛盡。但看❷他讀殘書本，繡罷花枝，斷粉零香，餘簪棄履，觸處無非淚眼，見之總是傷心。算來一去三年，又是生辰之日。心香奉佛，淚燭澆天。分付安排，想已齊備。（貼）夫人，就此望空頂禮。（老旦拜介）〈集唐〉「微香冉冉淚涓涓李商隱，酒滴香灰似去年陸龜蒙。

四尺孤墳何處是許渾？南方歸去再生天沈佺期。」杜安撫之妻甄氏，敬為亡女生辰，頂禮佛爺。願得杜麗娘皈依佛力，早早生天。（起介）春香，禱告了佛王❸，不免將此茶飯，澆奠小姐。

【香羅帶】麗娘何處墳？問天難問。夢中相見得眼兒昏，則聽得叫娘的聲和韻也，驚跳起，猛回身，則見陰風幾陣殘燈暈。（哭介）俺的麗娘人兒也，你怎抛下的萬里無兒白髮親！

【前腔】（貼拜介）名香叩玉真，受恩無盡，賞春香還是你舊羅裙。（起介）小姐臨去之時，分付春香，長叫喚一聲。今日叫他，「小姐，小姐呵」，叫的一聲聲小姐可曾聞也？（哭介❹）（合）想他那情切，那傷神，恨天天生割斷俺娘兒直恁忍！（貼回介）俺的小姐人兒也，你可還向這舊宅裏重生何處身？

（貼跪介）稟老夫人，人到中年，不堪哀毀。小姐難以生易死，夫人無以死傷生。且自調養尊年，與老相公同享富貴。（老旦哭介）春香，你可知老相公年來因少男兒，常有娶小之意？止因小姐承歡膝下，百事因循。如今小姐喪亡，家門無托。俺與老相公悶懷相對，何以為情？天呵！（貼）老夫人，春香愚不諫賢，依夫人所言，既然老相公有娶小之意，不如順他，收下一房，生子為便。（老旦）春香，你見人家庶出之子，可如親生？（貼）春香但蒙夫人收養，尚且非親是親，夫人肯將庶出看成，豈不無子有子？（老旦）好話，好話。

曾伴殘娥到女兒，徐凝　白楊今日幾人悲。杜甫
須知此恨消難得，溫庭筠　淚滴寒塘蕙草時。廉氏

【校記】

❶徐本作「澆」。

❷徐本作「見」。

❸徐本作「爺」。

❹徐本此句為「老旦、貼哭介」。

# 第二十五齣〈憶女〉批語

「睹物」之物指二根，「懷人」作懷抱解亦得，「香燭」喻男根，「寬解」亦謔，「真愁」之真代筋，若寬只暫時，則筋愁怎散，可為一笑。「頭」字「舉」字，俱喻男根，但「思」即起「舉」，可「量」雖有「目」卻不知親疏，豈不可笑。「天涯」喻女根深處，男根至此雖「老命」亦「難存」矣。「割」字喻女兩扉，「嶺雲沉關樹杳」喻男根正在深處時，「斷送」喻猶抽送，「子」喻男根，「母」喻女根，「繞」字即打一車之喻，「繡夾書囊」女根形似，「香」字又喻男根，「帶」之而「裊」，可想其狀。「銀燭」之銀代人，「禱」字代搗，「淨處」與不淨對，「皮骨」二句嘲女道已虐矣。「簪」喻男根，「履」喻女根，「淚眼」喻女根，合兩句看，可謂善謔。「淚燭」卻喻男根，故有「澆天」二字。「望空頂禮」非此事而何哉？「四尺蓋」喻人身，「墳」喻女根，「問天」之天亦喻女根深處，方見「問」字與「難問」字之妙。「夢中」句猶言暗地亦可相見，但不能明見此眼耳。「跳」喻男根，「燈暈」仍喻女根，「人兒」喻男根，「拋」猶迸意，「萬里」亦喻深遠，「玉真」之真代筋，「羅裙」喻女兩扉，「死去須叫」又嘲女道不淺，此「事」愈「情切」則愈「傷神」，又是細諦。「人兒」既喻男根，則「何處身」是嫌其不止一處也。「殘蛾」即蝶門意，「白楊」喻男根毛白，「寒塘」喻女根久已冷靜者。

《禮記》：朝死而夕忘之，則是曾鳥獸之不若也。《唐書》：東女國俗輕男子，人死剝藏其皮，雖亦欲「睹物懷人」之意，要不如《智餘書》所云：「取其毛髮爪甲繡履帨巾什襲為世寶」者。

坡詩：「興亡百變物自閑，人生安得如汝壽？」夫非復我親，物為他玩，「物華」不「銷」亦于「人」何益，況「人」去「物」亦必銷耶。戎俗人死，盡焚其所用「物」，需者謂棄有用于無用，不知大可矯中國之弊也。中國真關切人，既不忍復睹其物，而利厥所有者，詐泣佞哀，恤其喪紀。當人彌留之際，惟恐其不速死。使依此俗，則無復利人之有而望其死者矣，亦猶突厥剺面等事，俱以權合，正非理中之至理也。

王建「東野先生早哭兒，家傳一本杏殤詩」，是「仙果難成，名花易殞」之意。

生死交情世泯然，曾不若徐勣于單雄信割肉「殉葬」，曰「千秋萬世，此肉同歸于土」，為送終時第一臚物。尉陀以田橫死，女殉葬，不失豪傑作用。俗有受恩親屬，各剪髮一絡，纏尸十趾者，亦非無義。奈何魏文明崩，高祖哀毀，中山長公主婿穆亮請息無益之戀。獨孤皇后崩，唐代宗欲建陵城側，華州姚南仲曰：「魂無不之，雖欲自近，了復何益？且起陵目前，心一感傷，累日不能平，天下謂何？陛下謚后以貞懿，而終以褻近乎？」韋蘇州悼亡詩古今第一，亦「沒處安頓」，所以抬眼盡成斷腸處也。唐宣宗母本侍兒，宗立不肯別處，奉之宮中，「老娘」全靠「安頓」。若德宗貸力士女，冀得真母，即假者，尚且權使「安頓」。公卿將相顯福也，眷屬壽考隱福也，儒之「安頓」由天，釋之「安頓」由己。

「舉目無親」是以無歡可替悲也。

人世惟夫妻一倫怛怛，「香履」不置，何意出于父母？

夫人但求「生天」，豈知三界無安，猶如牢獄。無色諸天，既見變壞，生大苦惱，即起邪見謗無因果，以是事故輪迴三途耶？

唐時顧少連，蘇州人，為中書舍人時，請徙先兆于洛，帝命中人往護。「何處墳」，真聽人所好耳。

白少傅云：「莫問由『天』者，天高難與言」，老夫人正不能然。

隋太子勇曰：「阿『娘』不與我一好婦女。」韋孝寬侄世康尚周文帝女，從平齊，授絳州刺史，與弟書言欲退曰，「況『娘』春秋已高」。齊武帝子子良，武帝為贛縣時，與裴后不睦，遣人送還都，一日問良何不讀書，曰：「『娘』今何處，何用讀書」。帝即召后還縣，子良長，善立勝事。呼母為「娘」，其來已久，而「娘」之所值亦不齊矣。

晉惠帝時，巴西閻纘言：「臣家門無祐三世假親，以家觀國，固知太子有變。」蓋其繼母不慈也。「俺的人兒」一句，自有生人無此苦，益知恨是不銷塵。

母沒而杯棬不能飲焉，口澤存焉耳。「舊羅裙」比李後主所云「手汗遺香漬」尤勝。

東坡三十九納朝雲，雲時年十二，三十四卒，恰伴東坡廿二年也。雖曰公有「老色且上面，歡情日去心。但恐如此畏，亦隨日消沉」語，「中年取小」固所宜，況于無子。

平陽鄧伯道攸，敬媚權貴，石勒過泗，負子姪逃，度難兩全，乃棄子。子朝棄暮及，乃繫于樹。及過江，妻不復生，納一妾，甚寵之。說是北人，乃攸之甥，遂不復畜妾。《南史》阮孝緒出繼從伯胤之，遺財百餘萬，一不受，盡以歸胤女。（案：《南史》孝緒傳謂歸胤姊）俱是世間妙人。而伯道子或遇救，豈必無後耶？

嫡母謂之「大母」，出《隋史》。高昌伯雅「大母」，本突厥可汗女。

王敦無子，王獻之尚新安公主，為尚書令，以后父贈侍中，無子。郗超無子，從弟儉之以子僧施嗣。劉封本寇氏子，劉備至荊州，未有繼嗣，養封為嗣。但取嗣法，何必自生？與明祖之沐英同。袁術與公孫瓚書，謂紹非袁氏子，以其母傳婢也，何異宸濠誣明武宗。

《後漢・王符傳》：「安定俗鄙庶子」，故符隱居著《潛夫論》。唐玄宗廢王后詔有「華而不實」句，夫玄宗三十「子」，而后獨無，此言非枉。晉山濤為司徒而無嬪媵，飲八斗方醉，然有五「子」，惜形皆短小。晉庾后弟冰，室無妾媵，有十「子」。光武時馮衍食祿歷年而財產益狹，意悽情悲，有與婦任武達書，言房中調戲，布散海外，不去此婦，則家不寧。然任氏所生「子」豹竟官至尚書，且賢。劉孝標與母同被擄徙代奔還。梁言家有悍妻，而轗軻敬通，風流久盛，郁烈芬芳，余魂魄一去，聲塵寂寞。王導取曹氏，極妒，而庶子悅恒為母襲斂箱篋中物，悅亡，曹長封作篋不忍開。梁冼馬彭城劉苞，孝綽伯也，早孤，年十六奉嫡母朱，並所生陳，並扇席溫枕。宋文帝婿陽翟褚彥回貌美，嫡母宋武帝女，回性好戲，事母孝謹，主愛之，故表為嫡母，公主薨，毀瘠骨立。南齊郡太守劉靈哲，孝標從侄，傾產贖嫡母于魏。隋趙王杲，蕭嬪所生，而年才十齡，泣求為嫡母，每嘗炷，蕭后至，為停炙。宋順陽范曄素有閨房論議，朝野所知，故國家不與婚。曄為宣城太守，嫡母隨兄，嵩為宜都太守，報之以疾，不時奔赴，及行，又攜妾妓，為中丞所奏，年四十八卒，曰「惜哉，埋玉此人。」北齊將劉豐生普樂人八子，俱非嫡出，每一子所生，喪，諸子皆為制服三年。魏太武平涼，以妹武威公主牧犍妻，頗通密計，詔李蓋尚焉，蓋妻以是出，子惠襲中山王，惠女即思皇后也，素為文明后所忌，誣惠將南叛，誅之。帝奉馮氏過厚，于李氏過薄，舅家了無敘用，朝野所以竊議。代人獨狐信，美容儀，世領部落。初為葛榮所獲，為爾朱榮別將，從魏武入關，長女周明敬后，第四女元貞后，妻與子羅沒在齊。入關後復娶二妻，郭氏生六子，崔氏生第七女，隋文獻后及齊亡，后遣人求羅，得之相見，悲不自勝。既受禪，諸弟以羅既沒，齊不當承襲，帝以問后，曰「羅誠嫡長，不可誣也。」《魏書》：繼母非天屬，而南陽劉渢母亡，父紹納宋孝武母路木后兄女為繼室，生濂，不以渢為子，奴婢捶打，無期度（案：下有省文），渢憐愛之，不忍舍。恒在床帳前，輒被驅捶，終不肯去。路病經年，渢晝夜不離，路感其意，慈愛遂隆。路氏既富盛，一旦為渢立齋宇，筵席不減于王侯，濂有識，事渢過于同產。有事必諮而後行。漢吳王本高祖微時外婦所生，陳宣帝第四子叔堅于諸子中頗有幹能，母何氏本吳中酒家，宣帝微時因飲通焉，及貴，名為淑儀。朱溫亦有外生子。北魏諸王，反有為要人養息者。晉初，錄尚書事太原王沉無子，有趙氏婦，良家女也，貧賤出入沉家，遂生浚。沉初不齒，及薨，親戚遂共立為嗣。又司徒王戎有庶子興，戎所不齒，而以從弟愔子為嗣。「庶子可如親生」，只看「看承」何似。

河北鄙于側出，不預人流，故必須重娶，纏愛紐情，夜以繼日。令一縣則小君映簾，守一郡則夫人並坐。奮庸熙載，則于飛對內殿，連理入都堂。粉黛制賞罰，裙襦執生殺。曰舐吾痔，諾而趨。曰嘗吾便，跪而進。誣春為秋，改白為黑，目見耳聞，不可算數，則「庶子」無望矣。

「誰能含羞不自前，相看氣息望君憐。」如「春香」輩所謂「身輕不自憐，籠鳥易為恩」者也。無如夫人不願，則羞來只自低頭，愛處總難下手矣。

# 第二十六齣　玩真

（生上）「芭蕉葉上雨難留，芍藥梢頭風欲收。畫意無明偏著眼，春光有路暗擡頭。」小生客中孤悶，閒遊後園。湖山之下，拾得一軸小畫，似是觀音大士，寶匣莊嚴。風雨淹旬，未能展現。且喜今日晴和，瞻禮一會。（開匣，展畫介）

【黃鶯兒】秋影掛銀河，展天身，自在波。諸般好相能停妥。他真身在補陀，咱海南人遇他。（想介）甚威光不上蓮花座？再延俄，怎湘裙直下一對小凌波？

是觀音，怎一雙❶小腳兒？待俺端詳一會。

【二郎神慢】些兒個，畫圖中影兒則度。著了，敢誰書館中弔下幅小嫦娥，畫的這俜停倭妥。是嫦娥，一發該頂禮了。問嫦娥折桂人有我？可是嫦娥，怎影兒外沒半朵祥雲托？樹皴兒又不似桂叢花瑣？不是觀音，又不是嫦娥，人間那得有此？成驚愕，似曾相識，向俺心頭摸。

待俺瞧，是畫工臨的，還是美人自手描的？

【鶯啼序】問丹青何處嬌娥，片月影光生豪末？似恁般一個人兒，早見了百花低躲。

總天然意態難模，誰近得把春雲淡破？想來畫工怎能到此！多敢他自己能描會脫。

且住，細觀他幀首之上，小字數行。（看介）呀，原來絕句一首。（念介）「近睹分明似儼然，遠觀自在若飛仙。他年得傍蟾宮客，不是梅邊是柳邊。」呀，此乃人間女子行樂圖也。何言「不是梅邊是柳邊」？奇哉怪事哩！

【集賢賓】望關山梅嶺天一抹，怎知俺柳夢梅過？得傍蟾宮知怎麼？待喜呵，端詳停和，俺姓名兒直麼費嫦娥定奪？打摩❷訶，敢則是夢魂中真個。

好不回盼小生！

【黃鶯兒】空影落纖蛾❸，動春蕉，散綺羅。春心只在眉間鎖，春山翠拖，春煙淡和。相看四目誰輕可！恁橫波，來迴顧影不住的眼兒睃。

卻怎半枝青梅在手，活似提掇小生一般？

【啼鶯序】他青梅在手詩細哦，逗春心一點蹉跎。小生待畫餅充饑，小姐似望梅止渴。

小姐，小姐，未曾開半點么荷，含笑處朱唇淡抹，暈❹情多。如愁欲語，只少口氣兒呵。

小娘子畫似崔徽，詩如蘇蕙，行書逼真衛夫人。小子雖則典雅，怎到得這小娘子！驀地相逢，不免步韻一首。

（題介）「丹青妙處卻天然，不是天仙即地仙。欲傍蟾宮人近遠，恰些春在柳梅邊。」

【簇御林】他能綽斡，會寫作。秀入江山人唱和。待小生狠狠❺叫他幾聲：「美人，美人，姐姐，姐姐！」向真真啼血你知麼？叫的你噴嚏似天花唾。動淩波，盈盈欲下不見影兒那。

咳，俺孤單在此，少不得將小娘子畫像，早晚玩之、拜之、叫之、贊之。

【尾聲】拾的個人兒先慶賀，敢柳和梅有些瓜葛？小姐小姐，則怕❻你有影無形看殺我。

不須一向恨丹青，白居易　堪把長懸在戶庭。伍喬

惆悵題詩柳中隱，司空圖　添成春醉轉難醒。章碣

## 【校記】

❶徐本作「對」。❷徐本作「麼」。全集本作「摩」。❸徐本作「娥」。全集本作「蛾」。❹徐本作「韻」。

❺徐本作「很很」。全集作「狠狠」。❻徐本作「被」。

## 第二十六齣〈玩真〉批語

「芭蕉」喻女根之收展，「芍稍」易知，「畫意無明」七字切極女根，又男根畫入則眼看不明也，又自註其書之全屬隱喻，欲人著眼。「光」喻男槌，「頭」喻男根，後園即後庭意，正「客中」事。「寶匣莊嚴」女根妙贊，「風雨」喻正行事，事畢方可「展視」，喻意妙絕。「秋影」之秋代湫，「掛」字切甚，「天身」天所生成也。北面向海，為「海南人」。「威光」又喻男根，「蓮座」則喻女根，「桂」喻男根，「折」喻扳倒，「外無雲托」是女根也，「樹」指身樹，「皴」字喻女扉似皺之意，「片月」喻女根之兩半。「豪」者毛也，「低躲」者在身半也，「春雲淡破」畫得女根麗絕，「脫」字妙極，如將女根脫下也，又男根脫出意，「分明」即三分八字等意。「飛」喻兩扉以及花頭，「蟾宮」女根，「客」喻男根，「關山」喻鎖住時，「一抹」喻其未破，「定」者托之而知其輕重也。「奪」字更妙，「影落」即脫字意，「綺羅」即皴字意，「眉」喻豪也，「春山」二句賦毛麗至于此。男女二根共有「四目」，男根未入，則女根為直目。既入則為橫波。前用西字及橫塘字，皆此意也。「輕可」有輕則誰可意，為之一笑。「青梅」本喻莖垂，「提掇」二字盡女「手」之能事。「畫餅」又喻女根，餅上畫分界道，故曰畫餅。「未開么荷」喻幼女如在目前，雖是么荷卻亦「含笑」，加上「炎朱」兩字，麗不可言。「只少口氣」非女根而何哉？「綽幹」即提掇意，「寫做」喻執畫分，「真真」之真代筋，「嘖嚏」形聲並見。「盈盈欲下」雖是喻拖逗時，亦脫字，喻其肥浮，此為入神。「不那」易明，「爪」喻女根，「葛」喻毫，「有影無形」喻隔衣也。「青」仍喻豪，「長懸」惟女根更切，「柳中隱」自註其故作謎語，「轉難醒」猶言我越比喻，你越不解也。

李後主「秋高天碧深」，蜀王衍「幽徑上寒天」，俱絕妙之句。此「秋影」句亦不多讓。

「殿上圖神女，宮裡出佳人，可憐都是畫，誰能辨假真？」兜率寺所畫天女，悉是燕公妓妾。唐肅宗遣女巫祠偏天下，置道場于三殿，以宮人為佛菩薩。天啟時禳醮，遣宮人軀體肥碩者飾為天神。歷朝大內有佛殿，皆許民間婦禮拜。貫休詩「珠翠籠金像」，龜蒙詩「羅裙護世尊」，觀音俱不嫌其褻，豈亦欲以勾牽引入佛智耶？宜宋周文璞有「不留禪月畫，只據淨名床」之句。

牧齋題管畫云：「只應贊嘆復頂禮。」凡聰明人必好佛又必好內，何也？蓋世出世間，除了佛說更無高妙處，除了美人更無可喜事也。劉須溪云：「寶釵樓上闌簾幙，我輩中人無此分。」琴恩詩：「情當卻，除非夢魂中敢真個」耳，豈能當綠洞紗窗粉香供養耶？

徐文長〈賣魚觀音贊〉頗妙：「潑刺潑刺，阿娜阿娜，金剛法華，一棍打破，瞞得馬郎，瞞不得我。」天后時宗楚客作傳一卷，論薛師之勝，謂是觀音再生。即日得內史，則以但無「小凌波」故，然「秋影掛銀河」是嫦娥矣。義山云：「曾聞宓妃襪，渡水欲生塵，好借嫦娥看，清秋踏月輪。」同是「天身」，即嫦娥襪借觀音着又何不可？

舟車之始見也，三世然後安之。世間事有初看似太奇，而細思理至當。天工不能兩全，必須人力補救者，如婦人月水下泄，故脛細足短者十九。雖面如西子，視其「直下」，興索然矣。不知何一才人，思出此法，因其小而小之，變為紅鴛，遂成可玩之金。休使彼難行，特其末矣。如閹人法亦同，但末弓薛師、董偃輩之足，猶為世間缺事耳。反之乃欲極小，是為人立而蹄，則又烏三雁而成焉之誤，與任其短小不施約迫者，均屬愚人謬法，皆斷斷不可之事。世間流弊，以漸失真味，卻祖意者何限。即此一端，亦極可恨。

西施有響屧廊，夫屧必但著于跟而後其響可入聽，使其末弓，跟又何事加屧耶？是春秋時已有弓足之一証也。晉時戲婦之法，脫履而規其足，使其末弓，則長短大小，大略相似，抑又何規之有？是漢晉以後，更喜弓足之一証也，不待梁簡文試履逆填墻之句矣。又大歷才子詠繡，已有「雲裡蟾勾落鳳窩，王郎沈醉也摩挲，陳王當日風流滅，只向波間見襪羅」句，則作新月狀亦不自李後主可知。尖屈上，或自後主耳。

漢《雜事秘辛》，升庵以為漢已束足之証。沈繡水謂，其間兩人周旋景光，雖去今于數百年，猶歷歷如眼見而耳聞之也。疑其為偽，非所以語于文章之妙矣。但足長八寸，約縑迫襪收束略如禁中，脛跗豐妍，底平指捲，俗本誤作指斂，猶非知文章之妙者。「楊柳岸曉風殘月」只是情景並絕，不意《妙牝賦》中得「春山翠拖」二句，世間事畫不能描，句寫成者多矣。東坡「每得君詩如得書，宣心寫妙書不如」，似為玉茗「會脫」二字及「空影」一句言之。東坡〈與賈耘老書〉：「齒落目昏」，當是為雙「荷」葉所困。昭明詩：「意樹發生花，心蓮吐輕馥」，翁山：「賤妾蓮蓬似，中怜苦薏多，壁開君不食，辜負一么荷。」「么荷」二字，李白所謂「張翰黃花句，風流五百年」也。

唐武宗妃王氏，德州人，狀纖頎類帝，騎而從觀者不知孰為帝也。似此「四目相看」，正不得不「輕可」。

王金壇：「今日眼波微動處，半通商略半矜持。」王季重：「無非只說天鵝肉，敕斷儂家不用思。」凝眸遠清清斜照，只誰輕可三字，革盡天下多少邪淫。明皇題梅妃像：「霜綃雖似當時態，爭奈嬌波不『顧』人」，自是心中有愧于妃，故爾覺其不顧。

明人曲：「我只道玉天仙有眼睛，我將他活觀音額上頂」，是「似掇小生」神理。

諺謂：「居江南者，三月病目不能『看』花，八月病腹不能食物，便是無福人。」蓋每人平生勢淫無幾，而目淫則不可限量，不可思議矣。慾念損人，勝于慾事。隔墻釵釧，隙穴髮鬟，少年當之，衽席不施，而燦為枯腊者不少也。愛美人者，初亦貪其色香，別有吸受耳。然欲令彼歡，則必為之而見其果有樂狀，故「看殺」者不及一半。元人云：「眼飽心飢，妙音嬌媚，俏書生偏嗅着你芬芳氣」，蓋此事惟賴善嗅矣。

# 第二十七齣　魂遊

【掛真兒】（淨扮石道姑上）臺殿重重春色上，碧雕闌映帶銀塘。撲地香騰，歸天磬響。細展度人經藏。

〈集唐〉「幾年紅粉委黃泥雍裕之，十二峰頭月欲低李涉。折得玫瑰花一朵李建勳，東風吹上窈娘堤❶羅虬。」俺老道姑看守杜小姐墳菴，三年之上。擇取吉日，替他開設道場，超生玉界。早已門外豎立招旛，看有何人來到。

【太平令】（貼扮小道姑，丑扮徒弟上）嶺路江鄉，一片彩雲扶月上。羽衣青鳥閒來往。（丑）天晚，梅花觀歇了罷。（貼）南枝外有鵲爐香。

小道姑乃韶陽郡碧雲菴主是也，遊方到此。見他莊嚴旛引，榜示道場，恰好登壇，共成好事。（見介）〈集唐〉（貼）「大羅天上柳煙含魚玄机，（淨）你毛節朱幡倚石龕王維。（貼）見向溪山求住處韓愈，（淨）好哩，你半垂檀袖學通參女光。」小姑姑從何而至？（貼）從韶陽郡來，暫此借宿。（淨）西頭房兒，有個嶺南柳相公養病。則下廂房可矣。（貼）多謝了。敢問今夕道場，為何而設？（淨嘆介）則為「杜衙小姐去三年，待與招魂上九天」。（貼）這等呵！「清醮壇場今夜好，敢將香火助真仙。」（淨）這等卻好。（內鳴鐘鼓介）（眾）請老師兄❷拈香。（淨）南斗注生真妃，東岳受生夫人殿下。（拈香拜介）

【孝南歌】鑽新火，點妙香。虔誠為因杜麗娘。（眾拜）香靄繡旛幢，細樂風微颺。仙真呵，威光無量，把一點香魂，早度人天上。怕未盡凡心，他再作人身想。做兒郎，做女郎，願他永成雙。再休似少年亡。

（淨）想起小姐生前愛花而亡，今日折得殘梅，安在淨瓶供養。（拜神主介）

【前腔】瓶兒淨，春凍陽。殘梅半枝紅蠟裝。小姐呵！你香夢與誰行？精神忒孤往！（眾）老師兄，你說淨瓶像什麼，殘梅像什麼？（淨）這瓶兒空像，世界包藏。身似殘梅樣，有水無根，尚作餘香想。（眾）小姐，你受此供呵，教你肌骨涼，魂魄香。肯回陽，再住這梅花帳？

（內作❸風響介）（淨）奇哉怪哉，冷窣窣一陣風打旋也。（內鳴鐘介）（眾）這晚齋時分，且吃了齋，收拾道場。正是：「曉鏡拋殘無定色，晚鐘敲斷步虛聲。」（眾下）

【水紅花】（魂旦作鬼聲，掩袖上）則下得望鄉臺如夢悄魂靈，夜熒熒、墓門人靜。（內犬吠，旦驚介）原來是賺花陰小犬吠春星。冷冥冥，梨花春影。呀，轉過牡丹亭、芍藥闌，都荒廢盡了❹。（泣介）傷感煞斷垣荒逕。望中何處也？鬼燈青。（聽介）兀的有人聲也囉。

〈添字昭君怨〉「昔日千金小姐，今日水流花謝。這淹淹惜惜杜陵花，太虧他。生性獨行無那，此夜星前一個。生生死死為情多。奈情何！」奴家杜麗娘女魂是也。只為癡情慕色，一夢而亡。湊的十地閻君奉旨裁革，無人發遣，女監三年。喜遇老判，哀憐放假。趁此月明風細，隨喜一番。呀，這是書齋後園，怎做了梅花菴觀？好感傷人也。

【小桃紅】咱一似斷腸人和夢醉初醒。誰償咱殘生命也。雖則鬼叢中姊妹不同行，窣地的把羅衣整。這影隨形，風沉露，雲暗斗，月勾星，都是我魂遊境也。到的這花影初更，（內作丁冬聲，旦驚介）一霎價心兒瘮，原來是弄風鈴臺殿冬丁。

好一陣香也。

【下山虎】我則見香煙隱隱，燈火熒熒。呀，鋪了些雲霞櫈，不由人打個讚掙。是那位神靈，原來是東岳夫人，南斗真妃。（作稽首介）仙真，❺杜麗娘鬼魂稽首。魆魆地投明証明，好替俺朗朗的超生注生。再看這青詞上，原來就是石道姑在此住持。一壇齋意，度俺生天。道姑道姑，我可也生受你呵。再瞧這淨瓶中，咳，便是俺那塚上殘梅哩。梅花呵，似俺杜麗娘半開而謝，好傷情也。則為這斷鼓零鐘金字經，叩動俺黃粱境。俺向這地坼裡梅根迸幾程，透出些兒影。（泣介）姑姑們這般志誠，若不留些蹤影，怎顯的俺鑒知他，就將梅花散在經臺之上。（散❻花介）抵甚麼一點香銷萬點情。

想起爹娘何處，春香何處也？呀，那邊廂有沉吟叫喚之聲，聽是❼怎來？（內叫介）俺的姐姐呵！俺的美人呵！（旦驚介）誰叫誰也？再聽。（內又叫介）（旦歎介）

【醉歸遲】生和死，孤寒命。有情人叫不出情人應。為什麼不唱出你可人名姓？似俺孤魂獨趁，待誰來叫喚俺一聲。不分明，無倒斷，再消停。（內又叫介）（旦）咳，敢邊廂甚麼書生，睡夢裡語言胡啞？❽不由俺無情有情，湊著叫的人三聲兩聲，冷惺忪紅淚飄零。呀，怕不是夢人兒梅卿柳卿？俺記著這花亭水亭，趁的這風清月清。則這鬼宿前程，盼得上三星四星？

呀待即行尋趁，奈斗轉參橫，不敢久停呵！

【尾聲】為什麼閃搖搖春殿燈？（內叫介）殿上響動。（丑虛上望介）（又作風起介）（旦）一弄兒繡旛飄迴，則這幾點落花風是俺杜麗娘身後影。

（旦作鬼聲下）（丑打照面驚叫介）師父們，快來❾！（淨、貼驚上）怎生大驚小怪？（丑）則這燈影熒煌，躲著瞧時，見一位女神仙，袖拂花旛，一閃而去。怕也，怕也！（淨）怎生模樣？（丑打手勢介）這多高，這多大，俊臉兒，翠翹金鳳，紅裙綠襖，環佩玎璫，敢是真仙下降？（淨）咳，這便是杜小姐生時樣子。敢是他有靈活現。（貼）呀，你看經臺之上，亂糝梅花，奇也，異也！大家再祝讚他一番。

【憶多嬌】（眾）風滅了香，月倒❿廊。閃閃尸尸魂影兒涼。花落在春宵情易傷。願你早度天堂，⓫免留滯他鄉故鄉。

（貼）敢問杜小姐為何病亡？以何因緣而來出現？

【尾聲】（淨）休驚恍，免問當。收拾起樂器經堂。你聽波，兀的冷窣窣珮環風還在迴廊那邊響。

心知不敢輒形相，　曹唐　欲話因緣恐斷腸。　天竺牧童
若使春風會人意，　羅鄴　也應知有杜蘭香。　羅虬

【校記】

❶徐本作「隄」。全集本作「堤」。❷徐本作「父」。❸徐本無「作」字。❹徐本此句為「都荒廢盡。爹娘去了三年也」。❺徐本作「仙真，仙真」。❻徐本作「撒」。全集本作「散」。❼徐本無「是」字。❽徐本此處有【黑麻令】曲牌名。❾徐本作「快來快來」。❿徐本作「到」。⓫徐本作「願你早度天堂，早度天堂」。

# 第二十七齣〈魂遊〉批語

「春色」喻女根外形，故「臺殿重重」，在其「上」也。「碧」喻翠毫，「撲地」猶折柳意，「香騰」即狡兔騰天之說。「歸天罄響」喻響在深處時。「經」作經絡之經，五臟之臟。「細展」細字更妙，「十二峰」即十二亭臺意。「玫瑰」似喻男根，故曰「折得」。「招旛」喻女邊闌，「彩雲扶月上」非女根而何，然麗絕無兩矣。「羽衣」喻豪，「鵲」喻男根，「爐」喻女根，「香」喻男根，「碧」仍喻豪，「羅」喻女扉，「大」與「天上」嘲其深廣。「朱幡」以喻女扉，「石龕」交骨，「垂袖」猶朱幡意，「香火」喻男根，「真仙」之真代筋，「新火妙香」男根美譽，「旛幢」喻女兩扉，「繡」仍喻豪，「樂」喻其聲，「威光」固喻男根，「香魂」亦然，「人天上」言人身中有最深處也。「未盡凡心」嘲女道之無厭，「似少年亡」喻其戰之不久。「紅臘」仍喻男根，「有水無根」喻男根不能永植于內。「回陽」以喻乾道，「梅」喻男精，「帳」喻女根，「打旋」亦其事。「夜熒熒墓門」喻女根，「小兒」喻男根，「吠」喻張口，「春星」喻槌，「冷冥冥」喻女根合時，「望中」喻女深處，「杜陵」以代肚稜，女根俗呼坐腳，故喻之以獨行。「星前」言垂星也，「月明風細」喻其事，「斷腸」喻男根事訖。「鬼叢姊妹」喻後花園，「窣」深也，「羅衣」邊闌，「月」喻女根，「星」喻男根，「心疹」即謂花心，「鈴」喻腎子，「臺殿」女根，「香煙」喻男槌氣見，「燈熒」仍喻女根，「霞幢」亦然，「塚」喻女根，「殘梅」男精，「半開」喻女根未大狼籍。「金」字以代筋字，「透出些」喻抽之淺，男根倒則其事斷，故曰「倒斷」。花亭，水「亭」真是牡丹亭也。「鬼」喻男根，「星」喻槌上，「袖拂花翻」是女根也，「翠翹綠襖」仍是喻豪，「丁當」中空之故，筋「仙下降」則中空矣，其意尤妙。「風滅了香」喻動則事訖也。「月倒」喻粘合意，「樂器」喻其聲，「經堂」作經水之經，「回廊」喻內廂遠，「心知不敢輒形相」言人或知其取譬，不敢解出也。一篇天女花禪，卻似淡寫空描，花明玉淨。

坡：「白足高僧解達觀，安排春事滿幽『欄』，不須天女來相試，總把空花眼裡看。」「臺殿」三句，頗有「松聲侵殿冷，花勢擁樓高」之意。

白：「不開莊老卷，欲與何人言」，以其足以「度人」也。

坡：「贈君無物惟一語，莫遣瘴厲侵雲鬟」，正為「嶺路江鄉」而道。陸龜蒙「日色燒山翠」，李日華「夕陽古道餘寒月」俱妙，而未及「一片彩雲扶月上」七字之麗，宜王金壇有：「好女難參世上禪」之句。昔人評眉公著作，筆墨之外，皆有雲氣飛行，如白瓊淡月，非塵土胃腸所能領略。寫小姑而襯以「月」，又加「綵雲」，真善寫也。

坡：「欲求南宗一勺水，往與屈賈湔餘哀」，恐還帶著春愁去，又在青「天」怨落花耳。

齊後主自舞以事胡「天」，周欲招來西域，又有拜胡「天」制，其儀並從夷俗，淫辭不可語也。殊俗異聞所載，有裸拜裸舞獻醜呈足云云，謂胡天即魔天，佛門只是巧鎔惡見。許敬宗、李義府與玄奘固可同譯。吳門泐師現女人身，能以佛法行冥事，聚諸慧性靈魂于無業堂中，教以修持。又能附乩傳語，引諸靈性與生前眷屬聚話，西方中路何可少此總持。而或者揶揄錢宗伯記，亦猶江陵相斥鳳洲大學士王錫爵女《曇陽子傳》，自認弟子，何苦用拙乃爾。

義山：「青女素娥俱耐冷」，是「孤往」意。

宋之問：「願以有漏軀，幸熏無生慧。」「瓶兒」二句，言器界本無三界，妄執人知天宇為空，不知毛孔亦空。大海為「水」，涕唾亦水。

元張礎：「瓶花紅淡浸寒泉，亦易凋零亦可怜，堪嘆身根不知處，卻將顏色為人妍。」

凡人虛病及喪精之後，觀牆垣院落，即有渺渺茫茫，似夢似幻之狀，則山河之為妄見確矣。所以以此為妄者，以神一離形，所見即不爾也。自當以神見為實，形見為虛。麗娘能見舊處，只是別無他業，惟執一件夢境，無定時定處，鬼境想亦當然。夢位執心力弱，鬼境卻未必。諸佛境智遍界遍空，凡夫身心如影如象。悟本性人如自醫已愈，一切狂花，眼都不見。讀「望鄉如夢」兩句，知爾心魂幽全不在手墨矣。

「夢」少者魂制魄，「夢」多者魄制魂，做「夢」只是合眼見鬼，見鬼只是開眼做「夢」。夢又加醉，迷之甚也。因醉而「夢」耶？「夢」中加醉耶？生時境界，死則見壞，「夢」中兼醉，真鬼境也。

北齊宋穎前妻劉氏，亡十五年，穎夢見之，曰：「新婦今被處分為高崇妻，故來辭穎。」旦見崇言之，崇後數日而卒。王金壇：「『同行』暫猶好，歸路莫嫌長，舊魂走抱新魂啼，新鬼重重欺舊鬼」，究竟「同行」得否，人不與知。

人不見風，搖手知風。魚不見水，跳觸知水。鬼不見地，出沒知地。人為殼封，反不能「透」。若離此殼，不獨自己六入，一時互用他心，一念起且能委悉。既無骸骨，與天差近。以本空故，法身常現，何必閻浮尸穢是戀乎？

羅隱：「一榻已無開眼處，九泉應有愛才人」，死者若不「孤寒」，亦必不愛及此。

《圓覺》：一切性皆因淫欲。方知輪回，愛為根本。由有諸欲，助發愛性。欲因愛生，命因欲有，眾生愛命，還依欲本。愛欲為因，愛命為果，是「誰償咱命」之解。人生百年難百歲，何處雙心共一心？最是黃姑生命好，不須身自渡銀河。孤魂獨趁暗中，往往精靈語矣。僧墻畫故人，亦看「身後影」耳。「身後影」三字，非一二語所能解說，若人要躲渾「身影」，須向無身樹下行。

陽固氣也，陰亦不能離氣，故鬼吹可以「滅燈」，而有「無禪無淨土，陰境忽現前，瞥爾隨他去」之說也。各有國土在空氣中，理之必然，無足怪者，鬼能見人而人不見鬼，況仙佛耶。漢王充云：手弄笛孔，猶喉弄舌。世無獨然之火，安得有無體之知？且何並衣服見也？鬼陽氣也，氣能象人聲而哭，則亦能象人形而見，世間所謂鬼神，皆太陽之氣為之也。鬼者太陽之妖，太陽之氣，天氣也，氣中含識，故能象人之容，即能為衣甲器仗之象。陰氣主為骨肉，陽氣主為精神。如龍稟太陽，尚能放火燒身，復生新肉。變體自匿，存亡其形，亦極有理。

# 第二十八齣　幽媾

【夜行船】（生上）瞥下天仙何處也？影空濛似月籠沙。有恨徘徊，無言窨約。早是夕陽西下。

「一片紅雲下太清，如花巧笑玉俜停。憑誰畫出生香面？對我❶偏含不語情。」小生自遇春容，日夜想念。這更闌時節，破些工夫，吟其珠玉，玩其精神。倘❷然夢裡相親，也當春風一度。（展畫玩介）呀，你看美人呵，神含欲雨❸，眼注微波。真乃「落霞與孤影❹齊飛，秋水共長天一色」。

【香遍滿】晚風吹下，武陵溪邊一縷霞，出落個人兒風韻殺。淨無瑕，明窗新絳紗。丹青小畫，又把一幅肝腸掛。

小姐小姐，則被你想殺俺也。

【懶畫眉】輕輕怯怯一個女嬌娃，楚楚臻臻像個宰相衙。想他春心無那對菱花，含情自把春容畫，可想到有個拾翠人兒也逗著他？

【二犯梧桐樹】他飛來似月華，俺拾的愁天大。常時夜夜對月而眠，這幾夜呵，幽佳，嬋娟隱映的光輝殺。教俺迷留沒亂的心嘈雜，無夜無明快著他。若不為擎奇怕涴的丹青亞，待抱著你影兒橫榻。

想來小生定是有緣也。再將他詩句朗誦一番。（念詩介）

【浣沙溪】拈詩話，對會家。柳和梅有分兒些。他春心迸出湖山罅❺，飛上煙綃萼綠華。則是禮拜他便了。（拈香拜介）傒倖殺，對他臉暈眉痕心上掐，有情人不在天涯。

小生客居，怎能❻勾小姐❼風月中片時相會也。

【劉潑帽】恨單條不惹的雙魂化，做個畫屏中倚玉蒹葭。小姐呵，你耳朵兒雲鬢月侵芽，可知道❽一些些都聽的俺傷情話？

【秋夜月】堪笑咱，說的來如戲耍。他海天秋月雲端掛，煙空翠影遙山抹。只許他伴人清暇，怎教人佻達。

【東甌令】俺如念咒，似說法。石也要點頭，天雨花。怎虔誠不降的仙娥下？是不肯輕行踏。（內作風起，生按住畫介）待留仙怕殺風兒刮，粘嵌著錦邊牙。

怕刮損他，再尋個高手臨他一幅兒。

【金蓮子】閒嘖牙，怎能勾他威光水月生臨榻？怕有處相逢他自家，則問他許多情，與春風畫意再無差。

再把燈剔起細看他一會。（照介）

【隔尾】敢人世上似這天真多則假。（內作風吹燈介）（生）好一陣冷風襲人也。險些兒誤丹青風影落燈花。罷了，則索睡掩紗窗去夢他。（睡介❾）

（魂旦上）「泉下長眠夢不成。一生餘得許多情。魂隨月下丹青引，人在風前嘆息聲。」妾身杜麗娘鬼魂是也。為花園一夢，想念而終。當時自畫春容，埋於太湖石下。題有「他年得傍蟾宮客，不是梅邊是柳邊」。誰想遊魂觀中幾晚，聽見東房之內，一個書生高聲低叫：「俺的姐姐，俺的美人。」那聲音哀楚，動俺心魂。悄然驀入他房中，則見高掛起一軸小畫，❿便是奴家遺下春容。後面和詩一首，觀其名字，則嶺南柳夢梅也。梅邊柳邊，豈非前定乎！因而告過了冥府判君，趁此良宵，完其前夢。想起來好苦也。

【朝天懶】怕的是粉冷香銷泣絳紗，又到的高唐館玩月華。猛回頭羞颯髻兒　，自擎拿。呀，前面是他房頭了。怕桃源路徑行來詫，再得俄旋試認他。

（生睡中念詩介）「他年得⓫傍蟾宮客，不是梅邊是柳邊⓬。」我的姐姐呵。（旦聽作悲介）

【前腔】是他叫喚的傷情咱淚雨麻，把我殘詩句沒爭差。難道還未睡呵？（瞧介）（生又叫介）（旦）他原來睡屏中作念猛嗟牙。省諠譁，我待敲彈翠竹窗櫳下。（生作驚醒，叫「姐姐」介）

（旦悲介）試⓭展香魂去近他。

（生）呀，戶外敲竹之聲，是風是人？（旦）有人。（生）這喒時節有人，敢是老姑姑送茶⓮？免勞了。（旦）不是。（生）敢是遊方的小姑姑麼？（旦）不是。（生）好怪，⓯又不是小姑姑。再有誰？待我啟門而看。（生開門看介）

【玩仙燈】呀，何處一嬌娃，豔非常使人驚詫。

（旦作笑閃入）（生急掩門）（旦斂衽整容見介）秀才萬福。（生）小娘子到來，敢問尊前何處，因何夤夜至此？（旦）秀才，你猜來。

【紅衲襖】（生）莫不是莽張騫犯了你星漢槎，莫不是小梁清夜走天曹罰？（旦）這都是天上仙人，怎得到此。（生）是人家彩鳳暗隨鴉？（旦搖頭介）（生）敢甚處裡綠楊曾繫馬？（旦）不曾一面。（生）若不是認陶潛眼剉⓰的花，敢則是走臨邛道數兒差？（旦）非差。（生）想是求燈的？可是你夜行無燭也，因此上待要紅袖分燈向碧紗？

【前腔】（旦）俺不為度仙香空散花，也不為讀書燈閒濡蠟。俺不似趙飛卿舊有瑕，也不似卓文君新守寡。秀才呵，你也曾隨蝶夢迷花下。（生想介）是當初曾夢來。（旦）俺因此上弄鶯簧赴柳衙。若問俺粧臺何處也，不遠哩，剛則在宋玉東鄰第幾家。

（生想介）是了。曾後花園轉西，夕陽時節，見小娘子走動哩。（旦）便是了。（生）家下有誰？

【宜春令】（旦）斜陽外，芳草涯，再無人有伶仃的爹媽。奴年二八，沒包彈風藏葉裡花。為春歸惹動嗟呀，瞥見你風神俊雅。無他，待和你剪燭臨風，西窗閒話。

（生背介）奇哉，奇哉，人間有此豔色！夜半無故而遇明月之珠，怎生發付！

【前腔】他驚人豔，絕世佳。閃一笑風流銀蠟。月明如乍，問今夕何年星漢槎？金釵客寒夜來家，玉天仙人間下榻。（背介）知他，知他是甚宅眷的孩兒，這迎門調法？

待小生再問他。（回介）小娘子夤夜下顧小生，敢是夢也？（旦笑介）不是夢，當真哩。還怕秀才未肯容納。（生）則怕未真。果然美人見愛，小生喜出望外。何敢卻乎？（旦）這等真個盼著你了。

【耍鮑老】幽谷寒涯，你為俺催花連夜發。俺全然未嫁，你個中知察，拘惜的好人家。牡丹亭，嬌恰恰；湖山畔，羞答答；讀書窗，淅喇喇。良夜省陪茶，清風明月知無價。

【滴滴金】（生）俺驚魂化，睡醒時涼月些些。陡地榮華，敢則是夢中巫峽？虧殺你走花陰不害些兒怕，點蒼苔不溜些兒滑，背萱親不受些兒嚇，認書生不著些兒差。你看斗兒斜，花兒亞，如此夜深花睡罷。笑咖咖，吟哈哈，風月無加。把他豔軟香嬌做意兒耍，下的虧他？便虧他則半霎。

（旦）妾有一言相懇，望郎恕責[17]。（生笑介）賢卿有話，但說無妨。（旦）妾千金之軀，一旦付與郎矣，勿負奴心。每夜得共枕席，平生之願足矣。（生笑介）賢卿有心戀於小生，小生豈敢忘於賢卿乎？（旦）還有一言。未至雞鳴，放奴回去。秀才休送，以避曉風。（生）這都領命。只問姐姐貴姓芳名？

【意不盡】（旦嘆介）少不得花有根元玉有芽，待說時惹的風聲大。（生）以後准望賢卿逐夜而來。（旦）秀才，且和俺點勘春風這第一花。

浩態狂香昔未逢，韓愈　月斜樓上五更鐘。李商隱
朝雲夜入無行處，李白　神女知來第幾峰？張子容

## 【校記】

❶徐本作「俺」。❷徐本作「儻」。❸徐本作「語」。❹徐本作「鷩」。❺徐本作「罅」。❻徐本無「能」字。❼徐本作「姐姐」。❽徐本作「他」。❾徐本作「打睡介」。全集本作「生睡介」。❿徐本此處有「細玩之」一句。⓫徐本作「若」。⓬全集本作「不在梅邊在柳邊」。⓭徐本作「待」。⓮徐本此處有「來」字。⓯徐本此處為「好怪，好怪」。⓰徐本作「挫」。⓱徐本作「罪」。全集本作「責」。

# 第二十八齣〈幽媾〉批語

「瞥下」猶云迸過，「月」喻女根，「空濛籠沙」喻男根已出時，可謂神肖矣。「徘徊」喻男根緩慢，故「有恨」也。「窨約」猶噤窄意，「恨」其纖而難言，只得自窨其具。「西」字妙義，前已註過。「見是陽下」，又嘲男道之不能久也，此數句入微之極。「清」本喻水「下太清」，妙。「娉婷」喻長，「巧笑」如「玉」而又形長，有「花」真乃麗絕。「面」喻兩輔，即「玉」字意，知賞其面是真解人。「不語情」恨徘徊欲窨約，怨早下之情也。「欲雨」喻其汗氣，「微波」方喻淫液，「秋水」之秋代湫，「人兒」喻男，「出落」二字妙甚，「武陵溪」桃花溪也，「一縷霞」惟幼女則爾。「淨無瑕」指兩輔言，「新紗」喻婦未老，「畫」喻女根，「又」喻男槌，「肝腸」喻其內也。「宰衙相」言如此「楚楚臻臻」全無惡狀，方許其中生出宰相耳，則知此物不臻楚者多矣。「菱」喻女根外形，「翠」喻毫，「逗」拖也，「飛」喻兩扉，「天大」嘲女道語，「愁天大」又嘲男事，「幽佳」深緊之貌，「光輝」喻男莖端出，至莖端則女根仍見長形，故曰嬋娟隱映。「快」不足也，掌托則成「亞」字，猶物揎則成西字也，奇想奇文。「待抱橫榻帳」恨不以手眼鼻舌四者共當之。「拈詩話對會家」玉茗自喻多人不解其譬耳。「湖山罅」者，嘴骨稜也，「飛上」上半似飛也，合尖至「煙綃處」止而下露「蕚華」，乃以飛上為詞，真正巧麗。「臉暈」尤妙，「心上插此」正如界道分明，時刻在眼也。「風月」二字，以喻此物，真乃祖師。「中片時」猶分開時，「單條」喻男根，「雙魂」喻女扉，欲「惹」使「化」，除是嫪毒。「屏」字代瓶，「兼葭」喻豪，「耳鬢」喻豪之在左右者。雲即月芽，「鬢侵及芽」豪亦長矣。「如戲耍」又自註其所譬。「海天」嘲女道之高廣，「月」喻圓形，「雲」喻花頭，「端」正也，「翠影」則又喻豪之少，以二句狀此物，麗絕千古矣。「石」喻男根，「天」喻女根，「下」與「行踏」喻雌乘雄，「風兒刮」喻響動，「錦」字以代緊字，惟其「邊」緊，故「粘嵌」著益覺風刮之兇。「高手」字妙，「噴牙」喻邊緊之聲，「成光」男根，「水月」女根，「剔」喻男根挑其合尖，「燈」喻渥丹。「人世」一句，言我雖說得此物應如是之妙麗，而世上少見如是十全妙品，反覺我之所言為假也。「險落燈花」喻其拖之急暴，「紗窗」前已註明，「泉下長眠」猶睡仍淌水，「一生餘得」譏嘲女道不淺，「魂隨月下」言女人受觸之時，其心思注在女根，其魂靈即栖此處也。「丹」喻男槌，「青」喻豪，「泣絳紗」喻水濕兩扉，「高唐」喻女根之深，「髻鬘」喻豪，「自擎拿」三字與自開看同笑。「叫喚」得硶淫液更多，亦因請欲助發愛性意。「睡屏」之屏代瓶，「睡屏中」喻男根也。「翠竹」男根，「窗櫳」女根嫌其聲之太甚，故欲彈之。「展」喻女扉，「衽」同，「燭」喻男根，「袖」喻女扉，「碧」仍喻豪，「空散花」喻內無男根，「書」字註過，「蠟」喻男精，「趙」翹也，「卓」立也，「蝶」喻女根外形，「簧」喻其聲，「走」時似動女根妙喻，「斜陽」喻男側立而行事，「芳草」喻豪，「二八」喻女界道，「彈」喻男根，「沒包彈」未曾包著彈子也。「葉裡花」三字喻未破瓜時，肖形之至。「燭」喻男根，「窗剪」女根，「月」喻女，「珠」喻男，「風流銀蠟」喻動則流精也。「月明如乍」喻男根再出，女根未得全合。「金釵」以代筋，又「下榻」之榻代塌，即狀湊意。「孩兒」喻男根，「甚宅眷的」言其非一人所得專，未必是不曾經過者。「容納」容其納入也。「盻著」喻女根眼，「好人家」猶言緊物，「苔苔刺刺」俱喻行事之聲，「清風」喻動時無腥惡氣，「明月」喻女根外形清晰，其「無價」者須如此耳。「些些」喻小戶也，「榮華」喻男根之暴起，「蒼苔」喻豪，「斗」喻男根，「亞」字妙絕，喻揎開狀，「睡罷」喻事畢也，「咖咖」喻其揎開之狀，「哈哈」喻聲字皆從口，故為妙絕。「艷軟香嬌」四字盡斯物表裡之妙，奇麗無加矣。「送」即深送之送，「目斜」喻其外，「樓上」喻內高處，「鐘」喻其聲，「無行處」深至盡頭也。齣齣雙管齊下，絳樹一聲能歌兩曲，吾乃今而信其非誑語也。

「不語情」深于語情，相對至不可語，便是剩情靦腆而不可思議者也。「武陵」三句，畫出約潔多餘態意思，所謂潔然後華，鮮然後麗也。羨門云：「羅衣恰好半身長，依稀已到銷魂處」，觀此等句，便覺飛卿有其魂艷，無其娟妙。

「武陵溪」已在有無間，此間「霞」縹緲矣，又只「一縷」，玉茗殆自言其取譬無跡也。

外國有旃檀樹，以人「肝腸」培之，則香極遠，名反精香。元人殷淑儀曲（案：應為元雜劇《玉鏡臺》曲）：「兀的不可喜煞羅幃繡幕，風流煞金屋銀屏，想天地全將秀結成一開兒智巧心靈。雖是一段玉，卻是幾樣成。穩坐時有那穩坐堪人敬，舉動時有那舉動可人憎。女人每鞋襪裡多藏著病，看這玉筍般周周正正，你便是醉中茶一啜猛然醒，都為他皓齒明眸，不由我使心作過。到這裡惜什麼羞恥，敢傾人命，做一場海來深不本分，使一場天來大昧前程。想天公是怎生，教他獨占人間第一等。」真寫得「肝腸」二字出。崇女襄王亦只以一幅「肝腸」相視，遂至于此也。劉孝綽有「妹亡兼失友」句，卻見梁武改妹為妹之刻。段成式多少風流詞句裡，直令裁取一團「嬌」。

或問：婦人是小身好大身好？曰「大身」。何以故？曰「余從粉版花衣句悟得」，試問粉版是小好大好便知。然守白頭時所耐回想者，全在賞黃花日。「輕怯」之年，尤不可失也。

魏虞卿兄弟六人，皆公主所生，邢邵嘆曰：「藍田生玉，不虛也。」隋蘭陵主寡，帝以蘭瑒、柳述示韋鼎相之，曰：「瑒當封侯而無貴妻之相，述亦通顯而守位不終。」何以云公主不得為正君家令，不當為制服乎？《左傳》魯莊公于梁氏女，公子觀之。近世駙馬稱公主以殿下，貴家婿稱室人以衙內。懷嬴怒，晉文曰：「秦晉匹也，何以卑我？」驕亢有女公子氣，的是秦種。遂使晉文公懼，降服而囚也。蓋自薦得無跡，使其不得不以伉儷法謝罪矣。若穆姬履薪，絕似婦人驕賴口語。韓偓云：仙樹有花難問種，然歟否歟？

「春心無那對菱花」，作受觸觀實不得受之謂。

月裡嫦娥不畫眉，其言未確。讀嬋娟句，即欲不死此鄉，得耶？然韻合人同，燈闌月轉，彼此神彩相映，此境真是可愛，非必男女際也。男與男、女與女，亦皆有之。

王金壇：「枕上不嫌頻轉側，柔腰偏解逐人彎。」元美有：「喜無絲掛礙，『抱』得玉欹斜」之句，最形容得「抱」時釵落履遺神理出。又試倒植女身而抱之，想其身如瓊樹，花如牡丹，豈不知音也哉。

金壇又云：「看鏡徘徊影自憐，關心消息在今年。風情領略非容易，分付兒身若個邊」，「拈詩話」也。「浴室笑言樊嫕侍，閨房風格濟尼知。釀成消渴那因酒，畫出娉婷賴有詩」，「對會家」也。劉端已云：「感君同病更知音，許把閒情次第吟，別去向誰吟一字，縱無離恨也難禁」，所謂「詩話會家」也。又云：「妖唱能傳作者心」，則不但批《牡丹亭》，雖唱演亦復不易。

「臉暈眉痕」云云，亦無如次回：「願作君家掃除隸，一生常拜美人圖，要識寸心相喻處，明明如月在君看」四句之妙也。

「念咒說法」，商隱當云「玉郎會此通仙籍」矣。

「羲娥怕人恣嘲謔，匿影便向雲端趨」。而望即報，《經》：目連有弟巨富，勸其布施受報，其弟開庫待報，久久竟不見來。目連恐人因此不信，以神足力將弟上天，數千萬眾純女無男，謂其弟曰：「汝命終時，當來生此作我等夫。」天趣之妙，正以亦汗亦液，化有化無爾。觀皇甫謐：「丈夫當直上天門，夜夜御天姝百千。」為番宛宛舒舒，與天地相終始，浩漫為歡娛。及李白：「西海晏王母，北宮遊上元，淫樂心不極，雄豪安足論」語，則「仙娥行踏」殊未滿願，人志大小懸殊若是。

唐蔣凝侍郎，號水月觀音，以長白也。嘗批《水滸》美人一丈青五字，真才子筆。蓋青色如髮，最能襯出粉白，然使青而甚矮，則其人必不美矣。楚后之衣尚且牽，無怪乎思及「水月」矣。元人曲「珮環聲真洛浦，水月面活觀音，清寒斗帳怎遺人無恙」，到急色時，即「威光水月」亦欲其「臨榻」。亦大膽，亦可怜也。

王金壇：「心中覓得掌中擎，肯向閒叢浪寄情，偶折梅花相伴醉，此心猶覺負卿卿」，即「水月」真「臨」，當不與易。

果為天上天下第一奇才。佛者，天上天下三千大千諸「水月」，皆當以「生臨榻」法供養之。

「世人空有心，安知『情』所『餘』」，玉茗句也。「欲窮風月三千界，願化天人百億軀」，皆「一生餘得許多情」所致。

王金壇：「翻憶未成歡愛日，一聞名姓一含『羞』」，即此猛回頭意。

「艷」中帶俊，乃為「非常」。王金壇云：「總為叢來看不細，枉教狂眼一時忙，慧絕眼波能送語，喜來巾帔總飄揚」，真非「狂愛寒姝欲傍人，且憑村酒煖精神」者所得比，然亦不脫彼所云「鮮妍都是稱情生」耳。劉繪云：「參差鬱佳麗，合沓粉可怜，榮色何雜糅，縟繡更相鮮」，則又以多為貴者。

或云火與薪盡，而大塊之火，不因有損。香隨花萎，而自然之香，未或偕亡。「香艷」在魂氣，由乖巧在心思口體，乃乖巧之借寓形質，乃「香艷」之渣滓耳。信斯言也，未有不靈而美者也。蜃且成樓，香可結閣，氣之所幻，何形不有？解得陰氣亦氣，于鬼何疑。

通蜀連秦山十二，中有妖靈會人意，不知「星漢」亦然否。

「誰家兒女脂粉香，同居女伴正衣裳。賈生十八稱才子，空得門前一斷腸」，「人家彩鳳」奈何。

「一鎰黃金一朵花，『綠楊』深巷『馬』頭斜」，無句無成處。

「臨邛」知我是何人，夫安得「差」。

「生憎絳『蠟』無我情，只為渠儂照珠翠」，「讀書燈」何「蠟」可「濡」？

你暖溶溶誤入俺桃源洞，所謂「蝶花」。

魚玄機：「焚香出戶迎潘岳，不羨牽牛織女家」，是「暫見風神」之意。

「閒話」二字，猶言非來求見睡情也。柳惲：「本以容見知，惟持德自美」，故非趙卓所及。韋莊「說盡人間天上兩心知」，閒話乃爾，正不如單于嫚書直言，以其所有易其所無矣。經言：下品欲者，但共言笑，欲情即歇。然如冬郎之「坐來雖近遠于天」，正恐非「閒話」所得代耳。

王金壇：「從來國色玉光寒，晝視常疑月下看，況復此宵兼雪月，白衣裳憑赤闌干」，與此「驚人艷」三句暗合，不得復言「粉紅香白侶，殊色不殊春」也。

昔人以宋人「燈斜明媚眼」，為顧陸所不能筆。龔芝翁有「『銀燭』照素心」，王金壇有「避『燭』難禁鳳履狂，纔隔珠簾便渺茫」句，俱佳。

「但願暫隨人繾綣，不妨長任月朦朧」，正不如此「月明如乍」四字。見「月」必思美人者，以「月」似美人，惜乎不可摶弄。即月明如乍四字，豈不比「澄江如練」更奇、更確、更妙、更真？金壇云：「清『夜』能遊必慧人」，是隋煬千秋知己。

「人在『玉』清眠不眠，此中真境屬神仙」。「人間下榻」，必得「玉仙」方妙。

「每許相親應計分」，是「知他甚宅」。「瓊樹終教得穩栖」，是「迎門」調法。

王季重尚書詩：「手掬胡麻不忍嘗，『仙源』回首路茫茫，青山一誤尋春興，人世風花空斷腸。」金壇〈詠山〉「玉杵持將蜀道行，不辭辛苦為雲英，當年只覺成都近，未稱瓊漿一飲情」，是「則怕未真」。楊奉宸：「真是恩華重，常嗟報效微」，是「喜出望外」，「蜀道」險處也。

女人不得出家者，佛之正法，以如赤蛇已殺，人見猶怖，正以「幽谷寒崖」數句耳。然《維摩經》天女答舍利弗，求女人相了不可得，云：「何乃問不轉女身，故阿闍王女作是誓言。若一切法非男非女，令我今者現丈夫身。」說此語已即滅女身現丈夫身。今寫麗娘特特反是，見女人確有女樂，又不同男。北齊豪闍弓美僮之足，以鸛骨沐去其髭，名之曰婦，實以作夫，方自矜解事矣。

《北史》：彭老生妻「未嫁」，輒往逼之。不從，將刺之，曰「所以自固者，正欲奉給君耳」，是「拘惜的好人家」意。

《經》能具觀察，名為暖法，有色界愛，有無色界愛，竟謂「知察個中」耳。花心甘被蝶分張，知察全然未嫁之。「個中」樂不可支，須得何稠方妙？「全然未嫁」，人多誤解。若年過二八，則未嫁，微類已嫁矣。此四字男兒能知察者猶間有之，女人則十九為羞畏溷不知。女人能知察此事時，其妙尤絕世也。惟雄郎稚女彼此有一二年不可思議受用。粗人忽略渾吞，女郎既幼亦不知體認。即極宿慧，知體認矣，又不敢令郎君體認，故作者特借麗娘口中道破，曰：「知察」，曰：「點勘」，言之不已，又再三言之。

嬌羞融洽，曰「恰恰」。意所欲然容態悉爾，曰「恰恰」。凡人各有所愛，皆獨覺其「嬌恰恰」也深切。

太真婉孌萬態，以中上意，順帝諸妃，百媚其前，亦難在「恰恰」耳。定情二字之妙，男愛女之淺深，女愛男之深淺，皆于此一度可預窺也。

徐昭華有「羞向諸姑整繡裳」句，「羞答答」三字妙極，惟有才情美婦人有此情狀，又自知之，雖伉儷數十年，初歸時猶如此，若無才情者，則都不爾。其有才無貌者，又雖有此意，而無所用。嘗謂「好羞」二字，盡女人之情狀，百篇寫不完。好「羞」所好之「羞」也，越「羞」越好，又好又「羞」。偏「羞」偏要試，乃造物弄人之技。如呂后聞惠帝語，武后見諫臣章，未嘗不慚，然終不能已。無慧心者無妍狀，不得為而為者，正以愈羞愈覺有趣。楚王之于息媯，越公之于樂昌是矣。罵人髒醫厚原自妙甚，嘴骨稜欲代為「羞」也。

「君心莫淡薄，妾意正栖託」。「真個盼著」，仍恐誤投。

元稹云「憶昨初來日，看君自施展」，是「為俺催花」。

「背人斜脫鳳凰鞋，背燈偷解繡裙腰」，是未敢教「催」者。「教人對面解羅裙」，是已敢教「催」者。

「茶」有「色是春光染，色映宮姝粉」句。「省陪茶」，言此物可以當「茶」。

「人間半被虛拋擲，惟向孤吟客有情」，「涼月些些」四字已括此意。

少得美妻真有「陸地榮華」意，如何玉茗偏能寫出。

非「艷軟香嬌」四者合并，安得有「一塊瓊酥救了你」之言。

「天女師宜早，素女即丹砂。不有神仙術，難消婉孌情。誰知傾國貌，能作合歡魔」，皆為此「珈珈哈哈」

耳。

徐賢妃上太宗：「朝來臨鏡望，粧罷暫徘徊，千金始一『笑』，一名遽能來」，撒嬌之極，令人欲躍而就之，死于其身，除非情疏看「笑」淺耳。內典云：「存心染污，意食辛也。」凡食指已動，處鼎欲嘗者，此「笑」必有，只虧玉茗體貼得到。

「笑咖咖，吟哈哈，風月無加」，便如須蔓那優鉢那庵羅婆所為。將麗娘寫得太輕相矣。巫臣知美婦人何必是而必窃夏姬。馬湘蘭不甚美，而眉目疏朗，性英俠，年五十烏傷？一少年游太學，方燕婉，將十年，忘其老矣。亦為彼顰雲笑雨，無不極其妍情耳。觸者下必加法字，不獨施者有法，即受者事前事後亦有萬法，而「咖咖哈哈」二句悉該之。

「『風』過時解帶，『月』至每開襟」，故此事謂之「風月」。李主稱周后煙輕麗服，雪瑩修容，情瀾春媚，「笑」語「風」香。王金壇：「未嘗情事雖年紀，風味如何便十成」。

「跪在床前忙要親，此時還恨薄情無？」得「做意兒耍」之髓。「茲境信難遇，為歡殊未終」，得「做意兒耍」之骨。「情來不可極，騁興不惜力」，得「做意兒耍」之膚。「神傷初幸賜同心，君知一夜恩多少」，是「做意」。「已向昇天得門戶，錦衾深愧卓文君」，是不「做意」。婿之才與不才，只在「意」之「做」與「不做」。肯為多羅年少死，正為此故。惟梅村又有：「遮莫風流原薄幸，故意賺儂情」二句耳。既已受其「做意耍」矣，宜妻之淩夫也，然偏是不能「做意」者，尤受妻淩。

此事謂之作過，即「做意耍」之說也。故應得「做意」者尚覺平常，而不當得為者尤所欣艷，皆此四字註誤生人也，註出以免斯人之再誤。

「咖咖哈哈艷軟香嬌」八字，為女根千古妙贊，猶香囊怪，為女根千古妙名。「做意兒耍」只為有「艷軟香嬌」之趣，使不「嬌艷」便不值得矣。「下得」之時，要他愈虧則己愈樂，既要賞此「恰恰」，何能顧得「虧他」耶？則「半霎」猶言此後便味減也，又嘲女道「半霎」之後，無所不禁也。《左傳》：「吾寢處之矣。」「一半作過人未有不以「虧他」為快者。然內典云，「觸緣受」，使婦人愛身不求侵暴，何至以身為彼娛耶。「一半雲鬟墜枕稜，四體著人嬌欲泣」，「虧他」矣。「合散無黃連，此事復何苦」，則「半霎」也。「豆蔻難消此夜情，搗盡玄霜千萬杵」，又不止「半霎」。當「下得」時，即「他」死亦不能顧，下兩句其轉念耳。

王金壇〈紀事〉：「月到西南倍可憐，照人雙『笑』影娟娟，擎來始信雲非夢，抱定還疑玉是煙。忍把狂歡消此夜，難將辛苦合從前。由來半刻千金直，只得如花一黯然。」酷切「把他」數句。

羡門詞：「怪煞太風流，頻頻撼玉勾，千般輕薄過，可也『羞』燈火？」袁中郎云：「近來言情一派，惟銀鈕絲最佳，以雅而假不如俗而真也。」

董文友：「怪郎昨夜欺奴甚，郎將妾奈何。心腸畢竟軟，漸褪羅襦半。不覺響流蘇，雙鬟睡去無？」蓋為不「半霎」而言。阮亭以為，艷情中有文友真繪風手。

《詞統》評弇州〈甘草子〉詞：「元美豈終日無事，參微入竅如是？」不知其平生只是會「做意兒耍」耳。

〈詠宮女〉云：「見人心自惜，終是女兒身，先後仍須次第開，莫教一日不『花』開。」惟國王可擅此福。

「白如天上雪，紅似猩猩血。嬌難觸手，愛不去心」，是第一花。《雜事秘辛》捧著日光是「點勘第一」妙法。黑夜定情，真枉卻妙蕊簇成紅婉孌也，乃至有終身採「花」未知「點勘」之說者。非麗娘絕世聰明，何知叫人「點勘」之樂。元詩：「噓『花』嗅蕊獨含情」，水雲詞：「指點與君看，畫他難不難」，知令「勘花」

則「雲鬟倩郎整，前身張麗華」，不待問矣。「且和」二字，原情析理乃爾精透。以淫欲法供養人，乃至欲人視己僻處，以為供養之極致，真是秘密風情。出口入耳，未足為喻，乃被慧人輕輕拈出，借為勝寄，亦一奇也。

王金壇：「一回經眼一回妍，數見何須慮不鮮」，言「第一花」也。「嬌語娛腸勝管絃，徐娘情味勝雛年」，正指「且和俺」等語。「三年病渴愧無才，未得瓊漿飲一杯，崖蜜乍嘗今夜味，濃香細唾待君來」，頗善「點勘」。「臨書懶學簪花格，看畫慚看出浴圖，更是厭人當面問，鳳凰何日卻將雛」，寫新嫁娘暗自回想傳神，今之「與俺點勘」又是傳其心語。「垂垂欲摘枝頭蕊，淺淺常斟客裡杯，曲徑閒窗真得意，旁人只看十分開」，四句亦妙。

「夜舒宜喚作天葩，這度自知顏色重」，似詠此「第一花」。含羞靦腆丁香怯，豈真不怕「點勘」。

楊升庵：「把鸚舌偷嘗芳心拽，醉魂兒不離了湘裙穿，恨不得和身嗅入花心裡」，皆「點勘」中高手。經云：「入胎心必從生門，是所愛故」。乃至輪王雖無倒想，亦起淫愛，故入胎位必從生門，皆知此「第一花」之解者。

元人〈神傷曲〉：「見他的不動情，你便多休強，則除是鐵石心腸。宋玉郎，楚襄王，只不過夢兒悠颺。若還來此相親傍，管教命喪身亡，便立著神仙也不當。」惟「浩態狂香」四字足以當之。

# 第二十九齣　旁　疑

【步步嬌】（淨上❶）女冠兒生來出家相。無對向、沒生長。守著三清像，換水添香，鐘鳴鼓響。赤緊的是那走方娘，弄虛花扯閒帳？

「世事難拚一個信，人情常帶三分疑。」杜老爺為小姐創下這座梅花觀，著俺看守三年。水清石見，無半點瑕疵。止因陳教授，引個柳秀才東房養病。❷前幾日到後花園回來，悠悠漾漾的，著鬼著魅一般，俺已疑惑了。湊著個韶陽小道姑，年方二❸八，頗有風情，到此雲遊，幾日不去。夜來柳秀才房裏，唧唧噥噥，聽的似女兒聲息。敢是小道姑瞞著我去瞧那秀才，秀才逆來順受了。俺且待他來，打覷他一番。

【前腔】（貼上❹）俺女冠兒俏的仙真樣。論舉止都停當，則一點情拋漾。步斗風前，吹笙月上。（嘆介）古來仙女定成雙，恁生來寒乞相？

（見介）（貼）「常無欲以觀其妙，（淨）當❺有欲以觀其竅。」小姑姑你昨夜遊方，遊到柳秀才房兒裏去。是竅，是妙？（貼）老姑姑這話怎的起？誰看見來？（淨）俺看見來。

【剔銀燈】你出家人芙蓉淡妝，剪一片湘雲鶴氅。玉冠兒斜插笑生香，出落的十分情況。斟量，敢則向書生夜窗，迤逗的幽輝半床？

（貼）向那個書生？老姑姑這話敢不中哩。

【前腔】俺雖然年清❻試粧，洗凡心冰壺月朗。你怎生剝落的人輕相？比似你半老的佳人停當！（淨）倒我❼起俺來。（貼）你端詳，這女貞觀傍，可放著個書生話長？

（淨）哎也，難道俺與書生有帳！這梅花觀，你是雲遊道婆，他是雲遊秀才，你住的，偏他住不的？則是往常秀才夜靜高眠，則你到觀中，那秀才夜半開門，唧唧噥噥的。不共你說話，共誰來？扯你道錄司告去。（扯介）（貼）便去。你將前官香火院，停宿外方遊棍。難道偏放過你？（扯介）

【一封書】（末上）閒步白雲除，問柳先生何處居？扣梅花院主。（見扯介）呀，❽兩個姑姑爭施主？玄牝同門道可道，怎不韞櫝而藏姑待姑？俺知道你是大姑他是小姑，嫁的個彭郎港口無？

（淨）先生不知。聽的柳秀才半夜開門，不住的唧噥。俺好意兒問這小姑：「敢是你共柳秀才講話哩？」他到嘴骨弄的說俺養著個秀才。❾陳先生，憑你說，誰引這秀才來？扯他道錄司明白去。俺是石的。（貼）難道俺是水的？（末）禁聲，壞了柳秀才體面。俺勸你，

【前腔】教你姑徐徐。撒月招風實也虛？早則是者也之乎，那柳下先生君子儒，到道錄司牒你去俗還俗，敢儒流們笑你姑不姑。（貼）正是不雅相。（末）好把冠子兒扶水雲梳，

裂了這仙衣四五銖。

（淨）便依說，開手罷。陳先生喫個齋去。（末）待柳秀才在時又來。

【尾聲】清絕處，再踟躕⑩。（淚介）咳，慘⑪東風窮淚撲疏疏。道姑，杜小姐墳兒可上去？（淨）雨哩。（末嘆介）則恨的鎖春寒這幾點杜鵑花下雨。（下）

（淨、貼弔場）（淨）陳老兒去了。小姑姑好嚥。（貼）和你再打聽誰和秀才說話來。

煙水何曾息世機！　溫庭筠　高情雅淡世間稀。　劉禹錫
隴山鸚鵡能言語，　岑參　亂向金籠說是非。　僧子蘭

【校記】

❶徐本作「淨扮老道姑上」。❷徐本作「止因陳教授老狗，引下個嶺南柳秀才，東房養病」。❸徐本作「念」。❹徐本作「貼扮小道姑上」。❺徐本作「常」。❻徐本作「青」。❼徐本作「栽」。❽徐本此處有「怎」字。❾徐本作「這小姑則答應著『誰共秀才講話來』，便罷。倒嘴骨弄的說俺養著個秀才。」❿徐本作「躇」。⓫徐本作「糝」。

# 第二十九齣〈旁疑〉批語

「女冠兒」喻合尖，「出家」喻張開也，「三清」川字之意，「香」喻男根，「赤緊」字用得妙極，惟其赤緊，「鳴響」更妙。「帳」喻女扉，「弄虛花扯開帳」六字形狀俱到，「扯」字更奇，蓋以手扯之也。樂天云嘲花詠水贊蛾眉，然自古以來妙舌如玉茗者，無有二也。「悠悠漾漾的著魅一般」確切此事神理。不「石」則「水」不「清」，石有瑕疵，除非背邙矣。「風情」亦石者所無，「雲遊」字妙，「唧唧噥噥」亦喻其聲，「舉止」殆喻男根，「漾」水汪也，「點抛」俱喻男槌，「斗」喻男根，「步」喻移足，「笙」肖女根，笙與月磨，喻合蛤也。「妙」喻其表，「竅」喻其裡。「誰看見」妙，確切此事。玉茗此書字字雙關，全從「常無欲以觀其妙，常有欲以觀其竅」二句悟得，生來此處暗自點睛也。「出家」者自內露出也，與出落同意。芙蓉淡粧，非女根而何？「鶴氅」喻兩輔之白，其外「湘雲」，其內「剪一片」妙絕，兩片而實似一片剪開耳。「香」喻男根，與插字應。「十分」《水滸傳》十字坡意。「量」字又妙，手代尺矣，「窗」亦喻此，「拖逗」註過，「輝」者，芙蓉淡則幽矣。「半床」當床之半也，「年清」二字妙解入微，年長帶下則不清矣，雖欲「粧」可得乎？「冰壺」喻其中冷，「月朗」喻中無物，「剝落」猶扯帳意，「話長」喻男根也，「高眠」喻男根舉反貼腹，「開門」之門喻女根也。「扯」字即扯帳之扯。「棍」字易知，「白」喻女根之表，「雲」又喻裡合而成此麗字。「梅花」喻男精也，「櫝」喻女根，「姑待姑」擦鈸也，道觀真多此事。「彭郎」字但取其音，「嘴骨弄」非女根是什麼？「撒月招風」四字寫女根頗麗，「實也虛」指男事言，「水雲」字切當，「仙衣」之喻猶鶴氅也，「四五銖」約其輕重，「清絕」因水而得，「淚」亦喻水。「墳」者高也，「雨」者液也，「嗻」字代夾，「煙水何曾息世機」妙，世機男根妙號。「鸚鵡」之言猶鶯聲耳，俗呼窟洞為「隴」，金籠之「金」代筋，喻云若使能言，且評說男根之勝劣也。

「從來赴甲第，兩起一雙飛。」誦照鄰「梁家畫閣天中起，願作鴛鴦不羨仙」之句，「出家」誠不如「對向」，然而翠幙明燈，忽變陰房鬼火，則窈窕之英，托婉妗之想者，既知大有洞房如幻蜃，何必問天涯可有好房櫳哉。

崔灝云：「淨體無眾染，苦心歸妙宗。」苦月清霜，不能醉「守三清」也，故九華真妃降。羊權曰：「冥期數躉」，蓋亦有對偶之名，不必苟循世中之弊。穢而行淫濁之下跡，豈坡所謂「借君無絃物，寄我非指彈」耶？又何以云「納我榮五族，逆我致三災」也？

魏夫人講究吐納，攝生夷靜，親戚往來一無關見。而遺壇諸女，真守戒者鮮。陳虛中守臨川，作詩云：「夫人在兮若冰雪，夫人去兮仙跡滅，可怕如今學道人，羅裙帶上同心結」，真乃「弄虛花鳴鐘鼓」一輩。晉會稽夏敬寧祠先人，迎女巫，陳珠章丹，裝服甚麗，并有國色，見其解珮褫紳，不待低幃昵枕矣。錢鏐之先，董昌拒刺史，自領州，加節度中書郡公，巫韓媼贊之，鏐以書讓昌，昌執媼送錢。高駢在揚州，刑罰輕重，一出女巫王奉仙手。廣州劉鋹體豐碩，女巫樊胡子決事。宋相丁謂有女道士劉德妙，五代時定州有狼山蘭若尼姓孫氏，名深意，有術惑眾，孫方諫呼之為「姑」，事之甚謹，逋民多依之。諫表歸晉，以為遊奕使，且賜院額曰「勝福」，宋祖始定其處，令孫友官京師。淳化時，盧州女僧道安，誣朝使廣陵徐鉉奸私，鉉即著《稽神錄》者，皆此類耳。

「不關身事最堪憎」，是謂「赤緊」。

此事謂之「扯閒帳」，為石姑自己無奈妒極他人者傳神。簡文：「早知長信別，不避後園輿。」唐人：「君門常不見，無處謝前恩，初入長門宮，謂言君戲妾，將身托明月，流影入君懷。」「明明偷眼看君顏，欲向君王說幽意，忽聞天子憶蛾眉，燈前含笑更羅衣。」魏高祖馮后曰：「天子婦有言自對，何須汝輩代傳。」皆以「扯閒帳」評之為當。

王翰：「王母嫣然感君意」，幾與「走方娘」等。「團團明月面，冉冉柳枝腰，未入鴛鴦帳，心常似火燒。」又「走方娘」之不如。陳主謂沈后「留人不留人，不留人也去，此處不留人，別有留人處」，后答以「誰言不相有，見罷倒成羞，情知不肯住，教妾若為留」，則又欲「扯」而不得者。

貫休詩：「磧暗鬼騎狐」，正以同一「魅」類。西域尼有髮者名式叉，至元而中國人多效此。明徐驚鴻能詩，創觀音舞，號靜慧散人，扁舟訪汪伯玉司馬于焦山。宋李少華棄家道服遊江湖，有方書文集，皆愛此「仙真樣」耳。玩玉茗曲，便覺世間不可少女真一種，又勝和尚教坊。留為名士大夫酹對之物，最為雅觀。唐宣宗見其濃粧盛服，立命驅逐，是否解人？元時有白雲宗主，統攝江南，尼僧之有髮者，則優塞優夷，原可庵居，何必出于剃染，使清粧變成禿物哉！妾顏不如誰，是「都停當」。

卓英英：「因思往事成惆悵，不得緱山和一聲」，正以「拋」此「一點」為最難耳。

「霜華滿地，欲跨彩雲飛起」，是曰「月上」，與薛逢「『月』中臺榭后妃眠」一樣字法。李後主詩：「『月』華如水浸宮殿，有酒不醉真痴人」，要與升庵〈詠暑〉：「姑射仙姿許為伴，更聽一曲洞仙歌」意近也。

「古來仙女定成雙」，故有「玉妃無侶獨徘徊」之句。飛卿云：「仙子含羞下繡幃」，羞「雙」乎？羞不「雙」乎？

曹唐云：「王母相留不放回，偶然沉醉臥瑤臺，憑君為向蕭郎道，教著青鸞取妾來」。似此描摹一雙兩好，安得不令小姑自傷「寒乞」？吳興李治所以「偶然成一醉，此外更何言」矣。

司空圖云：「幾多親愛在人間，夢上霞梯醒卻還，須是蓬萊長買得，一家同占作家山」，除此潑天富貴，到頭總歸「乞相」。金元遺山，北方文雄。妹為女冠，文而實艷。張丞相欲娶之，答以可否在妹，相乃訪之，問其新作，曰：「寄語新來雙燕子，移巢別處覓雕梁」，相遂竦然而出。亦生非此「相」而獨愛此「相」者乎？

陸法和隱江上，侯景遣將任約擊梁湘東，和詣湘東乞征，約召諸蠻子弟八百人于江津，即日便發，約眾見梁兵步于水上，遂擒約。又往見王僧辯于巴陵，曰：「侯景更何能為？擅越便宜逐取。」復總諸軍至巫峽，以防蜀賊。嘗欲將兵過襄陽，元帝止之曰：「尚不貪釋梵天王坐處，豈規王位？但與上有香火緣，故救援耳。」止之，竟亡于周。初造寺于百里洲，後周氏滅佛法，而此寺隔在陳境。清河王岳進平臨江，法和舉州入齊，文宣備王公鹵簿待之，賜甲第一區，奴婢三百口。三年間再為太尉，自稱居士，卒後文宣令開視之，空棺而已。卻以越姥自隨，則他事反欲「寒乞」而此事不甚「寒乞」一証。宋孝武時，侍中濟陽蔡興宗取何后寺尼智妃為妾，姿貌甚美，此尼可免此嘆。

「恁」之云者，羨門贈道姑所謂：「從今莫莫莫，莫更思量著」也。

「常無欲」句妙甚，此物即但「觀」之，亦足伴人清暇，但觀而不急「欲」，更見其妙。

「可憐一枝惆悵紅，已是人間寂寞花」，故曰「淡粧」，又與雙頰飽硃砂稍別。讀「鶴氅」句，欲為吟王唯「翻嫌枕席上，無奈白雲何」句。李洞贈女煉師：「兩臉酒熏紅杏妒，半胸酥嫩白雲饒」，即此「蓉淡湘雲」之意，真乃寫得此物豐盈雪潔，鮮俊可念。

「笑生香」者，多情即是「玉清」客矣。「冠兒斜插」，較「曲房珠翠合」何如？

水雲詞：「欲將丹藥點凡花，教都做水仙無計」，是「十分況」。「射蘭熏，胭脂搶，煉不灰可喜心腸」，是「十分情況」。眉公與閩妓林天素結世外緣，又云「自微道人飛至此間，便成洞府，何必處處鸞鶴，山山蕙蘭，乃為仙境耶？」然必清歡信可尚，艷眼又驚心，方纔弄得男兒稱意。得如此，眼前便是神仙事，何必虛言洞府間，山如青黛生酥地也，否則白石所云「鏡裡同心，枕前雙玉」，相看轉傷「幽」素矣。

駱丞有〈代女道士王靈妃贈李榮〉，韓愈〈送謝自然上升〉，不知被術士貿遷他處淫之耳。李白嵩山神人焦煉師者，不知何許婦人也。聞風有〈寄酒翰遙贈〉，又有〈贈褚三清詩〉，高仲武云：「女冠李蘭，形氣既雄，詩意亦蕩，殊不似婦人。」予頗喜其嘲謔。秦少游挑暢道姑不從，劉克莊詩：「先帝宮人總道粧，遙瞻靈柏淚成行，舊恩恰似薔薇水，荷在羅衣到死香。」非「十分情況」，何以至此。

「幽輝半床」出《會真記》。「拖逗半床」，昌齡將誦「何曾得見此風流」矣。吳筠所云「雲鬟不自照，玉腕更呈鮮，婉孌人間世，飄颻世外緣」，得此意思。程村詞：「致意姮娥鑒我，今有意郎來也」，應放嫦娥避，反不欲見此耶？

易安〈詠梅〉：道人憔悴春『窗』底，不知蘊藉幾多香。但見包藏無限意，要來小酌便未休，未必明朝風不起。年年雪裡，常插梅花醉。撥盡梅花無好意，贏得滿衣清淚。恰合此處「窗」字之意。

「敢不中哩」，惟王維「羞從面色起，嬌逐語聲生」十字可以形容。「雖然試粧」猶言「粧」無淡，未嘗不「粧」，非辛苦無歡容不理一輩。王金壇固云：「佛慧不過文士業，神仙原是大人修」也。然非小姑妙一至此，乃玉茗一編在篋，餐霞霏雪，千秋自賞，絕艷清裁耳。

金壇云：「清『心』高出寶蓮香」，姜白石「句入冰輪冷」，「冰壺月朗」，不慮「仙骨寒消不知處」耶？惟李涉〈贈長安主人上清仙子〉：「玉童顏花態，嬌羞月思閒，仙路迷人應有術，桃源不必在深山」。〈送妻入道〉云：「人無回意似波瀾，琴有離聲為一彈，縱使空門再相見，渾如秋水『月』中看」，比此「冰壺」一句更麗。

「傾意悵可惜，須作一生拚，儘君今日歡，辜負我，悔怜君，告天天不聞」，皆被人「剝落」意。

水雲詞：「孜孜地訪蘭尋蕙，誰會幽人意」，則非致人「輕相」者。羨門詞：「便教一夢消身世，畢竟此情難已。九天鸞鶴倘相招，為報人生行樂耳」，便覺「洗凡心」之多事，不得云「難將胭脂水，傲我白雲鄉」也。要之，貌不常如玉，人生只似雲，不「輕相」同歸「輕相」耳。

進士鄭殷彝以詩謁王霞卿，卿曰：「君是煙霄折桂身，聖朝方切用儒珍，正堪西上文場戰，爭向途中泥婦人」，此人獨難「剝落」。「黃昏閒立更披襟，露浥清香悅道心。卻笑誰家扃繡戶，正薰龍射暖鴛衾」，「凡心」恐未盡「洗」。

「自多情態竟誰怜，嚴粧纔罷怨春風」，皆老佳人傳神句。「年馳節流易盡，何為忍憶包羞，猶有殘光半山日，羞將憔悴易綢繆」，是「半老佳人」不「停當」處。李白下視瑤池，見王母蛾眉蕭颯如秋霜。東坡「疑我此心在遮防」。費闌揗《焚椒錄》：「觀音蕭后，生皇子太叔，元妃入賀，每顧影自矜，流目送媚，后曰『貴家婦宜以莊臨下。』妃啣之，故後陷之。后曰：『妾近且生孫兒女滿前，何更失行』，後后第二女趙國公主誅乙辛，以家屬分賜群臣，觀者快之」，可為「半老佳人」說「人輕相」之鑒。魏夫人該覽百氏，二子粗立，即別居于撫州靜室，有女道士黃靈徽，年逾八十，貌若少年，特加修飾，號為花姑夫人，寓夢示之，後亦仙去。是花非石，尤難「停當」。元人有曲數句，寫「半老佳人」極切：多情多緒小冤家，拖逗得人來憔悴殺。粉淡偷臨清鏡搽，梧桐畫闌明月斜。酒散笙歌歇梅香，走將來耳畔低低說，後堂中夫人沉醉也。

如意大足年十四，事太宗十二年，為尼時年二十六矣。臨朝時實六十三歲，八十一卒。不謂既「老」，必欲遂之，況「半老」乎。蓋「老」則內漸枯寒，得陽氣初生之觸，真有立欲回生之樂，文人又安能禁。

高齊〈光宅寺〉詩：「長廊欣目送，廣殿悅逢迎，何當曲房裡，幽隱無人聲」，正謂「話長」。若云「書生」亦非俗事耳，憎聞者可概。

既自傷寒乞，又惡人「剃落」，文章家有兩存以待悟法。

〈靈妃曲〉：「有懷披襟友，何時共解帶？葛洪亦有婦，王母亦有夫，神仙盡靈匹，君意合何如？」上元夫人自空而降，贈封陟云：「謫居蓬島別瑤池，春媚煙花有所思，為愛君心能潔白，願操箕帚侍屏幃。弄玉有夫皆得道，劉綱兼室盡登仙，君能仔細看朝露，須逐雲車拜洞天。從渠一念三千齡，不作人間尹與邢。何事神仙九霄上？人間來就楚襄王。等閒何處得靈方？丹鼎雲霞日月長。大羅過卻三千歲，更向人間魅阮郎」。天上「老佳人」且不「停當」，豈禪門諸天，貪慾旋復墮落之說？若王建之「九天王母畫蛾眉，惆悵無言倚桂枝。悔不長留穆天子，任將妻妾住瑤池」。應是要文字佳，不顧有地獄。後輩詞人無此怪膽，遂亦無復佳詩。

李少雲夫死無子，著道服遊江淮。或見其瘦骨立，曰：「如此則鶴背能勝」。曰：「忍相戲耶」？作梅詩曰：「素艷明寒雪，清光任曉風，可怜渾似我，零落此山中。」此「雲遊道婆」可怜，此「雲遊秀才」大惡。

小「姑」固似臨風楊柳，溫柔可親。老「姑」亦似隔年老酒，清佳可斟。昔有梵志從淫女意而生天，此施「主」比施力施色更好矣。

商隱〈聖女祠〉：「惟應碧桃下方朔」，是狂夫殆「韞櫝」之說也。

元曲：「廬山面已難尋，孤山鞋不曾沉，掩面留，鞋意深。不知因甚女兒港，到如今崖山一碧三百里，青鞋蹴天波四起。」「大姑」耶？「小姑」耶？

宋宣仁后晚得「水」疾，旬日崩，言時時須使「水」之疾也。女弟合德尤濃粹淖。方成曰「此禍『水』也，滅火必矣」，即此「水」。水大潤下滋愛，所謂一切業種，非愛不生。火氣內蒸，融愛成「水」，愛心多者，即成巨海。女人謂之「水」性，未遭塗染，性或自持，既被侵暴，「水」不由德，以恨怨為隨，順之情發。愛極違而極順，此物是也。任憑烈性上天，只怕難免「水」出。小姑殆定「水」原涵不知「水」禍之橫決也。彼息夫人只難過「水」，毛女洞邊聽瀑布，奚落天下婦人不輕。僧秖律云：「若眠若入定，有人就上行淫，比丘尼覺，若初中後受樂者，波羅夷罪。若被淫覺已初不受樂，中後樂者，若初中不樂，于後樂者，波羅夷罪。若初終後皆不受樂，無罪。」何以驗之？皆于「水」驗之耳。「水」不肯代瞞，綠窗青閨之彥，遇強死拒之時，俱當判以此法。王金壇：「每晨一度到香臺，隔日疏慵女伴猜，窗外相邀低答應，待儂明日浣裙來。」董文友：「幼小未將情事省，偶向養娘閒問道，有遊郎曾投香帕，不識他因怎見得？養娘微一哂，卻半晌低頭忖，再想遊郎，重看香帕，滿面都紅沁。」語意尖新儇側，亦只因是「水」的。「吳蚕若有風流分，吐出新絲織萬帨」。噫，或曰有竅斯癢，有癢斯「水」，即石姑背邙且然。

李白：「清『風』明月不用一錢買，襄王雲雨知何在」，故謂「實也虛。」吾以「月」流皓彩入，幽抱入懷輕，好可憐「風」，為古以風月比慾事之解。可謂詩篇老欲齊高手，「風月」閒思到極精矣。

北魏趙令勝夫妻交訟，迭發穢事。范《史》：黃允知司徒袁隗欲婿之，黜遣其妻，妻乞會親族以展別情，乃于坐中攘袂，數允穢惡十事，登車而去，允以此廢于時。「儒流」最會「笑」人，其怕人數之事亦多矣。

「武皇自送西王母，新換霓裳五色裙。玉皇欲著紅龍衮，親喚真妃下手裁。」「仙衣」亦可寫入艷情矣。白：「煩襟與滯念，一往皆遁逃」，陸：「欲剪水簾三百尺，掛君堂上共清涼」，皆「清絕」。然「獸炭貂裘猶道冷，梅花不易立霜中」，似不如「無生非道妙，不病即春花，此花無塵事，雙姝亦道情」等句也。

劉長卿贈楚尼秦女云：「不語不笑能留人，杳然如在諸天宿，誰堪世事又相牽，惆悵回舡江水綠」，乃玉茗「清絕處再躊躇」來歷。然元曲有云「俺家呵，不獨瑤階砌下蛟龍臥，也有霓裳翠袖纖腰舞」，正不必道「萬疊山風拂骨『清』，卻憶人間如夢寐」也。

余最愛坡翁「春色三分，一分塵土」，「水邊朱戶，門掩黃昏雨」句，卻只合「慘東風」清絕再踟躕意。

元曲：「那閻王不是耍，揑胎兒依正法。這等人向官員財主裡難安插，你平日扭曲作直，害眾成家。這等人沒錢時無此話，纔見有便說誇，打扮學大戶豪家。你看他聳起肩胛，迸定鼻凹，沒半和氣謙洽，做出那千般樣勢，種種村沙。只該把你們聚將來，剁做肉泥，大鍋裡熬做酢。」亦「撲窮淚」時所必至耳。

絳州許國楨以醫見元世祖，階光祿，呼為許光祿而不名，賜真定宅。母韓氏亦以能醫，侍太后，又善調和食味稱旨，凡四方所餽珍饈，悉令掌之。《金史》：張用直遼陽人，金太祖長子宗幹廷置門下，海陵等從之學，後復遺教太子曰：「朕父子並受卿學」，亦儒者之榮也。及卒，臨奠賜錢千萬，其養子甫七歲特受將軍，庶免「撲疏疏」耳。

「粗衣淡飯且淹消，任天公饒不饒。嘆世人空擾擾，窗前故友年年少，郊外新『墳』歲歲加。」而「惟將知命意，瀟洒向乾坤」，與「似鶴如雲不繫身，不憂家國不憂貧，欲將枕上日高睡，賣與世間榮貴人」，殊復不易。

「東風」甚佳，而有「雨」反慘，才人筆也。「紅顏皓色逐春去，今人看花古人墓，漠漠重泉獸不聞，瀟瀟暮『雨』人歸去」，固是千古劌心之句。

「煙水何曾息世機」，猶言道姑那個不淫也。文友詞：「『鸚鵡』明知，消息何曾漏。」

# 第三十齣　歡撓

【搗練子】（生上）聽漏下半更多，月影向中那。恁時節夜香燒罷麼？

「一點猩紅一點金，十個春纖十個針。只因世上美人面，改盡人間君子心。」俺柳夢梅是個讀書君子，一味志誠。止因北上南安，湊著東鄰西子。嫣然一笑，遂成暮雨之來；未是五更，便逐曉風而去。今宵有約，未知遲早。正是：「金蓮若肯移三寸，銀燭先教刻五分。」則一件，姐姐若到，要精神對付他。偷盹一會，有何不可。（睡介）

【稱人心】（魂旦上）冥途掙挫，要死卻心兒無那。也則為俺那人兒忒可，教他悶房頭守著閒燈火。（入門介）呀，他端然睡磕❶，恁春寒也不把繡衾來摸。多應他祇候著我。待叫醒他。秀才、秀才！（生醒介）姐姐，失敬也。（起揖介）（生）待整衣羅，遠遠相迎個。這二更天風露多，還則怕夜深花睡麼？（旦）秀才，俺那里長夜好難過，纔著你無眠清坐。

（生）姐姐，你來的腳蹤兒恁輕，是怎的？〈集唐〉（旦）自然無跡又無塵朱慶餘，（生）白日尋思夜夢頻令狐楚。

（旦）行到窗前知未寢無名氏，（生）一心惟待月夫人皮日休。姐姐，今夜來的遲些。

【繡帶兒】（旦）鎮消停，不是俺閒情忒慢俄。那些兒忘卻俺歡哥。夜香殘，迴避了尊親。繡床偎收拾起生活，停脫。順風兒斜將金佩拖，緊摘離百忙的淡粧明抹。

（生）費你高情，則良夜無酒奈何？（旦）卻忘了。俺攜酒一壺，花果二色，在楯欄之上，取來消遣。（旦出取酒、果、花上）（生）生受了。是甚果？（旦）青梅數粒。（生）這花？（旦）美人蕉。（生）梅子酸似俺秀才，蕉花紅似俺姐姐。串飲一杯。（共杯飲介）

【白練序】（旦）金荷、斟香糯。（生）你醞釀春心玉液波。拚微酡，東風外翠香紅醱。

（旦）也摘不下奇花果，這一點蕉花和梅豆呵，君知麼，愛的人全風韻，花有根科。

【醉太平】（生）細哦，這子兒、花朵，似美人憔悴，酸子情多。喜蕉心暗展，一夜梅犀點涴❷。如何？酒潮微暈笑生渦。待噷著臉恣情的嗚嘬，些兒個，翠偃了情波，潤紅蕉點，香生梅唾。

【白練序】（旦）活潑、死騰那，這是第一所人間風月窩。昨宵個微茫暗影輕羅，把勢兒忒顯豁。為甚麼人到幽期話轉多？（生）好睡也。（旦）好月也。消停坐，不妬色嫦娥，和俺人三個。

【醉太平】（生）無多，花影呵❸那。勸奴奴睡也，睡也奴哥。春宵美滿，一霎暮鐘敲破。嫦娥、似前宵雨雲羞怯顫聲訛，敢今夜翠顰輕可。睡則那，把膩乳微搓，酥胸汗貼❹，細腰春鎖。

（淨、貼悄上）（貼）「道可道，可知道？名可名，可聞名？」（生、旦笑介）（貼）老姑姑，你聽秀才房裏有人。這不是俺小姑姑了。（淨作聽介）是女人聲，快敲門去。（敲門介）（生）誰❺？（淨）老道姑送茶。（生）夜深了。（淨）相公房裏有客哩。（生）沒有。（淨）女客哩。（生、旦慌介）怎好？（淨急敲門介）相公，快開門。地方巡警，免的聲揚哩。（生慌介）怎了，怎了！（旦笑介）不妨，俺是鄰家女子，道姑不肯干休時，便與他一個勾引的罪名兒。

【隔尾】（旦）便開呵須撒和，隔紗窗怎守的到參兒趖！柳郎，則管鬆了門兒。俺影著這一幅美人圖那邊躲。

（生開門，旦作躲，生將身遮旦，淨、貼搶❻進笑介）喜也。（生）什麼喜？（淨前看，生身攔介）

【滾遍】（淨、貼）這更天一點鑼，仙院重門闔。何處嫦娥？怕惹的乾柴火。（生）你便打睃，有甚著科？是床兒裏窩？箱兒裏那？袖兒裡閣？

（淨、貼向前，生攔不住，內作風起，旦閃下介）（生）昏了燈也。（淨）分明一個影兒，只這軸美人圖在此。古畫成精了❼？

【前腔】畫屏人踏歌，曾許你書生和。不是妖魔，甚影兒望風躲？相公，這是什麼畫？（生）

妙娑婆，秀才家隨行❽香火。俺寂靜裏❾祈求，你莽邀❿喝。

（淨）是了。不說不知，俺前晚聽見相公房內啾啾唧唧，疑惑這小姑姑。如今明白了。⓫相公，權留小姑姑伴話。

（生）請了。

【尾聲】（貼）動不動道錄司官了私和。（生）則欺負俺不分外的書生欺別個！姑姑，這多半覺美鼾鼾，則被你奚落殺了我。

（淨、貼下）（生笑介）一天好事，兩個瓦剌姑。掃興，掃興。那美人呵，好喫驚也！

應陪秉燭夜深遊，曹松　惱亂春風卒未休。羅隱

大姑山遠小姑出，顧況　更憑飛夢到瀛洲。胡宿

【校記】

❶徐本作「瞌」。全集本作「磕」。❷徐本作「污」。❸徐本作「阿」。❹徐本作「帖」。❺徐本作「是誰」。❻徐本作「闖」。❼徐本此處有「麼」字。❽徐本此處有「的」字。❾徐本此處有「暗」字。❿徐本作「吆」。⓫徐本作「疑惑是這小姑姑。俺如今明白了」。全集本作「疑惑這小姑姑。俺如今明白了」。

# 第三十齣〈歡撓〉批語

「漏下」，喻行事時女根必有水出。「半更多」，約略世人行事之久暫。「月向中那」，喻女根事畢時相狀。「香」喻男根，「一點金」之金代筋，一進一滴血也。「春纖」喻男根雖小，亦復尖利，能令出血，況大者乎。「北上」則「南安」，喻二根也。「湊」字又妙，「嫣然一笑」描摹女根甚麗。「蓮」喻女根，「燭」喻男根，「金銀」貴重之意，「五分」姑用其半也，以此二句喻雌乘雄亦妙。「偷盹」嘲男根語，「冥途」喻女根內中，「掙」喻內中，「挫」喻箝口，「悶房頭」喻女根閒閉時，「衾」喻女囊，「繡」喻豪，「摸」字妙甚，此事未有不先摸者。「衣羅」喻兩扉，「遠遠相迎」喻女深處，反覺迎望也。「風露」露在風前也。「睡麼」嘲其從來不睡也，「長夜」喻女根幽闇一徑，「無眠」指男根說眠則雖復在內而不動矣。「清坐」，女根坐上則水出也。「月夫」月之夫也，「那些兒」言分明美滿四字皆不忘也。「繡」喻豪，「床」喻兩輔，「金珮」以代筋背，「摘離」喻男根停脫也。「淡粧」喻邊闌，「明抹」喻兩輔又喻帨拭，「高」喻深處，「酒」喻精水，「楯欄上」喻女邊闌，「金荷」亦喻其形，「香糯」喻男精，「玉液」喻女津，「翠」仍喻豪，「香」喻男根，「紅醱」濕貌，觀「摘不下」三字其為喻益明矣。「君知麼」問看官知所譬喻否。「人全風韻」通身表言，「花有根科」向身裡說，「梅犀」即梅唾意，皆喻男精。「酒潮微暈笑生渦」玉茗於諷詠女根之句，何奇麗而不窮也。靈犀已點之後，再以口「噉」女根之臉，便令口「唾」生香，一何解事至此。「翠偃」謂豪，「死」喻萎狀，女根自男根進後，被男身遮便看不清，成一「暗影」。輕「羅」仍喻邊闌，男根曰「勢把」者，執也。「翠鬟」仍是喻豪，「輕可」喻此物之稍鬆也，「乳」指女內，「胸」指兩輔，「腰」指男根亦可，「可知道」問看官知我譬喻否，「可聞名」言其「名」雖可聞，要不可明出諸口，故廣為譬喻也。「紗窗」註過，「怎守的」言不能動後，雖欲就爐溫養亦不能也。鬆了門兒，仍喻其事。「美人圖」喻全身，「乾柴火」男根妙喻，筋如束薪也，「床」喻身肉，「箱」喻兩輔，「袖」喻邊闌，凡人但對「美女」，心上即「分明」有他「一個」此物的「影兒」，其實何嘗得見也。只見其外貌似美人圖耳，妙喻妙絕。「屏」字仍代瓶字，「踏歌」喻雌乘雄，「暗祈求」喻求歡無有當人面者。「不說不知如今明白」俱是自註其所譬。「道錄」猶道路，「動」為「私和」，不動為「官了」，「分外」嫪毒之意。「奚落」猶言摘離，「殺了我」言摘離此物，何異殺我也。「瓦剌」仍狀女根，「秉燭」猶言把勢，「深遊」喻盡根也，「惱亂春風」以代腦亂撐風，「遠」猶深意，妙喻妙絕，「飛」喻男搥。

董文友：「明知不是伊家屧響，聊且開門」，是聽「漏下」三句神理。

黃「金」有價春無價，黃「金」白璧人痴守，則「一點金」之比猶未盡其致矣。

升庵曲：「祖珽盜金杯，卻解迎元宅。都將玉與帛，換做酒共色。鬢髮白，容貌改，物和人知他誰在？青春去，再不回。會得佯狂飲繡鞋，便是英才。」猶龍曲：「誰能束縛？隨人笑啼，且認了千古風流罪。光陰飛遁，轉盼皤然矣，誰顧嘲譏」，然豈意有東方曼倩、蕭綜、高潤哉。

「一雙十指玉纖纖，不是風流物不拈」，「十個春纖十個針，鐵石心腸應粉碎」耳。

元曲：「斜覷著龐兒俊，思量著口兒甜，怎能不意兒差」，是「美人面」之說也。司馬溫公尚于僧舍幸營伎，趙清獻等亦拔劍自誓，「豈非讀書君子一味至誠」者乎？「改盡」三字何敢輕下。「狀貌如婦人，光明膏粱姿，堆金選蛾眉，其餘一無知」者勿論矣。元曲又云：「氣力不加身材太小，秖合向冷齋中閒話」，可為「精神」句一笑。

王金壇：「柔鄉拚取葬愁身，并合心情付所親，酒得深情非屬量，士緣神賞不因交」，終是「對付」句別解。

蔣濟諫曹操：安樂之耽，害于「精」爽，頤大簡賢妙，足以充百斯男者。冗散未齒，且悉分出。唐高頭眩不可堪，蓋腎陰虧不能納氣，陽獨在首也。

羅願云：「滅理由不勝血氣」，「精」使人愛，「神」使人觀，「精神」二字正是多生業力。齊襄公畀聖侮士，惟女是崇，皆以「精神」淩逼人。故「精神」有餘于身，則物本平常，觀同奇寶。若「精神」薄者，即分內之人都不覺好。醫經云：「太陽之人，色慾無度，尚不肯泄。太陰之人，一有慾事，呻吟不休。」古之妾媵無紀，生子數十，如明皇等者，自是天厚之以生人之趣。薄弱書生輒欲相效，則文君終是損相如，希逸近來成懶病。曾莫自揆，不值一笑矣。

文友：「女兒畢竟心腸軟，拜月還求薄幸心腸轉。」賀裳：「霜風簾外吹衣薄，寒月侵人來繡閣。昨宵顧恨幾多般，今夜燈前渾付卻。雙雙紅淚君邊落，我不負心君也莫。從前負我百千回，難道從前多是錯？」只是「對付」得好耳。

阮亭云：「消得香蘭幾日怜。」坡公雖云「心正腎邪」，雖上智之腎亦邪。然頗有「誰能相思琢白玉，服藥于朝償一宿，書生性命何足論，坐費千金買消渴」之句矣。惟飛燕以斷房取仙為可笑，則彼家誠不可廢，只是隨迷隨照，照知不迷為要也。

「要死卻心兒無那」，是我輩終難學佛之故。

豪家月色少于「燈」，而書生之想，無處不到，乃夢回時偏在「悶房守」著「閒燈」，特寫以供一笑。羨門：「秋窗無火，暗螢相照，千里江關，十年心事，相思多少」，並「燈」亦無。

金壇云：「更倩檀郎語端的，『可』君心處為何來？」「可」否固有不能自喻者，「忒可」則既非「少年足風情，垂鞭賣眼行」，亦非「時輩皆相許，平生不負身」者。《唐書》許州節度許光顏本姓阿鐵，都統韓宏欲嬈之，乃飾侍姝遺之，至皆秀曼都雅，顏賂使者還之。余謂無論男女，四字不全，雖「可」未「忒」。于鱗：「有郎獨自居，艷于十五女，陽青二三月，花與郎同色」，皆「忒」字意。繁欽《箋》（案：實為《與魏文帝牋》）：「乃知天壤之所生，誠有自然之妙物」。「但說一聲將我嫁你，便落得虛名兒也」，是美「人至忒可」，真乃遠勝天壤王郎，不數封胡遏末矣。

料錦窩蓉帳，配不上梅花寂寞，是「春寒磕睡」情事。

唐人：「除卻閒吟外，人間事事慵，終篇渾不寐，危坐到晨鐘」，「清坐」已佳。陶潛：「未言心先醉，不在接杯酒，多謝諸少年，相知不忠厚」，「繾著」更妙。樂天：「寒灰埋暗火，曉焰凝殘燭，不嫌貧冷人，時來同一宿」，則何必云「琴孤劍寂，苦無行樂之方，香妙茶清，買得不眠之藥」耶？

「繾著清坐」，猶言非來求觸也。文友詞：「郎讀別架書，妾繡床頭枕，繡得鴛鴦一對成，方許郎同寢」，阮亭謂「是故故撩人」。要知故故遲遲入帳紗，正是泥歡邀寵難禁，待得沒人時，偎倚論私語一輩。

達磨偈：「在胎為身，處世名人，在目曰見，在耳曰聞，在口談論，在足運奔，識者知是佛性，不識喚作精魂。」華嚴偈：「色身非是佛，音聲亦復然，亦不離色聲，見佛神通力。氣身無像，遇感成形。若以色聲取，是人行邪道，若離色聲求，未免斷惑見。」「無跡無塵」，固其所宜。有跡有塵，亦未足異。

次回慰族兄內子粧閣被燒云：「此夜枕前真不夜，步中蓮是火中蓮」。「腳蹤甚輕」，有「橫波曼臉明，裙遮點屐聲」意。

阮亭云：「一種情眠處，惟次梗劇手能之」，即此「一心惟待」餘事。

誠齋：「舉杯將月一口吞，舉頭見月猶在天。『酒』入詩腸風火發，月入詩腸冰雪潑。焉知萬古一骸骨，酌酒須吞幾團月。」「良夜無酒」，我亦喚奈何矣！客來「無酒」，清話何妨？其言到底不確。

用修：「真珠酒艷，凍作紅冰片。梅花開偏，誰見春風面」，只恨無人「事飲」耳。

齊己云：春興「酒香」惠肺腑。言春興猶如「酒香」也。亦惟「酒香」更添春興。「芳心向誰許，醉態不能支，探懷授所歡，願醉不顧身」。春心愈釀愈出，但須嫁後乃知。今後酒香二字，便可用作詠美人古典。觀「拚微酡」三字，雍陶正不得云：常倚玉人心自醉也。

幼安詞：把閒愁推入花前杯酒。惟此「春心玉液」，可當馮定遠：「玉紅香醉垂垂笑」句。亦可與「翠香紅醱」比美。書內如春心玉液、翠香紅醱、笑眼生花、鳳尖俏眼、雲搖月躲、無家瑤闕、雨絲風片、雨香雲片、玉闌煙幕、笑眼歡容、幽窗冷雨、桂窟冰蟾、離雲片月、有水無根、彩雲扶月、盈盈欲下、月明風細、低躲長懸、春雲淡破、臉暈眉痕、嬌嬌滴滴、艷軟香嬌、酒暈笑窩、空花水月、魂隨月下、海天秋月、葉裡深畫、濛花漏月、一片好心、見物起心、人間路穴、鐵甕長城、九重血暈、莊嚴寶匣、及望空頂禮、淚燭澆天、散悶傷心、往來潮熱、急慢風驚、一段傷心、三分門戶等語，其喻女根，既如此之確當，又如此之清麗。後不用作詠美人典故者，必非解事兒矣。

元人：「秀才每無人洗足抹浴更衣換襪，滿身酸污臭氣，與他睡在一起，有甚好那？況陶學士蘇子瞻，改不了強文撇醋饑寒臉。只怕的有多少胡講歪談信口呫，喬文物拘恥拘廉」。而「情多」終讓此輩，蓋以彼少所見不似司空耳。

阮亭云：「嚙妃女唇，柏梁奇語，卻非老狐開箱驗取石榴裙。情到狂極時，不復能蘊藉之比。」細味「噉著臉」意，殆于牧齋老人太痴絕，有唇屢竊鸚哥舌矣。「翠偃情波」，豈不較榴裙句更艷？元美〈詠帕〉：「幾點飛紅潤翠濤。」元曲：「留待遂了願，稱了心，恁時節使密實處十分耐洗。越點污越生香氣，沉醉後堪將口上吸，又怕顯出了這場恩義」，亦「嗚嘬」之餘興。周平梁，以昭明第三子詧居江陵，為梁帝。好為戲弄之言，而惡見婦人，遙聞其臭。一幸姬媵，臥病累旬。隋煬后其孫女也，欲處治之，只須罰令「嗚嘬」。

紅「蕉花」曰拆兩葉，色正紅如榴綿。李擘之兩半，開如離核桃。羨門句：「笑向卿卿私致語，『紅蕉』摘得是伊『花』」，亦復絕佳。

元曲：「泥軟潤滋滋」，故曰「第一」。李端詩：「盈手入懷都不見」，可悟古人比似風月二字之妙。是「第一所」，尤覺月香滿袖。「輕羅暗影」，亦如天霧縈身。「幽期話多」，殆如李賀所長，正在理外。

飛卿「脈脈新蟾如瞪目」，唐詩「新茗月同煎，空床月厭人。佳人夜獨傷，滅燭臥蘭房」，只一夕心期一種歡，低語「前」歡頻轉面，是最趣事。

「羞怯顫」作三句讀，此三者合，故爾「聲訛」。輒作高「聲」呼喚，非理皆為「訛」意。

海陵〈贈宮婢〉：「個人無賴是橫波，黛染隆顱簇小蛾。等得留儂伴成夢，不留儂住意如何？」不知彼之所「羞」所「怯」，正在此「顫」耳，而黛染句又可移詠臍豪。

文友〈課婢晒藥〉：「一丸休認，枕邊挼錯皺雙蛾。」羨門：「皋厭細挼紈簟上，諾龍私貯繡衿前，玉郎長得玉人怜。」又「九轉金丹消竹葉，十香紅汗污桃笙」。玩幼女者，只圖此一「釁」，又寫出柳生非徒好看，壯有實用也。易安云：「香臉凝羞一笑開」，是此「輕可」。

崔珏：「粉胸綿手白蓮香」，盧仝「肌膚白玉秀且鮮，撚玉『搓』瓊軟復圓」，中郎「惟有蛾眉消得死」，次回「素女圖前笑帶慚」，浩然「開襟成歡趣」，張祐「願得入郎手，團圓郎眼前」，宋詞「感多情輕怜細問」，又「怪檀郎惡怜深惜」，元曲「儘情見顛鸞倒鳳，儘興兒弄粉搏酥」，皆謂此「膩乳」等句耳。「乳」為胃之外郭，故喜人探我玉懷。要識三件是一連事，皆美在其中，廝連不已時所為也。「細腰」句尤壯浪縱恣，蓋柳全恃足扳舉杜腰，竟體虛空。

《圓覺經》：「一切性皆因淫欲，當知輪回，愛為根本。由有諸欲，助發愛性。能具觀察，名為暖法。謂觀察身諸處別相，所謂身以細滑為食，意以法為食也。」段成式《諾皋記》五：天竺國有細絹，上有女王鬱金香手，為衣著之，男子手印嘗在背，女子手印嘗在乳。女王且愛展「乳」，況我輩乎？不玩分段身相，猶如渾吞仙果，天趣見色聞香，以意飽適，正愁少此。然若無可「搓」，豈木偶之玩哉？

〈藕詩〉：「粉股濯清泉，玉脛埋泥土，安得大如舡，仙人不我許」，佳人必須「細腰」，非謂槽背癟腹，只取其能宛轉就抱而已。大概如來微塵數大人相，即是男女佳麗之譜，廣博圓滿，實屬妙身。惟垂頤懸腹則斷不可，故必言「細腰」也。人惟「腰細」則乳髀雖重，仍自輕便也。若諸樣皆細而「腰」更「細」，反不妙矣。「腰」但「細」于胸，股即可「鎖」，可「鎖」即佳，但取其柔如柳，豈真欲其「細」如竹耶？柳大不妨，但須風中柳。

馮定遠：「錦衾夜夢同誰語，莫被旁人聽得聲」，王金壇：「鄰姑暫見移燈影，侍女恒疑動釧聲，殘燭解衣教緩緩，重幃私語囑輕輕」，為此「怎好」二字傳神。

《誠齋雜記》：「煬帝時，千牛桑和有妖蠱異術，嘗見一婦人，便即能致。」崔生入山得仙女為妻，還家得隱形術，潛遊宮禁，勝「床兒裡窩箱兒裡閣」一輩。

易安：「多情自是多沾惹，難拚舍」。若得「隨」行，顧不美歟？

「秀才」稱說賢文之具，而「香火」皆爾，寫作一笑。見此輩所奉惟有妙色身如來，其他神理皆不在意也。何有文公《家禮》、《文昌寶訓》乎？反不如《夷堅志》所載宋時商賈多以末妓從行，呼曰嬸子，竟有強健善算助成家者。

文長云：「正如月下騎鸞女，何處堪容食肉人？百品嬌春俗卻春，一清無可擬丰神」，寫「小姑」皆玉茗幽思窅映，頎身玉立，與柳郎相對，如在蘭熏雪白中，令人有不信蓬山隔萬重。「弱水原清淺，意何不近前？來說幾句知心『話』，道蓬萊都是假。」「畢罷了終是染污，成合了到是風流，不恁麼也道有」，是老姑「權伴」之說。

其年：「君似不消魂，魂消不似君。」水無楊柳不風流，小姑既是水的，「不留」真寒乞相，但恐剛道羞郎低粉面，旁人瞥見迴嬌盼耳。

「請了」二字，殊覺玉白蘭芳不相顧，何如王母嫣然感君意之可喜哉。

元曲：「嘆濁民空攢下金銀萬定，不曾見幾個桃源洞裡春」，「不分外」也有幾種。

唐實君：「沈宋才華自絕倫，樓頭水鏡品題真，一人知己昭容足，何必明河更問津。」到底還是本分。「不分外的書生」，猶云俺只因做了書生，不敢分外耳。地位去書生愈遠，則愈不本分，如古之兼室者皆是。因知煬王亮正是作者特地請來作書生反面者，只因解放重筆用輕筆，讀者遂被瞞過。粘罕之驅宋妃主命婦以北也，每夜染及多人，先自持燭上下照之。不知視書生如何？若汴京太學被取入金營，爭獻迂陋之策，至有言其妓係其妻，求喚取隨行，至被金人盡行撻逐者。其不本分亦至微眇而迄不可得。信哉，非有前業不作書生矣。隨行香火是觀音圖，卻又可欺如此，不比別人，煞甚可憐。來俊臣恣奪士民妻，蓋非真正書生，是以敢于分外。

趙蝦：「須知野寺遺鈿處，盡在相如春思中」，王金壇：「爛熳風情獨數君，同欄何止浴三人，新歡到手身難暇，尤物當前命易輕」，真不「本分」。

《唐書》：張果年似六十餘歲，玄宗欲以妹玉真公主降之未言也，果忽謂太常蕭華曰：「諺謂娶婦得公主，平地生公府，可畏也。」俄傳詔，笑而固辭，神仙亦有「本分」者。然此一笑也，玉真何堪此剝落哉！獨其居恒山時，武后遣召即死，豈知此人不容笑辭耶？程村：「偶憶膚彩膩臉」，朱融：「人悄悄，雨蒙蒙，笑相逢」，寫「分外」事治甚，堪與少游「朱橋碧野」並傳。

「飛夢」言身固難分外而夢卻易也，以見老姑權留一語，非欲為馬泊六總成柳生作白羨客人，正是奚落柳生饞涎空嚥也，故柳與之針鋒相對，言「別個」則願同西王母，下顧東方朔，回看後來者，皆欲恣蹂躪矣。玉茗嘲友詩：「高情欲盡胡廝語，未必思君獨細君」，豈商隱「相如未是真消渴，猶放沱江過錦城」之旨哉？

# 第三十一齣　繕備

【番卜算】（末❶扮文官，淨扮武官上）邊海一邊江，隔不斷胡塵漲。維揚新築兩城牆，釃酒臨江上。

請了。俺門揚州府文武官寮❷是也。安撫杜老大人，為因李全騷擾地方，加築外羅城一座。今日落成開宴，杜老大人早到也。

【前腔】（眾擁外上）三千客兩行，二百❸關重壯。（文武迎介）（外）維揚風景世無雙，直上層樓望。

（見介）（眾）「北風臥護要耆英。（外）恨少胸中十萬兵。（眾）天借金山為底柱。（外）身當鐵甕作長城。」揚州表裏重城，不日成就。皆文武諸公士民之力。（眾）此皆老安撫遠略奇謀。屬官竊在下風，敢獻一杯，效古人城隅之宴。（外）正好。且向新樓一望。（望介）壯哉，城也！真乃：「江北無雙塹，淮南第一樓。」（眾）請進酒。

【山花子】（末❹）賀層城頓插雲霄敞，雉飛騰映壓寒江。（淨）❺據表裏山河一方，控長淮萬里金湯。（合）敵樓高窺臨女牆，臨風釃酒旌旆揚。怎❻想起瓊花當年吹暗香，幾點新亭，無限滄桑。

（外）前面高起如霜似雪四五十堆，是何山也？（眾）都是各場所積之鹽，眾商人中納。（外）商人何在？（貼、老旦扮商人上）「占種海田高白玉，掀翻鹽井橫黃金。」商人見。（外）商人麼，則怕早晚要動支兵糧，儹緊上納。

【前腔】這鹽呵，是銀山雪障連天晃，海煎成夏草秋糧。平看取鹽花竈場，儘支排中納邊商。（合前）

（外）罷酒了❼。喜的廣有兵糧，則要眾文武關防如法。

【舞霓裳】（末、淨）❽文武官寮❾立邊疆，好關防❿。休教⓫壞了這農桑，士工商。（合）敢⓬金家早晚來無狀，打貼起炮箭并⓭旗槍。聽邊聲風沙迭蕩，猛驚⓮見蟠花戰袍舊邊將。

【紅繡鞋】（眾）吉日祭賽城隍，城隍。歸神謝土安康，安康。祭旗纛，犒軍裝。陣頭兒，敢⓯抵當？箭眼裏，好遮藏。

【尾聲】（外）按三韜把六出旗門放，文和武肅靜端詳。則等待海西頭動邊烽那一聲砲兒響。

夾城雲煖下霓旄，杜牧　千里崤函一夢勞。譚用之
不意新城連障⑯起，錢起　夜來沖斗氣何高。譚用之

## 【校記】

❶徐本作「貼」。❷徐本作「僚」。❸徐本作「百二」。❹徐本作「眾」。❺徐本無「（淨）」。❻徐本作「乍」。❼徐本作「酒罷了」。❽徐本作「眾」。❾徐本作「僚」。❿徐本作「立邊疆」。⓫徐本無「教」字。⓬徐本此處有「大」字。⓭徐本無「并」字。⓮徐本此處有「起」字。⓯徐本作「誰」。⓰徐本作「嶂」。

# 第三十一齣〈繕備〉批語

「江海」喻女根，「漲」喻物在中時，「胡」即鬍也，「兩墻」喻女兩扉，「釃酒」喻液，「文武」喻兩腎子，「騷擾」註過。「外羅城」喻兩輔，「三千客」喻豪，「直上層樓」喻女深處，「臥護」喻男根在內，「十萬」喻數，「金山」之金代筋，「山」喻陰巔，「底」喻女根，「杜」喻男根，「鐵甕長城」女根妙號。「下風」字妙，「城隅」更奇，「雲霄敞」喻深處轉寬，「雉」喻外形，「金湯」之金代筋，欲「掀」且「橫」推其意之所極，「夏草」喻豪，「秋糧」之秋代湫，「海煎成」煎字尤妙，「平看取」與「邊商」邊字，喻意俱極入妙。「關防如法」又妙，「士工商」喻有孕在內也。「金家」之金代筋，「戰袍」仍喻兩扉，「安康」嘲女根也，「遮藏」似喻男根，「六出」即界道意，「旗門」是女扉也，「文」喻從容，「武」喻猛，「砲響」喻其迸聲，「夾城崤函」所喻俱切，「氣何高」妙絕，形雖不能而氣則可到也。

石屏：「最苦無山遮望眼，淮南極目盡神州」，極此「隔不斷」意。「江」頭一帶斜陽樹，總是六朝人住處。斷壁崩崖，多少齊梁史，是舊「城墻」。

東晉以楚為陝西，《宋書》：肥如本遼東之縣，其民南渡而僑立于廣陵。陳宣帝十一年，周師克壽陽時，沛譙等九郡民並自拔向建業。陳理戰功者，自宣和年第一，次燕山府。至紹興年第九，次太平州。朝廷推賞一次輕于一次，只為邊功一次近于一次。為「新築」兩字一嘆。

「一朵瓊花，二分明月」，色觀無如此地，故曰「無雙」。

淮漢師敗，薛叔似以怯儒為侂胄所惡，項安世因貽韓書曰：「偶送客江上，飲竹光酒，書不成字」，韓曰

「項平叔乃爾閒暇」，遂除湖廣總督（案：應為總領），「文武諸公老大人也」。

「暗」字妙，言有色之物皆有「香」，人但知「瓊花」有色，不知其香「暗香」耳。

《晉書》志：「肅慎無『鹽』，燒木作炭，灌取汁而食之。」《北史》女國在葱嶺南，恒將「鹽」向天竺興販，漢文帝時以國用不足，煮海鹽，吳王濞已伐襄陽木為大舟。《三國志》衛覬與荀彧書：關中膏腴之地，而人民流入荊州者，十萬餘家。夫鹽，國之大寶也，自亂來放散，宜如舊置，使遠民聞之，必日夜競還。鍾繇欲將十萬兵入關，挾取質任，覬言：關中諸將皆豎夫，無雄天下心，苟安樂目前而已。北魏本欲廢鹽池，長孫稚表曰：「鹽池天資貨賄，惟須寶而護之。」高澄問崔昂，官煮鹽如何，曰：「官力雖多，不如人廣。」侯景時，周將王思政入潁，城中無鹽，兵腫死大半。《唐書·韋處厚傳》張平叔建言，官自鬻鹽，籠天下之財。處厚為中書舍人，發十難誚其迂謬。趙宋行之，果為吏卒侵盜，雜以泥沙，民不可食，官又損帑。《唐書·王重榮傳》令孜奴榮據鹽池之饒，則知其時黃巢掠揚必盡取「商」矣。又巢賊使健將朱溫掠河中，溫鑿沉唐糧舟數十艘，真梟雄也。然溫既得河中節度，以巢賊調取橫索，盡出其使斬之，因大掠居人以悅其下。令孜神策軍潰，還京遂大掠。甚矣，民之難為也。

「婿作『鹽商』十五年，不屬縣官屬天子」，蓋自古已然矣，揚州又地值天市垣也。

杜荀鶴：「農夫背上題軍號，估客舡頭插戰旗。」他日親知問官況，但教聽取杜家詩，固見玉茗真才。

# 第三十二齣　冥　誓

【月雲高】（生上）暮雲金闕，風旛淡搖拽。但聽的鐘聲絕，早則是心兒熱。紙帳書生，有分氤蘭麝。喒時還早。蕩花陰，單則把月痕遮。（整燈介）溜風光，穩護著燈兒熚。（笑介）「好書讀易盡，佳人期未來。」前夕美人到此，並不隄防，姑姑攪攘。今宵趁他未來之時，先到雲堂之上攀話一回，免生疑惑。（作掩門行介）此處留人戶半斜，天呵，俺那有心期在那些。（下）

【前腔】（魂旦上）孤神害怯，珮❶環風定夜。（驚介）則道是人行影，原來是雲偷月。（到介）這是柳郎書舍了。呀，柳郎何處也？閃閃幽齋，弄影燈明滅。魂再豔，燈油接；情一點，燈頭結。（嘆介）奴家和柳郎幽期，除是人不知，鬼都知道。（泣介）竹影寺風聲怎的遮，黃泉路夫妻怎當賒？

「侍說何曾說，如嚬不奈嚬。把持花下意，猶恐夢中身。」奴家雖登鬼錄，未損人身。陽祿將回，陰數已盡。前日為柳郎而死，今日為柳郎而生。夫婦分緣，去來明白。今宵不說，只管人鬼混纏到甚時節？只怕說時柳郎那一驚呵，也避不得了。正是：「夜傳人鬼三分話，早定夫妻百歲恩。」

【懶畫眉】（生上）畫闌風擺竹橫斜。（內作鳥聲驚介）驚鴉閃落在殘紅榭。呀，門兒開也，玉天仙光降了紫雲車。（旦出迎介）柳郎來也。（生揖介）姐姐來也。（旦）剔燈花這咯望郎爺。（生）直恁的志誠親姐姐。

（旦）秀才，等你不來，俺集下了唐詩一首。（生）洗耳。（旦念介）「擬托良媒亦自傷秦韜玉，月寒山色兩蒼蒼薛濤。不知誰唱春歸曲曹唐？又向人間魅阮郎劉言史。」（生）姐姐高才。（旦）柳郎，這更深何處來也？（生）昨夜被姑姑敗興，俺乘你未來之時，去姑姑房頭看了他動定❷，好來迎接你。不想姐姐今夜來恁早哩。（旦）盼不到月兒上也。

【太師引】（生）歎書生何幸遇仙提揭，比人間更志誠親切。乍溫存笑眼生花，正漸入歡腸啖蔗。前夜那姑姑呵，恨無端風雨把春抄截。姐姐呵，誤了你半宵周折，累了你好回驚怯。不嗔嫌，一逕❸的把斷紅重接。

【瑣❹寒窗】（旦）是不隄防他來的啅嗻，嚇的個魂兒收不迭。仗雲搖月躲，畫影人遮。則沒揣的澀道邊兒，閃人一跌。自生成不慣這磨滅。險些些，風聲揚播到俺家爺，先吃了俺哏❺尊慈痛決。

（生）姐姐費心。因何錯愛小生至此？（旦）愛的你一品人才。（生）姐姐敢定了人家？

【太師引】（旦）並不曾受人家紅定迴鸞帖。（生）喜個甚樣人家？（旦）但得個秀才郎情傾意愜。（生）小生到是個有情的。（旦）是看上你年少多情，迤逗俺睡魂難貼。（生）姐姐，嫁了小生罷。（旦）怕你嶺南歸客路途賒，是做小伏低難說。（生）小生未曾有妻。（旦笑介）少甚麼舊家根葉，著俺異鄉花草填接？

敢問秀才，堂上有人麼？（生）先君官為朝散，先母曾封縣君。（旦）這等是衙內了。怎恁婚遲？

【瑣❻寒窗】（生）恨孤單飄零歲月，但尋常稔色誰沾藉？那有個相如在客，肯駕香車？蕭史無家，便同瑤闕？似你千金笑等閒拋泄，憑說，便和伊青春才貌恰爭些，怎做的露水相看仳別！

（旦）秀才有此心，何不請媒相聘？也省的奴家為你擔驚❼受怕。（生）明早敬造尊庭，拜見令尊令堂，方好問親於姐姐。（旦）到俺家來，只好見奴家。要見俺爹娘還早。（生）這般說，姐姐當真是那樣門庭。（旦笑介）是怎生來？

【紅衫兒】（生）看他溫香豔玉神清絕，人間迥別。（旦）不是人間，難道天上？（生）怎獨自夜深行，邊廂少侍妾？且說個貴表尊名。（旦嘆介）（生背介）他把姓字香沉，敢怕似飛瓊漏泄❽？姐姐不肯泄❾漏姓名，定是天仙了。薄福書生，不敢再陪歡宴。儘仙姬留意書生，怕逃不過天曹罰折。

【前腔】（旦）道奴家天上神仙列，前生壽折。（生）不是天上，難道人間？（旦）便作是私奔，悄悄何妨說。（生）不是人間，則是花月之妖。（旦）正要你掘草尋根，怕不待勾辰就月。（生）

是怎麼說？（旦欲說又止介）不明白孤⑩負了幽期，話到尖頭又咽。

〈相思令〉（生）姐姐，你「千不說，萬不說。直恁的書生不酬決，更向誰邊說？（旦）待要說，如何說？秀才，俺則怕聘則為妻奔則妾，受了盟香說。」（生）你要小生發願，定為正妻，便與姐姐拈香去。

【滴溜子】（生、旦拜介⑪）神天的，神天的，盟香滿爇。柳夢梅，柳夢梅，南安郡舍，遇了這佳人提挈，作夫妻。生同室，死同穴。口不心齊，壽隨香滅。

（旦泣介）（生）怎生弔下淚來？（旦）感君情重，不覺淚垂。

【鬧樊樓】你秀才郎為客偏情絕，料不是虛脾把盟誓撇。哎，話弔在喉嚨剪了舌。囑東君在意者，精神打貼⑫。暫時間奴兒迴避趄，些兒待說，你敢撲攏忪害跌。

（生）怎的來？（旦）秀才，這春容得從何處？（生）太湖石縫裏。（旦）比奴家容貌爭多？（生看驚介）可怎生一個粉撲兒？（旦）可知道，奴家便是畫中人也。（生合掌謝畫介）小生燒的香到哩。姐姐，你好歹表白一些兒。

【啄木犯】（旦）柳衙內聽根節。杜南安原是俺親爹。（生）呀，前任杜老先生陞任揚州，怎麼丟下小姐？（旦）你剪了燈。（生剪燈介）（旦）剪了燈、餘話堪明滅。（生）且請問芳名，青春多少？（旦）杜麗娘小字有庚帖，年華二八，正是婚時節。（生）是麗娘小姐，俺的人那！（旦）衙內，奴家還未是人。（生）不是人，是鬼？（旦）是鬼也。（生驚介）怕也，怕也。（旦）靠邊些，聽俺消詳說。話在前教伊休害怯，俺雖則是小鬼頭人半截。

（生）姐姐，因何得回陽世而會小生？

【前腔】（旦）雖則是陰府別，看一面千金小姐，是杜南安那些枝葉。注生妃央及煞回生帖，化生娘點活了殘生劫。你後生兒蘸定俺前生業。秀才，你許了俺為妻真切，少不得冷骨頭著疼熱。

（生）你是俺妻，俺也不害怕了。難道便請起你來？怕似水中撈月，空裏拈花。

【三段子】（旦）俺三光不滅。鬼胡由，還動迭，一靈未歇。潑殘生，堪轉折。秀才可諳經典？是人非人心不別，是幻非幻如何說？雖則似空裏拈花，卻不是水中撈月。

（生）既然雖死猶生，敢問仙墳何處？（旦）記取太湖石梅樹一株。

【前腔】（旦）愛的是花園後節，夢孤清，梅花影斜。熟梅時節，為仁兒，心酸那些。

（生）怕小姐別有走跳處？（旦歎介）便到九泉無屈折，銜幽香一陣昏黃月。（生）好不冷。（旦）凍的俺七魄三魂，僵做了三貞七烈。

（生）則怕驚了小姐的魂怎好？

【鬥雙雞】（旦）花根木節，有一個透人間路穴。俺冷香肌早偎的半熱。你怕驚了呵，悄魂飛越，則俺見了你回心心不滅。（生）話長哩。（旦）暢好是一夜夫妻，有的是三生話說。（生）不煩姐姐再三，只俺獨力難成。（旦）可與姑姑計議而行。（生）未知深淺，怕一時間攢不徹。

【登小樓】⑬（旦）咨嗟、你為人為徹。俺砌籠棺勾有三尺疊，你點剛鍬和俺一謴⑭掘。就里陰風瀉瀉，則陽的陽世些些。（內雞鳴介）

【鮑老催】（旦）咳，長眠人一向眠長夜，則道雞鳴枕空設。今夜呵，夢回遠塞荒雞咽，覺人間風味別。曉風明滅，子規聲容易吹殘月。三分話纔做一分說。

【耍鮑老】俺丁丁列列，吐出在丁香舌。你拆了俺丁香結，須粉碎俺丁香節。休殘慢，須急節。俺的幽情難盡說。（內風起介）則這一剪風動靈衣去了也。

（旦急下）（生驚痴介）奇哉，奇哉！柳夢梅做了杜太守的女婿，敢是夢也？待俺來回想一番。他名字杜麗娘，年華二八，死葬後園梅樹之下。啐，分明是人道交感，有精有血。怎生杜小姐顛倒自己說是鬼？（旦又上介）衙內還在此？（生）小姐怎又回來？（旦）奴家還有丁寧。你既以俺為妻，可急視之，不宜自誤。如或不然，妾事已露，不敢再來相陪。願郎留心，勿使可惜。妾若不得復生，必痛恨君於九泉之下矣。

【尾聲】（旦跪介）柳衙內你便是俺再生爹⑮。（生跪扶起介）（旦）一點心憐念妾，不著俺黃泉恨你，你只罵的俺一句鬼隨邪。

（旦作鬼聲下，回顧介）（生弔場，低語介）柳夢梅著鬼了。他說的恁般分明，恁般悽切，是無是有，只得依言而行。和姑姑商量去。

夢來何處更為雲？ 李商隱　惆悵金泥簇蝶裙。 韋氏子
欲訪孤墳誰引至？ 劉言史　有人傳示紫陽君。 能孺登

## 【校記】

❶徐本作「佩」。❷徐本作「靜」。❸徐本作「徑」。全集本作「逕」。❹徐本作「鎖」。全集本作「瑣」。❺徐本作「狠」。❻徐本作「鎖」。全集本作「瑣」。❼徐本作「慌」。❽徐本作「洩」。❾徐本作「洩」。全集本作「泄」。❿徐本作「辜」。⓫徐本作「生旦同拜」。⓬徐本作「疊」。⓭全集本作「上小樓」。⓮徐本作「謎」。⓯徐本作「爺」。

# 第三十二齣〈冥誓〉批語

「暮雲」喻女根之暗，「金闕」之金代筋，「風旛」喻女兩扉，「搖曳」卻喻男根，「鐘」以撞而有聲，「聲絕」而心已「熱」，可為一笑。「紙帳」喻褌，「氳蘭」喻美滿時氣息，「花陰」喻豪。「把月痕遮」喻行事動「蕩」時，則「身遮月痕」不可得見也，切極麗極。「溜風」自喻男根，「光」字尤為奇妙，所謂曳至挺末也。「穩護」喻女之緊，「燈燁」易明，「雲堂」女根雅號，「人」喻男根，「留」亦女緊之故，「留人戶半斜」何其確切情妙一至于此。「珮環」喻女根在內，「雲」喻花頭，「月」喻外殼，「竹影」喻男根動不已象，「風聲」同意。「待說」二句以詠女根妙絕。「把持」喻以手捻住，不使得動也。「畫闌風擺竹橫斜」喻行事之一法，詭絕麗絕。「重」者輪能轉物之意，「紫雲車」喻女根，體用俱見。「玉天仙」喻兩輔，「光」喻男槌，「動」字尤妙，「笑眼生花」又是女根妙喻，「啖」喻女根，「蔗」喻男根首尾皆甜，故謂之蔗。「風」喻其動，「雨」喻其泄，「周折」即雲搖月躲，更見風擺竹橫斜之妙。「陣遮」即搶性命把陰程迸。「雲搖月躲」喻縮身斜避，「畫影人遮」其妙遂復絕世，蓋得以斜「躲」者，幸賴對面一人身遮我。「畫」但見其「影」也，「澀道」水不到處，喻兩輔也。「不慣」喻未曾經此「唓嗻」，「磨滅」二字，奇到極處，蓋男動太速誤出隨進，遽而擦溜則女根被其「磨滅」也。「風聲」喻狠動根唓嗻來，「狠尊慈」喻男子以侵暴為愛，「決」即決杖之決，「一品」作品簫解，「做小伏低」喻幼女兩輔未起，「瑤闕」瑤字代搖，又無家者視之便同琢，的可發笑。女根亦要「神清」方猶「艷玉」，真非才子知不到此。「人間迥別」，言如此者固不多也。「飛瓊漏泄」豈非施精妙句？「天曹」之曹代槽，「話到」之話指男根言。「誰邊」妙極，有兩扉也，男根未入不能有聲，故曰「待要說」如何說，「受了盟香說」。「滿熱」二字，非以「香」喻此物而何？「提挈」字詭，「口與心齊」惟女根為然，因「重」始「垂」，其力稍輕，雖「淚」不「垂」矣，豈不是女道？「迴避」喻內花讓開，開則有聲，故曰「待說」，然讓開則男根似乎內空，故曰「害跌」。前言磨滅喻其表，此言害跌喻其裡，兩俱精絕。「粉撲」二字女根妙贊，可與蝴蝶並垂千古。「畫中」劃中也，「燒」者熱意，「到」者深意，「表白」猶乎粉撲，「柳」喻男根，「衙」喻女根，「杜南安」肚南安也，「剪了燈」非喻女根而何？「餘話堪明滅」，猶曳至莖端，再送深處意。「二八」喻女根形，「靠邊」則其聲更細，「靠邊聽說」喻妙至此。「話在前」者，喻其響在邊也，真正妙絕。「休害怯」言不深入不須怕也。「小鬼頭」喻男根，「人半截」在腰間，故「陰府一面」，故似蝶門。「冷骨頭著疼熱」，喻交骨相撞意。「水月空花」，女根妙對。「三光一靈」俱喻男根，如何說自註其喻言耳。「愛的後節」嘲其欲男根之長也，「梅花」以喻男精，「熟梅」喻莖首之久于爐內也。「仁兒」喻槌上處，「便到九泉」欲男根愈長愈勁，一氣跟愛的二字來，「冷」喻裸露行事，「花根」喻女，「木節」喻男，「冷香肌」又喻兩輔，「回心」二字之妙，喻被拖出而復回也。「話長」猶言根長，長故「暢好」，怕「鑽」不徹，深嘲女道。「砌棺三尺」喻言身半以上，「掘」字與後迸字作用雙妙，「隔陽」喻難到處，「長眠人」喻男根，「長夜」則喻女根，「雞」喻合尖，「枕」喻女根下合尖處，「遠塞」之塞讀作虱，「風味」猶言抽味，「三分」是其全形，「一分說」分開則有聲也，「丁香」名支解香，喻渾身骨散也，此豈殘慢者所能乎？「幽」深也，「幽情」幽處欲堅、欲久、欲急、欲迸、欲掘、欲塞、欲拖、欲車、欲斜、欲靠之情也。《醫經》云初結胎時，僅距褌襠一寸三分，則亦何必爾也。「靈衣邊闌」妙喻，寫女人急色之時，真有欲跪而呼「爺」之狀，真且酷矣。「金泥」之金代筋，「裙」喻女扉，「墳」喻兩輔，「紫陽」男根。後人但存此書，用為張本，竟作故典，用之不窮。詞客場中，應添無數佳句。

「憐香偏繞綺羅衣」，殆無「分氳蘭射」者所為。「月」照名「花」似有「痕」，花陰則把月痕遮，是詩人于兩好之物，便捉取為骨肉眷寵法。其年云：「自古淒涼一派，只有寒『燈』解情者。」游「魂」之變，欲燄光無水，遠看似水，故曰「燈魂」。蓋火可喻性，而燈恰喻情。情緣欲，欲緣血，畢竟是有膏之物，火性革垢，因物一用其光。情慾焚身，燈草油煙共盡耳。

「世間多暗室，白日為誰懸？」「人不知鬼都知道」，則人之心目行淫者，正不待賦就〈感甄〉，吟就〈明河〉矣。

阮亭云：問郎曾解畫眉無？作大女小郎固妙，作娶妾語更妙。先通後嫁曰「睃」。

元曲：「陶學士天性威嚴，你小心過去，這星眸略瞬盼，教他和骨頭都軟攤，這其間春意相關，任他說是個沉沉嘿嘿無情漢。」又「他把我身款抱，搵殘粧，可曾經這般模樣？你許了我為君妾，休教無承望。妓在尊前，不容近傍，粧做好人家便引動情腸。我想這歌台舞榭風流相，怎如大院深閨貴艷娘。」（案：二曲係為隱括戴善夫《陶學士醉寫風光好》一二折曲詞而成）又〈從良曲〉云：「大娘呵下象棋輸與俺，繡鞋兒一對。狠張敞，央及煞怎畫眉？我伏侍的都入羅幃。我恰纔舒鋪蓋，本是個現支風月耆卿伴，怎做的遭受風情大尹妻？相公你沒曾許到我房裡睡來，你一言既出如何悔？莫不是故意將咱拖逗，特教露醜呈羞。」為妾「睃」尚不妙，又況妻耶。

《唐書・后妃傳序》：「盛德之君帷簿嚴奥。中主第稠既交，則情與愛遷，顏辭媚孰，則為私奪。哀誓楗于寵初，狡謀箝其悟先，乘易昏之明，牽不斷之柔。險言似忠，故愛而不悟。陰謀已效，反狃而為好。左右附之，當局懵然。」則又「怎當睃」之貽禍。

唐李珏仕至平章節度使，早喪「妻」，不置侍妾，至高矣。來俊臣以上書告變，驟擢御史，棄故「妻」，矯詔強娶段簡「妻」。復聞簡妾美，使人示風旨，簡懼，亦獻之。貶同州參軍，猶奪同僚「妻」，又辱其母。李義府瀛州饒陽人，知上欲立武昭儀，即代人入直，夜叩閤，上表請廢后立昭儀，帝召與謀，賜珠一斗。與人言，嘻怡微笑，而陰賊褊忌著于心。永徽二年拜同中書，爵為侯。洛州女子淳于以奸繫大理，義府囑丞出之，納以為妾。諸子雖襁負，皆補清官，母妻子俱賣官市獄，又葬其先永康陵側，年五十二。許敬宗，浙新城人。父善心仕隋，死化及難，敬宗叩頭求哀免。依李密為記室，太宗召署官。高麗之役，草詔馬前，帝愛其藻警，令兼修國史，喜曰：「仕宦不為著作，無以成門戶。」高宗將立昭儀，即妄言曰：「田舍翁賸穫十斛麥，尚欲更故妻，天子富有四海，立一后謂之不可，何哉？」帝意遂定。頃拜侍中，爵郡公，詔與弘文學士，討古宮室故區，進中書令。知后鉗戾能固主，以久己權，遂連謀殺長孫無忌，朝廷重足事之，威焰熾灼。子妻尉遲敬德女，第造連樓，使群妓走馬其上。妾共其婢因以繼室假姓，虞子昂烝之，奏斥昂嶺外，久乃表還。晚年不復下筆，凡大典冊悉昂子彥伯為之。後又納婢譖奏，流彥伯嶺表，卒年八十一。詔百官哭其第，贈揚州大都督。陪葬昭陵。若二人者，其視「妻」妾直「當賒」耳。己子烝己愛，在高宗時尤不足罪，但陪葬昭陵，不知太宗與論昂事作何論議，恐長孫后亦不容彼臥榻旁睡耳。顧敬宗以女嫁蠻酋馮盎子，又以女嫁高祖隸奴錢九隴子，作史為錢私立門閥功狀，至與劉文靜同傳。嬚，漢成帝許后妹，龍洛侯夫人，後為淳于長小妻，亦奇。唐太宗女南平公主，嫁王敬直，直斥嶺南，更嫁劉玄意。新城公主嫁長孫詮，詮罪徙，更嫁韋正矩。高祖三女皆夫死再嫁，又不足論者也。宣宗愛萬壽公主，欲下嫁士人，時鄭顥進士，與盧氏婚，將授室而罷。白居易弟以充選，顥銜，屢讒之，此真「妻不當賒」者。順宗女襄陽公主嫁張克禮，常微行市里，薛樞、薛渾、李元本皆得私侍，而渾尤愛，至私謁渾母為姑，則「夫亦當賒」矣。

元曲：「他不得妙舞宮腰」，作窮秀才「玉天仙」恐亦易易。

北齊武成子綽傳：「兄弟皆呼父為兄兄，母為家家，乳母為『姊姊』，婦為妹妹。」曾子問婿家有喪，則告之曰「某之子不得嗣為兄弟。」佛經云：「敬夫如兄，名如妹婦」，而今呼「爹」呼「姐」，遂為淫媾常談。兒夫，我夫也。郎爺主也，人但稱易之五「郎」，某曰「汝非其家奴，何『郎』之云。」一自天公無計，而世間之以兒為主，以「爺」為「郎」，何亦遂多有也，況「親」其「姊姊」乎？則知賢文止能禁人之外樂，不能禁人之內情也。

棠村詞：「人無恙，祝天長地久，被底文鴛，又怜繾綣，惜年光，地老天荒」，亦「人間」之「至誠親切」。若「笑眼生花」，則相偎相倚不勝春矣。

王金壇：「願為雞舌與君含」，是此「蔗」意，且有勝事宛然懷抱裡之樂。「麟膠妾猶有，請為急絃彈，歲短苦情長，從郎索來世」，皆「一逕」二字的解。身根生于「紅」海，世間謂之「紅」福，即此「紅」字。李白：「『愛』君芙蓉之艷色，憐君清迴之明心」，紅粉知己，遇即成不朽，正以其不「錯」耳。

潘床無鏡，慣被人欺，真不信世間竟有人「錯愛」及我也。晉高平王沉云：「嘲哮者以粗發為高亮，韞蠢者以色厚為篤誠。」非自顧巾影，獐頭鼠目，即氣盈大宅，健狗豪豬。北齊杜弼有新注《義苑》，謂仲尼之智，必不短于長狄，孟德之雄，乃遠奇于崔琰。范雲見何遜曰：「觀文人質則過儒，麗則傷俗，中今古者，見何生矣。」高澄臉薄盼速，隋文眼若曙星，隋文謂李穆：「萬頃不測，百煉彌精。」坡詩：「君如江南英，面作河朔虎。」庾長明入亭，吳中群小，望其風姿，一時退匿。崔悛身長八尺，面如刻畫，磬欬如洪鐘，胸中貯千卷書，北齊神武猶恨其精神太遒。「一品人才」蓋難言之。

孫向（案：指崔悛孫名向者）為齊侍中，風儀端麗，眉目如畫，每公廷就列，為眾所瞻望焉。褚彥回嫡母，宋文帝女，每朝會，巨僚、遠國使，無不回首目送之。宋文帝子孝武女，山陰公主駙馬何戢，以貌美號小褚公，家業富厚，性極華侈。女為齊鬱林王后，亦極淫。而山陰于回年二十餘時，顧向弟廢帝乞令侍己，殆欲兼魚與熊掌耳。惟是戢祖尚書尚之，與顏延之並短小，此目彼猿，彼目此猴，妻亡不娶，元凶時義師至，尚之方與婢妾同洗，何戢之勝祖耶！

濠水李景，容貌奇偉，隋文帝使裸而觀之，曰：「卿相表當位極人臣。」為韓州刺史，玄感反，獨無關涉，賜以美女。韋孝寬子藝，隋齊州刺史，容貌瑰偉，獨坐滿一榻。隋將下邽魚俱羅，身長八尺，相表異人，聲聞數百步。要皆「一品人才」之類。

唐太宗問魏徵疾，以衡山公主降其子叔玉，將以從，曰：公強視新婦。後譖者言其嘗薦侯君集能任宰相，乃停叔玉婚。此「回鸞帖」亦不必論。

唐崔灝進士娶妻，惟擇美者，俄又棄之，凡四五娶，終司勳員外。獨非「秀才年少」耶？

元曲「不枉我愛看花饞眼孔，我伴著些玉嬋娟相守相從，知他是宿誰家枕鴛衾鳳」，殆「異鄉花草」之意。「鬼胡由」已見元曲。

「做小伏低難說」六字，一連妙甚。使「伏低」而不「難說」，雖「伏低」可矣。嘗見詩人〈小星詠〉云：「最是燈前難忍笑，替人換取合歡鞋。最是初更難轉步，看人談笑入鴛衾。最是三更難睡去，聽人乞乞笑能多。最是炎時難索酢，替人高捧半邊蓮。最是日高難咽恨，看人含笑起梳頭。最是人歸難告訴，替人早脫軟羅裙。最是浴堂難釋忿，替人磨盪玉交枝。」乃知「實命不猶」上加上「抱衾與裯」四字，寫既「難說」矣，還要「伏低」，真才子也。「伏低」柔情所能，「伏低」又難說，則柔情安頓渾無地矣。「女兒終是心腸軟，只記歡娛不記冤」，住則幽蘭雪裡，去則弱絮風中，小青所以云：「噓寒分燠瞻睇慈雲也」。玉茗順筆數字，亦輕輕夾帶一部《療妒羹》，文心游刃真有餘力。觀麗娘語，則知怕對人間舊衾枕，人心所同。然誦時人高宗后詩：「毀短他人自發機，那知先手落昭儀。可怜乞署回心晚，青竹無情響玉髀」，則使人「伏低」，亦非高識。大足之醉，二嫗亦怒其有眼不知人傑耳。

北齊納后禮，后服大嚴繡衣，女侍中負璽，暗乘至殿，姆去幰，后先拜後起，帝後拜先起，詣同牢，坐。明日后詣昭陽殿，拜表謝。又冊后，亦以齊制為佳，公主及內外命婦陪列于昭陽殿，小黃門以冊入，女侍中受以進，興受復坐，反節于使以出。元日，后輿出昭陽殿，坐定，內外命婦拜。后興，妃主皆跪，后坐，妃主皆起。長公主一人前跪拜，賀訖，后入更衣出。公主一人上壽訖，遂宴。隋元旦，主妃命婦朝后禮，因于齊，而又有后受群臣朝賀之儀，庶不使儕于「做小伏低」之輩耳。劉宋江斅〈讓婚表〉：「諸主聚集，惟論夫族，或云野敗去，或云人笑我，更相扇誘。本其恒意，不可貸借，固實常詞。」北魏襄淮陽王孝友（案：應是臨淮王）曰：「聖朝忽棄古禮，將相多尚公主，王侯亦娶后族，故無妾媵，習以為常。婦人多幸生逢今世，舉朝略是無妾，天下殆皆一妻，設令有人強志廣娶，即內外相知，共相嗤怪。父母嫁女，則教之以妒，姑姊逢迎，必相勸以忌。持制夫為婦德，以能妒為女工，王公猶自一心，以下何敢二意。」婦人必欲「為妻」天者，所圖在此。然子建之誄其母曰：「泛納容眾，含垢藏疾」，溫公《家範》：「宋女宗者，鮑蘇妻也，夫有外室，而或告之，曰『婦人以專一為貞，以善從為順，豈以專夫室之愛為善哉。』」今三山林茂叔之妻，李氏愛妾。楚娘之詩，長枕大被，三人共寢。

初馮業以三百人浮海歸宋，至寶三世為守牧，然本北燕苗裔，他鄉羈旅，號令不行。高涼冼氏世為首領，部落十餘萬家，乃聘為妻室。至隋時，夫人自乘馬，張繖衛，詔使巡諸州，隋文后遺以首飾，似此「異鄉花草填接」轉佳。

「不敢分明賞物華，十年如見夢中花，頻遊僻徑看花面，茜裙紅入那人家。」「此生無路訪東鄰，遣情無奈獨傷情，眼前都是陳思賦，修蛾曼睩紛性情。」「人間多少歡娛事，那得千分無一分，強遮天上花顏色，不隔雲中笑語聲。」「千金難買隔簾心，枉自經營買笑金」，皆「飄零歲月」者之言也。唐實君：「晉宮選長白，亦各鬥蛾眉，何必定傾城，毛嬙與麗姬？」白少傅：「妍媸優劣寧相遠，大都只在人抬舉，莫許韓憑為蛺蝶，等閒飛上別枝花。叵耐一雙窮相眼，不堪花卉在前頭」，則未必因其「稔」熟視作「尋常」矣。趙家婦似韓家婦，爭奈師王看得殊。人情倦睹于其所已饜，欣得于其所未足。覺一肌一容，殊妍各態。如秦嘉〈寄婦詩〉：「貞士篤終始，恩義不可輕。顧盼空室中，彷彿想姿形」，正恐姿首猶或相近，形則所該者多殊，難因其稔色而不想。然誦「好知青塚骷髏骨，即是紅樓掩面人」之句，亦復何必爾哉！顧辛稼軒又云：「休說弓刀事業，依然詩酒功名，隔墻人笑聲。」彼不「孤單」而亦云爾，因知此論亦復難持也。

唐太宗卻高麗女，其于齊王妃若何？固由英主尚權術，亦由其心中無此樣範美人也。與隋文卻渾女，明皇卻新羅，明祖卻安南，正同。然「色者人所重」五字，在庸人並不肯道。宋玉自許溫柔之祖，而曰天下之美，無如臣里，臣里無如東家之子。噫！何隘也。梁蘭陵太守剡人王僧孺，武帝問妾媵之數，曰：「臣目無傾視。」乃友人以妾寓之，還則懷孕，為人所糾，逮至南司，坐免官者。柳生「尋常」一語，大都人生知此味，只恨少因緣。好魚輸獺盡，白鷺鎮長飢耳。使詠元人「出入內門粧飾盛，滿宮爭訝女神仙」句，不知如何渴醉。

「還疑蕭史鳳，不及季倫『家』」，況「無家」者，知「瑤闕」為何物乎？潢揲者公卿大夫之命婦，市井民庶之麗配咸在，故曲有云：「粉繞花纏，金裹瓊沿，翠護朱圈，笙歌鬧入梨花院。一個個玉天仙，一雙雙美嬋娟。一叢叢香車翠輦，一隊隊雕鞍駿騎，一簇簇蘭撓畫舡。一攢攢蹴踘場，一處處秋千院。一層層錦塢花溪，一步步丹青扇面，一段段流水桃源，萬萬首詩難盡，千千筆畫不全。他則管送春情不住相留戀，惹得人意懸懸似熱地蚰蜒，待何時移到我院後家前？」是「相如在客，蕭史無家」眼中景，心中事。

邵昇：「二聖忽從鸞殿幸，雙仙正下鳳樓迎」，蘇頲：「昔日曾聞公主第，今時變作列仙家」，皆言「蕭史」非真在「瑤闕」，因其有「家」如是，「便同瑤闕」也。不合「溫香艷玉神清絕」七字，不為妙物，每讀此句，令人憶「竹戶蘭軒裡，濃香淡月中」，言甘體澤人思嚥也。

「黃姑渚畔湔裙水，不是人間妒婦津」，真是飛瓊，那得「泄漏」？「紅龍錦幨黃金勒，不是元君不得騎」，若是書生，自該「罰折」。《唐書》：虞履水議詔請父三年而後娶，以通子之志。徐悱妻〈婕妤怨〉：「寵移終不恨，讒枉太無情，只言爭分理，非妒舞腰輕。」王金壇：「天壤王郎嗜好奇，能將野鶩壓家雞。」鮑照「古來共歇薄，君意豈獨濃？惟見雙雲鵠，千里一相從。」「妾命何太薄，不如宮中水，時時對天顏，聲聲入夫耳。」白：「何意掌上玉，化為眼中沙，金屋貯嬌時，不言若不入。君言妾貌改，妾畏君心移，摘蓮抛水上，郎意在浮花。」李白：「新人如花雖可寵，故人似玉由來重。」張籍：「人生回互自無窮，眼前好惡那能定？一番弄色一翻退，小婦新粧大婦愁。夭桃變態求新悅，牡丹露泣長門月。錯把黃金買詞賦，相如原是薄情人」，皆「夫妻」間妙句。要之「分明天上日，生死願同歡」，是「妻」之樂，「自有橫陳分，應憐秋夜長」，是妾之苦。李益云：「以奉百年身，見新莫忘故，但休獅子吼，攪亂一團春」，正不得云「妾有一夫君二婦，一年夫婿半年親」也。

孫搴謂溫子昇：「卿文何如我？」溫讓不如搴，要其為誓，溫笑曰：「知劣便是，何勞旦旦。」若要立誓，只須如董文友詞：「倘若負情悰，來生做太沖。倘負小窗歡約，來生醜似無鹽」便已足矣。「準擬將身嫁與，一生休。便被無情棄，不能羞」又是一種。或為一品人才起見，不得不爾。彭城王勰姊嫁為王敬愉妻，曰：「故人恩既重，不忍復雙飛」，豈不重亦無不可耶？

魏高祖后姑夫母舅馮熙女，后姊昭儀，自以年長且先入宮掖，素見待，念輕后而不率妾禮。規為內主，廢后為尼，緣后有怨恨之色，所以致此。翻不如宋王劉昶女為魏北海王詳妃，被高太妃所杖，曰「新婦貴家女，何所畏。」而不檢校夫婿。婦人皆妒，獨不妒也。《北史》：高洋所寢，夜當有光，自此惟與后寢。然後納后姊魏樂安王妻。后啼不食，請讓位于姊，至煩婁太后為言。亦不如洋弟演，身長八尺，帶十圍，妻為魏宗，洋欲其離，乃陰為廣求淑媛。演雖承旨有納，而情義彌重。《隋史》安息國，雖禽獸，每聽政與妻相對。河東裴澤仕北齊，妻魏氏恩好甚隆，不能暫相離，澤每從駕，妻亦不宿。亦至性，亦強立，時人以為健婦。

蕭摩訶既歸周，妻安氏亦留之，曰：請遣子往江南收家產。洛人元壽劾之，曰：「人倫之美，伉儷為重，摩訶遠念資材，近忘匹好，一言纔發，名教頓盡。」高歡貴臣雲中司馬子如言戲穢褻事，而事姊有禮。其子消難，尚歡女而情好不篤，主愬之，乃入關從周武東伐。女為靜帝后，性貪淫，其子妻在鄴，極加禮敬，入周便相棄薄。及赴郢州，留妻及三子在京，妻言于隋文曰：「滎陽公必不顧妻子」，及消難入陳，高母子得免。高所生譚，拜儀同。宇文護娶元孝矩女為妻，情好甚密，獨孤后因為子勇，求得高熲家女，冀隆基業，乃都不聞作夫婦。《唐書》：房琯太尉子孺復狂縱，多招術家，言己三十，當得宰相，以熏權近，與妻鄭不相中。具棺，召家人生歛之。鄭方乳，促上道，死于行。「同室同穴」者固不乏，亦復不能盡然。

《唐書》：上賜祿山子慶宗娶宗室女，手詔祿山觀禮，辭疾，旋反，乃斬慶宗。賜其妻康死，榮義郡主亦死。是為之妾也，況「千金小姐」乎？主又願死，尤奇。且祿山本姓康，宗又娶康氏，亦奇。《宋史》：戚里有毆妻至死者，宜仁高太后怒曰：「夫婦體齊，奈何毆至死耶！」《北史》：渤海封卓妻劉氏，彭城人，夫亡，嘆憤死。蓋形由禮比，情以趣諧，故結憤鍾心如此。《唐書》：李齊運本太原吏，代宗時入仕。頗預平賊，功至禮部尚書。晚以妾為妻，冕服行禮，士人嗤之。丁公著蘇州人，歷河南尹，四十喪妻，終身不畜妾。又〈岐公杜佑傳〉：議者謂其治政無缺，惟晚年以妾為夫人，有所蔽云。佑京北人，子悰即選尚公主，年八十，厚自奉者。

譙人夏侯道遷，云有四方志，不願娶婦，投北親後不聘正室，惟有庶子數人。子夬，死後發父諸妾陰私，夫妻被譖死。尚書裴植女也，與道遷諸妾不睦，訟閱徹于公廷，妾固有不妙處。李元護本遼東人，身長八尺，為刺史，情欲既甚，肌骨消削。子會，頑獃襲爵，妻河南太守房伯玉女也，遂通會弟機。會死，齊受禪，機遂與房如夫婦。積十餘年，房色衰，乃更始娶。房獨非「千金小姐」乎？自無一品人才，即「妻」亦或難保。

代人張瓊初從葛榮、爾朱，敗歸高歡。子欣，尚魏平陽公主，性豪險，與公主情好不篤，為孝武所害，妻又有不可不「真切」待者。西魏廢帝后，周文帝長女也，不置嬪御，帝廢，后以忠魏罹禍，「真切」待妻，頗復不差。

隋文第二弟整，娶尉遲綱女。三弟瓚，美姿容，尚周武帝妹順陽公主，號楊三郎，武帝甚親愛之。平齊之役，諸王咸從，令瓚居守，隋文曰：「我同生二弟，並倚婦家勢，常憎疾我。」宇文氏數與獨孤后不平，禪後鬱鬱，陰有咒詛，帝命瓚出之，瓚不忍離絕，固請帝不已，從之，殆亦重其「千金」之體耳。隋文從侄慶，為滎陽守，世充僭號，以兄女妻之。充敗，慶欲同歸長安，妻曰：「國家欲以妾申厚意，結公心耳，今為全自計，非我所能責，公若與妾歸唐，公家一婢耳。送還東都，君之惠也」，慶不許，妻遂靚粧飲藥卒。其嫡母元太妃在充處，充殺之。「那些枝葉」，則是惡因緣矣。

雲氏生長寧王儼，文帝曰：「此皇太孫，何乃生不得地？」太子勇曰：「至尊嗔我多側，高緯陳叔寶豈孽子乎？」亦是一說。高歡迫于蠕蠕阿那瓌，欲取其女而未決，婁后曰：「國家大計，願不疑也。」避正室處之，真賢明婦人。

北齊高構性滑稽，好劇談，仕齊入周，隋文訓曰：「讀君子爭嫡判詞，理愜當所不能及」，所薦房玄齡、杜如晦，皆自致公輔。隋平，陳時京兆張定和當從征，無以自給，求其妻嫁時衣鬻之，妻不與。和還，以功拜儀同，遂棄其妻。妻既全不「真切」，夫亦宜然。

隋文蘭陵公主名阿五，初嫁王奉孝，孝卒，其父以主年過少，請即除服，楊素劾其傷人倫。晉王欲請配其妻弟蕭瑒而未果，主竟改適柳述，時年十八。文帝崩殂，述徙嶺表，將改嫁之，主不復朝。謁求免主號，與同徙，帝大怒，臨終表有：「息嬀不言遺芳往誥」語。主憤卒，年三十二。乞葬柳氏，帝覽表愈怒，竟不哭。別葬之。致李密檄文，有「蘭陵公主逼幸告終」之語，豈柳已「真切」，王未「真切」耶？

洛陽平，唐高祖遣諸妃親閱後宮，見府庫服玩，皆有求索，秦王不與，遂有譖言。帝謂侍臣曰：「兒久典兵，為儒生所誤，非復我昔日子。」杜如晦騎過尹氏門，尹妃父恚其傲，率家僮捽毆之，妃反訴秦王左右暴其父，帝不察而詰王曰：「兒左右乃凌我妃家，況百姓乎？」帝召諸王宴，秦王感母之不有天下也，偶獨泣，帝顧不樂，諸妃曰：「陛下春秋高，當自娛，而秦王悲泣，正為嗔忌妾屬耳。萬歲之後，王得志，妾屬無遺類。」帝遂無易太子意。是「冷骨頭」不復著疼熱者。每讀唐高紀，鄙之醜之，令人恨恨不樂，天子中之最庸謬者。太宗長孫后死，自著表敘始末揭昭陵左。他日望陵流涕，問魏徵見陵乎？徵曰：「臣以陛下為望獻陵也，君昭陵則固見之矣。」雖武才人之柔屈不恥，秪名以媚，而不易其「冷骨頭著疼熱」之心也。

趙郡趙超宗，身長八尺，弟令勝亦長八尺。寵惑妾潘，棄其妻羊，夫妻相訟，迭發陰私。醜穢之事，彰于朝野。何兩不「真切」，一至于此哉！

高熲父，獨孤后家故吏，故取陳時，以為元助長史。六軍取斷，斬張麗華，進齊國公。以其子尚太子勇女。其夫人賀拔氏卒，后言所以不為之娶，帝以后言告熲，熲流涕曰：「臣今惟讀佛經而已。」及愛妾產男，后言其詐，帝遂疏之，尋免。後召侍宴，熲唏噓，后亦泣。「冷骨頭」亦有關禍福時。文友吊楊妃：「有限君情，無端妾命，恨溫泉不與淚冰同結，汗紅同逝。」「有限句」，真非才子不能下。

阿難白佛：「我見如來，舉光明拳耀我心目。」佛告阿難：「汝目可見，以何為『心』？」阿難答言：「而我以「心」，推窮尋逐，即能推者，我將為「心」。」佛咄阿難：「此非汝『心』，此是前塵虛妄想相。」阿難白佛：「若此發明不是『心』者，我乃無『心』，同于草木，我此覺知更無所有。」佛告阿難：「乃至草葉，咸有體性，何況妙明而自無體？斯則前塵分別影事。塵非常住，若變滅時，此心則同龜毛兔角，則汝法身同于斷滅，其誰修証無生法忍」，是玉茗「三光不滅」一段所由來。

入定之僧，忽移別殼。氣之代續，實心換接，是故諸天皆有液污，因隨氣成，氣隨想結。是人非人，心不別也。空中如有靈，運先成居易，斯言見其未達三千世界，等為戲論。雖強幻王亦夢境，攝「是幻非幻如何說」也。「卻不是水中撈月」，借參禪理，見老婆禪。雖空花觀，卻又難言頓除。吾雖以欲勾牽，引入佛智，而欲責蜣螂成妙香佛，終不可得矣。柳只問他淹通書史，他卻問到「可諳經典」。世間一切法，莫不因前轉勝。人言元曲勝《牡丹亭》，元人筆舌，未為不妙，豈能入彼金剛，定破諸分別智與褻讟之意，字字相關，一至于是乎！

繡環遮蘇小，鉤欄鎮阿甄，皆恨其無「人間路穴」耳。貍奴戀暖驅難去，亦只喜其愛偎。昭陽今再入，寧復恨長門，喃喃呢呢舊時人，亦祗為「暢好是一夜夫妻」，故有的「是三生話」說也。呼兒呼女亦三生意。嗚嘬是一法，迸是一法，拖逗是一法，斜拖斜留是一法，壓是一法，搖是一法，提挈是一法，籌邊是一法，掘又是一法，何玉茗之于法無不造乎。

徐悱妻詩：「覺罷方知恨，人心定不同，誰能對角『枕』，長夜一邊『空』」，是婦人老實說話。卓珂月云：「痴麼痴麼，好夢可如真麼？」「人間味別」，蓋以肉色可邇，有堅暖軟動之相耳。不知諸天身生煙焰，體注眾流，是亦有色聲香味觸法也。苻堅母苟氏禱于西門豹祠，生堅。宋徽宗時，宮中有厲，常至諸妃榻中，以手撫之，亦溫暖，或云朱溫所化。則豈人間風味，果「有別」耶？

荊公子元澤有疾，未嘗接婦，公憐而嫁之，澤寄詞曰：「相憐只在『丁香』枝。」〈上雍陶〉：「君王春愛歇，枕席涼風生。怨咽不能語，踟躕步前楹。如何嬌所誤，長夜泣恩情」，亦是「拆了丁香結」。不「碎丁香節」者，「難盡說」者，其所深喻之人間味也。

帝婿王獻之病，道家法當首過，曰：「不覺餘事，惟憶與郗家離婚。」「你既以俺為妻」，便易痛恨。赤眉降後，光武曰：「卿等攻破城邑，周遍天下，本故『妻』婦，無所改易，一善也。」而自卻易后，亦猶清河張讜仕于劉宋，妻為魏掠，重貨購贖。皇甫氏歸，讜令諸妾迎于境上。魏高祖曰：「南人奇好，能重室家之義。」而自后為尼矣。粲花曲：「當日個低徊無奈，料不是輕狂無賴。」女郎認真難為戲如此。

李紳題皋橋云：「猶有餘風未磨滅，至今鄉里重和鳴」。蓋嘗讀《禮記》，妾為女君之黨服，公為卿大夫錫衰，為其「妻」往則服之，以是知「妻」之當重也。

「轉輾令人思蜀賦，解將惆悵感君王」，只是「憐念妾」三字。「黃泉恨你」則眾生愛命，還依欲本。愛欲為因，愛命為果也。投胎時原曾起愛，夫曰兒夫，或又呼「爺」。元曲云：「你那裡是我相與的老婆，只當是我的娘」，一似禮無明據，事有先例，便無「再生」之恩也。比娘還尊奉，況再造乎？文見梵志即起慾心，汝若不從，我今便死。志自思惟，地獄之苦，我能堪忍，不忍見彼以我致死，遂呼姊起，恣汝所欲。以此十年，共為家室。志命終時，身生梵天。是名菩薩，行于方便。「柳衙內」三句，寫得婦人花發，真不可忍。須合「丁香」數句解之。始知綠綺幽情，芳年越禮，黃花妙句，晚景貽譏，勢有所必至耳。

麗娘生遇，斷不私奔。若強婦人，不思愛好，必將褻辱。吾身之事，不問誰何，隨其所值，付之心最厭惡之人，則先王制禮，父母不情之過，致開其干冒不韙之端也。

# 第三十三齣　秘議

【遶地❶遊】（淨上）芙蓉冠帔，短髮難簪繫。一爐香鳴鐘叩齒。

〈訴衷情〉「風微臺殿響笙簧。空翠冷霓裳。池畔藕花深處，清切夜聞香。咳❷！人易老，事多妨，夢難長。一點深情，三分淺土，半壁斜陽。」俺這梅花觀，為著杜小姐而建。當初杜老爺分付陳教授看管。三年之內，則見他收取祭租，並不常川行走。便是杜老爺去後，謊了一府州縣士民人等許多分子，起了個生祠。昨日老身打從祠前過，豬屎也有，人屎也有。陳最良，陳最良，你可也叫人掃刮一遭兒。到是杜小姐神位前，日逐添香換水，何等莊嚴清淨。正是：「天下少信弔書子，世外有情持素人。」

【前腔】（生上）幽期密意，不是人間世。待聲揚徘徊了半日。

（見介）（生）「落花香覆紫金堂。（淨）你年少看花敢自傷？（生）弄玉不來人換世。（淨）麻姑一去海生霜❸。」（生）老姑姑，小生自到仙居，不曾瞻禮寶殿。今日願求一觀。（淨）是禮。相引前行。（行到介）（淨）高處玉天金闕，下面東嶽夫人，南斗真妃。（內鐘鳴，生拜介）「中天積翠玉臺遙，上帝高居絳節朝。遂有馮夷來擊鼓，始知秦女善吹簫。」好一座寶殿哩。怎生左邊這牌位上寫著「杜小姐神王」，是那位女王？（淨）是沒人題主哩。杜小姐。（生）杜小姐為誰？

【五更轉】(淨)你說這紅梅院，因何置？是杜參知前所為。麗娘原是他香閨女，十八而亡，就此攢瘞。他爺呵，陞任急，失題主，空牌位。(生)誰祭掃他？(淨)好墓田，留下有碑記。偏他沒頭主兒，年年寒食。

(生哭介)這等說起來，杜小姐是俺嬌妻呵。(淨驚介)秀才當真❹？(生)千真萬真。(淨)這等，你知他那日生，那日死？❺

【前腔】(生)俺未知他生，焉知死？死多年，生此時。(淨)幾時得他死信？(生)這是俺朝聞夕死了可人矣。(淨)是夫妻，應你奉事香火。(生)則怕俺未能事人，焉能事鬼？(淨)既是秀才娘子，可曾會他來？(生)便是這紅梅院，做楚陽臺，偏倍了你。(淨)是那一夜？(生)是前宵你們不做美。(淨驚介)秀才著鬼了。難道，難道。(生)你不信時，顯個神通你看。取筆來點的他主兒會動。(淨)有這事？筆在此。(生點介)看俺點石為人，靠夫作主。

你瞧，你瞧。(淨驚介)奇哉，奇哉。主兒真個會動也。小姐呵！

【前腔】則道墓門梅，立著個沒字碑，原來柳客神纏住在香爐裡。秀才，既是你妻，鼓盆歌、廬墓三年禮。(生)還要請他起來。(淨)你直恁神通，敢閻羅是你？(生)少些人夫用。(淨)你當夫，他為人，堪使鬼。(生)你也幫一鍬兒。(淨)大明律：開棺見屍，不分首從皆斬哩。你宋書生是看不著皇明例，不比尋常，穿籬穵❻壁。

（生）這個不妨，是小姐自家主見。

【前腔】是泉下人，央及你。個中人、誰似伊。（淨）既是小姐分付，也待俺撿個日子❼。（看介）恰好明日乙酉，可以開墳。（生）喜金雞玉犬非牛日，則待尋個人兒，開山力士。（淨）俺有個侄兒癩頭黿可用。只❽事發之時怎處？（生）但回生，免聲息，停商議。可有偷香竊玉劫墳賊？還一事，小姐倘❾然回生，要些定魂湯藥。（淨）陳教授開張藥鋪。只說前日小姑姑，黨了凶煞，求藥安魂。（生）煩你快去了❿。這七級浮屠，豈同兒戲。

溼雲如夢雨如塵，崔魯　初訪城西李少君。陳羽
行到窈娘身沒處，雍陶　手披荒草看孤墳。劉長⓫

（生下，淨弔場）奇哉！奇哉！怕沒這等事？既是小姐分付，便喚姪兒，備了鋤鍬，俺問陳先生討藥去來。寧可信其有，不可信其無。（下）⓬

【校記】

❶全集本作「池」。❷徐本無此字。❸徐本作「桑」。❹徐本作「當真麼」。❺徐本此句為「這等，知他那日生，那日死了？」。全集本作「這等，你知他那日生？那日死了？」。❻徐本作「挖」。❼徐本作「也待我擇個日子」。全集本作「待俺檢個日子」。❽徐本此處有「怕」字。❾徐本作「儻」。❿徐本作「也」。⓫徐本作「劉長卿」。⓬徐本無此段。

# 第三十三齣〈秘議〉批語

「冠」喻女根合尖之處，「冠帔」俱是。「芙蓉」譬喻女根切當，「短髮難簪繫」喻豪更切，「一爐香」爐中有物也。鐘以撞鳴，齒由骨緊，以「鳴鐘叩齒」喻其聲，「風微」喻緩弄時輕緩則聲細，妙。雄急即類鐘齒，何才子之善于形容也。「空翠」喻豪，「霓裳」以喻兩輔，蓋霓者白也，又出蓉帔之外。「藕」喻男根，言風動時不但有聲可聽，而且有臭可聞也。「易老」三句猶言世有如此妙物妙事，而恨其爾爾。「深情」喻男女情中，俱恨未能深入。「三分」仍喻女根，情雖欲深而「土」本甚「淺」，真乃絕妙義諦。「一陽」喻男根，「半壁斜陽」猶斜拖金珮等意。「密」緊也，「聲揚」喻行事。「徘徊半日」既玩其冠帔短髮，又因其幽密不得遽入也。「紫金」之金代筋，仍喻男根，「年少自傷」妙根幽密，「來」喻靴頭未綻者，「麻姑一去」喻肉痲欲死也。「霜」喻男精，「金闕」猶言筋闕，「遙」深也，尚在「積翠」之上。「絳節」仍喻男根，「簫」亦然，「頭」喻男根，「沒頭」者非女根乎？「點石為人」四字與「開山力士」同深嘲幼女，喻即堅如「石」，但遇「力士」亦可「點開」也。「纏住」二字，狀其幽密而且窨約。「鼓」喻兩輔，「盆」喻坎中，「是小姐自家主見」譏嘲女道極矣。「金雞玉犬」俱喻男根，「癩頭黿」同「身沒」喻男根在內。「荒草」喻豪，當身沒時看之更妙，然必「披草」而後得見，亦何無微不到至於此極，但存此書為古典，無褻不可入詩矣。「偷香竊墳賊」惟赤眉楊髡頗有此興。

蔣吉：「出門爭走九衢塵，總是浮生不了身，惟有水田衣下客，大家忙處作閒人。」芙蓉面而道「冠帔」，寧讓東家翟茀。李白：「下視瑤池見王母，蛾眉蕭颯如秋霜」，則亦無如此「短髮」，何耳？

「事多妨」，賢文禁殺之類。使「人易老」，而不「事多妨」，或「事多妨」，而「人」不「易老」，則雖一「夢」猶覺稍「長」，而今不然。故曰「夢難長」也。看他出手搖筆，輕輕寫出「人易老，事多妨，夢難長。一點深情，三分淺土，半壁斜陽」。只六句，竟將娑婆國土一口氣說盡，便覺自己心眼，超出常人之外。但是世諦中，悲令人泣語，憐令人惜語，快令人舞語，幽令人冷語，寫不能言之狀，與不易吐之情，驚絕于文字之外。足以蝕聖賢之精，絕英雄之氣者，無不入此六句中。令人有不會當時作天地之意。而庸妄詩魔「紛糾雜糅浮誇影」，套于此六句，即又無與焉。或謂惟耆卿塚上踏滿弓鞋，可稍釋「一點深情三分淺土」之恨。「半壁斜陽」更妙，將入土未入土時，確多此一層惆悵，然皆由深情作祟耳。

「不是人間世」，則沈約之淇水，上官誠無云：幾分桃斷袖，亦足稱多，以對柳郎，多成形穢矣。盛德今何在，惟餘此夜台，為「留下碑記」一笑。

萬劫千年不容易，也是我前緣前世，方許自言「偏倍不做美」。便如青眸小史纔離坐，白髮禪僧又到門也。

「迷魂都是鬼，吸髓總為妖」，豈止「秀才著鬼」。明于慎行《筆麈》：「今禁城之西有靈濟宮，真君仙妃，其象木胎，有機可以伸縮，四季換衣」，不「點」亦復「會動」。

張籍云：「夫婿乘龍馬，出入有光儀。洛陽買大宅，邯鄲買侍兒。將為富家婦，永為子孫資。」必如此夫方可「主靠」。

《唐書》：李勉常引李巡、張彥在幕府，後二人卒，每至宴餽，仍設虛坐沃餽之，則「盧墓」亦未為奇也。又〈杜悰傳〉，時駙馬皆為公主斬衰三年，文宗怪之，詔杖而期著于令。《五代史·漢臣傳》：蘇逢吉京兆人，為平章，繼母死，不服喪「禮」。亦何常之有？《夏言集》：武宗后祭世宗母文，稱孝姪婦等，貴妃等祭文，稱孝婦貴妃等，與此「廬墓三年」，同一發笑也。

習常而怪變，血氣之屬皆然也。殷湯問夏革，上下八方有極盡乎？曰：「無盡外復無盡，朕安知天地之表不有大天地者乎？」天地既可名為大疑團，故釋氏遂以為一夢相。達人悟智外之玄理，得物外之奇形，彼封情局步者，將謂寫載盡于墳典，是皆拘短見于當年，昧有生于長夢。穆王西征戎，戎獻火浣布，太子以為妄，蕭叔曰：「王子果于自信，果于誣理哉！」「直恁神通」，君以為不然，自有知其然者也。

唐太宗時，有女巫自言傳鬼道，能活死人，金吾田仁會劾，徙于邊，殆即咒生魂入死屍之類。長吉修文出于其姐之口，「個中人誰似伊」。

宇文護母閻沒齊，與護書曰：「我生汝兄弟，大者屬鼠，第二屬兔」，隋獨孤沱家以巳日夜祀貓鬼，心屬鼠也。《唐書》：黠戛斯古堅昆國，以十二物紀年，如歲在寅則曰虎年。

# 第三十四齣 詗藥

（末上）「積年儒學理粗通，書簏成精變藥籠。家童喚俺老員外，街坊喚俺老郎中。」俺陳最良失館，依然重❶開藥鋪。今日看有甚人來？

【女冠子】（淨上）人間天上，道理都難講。夢中虛誑，更有人兒思量泉壤。

陳先生利市哩。（末）老姑姑到來。（淨）好鋪面！這「儒醫」二字杜太爺贈的。好「道地藥材」！這兩塊土中甚用？（末）是寡婦床頭土。男子漢有鬼怪之疾，清水調服良。（淨）這片布兒何用❷？（末）是壯男子的褲襠。婦人有鬼怪之病，燒灰喫了效。（淨）這等，俺貧道床頭三尺土，敢換先生五寸襠？（末）怕你不十分寡。（淨）啐，你敢也不十分壯。（末）罷了，來意何為？（淨）不瞞你說，前日小道姑呵！

【黃鶯兒】年少不隄防，賽江神，歸夜忙。（末）著手了？（淨）知他著甚閒空曠？被凶神煞黨。年災月殃，瞑然一去無回向。（末）欠老成哩！（淨）細端詳，你醫王手段敢對的住活閻王。

（末）是活的，死的？（淨）死幾日了。（末）死人有口喫藥？也罷，便是這燒襠散，用熱酒調❸下。

【前腔】海上有仙方，這偉男兒深褲襠。（淨）則這種藥，俺那裡自有。（末）則怕姑姑記不起誰陽壯。剪裁寸方，燒灰酒娘，敲開齒縫把些兒放。不尋常，安魂定魄，賽過反精香。

（淨）謝了。

還隨女伴賽江神，于鵠　爭奈多情足病身。韓偓
巖洞幽深門盡鎖，韓愈　隔花催喚女醫人。王建

【校記】

❶徐本無「重」字。全集本有「重」字。❷徐本作「這布片兒何用」。❸徐本作「調服」。

# 第三十四齣〈詗藥〉批語

「人間」喻女根外形，「天上」喻其深處，「人兒」以喻男根，「泉壤」喻女根也，接以「陳先生利市」其喻更明。「鋪面」以喻兩輔，「不隄防」嘲婦年太少便已狼籍如此。「江」喻女根，「神」喻男根，「著手」喻摸，「空曠」即不隄意，「凶煞」喻男根。「瞑然」雖嘲女道，亦喻男根滅沒于內狀，故接以「細端詳」。又「無回向」喻男泄後，「欠老成」者，老成則難洩也。「醫王」喻男，「閻王」喻女，「敲開齒縫把些兒放」，喻女根幽密之極，故曰不尋常也。「岩洞幽深」句，註出此意。男根為女人醫，「女醫人」句，又註出醫王手段意。

今西洋法，初年學辨是非之學，進一步則學「醫」科。張介賓云：「人不知醫，猶行尸耳。」石湖：「富貴何時潤，髑髏守錢奴」，與「抱官囚太醫」，診得人間病，安樂延年萬事休。嵇康與魏宗室婚，學不師受，謂仙非學至，導養得理，則彭祖之倫可及。「開藥鋪」且勝處「館」也。《南史》吳興顧歡云：「仙法可以進謙弱，佛法可以退夸強」，而「人間天上」一句，並欲翻卻佛經。依經解義，三世佛冤，離經一字，即同魔說，故曰「難講」。況坑儒之後，聖賢已失其傳，周程張朱，莫不借途二氏。學家間進人意，妄說斐然，探緒求源，罔知所出，雖千佛出世，不能使眾生界盡，但得展轉化道，不使眾生互相食噉耳。鳳洲謂：孟子聖之英者也，然齊宣倘用，而諸國之兵驟集必敗，其不遇幸也。又闢楊墨，亦其道不便于世，而自廢耳，如其便雖至今有可也。宋明帝時周顒長于佛理，著論言空假義。南齊尚書郎范縝不信因果，其論險詣，而代齊者竟是梁武。今中和性情之說，以為祖周張，不知源于事霸朝論性之蘇綽。儒門謂釋氏本竊老子之精，道流轉竊佛教之粗，不知其于性命危微之說，增高鑿深之法，實開發于大藏。恐彼以精勝粗，因舉微言相敵。而無奈虛中之實，變衍無窮，實中之虛，數言已盡。且東魯之書，不能過跋提河，由聲音之道不通，天實為之界限。然先王復起，必不用俎豆而棄杯匙。佛氏見窮理極小，視虛空開發妙解，達茲萬境。《山海經》亦意在牖俗，或有或不必有。脫使續呈，固弗為怪。豈以一世界不相肯諾，遂生退屈。耳目之外，何所不有？並存人間可也，何必辨而非之！西洋人言，物字為萬實總名。著形之性，惟著形之事為好惡。而超形之性，以無形之事為好惡。無色形之物，而欲以肉眼見之，猶欲以耳知味，可乎？敝國之鄰方，上古不止三教，纍纍數千百枝。西竺小國，諸國之史未之為有無。貴邦之儒，鮮通他國，不知自西徂東諸大邦，一國之人不能知，而千國之人或能知之。石獅活獅，貌同類異。石人石獅，貌異類同。泥虎泥人，同為泥類，則肉狗肉人，同為肉類。人魂變畜，又何以異？又駁禍不於身，必於子孫，亦極有理。舍本身，而報于他人之身，可謂仁乎？起一淫念者，定即削其科名，而恣欲無厭者，何或縱其極品？憑勢作業者，間亦歸于誅極。而淳良忠烈者，何反殲于惡人？以眾人所同知者為知，不能出于同知之外，其知亦淺陋矣。雖駭常心，斯言不誣。

今之理學，似膈衣裘，以拳撩癢。君臣朋友易「講」，如太子勇生子，文帝使抱養于內，輒妄生同異來索。武后下詔，如欲復辟者。太子相王揣非情，固請臨朝，是慈孝亦「難講」也。惟「講」父與父言慈，子與子言孝則可矣。為子之時常曰父不慈，子不可以不孝，則孝子矣。為子時未言，而為父時顧言之，即是不慈父矣。為父之時，嘗曰俯己以從人則易，仰人以撥己則難，則慈父矣。為子時屢言而為父時反不言，則為不孝子矣。況乎宣姜產衛文、晉獻生恭世，不比季友文姜之愛子而已。魯侯而齊侯之子也，當致孝于誰乎？

葛洪《西京雜記》：「東海人黃公，能立興雲霧，坐成江河」，淮南王所招方士，亦多能之。蠕蠕善致風雨，茀秝人能發火于顏，今緬國以婦羈客曰人蠱。木邦苗近緬人，多幻術，能變人為羊豕。雲南百夷能以術咒尸為魚而食之。黔中人多能變獸還復為人，粵西獞佳善變化，上半日為男下半日為女。明于慎行云，廣東居民與海神市，縱舟而去，如期而來。天下事有不可以理曉者，儒者局于所聞之道理，真夏蟲之見。聞楊府堂內有一地窟，伏行江底，從對岸馬鞍山而出，且以為奇甚。如山中人不信魚大于木，海上人不信木大于魚。況吐谷渾桃大于甕，女丑山大蟹其廣于里。暗海之石，刻之像人能言語，有聲無氣乎？獅子吼百獸為腦裂，獅子兒聞倍增勇健，然無始野狐頓入金毛之隊，亦復氣吞一切，盡未來子孫骨髓裡敲取無遺，但願有一人能語餘人可矣。

又「道理難講」，猶云我惟肉、色、情是知耳。理所必無，情所必有，豈止回生一端耶！前者以造花色、花樣，責天公以變策，乃欲與天「講道理」耳。使天有意造之，則不必一概禁殺，使偶然忞出。造物無主，則既有下體生上之疴，何不造不癢厭動之物乎？

「夢中虛誑」，是人生如夢之夢。

湯賓尹：「我亦從來不解樂，著身天界閒情大。」自唐太宗有「無復昔時人，芳春共誰遣」之句，狂慧之人，未有不靠「思量泉壤」過活者。錦襪雙勾萬古情，馬嵬曾何足道？如莊姜、道韞、蕙蘭、木蘭之類，故所願日夕以頭面禮足者也。李義山云：「欲就行雲散錦遙」，王阮亭云：「今日蘭撓碧潭上，玉溪空自怨行雲」，一日易一人盡其思量，即百年無苦日矣。牛僧孺《周秦行紀》是「思量泉壤」之高祖，蔣勝「欲問繁華誰解，再向天公借，待把舊家風景，寫成閒話」，劉須溪「把繁華事修成譜，寫成圖，漫傷春吊古，夢繞漢唐都」，皆是才子忞爾，此為色情。若俗士只有色慾無色情，便決無「思量泉壤」之事。劉聰伐并州，發漢薄后塚，面如生。唐代宗母吳，年八十薨，後啟墳窆，貌澤若生。宋高吳后光李后亦然，赤眉楊髡之「思量泉壤」，亦是色情而惡道矣。

沈南璆、馬秦客且勿論，陳老同世有王繼先，貴為給事，富有海舟，廣占民間婦，居快樂仙宮數十年。檜妻，丞相蜀王珪女，沖正先生結為兄妹，大帥俱承下風。韓世忠使統制張勝拜為父。高宗曰：「檜國之司命，繼先朕之司命」。「杜守一額」，何足為榮。

「講道理」者，只隨時發藥一句最為「道地」。

「聞收奇效藥，偏寄有情人」，皆為「不十分壯」者而設，應是閨人購給夫婿。唐德宗時，歙人汪節母，假宿太微村福田寺，金剛神下，夢與感合而生節。入長安，手擲東渭橋千斤石獅，補神策軍。又某夢金剛與筋食而有力。此二人「褲襠」，可作寶貝。

婦人陰毛治五淋，陰毛與亂髮燒灰可以接舌。又，擦落耳鼻，乘熱醮之。蛇咬，以男子陰毛含二十條汁入，毒不入腹。此亦「難講」之一類也。

魯僖公如齊反，薨于夫人之寢。傳加「即安也」三字，是「不老成無回向」之意。

北魏太祖立仙坊，置仙人博士官，典煎煉百藥。梁簡文帝著有《如意方》十卷，《唐書》：罽賓隋漕國，開元七年獻秘方奇藥，皆「賽反精」一類。

# 第三十五齣　回生

【字字雙】（丑扮疙童，持鍬上）豬尿泡疙疸偌盧胡，沒褲。鏵鍬兒入的土花疏，沒骨。活小娘不要去做鬼婆夫，沒路。偷墳賊拿倒❶做個地官符，沒趣。

（笑介）自家梅花觀主家癩頭黿便是。觀主受了柳秀才之托，和杜小姐啟墳。好笑，好笑，說杜小姐要和他這里重做夫妻。管他人話鬼話，帶了些黃錢，掛在這太湖石上，點起香來。

【出隊子】（淨攜酒同生上）玉人何處？近墓西風老綠蕪。《竹枝歌》唱的女郎蘇。杜鵑聲啼過錦江無？一窖愁殘，三生夢餘。

（生）老姑姑，已到後園。只見半亭瓦礫，滿地荊榛。繡帶重尋，裊裊藤花夜合；羅裙欲認，青青蔓草春長。則記的太湖石邊，是俺拾畫之處。依稀似夢，恍惚如亡。怎生是好？（淨）秀才不要忙，梅樹下堆兒是了。（生）小姐，好傷感人也。（哭介）（丑）哭甚的。趁時節了。（燒紙介）（生拜介）巡山使者，當山土地，顯聖顯靈。

【啄木鸝】（生）開山紙草面上鋪。煙罩山前紅地爐。（丑）敢太歲頭上動土？向小姐腳跟窆❷窟。（生）土地公公，今日開山，專為請起杜麗娘。不要你死的，要個活的。你為神正直應無妬，俺陽神觸煞俱無慮。要他風神笑語都無二，便做著你土地公公女嫁吾。呀，春在小梅株。好破土哩。

【前腔】（丑、淨鍬土介）這三和土一謎鉏。小姐呵，半尺孤墳你在這的無？（生）你們十分小心。（看介）到棺了。（丑作驚去❸鍬介）到官沒活的了。（生搖手介）禁聲。（內旦作哎喲介）（眾驚介）活鬼做聲了。（生）休驚了小姐。（眾蹲向鬼門，開棺介）（淨）原來釘頭鏽斷，子口登開，小姐敢別處送雲雨去了。（內哎喲介）（生見旦扶介）（生）咳，小姐端然在此。異香襲人，幽姿如故。天也，你看正面上那些兒塵漬，斜空處沒半米蚍蜉。則他煖幽香四片斑斕木，潤芳姿半榻黃泉路，養花身五色燕支土。（扶旦軟嚲介）（生）俺為你款款偎將睡臉扶，休損了口中珠。

（旦作嘔出水銀介）（丑）一塊花銀，二十分多重，賞了癩頭黿。（生）此乃小姐龍含鳳吐之精，小生當奉為世寶。你們別有酧❹犒。（旦開眼歎介）（淨）小姐開眼哩。（生）天開眼了。小姐呵！

【金蕉葉】（旦）是真是虛？劣夢魂猛然驚遽。（作掩眼介）避三光業眼難舒，怕一弄兒巧風吹去。

（生）怕風怎❺好？（淨扶旦介）且在這牡丹亭內進還魂丹，秀才剪襠。（生剪介）（丑）待俺湊些加味還魂散。（生）不消了。快❻熱酒來。

【鶯啼序】（調酒灌介）玉喉嚨半點靈酥。（旦吐介）（生）哎也，怎生呵落在胸脯。姐姐再進些，纔喫下三個多半口還無。（覷介）好了，好了！喜春生顏面肌膚。（旦覷介）這些都是誰？敢是些無端道途，弄的俺不著墳墓？（生）❼便是柳夢梅。（旦）畧矇覷，怕不是梅邊柳邊人數。

（生）有這道姑為證。（淨）小姐可認的貧道？❽（旦看不語介）

【前腔】（淨）你乍回頭記不起俺這姑姑。（生）可記的這後花園？（旦不語介）（淨）是了，你夢境模糊。（旦）只那個是柳郎？（生應，旦作認介）❾柳郎真信人也。虧殺你撥草尋蛇，虧殺你守株待兔。棺中寶玩收存，諸餘拋散池塘裏去。（眾）吓！（丟去棺物介）向人間別畫個葫蘆。水邊頭洗除凶物。

（眾）虧了小姐整整睡這三年。（旦）流年度，怕春色三分，一分塵土。

（生）小姐，此處風露，不可久停。好處將息去。

【尾聲】死工夫救了你活地獄，七香湯瑩了美食相扶。（旦）扶往那里去？（淨）梅花觀❿。（旦）可知道洗棺塵，都是這高唐觀中雨。

天賜燕支一抹腮，羅隱　隨君此去出泉臺。景舜英

我⓫來穿穴非無意，張祜　願結靈姻愧短才。潘雍

【校記】

❶徐本作「到」。全集本作「倒」。❷徐本作「挖」。全集本作「穵」。❸徐本作「丟」。❹徐本作「酬」。

❺徐本作「怎麼」。全集本作「怎」。❻徐本作「怏怏」。全集本作「怏」。❼徐本此處有「我」字。❽徐本作「小姐可認得道姑麼？」。❾徐本此處有「咳」字。全集本無「咳」字。❿徐本作「梅花觀內」。全集作「梅花觀」。⓫徐本作「俺」。

# 第三十五齣〈回生〉批語

觀「沒骨」字，益知「帬」喻男根之不謬矣。「玉人何處」，《西廂》結句，卻是女根妙號。「綠蕪」喻豪，「竹枝」男根。「錦江」之錦代緊，初過緊處，人既已「啼」，肚亦有「聲」，何其刻細一至于此。「半亭瓦礫」喻女根分兩半狀，「繡帶羅裙」俱喻雙扉，「荊榛籐草」皆豪意也。「依稀似夢恍惚如亡」八字，喻此一事確切之至，既已如是，數數何為哉。「哭甚的趁時節了」二句，贈新嫁娘恰好。「地爐」女根，「太歲頭」喻男根也，「觸煞」觸殺也，「梅株」亦喻男根，「半尺」何其大耶，「小心」亦喻女根。「噤聲哎唷」無非其事，極黠偽者至此，亦將哎唷，故曰「活鬼做聲」。天也二字，其義妙絕。「端然在此」，曾弄不壞，豈非天生使受侵暴乎？「塵漬」喻垢，「斜空處」看出「蚍蜉」，何其精細至此。「班片眾路色土」以喻女根，俱極確，妙。「芳姿花身」卻喻男根，「將臉扶」嘲女根相亦稍壞。「珠」喻男槌，「花銀」喻精，「龍含鳳吐」喻意甚麗，杜麗娘吐出之物，只是水銀耳。「開眼」之喻亦謔，「真」以代筋，喻男根也。「虛」喻女根是筋是虛，猶問美滿與否。「久經寬廣」，老婦用此二句恰合。「怕風怎好」言裸露看弄，方見妙處，而無奈怕風。「避三光業眼」女根的確雅號，可發一笑。「難舒」猶云難滿，「怕一弄兒巧風」正怕其不滿致然，謔絕妙絕。「丹」喻男槌，「襠」喻女根，「落在胸脯吃下三個半口還無」喻男精回出，確切之極。「怎生呵」，又怪天公生得不是意。「顏面」俱指女根，「晗矇」亦然，「模糊」意同，「蛇」也，「株」也，「鬼」也，俱喻男根。「葫蘆」則喻腎囊，又喻女根口細內寬。「水邊頭」妙極，喻女兩扉，「凶物」喻男根也，「三分」喻女界道，「塵土」喻垢，「風露」雖喻動時水出，亦喻當「風」裸「露」，女道癢難自禁，是名為「活地獄」。「工夫」用在此地，則必「死」，豈不是「死工夫」？「棺」喻女根外殼，「燕支一抹腮」女根妙贊，「天賜」有生不如此之妙，則誰玩好意，「短才」嘲笑男根。

「愁殘夢餘」，忍見于今，又成古耶？

杜牧：「若到上元懷古去，謝安墳上與沉吟」，以遭陳叔陵發也。晉王濬葬垣周曰：十五里「樹下堆兒」，更為可哭。

「宗元鼎，風流主，三千殿腳踏香土」，只便宜「土地公公」也。「賴他埋玉，把酒頻澆黃土」，正恨極語。

《起世經》：識生天者，有名色故，即生六人。若是天男，即于天「女」脞股生，彼天即稱是我兒「女」。是天「女」者，即于天男脞股內生。佛告阿難：「淫心不除，塵不能出。縱有禪智，必落魔道。上品魔王，中品魔民，下品魔女」，則「土地公公」有「女」，何異？

《後漢・四夷傳》冉驪頗知文書，貴婦人黨母族。西羌十二世後相與婚姻，父亡事母。女既「嫁吾」，公公合叫。

明人《筆塵》嘗言，過則天陵，不可指議，輒以雷雨報之。先君官隴右，親驗始信，豈非「驚了」太后耶？

孟郊〈巫山〉：「至今晴明天，雲結深閨門」，只疑「送雲雨去了」。

聞買豬肉不聞買尸，自埋紅粉自成灰，人生雖貴，死乃至賤。葛洪《西京雜記》：「漢廣川王發諸塚，魏哀王塚柩刀斫不入，乃漆雜兕革為棺，累積十餘重。左右石婦人各二十。魏王子且塚無棺，但有石床廣六尺，長一丈，床下悉是雲母，床上兩尸，一男一女俱裸臥無衣衾，因復閉之。晉靈公塚，男女石人四十餘，尸猶不壞。幽王塚，雲母深尺餘，見百餘尸縱橫相枕藉，皆不朽。惟一男子，餘皆女子。劉表死八十餘年，晉太康中，塚被發，表及妻身形如生，香數十里。」南齊時，蜀中發古塚，朱砂為阜，水銀為池。《唐書》：訶陵國在南海中，死尸不腐。《明史》：暹邏大家灌水銀葬，以錫為瓦。歐邏巴棺用鉛為之，豈不勝後魏賜駙馬穆真金飾「棺」？遼與宋使章頻銀飾「棺」耶？《後漢·四夷志》：秦時燕人衛滿避地朝鮮，因王其國。高麗人娶婦生子，便稍營送終之具。金銀財帛盡于厚葬，未為不是也。

後唐明宗見唐鄭餘慶新纂吉凶禮，有冥昏之制，曰：「昏禮吉也，用于死者可乎？」其時且有媒妁，專為未昏而死之家，說合男女共葬一穴云。「不爾即必為祟」。《元史》：郭三死，姑曰：「新婦年少，必他適，可令吾子孤處地下耶？」，求里人亡女合瘞之，誰謂逝者不欲「款款偎將睡臉扶」哉！

「奉為世寶」，則莫如毛髮爪甲繡履帨巾也。

「劣夢魂」者，魂想無限不可思議事也。

王金壇：「矜嚴入坐暗心通，酒力難催雪艷紅」，若是「半點靈酥」，管取羞紅難問。

攤門不安橫，無復相關意，「是些無端道途」。

嬌慧女郎心中無不有一「人數」，及其相見，不是向來心中「人數」者多矣。溪峒所以用周禮法，令其自擇也。其法令女擇男，無令男擇女。先聚貴男與一切女，令自擇之。其棄餘者，方與一切男女通為一聚，復令女擇。一男多女者，聽之。其有女願男不受，又投數男皆不受者，則以分餘賸之男。

王筠：「含悲含怨拚不死，封情忍思待明年」，徒欲望其一「撥」。紅顏本暫時，君還詎相及，則「只怕三分，一分塵土」。

《南史》：宋山陰主婿廬江何戢叔胤，入齊累中書令，梁末遂隱，縱情誕節。初侈于味，後絕血味。家世信佛，年竟八十。曰：「《檀弓》兩卷，皆言物始，自我而始，何必有例」，但要「七香湯瑩」，轉勝「美食相扶」。

# 第三十六齣　婚走

【意難忘】（淨扶旦上）（旦）如笑如呆，歎情絲不斷，夢境重開。（淨）你驚香辭地府，與襯出天台。（旦）姑姑，俺強掙作，軟咍咍，重嬌養起這嫩孩孩。（合）尚疑猜，怕如煙入抱，似影投懷。

〈畫堂春〉（旦）「蛾眉秋恨滿三霜，夢餘荒塚斜陽。土花零落舊羅裳，睡損紅粧。（淨）風定彩雲猶怯，火傳金炧重香。如神如鬼費端詳，除是高唐。」（旦）姑姑，奴家死去三年。為鍾情一點，幽契重生。皆虧柳郎和姑姑信心提救。又以美酒香酥，時時將養。數日之間，稍覺精神旺相。（淨）好了，秀才三回五次，央俺成親哩。（旦）姑姑，這事還早。揚州問過了老相公、老夫人，請個媒人方好。（淨）好消停的話兒。這也由你。則問小姐前生事可都記的些？❶

【勝如花】（旦）前生事，曾記懷。為傷春病害，困春遊夢境難捱。寫春容那人兒拾在。那勞承、那般頂戴，似盼天仙盼的眼咍，似叫觀音叫的口歪。（淨）俺也聽見些。則小姐泉下怎生知得？❷（旦）雖則塵埋，把耳輪兒熱壞。感一片志誠無奈，死淋侵走上陽臺，活森沙走出這泉臺。

（淨）秀才來哩。

【生查子】（生上）豔質久塵埋，又掙出這煙花界。你看他含笑插金釵，擺動那長裙帶。（見介）麗娘妻。（旦羞介）（生）姐姐，俺地窟裏扶卿做玉真。（旦）重生勝過父娘親。（生）便好今宵成配偶。（旦）懵騰還自少精神。（淨）起前說精神旺相，則瞞著秀才。（旦）秀才可記的古書云：「必待父母之命，媒妁之言。」（生）日前雖不是鑽穴相窺，早則鑽墳而入了。小姐今日又會起書來。（旦）秀才，比前不同。前夕鬼也，今日人也。鬼可虛情，人須實禮。聽奴道來：

【勝如花】青臺閉，白日開。（拜介）秀才呵，受的俺三生禮拜，待成親少個官媒。（泣介）結盞的要高堂人在。（生）成了親，訪令尊令堂，有驚天之喜。要媒人，道姑便是。（旦）秀才忙待怎的？也曾落幾個黃昏陪待。（生）今夕何夕？（旦）直恁的急色秀才。（生）小姐搗鬼。（旦笑介）秀才搗鬼。不是俺鬼奴台粧妖作乖。（生）為甚？（旦羞介）半死來回，怕的雨雲驚駭。有的是這人兒活在，但將息俺半載身材。（背介）但消停俺半刻情懷。

【不是路】（末❸）深院閒階，花影蕭蕭轉翠苔。（扣門介）人誰在？是陳生探望柳君來。（眾驚介）（生）陳先生來了，怎好？（旦）姑姑，俺迴避去。（下）（末）忒奇哉，怎女兒聲息紗窗外，硬抵門兒應不開？（又扣門介）（生）是誰？（末）陳最良。（開門見介）（生）承車蓋，俺衣冠未整因遲待。（末）有些驚怪。（生）有何驚怪？

【前腔】（末）不是天台，怎風度嬌音隔院猜？（淨上）原來陳齋長到來。（生）陳先生說裏面婦娘聲息，則是老姑姑。（淨）是了，長生會，蓮花觀裡一個小姑來。（末）便是前日的小姑麼？（淨）另是一眾。（末）好哩，這梅花觀一發興哩。也是杜小姐冥福所致。因此逕來相約，明午整個小盒兒同柳兄往墳上隨喜去。暫告辭了。無閒會，今朝有約明朝在，酒滴青蛾❹墓上回。（生）承拖帶，這姑姑點不出個茶兒待。即來回拜。（末）慢來回拜。❺

（生）喜的陳先生去了，請小姐有話。（旦上介）（淨）怎了，怎了？陳先生明日要上小姐墳去。事露之時，一來小姐有妖冶之名，二來公相無閨閫之教，三來秀才坐迷惑之譏，四來老身招發掘之罪。如何是了？（旦）老姑姑，待怎生好？（淨）小姐，這柳秀才待往臨安取應。不如曲成親事，叫童兒尋隻贛船，夤夜開去，以滅其蹤。意下何如？（旦）這也罷了。（淨）有酒在此。你二人拜告天地。（拜，把酒介）

【榴花泣】（生）三生一夢❻，人世兩和諧。承合巹，送金杯。比墓田春酒這新醅，纔醱轉人面桃腮。（旦悲介）傷春便埋，似中山醉夢三年在。只一件來，看伊家龍鳳姿容，怎配俺這土木形骸！

（生）那有此話！

【前腔】相逢無路，良夜肯疑猜？眠一柳，當了三槐。杜蘭香真個在讀書齋，則柳者卿不是仙才。（旦歎介）幽姿暗懷，被元陽鼓的這陰無賴。柳郎，奴家依然還是女身。（生）已經數度幽期，玉體豈能無損？（旦）那是魂，這纔是正身陪奉。伴情哥則是遊魂，女兒身依舊含胎。

（外扮舟子歌上）春娘愛上酒家子樓，不怕歸遲總弗子愁。推道那家娘子睡，且留教住要梳子頭。❼（丑扮疙童上介）船，船，船，臨安去。（外）來，來，來。（攏船介）（丑）門外船便，相公纂下小姐班。（淨辭介）相公、小姐，小心去了。（生）小姐無人伏侍，煩老姑姑同❽行，得了官時相報。（淨）俺不曾收拾。（背介）事發相連，走為上計。（回介）也罷，相公賞侄兒什麼，著他和俺收拾房頭，俺伴小姐去來❾。（丑）使得。（生）便賞他這件衣服。（解衣介）（丑）謝了，事發誰當？（生）則推不知便了。（丑）這等請了。「禿廝兒權❿充道伴，女冠子真⓫當梅香。」（下）

【急板令】（眾上船介）別南安孤帆夜開，走臨安把雙飛路排。（旦悲介）（生）因何弔下淚來？（旦）歎從此天涯，⓬歎三年此居，三年此埋。死不能歸，活了纔回。（合）問今夕何夕？此來、魂脈脈，意咍咍。

【前腔】（生）似倩女還⓭魂到來，采芙蓉回生並載。（旦歎介）（生）為何又弔下淚來？（旦）想獨自誰挨？⓮翠黯香囊，泥漬金釵。怕天上人間，心事難諧。（合前）

（淨）夜深了，叫停船。你兩人睡罷。（生）風月舟中，新婚佳趣，其樂何如！

【一撮掉】藍橋驛，把奈河橋風月篩。（旦）柳郎，今日方知有人間之樂也。七星版三星照，兩星排。今夜呵，把身子兒帶，情兒邁，意兒挨。（淨）你過河衣帶緊，請寬懷。（生）眉橫黛，小船兒禁重載？這歡眠自在，抵多少嚇魂臺。

【尾聲】（生）情根一點是無生債。（旦）歎孤墳何處是俺望夫臺？柳郎⓯，俺和你死裡淘生情似海。

偷去須從月下移，吳融　好風偏似送佳期。陸龜蒙
傍人不識扁舟意，張蠙　惟有新人子細知。戴叔倫

## 【校記】

❶徐本作「則問小姐前生事可記得些麼？」。❷徐本作「則小姐泉下怎生得知？」❸徐本作「末上」。❹徐本作「娥」。❺徐本此處有「（下）」。❻徐本作「會」。❼徐本此處有「（又歌）不論秋菊和那春子個花，個個能噇空肚子茶。無事莫教頻入子庫，一名閒物他也要些子些」。❽徐本作「一」。❾徐本此句為「俺伴小姐同去」。全集本作「俺伴小姐去來」。❿徐本作「堪」。⓫徐本作「權」。⓬徐本作「歎從此天涯，從此天涯」。⓭徐本作「返」。⓮徐本作「想獨自誰挨，獨自誰挨？」。⓯徐本作「柳郎呵」。全集本作「柳郎」。

## 第三十六齣〈婚走〉批語

「如笑如呆」乃喻女根，「重開」亦然。「香」喻男根，「地府」女根。「輿櫬」嘲其害物，所謂文君終是損相如也。「天台」喻其深也，「強掙作軟咍咍重養起嫩孩孩」，俱喻男根而確切之至。「如煙似影」，喻男子之雞形者。「懷抱」喻女根也，「蛾眉」喻豪，「秋恨」之秋代湫，「餘斜」喻陽洩後，「舊羅裳」句，喻久經男事者。「風」喻男動，「金炧」之金代筋，筋炧二字，男根妙號。「費端詳」自註所譬，「高唐」善譬之祖，「一點」喻男行事，「幽契」深處中式也。「提救」喻點中復出，「酒酥」皆喻男精，「難捱」謂分明美滿時，「頂戴」喻男根，即成式嘲飛卿「重著帩頭」意。「眼咍」男根，「口歪」女根，「耳輪」喻女兩輔，「死淋浸」喻女根受暴之容，「活森沙」喻男根得水之狀。「含笑」仍指女根，「擺」字亦然，「金釵」以代筋叉，「裙帶」又喻邊闌，「地窟」喻女根也，「玉真」之真亦以代筋，「懵騰」亦喻男根，「青臺」喻豪，「白」喻兩輔，「盞」喻女根，「黃昏」喻女根水，觀「落」字而知之。「陪待」總一瞬事，覺待字之更妙。「急色」之色代塞，「甫」喻精，「雲」喻花，「半載」猶在身半意，「載」讀去聲。「半刻」猶刻燭之刻，喻姑納其半也。「蕭蕭」連「翠苔」讀，喻豪。「陳生」以代陳姥，「深柳」一句妙極，柳在內時，亦用陳也。「女兒聲息」，嘲行事時聲自女根出，「硬抵不開」則無聲應，其喻尤妙。「車」喻以女根轉男根如車輪之關，嫪毒行也。「小盒」亦喻女根，「青」喻豪，「墓」喻兩輔，「同」字妙喻，「拖帶」易明，「老身招掘」尤可笑矣。「船開」仍喻女根，女根開，男根入，則如滅蹤。「金杯」之金代筋，「桃」喻女根易明，「埋」字猶滅蹤意，喻花「心」被「傷」則且「埋」勿動。「三年在」謂久于其內，雖不動亦佳也。「耆卿」以代奇輕，「暗懷」喻女深處，「梳頭」之梳代酥，「相公篡下小姐班」謔且虐矣。「雙飛」喻女邊闌，「芙蓉」同意，「因何吊淚為何又吊」譬喻苛惡。「香囊」喻腎囊可，即喻女囊亦可。「金釵」固代筋叉，「天上」

仍喻高處，「心」謂花心，「風月舟」女根妙號，「藍」亦喻豪，「星」喻男槌，「衣」喻邊闌，故曰「帶緊」。帶字連上讀，即非解人。「重載」並男身言之，「歡眠」自喻男根浸養于內，「嚇魂」喻女根之凶，「情根」即是男根，「點」字註過，「望夫臺」則嘲女根，雖盡女意仍深也，「似海」意同，「死裡淘生」喻男根，「偷去」想怕死耳。「旁人不識」句，復自註其取譬之韞藉。

詩云：「過去即前生」，每念斯言，如「呆」似笑，麗娘今日亦如是耳。

晉東海鮑靚年五歲，告其父母，本曲陽李家兒。其父母尋得李所，推問皆符驗，百餘歲卒。物牽情處，「信為尤人可意時」，「無奈死情根枯斷，幻雲空奈此絲何。」生公叫我為人去，知其未斷也。只恐為人不到頭，惟其「不斷」，是以常「斷」。抱深情者必具智骨，具智骨者必轉道心，故「嘆」。

坡：「古今如『夢』，何曾『夢』覺？」但有舊歡新怨，正為「重開」白面念發弘願。願此現在身，但受過去報，不結將來因，何為讀義山詩？即欲生為其子，當由我佛度生，亦在「夢境」中攝生。又「夢」中之「夢」，恐即如「夢」中「夢」之，遷徙不常矣。

《首楞嚴》：心發愛涎，舉體光潤。即所謂嫩「孩孩」耶？「孩孩」須待天工，「咍咍」半由人造。若如《說鈴》所載換形借尸之事，其于接著活免投胎法尤妙，正以不須重將息這「孩孩」耳。王金壇云：「抱定猶疑玉是『煙』」，嗟乎侯景膝坐帝姬，文宣手擁后姊，亦「如煙入抱似影投懷」耳。而玩世之雄夫，玩物之巨黠，必欲處英豪一日之勝，可笑也哉。

內典云：「因前生『信』力，故早年作事勝人」，「信」根已壞，則不復然。即頻申悲慟，極力宣揚，亦只為五濁難「信」，不肯酬恩耳。若生難遭想，發實肯「心」，天界西方亦不相賺矣。

愛人「頂對」，是閨人弱質，柔心帶痴一事。

「久客計程愁欲絕，榜人猶自勸開尊」，是「似盼天仙」者。又豈知青蓬慣聽雨聲多，世味渾如嚼蠟麼？

「卻怨十字街，使郎心四散，由來感神事，豈為無情傳」。「一片志誠」，人鬼欽愛。

王金壇詠暴死鄰女：「頹玉峨峨扶不得」，無肉暖尚思陽台，況今有肉暖耶。

「怎忍教悄冤家，不稱今生願」，是「無奈」二字之精。若心「驕」意硬，彼雖美何與人事，某謂能使心驕意硬者至「無奈」時，其狀更勝十倍。然舍「頂戴」二字，無他謬巧矣。喚江郎夢覺者，亦常用我法歟？或曰若元陽果爾，則心驕意硬者將成繞指。

澄鮮妍瑩曰「艷」，「含笑插金釵，擺動長裙帶」，更助其「艷」。然無奈失意婕妤粧粉薄，最怕「看他」。

唐德宗曰：「今借吉而婚者不少」，蔣乂目俚室窮人耳，公主豈可用俗儀？「高堂不在」曾不疚心。《五代史》：初鄭餘慶當采唐士庶吉凶書疏之式，雜以當時家人之禮，為《書儀》兩卷。唐明宗詔太常卿洛陽劉岳等共刪定之，岳等增損其書，而其事出鄙俚，皆當時家人女子傳習所見。其婚禮有女坐鞍，婿合髻之說，公卿家頗遵用之。至其久也，又益訛謬可笑。其類甚多，是「做鬼」亦當實理也。高洋段昭儀，韶妹也。婚夕，韶妻元氏為俗弄女婿法，雖非實理，卻含虛情，何至銜之？後謂韶曰：「我會殺爾婦」。使懼匿婁太后所，終其世不敢出耶。

陳子龍〈清明詞〉：「冷風尖清夢，杳柳蕩花飛，總為愁顛倒。繡原長，青塚小，地下傷春應不老，香魂依舊嬌芳草。」除是「青台閉，白日開」耳。

次回云：「羞顏頹似未笄年」，是「同衾共枕過今生，知君甚解相輕薄」意。于鱗云：「始欲識儂時，白頭誓相怜，一日三唐突，持底解于年」，故曰「忙待怎的」。

王金壇：「敢道向郎恩分淺，同群女伴尚關情」，「那其間俊龐兒害羞，我卻準備下風流畫眉手」，皆「曾經陪待」之語。舊面新看應最好，遠歸且然，又不但「碧玉破瓜時，郎為情顛倒。感君不羞赧，回身就郎抱」也。

仁遇柬舅云：「亦不願足下如此僻好也」。鐵崖：「虢國夫人朝至尊，光彩流動狂情『急』」。要異乎「秀才」之「急」，意中人竟得臨御，是稱到口之酥，雖宜故緩，然而難矣。

陳其年〈贈幸僮〉：努力做藁砧模樣，休為我再惆悵，纔算「搗鬼」。

次回：「猶將身分做，恰似生疏個」，棠村：「繡被微溫候篝燈，乍剪時端相帶笑」，又「佯推欲睡故遲遲，恩分已深羞未減，得人情處且生疏」，題目只是「粧妖作乖」四字。

早是自家無氣力，又被你惡怜人，是「半死來回」。

鄒祇謨：「懶繡鴛鴦，懶說鴛鴦，知麼?微笑也，問檀郎。輕度丁香，輕嚙丁香，知麼?微笑也，問檀郎」，奇妙，是以上擬下「消停半刻」一語。閨人慣用此法，故知「待妾整容儀」，反是招其速前之語，若看正面，全無妙處矣。

「車馬卻歸城，孤墳月明裡，城外無間地，城中人又老。平原壘壘添新塚，半是去年來哭人。」今人看花古人墓，乃云「隨喜」。

「點不出茶」，令人轉念「身閒不厭頻來客」之樂。

「三生一會」，若前生已思而為理所格，直至今生「會」始無礙也。王金壇：「似夢濃歡復似真，細看原是擲梭人。當初薄怒尤嬌絕，笑倩如花更一嗔」，唯彼「三生一會」者，較此和諧更趣。又「引開笑語歡初洽，逼出風情態轉妍，矜嚴標格漸成狂」，俱非才子不能道。

元曲「銀盤面膩粉團酥，畫堂富貴人相共，未知不澆儂口待澆墳」，是「桃腮」欲「醱」之故。

北齊高洋謂左右云：「高德正好以精神凌逼人」，一日斬其趾，洋使追魏收草〈禪讓詔〉，楊歆至鄴，即召邢邵、崔㥄等撰儀注，宴集正歡，崔㥄一到，無復談話，洋言㥄當令僕射，恨其精神大遒，「龍鳳」有時反誤。其妾馮氏亦長且姣，家人號曰成君，與邢等通。高澄時，㥄同下廷尉，至與諸囚通，詔支解于都市，為九段。因其自視如「土木」，故亦以「土木」視之。然洋見王猛曾孫昕，又曰：「好門戶，惡人身。」《南史》：吳人陸惠以形短小，不得為侍中。《宋史》：許州李先無貌有才，時目為錯安頭。

宋明帝謂李安人曰：「卿面方如田封，侯相也。」宋文帝后侄陳郡袁昂容質修偉，冠絕人倫，入梁為中書令，子婿皆嬪王尚主，年八十歲。子泌容體魁岸，以侍中使齊還歸陳，復以侍中使周。《唐書》：李翱甥鄭畋相昭宗，姿采如峙。王路岩，魏州人，體貌偉而年三十八相懿宗，奢肆不法。獨阮藉「朝為媚少年，夕暮成醜老，自非王子晉，誰能常美好」，為可嘆耳。古字尺赤通用，尺子丈夫以長短言也，要不可如昌宗輩，粉面膏唇以事女主耳。

男婦之美，莫過秀曼，秀特軀材拔起。嘗愛龔芝麓〈詠纏足詞〉：「閒倚繡屏腰，看鬟雲送獺，羅襪藏嬌」，非玉身山大，安得稱屏？至以嬌字贊玉弓，尤非才子不能。襪藏二字，字法更妙。嬌既得看，則此時不藏可知，而寫昵事不入褻語，故是唐人風味。劉孝綽妹寄夫徐悱：「東家挺奇麗，南國擅容輝，還看鏡中色，比豔自知非，摛詞徒妙好，傾城詎敢希？」雖復自謙「形骸」，而看鏡一句，實是妖極自賞也。詩未易知如此。

丁奇〈遇花燭詞〉：「今『夜相逢』窄可憐，倉卒凝魂魄」，又「想此事于人，忒是得意，卑尊無計，觀音似慈容新喜，纔拜下春心自醉」，「相逢無路，良夜肯疑猜」，則同名近女斷不敢卻矣。

隋煬賜徐則書：「先生宗玄齊物，卓爾仙才」。王阮亭云：「屯田小詞，傳播旗亭北里間，終不解作香奩繡閣中語」，故曰不是「仙才」。

「低鬟認新寵，窈窕復融怡，己身不自曉，盼盼復依依」，是此「無賴」二字之神。龍性逢「陰」，即感以純陽也。張邋榻在白岳遇積雪數尺，輒裸臥其中，良久氣蒸蒸，大呼快活。至「陰」能感至「陽」，觸我丹火，相為融液故也。男有室所以圍「陰」于外，女有家所以方「陽」于內。「鼓」字取橐籥意，強始和成者，皆被「鼓得無賴」耳，然長陵赤眉不知能否。「陰」妖冷蘗成何怪，益為不受「陽」和一點恩者淚下焉。

今日始知春氣味，以「含胎」也。君心見賞不見忘，只恐將新變「舊」易，持「舊」為新難耳。王金壇：「逢『新』偏憶『舊』纏綿，嫁早怕逢先認客，只悔從前領略粗」，皆為此「含胎」二字低徊不已也。「舊」恩如淚亦難收，君前願報新顏色。其如香苞破葩，非復弇含何！

「女」冠子真當「梅香」，晉宋宮中皆解此妙。陶侃為武昌守時，山夷多斷江劫流，侃令諸將詐作商船以誘之，此法永遠遵行，則「孤帆夜開」何畏？否則李賀有云：「三湘惻惻流急綠，老猿心寒不能嘯」，飛卿有云：「山月不知心裡事，水風空落眼前花」，紅粉對寒浪，尤其傷懷。

「碧玉身沉胥井邊，綠珠魂斷舞樓前，風流畢竟輸漁父，閒擁漁娃竟日眠」，亦止「雙飛」之意，豈黃山谷之「纔入新婦磯，又入女兒港」哉。

「魂脈脈」三字古已多有，「意咍咍」三字真正才子新得。

「想獨自誰挨」，宜王金珠有「春心鬱如此，情來不可限」之句。

徐陵詩：「拭面留花稱，除釵作小鬟」，寫「心事諧」後，「金釵」亦覺其好。

「邂后承際會，得充君後房，不才免自竭，賤妾職所當。樂莫樂斯夜，沒齒安可忘」，是婦女「心事諧」之極致。元人〈溫嶠曲〉：「則索向窗間偷覷，怎生敢整頓觀窺。而今呵，徹膽歡娛，自歌自舞，那些兒教我心歡處。你截一幅大紅裹肚，你從明日打扮你的兒夫」，是男子「心事諧」之極致。

惠岩云：「乘風送響音，令君閒獨杵」，可與「篩」字比美。

「一願郎君千歲，二願妾身長健」，宋人語也。元曲：「煖鋪深缸笑幾場，每日價喜孜孜一雙直睡到暖溶溶日影紗窗上。」唐詞：「花下月，枕前人，此生誰更親？交頸語，合歡身，霜天似暖春。寶帳欲開，慵起戀情深。」古詩：「共戲炎暑晝，更覺兩情諧。惡臥兒不啼，吉夢婦頻卜。羅帳是誰搴？雙枕從無有」，俱「歡眠」自在正解。「歡眠自在」勢必如內典所載，一切世間人所曾作，如是二人，莫不皆作。人不曾作，亦無不作矣。

「抵多少嚇魂台」，才子勸人就家雞而舍野鶩也。世間大有虛榮貴者，百歲無君一歲「歡」，彼離床而蠅營，就床而鴛戀者，雖知「歡眠」不知「自在」之旨。若張籍所云：「家貧夫婦歡不足」，則調琴本要歡，心愁不成趣耳。

讀「身帶意挨」三語，覺「簾幙四垂燈焰煖，身作匡床臂為枕」已足，何必定如陳後主之「玉面俱要來帳前，翠帶羅裙入為解」耶？

「無異市井人，見金不知廉，不知此夜中，幾人同無厭。君知一夜恩多少，不怕人魚傍櫓聽」，較誠齋「東窗水影西窗月，並照『船』中不睡人」大別。

「相如墓上生秋柏，三春誰是言『情』客」？帝釋不修天業宮殿，何以隨身輪王不作王，因七寶無因聚集。若非「情債」難填，久已眾生成佛。

「情似海」，如云他伉儷之情皆人所得而分，人所得而奪，惟俺和你不然矣。有相海有性海有法海，即應有「情海」。「淤泥精衛沫」，正謂此深重恩愛若「海」也。柔「情」不斷如春水，舊恩如水滿身流，雖欲不「海」，得乎？

玉茗知為「死裡淘生」，而《丹經》顧云：「此宗妙藥家家有，自從會得此兒後，忘卻人間萬斛愁」，未知誰是。

# 第三十七齣 駭變

〈集唐〉（末上）「風吹不動頂垂絲雍陶，吟背春城出草遲朱慶餘。畢竟百年渾是夢元稹，夜來風雨葬西施韓偓。」俺陳最良。只因感激杜太守，為他看顧小姐墳塋。昨日約了柳秀才❶墳上望去，不免走一遭。（行介）「巖扉不掩雲長在，院徑無楳❷草自深。」待俺叫門。（叫介）呀，往常門兒重重掩上，今日都開在此。待俺參了聖。（看菩薩介）咳，冷清清沒香沒燈的。呀，怎不見了杜小姐牌位？待俺問一聲老姑姑。（叫三聲介）誰❸家去了。待俺叫柳兒問他。（叫介）柳朋友！（又叫介）柳先生！一發不應了。（看介）嗄，柳秀才去了。醫好了他❹，來不參，去不辭。沒行止！沒行止！待俺西房瞧瞧。咳喲，道姑也搬去了。磬兒，鍋兒，床席，一些都不見了。怪哉！（想介）是了。日前小道姑有話，日昨❺又聽的小道姑聲息，於❻中必有柳夢梅勾搭事情。一夜去了。沒行止，沒行止！由他，由他。且後園看小姐墳去。（行介）

【懶畫眉】❼**深徑側老蒼苔，那幾所月榭風亭久不開。當時曾此葬金釵。**（望介）呀，舊墳高高兒的，如今平下來了❽。**緣何不見墳兒在？敢是狐兔穿空倒塌來？**

這太湖石，只左邊靠動了些，梅樹依然。（驚介）咳呀，小姐墳被劫了也。

【朝天子】（放聲哭介）小姐，天呵！**是甚發塚無情短倖材？**❾**他有多少金珠葬在打眼來！**小姐，你若早有人家，也搬回去了。則為玉鏡臺無分照泉臺。好孤哉！怕蛇鑽骨，樹穿骸，不隄防這災。

知道了，柳夢梅嶺南人，慣會⓾劫墳。將棺材放在近所，截了一角為記，要人取贖。這賊意思，止不過說杜老先生聞知，定來取贖。想那棺材，只在左近埋下了。待俺尋⓫。（見介）咳呀，這草窩裏不是硃漆板頭？這不是大鏽釘？開了去。天呵⓬，小姐骨殖丟在那里？（望介）那池塘裡浮著一片棺材。是了，小姐屍骨抛在池裏去了。狠心⓭賊也！

【普天樂】問天天，你怎把他昆池碎劫無餘在？又不欠觀音鎖骨連環債，怎丟他水月魂骸？亂紅衣暗泣蓮腮，似黑月重抛業海。待車乾池水，撈起他骨殖來。怕浪淘沙碎玉難分派。到不如當初水葬無猜。賊眼腦生來毒害，那些個憐香惜玉，致命圖財！

先師云：「虎兕出于柙，龜玉⓮毀于櫝中，典守者不得辭其責。」俺如今先⓯稟了南安府緝拿。星⓰往淮揚，報知杜老先生去。

【尾聲】石虔婆，他古弄裏曾窺珍寶來。⓱柳夢梅，他做得個破周書汲冢才。小姐呵，你道他為甚麼向金蓋銀牆做打家賊？

丘墳發掘當官路，韓愈　春草茫茫墓亦無。白居易
致汝無辜由我罪，韓愈　狂眠恣飲是凶徒。僧子蘭

## 【校記】

❶徐本此處有「到」字。全集本無「到」字。❷徐本作「媒」。❸徐本作「俗」。❹徐本此句為「醫好了病」。❺徐本作「昨日」。全集本作「日昨」。❻徐本作「其」。全集本作「於」。❼徐本此處有「園」字。❽徐本作「如今平下來了也」。全集本作「如何平下來了」。❾徐本此句為「是什麼發冢無情短倖材？」❿徐本作「了」。⓫徐本作「尋看」。⓬徐本作「天」。全集本作「天呵」。⓭徐本作「狠心的賊也」。⓮徐本作「玉」。⓯徐本作「先去」。全集本作「先」。⓰徐本作「星夜」。⓱徐本作「石虔婆，他古弄裏金珠曾見來」。

# 第三十七齣〈駭變〉批語

「風吹不動頂垂絲」喻陰器，「吟背春城出草遲」喻後庭，「雲長在」喻花頭，「草自深」嘲之矣，「重重掩上」更切其形，「磬兒」喻女根聲，「鍋兒」喻其熱坎，「床席」喻兩輔也，「勾搭」以喻男槌，「深徑側」，妙在側字，非已經狼籍者不爾。「老蒼苔久不開」俱嘲老寡婦語。「金釵」之金代筋，「穿空倒塌」譏嘲更酷。「左邊靠動」即徑側意，「短材打眼」俱喻男根，「金珠」之金代筋，「冰」喻勢槌上處，「玉鏡」仍喻兩輔，「蛇樹」同意，「硃漆板」喻女邊闌，「大繡丁」男根也，「水月」註過，「紅衣」兩扉，「蓮腮」兩輔，「黑月」二字比水月更妙。「車」字亦打旋意，「毒害」二字譬男根而嘲女道。「鐵蓋銅牆」嘲女根之禁得，「打家」喻侵自妻，「虎兕龜玉」俱喻男根，「春草茫茫墓亦無」嘲老婦，「狂眠恣飲是凶徒」□男根也。

觀「舊墳高高」一語，令人有高后園林與地平之恨。銅台雨滴平，萬恨盡埋此，誰知此地，縱千年土香猶破鼻乎？「短倖才」三字，殆言美人黃土，萬古傷心。存「玉骨」，猶必抛之，真不知情字之味。作此「短倖」之事，若發而仍掩，庶乎長「才」人矣。《南史》：義興吳達之嫂亡，無以葬，自賣以營塚槨，何其才之不「短」至此。晉末有孔慕者，善占墓，劉裕使占父墓，曰「非常地也」。唐太宗曰：「突厥俗焚，今葬皆起墓，背祖父命嫚鬼神也，將亡矣。」晉〈束晳傳〉，太康二年，汲郡人發魏襄王墓，得《穆天子傳》，晉皇甫謐論曰：「存亡人理之必至也，雖惡不可逃遁，而備贈存物，至剝臂捋金環，捫腸求『珠』玉。」陳宣帝子始興王叔陵，年十六為江州刺史，政自己出，州縣非其部內，亦徵攝案之，呼召賓客，說人間細事，戲謔無所不為，九年為揚州刺史，十年至都。人間妻子微有色貌者，並即逼納。召左右妻女與之奸合。塚有主名可知者，多被「發掘」，持肘脛為玩弄，藏之府庫。生母彭氏死，發謝安墓，棄其柩以藏母，此為「短倖」。王僧辯平侯景，留子頒于荊州，從梁元帝入關，聞其父為陳武所殺，請為韓擒虎先鋒，及平陳得父故部，眾人夜發霸先陵，火其骨。隋將洛人衛玄有鎮蠻功，楊玄感反，至華陰掘其父素塚，焚其骨，此正大「才」。

# 第三十八齣　淮警

【霜天曉角】（淨引眾上）英雄出眾，鼓譟紅旗動。三年繡甲錦蒙茸，彈劍把雕鞍斜鞚。

「賊子豪雄是李全，忠心赤膽向胡天。靴尖踢倒長天塹，卻笑江南土不堅。」俺溜金王奉大金之命，騷擾江淮三年。打聽大金家兵糧湊集，將次南征，教俺淮揚開路，不免請出娘娘❶計議。中軍快請。（眾請介）❷

【前腔】（丑上）帳蓮深擁，壓寨的陰謀重。（見介）大王興也！你夜來鏖戰好粗雄。困的俺垓心沒縫。

大王夫，俺睡倦了。請俺甚事商量？（淨）聞的金主南侵，教俺攻打淮揚，以便征進。思想揚州有杜安撫鎮守，急切難攻。如何是好？（丑）依奴家所見，先圍了淮安，杜安撫定然赴救。俺分兵揚州，斷其聲援，于中取事。（淨）高、高！娘娘這計，李全要怕了你。（丑）你那一宗兒不怕了奴家！（淨）罷了。未封王號時，俺是個怕老婆的強盜，封王之後，也要做怕老婆的王。（丑）著了。快起兵去攻打淮城。

【錦上花】撥轉磨旗峰，促緊先鋒。千兵擺列，萬馬奔沖。鼓通通，鼓通通，譟的那淮揚動。

【前腔】軍中母大蟲，綽有威風。連環陣勢，煙粉牢籠。哈哄哄，哈哄哄，哄的淮揚動。

（丑）溜金王聽分付❸：軍到處，不許你搶占半名婦女。如違，定以軍法從事。（淨）不敢。

日暮風沙古戰場，王昌齡　軍營人學內家粧。司空圖
如今領帥紅旗下，張建封　擘破雲鬟金鳳凰。曹唐

【校記】

❶徐本作「賤房」。❷徐本作「眾叫介」。另有「大王叫箭坊。（老旦扮軍人持箭上）箭坊俱已造完。（淨笑腦介）狗才怎麼說？（老旦）大王說，請出箭坊計議。（淨）胡說！俺自請楊娘娘，是你箭坊？（老旦）楊娘娘是大王箭坊，小的也是箭坊。（淨喝介）」一段。❸全集本作「聽俺分付」。

# 第三十八齣〈淮警〉批語

「鼓譟」喻男根，「紅旗」喻女邊闌，「繡茸」喻豪，「甲」喻兩輔，「劍」喻男根，「帳」喻兩扉，「雕鞍」喻女根合尖處，「斜鞓」之法惡甚，「靴尖」喻男根槌，「土不堅」為女根一笑。「蓮」喻女根圈相，「壓寨的重」喻懸腹也。「千萬」喻數，「兵馬」喻筋，「煙粉牢籠」女根妙號，「哈哄哄」喻交歡時口中音。「鬢」以喻豪，「雲」喻花頭，「鳳凰」喻合尖處似鳥咮也，「鼓」喻女根兩輔，「大虫」喻男根也，「連環」喻女根重暈。

金末吾塔以屢敗宋兵，威震淮泗，喜凌侮使者，每以酒食困之。或辭以不飲，因并食不給，使餓而去。辭以疾不飲，則言易治，按于床炙之數十。又以銀符佩妓，屢往州縣取財，號省差行首，州將之妻，皆遠迎迓。金末南伐，折耗士卒，徒使驕將肆掠，飽其私欲而已。常遇春亦貌似獮猴，縱兵淫掠，女且為建文帝母。

《金史》：楊安兒等聚黨山東，攻劫州縣，殺掠官吏，僭號改元天順，偽置官屬。偽元帥郭方山據密州，略沂海，李全略臨朐，據穆陵關，眾二十萬。以重賞招之不應，金駙馬安貞轉戰敗之。安兒乘舟入海路，舟人擊之，墮海死。安貞擒偽官差，招降三萬餘，遣兵會宿州，取賊水寨，殺賊多人，斬偽太師。詔山東西路賊黨猶嘯聚，作過者并與免罪招撫之，自此河北殘破，干戈相尋。其黨往往復相團結，所在寇掠，皆衣紅襖，官軍討之不能除也。時曹濟間又有花帽賊帥，郭大相公應募，官至太后衛尉。時河朔斗米二十兩，弄兵之徒，藉口而起，紅襖南連北構，皆成約將，跨河為亂。昭帝時，長兄燕王且有謀，諸臣曰：「大王一起，國中雖女子皆奮臂隨大王」。母大虫世固多有，趙盾之入宮也，亦衣婦人衣。隋漢王諒反，使卒衣婦人衣，襲取蒲州。齊州賊杜伏威剽淮南，隋煬遣陳稜討之，威遺稜婦人服，書稱陳姥怒其軍。李密既歸唐，唐遣至黎陽，招撫故部曲，密懼謀叛，乃簡驍勇數十人，衣婦人服，藏刀裙下，詐為家婢妾者，入桃林傳舍，須臾據其城。宦官程元振既逐，衣婦人衣自三原還京師，圖不軌。晉王國寶見疑于武帝，乃託王家婢，衣婦人衣，就會稽王謀。陳文帝妹婿劉郁，宣帝時乘小輿，衣婦人衣就子高謀。梁武從母舅子范陽張瓚，尚帝女，身長七尺四寸，面美，元帝時衣婦人服，乘青布輿入山起義。宋孝武叔義宣敗，其子詠在宮中著婦人衣，乘問訊車投臨汝孟詡，詡于妻室內為地窖藏之，惟義康敗還江陵，與所愛妾五人，皆著男子服，相隨步出城外。假「胭粉」尚能「牢籠」，況真「胭粉」乎？公孫瓚將亡，先殺姊妹婦女。宋南陽劉湛生女輒殺之，人以為怪。後乃與義康事，則慮其不足以「牢籠」而徒為人作空帨也。

馬祥麟之母土司秦良玉，救省還而驕，請以客禮見督師，師曰：「不可以軍容亂國典」，良玉帕手靴褲膝行而前，督降階延登，慷慨慰勉，始不敢奴視漢官。按良玉男妾數十人，皆滅髭弓役。蓋賢文男子所為，未與婦人參議。若可以托六尺之孤，可以付千里之事，可以敵數世之仇，可以昌後代之業，健而幹如李希烈妻、竇良女，以及秦良玉等，則男人直為我暫用之物，猶他女子為男兒所用之物也。又不但「牢籠」而已。

《北史》：魏延壽三年，百濟〈表〉云：「高麗見凌逼，若肯救臣，當奉送鄙女。」唐太宗破高麗，明年獻二姝，口敕曰：「色者人所重，然愍其去親戚，以傷乃心」，還之新羅。異姓雖娶，當為妾媵。善德姊妹相繼為王，訃至，唐帝為之舉哀。元帝（案：應為玄宗）時獻二女，帝曰：「女皆王姑姊妹，違本俗，別所親，朕不忍留。」洪武二年，安南王獻二女，艷麗傾六宮，上受之，無何復以二女進，上曰：「彼謂朕漁色耶！」并前二女，語使者歸，驗之猶女體也。隋文時，吐谷渾請以女備後宮，帝曰：「此非至誠，但急計耳，今依來語，他國便當相學者，並許之，又非好法」，竟不許。然十六年以光化公主妻世伏，雖上表稱為天后，不許，而世伏死，弟久伏請依俗尚主，主許之。蠕蠕初懼魏討，與姚興和親入高車，至斛律為可汗送女于馮跋，為之嬪，魏太武征降之。以王子吳提尚西洛公主，而納提妹為夫人。西魏文帝以元翌妹稱光化（案：應為化政）公主，妻阿那瓌。弟又自納瓌長女為后，容儀端嚴。高歡因瓌凶狡，欲與固結且東伐，復以疏屬假公主嫁瓌子，親自經紀器物，復不得已，更求其次女，瓌請以其孫女鄰知公主妻歡子湛，于其已女則曰高王自納則可。後歡有病，不能就主，送主者恚，乃與疾就之。歡死，又聽澄從蠕蠕法，一生不肯華言。周文以與蠕蠕結婚不成，乃使人往突厥結之，突厥聞齊人許送皇姑，復致疑沮，有以迎后功封為伯者。其徒入高車也，高車人掩擊之，而不顧後患，分其廬室，妻其婦女，安息寢臥，蠕蠕主登高望見，乃收集亡散掩殺之。初高車叱洛侯導蠕蠕破諸種落，至是斛律姪步鹿真等，遂至侯家淫其妻。魏昭成帝始都雲中，娶慕容俊女與交婚。魏太宗以禮受姚興女為后，崔浩請取之，曰：「豈顧婚姻酬一女子之惠哉？」代人豆代田從破赫連定，以定妻賜之。爾朱榮女先為魏明帝嬪，欲莊帝立為后，帝未決，祖珽父黃門侍郎瑩引文嬴事曰：「事有反經而合義」，上遂從之。而皇后復嫌內妃嬪甚有妒恨之事，曰：「天子由我家置，今便如此，我父本日即自作。」榮小女嫁與帝侄陳留王伽邪，曰：「皇后若不生太子，必立陳留。」則「婦女」之為物，常有關于國計兵謀也。唐相李德裕雖云：「勝國女不可為妃后，蓋其先皆一時之傑，我以男戎勝彼，必以女戎勝我。」如尉遲迥憤隋篡，起兵圖之，隋文討殺迥，納其幼女（案：應為孫女）重幸之，后陰殺焉，遂致反目。唐祖之寵于文述女宇文妃，欲立為后，太宗之寵煬帝女蕭妃，欲立其子，玄宗之寵武惠妃，愛壽王等，皆彼戰既勝，又欲以此戰勝者也。「胭粉牢籠」四字包藏無限古典，誰謂玉茗才人徒為楊妙真設哉。吳起見魏文侯，侯布席，夫人奉觴，管仲至，公執爵，夫人執尊，觴三行。古之奪功臣者必以女子。文明嚴無所縱，每杖諸臣禁中，尋或更加富貴，人皆懷利不怨。齊為祖珽造第，陸媼親至作場，珽既佞為「女媧」，時皆以為極榮。後主之問大姬，三問方下床答。俱為「胭粉」起見，不覺被其「牢籠」。

《莊子》：盜跖從卒九千人，橫行侵暴，取人「婦女」，萬人苦之。東漢上黨陳馮二姓，以冠冕族張揚，利其「婦女」。晉王浚與鮮卑討成都王，乘勝克鄴，鮮卑大掠「婦女」，浚命敢有挾藏者斬，于是沉于易水者八千人。及與劉琨爭冀州代郡、上谷、廣寧三郡，與鮮卑并力，驅三郡「婦女」出塞，卒為石勒所破，妻與勒同坐臨之。光武遣鮑永安集北方，馮衍謁見曰「今龍興鳳舉，炎精復輝，然諸將擄掠，逆倫絕理，妻人『婦女』，裸跣無所歸，命北地通強胡，人庶多貨，奈何不憂」，即以為狼孟長，卻遂摧陷大姓令狐略。光武時，傅俊徇揚州，上郅惲為長史，惲誓眾曰：「不得斷人支體，裸人形骸，放淫『婦女』」，俊軍士猶發塚陳尸，掠奪百姓。建武之初，宮人歲增，房御彌廣，宗室坐事沒入者，猶託名公族，甚可愍焉。爾朱仲遠，榮從弟，廢帝時，鎮大梁，大宗富族誣以反，沒其家口，諸將「婦」有美色者，莫不被其淫亂，後奔蕭衍。〈祿山傳〉賊眾類慓勇，日縱酒嗜色，無遠謀。史思明所向，縱其下淫奪，以是士最奮。其子朝清似思明，淫酗過之。朝義既弒父殺清，及莫州之敗，以存亡託田承嗣，而自奔幽州。承嗣佯諾，少選諸將曰「吾等事燕，下河北百五十餘城，齊姜宋子為我掃除，今安所歸命？」乃將朝義母妻詣官軍降，義至燕，為其下殺，舉地歸國，部送將士妻口百餘于官。周智光以魚朝恩累同華節度，逐吐番回紇至鄜州，恣剽掠以甘其欲，代宗加僕射。王世充好質將士妻子，秦瓊等皆不願。隋末薛舉，金城人，容貌魁岸，殖財鉅萬，號西秦霸王，僭號蘭州，即先墓置陵。子仁果嗣號萬人敵，妻亦凶暴，淫掠民妻，嘗得庾信子，火炊之。惟竇建德，雖知用何稠為工部尚書，隋衣冠引見建德，莫不惶懼失常，妻妒悍，煬妃嬪並令出家，德破化及，先謁蕭后，言臣妻曹未嘗衣紈綺。及為王，妾侍纔十數。自將十餘騎送后往突厥，執唐同安公主，旋歸之，以不聽妻計，取山北而潰，被執送長安。後妻以騎數百遁還洺州，奉山東地，降劉武周。以一虞候計，殺太守。尉遲恭皆其將。據汾陽，取宮女賂突厥，報以馬，立為定揚可汗，遂僭號，以妻沮為后，上谷賊宋金剛歸之，自出其妻而聘周妹。秦王討武周，突厥以騎會并州，多掠城中「婦人女子」去。及降唐後，太宗使使贖隋亂後男女八萬口。其征高麗，后弟無忌，言宮官只十人，帝曰「軍士皆去家室，朕以十人從，尚赧其多」。李勣請城破日，男子盡誅，故死戰，將拔，勣曰：「士亡命爭先，思虜獲也，不可許降，以孤士心」，帝曰「將軍言是也，但掠人妻『女』，朕不忍，願以庫物贖之。」明年其國獻二姝口，後則元稹有云：「先是諸將之有權者，莫不拘制妻子以為固」。劉黑闥怒殺程名振母妻，唐高祖令務挺經略河北，夜襲鄴縣，俘男「女」千人，去數舍，閱「婦」人方乳者還之。賊平，請手斬闥以首祭母。南宋竟陵王誕處廣陵，王師克之，悉誅城內男丁，以「女」口為軍賞。侯景求婚王謝，不許，曰：「會須令吳兒『女』作奴。」既而失陷，高卑皆被驅裸。梁武侄正德好奪人配偶，一時動豪子弟，多以淫盜屠殺為業，父祖不能制，尉邏莫能禦，詔徙臨海，曰：「新婦當停，汝餘房累悉許同行」，乃以「女」妻景，約與為亂。王僧辯自荊州來建鄴討侯景，自石頭至東城，被執縛者，男「女」裸露，不獨蘇峻也。時男「女」號叫，翻思景焉。裴矩，隋佞臣，後見亂，欲自全，言從駕者無配合，勸集江都寡婦尼姑，恣其所取，皆曰裴公之惠也。隋趙王秀貌瓌偉，鎮蜀時與妃出獵，多捕山獠閹為宦者，帝稔其過失，曰：「當斬于市以謝百姓。」幽之內侍省，不得與妻子相見，給獠婢二人。曰：「俊糜費財物，則我以父道訓之，秀蠹害生靈，則我以君道繩之。天子兒與獠婢對，是幾許苦耶？」韋孝寬姪沖為隋南寧州總管，其姪伯仁隨充在府，掠人妻，沖坐免官。岳飛破曹成，其將王順解鞍脫甲，以所擄婦人佐酒。金將孔彥舟，將士貸錢物者，私其妻與折券，故是諸將喜于淫掠，應得之報。崔立之變，盡驅從駕官妻「女」于省中閱之。元末苗將完者勤王來浙，凡遇貴室富家，逼勒送營淫玩，稍不承順，誣以通賊，闔第慘殺，其下化之一時，民「婦」略無免者。惟開封鄭宏為操左馮翊誘民，皆願捕賊，多得財物「婦女」，賊之失妻子者，皆還求降，宏責其所得他「婦女」，然後還之。潁川韓襄為周北雍州刺史，北山盜賊並豪右所為也，而陽不知，署為主帥，分其地界，盜發不獲者，以故縱論。乃曰前皆人等為之，因榜曰「行盜者可急來首，今月不首者，籍妻子賞前首者」，旬日間咸悉首盡，除西涼州刺史。羌胡之俗，輕貧弱尚豪富，侵漁同工僕隸，故貧者益削，富者益豪，襄乃募貧為兵，商貨至，令先市之。更始之敗，其將趙憙與友韓仲伯等數十人，攜小弱越山阻出武關，仲伯以「婦」色美，慮有強暴者，而己受其害，欲棄之，憙以泥塗仲伯「婦」面，載以鹿車，身自推之，要道逢賊，或欲逼掠，憙輒言其病狀。既至丹水，遇更始親屬，皆裸跣，為將護歸鄉里。二十六年，光武延集內戚燕會，歡甚，諸夫人各前言趙憙多恩。往遭赤眉，出長安，皆為憙所濟活，徵為太僕。曰：「卿非但為英雄所保也，『婦』人亦懷卿之恩」。南陽宛人朱暉，年十三，與家屬外氏奔入城道，遇群賊劫掠「婦女」，掠奪衣服物，昆弟賓客皆惶迫伏地，莫敢動，暉拔劍曰：「財物皆可取，諸母衣不可得，今日朱暉死日也」！賊見其童子，遂舍之，後為郡吏。太守常欲市暉婢，暉不從。後張湛于太學，見暉即把臂曰：「欲以妻子託朱生」。巴郡張嶷弱冠為郡功曹，劉備定蜀之時，縣長捐家逃亡，嶷冒白刃，携負夫人以免，由是顯名。嶷後為太守，雖放蕩少禮，人以此重之。隋煬遼東之役，酒泉趙才為右衛大將軍，在途遇公卿妻子，有違禁者，輒醜言大罵，多所援及，即如草寇「哈哄婦女」，已遭其厄。故《智餘書》云：「貴而秀者，當世亂時，多為蠢而賤者所淫虐，及世既平，貴辱蠢賤，宜使納贖蠢賤于貴，非但與贖不可，仍宜償以眷口，始得天道之平耳。」

盧道虔尚魏高祖女濟南長公主，驕甚，暴薨，靈太后追主薨事，乃黜虔為民。汝南王悅杖其妃，靈后因令諸王及三番有正妃病患，皆遣奏聞，若有猶行捶撻，就削爵位。韋后時使婦人封爵，不因夫授者，皆子孫承襲。「婦女」固有為同類作主之事。「半名不許搶占」，意亦有本而來，梁武末詔停所在使役女丁，《南史》：宋范曄父泰奏曰：「『婦』人被宥，由來舊矣。」謝晦「婦女猶在尚方。」帝乃赦出，亦于「婦女」有緣者。張巡食盡，先殺「婦人」食，不殺其妻，何以服眾婦之魂乎？即殺其妾，猶有不服者。惟馮道為石晉翰林學士，在軍中諸將有掠美「婦」以遺道者，道不能卻，然後輒訪其主而還之。既受用過，又行其德，此亦長樂公善于取樂，生平智巧之一端也，故道有只行好事不問前程句。

生女逢亂世，不如痤荊棘。翠幃羅象床，知是何方客？拭淚強作歡，欲飛無羽翼。健兒告貞婦，爾言亦何愚。我已棄妻子，從軍萬里餘。若不逐人歡，所願誰與俱？馬前懸男頭，馬後載婦女。失意幾微間，輒言不活汝。或便加捶杖，不堪其詈罵。欲死不可得，欲生辱勝殺。夫男與兄弟，眼前見傷死。吞聲不許哭，還遺衣羅綺。莫恨紅裙破，休言白屋低。請看京與洛，誰在舊香閨？玉膚脆如草，能得幾回啼？失國尋常事，美人殊可悲。

長鯨大豕互吞食，雌龍雄鳳難徘徊。妝鏡未收紅粉面，羽書忽報赤眉來。狼虎只殘豚犬命，雨露雖多不是恩。閨檐鸚鵡失佳人，軍中夜夜迎新「婦」。昨夜屯兵還夜遁，滿車空載洛神歸。黑甲西來若風雨，踏成一片無情土。瞪目看行切玉刀，霜綃忍遺嬌紅污！阿婆含羞對諸「婦」，大姨揮淚向小姑。願言相憐莫相妒，這行不是親丈夫。姊娣相携遭亂離，有母更被官軍擄。兒在腹中兵在目，綠林躍馬窺金屋。東風不與周郎火，銅雀春深二喬鎖。此是西昆得意詩，忖量老瞞心亦頗。紗窗對鏡未經事，將謂珠簾能蔽身。荒涼甲第有焦土，倉卒深閨無固門。碧幢未作朝廷計，白梃猶驅「婦女」行。粉愁香怨不勝情，強整殘妝對老兵。幸無白刃驅向前，何忍將身自棄捐。倉皇失身遭惡辱，酸風無地匿慚顏。狂卒猝起馬萬蹄，所過州縣不敢誰。肩輿裸載三十妻，惡少如雲學妝束。千村一過如蝗客，「婦」滿軍中金滿橐。千金重募來殺賊，賊退心驕酬不得。爾財吾橐「婦」吾家，有命防城誰敢責？亡妻走妾各事仇，三尺弓弦淚盈把。紅粉哭隨回鶻馬，為誰一步一回頭？可惜同生不同死，更隨春色去誰家？

嗚呼匹「婦」！彼豈知受辱則為所輕，愛死仍言可殺，生不可必而死又無名也。然使當太平時，惟士流「婦女」及應試男子，許習武事，餘皆厲禁，使〈小戎〉板屋之風，化行天下，則馬上相見，烈性誰無？猶得揮彼長刀，以斫賊死。

《唐書》：某挺人也，即「英雄出眾」意。每讀〈李光弼傳〉：陣于險，猶可以敗；陣于原，敗斯殲矣。檄河南，縱官吏避賊，閈無留人。及戰，曰：「望吾旗若三麾至地，諸軍畢入，生死以之」，未嘗不嘆此才之罕匹也。

東瓜做碓嘴，只怕搗出水。「箭坊」等喻，蓋古詩中已有之，今從三婦本刪去。

崔融班張，固非擬衛霍行。可即「寄語閨中人，努力加餐食」，何似「帳蓮深擁」與錦衾繡榻，青鞋羅襪兩別。閨（案：閨後疑脫一「中」字）不知戎馬事，月高猶上望夫樓。邊場豈必勝閨閣，莫逞雕弓過一生。真不如逐君征戰死，誰能老向空閨裡矣。

元太祖征乃蠻，視蠻古軍若羔兒，曰：「苟有懼志，何不使后妃來『戰』」，正以「陰重」難勝也。及乃蠻敗，明日有獻女迎軍者，只恐其「陰」更「重」耳。

觀「夜來」語，全非含羞下繡幃氣象，然遠勝鸞衾鳳褥夜夜長孤宿者。

羊后云：「今日方知有男子」。正以力拔牛角，挾石跳牆，一唱盜殞，射洞寸鐵耳。恁地「粗雄」，曾經滄海難為水矣，益令人念漢家青史上，計拙是和親也。又憶朱溫滅朱瑾，納瑾妻以歸，可謂「無戰」不勝。慕容沖云：「便當寬貸苻氏以酬好，決不令既往之施，專美于前」。未知「粗雄」得似否。

「垓心沒縫」，所謂美滿夫妻，但愁甘樂傾盡矣。

嘗笑黃帝為虞夏商周之共祖，而素女交媾、玄女交兵，此兩戰也，有以異乎？或曰：玄素無其人，余曰：我且疑並無黃帝。

元人曲：「樂意的酬，儘興的拚，鎮一味詩魔酒憨，引不動狂心怪膽。我不要你老婆罷，只要你那夥頭，由著我愛的做。那怕你包藏著未滿月麒麟種，怎出得不通風虎豹屯。如今落在圈子裡，飛也飛不去，不怕你不與我做老婆，我好歹要了他，恰便是金剛廝打，佛也理會不下，做一個迷心耍。」嗟哉數言，包亂世無數事也。「虎帳覺歡娛，花心露要沾濡，不呵亂飛紅雨，只落得閉門羹從吾飽飫。論人生富貴，真合刀頭取。」嗚呼！

「力弱自難持，穠態誰解識」？是「那一宗兒怕」時細諦。

《五代史》梁家人傳贊：「嗚呼梁之惡極矣，天下豪傑四面並起，卒不能挫其鋒，梁之無敵于天下，可謂虎狼之強矣。而困于一二女子之娛，封若羊豕，梁之家事，詩所謂不可道者也！」「大虫」威風往往間以「胭粉」，僅成一「哈哄哄」焉，一笑。

# 第三十九齣　如杭

【唐多令】（生上）海月未塵埋，（旦上）新粧倚鏡臺。（生）捲錢塘風色破書齋。（旦）夫，昨夜天香雲外，吹桂子，月中開。

（生）「夫妻客旅悶難開，（旦）待喚提壺酒一杯。（生）江上怒潮千丈雪，（旦）好似禹門平地一聲雷。」（生）俺和你夫妻相隨，到了臨安京都地面。賃下這❶所空房，可以理會書史。爭奈試期尚遠，客思轉深。如何是好？（旦）早上分付姑姑，買酒一壺，少解夫君之悶，尚未見回。（生）生受了，娘子。一向不曾話及：當初只說你是西鄰女子，誰知感動幽冥，匆匆成其夫婦。一路而來，到今不曾請教。小姐可是見小生于道院西頭？因何詩句上「不是梅邊是柳邊」，就指定了小生姓名？這靈通委是怎的？（旦笑介）柳郎，俺說見你于道院西頭是假。俺❷前生呵！

【江兒水】偶和你後花園曾夢來，擎一朵柳絲兒要俺把詩篇賽。奴正題咏間，便和你牡丹亭上去了。（生笑介）可好呢❸！（旦笑介）咳，正好中間，落花驚醒。此後神情不定，一病奄奄。這是聰明反被聰明帶，真誠不得真誠在，冤親做下這冤親債。一點色情難壞，再世為人，話做了兩頭分拍。

【前腔】（生）是話兒聽的都呆答孩。則俺為情癡信及你人兒在。還則怕邪淫惹動陰曹怪，忌亡墳觸犯陰陽戒。分書生領受陰人愛，勾的你色身無壞。出土成人，又看見這帝城風采。

（淨提酒上）「路從丹鳳城邊過。酒向金魚館內沽。」呀，相公、小姐不知：俺在江頭沽酒，看見各路❹秀才，都赴選場去了。相公錯過天大好事。（生、旦作忙介）（旦）相公只索快行。（淨）這酒便是狀元紅了。

【小措大】（旦把酒介）喜的一宵恩愛，被功名二字驚開。好開懷這御酒三杯，放著四嬋娟人月在。立朝馬五更門外，聽六街裡喧傳人氣概。七步才，蹬上了寒宮八寶臺。沉醉了九重春色，便看花十里歸來。

【前腔】（生）十年窗下，遇梅花凍九纔開。夫貴妻榮八字安排。敢你七香車穩情載，六宮宣有你朝拜。五花誥封你非分外。論四德、似你那三從結願諧。二指大泥金報喜。打一輪皂❺蓋飛來。

（旦）夫，記的春容詩句。❻

【尾聲】盼今朝得傍你蟾宮客，你和俺倍精神金階對策。高中了，同去訪你丈人、丈母呵，則道俺從地窟裏登仙那大喝采。

良人的的有奇才，（劉氏）恐失佳期後命催。（杜甫）
紅粉樓中應計日，（杜審言）遙聞笑語自天來。（李端）

## 【校記】

❶徐本作「一」。❷徐本作「我」。全集本作「俺」。❸徐本作「哩」。❹徐本作「處」。全集本作「路」。

❺徐本作「皁」。全集本作「皀」。❻徐本作「夫，我記的春容詩句來」。

# 第三十九齣〈如杭〉批語

「海」喻女根內寬，「月」喻女根外形能圓可半。「鏡台」喻兩輔之光，「塘」也而似「錢」，錢也又可「捲」，是為「捲錢塘」。錢形雖小，卻界道重重，中開細孔，故前已有吊轉之喻，此復有捲錢塘之言。「書」之為物，兩版雙開，可舒可捲，故亦屢以喻之。「天」喻女根深處。「春」喻男根，以大全在頭之故，「吹」字尤妙，在花頭外則形似吹也。「桂子」喻莖端，猶青梅意。「桂子月中開」，亦槌在兩扉間，月為之開意。「壺」喻腎囊，「潮雪」喻精，「平地」則喻兩輔，洩時勢重，兩輔奇響，何譬喻之精到，一至于此。「遠深」等字與「空房」同，並屬謔詞。曳出復入，是「再世為」，是「兩頭做」也。「分」喻女根，即平地雷意。「聽的都呆」，喻拍聲也。「陰曹」之曹代槽，「勾」字喻男根槌，「出土成人」喻男根既出方能看見。「帝城」之帝代蒂，喻女根也。「風采」所謂赤露，「丹鳳」女根，「金魚」男根，以金代筋，「人月」女根妙號，「七步」妙極，喻移足也。「八寶」註過，「九重」深意，「十里」猶十字坡，「車」喻女根外腔似作輪形，「誥」亦左右可展之意，「泥金」之金代筋，「皂蓋」喻男挺末。

棠村：「繡簾日永，珍重芳年，世事何憑，韶華易去，一瓣皈依大士前。人無恙，祝天長地久，被底文鴛」。王金壇：「小姑解笑朝粧嬾」，唐實君：「宵衾慣擁肪，晚粧人倦嬌相向」，寫深閨歡昵俱得「昨夜今粧」之意，不必羨「錦簇花團爭笑語，幾家都尉幾通侯」矣。「紗窗薄似煙，人似『月中』仙」，但栽桂樹便是。

《北史》：劉宋時，吐谷渾獻胡王金釧女國酒器，蓋玉琢臥人，從趾尖私處吸飲。李白「三百六十日，日日醉如泥，雖為李白婦，何異太常妻」。梅聖俞：「且獨與婦飲，猶勝俗客對」。山谷：「只看燈火明珠翠，少個人人暖被。携老妻學飲伴談談，江山也似隨春動」。東坡：「自酌金樽勸孟光，一壺往助齊眉餉，何似伯鸞攜德耀，簞瓢未足清歡足」。端叔一生坎坷，正賴魚軒賢德，能委曲相順適，不爾人生寧復有佳味乎！齊侍中吳興沈文季飲酒至一石，妻王氏亦至三斗，嘗對飲竟日而事不廢。陳宣帝第四子母何氏，本吳中酒家，後主時以功為荊州揚州刺史，入隋惟與妃沈氏酣酒。大業中為太守。孫氏〈謝人送酒詩〉：「謝將清酒寄愁人，澄澈甘香氣味真，好是綠窗明月夜，一杯搖蕩滿懷春。」或謂以「酒解悶」為貪色嗜內之影，凡言對酒當飲者，皆以言色涉褻，而以酒字代之耳。經言：酒過增長嗔恚，二多增語笑，四眷屬棄嫌，五諸根闇昧，七智慧漸寡，八事業不成，然乎？

「可好哩」，雖問夢裡神情，實勾月來風趣。「聰明反被聰明帶」，煬皇武后皆然。男以竭其精力為「真誠」，女以委棄其身為「真誠」，皆不得「留在」，則何必爾耶！「真誠不得真誠在」，參破老婆禪矣。天中大繫縛，無過于女色。女人縛諸天，將入諸惡道。世之忍犯不韙者，安知非前生受彼凌累，今世報之，或冤對轉生，特來敗其名節乎？身為業鬼借宅耳。但有恩纏，即成仇對，被玉茗冤親一語斷煞。至「色情難壞」四字，不但睡倒六經，亦且拋翻大藏，豈可作為等閒語看過，辜負作者深心耶！

陸機吊魏武：「留曲念于閨房，嗟大戀之所存」。山谷：「念念坐枯禪，守心如縛虎，頗思攜法喜，舉案饁南畝。不聞犯齋放，猶聞畫眉詡。良由鼻祖來，渠伊為伴侶」。湯睡庵遂云：「忽憶虞天子，揮絃得意晨。日逆雙姑祼，固有若終身」。董文友〈題余氏女代王阮亭繡神女〉云：「只是先王曾幸，怎襄王夢裡重思些個事，教針神代揣，欲繡還疑」，亦只是「色情難壞」耳。宋霸孫昭公失人心，其庶弟文公鮑美而艷，周襄王姊襄夫人欲通之而不可，因鮑於六卿無不事，于材人無不施，乃助之施。使昭公田孟諸命，帥郊甸之師攻殺之，是「色情難壞」之極處。齊桓妻晉文，公子安之。周瑜遂欲以此豢昭烈，昭烈亦納劉焉妻，關公屢請呂布婦，皆由此也。

《北史》序：列女圖像丹青，而王公貴人之妃偶，不沾青史之筆，肆情于淫僻之行。以多見所欲與不見所欲者異耳。「色」者，物之善攻，「情」者，心之善取也。但使混沌之心不鑿，皆可勉其所未至。無奈「色」者，鑿彼混沌者也。所秉既異，所養又充，令人嗜焉成癖，浩蕩之淫心可復還于混沌乎？西晉裴頠，徒知談空，則必賤有。賤有則必遺制。不知崇有則必重色，重色則必害常。《北史》蘇綽云：「刑患乎巧詐者，雖事彰而得免，辭弱者乃無罪而被罰，以致深奸巨猾，悖亂人倫」，又言「人君必心如清水，行如白玉，使民嗜欲之性，潛以消化，而不知其所以」。然楚王宴滅燭，客有牽王后之衣者，夫人絕其纓，王使皆絕之。唐張昌宗引妖人計不軌，宋璟請窮治，后以昌宗嘗自歸，不許，忍于薛觀音以少單屈昵辱之致耳。宋高祖見謝混等曰「一時頓有兩玉人」。宋孝武選謝莊等侍中四人，並以風貌。《唐書．李適傳》：「初中宗置學士，天子宴會，惟學士得從。冬幸驪山，賜浴湯池，給香粉蘭澤，然皆狎猥佻佞，忘君臣禮法。惟以文華取幸，如之問朝隱輩」。要知文華之見幸，以其中全是「色情」，「天上峨峨紅粉席，珠履奔騰上蘭砌」，睹此而不賦〈明河〉者，真土木偶矣。帝欲以太原節度畢諴（案：原作瑊，據唐書改。後文同）為相，令狐綯忌之，諴求麗姝，盛飾進綯，綯曰：「吾于太原無分，今以是餌，將破吾族矣」，不受，是不得已而「壞」之者。諴知太醫李玄伯，帝所喜，聘之往，夫婦日自進食，亦以「色情」慮動之。朱丹請孔周為父報仇，先納妻子，後言所欲。張言之質孥于汴，求朱三救也，又是知其好「色」，因以「情」動。燕鎮李匡威酒酣，報其弟匡籌妻張國艷，及威出軍，籌據城自稱留後，威曰：「兄失弟及，吾無悔焉，其才恐不足以守」。籌果敗，奔滄州，節度盧彥威殺之，掠入車馬僮奴。妻方乳，仁恭以納于克用為嬖夫人。此一兄也，非不愛弟，與德宗之時，宋亳節度劉士寧（案：士寧為宋州刺史，亳穎節度使）強烝妻母，皆「色情難壞」而已。

元人曲：「怎做的內心兒不敬『色』，咱這裡酥傾金盞，酒香搵玉人腮，不強如你踏雪尋梅。」然家無主人者，則又以尋梅為妙也。孔子之言「色」獨寬，知「色情」之「難壞」者，莫如夫子。曰：「血氣未定，戒之在色」，即東坡心正腎邪，雖上智之腎亦邪，意知作強之官，有時不能申禮防以自持也。曰：「賢賢易『色』」，方可謂賢，則明以「色」與賢並峙，知其為至深重貪著，而作媲語相商。如云：人亦何樂不賢賢，但恐有時奪于「色」，能以此相易，則真賢賢矣，未遽視為輕末，欲以一二方板語奪之也。曰：「如好好『色』」，則望其誠於他事如「色」已足，並不遽以漢幟易趙幟，先開彼作偽之端也；曰：「已矣乎！吾未見好德如好『色』」，則本念亦只望其以此並彼，而不敢望其以此易彼也。「已矣乎！」一嘆正如秦誓終篇，已將萬萬世一口料定，一切不曰「已矣乎」而獨用于此，蓋深知惟此一事終不能使好德將此一事已矣。不望則一切要彼好德且不難也。孟子亦云：「若固有之」，妻帝二女，言外驚張，「不知子都」，等諸無目。出言措語，尤其不遠人情。程伊川亦自言：「四十方不起欲念」。聖人言：賤貨遠「色」，貨不必遠，直賤之而已；「色」則一近，便不能賤之。儒者並說財、「色」，兼砭俗人肺腸；佛家單提「色」字，專敲豪傑骨髓。欲海一乾，生源必竭，儒教更何處用？儒身向何處胎？龍溪謂：致良知如好好「色」，知之必為，方為真致良知。纔有作偽，便非自慊。則好「色」亦良知，而不好反作偽矣。但令受節文，仍恐費力。知宋儒於太祖，不敢議其變陳橋，即不應議其狎周后。惟苛賤恕貴，飾而便之。使有形由禮，比情以趣諧之致，庶幾以人情之大竇，為名教之極樂。譬如禁孌，飽亦如蠟。於斯時也，尚何德之不成哉！其說近似「色情難壞」，言除此以外，一切皆易「壞」，亦可聽其「壞」也。一切易「壞」，故有《邯鄲》、《南柯》二書。「色情難壞」，故二書之外，又有《牡丹亭》一劇，且有粉蝶、翠眉、柳絲、紅葉、紫雲、片月、八字、三分等無窮妙喻以助成之。

「色情難壞」者，因彼有「色」，而致吾「情」，如願將身作錦鞋，必不肯為無「色」之人作鞋也。又見有「色」之人，則必欲其致「情」於我，又欲極用吾「情」以侵為諂，致其必致情於我。知「色情」之「難壞」，則知幸托不肖軀，且當猛虎步，安能苦一身，與世同舉措。不但宋漢齊梁，即僧辯、仁遇及陳皇后，亦屬人區難斷之習。但有奇「色」，即動奇情，又何知男女哉！

嘗謂佛經「端嚴姪女」四字，真正才子之筆，從古詩詞寫不及此。蓋事事端嚴，而私慾特甚。如文明一類，方為「色情難壞」，豈妖浮輕心者所足當耶！摩登伽宿為姪女以攝阿難，因佛神咒力消其愛欲，法中今名性比丘尼與羅睺母同悟宿因，因歷世間貪欲為苦，此咒決不是作白骨觀、不淨觀而已。「色」有一定不可易者，如臉必白也，髮必黑也，唇必朱也，乳頭必紫也。色聲香味觸皆因「色」起。假如夜叉唱曲，蛇肉好吃，蝎子可焚，人豈愛哉！「色情」二事，「色」字尤重。如百年後掘貴人屍，猶行淫穢，以雖無情，而有「色」也。欲心與「色」心不同，如欲所不得與所不肯，亦有欲令彼婦知我作過者，甚者宣淫，欲人知我作過于彼，或其婦不美，素與有怨，又為理格而值其便，偏欲淫之，皆為無「色」界欲。故眼根之外，必另列意根，謂六根惟眼與意之過難破捨。然使竟無姿「色」，如黑鬼然，則彼此遇亦必不作。人有父母，子女形若蛇虺，則亦不愛，是無「情」之非「色」也。觀漢文大布而好在北宮，晉武焚裘而廣選良家，藝祖剛方而觸恚煜婦，穆姜明哲而為佼自知，文明慈英而遺詔別葬，則司馬幸妓于僧房，歐陽見誣于婦弟，何庸代為蛇足耶。

「六朝瓊樹掌中春」，遺山妙句。「色情難壞」，至恨盡未來際。美人無窮，我不得見，何況四海一家，無想天甚厭諸想。世間若無「色」，則真無可想。

「色情難壞」，以婦人身中，非惟總相，各有妙異之處。其從欲時，各有容狀之殊，不慮之過，亦以相好或殊，而其時之容狀較更醉心耶。世間有此一輩，真乃惑溺之人。然天地間一切事物皆為肉人而生，則「情」之所鍾，在此人肉，猶勝溺于名利他端者也。況筋扳弗倒，如一束薪哉。

青山綠水亦「色情」也，然而彼「色」難「壞」，故「情」反易消。「幾點冷紅餘艷在，一堆香膩此生休」，因其「色」易壞，而「情」反難「壞」矣！

「七步才、一點色」，亦是勁對。與外人內㲋之妻妾朋友度日過，然後知與「真情」有「才」者處之，可以忘死也。無「才」者雖有「情」，不能引之使長，濬之使深，是「才」者「情」之華，亦「情」之丹也。有「色」無「情」，則「色」死；有「色」無才，則「色」止；是「情」者「色」之焰，「才」者「色」之神也。然徒有「情」，亦終不能代「色」；徒有「色」者，必非絕世之「色」，果有絕「色」，必無無「才情」者，以絕色是父母「才情」所結也。有「才情」而無「色」者，卻有之，以得自宿生，非得自父母也。亦不必作詩寫字而後為「才」也。但能深知「色」觸之妙好，以巧思極「情」致，不以雜惡事間之、雜惡念敗之、雜惡態亂之，即「才」也。如妒亦雜惡念也。復思玉茗：春呵，得共你兩留連一句之妙。春者，身面之色也，我者，性靈之才也。才雖在而色已衰，才將焉施？色雖具而才本蠢，色亦減趣，是不得不兩留連之旨。

梁簡文：「履色鮮殊眾，衣香遙出群，日暮輕幃下，黃金妾贈君」，「陰人」易「愛」，如此女伴，莫話孤眠。六宮羅綺三千，一笑皆生百媚，君王教在誰邊，則「陰人」雖多，幾曾真「愛」。男女同「色」，「色」同情，而「書生」不及「陰人」者，以「陰人」心專於愛，不遷於施。又男過二十輒貌改，不但情遷也。然不言「色情難壞」則已，言則天地間斷不可少此一事。猶之嫚寢磨蛤，天地間亦不能少此一事也。

劉綱（案：綱應為侗）《帝京景物》一書，詮志奧軼，知奧事軼去者多矣。汾人薛能詩：「西湖天下名，況是攜家賞。山不水不色，水不淺（案：淺字疑衍）大不姿，萬家攢作畫圖來」，是這「帝城」。論喻意則「叨恩竊幸，踢影慚魂，撫事捫躬，戴天知重，臣敢貪天，以成上過」，亦可作「看見這城」謝表。

江總：「春心正浩蕩，無奈須離別」，白：「君望『功名』歸，妾憂生死隔」，坡：「人生無別離，誰知『恩愛』重」。惟吳起見文侯，管仲見桓公，稍值分開「恩愛」，否則元載見輕妻族，其妻所云「路掃飢寒跡，天哀志氣人，休零離別淚，攜手入西秦」差可。乃南漢狀頭進士，皆下蚕室，方得進用，而有自宮求進者，人好「功名」一至此乎？使鋸周仁，閹蔡攸，椓柳誓，腐仲軻，雖得眼飽，吾無取焉。

「喧傳人氣概」五字動予心，岑參所以吟「那能貧賤相看老」也。

毛大可：「寧嫁封侯人，莫嫁讀書子，封侯有時還，讀書何日已」，則「蹬上廣寒宮」亦復難也。

芝麓：「乞天判與『沉醉』，斷送奈何年。掉頭莫覷秋高鶚，青雲何處用丹梯？黑髮便逢堯舜主，笑人白首耕南畝」。「九重春色」殆難見，庶幾戴石屏「忍寒博得京華『醉』」耶。

王金壇：「自信『功名』關妾分，儘留顏色待君歡，欲別啼顏貪再看，再來情味勝初嘗」，非「香車穩載」不可。

「吾君英睿相君賢，開眼寰區已晏然。明日翠華春殿下，不知何語可聞天」，雖「倍精神策」教誰用？

# 第四十齣　僕　偵

【孤飛雁】（淨扮郭駝挑担上）世路平消長，十年事老頭兒心上。柳郎君翰墨人家長。無營運，單承望，天生天養，果樹成行。年深樹老，把園圍拋漾。你索在何方？好沒主量。悽惶，趁上他身衣口糧。

「家人做事興，全靠主人命。主人不在家，園樹不開花。」俺老駝一生依著柳相公種果為生。你說好不古怪：柳相公在家，一株樹上著❶百千❷來個果兒；自柳相公去後，一株樹上生百千❸來個蟲。便胡亂長幾個果❹，小廝們偷個盡。老駝無主，被人欺負。因此發個老狠，體探俺相公過嶺北來了，在梅花觀養病，直尋到此，早則南安府大封條封了觀門。聽的邊廂人說，道婆為事走了，有個侄兒癩頭黿小西門住。我尋他去。❺（行介）「抹過大東路，投至小西門。」（下）

【金錢花】（丑披衣笑上❻）自小疙辣郎當，郎當。官司拿俺為姑娘，姑娘。盡了法，腦皮撞。得了命，賣了房。充小廝，串街坊。

「若要人不知，除非己莫❼為。」自家癩頭黿的便是❽。這無人所在，表白一會。你說姑娘和柳秀才那事幹得好，又走得好！卻被陳教授稟過南安府，❾拿了俺去。拷問❿：「姑娘那里去了？劫了杜小姐墳哩！」你道俺更不聰明，也⑪頗頗的。則掉著頭不做聲。那鳥官喝道：「馬不弔不肥，人不拶不直，把這廝上起腦箍來。」哎也，哎也，好不生痛⑫！原來用刑人先拶了俺一架金鐘玉磬，替俺方便，稟說這小廝夾出腦髓來了。那鳥官喝道：「撚上來瞧。」瞧了，大鼻子一颼，說道：「這小廝真個夾出腦髓⑬來了。」⑭不知是俺癩頭上膿。叫鬆了刑，著保在外。俺如今有了命，把柳相公送俺這件黑海青擺⑮將起來。（唱介）擺搖搖，擺擺搖。沒人所在，被俺擺過子橋。（淨向前叫揖介）小官唱喏。（丑作不回揖，大笑唱介）俺小官子腰閃價，唱不的子喏。比似你個駝子唱喏，則當伸子個腰。（淨）這賊種，開口傷人。難道做小官的背偏不駝？（丑）刮這駝子嘴，偷了你什麼？賊？（淨作認丑衣介）別的罷了。則這件衣服，嶺南柳相公的，怎在你身上？（丑）咳呀，難道俺做小官的，就沒件干淨衣服，便是嶺南柳家的？隔這般一道梅花嶺，誰見俺偷來？（淨）這衣帶上有字。你還不認，叫地方。（扯丑作怕倒介）罷了，衣服還你去囉。（淨）要⑯哩！俺正要問一個人。（丑）誰？（淨）柳秀才那里去了？（丑）不知。（淨三問）（丑三不知介）（淨）你不說，叫地方去。（丑）罷了，大路頭不好講話。演武廳去。（行介）（淨）好個僻靜所在。（丑）咦，柳秀才到有一個。可是你問的不是？你說得像，俺說；你說不像，休想叫地方，便到官司，俺也只是不說。（淨）這小廝到賊。聽俺道來：

【尾犯序】提起柳家郎，他俊白龐兒，典雅行裝⑰。（丑）是了。多少年紀？（淨）論儀表看他，三十不上。（丑）是了。你是他什麼人？（淨）他祖上、傳留下俺栽花種糧。自小兒、俺看成他快長。（丑）原來你是柳大官。你幾時別他，知他做出甚事來？（淨）春頭別，跟尋至此，聞說的不端詳。

（丑）這老兒說的一句句著。老兒，若論他做的事，咦！（丑作扯淨耳語）（淨聽不見介）（丑）呸，左側⑱無人，要他去。老兒你聽著⑲。

【前腔】他到此病郎當。逢著個杜太爺衙教小姐的陳秀才，勾引他養病菴堂，去後園遊賞。（淨）後來？（丑）一遊遊到杜⑳小姐墳兒上。拾的㉑一軸春容，朝思暮想，做出事來。（淨）怎的來？（丑）秀才家為真當假，劫墳偷壙。（淨驚介）這卻怎了？（丑）你還不知。被那陳教授稟了官，圍住觀門。拖番㉒柳秀才，和俺姑娘行了杖。棚琶拶壓，不怕不招。點了供紙，解上江西提刑廉訪司。問那六案都孔目，這男女應得何罪？六案請了律令，稟復道，但偷墳見屍者，依律一秋。（淨）怎麼秋？（丑作按淨頭介）這等秋。（淨驚哭介）俺的柳秀才呵，老駝沒處投奔了。（丑笑介）休慌。後來遇赦了。便是那杜小姐活轉來哩。（淨）有這等事！（丑）活鬼頭還做了秀才正房，俺那死姑娘到做了梅香伴當。（淨）何往？（丑）臨安去，送他上路，賞這領舊衣裳。

（淨）嚇俺一跳。卻早喜也！

【尾聲】去臨安定是圖金榜。（丑）著了。（淨）俺勒掙著軀腰走帝鄉。（丑）老哥，你路上精細些。現如今一路裏畫影圖形捕兇黨。

尋得仙源訪隱淪，朱灣　郡城南下是通津。柳宗元
眾中不敢分明說，于鵠　遙想風流第一人。王維

【校記】

❶徐本作「摘」。❷徐本作「百十」。❸徐本作「百十」。❹徐本作「便胡亂結幾個兒」。全集本作「便

胡亂長幾個果」。❺徐本作「有個姪兒癩頭黿是小西門住。去尋問他」。全集本作「有個姪兒癩頭黿，小西門住，找尋他去」。❻徐本作「丑扮疙童披衣笑上」。❼徐本作「不」。❽徐本作「自家癩頭黿便是」。❾徐本作「只被陳教授那狗才，稟過南安府」。❿徐本作「拷問俺」。全集本作「拷問」。⓫徐本作「卻也」。⓬徐本作「疼」。⓭徐本作「漿」。全集本作「髓」。⓮徐本作「他不知」。全集本作「不知」。⓯徐本作「穿擺」。⓰徐本作「耍」。⓱徐本作「藏」。⓲徐本作「則」。⓳徐本作「者」。⓴徐本作「小姐」。全集本作「杜小姐」。㉑徐本作「得」。全集本作「的」。㉒全集本作「翻」。

# 第四十齣〈僕偵〉批語

「平消喪」喻女根，「十年行事」則男根，「頭老」可為一笑。「天」喻女根，「成行」兒孫，「年深樹老」即鬼頭意。「園圍」喻女根，「沒量」字妙，喻不知深淺。女囊為男根「身衣」，男根為女根「口糧」，譬喻妙絕。上「主人」字指女，「命」字一笑，下「主人」指男，「樹」字同。「家園開花」指女，「果」喻男槌，「一樹」喻女身，「小斯」喻幸童輩。「小西門」妙，女根形小，尤易成西。「姑娘」喻婦女，又喻已為人姑為人娘矣，猶要「拿」此「疙辣」也。「表白」字喻女根，「不作聲」非男根而何？「弔肥樓直」俱男根妙喻。「金鐘」以代筋春，「玉罄」之罄代趁，兼亦喻有聲響。「海青」喻男根皮，「演武廳」喻女根也，「快長」字妙。「圍住拖翻」無非虐謔，「廉訪」以代簾舫，「都孔」女根，所謂萬物之總，皆出一孔，百事之積，皆出一門耶？「勒掙」喻男根，「勒」須用手，不勒不掙也。「一路裡」仍喻女根，「象中不敢分明說」，又自註其所喻。

坡：「我生無田食破硯，爾來硯枯磨不出。故人嗔我不開門，君看我門誰肯屈？可潸明月妃潑水，夜半清光翻我室。蒸鬱一洗真快哉，未暇飢寒念明日」。無營運翻覺有致。「單承望天生天養」有兩種，一則東坡所云智勇辨力皆秀傑，一則商君所謂怠而貧者為取奴。

新羅國宰相家僮奴千人，呂不韋家僮萬人。《北史》賜臣奴婢，動以千數。唐王處存家京兆勝業，累世籍神策軍，為天下高資。父宗巧于射利，侈靡自奉，家僮千人。劉約自天平節度徙宜武，未至暴卒，家僮五百，無所仰衣食。西昌熊翹為石崇蒼頭而性廉，真有士風，潘岳勸崇免之，子遂官至中丞。「趁」人「衣糧」者，品亦迥別。

拾得詩：「不論賢與愚，個個心構架」，為「你道俺更不聰明」絕倒。趙簡子衣敝裘，曰：「細人服美則益倨，吾恐其有細人之心也」。若魏公之佻易，被服輕綃，佩小鞶囊以盛細物，則物細而心計轉粗。晉末謝玄之孫靈運，性豪侈，衣服多改舊形制，世共宗之。因祖父資僮奴既眾，鑿山浚湖，生業甚厚。宋順陽范曄性精微，觸類皆善，衣裳器服，莫不增損制度，世人共法學之。韓擒虎父雄為周東徐州刺史，遺人服東魏衣服，詐若叛投關西者。《北史》孟素以子達婚叱羅氏，乃令作今世服飾，綺繻紈褲。雲定興女為太子勇妾，興為奇服異器，進奉太子。《唐書·李紳傳》：「河南多惡少，或危冠散衣，擊大毬尸官道，車馬不敢前」，惟天寶初李白自巴西南入會稽，自會稽入長安，賀知章薦之，懇求還山，賜金放還，浮遊四方，與張宗之自采石至金陵，著宮錦袍，坐舟中，為「典雅」耳。

「他年待我門如市，報爾千金與萬金」，是古人實意。可恨被諸秀才借作甘語賺人，文其一毛不拔之短，「這領舊衣裳」猶勝唇皮記帳者。

李笠翁謂傳奇一種著作，真乃詞林萱草，欲才即為班姬李白之後身，欲美即為合德子房之元配。欲貴即越公陸媼，直在俄頃須臾之際，欲壽則洞天福地，只在硯池筆架之前。蓋幻境之妙，十倍於真，能即舊人，益以虛事，譜而為法，安得不艷炙千古。未有真境之如意所欲，能出幻境之上者。若無此種文章，幾于悶殺。豪傑況不戒纖巧，唯有斯途，愈巧愈佳，愈纖愈妙，聽我甘為尤物，親媚萬世多才。故嘗鬱藉以頓舒，恨為之頓釋，僭作兩間極樂之人，覺世味雖濃，不過如此，彼為牛鬼蛇神之劇者，真有欲牛其腹而蛇其身者也。豈知前有玉茗，乃為男根現「駝癩」身而說法乎。

# 第四十一齣　耽試

【鳳凰閣】（淨扮苗舜賓引眾上）九邊烽火咤。秋水魚龍怎化？廣寒丹桂吐層花，誰向雲端折下？（合）殿闈深鎖，取試卷看詳回話。

〈集唐〉「鑄時天匠待英豪譚用之，引手何妨一釣鰲李咸用？報答春光知有處杜甫，文章分得鳳凰毛薛濤❶。」下官苗舜賓便是。聖上因俺香山能辨番回寶色，欽取來京典試。因金兵搖動，臨軒策士，問和戰守三者孰便？各房俱已取中頭卷，聖旨著下官詳定。想起來看寶易，看文字難。為什麼來？俺的眼睛，原是貓兒睛，和碧綠琉璃水晶無二。因此一見真寶，眼睛火出。說起文字，俺眼裏從來沒有。如今卻也奉旨無奈，左右，開箱取各房卷子上來。（眾取卷上，淨作看介）這試卷好少也。（旦）取❷天字號三卷，看是何如。第一卷，「詔問：『和戰守三者孰便？』」「臣謹對：『臣聞國家之和賊，如里老之和事。』」呀，里老和事，和不的，罷；國家事，和不來，怎了？本房擬他狀元，好沒分曉。且看第二卷，這意思主守。（看介）「臣聞天子之守國，如女子之守身。」也比的小了。再看第三卷，到是主戰。（看介）「臣聞南朝之戰北，如老陽之戰陰。」此語忒奇。但是《周易》有「陰陽交戰」之說。以前主和，被秦太師誤了。今日權取主戰者第一，主守者第二，主和者第三。其餘諸卷，以次而定。

【一封書】文章五色訛。怕冬烘頭腦多。總費他墨磨，筆尖花無一個。您❸這里龍門

日日開無那，都待要尺水翻成一丈波。卻也無奈了，也是浪桃花當一科，池裏無魚可奈何！（封卷介）

【神仗兒】（生上）風塵戰鬥，奇才❹輻輳。（丑）秀才來的停當，試期過了。（生）呀，試期過了。文字可進呈麼？（丑）不進呈，難道等你？道英雄入彀，恰鎖院進呈時候。（生）怕沒有狀元在裏也哥。（丑）不多，有三個了。（生）萬馬爭先，偏驊騮落後。你快稟，有個遺才狀元求見。（丑）這是朝房裏面，府州縣道，告遺才哩。（生）大哥，你真個不稟？（哭介）天呵，苗老先賫發俺來獻寶。止不住卞和羞，對重瞳雙淚流。

（淨聽介）掌門的，這什麼所在！拿過來。（丑扯生進介）（生）告遺才的，望老大人收考。（淨）哎也，聖旨臨軒，翰林院封進。誰敢再收？（生哭介）生員從嶺南萬里帶家口而來。無路可投，願觸金階而死。（生起觸階，丑止介）（淨背介）這秀才像是柳生，真乃南海遺珠也。（回介）秀才上來。可有卷子？（生）卷子備有。（淨）這等，姑准收考，一視同仁。（生跪介）千載奇遇。（淨念題介）「聖旨：『問汝多士，近聞金兵犯境，惟有和戰守三策。其便何如？』」（生叩頭介）領聖旨。（起介）（丑）東席舍去。（生寫策介）（淨再將前卷細看介）頭卷主戰，二卷主守，三卷主和。主和的怕不中聖意。（生交卷，淨看介）呀，風簷寸晷，立掃千言。可敬，可敬。俺急忙難看。只說和戰守三件，你主那一件兒？（生）生員也無偏主。天下大勢，能戰而後能守，能守而後能戰，可戰可守而後能和。如醫用藥，戰為表，守為裏，和在表裏之間。❺（淨）高見，高見。則當今事勢何如？

【馬蹄花】（生）當今呵，寶駕遲留，則道西湖晝錦遊。為三秋桂子，十里荷香，一段邊愁。則願的「吳山立馬」那人休。俺燕雲唾手何時就？若止是和呵，小朝廷羞殺江南。便戰守呵，請鑾輿略近神州。

（淨）秀才言之有理。

【前腔】聖主垂旒，想泣玉遺珠一網收。對策者千餘人，那些不知時務，未曉天心，怎做儒流。似你呵，三分話點破帝王憂，萬言策檢盡乾坤漏。（生）小生嶺海之士。（淨低介）知道了。你釣竿兒拂綽了珊瑚，敢今番著了鰲頭。

秀才，午門外候旨。（生應出，背介）這試官卻是苗老大人。嫌疑之際，不敢相認。「且當清❻鏡明開眼，惟願朱衣暗點頭。」（生下）（淨）試卷俱已詳定。左右跟隨進呈去。（行介）「絲綸閣下文章靜，鐘鼓樓中刻漏長。」呀，那里鼓響？（內急擂鼓介）（丑）是樞密府樓前邊報鼓。（內馬嘶介）（淨）邊報警急。怎了，怎了？（外扮老樞密上）「花萼夾城通御氣。芙蓉小苑入邊愁。」（見介）（淨）老先生奏邊事而來？（外）便是。先生為進卷而來？（淨）正是。（外）今日之事，以緩急為先後，僭了。（外叩頭奏事介）掌管天下兵馬知樞密院事臣謹奏❼。（內宣介）所奏何事？

【滴溜子】（外）金人的、金人的風聞入寇。（內）誰是先鋒？（外）李全的、李全的前來戰鬥。（內）到什麼地方了？（外）報到了淮揚左右。（內）何人可以調度？（外）有杜寶現為淮揚安撫。怕邊關早晚休，要星忙廝救。

（淨叩頭奏事介）臣看卷官苗舜賓謹奏❽。

【前腔】臨軒的、臨軒的文章看就，呈御覽、呈御覽定其卷首。黃道日，傳臚祇候。眾多官在殿頭，把瓊林宴備久。

（內）奏事官午門外伺候。（外、淨同起介）（淨）老先生，聽的金兵為何而動？（外）適纔不敢奏知。金主此行，單為來搶占西湖美景。（淨）痴韃子，西湖是俺大家受用的。若搶了西湖去，這杭州通沒用了。（內宣介）聽旨：朕惟治天下，有緩有急，乃武乃文。今淮揚危急，便著安撫杜寶前去迎敵。不可有遲。其傳臚一事，待干戈寧集❾，偃武修文。可諭知多士。叩頭。（外、淨叩頭呼「萬歲」起介）

澤國江山入戰圖，曹松　曳裾終日盛文儒。杜甫
多才自有雲霄望，錢起　其奈邊防重武夫。杜牧

## 【校記】

❶全集本作「元稹」。❷徐本作「且取」。❸徐本作「恁」。❹徐本作「材」。全集本作「才」。❺徐本作「生員也無偏主。可戰可守而後能和。如醫用藥，戰為表，守為裏，和在表裏之間。」❻徐本作「青」。❼徐本此處有「俺主」二字。❽徐本此處有「俺主」二字。❾徐本作「甯輯」。全集本作「寧輯」。

# 第四十一齣〈耽試〉批語

「烽火」喻男根，「秋水」之秋代湫，「魚」喻女形，惟鮐與諸魚合，名魚娼。「龍」喻男根亦可，「桂」亦喻男根，「試捲」喻女根，「鑄」字亦然，「鼇」字喻男女根俱可，「鳳凰」卻喻女根，「分得」作分開之分，「金」兵之金代筋，「一見真寶」眼睛「火出」，則嘲女根不淺。「箱房」俱喻女根，「頭腦多」喻撞之數。「筆」喻男根，「龍」字同。「待要尺水翻成一丈波」亦譏女道。「池」喻女根，「魚」喻男根，「輻輳」喻女根外形有車輪相，「重瞳」亦喻二根，「家口」喻女根，也可為一笑。「觸金」之金代筋，「珠」喻男槌，「一段」同意。「荷香邊愁」喻得女根極麗，一段惟邊愁耳，更可發笑。「唾手」意與邊愁緊接，「旒」喻女根內物，「珠」喻挺末，「網」喻女根外形，「青鏡」喻女兩輔，「朱衣」喻其邊闌，「頭」喻男根，「絲綸」喻豪，「鐘鼓」喻聲，「邊鼓」又嘲女道。「花萼」二句，喻女根麗絕，「緩急」亦謔，「裙」喻女扉。

魏武云：「騰蛇乘霧，終為死灰。」《唐書·李德裕傳》：「裕，宰相吉甫子，不喜與諸生試有司，以廕補校書郎」。若必使待「秋水折丹桂」，則凡「魚」作隊耳，安能化「龍」耶?是玉茗此句正解。「誰向雲端」，作「誰」何之「誰」，有彼哉彼哉之意。

唐高祖于高麗，命道士以像法往為講道經。高駢為節度，以南詔尚浮屠法，故遣浮屠景先攝使往，酋遂與其下迎謁且拜。「匠鑄」之法，不但因「時」，又常因地如此。桓玄篡後，造革紛紜，回復改易，志無一定，自為起居注，皆極不濟事。

曹靖之曰：「輦下諸君子，皆以為堯舜之世，臣何敢言」。漢明帝詔曰：「自今若有過稱虛譽，皆宜抑而不省」，示不為諂于紿也。宜後漢末，涿郡崔寔著論曰：「拯世之術，豈必體堯蹈舜哉，期于隨形裁割，不強以不能，而慕所聞也。而拘士闇于時權，每習所見，達者矜名妒能，恥策非己，舞筆奮詞，以破其義」。誰謂玉茗「待英豪」一句僅作泛語。

《魏書》：「莫患乎士人，居職不以為榮，經緯甚多，無機可織」。漢宣帝時，路溫舒為廷尉，曰：「臣聞烏鳶之卵不毀而後『鳳凰』集，誹謗之罪不誅而後良言進」，然不遇「天匠」，雖有「鳳毛」無益。

坡監試作：「文詞雖少作，勉強非天稟。腕衣如再著，墨水真可飲。貧家見珠貝，眩晃目難審。」渠謙尚爾，「看文字難」。

夫畫鬼魅易，以其胸中有鬼魅也，畫美人難，以其胸中無美人也。滿眼青雲，誰不自謂善知識？老苗妙人，乃云「眼裡從來沒有」。《南史》：穎川荀伯子羨之孫，雖博賢而遨遊閭里，通率好為雜調，以此失清途。謝晦薦為中丞，奏劾頗雜嘲戲，益不足與莊言則聊與戲。〈秦檜傳〉有嘲謔構「和」之語者竄，玉茗戲補其詞耳。豈同他人杜撰無味？餘姚陳橐言：金非可以義結，恐其假「和」好之說，逞謬僻之詞。〈王質傳〉：質鄆州人，言宰相持陛下以「和」，和不成，又持陛下以「戰」。戰不驗，又持陛下以「守」。守既困，又持陛下以「和」。陛下亦嘗深察「和戰守」之事乎？戰乃有和，和乃有守，守乃有戰，何至分而不使合？忌者共譏質年少，好異論，遂絕意祿仕，卒。張處言：「言『戰』則當知彼，言『和』則當請于彼，惟『守』則自求諸己而已」。王潛言：「當以『和』為形，以『守』為實，以『戰』為應」，玉茗雖戲拈一題，已該《南宋全史》。嘗謂，子書之妙，全在善譬，而〈鄒嶧〉七篇，已占風氣，以經生與諸子角，吾以肅語而彼以談笑，猶宋人與北人「戰」，吾以重累而彼以慓忽，勞逸曾不相半，宜其日「戰」日北也。

唐德宗時，詔舉刺史縣令，司農卿薛珏曰：「求良吏不可責『文』學。」肅宗時，滎陽李揆為禮部侍郎，病取士不考實，徒禁所挾，謂迂學陋生，葄枕圖史，終不能自措一詞，乃大陳詩廷中，由是人人稱美。東坡曰：名為經術取士，其實呫嗶進耳。既以小技定其優劣，而又惟誦舊策，多抄義條，節取剽盜，積薄流淺，全無由衷真的之見，直可笑也。

谷永諫曰：「陛下棄臣言不用，復使方正對策，問不急之常論，角無用之虛文」。晉河內太守廣陵劉頌疏曰：「夫欲富貴而惡貧賤，人理然也。聖王大諳物情，知不可去，而詭其求道，俾從我教。今陛下無造事始，而略于考終，且事皆受成于上，則不復得罪下。近世以來，為監司者，類大綱不振，而微過必舉，宜蠲除不急，使要事『頭腦』得精，臣以為聖德隆，殺將在乎後，不在當今」。又中丞傅玄言：凡鬨言于人主，人臣之所至難。茍言有偏善，雖文詞有謬誤，言語有失得，皆當曠然恕之。以時義取上，萃天下人精神于一的，猶閉之一室，而責其通諸四海。其餘書史，付之度外，謂非己事，其學誠專，其誠日陋，其才日下」。安石言：「初意驅學究為進士，不驅進士為學究，亦悔之矣」。《筆塵》：奈何以古之官名地名奇句奇字，飾今之事跡，失紀述之休矣。不足于學，則務纂組以為奇，奈何世方慕為瑰偉哉。拾殘掇瀋，稍勝踵謬承訛耳。古人不肯摹擬一詞，剽窃一語，而今多以渣滓為高深，湯液為膚淺，取古人所不為，謂其未解，皆所謂「冬烘頭腦多」，以致「文章五色訛」也。唐實君：「醞釀詩書氣自華，蜜成何處更尋花」？《滄浪詩話》：「不必太著題，不必多使事，押韻不必有出處，用事不必拘來歷」，殆亦「筆尖花」意。

王龍溪曰：「今人之學，承沿假托，機械日繁，只為非此不足以發科第，致所欲，是以終日傍人門戶，學人見解，隨人口吻腳跟，剽竊餖飣，以圖詭遇。心雜氣昏，寧有佳思？豈有世俗心腸，能發精微之蘊者乎？若以我觀，書自然，不期文而文生焉。」坡：「世俗筆苦驕，眾中強嵬峨」，「總費他墨磨也」。薛能自謂能搜奇抉新，誓脫常態，不知「筆尖花」視智識與所解書，取辦臨時則誤矣。「龍門」浪起千「丈」高，大半蛟螭與蚯蚓。「日日開」亦何用，「都待要翻」亦坡「賦才有鉅細，時來各飛動」意。元丞相安童見許衡，謂同列曰：「汝輩自謂不上下，蓋什伯與千萬也」。「浪桃當一科」，亦只為「無魚可奈何」耳。王金壇：「浮華本自關心淺，國士那爭肉眼評」。「不解為歡未是才，情文總自慧心開。憑君會畫蛾眉手，穩奪南宮第一來」，庶幾解得「筆尖花」來歷者。遺山詩云：「詩印高提教外禪，坎井鳴哇自一天，并州未是風流減，五百年中一樂天」。「鬥靡誇多費覽觀，陸文猶恨冗于潘。心聲只要傳心了，布穀瀾翻可是難。詩家亦有長沙帖，莫作宣和閣本看」。其言東坡胸次丹青國，稼軒偷發金錦箱，皆謂無「筆尖」則「五色」皆「訛」耳。應試時子由患病，韓魏公奏曰：「制科而蘇氏兄弟有一人不與，才當減色，請展期二十日，待其疾愈」。又曰：「蘇氏兄弟在試，而諸人亦敢與之較試，何也？」于是避去者八九，真古來第一快事。

爾朱榮之亂，既濫殺朝士，北來之人皆乘「馬」入殿。「驊騮落後」，全因「萬馬爭先」，所謂艷色廢于群醜也。「偏落」則欲隨例沾恩，著衣褫亦不可得。

唐實君〈主事典試詩〉：「但愁襲錦收燕玉，為愛清絃惜爨琴」，正復恐其「淚流」。

柳生房考，暗用為二蘇敗試期事。宋之制策，虛第一等，以待伊呂之流。其入等者，惟軾、轍、吳育、范百祿、李垕，終宋世五人而已，五人惟育非蜀產。

老泉曰：「德可勉，才不可強。今有人善揖讓不善騎射，人必以揖讓賢于騎射矣，然揖讓者未必能習騎射，而騎射者舍其弓矢以揖讓則何難？奈何以勉強之道德，加之不可勉強之才之上！」曰：「我貴賢賤能，卒之德適售偽而才有遺焉」。陸宣公曰「興王之良佐，皆季代之棄『才』」。吳昊不第，竟相西夏，自是殿無黜落之士，況「遺才」之內，謂無狀元哉。

《隋史》：李德林為檄，機速競發，口授數人，文意百端，不加治點。神武西征，引孫搴入帳，自為吹火，援筆檄就，賜妻韋氏。陳元康為文，善陳事意，雪夜作軍書，颯颯運筆，俄頃滿紙。神武曰：「此何如孔子耶」？皆古今以來，「千言立掃」者。方千云：「纔閒墨氣已成章」，蓋亦「立掃千言」，卻又無人知敬。

「則願吳山立馬那人休」，所謂吾與此羌同時，豈不厄哉。吳璘言：「劉琦雖佳，恐不能當逆亮」，竟不料「立馬那人」，恰合《左傳》兩句：「怙其雋才，亡之道也」。「趙家三十六飛龍，元朝降封瀛國公。公主洒淚沾酥胸，易名合尊沙漠中。至今兒孫主沙漠，吁嗟趙氏何其雄！」聊為「羞殺江南」解嘲耳。

坡「士方在田里，自比渭與莘，出試乃大謬，芻狗難重陳。」弇州云：「宋人日以執中立極告其君，而不能顯才以受柄，致妃主王侯不移時而驅辱于不講正誠之二敵」，所謂「不知時務未曉天心」那些「儒流」也。高熲言：「東宮宿衛太劣」，隋文曰：「我熟觀前代，公不須仍踵舊風」。魏太宗遣使，巡求臨疑能決者，石勒大執法。張賓死，曰：「右侯舍我去，乃令我與此輩計事，豈不酷哉。」

「補畫乾坤漏」，已見元曲。「帝王憂」句猶輕，「乾坤漏」句更重。唐時李中敏言夫甒為開必達之路，以廣聰明。贊曰：「依古肆言，高而難從。以邀主賈直者，逆之則傷道，行之不切時。謀之柄臣，柄臣輕君，謀之小臣，小臣畏避，不若謀之不必且為臣者，庶几深者不隱，遠者不塞也」。劉子曰：「今天下世異則事異，事異則俗易，故君子觀其俗而定其教，強慕美名適致亂耳。欲執一時之禮，以訓無窮之俗，猶以一衣擬寒暑，一藥治座瘕也」。龍溪謂商鞅是腳踏實地，亦不問王伯，只要事成。介甫是慕王伯，不曾踏得實地，故王不成伯不就。江表刑法久疏，隋平陳後，令誦五教，于是舊陳率土皆執長吏，抽其腸。荀子曰：「知微而論，可以為師，師術固有而傳習不與焉」。劉安曰：「必有獨聞之耳，獨見之明」。左思曰：「藏理于終古而未悟于前覺」。鶡冠子曰：「異類而無以告，苦乎哉」。商子曰：「非能盡知萬物，察萬物之要也」。鬼谷曰：「古聖人之在天地間也，達人心之理策，萬類之始終，得其情乃制其術，故所建立不復衰」，故子瞻曰：「幽居嘿處而觀萬物之變，盡其自然之理，而斷之于中。其所不然者，雖古之所謂賢人之說，亦有所不取」。不重古典，臨軒親冊，官服鳥獸，始武后。止用王公侯，裁去伯子男，始隋。不封公主，不用國號擇佳字，始明皇。不用古國名為國號，始于金。嘗讀吳街南〈秦論〉，以其妙絕千古，顧由荀卿高第，凡可變古者，莫不假秦之柄而為之。光武嘗恨制度未備，得曹褒，令盡所能。班固請廣招集議得失，帝知群臣拘牽，難與圖，始曰：「為聚訟，筆不得下，一夔足矣」，遂選天子至庶人冠婚吉凶終始制度一百五十篇，而其後有尚書張敏奏褒制漢禮，漢禮遂不行。晉尚書監荀勗言：省吏不如省官，省官不如省事。當省文案，略細苛令，必使人願之如陽春，畏之如雷震。然施行歷代，世之所習，是以久抱愚懷而不敢言。賈充所定新律，既頒于天下，百姓便之。充為政并官省職，每有薦達，必始終經緯之，故士多歸。胡致堂曰：「妖言恐其惑眾，而其弊也，暴君權臣，假此以塞言路。」韓非曰：「人主釋法而以臣備臣，則相愛者比周而相譽，相憎者朋黨而相非。非譽交爭，主惑亂矣。本失者有罪，法行者必賞，則群臣莫敢飾言以惽主」。王符著《潛夫論》，指訐時短，討謫物情，其言曰：「人受重位，牧天生焉，可不安而利之哉？能不稱其殃，必大夫士者貴其用也。不必求備。高祖佐命，出自亡秦，其有小疵，勿強衣飾，則吳鄧梁竇之屬，企踵可待矣。正士懷怨結而不見伸，猾吏崇奸宄而不被坐，令惡人高會而誇，詫痛莫甚焉。凡敢為奸者，才必異眾，散財奉諂，非有第五公之廉直，孰不為顧哉！」崔實《政論》曰：「凡天下所不理者，嘗由人主承平日久，俗漸敝而不悟，政寖衰而不改，或猶豫歧路，莫適所從。或見信之佐，括囊尸祿，疏遠之臣，言以賤廢，政令怠玩，百姓囂然。教聖人執權，不強人以不能，背急切而慕所聞也。俗人拘文牽古，不達權制，烏可與論國家之大事乎？故宜參以霸政，明著法術。」仲長統云：「漢興以來，同為編戶而以財力相君長者，世無數焉。徒附萬計，奴婢千群，蓄積足以養之，則水旱不足苦。所謂一五之長才，足以長一五者也。故立政期于分事，而制國在于分人。愚役于智，猶枝之附幹，此理天下之常法，今反謂薄屋者為高，藿食者為清，得拘潔而失才能，庶績不咸熙，未必不由此。況中世之選三公，亦務于清愨謹慎，循常習故，是婦女之檢柙，鄉曲之常人耳」。魏徵曰：「今將致治，則委君子，得失或訪諸小人，是毀譽常在小人，而督責常加君子也。夫中智之人，慮不及遠，況內懷奸利乎？」管仲曰：「既信而又使小人參之，害伯也。外官奏事，間因所短，詰其細過，雖有忠款而不得申，千載休明，時難再得。明主可為而不為，臣所以長嘆也，然亦云陛下導臣使言，所以敢然，若不受臣，敢數批逆鱗哉？」「檢乾坤漏」，遇合者稀，「點帝王憂」，成名者有。「萬言書」一句，〈賈誼傳〉尚不足當，「三分話」一句，則藏一篇〈陸贄傳〉也。《唐書·陸贄傳》云：「人之難知，堯舜所病，胡可以一酬一詰，而謂盡其能哉！趨和求媚，人之甚利存焉。民者至愚而神，上之得失靡不辨，上之好惡靡不知。馭以智則詐，示以疑則偷。接不以禮則其徇義輕，撫不以情則其效忠薄，動人以言，所感已淺」。初劉從一、姜公輔等，材下不及贄遠甚，以單言暫謀躐台宰，贄還京但為中書舍人，惟遣中人迎其母韋于江東，差可人意。又言：《管子》小人害伯，非必險詖之人，蓋趨向狹促，以沮議為出眾，自異為不群，效小信昧遠圖耳。昔武后使士自舉其才，故當世稱知人之明，累朝賴多士之用。言兵曰：「若廣其數，不考于用，責其實不察其情，斯可為羽衛之儀，而無益備禦之實也。」又：機會不及，則氣勢自衰，斯乃勇廢為尫。且兵以氣，若勢為用者也，氣聚則盛，散則消，勢合則盛，析則弱。又使諸將相關白徐行，是謂從容拯溺，揖讓救焚也。且命帥先求易制者，一則所命，再則聽命，此取承順可矣。後帝欲用裴延齡，贄言其僻戾躁妄，帝怒欲誅贄，賴言者卒以周平章貶別駕。在貶所，只為《今古集驗方》五十篇，五十二卒。李抱真入朝，言陛下在奉天山南時，赦令至山東，雖武夫邊卒，無不感動流涕，臣是時知賊不足平。史臣贊曰：「追仇盡言，逐若棄梗，至延齡輩不移如山，德宗之不亡，顧不幸哉。」嗚呼！智者期保性命，雖贄之賢，猶不肯學耳。

隋文謂蘇威不切時要，威多引戚屬。帝以《宋書·謝晦傳》中朋黨事，令威讀之，威免冠頓首。卻是苗老大人，又為「我自與人無舊分者」一嘆。

文字淨緣而常結惡業，則牛僧孺之贈劉禹錫：「莫嫌恃酒輕言語，曾把文章謁後塵」。「不知道」時，亦有不妙。

「佳人暗泣填宮淚，廄馬連嘶換主聲。內庫燒成錦繡灰，天街踏遍公卿骨」，「早晚休」時亦只如此。讀汪元量：「大元皇后同茶飯」句，君子是以知藍玉之獲罪有以也。

陳同父婺州人，生而目光有芒，上言：「臣嘗推極古今興廢之由，始悟今之自以為正心誠意者，皆風痺不知痛癢之人也。與世安于君父之仇而方低頭拱手，以性命行將為敵孥戮，不知性命何在」申奏，孝宗震動，欲榜廟堂以勵眾。大臣交沮，乃有都堂審察之命。宰相臨以上旨，落落不少貶。「何人可以調度」，不如魏收抵梁，工拙在人，王侯無種足矣。

千秋蘭射土，「大家受用」也。萬里虎狼天，「搶了西湖」也。高宗禪位後，享嬪御之適，蓋亦知「搶」去即沒用，不如且「受用」耳。魏孫紹善相，于朝門，謂辛雄曰：「此中諸人尋當死盡，惟吾與卿尚在人間」，後爾朱至洛立莊，果引迎駕，百官千行。宮北朝士既集，列騎圍繞，責不匡弼，戮千餘人。仍舊「受用」者自有，但欲「大家」則難。

宋李綱有言：「陛下所用之臣，平居無事，小廉曲謹，似可無過，忽有擾攘，則錯愕無所措手足，不過以憂危之重，委之陛下而已。」《北史》齊武成簡都督三十人侍後主，主獨引昌黎韓長鸞手曰：「都督看兒來」。既誅斛律光，封昌黎郡王。子寶行尚公主，每旦早參，先被敕喚事急速者，先附奏聞。恒嗔目張拳作嚇人勢，咤曰：「恨不剉漢狗飼馬」。又曰：「刀只當刈賊漢頭，不可刈草。」意色嚴厲，未嘗與人相承接。朝士諮事，莫敢仰視，動致呵叱，輒詈「晉狗漢犬不可耐，惟須殺卻。」惟武職雖廝養，亦容之。奔周仕隋，終隴州刺史。「乃武乃文」，豈能望之「曳裾終日」者哉。

田令孜之以帝西幸也，諸王徒步從。壽王病足，孜扶之強之行，即昭宗也。視梁昭明子詧鎮襄陽，遣妃王氏質于周，周滅梁以詧為梁帝，居江陵。子巋嗣，有八子。隋文聘其女為晉王妃，詔歸位在王公上，被服鮮麗，百僚傾慕，至唐猶八葉宰相。隋煬孫愍，隨祖母蕭后入突厥，可汗號為隋王。中國有沒入北者，悉以配之為部落，唐滅突厥，始歸位至尚衣。《北史·南蠻傳》：「蠻在江淮間，東連壽春，北接汝穎」。桓玄西奔，子誕數歲，流竄大陽蠻中，遂習其俗，及長為群蠻所歸，王師南伐，誕請為前驅，孝文拜以荊州刺史。襄陽王子暉東荊州刺史，小者萬家，大者千戶，自相崇僭，屯聚稱王。隋何妥侄稠，歷仕化及建德。歸唐，以善巧思授少府。高歡姊婿尉景孫世辨，入周為隋浙州刺史。高歡婿司馬消難入周，女為靜帝后，奔陳為司空。高氏所生子譚，在隋拜儀同。高歡妻姊之孫寶鼎，尚中山公主，為隋儀同。叔亮，大業中刺史。亮兄深，尚齊東安公主，入周拜侍中，不逮矣。「萬古遺民此恨長，中華無地作邊墻，可怜一代君臣骨，不在黃沙即向洋」，便是「盛文儒」結局耳。遺山所以有「袨服華粧處處誇，几年桑梓變龍沙，信得人間比夢間，一卮芳酒自開顏」句也。

王允後自淩被誅，冠冕遂絕。有思政，魏孝武入關，自以非相府之舊，每不自安。侯景乞師，政請因機進取，以八千人入穎州，知景詭詐，分布諸軍，據景七州十二鎮，周文以所授景官爵回授政。及齊高澄攻穎州，告城中曰：「有能生致王大將軍者，封侯重賞，若大將軍身有損傷，親近左右，並從大戮」，遂不得引決。趙彥深牽手以下，文襄起而禮之。齊受禪，為兗州刺史，置三十餘城，並為衝要之地。子康在周襲太原公，周師東討，以思政所部兵，皆配之。入隋，終汴州刺史。周名將韋孝寬兄夐世為三輔著姓，所居宅枕帶林泉，周明帝號曰「逍遙公」。陳尚書周宏正聘周，素聞其名，請與相見，造夐談謔竟日。子世康尚周文女襄樂公主，從平齊。隋初拜荊州總管，并親王臨統，惟荊州委世康，時人榮之。僅次子福為玄感作檄，竟車裂。河東裴蘊父事梁，陳平，隋文以蘊先奉表來周時，曾求為內應，授儀同。高熲不知，諫謂無功搶寵，帝曰「可加開府」，遂不敢言說。煬帝括舊樂家為樂戶，于是異技咸幸。化及雖終被害，鮮卑乞伏慧曾事齊文襄，為郡王，煬帝時為天水太守。齊晉陽唐邕出為趙州刺史，特以侍中臨州，後主時封王，降周，例授儀同。隋初卒。二子皆為隋刺史。李穆在周，備極榮，恕十死，及在并州，隋文慮焉，遣其子渾乘驛詣之，遽令還京，且奉熨斗曰「願執柄以熨天下也」。尉遲迥反，鄴遣使招穆，穆鎖其使，上其書曰：「周德既衰，愚智共悉」，于是子孫，雖在襁褓，悉授儀同。曰：「太師雖有百死，終不推問」，年七十七以壽終。論曰「抑亦人之先覺，然得之非道矣」。時又有安定梁睿，威鎮西州，隋文憚之，睿乃勸進，復策平陳，請還京師，謝病闔門，每有朝覲，帝必令三衛合輿上殿。蘇威五歲，襲為公。父，宇文護婿，隋禪遁歸田里。帝曰：「此不欲與吾事耳」。令改舊法，為一代通典，律令格式，多威所定。每事惡人異己，雖小必固爭之。尋令巡撫江南，便宜從事，皆令人有「君王空殉國，將相自為家」之嘆。惟楊素嘗戲其子夔曰：「楊素無兒，蘇夔無父」。煬帝末，宇文述言賊少，威不能詭對，以身隱殿柱，帝呼問之，曰：「非臣職司，不知多少」。化及敗，歸李密，密敗歸世充，唐太宗平世充，坐東都閶闔門內。威謁稱病，不能拜，上曰「公見密充皆拜伏舞蹈，今既老病，無勞相見」。尋入長安，至朝堂，見高祖，又不許，年八十二，差令疑畏度日。

後魏昭成六代孫武陵王子元胄，周齊王見而壯之，引致左右，官至大將軍。隋文受顧命，胄常宿臥內。周趙王謀帝，帝持酒肴詣其宅，趙王引帝入寢，胄扣刀入衛，王問姓名，賜之酒曰「汝非曾事齊王者乎？」王偽吐，將入後閤，胄扶令上座，王稱喉乾，命胄就廚取飲，胄不動，滕王至，帝下迎之，胄遂耳語，帝曰：「彼無兵馬」，曰：「兵馬悉他家物，一先下手，大事便去」。王將追帝，胄以身蔽。禪後歷豫亳刺史，靈州總管。正月十五日，「公與外人登高，未若就朕也。」煬帝時以逆言誅。則又「休」後餘波，禍福俱難逆料也。

# 第四十二齣　移鎮

【夜遊朝】（外引眾上❶）西風揚子津頭樹，望長淮渺渺愁予。枕障江南，鈎連塞此❷。如此江山幾處？

〈訴衷情〉「砧聲又報一年秋。江水去悠悠。塞草中原何處？一雁過淮樓。天下事，鬢邊愁，付東流。不分吾家小杜，清時醉夢揚州。」自家淮揚安撫使杜寶。自到揚州三載，雖則李全騷擾，喜得大勢平安。昨日打聽金兵❸要來，下官十分憂慮。可奈夫人不解事，偏將亡女絮傷心。

【似娘兒】（老旦引貼上）夫主掌兵符，也相從燕幙栖❹遲，（嘆介）畫屏風外秦淮樹。看兩點金焦，十分眉恨，片影江湖。

（老旦）相公萬福。（外）夫人少❺禮。〈玉樓春〉（老旦）相公：「幾年別下南安路，春去秋來朝復暮。（外）空懷錦水故鄉情，不見揚州行樂處。（老旦）你摩梭❻老劍評今古，那個英雄閒處住？（淚介）（合）忘憂恨自少宜男，淚洒❼嶺雲江外樹。」（老旦）相公，俺❽提起亡女，你便無言。豈知俺心中愁恨！一來為苦傷女兒，二來為全無子息。待趁在揚州尋下一房，與相公傳後。尊意何如？（外）使不得，部民之女哩。（老旦）這等，過江金陵女兒可好？（外）當今王事匆匆，何心及此。（老旦）苦殺俺麗娘兒也！（哭介）（淨扮報子上）「詔從日月威光遠，兵洗江淮殺氣高。」稟老爺，有朝報。（外起看報介）樞密院一本，為金兵寇淮事。奉聖旨：便著淮揚安撫使杜寶，刻日渡淮。不許遲誤。欽此。呀，兵機緊急，聖旨森嚴。夫人，俺同你移鎮淮安，就此起程了。（丑扮驛丞上）「羽檄從參贊，牙籤報驛程。」稟老爺，船隻齊備。（內鼓吹介）（上船介）（內稟「合屬官吏候送」，外分付「起去」介）（外）夫人，又是一江秋色也。

【長拍】天意秋初，天意秋初，金風微度，城闕外畫橋煙樹。看初收潑火，嫩涼生，微雨沾裾。移畫舸浸蓬壺。報潮生風氣肅，浪花飛吐，點點白鷗飛近渡。風定也，落日搖帆映綠蒲，白雲秋窣的鳴簫鼓。何處菱歌，喚起江湖？

（外）呀，岸上跑馬的什麼人？

【不是路】（末扮報子，跑馬上）馬上傳呼，慢櫓停船看羽書。（外）怎的來？（末）那淮安府，李全將次逞狂圖。（外）可發兵守禦❾？（末）怎支吾？星飛調度憑安撫。則怕這水路裏耽延，還須走岸途。❿（外）休驚懼。夫人，吾當走馬紅亭路；你轉船歸去。⓫

（老旦）咳，後面報馬又到哩。

【前腔】（丑扮報子上）萬騎胡奴，他要塹斷長淮塞五湖。老爺快行，休遲誤。小的先去也。怕圍城緩急要降胡。（下）（老旦哭介）待何如？你星霜滿鬢當戎虜，似這烽火連天各路衢。

（外）真愁促，怕揚州隔斷無歸路。再和你相逢何處？⓬

夫人，就此告辭了。揚州定然有警，可徑走臨安。

【短拍】老影分飛，老影分飛，似參軍杜甫，把山妻泣向天隅。（老旦哭介）無女一身孤，亂軍中別了夫主。（合）有什麼命夫命婦，都是些鰥寡孤獨！生和死，圖的個夢和書。

【尾聲】⑬老殘生兩下裏自支吾。（外）俺做的是這地頭軍府。（老旦）老爺也，珍重你這滿眼兵戈一腐儒。

（外下）（老旦歎介）天呵，看揚州兵火滿道。春香，和你徑走臨安去也。

隋隄風物已淒涼，　吳融　楚漢寧教作戰場。　韓偓
閨閣不知戎馬事，　薛濤　雙雙相趁下殘陽。　羅鄴

## 【校記】

❶徐本作「外扮杜安撫引眾上」。全集本作「外杜安撫引眾上」。❷徐本作「北」。❸徐本作「邊兵」。全集本作「金兵」。❹徐本作「棲」。❺徐本作「免」。❻徐本作「滓」。❼徐本作「灑」。❽徐本作「我」。全集本作「俺」。❾徐本此處有「麼」字。全集本無「麼」字。❿徐本作「則怕這水路裏耽延，你還走早途。」⓫徐本此句為「你轉船歸去，轉船歸去。」⓬徐本此句為「再和你相逢何處？相逢何處？」⓭徐本此處有「（老旦）」。

# 第四十二齣〈移鎮〉批語

「津頭樹」喻男根，「長淮」喻女根，「塞北」喻後花園，「砧」喻男根，「秋」以代湫，「塞草中原何處」喻豪多者，因喻深處，「鬢」亦喻豪，「邊愁」妙絕，所怕痛者此處耳。「大勢平安」喻女兩輔，「燕」喻合尖，「幙」喻兩扉，「畫屏」喻身，又畫瓶也。「樹」喻男根，「金焦」喻乳，「十分片影」俱喻女根，「錦水」之錦代緊，「揚州」以代陽溝，「梭劍」俱喻男根，「威光殺氣」無非虐謔。「羽」喻三分左右，「檄」喻左可展，「牙」喻女根緊處，「籤」喻男根，「舡隻」註過，「秋色」之秋代湫，「金風」之金代筋，「畫橋煙樹」雙喻男根，可云奇麗。觀「潑火」字更妙。「裾」喻女扉，「舸壺」俱喻女根，「飛吐」字喻淫液，甚確。「白鷗」喻精，「搖」指男事，「帆」喻邊闌，「蒲」仍喻豪，「白雲」以喻兩輔，精絕麗絕。「秋」以代湫，「蕭」喻男根，「鼓」喻女之兩輔，「菱」底豎看，酷肖男根甫出，女根未合之狀。「旱路」戲喻後園，故下文特加「轉舡」二字，妙不可言。「各路衢」三字不離此意，為「霜鬢」老陰惡謔。「烽火」註過，無論水旱皆欲「運天」謔且虐矣。「天」亦有「隅」，惟老婦深處如此。「雙雙相趁」喻女乘男。袁中郎：天與水爭秋，是「渺渺」意。元曲：「仙人取竹葉粘壁科，你覷這『渺渺』滄波一葉蘆，見你還家的路徑麼，兀便是你茅舍舊鄉閭。似這等蕩蕩悠悠，那塵世幾昏晝」，即「愁予」之說，與遺山「臺山淡綠深青一萬重」，正好對看。

「龍吟卻在殿當中」，乃金山第一佳句。又王濬滅吳，作大舡，方一百二十步，受二千餘人。以木為城，開四出門其上，皆得馳馬往來。又畫怪獸于舡首，以懼江神，旌旗器甲屬天滿江。王渾兵由陸頓江上，不敢進。以有詔濬至秣陵受渾節度，邀濬論事，答以風利不得泊也。言臣受性愚忠，然孤根獨立，朝無黨援，而結恨強宗，取怨豪族，宜見吞噬，是「揚子津頭」一快。

晉元時，百姓之自拔南奔者，並謂之僑。人皆取舊壤之名，僑立郡縣，如河東今平陽，河內今懷慶，平原今濟南，北海今青州，館陶東郡，皆今東昌。定陶，今兗州。常山，今真定。曲阿，今丹徒。雍邱，今開封杞縣。弘農，今河南靈寶。郯，今海州。鄄，今濮州。官渡在陽武，即今開封。澶淵在黎陽，即今大名之類。「南北勾連」，致青史州名訛複，亦是一悶。惟用作有爵無土之封，泛假版授之職，則至當而不移。

《晉書》：十二月，桓溫自枋頭敗歸，遂城廣陵而居之。李端詩：「揚州有大宅，白骨無地歸，少婦當此日，對鏡弄花枝」，正言此地「清時」亦同「醉夢」。若隋煬帝妻軍士以尼媼，而波及士家。明武宗占大宅為行宮，而填以寡婦，則「醉」中惡「夢」，難說「清時」。

「莫對月明思往事，損君顏色減君年」，是「十分眉恨」。死依禪智山光，實「江湖片影，行樂蕪城」一語寫盡矣。眉公云：「造物以六親刀俎我，又以虛懸之功名為且吞且吐之雞肋以掉戲我」，「那個英雄閒處住」之下，承以「忘憂恨自少宜男」，尤使萬情灰冷。

高歡族弟歸彥，父徽為魏西域大使，嘗過長安市，與婦人王氏私通，而生歸彥。高洋立，封彥嫡母康及王氏並為太妃，善事二母。彥極狡雄，放縱好色。妻魏上黨王元天穆女也，貌不美而甚嬌妒，數忿爭，密啟文宣求離，不報。武成子倬辰時生，後主午時生，武成以倬非嫡，改為弟。及此女「亡」，始勸娶妾，欲為吟「漫愛胸前雪，其如頭上霜，莫將恩愛刀，更刻風中燭」也。

《南史》：宋益州刺史劉瑀占士人妻為妾。宋文帝時南宣州刺史富平檀和之，坐迎獄中婦「女」入內，免官。《北史》：南陽李崽本為馮太后幸臣李沖家按摩奔走之役，後為幽州刺史，貪與范陽盧氏為婚。信州許邈官廣州，歲遊劉王山，與閭里婦「女」笑言無間，慶曆時官侍御。劉筠知杭州，與轉運使姚鉉不協，遂發鉉納「部」內「女」口。孫沔以大學士知溫州，于遊人中見白牡丹者，遂誘與私，及在杭州見金趙氏，俱設計取至。妻邊妒悍，遂為時傳，歐陽公顧言其恩信最著，宜棄瑕使過。庶幾「揚州行樂處」不復更憶「故鄉情」耶？若宋陸經官河南，杖死爭田寡婦，則惡劣矣。今「使不得」而政反不逮古人，何也？

隋趙郡李諤言公卿薨逝，其愛妾侍婢，子孫輒賣取財，遂成風俗。服斬三年，豈容強傅鉛粉，送付他人之室？復有位望通貴，平生交舊，朝聞其死，夕視其妾，方便求聘以得為限，上嘉之。五品以上妻妾不許改嫁，始于此也。范石湖詩：「日日教澆竹，朝朝遣采梅，園丁應竊笑，猶自說心灰」，又「衾餘枕剩儘相容，只是老人難再少」。一人既老始娶二妾，妻猶以忠奴孝奴名之。孝當竭力，忠則盡命也，「何心及此」，藉寓此懷。

汪水雲：「指點與君看，畫他難不難」。著書者山川風土，無不誌之于心，此處獨看此曲，是實境也。王漁洋〈秦郵〉詩云：「三十六湖如玦環，青蘋風起白銀灣，紅『橋』四百姑蘇郡，徑合移來著此間」，與此同妙。

「移畫舸浸蓬壺」，則非坡所云「亂沫浮涎繞客舟」可比。「拖煙抹雨一歸舟」，與「淡黃初夜月，深黑一江煙」較別。惟誦「千古怨魂消不得，一江寒浪若為平」之句，翻添「愁促」耳。

董文友：「漁父不知身是畫，呼婦罵，問錢昨夜存多少」，則彼知「亡國豈無恨，漁人休更『歌』」為何語耶？「長留清氣在天地，便就片紙開『江湖』」，玉茗之謂。

「此別斷無重見日，故應剪燭話來生」，是「轉舡歸去」。「嚴霜故打枯根草，狂風偏縱撲天鵰」，是「星霜滿鬢當戎虜」。令人誦陶潛「少時壯且厲，撫劍獨行遊，不見相思人，惟見古時邱。丈夫志四海，我願不知老，親戚共一處，骨肉還相保」之詩，重為首肯矣。以百口一擲，出手得盧何為哉。

王敬則為齊將，輿載宋帝，曰：「官先取司馬家，亦復如此」，順帝泣曰：「惟願生生世世，不與王家作因緣」。齊高事起，武帝在贛縣為郡，縶桓康夜裝，擔一頭貯穆后，一頭貯文惠太子，竟陵王藏山中。唐王鐸播徙，以平章出為儀昌節度，由世貴，裘馬鮮明，妾侍且眾。魏帥樂彥禎子從訓心利之。李山甫者，數不第，怨中朝臣，依魏幕且樂禍，導訓伏兵高雞泊刺之，吏屬三百人皆被害。王鍔為嶺南節度致富，故鍔家錢徧天下，後其子稷為德州刺史，悉金寶媵侍以行，節度李全略利其有，因軍亂殺稷，納其女為媵。如南宋劉義隆第九子昶，携妾吳氏奔魏尚主者鮮矣。「真愁促」三字，傷心千古。

魏孝靜后，齊神武第二女，後降左僕射楊愔。高歡小爾朱后，爾朱兆女。初為魏建明后，歡納之。以與趙郡公深通，徙靈州，後適范陽盧景宗。高洋段昭儀後適錄尚書唐邕。北齊後主斛律后，後嫁為開府元仁妻。周宣帝司馬后，後適司州刺史李丹。高歡既誅爾朱榮，榮從弟彥伯之子敞，年十二，隨母豢養宮中，自竇走至街，解金翠服易群兒衣遁，暮入村見長孫氏媼，踞胡床坐，再拜哀媼資遣之，詐為道士，隱嵩山，曰「子胥何人也」，乃奔長安，封靈壽縣伯，迎長孫氏至其第養之，隋禪改封郡公。宇文護既為周相，操大權，齊為其母閻作書曰：「昔吾合家被定州官軍打破，捉入城送元寶掌處，時元所掠得男夫女婦可六七千人，今吾賴皇齊恩恤，得與汝楊氏姑及汝叔母紇干、汝嫂劉、汝新婦等同居，頗以自適。今吾殘命，惟係于汝，勿謂冥昧而可欺負。」報曰：「兒立身立行，不負一物，奈何摩敦俘隸，泯如天地之外，不謂齊相解網，聽許摩敦垂教，想兩河三輔，各遇神機，源其事跡，亦非相背負。有國有家，信義為本，伏度來期，已應有日，二國分隔，理無書信，主上恩矜，賜許奉答。」及至天赦，凡所資奉，窮極華盛。時母已踰八十，武帝率諸親戚家人禮安定梁士彥，從周武援晉州，以為刺史。及帝還齊，苦攻之，乃令妻妾及軍人婦女，晝夜修城。及帝軍至，持帝鬚泣。徐陵弟孝克賣妻臧與侯景將以養生母，其將孔景行戰死，復為夫妻，陳時除本縣剡令。「相逢何處」，真有不可思議者。

香山：「眷屬偶相依，一夕同栖鳥。」龜蒙：「中原猶將將，何日重卿卿」。「分飛」且憂惱，何況「老影」，但覺「朝蔬一不共，夜被何由同」，與劉孝威「分家移甲第，留妾住河陰」自異。

遠「天」如夢不逢人，安得不「泣」。

坡「功名半幅紙，兒女浪苦辛。延我地爐坐，卻是英特人」。有「什麼命夫命婦」！

留侯無後，陳平至孫滅，亦無後。何曾至孫滅，無後。羊叔子亦無後。商輅無後，海剛峰亦無後。「都是些鰥寡孤獨」，則「筆墨應須于載見，兒孫已向隔生求，人間無限傷心史，休為孤山處士悲」矣。

陶：「得知千載上，賴有古人書」，唐「欲吊孟諸君，跡陳知者少」，雖「夢」卻不可無「書」。「往事幾多『書』不記，夜來和酒一時醒」，有有「夢」而無「書」者。桓玄自作起居注，「沓然如在夢魂中」，有有「書」而實「夢」者。「一邱文字鬼」已為可嘆，乃「存不阜物、歿不增壤」者，又不與焉。

唐人：「名利到身無了日，不知今古漸成空，歲月如波事如『夢』，百年流轉秪須臾」。元夢：「近來章奏少年詩，一種成空盡可悲。今日重看滿衫淚，可憐名字已前生」。石湖：「堂堂列傳冠元功，紙上浮雲萬事空，我若才堪當世用，他年應只似諸公」。試問看官：多少往來名利客，滿身塵土拜盧生，比「九華道士渾如『夢』，猶向尊前笑揭天」何如？

魏攻壽春，北蘭周盤龍拒破之，齊高送金釵二十枚與其愛妾，手敕曰「餉」。周公阿杜子奉叔鬱林從其學騎，得入內，無所忌。凌轢朝士。明帝以為青冀刺史，曰「不與周郎，當向刀頭取辦」，百辭之鎮。明帝引往後堂盡之。南宋吳興沈慶之以詣孝武義師定軍略，封公，為領軍，又討平竟陵王誕，屠廣陵，悉移親戚中表于婁湖，列門同閈，廣闢田園之業，奴僮千計，妾十數人，每履園田自思損挹，舊時鄉里稱之者，皆膝行面前，諸沈為劫者數十人，詭置酒，一時殺之，年八十。廢帝賜驪從侄攸之以奉帝功，與蕭道成同值殿省，成以長女妻其子，為荊州刺史，曉達吏事，詣廂廊然燭達旦，後房珠翠數百人，忠宋自盡。張敬兒南陽人，初其母夢狗舐陰而有孕，名狗兒，宋明帝改為敬兒，奉道成以為雍州刺史，攸之下敬兒，據江，復誅其親黨，私沒錢數千萬。進爵為公，徵為侍中，乃于室中學揖讓答拜，妾侍竊窺笑之，謂妻嫂曰：「我拜後開黃閤」，因口自為鼓聲，信夢尤甚。

其（案：指張敬兒）妻尚氏曰：「我夢一髀熱，君得本州，今夢多體熱矣」。齊高聞，收誅之。此夢和書尤其可哀。惟中郎〈詠子桓〉：「上馬蒐才藻，橫戈按髻鬟。伯圖今已矣，文采照人間。」其夢與書差不可及。

王維云：「以臣文吏，當此長圍，戰支叉頭，刀鐶築口」。腐儒最自珍重，兵戈則難自由，姚制置所以觹舟城東，終不免被揚恩堂拔去鬚鬢耳。且若王羆、韋孝寬輩，殊不自珍。

# 第四十三齣 禦淮

【六么令】（外引生、末扮眾軍行上❶）西風揚譟，漫騰騰殺氣兵妖。望黃淮秋捲浪雲高。排雁陣，展《龍韜》，斷重圍殺過河陽道。

（外）走乏了！眾軍士，前面何處？（眾）淮城近了。（外望介）天呵！〈昭君怨〉「剩得江山一半，又被胡笳吹斷。（眾）秋草舊長營，血風腥。（外）聽得猿啼鶴怨，淚濕征袍如汗。（眾）老爺呵！無淚向天傾，且前征。」（外）眾三軍，俺的兒，你看咫尺淮城，兵勢危急。俺們一邊捨死先衝入城，一面奏請朝廷添兵救助。三軍聽吾號令，鼓勇而行。（眾哭應介）謹如軍令。

【四邊靜】（行介）坐鞍心把定中軍號，四面旌旗遶。旗開日影搖，塵迷日光小。（合）胡兵氣驕，南兵路遙。血暈幾重圍，孤城怎生料！

（外）前面寇兵截路，衝殺前去。（合下）

【前腔】（淨引丑、貼扮眾軍喊上）李將軍射雁穿心落，豹子翻身嚼。單尖寶鐙挑，把追風膩旗❷梟。（合前）

（淨笑介）你看俺溜金王手下，雄兵萬餘，把淮陰城圍了七週遭。好不緊也！（內擂鼓喊介）（淨）呀，前路兵風，想是杜安撫來到。分兵一千，迎殺前去。（虛下）（外、眾唱「合前」上，淨眾上打話，單戰介）（淨叫眾擺長陣攔路介）（外叫「眾軍，衝圍殺進城去」介）（淨）呀，杜家兵衝入圍城去了。且由他。喫盡糧草，自然投降也。（合前下）

【番卜算】（老旦、末扮文官上）鎮日陣雲飄，閃卻烏紗帽。（淨、丑扮武官上）（淨）長鎗大劍把河橋。（丑）鼓角如龍叫。

（見介）請了。〈更漏子〉（老旦）「枕淮樓，臨海際。（末）殺氣騰天震地。（丑）聞砲鼓，使人驚。插天飛不成。（淨）匣中劍，腰間箭，領取背城一戰。（合）愁地道，怕天衝。幾時來杜公？」（老旦）俺們是淮安府行軍司馬，和這參謀，都是文官。遭此賊兵圍緊，久已迎取❸安撫杜老大人，還不見到。敢問二位留守將軍，有何計策？（丑）依在下所見，降了他罷。（末）怎說這話？（丑）不降，走為上計。（老旦）走的一個，走不的十個。（丑）這般說，俺小奶奶那一口放那里？（淨）鎖放大櫃子裏。（丑）鑰匙呢❹？（淨）放俺處。李全不來，替你托妻寄子。（丑）李全來呢❺？（淨）替你出妻獻子。（丑）好朋友！❻（內擂鼓喊介）（生扮報子上）報，報。❼正南一枝兵馬，破圍而來。杜老爺到也。（淨）快開城❽迎接去。「天地日流血，朝廷誰請纓。」（並下）

【金錢花】（外引眾上）連天殺氣蕭條，蕭條。連城圍了週遭，週遭。風刺刺，陣旗飄。叫開城，下弔橋。（老旦等上）（合）文和武，索迎著。

（老旦等跪介）文武官屬，迎接老大人。（外）起來，敵樓相見。（老旦等應下❾）

【前腔】（外）胡塵染惹征袍，征袍。血花風腥寶刀，寶刀。（內擂鼓介）淮安鼓，揚州簫。

擺鑾旗，登麗譙。（合）排衙了，列功曹。（到介）（貼扮辦官⑩上）稟老爺升坐⑪。

【粉蝶兒引】（外）萬里寄龍韜，那得戍樓清嘯？

（貼報門介）文武官屬進。（老旦等參見介）孤城累卵，方當萬死之危；開府弄丸，來赴兩家之難。凡俺官寮⑫，禮當拜謝。（外）兵鋒四起，勞苦諸公，皆老夫遲慢之罪，只長揖便了。（眾應起揖介）（外）看來此賊頗有兵機。放俺入城，其中有計。（眾）不過穿地道，起雲梯，下官粗知備禦。（外）怕的是鎖城之法耳。（丑）敢問何謂鎖城？是裏面鎖，外面鎖？⑬（外）不提起罷了。城中兵幾何？（淨）一萬三千。（外）糧草幾何？（末）可支半年。（外）文武同心，救援可待。（內擂鼓喊介）（生扮報子上）報，報，李全兵緊圍了。（外長歎介）這賊好無理也。

【剗鍬兒】兵多食廣禁圍遶，則要你文班武職兩和調。（眾）巡城徹昏曉，這軍民苦勞。（內喊介）（泣介）（合）那兵風正號，俺軍聲靜悄。（外拜天，眾扶同拜介）淚灑孤城，把蒼天暗禱。

【前腔】（眾）危樓百尺堪長嘯，籌邊兩字寄英豪。（外）江淮未應小，君侯佩刀。（合前）

（外）從今日起，文官守城，武官出城，隨機策應。（眾）⑭則怕大金家來了。（外）金兵呵！

【尾聲】他看頭勢而來不定交，休先倒折了趙家旗號。便來呵，也少不得死裏求生那一著敲。

日日風吹虜騎塵，陳標　三千犀甲擁朱輪。陳陶
胸中別有安邊計，曹唐　莫遣功名屬別人。張籍

## 【校記】

❶徐本作「外引生、末、眾扮軍人上」。全集本作「外引生、末、眾扮軍上」。❷徐本作「膩旗兒」。❸徐本作「迎接」。全集本作「迎取」。❹徐本作「哩」。全集本作「呢」。❺徐本作「哩」。全集本作「呢」。❻徐本作「好朋友！好朋友！」❼徐本作「報，報，報。」❽徐本作「城門」。全集本作「城」。❾徐本作「起下」。❿徐本作「辦事官」。⓫徐本作「堂」。⓬徐本作「僚」。⓭徐本此處有「外面鎖，鎖住了溜金王。若裏面鎖，連下官都鎖住了」一段。⓮徐本作「（丑）」。

# 第四十三齣〈禦淮〉批語

「慢騰騰」謔喻也，「秋」以代湫，「雲」喻花頭，「湫捲浪雲高」可謂虐謔。「一半」喻分兩邊，「胡笳」喻男根，「長營」喻女根，「血風」有明，「征袍」仍喻男根。「天」喻女根深處，「坐」喻以雌乘雄，「鞍」喻女合尖處，「把定」喻男根未進時女把之也。「旗開日影」喻女根甚肖，觀日光小更明，「路遙」嘲之。「血暈幾重」不釋已解。「豹子單尖」俱喻男根，「翻身」喻自後行，所謂「背城戰」也。「膩旗」喻女扉也，「長陣」喻女，「紗帽」亦喻女根，「角」喻女根之形，「鼓」喻兩輔，「角」喻合尖。「天地」字妙，地喻臀股受拍勢。「騰天」則聲「震地」也，插天則飛不成，喻女兩扉刻酷之至。「正南」註過，「杜到」以代肚到。「天地日流血」為女根一笑。「纓」喻豪也，「弔橋」男根，「寶刀」喻女兩扉，「文武」喻緩與急。「丸」喻莖端，「萬死之危」嘲女道損人遲慢之罪，四字可為一笑。「胡塵」之胡代鬍，與胡兵同。「血花」猶言紅花，「鎖城之法」本粘罕築壘環遶使內外不通，女人知音甚少，緊接上「不提起罷了」五字，真堪噴飯。「徹昏曉」亦嘲女人，「禱」以代搗，惟其暗也，所以靜也。「籌邊」猶之抽邊，「頭勢」喻男槌，「旗」仍喻女，「死裡求生」又嘲女道遇大，無計安邊。「朱輪」肖女根形。

韋挺請待冰泮，唐太宗曰「兵寧拙速，無工遲」。「慢騰騰」即為妖氣而已。《宋史·陳敏傳》：敏贛人，身長七尺，狀貌魁岸，言長淮三千餘里，河道通北方者五，北人兵艦自清汴過穎蔡而下，通南方以入大江者，惟楚州運河耳，故楚州實為兩朝司命。

「箭孔刀痕滿枯骨，未戰已疑身是鬼，營開道白前軍發，照見三堆兩堆骨，飽鴟清嘯伏尸堆，白骨又沾新戰血」。讀〈昭君怨〉一詞，殊有「清夜鬼談兵，魂氣相衝擋」之意。

班超既建不世功，定西域，封定遠侯，其妹昭為上書曰：「超今年已七十，如有卒暴，超之氣力不能從心，便為上損國家」。嘗讀《後漢書》，曹操擊陶謙，賊將笮融，自彭城將男女萬口，走廣陵，廣陵太守趙昱目不妄視，耳不邪聽，所以賓禮融融，利廣陵財貨，遂乘酒酣殺昱，放兵大掠。又表紹孤客窮軍，冀州牧韓馥帶甲百萬，穀支十年，恇怯之性，怵于危論。乃曰：「度德而讓，古人所貴」。卒至以書刀自裁于廁，可恨可笑。壯士性剛決，那知眼有淚，以信臨鋒決敵，非長者事矣。

「由來從軍行，賞存不賞亡，赤肉痛金瘡，他人成衛霍」，「老爺呵」三字，效死不為朝廷也。坡：「守邊在得士」。高歡之妻甥段韶曰：「所謂眾者，得眾人之死。所謂強者，得天下之心。若智者不為謀，勇者不為用，氣驕亦不怕他」，故知袁紹之繁禮多儀，好言節外，用兵好為虛勢，見人飢寒，形于顏色，其所不見則否，不如操之與四海接恩過其望耳。王叡曰：「使人造舟車，猶豐酒食；而駕馭英傑，則欲飾甘言以誘掖，矯禮貌以卑和，欲其竭赤誠，盡計策，猶用飴蜜誇賺嬰兒，為下民之醜行也。」御將者以繁禮飾貌，浮詞足言，則怨不為用。宜洞開胸懷，令見肝肺。彼暴吾寬，彼威吾義，彼有所短，吾見其長。宋齊邱曰：「眾人封公，而得侯者不美。眾人分玉，而得金者不樂。故賞不可妄行」。商子曰：「後世輕賞以去刑，輕刑以去賞」。呂子曰：「信立則虛言可以賞矣，信之所及，盡制之矣」。北魏末辛雄曰：「進而擊賊死，促而賞賒，還而逃散，身全而無罪，難可弭乎？」「俺的兒」非可以虛言紿也。果能以此相待，則得主而為之死，猶不死矣，否則射入賞格，保無殺城主降乎？

秦王將行事，召張公謙卜，曰：「無疑何卜。卜之不吉，可已乎？」可為千古把定中軍之法。梁名將京兆韋叡禦魏，每三更起，張燈達曙，楊大眼亡魂而走。魏軍大敗，乞為囚奴者猶數十萬，還為雍州刺史。故舊年七十以上，多與版假縣令。《元史》易州張柔世力農，少以俠稱，金末聚族黨，保西山寨，後從國王孛魯降李全于益都，世祖時行工部，城大都，封王。饒他豹子不許「翻身」。

侯景使關西力人執大棒把「河橋」，如此間字句俱非杜撰。

周明帝朝晏，鐵猛獸每被別留，列炬鳴笳送其還宅，則真食長槊大刀之報也。此雖鼓角如龍，笑爾聲嘶股慄。

《唐書》：李翺甥鄭畋，姿如玉相，僖宗幸鳳翔時，妻自紝戎衣給戰士。引李茂貞隸麾下，貞甚感之。不然，帝已危時，四方心無唐，得畋檄各思立功，此行軍參謀較可。若《北史》，隋代衣冠引見竇建德，莫不惶懼失常，正愁地怕天驚飛不成之輩，則如北魏公主看爾朱榮，自晉陽入立莊帝，葛榮自鄴北列陣數十里，箕張而遮眾，號百萬，榮以數千騎擒之，分散其眾，擢用渠帥，處分機速。又言今秋欲令貪污朝貴，入圍搏虎，誘朝士赴河陰，至南北半堤，悉令下馬西度，即圍殺之。「一個」也走不得，方快人意也。

雍陶：「酬恩須盡敵，休說夢中閨」。唐明宗時，張昭言：皇子皇弟，退則務飾姬妾。文天祥開府南劍，列飾姬侍，軍行如春遊，其能濟乎？（案：見《宋史》四一八、四五四）王世充好質將士妻子，秦瓊等俱不願。大「奶奶」亦須姑置，況「小奶奶」耶。《五代史》：烏震，冀州信都人，從莊宗討張文禮，禮執震母妻等十餘人，皆斷手而不誅，縱至其軍，震一慟而止。後唐時，幽州李嚴，首謀伐蜀，既入蜀，王衍以母妻為「託」，即日降。唐韋昭度以承旨進同中書，質家族于禁軍，誓共討賊，則怕「好朋友」罕見。梁元帝使鮑泉討長沙，久不克，書責曰：「面如冠玉，還疑木偶，鬚是蝟毛，徒勞繞喙」，以祁人王僧辯代之。泉曰：「得卿助我，賊不足平」。辯背泉坐曰：「官令鎖卿」，遂鎖之床下，宜與小「奶奶」同鎖。唐京兆柳公綽為鄂岳觀察，于諸將疾病恤之，婦人傲蕩者沉之江，皆曰「中丞為我知家事，敢不死戰。」太和四年為河東節度，沙吒部酋妻母來太原者，夫人飲食問遺之，故悉力保障。此等「小奶奶」，不須問遺。

《唐書·楊行密傳》：曲溪將劉金，策宣州刺史趙鍠必遁，紿曰：「將軍若出，願自吾壘而偕」，鍠喜，許妻以女，明日譟城上曰「劉郎不為公婿」，鍠宵遁，獲斬之，亂世「文官」尤可哂耳。又行密將張崇為錢鏐執，密欲嫁其妻，答曰「崇不負公，願少待」，俄而還，自此終身倚愛，此于「大奶奶」有所難割者。

華州多資，楊素薦北平榮毗為長史，素田宅多在華陰，左右放縱，毗無所貸。朝集時，素戲謂曰：「我之舉卿，適以自罰也」。晉王在揚州，于路欠往往置馬坊以畜牧為詞，給私人，毗獨遏絕之。及大業時，拜侍御史，曰：「今日吾舉馬坊之事也，無改汝心」。楊素侄宏禮從征遼，唐太宗望其眾，袍杖精整，曰「越公兒郎，故有家風」。其弟宏武為少常伯，高宗曰：「爾授官，多非其才，何耶？」曰：「臣妻剛悍，此其所屬，不敢違」，以諷帝用后言。帝笑不罪。

《唐書・藩鎮傳》：淄青嗣節度李師道，貞元末與杜佑李欒，皆得封妾媵為國夫人，自其父來，凡所付遣，必質其妻子，朝廷遣使問順逆，婢媪爭言：先司徒土地，奈何一旦割之，然竟為其大將劉悟弒。悟素與師道妻魏亂，妄言鄭公徵之裔不死，沒入掖廷。師古嘗愛悟，軒然妻以從娼，又劉悟子從諫嗣。諫母微賤，妻裴幕屬女也，諫有妾韋，請封夫人，詔至，裴怒毀詔不與。諫死，裴會大將妻號哭曰：「為我語若夫，勿忘先公恩，願以子母託」，諸婦亦泣下，故潞將叛益堅。「奶奶」之力量如此。

德宗時，蔡州節度吳少誠結眾曰：「朝廷公卿託某破蔡」，曰：「掠將士妻女為婢媵，以絕向順意」。後元濟妻沈亦沒入掖廷。李希烈之叛，啖牛肉而病，親將陳仙奇令醫毒死之。初烈入汴，聞戶曹參軍竇良女美，強取之，女曰「慎無戚，我能滅賊」，後有寵，與賊秘謀能轉移之。嘗稱仙奇忠勇可用，而妻亦竇姓，願如姒娣者以固其夫，間謂奇妻曰：「賊雖強，終必敗，云何」，竇久而悟。及烈死，烈子欲悉誅諸將，乃自立。有獻含桃者，竇請分遺仙奇妻。所之因納蠟丸，雜果中，出所謀，仙奇大驚，率兵譟而入，斬烈子，函烈妻子七首獻于朝。此「小奶奶」可謂能報辱身之仇者。然其取寵時，不知失多少便宜。子又肯聽送含桃，豈不亦以媚得之？而仙奇行事，妻皆與計，又可怪也。

渾瑊功冠唐代，其子鎬為義武節度，乃短計略。師飢亂，至劫鎬家裸辱。黃巢破虔吉入關，再入饒信杭州，殘宣歙，及聞許帥薛能死，率眾渡淮，陷東都，閭里宴然。田令孜請自將而東，天子沖弱，怖而流「淚」，然衛軍皆長安高貲，侈服怒馬以詫權豪，初不知戰，「哭」無鬥志，賊入長安，皆錦衣，巢乘黃金輿，衛者皆繡袍華幘，宮女數千迎拜，巢舍令孜第。賊見窮民，抵金帛與之，數日乃大掠，富家皆跣而驅。爭取人妻女亂之，號大齊。然立妻曹氏為皇后，豈巢未為賊時，即違制娶同姓耶？河間張濬，巢亂時，挾其母走商山，汎知書史。僖宗西幸，或薦之為諫議，以說平盧節度引軍從，同中書，出為節度，貶司戶，居洛。全忠畏其搆他鎮兵，使張全義遣牙將如盜者，夜圍其墅，屠其家百餘人。又平盧軍節度安師儒，遣偏將王敬武擊定盜還，即逐師儒，自稱留後。是時大奶奶不知何似？蓋古來如敬武事者甚多也，皆因儒輩除偎妻抱子外，無他技耳。《五代史·梁本紀》：朱宣朱瑾已助破宗權而東歸，朱溫誣其誘汴亡卒以東，又假道于魏，以攻河東，亦所以怒魏為兵端也。卒破瑾，納妻。全忠至鳳翔，侵邠州，節度崇本降，質其妻。本妻美，全忠與亂。朱友恭壽州人，客汴州，施財任俠，全忠愛而子育之，後使行弒，乃歸罪于恭，執而斬之。兵家全尚機詭，以無能當奸雄，徒貽「奶奶」之憂耳。惟高駢為下呂用卿所制，命畢師鐸出戍高郵，鐸出遂合亡命，還攻城，曰：「不敢負恩斬用卿耳，願以妻子為質」，駢恐用卿害其妻母，收置署中。及鐸破城，反囚駢，殺之。駢未侵其母妻，至是應悔也。《五代史·漢臣傳》：劉銖陝州人，知遠喜其慘斷類己，為平章侍中，即誅郭威家者。周師入，銖妻裸露以席自蔽，與銖俱見執，殺銖而赦其妻子，賜陝州莊宅一區。雀兒自是不好色者，偏是把人禁殺者，急時放不下「小奶奶」，偏是此輩。無全「妻」子策，連大「奶奶」也不保。

「把蒼天暗禱，那得戍樓清嘯」，杜牧所云「大臣偷榮處逸，戰士離落鈍弊，是謂宿敗之師。」元和時，用兵數十萬以誅蔡，四年僅能破一二縣，以此也。「粗知備禦」，有何用處？

武侯〈心書〉：「相恐以敵，相語以利，相囑以禍福，相惑以妖言，必敗之道也」，故曰「不提起罷了」。自兵糧分在而戶曹方且告竭，樞密反請增兵，故弇州有言：「我明官制大牙相制，可謂詳于求治，略于弭亂者也。」「文武同心」，勢所難強。

《唐書・田承嗣傳》：嗣世以豪俠聞，從祿山陷河洛。祿山行諸屯，至其營，若無人，異其能。「軍聲靜悄」，即潛于九地之意。《唐書》：漢得下策，謂伐胡而人病，既病矣又役人而奉之。杜牧曰：「百人荷戈，則挾千夫之名，大將小裨，操其餘嬴，此不責實之過也。小勝則邀賞，二也。將柄不得專，虜騎乘之，三也。」葉水心曰：兵以少而後強，期勵使必用也。多兵以自禍，不用兵以自敗，使兵浸淫卑濕不能輕利，立法定制于重滯煩擾之中，以用民為安，強以疲士大夫之精為用才，未有甚于宋家者也。「軍民苦勞」，有損無益。

韋莊：「獨把一杯和淚酒，隔雲遙奠武侯祠」，亦「暗禱」意。

李德裕有籌邊樓，此用其事，偏伯籌邊則無如孝寬時，「以邊外之兵，引其腹心之眾」數語。淮南子：「君自聖，則人臣藏智而不用，轉以事任其上」。前漢末，馮衍曰：「決者智之君也」。司馬懿謂操：聖人不能違時，亦不失時矣。又謂諸葛亮：志大而不見機，多謀而少決，又言兵者詭道，善因事變，惟明者能深度彼己，願有所棄。孔明未能盡離儒者，所以輕信馬謖。「寄英豪」者，言須得英豪而遂「奇」之。

王陽明曰：夫惟身任天下之禍，然後能操天下之權，濟天下之患。風濤顛沛之舵，誰與爭操？于是起而握之。欲濟天下之難，而不操權，是倒持太阿也。又必示之以無不容之量，以安其情。擴之以無所競之心，以平其氣。神之以不可測之機，以攝其好。坦然為之，下以上之，退然為之，後以先之。小人不知禍之不可倖免，而自詭以求脫，至釀成大禍而已，亦卒不免。「趙家旗號」，非止幢將不「倒」而已。

《北史》論曰：「賀若敦臨危而策出無方，事迫而雄心彌厲」。又曰：「生無再得則『死』忠者視彼苟免之徒，貫三光而洞九泉矣」。高歡沙苑之役，斛律羌舉曰：「黑獺若固守，無糧援其根本，則黑獺可懸軍門」。及戰渭曲而敗，歡以玉璧衝要，先命攻之，城上縛樓極峻，外以火竿焚樓。韋孝寬令作鉤刃竿來遙割之，歡問：「何不降？」曰：「適憂爾不返之危，孝寬關西男子，必不為降將軍也」。歡射募格于城中，能斬城主降者，拜太尉。寬手題書背，反射城外，斬高歡者，依此賞。寬弟子遷先在山東，鎖至城下，不為動。神武苦戰六旬，總管擊之，眾寡不敵，五兵皆盡，士卒以拳毆之，手骨皆見。北齊末，周軍圖晉陽，望之如黑雲四合。高澄第五子延宗，當周齊王于城北，奮大槊，尚書令史沮山亦肥大多力，捉長刀殺傷甚眾。周軍攻東門際，遂入。延宗自門夾擊之，周軍大亂，爭門相填，斫死二千餘人。武帝左右略盡降，胡皮子信為之導，僅免，時四更也。延宗謂周武崩于亂兵，使于積尸中求長鬣者不得。齊兵入坊飲酒，不復能整，周武出城飢甚，欲為遁計，齊王憲曰「去必不免」。宇文忻曰：「丈夫當『死中求生』，敗中取勝」，乃鳴角收兵，俄頃復振，詰旦攻東門克之。延宗被擒，武下馬執其手，曰「死人手何敢近至尊」。「倒了旗號」，固不如「那一著敲」。元末金山之窘海陵，和州之敗韓世忠吳允文，皆敲此「著」耳。最可詫者，崖山破張世傑，即傑叔張柔第九子宏範，不容乃兄「死裡求生」也。

# 第四十四齣　急　難

【菊花新】（旦上）曉粧臺圓夢鵲聲高，閒把金釵帶笑敲。博山秋影搖，盼泥金俺明香暗焦。

「鬼魂求出世，貧落望登科。夫榮妻貴顯，凝盼事如何？」俺杜麗娘跟隨柳郎科試，偶逢天子招賢，只這些時還遲報喜。正是：「長安咫尺如千里，夫婿迢遙第一人。」

【出隊子】（生上）詞場湊巧，無奈兵戈起禍苗。盼泥金賺殺玉多嬌，他待地窟裏隨人上九霄。一脈離魂，江雲暮潮。

（見介）（旦）柳郎，你回來了。望你高車晝錦，為何徒步而回？（生）聽俺道來：

【瓦盆兒】去遲科試，收場鎖院散群豪。（旦）咳，原來去遲了。（生）喜逢著舊知交。（旦）可曾補上？（生）虧他滿船明月又把去珠淘。（旦喜介）好了。放榜未？（生）恰正在奏龍樓，開鳳榜，蹊蹺……（旦）怎生蹊蹺？（生）你不知❶金家兵起，殺過淮揚來了。忙喇煞細柳營，權將杏苑拋，剛則遲誤了你夫人花誥。（旦）遲也不爭幾時。則問你，淮揚地方，便是俺爹爹管轄之處了？

（生）便是。（旦哭介）天也，俺的爹娘怎了！（泣介）（生）直恁的活擦擦、痛生生，腸斷了。比如你在泉路裏可心焦？

（旦）罷了。奴有一言，未忍啟齒。（生）但說不妨。（旦）柳郎，放榜之期尚遠，欲煩你淮揚打聽爹娘消耗，未審許否？（生）謹依尊命。奈放小姐不下。（旦）不妨，奴家自會支吾。（生）這等就此起程了。

【梅花泣❷】（旦）白雲親舍，俺孤影舊梅梢。道香魂恁寂寥，怎知魂向你柳枝銷。維揚千里，長是一靈飄。回生事少，爹娘呵，聽的俺活在人間驚一跳。平白地鳳婿過門，好似半青天鵲影成橋。

【前腔】（生）俺且行且止，兩處係心苗。要留旅店伴多嬌……（旦）有姑姑為伴。（生）陰人難伴你這冷長宵。把心兒不定，還怕你舊魂飄。（旦）再不飄了。（生）俺文高中高，怕一時榜下歸難到。（旦泣介）俺爹娘呵！（生）你念雙親捨的離情，俺為半子怎惜攀高。

小姐，卑人拜見岳翁岳母，起頭便問及回生之事了。

【漁家燈】（旦歎介）說的來似怪如妖，怕爹爹執古粧喬。（想介）有了，將奴春容帶在身傍。但見了一幅春容，少不的問俺兩下根苗。（生）問時怎生打話？（旦）則說是天曹，偶然注定的姻緣到，驀踏著墓墳開了。（生）說你先到俺書齋纔好。（旦羞介）休調❸，這話教人笑。略說與梅香賊牢。

【前腔】（生）俺滿意兒待駟馬過門，和你離魂女同歸氣高。誰承望探高親去傍干戈，怕寒儒欠整衣毛。（旦）女婿老成些不妨。則途路孤恓，使奴掛念。（生）秋宵，雲橫雁字斜陽道，向秦淮夜泊魂消❹。（旦）夫，你去時冷落些，回來報中狀元呵……（生）名標，大拜門喧笑，抵多少駙馬還朝。

（淨上）「雨傘晴兼雨，春容秋復春。」包袱雨傘在此。

【尾聲】（拜別介）（旦）秀才郎探的個門楣著。（生）報重生這歡聲不小。（旦）柳郎，那里平安了便回，休只顧的月明橋上聽吹簫。

不為經時謁丈人，劉商　囊無一物獻尊親。杜甫
馬蹄漸入揚州路，章孝標　兩地各傷無限神。元稹

【校記】

❶徐本此處有「大」字。❷徐本作「榴花泣」。❸徐本作「喬」。❹徐本作「銷」。全集本作「消」。

# 第四十四齣〈急難〉批語

「曉」喻侵早，「鵑」喻男根，「聲高」喻在深處，又喻大作響也。「金釵」之金代筋，「笑」喻女根間把筋，又「帶笑敲」其謔甚虐。「博山」爐也，「秋」以代湫，「搖」字淫甚，「泥金」泥□之筋，「暗焦」喻水已竭，「賺殺」賺男事之十九不濟也。「九霄」喻女深處，「車」者打旋之意，喻行事之一法。「畫錦」之錦代緊，「散群豪」之豪即毛，忙亂時「荼蘼抓住裙線」，及收場「鎖院」則各各「散」開也，細膩已極。「舊知交」亦謔意，「補上」有原該莫出意。「滿船明月」俱喻女根，「珠」喻男槌，「放榜」註過，「柳」喻男根，「營」喻女根，「活擦擦痛生生」虐謔易明。「痛」因心「焦」，泉路則否，比喻細極。「回生事少」嘲男道也，觀「一跳」字更明。「平白地」喻女根未破之相，「影成橋」喻埋沒僅見之狀，「且行且止要留旅店」是彼家法。「心兒」自謂花心，「中高」又嘲女人，「似怪如妖」喻男根之起頭回生也。「粧喬」喻男恃其頭起，故使女急。「帶在」即拖帶意，「天曹」之曹代槽，「衣毛」喻男根皮，「老成」指男根說，未「成」者不甚壯也。「雁字」喻女兩扉，「斜陽道」喻其寬也，「門喧笑」嘲女根聲，「包袱」喻腎囊，「雨傘」喻槌上處，「門楣」喻女交骨，「橋上」之橋代翹，「無物可獻」確切腎囊，此「蹄」又喻男槌，「揚州」以代陽溝。

文友：「人歸故故不寒溫，猝地對鏡中微笑。等閒說遍情難告，漫將銀筋撥爐灰。畫眉字與伊知道，還向屏山斜處靠。」「把鸚哥聞教」，淫極矣，與此「金釵帶笑敲博山」正同。婦人胸口，有「細膩風光我獨知」意，其出帷含態映戶凝嬌時，實「帶此笑」。

「明香暗焦」四字，妙絕千古。申禮防以自持，博丹青之圖畫，皆死于此句之下耳。宋徵輿：「曉別幾度，喚來嬌不顧，惟有相看無一語」，阮亭以為，艷情至此是《首楞嚴》矣，也只傳得「暗焦」二字。毛大可：「鐵鹿須東下，蒲帷莫上牽，那知上江女，也望到家舡」。又：「家人應早睡，恐我夢中來，誰知明月夜，無地不思家」，俱妙。

徐士俊字野君，蓋取海外鳥名，生生命同在一處，意其伉儷之重，蓋一世矣。〈和楊孟載十居〉云：「人在樓中，兩對嬌兒女，貧裡風光晴亦雨，日邊紅杏何時許」，阮亭以為「兩對嬌兒女」比梅妻鶴子轉勝。「貧落望登科」，乃與「鬼魂求出世」無異。非若士真正才子，安能兩句道破。

支如玉：「倩東君問郎知否，要搖動天涯楊柳」，阮亭謂可與屠四明、王山陰諸竹枝並詠，亦「咫尺千里」意而已。

雍陶：「常倚『玉』人心自醉，不能歸去哭荊山」，錢起〈送張彥〉詩：「借問還家何處好，『玉』人含笑下機迎」，並皆佳妙。惟殊不自揣，而頻「賺多嬌」，則忍心害理之輩。

「今年敕下盡騎驢，短轡長鞦遍路衢，清瘦兒郎猶自可，就中愁殺鄭昌圖」，乃在「高車徒步」之間。

方干：「人間盡是『交』親力，莫道升沉總信天」，玉茗才人豈漫下「喜逢著舊知交」六字。

逞志于妻者，以「花誥」為纏頭錦，商人則以真珠。今之八雀九華，猶古命婦服也。

「只放小姐不下」，竇連：「波初心亦然，留家惜夜歡」。心發者往往「起程」復止。

幼安詞：「花知否，花一似何郎，又似沈東陽，瘦稜稜地天然白，冷清清地許多香」，是「舊梅寂寥孤影」。

襲芝翁：「送春五更愁千疊，思對月端詳，不許垂楊睡」，亦「魂向柳枝銷」意。

代宗吳興沈后生德宗，陷賊不復知。高力士女頗能言禁中事，年狀差似后，是時宮中無識后者，于是迎還上陽宮。力士子具言非是，詔貸之。「吾寧受百罔，冀得一真」，于是自謂太后者數矣。若依北魏法，皆可收之，權與晤對。「活在人間不驚一跳者」，非慈孝也。

華陽楊津母，魏文明太后外姑。子愔，小名秦王，沒于洛周葛榮，榮欲以女妻之，愔託疾。爾朱時避亂嵩山，及投刺高歡，赦令多出于愔，封華陰縣侯，妻以庶女。高洋時，遷僕射尚太原長公主，即孝靜后也。封開封王，尚主，後衣紫羅袍金縷帶。曰：「我此衣服都是內裁」。牧犍女歸魏後，得襲母爵，為武威公主。燕子獻歸高，舊養韓長鸞姑為女，遂以嫁之，是為陽翟公主。周文帝養崔就第二女為己女，封富平公主。此等「駙馬」則「未易抵」。初周文子幼，侄導東西作鎮，惟託諸婿，以為心膂，分掌禁旅。隋文后謂諸主曰：「周家公主，類無婦德，爾等互戒」。王導後王弘從祖懌（案：原誤作輝，據《南史》改），不辨菽麥，無與為婚，家以纚姬侍之，遂生琨。宋武微時，感桓修之知，以修之女妻琨，拜琨駙馬都尉，琨年八十，齊時方卒。李敏美姿容，以父幽州總管死事，養隋宮中為左千牛。時周宣帝后有女娥英，妙擇婚對，敕貴公子弟集弘聖宮者，日以百數，公主選取敏，禮儀如尚帝女。後將侍宴，主曰「敏何官？」曰「一白丁耳」。曰「今授儀同」，敏不答。曰：「不滿意耶？」授開府，又不謝。上曰：「公主有大功于我，何得向其女婿惜官？」授柱國，乃拜而蹈舞，遂于坐發詔授之。煬帝時往來宮內。此方是「平白地鳳婿過門，好一似半青天鵲影成橋」耳。竇榮定妻，隋文長姊安成公主也，故使總統周露門內兩廂杖衛，後坐事除名，主曰：「天子姊乃為田舍兒妻？」上不得已，「捨的離情怎惜扳高」。

權德輿：「早晚到中闈，怡然兩相顧」。羨門：「相怜端的，只今朝不睡也難消」，又「春回人未回」。

文友：「儂處春歸，郎處春歸否」。有此「心苗」，欲不「留伴」，有所不忍。

「朝愛一床日，暮愛一爐火」，朝且畏「冷」，何況「長宵」。

魏置女職，以典內事，有女賢人、女中使之名。史臣謂：「魏尊乳母為保，太后雖事垂典禮，而觀過知人」。若文明馮后以北燕後，粗學書計，性嚴明，雖帷幄之寵，一無所縱。而世宗以其能，一切稟承，有「恭己無為賴慈英」之句。屢出宮女，賜無妻儒士，又遺詔三夫人以下悉歸家，真千古以來第一解人「冷長宵」之苦者。漢鄧太后，嘗大遣宮人以抒幽隔鬱滯之情。漢末，陳蕃為光祿勳，上言宮女聚而不御，必生憂悲之疾。周宣帝遺詔，妃嬪以下無子者，悉放還家，亦然。惟北魏河南王子和，棄其妻子，納一寡婦曹氏為妻，曹長子王幾倍携男女五人，皆被幸遇，殆非無因，而特為彼「冷長宵」計者。

「陰人」當「伴冷長宵」，亦有四解：一者，《荀子》：今世俗之亂君，鄉曲之儇子，莫不美麗姚冶，奇衣婦飾。血氣態度，擬于女子。婦人莫不願得以為夫，棄其親而奔之者，比肩並起。夫飾似婦人且愛，自春秋特已然，況于遇真，況千真者反多。魚玄機和姊妹三人聯句詩，所以有「暫持清句魂猶斷，若睹紅顏死亦甘」句也。

二者，〈岳陽風土記〉：婦人皆習男事，往往勝于男子，設或不解，則陽相詆誚。《丹經》：西鄰少娥，北里親婆，兩翻騰來往如梭，都做著那些生活，卻大家努力驅魔。將者蛤來合者，蛤管旁人問也麼？故天上相抱熟視，為夫妻當知分釋。相抱不妨顛倒，熟視蓋非一處。《般若》：菩薩方便善巧，為欲成熟諸有情，示受五欲而無實染，既可令以淫欲法供養，我又不為彼過之所塗染，曉得天趣如此，則陰人可「伴冷長宵」有餘矣。若慮彼婦轉薦其夫，此婦遂為動念，既徐爾鉉所云「開心斷夢無尋處，朝來女伴到窗前，烹茶都懶留他住」，必非有才情婦耳。「星臉笑偎霞臉畔，抬粉面雲鬟相亞」，酸餡氣何如香粉氣耶。蹴金鸞鳳頭，並凌波玉勾且妙，況八尺衾中，玉勾四并乎。閹人尚多妻妾，王公大人之妃偶與侍妾千人共一所，天豈反不得比于椓奴耶？潘衛不能復生，借此輩權為小照，何必以刀筆苦奪也。

三者，《玉茗集》中，「余與其臥，未嘗異衾枕，起則履襪不必問誰者」。李長蘅贈譚友夏：「非我與子神不全，忽然魂魄化為一，異者衣裳與巾舄」。白贈元：「每識閒人如未識，與君相識便相憐，經旬不解來過宿，忍見空床夜夜眠。無生尚擬魂相就，身在那無夢往還？直到他生亦相念，不能空老樹中環」。男以才尚相慕，況女兼以色乎？必謂莊辛之事，太康已後，士夫莫不尚之，轉相慕效，不以為恥，因有樂滑之所，如東都盛時。少年賴此以衣食，亦非有才情兒矣。

李白：「上元誰夫人，偏得王母嬌」。唐詞：「嫦娥王母戲相偎，玉皇親看來」。「陰人難伴」，徒為不能膚體相屬耳。豈知漢宮有法：應劭註曰：「宮人自相為夫婦，名曰『對食』。」戚夫人侍婦數百，太平主嫗監多人。明代宮人，各長街設有路燈房，有長連短連之名，直屬內官。司房宮人，俱有伉儷，謂之對食。若強作伉儷，謂之白浪子。宮女值宿，被長八尺，一頭臥兩人，四足相著。《隋志》所謂，治道得，則陰物變為陽物是也。陳皇后與女巫楚服，居寢相愛若夫婦，武帝責以女為男，淫猶勝。北魏胡后與閹人狎，宮女多以中官為偶，相妒相歡，勝于夫婦。幽閉之極，無所不有。及飛燕無事托以祈禱，載輕薄少年為女子服入後宮者，日以十數，與之淫通，無時休息。有病怠者，輒差代之，而卒無子。

楊素言：「晉王孝悌有禮」。獨孤后曰：「公言是也。我兒大孝順，又其新婦亦大可怜，我使婢往，皆與同寢」。曹丕甄后，中山人，年十四，仲兄死，母令后與嫂共寢息，恩愛至密。劉琰，魯人，以宗姓隨劉備入蜀，後主時位將軍，號奢靡。侍婢數十。十二年正月，琰妻胡氏入賀吳太后，太后特留胡，經月乃出。胡美，琰疑與帝有私，令卒五百撾胡，胡具以告。有司議曰：「卒非撾妻之人，面非受履之地」，竟棄市。高洋子為帝時，楊愔欲啟太后，出二叔高仲密妻。李昌儀坐仲密事入宮，太后與之宗情，甚相暱愛。以啟視之，昌儀走告太皇太后，皆陰人可伴冷長「宵」者。燈盡語不盡，最是樂事，又非殘燈未滅還吹著可比。

「千嬌萬態不知窮，日日相看苦難厭。二妃萬古香魂在，結作雙葩合一枝。相憐好似寒宵火，願脫長裙學少年。大姑小嫂真嬌劣，偷解裙腰竟不知」，不必復吟「日月同一光，男女同一性。君不愛離居，早歸共鸞鏡。紅淚濕香閨，春來忍別離。不煩燒鵲腦，已使妾相思。不愁書難寄，只恐鬢成霜。未盡尊前酒，妾淚已千行。恨殺庭前鵲，難憑卜遠期。朝朝來報喜，誤妾畫雙眉。長征君自慣，獨臥妾何能？早知長信別，不避後園輿。向晚誰知妾懷抱，想君思我錦衾寒」矣。

冰心：名姝靜女日周旋，將無占盡人間福？使其對食，豈不連天上福占耶？《廣對食》一編，詩詞體備。摹寫其相須相愛之理、之情、之法、之事、之過、之奇，幾於入冶骨化。以為征婦怨、寡妻嘆、望夫石、妒婦津之變格。序云：「高情慨獨，嚶鳴猶切，求聲瞶性，慵孤婉孌，寧無同好？男即剃面熏衣，亦少荀郎何馬。婦既深藏美豢，偏饒曼臉豐肌。彼則名教禮防，烏得毀坊滅檢？此即荊佳代艷，誰禁膚屬體靡？並皆懿態韶音，自合懷芳結念。既可叢嬌亂立，何妨裳解履遺。直將通夢交魂，寧止推襟送抱。若有目鐫心入，便當提腕捺胸。使聚並世之邢尹，覆以一衾，集當代之威施，臥諸長枕。在眷戀重沓之時，展我見猶憐之愛。于窮嘲極黷之外，寄咽津過氣之方，則千門一點，從今不怨君王。一別千年，自此休嗟單隻。不須從一，乃始稱貞。雖論廣交，依然哲婦。長秋國太，廣娛捐棄之婕妤。早婺堂前，博納轉移之賃妾。婦姑偎愛，于禮非干母女。綢繆在法，無識者男有婦。妒于家猶當覓少男而煖體。老婦非人身不熱，誰禁掰幼婦以延生？蒙莊數卷，苟善用愛馬之唇，《楞嚴》一編，且學取狐狸之法。頗試儀君之術，何難擲皋痛。寧惟飛燕之家，纔解擁渠姊背。雖虞彼婦不淑，因而引入邪途。然而法水代漿，頗可閉門救渴。果于棄位而姣，周防亦復蕩然。商諸知足之姝，盟戒深求實際，亦可資談助云。」推其意，則對食者，互相啖之狀耳。

香嚴詞：「溫熟低心軟性，今番情『定』」，不然正恐「魂飄」。

梅村：「恃稚偏頻進，含羞託未知」，是「梅香賊牢」令人暴起處。唐詩「只因疏寵日，轉憶合歡時，啼痕還自掩，羞遣侍兒知」，甚怕「賊牢」。

羨門：「取次相親，打疊消魂，再休避小腰魚鱗」。文友：初歸不言中，覺有寒溫，青鬢列侍，誰最解兩人心事？不怕「賊牢」。

南齊蕭寶寅，梁初年十六，奔魏，尚南陽公主，互相奉敬，三子皆主所生。「滿意侍」「同歸氣高」。魏刺史山東高慎，以部曲歸北齊，棄前妻崔暹妹，方見委任于世子澄，澄遂為嫁其妹，禮夕親臨，「離魂女同歸氣高」。

王導後裔彭城王肅，自建業奔魏，世宗令以高祖遺詔輔政，年三十一卒。是歲，前妻謝始攜二女及子紹至壽春，世宗納其女為夫人，肅宗復納紹女，「誰承望探高親去傍干戈」。

咸陽孫騰歸爾朱榮，為高歡都督長史。及起兵，入為侍中。時魏京兆王愉女平原公主寡，騰欲尚之，而主欲侍中封隆之，騰妒之，相間構，尋與斛斯椿同掌機密見忌。奔晉陽，與司馬子如等號四貴。宋劉義隆第九子昶奔魏，連尚三公主。嫡子承緒主所生也，復尚高祖妹彭城長公主。後主寡居，武城張彝欲尚主，主亦許之僕射。高肇亦欲尚主，主意不許，肇遂譖彝于世宗，乃以南人王肅尚之，豈「寒儒欠整衣毛」？

北魏文明后姊之元曾尉壽，尚樂陵公主，遇諸父兄弟有如僕隸。壽祖父及壽子孫七世尚主。晉王渾亦以尚主，至蒸人乳食。王審珪，宋太祖布衣交也。孫世隆，太祖女所生，性嬌恣，每坐諸叔上，魏常山王坐醉，失禮于太原公主，賜死，葬以庶人禮。趙郡李孝伯繼崔浩而任帷幄，孫安世妻崔氏以妒悍出，又尚齊滄水公主，即妒亦無如何。崔暹為齊仕，魏文襄嘗欲以最小妹妻暹子達挐，會崩，文宣曰「亡兄長女樂安公主，魏帝外甥勝朕諸妹」，乃以降之。文宣常遊其宅，暹卒哭之，後嘗問主：「達挐于汝何似？」曰：「甚相敬，惟阿家憎兒。」文宣令宮人召挐母而殺之。北魏代人穆氏世尚主，然穆直尚長城公主而敕離婚，納文明太后姊馮氏。竇瑾女婿司馬彌陀以選尚臨緇公主，瑾教陀辭，託有誹謗咒詛之言，同誅。荀彧玄孫晉尚書崧子羨年十五，將尚潯陽公主，遁去，監司追，不獲乃已，乃出尚主。宋王宏侄偃之母，晉孝武女也，偃尚宋武第二女長興公主，嘗裸偃縛于庭樹，偃兄恢排閤詬主乃免。宋世諸主莫不嚴妒，明帝使人作〈妒婦記〉，〈讓婚表〉，遍示諸王，并為戲笑。會稽楊扶交阯刺史，子喬容儀偉麗，漢桓帝愛其才貌，詔妻以公主，辭不得，不食。謝安孫混擬尚主，袁崧欲婿之，王珣曰：「卿莫近禁臠」。初元帝過江，每得豘頂上一臠，惟薦帝，故云。然王氏自偃父至實，歷晉宋齊梁，五世尚主。實尚梁武女安吉公主，為新安守，衣冠側崎，長沙郡王憎之。實稱王名，曰：蕭玉誌念實，殿下何見憎？使不如蕭玉誌，則義山有云「南朝禁臠無人近」，又何必紛其昆而粉其弟耶！故曰「抵多少駙馬還朝」。

唐玄宗時，突厥默啜使火拔攻北庭，拔敗不敢歸，携妻子來奔，拜燕山郡王，號其妻為金山公主。開元初，西突厥滅降，以懷道子，聽為十姓，可汗冊其妻涼國夫人為交河公主。肅宗時使燉煌郡王承宷往回紇召兵，可汗以可敦妹為女，妻承宷，帝即封虜女為毗伽公主，冊王妃，拜承宷正卿。宋趙普女俱封郡主。北魏乙渾夫妻合坐，謂獻文潛邸中庶子賈秀曰：「我請公主號，不應何意？」或以庶姓求主號為譏，不知此恩至濃，而無實礙。與功臣之子，賜以國姓，附諸屬籍，正同。

元曲：「抬舉得個丈夫，俊上添俊，俺那妹子可有福分」，是「探得門楣著」。

王金壇：「間來花下偏相絮，乍製無題事有無」，「休只顧月明橋上聽吹簫」。

# 第四十五齣 寇間

【包子令】（老旦、外扮賊兵巡哨上）大王原是小嘍囉，嘍囉。娘娘原是小旗婆，旗婆。立下個草朝忒快活，虧心又去搶山河。（合）轉巡羅，山前山後一聲鑼。

兄弟，大王爺攻打淮城，要個人見杜安撫打話。大路頭影兒沒一個，小路頭尋去。（唱前合下）

【駐馬聽】❶（末雨傘、包袱上）家舍南安，有道為生新失館。要腰纏十萬，教學千年，方纔滿貫。陳最良為報杜小姐之事，揚州見杜安撫大人。誰知他淮安被圍，教俺沒前沒後。大路上不敢行走，抄從小路而去。學先師傳食走胡旋，怯書生避寇遭塗炭。你看樹影彫殘，猿啼虎嘯教人嘆。

（老、外上）「明知山有虎，故向虎邊行。」烏❷漢那里走❸？（拿介）（末）饒命，大王。（外）還有個大王哩。

（末）天，天怎了！正是：「烏鴉喜鵲同行，吉凶全然未保。」（並下）

【普賢歌】（淨、丑眾上）莽乾坤生俺賊兒頑，誰道賊人膽裡單！南朝俺不蠻，北朝俺不番。甚天公有處安排俺？

❹娘娘，俺和你圍了淮安許時，只是不下。要得個人去淮安打話，兼看杜安撫動定如何。則眼下無人可使哩。

（丑）必得杜老兒親信之人，將計就計，方纔可行。

【粉蝶兒】（外綁末上）沒路走羊腸，天、天呵，撞入這屠門怎放！

（見介）（外）稟大王，拿的個南朝漢子在此。（淨）是個老兒。何方人氏？作何生理？（末）聽稟：

【大迓鼓】生員陳最良，南安人氏，訪舊淮揚。（淨）訪誰？（末）便是杜安撫。他後堂曾設扶風帳。（丑）你原來他衙中教學。幾個學生？（末）則他甄氏夫人，單生下一女。女書生年少亡。（丑）還有何人？（末）義女春香，夫人伴房。

（丑笑背介）一向不知杜老家中事體。今日得知，吾有計矣。（回介）這腐儒，且帶在轅門外去。（眾應，押末下❺）（丑）大王，奴家有了一計。昨日殺了幾個婦人，可於中取出首級二顆。則說杜家老小，回至揚州，被俺手下殺了。獻首在此。故意蘇放那腐儒，傳示杜老。杜老心寒，必無守城之意矣。（淨）高見，高見。（淨起低聲分付介）叫中軍。（生扮上）（淨）俺請那腐儒講話中間，你可將昨日殺的婦人首級二顆來獻，則說是杜安撫夫人甄氏和他使女春香。牢記著。（生應下）（淨）左右，再拿秀才來見。（眾押末上介）（末）饒命，大王。（淨）你是個細作，不可輕饒。（丑）勸大王鬆了他，聽他講些兵法到好。（淨）也罷。依娘娘說，鬆了他。（眾放末細❻介）（末叩頭介）叩謝大王、娘娘不殺之恩。（淨）起來，講些兵法俺聽。（末）衛靈公問陳於孔子，孔子不對。說道：「吾未見好德如好色者也。」（淨）這是怎麼說？（末）則因彼時衛靈公有個夫人南子同座，先師所以怕得講話。（淨）他夫人是男❼子，俺這娘娘是婦人。（內擂鼓，生扮報子上介）報，報！揚州路上兵馬，殺了杜安撫家小，竟❽來獻首級討賞。（淨看介）則怕是假的。（生）千真萬真。夫人甄氏，這使女叫做春香。（末做看認，驚哭介）天呵，真個是老夫人和春香也。（淨）哇，腐儒啼哭什麼！還要打破淮城，殺杜老兒去。（末）饒了罷，大王。（淨）要饒他，除非獻了這座淮安城罷。（末）這等容生員去傳示大王虎威，立取回報。（丑）大王恕你一刀，腐儒快走。（內擂鼓發喊，開門介）（末作怕介）

【尾聲】顯威風、記的這溜金王。（淨、丑）你去說與杜安撫呵，著什麼耀武揚威早納降。俺實實的要展江山、非是謊。（下）

（末打躬遶❾介）（弔場）活強盜。❿殺了杜老夫人、春香。不免城中報去。

海神東過惡風迴，李白　日暮沙場飛作灰。常建
今日山翁舊賓主，劉禹錫　與人頭上拂鹿疾。李山甫

【校記】

❶徐本作「聽」。❷徐本作「鳥」。❸徐本作「去」。❹徐本此處有「（淨）」字。❺徐本此處有「介」字。❻徐本作「縛」。全集本作「綁」。❼徐本作「南」。❽徐本作「徑」。❾徐本作「送」。
❿徐本作「活強盜，活強盜。」

# 第四十五齣〈寇間〉批語

「嘍囉」喻男挺末，「旗婆」喻女邊闌，「草朝」喻女根豪，「立下」字妙。「山河山後」喻後園，「北朝」喻自後行，「屠門」嘲女道，「扶風帳」亦謔喻也，「要展江山」嘲諷更甚，「惡風」意同。

南宋明帝時，詔：「自今劫盜，斷去兩腳筋」，最妙。羅士信殺人輒取鼻納懷中，以代級。獻賊搜婦女，殺則令取足計數。元曲：「旗幟無非人血染，燈油盡是肚腸熬。也不索大戟長鎗，只在這鬧街坊弄一場，恰便似虎撲綿羊。我不殺你，是我失信，罷罷罷，我家裡也有一爹二娘，五姐六妹，知他死在誰人劍鋒之下？餓虎喉中乞得這免死牌。」「頑」則「頑」矣，皆所謂「不知刀劍又相隨，後日還為髑髏笑」也。

慕容德云：「仁嘗先路，獲賊即侯，則鬱概待時之雄，抱志未申之傑，必勢合。」石虎平長安，苻洪勸虎徙羌戎實東方，虎以為流民都督，處枋頭，卒因流民起事。蜀李特亦因刺史羅尚逼流民還籍，結大營以待之。石虎時，上〈皇德頌〉者一百七十人。《晉書》：劉聰將石勒既破鄴，眾十餘萬，其衣冠人物，集為君子營，是可為千古法。

劉宋時，垣榮祖學騎射，曰「何不學書？」曰：「昔人上馬橫槊，下馬賦詩，此不負飲食矣。君豈無自全之策，何異羊豕乎」，固妙。《唐書》李軌曰：「薛舉必來，能束手以妻子餌人哉！」遂稱大涼王。收舉兵，唐高祖冊為涼王。其臣曹珍曰：「唐自保關雍大涼奄河右，必欲事大，請行蕭詧故事，稱帝而朝于周，遂書稱從弟大涼皇帝。唐祖曰：「兄我，是不臣也」，絕之。則「草朝」亦難「立」哉。令狐綯以平章出為淮南節度鎮帥。初拜，為戎服，屬杖赴省謁辭。綯獨請停之，龐勛自桂還，盜徐州，分兵攻滁，和楚壽，糧盡，啖人以飽。絢信其虛詞，出謹守淮口，賊乘間直襲湘壘，悉俘而食之。「虧心又去搶山河」，賊兒不過「頑」耳。乾坤葬生實難辭咎，直與開花致淫同一不韙。

魏博更四姓，傳十世，有州七。成德更二姓，傳六世，有州四。盧龍更三姓，傳十二世，有州九。淄青傳五世而滅，有州十二。滄景更二姓，傳五世，有州四。宣武傳四世，有州四。彰義傳三世，有州三。澤潞傳三世，有州五。則知「草朝」惟唐時多而堅于田悅，今日破魏則取燕趙如牽犢下馬耳。合從連衡，不朽之業也。數句今大名府之由來。乃悅僭號魏王，設僕射，命節度時所改也。然悅弟緒立殺兄弟姑妹數人，則其姑妹亦楊姑之類，則緒妻公主甚嚴明，死時年三十三，是「快活死」也。子季安母微賤，主命為己子，父死時年十五，嗣為留後，畏主之嚴。及主薨，遂酣嗜欲，死年三十二，亦「快活死」也。樂彥禎代之，城大名，周八十里，羅弘信代之，獨奉朱溫子紹威嗣，朱溫婿也。以田氏世襲，姻黨盤牙，決策屠剪。會女卒，溫遣兵助葬，威先入庫，斷弦解甲，因夷滅，凡八千族。威詩號《偷江集》，尤奇，然勢得為朱溫牽制矣。其時諸鎮相婚嫁為表裡，此陳隋後復見春秋也。獨李臣子惟岳拒命，或謂王武俊曰：「君不聞詔書乎？殺大夫即以其官畀之。」遂入，使科校牽岳出，縊之，傳首京師，則周人尚不及唐耳。朱滔在燕，官屬共議，古有連衡，請如七國，用天子正朔。滔為盟主，稱孤，所居皆曰殿，妻曰妃，下皆稱臣，謂殿下，所下曰令。御史臺曰執憲，置大夫。聘處士為司諫，置節度。時各鎮畔，幕府多被害，妻子留不遺。

《五代史》傳：「五代文章陋矣！」而史官之職，廢于喪亂，故其事跡終始不完，而雜以訛謬，會須作草史也。然夏州梁師都略安定等處，突厥號為大度可汗，解事天子，卒為唐祖滅。欲「膽裡」不「單」，高無賴亦復難學矣。侯景討郢州，敗歸，遂廢簡文自立，每登殿，醜徒數萬共吹唇唱吼而上，真「草朝」也。宋孝武末年，刺史入朝，必有獻奉，又以蒲戲取之，要令盡淨，「草」矣哉！盧循既逼眾議欲遷都，王懿謂劉裕曰：「今日投『草』莽，則同匹夫，匹夫號令，何以威物？」真名言也。梁祖烈狠，見之者慘悴戰慄，神不主體，身如在炙炭，安忍？雄精剛猛英斷，略地至中都，大風揚沙，曰「天怒我殺人少耶！」豐人徐珍嘗與太祖同為盜，後擅殺副將，太祖引見，以故床擲之。唐莊宗惡諫，起入宮，安重誨隨之，論不已，莊宗自閤殿門，使不得入。又內殿惟宴武臣，樂道平生戰陣事以為笑樂。蜀法嚴禁以珍貨出劍門，謂之入「草」，莊宗大怒曰：「物歸中國，謂之入『草』！王衍其能免為入『草』人乎！」平衍後，夷王氏，極慘。〈朱弘昭傳〉：「莊宗朝廷新造，百度未備，宰相盧程拜命之日，肩輿道從，喧呼道中，莊宗登樓望之，曰『所謂似是而非者也。』」金祖初登遼殿，撐黃蓋坐門桯上，京兆任圜為平章，與安重誨爭帝前，宮人奏曰：「妾在長安，見宰相奏事，未嘗如此，蓋輕大家耳。」明宗由是不悅。朝時，馮道等候班于月華門外，兩省班先入，召朝堂驅使官責問宰相樞密，見兩省官何得不起？因大詬厲，猶「草朝」意。朱泚之奔也，遇野人，問為誰？曰「漢皇帝。」亦與高澄打內兄靜帝三拳曰：「朕朕朕，狗腳朕」等笑耳。坡〈題公孫述白帝廟〉詩：「失計雖無及，圖王固已奇，猶餘帝王號，皎皎在門楣。」王建勒李茂貞王岐，貞孱褊亦不敢當，惟侈第宅，擬宮禁而已。建乃自王，是也。

「草」類甚多。《晉史》：分鑣起亂，接武效尤，莫不建社開枋，龍旌帝服，一得擾攘之基，再圖并吞之事，此一「草」也。區區公路，自居列郡之尊，瑣瑣伯珪，謂保易京之業，瓚既窘斃，術亦憂終，勢力外窘，心腹內乖，有斧無柯，何以自濟？徒以八尺之軀，酬人千金之募，又一「草」也。杜牧所云：「唐之藩鎮，自樹一家，破制別法，角為尊奢，皇子嬪之，侈心益昌」，亦一「草」也。今日此山，明年別嶺，軍去出掠，軍來遁影，奉孔明天子位，服龍衣珠冕于洪水趨泄之洞，行朝拜威儀于荒蓁蔓菁之巔，與「草」近也。或以私馬仗從戎，或以私堡寨保險，持兩可而挾求優階，縛刺史而自行州事，「草」不殊也。恃強憑險，凶俠狡害，購疾行善飛之人，時時縱火燒倉；結背公死黨之類，路路養馬置店。劫掠道路，侵暴鄉閭。謂已甘心于怨家，恣穢于仇室，猶勝善良秪供屠噉。何其「草」之多也！攻殺日久，後出者強。高歡之于爾朱，初使猜貳迭形，兩虎自鬥，繼令兵皆會鄴，十鼠並穴。曾見《天心未明錄》，挨年分類，載記甚明，足誅既死之凶，而感早生之聖，方知生今萬方臣妾之時，真有太平為犬之樂也。

建炎時閩賊范汝為，聚眾十萬名，受招安，但不殺人取財，掠婦自若也。潘阮曰：「人生貴于適意，豈能愛死而自不足之心耶。」韓偓：「任道驕奢必敗亡，且將繁盛悅嬪嬙」，是以于「快活」上加一「忒」字。

「有道書生新失館」一似比趙康王，尤為著急，總之有情無情，一例乾忙。

紅娘云：「把你做先生的禮物，與紅娘為賞賜。」嘲殺酸丁。「教學千年方纔滿貫」，怪不得腰纏十萬貫者，輕視此輩，而此輩見彼，亦不覺其足恭也。惟太白揚州散金十萬，是一快事。然第云落魄公子無不賑之，則未為最良輩地。人間可談事無限，無限在明極想消者，猶覺其歸于無味。乃又有乞丐無聊一輩，一若世間除卻滿貫一事，更無足以當吾意者。其志之所之，詐之所至。雖言語萬端，無非為滿貫計。又以狡偽，為人所不敢信，故終于不能滿貫。世人等第，豈復可以道里計耶！

遺山：「六經管得書生下，闊劍長槍不怕渠。」北齊庫狄伏連為鄂州刺史，不識士流，衣冠士族，皆加捶撻。兵興之世，俗人視儒士如僕虜，見經語如芥壤，況又「怯書生」乎！

朱泚之據長安，稱秦帝也。嘗使人馳入曰：「奉天陷矣。」百姓相顧泣，市無留人。官軍壞龍首香積二渠，城中水絕。許季常曰：「一旦急，族中人公侯三千，資足矣。」豈不可嘆！

惟鞏昌府成縣，西北百里，其城天然，地方百頃，旁平地二十餘里，四面斗絕，羊腸以登。獻帝時，清水氏揚駒據之稱王，傳二十五世主，後魏始平，而楊大眼遂為元氏名將，「安排處」好。

杜弼言：諸勳掠奪百姓，神武令刀槊夾道，使弼冒出其間，戰慄流汗，然後諭曰：「刀舉不擊，爾猶喪膽，彼觸鋒刃，百死一生。縱其貪鄙，所取處大。」文襄令武士提以入。書獃未「入屠門」，偏會胡說。

「吾有計矣」，風流警速。

葛洪《西京雜記》：「哀帝為董賢起大第，重五殿，洞六門，南門三重，署曰『南中門』、『南上門』、『南更門』，東西各三門，隨方面題署亦如之。樓閣臺榭轉相連注。」鄧通不好外交，惟謹身事上而已。申屠嘉見通不敬，檄召入丞相府，帝使召曰：此吾弄臣，君其釋之。文帝于通外，尚有北宮伯子。景帝時，有郎中令周仁，當時君臣往往用此道矣。韓嫣字王孫，公主子韓勝子，弓高侯頹當之孫也。武帝為膠東王時，嫣與上學書相愛，後嘗與上共臥起，出入永巷無禁。嫣子贈大司馬車騎將軍，封龍雒侯。富平侯張放者，大司馬安世孫也。母敬武公主。放以公主子，少年殊麗，性開敏得幸，與成帝同臥起，寵愛殊絕。金日磾二子賞建俱侍中，與昭帝略同年，共臥起；曹肇有殊色，魏明帝恒與同寢；北魏代人萬安國，父振，尚高陽長公主，顯祖與同臥起；楊震子秉為太尉，劾閹人。侯覽弟益州刺史參，與同郡諸生李元之官共飲酒，醉飽之後，戲故相犯，誣言有淫慝之罪，即時捶殺；晉〈周顗傳〉伯仁神彩秀徹，雖時輩親狎，莫能媟也，則餘人悉媟可知。梁武侄韶，字德茂，初襲封都鄉侯，為太子舍人，累遷郢州刺史，昔為幼童，與庾開府有斷袖之歡，衣食取給于信。後為郢州刺史，信西上江陵，途經江夏，韶接信甚薄。引信入宴，坐之別榻。信心不堪，因酒酣，乃徑上韶床，視韶面曰：「官今日形容大異。」時客滿坐，韶甚慚恥。王導曾孫宋僕射弘之子，臨川王義康婿僧達，為吳郡太守，與族子確私，確叔父休，亦永嘉太守也。杜義慶有姿色，宋劉裕侄義宗坐門生，義慶放橫打人免官。宗所愛寵劉裕嫡長女子徐湛之，門生千餘，皆姿質端美，衣服鮮麗者。宋謝方明為會稽守，子惠連愛幸郡吏杜德靈，坐廢。北魏高隆之，一時才子所附，而與褻狎；李神俊出帝時常侍大將軍，四方才子咸宗附之，而不持檢度，少年之徒，皆與狎比；魏名臣辛雄，族子德源，年十四，于中書侍郎裴讓之有龍陽之重。為齊聘梁使，又聘周歷隋，牛弘薦修國史。〈儒林傳〉故護軍長史元則，停北平張彫武宅，武以美貌，為所愛悅，故偏被教為後主講經。高洋自矜功業，嘗自裸袒呈露，傅粉梳髻，令崔季舒等負之；莊帝兄無上王子韶，襲封彭城王，孝武既西，歡以長女孝武后配之，文宣常剃其鬚，加以粉黛，衣婦服以自隨，曰：「以彭城為嬪御。」其後諸閹遂弓少年足，見沈氏《驚聽錄》。博陵劉昉父，從魏武入關，昉以技佞見狎，周宣出入宮掖，隋文輔政，曰：「若為當速為之。」出入以甲士自衛，富商大賈，朝夕盈門，子弟多被寵幸。梁沈約懺悔文云：「追尋少年，血氣方壯，習累所纏，事難排豁，淇水上宮，誠無云几，分桃斷袖，亦足稱多。」竇杭母，隋文姊安成公主也。杭美容儀，與唐高祖少相狎。有天下，宮中稱為舅。東都平，賜女樂一部。孫適尚遂安公主，史臣特徵其詞耳。王義方彈李義府云：「義府善柔成性，狡猾為心。昔事馬周，分桃見寵。後交劉洎，割袖承恩。生其羽翼，遂階通達」云云。明南京王祭酒，私一監生；寶應朱淩紹為陝西提學，較文至涇陽，與一士有龍陽之好。升庵云：「近世士夫稟心房之精，從婉孌之習。」若士〈縉紳賦〉：「乞告身于枕袖之時，在主爵而無靳。」皆南子夫人故實也。雖「繁花落盡春風裡，繡被郎官不負春」，傳為佳句，謂之羞官可也。惟孔光謹事董賢，辱其先世，亦不得不見「宋朝」耶？

唐劉從珂赴選旅宿，少選傳云：「祭酒屈郎君晚膳。」引珂擁爐，飲酒共被，乃是婦人。訊其由，則功臣李抱玉主課青衣石氏，因亂。抱玉竄名，奏授國子祭酒。此一「夫人男子」，則倍知人趣焉。

# 第四十六齣　折寇

【破陣子】（外戎裝佩劍，引眾上）接濟風雲陣勢，侵尋歲月邊垂。（內擂鼓喊介）（外嘆介）你看虎咆般砲石連雷碎，雁翅似刀輪密雪施。李全，李全，你待要霸江山、吾在此。

〈集唐〉「誰能談笑解重圍皇甫冉？萬里胡天鳥不飛高駢。今日海門南畔事高駢，滿頭霜雪為兵機韋莊。」我杜寶自到淮揚，即遭兵亂。孤城一片，困此重圍。只索調度兵糧，飛揚金鼓。生還無日，死守由天。潛坐敵樓之中，追想靖康而後。中原一望，萬事傷心。

【玉桂枝】問天何意？有三光不辨華夷，把腥羶吹換人間世，一望中原都做了黃沙片地？❶（惱介）猛冲冠怒起，❷是誰弄的，江山如是？（歎介）中原已矣，關河困，心事違。也則願保揚州，濟淮水。俺看李❸賊數萬之眾，破此何難？進退遲疑，其間有故。俺有一計可救圍，恨無人與遊說。

（內擂鼓介）（淨扮報子上）「羽檄場中無雁到，鬼門關上有人來。」好笑。城圍的鐵桶般❹緊，有秀才來打秋風，則索報去。稟老爺：有個故人相訪。（外）敢是奸細？（淨）說是江右南安府陳秀才。（外）這迂儒怎生飛的進來？快請快請❺。

【浣溪沙】（末上）**擺旌旗，添景致，又不是鬧元宵鼓砲齊飛。**杜老爺在那里？（外出笑迎介）**忽聞的千里故人誰？**（歎介）原來是先生到此。**教俺驚垂淚。**（末）老公相頭通白了。（合）**白首相看俺與伊，三年一見愁眉。**

（拜介）（末）〈集唐〉「頭白乘驢懸布囊盧綸，（外）故人相見憶山陽譚用之。（末）橫塘一別千餘里許渾，（外）卻認并州作故鄉賈島。」（末）恭諗公相，又苦傷老夫人回揚州，被賊兵所算了。（外驚介）怎知道？（末）生員在賊營中，眼同驗過老夫人首級，和春香都殺了。（外哭介）天呵，痛殺俺也！

【玉桂枝】**相夫登第，表賢名甄氏吾妻。稱皇宣一品夫人，又待伴俺立雙忠烈女。想賢妻在日，淒然垂淚，儼然冠帔。**（外哭倒，眾扶介）（末）我的老夫人怎了！你將官們也大家哭一聲兒麼！（眾哭介）老夫人呵！（外作惱拭淚介）呀，好沒來由！夫人是朝廷命婦，罵賊而死，理所當然。我怎為他亂了方寸，灰了軍心？**身為將，怎顧的私？任恓惶，百無悔。**陳先生，溜金王還有講❻麼？（末）不好說得，他還要殺老先生。（外）咳，**他殺俺甚意兒？俺殺他全為國。**

（末）依了生員，兩下都不要殺。（做扯外耳語介）那溜金王要這座淮安城。（外）噤聲！那賊營中是一個座位。❼兩個座位？（末）他和妻子連席而坐。（外笑介）這等，吾解此圍必矣。先生竟為何來？（末）老先生不問，幾乎忘了。為小姐墳兒被盜，竟此相報❽。（外驚介）天呵！塚中枯骨，與賊何仇？都則為那些寶玩害了也。賊是誰？（末）老公相去後，道姑招了個嶺南遊棍柳夢梅為伴。見物起心，一夜劫墳逃去。屍骨投之池水中❾。因此不遠千里而告。（外歎介）女墳被發，夫人遭難。正是：「未歸三尺土，難保百年身。既歸三尺土，難保百年墳。」

也索罷了，則可惜先生一片好心。（末）生員拜別老公相後，一發貧薄了。（外歎介）軍中倉卒，無以為情。我把一大功勞，先生幹去。（末）願效勞。（外）我久寫下咫尺之書，要李全解散三軍之眾。餘無可使，煩公一行。左右，取過書儀來。倘說得李全降順，便可歸奏朝廷，自有個出身之處。（生取書禮上❿）「儒生三寸舌，將軍一紙書。」書儀在此。（末）途費謹領。送書一事，其實怕人。（外）不妨。

【榴花泣】兵如鐵桶，一使在其中。將折簡，去和戎。陳先生，你志誠打的賊兒通。雖然寇盜奸雄，他也相機而動。（末）恐遊說非書生之事。（外）看他開圍放你來，其意可知。你這書生正好做傳書用。（末）仗恩波⓫一字長城，借寒儒八面威風。（內鼓吹介）（外）⓬

【尾聲】戍樓羌笛話匆匆。事成呵，你歸去朝廷沾寸寵，這紙書敢則是保障江淮第一封。

隔河征戰幾歸人？　劉長卿　　五馬臨流待幕賓。　盧綸

勞動先生遠相訪，　王建　　恩波自會惜枯鱗。　劉長卿

【校記】

❶徐本作「把腥羶吹換人間。這望中原做了黃沙片地。」❷徐本作「猛沖冠怒起，猛沖冠怒起」。❸徐本作「李全賊」。❹徐本作「似」。❺徐本作「快請見」。❻徐本作「話」。全集本作「講」。❼徐本此處有「是」字。❽徐本作「徑來相報」。❾徐本作「屍骨丟在池水中」。❿徐本作「雜取書禮介」。全集本作「生取書儀上」。⓫徐本作「臺」。⓬徐本無「（外）」。

# 第四十六齣〈折寇〉批語

「接濟」以喻男事，「歲月侵邊」喻嘲女道，「連雷」喻男，「刀翅」喻女，「密雪」兼喻兩輔。「誰能談笑解重圍」言有咬言，難討饒恕也。「海門南事」，比喻確甚。「霜雪」喻精，「腥羶」喻女，「黃沙」可喻後園，「沖冠」喻男挺末。「江山如是」，欲為女人一笑。「關河困」喻男根在內，「心事違」喻尚未引提，「鐵」喻男事，「桶」喻女根，「秋風」之秋代湫，「布囊」喻皮及卵，「并州」喻女根久合，「橫塘」喻中受大扁。「冠帔」前已註過，「那些寶玩」喻女根之如花似月類蚨疑雲等也。「遊棍」易知，「見物起心」喻花心也，又嘲女道，「一片好心」亦同此意。「恩波」妙絕。

胡理有言：金以和絕望我思漢之赤子。淮揚諸郡，宋之北藩，城堅兵精，不可猝下。故元人先取荊襄，自上游下剪其根本，駐軍瓜州，絕其救援。《元史》：京兆劉整表奏世祖：「自古帝王，非四海一家，不為正統，聖朝有天下七八，何棄一隅不問，而自絕正統耶？」上意乃決。晉與苻堅戰，八公山在壽州。即「接濟、侵尋」二句，亦非杜撰。

隋文之掾史萬歲也，曰：「心無虛罔，乃為良將，懷詐邀功，便是國賊。」北齊崔昂魏收為郎舅，其侄季舒為中書侍郎，察魏事。靜帝曰：「崔中書是我奶母。」性愛聲色，好醫術。武成崩後，後主將適晉陽，季舒等諫，韓長鸞譖之云：「漢兒文官連名總署，聲云諫向并州，其實未必不反。」乃殺之，家屬徙邊，妻女子婦配奚官。「中華無鎖鑰，辜負萬重山，由來天險地，容易倒前戈」。「吾在此」三字，嚼穿齦血。

《北史·外國傳》序：「蓋天地之所覆載至大，日月之所照臨至廣。萬物之內，生靈寡而禽獸多；兩儀之間，中土局而殊俗廣。」宇文護記室韋師，知諸番風俗。有「夷」朝貢，師必接對，論其國俗，如視諸掌，彼人驚服，無敢隱情，亦古今一快事。〈鹽鐵論〉：「外國之俗，略于文而敏于事。」郭端謂袁紹：「多端寡要，好謀無決」。外國雖詩書之文懵而不習，多純質有明略，其俗亦有遠勝中國者。如吐番之懷恩，高麗之性不屠宰，女國之劫殺外瀆。元初之劫殺者死，仍以家人賞事主為奴。元世祖曰：「朕治天下，重惜人命，凡有罪者，必令奏再四，非如宋奸臣，書片紙即殺人也。」問：「遼以釋廢，金以儒亡，有諸？」趙德輝對曰：「金大事不使儒。」聞元裕北覲，稱世祖為儒教大宗師，上悅而受之，雖受蓋笑之矣。宋孟珙云：「慕古蒙為雄國故名，其俗無私鬥爭。每一騎兵，必使掠十人。凡出師，人有數馬，每日輪一馬。乘馬生三年，即于草地苦騎而教之。千馬為群，寂無嘶鳴，下馬不繫亦不走逸，行間未嘗芻秣。出入只飲馬乳，故此數十萬師，不舉煙火。兵皆帶妻，專掌張帳卸鞍之事。寨馬當署，往往疥癘，歲入太行療之。金人每歲必勦，謂之滅丁。」二十年前山東河北，誰家不買為奴婢者？皆金人掠來者。其于中原，獵取之若禽獸，所謂聚如邱山，散如風雨，迅如雷電，捷如鷹鶻，指期約日，萬里不忒，得兵家之詭道，而善于用奇者也。然元朝之命，實再造于郝經，而經所言，遂為萬古第一篇文字。南欲自保者，但讀《元史·郝經傳》，北欲平南者，亦讀《元史·郝經傳》而已。又《元史·許衡傳》：考之前代，北方有天下者，必用漢法，乃得長久，故後魏遼金，歷年最多。他不能者皆否。使國家而居溯漠則可，今當行漢法，無疑以陸行水行，所乘各異。然萬世國俗，遽從臣僕之謀，改就亡國之制，勢有不能，宜如寒之變暑，以漸而至。上有昔言而今忘之者，有今命而後違之者，紀綱不得布，法度不得立，天下之人，疑惑驚眩。私心盛則不畏人矣，欲心盛則不畏天矣，二者合而所務皆快心事耳！人必求尊榮，則各懷無恥之心，甘獻妻女，所陳多削槁，故其言多秘，世罕得聞，然謂國人子弟太朴未散，視聽專一可教。唐莊宗時，黑水女真入貢，金兵以土瘠產薄，惟恃織布苦戰，可致俘獲。大抵戎裔之俗，不過貴相屈服。金使李永壽、王詡至，皆雲中人，驕倨之至，又使張通古來肆慢，我以寡謀安逸之將當之，使往露坐風埃，自巳至申，乃得見二太子。金世宗曰：「經籍之興，其來舊矣。垂教後世，無不盡善，然不能行，誦之何益？女真舊風最為純直，雖不知書，其宗天地、敬親戚、尊耆老、接賓客、信朋友，皆出自然，不可忘也。」初顧其國，人尚少，乃割土地，崇位號，以假漢人，使為效力而守之。猛安謀克，布滿內地，聽與契丹漢人昏姻，以相團結。盛則漸以兵柄，歸其內族。冒頓之縱漢祖，以不安中國之俗也。元海之四民響應，不但悅漢，而漢亦悅之。鳳州謂：堯舜之時，化不過數千里，其外大抵皆固俗為教耳，至無道之秦始一。又曰：其入中國，若鳥之就藩，而魚之改陸，謬哉！石晉輕與盧龍，遂使提衡幽州，民無不騎射，令技北矣，教其屬雜沿幽之土風物候，令俗南矣。挾北技就南俗，更數十百年，而其勢固已包中國而入其橐。金之一嘬而食半，元之再嘬而食全也，固所必至矣，宋且君之。伯父之語統者，申宋則不得獨屈晉，屈晉則不得獨伸宋。又曰：「鮮卑氐羌索頭更迭割中國，然往往襲華夏，變裔禮，豈其先嘗雜處中國，有所覬慕于志耶？」元之大統，隻千古無對焉，而其君日斷斷然思以其教易中國，諸長官非其人不用也，視中國地若甌脫焉，不得已居之；視中國民若贅疣焉，不得已治之。健鷹飛不到之地，元俱有之。至欲空江南為牧地，又若六畜焉，食其肉而寢處其皮，以供吾嗜而已。然惟不忘其故，故其亡也。若飛鳥之就林，而巨鱗之還壑也，所以至今不絕哉。金世宗之言，是元之策也。顧主驕而靡，臣以諂濟貪，又各路長帥肉酪侏離，暴而椎，不習民與猾吏。官既不勝盜，即無奈盜何，招撫之說行，而金帛之又官爵之，民見盜之利而嗜為盜。郭寶玉，華州鄭縣人，降，元太祖問取中原策，曰：「勢大不可忽也。西南諸番，勇悍可用，宜先取之，藉以圖中原，必得志矣。」帝患西番城多依山險，曰：「使在天則不可取。」又言：「建國之初，宜頒新令，如軍行不妄殺，及惟殺人者死之類。」遼主耶律德光曰：「吾國廣大，方數萬里。」元四大斡耳朵為宮殿之地，亦在漠北，去上都萬里，其視中原，猶一隅也。昂吉當曰：「兵以氣為主，而上下同欲者勝，故吾能得志于中國，而不能得于日本。」明初人〈白翎雀詞〉：「太朴之氣元旁薄，太王肇基不城郭，風俗淳龐法度約，雌雄和鳴莫我樂。」又：「莫更重彈白翎雀，如今座上北人稀，坐中北客聽來少，暗想當時一惘然。」則固知其教之可安，而其俗之可樂也。

宋洪容齋云：「周世中國最狹，吳越楚蜀閩皆蠻，淮南為群舒，秦為戎，河北真定，中山乃鮮虞，河東有赤狄，洛陽為王城而有陸渾之戎，杞近于汴，亦用裔禮。」《後漢．四裔傳》：春秋時戎雜居中國，築城數十，皆自稱王。《隋史．地理志》序：「戎馬所萃，失其舊俗。」崔浩言：「秦地戎民混，并風俗不同，人情難變。」劉裕欲行荊揚之化於三秦，不可行也，終為國有。《宋史》：邊蜀西南檄，被邊十餘郡，綿亙數千里，剛夷惡獠殆千萬計。齊朔州斛律金行兵用單于法，望塵知馬步多少，嗅地知軍度遠近，軍營未定，終不入幕。隋文為突厥所圍，欲潰圍遁，蘇威曰：「輕騎則彼之所長。」李充曰：「周齊之際，中夏力分，輒以全軍為計，由是突厥勝多敗少。」梁睿曰：「戎狄之患，雲屯霧散，強既逞其梗犯，弱又不可盡除。」時代人吳婁子幹為楡關總管，言彼俗不設村塢，惟以畜牧為事，比見屯田，費多獲少。唐高祖選精騎，居處飲食如突厥，始敗走之。太宗策其彼入既深，懼不能還，故與戰則克，和則固。後元太祖特逐漸侵蝕，不畏不還耳。

咸亨時，吐番使仲智曰：「吐番不及中國萬一，但議事自下，因人所利而行之，故上下一好，能久而強也。」契丹冬則入穴居，以避太陰之氣。宋趙州郭咨言：「契丹疆宇雖廣，人馬至少，南牧必率諸國，其來既遠，其糧又少，但能多方致力，使馬不得伸用，便不患矣。」余靖言：「燕薊久陷契丹，而民無南顧心者，契丹之法簡易，又有八議八縱。」大名王沿曰：「遼以戈矛為耒耜，剽虜為商賈者也。」宋祁曰：「恥法尚勇，甘得而忘死，河北之民，殆天性然。抄後略前，馬之長也，強弩巨斧，步之長也，能用步所長，契丹多馬，無所用矣。」金人飄忽如風雨，情態萬變。宋汝為曰：「金人所恃，不過自能聚兵合勢。」張威曰：「鐵騎一衝，步技窮矣。」乃創撒星陣，分數十隊，分合數變，金人失措，然後擊之，罕聞其聲，惜此法不可屢用。呂光降西域，宮室甚盛。胡人厚于養生，精乳滑性，華人姸靡自喜耳。元速不台則曰：「城居之人，不耐勞苦。」

堯舜之時號萬國，如今外國部落耳。至周存千八百，蓋漸併為一者，勢也。而遷徙可以不常之處，其不合併者，亦勢也。然觀《南史》，吳興顧歡〈裔夏論〉曰：「擎跪罄折，侯甸之恭，狐蹲狗踞，荒流之肅。」宋文聞魏將伐蠕蠕，令行人歸告爾主：「歸我河南地，則罷兵。」太武笑曰：「龜鱉小豎，自救不暇。」《魏書》：中原呼江東人為貉子，禽聲鳥呼。古今以南蠻正統者，僅漢宋。若隋雖楊震之後，而后父獨孤信世為部落大人。唐高祖后母，周公主。竇毅自漢時避竇武難奔單于，遂為部落大人，元魏賜姓紇豆陵。唐太宗后長孫晟女，實魏拓跋氏云。高祖有宇文昭儀，化及妹也，入關得之，故士及來歸得親，卒且陪葬獻陵。建成妃亦元氏。太宗文德皇后，齊宗室高儉女，亦鮮卑也。宇文護母閻氏，高歡妻婁氏，石勒妻李、石虎妻杜、劉聰妻劉，唐莊宗追尊曾祖妣瞿氏，祖妣秦氏，太后曹氏，嫡母劉氏，明宗追尊高祖妣劉氏，曾祖妣張氏，祖妣何氏，妣劉氏，后夏氏曹氏，知遠追尊高祖妣李氏，曾祖妣楊氏，祖妣李氏，妣安氏，后李氏，隋唐華人而裔母，三代華母而裔父，蓋自劉石元魏以來，久無岐視矣。知遠沙陀部人，其後居太原，沙陀實突厥，至克用滅梁，是突厥終有中國也。惟吐番未帝，則元國師實將與人主共享子女之福，回紇未帝而世為遼后，又散在中華，世享中區之樂。觀存勗自高祖至昭宗，為七廟，遣檢視諸陵。敬瑭亦立唐高祖、太宗、莊宗、明宗廟于西京。知遠以漢高為高祖，光武為世祖。外國之法尚權，豈不善巧方便于中國也？在天眼作平等觀，並未嘗重「華」人法。自呼韓失國臣漢，居朔方。諸郡魏武始分為五部，選漢人為司馬，以監督之。太原蒲圻上黨俱有，亦似天公預為魏地使代報晉者。然魏晉使居塞垣，百人之酋，千夫之長，食王侯之俸，病則受養，強則內攻，誠能移其財以養戍卒，則民富。當其叛，不為之勞師，移其爵以餌守臣，則將良。當其敗，不為之釋備。明皇時，張說持節撫太原九姓曰：「吾肉非黃羊，不畏其食。」不知魏徵曾言彼以商賈來，則邊人之利若賓客之中國，蕭然耗矣。論西北形勢，子由一篇最妙。漢太始時，齊人延年上書言：「河出崑崙，經中國注渤海，可觀地形，令水工准高下，開大河。上嶺出之胡中，東注之海，如此關東長無水災，北邊不憂單于，可以省隄防備塞，天下不憂。百越者，以其水絕壤斷也。此功一成，萬世大利。」上壯之。惜以大禹所導，恐難更而止。不知大禹時不知後世之患在邊陲，故未計及耳。

《隋史》論：「廣谷大川異制，人生其間異俗，其政疏而不漏，簡而可久，種落實繁。迭雄邊塞，處于代陰，南面以臨，此其所以勝也。」《晉載記》：淳維伯禹之苗裔，豈異類哉！自劉淵至馮跋，為戰國者一百三十六載。劉淵博通經史，輕財好施，幽冀名儒，皆往歸之，謂成都王。避王浚，遂自奔潰，真奴才也。曜亦讀書，善屬文，有神調，禿髮赫連，俱單于後。于劉淵為宗室。勃勃母苻氏，長八尺五寸，美容儀，取長安如破竹，取劉裕子殺之。北魏黃帝之裔，歷七十餘世，始居單于故地。曹魏時遣子入侍，晉武送歸嗣立。賀狄于使姚興還，太祖見其言語衣服，有類羌俗，以為慕而習之，下令殺焉。至太武遂滅慕容、姚興、赫連、沮渠。至高祖遂遷洛。雖有夏殷，不嫌一族之婚。皇運初基，古風遺朴，後遂因循，訖今莫變。自茲禁之之詔，詞無煩華，理從簡實。崔僧淵復南中族兄書曰：「主上之為人，無細不存，無典不究。開獨悟之明。所稱羯騷，殊為不然。」長孫嵩言于世祖，崔浩嘆服。南人則有訕鄙國家之意。毛修之，滎陽人，能為南人飲食，常主世祖御膳。慕容垂大長秋卿。孟闢洛陽人，其兄威尤曉北土風俗，明解北人之語，太原公主寡居，肅宗欲使尚焉。丈夫好服綵色，孫紹諫曰：「往在代都，武質而治安，中京以來，文華而叛亂。」遷洛時欲合眾情，故計以冬居南，夏便居北。自遷洛後，仕進路難，代遷之人，多不沾預。元乂欲用代來寒人，自是悉被收敘。

考鮮卑，漢末羌寇三輔，欲發鮮卑騎，應劭言：鮮卑隔在漠北，無君長廬落，性殘害易叛。〈志〉：烏桓東胡，初臣伏于單于，牛羊不以時至，輒沒入其妻子，及武帝徙之塞外，為漢偵察。昭帝時漸強，至發單于塚墓以報怨。王莽欲擊單于，使烏桓屯代郡，盡質其妻子于郡縣，蹋頓其後也。鮮卑亦東胡，初與單于並盛，謂之白虜，後為所敗，與烏桓接。竇憲破單于鮮卑，因徙處其地。單于餘種留者，尚萬餘落，皆自號鮮卑，從司馬懿伐公孫淵，始建國。斂髮襲冠，此其留髮之証也。曹丕時邊民亡在鮮卑者，處以千數。慕容廆身長八尺，美容貌，太康十年，以士大夫禮謁東夷校尉何龕，龕嚴兵見之，廆乃改服戎衣而入曰：「主人不以禮，賓復何為哉！」時宇文部方強，廆念勤王則忠義彰于大朝，私利歸于本國。與陶侃書曰：「不知今之江表為賢俊匿智耶？將呂蒙、淩統，高蹤曠世哉？王司徒善于全己耳。」子俊（案：據《晉書》卷一〇八、一〇九廆子皝，後為廆孫）嗣于昌黎，課農桑，量造溝洫，務盡水陸之勢，是其地可耕之証也。慕容德問：「朕何如主？」鞠仲曰：「光武之流。」及議賞，仲辭其多。曰：「卿飾對非實，故朕亦以虛言相賞耳。」亦頗曉事。乞伏立國，多依漢制，本鮮卑也。然高洋受禪，杜弼與謀，一日問治國當用何人，曰：「鮮卑車馬客，會須用中國人。」洋以為譏己。十年忽憶其事，遣使就州斬之。洋第十一弟湜，母游氏，湜以滑稽便辟寵于洋，在左右行杖，諸王太后銜之，洋崩，湜擊胡鼓為樂，太后杖之百餘，未幾，薨。太后哭之哀，曰：「我恐其不成就，與杖，何期帶抐死也。」高澄第二子歷尚書令大將軍，愛賞人物，嘗自作朝士圖，何文也。澄長子為武成酖，澄第五子延宗縛草為武成鞭之，曰：「何故殺我兄？」高歡謂子澄曰：「爾所用多漢兒。」高洋誅高德正曰：「正嘗言宜用漢除鮮卑，此即合死。」斛律金曰：「還令漢小兒守，收妻子為質。」南宋劉義隆子昶子業，時攜妾奔魏，侍中封王，連尚主阿厲。僮僕音雜夷夏，雖在公坐，諸王每侮弄之，或捩手嚙臂，至于痛傷。後為齊纂，命鎮彭城，遂處故居，閨門喧猥，內外奴雜。万俟普，匈奴之別也。高歡常親扶上馬，故願出死力。太安王紘，年五歲，隨父基在北預行臺，侯景與人論掩衣法為當，左右有徵諸孔子者，紘進曰：「龍飛朔野，雄步中原，五帝異宜，三王殊制，掩衣左右，何足是非。」文宣飲言大樂，紘曰：「不悟國破大苦。」帝使燕子獻反縛，長廣王捉頭，手刃將下，俄頃舍之。此外國別有氣習之証也。

考突厥，其初人與牝狼交而生，至俟斤，面廣一尺，求婚蠕，阿那瓌罵之。其俗淫者割其勢。墓為臺二層，中圖死者形儀。俗好蹋鞠。隋韋雲起護其兵，虜契丹男女數萬，男悉殺之，婦女賜突厥。煬帝幸江都，請老歸京兆，唐祖入關，上謁封縣公民請于煬帝，欲衣中國服飾，法用一同華夏，帝曰：「不可。」豈遂性之至理，教人不求變俗？幸其帳時，有「索辮擎膻肉」句。《唐書》：嘿棘連欲城所都，赴佛老廟，暾欲谷曰：「突厥眾不敵唐百分一，所能與抗者，隨水草射獵，居處無常，習于武事，強則進取，弱則遁伏，唐兵雖多，無所用也。糧竭自去。若城而居，必為彼擒。佛老教仁弱非武強術。」自天置以來，地過萬里，三垂薄海，南抵大漠，連頭可汗，殘波斯與東突厥，分烏孫故地有之。隋時建庭龜茲，遂霸西域。隋季虛內以攻外，華人不逞者，多往從之。龜茲西北數百里有羯霜國，突厥可汗歲避暑其中，又西百里有嘿邏斯城，小城三百，本華人，為突厥所掠，保其中，尚華言，劉武周劉黑闥為唐所敗，俱亡入突厥。唐太宗太子承乾，長孫后出，好突厥言，設穹廬自居，曰：「我作天子，當肆吾欲。」劉知遠為節度，進百頭穹廬于晉出帝。及自帝，禁造契丹服器。以元壽使突厥，還言其人色若菜，不三年必亡，果然。

考回紇，其先匈奴也，元魏時亦號高車，散處磧北，臣于突厥。隋煬大業中，突厥責其財，乃自稱回紇。唐太宗即故單于臺為建都督府，乃置過郵六十八所，具湩肉待使客。武后時突厥嘿啜復強，回紇度磧，居甘涼間，助唐攻之。天寶初詔居突厥故地。肅宗召其兵，子儀與安慶緒戰，回紇踰西嶺，趨出賊背，賊遂敗走，回紇大掠東都三日，而且請婚。代宗以史朝儀未滅，復請兵，纔四千，孺弱萬餘，進取東都，可汗留屯河陰旁，人困于剽掠。初至東京，放兵淫虜，詬折官吏。及還國，其留京師者，掠子女于市，傳送萬年獄，酋長劫取囚，殘獄吏去，引騎犯金光門，皇城皆闔，都人厭苦。常以數萬馬求售，馬四十縑，去則盛女以橐。張九晟使吏刺以長錐，知之殺諸回，送女子還京。其至京師，常參以九姓胡，往往留京師至千人，居資殖產甚厚，此又回回貿易之始也。始回紇常命酋長監奚契丹，以督歲貢，因詗刺中國。及張仲武節度平盧，名王貴種相繼降捕。大中初為黠戛斯所擊，寖耗滅，散居賀蘭山下。宋神宗時，沒孤公主寶物，公主猶各遣貢。黠戛斯即古堅昆，當伊吾西焉耆北，人皆長大，男少女多，俗乘木馬馳水上，有馬伎繩伎。文字語言，正同回紇。突厥以女妻其酋豪。唐太宗高宗時皆來朝。中宗曰：「而國與我同宗，非他番比。」慕容廆子晃伐高麗，虜其母妻及男女萬人。隋責高麗以驅迫靺鞨，禁錮契丹，表稱遼東草土臣。言詞鄙穢，不問親疏。盜不能償，及公私債負，評其子女為奴婢以償之。土人弁加插二鳥羽，與百濟之冠兩廂加翅稍別。《晉書》志：「辰韓，秦之亡人，避役入韓，割東界以居之。」「肅慎，北極弱水，居深山窮谷，以人溺洗手面，取其活血。」石季龍時來貢，曰牛馬西南眠者三年矣，是知有大國所在。靺鞨即古肅慎，言語獨異。豆莫婁以北扶餘方二千里，東至于海，其人長大。殺人者死，沒其家人為奴婢。烏洛侯，繩髮，冬則窟地為室。

考吐番吐谷渾，吐番利鹿孤後，唐初與茀林戰。人多老壽至百餘歲，屋皆平上高，掘地深數丈，明駝日馳千里，甲精惟竅兩目，以鹵獲為貿易。起大屋塚顛為祠。自尚唐主，後遣諸豪子弟入國學，後滅，吐谷渾而盡有其地。安祿山亂，乘間入京師，子儀入長安，吐番留十五日乃去。天子還京，吐番屯咸渭間，自如也。臧河之西南夾河多柳，山多柏。墓旁作方屋繪虎，皆虜中貴人贊普夏牙也。所上寶器數百，制治殊詭。飲舉酒行與華制略等。惟贊普朝霞國首，與高麗之大臣絳羅冠，其次青羅冠相近，為外國冠皆尚絳之証也。玄宗時吐番求書于休烈，諫曰：「東平王求諸子，漢不與，以諸子雜詭術也。今吐番之性慓悍果決，善學不回。若達于書，則知用師詭詐之計，深于文，則知往來書檄之制。」狄固貪狠，貴貨易土，帝竟與之也。然吐番之溷男女極矣，突厥沙陀部亦然。吐谷渾本慕容廆庶長兄，不協，遂西度隴。較之中國，俯仰甚寬。有子六十人，長子吐延，身長七尺八寸，亦有子十二人，累世耽酒淫色，且納女子。魏靜帝又擒赫連定送魏，故魏以濟南王匡女為廣樂公主妻之。東距松州，處山谷間，崎嶇大抵二千里，不能相統屬。人壽多至百五六十歲。吐谷渾與突厥，惟衰者不得下淫耳。周將建康史寧，以樹敦城，吐谷渾之舊都多諸珍藏，攻破之，俘虜男女財寶，盡歸于突厥。突厥亦破賀金城，虜渾王妻子，遺寧奴婢百口，以器械鈍苦，故吐番及渾多慕容、拓拔、赫連等姓。後唐莊宗為置朔寧、奉化等府，石晉割以屬遼，又畏遼而搜并、忻、鎮、代等州山，吐谷渾驅出之。從洛陽西行四十日至赤嶺，自赤嶺西行一月，渡流沙至渾城。從渾城行三千五百里至鄯善，為渾所吞。以第二息總其部落三千，以禦西胡。從鄯善行三千里至于闐，自發蔥嶺，步步漸高。漢盤陀國正在蔥嶺之頂，自此以西，山路欹側，長阪千里，懸崖萬仞，極天之阻，實在于斯。又有女國，在蔥嶺西，水皆西流，決水以種。西域自魏晉之後，互相吞滅，不復詳記，離併多端，見聞殊詭，所以前書後史，踳駁不同。魏詔使往敕，沮渠送至姑藏，蠕蠕遣告魏已削，今天下惟我獨強，遂以闞伯周為高昌王，文字一同華夏，而教授皆以胡語。波斯古條支，輕罪繫牌于項。嚈達即王舍城，俗無車有輿，與蠕蠕婚姻。康國男子翦髮，衣綾羅錦繡，曰：「自古通西域，必因好事之主。」《隋史》：黨項羌裘褐披毡以為上，飾異殊方，於斯為下。唐〈南詔傳〉：「蠻本無謀，不能乘機會鼓行疾驅，但蚍結蠅營，忸圂獲小利，處處留屯，故不足平。」隋煬時諸肅昆弟布列朝廷，后弟琮見北間豪貴，未嘗降下，楊素笑其嫁從妹于鉗耳氏，曰：「前已嫁妹于侯莫陳氏矣。」素曰：「侯莫也，鉗耳羌也。」琮曰：「劣羌優虜，未之前聞。」豈知所以優劣，正魏崔玄伯所云：「彼雖眾而無主，猶于奴共一膽也。」

李林甫疾儒臣，以方略積邊勞且大任，即說帝曰：「夷狄未滅者，由文吏為將，憚矢石而不為用。番將，彼生而雄。」帝因擢祿山，甫利其虜也，無入相資，故祿山得專三道勁兵，處四十年不徙。張嘉貞、延賞、子弘靖，皆平章，號三相張家。靖節度盧龍河朔，舊將與士卒均，寒暑無障蓋安輿。靖素貴，肩輿而行，人駭異。俗謂祿山思明為二聖，靖乃發墓毀棺，眾滋不悅。官屬酣肆夜歸，燭火滿街。會欲鞭小將，薊人未嘗更笞，辱不休，弘靖繫之。是夕軍亂，囚靖薊門館，掠其家貲婢妾。取朱克融主留後。幽薊初效順，不能因俗制變，故范陽復亂。宋儒於世事，直說夢話哉！陸贄之論禦邊也，曰：「勉所短而敵長者殆，用所長而棄短者強。」李光弼父本契丹酋長，武后時入朝者。白元光其先突厥人，從光弼出土門，封南陽郡主，為兩都遊奕使。節度王武俊本出契丹，開元中五千帳，請襲冠帶，入居真定。又，李正巳高麗人，侯希逸母，即其姑，後逐希逸代為節度，有淄青。邵子所謂，中國者，天下八十分之一耳。觀《唐書》吐番回鶻兩傳，則知殷湯夏革之言，恒沙世界之旨，且不必說，即就南贍部州而論，西北兩家，大抵居此界之大半矣。「換人間世」亦「天公」驕愛故。然善乎劉向《說苑》之所言：「『天』于人本無恩，特如蟣虱之在身耳。」若謂有「辨」當「辨」者，自是慣造賢文一輩人，執相多事。然唐〈四裔傳序〉：「高祖亦審魯元不能止趙王之逆謀，謂能息單于之叛，非也。」

和親紓旦夕之禍耳。」皇室淑女，嬪于穹廬，與諸媼並御婉冶之姿，毀節異俗。北魏時上書以蠕蠕為夷狄，太祖讀《漢書》，見婁敬勸漢妻單于而善之，故公主皆降于賓附之國，朝臣雖美彥，不得尚焉。宗室女亦妻吐谷渾。自漢文時遣公主為閼氏，使宦者燕人中行說傅主，說不欲行，強使之，說遂教單于以尺二寸牘，印封廣長復漢，踞傲其詞。漢使或言其父子同穹廬臥，說曰：「匈奴約束徑易行，君臣簡可久，一國之政，猶一體也。即君臣之等，不甚異，故眾心如一意。惡種姓失，然後母有子位，亦以次及之。中國雖陽不如是，然親屬益疏，至制于異姓。宴間談柄鮮云貴種望姓，轉嫁奴外，致被侵媟，為失種姓。」又遺漢武書曰：「強胡，天之驕子也，不為小禮以自煩，今欲與漢開大關，取漢女為妻，則不相盜矣。」其時西域亦皆役屬于彼，為所賦稅，隋文以光化公主降吐谷渾，世伏死，許久伏繼尚。唐太宗貞觀九年，以宗室女為弘化公主，妻渾王。又以宗室女金城公主，妻其子模末。又以宗室女妻末子闔廬。突厥與可敦坐，謂使云：「吐番契丹，亦與公主，不與我耶？」阿史那社爾，突厥可汗之次子，率眾內屬，尚衡陽長公主。典衛屯兵，屢有戰功。太宗崩，請以身殉。阿史那蘇尼失尚宗室女定襄縣主，宿衛四十年，無纖失。執失思力，突厥酋長也，護送蕭后入朝，預平吐谷渾，詔尚九江公主。坐房遺愛，流巂州。主請削封邑，偕往吐番云。公主不至，我且深入。貞觀時，詔江夏王送宗室女文成公主下降，弄贊見主，執婿禮甚恭。見中國服飾之美，縮縮愧沮。明皇女蕭國公主，先嫁鄭巽，又嫁薛永衡，乾元時嫁回紇可汗。代宗時咸安公主下嫁回紇，牙百里可汗至，請由間道先與公主私見。肅宗之收長安，曰：「人民土地歸朝廷，玉帛子女盡與回紇。」華民之乞丐無聊，雖常造賢文，不能被驅不走也。中華雖禮國，而世世為四裔稱阿舅。宋雖無降主事，意者賢文之力，然《嘗后圖》，千載餘羞。二帝之北也，妃主入虜者數百人，且被侵辱，不可思議。「天」豈惡其拘牽，使聚而為彼奉耶？

王嬙詩：「已安殊類久，妻子亦何妨？」石湖〈使金詩〉：「若睹腥羶似蘭射，昭君不憶漢宮春。」玉茗此句（案：指「有三光不辨華夷，把腥羶吹換人間」）殆亦未能免俗，人云亦云耳。觀其「滄桑長共此山河，偏為中原涕淚多」之作，固未之歧視矣。

陳師錫〈五代史序〉：當裔夏相蹂時，搖毒扇禍以害斯人者不計。自真人出，然後民得保其首領，收其族屬，聖人知天之所助，人知所歸，國之所恃以為固者，仁而已。奈日執清議，內行不足其道，使外入中，莫之能遏。石湖雖茹痛含酸，說之不盡矣。須知天祚奸雄，以世界宜有奸雄之凶災也；天祚女主，以世界宜有女主之淫毒也。韓非曰：「賞勞以勸民也，而又尊行修，則民之產利也惰。」商子曰：「觀人以巧言異道，浮職私事，則民皆偷營，國必無力。」管子曰：「上下相蒙，苟悅其名，虛美熏心，實禍蔽塞。簡牘繁糅，考課不精，文書盈几，而吏益歉。」大蘇曰：「以三代之禮，所謂名者而繩之，彼且掩口而笑。若是者，皆華所短也。況腹勢受攻，邊勢負隅，邊之于腹，去寒就燠乎？」

「伯顏丞相到簾前，臣妾僉名謝道清。就中有客話陳橋，如此『江山』落人手。」「弄的如是」，「沖冠」何益？區區「淮揚」安可「保」耶？雖曰山川異地，風月同天，「做了黃沙」，便覺粉墨蕭瑟。而北地香魂，南朝碧血，總付鵑啼，尤令人傷感耳。

薛能云：「過客悶嫌疏妓樂，小兒憨愛擁貔貅。」「添景致」等句，寄哭于笑。魏靜帝時始禁「元宵」相偷戲，前此不禁。可知几度相逢即身老，「千里故人」誰何亦好。

晉陶侃為廬江太守，張夔督郵。張妻有疾，將迎醫于數百里，時正寒雪，諸綱紀難之，侃獨曰：「小君猶母也，安有母疾而不盡心者乎！」請行。齊王子妃薨，宋駙馬王儉曰：「昔庾翼妻薨，王允滕含猶以為府吏宜有小君之服」。若腐儒惟有「苦傷」耳。

屈突通既被擒，唐祖使討世充，曰：「如二子在洛河。」曰：「蒙更生時，口與心誓以死許國。」兒死自其分，情知即不為此言，亦無益也。楊元卿在元濟處，曰：「吾為卿，持表見天子，至則條賊虛實。」濟覺，乃縛其妻并四子，坧為一堋，射之。卿以是歷金吾節度，然性儉巧，所至諂結權近，則悠悠有識，痛貫四時，豈得云雖悴前終庶榮後始耶？韋孝寬兒敻，逍遙公，隋文詔辨三教優劣，著序奏之。子瓘行隨州刺史，故寬子總復于并州戰歿。一日之中，兇問俱至，家人相對悲慟，敻曰：「去來常事，亦何足悲？」及死，遺言惟薦蔬素。梁武自布衣時，嘗夢拜兩舊妾。為六宮，有天下，此姬已卒，所拜非復其人，恒以為恨，況「儼然吾妻」哉。

「窅然喪天下，乃能應帝王」。「怎顧的私」豈無勞問河北諸將角榮華比耶。元察罕之復汴京也，獲楊林偽后及賊妻子數萬。「俺殺他全為國」。

周將中山劉亮，姿貌魁傑，見者憚之，孫定兒眾數萬據州。亮樹一纛于城高嶺，將二十騎馳入城中，定兒方置酒，見亮卒至，皆駭愕。即麾兵斬定兒，指城外纛，命二騎曰：「出追大軍。」賊黨皆降。子昶尚周文女河西長公主，善設權譎，不在兵多。又周河西郡公李賢，李陵後，祖隨魏遷，復歸汧隴。東陽王元榮為瓜州刺史，榮死，其婿劉彥不赴，又南通吐谷渾。周文難于動眾，欲以權略致之，乃以趙郡申徽為河西大使，以五十騎行。既至，止于賓館。彥見單使來其館，徽先與瓜州豪有密謀，執彥，遂叱而縛之。復云大軍續至，彥所至無敢動者。因「机」制變，荀彧策破袁紹，所謂情見勢竭，此用奇之時也。趙充國對宣帝曰：「臣聞戰不心勝，不苟接刃。」千古名言也。王敦既表陶侃為荊州刺史，侃使將兵入湘，平杜弢。或請乘討王机等，侃曰：「吾威名已著，何事遣兵？・函紙自足耳。」隋文為相，遣崔彭以兩騎召周陳王，彭去州三十里，詐病，止傳舍云云，是方略走之也。東魏兵至天水，權景宣偽作周文書，招幕得五百餘人，保據宜陽，聲言大軍續至，詐云迎軍，因得西道。周文即留守張白塢節度東南，義軍隨城人吳士英殺刺史為寇，宣曰：「小賊可以計取。」乃與書，偽稱刺史凶暴，歸功英等，果相率至，執而戮之。每讀《唐書・李晟傳》，令人快樂。及觀其子愬發兵，吏請所向，曰：「入蔡州取吳元濟。」士失色，監軍使者泣。既入蔡，發關留持柝傳夜自如，黎明入據濟外宅，益快此公有子。朱玫以共逐黃巢功，縱軍還略，僖宗幸鳳翔，避之。及王行瑜敗于賊，曰：「今歸無功，若斬玫迎天子，取富貴。」遂倍道趨長安，遽入其第斬之，皆妙人也。宋張耒云：「且雄傑之才，未嘗絕于世也，不在朝廷，即在山澤，不在中國，必在外國。」前漢陳湯曰：「國家與公卿議大策，非凡所見，事必不從。」正坐不能「相机」，反不如「奸雄」之寇盜耳。

南唐烈祖言：「諸馬可取，然不若與閩越并存，以為障蔽，則國中寬刑平政可施，中原倘忽有故，朕將投袂而起。」意諸國雖「折簡」可致也，是玉茗二字來處。不意唐祖先得宋祖之心，所謂有心人所見略同矣。「書生正好做傳書」，言不必膽幹之人。陳宣帝令徐陵子儉使于廣州，儉曰：「儉之性命雖在將軍，將軍成敗不在于儉。」處虛義則色厲，將赴救則畏患，「其實怕人」。

盧杞以顏魯公四方所信，若往諭之，可不勞師。既見希烈，烈養子千餘，拔刀爭進。諸將慢罵將食之，烈以身扞，乃就館，逼使上疏雪己。又大會，使倡優侮慢朝廷。張伯儀敗，烈使以旌節首級示真卿，卒被縊，年七十六。「借寒儒」者多出毒計。

宇文化及自揚州至黎陽，李密與隔水語曰：「卿本匈奴皂隸耳。」化及俯仰良久，乃瞋目大言曰：「共爾論相殺事，何須作書傳雅語。」「寒儒威風」，迂腐如此。惟李襲吉，林甫後，為後唐晉王掌書記，梁太祖曰：「使吾得之，傅虎以翼矣。」稍覺吐氣。

# 第四十七齣　圍釋

【出隊子】（貼扮通事上）一天之下，南北分開兩事家。中間放著個蓼兒洼，明助著番家打漢家。通事中間，撥嘴撩牙。

事有足詫，理有必然。自家溜金王麾下一名通事便是。好笑，好笑，俺大王助金圍宋，攻打淮城。誰知北朝暗地差人去到南朝講話！正是：「暫通禽獸語，終是犬羊心。」（下）

【雙勸酒】（淨引眾上）橫江虎牙，插天鷹架。擂鼓揚旗，衝車甲馬。把座錦城牆、圍的陣雲花。杜安撫、你有翅難加。

自家溜金王。攻打淮城，日久未下。外勢雖然虎踞，中心未免孤❶疑。一來怕南朝大兵兼程策應，二來怕北朝見責委任無功，真個進退兩難。待娘娘到來計議。（丑上）「驅兵捉將蚩尤女，捏鬼粧神豹子妻。」大王，你可聽見大金家有人南朝打話，回到俺營門之外了？（淨）有這事？（老旦扮番將帶刀騎馬上）

【北夜行船】大北裏宣差傳站馬，虎頭牌滴溜的分花。（外扮馬夫趕上介）滑了，滑了。（老旦）那古裡誰家？跑番了拽喇。怎生呵，大營盤沒個人兒答煞。（外大叫介）溜金爺，北朝天使到來。（下）（淨、丑作慌介）快叫通事請進。（貼上，接跪介）溜金王患病了。請那顏進。（老旦）可纔、可纔道句兒克卜喇。（下馬，上坐介）都兒都兒。（淨問貼介）怎麼說？（貼）惱了。（淨、丑舉手，老旦做惱不回介）（指淨介）鐵力溫都答喇。（淨問貼介）怎說？（貼）不敢說，要殺了。（淨）卻怎了？（老旦做看丑笑介）忽伶忽伶。（丑問貼介）（貼）歎娘娘生的妙。（老旦）克老克老。（貼）說走渴了。（老旦手足做忙介）兀該打剌。（貼）要❷馬乳酒。（老旦）約兒兀只。（貼）要燒羊肉。（淨叫介）快取羊肉、乳酒來。（外持酒肉上）（老旦灑酒，取刀割羊肉喫，笑，將羊油手擦胷介）一六兀剌的。（貼）不惱了，說好禮體。（老旦作醉介）鎖陀八，鎖陀八。（貼）說醉了。（老旦作看丑介）倒喇倒喇。（丑笑介）怎說？（貼）要娘娘唱個曲兒。（丑）使得。

【北清江引】呀，啞觀音覷著個番答辣，胡蘆提笑哈。兀那是都麻，請將來岸答。撞門兒一句咬兒只不毛古剌。

通事，我斟一杯酒，你送與他。（貼作送酒介）呵呵❸兒該力。（丑）通事，說甚麼？（貼）小的稟娘娘送酒。（丑）著了。（老旦作醉，看丑介）孛知，孛知。（貼）又央娘娘舞一回。（丑）使得，取我梨花鎗過來。

【前腔】（持鎗舞介）冷梨花點點風兒刮，裊得腰身乍。胡旋兒打一車，花門打❹一花。把一個睃啜老那顏風勢煞。

（老旦反背，拍袖笑倒介）忽伶忽伶。（貼扶起老旦介）（老旦擺手到❺地介）呵❻來不來。（貼）這便是唱喏，叫唱一直。（老旦笑點頭招丑介）哈撒哈撒❼。（貼）要問娘娘。（丑笑介）問什麼？（老旦扯丑輕說介）哈嗤兀該毛克喇，毛克喇。（丑笑問貼介）怎說？（貼作搖頭介）問娘娘討件東西。（丑笑介）討甚麼？（貼）通事不敢說。（老旦笑倒介）古魯古魯。（淨背叫貼問介）他要娘娘什麼東西？古魯古魯不住的。（貼）這件東西，是要不得的。便要時，則怕娘娘不捨的。便是娘娘捨的，大王也不捨的。便是❽大王捨的，小的也不捨的。（淨）甚東西，直恁捨不的？（貼）他這話到明，哈嗽兀該毛克喇，要娘娘有毛的所在。（淨作惱介）氣也，氣也。這臊子好大膽，快取鎗來。（淨作持花鎗趕殺介）（貼扶醉老旦走，老旦提酒壺叫「古魯古魯」架住鎗介）

【北尾】（淨）你那醋葫蘆指望把梨花架，臊奴，鐵圍牆敢靠定你大金家。（搊倒老旦介）則揣❾著你那幾莖兒苦嘴的赤支沙，把那嚥腥臊的嗓子兒生揢殺。

（丑扯住淨，放老旦介）（老旦）曳喇曳喇哈哩。（指淨介）力婁吉丁母刺失，力婁吉丁母刺失。（作閃袖走下介）（淨）氣殺我也。那曳喇哈的什麼？（貼）叫引馬的去。（淨）怎指著我力婁吉丁母刺失？（貼）這要奏過他主兒，叫人來相殺。（淨作惱介）（丑）老大王，你可也當著不著的。（淨）啐，著了你那毛克喇哩。（丑）便許他在那里，你卻也忒撚酸。（淨不語介）正是我一時風火性。大金家得知，這溜金王到有些欠穩。（丑）便是番使南朝而回，未必其中有話。（淨）娘娘高見何如？（丑）容奴家措思。（內擂鼓介）（生扮報子上）報，報！❿前日放去的老秀才，從淮城中單馬飛來。道有緊急，投見大王。（丑）恰好，著他進來。

【縷縷金】（末上）無之奈，可如何！書生承將令，強嘍囉。（內喊，末驚跌介）一聲金砲響，將人跌蹉。可憐、可憐！密札札干戈，其間放著我。

（生⓫唱門介）生員進。（末見介）萬死一生生員陳最良百拜大王殿下，娘娘殿下。（淨）杜安撫獻了城池？（末）城池不為希罕，敬來獻一座王位與大王。（淨）寡人久已為王了。（末）正是官上加官，職上添職。杜安撫有書呈上。（淨看書介）「通家生杜寶頓首李王麾下」。（問末介）秀才，我與杜安撫有何通家？（末）漢朝有個李、杜至交，唐朝也有個李、杜契友，因此杜安撫斗膽稱個通家。（淨）這老兒好意思。書有何言？

【一封書】（讀⑫介）「聞君事外朝，虎狼心，難定交。肯回心聖朝，保富貴，全忠孝。平梁取采須收好，背暗投明帶早超。憑陸賈，說莊蹻。顒望麾慈即鑒昭。」

（笑介）這書勸我降宋，其實難從。「外密啟一通，奉呈尊閫夫人。」（笑介）杜安撫也畏敬娘娘哩。（丑）你念我聽。（淨看書介）「通家生杜寶斂衽楊老娘娘帳前。」咳也，杜安撫與娘娘，又通家起來。（末）大王通得去，娘娘也通得去。（淨）也通得去。只漢子不該說斂衽。（末）娘娘肯斂衽而朝，安撫敢不斂衽而拜！（丑）說的好。細念我聽。（淨念書介）「通家生杜寶斂衽楊老娘娘帳前：遠聞金朝封貴夫為溜金王，並無封號及于夫人。此何禮也？杜寶久已保奏大宋，敕封夫人為討金娘娘之職。伏惟粧次鑒納。不宣。」好也，到先替娘娘討了恩典哩。（丑）陳秀才，封我討金娘娘，難道要我征討大金⑬不成？（末）受了封誥後，但是娘娘要金子，都來宋朝取用。因此叫做討金娘娘。（丑）這等是你宋朝美意。（末）不說娘娘，便是衛靈公夫人，也說宋朝之美。（丑）依你說。我冠兒上金子，成色要高。我是帶盔兒的娘子。近時人家首飾渾脫，就一個盔兒，要你南朝照樣打造一付送我。（末）都在陳最良身上。（淨）你只顧討金討金，把我這溜金王，溜在那里？（丑）連你也做了討金王罷。（淨）謝承了。（末叩頭介）則怕大王、娘娘退悔。（丑）俺主⑭定了。便寫下降表，齎發秀才回奏南朝去。

【前腔】（淨）歸依大宋朝，怕金家成禍苗。（丑）秀才，你擔承這遭，要黃金須任討。（末）大王，你鄱陽湖磬響收心早，娘娘，你黑海岸回頭星宿高。（合）便休兵，隨聽招。免的名標在叛賊條。

（淨）秀才，公館留飯。星夜草表送行。（舉手送末，拜別介）

【尾聲】（淨）咱比李山兒何足道，這楊令婆委實高。（末）帶了你這一紙降書，管取那趙官家歡笑倒。

（末下）（淨、丑吊場）（淨）娘娘，則為失了一邊金，得了兩條王。人要一個王不能勾，俺領下兩個王號。豈不樂哉！（丑）不要慌，還有第三個王號。（淨）什麼王號？（丑）叫做齊肩一字王。（淨）怎麼？（丑）殺哩。（淨）隨順他，又殺什麼？（丑）你俺兩人作這大賊，全仗金韃子威勢。如今反了面，南朝拿你何難。（淨作惱介）哎喲，俺有萬夫不當之勇，何懼南朝！（丑）你真是個楚霸王，不到烏江不止。（淨）胡說！便作俺做楚霸王，要你做虞美人，定不把趙康王占了你去。（丑）罷，你也做楚霸王不成，奴家的虞美人也做不成。換了題目做。（淨）什麼題目？（丑）范蠡載西施。（淨）五湖在那里？——去作海賊便了。（丑作分付介）眾三軍，俺已降順了南朝。暫解淮圍，海上伺候去。（眾應介）解圍了。（內鼓介）船隻齊備，請大王娘娘起行。[15]（行介）[16]

【江頭送別】淮揚外，淮揚外，海波搖動。東風勁，東風勁，錦帆吹送。奪取蓬萊為巢洞，鰲背上立著旗峰。

【前腔】順天道，順天道，放些兒閒空。招安後，招安後，再交兵言重。險做了為金家傷炎宋。權袖手，做個混海痴龍。

（眾）稟大王娘娘，出海了。（淨）且下了營，天明進發。

干戈未定各為君，　許渾　龍門雌雄勢已分。　常建

獨把一麾江海去，　杜牧　莫將弓箭射官軍。　竇鞏

## 【校記】

❶徐本作「狐」。❷徐本作「叫」。❸徐本作「阿阿」。❹徐本作「折」。❺徐本作「倒」。全集本作「到」。❻徐本作「阿」。❼徐本作「哈嗷哈嗷」。❽徐本無「是」字。❾徐本作「踹」。❿徐本作「報，報，報！」。⓫徐本作「貼」。⓬徐本作「讀書」。⓭全集作「大金家」。⓮徐本作「主意」。⓯徐本作「船隻齊備了，稟大王起行。」全集本作「船隻齊備了。（內鼓介）稟大王起行。」⓰徐本作「眾行介」。全集本作「行介」。

# 第四十七齣〈圍釋〉批語

「南北」喻廷孔大孔，「蓼」喻臍豪，「洼」喻女根，「番家」女道，即喻星槌亦可。「嘴牙」俱指女根。「撥撩」之法，比「通事中間」尤勝。「鼓」與「甲」俱喻女根外殼，「旗」與「車」俱喻女根兩扉，走卒曰「拽剌」，見《金史》。「滴溜的分花跑番了拽剌」，于其相狀酷盡形容矣。「大營盤沒人答」尤難為情。「啞覷」以喻女根，「番荅辣胡盧提」俱喻男根，「笑兀哈」寫粗翹時如畫。「風兒刮」喻進退之速，「打一車折一花風勢殺」俱譬喻其事，何詳悉也。「几莖兒苦嘴赤支砂」又毛中之不麗者。「背暗投明」喻其事，「渾脫就一個盔」以喻女根甚切，「黑海」亦然。「星宿」喻男槌也，「趙」者翹意，「錦帆」之錦代緊，「蓬萊」喻豪，「鰲背」男根，「旗」喻女根，「順天」無非謔意，「放些閒空」尤謔，「言重」越發確切。「弓」喻女根，「箭」喻男根，「大宋」之宋代送，大物送也。「禍苗」更妙。

漢陳湯曰：「夷狄畏服大種，其天性也。郅支若得烏孫、大宛，北擊伊利，西取安息，南排月氏，數年之間，城郭諸國之大患也。」至元太祖竟如是。《金史・白華傳》：楊妙真以夫李全死于宋，就北帥梭魯胡兔，乞師復仇。金乃約宋趙葵夾攻。以湫濕暑月，不便牧養難之，泗洲遂歸妙真。

黃巢據荊南，宰相王鐸自領兵，縱沙陀馬五百與賊，賊明日乘以戰，馬識沙陀語，呼之輒奔還。《北史》新羅言語似中國高昌，而高麗語言與華略同。靺鞨言語獨異。嚈噠語獨與高車蠕蠕諸胡不同。宇文本南單于屬，語與鮮卑頗異。《隋史・經籍志》有王長孫撰《河洛語音》一卷，《北魏國語》二十卷，侯伏悉陵撰《國語物名》一卷。北齊時常有鮮卑語，或問王猛曾孫忻解否，曰：「婁羅婁羅，實難解。」周武帝撰《鮮卑號令》一卷。《宋史・藝文志》有《番漢語》一卷。元宇文懋昭《金志》，與契丹言語不通。今東方介氏國人能解六畜語，蓋偏知之所得。安祿山初事節度王守珪，善測人情，通六番語，與史思明俱為提生，知山川水泉處。嘗以五騎禽契丹數十人，陰陽神鬼，俱能測不測。人間「笑」是嗔，番使此時一「笑」卻是赤子之心，一見「嘆妙」。亦可想見妙真當日，聚態含嬌巧奪人。而「嘆」徐姚之徒，食指亦不敢動也。此「覷」妙在啞字，可謂一寸狂心未說，已向橫波覺矣。王端淑夫人之父季重先生有一絕云：「絕世聰明絕代姿，眼中心語我先知，無非只說天鵝肉，敕斷儂家不用思。」最能為「啞覷」傳。惟息夫人「羞中含薄怒」，樂昌主「顰裡帶餘嬌」，此「啞」而彼愈「笑」，其樂不可支耳。魏文帝令郭后出見吳質等，曰：「卿仰諦視之。」金日磾與母閼氏同沒入官，職養馬。武帝觀馬，後宮滿側，磾等數十人牽馬過殿下，莫不竊視，至磾，獨不敢。即日拜為馬監，遷侍中。宋文帝后侄孫袁昂入梁為中書令，年四十七矣，僕射徐勉苦求出內人傳杯，昂不獲已，命出五六人曰：「我無少年老嫗，並是兒母。非王妃母，便是主大家。今令問訊卿。」勉大驚求止。蓋睹色不能禁，人之常情。賈似道母胡氏，似道父為制置，至浙州見一浣紗婦，喜之，即尾之至家。婦近前應對，遂稍調之，謂之曰：「肯從我乎？」欣然應命。俄頃其夫至，亦樂于從事。携歸，生似道。後封秦國太夫人，時入宮禁，太后至與同寢處，則奇矣。「胡蘆提笑兀哈」六字，便將一「毛克剌」畫著痴人胸次，真有「一似佳人裙上月，移上掛儂眉眼間」意。「胡蘆提」者，曾經我眼即我有之想。「笑兀哈」者，故山無此擘，將歸之心半生狂。一縷饞涎，醉魂兒不離了湘裙穿。笑那輩席上尊前，品竹調絃，乾風月廝纏。唱「曲下酒」，真出無聊。寫食店門外，強淹留者，几同乞丐。

《唐書》：哥舒翰家富于財，善用鎗刺人喉，剔而騰之，高五尺許乃墮，以為常。翰母于闐王女也。祿山曰：「我父胡母突厥，公突厥母胡，安得不相愛。」劉言史〈詠舞〉：「重肩接立三四層，千般婀娜不勝春。」于鱗句：「單衫婀娜春風香，揚跗摩趺匝洞房」。逸態一放橫難持，舞之一事，賞「腰身」而已矣。《隋志》：「濟南之俗，好教飾子女，傾詭人目，使骨騰肉飛，故曰齊倡。」《唐書・靺鞨傳》：「大曆時以日本舞女十一獻于朝。」薛紹以欲逆謀餓死，武后殺武攸暨妻以配太平。睿宗時主薛武兩家子皆封王。姪女樂安公主之再嫁其夫弟武延秀也，攸暨與主偶舞于兄中宗前。爾朱榮每入宴射，恒請其女皇后出觀，并召王公妃主共在一堂。射中起舞，妃主婦人亦隨盤旋。日暮醉歸，便連手蹋地唱而出。周宣帝以輅載婦人，而步從之，又好令城市少年為婦人服相隨歌舞。劉貢父《詩話》：今人舞者，必欲曲盡奇妙，又恥為樂工藝。《豪異秘錄》盤舞：「壯婦戴盤，輕柔者舞其上。」人舞：「裸婦倒抱裸婦，一手執其乳，一手執其脛而舞，踐腹登顛，蹴私喧口，穢嫚備至，難罄形容。」觀「裊得腰身乍」一語，乃悟古人寵妻愛妾，必擇善舞者當其位之故。武懿宗短而其妹靜樂縣主又極長，太后每與主並騎，令元一嘲之，欲「腰身之乍」，必得靜樂一輩，非北齊李洛姬肚所能即。山南節度于頔鎮襄陽，選長大婦為女伎以進，名《孫武順聖樂》，雄健壯妙，皆頔所寵。要其「腰身」，亦無不「裊」者。

南宋郡王義宣女麗色巧「笑」，義宣敗後，取入宮為貴妃，謝莊作哀冊。薛能云：「一『笑』獨奢妍，精光似少年。」是老婦傳神極譽。楊姑之一「笑再加一笑」則粉香隨「笑」度也。〈箸〉詩：「兩家娘子好身材，捏著腰兒腳便開，若要嚐他好滋味，直須伸出舌頭來。」或謂老婦之善為嬌狀者，別有一種奇趣，以少婦之嬌半為做體，老婦之嬌意主乞怜也。然舍「裊腰」與巧「笑」外，無嬌法矣。

「誰貢和親策，千秋污簡編。」「空將春色歸龍塞，豈有長城在玉顏？」史朝義之弒父思明也，凡胡面者，無少長悉誅，殆厭其「番苔辣」耳。「啞觀音」句借為自古和親公主寫照也。《唐書‧胡証傳》：「証送太和公主于回鶻，舊制行人私覿禮縣官不能具，使富人子納貲于使而命之官，証不為。次漠南，虜言使者必易胡服，又欲主便道疾驅，証固不從。」天寶四年以外甥獨孤氏為靜樂公主嫁契丹，楊氏為宜芳公主嫁于奚，奚、契丹皆殺主叛，一「啞觀音」耳，何無情如是耶！「無窮青塚在龍沙」，古今所嘆。又有「額暖裝貂鼠，頭高作鳳凰，卻嫌人說道似吳娘」者，可怪也。

武后美突厥功，進嘿啜為大單于，遣使願為太后子，蓋亦以彼法，子得妻母，意相輕薄耳，與匈奴嫚呂無異也。宜后改其名為斬啜。僕固地最北，初臣突厥，懷恩詣朔方，降回紇，磨延既助唐破安賊，遂以幼女寧國公主降之。帝餞主，數慰勉，主曰：「國方多難，死不恨。」延使四女子來謝，復為少子移地請昏，帝以僕固懷恩女妻之，尋嗣為可敦。代宗請其兵討史朝義，與可敦皆來，及有功，冊僕固氏光親麗華可敦，大曆二年卒。以懷恩幼女為崇徽公主繼室，及後可汗死，國人欲以寧國殉，主曰：「回紇萬里結婚，本慕中國，吾不可以殉。」乃止。然剺而哭，亦從其俗，後以無子得還。其嫁也又媵以榮王女，是為小寧國。未嘗不嘆明皇淫色，致令幼孫受外國之侵暴也。移地為相莫賀所弒，賀請婚，德宗復以咸安公主下嫁。召其使入見主麟德殿，使中人賫公主畫圖賜可汗。明年，可汗使其妹毗伽公主，率大酋妻五十人逆主。有詔，皆舍鴻臚，尋引入銀臺門。長公主三人候于內，譯使傳導，拜必荅。帝御秘殿，長公主先入侍。回鶻公主拜謁已，司賓導至長公主所，又譯史傳問，乃與俱入宴所。賢妃降階，俟回主拜妃，荅拜，升坐，有賜，皆避席。拜妃，主荅拜，拜可汗為長壽天親可汗，居回鶻二十二年。穆宗又以憲宗女太和公主下降，冊為端麗明智可敦。可汗使葉護來逆，請先問道與主私見，送使不可，曰：「昔咸安公主行之。」主至，以一姆侍，即樓下易可敦服，絳通裾大襦金冠，乃升曲輿。九相分負升樓，與可汗聯坐，群臣以次謁。此「啞觀音」，差比中華崇重。其先賜畫圖也，豈以「啞觀音」為餌耶？帝欲享回鶻公主，問禮于李泌，泌曰：「肅宗于燉煌王為從祖兄，回鶻妻以女，見帝于彭源，獨拜庭下。帝呼曰婦，而不名嫂也。昔藉其用猶臣之，況今乎！」凡再饗，此必其妹甚美，是故遣來以明「啞觀音」我家亦有耳。《宋史》：吐番王賜名趙懷德，以契丹、夏國、回鶻所降三公主同入見，皆賜冠帶。而唐貞觀時，以宗女文成公主降吐番，以其先未有婚帝女者，遂為宮室以居，以夸後世。主惡國人赭面，即下令禁之，自褫氈毯，襲紈綃，則見中華「毛克」不慣而特重耳。其後達摩為可汗，以好內，政益亂。死無子，以妃琳氏姪為贊普，眾不服，則于其國之「毛克」亦重矣。

初回紇以女妻奚王，大曆末奚亂，殺王女逃，歸道平盧，叛。節度朱滔以錦繡張道，待其至，請為婚，女悅許焉，差快。然既而遣使于回紇，曰：「能同度河而南，玉帛子女不資也。」宋趙州曹利用使遼，遼太后見利用車上設橫板布食器，召與飲食，不慮其心中想「毛克」耶？遼使請見太后曰：「宋使往，皆見太后，我使來何不得見？」曰：「我太后垂簾，雖本國臣僚，亦不得見。」又曰：「先帝通使，承天太后獨無使，何也？」曰：「南北兄弟也，先皇視承天猶從母，故無嫌，今皇太后嫂也，故不通問。」是矣。《晉書》：呂紹死，「呂隆見其妻張氏，欲穢其行。」「番」俗之以妻畀後君也，非以分然，亦勢不得不然耳。以「番」不言仁義，只論勢得為否。蓋兵柄權勢既在彼，則即不畀，彼必取之，故法之不能行者，不必立耳。亦非賤者所得效也。諸嫗有所畏望于後君，亦遂無譖害之事，得以保其遺雛。非如華法，欲其母則必害其子，以防啣恨也。

李密之歸唐也，曰：「山東連城，以吾故當盡歸國，豈不台司處我？」高祖呼以弟，妻以表妹獨孤氏，卒旋斬密，是表妹「毛」處竟為國家借用之物，一笑。楊妙真之于夏全亦然也。世充敗，密盡收美人而還，與隋同盟時，以己本胡，故請事侗母劉太后為假子。及禪，鼓吹入宮，此假母者不知為「毛克剌」計否？沙苑之役，周軍為齊所乘，李弼將麾下九十騎橫截之，賊分為二，遂大破之，子因尚主。唐昭宗在鳳翔，以女平原公主嫁李茂貞子繼岩，后不可，帝曰：「不爾，我無安所。」是日殿上，貞坐帝東，嚴族兄弟皆西向立，遍拜之，徒恃此「毛」。崔季舒廢帝，兵入，后出偏拜曰：「護大家，勿使怖。」亦險矣。張世傑之以宋帝入海也，自將陳吊眼許夫人諸翼兵攻浦，楊太妃對群臣猶自稱奴。唐某娶韋后妹，及后敗，斬以獻。竇從一娶后乳母，亦斬獻，無「毛」裡情一至是耶？紀處訥上邽人，為人魁岸，其妻武三思婦之姊，縱使通三思，由是款昵至侍中，以「毛克剌」為戲。天后幸二張，其母韋、母臧俱封太夫人，尚宮問省起居，又使尚書李回秀私侍臧。以己之「毛」裡念及人之「毛」裡耶？許州程戡頗有能名，然交通宦官閻士良，至令妻出見之，猶後魏時武城崔亮劉騰擅權時，托妻劉氏傾身事之，致位隆赫，世宗納其女為嬪也。梁太祖破徐州，得時溥寵姬劉氏，故尚讓妻也，絕愛幸之。乃以妻謀臣敬翔。翔已為金鑾殿大學士，劉猶出入太祖臥內，翔患之，劉曰：「爾以我嘗失身于賊乎？尚讓皇家宰相，時溥國之忠臣，以卿門第，猶為辱我。」翔以太祖故，謝而留之。劉氏車服驕侈，別置典謁，交通藩鎮，言事不下于翔。當時貴家，往往效之。蓋富貴為重，「毛克剌」為輕，其所致溫愛幸者，豈不以備獻醜態乎！

斛律金贊成高歡大謀，孫武都尚義寧公主，子光。女一為孝昭太子妃，一為武成太子妃，金年八十，曰：「我家直以忠勳致富貴。豈藉女耶？」光敗周尉遲迥于洛，築京觀，又率眾至玉壘築二城，與周相持，周武為之不敢東。而穆提婆見齊將亡，恐光得之，欲以計自保，求光庶女，不許，乃譖曰：「明月聲震關西，豐樂威行突厥，家僮千數，陰謀往來。」後主曰：「人心太聖，我疑其反，果然。」召至涼風堂，劉桃枝自後撲倒，以弓弦拉殺之。郎邢祖信掌簿籍其家，奏得桃枝二十束，疑僕與人鬥者，不問曲直，即以杖之。蓋其弟豐樂為幽州刺史，知行臺，突厥謂之南面可汗，以慮禍，遣快騾至鄴，無日不得音問，至是，使兩日不至，朝廷馳驛執之。使獨孤永業等騎卒續進，使至見執，死于長史。聽事謂妻曰：「女為皇后，公主滿家，嘗使三百兵，何得不敗？」永業為河陽行臺，光求二婢不得，使人代之，于是西境蹙弱，復除之。周人攻金墉，業由問是何達官，作何行動？元玉儀魏高陽王斌妹，高澄遇諸塗，納之，同產姊靜儀先適黃門郎崔括，亦幸之，皆封公主，括父子由是超授。高洋王嬪姊適崔修，文宣並幸之，超擢修為尚書郎。高隆之子涇于楊遵彥妻，齊帝妹也，故遵彥毀日至。隋文將廢太子，曰：「勇昔從兗州來，語衛王曰：『阿娘不與我一好婦女，亦是可恨。』因指皇后侍兒曰：『皆我物。』此言几許異事。其婦初亡，即以斗帳安餘老嫗，我有舊使婦女，令看東宮，奏云：東宮憎婦，廣平王教之。平陳後宮人好者，悉配春坊，如聞不知饜足，于外更有求訪，朕近覽《齊書》，見高歡縱其兒子，不勝忿憤，安可效哉！」漢朱博為瑯琊太守，大姓尚方禁常盜人妻，被創，應調守尉，博見問之：「是何等創也？」禁知情得，叩頭服罪，博笑曰：「大丈夫固時有是，今拂拭用卿，能自效否？」對曰：「必死。」扶風司馬德戡少孤，桑粲通其母娥氏，遂撫教之。最可笑者，褚彥回父湛之，尚宋武第七女始安公主，薨，妾郭生回，湛復尚宋武第五女吳郡公主，生澄。回好戲而事主孝謹，故主愛之。何偃子戢，尚宋孝武長女山陰公主，主就弟廢帝求姑夫侍己，回雖備見，拘逼一夕，至曉終不從。戢美容儀，動止與回相慕，人號為小褚公。而回與同居月餘，特申情好。齊高祖與戢亦數申歡宴。回受齊明帝遺輔政，遂引戢為侍中。回薨，齊謚以文簡。《吳越春秋》：子胥令闔廬妻昭王夫人，子胥亦妻囊瓦之妻，蓋英雄必以「克剌」為甘心之具久矣。元世祖時耶律鑄言：「初奉詔殺人者死，今議依蒙古例，犯者仍沒一婦女入仇家。」從之，極是。李克用攻張全義，義納孥于汴，求梁救，梁祖避暑，全義會節園，全義妻女皆迫淫之。一日梁祖召義，意莫測，義妻儲氏明敏有口辯，遽入見，厲聲曰：「張言種田叟耳，守河南三十年，措捨財賦，助陛下創業，今衰朽無能，而疑之何也？」太祖笑曰：「我無惡心，嫗勿多言。」累拜中書令，領河陽節度，天下兵馬大元帥，封魏王，其為河南尹時，縣令多出其門，全義厮養蓄之，竟賴「舍得毛克剌」之力。《五代史・一行傳贊》：「五代時君若禽獸，而縉紳之士，安其祿而立其朝，充然無復恥色者，皆是也。」蓋溫初統軍，以為成敗生死難料，聊且縱意，使全義效溫所為，諸門下未必不願。義方幸，其屈于一人而伸于眾人。朱瑾以兵歸，楊行密為同平章，時徐溫子知訓專政，瑾嘗遣愛妾通候訓家，訓強通之。妾歸自訴，瑾益不平。明日訓過瑾謝，延之升堂，出其妻陶氏，知訓方拜，瑾以笏擊掊之。訓好角觝，李德誠有女樂，訓求之，曰：「此輩皆有所生，且年已長。」訓罵曰：「我殺誠，取其妻亦易耳！」宜瑾以妻誘之也。後唐應州安重誨為中書令，四方白事，皆先白之。後以被誣，請去不已，明宗曰：「放卿去，朕不患無人。」西川反，誨請自督運，過鳳翔，節度朱弘昭延之寢室，使其妻子奉事左右甚謹，而馳騎言其怨望，被召還致仕。明宗遣兵圍其第，出，被檛，妻走抱，又被檛，俱死。足見當時風氣，以此為極敬至歡，而受之者亦復可畏。莊宗之滅梁也，其父養子明宗有先入汴功，明宗婿石敬瑭實以驍騎為先鋒，莊宗以頭觸明宗曰：「天下與爾共之。」拊敬瑭背，手啖以酥，彼所重也，若「毛克剌」遠勝酥否？張全義既以全家媚朱溫，又使妻妾時往莊宗宮，豈專以輕視「毛克剌」為保身家富貴具耶？元世祖即位，禁使臣入民家，十九年，敕以妻母姊妹獻阿合馬得仕者，黜之。所庇富強，令輸賦。何全義兒孫千古不絕也？

燕人史天倪饒財，為元徇河東望風款附。見太祖，所陳皆奇謀大計，卒為副將武仙設宴殺，年三十九。其妻恐污于賊，自殺。是「捨不得毛克剌」者。後其子襲職，三十餘城生殺進退咸倚焉。此一「克剌」所關誠重。次子樞從憲宗伐宋有功，上顧謂皇后，飲之酒。曰：「我國自開創以來，未有皇后飲臣下酒者，以其世忠，故寵以殊禮，有能盡瘁國事者，禮亦如之。」「酒」且重，其他可不重耶？又五王亦投元為將，武仙亦以誥命誘其妻，及不從，乃盡掘其先塚，殺其兒子。元叛臣率兵十二萬圍高昌，其王曰：「忠臣不事二君。」曰：「我亦太祖諸孫，且爾祖嘗尚公主矣，爾能以女與我，我則解兵。」遂與之。後入朝，帝重賞之，復妻以公主，還鎮哈密。契丹人元臣當瓦台圍應昌時，皇女在圍中，元臣擒瓦台主，得出，久之，元祖以所籍權臣家婦賜之，辭以家世清素。夫救出公主，惟賞葷「克剌」為報稱。辭則真吃素者方能爾。《宋史》：某將負罪，夜踰城，獻女，告虛實。某將被執，即求金妻與漢女不受投誠，亦必借「克剌」為信如此。蔡恃柴潭為固，孟珙逼柴潭樓，金人爭樓，又飾美婦人以相蠱麾下，殺之。遂拔樓也。宋太祖納李煜妻，時不知。後有湖廣知州，飾宗室二女獻伯顏事。盧芳詐稱漢武曾孫，曾祖母匈奴谷蠡渾邪王之姊，掠有五原雲中等五郡。雖其所置諸守降光武，芳遁出塞，然後復入居高柳，光武猶立為代王，因使和輯匈奴。後憂恐復叛，猶遣數百騎並妻子出塞，得以壽終。「毛克剌」萬分倖免耳。漁陽彭寵欲受光武徵，而其妻素剛，不堪抑屈，固勸無受召，後竟以睡臥為奴所縛。偽稱寵教收奴婢各置一室，又以寵命，呼其妻，取兩頭走獻光武。沛國蕭人朱浮貽寵書：「奈何聽驕婦之失計。」不顧母，為幽州牧。本以寵強南走，其兵長反遮之，浮下馬刺殺其妻，僅以身免，為其妻亦未為幸。扶風公孫述既盡有蜀地，因夢覺謂妻曰：「雖貴而祚短，奈何？」妻曰：「朝聞道，夕死尚可。」遂自立為帝。然述竟陣亡，妻子為漢將吳漢所虜，是皆欲「舍」其「毛」而不得者。齊高起事，沈攸之從江陵下郢州防閤，焦度自發露形體，肆言穢辱之，遂改計攻城。將登，又投以穢器，攸之遂不得順流而罷。乃今年殺賊，正為此奴者偏不怕「毛克剌」，可恨也。

《隋史》：「琉球至隋始通，其俗拔髭，身上有『毛』處亦皆除之。初見舟師，謂是客商，故虜其男女數千而還。」李德裕〈桐花鳳賦〉：「長丹穴之難窺。」北齊後主宮中一裙直萬疋，亦鄭重「毛克剌」耳。「愛惜加窮褲，防閑托守宮。」「今日牛羊上邱隴，當時近前面發紅。」無非為此「毛克」。高麗言詞鄙穢，不問親疏，而人之詈人，必以嫚罵為快，雖艷思欲其盡展，總以「毛克剌」為天公造下作祟之根，惹事之母耳。

三個「舍不得」，作者以淹通故，特特借以括盡廿一史中參差可笑事，舉之蓋不能偏，然可約略計焉。令尹振萬太子不哀，「娘娘」則知其要什麼「東西」，而既已躊躇于「舍得舍不得」之際也。單于嫚呂，淳于嫚許，「娘娘」則知其要什麼「東西」，而未須斟酌于「舍得舍不得」之間也。庾氏憂峻，毛氏罵萇，是「娘娘舍不得」也。羊氏媚劉，沈氏從駕，是「娘娘舍得」也。魯桓與姜如齊，息侯請楚伐蔡，是「大王舍不得」，而須臾「不舍」反致永遠「舍」之也。慕容與段，投苻漢賓，使妻進食，是「大王舍得」而或以「舍」免禍，或以「舍」獲福也。谷永之諫怡梁王，是身為「小的」無「舍不得」而出于平恕者也。何晏之畫屋為廬，是幾同「小的」雖舍不得，而未嘗激烈者也。欒盈之奔，義宣之反，劉聰之弟，高洋之子，是不忍以「小的」自居，而極其「舍不得」以取死者也。后聞惠帝欲誅食其，慚不可言，是「娘娘舍得」而固知其當「舍不得」者也。樂昌別越公，將歸徐室，笑啼不敢，是「娘娘」實「舍不得」而勉強「舍」之者也。胡后見從姑婿爾朱榮，多所陳說，殆欲以其所「舍得」救其所「舍不得」者也。僑如之言罪不可再，是深幸其「舍得」而恐難屢消此「舍」者也。太子爽之于徐來，是誤料其「舍得」而不思其擇然後「舍」者也。涼張祚之于馬嫗，齊王昌之于宮正，是通知其「舍得」而始敢丐其「舍」我者也。王皇后之鄣面不覿，朱三妻之吾姒至此，是在己未必「舍不得」而遽代人「舍不得」者也。孝莊后重配高歡，孝靜后再嫁楊愔，司馬后後醮李丹，斛律后更適元仁，段昭儀再適唐邕，文宣、武成后皆至隋時始殂，叔寶、隋廢后皆及唐年尚在，令我誦「蕭后在揚州，突厥為閼氏，女子固不定，仰天當問誰？」「玉勾萬艷埋荒楚，蕭娘行雨知何處」之言，而憫世間因有一「舍不得」物，紛紛多事，遂至不可思議也。上天生物之誤耶？聖人定制之過耶？宇文述曰：「夫人帝甥也，何慮無賢夫？」煬帝謂蘭陵公主阿五曰：「天下豈少男子？」雌竅之所受何常，通事顧妄嘆為深重難割布施哉！元載誅，上令其妻王韞秀入宮，曰：「二十年節度女，十六年宰相妻，誰能為長信昭陽之事？」京兆笞斃，終非解事。妙真若果生金煬之世，欲不入宮難矣。

強陽氣盡冥恩怨，「醋葫蘆」數句固不能無。

坡云：「蛾眉亦可怜，無奈思餅師」，何意大王之妻卻言「當著不著」？

「狂夫不妒妾，隨意晚還家」，有「忒不撚酸」者，即有「忒撚酸」者。

壽王至代宗時始薨，何不「風火性」耶？

梁武起兵，東昏使中書舍人馮元嗣監軍救郢，馮至中興堂，張欣泰等先有約，使人從坐，後斫元嗣頭落果柈中，是「書生承將令強嘍囉」一証。

趙范知揚州，得制置印于潰卒中，以授山陽參幕徐晞稷，稷稱楊以恩堂，全以恩府。繼為制置者姚翀，艤舟城東以治事，楊許入城，乃入，去鬚鬢縋下城，此借「萬死一生陳最良」，權為寫照。

全嘗賄朝士，揚言李相公英略絕倫，宜裂地「王」之，遍餽要津，求主其說，「敬來獻座王位」所本。扶風魯爽自魏奔宋，為同州刺史，欲義宣反，送板江陵曰：「丞相劉名義宣，令補天子，板到奉行。」宣見駭愕。

爽世梟雄，萬人敵也。魏親王延明責從姪坦曰：「昔宋褘志性凡劣，號曰驢『王』，如汝所為，恐亦不免驢號。」北魏杜洛周僭竊，市令驛帥咸以為「王」，呼曰：「市『王』」、「驛『王』」，亦此類，固不若陽休之執政北齊，曰：「我非奴非獠，何事封王？」

李膺不妄接，孔融年十歲，欲觀其人，造門稱「通家」，膺見問曰：「高明祖父嘗與僕有恩舊乎？」曰：「孔子老君相師友，則與君累世『通家』。」膺曰：「高明必為偉器。」然才疏意廣，妻子卒為袁譚虜。及丕納甄氏，融與操書，稱武王以妲己賜周公。操不悟，問出何典，曰：「以今度之，想當然耳。」操禁酒，融曰：「景帝非醉幸唐姬，無以開中興。」其發詞偏宕，誠有慨也。卒至妻子同誅，則「干戈中放我」，豈易易乎？

北魏葛榮反，爾朱榮表曰：「臣謂葛榮人類差異，形勢可分。」高仲密之叛，周文援之。候騎言，賊去洛州四十里，食乾飯。高歡曰，自應渴死，何待我殺。西軍果皆喉𤆬。安定彭樂嘗事洛周、爾朱者，馳入周營，人言其反，俄塵起，樂虜西魏五王將佐四十八人，皆係頸反接，諸將乘勝斬三萬餘。復使樂追周文，文窘走曰：「痴男子，今日無我，明日豈復有汝耶？何不急還前營，收金帛？」樂從之，亦以「虎狼心難定交」耳。

隗囂死，其將高峻猶堅守隴阺，光武使寇恂往，峻遣軍師皇甫文出謁，詞禮不屈，恂竟斬之。遣副歸，告曰：「欲降即降，不降守。」峻即降，恂曰：「皇甫文，其所取計者也，全之則文得其計，殺之則峻亡其膽，是以降耳。」吳漢亦說陳庶免下愚之禍，收中智之功。若「最良」輩，可不必殺。

晉元帝許王敦參軍吳興沈充以司空，充曰：「幣厚言甘，人所畏。且丈夫共事，終始當同。」苻堅之于桓沖，謝安，亦立第以待之，趙宋于吳閩亦然。成敗異者，所待之人不同耳。故桓溫真奸雄，臨終時玄問謝安：「坦之當何任？」曰：「伊等不為汝處分。」其時南封疆臣，急則引魏以回面向北，不失「富貴」也，梁武效之而敗。

《宋史》：孫覿受金人女樂，草表媚之，極其筆力。「顒望麾慈」，亦有「忽為纖手用，歲暮倚羅裙」之意。

《唐書》：南詔以破吐番功，冊為雲南王。玄宗立，故事與妻子謁都督，過雲南，太守張虔陀私之，多所求丐，不應，數詬之，遂發兵誅虔陀，反事吐番。「通家」哉！

王沉與王基為婚，劉疇與劉嘏聯姻，古之名流娶同姓事且不一而足，「娘娘漢子」有什麼「通不去」？唐高祖于涼賊李軌也，呼為從弟。朱全忠之圖克用婿王珂也，珂出降，忠以巳王，出呼為舅。此兵家慣用權宜法耳。

玄宗時，突厥嘿棘連與妻薛延陀部酋女婆匐可敦坐「帳」中，謂唐使曰：「吐番犬出也，唐與為婚，契丹我奴亦尚主，獨突厥連歲請，不許云何？」使曰：「可汗天子也，婚可乎？」曰：「不然二番皆賜姓而得尚主，何不可？」帝許之。俄而死，其妻婆匐與小臣亂，預政，族人大亂，回鶻往定之。婆匐率眾自歸，天子御花萼樓賦詩美其事，封可敦為賓國夫人，歲給粉直二十萬。「打造首飾」亦不為過。孝武太元中，公主婦女皆緩鬢傾髻，先于籠上裝之，名曰「假髻」。貧家自云：「無頭向人借頭」，則「渾脫首飾」已不自「近時」始。隋宇文述善于供奉，俯仰折旋，容止便辟，宿衛咸取則焉。又有巧思，凡所裝飾，皆出人意表，數以異服異物進宮掖，刑部侍郎辛亶常衣緋褌，時謂利官。帝疑厭蠱，將斬之。「漢子」既會「斂衽」，正該叫他「打造」。

翟朝宗求全退師，嘗求楊氏裡言之助，作者用為張本。賊聞之曰：「此叔度作閨態也。」齊段媼、梁呂姥「斂衽」二字所從來。又石勒對王淩曰：「石將軍區區小國，敢不『斂衽』乎？」誰謂玉茗漫無援據？即「要你南朝照樣打送」等語，亦本〈李全傳〉：載妓張燈宴大元宣差于平山堂，宣差曰：「相公服飾器用多南物，乃心終在南耳」云云。

全嘗曰：「朝廷待我如小兒，啼則與果，不受矣！」此誘「討金」仍是故智。高歡妻姊子韶，曉韜略。高澄時，宇文護遣尉遲迥襲洛，詔擊走之，然僻于好色，魏黃門郎元瑀妻皇甫氏緣瑀逆謀沒官，詔上啟固請，高澄賜之。元妃所生二子，尚齊主。「娘娘」不怕無人「討」，只苦了「大王」耳。太后好聚金以為堂，教靈帝賣官，故有「河間姹女工數錢」之謠，則「娘娘討金」亦固其所。

屈突通在蒲關，唐兵既入關，率兵將如洛，劉文靜迫及，呼其眾曰：「諸君家在關西，何為復東？」眾皆捨兵。透得人情，一言可代十萬眾，「怕金家成禍苗」之類是也。

留侯七世孫犍為張綱上書劾梁冀，時廣陵賊張嬰等眾數萬人殺刺史二千石，寇亂揚徐間，積十餘年，朝廷不能討。冀以綱為廣陵太守，前遣郡守，率多求兵馬，綱獨單車之職。既到，將吏卒十餘人，請嬰壘慰安之。嬰見綱誠信，乃出拜謁，綱延置上座，問所疾苦，曰：「前二千石貪暴，信有罪矣，然為之者又非義也，今太守不願以刑罰相加，誠轉禍為福之時也。若聞義不服，天子震怒，大兵雲合矣。不料強弱，非明也，棄順效逆，非智也，身絕血嗣，非孝也，公其深計之。」嬰泣下曰：「嬰等若魚遊釜中，實恐收兵之日，不免孥戮。」綱與約誓，乃還營，將妻子面縛歸降。綱親為卜居宅，相田疇。天子徵綱，而嬰等上書乞留，在郡一年卒，年三十六。皆言千秋萬歲，何時復見此君。嬰等五百人制服行喪，送至犍為，負土成墳。亦「鄱陽湖、黑海岸」之說。若在後世，綱必見族于刀筆吏矣。

五代之君，妻多雄傑，亦是奇事。梁太祖宋州人，元貞皇后張氏，單州碭山縣富家子也。生末帝，賢明精悍，太祖每以外事訪之，后言多中，人多賴以獲全。太祖嘗出兵至中途，后意以為不然，馳一介召之，如期而來。友裕攻破徐州，不追朱瑾，后陰教自歸。太祖使左右捽出斬之，后聞，不及履而出，持裕泣曰：「汝束身歸罪，豈不欲明非反乎？」乃止。太祖已破瑾，納瑾妻以歸，后迎于封邱。太祖告之，后遽見瑾妻，妻拜后亦拜。曰：「以小故使吾姒至此。若汴州失守，妾亦如此矣。」後唐太祖正室劉氏，代北人，其次妃劉氏，太原人。至起兵伐北，常從征討，明敏習兵机，嘗教其侍妾騎射，以佐太祖。後欲擊梁，劉氏以梁罪未暴，天下聞之，莫分曲直，梁連歲圍太原，太祖欲亡入北邊，劉曰：吾昔在韃靼，義不能自脫。又嘗笑王行瑜棄邠州走，卒為人擒，一失其守，誰肯從公？北邊其可至乎，北虜其可信乎？無子不妒，嘗言曹氏相當生貴子，曹亦自謙退，故相得甚歡。莊宗即位，冊曹為太后，而以嫡劉為太妃。妃往謝后，曹有慚色。莊宗滅梁入洛，使人迎太后歸洛，而太妃獨留晉陽，蓋與太后泣別，歸而相思慕，遂至不起。太后欲往晉陽視疾，又欲自往葬之，莊宗泣請及止，而悲哀不飲食，踰月亦崩。則梁后又不可及矣。明宗曹后生敬瑭，妻晉國公主。淑妃王氏，邠州人，初為梁故將劉鄩家侍兒，及歸明宗，第所得鄩金，悉以遺左右及諸子婦，人人皆為稱譽。明宗即位，曹當為后，曰：「我素多病，不耐煩，妹當代我。」王曰：「至尊之位，誰敢干之？」遂立為淑妃。妃事后亦甚謹，然宮中之事，皆主于妃。石敬瑭犯京師，妃謂太后曰：「宜少回避以俟姑夫。」太后曰：「我家至此，何忍生，妹自勉之。」晉還都汴，以妃子母俱東置于宮中。高祖皇后事妃如母，契丹犯京師，耶律德光顧妃曰：「明宗與我約為弟兄，爾吾嫂也。」已而靳之曰：「今日乃吾婦也。」蓋以彼法親之，遂以妃養子從益權知南朝軍國事。漢高祖兵至，妃曰：「吾家亡國破之餘，安敢與人爭天下？」乃上書迎高祖。祖遣郭從義先入京師，殺妃母子，以其為契丹所愛，恐借為義聲也。妃不悟所以，猶以「吾母子何罪不留？」持一盂麥飯洒明宗墳，此則一味柔媚，不脫侍兒本色。若國雖亡，家雖破，「毛克剌」在，何妨者。後唐廢帝劉后，應州渾元人，為人強悍。猶自焚，勝梁末帝后見唐莊宗，懼而聽命。石敬瑭后，唐明宗女，為人強敏，然為契丹國母徙于懷密州極漠，永康王囚其國母，令還止遼陽。太后、皇后請帳中上謁，避暑上京，以太后自從，則「毛克剌」不必問矣。漢高后李氏，晉陽人，父為農，知遠少為軍卒，夜入其家劫取之，義兵起，欲歛于民，后曰：「如是何義？今後宮所有，請悉出之，雖不足，士無怨也。」隱帝之謀誅史弘肇等人，白太后，太后不可，帝拂衣去曰：「何必謀于閨門。」周師至，后曰：「威非危疑，何肯至此？今以詔諭威，威必有說，庶几尚全。」帝不從，出兵，遂及難。威入京，舉事皆稱太后詔。周太祖柴后，見祖奇偉，心知其貴人也，事之甚謹，卒以福其姪。世宗苻后，世王家，為人明果，初適李守貞子崇訓，相人聞其聲，曰：「此天下母也。」守貞故決反，及敗，訓手殺其家人，次以及后，后走匿，以帷幔自蔽，訓惶，遽求后不得，乃自殺，周兵入坐堂上，曰：「郭公與吾父有舊，汝輩無犯我。」太祖聞其能使亂兵不能犯，奇之。后感太祖不殺，拜太祖為父母家。欲使為尼，后不肯。世宗性英銳，聞其如此，益奇之，遂納以為繼室，可謂才矣。若東胡契丹之叛也，盡忠自號無上可汗，萬榮為將，武后大怒，改其名為萬斬。為盡滅，募天下人奴擊之，猶有女人氣味。

木華黎以梁仲行省大名，仲死，命仲妻冉守貞權行省事，「李山兒何足道，楊令婆委實高」。唐敕史氏：爾父瀝款于賓筵，爾母杭詞于簾下。勉思健婦，以佐良人。勤勞一時，焜耀萬世。故曰：「帶了你一紙降書，管教趙官家歡笑倒」。布將高順諫曰：「將軍舉動不肯詳思，輒喜言誤，誤不可數也。」東阿程昱謂布粗中少親，匹夫之雄耳。司馬懿言智囊蔣濟雖往，然曹爽智疏，而知不及，必不能用也。司馬徽寓荊，知劉表性暗，遂絕口不談人物。晉武威賈定，器望甚偉，時為武夫所瞻仰，盧循亦以多疑少決，每求萬全，敗，慕容盛曰：「蘭汗性愚近，足展吾志。」劉裕言：「慕容超略不及遠，棄人用大，雖猛何為？」「俺有萬夫不當之勇」，殆不免摧。剛者反已于弱也夫。仁者在于愛人，智者在于知人，二者不交，雖強毅捷巧，其不死人手者幸耳。噍穴之鼠不畏貓，有諸？

徐世勣為李密保黎陽，唐遣使持密首招之，表請敗葬，詔歸其尸以君禮葬。墳高七仞，哭多嘔血。史官論曰：「密百戰不能取東都，非項羽也，田橫耳。使不為『叛』，其才雄亦不可容于時」云。除非『占卻蓬萊』，可以無恙。

「六國英雄漫多事，到頭徐福是男兒。」猶勝白門窮呂布，欲將鞍馬事曹瞞萬倍。吳之餘裔，遁為日本。

日本自魏時譯通中國，桓靈間歷年無主，女子卑彌呼以鬼道惑眾，遂立為王。有侍婢千人。後于百濟求佛經，大業時遣人來學佛法，稱聞海西菩薩天子，重興佛法。是「蓬萊為巢洞」者，但欲「奪之」不能。

隋末突厥殘波斯，唐初苐秝與吐番戰。大業中一波斯民劫商旅，保西鄙，遂滅波斯，破苐秝，侵婆羅門，地廣萬里。代宗取其兵平京師，元末薊人燕順率四方亡命千人襲高麗，據之，皆有「奪蓬萊」手段。

全聞元使，乃心終在南耳。雖有「看我掃南軍」之言，而淚下如雨矣。觀全次日敗死，楊能絕淮而去，竄歸山東，又數年乃死，固知囊底餘智，遠勝賢夫。《元史》：李璮，小字松壽，濰州人，李全子也。或曰宋衢州徐氏子，父嘗為揚州司理，全蓋養之為子。太祖十六年，全叛，宋率山東州郡來附，國王孛魯承制，拜山東淮南楚州行省，而以其兄福為副元帥。太宗三年，全攻宋揚州，敗死，璮遂襲為益都行省，仍得專制其地。元朝徵兵輒詭詞不至，憲宗七年，又調其兵赴蜀行在，璮親詣上言曰：『益都乃宋航海要津，分兵非便。』上然之，命璮歸取漣海數州，大張克捷之功。世祖即位，加江淮大都督，蒙古漢軍之在邊者，咸聽節制，請破楚，則南淮可定。蓋專制山東者三十餘年，皆挾宋以要元，而自為完繕益兵計。初以其子彥簡質于元，而潛為私驛，自益都至京師，質子營三年，遂用私驛逃歸，璮遂反。以漣水三城獻于宋，殲蒙古戍兵，還攻益都，入之。元聞之，璮取城中子女賞將士，以悅其心，餘以為食。及知城將破，乘舟入大明湖，自投水中。其叛入濟南，史天澤笑曰：「豕突入苙，無能為也。」良由不「順天道」，欲「混海」而不可得矣。

# 第四十八齣　遇　母

【十二時】（旦上）不住的相思鬼，把前身退悔。土臭全消，肉香新長。嫁寒儒客店裏孤恓。（淨上）又著他攀高謁貴。

〈浣溪沙〉「（旦）寂寞秋窗冷簟紋，（淨）明璫玉枕舊香塵，（旦）斷潮歸去夢郎頻。（淨）桃樹巧逢前度客，（旦）翠煙真是再來人，（合）月高風定影隨身。」（旦）姑姑，奴家喜得重生，嫁了柳郎。只道一舉成名，同❶去拜訪爹媽。誰知朝廷為著淮南兵亂，開榜稽遲。我爹娘正在圍城之內，只得賫發柳郎往尋消耗，撇下奴家錢塘客店。你看那江聲月色，悽愴人也。（淨）小姐，比你黃泉之下，景致爭多。（旦）這不在話下。

【針線廂】雖則是荒村店江聲月色，但說著墳窩裏前生今世，則這破門簾亂撒星光內，煞強似洞天黑地。姑姑呵，三不歸父母如何的？七件事兒夫家靠誰？心悠曳，不死不活，睡夢裏為個人兒。

（淨）似小姐的罕有。

【前腔】伴著你半間靈位，又守見你一房夫婿。（旦）姑姑，那夜搜尋秀才，知我閃在那里？（淨）

則道畫幀兒怎放的個人迴避，做的事瞞神謊鬼。昏黑了，你看月兒黑黑的星兒晦，螢火青青似鬼火吹。（旦）上燈哩。❷（淨）沒油，黑坐地，三花兩焰，留的你照解羅衣。

（旦）夜長難睡，還向主家借些油去。（淨）你院子裏坐地，咱去來。❸「合著油瓶蓋，踏碎玉蓮蓬。」（下）（旦玩月歎介）

【月兒高】（老旦、貼行路上）江北生兵亂，江南走多半。不載香車穩，趿的鞋鞓斷。夫主兵權，望天涯生死如何判。前呼後擁，一個春香伴。鳳髻消除，打不上揚州纂。上岸了到臨安。趁黃昏黑影林巒，生忔察的難投館。

（貼）且喜到臨安了。（老旦）咳，萬死一逃生，得到臨安府。俺女娘無處投，長路多孤苦。（貼）前面像是個半開門兒，驀了進去。（老旦進介）呀，門房空靜，內可有人？（旦）誰？（貼）是個女人聲息。待打叫一聲開門。

【不是路】（旦驚介）斜倚雕闌，何處嬌音喚啓關？（老旦）行程晚，女娘們借住霎兒間。

（旦）聽他言，聲音不似男兒漢，待自起開門月下看。（見介）（旦）是一位女娘，請裏面❹坐。（老旦）相提盼，人間天上行方便。（旦）趨迎遲慢。

（打照面介）（老旦作驚介）

【前腔】破屋頹椽，姐姐呵，你怎獨坐無人燈不燃？（旦）這閒庭院，玩清光長送過這月

**兒圓。**（老旦背叫貼介）春香，這像誰來？（貼驚介）不敢說，好像小姐。（老旦）你快瞧房兒裏面，還有甚人？若沒有人，敢是鬼也？（貼下）（旦背）這位女娘，好像我母親，那丫頭好像春香。（作回問介）敢問老夫人，何方而來？（老旦歎介）**自淮安，我相公是淮揚安撫、遭兵難，我被擄逃生到此間。**（旦背介）是我母親了，我可認他？（貼慌上，背語老旦介）一所空房子，通沒個人影兒。是鬼，是鬼！（老旦作怕介）（旦）聽他說起，是我的娘也。（旦向前哭娘介）（老旦作避介）敢是我女孩兒？怠慢了你，你活現了。春香，有隨身紙錢，快丟，快丟。（貼丟紙錢介）（旦）兒不是鬼。（老旦）不是鬼，我叫你三聲，要你應我一聲高如一聲。（做三叫三應，聲漸低介）（老旦）是鬼也。（旦）娘，你女兒有話講。（老旦）**則略靠遠，冷淋侵一陣風兒旋，這般活現。**（旦）**那些活現？**

（旦扯老旦又作怕介）兒，手恁般冷。（貼叩頭介）小姐，休要撚了春香。（老旦）兒，不曾廣超度你，是你父親古執。（旦哭介）娘，你這等怕，女孩兒死不放娘去了。

【前腔】（淨持燈上）**門戶牢拴，為甚空堂人語喧？**❺（照地介）**這青苔院，怎生吹落紙黃錢？**（貼）夫人，來的不是道姑？（老旦）可是。（淨驚介）呀，老夫人和春香那里來？這般大驚小怪。**看他打盤旋，那夫人呵，怕漆燈無焰將身遠。小姐，恨不得幽室生輝得近前。**（旦）姑姑好❻來，奶奶害怕。（貼）這姑姑敢也是個鬼？（淨扯老旦，照旦介）**休疑憚。移燈就月端詳遍，可是當年人面？**（合）**是當年人面。**

（老旦抱旦泣介）兒呵，便是鬼，娘也不捨的去了。

【前腔】腸斷三年，怎墜海明珠去復旋？（旦）爹娘面，陰司裏憐念把魂還。（貼）小姐，你怎生出的墳來？（旦）好難言。（老旦）是怎生來？（旦）則感的是東岳大恩眷，托夢一個書生把墓端穿。（老旦）書生何方人氏？（旦）是嶺南柳夢梅。（貼）怪哉，當真有個柳和梅。（老旦）怎到得這里來？（旦）他來科選。（老旦）這等是個好秀才，快請相見。（旦）我央他探❼淮揚動定❽去把爹娘看，因此上獨眠深院。❾

（老旦背與貼語介）有這等事？（貼）便是，難道有這樣出跳的鬼？（老旦回泣介）我的兒呵！

【番山虎】則道你烈性上青天，端坐在西方九品蓮，不道三年鬼窟裏重相見。哭的我手麻腸寸斷，心枯淚點穿。夢魂沉亂，我神情倒顛。看時兒立地，叫時娘各天。怕你茶酒❿無澆奠，牛羊侵墓田。（合）今夕何年？⓫咦，還怕這相逢夢邊。

【前腔】（旦泣介）你拋兒淺土，骨冷難眠。喫不盡爹⓬娘飯，江南寒食天。可也不想有今日，也道不起從前。似這般糊突謎，甚時明白也天！鬼不要，人不嫌，不是前生斷，今生怎得連！（合前）

（老旦）老姑姑，也虧你守著我兒。

【前腔】（淨）近的話不堪提嚥，早森森地心踈體寒。空和他做七做中元，怎知他成雙成愛眷？（低語老旦介）我捉鬼拿奸⓭，知他影戲兒做的恁活現？（合）這樣奇緣，⓮打當了輪迴一遍。

【前腔】（貼）論魂離倩女是有，知他三年外靈骸怎全？則恨他同棺槨、少個郎官，誰想他為院君這宅院。小姐呵，你做的相思鬼穿，你從夫意專。那一日春香不鋪其孝筵，那節兒夫人不哀哉醮薦？早知道你撇離了陰司，跟了人上船！（合前）

【尾聲】（老旦）感的⓯化生女顯活在燈前面。則你的親爹，他在賊子窩中沒信傳。（旦）娘放心，有我那信行的人兒，他穴地通天，打聽的遠。

想像⓰精靈欲見難，歐陽詹　碧桃何處更⓱驂鸞？薛逢
莫道非人身不煖，白居易　菱花初曉鏡光寒。許渾

【校記】

❶徐本作「回」。全集本作「回」。❷徐本作「好上燈了」。❸徐本作「你院子裏坐坐，咱去借來」。❹徐本無「面」字。❺徐本此處有「燈」字。❻徐本作「快」。❼全集本作「看」。❽徐本作「靜」。❾徐本作「因此上獨眠深院，獨眠深院。」。❿徐本作「飯」。⓫徐本作「今夕何年？今夕何年？」。⓬徐本作「爺」。⓭徐本作「姦」。⓮徐本作「這樣奇緣，這樣奇緣」。⓯徐本作「得」。全集本作「的」。⓰徐本作「象」。全集本作「像」。⓱徐本作「便」。

# 第四十八齣〈遇母〉批語

「不住的相思鬼」，是二根相連時絕頂妙贊，其「退」似「悔」而實「不住」，則「悔」不敢「思」也。「肉香」之香喻男槌，「寒儒」喻男根之疲敝者。「秋窗」之秋代湫，「簟」喻女身，「枕」喻女根下合尖處，「槲」喻男根，「煙」喻豪，「月高風定」四字喻得妙麗之至，「江聲月色」同意。「黃泉」以喻後園，「簾」喻女豪，「星」喻男槌，「洞天黑地」喻女深處，「心悠曳」兩句喻行事時，刻酷。「月黑星晦」非喻二根而何？「坐」字更妙，「車鞋」俱喻女根，「鳳」喻合尖，「鬢」喻豪，「林」字同意。「生忔察」嘲女初破，「長路多孤苦」妙，極惟其深也，所以得到者頗少，適令「孤苦」也。「半開門」易知，「女人聲」喻行事時，音由女根出也，音出而「關」大啟矣。「霎時間」嘲男事苦于難久。「不似男兒漢」，申言聲雖男致，實出于女，加「待自起開門月下看」一句，謔意更透。「趨」字指男，「迎」字指女，「燈不然」是女根也，「閒庭院」同。「光」喻男槌，「長」物「送過」則形如「月圓」，比喻巧甚。「這像誰來」，特問看官解吾喻否。「青苔」喻豪，「打盤旋」女根相狀，「添燈」妙絕。「人面」喻女兩輔，「珠」喻男槌，「陰司」易知，「墳」字亦喻兩輔，「獨眠深院」又是女根雅號。「烈性」自喻男根，「端坐」卻又喻女，「哭得」四句，無非虐謔。「拋兒」之兒喻男槌，「道不起從前」確切此事。「糊突謎」又自註是譬喻，「近的」二句謔意更明，「輪」喻女根外相，「人」喻男根，「船」喻女根，「顯活」字妙。「賊子窩中通天穴地」，皆可知矣。「想像精靈欲見難」，自言吾書雖妙，亦「想像」則然耳。「碧」仍喻豪，「菱」喻女根色狀，「鏡光」仍喻兩輔。

膚理彩澤人理成，「肉」之所以獨「香」于世也。「新長」有日見堆埠意。又「肉香」，即不可言之幽香。麗娘之生「肉」勝解得「肉」三昧，正以普「香」世界，萬種「香」書，一切「香」王，不如此「肉香」之妙。

而無色界粗色、細色、空色、形色，總不如「肉色」之佳耳。況肉香並非虛語，但婦人不能多有，又非慧男子不辨耳。

劉得仁：「嫁與商人頭欲白，未曾一日得雙行。任君逐利輕江海，莫把風濤似妾輕」。豈意「寒儒」復爾。即「獨坐空房中，思我百媚郎，但使心相念，高城何所妨」，終不免「只有青燈相守定」之悵也。

姚合：「侯門月色少于燈」，與「破簾亂撒星光內」，並是寫景妙手，猝然與景相遇。

「跋的鞋鞓斷」，貼切女人。梁武帝阿六身長八尺，而好內。侍女于人與帝女永興公主通，遂謀弒，許事成以為皇后。帝留齋，諸王並與永興乃衣二僮以婢服，僮踰閾失屨，閤帥疑之，則知梁亦束足，故女屨與男迥別。華歆牽伏后跣過殿。《南史》：遂寧龔穎為益州刺史，毛璩從事譙縱討殺毛，引穎出，將斬之，縱將譙道福母即穎姑也，跣出救之得免。呂蒙將攻甘寧于舟，蒙母亦跣出止之。朱溫將殺庶子，嫡后張跣出救之。則「鞋鞓斷」殊不為奇。

李大亮，京兆人。初破輔公祏，賜奴婢百口，曰：「若曹皆衣冠子女，吾何忍遣之？」歿後所育孤姓，為亮行服，如所親者百餘人。「夫主兵權生死知何判」，曾自念其危，則能念及人耳。

余嘗讀「齊子歸止，其從如雲」，覺其寫得齊國富強，襄公寵妹，淋漓盡致。嫪毒家僮數千人。太平公主嫗監千人。虢國入謁，侍姆百餘騎。太宗問李靖疾，曰：「有晝夜侍卿疾太老嫗，遣一人來，吾欲熟知公起居。」李綱初事周齊王憲，入隋事太子勇，入唐事建成，貞觀時少師，卒年八十。齊王憲女寡居，綱厚恤之，及卒，女被髮號哭。更世變而「前呼後擁」如夢事耳。

唐高祖初入關，引令狐德棻為記室，問曰：「比丈夫冠，婦人髻皆高大，何也？」曰：「在首君象」。東晉將亡，衣小裳大。〈西湖竹枝〉：「數看懶作雙挑髻，只挽蘇州一把頭」。杭髻至今雙挑而「寡」，以「揚州」為上也。唐詩已有「刊載『揚州』帽」句矣，元人亦有詠「花藍鬏髻，曲如玉勾宮樣彎，改樣兒新鞋襪」，皆詞家時句。

楊素營獨孤后陵，遍歷川原，親自占擇。纖芥不善，即更尋求。謂欲寶祚無窮，志圖元吉。是今相地法也。文帝謂何稠曰：「汝既葬皇后，今我死可好安置。」誠知何益不能無念，攬太子頸曰：「何稠用心可使之」，亦畏「骨冷難眠」耶？隋〈李鍔傳〉奏言五品以上，妻妾不得改嫁，真「鬼不要，人不嫌」，一笑。六字移贈登徒，亦當首肯。

馮道時，管家婢稱知「院」，信行人兒正與王叔文〈淺中浮表〉對。

# 第四十九齣　淮　泊

【三登樂】（生包袱、雨傘上）有路難投，禁得這亂離時候！走孤寒落葉知秋。為嬌妻思岳丈，探聽揚州。又誰料他困守淮揚，索奔前答救。

（集唐）「那能得計訪情親李白？濁水污泥清路塵韓愈。自恨為儒逢世難盧綸，卻憐無事是家貧韋莊。」俺柳夢梅陽世寒儒，蒙杜小姐陰司熱寵，得為夫婦，相隨赴科。且喜殿試攛過卷子，又被邊報躭❶誤榜期。因此小姐呵，聞說他尊翁淮揚兵急，叫俺沿路上體訪安危。親齎一幅春容，敬報再生之喜。雖則如此，客路貧難，諸凡路費之資，盡出壙中之物。其間零碎寶玩，急切典賣不來。有些成器金銀，土氣銷鎔有限。兼且小生看書之眼，並不認的等子星兒。一路上賺騙無多，逐日裏支分有盡。到的❷揚州地面，恰好岳丈大人移鎮淮城。賊兵阻路，不敢前進。且喜因循解散，不免迤逦數程。

【錦纏道】早則要、醉揚州尋杜牧，夢三生花月樓，怎知他長淮去休！那里有纏十萬順天風、跨鶴閒遊！則索傍漁樵尋食宿、敗荷衰柳，添一抹五湖秋。那秋意兒有許多迤逗！咱功名事未酬，冷落我斷腸閨秀。堪回首？算江南江北有十分愁。

一路行來，且喜看見了插天高的淮城，城下一帶清長淮水。那城樓之上，還掛有丈六闊的軍門旗號。大吹大擂，想是日晚掩門了。且尋小店歇宿。（丑上）「多參❸白水江湖酒，少賺黃邊風月錢。」秀才投宿麼？（生進店介）（丑）要果酒，案酒？（生）天性不飲。（丑）柴米是要的？（生）喫到❹算。（丑）算到❺喫。（生）花銀五分在此。（丑）高銀散碎些，待我稱一稱。（稱介，作驚叫介）銀子走了。（尋介）（生）怎❻大驚小怪？（丑）秀才，銀子地縫裏走了。你看碎珠兒。（生）這等還有幾塊在這里。（丑接銀又走，三度介）呀，原來秀才會使水銀？❼（生）因何是水銀？（背介）是了，是小姐殯斂之時，水銀在口。龍含土成珠而上天，鬼含汞成丹而出世，理之然也。此乃見風而化。原初小姐死，水銀也死；如今小姐活，水銀也活了。則可惜這神奇之物，世人不知。（回介）也罷了。店主人，你將我花銀都消散去了，如今一釐也無。這本書是我平日看的，准酒一壺。（丑）書破了。（生）貼你一枝筆，（丑）筆開花了。（生）此中使客往來，你可也聽見「讀書破萬卷」？（丑）不聽見。（生）可聽見「夢筆吐千花」？（丑）不聽見。

【皂羅袍】（生作笑介）**可笑一場閒話，破詩書萬卷，筆蕊千花。**是我差了，這原不是換酒的東西。（丑笑介）「神仙留玉佩，卿相解金貂。」（生）你說金貂玉佩，那里來的？**有朝貨與帝王家，金貂玉佩書無價。**你還不知哩，**便是千金小姐，依然嫁他。一朝臣宰，端然拜他。**（丑）要他則甚？（生）**讀書人把筆安天下。**

（生）不要筆，不要書，這把雨傘可好？（丑）天下雨哩。（生）明日不走了。（丑）餓死在這里？（生笑介）你認的淮揚杜安撫麼？（丑）誰不認的！明日喫太平宴哩。（生）則我便是他女婿來探望他。（丑驚介）喜是相公說的早，杜老爺多早發下請書了。（生）請書那里？（丑）和相公瞧去。（丑請生行介）待小人背褡褳雨傘。（行介）（生）請書那里？（丑）兀的不是！（生）這是告示居民的。（丑）便是。你瞧！

【前腔】「禁為閒遊奸詐。」杜老爺是巴上生的：「自三巴到此，萬里為家。不教子侄到官衙，從無女婿親閒雜。」這句單指你相公：「若有假充行騙，地方稟拿。」下面說小的了：「扶同歇宿，罪連主家。為此須至關防者。」

右示通知。建炎三十二年五月日示。」你看後面安撫司杜大花押。上面蓋著一顆「欽差安撫淮揚等處地方提督軍務安撫司使之印」，鮮明紫粉。相公，相公，你在此消停，小人告回了。「各人自掃門前雪，休管他家屋上霜。」（下）（生淚❽介）我的妻，你怎知丈夫到此悽惶無地也。（作望介）呀，前面房子門上有大金字，咱投宿去。（看介）四個字：「漂母之祠。」怎生叫做漂母之祠？（看介）原來壁上有題：「昔賢懷一飯，此事已千秋。」是了，乃前朝淮陰侯韓信之恩人也。我想起來，那韓信是個假齊王，尚然有人一飯，俺柳夢梅是個真秀才，要杯冷酒不能勾！像這漂母，俺拜他一千拜。

【鶯皂袍】（拜介）垂釣楚天涯，瘦王孫，遇漂紗。楚重瞳較比這秋波瞎。大史公表他，淮安府祭他，甫能勾一飯千金價。看古來婦女多有俏眼兒：文公乞食，僖妻禮他；昭關乞食，相逢浣紗。鳳尖頭叩首三千下。

起更了，廊下一宿。早去伺候開門。沒水梳洗。（看介）好了，下雨哩。

舊事無人可共論，韓愈　只應漂母識王孫。王遵

轅門拜手儒衣弊，劉長卿　莫使沾❾濡有淚痕。韋洵美

【校記】

❶徐本作「耽」。全集本作「躭」。❷徐本作「得到」。❸徐本作「攙」。❹徐本作「倒」。❺徐本作「倒」。❻徐本作「怎的」。全集本作「怎」。❼徐本作「秀才原來會使水銀」。全集本作「原來秀才會使水銀」。❽徐本作「哭」。❾徐本作「沾」。

# 第四十九齣〈淮泊〉批語

「包袱」喻男根，「有路難投」妙極，「亂離」喻其事，「落葉」喻女兩扉，「秋」以代湫，「奔救」二字可為一笑。「濁水污泥」嘲笑兩物，「陽世」二句易知，「卷」喻女根，「榜」亦註過，「杜」字代肚，「花月樓」可署女根，「樵」喻豪意，「敗荷」喻女，「衰柳」喻男，男衰則女「一抹」平耳。「秋」仍代湫，「斷腸」之腸指男根，「插天高城」嘲女道也。「旗」喻邊闌，「大吹大擂」為謔且虐。「錢」喻圓相，「水銀」喻精，即以柳生喻男根矣，除卻水銀叫他更用何物？「書」猶卷意，「筆開花了」非男根而何？「天下」以喻女根，「兩淚」更不必註，「鮮明紫粉」二根極贊。「秋波」之秋代湫，「鳳尖俏眼」皆是物也，「叩首」喻男根耳。

杜詩：「故人啟重門，煖湯濯我足，親朋縱談謔，喧鬧慰悽獨。」在「有路難投」時，彌念此樂。否則欲吟趙嘏：「去年今夜在商州，還為清光上驛樓，宛是依依舊顏色，自憐人換几般愁」之句矣。

元曲「原來是趕科場應舉村學究，卻遇這雪盤絕壁蛟龍吼，雲遶空林鬼魅愁。支生生頭髮似人楸，靜悄悄空林曠野申時候，從今後萬古與千秋，誰與俺奠一杯墳上酒？」即「走孤寒落葉知秋」之意，更加險譚。

「書生只是平時物，男子爭無亂世才」？「奔前答救」莫作痴看。王通孫勃云：「一代丈夫，四海男子，靈珠耀堂，是琴酒之文人；寶劍橫腰，即風雲之壯士」。崔浩纖妍潔白如美女，力不敵一健婦人，而胸有兵甲。

黃石：「瞽者善視，聾者善聽」。劉安：「楚倡優拙，則思慮遠」。晉武帝婿王敦，眉目疏朗，帝召時賢共言技藝之事，惟敦都無所關，自言頗知擊鼓。《抱朴子》見人博戲，了不目盼，或強牽引觀之，有若晝睡，是以至今不知棋局有九道。亦念此輩末技，亂意思而妨日月。「不識戥子星兒」，非過甚形容語。列子所謂：舟楫間吾不如子，至于定國家理民人，則子之視我，蒙蒙如未視之狗耳。國忠為帝主蒲簿，計籌鉤畫，分銖不誤。魏侍中王粲善算，作算術略盡其理。《五代史·漢臣傳》：「王章魏州人，為平章，不喜文字，曰：『此輩與一把筭子，未知顛倒，何益于國。』」顧習于分銖之事者，其深計遠慮，或未足任。與元人「既通儒又通吏，既通疏更精細。祖宗積德住高堂，錢財廣盛根基壯。快斡旋，會攢積，能生放，歷練深，委用多，陞除快，拯民危，除吏弊，救天災，有奇才，會區畫，一官未盡一官來。」恰好對看。

《金史》：白撒目不知書，奸黠有餘，簿書政事，聞之即解。宋葉義問嚴州人，金亮南侵，令督師瓜州，問生兵為何物，又役民掘沙植樹枝為鹿角，潮至木枝盡去，市民皆媟罵之，則又與北齊尚書令陳某子邪輪，好自入市高價買物，商賈所共嗤玩相類。

「春光不我留，紅顏不我再。趁此寵愛真，作盡妖嬈態。」「十五初嫁郎，郎語儂含羞，而今千百句，卻向誰起頭？歡樂不知足，戲郎嫌語少。一別動經年，空種宜男草。斂容送君別，一斂無開時，只應待相見，還將笑解眉。獨枕凋雙鬢，孤燈損玉顏，何須照床裡，終是一人眠。」「斷腸閨秀」殊甚可念。用修〈大隄曲〉「釵橫花困驚殘夢，不信行人不憶家」，被熱偎者且為代念「冷落」。唐人詩「胸前空橫宜男草，嫁得蕭郎愛遠遊。」「受冷落」者能不暗地「斷腸」乎。照鄰寄書謝中婦，劉孝綽〈寄妻詩〉：「獨眠真自難，重衾猶覺寒，逾憶凝脂煖，彌想橫陳歡。」雖自言不獲戀所怡，正欲姑持美言，且慰「閨秀」耳。

羨門：「何事歸來又去，心兒乍雨乍晴，薄幸從天教得成，天也忒無情。驀地一團愁到了，怎生圖做不眉輩，冷清清地奈何人。」文友：「奕賭個今宵無偶」，又「以客為家家似寓，偶爾來家，收拾閒情緒。阿婦驚疑前致語，問郎何不歸家去？」真不良人。

展成：「鴛鴦債欠許多時，著意向今宵全補」，于「斷腸閨秀」何如？曹爾堪侍讀，夫人極賢，故曹有「樂事貧家竟不貪，單紗消受嫩涼甘，好花頒與侍兒簪，暗將私語賭宜男」句，此「閨秀」尤令人不忍「冷落」。王金壇：「尋常意緒任郎猜，音信全無笑口開，盡日客窗孤燭下，取儂情味細嘗來。臨行記得語依依，莫泥盃觴莫睡遲，幸是不曾消費壞，謹持原樣付還伊」，真才子語。又：「身經秘事几回痴，口禁心啣夢裡知，今日總來添別淚，不能填入斷腸詩」，足見未經秘事，猶忘「冷落」耳。文友：「丹青應詔，便捧黃高手，怎寫得長門悄悄？」寫「斷腸閨秀」入神。元曲「宮娥，朕特來填還你這淚濕透的鮫綃帕，溫和你這冷透的凌波襪」，真乃使「斷腸閨秀」心死。兒有〈履上珠詩〉：「卑栖絇鼻夜光新，不數驪龍繫頷珍，一似佳人裙上月，低藏偏照遠歸人」，自覺淫艷之極。何以故？「斷腸閨秀」之神，如從香襪玉趾間出。「怕冷落斷腸閨秀」之神，如從香襪玉趾間入故。

高駢云：「力盡路旁行不得，廣張帥纛是何人？」看著「丈六門旗」，不免功名心熱。

分明買酒無錢，卻推「天性不飲」，寫盡世間可怜人，不但獨有離人開淚眼，強憑杯酒亦潸然也。「故將俗物惱幽人，細馬紅粧滿山谷」，亦是此意。

「會使水銀」與出門輕薄倚黃金者自別。羅隱云：「小人無事藝，假爾作梯媒，朱門狼虎性，一半為君迴」，可任其「消散」耶？

「筆」是合「開花」物，「筆開花了」嘲盡無花俗筆。「空將磊落千首詩，『換』得漂零一杯『酒』」，若并不可作「換酒東西」，便請大家罷做。「金貂換酒」是晉散騎常侍阮咸子遙集事。

山谷「東坡老人翰林翁，醉時吐出胸中墨。玉堂端要真學士，須得儋州禿鬢翁」。除此之外，真乃「要他則甚」。

高崇文其先自渤海徙幽州，貞元中從韓全義鎮長武，全義入朝，留知後務。劉闢反，顯功宿將，人人自謂當選，及詔出，皆大驚，蓋宰相杜黃裳言：「闢妄書生也，可俘也。」薦崇文才。崇文入成都，師屯大逵，市井不移，送闢京師，俘其首拽而入。然文不通書，厭案牘咨判為煩，詔同中書，恃功而侈，又不曉朝儀，憚于覲謁，駢其孫也。今「安天下」終須「杞筆」耳。馬周初入京，至灞上，數公子「飲酒」不顧，周市斗「酒」濯足，眾乃異之。何必巨蒐氏國以□洗穆王之足也。柳生「要杯冷酒不能勾」，端有「剩有青天照殘醉，何人睡殺酒家詞」之感。若「石頭龍尾灣，新亭送客渚，沽酒不取錢，郎能飲几許」之「酒」家胡，便當用叩漂母法叩之。

經云：「若以男子，不能自知身有佛性，我說是等名為女人。」按《楚漢春秋》，高帝封善相人許負為鳴雌侯，則負亦婦人也。石崇潘岳望塵而拜賈后母，《唐書・陳子昂傳贊》：「子昂以王者之術勉武后，卒為婦人訕侮，可謂薦圭璧于房闥，以脂粉汙漫之也」。然郭震謂，何杜甫云「太后當朝，肅高才接，跡升『鳳尖』，固當『叩首』也？」我來不見玉雙「瞳」，那復誇張到餘子，惟此獠輩不知其當「叩」矣。石顯謁師，但翹一足，與之石便禮拜。折肢諂禮，由天花諸國以舐足摩踵為致敬也。僕固懷恩鐵勒部人，世襲都督，與郭李同平賊，進中書令，節度朔方，不肯為讒毀屈。詔宰相裴遵度臨諭，度至，恩抱其足，比御史霍獻可「叩」殿陛，必欲殺仁傑等何如？

古今詠韓信者，惟山谷「取齊自『重』身已『輕』」一句最妙。使信知漂母「豈望報乎」一句之妙，何至于是？迨七尺之軀，既被野雞踏住，即叩其「鳳尖」，不容乞命矣。

「鳳尖叩首」，接上僖妻數句來，言彼時皆當如此也。酧千金與子官，決不若如此。供養之誠敬優隆，得本受用矣。李漁弔柳七：「一霎時風流塚上，踏滿弓鞋。」若得「漂母」踏之，泉下便當心死。元人：「見軟地兒把金蓮印，塘土兒將繡底踏，恨不得雙手忙拿，一掬可怜情，長夜千金價。」貫酸齋：「想情人起來時，纏金蓮，搓玉筍，足足娘大。著意收拾，越裝目易顯豁，越護著越情多。」仇州判和云：「鳳幃中觸抹著，把人蹬，狠氣性蹬殺我也不嫌疼。」皆「叩首」意。

《晏閒談柄》：古人寄書，必用腳印。詩云：「羅裙惟腹畔，錦襪只胸前，願作鮫綃帶，長束謝娘蓮」，無非眾生妄想微細流注處。既生愛悅，豈復能顧賢文耶？手足同一柔荑，而人貪鳳州之手，轉不如貪代京之足者，得無非理愛奸哉？蓋人情不甚羨他人之外設，而尤好窺人之中藏；不甚愛同我之常形，而喜觀異我之秘物。且以我之肩，並彼之脊，未稱尊奉之奇；舉彼下體，加吾上體，方表寵艷之至，所以萬古文心，不言而同，然未謀而暗合者也。

「君問歸期未有期，巴山夜『雨』漲秋池，何當共剪西窗燭，重話巴山夜雨時？」商隱寄內詩也，宗鶴「問暗傷情緒，細雨東西路」，猶不及「王孫不奈如絲雨，冒斷春風一寸心」之入微。夫愁卻比人愁重，乃云「好了」，真是奇談。

# 第五十齣 鬧宴

【梁州序❶】（外引丑眾上）長淮千騎雁行秋，浪捲雲浮。思鄉淚國倚層樓。（合）看機遘，逢奏凱，且遲留。

〈昭君怨〉「萬里封侯岐路，幾兩英雄草屨。秋城鼓角催，老將來。烽火平安昨夜，夢醒家山淚下。兵戈未許歸，意徘徊。」我杜寶身為安撫，時直兵衝。圍絕救援，貽書解散。李寇既出❷，金兵不來。中間善後事宜，且自看詳停當。分付中軍門外伺候。（眾下）（丑把門介）（外歎介）雖有存城之歡，實切亡妻之痛。（淚介）我的夫人呵，昨已單本題請他的身後恩典，兼求賜假西歸。未知旨意何如？正是：「功名富貴草頭露，骨肉團圓錦上花。」（看文書介）

【金蕉葉】（生破衣巾攜春容上）窮愁客愁，正搖落雁飛時候。（整容介）帽兒光整頓從頭，還則怕未分明的門楣認否？

（丑喝介）甚麼人行走？（生）是杜老爺女婿拜見。（丑）當真？（生）秀才無假。（丑進稟介）（外）關防明白了。（問丑介）那人材怎的？（丑）也不怎的。袖著一幅畫兒。（外笑介）是個畫師。則說老爺軍務不閒便了。（丑見生介）老爺軍務不閒。請自在。（生）叫我自在，自在不成人了。（丑）等你去，成人不自在。（生）老爺可拜客

❸？（丑）今日文武官僚喫太平宴，牌簿都繳了。（生）大哥，怎麼叫做太平宴？（丑）這是各邊方年例。則今年退了賊，筵宴盛些。席上有金花樹，銀臺盞❹，長尺頭，大元寶，無數的。你是老爺女婿，背幾個去。（生）原來如此。則怕進見之時，考一首《太平宴詩》，或是《軍中凱歌》，或是《淮清頌》，急切怎好？且在這班房裏蹬❺著打想一篇，正是「有備無患」。（丑）秀才還不走，文武官員來也。（生下）

【梁州序】（末扮文官上）長淮望斷塞垣秋，喜兵甲潛收。賀昇平、歌頌許吾流。（淨扮武官上）兼文武，陪將相，宴公侯。

請了。（末）今日我文武官屬太平宴，水陸務須華盛，歌舞都要整齊。（末、淨見介）聖天子萬靈擁輔，老君侯八面威風。寇兵銷咫尺之書，軍禮設太平之宴。謹已完備，望乞俯容。（外）軍功雖卑末難當，年例在諸公怎廢？難言奏凱，聊用舒懷。（內鼓吹介）（丑持酒上）「黃石兵書三寸舌，清河雪酒五加皮。」酒到。

【梁州序】（外澆酒介）天開江左，地沖淮右。氣色夜連刀❻斗。（末、淨進酒介）長城一線，何來得御君侯！喜平銷戰氣，不動征旗，一紙書回寇。那堪羌笛裏望神州！這是萬里籌邊第一樓。（合）乘塞草，秋風候，太平筵上如淮酒，盡慷慨，為君壽。

【前腔】（外）吾皇福厚。群才策湊，半壁圍城堅守。（末、淨）分明軍令，杯前借箸題壽。（外）我題書與李全夫婦呵，也是燕支卻虜，夜月吹篪，一字連環透。不然無救也怎生休！不是天心不聚頭。（合前）

（內擂鼓介）（老旦扮報子上）「金貂并入三公府。錦帳誰當萬里城？」報老爺奏本已下，奉有聖旨，不准致仕。欽取老爺還朝，同平章軍國大事。老夫人追贈一品貞烈夫人。（末、淨）平章乃宰相之職，君侯出將入相，官屬不勝欣仰。

【前腔】（末、淨送酒介）攬貂蟬歲月淹留，慶龍虎風雲輻輳。君侯此一去呵，看洗兵河漢，掞❼天高手。偏好桂花時節，天香隨馬，簫鼓鳴清晝。到長安宮闕裏報高秋，可也河上砧聲憶舊遊？（合前）

（外）諸公皆高才壯歲，自致封侯。如杜寶者，白首還朝，何足道哉！

【前腔】每日價看鏡登樓，淚沾衣渾不如舊。似江山如此，光陰難又。猛把吳鉤看了，闌干拍遍，落日重回首。此去呵，恨南歸草草也寄東流，（舉手介）你可也明月同誰嘯庾樓？（合前）

（生上）「詩❽稿已吟就，名單選❾未通。」（見丑介）大哥替我再一稟。（丑）老爺正喫太平宴。（生）我太平宴詩也想完一首了，太平宴還未完。（丑）誰叫你想來？（生）大哥，俺是嫡親女婿，沒奈何稟一稟。（丑進稟介）稟老爺，那個嫡親女婿，沒奈何稟見。（外）好打！（丑出作惱，推生走介）（生）「老丈人高宴未終，咱半子禮當恭候。」（下）（旦、貼扮女樂上）「壯士軍門半死生，美人帳❿下能歌舞。」營妓們叩頭。

【節節高】轅門簫鼓啾，陣雲收。君恩可借淮揚寇？貂插首，玉垂腰，金佩肘。馬敲金鐙也秋風驟，展沙堤⓫笑拂朝天袖。（合）但捲取江山獻君王，看玉京迎駕把笙歌奏。

（生上）「欲窮千里目，更上一層樓。」想歌闌宴罷，小生饑困了。不免沖席西⓬進。（丑攔介）餓鬼不羞？（生惱介）你是老爺跟馬賤人，敢辱我乘龍貴婿？打不的你。（生打丑介）（外問介）軍門外誰敢喧嚷？（丑）是早上嫡親女婿叫做沒奈何的，破衣、破帽、破褡衩、破雨傘，手裏拿一幅破畫兒，說他餓的慌⓭了，要來衝席。但勸的都打，連打了九個半，則剩下小的這半個臉兒。（外惱介）可惡。本院自有禁約，何處寒酸，敢來胡賴？（末、淨）此生委係乘龍，屬官禮當攀鳳。（外）一發中他計了。叫中軍官暫時拿下那光棍。逢州換驛，遞解到臨安監候⓮。（老旦扮中軍官應介）（出縛生介）（生）冤哉，我的妻呵！「因貪弄玉為秦贅，且戴儒冠學楚囚。」（下）（外）諸公不知。老夫因國難分張，心痛如割。又放著這等一個無名子來刮⓯噪人，愈生傷感。（末、淨）老夫人受有國恩，名標烈史。蘭玉自有，不必慮懷。叫樂人進酒。

【前腔】⓰江南好宦遊。急難休，樽前且進平安酒。看福壽有，子女悠，夫人又。（外）竟⓱醉矣。（旦、貼作扶介）（外淚介）閃英雄淚倩⓲盈盈袖。傷心不為悲秋瘦。（合前）

（外）諸公請了。老夫歸朝念切，即便起行。（內鼓樂）（外⓳）

【尾聲】明日離亭一杯酒。（末、淨）則無奈丹青聖主求。（外笑介）怕畫的上麒麟人白首。

萬里沙西寇已平，張喬　東歸銜命見雙旌。韓翃
塞鴻過盡殘陽裡，耿湋　淮水長憐似鏡清。李紳

【校記】

❶徐本作「梁州令」。❷徐本作「去」。❸徐本此處有「去麼」二字。❹徐本作「盤」。❺徐本作「等」。❻徐本作「刁」。❼徐本作「接」。❽徐本作「腹」。❾徐本作「還」。❿徐本作「帳」。⓫徐本作「隄」。全集本作「堤」。⓬徐本作「衝席而進」。⓭徐本作「荒」。⓮徐本此處有「者」字。⓯徐本作「聒」。⓰徐本此處有「（末、淨）」。⓱徐本作「徑」。⓲徐本作「漬」。⓳徐本作「內鼓樂介」，無「外」字。

# 第五十齣〈鬧宴〉批語

「千騎」之騎作平聲解，「浪捲雲浮」女根妙喻，「看機彀」及「骨肉團圓」「草頭露」等字同。「搖落」喻男根脫出，「雁飛」喻脫時女扉相狀，則「帽兒光」三句便得解矣。「門楣」喻交骨也，「關防明白」之喻尤確。「脾」喻男根，「簿」喻女根，「太平」喻女兩輔，「花樹」喻男根，「金」以代筋，「臺盤」喻女根，「尺頭」喻男根，「元寶」以代圓寶，「塞垣」作色字讀，「秋」以代湫，「兼文武及華盛整齊」等字無非謔喻。「八面」面分八字之意，「長城一線」謔喻可知，「平消」二字尤妙。「旗」與「書」俱喻女根邊闌，「笛」喻男根，「半壁圍城」其喻亦肖，「杯」喻女根，「籌箸」男根，「月」以喻女，「篦」以喻男，「金貂」之金代筋，「錦帳」之錦代緊，「風」喻其動，「雲」喻女根，「輻輳」二字相狀又肖。「接天洗手」，可為一笑。「桂花」則喻後園，「砧聲」易知，「高壯白首」等字俱喻男根。「鏡」喻女根渾相，「光」喻莖端，「勾」字亦然，「闌干」女扉，「回首」喻其復翹，「草草」喻豪，「捲取」字其謔尤甚，「美玉」字同。「儒冠」又喻女根分，「沒奈何」男根定讞。「分張心痛」實因「刮燥」所致，可為一噱。傷感皆非空設。「急難休」，看官試想「平安」字，又轉一謔。「淚漬盈袖」喻精滿女扉，麗甚。「悲秋」以代髀湫，「丹青」之青喻豪。「麒麟」以代騎淋，「雙旌塞鴻」俱女邊闌。

頗見世之勞人，年且過斯，尚無一就，栖栖久客，欲有所圖，于是旁人亦紿之曰：「如公年，正未正未耳。」知「老將來」尚帶宿慧。

宋之問代人云：「臣母不廕卿雲，早先朝露。臣見同列，有太君拜邑，命婦入朝者，不勝感羨。所求非禮，罪實千誅，私門之事，大莫踰此。幸遇非常之主，敢祈不次之恩。則今日已前報恩于亡母，今日以後盡命于聖朝。」音辭最亮，允為「題請身後恩典」之式。

《南史》宋范曄繼從伯弘，弘封縣侯，權守宣城，乃刪眾家《後漢》，為一家之作。至于屈伸榮辱之際，未嘗不致意。遷衛將軍。孔熙謂曰：「若謂國家相待厚，何以不與丈人婚？」人作犬豕相遇，而欲為之死乎？惟高歡上黨太妃，韓軌妹，歡微時欲聘之，軌不許。及貴，韓氏夫已死，乃納之，差為「未分明的門楣」吐氣。

元曲：我堪恨那夥老喬民，用這等小猢猻，但學得些裝點皮膚子曰詩云，待要苟圖一個出身。他每現如今齊了行不用別人，早落在那爹豪娘富長生命，又交著夫榮妻貴催官運。轉回頭衰草荒墳，千年富貴也只千年運。古墓裡搖鈴，只好和哄你那死尸靈。有那等寒酸的泛泛之徒，一個個假醋強文不誠心，無實行。讀「今日文武官僚」一語，卻有杜牧之「青雲滿眼應驕我」之嘆。

「打想一篇」，即《北史》所譏愛學吳人搖頭振膝。

馬三寶性敏獪，為柴紹家僮。兵起時以百兵為主衛，自稱總管，撫接群盜，兵至數萬。高祖後謂曰：「衛青大不惡。」貞觀初進爵為公。誇「陪將相」者，直是人奴，不若「賀昇平許吾流」，不昇平用你不著矣。

《唐書》：滄州王晙以明經屢立戰功，同中書。氣貌偉特，時目為熊虎。「相」自「文武」分途，篡據事少且弊也。養草澤而資外國，登于匹夫之俎。

隋時，功臣勳賜西涼女樂一部，乃知女樂古重西涼。漢〈郊祀志〉用玉女，又舞女三百人，注謂是偽飾女伎。溫飛卿「雪腕如槌催，畫辟要讓真」者。香山年邁而小蠻方豐艷，「光陰」難又，龔芝翁所以有「對此青蛾我鬢絲」之句。

坡詩：「心衰目極何可望」。羊祜母，蔡邕女。前母，孔融女，司馬師繼妻同母弟也。位至三公而無子，乃用蕭何故事，封其夫人夏侯氏為萬歲鄉君。其登峴山，謂從事鄒湛曰：「登高遠望，如我與卿者多矣，皆湮沒無聞，使人悲傷。」鄒曰：「若湛輩乃當如公言耳。」是闌杆拍遍情景。

「人間榮落關何事，野店殘陽一閃紅」。宋謝瞻不營當世，從姪晦為荊州都督，過，別有矜色。瞻問其年，曰三十五，曰：「昔荀中郎二十四為北府都督，卿比之已老矣」，然踰二年，晦竟詠作〈悲人道〉以自哀。高熲為周齊王記室，隋文得政，令人諭意，熲言願受馳驅。縱公事不成，亦不辭族滅。後進齊國公，從坐事免。謂左右曰：「朕待熲如兒子，今遂瞑焉忘之。不可以身要君，自云第一也。」尋為僕射，母戒之曰：「汝富貴已極，但少斫頭耳。」煬帝即位，果以訕政誅。「落日重回首」五字，俗輩焉知？

急破催搖曳，羅衫半脫肩。入門看履跡，轉而望鬢空。吟孟郊「閑花不解語，勸得酒無消」句，則韓師王愛陸游才，使所愛二夫人為舞，誠至歡也。

鍾「鼓」沸天，美人似玉，若覺其「啾」，便復不樂。

尉遲恭慓敢不畏死，提建成元吉首號令，盡以齊府什物賜之，而晚年自奉養甚厚。褒公段志玄偉犖，兩騎持其髻，忽騰而上，二人俱墮。長孫文昌，少羈寠。及居將相，享用奢侈。徐勣選將必相之，曰：「薄命之人不足與成功名。」及歿，曰：「吾見房杜皆辛苦立門戶，悉為不肖子孫敗之，眾妾願留養子者聽，餘出之。」侍中裴光庭夫人，武三思女也，嘗私李林甫，及為相，尤好內，侍姬盈房，男女五十人。然國忠當國，籍其家。「福壽有，子女悠，夫人又」，亦難言矣。

梁簡文：當思勒彝鼎，無用想羅裙。言「福壽有，夫人又」可也。白：「白日既知無返理，問君何不買青蛾」，坡：「甲第非真有，閑花亦偶栽，道人心似水，不礙照花研」，又「紅粧執樂豪且妍，肯對紅裙辭白酒」，又「俯仰人間今古，且教紅粉相扶」。歐陽公：「京師少年殊好尚，美酒不飲，爭買紅顏」。韶：「纖腰綠鬢，既非老者事，索然兩翁，何以慰無聊」？辛稼軒：「七十五年無事客，不妨兩鬢如霜。綠窗剗地調紅粧，舊歡新夢裡，閒處細思量。」又「百年光景百年心，更歡須嘆息，無病也呻吟。」棠村：「好天良夜，莫問蕭蕭髮」。玉茗：「白髮拚教侍兒數」。既云為官，何必到儀同。又云：「骨可朽，心難窮」，皆所謂英雄有恨，將好色，當求仙耳。

鐵屋老人髮鬖鬖，行年八十猶宜男。若王公服九子，凡年八十歲，御八十妾，生二十子。林春澤父子，飲食房室甚壯。張文定年八十餘，白膩如少年，頗得彭祖御內之術，屢以試用是也。《如皋志》：淳熙中邑人李窩，年八十看瓊花，無歲不至，年百九歲而卒。人有看花福者，又何患入叢之晚也？

魏文帝「嗟我『白』髮，生亦何早」。劉曜宴群臣，語及平生，泫然流涕，「笑餘歌罷忽淒涼」，有情所必至矣。矧「狂謀謬算百不遂，惟有霜鬢來如期」？吟劉夢得：「當年富貴亦惆悵，何況悲翁白似霜」之句耶？北魏文明太后誅乙渾，引高允參決大政，高宗但呼以令公。年近百歲，嘗言：居里者非疇昔之人，往昔之欣境，變為悲戚。入無寄心之所，出無解顏之地。「青蛾不識中書令，借問誰家美少年」者，三公董賢之外，曾有几人？惟蕭道成未弱冠，生文惠太子，體又過壯，指「白」髮問五歲孫廢帝法身曰：「兒言我誰耶？」曰：「太翁。」道成笑曰：「豈有為人作曾祖而拔『白』髮者乎！」遂止。及其入朝堂下，議用長刀遮宋相袁粲等，粲等失色，而去年不過五十六耳，稍為殊異。

溫州王十朋曰：「去歲金亮之死，諸將無毛髮功。有盜節鉞為兩府者，傳呼道路，取笑鄉間。」今又「進解」，一「沒奈何」，鄉間應添一笑。

# 第五十一齣　榜下

（老旦、丑扮將軍持瓜、槌❶上）「鳳舞龍飛作帝京，巍峨宮殿羽林兵。天門欲放傳臚喜，江路新傳奏凱聲。」請了。聖駕升殿。

**【外❷點絳唇】**（外扮老樞密上）**整點朝綱，籌量❸邊餉，山河壯。**（淨扮苗舜賓上）**翰苑文章，顯豁的昇平象。**

請了，恭喜李全納款，皆老樞密調度之功也。（外）正此引奏。前日先生看定狀元試卷，蒙聖旨武偃文修，今其時矣。（淨）正此題請。呀，一個老秀才走將來。好怪，好怪！（末破衣巾捧表上）「先師孔夫子，未得見周王。本朝聖天子，得睹我陳最良。」非小可也。（見外、淨介）生員陳最良告揖。（淨驚介）又是遺才告考麼？（末）不敢，生員是這樞密老大人門下引奏的。（外）則這生員，是杜安撫叫他招安了李全，便中帶有降表。故此引見。（內響鼓介，唱介）奏事官上御道。（外前跪，引末後跪、叩頭介）（外）掌管天下兵馬知樞❹院事臣謹奏：恭賀吾王❺，聖德天威。淮寇來降，金兵不動。有淮揚安撫臣杜寶，敬遣南安府學生員臣陳最良奏事，帶有李全降表進呈。微臣不勝歡忭！（內介）杜寶招安李全一事，就著生員陳最良詳奏。（外）萬歲！（起介）（末）帶表生員臣陳最良謹奏：

【駐雲飛】淮海維揚，萬里江山氣脈長。那安撫機謀壯，矯詔從寬蕩。嗏，李賊快迎降，他表文封上。金主聞知，不敢兵南向。他則好看花到洛陽，咱取次擒胡過❻汴梁。

（內介）奏事的午門候旨。（末）萬歲！（起介）（淨跪介）前廷試看詳文字官臣苗舜賓謹奏：

【前腔】殿策賢良，榜下諸生候久長。亂定人歡暢，文運天開放。嗏，文字已看詳，臚傳須唱。莫遣夔龍，久滯風雲望。早是蟾宮桂有香，御酒封題菊半黃。

（內介）午門外候旨。（淨）萬歲！（起行介）今當榜期，這些寒儒，卻也候久。（外笑介）則這陳秀才夾帶一篇海賊文字，到中的快。（內介）聖旨已到，跪聽宣讀。「朕聞李全賊平，金兵迴避。❼此乃杜寶大功也。杜寶已前有旨，欽取回京。陳最良有奔走口舌之才，可充黃門奏事官，賜其冠帶。其殿試進士，於中柳夢梅可以狀元。金瓜儀從，杏苑赴宴。謝恩。」（眾呼「萬歲」起介）（❽扮雜取冠帶上）「黃門舊是黌門客，藍袍新作紫袍仙。」（末作換冠服介）二位老先生，告揖。（外、淨賀介）恭喜。明日便借重新黃門唱榜了。（末）適間宣旨，狀元柳夢梅何處人？（淨）嶺南人，此生遭際的奇異。（外）有甚奇異？（淨）其日試卷看詳已定，將次進呈。恰好此生午門外放聲大哭，告收遺才。原來為搬家小到京遲誤。學生權收他在附卷進呈，不想點中狀元。（外）原來有此！（末背想介）聽來敢便是那個❾柳夢梅？他那有家小？是了，和老道姑做一家兒。（回介）不瞞老先生，這柳夢梅也和晚生有舊。（外、淨）一發可喜❿了。

榜題金字射朝暉，鄭畋　獨奏邊機出殿遲。王建
莫道官忙身老大，韓愈　曾經卓立在丹墀。元稹

【校記】

❶徐本作「鎚」。❷徐本作「北」。❸徐本作「運籌」。❹徐本作「樞密」。❺徐本作「主」。❻徐本作「到」。全集本作「過」。❼徐本此處有「甚喜，甚喜」。❽徐本此處有「眾」字。❾徐本作「那個、那個」。❿徐本作「可喜可賀」。

# 第五十一齣〈榜下〉批語

「將軍瓜鎚」非男根而何？「羽林」喻豪，「邊餉」喻扉，「顯豁的昇平象」之「昇」以代深，「寬蕩」字其喻更明。「洛陽」之「洛」以代樂，「汴梁」之「汴」以代便。「亂定人歡暢」喻此事獨切。「文運」以代紋暈，方見「天開放」三字之妙。「蟾」喻女，「桂」喻男根，「口舌」喻男根入口入舌。「狀元」以代撞圓，「金瓜」以代筋瓜，「圍邊出遲、身忙老大、卓立在中」，皆極謔褻譬喻。

國忠大選，就第唱補，帷女兄弟觀之，士之醜野偃蹇者，呼名輒笑。「聖天子見最良」，何如？

濟北張景仁初為齊文襄賓客，通婚于後主寵胡何洪珍，遂拜開府加侍中，封建安王。其妻姓奇莫知，容制音辭，事事庸俚。既除王妃，與公主郡君同在朝謁之列，見者為慚。用胡人巷伯之勢以至北面，而高門廣宇。當衢向術諸子，不思其本，自許貴游。以八體取進，倉頡以來一人而已。河間馬敬德以為齊後主師，恩拜儀同，賜廣漢郡主，令子元熙襲。如最良者，便託「非小可」耶？

「和老姑姑做一家」，是最良以己之心。

# 第五十二齣　索　元

【吳小四】（淨扮郭駝傘、包上）天九萬，路三千。月餘程，抵半年。破虱裝衣擔壓肩，壓的頭臍匾又圓，扢喇察龜兒爬上天。

謝天，老駝到了臨安。京城地面，好不繁華。則不知柳秀才去向，俺且往大❶街上瞧去。呀，一夥臭軍踢禿禿走來，且自迴避。正是：「不因漁父引，怎得見波濤。」（下）

【六么令】（老旦、丑扮軍校旗、鑼上）朝門榜遍，怎生狀元柳夢梅不見？又不是黃巢下第題詩赳。排門的問，刻期宣，再因循敢淹答了杏園公宴。

（老旦笑介）好笑，好笑，大宋國一場怪事。你道差不差？中了狀元干鼈❷煞。你道奇不奇？中了狀元囉唣唏。你道興不興？中了狀元胡廝踁。你道山不山？中了狀元一道煙。天下人古怪，不像嶺南人。你瞧這駕牌上，「欽點狀元嶺南柳夢梅，年二十七歲，身中材，面白色。」這等明明道著，卻普天下找不出這人？敢家去哩，亡化哩，睡覺哩？則淹了瓊林宴席面兒。（丑）哥，人山人海，那里淘氣去？俺們把一位帶了儒巾喫宴去。正身出來，算還他席面錢。（老）使不得，羽林衛宴老軍替得，瓊林宴進士替不得。他要杏園題詩。（丑）哥，看見幾個狀元題詩哩。依你說叫去。（行叫介）狀元柳夢梅那里？（叫三次介）（老旦）長安東西十二門，大街都無人應，小衕衕叫去。（丑）這蘇木衕衕有個海南會館。叫地方問他❸。（叫介）（內應介）老長官貴幹？（老旦、丑）天大事，你在睡夢哩！聽分付。

【香柳娘】問新科狀元，問新科狀元。（內）何處人？（眾）廣南鄉貫。（內）是何名姓？（眾）柳夢梅面白無巴綻❹。（內）誰尋他❺？（眾）是當今駕傳，是當今駕傳。要得柳如煙，裁❻開杏花宴。（內）俺這一帶鋪子都沒有，則瓦市王大姐家歇著個番鬼。（眾）這等，去，去，去。（合）柳夢梅也天，柳夢梅也天。好幾個盤旋，影兒不見。（下）

〈集句〉（貼扮妓上）「殘鶯何事不知秋李煜，日日悲看水獨流王昌齡。便從巴峽穿巫峽杜甫，錯把杭州作汴州林升。」奴家王大姐是也。開個門戶在此。天，一個孤老不見，幾個長官撞的來。（老旦、丑上）王大姐喜哩。柳狀元在你家。（貼）什麼柳狀元？（眾）番鬼哩。（貼）不知道。（眾）地方報哩。

【前腔】笑花牽柳眠，笑花牽柳眠。（貼）昨日有個雞，不著褲去了。（眾）原來十分形現。敢柳遮花映做葫蘆纏。有狀元麼？（貼）則有個狀匾。（丑）房兒裏狀匾去。（進房搜介）（眾諢，貼走下介）（眾）找煙花狀元，找煙花狀元。熱趕在誰邊，毛臊打教遍。去罷。（合前）（下）

【前腔】（淨拐杖上）到長安日邊，到長安日邊。果然風憲，九街三市排場遍。柳相公呵，他行蹤杳然，他行蹤杳然。有了悄❼家緣，風聲兒落誰店？少不的大道上行走。那柳夢梅也天！（老旦、丑上）柳夢梅也天！好幾個盤旋，影兒不見。

（丑作撞跌淨，淨叫介）跌死人，跌死人！（丑作拿淨介）俺們叫柳夢梅，你也叫柳夢梅。則拿你官裏去。（淨叩頭介）是了，梅花觀的事發了。小的不知情。（眾笑介）定說你知情！是他什麼人？（淨）聽稟：老兒呵！

【前腔】替他家種園，替他家種園，遠來探看。（眾作忙）可尋著他哩？（淨）猛紅塵透不出東君面。（眾）你定然知他去向。（淨）長官可憐，則聽見❽他到南安，其餘不知。（眾）好笑，好笑！他到這臨安應試，得中狀元了。（淨驚喜介）他中了狀元，他中了狀元！踏的菜園穿，攀花上林苑。長官，他中了狀元，怕沒處尋他！（眾）便是呢❾。（合前）

（眾）也罷，饒你這老兒，協同尋他去。

一第由來是出身，鄭谷　五更風水失龍鱗。張署
紅塵望斷長安陌，韋莊　只在他鄉何處人？杜甫

【校記】

❶徐本作「天」。❷徐本作「鰲」。❸徐本作「去」。❹徐本作「繾」。❺徐本此處有「來」字。

❻徐本作「纔」。全集本作「裁」。❼徐本作「俏」。❽徐本作「是」。全集本作「見」。❾徐本作「哩」。

# 第五十二齣〈索元〉批語

「月」喻女根，約略其大小如此。「衣」喻男根皮，「擔」喻腎囊，「扁又圓」喻男莖端，「龜」腸屬于頭，故以比男根。「扢刺擦」喻其聲，「天」嘲女道之深也。「繁華」喻內花之碎，「臭軍」嘲男根為女根所重，「踢禿」猶扢擦意。「波濤」易知，「榜」字註過，「撞圓乾癟」固是恨事。「蘇木衚衕」女根確切之號，「海南會館」亦然。「天大事」三句，可為一笑。「睡夢裡」不離此喻，「瓦市」以號女根，尤為確切。「番鬼」亦切男根。「日」猶月意，「行蹤杳然」喻男根在內時，「幾個盤旋」又是女根外相。「殘鶯」之鶯以代陰，「悲看」之悲以代髓，「長官」之長平聲，「葫蘆」又喻腎囊，「撞扁」更切二根，「熱趕」等字俱妙，「毛臊」猶臭軍意，「透不見面」喻男根沒內，語意切當。

《宋史》：泉州呂夏卿知制誥，得奇疾，身體自縮，卒時纔如小兒，比「跎」又奇。

賜「宴」自呂蒙正榜始，給金吾衛士送歸第自蔡京榜始，刻登科錄自霍端友榜始。

苗台符十六及第，張津十八及第，語云「一雙前進士，兩個阿孩兒」，夢梅「廿七」已為晚達。

崔浩謂慧龍江東鰭王，真是貴種，要不如「面白無疤」，堪作麗配。

江從〈簡刺何相敬客〉：「欲持荷作柱，荷弱不勝梁，欲持荷作鏡，荷暗本無光」。楊素云：「二『柳』俱摧，孤楊獨聳」，又云「『柳』條通體弱人」，即人姓為戲詞，蓋亦有本。「如煙」二句亦何妙麗，即以諵喻而論，亦是絕妙。傳頭「如煙」者，陽氣奮勃欲出煙之象。其不爾者，花娘亦不值為之「開宴」也。

「何事」二字，嘲盡天下婦人。《唐書》：葱嶺以東，俗喜淫。于闐龜茲置女肆，徵其錢。明張幼于有五色鬟，視客為誰掛之。署其門曰「張幼于畜妓。」開門戶輩固難實禁。「『蜂蝶』無情極，『殘』香更不尋」，宜其悲矣。若言：甘體淫人思嚥卻，更滿腔秋欲瀉，思量難待夜。雖「不知秋」可也。

元曲：「不知音，此身誰可怜？賤妾蓮蓬似，中含苦意多。擘開君不食，辜負一么荷。」是「一個不見日日獨流」者。

楊升庵贈妓：「你雖是花魁首名，俺也是詞林後生」，真乃「煙花狀元」。袁小修屠緯真皆以自負名士，妓不與暱，蓋貌遜後生之故。

《東京夢華錄》：「凡京師酒店，濃粧私妓數百，各有廊廡，掩映遮妓，各得穩便。」「雞兒巷」為妓館，「瓦市」有妓名真個強，樊樓五樓相向，各有飛橋。更有街坊，婦人為客換湯斟酒，近前小心，俗謂之焌糟。又有下等妓女，不呼自來，謂之打酒坐。《古杭夢遊錄》：「庵酒店閤內暗藏臥床，花茶坊以茶為由耳。」蓋天下尚未大定，以此誘人，使樂其俗而安其教也。

龔芝翁謂李雲田：「自言平生有奇癖，楚宮微詞東山屐。修城曼睩紛性情，羅袖玉釵偏香澤」，蓋「毛臊打教遍」一證。

余澹心云：「所幸開樂國于平原，五倫之外，無妨別締良緣，兩姓之餘，到處可逢佳偶」。此「俏家緣」三字，覺同一老婆，優劣迥然異趣。

# 第五十三齣　硬拷

【風入松慢】（生上）無端雀角土牢中。是什麼孔雀屏風？一杯水飯東床用，草床頭繡褥芙蓉。天呵，繫頸的是定昏店，赤繩羈鳳；領解的是藍橋驛，配遞乘龍。

〈集唐〉「夢到江南身旅羈方干，包羞忍恥是男兒杜牧。自家妻父猶如此孫元晏❶，若問傍人那得知崔顥！」俺柳夢梅因領杜小姐言命，去淮揚謁見杜安撫。他在眾官面前，怕俺寒儒薄相，故意不行識認，遞解臨安。想他將次下馬，提審之時，見了春容，不容不認。只是眼下悽惶也。（淨扮獄官，丑扮獄卒持棍上）「試喚皐❷陶鬼，方知獄吏尊。」咄！淮安府解來囚徒那里？（生見舉手介）（淨）見面錢？（生）少有。（丑）入監油？（生）也無。（淨惱介）哎呀，一件也沒有，大膽來舉手。（打介）（生）不要打，儘行裝撿❸去便了❹。（丑撿❺介）這個酸鬼，一條破被單，裹軸小畫兒。（看畫介）（丑）是軸觀音，送奶奶供養去。（生）都與你去，則留下畫軸兒❻。（丑作搶畫，生扯介）（末扮公差上）「僵煞乘龍婿，冤遭下馬威。」獄官那里？（丑揖介）原來平章府祗候哥。（末票示介）平章府提取遞❼解犯人一名，及隨身行李赴審。（丑）人犯在此，行李一些也無。（生）都是這獄官搬去了。（末）搬了幾件？拿他平章府去❽。（淨、丑慌叩頭介❾）則這畫軸❿、被單兒。（末）⓫還了秀才，快起解去。（淨、丑應介）（押生行介）老相公，你便行動些兒。「略知孔子三分禮，不犯蕭何六尺條。」（下）

【唐多令】（外引眾上）玉帶蟒袍紅，新參近九重。耿秋光長劍倚崆峒。歸到把平章印總，渾不是黑頭公。

〈集唐〉「秋來力盡破重圍⑫。入掌銀臺護紫微李白。回頭卻嘆浮生事李中，長向東風有是非羅隱。」自家杜寶⑬。因淮揚平寇，叨蒙聖恩，超遷相位。前日有個棍徒，假充門婿。已著遞解臨安府監候。今日不免取來細審一番。（淨、丑押生上）（雜扮門官唱門介）臨安府解犯人進。（見介）（生）岳丈大人拜揖。（外坐笑介）（生）人將禮樂為先。（眾呼喝⑭介）（生歎⑮介）

【新水令】則這怯書生劍氣吐長虹，原來丞相府十分尊重，聲息兒忒洶湧。咱禮數缺通融，曲曲躬躬；他那里半擡身全不動。

（外）寒酸，你是那色人數？犯了法，在相府階前不跪！（生）生員嶺南柳夢梅，乃老大人女婿。（外）呀，我女已亡故三年。不說到納采下茶，便是指腹裁襟，一些沒有。何曾得有個女婿來？可笑，可恨！祗候門與我拿下。（生）誰敢拿！

【步步嬌】（外）我有女無郎，早把他青年送。剗口兒輕調閧。便做是我遠房門婿呵，你嶺南，我蜀中，牛馬風遙，甚處裡絲蘿共？敢一棍兒走秋風！指說關親、騙的軍民動。

（生）你這樣女婿，眠書雪案，立榜雲霄，自家行止用不盡，要⑯秋風老大人？（外）還強嘴！搜他裹袱裹，定有假雕書印，併贓拿賊。（丑開袱介）破被⑰單一條，畫觀音一幅。（外看畫驚介）呀，見贓了。這是我女孩兒春容。你可到南安，認的石道姑麼？（生）認的。（外）認的個陳教授麼？（生）認的。（外）天眼恢恢，原來劫墳賊便是你。左右采下打。（生）誰敢打？（外）這賊快招來。（生）誰是賊？老大人拿賊見贓，不曾捉奸見床⑱。

【折桂令】你道證明師一軸春容。（外）春容分明是殉葬的。（生）可知道是蒼苔石縫，迸坼了雲蹤？（外）快招來。（生）我一謎的承供，供的是開棺見喜，攩煞逢凶。（外）壙中還有玉魚、金碗。（生）有金碗呵，兩口兒同匙受用；玉魚呵，和我九泉下比目和同。（外）還有哩。（生）玉碾的玲瓏，金鎖的玎玲。（外）都是那道姑。（生）則那石姑姑他識趣拿奸縱，卻不似你杜爺爺逞拿賊威風。

（外）他明明招了。叫令史取過一張堅厚官綿紙，寫下親供：「犯人一名柳夢梅，開棺劫財者斬。」寫完，發與那死囚，於斬字下押個花字。會成一宗文卷，放在那里。（貼扮吏取供紙上）稟老爺定個斬字。（外寫介）（貼叫生押花字）（生不伏令[19]）（外）你看這吃敲才！

【江兒水】眼腦兒天生賊，心機使的凶。還不畫紙[20]？（生）誰慣來。（外）你紙筆研[21]墨則好招詳用。（生）生員又不犯奸盜。（外）你奸盜詐偽機謀中。（生）因令愛之故。（外）你精奇古怪虛頭弄。（生）令愛現在。（外）現在麼，把他玉骨拋殘心痛。（生）拋在那里？（外）後苑池中，月冷斷魂波動。

（生）誰見來？（外）陳教授來報知。（生）生員為小姐費心，除了天知地知，陳最良那得知！

【雁兒落】我為他禮春容、叫的凶，我為他展幽期、躭怕恐，我為他點神香、開墓封，我為他唾靈丹、活心孔，我為他偎熨的體酥融，我為他洗發的神清瑩，我為他度情腸、款款通，我為他啓玉股[22]、輕輕送，我為他軟溫香、把陽氣攻，我為他搶性命、把陰程迸。神通，醫的他女孩兒能活動。通也麼通，到如今風月兩無功。

（外）這賊都說的是什麼話？著鬼了。左右，取桃條打他，長流水噴他。（丑取桃條上）「要的門無鬼，先教園有桃。」桃條在此。（外）高弔起打。（眾弔起生，作打介）（生叫痛，轉動，眾諢、打鬼介，噴水介）（淨扮郭駝拐杖同老旦、貼扮軍校持金瓜上）「天上人間忙不忙？開科失卻狀元郎。」一向找尋柳夢梅，今日再尋不見，打老駝。（淨）難道要老駝賠？買酒你喫，叫去是[23]。（叫介）狀元柳夢梅那里？（外聽介）（眾叫下）（外問丑介）（丑）不見了新科狀元，聖旨著沿街尋叫。（生）大哥，開榜哩。狀元誰？（外惱介）這賊閒管，掌嘴[24]。（丑掌生嘴介）（生叫冤屈介）（老旦、貼、淨依前上）「但聞丞相府，不見狀元郎。」咦，平章府打諠鬧哩。（聽介）（淨）裡面聲息，像有俺家相公哩！（眾進介）（淨向前見哭介）弔起的不是相公也！[25]（生）列位救俺[26]。（淨）誰弔[27]相公來？（生）是這平章。（淨將拐杖打外介）拚老命打這平章。（外惱介）誰敢無禮？（老旦、貼）駕上的，來尋狀元柳夢梅。（生）大哥，柳夢梅便是小生。（淨向前解生，外扯淨跌介）（生）你是老駝，因何至此？（淨）俺一逕來尋相公，喜的中了狀元。（生）真個的！快向錢塘門外報杜小姐喜[28]。（老旦、貼）找著了狀元，連[29]俺們也報知黃門官奏去。「未去朝天子，先來激相公。」（下）（外）一路的光棍去了。正好拷問這廝，左右再與俺弔將起來[30]。（生）待俺分訴些，難道狀元是假的？（外）凡為狀元者，登科記[31]為証。你有何據？則是弔了打便了。（生叫苦介）（淨扮苗舜賓引老旦、貼扮堂候官，捧冠袍帶上）「踏破草鞋無覓處，得來全不費工夫。」老公相住手，有登科記[32]在此。

【僥僥犯】（淨）則他是御筆親標第一紅，柳夢梅為梁棟。（外）敢不是他？（淨）是晚生本房取中的。（生）是苗老師哩，救門生一救！（淨笑介）你高弔起文章鉅公，打桃枝受用。告過老公相，軍校，快請狀元下弔。（貼放，生叫「疼煞」介）（淨）可憐，可憐！是斯文到㉝喫盡斯文痛，無情棒打多情種。（生）他是俺㉞丈人。（淨）原來是倚太山壓卵欺鸞鳳。

（老旦）狀元懸梁、刺股。（淨）罷了，一領宮袍遮蓋去。（外）什麼宮袍，扯了他！（㉟扯住冠服介）

【收江南】（生）呀，你敢抗皇宣罵敕封，早裂綻我御袍紅。似人家女婿呵，拜門也似乘龍。偏我帽光光走空，你桃夭夭煞風。（老旦替生冠服插花介）（生）老平章，好看我插宮花帽壓君恩重。

（外）柳夢梅怕不是他。果是他，便童生應試，也要候案。怎生殿試了，不候開榜，㊱淮揚胡撞？（生）老平章是不知。為因李全兵亂，放榜稽遲。令愛聞的老平章有兵寇之事，著我一來上門，二來報他再生之喜，三來扶助你為官。好意成惡意，今日可是你女婿了？（外）誰認你女婿㊲！

【園林好】（淨、眾）嗔怪你會平章的老相公，不刮目破窯中呂蒙。忒做作、前輩們性重。（笑介）敢折倒你丈人峰？

（外）悔不將劫墳賊監候奏請為是。

【沽美酒】（生笑介）你這孔夫子把公冶長陷縲絏中。我柳盜跖打地洞向鴛鴦塚。有日呵，把燮理陰陽問相公，要無語對春風。則待列笙歌畫堂中，搶絲鞭御街攔縱。把窮柳毅賠笑在龍宮，你老夫差失敬了韓重。我呵，人雄氣雄，老平章深躬淺躬，請狀元升東轉東。呀，那時節纔提破了牡丹亭杜鵑殘夢。

老平章請了，你女婿赴宴去也。

【北尾】你險把司天臺失陷了文星空。把一個有對赴㊳的玉潔冰清烈火烘。咱想有今日呵，越顯的俺玩花柳的女郎能，則要你那打桃條的相公懂。（下）

（外弔場）異哉，異哉！還是賊，還是鬼？堂候官，去請那新黃門陳老爺到來商議。（丑）知道了。「謁者有如鬼，狀元還似人。」（下）（末扮陳黃門上）「官運精神老不眠，早朝三下聽鳴鞭。多沾聖主隨朝米，不受村童學俸錢。」自家陳最良。因奏捷，聖恩可憐，欽授黃門。此皆杜老相公擡舉之恩，敬此趨㊴謝。（丑上見介）正來相請，少待通報。（進報見介）（外笑介）可喜，可喜！「昔為陳白屋，今作老黃門。」（末）「新恩無報效，舊恨有還魂。」適聞老先生三喜臨門：一喜官居宰輔，二喜小姐活在人間，三喜女婿中了狀元。（外）陳先生教的好女學生，成精作怪哩！（末）老相公胡盧提認了罷。（外）先生差矣！此乃妖孽之事。為大臣的，必須奏聞滅除為是。（末）果有此意，容晚生登時奏上取旨何如？（外）正合吾意。

夜渡滄州怪亦聽，陸龜蒙　可關妖氣暗文星。司空圖
誰人斷得人間事？白居易　神鏡高懸照百靈。殷文圭

## 【校記】

❶徐本作「晏」。❷徐本作「皋」。全集本作「皐」。❸徐本作「檢」。❹全集本作「罷了」。❺徐

本作「檢」。❻徐本作「軸畫兒」。全集本作「畫軸兒」。❼徐本作「送」。全集本作「遞」。❽徐本作「拏狗官平章府去」。❾徐本作「丑、淨慌叩頭介」。全集本作「淨丑慌叩頭介」。❿徐本作「軸畫」。全集本作「畫軸」。⓫徐本此處有「這狗官！」。⓬徐本此處有「羅鄴」二字。⓭徐本作「自家杜平章」。⓮徐本作「大呼喝」。全集本作「呼喝」。⓯徐本作「長歎」。⓰徐本作「定要」。⓱徐本作「布」。⓲徐本此處有「來」字。⓳徐本作「介」。⓴徐本作「花」。全集本作「紙」。㉑徐本作「硯」。㉒徐本作「肱」。㉓徐本作「罷」。㉔徐本作「掌嘴，掌嘴」。㉕徐本作「弔起的是我家相公也」。㉖徐本作「我」。㉗徐本作「打」。㉘徐本作「快向錢塘門外報與杜小姐知道」。㉙徐本無「連」字。㉚徐本無「來」字。㉛徐本作「登科錄」。㉜徐本作「登科錄」。㉝徐本作「倒」。㉞徐本作「我」。㉟徐本此處有「外」字。㊱徐本此處有「來」字。㊲徐本此處有「來」字。㊳徐本作「付」。㊴徐本作「趣」。

# 第五十三齣〈硬拷〉批語

「無端」無稜也，「無端雀角」四字，喻勢槌上處甚切。「孔雀」卻喻女根，言形如雀而有孔。「屏風」喻身，以代「瓶」字，作孔雀瓶解亦可。「草」以喻豪，「繡」字「藍」字亦然。「包羞忍恥」四字，括男女根多許事。「眼下恓惶」亦嘲女道，「錢」喻女根外相。「一條破被裹著小畫」，非男根而何？「平章」之章代張，「三分」喻女根，「六尺條」喻其身，「蟒」字喻男根筋，「耿光」更切。「崆峒」又喻女根，「秋來」之秋代湫，「紫微」可知，「吐長虹」喻男根氣象，「洶湧」二字聲容酷肖。「曲躬」喻按下翹勢，「抬」喻掘起女根。「書」喻女根，「雪案」喻髀，「榜」字註過，「行止」字妙。「蒼苔」喻豪，「石縫」喻其骨緊，「玉魚」肖女根形。「玉碾的玲瓏」，女根妙贊。「叮咚」又喻其行事之聲。「眼腦」二句，男根確切判語。「精奇」句更為妙絕。「拋」者，迸也。「心痛」指女根言，骨都迸散，心安得不痛？一笑。「後院」以喻後陰，「池中」喻前陰也。「月冷」而分開之處仍有「波動」，比喻確極而又麗絕。「幽期」之期代奇，「香」喻男根并槌，「墓封」喻女原相，「靈丹」喻男槌與精。「情腸」男根妙號，「陰程」陰戶中路程，「桃條」喻豪，「高吊」亦妙，「枴杖」亦喻男根，「宮花」又喻女根，「帽光光走風」男根妙句，「桃夭夭煞風」為女根傳神矣。「宮花」女根，「帽壓」之帽亦女根也，「破窯」意同。「刮目」之喻又奇。「性重」二字猶子充意，觀折倒句更明。「公治長」長字妙，「鴛鴦塚」喻女根兩半。「畫堂」喻女根之如畫。「絲」喻豪也，「韓重」重字妙，「深淺」字「提破」字俱妙，「玉潔冰清」喻女根，「烈火」喻男根也，「又似鬼又似人」真是男根相狀。「鳴鞭」易知，黃門貼陳姥意。「抬舉」二字妙，更可知「葫蘆提」又是什麼。「星」喻男槌，「鏡」喻女根兩輔。

「土牢」字出《北史》。于慎行《筆塵》：待臣之禮，至元極輕，明時因之，未能復古。然兩間有和氣，而後百品皆遂。必使僇慄迫慘，無樂生心，近秋冬矣。唐實君云：「釋褐今朝調淚咽，几回躑躅掃侯門」，皆以「土牢」視之耳。

《筆塵》又云：分宜為相，江右士夫往往號之為父，家僮永年稱鶴山先生。江陵憑藉太后，鉗制人主，華亭之罷與有力焉。游七宋九皆家奴，即江陵之馮子都秦宮也。華亭富于江陵，蘇州易為經營，江楚只知積聚。實君〈門神詩〉以「莫恨物情多棄舊，從來冕黻易灰塵」概之，「是什麼孔雀屏風」。

元曲：「只我這七尺身軀冠世才，你將我牛羊般看待」，「水飯單床」誠不可耐。

李義山：若共門人爭禮分，戴崇爭得及彭宣？南唐時，山東史虛白隨韓熙載渡江，宋齊邱欲窮其伎，出詩百詠俾賡之，恣女奴玩肆多方撓之，「芙蓉繡褥」未勝于斯矣。

義山河內人，王茂元鎮河陽，辟掌書記。愛其才，以女妻之，商隱故有「戰功高後數文章，怜我秋齋夢蝴蝶」之句。高越燕人，少舉進士，時威武軍節度盧文進有女美慧，稱女學士。越聞而慕焉，謁文進，進以女妻之。石晉篡位，越南奔仕于南唐。歙人張秉好諧戲，儀狀豐麗，舉進士，趙普以弟女妻之。撫州晏殊，見何南富弼，即以女妻之。長沙胥偃，見歐陽修文，即以女妻之。晁無咎見泗洲李植，即以女妻之。皆「東床」之受用者。薛元超云「吾不肖富貴過人，生平有三悵，不以進士擢，不娶五姓女，不得修國史」，亦斯意耶？

《魏略》：「韓宣黃初中尚書郎，以職事當受杖于殿前，預脫褲，曹公性嚴，椽屬往往加杖也。」唐張鎬杖殺亳州刺史閭邱曉，嚴武杖殺梓州刺史張彝，劉晏為觀察，刺史以下得杖而後奏，即「繫頸」未足異矣。

梁汝南周弘正，善誹諧，罪應流徙，敕以賜于陁利國，城陷侯景。有法如此，情愿「遞解」。

虞世南抗烈，唐太宗曰：「朕與世南商略古今，每一言失，未嘗不悵恨。」又諫勿驕，上曰：「吾年十八舉義兵，二十四定天下，故負而矜之，輕天下士，敢不戒耶！」「在眾官面前便嫌寒儒薄相」可平。

孫興公請褚后父裒，言及明帝婿沛國劉惔曰：「人之云亡」，裒大怒曰：「真長生平何嘗相比數面，卿今日作此面向人耶！」何充廬江人，王道妻之姊子，充妻，明帝后妹也，明帝且昵之，雖知賞桓溫而所昵庸雜，「認」人亦難概論。

明閹人與內閣用單紅報，以雙摺，俱稱侍生。閣雖為主亦據上坐。元成宗至以優人沙的為平章。「新參近九重」，何足自詫。

歐陽公：「何人肯伴白鬚翁？白髮蕭然涕泫然」，何如坡仙「老盡世人非我獨」耶？惟襄陽蔡瑁與曹孟德善，別業四五十處，婢妾數百人。周李遷哲世為山南豪族，拜襄陽刺史，爵郡公，厚自奉養。妾媵至有百數，男女六十九人，綠漢千餘。里間第宅相次，姬媵之有子者分處其中，各有僮僕侍婢閽人守護，鳴笳導從，往來其間，歡讌盡生平之樂。則「黑頭」與否且不必問，直覺佛菩薩言都為多事矣。

「三省官僚揖者稀」，惟其「十分尊重」，故王建〈上韓愈〉所以有「丈人先達幸相憐」，庭筠〈詠衛公〉所以有「氣吞同列削寒溫」句也。唐時，德裕父吉甫執政，僧儒等對策痛詆執政，故與為怨。栖楚既為逢吉撼裴度，及度為相，廷客乃曲意自解附耳語。明代有以啟干權相者，頗費心力，裂而還之。無啟有金者，皆擢矣。「劍氣吐長虹」，正難多得。

明皇欲相牛仙客，九齡謂林甫要與公固爭，甫然許，及進見，齡極論甫抑嘿，帝遂專任林甫相仙客矣。初三宰相就位，二人罄折，而林甫在中，軒驁無少讓，觀者竊言一鵰挾兩兔。元載輔政，裴冕素所甄引，載德之。

又貪其衰瘵且下己，遂同「平章」。入拜，不能興，載自扶之，代為贊謝。關播為禮部侍郎，盧杞言其儒厚可鎮浮動，遂同「平章」。意不可，欲有言，杞目禁輒止。時李元平等游播門下，能侈言誕計，播謂皆將相才。薦元平，知汝州，至則築郛浚湟，希烈陰使亡命應募，比納數百人，縛元平見希烈，以其眇小無鬚，曰「使爾取元平，乃以其子來耶？」董晉與竇參同平章，參裁可大事，不關白晉，晉循謹無所駁異，參欲以其侄為吏部侍郎，諷晉以聞，帝怒曰：「無乃參迫卿為之耶？」晉惶恐，辭位出為宣武節副，謙愿儉簡事多因循，故軍粗安。其司馬吳人繩軍，遂為所食。贊曰：「播晉等迂暗之人，烏可語功名會哉！」

王獻之兄弟見郗愔，常躡履問訊，甚修舅甥之禮。及愔子超死，見愔慢怠，愔每慨然曰：「使嘉賓尚在，鼠子敢爾耶！」愔以謝安反先掌機密，忿與不睦。王渾子濟尚晉公主，輕叔父湛，略無子姪之敬。所食方丈，則有蒸人乳，不以及湛。湛孫述嘗見王導，發言莫不贊美。正色曰：「人非堯舜，何得每事盡善？」為會稽守，以母憂去職居郡，羲之代之一吊，後不詣。及述為揚州刺史，同行郡界，不通羲之，羲愧不如，遂誓墓不仕。子坦之雖長大，述猶抱置膝上，坦之子愉，桓氏婿，嘗輕侮劉裕。愉子中書令綏厚自矜邁，實鄙而無行，卒與父同為裕誅。宋孝武時，劉穆之孫瑀與顏竣書曰：「朱修之三世叛兵，一日居荊州青油幕下，作謝宣明面目，向使齋帥以長刀引吾下席，與吾何有？正恐匈奴輕漢耳。」北魏丞相李沖寵于文明太后，羈寒多由躋敘。後怒李彪，詈辱肆口。以彪衛人，與沖意讓乖異，無降下之心也。高歡崩，崔㥄曰：「黃頷小兒，堪當重任否？」澄聞之，絕其朝謁，㥄邀拜道左，澄曰：「小兒何足拜也？」鎖赴晉陽訊之。楊愔謂諸子曰：「汝曹乃有坐侍客者。」慕容儼，廆之後，容貌出群，衣冠甚偉，爾朱敗歸，高歡遷五城太守，見東雍州刺史潘長榮，長揖而已，曰：「吾狀貌如此，行望人拜，豈可拜人？」歡聞即以儼代樂。高洋受禪，使至，洋親執其手，捋鬚脫帽，有髮，進安義王。晉趙王倫誅濟南解系曰：「我于水中見蟹尚惡之，況此人兄弟輕我耶！」「十分尊重」，種禍根者多矣！玉茗深意，多以戲事藏之，輕筆寫之。

晉潘尼詣東海王越，不拜，問何故？曰：「君無『宰相』之能，是以不拜。」隋何妥言：今人不慮憂深責重，惟恨總領不多，意謂蘇威也。威曰：「無何妥不患無博士。」妥曰：「無蘇威亦不患無執事。」若諸葛亮于帝婚，瞻初統朝事，廖化邀共詣之，南陽宗預曰：「吾等年踰七十，何求于年少輩，而屑屑造門耶？」此「前輩」自佳。

張江陵欲以鼎甲畀其子，羅海內名士以張之。義仍謝弗往。及與吳門、蒲州二相子同科，復招之，亦謝弗往也。徵為吏部，上書辭免。在南禮曹，抗疏論政府，以致罷官。茲其自寓之筆耳。

「玉碾的玲瓏」五字妙甚。可喻有真色者，必有真才也。普天下萬萬世佳人才子所愛，只是又「玉碾」又「玲瓏」耳。審得「識趣」二字，則賢文尚須斟酌。梁武與謝朓善，以第二女適朓子謨，及即位，更以與王諲，謨不堪，作詩贈主，主以呈帝，甚蒙矜嘆，是「識趣」矣！以門卑，婦終不得還。朓母且宋文帝女也。彭城劉孝綽父苞，宋宗室，漢後也。劉氏女兩為齊氏王妃，而苞賈東昏首詣梁武，孝綽文流河朔，柱壁莫不題之，群從時有七十人。能屬文，近古未有。其三妹適瑯琊王淑英，一適吳郡張嵊，一適東海徐悱。孝綽為廷尉，中丞彈之曰：「攜少妹于華省，棄老母于私宅」，梁武改妹為姝，坐免官。史官論曰：「孝綽中冓為尤，可謂人而無儀者矣。」賢文可借以殺人，固不止呂安一事，含冤萬古。「紙筆研墨則好招詳用」，笑泥賢文無筆尖之俗吏。「精奇古怪」與奸盜詐偽迥別，而腐儒仍假仁義行大偽者，必借此四字以害物。王金壇：「索笑追歡意不窮，風流日日事重重，人間花草真堪愛，遇著春風盡向東。」豈知「攻」之不透，反令愁顰。又：「雙屧千金百萬釵，也須天付畫眉才，細膩風光誰解得，笑顏寧為烈繒開。」似即「偎熨款輕」之說。

王鳳州〈嘉靖宮詞〉：「兩角鴉青雙筋紅，靈犀一點未曾『通』，自緣身作延年藥，憔悴春風雨露中。」正此數句，反畫「雙筋」因痛而泣也。

義山以丈母前唱艷曲為嘲，此特犯之。韋蘇州悼亡，想因這一段話常在心頭。「煦如春貫腸，暄如日炙背，膏酥沃靈府，衰病可以起」，豈非「靈丹」？與其衾渦殘雲，何如活人「心孔」耶？「宿雨香潛潤，春流水暗通」，乃「心孔活」時左驗。

《楞嚴》「貪習交計發于相吸，淫習交接發于相摩」。「偎」不為奇，加「熨」為妙。「熨」字非才子不能下，玉久在身尚成一塊脂膜，況人中玉乎！

錢塘田藝成謂蔡邕〈協和昏賦〉：「乾坤知其剛柔，震兌咸其股腓，近于戲運斗樞。坤性嘿塞，包蔽不顯。」《河圖》《括地》，乾訓健壯。《小爾雅》勞□曰：「通陽盛物，堅其氣急。悍而勇抗，故刺直精射。」（案：《小爾雅》無載，疑有誤）「寸腸堪繾綣，一諾豈驕矜。願保千金軀，慰妾長飢渴」。「攻通澆洗」時，真覺洪濤春胸臆也。與幼女交可以養血，老婦如枯枝吸水，男子少如膏雨，壯如露零，老大如霜雪，使紅顏萎黃凋謝耳。「神清」一句，此道傳神，語幼女得壯男，真有欣欣向榮之意。少游云：「不是對花能服老，自緣無酒可澆春」，豈不以「溶溶一掬乾坤髓，入骨穿皮總是春，非惟聲勢解驚人，地雷震動山頭雨」乎。

玉茗句：「遲歡心所娛」。樂天聞說「風情筋力在吳歌，水急偏生搖慢櫓，河深偖弗使長篙」，要知「款款輕輕」，正由筋力，《易》所謂健而悅也。故此四字，似文而極褻，以非至大至剛之物，鍊氣挺挺者，不能如是也。《唐闕史》：新昌里人有病，百骸綿弱，肩致于寺廡，夢魁神鎧服者，持筋類膾以食之，咀嚼堅韌，蘧然而覺，遂能引五百石弓。每當「輕輕款款」時，令人思此筋食。

柔所以勝者，物或攖之而能堪。故以痿男破女身者，傷其肝，必令女目盲。精多亦由氣足，不闔則不翕，所以不孕，一「迸」字蓋交歡之極致。非「迸」不為神醫，非了字、槌上不能言迸。

「款款」二句緩工夫也。「攻迸」二句急工夫也。二者合矣，方能「醫女」。「惟應此際陳皇后，照見長門望幸心。金徽卻是無情物，不許文君憶故夫」皆以此耳。而世間虀酸腐臭，酒泥肉囊，醫得人家「女兒」不「活動」者多矣。明皇林甫俱嗜內，子女數十人，蓋皆天縱也。或謂婦人妒者，只因不能饜足，故惜分甘。若教「洗發」如斯，敢違郎命。

《豪異秘錄》：「古人婿到門，合家婦女出踢之，謂之打婚」，亦為其胸中有此一篇「通也麼通」耳。況婿家討了便宜，更逞戲婦之法，不打婿胡可堪忍哉！

周濆詩：「尚主當初偶未成，此時誰合更關情？可憐謝混風華在，千古空傳禁臠名」。況這「平章」。

江夏馮京三元及第，時猶未娶。張堯佐方負宮掖勢，欲妻以女，擁至其家，束以金帶曰：「此上意也。」頃之宮中携酒餚來，直出奩，目相視，京笑不視，可謂「丈夫志氣事，兒女安得知」矣。鄆城令徐某女字段珪為妾，欲求彭牧，遺女詩云：「深宮富貴百風流，莫忘生身老骨頭，因與太師歡笑處，為吾方便覓彭州。」亦苦認「丈人」之類耳。

「梅柳」可為「梁棟」，正恨世人不信。

《唐書·文藝傳序》：「天子之門，以文學為下科，何哉？蓋天之付與于君子小人者，無常分，惟能者得之。」「文章鉅公」，更何足道？然風情中反有真「文章」，如李賀所為絕，去翰墨其所長正在理外。彼無情者，雖稱「鉅公」，假「文章」而已，文章鉅公四字，卻已見元曲。

「是斯文倒吃盡斯文痛」，以斯文有兩種，一是有情之斯文，一是無情之斯文耳。若論喻意，尤可發笑。

「無情棒打多情種」，指古今造文者而言。然「多情種」惟知「但是相思莫相負」耳，不能計及世有無情棒也。

晉會稽王導子呼王濛孫王恭弟爽為小子，曰「亡姑亡姊伉儷二宮，何小子之有？」況「丈人峰」耶？

華州嚴挺之溺志于佛，子武性慢倨，四十而卒，母哭曰：「而今而後，吾免為官婢矣！」裴延齡，陸贄所謂不可用者。人所莫敢言，齡言之。德宗以其不隱欲聞外事，齡恃得君，至嫚罵邇臣。又李齊運以吏預平賊，功至禮部尚書，專情謷色見顏間，終貶死。「前輩性重」不是好事。戎獻火浣，王子以為傳之者妄，蕭叔曰：「王子果于自信，果于誣理哉！」「把燮理陰陽問相公」，正惡其夙昔假孔勢目謂鐵步障也。

「人雄氣雄」，令人有掉頭莫覷秋高鶚之意。

陶穀《清異錄》：「綠柳頗類比邱頭，故號漏春和尚」。玉茗命名，蓋取諸此。「玩花柳的能」自註出書中無限妙譬，皆從此五字得來也。「不懂」正謂不解其所譬耳。

「女郎」日用「柳」而不知「玩柳」，已屬可惜。至于「花」在自身，知「玩」者尤少。不知「玩」，則虛卻翠眉、紅袖、蟠桃、芍欄、么荷、燕剪、蝶門、蕉心、紅葉、裱簾、水月、煙花、畫船、橫塘無數妙譬矣。焉得謂「能」乎？至男能「玩柳」，則惟有趙輝一人。

葉天寥祭女：「珠沉玉隕，實愴幽芳。綦委運瓢，瑩水遂冷。殊姿異態，非可狀求，誰將幽懷，告我嬋娟。情繭抽而彌長，思膠纏而曷已？」可當此一「懂」字。歐陽修「『柳』為絲輕那忍折，『花』怜枝嫩不勝吟。恁時相見已關心，何況到如今？」此一「相公」是懂者。使雲霞不必炫爛，而慘若風煙，亦何怪于天？山川不必杳冥，而止有坑阜，亦何怪于地？花萼不必分形異狀而醜若榾柮，翬羽不必金碧無端而塊然木鳶，亦何怪于草木鳥獸？然又終亦必然者，亦無非盡造物之能事耳。天下大半皆蠢如豚彘之人，而間有靈者，又久已禁殺，使不得互用其聰明，是辜負天公於一望蓬茅中特生「花柳」之意也。

魏叡觸情，文宣瀆好，雖似不為色淫，然不離乎懂玩『花柳』。若此相公，既生為暗愎之人，只應且食蛤蜊，別與知味者道矣。

「多沾聖主隨朝米，官連精神老不眠」，所謂「養陋識于泥途，快膻情于升斗」。

「為大臣的」四字，儼然黃石所稱飾躬正顏以獲高官一輩，豈知媸女添痂，其醜逾甚乎？

覽蕭齊徐妃為東海徐孝嗣女，為之不快，亦猶朱五經子，偏是朱三。《考工記》云：「善防者，水濕之」。宜乎古執人家，偏多怪事。標題則人人忠孝節義，演傳則事事風化綱常，無如女扮男粧，改換靡定，名炳汗青，大半欺天。老猾竄身德行才猷之徑，而夢寐不可以語人，此為「妖氣暗文」，惜無神鏡以「照」之也。

# 第五十四齣　聞喜

【遶地❶遊】（貼上）露寒清怯，金井吹梧葉，轉不斷轆轤情劫。

咳，俺小姐為夢見書生，感病而亡，已經三年。老爺與老夫人，時時痛他孤魂無靠。誰知小姐到活活的跟著個窮秀才，寄居錢塘江上。母子重逢。真乃天上人間，怪怪奇奇，何事不有！今日小姐分付安排繡床，溫習針指。小姐早到❷也。

【遶紅樓】（見❸上）秋過了平分日易斜，恨辭梁燕語周遮。人去空江，身依客舍，無計七香車。

「秋風吹冷破窗紗，夫婿揚州不到家。玉指淚彈江北草，金鍼閒刺嶺南花。」春香，俺❹同柳郎至此，即赴試闈。虎榜未開，揚州兵亂。俺❺星夜賚發柳郎，打聽爹娘消息。且喜老萱堂不意而逢，則老相公未知下落。想柳郎刻下可到，料今番榜上高題。須先剪下羅衣，襯其光彩。（貼）繡床停當，請自尊裁。（旦裁衣介）裁下了，便待縫將起來。（縫介）（貼）小姐，俺淡口兒閒嗑，你和柳郎夢裏、陰司裡，兩下光景何如？

【羅江怨】（旦）春園夢一些，到陰司裏有轉折。夢中逗的影兒別，陰司較迫❻的情兒切。（貼）還魂時像怎的？（旦）似夢重醒，猛回頭放教跌。（貼）陰司可也有耍子處❼？（旦）一般兒輪迴路，駕香車，愛河邊題紅葉。便則到鬼門關逐夜的望秋月。

【前腔】（貼）你風姿恁惹邪，情腸害劣。小姐，你香魂逗出了夢兒蝶，把親娘腸斷了影中蛇。不道燕冢荒斜，再立起鴛鴦舍。則問你會書齋燈怎遮？送情杯酒怎賒？取喜時，也要那破頭梢一泡血。

（旦）蠢丫頭，幽歡之時，彼此如夢，問他則甚！呀，奶奶來的恁忙也！

【玩仙燈】（老旦慌上）人語鬧吱嗻，聽風聲，似是女孩兒關節。

兒，聽見外廂喧嚷，新科狀元是嶺南柳夢梅。（旦）有這等事！

【前腔】（淨忙走上）旗影兒走龍蛇，甚宣差，叫來近者！

（見介）奶奶、小姐，駕上人來了。俺看門去也！（下）

【入賺】（外、丑扮軍校持黃旗上）深巷門斜，抓不出狀元門第也。這是了。（敲門介）（老旦）聲息兒恁怔忡！把門兒偷瞥。（啟門，校衝開介）（老旦）那衙門來的？（校）星飛不迭。你看這旗影兒頭勢別❽。是黃門官把聖旨教傳洩。（老旦叫介）兒，原來是傳聖旨的。（旦上）斗膽相詢，金榜何時揭？可有柳夢梅名字高頭列？（校）他中了狀元。（旦）真個中了狀元？（校）則他中狀元，急節裡遭磨滅。（旦驚介）是怎生？（校）往淮揚觸犯了杜參爺，扭回京把他做劫墳塋的賊決。（老旦）俺❾兒，謝天謝地，老爺平安回京了。他那知世間有此重生之事。（旦）這卻怎了？（校）正高弔起猛桃條細抽掣，被官裏人搶去遊街歇。（旦）恰好哩。（校）平章他勢大，動本了。說劫墳之賊，不可以作狀元。（旦）狀元可也辯❿一本兒？（校）狀元也有本。那平章奏他惡茶白賴把陰人竊。那狀元呵，他說頭帶魁罡不受邪。便是萬歲爺聽了成癡呆。（旦）後來？（校）僥倖有個陳黃門，是平章爺⓫故人。奏准，要平章、狀元和小姐三人，駕前勘對，方取聖裁。（老旦）呀，陳黃門是誰？（校）是陳最良，他說南安教授曾官舍。因此杜平章抬舉他掌朝班、通御謁。（老旦）一發詫異哩。（校）便是他著俺⓬來宣旨。分付你家一更梳洗，二鼓吃飯，三鼓穿衣，四更走動。到的五更三點徹，響玎璫翠佩，那是朝時節。（旦）獨自個怕人。（校）怕則麼！平章宰相你親爺，狀元妻妾。俺去了。（旦）再說些去。（校）明朝金闕，討你幅撞門紅去了也。（下）（旦）娘，爹爹高陞，柳郎高中。小旗兒報捷，又是平安帖。把神天叩謝⓭。

【滴溜子】（拜介）當日的、當日的梅根柳葉，無明路、無明路曾把遊魂再疊。果應夢、花園後摺。甫能勾迸到頭，搶了捷。鬼趣裏因緣，人間判拈⓮。

【前腔】（老旦）雖則是、雖則是希奇事業，可甚的、可其南鷩勞駕帖？他道你、是花妖害怯，看承的柳拘⓯懷做花下劫。（旦）⓰俺⓱那爹爹呵，沒得介符兒再把花神召攝。

【尾聲】女兒，緊簪束揚塵舞蹈搖花頰。（旦）叫俺奏個甚麼來？（老旦）有了你活人硬證無虛脅。（旦）少不的萬歲君王聽臣妾。

（淨扮郭駝上）「要問黿鼉窟，還過烏⑱鵲橋。」兩日再尋個錢塘江⑲不著。正好撞著老軍，說知夫人下處。抖擻了進去。（見介）（老旦）⑳是誰？（淨）狀元家裡老駝，恭喜了。㉑（旦）辛苦，可見了狀元？㉒（淨）俺往平章府搶下了狀元，要夫人㉓見朝也。

往事閒徵夢欲分，韓偓　今晨忽見下天門。張籍
分明為報精靈輩，僧貫休　淡掃蛾眉朝至尊。張祜

## 【校記】

❶全集本作「池」。❷徐本作「來到」。全集本作「到」。❸徐本作「旦」。❹徐本作「我」。❺徐本作「我」。❻徐本作「追」。❼徐本作「陰司可也有好耍子處」。❽徐本作「你看這旗，看這旗影兒頭勢別」。❾徐本作「我」。❿徐本作「辨」。全集本作「辯」。⓫徐本此處有「的」字。⓬徐本此處有「們」字。⓭徐本作「把神天叩謝，神天叩謝」。⓮徐本作「貼」。⓯徐本作「抱」。⓰徐本無「（旦）」。⓱徐本作「你」。⓲徐本作「烏」。⓳徐本作「錢塘門」。⓴徐本作「你是誰」。㉑徐本作「狀元家裏的老駝，特來恭喜」。㉒徐本作「你可見壯元麼」。㉓徐本此處有「去」字。

# 第五十四齣〈聞喜〉批語

「露寒消怯」，謔喻雅甚。「金井」之金代筋，「梧」喻男根，「葉」喻女扉，「轆轤」喻女根外有輪相。「孤魂無靠」嘲女根也，「繡」仍喻豪，「針指」喻以指撥之，「平分日斜」女根妙喻，「梁」喻男根，「燕語」二字緊跟此意，破窗嶺南莫非斯解。「金針」之金代筋，「羅衣」喻女兩扉，「光彩」喻男挺末，「待縫起來」嘲女不淺，「淡口閒嗑」更盡形容。「轉折」喻男掘時。「迫的情切」猶待縫將之意，「輪車」喻女外殼。「愛河」女根雅號，「紅葉」喻其兩扉，「鬼」喻男槌，「門關」女根，「秋月」之秋代湫，「風姿」句，指女根言。「害劣」可著男根說。「蝶」喻女根，「蛇」喻男根，「塚」喻女根原形，「鴛鴦」喻其兩半。「書燈杯酒」，前俱註過。「女孩兒關節鬧吱嗻」，嘲殺女人。「外廂喧嚷」喻意細極，所以吱嗻，實由兩扉也。「旗影」喻女邊闌，「龍蛇」男子之勢，「教來近」又是笑女，「駕上」便當，「看門」更可發笑。「斜」弄之法，惡甚，篇中屢致意矣。「抓不出」譬喻確切，「偷瞥」喻氣至而扉自展，「星飛」喻男莖端，「磨滅」字有兩解，俱妙。「扭」字亦妙，「抽掣」字顯極，「搶」即搶性命之搶，搶去則易「歇」矣。「頭帶魁罡」你道是甚？「勘對」二字，特寫二根本色，非虛設漫擱也。「翠」仍喻毫，「小旗又平」其喻更妙，「柳葉」以喻女根，「無明路」三字更切，「後摺」似喻大孔，「迸到頭搶了捷」喻盡致矣。「鬼趣裡」即「無明路」，「簪」喻男根，「東搖」女根，「硬証」硬字妙絕，「君王」句喻女道之有權也。「黿鼉」喻男根，「抖擻」二字尤劣。

人初生時，身長九丈，漸減至今。人之中梢長大者，多生福。德勝于人，故減「劫」之後，復入增「劫」。壽身漸長，仍至九丈，名一「轆轤」。增「劫」之極，金輪王出二十「轆轤」，名一成「劫」，壞「劫」方到天宮，相拍碎若粉塵。天下山河亦復如是。今言「情劫」亦然，則豈「賢」文能禁乎！嘗見人〈詠武媚〉云：「故國風流燼，新朝又選花，疑為隋煬化，餘孽入唐家。」〈詠玉環〉云：「切玉無情劍，揉為並轡鞭，艷魂成一聚，其化太真仙」，謂敗悉屬報緣，固應有是理也。陰司較「迫的情兒切」，他人想不及此。「無計七香車」，蓋第一事遂，即思二事，人之常情。「六代精靈人不見，思量只在『月』明中」。此事謂之風「月」者，以兩間無此二物，則悶死一半人也。謝莊「月」賦：「白若分于麗質，餘在人間」，則「月」也人也，色一而已。惟「照他几許人腸斷，玉兔銀蟾都不知」，則對「月」句新遭鬼哭矣。「願將萬古色，照我萬古心」，便到「鬼門關」誰能不「望」耶？元詩「『月』華雖死猶隨我，春色為塵亦污人」，是死「月」戀活人。甄后：「只有北邙山下『月』，清光到死也相隨」，是活「月」戀死人。同色相憐，固當然矣。若欲「鬼門」不望，除是「吳剛粉『月』成瓔屑，洒向人間沃春熱」也。

帷薄不修為文其詞者，只因富貴男女，多犯「風姿惹邪，情腸害劣」。八字包世間無限事。亦有女不「惹邪」，而男傷「害劣」必欲污之者。

龔芝翁云：「若非窮搜粉譜，安得白雪幽蘭？」玉山皎瓊枝秀，真是「月」想花因，況花未放，蕊還羞耶！愛殺他怯交歡，魘定雙蛾，全在「頭梢」半載。葉天寥虞部美如衛玠，其妻女皆奇才，名侍女以隨春，言其年甫十三，肌凝積雪，風情飛逗。有句云：「老去未消風『月』恨，閒來重結雨雲愁，破瓜人泣仲宣樓」，為世傳誦。《詩經》：「薄污我私，薄澣我衣，曷澣曷否，歸寧父母」，即今姑以喜紅送回女母意，澣者隔宵回出之精，否者「破頭一泡」之「血」也。

讀樂天「內宴分庭皆命婦」之句，覺「狀元」不徒以「妻妾」之「喜」為喜。元曲：「山崩海漏，你便奪了狀元來應口，也做不得功施宇宙。」惟對山琵琶，升庵丫髻堪與為偶耳。周與齊戰芒山，文帝墜地，李賢弟穆下馬以策擊帝背，罵曰：「爾主何在？爾獨在此？」迫及者遂舍而過，後賜穆妻吳姓，宇文養為侄女，封其姊妹並為縣君。唐京兆趙隱輔政，他宰相及百官，皆歲時至第，參訊其母。懿宗誕日，幸慈恩寺，隱奉母以安輿臨觀。宰相方率百官謝恩于廷，即回班候夫人起居。後崔彥昭崔瀋當國，皆有母，遂踵其禮，俱比「狀元」更勝。

「再說些去」，怪不得小玉驚人踏破裙也。「鬼趣因緣」四字，仍將一部色情歸于禪理。

「少不的萬歲君王聽臣妾」，則乾元初，召百官至光順門，賀皇后于休烈，奈何言《周禮》：命夫朝人君，命婦朝女君？自則天后始行此禮，而命婦與百官雜處，在禮不經耶？

# 第五十五齣 圓駕

（淨、丑扮將軍持金瓜上）「日月光天德，山河壯帝居。」萬歲爺升朝，在此直殿。

【北點絳唇】（末上）寶殿雲開，御爐煙靄，乾坤泰。（回身拜介）日影金階，早唱道黃門拜。

〈集唐〉「鸞鳳旌旗拂曉陳韋元旦，傳聞闕下降絲綸劉長卿。興王會淨妖氛氣杜甫，不問蒼生問鬼神李商隱。」自家大宋朝新除授一個老黃門陳最良是也。下官原是南安府飽學秀才。因柳夢梅發了杜平章小姐之墓，徑往揚州報知。平章念舊，著俺說平李寇，告捷效勞，聖恩欽賜黃門奏事之職。不想平章回朝，恰遇柳生投見。當時拿下，遞解臨安府監候。卻說柳生先曾攛過卷子，中了狀元。找尋之間，恰好狀元弔在杜府拷問。當被駕前官校人等沖破府門，搶了狀元，上馬而去，到也罷了。又聽的說俺那女學生杜小姐❶也返魂在京。平章聽說女兒成了個色精，一發惱激。央俺題請一本，為誅除妖賊事。中間劾入❷柳夢梅係劫墳之賊，其妖魂托名亡女，不可不誅。❸隨後柳生也奏一本，為辨明心跡事。都奉有聖旨：「朕覽所奏，幽隱奇特。必須返魂之女，面駕敷陳，取旨定奪。」老夫又恐怕真是杜小姐返魂，私著官校傳旨與他。五更朝見。正是：「三生石上看去來❹，萬歲臺前辨假真。」道猶未了，平章、狀元早到。

【前腔】（外、生幞頭、袍、笏同上❺）（外）有恨粧排，無明軌帶，真奇怪。（生）啞謎難猜，今上親裁劃。

岳丈大人拜揖。（外）誰是你岳丈！（生）平章老先生拜揖。（外）誰和你平章？（生笑介）古詩❻：「梅雪爭春未肯降，騷人閣筆費平章。」今日夢梅爭辨❼之時，少不的要老平章閣筆。（外）你罪人咬文哩。（生）小生何罪？老平章是罪人。（外）俺有平李全大功，當得何罪？（生）朝廷不知，你那里平的個李全，則平的個「李半」。（外）怎生止平的個「李半」？（生笑介）你則哄的個楊媽媽退兵，怎哄的全！（外惱作扯生介）誰說？和你官裡講去。（末作慌出見介）午門之外，誰敢喧譁！（見介）原來是杜老先生。這是新狀元。放手，放手。（外放生介）（末）狀元何事激惱了老平章？（外）他罵俺罪人，俺得何罪？（生）你說無罪，便是處分令愛一事，也有三大罪。（外）那三罪？（生）太守縱女游春，一罪。（外）是了。（生）女死不搬❽喪，私建菴觀，二罪。（外）罷了。（生）嫌貧逐婿，刁打欽賜狀元，可不三大罪？（末笑介）狀元以前也罪過些。看下官面分，和了罷。（生）黃門大人，與學生有何面分？（末笑介）狀元不知，尊夫人請俺上學來。（生）敢是鬼請先生？（末）狀元忘舊了。（生認介）老黃門可是南安陳齋長？（末）惶恐，惶恐。（生）呀，先生，俺於你分上不薄，如何妄報俺為賊？做門館報事不真；則怕做了黃門，也奏事不以實。（末笑）今日奏事實了。遠望尊夫人將到，二公先行叩頭禮，（內唱禮介）奏事官齊班。（外先、生進叩頭介❾）（外）臣杜寶見。（生）臣柳夢梅見。（末）平身。（外、生立左右介）

（旦上）「麗娘本是泉下女，重瞻天日向丹墀。」

【❿北醉花陰】平鋪著金殿琉璃翠鴛瓦，響鳴梢半天兒刮刺。（淨、丑喝介）甚的婦人衝上御道⓫？拿下⓬！（旦驚介）似這般猙獰漢，叫喳喳。在閻浮殿見了些青面獠牙，也不似今番怕。

（末）前面來的是女學生杜小姐麼？（旦）來的黃門官像陳教授，叫他一聲：「陳師父！⑬」（末應介）是也。（旦）陳師父喜哩！（末）學生，你做鬼，怕不驚駕？（旦）噤聲。再休提探花鬼喬作衙，則說狀元妻來面駕。

（淨、丑下）（內）奏事人揚塵舞蹈。（旦作舞蹈、呼「萬歲」介）（內）平身。（旦起）（內）聽旨：杜麗娘是真是假，就著伊父杜寶，狀元柳夢梅，出班識認。（生覷旦作悲介）俺的麗娘妻也。（外覷旦，作惱介）鬼乜些真個一模二樣，大膽，大膽！（作回身跪奏介）臣杜寶謹奏：臣女亡已三年，此女酷似，此必花妖狐媚，假托而成。俺王聽啟：

【南畫眉序】臣女沒年多，道理陰陽豈重活？願俺王⑭向金階一打，立見妖魔。（生作泣）好狠心⑮父親！（跪奏介）他做五雷般嚴父的規模，則待要一下裏把聲名煞抹。（起介）（合）便閻羅包老難彈破，除取旨前來撒和。

（內）聽旨：朕聞人行有影，鬼形怕鏡。定時臺上有秦朝照膽鏡。黃門官，可同杜麗娘照鏡。看花陰之下，有無蹤影回奏。（末應，同旦對鏡介）女學生是人是鬼？

【北喜遷鶯】（旦）人和鬼教怎生酬詶答？形和影現托著面菱花（末）鏡不⑯改面，委係人身。再向花街取影而奏。（行看影介）（旦）波查。花陰這答，一般兒蓮步迴鸞印淺沙。（末奏）杜麗娘有蹤有影，的係人身。（內）聽旨：麗娘既係人身，可將前亡後化事情奏上。（旦）萬歲！臣妾二八年華，自畫春容一幅。曾於柳外梅邊，夢見這生。妾因感病而亡。葬於⑰梅樹之下。後來果有這生，姓名柳夢梅⑱，拾取春容，朝夕掛念。臣妾因此出現成親。（悲介）哎喲，悽惶煞！這底是前亡後化，抵多少陰錯陽差。

（內）聽旨：柳狀元質証，麗娘所言真假？因何預名夢梅？（生跪伏呼「萬歲」介⑲）

【南畫眉序】臣南海泛絲蘿，夢向嬌姿折梅萼。果登程取試，養病南柯。因借居南安府紅梅院中，遊其後苑，拾取⑳麗娘春容。因而感此真魂，成其人道。（外跪介）此人欺誑陛下，兼且點汙臣之女也。論臣女呵，便死葬向水口廉貞，肯和生人做山頭撮合！（起介）（合前）㉑

（內）聽旨：朕聞有云：「不待父母之命，媒妁之言，則國人父母皆賤之。」杜麗娘自媒自婚，有何主見？（旦泣介）萬歲！臣妾受了柳夢梅再活之恩。

【北出隊子】真乃是無媒而嫁。（外）誰保親？（旦）保親的是母喪門。（外）送親的？（旦）送親的是女夜叉。（外）這等胡為！（生）這是陰陽配合正理。（外）正理，正理！花你那蠻兒一點紅嘴哩！（生）老平章，你罵俺嶺南人喫檳榔，其實柳夢梅唇紅齒白。（旦）噤聲。眼前活立著個女孩兒，親爹㉒不認。到做鬼三年，有個柳夢梅認親。則你這辣生生回陽附子較爭些，為甚麼翠呆呆下氣的檳榔俊煞了他？爹㉓，你不認呵，有娘在。（指鬼門）現放著實丕丕貝母開談親阿媽。

（老旦上）多早晚女兒還在面駕。老身踹入正陽門叫冤去也。（進見跪伏介）萬歲爺，杜平章妻一品夫人甄氏見駕。（外、末驚介）那里來的？真個是俺夫人哩。（外跪介）臣杜寶啟，臣妻死㉔於揚州亂賊之手，臣已奏請恩旨褒封。此必妖鬼捏作母子一路，白日欺天。（起介）（生）這個婆婆，是不曾認的他。（內）聽旨：甄氏既死於賊手，何

得臨安母子同居？（老旦）萬歲！㉕

【南滴溜子】揚州路、揚州路遭兵劫奪，只得向，只得向長安住托。不想到錢塘夜過，嘿㉖撞著麗娘兒魂似脫。少不的子母肝腸，死生同活。㉗

（起介）㉘（內）聽甄氏所奏，其女重生無疑。則他陰司三載，多有因果之事。假如前輩做君王臣宰不臻的，可有的發付他？從直奏來。（旦）這話不提罷了，提起都有。（末）女學生，「子不語怪」。比如陽世府部州縣，尚然磨刷卷宗，他那里有甚會案處！

【北刮地風】（旦）呀，那陰司一椿椿文簿查，使不著你猾律拿喳。是君王有半付㉙迎魂駕，臣和宰玉鎖金㯹。（末）女學生，沒對証。似這般說，秦檜老太師在陰司裡可受用㉚？（旦）也知道些。說他的受用呵，那秦太師他一進門，忒楞楞的黑心槌敢搗了千下，淅另另的紫筋肝剁作三花。（眾驚介）為甚剁作三花？（旦）道他一花兒為大宋，一花兒㉛為金朝，一花兒為長舌妻。（末）道㉜等長舌夫人有何受用？（旦）若說秦夫人的受用，一到了陰司，撏去了鳳冠霞帔，赤體精光。跳出個牛頭夜叉，只一對七八寸長指彄兒，輕輕的把那撇道兒搯，長舌　。（末）為甚？（旦）聽的是東窗事發。（外）鬼話也。且問你，鬼乜邪，人間私奔，自有條法。陰司可有？（旦）有的是。柳夢梅七十條，爹爹發落過了，女兒陰司收贖。桃條打，罪名加，做尊官勾管了簾下。則道是沒真場風流罪過些。有甚麼饒不過這嬌滴滴的女孩家。

（內）聽旨：朕細聽杜麗娘所奏，重生無疑。就著黃門官押送午門外，父子夫妻相認，歸第成親。（眾呼「萬歲」行介）（老旦）恭喜相公高轉了。（外）怎想夫人無恙！（旦哭介）我的爹呵！（外不理介）青天白日，小鬼頭遠些！㉝陳先生，如今連柳夢梅俺也疑將起來，則怕也是個鬼。（末笑介）是蹋斗鬼。（老旦喜介）今日見了狀元女婿，女兒再生，千萬分喜也㉞。狀元，先認了你丈母罷。（生揖介）丈母光臨，做女婿的有失迎待，罪之重也。（旦）官人恭喜，賀喜。（生）誰報你來？（旦）到得陳師父傳旨來。（生）受你老子的氣也。（末）狀元，認了丈人翁罷。（生）則認的十地閻君為岳丈。（末）狀元，聽俺分勸一言。

【南滴滴金】你夫妻趕著了輪迴磨，便君王使的個隨風柁，那平章怕不做賠錢貨。到不如娘共女，翁和婿，明交割。（生）老黃門，俺是個賊犯。（末笑介）你得便宜人，偏會撒科。則道你偷天把桂影那，不爭多先偷了地窟裡花枝朵。

（旦歎介）陳師父，你不教俺後花園遊去，怎看上這攀桂客來？（外）鬼乜邪，怕沒門當戶對，看上了柳夢梅什麼來！

【北四門子】（旦笑介）是看上他帶烏紗象簡朝衣掛，笑、笑、笑，笑的來眼媚花。爹娘，人家㉟白日裏高結綵樓，招不出個官婿。你女兒睡夢裡、鬼窟裡選著個狀元郎，還說門當戶對！則你個杜杜陵慣把女孩兒嚇，那柳柳州他可也門戶風華。爹㊱，認了女孩兒罷。（外）離異了柳夢梅，回去認你。（旦）叫俺回杜家，赸了柳衙。便作你杜鵑花，也叫不轉子規紅淚灑。（哭介）哎喲，見了俺前生的爹，即世嬤，顛不剌俏魂靈立化。

（旦作悶倒介）（外驚介）俺的麗娘兒！（末作望介）怎那老道姑來也？連春香也活在？好笑，好笑！我在賊營裡瞧甚來？

【南鮑老催】（淨扮石姑同貼上）官前定奪，官前定奪。（打望介）原來一眾官員在此。怎的起狀元、小姐嘴骨都站一邊？眼見他喬公案斷的錯，聽了那喬教學的嘴兒嗑。（末）春香賢弟也來了。這姑姑是賊。（淨）啐，陳教化，誰是賊？你報老夫人死哩，春香死哩！做的個紙棺材，舌鍬撥。（向生介）柳相公喜也。（生）姑姑喜也。這丫頭那里見俺來？（貼）你和小姐牡丹亭做夢時有俺在。（生）好活人活証。（淨、貼）鬼團圓不想到真和合，鬼揶揄不想做人生活。老相公，你便是鬼三台，費評跋。（淨、貼並下）

（末）朝門之外，人欽鬼伏之所，誰敢不從！少不得小姐勸狀元認了平章，成其大事。（旦作笑勸生介）柳郎，拜了丈人罷！（生不伏介）

【北水仙子】（旦）呀呀呀，你好差。（扯生手、按生肩介）好好好，點著你玉帶腰身把玉手叉。（生）幾百個桃條！（旦）拜、拜、拜，拜荊條曾下馬。（扯外介）（旦）扯、扯、扯，做泰山倒了架。（指生介）他、他、他，點黃錢聘了咱。俺、俺、俺，逗寒食喫了他茶。（指末介）你、你、你，待求官、報信則把口皮喳。（指生介）是是是，是他開棺見槨湔除罷。（指外介）爹爹爹，你可也罵夠了咱這鬼乜些。

（丑扮韓子才冠帶捧詔上）聖旨已到，跪聽宣讀。「據奏奇異，敕賜團圓。平章杜寶，進階一品。妻甄氏，封淮陰郡夫人。狀元柳夢梅，除授編修院學士。妻杜麗娘，封陽和縣君。就著鴻臚官韓子才送歸宅院。」叩頭謝恩。（丑見介）狀元恭喜了。（生）呀，是韓子才兄。何以得此？（丑）自別了尊兄，蒙本府起送先儒之後，到京考中鴻臚之職，故此相會㊲。（生）一發奇異了。（末）原來韓先生也是舊朋友。㊳（行介）

【南雙聲子】（眾）姻緣詑，煙㊴緣詑，陰人夢黃泉下。福分大，福分大，周堂內是這朝門下。齊見駕，齊見駕，真喜洽，真喜洽。領陽間誥敕，去陰司銷假。

【北尾】（生）從今後把牡丹亭夢影雙描畫。（旦）虧殺你南枝挨煖俺北枝花。則普天下做鬼的有情誰似咱！

杜陵寒食草青青，韋應物　羯鼓聲高眾樂停。李商隱
更恨香魂不相遇，鄭瓊羅　春腸遙斷牡丹亭。白居易
千愁萬恨過花時，僧元㊵則　人去人來酒一卮。元稹
唱盡新詞歡不見，劉禹錫　數聲啼鳥上花枝。韋莊

## 【校記】

❶徐本作「姐」。❷徐本作「劾奏」。❸徐本此處有「杜老先生此奏，卻是名正言順」一段。❹徐本作「來去」。❺徐本此處有「介」字。❻徐本此處有「云」字。全集本無「云」字。❼徐本作「辯」。❽徐本作「奔」。❾徐本作「外、生同進叩頭介」。❿徐本作「黃鍾北醉花陰」。⓫徐本作「階」。全

集本作「道」。⓬徐本作「拿了」。⓭徐本作「陳師父，陳師父！」⓮徐本作「吾皇」。全集本作「俺王」。⓯徐本此處有「的」字。⓰徐本作「無」。⓱徐本此處有「後園」二字。⓲徐本作「姓柳名夢梅」。全集本作「姓名柳夢梅」。⓳徐本作「生打躬呼萬歲介」。⓴徐本作「拾得」。㉑徐本此處無「（起介）（合前）」。有「（合）便閻羅包老難彈破，除取旨前來撒和」一段。㉒徐本作「爺」。㉓徐本作「爹爹」。全集本作「爺」。㉔徐本作「已死」。㉕徐本此處有「（起介）」二字。㉖徐本作「黑」。㉗徐本作「死同生活」。㉘徐本此處無「（起介）」二字。㉙全集本作「副」。㉚徐本作「可受的」。全集本作「可受用」。㉛徐本無「兒」字。㉜徐本作「這」。㉝徐本作「小鬼頭遠些，遠些」。㉞徐本作「二十分喜也」。㉟徐本作「人間」。全集本作「人家」。㊱徐本作「爹爹」。全集本作「爹」。㊲徐本作「得會」。全集本作「相會」。㊳徐本作「原來韓老先也是舊朋友」。㊴徐本作「姻」。㊵徐本作「無」。

# 第五十五齣〈圓駕〉批語

「乾坤泰」喻交歡，「雲開煙靄」皆此意也。「金階」之金代筋，「鸞鳳」喻毛際及廷孔。「旌旗」喻女邊闌，「絲綸」亦是喻豪。「幽隱」女根，「奇特」男根，「面駕」之駕代架，「看來去」三字更妙。「啞」字「割」字俱有意，「裡旋裡平」俱喻女根。「陽媽媽退兵」，其喻維何？「金殿」之金代筋，「翠」字喻豪，「鴛瓦」女根，「鳴梢」喻男根，「半天」女根深處，「刮刺」虐謔，「探花鬼」男根妙號。「聲名抹煞」四字，著二根說妙甚。「包老」意同。「彈」猶「迸」也，「托著面菱花」詠女根之佳句。「鸞」指女根，「步」則「回」也，「再活之恩」嘲笑女人極矣！「門叉」皆指女根，「腸」喻男根，「玉鎖金枷」以金代筋，「黑心槌」男根也，「紫三花」喻女根，即「撇道」也。「生頭夜叉」又喻男根，「長舌」亦然。「窗簾」註過。「沒真」之真代筋，喻女根也。「嬌滴滴」，又女根畫像。「錢」字亦然。「光臨」字妙，「輪磨」女根，「風舵」男根，「舌鍬撥」又喻男根，且切陳姥。「扯倒揃除」等字，喻無不當。「團圓」二字，尤其暗合。「甄」猶爐意，「鴻臚」以代紅爐，「周堂朝門」俱喻女根。「雙描畫」確切女根，且點明自首至尾雙管齊下，可為後法之意。「南枝」喻男根之北面也，「杜陵」之陵代稜，「青青」豪也，「春腸」男根別名，「遙斷」者欲斷而置之「遙亭」也。「啼鳥」喻女根聲，「枝」喻男根。

高歡臣高隆之，嘗以十萬夫徹洛陽宮殿運于鄴。性小巧，于公家羽儀服制百戲，時有改易，不循典故。隋無萬歲等旗，皆周宣幸臣盧賁所創，「乾坤泰」時卻不事此。

歐陽修〈宮詞〉：「簾外微明燈下粧，『殿』明放鎖待君王，玉『階』地冷羅鞋薄，眾裡偷身倚御床」，寫得「早」字最有趣。

慕容寶敗遼東，晁崇為魏道武所獲，以善北人語，為「黃門」，言音類帝，聞者驚悚。煬帝習吳音，竟終江都。齊楊愔謂裴澤：「河東京官不少，惟此家全無鄉音。」陳最良作「黃門」，正恐難聽。河內山濤與司馬師母有表親，年四十始見師，師曰：「呂望欲仕耶？」除郎中，與鍾含裴秀並申款昵。二人爭權，濤平心處中，各得其所，而俱無恨焉。要由司馬「念舊」。唐張嗣中，蘇州人，高祖鎮太原，延授秦王經，後太宗立，問欲何官，辭不敢。曰：「朕從卿受經，卿向朕求官，何所疑？」頓首，「願祭酒」。授之。且幸迂氣不能瀆太宗。

唐太宗女合浦公主嫁房玄齡子遺愛，幸浮屠辯機廬，見而悅之，與亂，帝知之，機殊死。道士高醫亦私事主。「色精」固不限何家也。若王荊公子則元澤，婿則吳安持。其女與媳，何皆不幸。張南軒晚得奇疾，虛陽不秘，每嘆曰：「養心莫善于寡欲，吾生平理會何事，而心失所養，竟莫能治」，臟府透明而卒，亦太奇事。

《唐書》：王旭，珪孫。為御史。紀希虬兄為劍南令坐臟，旭奏，使臨問。其妻美，逼亂之。道學家孫好「色」如此，「女兒」豈獨不然？

李渾規紹爵，謂妻兄太子左衛率宇文述曰：「若得襲封，當以國賦之半，每歲相奉」。及襲國公，日增豪侈，二歲後不以奉物分述，述曰：「我竟為金才所賣。」搆其身捉禁兵，而與堂弟周宣帝後樂平公主婿李敏善。隋煬即日遣述掩其家。雜推不得反狀，述入獄中，召出敏妻曰：「夫人帝甥也，何患無賢夫？」因口教言，令敏妻寫表，封云上密。帝覽，泣曰：「社稷賴親家公獲全耳。」盡徙李氏于嶺表。其「驅除妖賊」，糊突何異杜老。

齊侍中信都馮子琮妻胡后姊，長女為齊安王妃。和士開弟與盧氏成婚，琮檢校趨走，與「府寮」不異。最良受「央」，即代「題奏」，無怪矣。

〈程務挺傳〉：「玄齡等常在殿前，聞朕嗔，餘人皆戰慄，名振生平未識我，一旦誚讓而詞吐不屈，奇士哉。」「柳生」敢「韓」已「奇特」矣。按高宗憲聖吳后在南內，愛幻誕書。郭象《睽車志》始出，洪景盧《夷堅志》繼之。又其時有婦人易氏，自稱榮德帝姬，只覺足大不似，上以《高士傳》尚之曰：「受百欺，得一真」，非如後世之稍涉「奇隱」，謂在所禁也。

呂子曰：魯公孫悼能藥偏枯，即以為倍其藥，可以起死人。不知物固有可以為小，不可以為大，可以為「半」，不可以為「全」者也。是「李半」之讖也。

《隋史》：「上令牛弘宣敕，弘至階下，不能言，退還拜謝云『並忘之』，上曰：『傳語小辨，固非宰相事也。』」柳生忽逞牙慧，豈東方生所云，用之則如虎，不用則如鼠耶？

「猙獰漢」「叫喳喳」非妄語也。《湧幢小品》：選直殿將軍，必高八尺，上曰：「拿去」，勳戚接旨，遁為四，乃有聲。又漸震而八，而十六，至大漢將軍，三百人，則齊聲如轟雷矣。宋理宗止一女，宰臣請用唐太宗下降士人故事，欲以進士第一人尚主，遂取周景炎。廷謝日，公主適從屏內窺見之，頗不懌。乃選楊太后侄孫尚主。後宗室當嫁，皆富家大姓。以貨取，「狀元妻」亦貧女所愛耳。「則說狀元妻來面駕」，可知鄭錫「同輦豈關羞」句之妙。陸深《紀聞》：平陽府侯馬驛岸上皆婦人足印，削去復然。《宋史・藝文志》有王岩叟《中宮儀範》一部，可惜不傳。似此「回鸞淺印」，不妨在鉤陳豹尾之間。

使君輩存，使斯人死，是「陰錯陽差」。況世間非偶諸緣。我欲熱剝皇天面皮，責其不會當時作天地也。

王儉謂張緒：過江所未有，北士可求之耳。齊高欲用張緒為僕射，儉曰：「南士由來少居此職。」彥回曰：「陸玩、顧和皆南人也。」儉曰：「晉氏衰政，不可為法。」齊武為江州時，以永昌胡諧之為別駕，及即位，方欲獎以貴族盛姻，以其家人傒音不正，乃遣宮內數人入其家，教子女語，此今日白下言音所以兼有中州西北之意。元曲：「學一句燕京廝罵。」范陽祖約謂雍雅曰：「君汝穎之士，利如錐；我幽冀之士，鈍如槌。以我鎚鎚爾錐，無不摧矣。」今則不然。宋孝武妹殷妃薨，吳興邱彥鞠獻輓詩，至齊時無大遇，曰：「我欲還東掘顧榮塚，忽引諸傖輩來妨我輩途轍。」語苦傖重。

川廣婦牝弦堅硬，內皆磊塊，如泡丁豬油膏。首髮多生虱，故用一木梳橫額上，亦猶袁郎所稱燕婦高鬟釵襠，棗面歷齒，或湖粧嗜猛酒，皆為天下之至惡也。然閩中兒女，天下自獨非「蠻」耶？

慶緒弒祿山，豬兒夜以大刀斫其腹。及思明誘慶緒歃，至則牽出斬焉。誅乾祐等，殊而膊之。初張通儒為祿山守長安，殺妃主宗室百餘人，剔骨析肢，至是，亦為思明所殊。思明突厥種，質癯露。《唐書》：伐蔡，執嵩山浮屠圓靜，故史思明將于是，力士折其脛不能斷，年八十八矣。罵曰：「豎子折人腳不能斷，且曰健兒！」因自置其足折之，曰：「敗吾事，不及見浴城流血。」《五代史》：知遠從弟蔡王信為義成節度，領許州，軍士有犯法者，召其妻子，對之支解，使自食其肉。已，命樂飲酒自如。周得位，信自殺。《魏書》：一將為氐所罵，乃取罵者之母，裂其陰，從下倒擘之也，分掛四肢于樹上。唐殿中侍御史唐旭，括宅中別宅婦女，風聲色，自有不承者，以繩勒其陰，令壯婦彈竹擊之，酸痛不可忍。令一婦證與長安尉房恒奸，曰：「侍郎如此苦毒，兒死必訴于冥司，若配入宮，必申于主上，決不相放。」旭慚乃舍之。周宣帝作硝嚦車以威婦人，不知作何狀？要不如將「撇道兒搭」也。《智餘書》所記閨律有打肉丁趯響、定髀夾膀蓮、批頰剃臍豪、淋通體罰吞柴、罰舐足口面蛤、尖足納牽頸等目，則比「搭撇道」更輕。滕王元嬰為都督，官屬妻美者，作為妃，召逼私之。嘗為典籤，崔簡妻鄭嫚罵，以履抵嬰面，亦妙。「嬌滴滴」三字是女根至巧至麗，一定不易之名。德宗母吳興人，而陷于安史，曰：「吾寧受百罔，冀得一正。」于是自謂太后者數矣。及索驗，皆詞窮，亦「有什麼饒不過這嬌滴滴女孩家」耳。王漁洋云：「老瞞牽后如收孥，獨能千金還蔡姝」，則極能體貼「女孩家」，無奈實「僥不過」矣。

「滴滴」，態也。容之有態，全因聰明。條貫之說，大概恐獰醜之輩侵暴「嬌」美之人耳。若以蠢亂蠢，直如豬狗之相媾。

隋柳彧云：以穢嫚為歡娛，用鄙褻為笑樂，蓋已久矣。「風流罪過」出《北史》，似言非殺非偷。「沒真場」三字妙，言世界既皆幻妄，何必一概相格耶！

「大笑古今事，未見皆非實。欲令無作有，翻覺實成虛」。嘗疑好事皆虛，道是無情還有情。「則怕也是個鬼」，並非夢話。

王悰，導之後。尚梁始興王女，以不慧離，悰父峻曰：「下官曾祖是謝仁祖外孫，亦不藉殿下姻媾為門戶耳。」亦與「認閻君」者相近。

以為鄭藻執柯之人，自然「隨風使舵」矣。

世間有似是俗卻合乎理之同，然如公主至貴矣，既被駙馬「討便宜」，自當令其事我。如主覺賢文不然，反出矯強。今俗妻多傲夫者，亦出人心之自然。以「便宜」已失，又尊事之，則單生女子之家，真可哀嘆也。

《宋史》：于闐入貢，表稱「大世界田地主阿舅大官家」，何古來外國偏「討便宜」耶？「討便宜」人偏會「撒科」。郭曖為狂，褚淵為正，高歡近誇，王子圍則惡道矣。

女婿越長大，女兒越喜，無子「丈人」越感傷。麗娘只知己愛柳生，父亦當愛之，不知父雖愛女，見婿卻惱。

幼安：「剛道羞郎低粉面，旁人瞥見回嬌盼」。羨門：「驀地尋思，可有和伊分？」宋詞「追想昨宵，瞥見有多少。動情難說，枉在屏風背後，立歪羅襪」。春香自賴與「夢」，亦知毛大可有「分房故覺花心苦」句耶？

一千部傳奇做不盡，好處只是男子才美，為婦人苦苦要嫁，甚至眾多婦人生生認做伊家眷耳。再深一層，則眾多婦人不但愛其夫之才色，而並愛其妻之才色，願與共夫，不惜屈辱，極盡款昵也。「春香」此句，已見大凡。

「時時到口微成醉，拍拍滿懷都是春。妙音時度隔窗紗，幽夢只尋沾箽粉」，此事謂之「人生活」，真乃確不可易。常謂快「活」二字妙甚，不快之「活」不如死也。又觸趣愈「活」愈快，不「活」不快也。

古來以筆札致貴之易者，如《五代史》敬翔，同州馮翊人，少工書括，不中第，客梁，窮窘，為人作箋刺，傳之軍中。梁太祖素不知書，翔所作，皆俚俗語，太祖愛之，召見以為館驛巡官。梁篡，翔謀為多，以為兵部尚書，金鑾殿大學士。則「子才得官」亦未為戲。

嘗謂冰心妹復姊詩：「遙思暑氣微消後，長對乘鸞跨鳳人」，中有四字最淫，以注想直到「雙描」處也。錢牧齋晚年繡床禪板，陸姬自號紅衲道人，意欲與草衣比美，不知其皆墮玉茗譫喻中也。贈牧句云：「聞郎爛熟胭脂館」，王金壇「裙裾妙悟有詩傳，畫圖永錫君難老」，是「夢影雙描」之說。徐陵所云：「歸來天目，得肆閒居，非無弄玉之俱仙，亦有孟光之同隱。優游俯仰，極素女之經文，升降盈虛，盡軒皇之圖勢」，是也。〈內則〉：夫婦之禮，及七十同藏宿，故妾雖老，年未滿此，必與五日之御。蓋身相好醜，謂之正報。享用豐約，謂之依報。善業所生，不可喻說，受大喜樂，恣情無厭。元成宗上魯罕后，創建萬壽寺，中塑秘密歡喜佛像，其形醜怪，后以手帕蒙覆其面。明大善殿舊塑佛像栖各梁上，備諸淫褻之狀，世宗毀之，凡百六十九座，皆此「畫」耳。「從今後夢影雙描」，所謂盡形供養。唐祖太宗之重其妃嬪，亦以「從今後把夢影雙描畫」而已。小蘇云：「關睢以禮濟欲。」元人云：「安樂窩勝神仙洞，都強如相府王宮。要常放心地寬，土炕上妻子團欒，向山林尋個知心伴」。況亦有畫圖金地屋，粉黛玉天仙，也受戒不禁自妻者，此是諸佛善權方便。若佛制其自己妻室，則諸國王宰官長者不能棄舍，必曰：佛言我不能受如來禁戒。又餘師言，于自妻室喜足之後能不犯者，名為純一圓滿，清淨梵行。有身婦人以其身重，強以非理，故名邪淫。宋仁宗待下以恩，雖閨門之私，亦惜之，聖哉！王續：「百年隨分了，未羨陟方壺」。閻朝隱：「願因茱菊酒，相守百千年」。眉公：「美酒速飲而無味，李白遺恨千年傳」。此曲古人不達酒不足，古詩：「死去何所知，稱心固為好」。文友：「寶襪看鬆，弓趺看裏，後堂不避人來舊」句，「拜了夜香郎喚睡，要識梅勝桃李處，百歲老枝猶帶春。春氣暄妍御夾紗，玉釵雙裊綠雲斜，倚闌看遍庭前樹，盡是枝頭結子花」，皆得此意。薛能云：「身防潦倒師彭祖」，唐人：「一願郎君千歲，二願妾身長健。花下月，枕前人，此生誰更親？交頸語，合歡身，霜天似暖春」。宋莆傳正知杭，一術士九十，貌猶兒，曰：「惟絕色欲耳。」傳正色俯思良久，曰：「如此雖千歲何益？」蓋亦猶飛燕謂姑妹樊嫕有言：「仙術須不淫者，豈不可笑乎！」饒州狀元彭汝礪，妻甯氏。適監鹽米官曾某卒，妻宋有色，彭欲納之，未暇。後十二年，宋所歸朝士，又故，竟如初志。及死曰：「寃家寃家，五年夫婦。從今以後，不打這鼓」。蓋宋最好男事，彭見即不容己。而山谷妻死，亦作發願文，絕嗜慾，又何也？若劉夢得觀元相公題壁「因知早貴兼才子，不得多時在世間」，則「碧紗籠底墨纔乾，白玉樓中骨已寒」，當為「從今後」三字一嘆。王羲之少為從伯導、敦所賞，〈蘭亭記〉云：「一死生為虛誕，齊彭殤為妄作，終期于盡，豈不痛哉！」

明季京師有箋約女士，一茗一爐，于十五十六相從于夜，名伴嫦娥云。「蓋一輪初滿，萬戶皆清。若乃狎處衾帷，不惟辜負蟾光，竊恐嫦娥生妒。凡有冰心，佇垂玉允。朱門龍氏拜啟。」則又奇絕。

使「做鬼的有情」都似彼，則人但求鬼，鬼始求人，彼此俱受用不盡，三尺從此勿設，豈不一大快乎！

「則普天下」句，不但老筆收元氣，篇終接混茫，亦有來者，余不及聞之。意「千愁萬恨遇花時」，猶言滿眼佳人于我無與矣。

愛欲是心之本體。順之則喜，逆之則怒，失之則哀，得之則樂，反之則惡。識有區域，知無方所，苟能轉識成知，嗜慾無非天機。天下事不吃人執定做得，必須淡然超然。論做人法，良知即虛，無一可還，知之真切，即是行矣。譬之于卵，中有一點真陽虛泡，方抱得成。如真陽發于重泉之下，不達不已，所以能竭其才。氣魄上支撐，虛見上襲取，體面上湊泊，俱不濟事。終歲營營，費了多少閑浪蕩精神，幹了多少沒巴鼻勾當，埋沒了多少忒聰明豪傑，一毫無補于身心，方且自以為知學，可哀也已！陽明先生嘗有備物養生，借物請客之喻，愛生者可殺也，愛譽者可毀也，愛潔者可污也，愛榮者可辱也。一愛不除，百魔盡集。無善無不善，是為至善。無常無無常，是為真常。忘毀譽無八風可吹，齊得喪無三教可出。人品不同如九牛毛。尚友千古，意味超然，覺得世緣陪奉，苦無意味，豈暇區區與鄉黨作對法耶？

「學者不明軒后旨，惟將聲色縱行尸」，凡人之死，以水火不交，故風力解也。不知彼家引人對境時，意不注于色而注于丹。如是久之，則覺是色非色，可永斷他色，而反求諸己矣。業識一空，金木不隔，西僧謂之秘密佛事，從內打出。佛印謂四大作禪床，無世間心，同世行事，于行事交，了然超越。命終之時，皆生天上，亦以欲勾牽引入佛智耳。不然好色之人神已逝矣，安能久乎？且氣者一道白脈而已，故水皆為陽意注于，取彼陽氣，則我之心火自然下降，而接續于命門。火既降續命門，水溫無不烝上，豈非借彼賺我，以自物成自丹也？我丹既成，易于吸取彼家白脈，自入我竅，若龍鬚作拂，引水如線焉，必使和合于中宮者。至動本于至靜，無意不能離形耳。芽若是鉛華鉛萬里，芽若非鉛從鉛而始，既得金華，棄鉛不使，真訣哉！

玉茗序人書（案：當為〈清源師廟記〉）云：「奇哉！清源之口，極人物之萬途，攢古今之千變，使天下之人，無故而喜，無故而悲。或窺觀而笑，或市湧而排。貴倨弛傲，貧嗇爭施，瞽者欲玩，聾者欲聽，啞者欲贊，跛者欲起。寂可使喧，喧可使寂，飢可使飽，醉可使醒。行可以留，臥可以興。鄙者欲艷，頑者欲靈。孝子以娛其親，才郎以睦其婦。家有此書，人有此聲，疫癘不作，天地和平，生天生地，生鬼生神，豈非以人情之大竇，為名教之至樂也哉！」嗚呼，形骸易泯，不勝留影之難；筆墨未精，安壽終天之玩。作者批者，同此意耳。

# 〔補註〕 則

《種樹書》云：「順插為柳，倒插為楊」。傅亮視張敷，楂故是梨之不美者。戴叔倫謂，詩家如藍田日暖，良玉生煙，可望而不可取。王喬戴芙蓉冠，《高士傳》序：「老子有虛無堂」。《法苑珠林》載肉蓮花。苗晉卿字元輔，潞州人，嘗薦牛僧孺于元載，而不能用，肅宗以晉卿年老艱步，召對延英便殿，後遂為例。新進士過堂，宰相曰：「掃斤相候」，僧孺獨出曰：「不敢。」眾咸聳異之。晉卿女為張延賞夫人，識韋皐，故婿之。

# 《南柯夢》附証

「國土陰中起」，喻人皆從牝戶生也。蟻公主云：「因緣和合，都是一般心，這芳心洞中誰簇緊」，比喻意同，大小無定，各隨眾生心量耳。云「人肉樣的蓮花業作臺」，亦以喻女根也。女子秀入肌膚，手帕粉香，清婉亦不減於《牡丹亭》潤風風句，敢則有那「人間貨」便是天公開花之說。

「睃他外才，瞟他內才，風流一種生來帶」，皆謂男根。「種」者生人全仗此具，「帶」喻原形。「這姻緣一種前生債」尤為透理。如意與不如意，越理與不越理，俱因果也。

「有個青兒背」，妙。青之所用者背也，「紅兒」作女根名。

旦云：「淳郎粗中有細」，貼云：「還是細中有粗」，即主氣之妙論。粗中有細，氣不足也，細中有粗，物至堅也。旦：「比前興了些」，貼：「比前瘦了些」，體認至此，玉茗真才子也。

「他帽兒光光」，是比陽事。「他將種情堅，我瑤芳歲淺」，妙，將是慣戰者。歲未足則淺。

「花展一天寬」，妙在天字，不惟寬而且高矣。「今宵略把紅鸞醮」，即《牡丹亭》雎鳩意，又所謂破頭一泡血也。「龜山賦」者，君之所謂「才士」，我之所謂龜文也，言古今來「金鑲玉版」，偏刻此種文章。

又「細腰輕展，漸覺水遊魚」，乃謂男根之腰。水字妙甚，女根長物也。接上「嬌波瀲灩橫宇」，喻女根楦內，則似橫眉眼也。瀲灩喻水，切極麗極。

「那胡沙如夢杳如無」，與《牡丹亭》沙日月同妙。

「畫眉臺脫了窩」，窩喻女根，「眉」喻咏毛。

「陳姥姥看把戲」，把字妙，喻捉女雙足之勢。「不信老娘倒了架」，架即所把之足，喻言卿即不把我，亦金蓮自己解朝天也。跌打，喻強始者。

「粉將軍把旗戲擺」，妙，架不肯倒，即有旗象。又粉喻畫輔，旗喻兩扉。「一朵紅雲上將臺」，雲喻花頭。「他望眼孩咍」，孩字喻男根。

「公主看箭」，亦謔喻也。「拖番硬腿隨朝跪」，喻其事，腿喻女腿，跪喻男跪。

「多病多病，富貴叢中薄命」，世間多此一種，玉茗卻以喻女根之最多暗疾耳。

「人在樓臺暗老」，一語道盡宮趣。樓臺亦喻女根。三家寡婦「想駙馬十分雄勢」，即分明美滿之說。「取情兒我再把這宮花放」，宮喻子宮，氣至斯闢耳。

小旦：「我是道情人哩，拚今生不見男兒相」，相即男根。「怕粘連倒惹動情腸」。老旦：「興到了也不由你」，又是色情難壞至理。「想見宮娥命婦，齊整喧嘩」，數字最動人情，作女根解尤妙。「畫堂」喻女根。

「人帶幽姿花暗香」，香以代臭，有深隱中曲日幽。

「看姊妹花開向月光」，亦點勘意，明皇足當。「公主生天幾日，俺淳于入地無門」，門喻產門。「若止如此，已自憂能傷人，咳，再有其他，真個生為寄客。」「家那國那，兩下裡淚珠彈破」，可與「從今後夢影雙描」對看互參之句。「彈」喻射，「淚」喻精也。

「好文章埋沒龜亭，空殼落做他形勝」，龜亭即牡丹亭，皆喻女根。「空殼」非女根而何？到得雞皮鶴骨時，彩雲片月，紅葉翠眉，一切「形勝」，而今安在哉？正解則「經濟性理詁」句，傳人一切漫衍無當之言，皆為「殼落」，恰與筆尖花對看。

「皆由一點情，暗增上獃痴受生邊處」，邊喻女根，暗喻男根在內。增上，喻嫪㜛不已。

「識破總徒然，有何善非善」，雖喻是色皆空，亦即道理難講之意，真正無雙才子，千古名言，「叫我哥叫我妹」也與至誠親姊同意。

「等為夢鏡，何處生天」，是禪門正解，即如來亦夢境攝也。「天」字又喻女根高處。

「一點情千場影，戲做的來無明無記」，可與「從今後夢影雙描」合參。

「一點」猶言一觸，「無明無記」非此事而何？

# 《四聲猿》附証

徐文長「紅蓮」命名，亦喻女根。月明於「竹林峰水月寺」選勝安禪，遂開出玉茗空花水月許多妙語。「一個葫蘆」，挂搭在桃花之面。「禿子入襠」，「荷包裡一泡漿」。「這滋味蔗漿拌糖」與「火燒的倩金剛加大擔芒硝，水懺的請餓鬼監著廚房。就是那真配合鴛鴦鳳凰」，致「一切萬椿百忙，都只替無常褙裝」，字字無非謔喻。「幾年夜雨梨花館」，遂開出玉茗梅花觀。梅花觀「梅」字亦猶《西廂》之蒲關，實開出柳夢梅「柳」字也。

「金剛忽變常娥面」，妙。金剛喻男根，常娥面喻女根，男根入則女形變也，與《西廂》《水滸》俱深得山谷〈漁父詞〉「纔入新婦磯，又入女兒港」寓意之妙。宜王漁洋有「豫章孤詣誰能解」句。文長見《牡丹亭》，謂此牛有萬夫之稟，而玉茗亦謂《四聲猿》為詞壇飛將耳。

# 《西廂》並附証（與毛大可批本參看更明）

「鶯鶯」喻女根毛嘴，並及其聲。「雙文」之文代紋，即《牡丹亭》三分八字等意。「紅娘」喻女根色，即肚麗娘所本。「歡郎」喻男根。「河中府普救寺」，非女根而何？後周所建而謂天冊娘娘功德院，真於喻意更精。「法本」者，觸法之本。所謂二根，所謂造端乎夫婦。「博陵塚」亦喻女根之意。「血淚」之意更明。「杜鵑」之杜代肚。「前邊庭院」，不言可知。「閒散心立一回」，六字喻得奇妙。「蒲郡蕭寺」，俱寓毛意。「門掩重關」等喻易解。「閒愁」尤妙，此物一閒即愁矣。「琴童」喻男根，身似琴而首似童。「張珙」喻女根，「君瑞」之瑞代睡。「禮部」一笑，「四方」之喻可想，「貞元」喻處女也。「二月」，喻女根如兩半月。「往上」易知，「君實」則喻男根，「武舉」意妙，「故人」尤妙，「大軍」喻毛，「雪案」喻髀，「滿腹」詭絕，「湖海」嘲女根之寬，「大志」奇詭，「秋水」之秋代湫也。「繡鞍」喻女根豪，「中原」喻女根。「如蓬望眼」，男根妙喻。「日」喻女根外形，「雪浪長空」喻女根水，太詭。「天際」喻女深處，「秋雲」之秋代湫。

「蒼龍」以喻男根，「銀河東洋」嘲女已甚。「狀元」亦喻男根，以代撞圓。「乾淨店房」又嘲女道。「頭房」頭字，喻意甚妙。「閒散心處」是女根形，「南北往來」喻前後皆可行事也。「鐘樓」以喻其聲，「數羅漢」喻男根出入之數。「待一發去須去不得」，喻真妙絕。「眼花」及「口」俱喻男根。「香肩」喻女根兩輔，「花字」尤明。「兜率」兜字及「離恨天」三字，喻意俱佳絕。「嗔喜」之喻在「面」字上，真正妙絕。「偏」

字惡喻，「翠髻」喻毛。「聲在花外」妙極，喻女根外廓也。「行一步」在法尤奇。「芳徑底印眼角」俱喻女根，「留情」喻留男根。「心事」喻女根深中所欲。「那一步」喻男泄時。「打面」二字，謔絕妙絕。「洞天」喻女根深處，「柳煙」喻豪，「喧」喻其聲，「梨花」喻男精泄後，「粉墻」喻女根兩輔，「環」喻女根圓形，「楊線遊絲」俱喻豪，「珠簾」喻女根水，「南海水月」喻女根極確。「望將穿涎空嚥」六字，畫出事後女根形狀。「眼前」喻女根，「玉人」喻男根，「做周方」喻女根，「埋殺和尚」喻男根也。「行雲」二字，女根妙喻，能隨身走也。「傅粉畫眉」俱女根外貌，「心慌眼亂」則極嘲之。「撩撥斷送輪轉」，可謂備諸觸法矣。「雪霜」喻精，聲「朗朗」方妙，「圓光」喻男根強時，「方丈老僧」無非謔意。

「空囊」易明，「渾俗和光」切二根，「風清月朗」切行事時相。「紙半張」喻陳姥。「青黃短長斤兩」，俱喻男根。「柴薪」喻其堅併，「縞素」喻女兩輔，「鶻伶碌老」喻男根，「帳被」俱喻女根，「口強」喻女根，「頭皮」又喻男根，「貼身」喻女兩扉。「香」喻男根，「軟玉溫香」女根妙贊，「心坎眼皮」無非指女根也，「反掌搥床」則喻男根。「太湖石畔」，為《牡丹亭》開先。「羅袂」喻女兩扉，「衣香」喻二根皮，「掂著腳尖」真正行家。「芳徑」喻女根也，因被「穿」而「難行」，妙絕。「團圞」喻女根，「氤氳」喻其事，「月中人」一喻男根也。「隔墻」喻女根外廊，「撞過去看怎」妙絕，「忽聽一聲」妙尤難盡。「不做美紅娘」喻兩扉寬緊不稱，觀「角門」字尤明。「花梢」喻男莖端，「明皎花篩月影」畫出女根，「簾垂」喻女，「錦片」之錦代緊。「貝葉」喻女根，妙。「點燭燒香」俱喻男根，「響噹噹」，觸法妙絕。「再做一日也好」，可為大笑。「葫蘆」又喻腎囊，即題目之「老夫人開春院莽和尚殺人心」等語，何莫非謔喻耶？「丁」而文雅，尤為虐謔。「玨」字為兩片玉，謔喻甚精。「黛眉蓮臉」俱肖女根。「錦囊」之錦代緊，「魂離殼禍滅身」俱喻二根。「袖梢」乃喻兩扉，「剪草」喻毛。「除根」可知。「僧老」便不會殺，一笑。「袒偏衫揝鋼椽」，俱喻男根。「大踏步」妙，「腔子裡」喻女根。

「有甚腌臢」，更妙。「菜饅頭寬片粉臭豆腐」，俱指女不女男不男。「大白晝把僧房掩」者，言「麵杖火叉撞丁」俱喻男根。「地軸搖破一步」，謔喻俱妙。「打熬成不厭」，男根妙贊，女亦然。「斬丁截鐵」指女根，「惹草粘花」喻男根，「欺硬怕軟」又喻女根，「寶鼎香濃」三句俱喻女根。「朱扉」易知，「把頭顱掙滑倒蒼蠅，光油油耀眼睛」俱喻男根。「可憎」，心口相反之詞。「落花美景」喻女根，「孔雀」孔處似雀。「臉兒吹彈得破」亦喻女根，「肚腸閣落淚珠多」更切更謔。「雲斂晴空冰輪乍湧」二句，以喻女根尤為麗絕。「離恨閒愁」離則恨，閒即愁也。「廣寒」二字譏嘲女道不淺，「外邊疏簾風細，裡邊幽室燈青，中間紅紙眼疏」非女根而何哉？

「氣沖沖謊得人怕」，喻男根也。「夫人下唧噥你不脫空」謔且虐矣。「雖是此假意兒」慧絕。為直覺卻想何物，一笑。「顛倒寫鴛鴦字」之心，尤其妙不可言。「雙環」亦喻女根，「海紅羅」何嘗不是。讀「教人顛倒惡心」一語，阿紅真正妙人，除卻天冊娘娘，恐皆不免此四字。「甜話兒熱鑽」，喻豈不妙？「紅紙護銀蠟」，喻亦不差。「綠莎垂簾」俱喻毛，「柳綠」喻男，「花朵」喻女，「寬榻」可喻腿股。「眉遠山眼湫水膚凝酥」俱指女根。「玉精神花模樣」，又是女根絕妙贊語。「彩雲何在月明如水」，無非喻此。「月移花影」亦然，「金佩」之金代筋，「懸懸業眼身心一片」喻女根，真乃微妙。「呆打孩」則喻男根，「金塘」之金亦以代筋，「霜葉人淚」亦喻二根，「玉驄」又喻男根，「疏林」喻豪，「馬兒」喻男根，「吏」喻女根，「金釧」之金代筋，「花兒臉兒」可知。

「衫袖」又喻兩扉，「眼底空留意」妙絕，即《西遊》者洞往下走之說。「把盞」喻手托看，「似土和泥面前茶飯暖溶溶玉醅」非女根而何？「蝸角」之喻尤易知。「一遞一聲長吁氣」喻尤發笑。「杯盆狼藉」，謂非喻此不得也。「淋漓紅袖眼中流血」更覺明顯。「四圍」喻女根，「一鞭」喻男根，「草橋店」喻意與蒲關同。「翠被勾月」俱喻女根，「日頭」亦然，「下下高高」字妙，「挂肚牽腸」更妙，「簪」喻男根，「花殘月缺瓶墜簪折」皆不得不作喻意也。「靠後些」亦佳。「鍬撅賊腦」，喻誰不知？「醯醬醬血」喻女根，「白馬」喻男根，「且將門兒推開看」真是行家。「雲際穿窗月」喻女根，造意尤妙，故為玉茗開山。「蝴蝶」已開玉茗「蝴蝶門」意。「砧聲」易知，「嬌滴滴」喻女根水奇妙。「玉人」自喻男根，「斜月殘燈」俱喻女根，「連綿鬱結」復盡形容。

「劉阮到天台」，謂是初動，聖嘆錯矣！即《續西廂》之新探花，新花探路已遊洞口矣。「看他玉洞桃花開未開，春至人間花弄色」謂是玩其忍之錯了，即紅所謂：莫單看粉臉雲鬢，至洞口而即見桃花也。粉臉雲鬢，喻女根豈不麗絕？「柳腰款擺，花心輕折，露滴牡丹開，醮著些兒麻上來」，謂是更復連動之錯了，彼自擺則自張展自露滴也。「醮」妙，猶言淺嘗。

《牡丹亭》色情難壞句，便是《西廂》「驚夢」折註，《西廂》以真付夢，彼特反之，將夢當真。

「仔細端詳可憎得別」，賢文難禁，只為此四字耳。又女根十人九樣，其別於佳人者，實令人憎，又言外意。

「冠世才學」四字，用於艷事妙甚。要曉得不冠世才學者之風流，不是道地藥材。心上不聰明，臉上何得可憎？故可憎下竟加才字。

「知音者芳心自同，感懷者斷腸悲痛」，音喻其事之聲，又言普天下才男女，必普天下好色，必普天下會得端詳，會得聆聲，有奇解奇情者。此二語可謂《牡丹亭》昔氏賢文把人禁殺之註。

麗娘謂春香：你情中我意中，便與雙文欲用紅娘而不肯使與其事，毒心迴別。

紅娘云：這叫做才子佳人信有之，乖性兒忽笑忽啼忽眠忽起，若是我卻沒三思。批者謂：惟兼才貌男女方肯下信有之三字。非才子佳人，至今亦終不肯下，何則？彼固以為無有此事理耳。「沒三思」者更無回互，除此都非死所，亦可謂賢文禁殺之註。情不遂，率似此。

「張生呵，你不病死多應害死。」《牡丹亭》所以於賢文禁下加一殺字。

紅又云：你「偷香手」准備折桂枝，休教淫詞污了龍蛇字，藕絲縛定鵾鵬翅，黃鶯奪了鴻鵠志。三句在道學口中，便是至腐臭，在鴻（紅）娘口中，便是真怜才。然偷香二句並說，妙，若必叫他先彼後此，又是假道學非真可兒矣。況「偷香手」三字，初看極平，細思奇妙，以遇可人心肯時，未有不先用手者也。〈附薦〉折既云：人間天上，看鶯鶯強如做道場。又云，我真正為先靈「禮三寶」，妙極，二者並行，並非誑語，何以故？皆以真情深至，故故烏鴉鳥行，不礙其真孝慈也。

「夢裡成雙覺後單」，調侃盡世間年大女兒。

「權時忍這番」，紅固拏住兩人，不慮其見外矣。

紅云：「則小心腸兒轉關。」然人分靈蠢，正在此五字。果悟烏鴉不礙孝慈，何肯受禁。

紅詫鶯於張云：「將他來別樣親，將我來取次看，是幾時孟光接了梁鴻案。」此五句畫盡將嫁女兒於父母。

「將他來甜言媚彼三冬暖，將俺來惡語傷他六月寒」，既用媼婢而又思專欲，誠必敗之道也。聖嘆謂鶯固疑紅，何故而能為張之心？何故而不能為我之心？則又謂張之靈慧，寧不如我，見柬必不紅告也，誰知女之於女，則欲瞞之。若張視紅，亦復女也，尚能體小姐之心為心哉？然此自世間兒女至微神理，但虧作者曲曲傳出耳。

〈跳墻〉折紅又云：「打扮得身子兒乍，准備云雨會巫峽」，形容盡臨嫁婦女胡顏覺其為世間至賤之物。

聖嘆謂才子佳人於花燭下定情，是一片妙麗，兼花月則合兩片妙麗。誰知日下胭脂忒煞通明相之妙麗更奇，竟為玉茗獨喻。

〈跳墻〉折紅接著張云：「你索話兒摩弄，你莫單看粉臉生春，雲鬢堆鴉」，妙甚。生春之臉方惹摩弄，不粉而似粉者是也。口直話而手且摩更妙。然在紅口已褻極矣，何其在行一至於此也？「我也不圖浪酒閒茶」，謂此夜非謂永遠。

紅又云：「是你夾被兒當奮發，指頭得替代，收拾起憂愁，准備著撐達。」「夾被」喻女根耳。「撐達」字妙，然指頭之說，阿紅亦知，豈不以己亦嘗指撥，故以女心度男耶？

鶯怒科，紅云：「張生，你過來跪了」，妙絕。紅於小姐，已忞其嫚易矣，豈有天下誰何男子，閨人可令其跪己者乎？「只道你文字海來深，誰知你色膽天來大」，不知非「海樣深」者不能「天來大」也。

鶯云：「既為兄妹，何生此心」，不知即兄妹矣，此心亦難不生。作者語外，含嘲世人，初未覺得。聖嘆謂：菩薩了佛性義，則不知眾生不受度，取何快樂也，猶如眾生之不知菩薩，服賢文之與不服者亦然。

若見了玉天仙，怎生「軟廝禁」？是喻男根，亦賢文禁殺註子。

「你便不脫和衣更待甚，不強如指頭兒恁」，暗寫紅娘急欲小姐受侮，即釋前者見外之恨，又執後此不敢見外之權，嫗婢之可畏如此，知其文心者蓋少矣。然阿紅解事一至於此，而復云不圖浪酒閒酒，自己亦知無人信之。假令他日倩歡，亦只須云不強如你指頭兒恁耳。

「除卻紅娘並無第三個人」，竟是硬要共事竦手。「只是我圖個甚麼來」，非寫其真不圖，實寫其亦難待矣。覷「羞得我怎凝眸，只見你鞋底尖兒瘦，一個恣情的不休，一個啞聲兒受辱，不害半星羞」，當益信吾批之非謬。「說媒紅謝親酒」，則竟是明說矣。王修微云：慚愧鞋兒謎，而意興來何須脫繡鞋者又何日無之。

# 《水滸》並附証

人情不常繫於時化，苟設密網以羅非辜，則怨。疑《水滸》實由偶讀《竇建德傳》：德重然諾，喜俠節，鄉人母死，即與耕牛賣之。盜入其家，立戶下連殺三人，呼取尸，令投繩，乃自繫，躍起復殺數盜，益知名。安祖刺殺令，亡抵德，德陰舍之，曰：『吾聞高雞「泊」，廣數百里，葭亂阻奧，可以阻眾。承間竊出，椎理掠奪，且得廣招豪傑，觀時變以就大計。』乃招集多人，使安祖率入高雞為盜。諸盜往來漳南貝州清河之間者，獨不入德閭舍。初他盜得隋官及士人，必殺之，德獨恩遇，多以地歸。蓋北多深澤，皆淺不可涉，深不可舟，故誨盜耳。又漢記黃巾諸帥，多自相號字。

讀《陳湯傳》，則知腐儒如匡衡輩，徇私忘國，「妒賢嫉能」，蓋千古一律，有志者是以寧長貧賤也。賀若弼平陳八策，《水滸》頗能倣之。宋汴京街無溝渠，又不砌石，地迫黃河，風起沙蔽。「相國寺」僧皆氈帽皮靴，髮長過寸，言貌粗俗，尼姑等于此，賣繡領冠髻。

劉裕賭輸，刁逵縛之馬，柳王謐代贖。裕滅桓玄，以刁氏附玄，族之，拜謐為公。宋太祖至渭，與人博，人欺其客，毆而奪之。「李逵」奪之小焉耳。

《夢華錄》：「宋門外有『快活林』，小使臣八階名『保義郎』」。

初有「趙學究」在村中，「教學多智計」，村民爭訟，多詣決。宋祖制：各州兵有材伎過人者，皆送補禁旅，又使禁旅更戍，習勞道路，自是將無專兵，皆普謀也。張齊賢，字師亮，慕諸葛，知盜聚斂逆旅，竟就一飽。曰：「盜者非齷齪兒，皆世之英雄耳。」取豚肩啖之，勢若狼虎。競遺金帛，皆受不讓。及出鎮，倜儻任情，獲劫盜或至除遣。師亮且然，何況「加亮」又遇「公明」。

張浚子栻，號南軒，知靜江，籍諸「黔卒」，伉健者為用。改知江陵，捕奸民之「舍賊」者斬之。《水滸》是暗為聖人不死，大盜不止作註。人皆剛直，而獨寫一奸詐之「宋江」為主，卻又字以「公明」，妙妙。見狡詐須先公明，非公明并不能狡詐。如或不明，即「及時雨」亦成虛擲矣！所謂田成子，非竊仁義聖智，以養其盜賊之身者乎！

宋江於晁蓋，特借為甌脫，但涎第一交椅，自是趙官家祖傳家法。「吳學究」妙，不究於學，決不能加於本亮，公明加亮，何事不成乎？

宋江怪李逵未得令，殺扈氏全家，李逵道：「你便忘記了，我須不忘。」妙。雄傑之見色忘仇者多矣。

「你又不曾和他成親，便又思量阿舅丈人」，莽之所以得篡。宋江喝道：「胡說，我如何肯要這婦人。」三娘之配矮虎，安知不因逵此語，足以動其畏害惜命之心。又以長配矮，以形其困蠢彭亨之狀，又作者錦心暗用之處。使以長配長，便不成趣矣。故男女相干之事，亦以老幼錯互為致，特以好色男子配之者，若畀一恐「漏骨髓之徒」，則苦了三娘，亦明亮上位所不忍也。

雷橫打「白秀英」，凡好妮子無不「白秀英」三合者。有一不全，即非佳婦。其父名白玉喬，更妙，搭一喬字，便貌美心歪耳。酒之勝色者，酒惟人意是順。女心多有奸刁。世間必無一身呆肉之侯伯，況妮子乎！命名「玉交枝」亦妙，一丈青、玉旛竿、浪裡白條俱妙。東平妓「李睡蘭」妙，睡蘭也。元曲所云：「使了錢像檢屍一樣嫪戀，教骨散毛拎凌辱做半死，身形不比那捱闘的，只會對飲齊乾，被我唱曲說書，便躲過一睡」是也。

「智多無用」，須加亮，亦妙甚。洎有一「清道人」，亦可消自窩爭競之風。濁而不知道，則非真幹事人矣。以公生明之人，又得一清加亮，為事何患不成？其事其人為有為無，固從來著書家之所不計。觀莊列諸子，便知《水滸》第十七回吳用云：「春暄無事，正好厮殺取樂。」無不看作閒話，誰知吳生一生本領，在此一句。蓋彼知虛幻，覷功名等閒久矣！身何必亂朝，身何必不水滸，其身在諸人之中，心出諸人之外，故能心無執著，萬法皆通。其在此中，特以遣日耳。雖與之蔡京之位，可居可不居，況宋江之位乎？

「長樂公」不致命於朝三暮四之偽朝，而專行好事於屢遭芟難之黔首。諸將掠婦，遺無不受，後必訪其家歸之，易地則皆然。

晁蓋只知三阮初時之有用，不知未見世面之人，大處無用。

董平萬夫莫當，而「心靈機巧」，故會因太守之危，而挾聘其女。心靈機巧人能禁其淫哉！降山泊後，賺開城門，畢竟先奪了女兒，又見用人者當隨其所好，即以為餌也。

「太守程萬里」在童貫家館，自謂前程萬里在此途也，而不能保其身若女。

天后時，將李楷固善用羂索，羂人百無一漏。鞍馬之上，狀如飛仙。此「扈三套索」所本。《水滸》寫一丈青「一騎青驄門」，是喻二根。王矮虎鬥過十合之上，看看手顫腳麻，鎗法便都亂了，與《牡丹亭》雨點的梨花亂攪，裊得腰身乍同意。一丈青便把兩把雙刀直上直下砍，歐鵬鎗法精熟，也討不得那女將半點便宜。又「舞一條鎖鏈」，半硬全軟之物，難得豹子頭一馬從「刺斜」裡殺將來。馬麟卻來幫住，兩個都會使雙刀，馬上相迎，真看的眼也花了。一丈青緊追馬蹄好似「翻盞撒鈸」，縱馬直奔林沖。林沖賣個破綻，放一丈青兩口刀斫來，卻抑丈八蛇矛逼個住，「兩口刀逼斜了」，喻行房極奇。「只一拽」，又喻得妙，活挾過馬亦佳。

解珍道：「我那姐姐，有三二十人近他不得。姐夫孫新這等本事，也輸與他。」母大虫道：「我今日便和伯伯併個你死我活。」身邊便拿出兩把刀來，且住休要急速，顧大嫂貼肉藏了尖刀。一丈青戰呼延，把兩刀挂在馬上，底下取出紅綿套索，等他馬來得近，紐過身軀拖下馬來。大樹下十字坡，及賣人肉饅頭，弄殺頭陀，俱是譏嘲女道。人皆不解，何況《牡丹亭》蝴蝶門耶？「大樹」喻人身也，《楊姑姑》劇：何處荷香？侍婢云：「是前面沼中」。這等香的好，亦嘲女道。

「雙鎗」一物而供前後兩用也。用一丈青孫二娘，同捉「風流雙鎗將」，妙甚。一物供前後兩用，方算風流，否則非兩婦莫捉也。風流人得兩女共捉，亦應甘瞑。「用麻繩背剪綁了」，亦是將繩比咏毛，將其背比那件，一笑。王婆叫西門吃了「寬煎葉兒茶」，十字坡從裡面「托出一鏇渾酒」來，亦是女根好譬喻。「鏇」字更妙。「大樹藤纏」喻筋也，「本家有好酒好肉」，要「點心」時「好大饅頭」，聖嘆批本色行貨四字，是知其解者。婦人道：「有些十分美的好酒，只是渾些。」武松道：「這個正是好，生酒熱吃最好」，尤為個中解人語。

《水滸》家屬謂之「窩伴」，所思謂之「影射」，尤妙。天下「詐」偽人多，故不問便殺為與天爭權好漢。天下「詐」女人又多，故不問但淫，亦為與天爭權好漢，王英是也。

《水滸》只是作者恨極不究于學而加亮，但「奸鬼恃文」等輩，特造此書，開萬世好漢心竅，竟放手殺之也。天下不才刁婦極眾，亦不為彼護，此口中勉依，心裡實要，陽避親戚，陰就奴外，越撐越要狠迸不壞之雌竅矣。

女兒被人「養作外宅」，父親還感他姻婭養己之恩，足見富則女兒係代他姓索債之物，貧則是件售辱食生家具。認作親，責其孝，皆痴也。

通奸只坐以「不仁」二字，便令風情立不起。丈人羞惱不可言，丈母、女兒已使新女婿勢頭，世間如此事極多，寫來為之一笑。

貴如「高」輩，不能無奸。自賢文不分貴賤，致賤者狃于習聞，謂是至辱，便起殺心。貴者恐其殺，又必先殺之，為天下多無限事。私罪贖貴之俗，殆已早料及此，為天下省卻無數煩惱。陸謙，妙。以謙名者，率如此矣。

林沖殺陸謙云：「你自幼相交，為何害我？」殺差撥云：「你這廝原來也恁歹。」天下人十九如此，怪不得梁山酒店之例，「精肉片為羓子，肥肉煎油點燈」，世間賣君賣友，日日鳥獸行，無法禁治，何必獨為彼妻女惜耶！正如武官令武士比試，「何慮傷殘」。

金蓮想到「打虎力氣」入骸，真是解人。蓋男子交歡，所重在氣，氣足則虹可挺長，球可鼓脹，精又難洩。木剛強故多力，火氣猛故多勇，即泄，片刻復振，如松之酒量，亦是氣足敵得過酒耳。食量好則精無窮且力大，如此將裸交之頃，抱挾擎提似舞燈草，玩已真如掌上。騰掀覆壓如頹玉山，弄已真若孩兒，亦婦女之至樂也。

「想武松必然好大力氣」，寫盡婦人貪觸醜念。夫至欲以打虎力氣觸其物，則婦人之禁于賢文，其冤苦何等也！寶鏡以照面，瞽者竟以蓋巵，打虎力氣以報國，金蓮思以撞牝。真乃各有所急，各有所取，一笑。令人想唐將王鍔呵氣高數丈，若練衝雲也。

「玉麒麟」者，好看好聽而無用易碎之物也。晁天王托塔而已，不是真王。「及時雨」為為惠而不適用者告也。「晁蓋」趟則不能覆物，《水滸傳》只深寫宋江吳用，《西廂記》只深寫一紅娘，《西門傳》只深寫一玉樓。蓋紅娘躬逢盛事，極想挨身。玉樓喻世間頂乖人，既知受騙為妾，索性一聲不嘖，一切隨順眾去，直待西門物化，逕行遂其初願。既為敬濟所挾，一時無處剖白，便亦即隨順之，而後以計處之。喻既涉仕途，惟有如是耳。

「李嬌兒」反是二房，言此輩雖良品，實在倡下也。戒萬世之先奸後娶者。

「潘」者拚也，「傳」者負也，水先生自然做出鳥文章。觀鳳洲《錦衣志》，因知實其親筆，宜瓊山相國亦有《鍾情麗集》行于世矣。

金章宗初置提刑司、提刑所二十四條。

元世祖后，便弓馬，製衣名「比甲」，後長于前。

元艷史：陳「婆惜」貌微陋而談笑風生。「李嬌兒」，江浙駙馬丞相常眷之。

唐玄宗時，番寇涼州，天神現形，寇遂奔潰。僧曰：「此毘沙門『天王』也，主夜叉羅剎」，遂敕各處「立天王堂」，子即那吒。

倪直勇悍有力，一飯五斗米，十斤肉，桀悖，好犯長吏。鍾離意為暇丘令，乃召署捕盜。

「椽」，王建入蜀，有無賴勇悍輕生者百輩從之，親騎軍皆「拳勇」之士，悉有「混號」。

作《水滸》者，蓋熟觀金吏《移剌蒲阿傳》，見元將用兵之妙，圍金如戲耳。「招文袋」出金世宗，以別吏。宋太宗以前，此流罪之人非理死道路者十之六七，乃令並配「牢城」，杖用官印，「枷」上刻尺寸。金「牢城軍」則嘗為盜竊者，「土兵」則以司警捕之，事「禁軍」日給錢五千，米升半，取身長五尺者為之。各處兵有合式者，皆送補禁旅，又更迭出戍將，遂無專兵之弊。明禁衛兵亦挑取頭撥為團營，總以兵。尚書公侯充總兵領操，亦無印無衙門也。

金制：納粟得同進士，或待制翰林。各處就考之同進士，入仕皆授巡檢「知寨」。王德用貌似藝祖，閭閻婦女皆呼「黑」王相公。金時有石州賊閻先生，想亦學究。

《水滸》非皆自創，實本杜伏威、劉文靜等傳也。即「拍刀」亦本伏威傳。闞稜善使長大兩刃刀，名曰拍刀。朴，中州土音耳。又《李則業傳》（？），子儀軍中初用拍刀，而業尤甚。

光武自謂為庶人時，「藏亡匿死」，吏不敢過問。陰麗華其地富家，卒得志焉。宋江不要「三娘」，堅忍過之。

高歡時，趙郡李顯集諸李數千家于殷州，方六十里居之。經趙郡以路梗者，但投其子元忠，忠遣奴為導曰：「若逢賊，但道李元忠遣」，「柴進」所不及命。元忠因母病遂善方技。問高歡，高昂兄弟來未？曰：「從叔輩粗，何肯來？」曰：「雖粗並解事。」歡遂命子澄以子孫禮謁昂，後至晉陽曰：「昔建義，轟轟大樂。」

《唐書》南霽雲為人「操舟」，張巡募萬死一生者，數日無人應，俄有喑嗚而至者，雲也。則「三阮」亦有本也。杜伏威有別將君儀，妻勇而有力，負之逃，豈惟孫二娘等。

〈裴度傳〉：王承宗李斯道謀緩蔡兵，乃伏盜京師，刺用事大臣。已害宰相，元衡又擊度，刃三進，斷靴刜背，昔哄道嚇伏，度墜溝，賊意已死，因亡去。安祿山使李實將驍騎十八人，劫太原尹楊光，劌挾以出，追兵萬餘，不敢逼視。是亦武松之類。

《五代史》：石敬瑭留守北京，以劉知遠為押衙，此《水滸》武都頭朱仝之所昉也。郭威好使酒，有屠者嘗以服其市人，威醉呼屠割肉，割不如法，叱之，屠披腹曰：「爾勇者能殺我乎！」威即取刀刺殺之，是「牛二鄭屠蔣門神」所昉也。威以通書算，劉知遠尤愛之，是「蕭讓蔣敬」等之所昉也。又梁攻濮州，使人為賣油者，入城遍觀，有竇而入。元劉濟作為工商流丐入賊中。

兵法有「好戰樂鬥」，獨取強敵者聚為一徒，有輕走善步，疾於奔馬者聚為一徒。金高彪本遼人，日行三百里，披重甲歷險如飛。隋麥鐵杖，日行五百里，廣州刺史俘獲以獻楊素，遣頭戴草束夜浮渡江，知賊中消息，奏授儀同。故「戴宗」亦不可少。

〈楊行密傳〉：「曲溪將劉全策宣州刺史，趙鍠必遁，紿曰：『將軍若出，願自吾壘而偕。』鍠喜，妻以女，明日譟城上曰：『劉郎不為公婿。』鍠宵遁，獲，斬之。」「董平」不過小變其意。欽宗時賊將董平引眾寇城，「呼延贊」鷙悍輕率，作降磨杵，服飾詭異，乃宋初太原府人「扈」再興，淮州人。每與金戰，肉袒徒跣。「王倫」本宰相子，金曰：「此反覆之人也。」誅之，金反覆轉勝，倫反覆便死，小人可不自視所處地，平「劉豫」，殺將「關勝」降金。

宋濰州王康赴官市，大猾號截道虎者，毆康及其女幾死，吏不敢問。

宋祖取衛士，皆取拉折弓蹋起土者。狄青出入市井，輒聚觀誦其「拳勇」，蓋五代積習也。禁軍諸使悉書所掌兵名于梃，故《水滸》以棍為主。

宋孝宗習勞，宮中嘗攜一漆裹鐵杖，所以「智深禪杖」如此。

烏春善煆，金太祖欲以婚結其歡心，乃以被甲九千來售，故有取于「湯和徐寧」。

金圍顯州，軍士「踰城先入燒」其佛寺，煙焰撲人，守陴者不能立，乃乘之。元張柔攻光州東北，聲振天地。西方乃植梯登。章邱民有霸王社，攻剽奪囚，無不如志。种諤左右有犯，或先捽其肺肝。「江州」等事，非無本矣。元時汪惟正懸燈柵內，順地執轉，以防不虞，「扈莊燈」非耐庵所能杜撰。

朱玫附朱溫，數遣人入京燒積聚，殺近侍，聲言克用所為。吳用特師此智。

宋武行德榆次人，身長九尺，晉祖出獵，見其魁岸，又所「負薪」，異常人。令力士更舉之，俱不能，因隸麾下。其「石秀」之流歟？

宋太祖以羅彥瓌為內外都軍「頭領」。太宗曰：殿前衛士如狼虎者萬人，非張瓊不能「統制」，張思鈞質小而精悍，宋太祖嘗稱其「婁羅」。

北齊時，步落稽據安定以西山谷三百里，與華人錯居，而未能役屬，別自為俗。德州平原東有豆子□，地形深阻，劉霸道聚眾十萬，是亦「山泊」之類。不獨苗峒通數省，竹箐叢生，彌望無際，幽岩曲澗，在在皆然，鱗次櫛比，殆無空隙。賊從內而視外則明，每以伏弩得志。我從外視內則闇，雖有長技莫施。況將午而後開朗，未晡而已晦冥。自言朝有千萬軍，我有千萬峒也。

唐太宗選精銳千騎，皆皂衣，分左右，使敬德叔寶將之。每戰，自率之向前，所向摧敵，故《水滸》知兵在精猛心腹而不在多。凡步兵與車騎戰，必依險阻林澤。騎兵遇澤圯，當疾行去，是必敗之地。我眾敵寡，不可戰于險阻之間。若我寡敵眾，或要于隘路，或日暮深草，夜戰必多火鼓，使不知所以備。山上之戰，不仰其高，有形勢利便處須先據。我欲不戰則阻水扼之，我欲戰須稍遠水。旗齊鼓應，雖退必有奇兵。軍無選鋒曰北，又須既勝若否。

宋曹友「聞製旗」，書滿身膽，孟珙書其驍將劉整「旗」曰賽存孝，故《水滸》將必有旗，以自標顯。

金末抣答，形如中人，而鏑長二丈。又用手箭，皆以智創，子弟莫傳。夏人立礮于駝鞍，「張清石子」蓋有由矣。

金末郭蝦蟆射人肘下甲不掩處，無不中。又嘗貫人兩手于樹。金蒲察世傑，七牛挽不出之車，手挽出之，遇宋兵二萬，戰敗之，連射數十人，皆應弦倒。「花榮」輩固不可少。工哇失（案：據《元史》卷一三二作玉哇失）阿速國人，從元憲宗征蜀，遇虎張吻，以手探出舌，持刀割之，亦不弱于「李逵」。元將也先，本遼人，問遼所以亡，恨甚，聞元起兵，即往獻策曰：「兵貴奇勝，何以多為？」聞金留守，欲代邀而殺之。懷其誥命，入據府中，木華黎至，不費一矢，得地數千里。金人喪大根本。又籍其私，養敢死士萬二千，上于朝，木華黎以為前鋒。及破汴，悉以諸軍俘獲賜此軍。「華州進香」，亦非吳用憑臆所能。

宋牛思進，祁州人，嘗令兩力士拽其兩乳不動。晉劉牢之，能跳五丈澗。唐，宋之問父令支能拔牛角。北魏靜帝美容儀，而能挾石獅子以踰牆。晉時蔡裔，聲若雷震，拊床一呼，兩盜俱殞。吳興沈光，陳亡後居長安，幡竿高十餘丈，走上，透空而下，號肉飛仙，殉隋煬難。

李顯忠還宋，聞其妻周在黃龍繡工，遣三人往取之。共許金一千，各奏補承信郎，先畀五百。三人果至彼，用籠床去其裡隔，盛周氏載于車以行，達江南，果以應得恩澤郎與之。三人大喜曰：「太尉更有一妹在燕，願取之。」忠別許金，三人曰：「已得金矣。」又取歸。時楊存中亦遣人取其妻止于平江別宅居之，以再取趙氏，不容共居也。金人來，乃言臣僚多以金銀遣人取其家，恐金帝聞之不便。則「盜甲」未為奇矣。延安韓世忠嘗過米脂親家會飲，日夕關閉，忠以臂排門，關鍵應手斷。嘗乘悍馬馳峭壁，用鐵胎弓。所使鎗名一把雪，喜與交遊痛飲，資用通有無。或不持一錢，相從酒肆貰酒。江上之役，馘金先鋒鐵爪鷹。李逵魯達輩，固不絕于世耳。

金太子斡離不給馬擴田，久之曰，耕田不即得食，願為酒肆以自活，欲因此雜結往來之人，復與山寨通耗，此「朱貴店」所本。信王遣擴詣康王，轉河朔，皆大盜據要險，輒單騎至其寨，與結約。言：至朝廷，即先授爾輩以官。渡黃河時，皆盜魁自搖舟相送。桃花山「張爺船」蓋本于此。

杭州苗變，韓世忠兵皆以塵蒙面。「弊裂衣裳」，或以「藥封面」。

南宋杭妓有名一丈白者，招安將劉忠號青面獸。張用以五萬人受岳飛招安，飛使臣十人，以馬皐之妻「一丈青」嫁張用為妻，遂為岳軍統領。有二旗在馬前，曰關西貞烈女、護國馬夫人。用已受鄂州招安，而妻「一丈青」奮身出，招中軍人隸麾下，中軍人皆歸之。

金攻張榮于鼉潭湖，榮「梁山濼」漁人也，有舟，二三百人，常劫掠。榮至通州，取人四肢，醃曝為糧，得脫者少。見金人皆小舟，隔泥淖曰：「我舍舟而陸，如殺棺材中人耳。」《水滸》之能「拒捕」如此。

粘罕初圍太原，有「保正」石頴保聚拒金，釘之于車不屈。李進者，軍中呼為八洞鬼，寇弘守濠以「狼牙丁」作破金槌，有緣雲梯上者擊之，兜鍪與腦骨俱碎，積尸如山。世忠將「呼延」通敗金于盱眙關前。

昔人有「認旗」二，曰天下弓馬客，一國「教頭」師。岳飛討湖賊，先于上流放下草薪，又于「隔水罵之」，賊投瓦石填成路，遂入。

万俟審岳氏曰：「相公記得天竺留題，寒門何載富貴乎？」蓋「江州酒樓」所本。

周勃「椎朴如李逵」，每召諸生說事，南面責之，趣為我語，而种師道初從張橫渠學。

吳玠預為壘日殺金坪。宋初有王珪能用「鐵鞭戰」。世忠創「長斧」，上斫人胸，下砍馬足。李剛言：河北「塘」濼深不可涉，淺不可舟。張遇「號」一窩鋒，阿里從討宋，破賊舡萬餘于「梁山泊」。金末，豪民掃合立「私渡」于定陶門，逃兵盜賊皆藉囊橐。強伸能赤身戰，貌極醜而膂力過人，得敵箭折而為四，以銅鞭發之。元太祖得蹄筋翎根「甲」。史天倪，燕永清人，所藏活豪士甚眾，以俠稱于河朔，為元掠三河，皆望風款服。元世祖以「五臺山僧多匿逋逃」，詔索之。元將楊以安征宋，至守將本籍，俘其家屬以招之。

劉文靜為令太原，知其豪傑，一旦收集，便得多人。唐秦王謂敬德曰：「丈夫意氣相期，吾終不信讒言，以害忠良。必欲去者，當以此金相資，表一時共事之情也。吾執弓矢，公執槊相隨，雖百萬眾若我何。」按轡徐行，『射追者輒斃』。謂建德未見大敵，度險而嚻，是無紀律也。捲旆而入。出其陣，後張唐旗幟，「囚德至洛城下示世充」。

叔孫通初至漢，專言「諸故群盜壯士」進之。史思明眾數萬，子儀「選騎」五百「迭出」，挑之三日，賊疲，乘之大破。

李靖取突厥，督兵疾進，「遇候邏皆俘以從」。呂蒙白衣搖櫓至潯陽，關公「所置屯候悉收縛之」，以故公不知。班超在西，率數十人夜攻匈奴，使火其廬，令不知數。裴行儉討突厥，「伏壯士糧車中」，以精兵踵其後，虜獲車取糧，壯士突出，自是糧車無敢近者。

劉琦趁電砍金營，百人者聞吹竹而聚。漢時堅盧范主之屬，「縛郡守釋死罪」。冼氏之破侯景高州守也，令夫「遺婦往參」，將千餘人，步擔雜物，唱言輸販。自古名將無不以兵少用權取勝者。

李愬獲蔡吳秀琳，「親釋其縛」，署為將。獲李祐，諸將素所苦，請殺之，愬「不聽」，以為客將。間召祐，屏人與語，使統其材銳士三千人，故諜者「反效以情」。及入蔡，祐等坎墉先登，眾從之。「殺門者，留持柝傳夜自如」，《水滸》特合聚諸史以成一奇耳！誰謂讀書甚少人不妨作小說耶？

「徽國文公」，酒酣氣張，悲歌慷慨，嘗刊小書板助用度。每言今日學者，上為靈明之空見所持，下為俊傑之豪氣所動，某幸全此純愚，但見江西士風，好為奇論，恥與人同。不知介甫之學，正祖虛無而害實用者。伊洛故起救之。然浙學尤更醜陋，蓋自荊舒風動，反理之論日熾，經生文士，歧為二途。謂事為皆智力所營，於德行無涉。漢唐與三王等。近有一種議論愈可異，大抵名宗東萊，而實襲同父，不知黃老竊弄造化之機，故流刑名。因盜儒之多，遂欲無儒。如山移河決，使不問愚智，人人皆趨時徇勢，騖于功名。敦其俗而彌薄，苟其防而益婾。呂伯恭舉止草草，編《文海》枉精神，逝後更被後生輩說出一般惡口。小家議論，賤王尊伯，不知馭之以智則人詐，犯荊棘，入險阻之私徑，難以須臾。寧處于斯世，而欲刻新求媚，渾忘靖康以來，乃是亙古大變。率獸食人，豈是小事。皆由汨利害中，于討論世變處著力太深，以致此。正恐援溺之意太多，欲撒不親之防耳。塗民耳目，已非正心。議曹以頌美為奉職，法吏以識旨為當官，尤非。科舉固不可廢，奈邇年翻弄得鬼怪百出，一味穿穴，旁岐曲徑，以為新奇，蓋人心消蕩，故險詞怪說，雜然並起。至有尊安石為名世之學，乞榜朝堂救跛成痿者。建昌既說得努眼動地，如陽臟人吃了伏火丹砂。最是永嘉，浮偽纖巧，不美尤甚，後輩偏宗之。至于陸氏之徒，其實學禪不至者，自託于儒耳。空腹高心，便安藏拙，憑虛舍實，逐影迷真。彼謂容貌詞氣，不必深察者，其說亦乖戾狠悖，徒使人顛狂粗率。雖蚩尤五兵，李斯篆隸，苟便于世，豈以人廢？然偶語詩書者刑，以古非今者族，正斯所為耳。夫禪乃小人兔窟，以前有過惡無礙也。五倫人道之經，而忍斷棄之乎？想有若宰我，非不自智，幸其時未有禪學可改換。吾謂人欲學禪，何不竟學，又將儒書夾雜了，說道是龍又無角，道是蛇又有足。近則兩家門人，互相排斥矣。夫周孔決不肯在漢唐，則學術如陸宣公足矣，何必比二家者。若漢文十三年，遂除田稅，景二年，賜天下半租，三十稅一，雖謂過三王可也。此二家而濫觴，即是《水滸》《西遊》也。明自神宗御世之後，如文翔鳳之類所作，可謂文妖，仍舊是者兩家出來，鬧個散場。惟我聖代科舉，此等論永絕，聽其說部偶見，宜乎萬萬世也。

辟支獨覺也，阿羅漢獨了生死，不度眾人，為小乘。圓覺半為人，半為己，為中乘。前劫諸佛，如儒之羲農，周穆王時始有釋迦，猶儒之魯哀公時始有孔聖，儂按援釋入儒，實徒費力。儒之修道，一擔都在皮囊上，惟其有法，是以無法。佛雖從無依生，無圈可位，力無所畏，成就一切，未曾有法。豈止五行不足以盡陰陽，躐度不可以泥天道。覺無極即是本性，本性即是無極，但有二必不是以五根識為成所作，智意根識為妙觀察智，適成百千億化身，貪嗔痴各一千世界，執有執無兩眾生。含藏識為大圓鏡智，清淨法身。然嘗云無明實性即佛性，幻化空身即法身，若還踏著無生地，步步頭頭總現成。幻化非真相，色空都一樣，無相即是無住，無住即是無生，無生即是無滅。貪嗔忘，地獄滅。愚痴斷，畜生絕。稍涉愚痴，即畜生根。稍存我慢，即修羅種。儒譏佛以運水搬柴為妙義混理，欲而不辨別，豈知其外不見欲境可染，內無欲心可行，定不向欲界受生。山僧無一法可說，只是治病解縛。佛法最嫌揀擇，說什麼粗細淺深，雖涵蓋乾坤語為體中玄，隨波逐浪語為句中玄，截斷眾流語為玄中玄。劈破三時便兩邊，豈真有三要三玄之實法哉？最上乘者不見垢法可厭，不見淨法可求，不見涅槃可証，不作度眾生心，亦不作不度眾生想。若見有眾生可度，即是我相，有能度眾生心，即是人相。謂涅槃可求，即是眾生相。見涅槃可証，即是壽者相。《法華》云：「如來出世如大雲起雨，一切隨分受潤。」凡夫說法，我能我達。我雖說法，無有說法之意，無法可說，是名說法。有情人說法，分枝分葉。無情說法，如鐵樹即開花，卻無心也。最忌者是所知障，斥為天然外道，以正為分明極翻令所得遲，不免墮空落外，故有殺活齊行，縱奪互用，即此用、離此用云云。《傳燈錄》云：「黃花若是般若，般若即是無情。翠竹若是法身，法身即同草木。此身無象，應物現形，所以土木或同骨肉。」如彼之言，不足齒錄。其於萬象，惟似木人見花鳥，鐵牛不怕獅子吼。受人贓誣貶剝，只似仰天而唾。卻要如理實見，打開煩惱，浮雲實見。山花開似錦，湖水綠於藍，隨處現青紅，頻頻發嫩草。潺潺澗響，剪剪新芽，斗轉星移，波流風動，色相宛然，留不可得。空不以不見為空，以其無實用言空。若見暗為暗，此特無明無相。空中有相光，打不離，割不死，火假緣生。而外頭火、人身火本是一火。參透了三界，即是一身靈光。性無來去，包天裹地。內心量小，不名大身。若在欲而無欲，居塵不染塵，百花林裡過，一瓣不沾身，管取山河大地，即我一丈六金身也。（只一棒逼得人直下，無古今去來之相，男女人我之異，不容剎那異念，流轉名相，不容有轉變別作計度處。非徒譸張雄誕，萬事隳弛，物則盡廢。貴在悟得無境已的臨時，不期然而恰好。即前後際斷無理可伸，且恐被正知見障卻神通，可惜死了不得活。不肯學死套頭話粧門面，揚己長恍惚籠罩虛張門庭聲勢，無你強他弱之理。只是棒打石人頭，則不被世間一切法之所蓋覆之所回換。曹溪以下，尚且旁岐，四出崖岸，各封奇名異相，以羅天下之學者。諂魅英靈豪俊，失卻真淳之舊。況吾儒者，未悟造物以慾具為餌，哄人替他生育。大患雖攘其人，人有個未生前本法本分，不從人得之本色。洗面摸著鼻梁，下坑兩腳點地，一切治生俱與實相不相違背，卻非一切男女躁擾不停，來則應去，不思則識蘊空。常行無相無著之行，放出不著境界，收來不住妄想之說。而最重者，名相不忌所知障，不禁能所法。于無憶名戒不隨，名定何有，顧欲蓋覆禪宗，回換象教，無乃徒資笑柄乎！）

# 笠閣批評舊戲目

《翻西廂》研雪子作。上下。
《正西廂》陳莘衡作。上中。
《蓋世雄》李蕊菴作。上中。
《西樓記》袁令昭作。中下。
《翻琵琶》下上。
《灌園記》張伯起作。上下。
《紅拂記》張伯起作。中下。
《續西樓》上下。
《一捧雪》李元玉作。中下。
《一團花》俞德滋作。上下。
《一合相》沈蘇門作。下上。
《一藏金》下上。
《雙紅記》更生氏作。中中。
《三報恩》第二狂作。上上。
《四大記》竹中人作。下上。
《真西廂》周聖懷作。中上。
《後西廂》石天外作。下上。
《十大快》郎灊長作。上中。
《楚江情》猶龍改《西樓》。上下。
《續還魂》靜庵作。下上。
《還簪記》猶龍改《灌園》。上上。
《女丈夫》猶龍改《紅拂》。中上。
《水滸記》假屠赤水名。中下。
《後捧雪》胡士瞻作。中上。
《一片雲》上上。
《一柱天》中上。
《一篇錦》即抱影子《合家歡》。中下。
《雙雄記》即馮猶龍《善惡圖》。中下。
《雙玉人》下中。
《五金記》託楊升庵作。上中。

《五倫記》邱相國作。中中。
《十大快》下下。
《百花舫》紫虹道人作。中上。
《千祥記》無心子作。下上。
《萬事足》馮猶龍作 上下。
《稱人心》即《巧移花》。上中。
《人天慶》中中。
《齊天福》即《月華緣》。下下。
《黃金甕》萬紅友作。上上。
《冰山記》陳治徵作。下下。
《夢境記》蘇漢英作。上中。
《明珠記》陸天奇作。中中。
《報珠緣》上上。
《錦蒲團》即《金不換》。上上。
《巧雙緣》史叔考作。上下。
《吉慶圖》下下。
《試劍記》長嘯山人作。下中。
《紅藻記》沈伯英作。中中。
《紅情言》王介人作。中上。
《狀元香》下上。
《七奇俠》下中。
《十醋記》即范希哲《滿床笏》。中上。
《百和香》中中。
《萬全記》范希哲作。中中。
《沒名花》吳名翰作。下中。
《補天記》即希哲《小江東》。中中。
《井中天》種香生作。下中。
《金瓶梅》玉勾斜客作。中上。
《花萼樓》有情痴作。下下。
《杏花山》下上。
《趕山鞭》中中。
《合浦珠》袁令昭作。上中。
《春富貴》沈瑤琴作。上下。
《玉堂春》中上。
《回文錦》洪昉思作。上上。
《香草吟》徐野君作。上下。
《錦上花》中下。
《天然合》中下。
《紅絲記》四會堂作。上下。
《鬱輪袍》西湖居士作。中中。

《化人游》野航居士作。中中。
《玉符記》袁令昭作。上下。
《獸錦袍》上中。
《昇仙傳》錦窩老人作。下下。
《青衫記》顧衡宇作。中中。
《美人計》下下。
《冬青記》卜藍水作。上上。
《人中記》下上。
《酣情盻》痴野詞憨作。下上。
《鬧高唐》洪昉思作。中中。
《贅神龍》下下。
《痴情種》文漣閣主作。下下。
《歸元鏡》釋心融作。下上。
《龍圖賺》中上。
《鴛鴦被》四會堂作。下上。
《幻影圓》迦笑人作。下上。
《錦帶記》世德堂作。中下。
《鬧勾欄》中上。
《藍橋記》洞口漁郎作。中上。
《軟藍橋》下上。

《醋葫蘆》上中。
《黨人碑》邱嶼雪作。中下。
《竊符記》張伯起作。上上。
《鬧揚州》毛季連作。中中。
《青雀舫》徐元暉作。上下。
《古美人計》慶封事。上中。
《連環記》王雨舟作。下上。
《紫金環》李雲墟作。上下。
《小春秋》下上。
《續情燈》薛既揚作。下中。
《人天樂》王九煙作。下中。
《青樓記》下中。
《錦囊記》渾然子作。下上。
《嬌紅記》孟子塞作。中上。
《情不斷》上下。
《情中義》下上。
《漁家樂》下下。
《鬧虎邱》中中。
《長虹橋》洪昉思作。上下。
《洛陽橋》許見山作。下中。

《彩鸞牋》邱相卿作。下中。
《美人香》即笠翁《憐香伴》。上下。
《結髮緣》沈伯英作。下上。
《分鞋記》涅川居士作。上下。
《易鞋記》中下。
《名花譜》種花農作。下下。
《砭痴石》裘淑度作。下上。
《財星現》中上。
《開口笑》即《胭脂虎》。中上。
《野狐禪》朱寄林作。下下。
《風流配》鶴蒼子作。中上。
《聚寶盤》朱素臣作。上下。
《義俠記》沈伯英作。中下。
《芙蓉影》西泠長作。下中。
《想當然》盧次梗作。下上。
《非非想》上中。
《賣相思》研雪子作。下上。
《幽閨記》即施君美《拜月》。下上。
《葡萄架》中下。
《呼盧記》全無垢作。上下。

《通仙枕》中中。
《全德記》王百穀作。下上。
《弓鞋記》下中。
《珍珠衫》袁令昭作。中上。
《西湖扇》紫陽道人作。中下。
《海市觀》中下。
《血影石》下上。
《兒孫福》下上。
《虎囊彈》邱嶼雪作。中下。
《分錢記》沈伯英作。上中。
《摘纓筆》筆花主人作。中上。
《胭脂雪》中中。
《醒蒲團》衡棲老婦作。下中。
《元寶媒》周鷹垂作。中中。
《風流院》不可解人作。下下。
《相思研》婦梁夷素作。下下。
《留生氣》主弧者作。上下。
《殺狗記》下中。
《琴心記》孫禹錫作。下中。
《東郭記》孫仁孺作。上上。

《陀羅尼》下上。　《大造化》下中。

《戰荊軻》袁令昭作。中上。　《立命說》蒙春園主作。上上。

《竇娥冤》袁令昭作。中下。　《虎狼緣》下中。

《宮臬記》嗇軒道人作。下上。　《不丈夫》藻香子作。下上。

《四嬋娟》洪昉思作。中上。　《獅子賺》阮圓海作。下中。

《燕子箋》阮圓海作。下中。　《玉雙飛》萬紅友作。上上。

《美人丹》吳雪舫作。中上。　《青梅記》汪昌朝作。中上。

《惜花報》王丹麓作。下上。　《資齊鑑》萬紅友作。中上。

《換身榮》吳又翁作。上上。　《天降福》上中。

《世外歡》中上。　《秦州樂》中中。

《成雙譜》下上。　《樂安春》下下。

《生平足》中上。　《萬年希》上下。

《鬧華州》下上。　《臨濠喜》中中。

《人難賽》上中。　《三多全》中上。　《地行仙》上下。

此特據所見所有臚之耳。濫本橫行，何能盡見，不但傳奇也。惟書之識趣高超者少，是以存至數十年、百數十年，便作糊窗覆瓿之物。然無論筆鬼墨精，悉從敝簏躍出，既撰一書，即下下品，其中必有數句出前人外，可供採取者。是以肖孫刷以贈送蓄家，或棄或留，較之其他長物，終覺耐久許多。若專以傳奇論，則曲者，歌之變，樂聲也；戲者，舞之變，樂容也。將夜為年，混真以假，使俊傑有所寄其思，雖欲廢之，可得乎？《拜月》、《荊釵》，元之南曲也。北音為曲，南音為歌。北人不歌，南人不曲。北力在弦，南力在板。南便獨奏，北便和歌。北氣易粗，南氣易弱。北字多而調促，促處見筋；南字少而調緩，緩處見眼。北舞情多而聲情少，南舞情少而聲情多。故造語忌硬、忌澀、忌嫩、忌粗、忌文，調聲則必辨去上，審音則必析陰陽。前人因曲諡名，後人按名造曲，以腔板既定，不敢創易也。如〈河套〉一折賓白宏詼，曲乃淺鄙；桓歡窄韻，實甫避之；【入破】一套，以〈辭朝〉為高，曾而用韻龐雜；玉茗情禪，而曲調則多聱牙，吳中老伶師加以減裁垛疊之功，方可按拍；即〈花判〉之【混江龍】，與原調全不相合，才雖茂美，音律徑庭；《邯鄲·打番》，亦名【混江】，尤風馬牛；時流竟以為定格，依而填之，大可噴飯，覺地下亂音諸老，竟為魔國津梁矣。能文而毀裂宮調，與好音而束殺文章，皆誤也。然腔板不換，而其中或增字或減字，亦隨人詞意筆勢所到，聯絡成文。近時歌人，或數字咯口，則謬為裁補，甚至代為刪芟，文闕理荒，為禍非細。不知曲聖板師，自有那借之法，上作去唱尤易。且場上雜白混唱之俚詞膚曲，聊以代言，老餘姚雖有德色，固不足齒；吳人清唱，亦因其腔板熟落，窮力吟詠，至奉為終身首調；若抽絲獨繭，綺語神行，即疵為太繁，不合時蹊。余謂：代話之曲，雜白唱或尚可曉，一入清唱，如啖木屑，即使龍陽、襄成歌之，亦濕鼓啞缶而已。須合白即戲，拆白即詞，縱使簫板閒綴，亦皆雅俗首肯方妙。又謂：他書不可借人名，惟傳奇家不嫌。或鉅公恐以輕狎損賢，不妨托無名子；或孤特恐無以動俗眼，不妨托老詞翁。以此等文章，重在售意，不重沽名也。他書不可易人面，惟曲與白無拘。或人名事境同，而更換串頭，頓祛庸雜；或人名事境異，而借用舊曲，順溜優喉，以此等事業，得失既小，人已何分也。況事本陋，而思路一新，曲白俱隨生色；曲本凡，而人境一妙，臭腐且化神奇，豈向沈約集中作賊者比！顧可為解事道，不必與俗人言耳。如《盛德記》所演，文正公二歲而孤，隨其母育於長山朱氏，既第始歸范村，而待朱備極恩意，既貴，則用南郊恩贈；朱氏父及其異母兄、同母弟之喪，皆為卜葬；朱氏以公廕為官者二人；歲時奉祀，則別作饗；雖載在遺事，世所共知，庸手寫之，恰似無理，經名手一換曲白，便覺公於天理人情，可謂得其厚矣。親愛惇篤，發於自然，表而出之，亦使鄙夫寬、薄夫敦也。良由先將朱氏寫得繼絕心誠，寶愛至極，徧訪真實名師，設措重禮附學，代修墳墓，虔備祭儀，更覺此劇實可救世。太夫人竟不出場，尤改得通。

竟以「文正」二字代公原諱，亦合理。越得鬻薪之女二：曰施，曰旦，教以步容，習於土城，臨於都巷，三年而後獻吳。改《浣紗》者，以山郡非無骨佳、形姱、曼容、皓齒之人，不教不能麗，都意作主，又添鄭旦陪襯，亦妙。《妒婦記》改本，采葛元直、房玄齡、桓範、王琰、柳惔、苗介子事歸於一人，尤其惹看。傳《紅線》，以通經史、號「內記室」為主，自妙。

# 南都耍曲秦炙牋

音之為物，夏叩羽則霜雪交下，川池暴涸；冬叩徵則陽光熾烈，草木發榮。騷賦不能入樂，而後有古樂府。古樂府不入俗，而後以唐絕句為樂府。絕句少委蛇，而後有詞。詞不快耳，而後有北曲。北曲不諧南耳，而後有南曲。異焉者時，同焉者情，故皆為萬古一代之鉅章。間有一二異才，既操古音，以追昔日之格；復創變調，以開後日之端。然長吉輩生，而樂府沈深雄渾、高古拙淡之氣消盡。後之稱樂府者，僅襲古題。即有音節，不能合奏，固不若竟作詩餘也。自崇、寧間立大成樂府，命周美成等討論古昔、審之古調，零落之後，少得存者，由此八十四調之音稍傳。周等復增演慢曲、引，或遂移宮換羽，為三犯、四犯之曲，按月令為之，其曲遂繁。顧周生負一代名，作詞能融化詩句於音譜，亦且間有未諧，足知難矣。

製曲則先擇曲名，然後命意。最是過、變，不要斷了曲意，須要承上接下。字面粗疏，改之又改。若倦於修擇，豈能無病，抑恐未協音律。字字妥溜輕圓，敲得響，方為本色。字面亦調中起眼處，何可忽也。質實則凝塞滯晦，疏快則神觀飛越。若字字質實，讀之且不通，況付雪兒乎？第清空中有媚趣，用事不為事使，心存目想、神領意造，無筆力者亦未易到。拘而不暢，便滯於物，致付之歌喉者，反讓率俗不自惡之俚詞。

夫聲出鶯吭燕舌之間。詠物而止詠物，不著艷語，固非詞家體例。然說情太露，便是耍曲、纏令。人之有心，不能無欲；人之有口，不能無言。景中帶情，以景結情尤妙。全在情景交煉，得言外意。大抵前輩一曲中，有兩三句膾炙千古，餘或率易。邇以為專門學，反多苦澀。楊誠齋謂：『須立新意，方能作不經人道語；止能煉字，並無精爽。屋上架屋，只是人奴』。沈伯時與夢窗講論又云：『詞用字不可太露，露則直突；發意不可太高，高則狂怪。斷不可用經史中生硬字面』。耆卿律甚協，艷俗所宜，未免有鄙處。白石知音，亦未免有生硬處。施梅川音律有源流，故其聲無舛誤，間有俗氣，亦漸染教坊之習故也。

腔律豈必人人皆能，按蕭填譜，但看句中用去聲字，最為緊要。將古知音人曲參訂，如都用去聲，亦必用去聲。其次如平聲，卻用得入聲字替，上聲最不可用去聲字替。不可以上、去、入盡道是側聲，便用得。前輩好詞甚多，往往不協律，無人唱。如秦樓楚館，承意變聲，多是教坊樂工及市井做賺人所作。只緣律腔不差，故多唱之。古曲譜多有異同，至一腔有兩三字多少者，或句法長短不等者，蓋被教師改壞。亦有嘌唱一家，多添『了』字，吾輩於嘌唱之腔，不作可也。

雖然，烏豬生白子而殺之，是無分於善不善也，從其同異愛憎而已。此怪石也，畜之不利。下土之錦，皆有虛名，知與不知，相去甚遠。忌心不萌，必於他人難解處，尋繹而得其味。自枝山謂『此中有無盡藏』，作《琴心》等集，後習尚繁華，物事瑰異，精思翻様，匠巧神奇。一事新創，見者色飛；一語怪艷，聆者絕倒。有意出塵外，怪生筆端，或設異想，或切至情，奇尤傑絕，心力徵緻，傳其物理，施之無窮者。使無市井教坊，彼且安所歸乎？故明之妓帖花案，鄙穢難堪，出北齊花品之外。百穀《嘲妓詩》二卷外，或已編為《彩筆情詞》。惟漉籬子有言：『今所狂惑之奇艷，已不在諸妓，而在諸媼』。正如漢末都魁達於褻黷，利之所在，人人龍君。故捨其談妓者，而登其非妓者。披裘負薪翁記。

## 和梁少白「唾窗絨」 調【駐雲飛】，擊木子作

是白公差，驀地教奴近綠紗。出典休驚怕，不略勝伊麼！嗏！自比野婆家，逢狳須嫁。只怨庸夫，不把東君罵，一半幫忙一半且。

吳王欲娶白勝妻，曰：白無恙，妾幸充宮，今死不可。非物理所愜不，寧非人情所欲不？固然。不候天顏

候客奶，宮中盡識客奶尊，客奶眠坐官家前。那知新歡從門來，可憐舊歡從閤去。狠鄙者多轉澆邪，尤可畏也。
狑人以山獸野婆為婦云。

他當閒茶，道我終須身被耍。下幾多頑耍，害我春思野。呀！語語綻心花，甘心受者。好處些些，虧得渠知也，
一半輕寒一半雅。

百里奚所賃浣婦當不然。

土俗從來，官又矜貧制教諧。不用將羞害，絕勝私囮輩。偎，主母沒嗔猜，寫明姨待。喚換鞋兒，容俺眠床外，
一半全貞一半罷。

《周禮》〈荒政〉五曰：舍禁，九曰蕃樂，十曰多婚。非如『凝恨似帶羞，橫床不易結綢繆』者比，正恐
俗子村夫亦採數朵耳。

姨位難捱，鷺事須先大奶奶。半路遭憎怪，只有虛名在。唉！哄我十分呆，真心痴待。兩覺相宜，豈不天婚配，
一半鈎腸一半悔。

薛濤云：『鴛鴦頭白不相離，那學秋胡遽長別』。不知胡現女身，亦謂採桑不如逢郎耳。鷺小不踰大，壽
運煟有妒趣詞云：『不同眠，不許不同眠，同眠又不肯』，極為傳神，接以『婉孌柔情，鎔盡肝腸鐵』，更妙。

活法恩施，人世佳期夜夜追。不是前番觶，還是前醪味。嘻！不會俗難醫，長鞋漾起。既會風流，怎得推無意，
一半夫妻一半婢。

吳騷云：『漸長漸灣，方見金蓮柔處生。憎太短，空剩骨和筋。論當今，誰似你恁般高興。無心中嘗把人

意傾，有意時直令人魂不定。若遇著真高興的人兒，也把你當活觀音』。若陰詐難御，邀求浸多，適資後進，自取單乏。

三姓皆知，縱未牽紅是你姨。怎昧心瞞己，看似泥鞋底。噫，忍令受人虧，夢中偏至。儘著行強，不語嘻嘻地，一半嗚冤一半噫。

滇俗：處子孀婦往來，無問情通事。浹然後成婚，若真率不解人意者。直楚女對子貢所謂『吾野鄙之人』，僻陋而無心耳。

命福非低，耐暖禁寒舊臉皮。你既天生會，我也休慚愧。咦！心力負天公，是添年紀。布褌荊釵，惟願長依倚，一半先憂一半喜。

昔人〈詠指環〉云：『願逐掌中珍，把握從君手』。〈詠扇〉云：『只恐纔有風情，又將收摺矣』。似此媚而無媚態，柔而無柔骨。污褻附近，順習安便，雖欲廢之，烏可得乎！

天付休謙，無忌無禁漸取憐。命裡教千犯，嗅嗅先消遣。鮮！似玉又如綿，恩情暖軟。久屬他人，今竟親瞧見，一半心閒一半健。

佳人命薄，只你非關命，未到手神魂亂。只怕硬個是肚腸，軟個是心。然周月仙之『自嘆身為妓，遭淫不敢言。含羞抱人宿，難勝子路拳』，又豈知苗素素有『最宜閒處想，偏向意中人』句乎！

命有千般，生面相逢本苦酸。任你心銅版，見我悽惶慘。顛，勾當宿因緣，遇風流臉。心上鴛鴦，從此無迷眩，一半抓拏一半險。

下面的心兒癢，纔使得上面的心兒迷。

鸞鳳鵜鶘，等鳥何須計下高。休道花嫌草，一樣宜春鬧。喬，典比雇堅牢，免看他飽。花不言明，口折招人笑，一半遭荒一半巧。

揚州太平園，一枝杏下立一妓館，名『爭春』。深情若得檀郎解，嫁將便可一生休。正恐酒量非關酒，從來興自高。須得一服清涼散，藥之花口折開時。白傳句也。

束縛雖驍，總是溫柔鄉路趫。難得雌同調，福地花星照。熬！緣到怎能逃，難休難掉。人面盈房，惡嫚邀談笑，一半柔情一半狡。

徐驚鴻詞：『白頭如故，肯把須臾負。繾綣幾年餘，何日不形隨影顧』。又有『舊好聊相款，新歡且未同』句，以正在破瓜年，贈李慶英。英故答以『小開連理實，微創合歡眠』。陳瓊芳答以『卿無用卿法，儂豈為儂私』。楊舜華答以『卿今看妾貌，比昔較何如？』皆有『雌同調』之趣。月季花名勝春，別有香，超桃李外也。千鍾不醉，逢人肯嘲，醉來尤妙；逢人肯挑，則惡嫚矣。

荒過情苗，又早狂花得亂撩。動輒逢花報，不肯饒他老。瞧，饞得你魂勞，慌慌你笑。那夢偏痴，已儘他囉唣，一半嬌娃一半媼。

吳歌云：『我若嬌，開你的門兒，也只怕要嬌煞了你。嬌來嬌去，嬌出幾哇哇』。張幼于詩：『春風情未盡，遇賞即芳年』。但須打疊鬟雲，好伴那六珈偕老耳。

雨思雲襟，逐媚和娛早有心。倒恁恩情甚，不信須姑信。歆，添你價千金，自疑夢境。不是些些，便算輕花命，一半拘牽一半寢。

『謝得玉郎頻盼睞，迴眸勾引人無賴。也使閒花沾雨露，商岩本是作霖人。妾身薄命君解憐，不覺啣恩墮雙淚。』醒人見之必醉，死人見之必活。然桓玄有言，如其不爾，籬壁間物亦不可得。

不為媒親，我是新人未舊人。雖已挨濱進，到手還難近。哼！甜口豈為憑，昨纔親領。竟喚夫君，奴命應招您，一半無厭一半滿。

劉佩香云：『鴛幃歡昵，似夢兒中。片時相向，經年記憶，對面偏羞澀。今宵一夜，勝往時千刻』。李盈盈云：『薄情人，負有情。期我約，空能準。縱使明朝另有期，此際情難忍』。況下俚貧生，居室湫隘，同天而寒暑殊者。俚歌則云：『使當初靜處豬圈，怎博得李汾歡悅。人生萬事都空也，只怕浪蕩心兒沒間歇』。『豬精就李』出《搜神記》。

向火因寒，非被空花熱焰瞞。百計支伊眼，襯得春光顯。慚！天遣會千般，這門親暗。忍換春嬌，竟任奴嗔嘆，一半貪多一半敢。

吳歌：『便使舊歡虛謬，你自家基地載弗自家。只怕新人靠著你，倒要跌一交』。

露臂如霜，耐若瞧睃代若忙。那顧人嘲浪，又看人相向。慌，蹈艇與蹚艙，遞伊手上。臥毾㲪邊，猶勝無聞望，一半宵長一半癢。

吳歌：『意興來，何須脫繡鞋。被裡更難躭待。伶仃也是自家苦，伶俐也是自家才』。

□放寬鬆，此興看看千倍濃。只顧觀花洞，□產恩情種。供，業眼口相攻，魂靈被哄。反□惺惺，說是難蒙懂，一半村姑一半勇。

有色無骨，有貌無心，有著體便作媚者。若欲消閒，非渠不可。如王玉英之『顧我風情不薄，卻羞逞嬌痴。撩雲撥雨，溫香軟玉最宜』。閒雅小窗時話心曲，非此輩所盡諳也，誤學則外痴內黠耳。

## 改本　姥姥耍孩兒

舊案云：老輩儘有後生不及者，何可埋沒。

思量就做郎，形成可雙。蹇修甫遇還半床，誰知浸骨有淫香。常時見撫，無端見藏，叫一聲知心會意親老娘。你下得風流，害我春思蕩。害得俺無妻也是忙，完姻也是慌，熱沸在心肝上。調【楚江情】

柳永詞：『風流腸肚不堅牢，只恐被他牽惹斷』。幼于壽湘蘭：『徐娘老少無須問，惟有多情惱殺人』。湘蘭答云：『乍見渾疑夢，，相看各問年。此際堪愁恨，浮生愧薄緣』。又自嘆云：『悵望鉛華不可留，殘妝猶帶舊風流。含香尚憶窺青瑣，覽鏡那堪減黑頭。香火新更瑣骨佛，家堂齊毀白眉頻。近來不分諸年少，夜夜吹簫向鳳樓』。東百穀云：『別後頃刻在懷，不能朝夕繼見，聯枕論心。何日了卻相思債，作人間未有之歡乎？』情事無可對言，落寞何堪自解如此。

沒事幾回痴想，待把他儀容畫了，頂禮燒香。衾窩獨自也叫娘，行坐虛空也把魂靈傍。更把高年八字，裝於繡囊，長鞋短屧，陳於繡床。娘，你可在我枕邊衾畔衣裾上？調【皂羅袍】

審意須同寢，憐卿特見宜。大抵有天然之情者，不向無情漢輕發；有天然之興者，不向無興兒輕發。亦可與宋昐對涪翁『竟以紅顏誤，翻將白髮迎。惟知貌自惜，難共意同傾』，對看。

忘不得不容推讓，忘不得不許慌張，忘不得莊嚴廣博身材孃，忘不得鸚舌蛾眉韻味長，忘不得泥娘翻把春嬌撒，

忘不得授器傳經入浴堂。千般好，忘不得烏雲白玉、粉氣脂香。調【解三酲】

多少情悰欲說知，無奈則索還休，而情濃中冓者尤醜。今則良不良，娼不娼，端的喬模樣。專以男女同賭為賓，勝國所未有。此之不刑禁，闒奚益哉。

偶回房伴伴新妝，非一半空床，似一半空床。意昏迷眼誤心慌，叫一聲新娘，錯一聲親娘。沒心情抽身起，顛一領衣裳，倒一領衣裳。眼睛前，身分上，那一件思量，這一件思量。怎能夠日恣輕狂，報一刻恩嬉，少一刻淒涼。調【怨蟾宮】

杜翩翩東人云：『連宵春夢不成，應是薄情。推倒巫山也，恨煞平地風波，遂令荒涼雲雨』。郭如英寄友云：『無端春色撩人，不對多情，竟難消遣。足下歸，方將燕爾齊牢，粉膩脂香。妾恨不插羽來杭，先現一兒女相，為伊說法』。侯淑貞與某云：『幸勿戀伉儷之歡，全冷落我也』。張瑛玉云：『遙想足下，領略秦淮佳麗，與得意人人兩情偎倚。獨不念極卑昵、極狎辱時言乎？人夜固短，妾夜則長也』。楊潤卿云：『泥雲滯雨時，亦念及撮合山否？厚於新則薄於舊，即此是君薄妾，非妾薄君也』。而梁小玉新婚歌云：『半甘半苦曲意從，展舒雪股花城封。玉肌墳起無蒙茸，奇葩不禁驟雨衝。檀郎憐惜不忍舂，夕忘寐兮且忘饔。春心透洽奏笙鏞，處子應勝卓臨邛』。奇絕可傳。陳去非詩『我今嚼蠟已甘腴』，但難為人道耳。

## 席敉夕終相犯樂

即《西湖艷史》之『男有女，好【銀紐絲】』也

介郎君骨軟肌靡，眉也稀稀，齒也齊齊，手也荑荑，態也傲傲。竟消得羅紈片片，脂粉匙匙。扯淡的把髻也堆堆，耳也錐錐，腳也緋緋。調【折桂令】

呀，好伴詞林，扮著傀儡。著一著繡裙衣，串一串生旦戲，嬝一嬝賽蓮䩬，倣一倣拳然妖趾，畫一畫深閨根蒂。

我則願超君妾，擬君妻，也落得這半生共受富貴，您妓婢並俺連理。調【感皇恩】

張敉句：『新管寫幽情，絃繑調易新。歡娛展情寄，淫豈特書淫。婢妾湖頭魚，未易心所親』。劉孝標聞異書必往借，故號『書淫』。妓答以『名實常聞知見面，姻緣未合身先孌。詩情本是致人情，君心料得如見面』。怪生於罕而止於習，閭俗反以不開大孔為騃，是也。

認真做充的冒的，杜人猜依依悽悽的妓。連他每同調鶼鶼俊的俏的，做個奇奇怪怪的會。或倒轉聲的響的，把才郎承承奉奉的戲。也叫他疼的癢的，沒人知享遍了雌雌雄雄的味。那顧的酸的醋的，趕不來說先曦，刁刁騷騷的姨（代嫕）。俺事不多姊（代子）些也麼哥，俺的不便（平聲）然渠也麼哥，況還貼上隨的順的，俺鱉靈姆姆媽媽的睡。調【叨叨令】

羅月華有柬云：『彼時春興隨酒興迭增，安得不醉？處處交歡轉眼換，贏得玉人腸自斷。是處風流害煞人，收盡殘花向武陵』。自詡為嘗湯借宿點卯者，正須此輩挽之。蜀望帝淫鱉靈妻而禪位。

君不聽怪風情銀紐絲，他道是後非前同其事，他道是鏇非絨紐得絲，他道是味堪餮誰能棄，他道是男勝女由兼此，他道是全讓與極愚迷，他道是前少仗須防瘻，他道是為後計豈愁疲。咦！灣話輩還如是，何得晉人癡？只望我過三旬也沒髭，似者輩鬢毛凋始獨棲，鬢毛凋始獨栖。調【雁兒落】

況學會異心殊智，有若干羸芊姜姬，要檀郎南面稱佳婿。伊雖倚樣新翻青絲綠髮，俺今已逐時宜美鬋雲堆。你最倚耳垂璫唇膏面劑，儂原已髆油頭粉厚脂癡。伊專倚長裊裊軟處灣低，俺竟已暗拳拳雙縛春荑。伊徒倚水淀淀叫喚夫君，俺卻已響鐺鐺應承妾婢。可好也送姨姨當藥為醫，比如叔世，豈必嚴分小人君子。休說是慕容沖思荀氏，老但為僧勿作尼，見佛來矣。【梁州】

昔有〈絮鏡詞〉云『假龐兒要人消受』，余歎為真才子語。或又云：『世間只看染鬚人，嘴邊先挂瞞心慌』。〈詠撥弗倒〉則云：『虛頭慣弄似吳生，尚偽從來不尚誠。莫怪美人都是假，紛紛人物幾曾真。宋叟徒能襲燕石，塑佛何須牝牡分』。若看破，古今是一紙休書，偕老的夫妻還假；人世乃千場戲本，裝成之腳色無真。法之變形，猶氣之化蝶，則不見男名女字等差別之名相、之情念，而見諸相非相，即見如來矣。

## 旦旦曲

都官詩中《一日曲》，為曹氏作。此名更奇、更別。

倡名傳播，優名傳播。一般千古留名，便算人間好貨。貌既已齊驅，實必使齊驅，伊倒把友朋充做。我自合妻房真做，勝他多。朝中枉把公公叫，不得為婆實是婆。

倡雛脛削，優雛脛綽。原來宛轉翩翻，大屈方為上腳。我弓來更妖，我弓成更嬌，肥臁亮灼，郎肩搶擱。那椿麼（叶麻）背地都供用，明場似沒他。弓以末零六寸為上制，三寸為下制。翩，反弓貌。大屈、宛轉，皆名。

祖爺屎剿，孩兒腳嬝。比之常侍先君，俺覺便宜多了。您既不人夫，您又不人妻，儂則為妻偏好，儂即為夫原好。假多嬌，隆背還纖頸，鸞形喜舞翾。鸞類分五色，喜則舞。『先君常侍』見曹植文。

倡中多貌，優中多貌。無如頭腳無妝，減卻半邊深妙。奶兒擰得脝，奶兒擰得脬，悅新取變腳。何妨拗，一般高，慧利爭憐處，休輸兩截僚。大士貢名，下士貢身，均之貢也。休笞若曹，但恐雖樂不可久耳。

身偏近貴，身偏近貴。豈容不買胭脂，便與貂蟬同椅。會作粉花香，會作粉花香，纔好鎮長陪侍。兼號行姬，晝婢即香綦。擎來也是人中景，脫去須令狀各奇。

人貪旦色，人防旦色。說他若復金蓮，閨閣倍遭狼藉。為道不妝華，為道不妝華，河間未聞呵斥。賈午也都消得試，三推就使窺中冓，依稀太監隨。說得屈曲從俗，不乖物理。

相風飄蕩，名關高障。須知既壞其身，即可更名空相。豈須蠶室來，豈須蠶室來，有幾個阿宮同帳，倒可惜藉閎看樣。若田常竟使妻求子，何如用艷妝。不怕深藏牢閉，後房中未老已死耶。

慶家克巧，姜家克狡。衣傳萬代兒孫，全靠金鈿繡襖。但弓灣未能，但弓灣未能，邇既奴身難保。那在學他留表，逞妖嬈。譬本陰陽體，原該冒阿嬌。雪夫人愛粉奴香，正恐並無粉氣。

人心奇怪，人謀忒大。生將男具宮刑，又把女趺攣害。穿牛變絡駋，雕青變鬅頭。由他強改，由他稱快。倒痴哉，既靠優施摹婦態，反訝高墻屈趾來。宮刑自周真淳已失，貴從權，便以利於人而已。

沙彌能美，道童可喜。何嘗鴝鵒停交，怎得髫頭鐶耳。者優家便多，者優家便多，索性弄雙香屧也。稱奴家，一世沒人譏。只有增貪愛，翻嗔便墮痴。鴿交足勾足鼓翼，如門狀，俗取其勾為媚藥。

兩任兄弟，張端王喜。此曹衣鉢雖長，法網理須相棄。俺梨園有婆，俺梨園妓多，只望相公為孌。不想奶奶，呼睡易防微。風自漳泉起，蘇州已議依。弊俗一靡，其風遂流。本非素習，令不適從。

右調【桂枝香】

賣香雲吐舌尖，搽粉臆抱君眠。一樣的愛嫪貪怕慾簸涎，憑癖嗜恣狂顛，殘醜好沒羞顏。教他女將亡騷艷，鼾足煞長宵春倦。你呵，竟留連孟光榻前，枉奴心纏綿萬千。呀！想又把後當前件。曲中市語，以當客而客生降者為女將。《禮記》註，竅名曰『醜』。《漢書》註，孔名曰『好』。

俺生來體骨柔，沒膀力跳獮猴。只合婉孌偎依向貴游，宜粉黛稱膏油，裙更屐物加尤。弓灣為是藏香竇，先取個肌豐汗逗。你呵，好包藏黃鶯土毬，莫另覓梁鴻拙儔。呀！甚麼是宜男真偶？地順受澤，謙虛開張，豈意爾輩亦欲當之。

愛嬌娘為好專，甘受侮意兒偏。涌出鮮恥貪容在頰邊，卿覷咱兩眸間，堪與賽不期然。兼能報貺聊酬願，還叫你門開方便。少呵，恁濃春奇歡曲全，告天知天都欲兼。呀！那楚館者椿須欠。有千金馬，無十金鹿。鹿有形而無用，不適人身。

腐閨人不肯呼，戢手足縮身軀。正好響達窗紗反怒粗，人共事便趦趄，饒威教未能驅。儂今一一翻成趣，言恣口聲尤知取。妙呵！彼青樓方斯蔑如，較雞皮何多讓乎。呀！配得過季龍英主。應節趨時心聰性辨者，固多護主報恩之跡。

做王魁怕海神，負前魚謂不倫。為道向暖如寒總一般，羞面等曲從均，窮諂媚勉清貞。而今燒尾方圖進，柔取束全虧堅忍。久呵，把瓊枝輕同積薪，上金臺饒逢別人。呀！到底算殘脂拋粉。魚虎皆燒尾乃化，羊亦燒乃入群。

學真妻自假斐，喬賤眷肆嘲譏。不審我喪便宜您弗虧，承積氣物增威，兼廣學耍方兒。工奇百換春圖侈，還趁咱脂甜雲膩。睡呵！擁村夫如娼有姿，臭頭巾爭如麗姬。呀！那畔個畫儂猶妣。金玉血肉，堅軟異倫。故知非類，難相媚悅。

咂湯嫖妓不吁，輪卯要我何虞。只有棄舊憐新是薄夫，儂學您有何辜，偏撞遇倒嗤誣。猥郎易得雄難遇，姑為你金多貝聚。親呵！癢拚熬待伊染濡，別欺凌君能剗除。呀！叫轉了神丹甘露。雄各一界，要以一雄為主。

海陵王恣意閒，唐大足竟狼餐。總是百味須知判不端，何況咱落蘇班，饒節操取名難。粗粗細細該嘗遍，驚陡遇潘安何晏。罷呵！慾無窮并情也刪，色留人終身守官，譬姣婦于歸標伴。絕愛欲紅仍白處，滿懷春色向人搖。

有羈雌固夢熊，雌有子更傳宗。就是少子無妻也做得通，他囝因媣呼儂，姨看待意和融。因奴略勸爺寬縱，分果子同他歡鬨。娼呵，腳何能到人宅中，致人家視與仇同。呀，試學咱蓮心衕衕。

念先皇及所熏，賢武帝厚周仁。更有弄出申生晉武君，昭伯輩竟云云，如我等沒三斤。馮都未可圖僥倖，從子義卻難苛問。老呵！合知休莫貪繡裙，致兒孫糊塗吃葷。呀！并卻要都該推盡。唐李庾婢名卻要。

未因貧入教坊，原智慧稍痴狂。不覺繡履花衣志所臧，乘此便覓諸郎，貪此法許為娘。此中不復愁名喪，儂養子原登虎榜。樂呵！論凡間怒蛙戲場，縱豬精竭力勤王。呀！慘痛煞屠門刀杖。時有倡優子出繼者，聽考例式怒蛙，欲人輕死。

割屪峻只為榮，因啄勢受趨承。又況兩足原存痛，且輕看無厭自言精，凰獻楚易鑽營。郎中臥起千官敬，花裡活無非佳境。小呵，酒和肴似堪養生，帛和財見得忘形。呀，怪不得甘闔妝嬪。楚人買雉作凰獻，王感其意召官之。

時興法兩女生，三個旦要中精。說道用女為生乃，不傖看些個倒春情，關目假慾心誠。想空心處千秋醒，師滅度垂為優伶。去呵，本班中已堪締盟，客貪多個個來姘。呀，假小腳偏教明騁。

將奄尹當子瑕，防可弛理應佳。要識面皺聲嘶損麗華，輸嬪御後庭花，宜太古不興他。取男為婦兼豪治，加塵尾鮮穠堪把。聽呵，暗中情常教反撾，僅憎嫌十趾槎枒。呀，自此後金蓮可假。鮮穠可與剛態毅狀相比較。

右調【沽美酒】

## 對食歌 調【皂角兒】，豪艷宕麗，淮陽一老原本

好端端后位居中，密林林嬪妻分寵。又昭昭封出容儀，更幽幽侍中旁孔。我和你算宮娥、司庫物，偶爾沾恩，隔年勿見，把韶年輕送。該容自賞，鴛衾任同，君辨看交交互互，偶遍群宮。鄭註：三夫人一宮，九嬪一宮，廿七世婦一宮。

最非宜遣對閹僮，欠三思糊塗機用。是中人突忽承恩，豈得教刑餘先弄。我和你奉新條、除宿弊，覓同儕為鄉里，遍相疼痛。雄嫌雜亂，雌欣普同，一會裡主心聰悟，喜慶遭逢。春愁既別開愁國，閨怨亦別闢怨天。良以無情國土，有情身相。

遠迢迢作幕從軍，信沉沉裝茶販菌。您公公攜子而遊，俺眾婿抛妻如遁。我和你女隨娘、姑搭嫂，上一床胡琨。都無不作，境冷情溫，否否者實難消遣，忍把天瞞。

老阿嬌既已長門，責男淫重將巫擯。勢令人競效南風，咒耶詛百方蠲忿。你只有再沈思、開一面，免消肌容駐色，作來生引。由他嫚褻，由他討論。絕不比慶封盧嫳，吃酒裝村。立夏啖李不瘦，故婦人作李會，名駐色酒。俾洽寬澤，僅有此途。

已清貧故牡升遐，枉堆金華年守寡。學文君破了家規，傲欒祁弄些胡話。我只有糾親姑、鳩義姊，扯婆婆拉女媳，小成頑耍。助嬌媼監，都堪應差。一個樣迭為男婦，豈算瘢瑕。不減黃東四家人，具酒肴，合而飲食，共為娛樂，抵掌劇談。

痿兒夫苦藥當茶，笨兒夫徒然糊惹。躲歡娛去臥書齋，嗜倡優不歸田舍。我只得共雌兒、摹古本，使舌頭知著蛸跚。試把嬌羞閒跨，駢酥可捻，雙灣可拏。竟抵過寡情鬚鬢，乏趣冤家。荀婦庾氏，無鬢不許入門。則難怪

何曾衣冠南向，與妻相見，拜畢便出，歲僅再三。李益防妻，洒灰戶外。李載仁與妻異室，妻反就之，猶取曆視。

有勞銅任意粧腔，一年年添姬買鶯。靠春方滇已無皅，枉教人強熬虛想。我只得慰張姐、安李妹，長姬隨香御簇，共房同帳。伊名業障，儂堪玉郎。這法子雖然鬼混，頗解恓惶。景東夷婦，無不乳垂過腹。男食皅魚，日御百女。長姬香御，見韓詩。

杜蘭香醋也難當，季常憨兩邊拋漾。卻原來貪耍情同，細推敲色心還蕩。我只得舐金蓮、揉玉股，挨入羅幃引將，裸體學狐狸模樣。將郎力儘，無郎代郎。不覺的鳳姿梟性，總化鴛鴦。杜蘭香降張碩，為療其婦妒，婦遂數子。季常妻罵常達外。

軟飄飄錦繡為衣，慢悠悠笙簫盈耳。曲灣灣亭館樓臺，噴香香稱心滋味。只可惜沈存中、諸葛直，沒溫存常遠涉，少些生意。非無戚党，亦有群姬。不會得權宜受用，您也真痴。沈存中晚娶張氏，常被撻。諸元直妻每杖夫，令捉跗。一日謂受杖，竟非是。

做人家傳婢旁妻，為何來相爭相忌。一年年苦苦辛辛，積些此零零碎碎。也該就玩肌膚、談意趣，共匡床同竹簟，講些情致。聯張合李，朝忙晚嬉。引動了上邊痴興，更好依栖。王琰貴而妻痛哭，恐將娶妾。謝安酷好樂，而劉夫人不令有別房，則奈何。

髮盤盤道扮尼姑，冷清清春宵獨緒。媾禪和遺臭山門，暱書愚未能迎娶。何不也納遊方、聯好伴，夜靜綢繆浴池，玩弄便當，陽臺遇舐。瓜合蛤如僧跨驢，圖實際卻無多晌，佛又欷歔。自他相見，厥趣萬殊。即人受用，為己受用，要以耐久為主。

裊長梢頂上雲烏，膩鉛華龐兒仰俯。嚲垂垂貼臆雙酥，軟蠕蠕加肩兩觸。倒勝似瘦東床、騔快婿，戇官人迂蓋老，欲推難拒。坤儔尚萃，羲經體奴。還審擬便十分苛政，忽欲乘桴。字叶扶。即呂子病萬變、藥亦萬變之意，隨意所匠，必冥會所肖也。

賦神傷競繪陽臺，更無人為伊無奈。植長門楚服情根，寫甄家嫂姑騷脈。就像那小潘璋、奇漢帝，死且同墳，活幾禪位，亦未逢毫彩。從今發願，援天逞才。單惱恨責周窮袴，怪漢郎陪。天趣勝畜趣，只是身身相視耳。男與男，女復與女，名身身。漢章帝使郎侍中者，文居左，武居右。

發秦墳頗畫男乖，俵春圖稀將女對。法門開億萬佳章，畫院出狀元奇派。你試看毅翻慈、私轉孝，妒生憐忠始狎，總由歡愛。丹青照耀，棗梨不災。儘好去鑄金留範，補益齊諧。甄后九歲即言，古大家未有不覽前代成敗者。勝衛李氏，恐人掩名而泣。

## 讀史

蛙吹生作

【長拍】

貴可從權，貴可從權，私堂霸府，時勢遷莫能譏貶。涼風偃月，欷歔時只笑天天。不許覓歡憐，轉將泄毒成誅剪。厚爾朱家因上染，學唐姜子且襲卿銜。論情心原非然念比，未可同鐫。元又有涼風堂。

【短拍】

射父傷肩，射父傷肩，匈奴忒健，你又還嫚呂投牋。難怪班宮員，（去聲）雙飛入紫宮靦覥。除有日深酬曩願，不容他擅美於前。附竹中居士四絕：快志班宮等俗流，越王因起美人謀。息嬀若在應相囑，只有無言稍掩羞。

醜婦家珍語最新，西施竟得代橫陳。不然難舍荊王母，願妾夫人怎庇身。

妾身何罪嫁非夫，弱國嬴家

沒處逋。料事知人如鄧曼，可憐無計潔嬌軀。　為容誰復顧丁桓，棄雪拚香夢轉安。惟有低鬟認新寵，臼如逢杵做人難。蜂亦兼弱蟻，亦侮亡之嘆。

【長拍】百醜都消，百醜都消，深宮廣院，誰敢瞧外人難到。就饒知道，傳揚閒脛折頭焦。諂媚帶求邀，阿誰不為遮藏巧，翁主殷妃生子好。笑梟雄不被律條嘍，制嚴規原塗小輩眼，弗許稱妖。

【短拍】歌舞喧囂，歌舞喧囂，珠璣繚繞，又兼之縟禮繁殺，人不暇譏嘲，翻涎慕輾然笑貌。若會得回邪相蓋，遍城鄉頌禱吟謠。琴譜：大小相蓋，回邪而不害。似乎謔浪無端，實皆沉精幽結之作也。

【長拍】主主能多，主主能多，牌坊不要，幾次教宋宏消貨。舊門單弱，重新來弗得還窩。時順敢深訶，始初卻也三思過。不爾伊將旁瀉火，只民間董偃避婆婆。貴人兒須教實受了，蔭庇恩波。劉宋路后陵有五色雲，芳香四滿。唐武后欲出薛顗妻蕭薛緒妻成曰：『我女豈可與賤女妯娌』。《禮記》：時為大順，次之，事與理乖，亦未足詫矣。

【短拍】秦用辰嬴，秦姿荊平，齊教昭伯，（叶播）且一抓據了高窠。心計總巍峨，愚黔首畏親如火。下烏得反經任勢，上無妨勢利偏頗。《禮記》：火尊而不親。元使諸國，各從本俗。專禁儒邦者，實以因而苦之為計。

【長拍】

後有春秋，後有春秋，循環轉折，前六朝勢將重覯。越閑爽操，那其間宿疾難瘳。怎地預為籌，不容賤類侵瓊玖。寧許君侯兼下醜，稱親眷不必細搜求。道文公刊成家禮了，你索干休。《左傳》：晉病不可為也，近女室疾如蠱。秦伯曰：女不可近乎？曰：女陽物而晦，淫則腹疾然。勇譎剛狠多賤，男子細大，易序尤害。義難以往，法詔將來。

【短拍】

沙國山酋，沙國山酋，其風倒舊，不尚賢不計風流。忠敬自然優，尊卑重事端簡湊。煞與盜直償妻女，理和情順欲量籌。

【長拍】

下賤身閒，下賤心閒，情知寶媸，輕煖中必思鹹淡。貴人冗甚，無工夫向佛和南，又不忍經官。顧顏惜貌愁聲喊，萬算千思三個敢。則何爭班中三兩旦，面首弓灣。

【短拍】

衙內何堪，君瑞何堪，偶然欲感，賤廝刁動挾嗚官。鄰舍又貪婪，持刀助故教破膽。有幾國重頒湯綱，把尊卑掉掉翻翻。

## 細推情理　調【黃鶯兒】，薛長安作

**謫如君**

未肯矢靡他，卓王孫奈若何，何當更占中闈坐。朝家會須，齊民寡居，止容謫貶如君路。不遵麼，雖開另議，責罰豈云苛。

**勸喜歡**

不用怨長安，勸嬌娘倍喜歡，重昏九遇貧窮漢。原貧固難，新貧更難，廷評為爾謀偏善。貌堪憐，知音漢景，且令紫霄眠。

**近老爺**

未敗沒名花，偶然間近老爺，名高位顯年衰謝。越情濃越嘆嗟，又心貪才子渣，可憐結個來生罷。細瞧瞧，摩摩不礙，認女只呼爸。

**毀勾闌**

毀勾闌折翠樓，反啟他無數私門竇。盡便宜帶招文的滑油，倚牙門的快頭，更有些敗子桓東游手。革鴉頭，對山罷了，誰伴潞公遊。蠢動之大情，似當不易其宜，制得其道，使便於所欲，狎於安康。

**倒弄得**

禁江南典妾袄，倒弄得遙賣形蹤杳。或無聊進包稍的老窯，做囮頭的誘嫖，不及前得富仍歸多了。貫和條，元仁未曉，除問女中堯。元自仁宗始禁。文法太密，巧避益多。寡利瘠鄉，爭少習朴事狎人，信久矣。

**喚精魂**

媳婦忌參軍，奈殊尤竟絕人，人看平等他看準。無復者稱心窩的洛神，解偏鍾的色情，要卿卿一會兒難忍。喚精魂，相思勿負，橫豎有三生。王戎短小，故致『誰復卿卿』之誚。

**勝迂庸**

道韞語難通，有封胡阿大中，如何還解人圍閧。性烈兮口鬆，一劍保此躬，勝迂庸不說心飛動。那梅妃，將他自比，秀與絳仙同。

**當屠豬**

溺女當屠豬，計貧家省飯多，為尼墮婢流倡夥。何如殺諸，吾知免夫，譬如想肉人羊苦。怎麼哥，無窮醜話，還出此餘渦。無怪萬年等邑溺女，而以男為婦。

**度為髡**

慘酷是誣姦，憾難通誣久歡，言因別變將儂趕。明明你鑽，翻云彼扳，龍圖概與伊平反。任胡謾，惟雄不逭，牝只罰為髡。

**何須耍**

天豈欲開花，為給伊代產哇，不如反本還原罷。怪諸天更嗜痂，視身身沒限遮，僱胎兔孕何須耍。玉皇家，將無愛褻，故故製了叉。

**減風流**

只誅屪不戮屄，那愁他整把珍珠誘。誰肯吞獨亡身的毒勾，沒人陪的捧頭。儂叫他自遇包公後，宿娼樓，倒言詭使，銷滅惡風流。亦有謂非英聖不能全異才。雖有過當之言，失中之策，但宜勿用，不足為尤者。

**幸從來**

無赦是陰私，幸從來訟者希，等名為竊玉偷香戲。恐殲殘因埽茨，惜門楣護伯奇，猶如兩牡和甘理。莫查稽，汗青賴此，省得語侏儷。茨，叶平聲。伯奇為　去蜂便，大呼曰：『伯奇牽我！』

**著為經**

乳臭賦痴情，百思量莫敢攖，一朝強狎雞皮鄭。生捺倒扑冥愚的老孏，事庸俚（平）的婦傖。細推敲，用法怎持平。著為經，諸如此類，允當是宮刑。必就當時所見而言耳。

**意偏時**

眼畔一株穠，在朝廷禁物中，幸虧難禁人痴夢。夢乃情所鍾，夢是想已通，意偏時姹嫩無岐用。沒他衷，但須教彼，也使夢相逢。拏來始信雲非夢者，抱定猶疑玉是煙也。

## 北雙調八不就

三絃蕭管，須帶肉麻，其次不文不俗。閨情、閨怨之外，當有閨評、閨謔遞相師祖，閨箴、閨諷流遍華壤耳。

那能人日馭稠人，只覺道如對嚴賓，又添些抖起、抖起威神。臧獲遵循，規條整肅，疏異停猜。歸房去，扃房戶，翻然戒蠢。千般耍，萬般謔，轂中足受夫君。呂氏而今，真主云云。便英雄不恨其私信，及您做得、做得無痕。古后私意，但不形於動靜。若並無燕私之意，則地朴而冥愚，發於蓄氣之滿耳。

婦人中迂腐胎胞，不嗜書強掉書包，忘懷處豈悟、豈悟輕佻。懶顧慵嗔，奴驕婢玩，尚自稱褒。顛鸞際，顛鸞際倒矜持古老。難開口、難開口偏生歛縮裝喬。不會雄驍，頊減憨嬌。想當時息也壓嫣他，一定是言謹言噤身嫽。解造端一語，為夫婦間有已所獨知事，首當戒懼，是此胎胞。

兩參商誰識其由，那壁廂欲返終停，這壁廂怨咒、怨咒無休妒。反孤恓，和翻饜足，傳語閨流。伊標致，枉標致，痴心獨受。他無貌，忘無貌，逐媚甘羞。韓國迎牧，魏國招留，是當初所以專房，論豪家一理一理推求。

外宜圓內要方呀，棄惡取選士翻真，閨中客反是、反是纔嘉。鐵面酬人，狐情撥婿，雉法招媧。男的倒、男的倒裝迂賣假，在魃地、在魃地便就荒淫濫揸。入幕名娃，卻向眾胡迦。遇恩情，鄙執庸呆，可憐生兩下兩下都差。儒謂男女亦天理，循其可者即物則。《論衡》：珠變礫，謗使然也。英主選士，棄惡取善。養雉子長，狎人即招引，號『雉媒』

## 和閨生時字詞　調【長相思】

抱君時，睡君時，君使儂肩擱腳時，高聲亂話時。
躲君時，覷君時，君在人前嚴厲時，非同暱我時。
尊他時，看他時，他和男人鬥葉時，幾忘是女時。
親他時，襯他時，他做迂腔閉口時，嗔君聽見時。
你來時，他惱時，他閉房門拒我時，愚敖蠢朴時。
我當時，棄家時，判向青樓過老時，誰圖復見時。
人多時，君喜時，取酒留人伴耍時，君無獨占時。
然君時，服君時，即有他人先儘時，何嘗不妙時。
他迂時，正刁時，故託前言往行時，便於行妒時。
笑先時，未悟時，已與生男育女時，今真可絕時。
憎妻時，寵妾時，聞婢尤佳偷更妙時，不知何故時。
想來時，恍然時，他沒裝腔說腐時，方為行樂時。
端方時，擽寡時，未算都為實願時，知多無奈時。
冷看時，歷數時，頗有嫌疑弗避時，莊惟吃醋時。
不多時，近老時，豈料伊都有悔時，重看好面時。
比人時，更美時，竟許諸君共戲時，儂情加倍時。即奉倩婦人，他不足論以色為主之宗旨。

惟龔合肥《香嚴詞》有『問蒼天，何謬把香天粉井，劫塵埋了。願天乞與沉醉，斷送奈何年』句，深得人道，有風情之解。請移以跋此箋。

自何戡以來廿餘年，絕不聞善唱，盛以拍彈行於世。拍彈始於晚唐李可久，有《別趙十》與《哭趙十》之名。蓋西涼等處，其法促彈而曼吟，無宮徵而有音聲，即梵唄。亦聲法翔揚，有起擲、折殺、遊飛、卻掃等名，張喉即變態無盡。而天竺甚重文製，其宮商體韻，以入絃為善也。然么亦是遍、散、序，無拍協和。特吳兒偏技【玉樓春】，用【大石調】歌之，為【木蘭花】，即善唱中之聲調，亦何嘗在語句耶。

然字有四聲，度曲者四聲各得其是，雖拙亦佳，非徒取媚聽者之耳也。如平陽拖韻稍長，即類于陰，陰平發音稍亮，即類于陽；去聲亢矣，過文宜抑而復陽；入聲促矣，出字貴斷而復續。雖有一定之腔，亦可短長以就韻；雖有不移之板，亦宜變換以成文。而其要領在于養氣，知陽音以單氣送之則薄，陰音以雙氣送之則滯。將收鼻音，先以一絲之氣引入，而以音繼之，則悠然無跡。乃可謂識曲，聽其真也。詞韻本寬，因備歌管之用，故閉口不與開口同押，況在曲耶！古譽繞梁裂石，徒喜調之高。中郎云：『每度一字，僅覺音之細耳』。豈及《樂記》所云『上如抗、下如墜、止如槁木、纍纍如貫珠』，能盡節奏之妙。因知知音，莫如古聖人耳。

# 增刻一（案：以下據乾隆壬午《箋注牡丹亭》附錄）

〔補註〕則　**天寶時選人萬計，令苗晉卿考之，取舍偷濫，甚爲當時所醜。**

《種樹書》云：「順插為柳，倒插為楊」。傳亮視張敷，楂故是梨之不美者。戴叔倫謂，詩家如藍田日暖，良玉生煙，可望而不可取。王喬戴芙蓉冠，《高士傳》序：「老子有虛無堂」。《法苑珠林》載肉蓮花。苗晉卿字元輔，潞州人，嘗薦牛僧孺于元載，而不能用，肅宗以晉卿年老艱步，召對延英便殿，後遂為例。新進士過堂，宰相曰：「掃斤相候。」僧孺獨出曰：「不敢。」眾咸聳異之。晉卿女為張延賞夫人，識韋皐，故婿之。如二宋全由晏殊顯草敕乃極詆之，蔡襄學賦鄉儒，及貴乞怜，竟無引薦意，皆「前輩性重」一句所括。走去杭州，無如王廷珪「夢入華胥眼尚生」一句之悲；不辨華戎則撫州吳沆「天地包羞日，不是哭途窮」。嘉興呂渭「古今那有此，天地亦何心」，閻蒼舒「江南江北無風流，黯然悲恨不可收」，皆警句。古粧女鬼數輩，語笑甲園，甲殊不顧，吟云：「樹陰把酒不成醉，說看無情更斷腸。」耿玉真鬼云：「人間天上無歸處，且作陽台夢裡人」，即「是人非人心不別」註腳，上氏婦有「白藕作花風已秋，不堪殘睡更回頭」，宗室趙德麟已鰥，遂與為親婦題聯驛云：「一枕淒涼眠不得，呼燈起作感秋詩」。放翁即問聘為妾，妓以「枝頭梅子豈無媒」對。魏公「髻上杏花當有幸」，即被召，皆圖問姐可好而已。徐陵優游俯仰，《素女經》升降盈虛，軒皇勢妙在極褻，而儒不解優即嫪孌，仰即雌乘雄意。牡升則牝盈，牡降則牝虛也。亦如宋人「心如無別事，同此閉閒房，喧聲人不聞，幽弄極可悅。適情無□□，□□不妨貪」。可詠澗上丈母，而「洞口花常在，惟容一度尋」，即肚麗之解。嘗嘆孔平仲□□「歸說途中苦，方知別後心」。王肅駙馬原妻「得路逐勝去，頗意纏綿時」，藏「愈□□□□□想橫陳歡」諸藝之妙。又劉筠之「重衾穴鳳翔，吞聲息國亡，盡知春可樂，終吝夜何長」，妙在用穴翔夜長六字，寫盡「做意耍」三字，較王山之「春□入眼橫波灩，身起忍羞頭不舉」。于娘「舍不得」意更精，若梅都官之「懊惱羅敷自有夫，天地無窮恨不已，曲堤別浦無人舫，始信鴛鴦浪得名」，豈不藏「好一會分明美滿之香不可言」一句哉！山谷譏宗室大年書畫而多婢媪云：「雖有朱□描彩鳳，不忘小景畫宂央」，亦然。❶

後來新翻鶯唱聲，亦有似為褁成龍陽賃妾傳婢傳情者姑採其百一于此，庶喜厥端緒者勿加剗削焉。

做男兒，想男兒，春腸忒飽。奈人心，是人心，無饜饕餮。千算計，萬算計，再闗個嬌娘情竅。初然人受辱，如今我逞騷。輪換著盡情，乖乖，你睡殺我也好。輪換著盡情，乖乖，我困煞你也好。調【劈破玉】

花娘痒難熬，男子不知誰知，耍過痒尤奇。怎支持？和家婆睡罷不能醫。身分後與前，情思總一師。怎麼肯不把敖曹試，娘行動輒惹猜疑。俺每能人，何計不施。我的天那，你騎儂，儂騎你。低調【銀紐絲】

遇知音，遇知音，捻了手兒便同心。哎喲！貞不貞，男身誰相問？晝永宵深，晝永宵深，翻騰生活，裹味津津。哎喲！說不出暗地風流盡。調【兩頭忙】

一更裡敲，二更裡敲。身失便宜心倖僥，轉迴身贊頌他同貌。怕不相交，怕不相交，互換恩情漆助膠，笑痴兒不懂人間竅。又調【兩頭忙】

雙身兒共只三十多，一身顛來一吞裹。弟與哥哥，弟與哥哥，身子兒通融情分多，好哥哥，討過便宜璧了我。

調【四不相】

頑了白日鬧長宵，半刻難忘，心似火燒。同樂，哎喲！心似火燒。猛听得東墻外公母兒咬，那及俺瓊漿替換澆。同樂，哎喲！換使篙。奇樂，哎喲！倒使篙。調【十二月】

三更裡月兒，抱過他，抱過他，滑滑光光承受著。咱拚與他倒換了，添些趣話，總強如放去了他。同前調

俏通家，我愛你高才標致，我愛你說話兒易投機，我愛你頑頭兒千倄千俐，我愛你同偏好（去聲）。我愛你復誠實，回換的風流也，纔把先棋讓與你。調【挂枝兒】

心兒裏有，那知便成就。快因緣必得到頭，我和你回環貼換度春秋，勝似戲人妻不長久。抽抽，一般的軟化酥癱，軟化酥癱也。女的樂處，為男的亦有。調【刮地風】

物省了芙蓉帳，身當了白玉床，大青天都听見書房響。雄雞的趣味兒巳深嘗。掉轉身來意更長，金錢是咱相，精神要你償，業形骸須全美了這沉酣況，業形骸須看盡這猖狂的狀。調【太平歌】

赤身兒先摟著白條兒撐，不惜的換轉熬刑，駭根半成了倄丁病。呀！後邊也好迎，前邊也好行，你我方能勝婦人。【河西六娘子】

起何時會鑽牢法兒，不板刁，恁麼刁。自身也有黃花窟，和他輪流好不好？小憨嬌，還不快抽瞧，等我重來出你的臊，傾心捨命還不算，叫喚千般人听著。調【粉紅蓮】

❶ 以上為北圖本《箋注牡丹亭》〈補註〉，頁二〇四b。

好一窟黃花，好一窟黃花，我虧的家生勝得遇他。我若不還了你債，敢教他爹媽罵。調【寄生草】

兩男子互嬲嬲慶賞春宵，顧不得東鄰婦听說蹊蹺。做輪迴，花換布，鳳匹鸞交。勝嬌娘，收了禮，沒得酬勞。我把你白又肥穿做深窯，後庭花真奇怪，自痒難熬。男也是洞口騷，女也是洞口騷，怎學的迂夫子喬方正，引舜稱堯，迂腐子喬方正，引舜稱堯。調【哭皇天】。唐女冠范志元，在純陽山天使□□□□□□□□□□□□□景做官，正恐變更難免宋博士關注，方臘于梁溪，夢仙官謂曰：邇來歌曲新聲，先奏天曹，他日有樂府，曰太平樂，汝試先听之。此等耍曲，決不然。

蘇州歌

月兒灣灣照九州，哎喲！那幾人僥倖幾人子介愁。喲！那幾人進豪門掰子姻嫪，幾人來挑擔壓子個肩頭，幾人到香閨伴了大嬸，幾人在豬圈守子個窮囚。

宋天台吳潤道詩云：「貪民嗜錢如嗜飴，天屬之愛亦可移。養女日夜望成婦，便可將身贍門戶。一家飽暖不自憐，旁人視之方垂涎。攙春熱鬧爭妍麗，狎玩難拘迎在意。暫時疏棄便悲啼，久得承恩旋妒忌。古人怕為敗子婦，夜賭不歸淚如雨。今人甘為到賃妾，得意失意都花月。」陳郁話腴謂：「近于私妓，動以千計，雖委巷容笑之賤，使令莫逆，奉承惟恭，猶勝習樂藝以待設宴者之呼。覬利贍家，即：高卷珠簾明點燭，每教菩薩看麻胡。一切不顧，名為私，而實與公妓無異也。」

周伯仁好自露醜穢，嘗曰：「謝安同僕，聊以自娛。」古《合歡》《定情》《同聲》諸歌，明明道男女穢褻之情，而實為朋友，要不可以訓詁肝腸追究。誦梅都官「東君與宴娛，不必同羅敷，相歡不及情，何異逢路衢」，及「每笑鴛鴦浪得名」等句，覺「借問閒情多少在，較人已少較僧多」之士，非剩雨殘雲，巴鏝求食者可動。《然悅容編》云：尻畔玉而邊娖均為柔□，非隔簾影之空趣可比。必欲得傾城而如意，是唐後無詩也。要在隨其所遇，來則姤之，則有其樂，而無其累。窮年竟日，無非行樂之時。二八固如雨前茶，體有真香，面有真色，但與豪勢者競購，費不資，而未必安吾室。庶幾元人所唱：「所事兒在行喜洽，只可惜流落塵闤，銅斗兒家緣，按板兒盤纏，自教他一見相牽，不放鬆寬」耳。年質壯大，氣血充盈，膚革堅固，如盛開牡丹，無不逞之容，無不工之態。即由此近老時，雖暮而姿，或豐色雖淡，而意更遠。抬作夫人，自覺移心，殊勝西施。懨懨悶悶，如久窖酒，肝腸倍親，此終身快意事也。夏共裸裎，無邊風月，固自春生一室；冬夜寒漏倍長，煖被窩中，不知霜威之凜冽，此一歲快意事也。著至眠鞋，解至羅襦，滿床曙色，有暇同眠，香燼茶餘，含丹吮玉，此一日快意事也。殤子何嘗有室，夭札豈盡由茲。金玉血肉，堅軟異倫，衣服園亭，何庸過侈。惟綠色為好，可以保生，可以忘憂，可以盡年。古來有以色隱者，避俗幽居，專行內事，盡諸圖勢，非無孟光夫宜隱誡，孰如色哉！一遇冶容，頓令名利心俱盡。是解笑言的花竹，枕席上煙霞，絕勝耦耕沮溺也。高樓曲房，亦養花瓶，何以助嬌？媼鬟數人，則選侍又急，房中常懸靈照，鮑姑蘭香自然等像，置雕蟲館，結姊妹。彈詞六種，東遊記一部，能參透者，文無頭巾氣，詩無學究氣，禪無香火氣。即一顰一笑，皆可開暢玄想，擘肌分理，捫軟抑堅，趣謔互發，解頤會心。且以喜樂，且以永日，以悟齊桓嗜內，作三歸以掩之者，真天下才也。雖闡發癖好，已盡已絕，猶未測兩男兩女均堪互狎之籬。憶崑山葉宗伯云：「次回定遠筆通神，比興詩篇字字新，若較吳殳真敵手，邢夫人見尹夫人。」潁州劉公勇云：「幾家欄檻幾層樓，一處船過一處愁，不分鸕鷀浮水面，南看去偏北梳頭。」宋母□恪云：「卻老未應無玉枝，愛山成癖尤兒痴。一官妨盡百年身，空將歲月送虛名。馬去牛來人物空，乾坤顛倒花枝在。身閑始更知春樂，羨他繡被有眠人。」皆為珠鬘瓊肌，脩趺雪趾，殊姿共艷，異質同妍所奪。覺醉妓詭褻，使人春懷不自任者。若知為未腐之尸，則惟誦元姜時贈汪尚書□「山鳥不知脂粉樂，一聲檀板便驚飛，若向情山看歌舞，莫嫌紅袖笑銀髭」語，又誦子由「老人衰醜百事非，展卷看春亦徒爾」，橫渠「面似骷髏頭似雪，後生誰與屬遺書」等句而已。

《東遊記》本葛洪枕書，元始天有城有路，太元聖母所居名玉京，太仙真經行益易之道，益者益精，易者易形等說，曾于白門市一見，序有「法海流潤無涯，故俗土以俗力勝民。法王以法力超眾，荀卿學于鄒衍，因俗儒之拘小而著書，或反惜漢高之未學。不知其約三章正是聰偉絕塵，不似王莽為經義纏耳。」青田亦謂佛能使人信至此者，蓋揣之必于其所恆懼，誘之必于其所恒願，然後不待驅而自赴。有呼求救，不論是非，無不引手援之，使有罪者得自贖。故上智下愚，皆波馳而蟻附，不啻明醫所云「若但圓無主，則雜亂生，而無不可矣」。不知疑似間自有一定不易之道，此圓通中不可無執持也。既能執持，又能圓活其能，方能圓之法乎。自郝經有「惟此禹九州，無地非戰場，中原良苦地，上古錯經營」句。虞集遂有「夢游仙島意生身，笑聲變作啼聲哀，何不委身天地外」語。熙甫亦言通方之識，隨事從宜，靡有常制，初無一成可畫。宇宙亦何盡，環海皆生人，陰陽內外，靡不有異。物非異亦非神，何必盡合古圖記，任情造意皆成形云云。

古傳婢以傳衽席之事，雕虫館彈詞內則言：「自結親者，好利喪心，有望族而配微賤者，有儒門而嫁庸惡者，有良懦之家扳土豪衛蠹者，有幼弱之女與游客老翁者。」庾蘭成「三從過性，五福傷年」兩句，千古罕嗣。元人因有「水漲桃花滿洞春，春無自性不堅良。人間兒女有痴腸，吳姬情酣夢無據。主家恩愛有時盡，賤妾心情無限思。國破家亡事不傳，虫沙等化更堪憐，干戈滿地雌雄骨，有墳可酹何須泣。紅冠偽信據全閩，取小妖嬖弓其趺。弄臣什什引膝前，鬻官隨地進妖蠱。父兄從軍半死生，女婦嬌眠卿相府。董賢朝朝眠未央，芳年華月溫柔鄉。人生百年貴適意，戚促何須羨金紫」等語。蓋天下固多不幸，為隨鴉之鳳，墮溷之葩，攢眉長嘆不得逐隊者。又有少年科第，輒便氣暢神怡，遂以酒色博簺，了其生平，將一番積慶流芳日子，忙過錯過。故縉紳之後，轉多頑德，閨門之內，不盡芳聲。而奴書途說，欲以虛禮為實防。或問程子：「再嫁可乎？」曰：「不可！餓死事小。」然共姜不須告眾人，而眾人自此不靜矣。蓋立言之患，莫如近理而不近情。天下有膠固一窾之人，今聞不當詘體之美，其家有失偶者，不論有子無子，弗改適也。又不顧其能守與否，弗遣出也。夫婦人之患，獨餓死而已乎？即飽暖中求強忍，能自克乎情慾者常不得半耳。故其弗去之中，容亦有不可道者矣。幸而曖昧之行，莫可詳也，則或微之，或止之，方得日老日忘，以沒其齒，是曰守節。古惟莫之倡也，故相率有行，恬無所怪。今好名執禮之家，謂某姨某姑已如是壽終矣，父兄曰：「吾免于辱矣。」婦人曰：「吾即不行為節矣。」于是父兄之賢者，謹出入，時啟閉，既不能明出此意，以傷寡者，又不可竟置度外豈知孀之無告尤甚，父兄目擊心痛，豈有須臾安焉？萬一遭其不可道者，何以處之？齊桓晉文時，殆視陰類極輕，即光武亦不深較，而宋人于文姜言母不可制，但當制其從者。不知體情論勢，則制從即制母，何容易哉！欒祁譖其子于外祖，則欒氏世卿亡滅。南子因太子色變而啼泣，則蒯聵終身逋逃。以子而制母，以父兄而訓定狂悍，其難等耳。

若以蚩蚩之資，而習膠固之說，正不如古人直躬，不為欺偽，各任其性，弗強使同，參情與勢以權理，即不節婦，亦不失為智婦、才婦，意寬識遠，獄訟衰稀。柴世宗張齊賢家，未始不齊也。高麗俗稱富子曰仙，即仙輒數妻小，不合又聽去。視我土僻鄉風俗，不恥再醮，甚者奪而藏匿，又因田產細故，操戈同室，造言汙衊，罔顧名義，不知誰見得透？閩諺亦有「酒日醉，肉日飽，便是風流窮智巧。嬌打扮，善支持，家家許住展蛾眉」語，莫非地瘠俗靡使然？❷

誰人有謂而作溜板吃彈合手

恨窮胚，怨窮胚，將奴出典；少情郎，遇情郎，平地上天；千獻媚，萬獻媚，我的中宮賢眷。挨身同席枕，教他總沒嫌。奴載著別人，窮丁，你樂得閃一閃，冤家，你落得閃一閃。調【劈破玉】

平空裡登天樂極也，奴冤家，又省得支吾，兩邊甦，只愁他大的醋葫蘆。妾非沒趣人，遭逢不幸夫，可怜我卻

❷ 以上為北圖本《箋注牡丹亭》，頁二七九a—二八五b上欄。

把花容娛，呵臀捧屁總無拘，但願娘娘羅帳也，呼我的親那奴，拚死恩深處。【銀紐絲】

謝媒人，謝媒人，訪得實兒便回音，哎喲！成速成，教奴將財近，妾媚妻仁，俺謹他欣，不教空得了粉花身，哎喲！臼（？）蓋老可否心頭印。【兩頭忙】

這家裡喬，那家裡饒，風送奴家到碧霄。縱然難全把終身靠，半世堪消，半世堪消，待贖回時髮已焦，眾孩兒有了成親鈔。此亦名【兩頭忙】

墻門兒進了高的多，這家兒看來百般妥，地也窩窩，人也窩窩，家道雖優仁義多，大嬷嬷順著官人串著我。【四不相】

妻妾共睡易通宵，撇了當家，來此撒嬌。羞煞，哎喲！來此撒嬌。只願得秋胡戲春與兒豪，沒有疑心待我曹。愁沒—哎喲！絹與綃，愁甚—哎喲！金和寶。【十二月】

成年月兒伏侍他，竟冒光身呼喚著咱，離了他，又就與兒郎笑話，切須防（惡）識了他。同前調

主家婆，我伏你能妒忌，我伏你要性兒恰投機，我伏你順兒夫貪頑貪戲，我伏你恰貧苦，我伏你愛姣媚。知趣的親娘也，拚撇豬窠伴了你。【挂枝兒】

成年裡守，越窮越風狗，敗家精，怎得到頭久。想到將奴出典，獨優游，外遇的花娘倒拖逗，幸而的主母家公，這等那等風流的即溜。【刮地風】

因到了高廳上，騙進了香羅帳，半生情全把我夫人仗，從前那物兒恁駭腔，幸把奴家典此方，初然矗大娘，俄然局大郎，慮他時歸歟受那淒涼況，怕他時依然受那淒涼況。【太平歌】

進門兒望見百般兒新，不覺的引了魂靈，隨班習成了春高興，呀！女呼也響應平聲，男呼也賞音，但願雙雙帶挈人。【六娘子】

始何年學逞妖，性兒不拗騷，恁麼騷，女娘也會相頑耍，要得奴來惱，不惱大奶奶叶撓，先被你乾嫖，相公回來，幫著你挑春宵，出醜還不算，赤肉相摟人看著。【粉紅蓮】

好一個人家，好一個人家，那家的夫妻比得上他。我不是蓋老欠債，爭捻風流把。【寄生草】

貧與富卻原來水火無交，怎便得相親傍，扳做同僚。興來時且看你，抱頸摟腰，忽然間投合了，衾枕分消，舊窠巢無心問，只想風騷。生也是耍子高，息也是耍子豪，卻幸的無能子知謙遜，省了嘵嘵。無賴子知謙遜，免了嘵嘵。【哭皇天】

此即黃山谷「瘀泥解種白蓮藕，糞壤能開黃玉花，可惜國香天不管，隨緣流落下民家。」高荷聞道離鸞未是悲藁砧，無賴鬟蛾眉，桃花結子紅殘後，巫峽行雲夢足時。袁紹、王浚、馬德戡、賈似道母故事耳。

舊院有畫合歡于抹胸舃褲，而題詞其畔者，名古諢衣，所寫非用此等題詞曲不可。誦宋賢「白骨纖纖巧畫眉，骷髏楚楚被羅衣，手捎麈尾空相對，笑煞真僧自不知」句，不怪鐵秀之呵山谷。

漢樂府不學雅頌，自為幻奧之音，溢城王寅乃擬荊公集句為十八拍，潘之恒云：「曲有新腔，無定板絲竹，能和肉之微乃佳，雖不能以絲起調，如西北提琴和肉則融融。」然屈大均曰：「音之圓者自韻，韻字從員，員為天規，陽為雷聲陰風聲也。」然梁武不以四聲為然，曰：「何謂四聲？」周彥倫對曰：「天子聖哲。」如覃鹽咸三韻，均為閉口之呼，不供他宮之用，今乃比而同之，混淆庚青烝之□，則納秦越于同舟。至《中原音韻》，分平聲為陰陽，取上去而無入。詞韻但分平仄，叶上去為一聲，別入聲于獨叶，亦揆諸四聲之義，終舛也。天地實用之聲，止六千一百四十四，盡中國字書，可填者止一千一百八十五，餘則無字，然後知音多字少，反切難盡。知子母法，則天地之音一切可填。善唱曲，然後知腔不能以漢字授。

貞觀中裴洛彈琵琶，始廢撥用手，而開元段師，至用皮弦，足見古是今訛之事固有，古繆今巧之事亦多，總之斷不必相復也。

有人見過《北遊記》，蓋本《唐書》□鬼□「長安萬五千里，其北不知所窮，契丹常選百里馬二十匹，賚乾□

北行，窮其所見，行一年，經四十三城，居人以牛皮為屋，其語無譯，不知其國土山川部族名號。其處遇平地則溫和，山林則寒洌，自此以往，猛獸魑魅群行，人不可往矣」云云，而杜撰出風俗人事。

《西遊記》則本唐末僧法顯遊天竺，作佛國記。蔥嶺冬夏有雪，亦名雪山，西度流沙，已有熱風惡鬼，遇之必死，至此嶺則有毒龍犯之即死，風雨晦冥，揚沙走石，無一全者。阿修羅居海底，視水如雲，四天王管夜叉，居妙高峰，夜叉半鬼半神，有時衛諸天，及遼大石遁入沙子不毛之地，皆平沙廣漠，風起揚塵，頃刻高數丈，不能辨色。

元憲宗用漢人策攻之，方萬里間，相傳四十二世，勝兵數十萬。殿宇皆沉檀，香聞百里，破其三百餘城。又西行三千里，下其城一百八十。至成宗復遣人窮河源，鬥戰行駐之事，非唐僧舊本也。

《南遊記》則本元成宗遣人詣八馬兒國，求方技。海外諸國，惟馬八兒最大，足以綱紀諸國。自泉州至彼十萬里，風便，十日可到，比餘國最大，凡回回金珠寶貝，盡出此國。其餘回回，盡來商賈，及西洋書所說，若南海則并西國人罕至。惟萬曆前百歲，彼處閣龍曾具舟往訪，紆迴數萬里，隔一海套，殊苦難通。忽得海峽，則海南大地，又復別一乾坤」云云。而擬議之。

謂民婦雖皆由宮府第宅按選，老乃還家，然不似中州有人，專習持齋，施經造像，而于德行不計，徒為福德所動，善根不真。又有人聞道德仁義，從而附之，至一切嗜慾，不能禁也。遮掩不得，則明目張膽以自快，其洒落破綻未露，則展轉彌縫，以自張其意氣。又有人視天地為大戲場，視人世無真面目，遇方與方，遇圓與圓，狗眾所趨，甘言泉涌，自誇靈妙，寔惟欺世。又有人張設自是，旁若無人，救人救到底，殺人殺見血，酒色財氣，明翻無理之案，是非毀譽，時逞不經之談。又有人恐訕笑而止善相，逢橫逆而沮初念，不敢與眾爭勢。又有人居高官而但施乞丐，作奸究而恩及虫魚，己自煦煦，而假手殺人，不悟善亦屢屢，而末流種毒不知。

也不像中州官吏，倫常廉節或不可問，而徒以號令刑威，責民從化。致法愈嚴，俗愈偷，訟之詐譎者情，匿輕而飾重，事掩有而誣無。甫在勾捉已越訴而求勝，業經問確猶展轉而思贏。爭僅錙銖，府道之廷必遍，遷延歲月，株連之累更多。而城中歇保戶與訟家為地者，每偏相佐佑，為陳稟以亂真。或伺而遮之，使不得上達，稍與抗，即結党毆辱之，使負屈去，使訟者非重賄此冀不可，未審家已傾也。

亦不像中州恥稱貧戶，女家或重聘，男家或責厚奩，嫁娶多至愆期，彼此反成嫌隙。甚至寫據願退，名曰伏免婦。但再醮，宗戚即因以為貨，爭攘聘金，競逐媒利，夫家女家，不得什一。即不曾思嫁，亦親者睥睨其產業，疏者貪婪其聘財，多方諷勸，百計謀奪，非露面公庭，出費給據不可。訟遇處和，反為奸藪。借稱鄉里，號為親鄰，有徒寔繁。盤根聚党，弄丸成局，招眾醵錢，置酒高會，呼盧達旦。事猶旅邸，索謝滿橐，巧宦又陰料民財。軒貧輕富，使肆忮害并抑士夫，以悅愚昧。大收餽送，能詭期蹤跡以示廉，實政廢弛，但文其告條以欺眾。念盧杞以言無不從得忠強之褒，奉為極則。❸

❸ 以上為北圖本《箋注牡丹亭》，頁二七九a—二八五b下欄。

# 增刻二（案：以下據嘉慶戊辰題袁枚評本《牡丹亭傳奇》附錄）

（特附）

嘗獲讀江右中丞所頒訓俗書，中採蘭溪唐君語，深恨今之彈詞小說悉將才子佳人私覿密約極意描寫。而且說此等人，必得艷妻，不一而足。而且後必為卿為相，使無知男女背後看得心醉魂飛，多病喪德，因罪《西廂》之作俑。乃知《牡丹亭》之言情，獨付之入夢回生，令下愚亦知為烏有子虛之妙。後在白門書攤，又見抄本顧大愚《東遊記》，則將世人妄想一切情欲之事，以及宋文帝令何尚之立玄素學諸異政，盡託諸海外之國。喜其意同繪夢，然猶未知其本內典。思惟大海，積無量水。思惟大海，常受種種大身。眾生廣大殊特，更無能過及以思惟為彩女之旨也。讀及引首，始得全解。雖全書千頁，未易印行，然不忍不先將此引刊附《牡丹亭》批本後，俾同好者知世間竟有用心深妙甚奇，希有一至于徹悟之人，同發：「何曾覺悟萬緣虛，賺殺高明幾架書。」「蓋世才名沸若雷，颯然一病化寒灰」之嘆。

其悟頭詩之前，引首曰：佛不于彈指頃，起我我所想，不著身，不著法，不著願，不著三昧，不著觀察，不著寂定，不著教行，回向如來。然佛見羅剎女，于中執取，將其永入魔意稠林，于所貪愛，深生染著，不能于身而生厭想。轉更增長機關苦事，不能乾竭愛欲大海。故佛之說及一切世間工巧事業，所有方便，一切皆是心想建立，非是顛倒，亦非虛誑，依于一切法。令所願不空，以無能測身一切法理趣門，非有是有有是。非有知一切法悉無所作，而不舍作道。故于諸法中，無而計為有。法王以法化，普及四天下。卒無奈此頑嚚貪著，流轉生死，聞諸法空，起大驚怖。遠離正法，住于邪法。舍夷坦道，入險難道。棄諸佛意，隨逐魔意。于諸有中，執著不舍。何因言一切智？菩薩不行占卜，不取惡戒。在家室中，與妻子俱作諸事業，不滅壞一切有為之相，亦不染著所行之行。未曾暫舍一切智。心解內宮眷屬，皆才能具足，悉由菩薩善業所致。菩薩于自妻知足，不求他妻。淨業如光影清淨，故雖不離業，得一切智，正法念處。經因云：若持不殺戒，生四王天。不殺不盜，生忉利天。不殺不盜不邪淫，生夜摩天。不殺盜淫不妄言惡口，生兜率天。《楞嚴經》云：佛謂愛想兒女心結不離，故有淫慾。則世間父母子女相生不絕，是等多半不失人身。則以欲貪為本也。若貪愛血味，心滋不照，故有食肉。則諸世間卵化濕胎，隨力強弱，遞相吞食。是等即得人身，亦復相殘。則以殺貪為本也。是身可惡，腸臟雜碎，血且成膿，甚可患厭。《光明經》云：三十三天，各生嗔恨，由其國王，縱惡不治。多惡成辦，詐害熾甚。以名法殘人，而吸其脂膏。故壽命色力，悉皆損減。處所壞變，無可樂者。若教誨戒殺，示現果報，心無貪恚如淨玻璃，則統領諸龍夜叉等護世四王，將諸官屬，并及無量盡莊嚴具，以嚴其身。太智慧夜叉王，富資財夜叉王，力壞山夜叉王，其形長大，甚可怖畏。諸羅刹王，金剛密跡大鬼神王，及其眷屬，五百徒党，遍身火焰，如大火聚。深厭龍趣，願生天人。諸大龍自在王，從大海出，住在虛空，巧幻術阿修羅王，妙莊嚴阿修羅王，不可思議自在幻力，令百世界皆大震動。一切海水，自然涌沸。一切山王，自相衝擊。戰敗有術，隱匿徒旅。女嫁帝釋，阿修羅王常來擁護，亦為上下四方四隅，悉如影像，住十方差別業。十方差別佛，共同一身。于念念中，以夢自在示現法門。一切諸佛，于虛空中坐臥住行，未曾動出，而能遍往。十方國土，深行菩薩之所護持。世世輪迴，常識宿命。資生之具，不勞具足。成就如來馬陰藏相，永不失壞，勝男子形。色貌微妙，各各相于。更于《深經》，恭敬供養，則八十億諸小洲中轉生之洲，身無腸穢。一切語言施設境，八萬四千諸人王等，各于其國，娛嬉快樂，不相侵奪。如習喇嘛歡喜佛法，若抱持，若唼吻，即得菩薩攝眾生，恒不舍離三昧。以其除去驕慢，不毀謗一切智語，不樂近凡庸惡伴。知涉事即融理之門，眾有即真無之域，舍離一切無益法，成辦一切作佛法。想如迦樓羅王無量迦樓羅女，乾闥婆女之所圍繞，究竟成就無殺害心，不生下劣家，不入頑鈍胎，不值弊惡族。仕遇才智王，能令大眾喜。作大智商，主獲堅固善友心，樂差別明智門，能成世間工巧事，悉受種種五欲之樂。各隨所宜，而得受用。凡所施為，無非巧妙廣大甚深微細奇特。于男女趣獨了其能，盡得其用。種種方便利益，資生渴愛所逼，縱而不問，不治其罪。常得值遇，不壞眷屬。力精勇猛，隨諸所作。且于來世，常得封受飛行諸小輪王，散粟王位，得大勢力，受上妙樂。置一明鏡，有文字現。如食金剛，必穿腸出。天常見人，人不見天。以各夢所見，非人所與知。況定中所見，豈眾所能共此？則諸天宮殿，近處虛空，人天相接，兩得聽覷。欲界六天，似尸陀果不了色相。起色分別，已有自然七寶宮殿。待彼往生于大池浴，靡不成就業報。神足乘空往來，行同諸天十千夫人共相娛樂，日夜常受，不可思議，微妙快樂。身與天男，嫂亦似女。觀男與男，觀女與女，皆在彼前。身身相擁，久之壽盡。消愚痴膜，舍欲界身，不求續有。了達愛起即苦起，知垢穢身但從淫生不淨之法，父母子女行無慚法，三世諸佛無不知見。是故我應知慚知愧，爰歸色界，入于梵天。舍梵天身，入于遍淨色如月光。或未生天，先夢天趣，而見帝釋。普應諸天女，九十有二那由他，令彼各各身，自謂天王獨與我娛樂。諸取著凡夫，計身為實有。如來非所取，彼終不得見。妄想無量故，世間亦無量，皆以彼自業，受用其果報。以無世間智，知一切世間，以無差別智，知一切差別，色界無色界，亦俱屬有為。顧中無少物，但有假名字，所以此諸天，于樂思惟法。變化天王，千世界主，大梵天王，及上方五百萬億國土，一切虛空寂靜道，自謂自在。百億梵王諸佛神變海，百億佛部使者執金剛侍道場，神聖眾百萬諸海神，百億諸山王，百億金焰色，三十三天百憶非非想天，十方世界百萬忉利天王，百萬夜摩天王，百萬兜率天王，百億四天下百億白銀國王，百億黃金國王，無數寶王，無數香王，生成滅壞，互循復于虛空中無暫已。平坦高下各不同，皆是本願神通力，隨其心樂種種殊，于虛空中悉能作。或有國土常在空，或時而有或無有，或有國土極清淨，住于菩薩寶冠中。或住修羅金剛掌，如影如幻廣無邊。或現種種莊嚴藏，依止虛空而建立。如隔玻璃，皆可照見。而于己身，及諸世界，莫生二相，致復輪回。是何以故？嗜由業造，業重則心溺于嗜痂。味豈性生？性乖則好移于逐臭。割肉投崖，至人雖借色空假身而示除我相，然嗜慾因緣，未嘗不舍裏如來心地。佛能移諸天人置于他土，而知諸眾生有種種慾，深心所著，兒女色身為最。隨其本性，方便為說，于染愛處，使心動轉，令其速入一切智境，為一大事因緣。故如法華火宅，父言門外有諸戲具，誘諸幼子逃出燒場。自知財力無量，乃不妄言。竟各與一種種寶車，以男女寶充滿其上，成如來已。為眾生故，隨其欲樂，引之信解。雖已証得不可言說義，而能開示無量言詞說。譬如世界有成壞，而于虛空無增減。已升無相境界岸，而開示現金身門。一切人咸得見日，豈分身向于彼？譬如工畫師及畫師弟子，為悅眾生心，綺煥成眾像。又如眾病人，良醫各授藥，實由不取人我相，離外道神。我之執成就，如幻諸畫師身。故求青赤諸色，浪中不可得，而有時現身，且備諸妙色。只為令愚夫，得離無我怖。入諸想網中，而恒無所作。了知諸想網，于想得自在。佛所言法境界，悉是假名，非可得見。而如幻如夢，非有即有，非造所造，與造相似。非諸凡愚所能知。故佛入無量三昧海門，而于世法，所行悉同其事。雖行于捨而不廢世間兩利益事，雖觀五取蘊而不永滅諸蘊。雖修入聖道而不求永出世間，雖安住真如而不墮十際。故云：何非無如幻，夢已種種見。故云：何非有色相，自性非是有。故如幻人生，如幻人滅，幻人其實不生不滅。譬如虛空，非常非無常。

故如東方無閭之來大食國界，幻為湖山。即所謂知一切法理趣門，如幻如夢，非有即有。非造而造，與造相似。平坦高下各不同，皆是本願神通力。生成滅壞互循復，于虛空中無暫已也。即所謂成就如幻諸畫師身，只為令愚夫得離無我怖也。

如盧郎之遇無閭姊入腹轉生，即所謂羅剎女于中執取，將為永入魔意稠林也。

如無閭之授盧氣術，以至盧得其全于真娘，即所謂頑嚚貪著，流轉生死，聞諸法空，起大驚怖，遠離正法，住于邪法，舍夷坦道，入險難道也。

如盧以信佛朝香，得無閭攜至毘提訶洲，古無論國妙喜世界，飲精液觀裸舞，即所謂依于一切法令，所願不空，故于諸法中，無而計為有也。即所謂以各夢所見，非人所與知。于念念中，以夢自在也。即所謂于八百億小洲中，所生之洲身無腸臟也。

如與無閻乘鵬駕鯨而去，即所謂或住修羅金剛掌，如影如幻，廣無邊也。

如毘提訶洲，獨不殺人，陰司決獄，亦以不殺抵算邪淫，即所謂迦樓羅王萬女圍繞，舍離一切無益法，究竟成就無殺害心也。

如所入母腹，是中貴妻，即所謂資生之具，不勞具足，不生窮家，不值弊族也。

如毘提訶洲，貴賤異法。賤于貴以婦償有，償則免刑。惟等類可貴通賤，許續貴得活法婚，即所謂仕遇才智王，能令大眾喜。渴愛所逼，縱而不問。眾生諸根及慾樂上中下品各不同，一切甚深難可知，隨其本性，悉明了也。

如毘提訶洲，車船宿店，非妓禁充，非徒女娼，必備男娼。不用男僕，惟童與媼，既有修養嫗，又有二儀人與諸弓足旦。二儀工醫術，盧郎多褻篇。及諸宰官身，每品增一妻。妻不合兩聽離。諸賃妾得有子，人欲立繼嗣，必妾前夫兒。同姓女若婦再適，許其婚。負債至百金，勒以妻媼償。殺人及竊劫，法外更償婦。婦女廣對食，吮舐為禮敬。死許灌汞裸，先後移同棺。更許捐義田，奉敕立廟社。僧尼過四十，方許剃改裝。裸選盡民婦，得升女侍中。乃至海船漁，亦家自為法。即所謂：心樂差別明智門，能成世間工巧事。悉受種種五欲樂，各隨所宜得受用。凡所施為，無非巧妙。于男女趣，獨了其能，盡得其用。所有方便，一切皆是心想建立，非是顛倒，亦非虛誑也。即所謂諸微細智各差別，菩薩盡攝無有餘。雅思淵才文中王，咒術藥草等眾論。一切世間眾智術，譬如幻師無不現也。

如盧郎得二儀，傳所接男女，未可數計。諂臣謅子，競獻女娘。即所謂成就如來，馬陰藏相，永不失壞，勝男子形。力精勇猛，隨諸所作。雖已知佛境界，藏而示住魔境界。身雖超魔道億萬數，而亦示現行魔法。不名有惑，非無惑，以無煩惱于中行。或現邪命種種行習，行非法以為勝。如是等類諸外道。觀其意解與同事抱持唼吻，皆菩薩普攝眾生，恒不舍離三昧也。

如毘提訶洲，王大臣婦有會漾法，分四狀元，即欲界天，于大池浴。不了色相起色分別，得大勢力，受上妙樂也。即先護彼意，使無淨此方便者所行道，能令見者無空過，皆于佛法種因緣也。

如盧郎家屬曾無夭亡，即所謂內宮眷屬，才能具足，悉由戒殺善業所致，常得值遇不壞眷屬菩薩正念，觀世間一切皆從業緣得也。

如盧聞母說舅隱形所見，滛慝不可思議。即所謂眾生，不得乾竭愛欲大海，于所貪愛，深生染著，不能于身而生厭想，轉更增長機關苦事，此垢穢身，但從淫生不淨之法。父母子女，行無慚法。三世諸佛，無不知見。然嗜慾因緣，未嘗不舍裏如來心地，隨其本性，方便為說，使心動轉入一切智，為佛一大事也。

如東洲戰勝，全以氣術化為水火，便可克敵。即所謂彼人王等，各于其國，娛嬉快樂，難相侵奪。身上出火身下水，譬如幻師現幻事也。如東洲既有借尸法，又有換形法，即所謂佛說世間一切工巧事業，所有方便，一切皆是心想建立也。

如東洲人死，俱生魔天。即所謂棄諸佛意，隨逐魔意，于諸有中，執著不舍也。即所謂天常見人，人不見天。此則諸天宮殿，近處虛空，人天相接，兩得聽覷。普願帶質諸眾生，得乘虛空輕舉身也。

如盧郎既返苐蒜，換太后身，聞僧說法，即騎僧頸而回首。即所謂一切智菩薩，不行占卜，不習惡戒。在家室中與妻子俱作諸事業，不滅壞一切有為之相，亦未嘗暫捨一切智心解也。

竹坡居士念不住有緣：自住空忍，妄果既無，依甚蓮邦？既如右云云。節節疏訖，復下轉語而朗頌曰：諸法不堅固，皆從分別生。以分別即空，所分別非有。觀見心王時，想識皆遠離。爾時心轉依，是則為常住。愚夫迷執取，如石女夢產，能相及所相，一切知非知，猶如幻所現，草木瓦石等。愚夫之所見，妄謂有生滅。智者如寔觀，不生亦不滅。迷惑謂幻有，非幻為迷惑。身形及諸根，皆以八物成。識中諸種子，能現心境界。殊勝之藏識，離于能所取。無我無眾生，生惟是識生，滅亦惟識滅。猶如畫高下，雖見無所有。修羅天夜叉，且能意生化，世分別皆空，迷惑如幻夢。成就無生忍，得如幻三昧。于有差別境，入無差別定。于無差別法，現有差別智。行世無障礙，猶風遊虛空。自得意生身，種種全神通。心既行緣起，惟心義不滅。令心還取心，由習非異因。執著自心現，令心而得起。種種由心起，種種由心脫。惟心實無境，離分別解脫。由無始積習，分別諸戲論。惡習之所熏，起此虛妄境。分別見外境，是妄計自性。觀世如幻夢，仍止于真實。如畫依于壁，了知即便滅。若不見自心，為見網所縛。法非法皆無，法性不可得。邊無邊非有，一切見皆斷，以住惟心故，諸相皆舍離。垢現于淨中，非淨現于垢。離斷常有無，妄計為中道。惟心無有境，無境心不生。我及諸如來，以此為中道。有無等皆空，不應分別二。心無覺智生，豈能斷二執。了知故能斷，非不能分別。了知心所現，分別即不起。分別不起故，真如心所依。如幻諸三昧，及以意生身。十地與自在，皆由轉依作。如女懷胎藏，雖有不可見。蘊中真實相，無智不能知。

「且註明云」：現識以熏變為因，人天修羅，形境分別。以各有無始，業習為因。種種熏習滅，即一根相滅，是名相滅。一切法無自性，以剎那不住，故見後變異故。何故一切法不滅？謂一切法無性相，故不可得故。何故一切法無常？謂諸根起無常性故。何故一切法，常謂諸相起即是不起無所有，故觀一切法，如幻夢生。隨自心量之所現。故知無體實遠離生，見証如幻性，即時住《華嚴》第八地，獲意生身。若離于妄法，而有相生者，此還即是妄。如瞖未清淨，故曰法與非法，差別之相，悉是自心分別境界。過去未來，亦妄分別。來無所從，去無所至。法身如幻夢，如何可稱贊？知無性無生，乃名稱贊佛。眾生不見佛，如水漏月亡。外道執著，邪解臆度，謂從有無生一切法，非為執著分別為緣。不知我了于生，即是無生。惟是自心之所見。若于離有無而生之論，亦說為無此謗因。果拔善根本，不知諸有夢，化証自智境界，轉所依識，為大涅槃。取心外之境，致輪回生死，是名妄計自性相。不知業相滅，彼真相不滅。若真相滅者，藏識亦應滅。不離外道斷滅論。若了境如幻，自心所現，則滅妄想。三有苦斷，無智業愛緣。知一切境界離心，無得行無相道，漸升諸天，得如幻定，絕眾影像。如是藏識，惟除諸佛及住地菩薩，其餘一切二乘外道，定慧之力，皆不能知。善達諸義，則了諸地相，是故涅槃，不壞不死，非斷非常。是故真如，離于心識。譬如恒沙住沙，自性不更改變。而作他物，取不見滅，投不見增，何以故？如來法身，無有生故，無身故無滅壞。非天人神鬼比。了知外境自心所現，名為解脫，非滅壞也。故不用求真，惟須息見。諸妄已息，何害有境？心不取境，境不臨心，自然于道無礙。故曰世間相幻，住是法住，法位以出。世間言語道其性非有非無，故雖無所依無不住，雖無不至而不去。如風行空無所行，此無依者之住處。如空中畫夢，所見當于佛體。如是觀善男身中入正定，善女身中從定出。能以一身現多身，復以多身為一身。樂觀眾生無生想，普見諸趣無趣想。為其方便說妙法，悉令得解真實諦。一切世間惟是想，無真實而各差別。知想境界險且深，為現神通而救脫。無質無邊等眾相，種種速變壞非壞。不于世外入虛空，亦不空外入世間。無差別故到彼岸，住幻際入世幻數。入真法界亦無入，如日晝生夜非滅。無窮眾生而可說，但依世俗假宣示。是故觀心不在外，亦復不得在于內。了達其心如幻化，勤修眾行度群生。菩薩雖行諸佛法，能辨世間一切事。油中日影非離合，不隨世流無染著。心不計我能入法，作幻不同幻事住。雖于境界無依住，亦不舍一切所緣。雖超一切分別地，亦不舍于種種相。如空容受一切物，而非虛實離有無。如虛空持眾世界，無厭無倦名涅槃。如金剛以不壞名，終無有時離不壞。

笠閣主人曰：吾儒皆言人還生人，鳥必生鳥，南從來熱，北從來寒。縱八萬劫，必無改移。從來不見菩提如何成菩提事，致佛列為第一外道。即余自髫齡，即知世有窮理之學，亦止以橫渠知虛空即氣則無无一句為極談，于康節元會之論，猶諉為數學。及後誦《楞嚴》兼閱疏義，方知《東遊》人字字諳此內典。蓋經言：世界初起，頑空先現虛空昏鈍，體是不覺，識滅空本無。況復諸三有迷妄，有虛空空，無體無覺，以虛空昏鈍，即無明所生。非是覺明，異乎本覺。相織妄成，名為劫濁。既無中邊，不成內外。宜朱子、陸子，數歲即知問天止處，惜不知彼諸界相，畢竟虛妄。妄識所受，乃有空界。空界現，故即結四大。若真淨眼，無影可見。真元無色，何況妄分質礙。空若非空，自不容其花相起滅，見實物時無花生，故目根既滅，復將何以了空質？

世界初立，虛妄故動。動即是風，風即氣也。故卵生為首，氣即生火。由斯流水，情積不休。能生愛水，外由內感，故有水輪。濕性不升，果亦下墜。而為人獸，立界隔別。故云分段，五根合意，乃名為法。

忽然念動，一相俄生。從畢竟空，成究竟有。嫌妄欲真，轉增迷倒。但得影真，便現虛相。厭故取新，但狥已情。變受異形，假託不實。如東遊盧母，有肉無臟。既類空質，依觸而立。即彼星辰日月，亦名色相受生。若凡夫所祠，存形立影，皆名有想。眾生痴顛倒，故枯槁亂想，則精神化為土木。金石因依亂想，得水母身。以沫成質，以蝦為目。如盧某投生母腹，不待死魂。回互亂想，則為蜾，為蛔。迴他作已。如盧某之借尸換體，是曰非有想相。如土梟等附塊為兒，而兒成身受其噬，是曰非無想相。想心紛擾，取舍多端。成若有色，若無色界。厭壞色相，思無邊空，成無色相。外道如無想天中，舜若多神，既為風質，其體原無。

情多則受仙鬼形，想多故飛行自在。想多生為聰明子，想少必墮奸頑胎。以覺明堅執，故質礙便成。若淨境為所欲處，但由其想，不屬于情，乃是眾生分外之事，故名外分想。飛不沉果，故超越結氣，成形無實體性。

即其所陳天因，亦較餘經更勝。如云諸世界人，不求常住。其于諸欲，但專一境，未能舍離妻妾恩愛。即獲輪王福報七寶具足，千子圍繞，不如澄瑩慾心，發生明性，命終之後，生須彌半鄰日月宮，名四王天。若不揀異行邪務得全味于己，眷屬淫愛亦薄，命終之後，超日月明，居人間頂，名曰叨利帝釋居處。若逢欲暫交，去無思憶，于人間世，動少靜多。命終之後，于虛空中朗然安住，致傳上元夫人，統領千萬玉女，皆長一丈。日月光明，上照不及。是諸人等，自有光明，空居初分，名夜摩天。一切時靜，有應觸來，未能違戾，順而從之。如東遊盧某遇閻家假母。命終之後，上升精微，不接下界。乃至劫壞，二災不害，生兜率天。以知足名，若或男或女，自無欲心，應彼行事，不忍見其因渴致死，于橫陳時味如嚼蠟。命終之後，生樂受化天。以樂變化五欲之境而受用，若無世間心，照世行說，于行事交，了然超越，命終之後，能超化無化境，生他化自在天。樂受用他所變化五欲之境，如東遊男假女，女假男類。化即第五天，無化即下諸天。雖不離慾界，縛于女色，然其身光明，飛行自在，福命卒難搖動。不同下之人趣，外道不測，見有天生，便執為常，成一因主。

修定凡夫，亦有忽見天宮者。此凝想日深，想久化成。亦猶忽于中夜，遙見遠方街巷，親友或聞其語。如東遊盧某，于壁上圓光照見故土，又學體隔形交之法。此名迫心逼極飛出，故多隔見。

至于世有金剛禪二會子，及元代之八思巴母等，雖大便如石蜜，意引行門行貪慾事，不妨成佛。言我肉身即是法身，都指現在，即為佛國，無別淨居，指遞生為常住之因，清淨之方。止于穢境相好之體，全視我身魔力所制，更不推移。盡命歸心，從邪貶正者言，男女二根，即是菩提多塑二形，名歡喜佛，或言別有光明天佛，于中住口中，好言未然，訐露人事，不避譏嫌。言汝先世是我妻妾，彼先世是我兒夫，故今來度，同歸其界，供養此佛。不知真實涅槃，寧可有處。于是贊嘆行淫，不毀粗行。與承事者，潛行淫慾。將諸猥媟，以為傳法，皆由計我命盡，徒有真常，無証真者。故多增寶，媛縱恣其心，墮真無真執，生天魔種。

又有心愛長壽者魔，即來至往返無滯，萬里倏回，取得彼物，現美女身。盛行貪慾，贊行淫欲，淫淫相傳。非自在天魔及四王童子，即天地大力，山精海精，或壽終仙，其形不化，年老成魔者。彼諸魔王，總攝有情，以為民眾。此等偏知失正命終之後，必作魔民。豈容引定光古佛，以觀察虛空。無邊得圓，常知淨穢有無，皆我心變化所現。雖有根識，緣諸色界而不繫念在意，但虛受、虛照、虛應，以定慧力，消磨根隔。耳目身意，互相為用。名不循根，為識盡証。即恒沙界外，一滴之雨，亦知點數現前，諸有境界，依無明而得住持者。松直棘曲，鵠白鴉玄，皆知其由，自比「看官須知」。慾界第五天名大自在，即魔所居處。亦有徒眾，各各自謂成無上道，以邪定力，有大神通。不持戒故墮鬼神界，令諸眾生，落愛見坑，失菩提路。不信三摩先斷心淫。彼以淫心，求佛妙果。縱得妙悟，皆是淫根。名曰波旬，即惡義也。與日聞淨法，頑鈍依然。及外現名聞，內懷諂曲苟求，不與之利誘愚棄財者，同為邪思業種。即殺心不除而修禪定，亦必落神道。功深福大為大力鬼，功淺福劣則八部所管。阿修羅有四種：若于鬼道以護法力乘通入空，此修羅從卵而生，鬼趣所攝。若于天中降德貶墜者，其所卜居鄰于日月，此修羅從胎而出，入趣所攝，有修羅王與天爭權，此修羅從變化有天趣所攝。別有一種下劣修羅，旦游虛空，暮歸海宿，此修羅因濕趣有畜生所攝，依希龍類。餘即夜叉等神，游于四天及大海邊。羅刹鬼國，因修定故，皆有業通，迅疾無礙。受此惡趣，為天驅役。羅刹報盡，必沉生死苦海，相殺未已。其中若有毀戒知過，願護正法者，亦能以八部身見佛。若不修禪修福，但行殺害，則直入地獄。即稍修者，亦止上為精靈，中為妖魅，下為奸人而已。

若余得見《東游記》後，復自製《地行仙》劇，亦即本《楞嚴》所云：我滅度後，敕諸菩薩羅漢，或為人王宰官，乃至淫女寡婦，與其同事，稱贊佛乘，令其解脫。終不自言自聖，泄佛密因之旨。誠以其自噏精服氣，以至交接不休，或能飛游空，不墜于地。或通他心宿命，懸知未來。皆由繫心一處，久而發用，以為究竟，神我不知。無時界壞，虛影似真。照明境界，咸悉化源。故與運心廣大，離狹劣障。金剛密跡，擎山持杵，遍虛空界者，因果不同。然皆別得生理，壽千萬歲，非天趣所攝，而如天趣無異。皆恐妄想不真，終隨業墮。報盡還須散入諸趣，故特著此書，輔《東遊》以挽俗耳。

鶴亭謂：此不過就心所憶，約略為文。更須備載四禪，乃足勸人歸真。復檢錄如左。經云：「二色界」者，以此界中，報色法殊勝從勝為名也。通名梵世者，梵是淨義禪所生，故異散動。故此界總有一十八天，以其中所伏惑習差降有異，故分諸天。

以世人不修無漏定慧，遂感四禪果報，不出凡夫，不離虛妄，此皆不了妙覺明心。但能執身不行淫欲，若行若坐，想念俱無。如是一類，生梵眾天，粗苦不起。

兼護律儀，防非不失，生梵輔天。匡弼梵王，加以明悟，是人應時，能統梵眾，為大梵王。異下二天劫末後去以上三流，雖非正修，諸漏不動，名為「初禪」，尚不能不于三界現身，意定相現前而無取著。

又有王為梵主，名十光天。然分其住處，則此天喜相初生，慧光尚劣。光光相然，映十方界，名無量光天。從前少光，更發身光也。

至禪界地，則但用光明，以代言詮。名光音天。雖非不修，以得極喜，支調適又勝下住。

更上「三禪」，則少淨天。滅前苦相，言寂滅樂，引發此樂，令其無際徹意地樂，遍身輕安，名無量淨天。不但身妙樂世界，無不圓融，名遍淨天，又名離喜妙樂地。雖非正得，歡喜畢具矣。非但是違境所能矣，然皆苦因已盡，樂非常住，久必壞生。

若「第四禪」，離出入息，名不動地，離下位雜苦粗障，名福生天。然苦樂兩舍，仍生勝解，得無留礙，窮未來際。雖是有漏，而能隨順妙修行者，名福愛天。

于福愛中有「二歧路」，一直往道，即至廣果。二僻道，即至無想。廣果更生勝定舍心，亦亡無想，雙厭苦樂，心慮灰凝，不能發明。不生滅性，而求不生滅，故皆有劫數。壽盡須捨，故曰非真無為不動地。

此中復有五不還天，亦名淨居天。于二禪三禪各九品，習氣離盡，故無卜居。然漏無漏雜故別立居處。形待既無，苦樂不交，名無煩天。不比下天，亦無苦樂，猶是暫伏獨行自在，不與違順三境相應，背離定障，名無熱天。十方世界，妙見圓澄，更無塵像，定慧障亡，名善見天。鎔鑄自在，顯現無盡，名善現天。究竟群有之機微，窮至色性未形之際，無邊空處，名色究竟天。此四禪天王，如今世間曠野深山，皆羅漢所住持，世間粗人所不能見。然總此十八天，皆未盡形紊而有色礙。

其「四無色天」，厭下色礙，想無邊空，乃至厭旡所有，以非想非非想為究竟涅槃，雖無業果色，而有定果色，為識所依。

佛復告阿難，此「有頂」色邊際中，「復有二歧」，一出三界路，一入無色路。若凡夫外道，既不入此五天，即從廣果無想二天而入，不在此定內矣。若于有頂禪中，頓斷上果四地煩惱，又回心向大乘道，更不入于「空識」諸處，雖仍是樂慧，便出塵界，名「回心」大阿羅漢。若于有頂用無漏道，斷有頂惑覺身為礙，銷礙入空，即「樂定聲聞」，名不空處定。若于廣果無想，用有漏道，伏惑入空，即凡夫外道也。若銷礙之無亦亡，此即惟觀于識，以被于空，定性愚發，前不知有，冥然自留，厭患虛空無邊，名「識處定」。

空處無色而存空，識處亡空而存識，皆名所有。若空識俱亡，迥無攸往，與無所有法相應，名「無所有處」。今修大乘者多濫，此定心無所寄，如頑空無異。不知善能了達，諸禪境界如大圓鏡。鑒于萬象，不差不錯。

若識心不動，研窮心滅，于無盡中發宣盡性，然見盡識在，如存不存，若盡非盡，名為「非想非非想處」。此即粗想不起，仍有細分，故以立名耳。此等窮空，不盡空理，不知滅色，取空非真空性。又有從色究竟天，消礙入空。既不能發明智慧，回心向大，方斷「有頂地」惑，名「不回心」鈍阿羅漢。

如從無想諸「外道天」，窮空不歸，認此有漏，作無為解，便謂涅槃，必淪人諸趣矣。

《楞嚴》中有女佛，女成羅漢滂般通，亦名大明悟第一義天。六根互用，入乾慧地者，即此互用，便是已入乾慧地也。無潤生即乾義，又未有如來法流水接之義。然固自在位也。始從乾慧，終至等覺，俱不離此。圓明精心，觀察發化，遂超因位，直入妙覺，則得直受「金剛之號」。若鈍根者，隨所發行，便歷諸位，故但稱乾慧耳。「因位者」十信、十住、十行、十回，向四加行，心如《華嚴》說于乾慧心，即証圓妙。此之心性，頓發諸行，頓具諸德，故云發化理極，故歸無所得，即大涅槃也。陰魔消滅，天魔摧碎，大力鬼神褫迫逃避，乃至虛空無為，尚是妄生。豈況有為一切諸法，若知妄起，許說因緣，因緣尚是妄中建立，而況不知是妄執為自然乎？此因緣性，妄中權立，欲令了法，原無所有。是故同名一妄想耳。

汝體先因父母想生汝，心非想則不能來。想中傳命，謂人之託陰，亦是想愛而來。以想遺體為勝境，故識即趨彼，結成胎臟。猶想美味，口即流涎。是故當知妄想凝結，即成色陰。受陰亦是妄想轉變妄生領納也。種種取像，心生形取。汝身何因隨念所使？想若是實，何必須形？真如則不須形矣。形若非想，自不能行。二既相須，豈非虛妄？寤寐雖異，皆是想為。夢非有實，寐亦成夢。化理不住，容髮密移。如必是真，汝何不覺？佛則覺矣。非汝不可，是汝無憑，故知虛妄。憶昔既無所遺，此則容受妄習，非汝六根互用開合，此之妄想，無時得滅。識陰離行，故名為湛。不是常住，故猶非真。凡夫小乘，全不覺知。十地以前，雖覺未盡。妄色妄空，莫認真湛，理則頓悟，乘悟併銷。事非頓除，因次第盡，五陰妄法，名之曰事。一切諸佛，皆無化生。若問世間有邊無邊，如來不答。若修「八正」，即得滅盡。一信堅，二心質直，三身無病，四常精進，六無憍慢，七成就定意，八多聞生智。故名多聞。分別樂無相之相，是名實相。何者為「八自在」？大我一身分，多多身合一。二，能以此身輕舉飛空。三，常住一土，而令他土悉見。五，如來或造一事，而令眾生各各成辦。六，一根能五根用。七，知一切父母種姓憎愛。八，通六趣他心「十地」等，謂之義天。如來非心非非心虛空相故，故非心有十力心，能知眾生心。故非非心非色斷色，而亦有色。非陰非不陰，非四大非不四大。是空離空，非天非非天，非鬼非非鬼。亦以鬼像化眾生，故非非鬼，蓋修大涅槃，非小涅槃比。能觀土為金，觀金為土。地作水相，水作地相。水作火相，火作水相。地作風相，風作地相。隨意成就，無有虛妄。于大石山，以蹋舉之，吹令碎末，復還聚合。上下竅出水火，魔亦能之。惟佛有四三昧斷四洲有。又有種種三昧斷，種種天仙天子，有十地菩薩，有「故名三昧王」，能分合身。雖作如是心，無所作觀，實眾生為非觀。非生為實，悉隨意成，無有虛妄。當知是實思惟，非不真實故。故曰所作大事辦，是名為大樂。

慈若不能利益眾生，令見法生無有相，名「聲聞慈」。夫無名與愛，而為因緣，遂得後生，如火焚林，飛燒餘處。三事和合，而得受生。一父二母三「中陰」，即魂氣中陰。身根具足明了，皆由往時善業。惟「無色界」無有中陰。若有眾生，貪著大欲，或生邊地，多作貪欲，習行非法。佛于無量劫中，以妙欲充足其情六趣。眾生隨意得可意之色，然後化令，安住菩提。波羅奈國有長者子名阿逸多，母邊作非法。如來以其非一闡提愛受，皆從想生小因緣，故生于小想，大因緣故生于大想。無量劫來，以艸為籌，以數父母，終不能盡，故是假名。以五陰故，妄作母想。母無罪業，何得有報，為說法要，令罪漸輕。故佛為良醫，非「西域六師」比。或能一切文章技藝，熾然世法，與旃陀羅同其事業，為護正法，亦無有罪。由大悲普覆，不限一人。正法弘度，無所不包。故「魔波旬」于地獄中，悉除刀劍無量苦具，供養如來。

雖「諸天」具足，成就極妙快樂，亦有生、老、病、死、苦五相。雖身體細滑柔暖，肥鮮富溢，亦見色大毀瘁。觸事尟少，極受大苦。故穢惡身城，佛所棄捨，惟愚羅剎安住其中。

如大龍王，有大威德，且能成就空慧。阿修羅王正無量大眷屬，身皆光明，勝于梵天。或現幻身誑身，及三十三天單越于逮雖有是法，非有善業，則不能見。故雖有十八感人咒術，諸「天咒師」，親近王臣，及諸女人，多語妄說長短好醜。提婆達多，且修「五通」，不久獲得。現種種神通，身從壁出入，或時現男女身。欲曼陀花，即往三十三天求索。以福盡故，都無與者。即便失通，僅與事各種神。眾生如北斗五星，鬼子母天，行道天，造書天，四大天王「諸道士」等。而六十億勇健優婆夷，香山中「五萬仙」，自憎己身貪欲獄縛，離諸煩惱。或階十地，得自在智及住不動（不動）地者，不為色身、香味、觸法所動，亦不為死魔所散，亦是大阿羅漢為化眾生，現受女身，能幻作佛，隨人所樂。種種色像，悉能示現。身出水火，調善諸魔，皆《東遊》竊取之旨。

依法不依人，名為聲聞如來深密藏，悉生疑怪。猶如嬰兒，有說色是佛性，有說受是有說想，是即思惟識。又有說離陰無佛性，正如彼盲摸象一體，即「十住菩薩」，遠離身見于本性，未能審定，皆名邪道。為不善攝五根根漏之本。「婆羅門」法，殺蟲虱蛇虎百飛車，無有罪報。殺羅剎、盤茶、顛狂、乾枯諸鬼神，悉無有報。若殺惡人，三日斷食，其罪消滅。一切婆羅門，皆是一闡提。若修苦行，即解前業。一切畜生，即應得道。六師之徒，或說有神，或說神空；或說有三世，或說無三世；或說眾生有始有終，或說眾生無始無終；猶凡夫以三種惡覺，言佛無常樂，我惟有一淨。言無一實。雖斷煩惱生死，生「非想非非想天」，實亦不得解脫涅槃。不知涅槃即佛「甚深禪定」，如棄婦寶，與婢交通。如人渡海，垂至彼岸，沒水而死。以觀于果，不觀因緣。從非想退入三途，盡外道之人，先斷煩惱于「無所有處」，修無漏道而得「阿那舍」果。故樂寂靜，入「無色界」。色界中已無外因緣，終不造作，共凡夫事，故名阿那舍，進修方得。阿羅漢雖不受後有，斷欲界五陰身，與「辟支佛」同，亦以不見佛性，故可言果。繫以「無身三昧」，令眾生生顛倒心，謂是涅槃。如乳漸加水，乳酪醍醐，一切皆失。若修「四禪五差」，則能訶責無色界定。若依初禪淨妙四大，惟聞見初禪，不聞見二禪，菩薩不爾，能聞見恆沙界。

無名識名色觸，為「六入」。加愛、受、取、苦、病、死，為「十二因緣」。苦者現相，集者轉相，滅者除相，道者能除相，名「四聖諦」。十地者一少欲，二知足，三寂靜，四精，五正念，六正定，七正慧，八解脫，九贊歎解脫，永不回復。十大涅槃，教化眾生。人有「佛性」，猶果仁中有樹性，以地水糞作了因心，後佛性心無常，故涅槃如火不退不斷。少欲者不求不取，如須陀洹。知足者得不著得少之時，心不悔恨。如辟支佛。兼二為阿羅漢。修智慧者為壞疑心，不求諸法，性相因緣。觀見諸法，猶如虛空，是「四禪」，故名為正定無有相，故煩惱則斷，是名解脫。

余嘗讀《實事論》《總聚論》《無相思塵論》《密嚴經》等，乃知成立「內境」，得解深密經。而剎建總明，惟體可以生用，從用何能生體。如《阿含經》，此名無比法等類，皆小乘大眾部《中經》名。

外道本懷假借邪義，以名勝解而理不真，擅立邪宗，皆為妄執。故凡論師偈林，皆以毒智為詞。蓋內境是有，外境是無。「他宗」謂實此外境為因，生其識了，惟「大乘」有色從識有之論，內境未立，真境不顯。惟識理不成，謂棄內境事，乃得病之根源。收彼所棄內境，棄彼所收外境，「迷謬」餘乘依外境，我據內境，即顯彼違我大乘惟識宗也。以意識分別境，非五識實事境。故意與五識有共有，不共意識。獨緣之境，名「緣無境」。壞離一切種類名言，假立無量諸門，分別如情所計，境相隨生，是意功能所造之塵色識，有功能而內有境矣。如意識所緣之境，全成非有，名曰「增色」，識外增益別境色也。要以盡力，破全分實為急，譬如夢時，見有境起，由此夢力，令成似相。《瑜伽論》云：由彼勝定于一切色，皆得自在。當知此色，名「極微細定所生色」，即是智所了色。《契經》所云，如所有性是也。並非根識曾所領故，故曰意色。若能親緣外五識，不必別有根。「如是圓相」，非合非散，無方無所，無有本質，不增不減，是故實有自性。非有相狀安布，故五識之力所不及了。外道雖說有「微義」，而無「極義」，則「義相」已非彼謂是五識所緣境，而實五識難緣則緣境。又非彼計實有自性能生起識，而實與凡塵同是假物，則「體性」又非彼論單著有境邊遍計，竟忘了共許性境。何以于此說外，又有彼說？各有肺腸，故有「帶質相」之實境，有「不帶質相」之實境；有帶質相之假境，有不帶質相之假境；有質曰事境，無質曰「名境」。相分似質，如隙中日影塵狀，此特「假事境」也。若無分別智，緣真如時，全無質相，亦不得云非彼之境。蓋凡許名為境者，依「証成道理」說之，必是心質慮及心所託寄。心即境因，雖內境是心，「定可為境」，識之自體相狀，變現成境也。如火以暖為自性相，非名所得。如兔角等毫無實事，然兔角二定，即有「不共他之自義相」，便有澄無之自義相。誰謂《東遊》一記，不如兔角哉？可分晰者非實有，故不足以當現量境。

因□緣性共二支體用，並具眼耳識，不能了極微色聲，由四大有勝功，能「極微聲色」。無功用，乃外論之主，「不成因緣」奪其微者，不居事境。明識但緣集聚之相，無有兼微之理。極微非全無境，僅是劣境，為他所奪。故彼雖引証眾多意見道理，畢竟不能顯其「極微實事之體」。惟有「如實智」能見，故「外宗極微為境諸論」，玆能破盡。雖說極微是常，各別住故，非無常因亦得果，「小乘」所共許，惟此可示其「內境正宗」也。色塵無情，內識有覺，塵居外而生滅無常，識居內而功能大勝。外論計離識有外，我表不離識有境，故言內也。或謂何不並撥無內境？愈顯惟識是「一相無相法門」，並袪「執內邪見」，固是「了義真諦」，卻非對敵發機，有違世過。他不許成，故將「如外」二字，示以相同，則不除其外而外自除。五塵不對境時，意識尚能隨計生境，況五識當現前時，而不能生「已相分」耶？若我教中「隨語轉理門」，則執取惟識，自亦在遮例內。

# 後記

華瑋

一九九六年夏天，我從中研院請假去美國探望生病的母親。當時我已聽說母校加大柏克萊的東亞圖書館，藏有罕見的《才子牡丹亭》影本，因此就託了李林德教授幫我複印一份。還記得林德阿姨頂著加州的豔陽，從奧克蘭開了一個多鐘頭的車來到沙加緬度，親手把厚厚的四本冊子交到我的手中。當我把它們帶回臺灣，初閱之下，甚感驚奇。由於這是絕大多數湯顯祖專家從未接觸過的嶄新材料，值得一探究竟，我於是花了一些時間仔細研讀書中密密麻麻的小字。一年多後，我先是完成了平生從未想到能夠完成的考證文章（〈《才子牡丹亭》作者考述〉），然後又發表了有關此書的情色論述的論文，開始漸漸興起點校全書，以公諸學界的念頭。

這次點校本的出版，首先得感謝國科會資助我進行個人專題計畫「《才子牡丹亭》點校及吳震生研究」。上海復旦大學中文系的江巨榮教授，一向是我尊敬的戲曲界前輩，他在我最需要幫助的時候伸出援手，不僅細心協助點校，並且完成最後的審定工作。《才子牡丹亭》今日能夠面世，他居功厥偉，遠勝於我。揚州大學中國文化研究所的車錫倫教授，為本書所附錄的〈南都耍曲秦炙賤〉一節標點，功不可沒。我的年輕朋友也是計畫助理張家禎小姐，秉持著她一貫刻苦耐勞，認真負責的精神，為我將原書一字一句初步標點後輸入電腦，完成全書的雛形。對她這些年來的辛勞付出，我永遠心存感激。文哲所的林慶彰先生，他為我將完成的書稿推薦給臺灣學生書局的鮑總經理出版。二位先生的幫助，我永誌不忘。

多年前，我在柏克萊唸比較文學博士，論文題目就是湯顯祖，我的指導老師白之（Cyril Birch）教授是第一位將《牡丹亭》全本英譯介紹給西方的學者。在他的課堂上，我分享著他閱讀《牡丹亭》的喜悅，初次領會到湯顯祖對「情」的多向度思考，以及《牡丹亭》中不同層次的意義的交織——也是生平頭一次聽到崑曲（還是梅蘭芳唱的）「裊晴絲吹來閒庭院」的婉轉。多年後，每回案頭重讀，或場上重看此劇，在文本的字裡行間，或演員的淺顰低唱裡，仍然時有令人驚喜的發現。《才子牡丹亭》的批者吳震生與程瓊夫婦，也是這部經典名劇的愛好者。雖然他們的色情批語不盡可採，以史證曲的批評方式偶也令人生厭，但若讀者耐心挑檢，對於《牡丹亭》的許多段落，如膾炙人口的〈驚夢〉一齣，定會同我一樣，因此而獲得更深刻的感受。

最後，《才子牡丹亭》校點中的疏漏和錯誤，敬祈讀者批評指正。

國家圖書館出版品預行編目資料

才子牡丹亭

華瑋、江巨榮點校. – 初版. – 臺北市：臺灣學生，2004
面；公分

ISBN 978-957-15-1220-4 (精裝)

853.6　　　　93006707

才子牡丹亭

原　　著　湯顯祖
批　　評　吳震生、程瓊
點　　校　華瑋、江巨榮
出 版 者　臺灣學生書局有限公司
發 行 人　楊雲龍
發 行 所　臺灣學生書局有限公司
地　　址　臺北市和平東路一段 75 巷 11 號
劃撥帳號　00024668
電　　話　(02)23928185
傳　　眞　(02)23928105
E-mail　student.book@msa.hinet.net
網　　址　www.studentbook.com.tw
登記證字號　行政院新聞局局版北市業字第玖捌壹號
定　　價　新臺幣一五〇〇元

二〇〇四年四月初版
二〇二五年五月初版二刷

85301